大阪叢書 6

大阪文藝雜誌総覧

浦西和彦
増田周子
荒井真理亜

和泉書院

はしがき

日本の近代出版文化は主として東京を中心に発展してきた。雑誌文化の研究もおのずから東京で出版されたものに集中してきたのもやむをえないであろう。

だが、大阪でも東京とはちがった独自の出版活動が展開され、種々様々な雑誌が刊行されてきたのである。それらの実体を明らかにすることによって、文藝状況や出版文化の新しい鳥瞰を得られるはずだと思う。

だが、大阪からどのような雑誌が発行されていたのか、その実質を把握することはなかなか困難なことである。大阪から刊行された雑誌の多くは、図書館などにもほとんど所蔵されていない。その雑誌の大部分は散逸していて、存在さえ記録されることもなく、泡のごとく消え去ってしまったものが多くあるからである。

本書では大阪から刊行された七十八点の雑誌を採りあげた。そのなかには所在をつきとめ得なかった欠号や、終刊を確め得ていない雑誌もあり、なお不備が少なくない。また、本書で採りあげた雑誌は、大阪で刊行されたものの極く一端である。今後も大阪の雑誌検索を続けていかねばならないと思っている。一冊でも大阪で刊行された雑誌の所在をご存じの方のご教示をお願いする次第である。

なお、本書は独立行政法人日本学術振興会平成二十四年度科学研究費助成事業〈科学研究費〈研究成果公開促進費〉〉を受けたものである。

平成二十四年九月八日

浦西和彦
増田周子
荒井真理亜

目次

はしがき …… i
凡例 …… 2
1 『なにはがた』 …… 3
2 『なにはがた』第二輯 …… 10
3 『葦分船』 …… 11
4 『大阪文藝』 …… 30
5 『大阪文藝雑誌』 …… 35
6 『少文林』 …… 37
7 『浪花文学』 …… 57
8 『この花草紙』 …… 59
9 『浪華草紙』 …… 62
10 『文学評論』 …… 66
11 『車百合』 …… 69
12 『しれえね』 …… 77
13 『女と男』 …… 78
14 『赤裸』 …… 79
15 『大阪之処女』 …… 80
16 『白帆（しらほ）』 …… 83
17 『龍舫』 …… 85
18 『新劇』 …… 87
19 『劇と其他』 …… 88
20 『苦楽』 …… 94
21 『傾斜市街』 …… 165
22 『関西文藝』 …… 166
23 『新大阪評論』 …… 203
24 『劇壇縦横』 …… 204

25 『劇』……208
26 『エトアル』……212
27 『ナップフ』……216
28 『藝術派』……217
29 『断言』……218
30 『劇場移動』……218
31 『新興演劇』……219
32 『セレクト』……221
33 『演劇新人』……225
34 『中央文藝』……225
35 『会館藝術』……227
36 『文学公論』……289
37 『日本プロレタリア作家同盟大阪文部ニュース』……290
38 『文学仲間』……291
39 『藝術批判』……291
40 『大阪ノ旗』……292
41 『プロレタリア文学関西地方版』……295
42 『関西文学』……296
43 『大阪詩人』……303
44 『文藝往来』……306
45 『文砦』……306
46 『大阪協同劇団パンフレット』……310
47 『新文藝』……311
48 『新文学』（新文学社）……321
49 『裸像』……324
50 『関西文学』……325
51 『文学人』……329
52 『大阪文学』……330
53 『大阪文化』……336
54 『学海』……341
55 『新文学』（全国書房）……349
56 『文学会』……361

57 『東西』……361
58 『批評と紹介』……366
59 『KOK キョート・オーサカ・コーベ』……367
60 『ホームサイエンス』……367
61 『顔』……368
62 『文学雑誌』……369
63 『新演藝』……397
64 『学生文藝』……397
65 『大阪文学』……399
66 『えんぴつ』……399
67 『文学世界』……404
68 『あまカラ』……405
69 『VILLON』……531
70 『詩と真実』……534
71 『演劇評論』……543
72 『文藝大阪』……560
73 『蒼馬』……563
74 『大阪文学（織田作之助研究）』……564
75 『大阪百景』……568
76 『政治と文学の会 会報』……570
77 『政治と文学』……572
78 『鐘』……574
解題……583
大阪文藝雑誌著者名索引……643

大阪文藝雜誌総覧

凡　例

1　本書は、明治から現在まで大阪で創刊された雑誌の内容細目を網羅し、まとめた細目総覧である。
2　本書が対象とした雑誌は、必ずしも文藝雑誌に限定していない。文藝雑誌をはじめ、詩雑誌、演劇雑誌、婦人雑誌、食味雑誌、文化雑誌、同人雑誌など、大阪で刊行されたあらゆる分野の雑誌を対象として取りあげた。
3　雑誌記載の排列は、創刊年月順とした。
4　表紙に特に特集号とある場合のみ、各号ごとの見出しの横にそれを記した。
5　細目は原則として本文から採った。副題も採ることを原則とした。
6　題名下の（＊　）内に小説などジャンルや、……の続きなどを注記した。
7　著者名の下段の数字は掲載ページ数をあらわす。
8　広告ページは原則として省略した。
9　原則として通行字体とし、仮名遣いはそのままとした。
10　内容細目中には今日の人権意識に照らして、一部不適切な語句が用いられているが、時代的背景と資料としての価値にかんがみ、そのまま収録した。

1『なにはがた』

明治二十四年四月—明治二十六年一月（全二十冊）

第一冊　明治二十四年四月二十六日発行

発行辞　天囚居士
天目山　天囚居士　1-25
朋輩　訳・圭円子　1-28
苔の花　欠伸居士　1-20
有馬紀行（＊紀行文）　樟の舎主人　1-8
阿琴　霞亭主人　1-27
引たり（＊流行歌）　半牧居士　1-2
挿画
　一門没落の図（扶桑園春香）
　小草将に枯んとする図（筒井年峰）
　美人懊悩の図（田口年信）

第二冊　明治二十四年六月四日発行

青幽霊　圭円子　1-31
巡礼　半牧居士　1-19
艶物語　仰天子　1-27
浪華墓跡考続編　秋渚漫士　1-12
鬼武蔵　天囚居士　1-10
惟然坊伝（＊伝記）　霞亭主人　1-21
浪華文学会員
稟告
挿画
　第一図（田口年信）
　第二図（筒井年峰）
　第三図（扶桑園春香）

第三冊　明治二十四年七月一日発行

徳用ばん傘　仰天子　1-27
花八手　好尚堂主人　1-33
天魔　紫芳散人　1-22
落人の記　久松澱江　1-24
七種山に漩ふ記（＊随筆）　山田淳子　1-12
烈婦阿六伝（＊伝記）　天囚居士　1-19
浪華文学会員
稟告
挿絵
　第一図（田口年信）
　第二図（筒井年峰）
　第三図（扶桑園春香）

第四冊　明治二十四年八月一日発行

血写状　欠伸居士　1-26

深堀俠士談　圭円子　1-28
初あらし　好尚堂主人　1-21
若後家（第一、第二、第三）　仰天子　1-20
半時庵　秋渚居士　1-15
桃花衣　霞亭主人　1-14
稟告
浪華文学会員
挿画
第一図（筒井年峰）
第二図（扶桑園春香）
第三図（三谷貞広）

第五冊　明治二十四年九月三日発行

笹売　半牧居士　1-22
上総介忠輝卿（かずさのすけただてるきやう）　長野圭円　1-15
残月　秋渚漫士　1-18
若後家　武田仰天子　21-38
独言　天囚居士　1-10
権中納言面影双紙　欠伸居士　1-22
社告
稟告
浪華文学会員姓名
挿画
第一図（扶桑園春香）
第二図（田口年信）
第三図（筒井年峰）

第六冊　明治二十四年十月一日発行

滑稽五人男　仰天子　1-41
風流乞食　欠伸居士　1-6
十万堂　紫芳散人　1-15
弐心　霞亭主人　1-38
附録
老嫗物語　平　時彦　1-72
稟告
浪華文学会員姓名
挿画
第一図（山内愚仙）
第二図（田口年信）
第三図（扶桑園春香）

第七冊　明治二十四年十一月一日発行

小舟　霞亭主人　1-34
親心　樟の舎主人光秋　1-9
後家倶楽部　圭円子　1-12
武士形気　仰天子　1-35
血刀之記　天囚居士　1-17
わび住居　欠伸居士　1-26
稟告

浪華文学会員姓名
挿画
第一図（田口年信）
第二図（扶桑園春香）
第三図（筒井年峰）

第八冊　明治二十四年十二月一日発行

小春天　秋渚生　1-25
一釣竿　桃蹊隠士　1-21
郷心　紫芳散人　1-21
紅葉時　霞亭主人　1-21
善女人　好尚堂主人　1-24
附録の予告
稟告
浪華文学会員姓名
挿画
第一図（田口年信）
第二図（三谷貞広）
第三図（筒井年峰）

第九冊　明治二十五年一月一日発行

初空　霞亭主人　1-32
マーザー夢物語　アヂソン著、圭円子訳　1-13
うづみ火　仰天子　1-21
十文字香　天囚居士　1-38
雑録
雑録の一欄を設けたる所以　1-4
縦談（其一）　天囚居士　4-12
淀の城趾　焉然居士　13-16
支那と云ふ称呼に就て　圭円　17-18
葦分船第一、二、三、四、五号の評　蘆中人　18-21
附録
序　樟迺舎主人、仰天子、秋渚生　1-4
恋猫　半牧居士、紫芳散人、好尚堂主人、欠伸居士、霞亭主人
批評　瀫江漁長、天囚居士　1-40
稟告
浪華文学会員姓名
挿画
初空（稲野年恒）
うづみ火（三谷貞広）
十文字香（田口年信）
恋猫（幸野梅嶺）

第十冊　明治二十五年二月一日発行

うなり凧（いか）　木崎好尚　1-27
むすび文　瓦全　1-20
煩悩　欠伸居士　1-20
若菜籠　秋渚生　1-30

雑録
思余偶言 天放道人 1-7
縦談（其二） 天囚居士 8-17
東西文学の報酬 圭円子 18-19
雪の朝（あした）（＊随筆） 紫芳散人 19-21
大阪文藝 一、二、三、四 木崎好尚 21-23
「浮世」細評 霞亭主人著、金港堂発刊 贅六庵主人 24-29
契沖師追薦会記 平 時彦 29-39
稟告
浪華文学会員姓名
挿画
うなり凧（稲野年恒）
煩悩（三谷貞広）
若菜籠（田口年信）

第十一冊 明治二十五年三月一日発行

剣難娘（一、二、三、四） 半牧居士 1-37
枕屛風 芝酒園主人 1-10
寒念仏（前半） 仰天子 1-29
舌つゞみ 霞亭主人 1-36
雑録
三文対訳
東下の記（伊勢物語） 漢訳・天囚、英訳・是空 1-4
易水歌（荊軻） 和訳・橙園、英訳・是空 4-4
たはれ艸の一節（雨森芳洲） 漢訳・天囚 4-5
Rural Funeral（Irving） 漢訳・天囚、和訳・橙園 5-8
思余偶言 天放道人 8-19
欧洲雑記 秋風吟客 19-21
高畠式部の事を記す 磯野秋渚 21-24
油地獄 斎藤緑雨著 桃の舎 24-25
大阪文藝 五、六、七、八 木崎好尚 25-31
稟告
浪華文学会員姓名
挿画
剣難娘（三谷貞広）
寒念仏（田口年信）
舌つゞみ（稲野年恒）

第十二冊 明治二十五年四月一日発行

寒念仏（後半） 仰天子 1-33
柘植の夜嵐 磯野秋渚 1-16
一念 好尚 1-14
野遊び 槙野半翠 1-16
剣難娘（後半） 半牧居士 1-40
雑録
なにはがたの一周年 天囚居士 1-8
思余偶言 天放道人 8-15
文芸大名（＊狂言） 日本の諷叢子 15-19
失策話 南泖散史 19-22
稟告

浪華文学会員及画工住所姓名録
挿画
寒念仏（三谷貞広）
一念（筒井年峰）
剣難娘（田口年信）

第十三冊　明治二十五年五月二日発行

孕雀（上の巻）　霞亭主人　1-30
帰休兵　是空居士　1-22
幼朋友（おさなともだち）　紫芳散人　1-19
剣難娘　半牧居士　1-32
雑録
四角八面生に答ふる書　天囚居士　1-12
記喜　小田清雄　12-16
水無菴漫筆　枯川漁史　17-23
近世の一大詩人　秋風吟客　23-25
「桃谷小説」を読みて　木崎好尚　25-28
稟告
浪華文学会申合摘要
浪華文学会員姓名
挿画
孕雀（稲野年恒）
帰休兵（田口年信）
剣難娘（三谷貞広）

第十四冊　明治二十五年六月五日発行

帰雁　好尚堂主人　1-29
艶法師　默亭未笑　1-11
粋菩薩　丸岡九華　1-21
今小町　欠伸居士　1-12
孕雀　霞亭主人　1-59
雑録
今の小説家　天放道人　1-6
春帆楼百絶を読む　磯野秋渚　7-10
「桃谷小説を読みて」を読みて　枯川漁史　10-11
稟告
浪華文学会申合摘要
挿画
帰雁（稲野年恒）
粋菩薩（田口年信）
孕雀（歌川国松）

第十五冊　明治二十五年七月三日発行

女ごゝろ（前半）　仰天子　1-20
蒹葭堂　磯野秋渚　1-18
肥えた旦那（翻訳）　アルビング著、枯川漁史訳　1-23
おぼこ娘　紫芳散人　1-17
孕雀　霞亭主人　61-89

雑録
今の小説家　承前　天放道人　13－23
「宵庚申」と「二ツ腹帯」と（一）　好尚堂　25－28
附録
吟評偶得　桃谷樵隠　1－18
浪華文学会申合摘要　1－2
浪華文学会員及画工住所姓名録　3－6
挿画
女ごゝろ（三谷貞広）
肥えた旦那（山中思仙）
孕雀（筒井年峰）

第十六冊　明治二十五年八月八日発行

忍び車（上）　半牧居士　1－20
お孝　菊酔山人　1－18
女ごゝろ　仰天子　21－39
室咲　枯川漁史　1－20
葦の葉分（第一）荻原広道翁遺稿・小田清雄訂正傍註　1－22
雑録
記喜　平時彦　1－5
縦談（其五）　天囚居士　5－11
浪華詩史稿　磯野秋渚　12－25
「宵庚申」と「二ツ腹帯」と（二）　好尚堂　25－30
挿画
忍び車（三谷貞広）
お孝（歌川国松）
女ごゝろ（田口年信）

第十七冊　明治二十五年九月三日発行

因業老爺（翻訳）　圭円訳　1－30
しら露　好尚堂主人　1－22
忍び車（第二）　半牧居士　25－48
捨扇　霞亭主人　1－40
雑録
随筆　三則　天放道人　1－9
東海阿鯤女史伝　南泖散史　10－18
浪華詩史稿（承前）　磯野秋渚　19－30
（前号訂正文）　31－31
水無庵漫筆　枯川漁史　31－38
社告　38－38
稟告　1－1
浪華文学会員姓名　2－2
挿画
因業老爺（山内愚仙）
忍び車（田口年信）
捨扇（筒井年峰）

第十八冊　明治二十五年十月十二日発行

忍び車　半牧居士　1－29

月桂冠　武富瓦全　1-26
当世品定　堺　枯川　1-22
油画師　欠伸居士　1-30
葦の葉分　荻原広道翁遺稿・小田清雄訂正傍註　23-32
雑録
浪花詩史稿（承前）　磯野秋渚　1-8
鎖間策　木崎愛吉　9-14
稟告　1-1
浪華文学会員姓名
挿画
忍び車（筒井年峰）
月桂冠（稲野年恒）

第十九冊　明治二十五年十一月七日発行

時の鐘　霞亭主人　1-30
野菊　紫芳散人　1-36
笑ひ茸（前編）　好尚堂主人　1-37
葦の葉分（承前）　荻原広道翁遺稿・小田清雄訂正傍註　33-42
雑録
浪花詩史稿（承前）　磯野秋渚　9-18
反古行灯の記　枯川漁史　1-5
稟告　1-1
浪華文学会員姓名　2-2
挿画
時の鐘（筒井年峰）
野菊（田口年信）
笑ひ茸（扶桑園仙斎）

第二十冊　明治二十六年一月二十七日発行

予告　浪華文学会　1-2
笑ひ茸（後編）　好尚堂主人　1-35
銕腸翁　ユーゴー著「プリタニー公爵」・圭円訳　1-39
時の鐘（後半）　霞亭主人　31-55
葦の葉分（承前）　荻原広道翁遺稿・小田清雄訂正傍註　43-61
雑録
浪花詩史稿（終）　磯野秋渚　19-30
欠伸居士作油画師の評　枯川漁史・好尚・欠伸　1-8
稟告　1-1
浪華文学会員姓名　2-2
挿画
笑ひ茸（筒井年峰）
銕腸翁（山内愚仙）
時の鐘（田口年信）

2『なにはがた』第二輯

明治二十六年六月—明治二十六年七月

第二輯一号　明治二十六年六月十一日発行

惜春郎（発端）　漣山人　1-10
心中恋夏草（一、二、三）　好尚　1-20
忙裏縦筆（続）　澱江漁長　11-18
生娘形気（前半）　仰天子　1-14
千鳥（完）　眠柳子　1-12
五軒長屋（三軒目）　かれ川　35-49
女画師　霞亭主人　1-28
浪華文学会員姓名
挿画
惜春郎（国松）
忙裏縦筆（年信）
五軒長屋（年峰）

第二輯二号　明治二十六年七月二十三日発行

心中恋夏草（四、五）　好尚　21-45
五軒長屋（四軒目）　かれ川　51-70
生娘形気（後半）　仰天子　15-25
独身者（完）　黙蛙坊　1-15
女画師（続）　霞亭主人　29-42
浪華文学会員姓名
挿画
心中恋夏草（貞広）
生娘形気（寿）
女画師（年峰）

3『葦分船』

明治二十四年七月—明治二十六年七月（全二十五冊）

第一号　明治二十四年七月十五日発行

葦分船
寄芝迺園　こうえふ　1-1
主意の主眼のと鹿爪らしき儀は毛頭御座なく候　芝迺園迂史謹識　2-2
戯画（蕙心社）　3-3
花くらべ
惜春姿（其一）　秀月山人　4-7
恋は誠一命君様へさゝげもの
文学雀　露乃宿主人　8-10
井原西鶴翁
日くらし硯　芝阿弥　10-10
うらまれ鴉　不粋　11-12
そゞろあるき（その一）　秋渚　12-13
かのも此面　好尚堂　13-15
毛布の辞　草のやのどか　15-16
身投大明神様
かほり草　渓香散史　16-17
「美人百姿」
《雪》　芝迺園　18-18
《月》　雛鶴軒　18-18
《花》　秀月　18-18
筆のふや
葦分船の発行に就て　九花　19-19
祝章
十水　泥水　偽白　不聞　茶屋　多賀女　荷居
墨也　龍水　荷重　19-19
涼風や誘ひ分出ん葦間船　荷村一水庵　19-19
「此双紙の栄えんことをことほきて」　九梨園　19-19
葦分船を祝して　香峰隠士　20-20
発行を祝して　金舟　20-20
題写真美人　睡起　滝田麗陽　20-20
初恋　良近　20-20
夕立　山内千章　20-20
蛍　桜雲山人　20-20
秀月ぬし故郷へかへりたまふお分れを惜み侍りて
うかれ鴉　雪子　20-20
「なに波がた第三冊」　勘左衛門漫評　20-21
「新著百種第十五号長者鑑」　同　21-表紙3
次号の便船　表紙3-表紙3

第二号　明治二十四年八月十五日出版

葦分船
"Quatation"に就て　紅葉　1-1

花くらべ
恋は誠一命君様へさゝげもの（下）　露乃宿主人　2-5
惜春姿（其二）　秀月山人　5-8
文学雀
明治作家走馬灯（其一）　芝阿弥　9-9
紅葉大人に逢ふの記　秀月山人　9-10
当世作者忠臣蔵役割見立　10-10
報知文学四大家？　11-11
日くらし硯
薔薇の下に伏す青蛇　渓香散史　11-13
うらまれ鴉（つゞき）　不粋　14-15
水の説　草迺家主人　15-16
牽牛花を見て　黙亭未笑　16-17
神戸のむかし　山内千章　17-17
茄子大言　伊藤九梨園　17-18
かをり草
美人百姿
《後期》　しうげつ　18-18
《洗髪》　しば　18-19
《浴後》　松衣　19-19
筆のあや
葦分船発行に　逝水　19-19
あし分ふね　琴水女史　19-19
葦分船を祝して　糸竹　19-20
葦分船発行を祝して　文嶺楓果　20-20
観蓮　夏夜　滝田麗陽　20-20
千隅川舟行　香峰隠士　20-20
夏日江村　桜雲山人　20-20
松下忘夏　良近　20-20
夕立　琴水　20-20
日盛やはたりと落し掛扇　昼顔や塵にくもれる水の月
夏月　20-20
一しきり松に色あり夏の雨　夕すゞや月にすかせしお
六櫛　秀月　20-20
新南陽社月並句集　六月部
泥水　荷重　偽白　荷居　南水　巴洞　小成　無曲
青兆　龍水　友楽　原水　北酔　荷村　不聞　20-21
水書双紙　蝙蝠傘　九梨園　21-21
夏夜苦熱　雛鶴軒　21-21
うかれ鴉
「雨の日ぐらし」美妙斎作　勘左衛門妄評　21-22
鴉勘左衛門殿　上方贅六　22-23
葦分船第一号評言惣まくり　香楽斎　23-24

第三号　明治二十四年九月十五日出版

花くらべ
惜春姿（其三）　秀月山人　1-3
源氏かるた　芝迺園　4-6
文学雀
明治作家走馬灯（其二）　芝阿弥　7-8
与正直正太夫書　香雨　8-8

促大文豪出世表　雛鶴軒　8-9
本年好著十二種―附り勝手元道具見立―　10-10
硯海の秀才 水滸の好漢 文武豪傑くらべ　10-10
　日くらし硯
亡き家尊　渓香散史　10-12
露の面影　逝水庵主人　12-13
浮世は頓と厭に成り申候　不粋　13-14
世渡はさまぐ\　草迺家主人　15-16
うきねどり　志うげつ　17-17
　かをり草
風流文章会「美人百姿」（秀月・露の宿撰）
　甲《絵》　胡蜂子　18-18
　乙《ほたる》　紅山人　18-18
　丙《捲簾》　黙亭主人　18-18
　《惜玉》　鶯宿軒　18-19
　《雨後》　酔茗軒　19-19
　《納涼》　鐸州　19-19
　《稚女》　芝迺園　19-19
　筆のあや
秋日雑感　滝田麗陽　20-20
海辺秋風　荒籬萩　良近　20-20
草花　雪子　20-20
暁鐘　琴水女史　20-20
池畔の柳　花外吟史　20-20
夕立にあいさつ顔や二日月　木蔭　20-20
秋季混題発句集　一水庵宗匠撰
　淇松　米甫　草迺家　龍水　浪花子　糸竹　定愛
　香朶　宝山　反古庵　如水　松琴　紅石　龍川　光
　山　龍山　夏雪　北酔　月江　素譲　梅缶　龍渓
　春湖　秋迺家　珍々　米六　春女　鶯伯　一葉　楓
　笠　渚三　鐸洲　雪女　楓岸　みよし　岳方　不聞
　荷村　露の宿　21-21
うかれ鴉
新著百種第拾六号「新世帯」（仰天子著）　奚水　22-23
「野試合」江見水蔭作　勘太郎　23-24
兵庫之友（兵庫之友雑誌社）　学之友（学園会版行）
千代見草（文友会梓）　鬼ころ誌（立春社）　24-24

第四号　明治二十四年十月十五日出版

　花くらべ
獅子王　丸岡九華　1-4
うつろ舟　渓香散史　5-7
　文学雀
明治作家走馬灯（其三）　芝阿弥　7-9
蛙の面に水（しがらみ草紙第廿四号参照）　9-9
蛙の面に水引かけて再び進上申す　捨鉢外道　10-10
文壇女性見立　10-11
　日ぐらし硯
世渡はさまぐ\　草迺家主人　11-13
妖怪　不粋　13-15
悲しきは誠なき世　さんぱ　15-16

誰が袖
かをり草　なみの花子　16–17
美人百姿
《三絃行》　露松衣　18–18
《居待月》　草酒家　18–18
《かたみ桜》　紅痩庵紫衰法師　18–18
うかれ鴉
浪花潟第六冊漫評　勘左衛門　19–20
千紫万紅（成春社）あけぼの（弥生会）雅の友及び
花籠　20–20
御暇乞　秀月山人謹白　表紙3
送別辞　芝酒園　表紙3

第五号　明治二十四年十一月十五日出版

花くらべ
惜春姿（其四）　秀月山人　1–3
獅子王（＊第三回・第四回）　丸岡九華　4–7
文学雀
明治作家走馬灯（其四）　芝阿弥　7–9
山房荒神の酔狂を嗤ふ　無頼魔　9–10
日くらし硯
下手の長談義も役に立つたる大坂屋の再興　渓水　11–13
寒月　なぎさ　13–13
鉄如意　黙亭未笑　13–14
叢雲嵐　不粋堂主人　14–15
世渡はさま〴〵（三）　草酒家主人　15–17
筆のあや
秋日雑興　武田何有　17–17
見葦分船　猿之宿　18–18
月前菊　橋上霜　谷紅葉　花外吟史　18–18
紅白　神田胤長　18–18
根も株も広かりにけり蕙草　南湖　18–18
かをり草
美人百姿
《張衣》　芝酒園　18–18
《山居弾琴》　秀月　18–19
《篁狩》　渓香　19–19
《菊の園》　のどか　19–19
《かぶろ菊》　雛鶴軒　19–19
うかれ鴉
早稲田文学第弐号　勘左衛門　20–20
筒井筒（都の花第六拾九号参照）　鳶都露兵衛　20–21
幼年文学第一号　鬼桃太郎　紅葉山人著　雀忠七　21–21
大阪文藝第一号評言　柯亭邦彦　21–24
風流文章会
《神》閨怨　友鷗散史　24–24
《精》初冬閑居　米光翠紅　24–24
《麗》初冬閑居　ゆき子　24–24
《初冬閑居》　黙子　25–25
《閨怨》　不粋　25–25
滑稽小話　草酒家閲

犬巨焼　夏雪小史　25-25
風雅娘　柳亭一雨　25-25
尻笑ひ　三　巴　25-25

第六号　明治二十四年十二月十五日出版

花くらべ
獅子王（＊第五回・第六回）　丸岡九華　1-4
小夜時雨（上）　逝水庵主人　4-6
惜春姿（其五）　秀月山人　6-9
文学雀
明治作家走馬灯（其五）　芝阿弥　9-11
放言子どうしたもんだい　恋修業者　11-11
山鳥の鷗外漁史に復言す　芝迺園　12-13
大阪文学者に望むの文を評し併せて久津見蕨村氏に告ぐ　柯亭邦彦　14-16
文壇やんちや競　髯むしや孩子　16-17
日くらし硯
箕面　渓　香　17-19
逢はぬ恋は辛気に遠き二千里—芝廼園に寄す—　好　尚　19-19
御かへし　芝　19-19
すゝはらひ　不粋堂　20-21
かをり草
美人百姿
《添乳》　露の宿　21-21
《辛気》　桂　花　21-21
《思寝》　秀　月　21-21
《初一念》　芝迺園　21-22
うかれ鴉
なにはがた第八冊　勘左衛門　22-23
早稲田文学第四号（専門学校）　日本文壇第九号（日本文壇社）　青年文学第一（青年文学会）　あけぼの第四巻（弥生会）　学の友第二十三号（学園会）　千代見草第五号（文友社）　作文法（物外島津木公著）　23-23
風流文章会
《神》月下懐古　白鳳樵夫　24-24
《精》冬恋　七美山人　24-24
《麗》冬恋　西尾三巴　24-24
冬恋　近藤桂月　24-25
月下懐古　沈葉迂史　25-25
滑稽小話
気永い男　西村青柳　25-25
御仁恵　岩　起　子　25-25

第七号　明治二十五年一月十五日出版

葦分船
一張羅の春衣—ざツと斯んな姿に候—　社幹謹識　1-1
花くらべ
獅子王（＊第七回・第八回）　丸岡九華　1-2
小夜時雨（下）　逝水庵主人　2-2

恨のすけ　胡蜂子　2-3
花嵐　草迺家主人　3-3
　かをり草
勧恋文　戯贈某女　露の宿　4-4
瓢賛　上方贅六　4-4
鳴鶴の図に題す　おなじく　4-4
伽羅枕の口絵を見まゐらせて　芝迺園　4-4
　文学雀
又候山放さまへ　トイフエル　4-4
自評座初春狂言―天神記車引の場―　4-4
　日ぐらし硯
楽屋雑談―くせものがたり―　桂花　4-5
初春　不粋　5-5
世渡はさまぐ　草迺家主人　5-5
むかしおもへば　渓香　5-6
　筆のあや
春眠　梅　麗陽小史　6-6
初冬山居　五嶋友漁　6-6
若菜　鶯　良近　6-6
勅題　伊藤荷居　6-6
おなじ題　荷村　6-6
おなじ題　松衣　6-6
　うかれ鴉
油地獄　勘左衛門　6-6
なにはかた第九冊一口評　信天翁　6-7
棹の雫
冬季混題月次句集　一水庵宗匠撰
一二　春湖　豊水　其松　とき女　一枝　波石　義
正　時楽　寿正　楽亭　可楽　茶交　鶯泊　群山
珍々　二峰　竜川　米六　雞迺家　妙々　栄正　紅
石　南里　柳雅　素譲　魚升　竜川　東花　三笑
白鳳　三巴　いろは　魚舛　莚月　机月　雪枝　楓
月　鳥逸　春正　淇松　城鼠　荷村　7-8
小品文
(神)深山不知春　桂月　8-8
(精)初曙　小坂花外　8-8
(麗)深山不知春　富士廼舎かすみ　8-8
初曙　ちぬの浦袖月　8-8
深山不知春　七美子　8-8
初曙　白鳳樵夫　8-8
滑稽小話
　すました慈善家　旭堂主人　8-8
正直者　津田玉南　8-8
七号附録
　文学雀追加
久津見蕨村の駁論に答ふ　柯亭邦彦　1-2

第八号　明治二十五年二月十五日出版

　花くらべ
獅子王（＊第九回・第十回）　丸岡九華　1-2
恋の夜嵐　秀月山人　2-3

かをり草
大扇子の弁　雛鶴軒　3-3
仇文に命釣らる、うかれ者にあらじと申す某女に代りて露様へ　月より　3-3
明烏嘆　渓香　3-3
散蓮華の銘　紫衰　3-3
起上り小法師賛　桂園処士　3-3
文学雀
山放殿下に白す　芝酒園　3-3
おとぼけやるな柵山人　秀月山人　3-3
浪華文壇の三佳肴　矢田良左馬之進　3-4
自評座役割見立劇評　半畳子投　4-4
当世作者卅六家撰　其一　4-4
たがねごと　掃花仙　4-4
日ぐらし硯
梅干を見知てをるか梅の花　渓香　5-5
思ふ様にはならぬが浮世　さんぱ　5-5
堅気むすこ　不粋　5-6
ちん／＼もが／＼！　秀月　6-6
文殻の記　雛鶴軒主人　6-6
筆のあや
春郊散策　偶作　春夜　麗陽小史　6-6
探梅　友漁子　6-6
雨中聞鶯声　良近　6-6
春月　おなじく　6-6
花間鶯　三巴　6-6
恋　おなじく　6-6
垣早梅　としろ　6-6
夜梅　小阪（ママ）花外　6-6
月前梅　おなじく　6-6
翫梅花　おなじく　6-6
慕香尋梅　おなじく　6-6
袖頭巾　おなじく　6-6
梅花詩集の後に　雨の宿　6-6
四季の月
春　雛鶴軒　6-6
夏　艸台　6-6
秋　なみの花子　6-6
冬　松衣　6-6
うかれ鴉
文学世界第拾号をもひ川　思考子　6-6
歌舞伎新報　梨園子　6-7
大通世界　三巻　奇拍子　7-7
なにはがた第十冊　勘瓢子　7-7
棹の雫
春季混題月次句集　一水庵宗匠撰
鶯泊　栄正　波石　洞庭　紅石　群山　住のや　有終　いろは　文木窓　三巴　米甫　其翠　笠雪　とき女　義正　三笑　俳達　糸竹　荷雪　連山　可楽　穀堂　真志　龍川　南里　告天子　米六　一樹　寿正　笑顔　妙々　白鳳　一楽　二峰　降照　素譲　暁山　時楽　柳雅　清流　一口　春正　春湖　梅賀

桜渓　義正　柳雅　喜正　春江　淇松　東儘　我亭
群山　荷村　7-7
小品文
《神》袖頭巾　小坂一雨　7-8
《精》慕香尋花　花外吟史　8-8
《麗》慕香尋花　富士迺舎かすみ　8-8
慕香尋花　七美山人　8-8
袖頭巾　柳亭　8-8
滑稽小話
雄弁家　鉄山人　8-8
儒者の落洒　ちどり　8-8

第九号　明治二十五年二月十五日出版

花くらべ
花一時　秋渚　1-2
松つくり　春渓　2-3
かをり草
孔方兄賛　露の宿　3-3
東道石頌　雛鶴軒　3-3
先生解　紅蘿庵　3-3
凄いもの　芝迺園　3-4
桃源何処　渓香　4-4
われを情知らずと譏りし友へ　奚水　4-4
春は桜。いざ観に行かむ　志葉　4-4
文学雀
文壇珍況　雀舌子　4-4
近来の作もの　4-4
美妙斎の「盗賊秘事」は「盗賊秘事」にあらず　旭堂主人　4-4
当世作者三十六家撰　其二　4-4
日ぐらし硯
面白の秋艸枕花の夢（上）　素六　4-5
朝桜　三巴　5-5
いざといふ詞に就て　小坂花外　5-6
老婆の懺悔　奚水　6-6
再会　渓香　6-6
筆のあや
春眠　春夜歩月　麗陽小史　6-6
春郊所見　小坂花外　6-6
山暁図　友漁子　6-6
海辺春望　花外吟史　6-6
墓前花　おなじく　6-6
折梅　西尾三巴　6-6
立春霞　おなじく　6-6
立春霞　木村俊郎　6-6
春暁　はな子　6-6
春月朧　おなじく　6-6
月前梅　柳坡学人　6-6
雨中柳　南湖　6-6
花に風浮世か爰もちりからたつぽう　雛鶴軒　6-6
酒に罪かつけものせむ花一枝　紅蘿庵　6-6

たて石にいざこととはむ花の宿　浪花子　6-6
花見かも日傘いくつか並ぶ道　露松衣　6-6
けふの日に一と舞頼む浪花鶴　紫衰法師　6-6
雨中梅　露の宿　6-6
初春月　七美　7-7
　うかれ鴉
おどけ艸三輯　勘左衛門　7-7
文学世界第十一―有りや無しや神も仏も―　同人　7-7
なにはがた第十一冊　同人　7-7
　棹の雫
春季混題月次句集　一水庵宗匠撰
竜川　義正　群山　栄正　一葉　らい女　春山　嘉
正　喜正　梅遊　奚疑　南里　荷重　湖洲　米六
有終　ふさ女　紅石　連山　楓岸　鹿堂　南湖　柳
雅　鶯泊　春湖　笙月　寿正　一口　清流　清雅
有終　龍川　告天子　隆好　米甫　春正　鶯泊　鶯
宿軒　一唾　長流　淇松　清雅　長流　桜渓　一楽
一二　7-7
小品文
《神》馴不逢恋　七美山人　8-8
《精》翠柳誰家　小坂花外　8-8
《麗》翠柳誰家　春江釣人　8-8
馴不逢恋　春江釣人　8-8
馴不逢恋　鶯囀子　8-8
翠柳誰家　鳩洲　8-8
滑稽小話
売卜者　8-8

第十号　明治二十五年四月十五日出版

　葦分船
沈没　社幹白す　1-1
　花くらべ
小袖きせて俤句へ桜が妻　曙山人　1-2
藤紫　秀月山人　2-3
　かをり草
潮干狩　志葉　3-3
綿布辞　草迺家主人　3-3
自殺之記　雛鶴軒　4-4
陶然一笑徐ろに筆を染めて葦分船が末号に題す　露の宿　4-4
　文学雀
思ひがけなきまゝ　芝迺園　4-4
御挨拶まで　芝迺園　4-4
近時の奇観　4-4
三画工　4-4
恋修行の成行　秀月　4-4
　日ぐらし硯
腐腸敗骨　渓香　4-5
粋の果は命ち残すが関の山伽羅の運に尽きて惜しき紙
　衣の代　胡蜂子　5-5
雅界の俗観　かすみ　5-5

櫓廻り　芝迺園　5-6
筆のあや
漫成　柳　麗陽小史　6-6
遠山花　江春月　都春月　春夜偶感
花外吟史　6-6
述懐　酔茗軒　6-6
霞中花　港松庵糸竹　6-6
蛙歌　椿花道人　6-6
うかれ鴉
詞海（成珠会発行）　6-6
城南評論　第壱号　6-6
むさし野　第壱編　6-6
なにはがた　第十二冊　6-6
歌学　第壱号　小坂花外　6-6
春駒　石井義卿　6-6
罵儒生作歌　橘　守部　6-7
名所花　小杉榲邨　7-7
早春　加茂真淵　7-7
初春　加納諸平　7-7
以人為鏡　伊藤祐命　7-7
垣鶯　小出　粲　7-7
閑中鶯　会田安昌　7-7
戸外梅　曾我実愛　7-7
松　鈴木重嶺　7-7
新聞紙　小中村清矩　7-7
山家水　原　宏平　7-7
棹の雫
春季混題月次句集　一水庵宗匠撰
春湖　一口　糸竹　夏雪　桜渓　一酔　清流　一葉
城鼠　茶交　蕾女　鶯宿軒　連山　南里　一樹　素
譲　楓里子　柳雅　素譲　馨舟　笙月　東軒　告天
子　きみ女　糸琴　長流　梅遊　笑子　桜渓　東軒
雪の家　荷村　7-7
小品文
（神）暮春即時　花外吟史　8-8
（精）疑恋　指月軒　8-8
（麗）暮春即時　富士迺舎かすみ　8-8
疑恋　花外吟史　8-8
疑恋　七美山人　8-8
暮春即時　春風庵　8-8
暮春即時　柳江散史　8-8
暮春即時　堺　袖月　8-8
暮春即時　山本楓里子　8-8
暮春即時　東軒主人　8-8
滑稽小話
弁士の頓智　ほことん居士　8-8
見当らぬやうだ　柳亭主人　8-8
面倒くさい　仝　8-8

第一号（二次）　明治二十五年五月十五日印刷出版

葦分船

新艘の御披露　社幹述　1-1
　かをり草
いろ文十種（小引）　露の宿　1-2
爛漫　曙山人　2-2
山吹に添へて贈れる　花外　2-2
老鶯　七美子　2-2
猫之辞　湖月　2-2
錦魚の辞　春渓　2-2
祝葦分船再航　武田桜桃　2-2
新艘の初航を祝ひて　富士廼舎　2-3
　文学雀
御女中文学の不景気　芝廼園　3-3
此所三曲合奏　3-3
審美学上の没理想論 岡目八景　3-3
与井上通泰先生書　京わらんべ　3-3
　日ぐらし硯
桜女　渓香　3-4
野辺の花とて一枝手折り候ひしに　湖月山人　4-4
夫がさね　三巴　4-5
口弁慶　亀廼舎　5-5
果敢なきは浮世　富士廼舎　5-7
　うかれ鴉
友禅染（春陽堂発行）　勘左衛門　7-8
歌学（第二号）　小坂花外　8-8
　棹の雫
暮春藤　山吹　蝶　蛙　花外吟史　8-8
落花流水にたゞよふて跡なし　紅蘿庵　8-8
漁村闇夜（即興）　松衣　8-8

第二号（二次）　明治二十五年六月十五日印刷出版

　花名所
雁枕　其壱　秀月山人　1-2
小袖着せて俤句へ 梅が妻　其弐　曙山人　2-3
　かをり草
恋衣辞　紅蘿　3-3
初夏夕行　巴山人　3-3
骨と皮の説　胡蜂子　3-4
水辺柳　東軒主人　4-4
燕子花に添へておん返へり事　花外　4-4
題遊君阿古屋弾琴之姿　秀月　4-4
紙鳶　渓香　4-4
驟雨　芝廼園　4-4
　文学雀
根岸組五人男噂の錦絵　4-4
老いてます〳〵　5-5
土産の魚網御眼にかけん　5-5
藤蔭大人に逢ふの記　秀月　5-5
　筆のあや
朽ち卒都婆　胡蜂子　5-5
隣の娘　湖月山人　5-6
家尊が七年忌　渓香　6-6

花一枝心ばかりの手向哉　秀　月　6-6
詞契渓香秀月の二子が先考追悼の七年忌の法会に手む
け花　露の宿　6-6
渓香秀月両詞契が先考の七年忌に
不粋　木蔭　南湖　湖洲　6-6
追善　無適庵無莫　6-6
祭良近翁　芝迺園　6-6
佳多美硯
げいしや　六樹園飯盛　6-7
小倉百人一首通解　清明堂　7-7
地方文学雑誌一束評　勘左衛門　7-8
文華　初号　8-8
棹の雫
故郷橘　撫子　小阪（ママ）花外　8-8
和歌俳句数章
荷村　巴山人　紅蘿　艸台　露の宿　荷重　鳥暁
一泉　春江　畊月　不聞　烏城　梅林　一笑　8-8

第三号（二次）　明治二十五年七月十五日印刷出版

葦分船
本船の一周航海　社幹述　1-1
花名所
小袖着せて俤句へ梅か妻　其三　曙山人　1-2
かをり草
雁枕　其二　秀月山人　2-3
雪に悩める常磐の前　渓　香　2-2
浮世三曲　七美山人　2-3
観蓮之記　芝迺園　4-4
文学雀
多気桂舟様へまゐらせ候　丹　六　4-4
片々記者のちよツかい　雀舌子　4-4
暑中見舞の進物　4-4
新著＝珍著（美妙斎「日本大辞書」・湖処子「まぼろ
し」）　4-4
見渡す限り千紫万紅　左馬之進　5-5
筆のあや
鮑貝一人心中　かえふ　5-5
はしたなき風の繰言　亀の家　5-5
吊不幸文　富士迺舎　6-6
うかれ鵜
奴の小万　勘左衛門　6-6
平家琵琶歌　初編　同　6-6
長崎文学の勃興　同　6-7
学之友　第十三号　7-7
かたみ硯
児戯賦　蜀山人　7-7
詩歌兄弟対面のつらね　蜀山人　7-7
棹の雫
一水庵中法円社六月並発句輯　庵主荷村宗匠撰
橋児　偽白　鳥暁　不聞　此木　龍水　荷居　烏城
荷村　8-8

偶成和軍医監堀内君韵　近藤釣煙　8-8
浪華橋納涼（ウ韻）　紅　蘿　8-8
その場きり　露の宿　8-8
萍や侍の見るものでなし　梅遊生　8-8

第四号（二次）　明治二十五年八月十五日印刷出版

花名所
小袖着せて俤句へ梅か妻　其四　曙山人　1-2
犬も歩めば棒の諺　巴山人　2-3
かをり草
いろ文十種　露の宿　3-3
藤の詞　不希男　3-3
竹夫人の弁　紅　蘿　3-4
文学雀
噂も高き錦絵に添へし列ねも五枚絵　丹　六　4-4
筆の綾
蝉のぬけがら―何しに行たやら分からぬ旅行汽車に酔うたる仙人二人―　好尚堂作　4-5
おなじく奥書　秋渚生　5-5
罪のなき詫言　芝迺園　5-5
投扇　三　笑　5-6
牝鶏の一鳴　渓　香　6-6
うかれ鴉
城南評論　第五号　勘左衛門　6-7
軽文学　第三号　同　7-7
秋田文学　第壱号　小勘左　7-7
かたみ硯
徳利の自画自賛　蜀山人　7-8
棹の雫
待恋　緑　園　8-8
男山の風憎からず女郎花袖の振り合せも他生の縁　東　軒　8-8
我が庵　鶯衣生　8-8
月下過古戦場　香朧軒主人　8-8
劉備失匙図　近藤釣煙　8-8
反古うちわ
紅蘿　季一　御風　はな子　排坡　松衣　汐花　其
流　艸台　露の宿　8-8
月嘯　草迺家　8-8

第五号（二次）　明治二十五年九月十五日印刷出版

花名所
小袖塚　何の某　1-2
犬も歩めば棒の諺　巴山人　2-2
かをり草
いろ文十種　露の宿　2-3
改名辞　草迺家　3-3
題孤松庵　三五七言　黄盧居　3-3
蜘蛛賦　孤松庵　3-4
古行灯辞　紅　蘿　4-4

秋のあわれ　花外　4-4
西瓜　水野生　4-4
煙管の辞　渓香　4-4
古御所　芝迺園　5-5
　文学雀
ろれもさうかい　雀舌子　5-5
壬辰文壇新内閣役割　左海彦山人　5-5
歯痒きもの　5-5
　筆のあや
月残風暁　秋渚生　5-6
青田　鶯衣　6-6
抑も是が粋の果　淇庵　6-7
迷ひ紀行　渓香　7-7
　うかれ鴉
「詞海」第六号　袋竹刀評　牟二無三太　7-7
「美文学」第二号　小勘左　7-8
「文園」第壱号　8-8
　かたみ硯
柳をよめるざれ哥のはしがき　石川六樹園　8-8
猩々画賛　安穴道人　8-8
　棹の雫
口すさみ　黄廬居　8-8
よみすて　月嘯　8-8
○（*俳句二首）　山蟬　8-8
○（*俳句二首）　鶯衣　8-8
若比丘尼　七言（ア韻）　露松衣　8-8
渓間月　七言（ウ韻）　松紅蘿　8-8
北郊観盆踊　七言（イ韻）　岡艸台　8-8

第六号（二次）　明治二十五年十月十五日印刷出版

　花名所
新刀塚　胡蜂子　1-2
後篇 梅小町（其二）　曙山人　2-3
　かをり草
いろ文十種　露の宿　3-3
啼くや水鶏恋に幾夜を寐覚の床　巴山人　3-4
もちの夜　芝迺園　4-4
　文学雀
春陽座秋狂言 夏小袖冬の夜話—相勤ます役人替名—　4-4
当り狂言評判記　かきのぞき　4-4
何を小癪な！　雀舌子　4-5
　筆のあや
いそし祭　第壱　好尚堂主人　5-5
惜玉の辞　逝水庵　5-6
うき舟　緑園　6-6
こゝろのまゝ　渓香　6-7
　うかれ鴉
「少年文学 暑中休暇」大江小波著　勘左衛門　7-7
「詞海」第七号　袋竹刀評　牟二無三太　7-7
「薩摩琵琶歌」　7-7
「戯曲叢書」　7-7

「早稲田文学」第廿四号　7-8
「乙女艸」第壱冊　8-8
　かたみ硯
〔無題〕　ドクトル ルーテル　8-8
酒色財　蜀山人　8-8
　棹の雫
帰郷　近藤釣煙　8-8
名所月（和詩七言）（ア韻）　東軒主人　8-8
月三絶　黄盧居　紅蘿庵　露の宿　8-8
○（＊俳句三首）　不希男　8-8
石山観月　湖上観月　鶯宿軒　8-8

第七号（二次）　明治二十五年十一月十五日印刷出版

　花名所
後篇 梅小町（其弐）　曙山人　1-2
秋しぐれ　渓香　2-3
　かをり草
いろ文十種　露の宿　3-3
薩摩琵琶歌序　曙山人　3-3
ふられ男　成珠の水　3-4
秋暮のつれ〳〵　胡盧　4-4
絵笠の画を見て（ウクの韻）　舟人　4-4
頭巾（イキの韻）　同　4-4
　文学雀
下馬評定　雀舌子　4-5
見立ないもの尽し　猪尾助　5-5
与鴈回子書　雉六　5-5
　筆のあや
双鸞栖記　鎮春螻主人　5-5
寄波浪　湖月山人　6-6
秋かたみ　雛の家主人　6-6
ちり紅葉　緑園　6-6
　うかれ鴉
「あけぼの」第二号　小勘左　6-7
「自然の声」第一　小勘左　7-7
「大阪文藝雑誌」第一号　同　7-7
一流袋竹刀評（「詞海」第八号）　牟二無三太　7-7
「反古草紙」（第一及二）　五平太　7-8
「学の友」（第三十八号）　ぴん三　8-8
「小桜緘」（第一号）　勘太郎　8-8
　かたみ硯
節季賦（風狂文草巻之弐）　田中友水子　8-8
　棹の雫
案山子の辞　鶯衣　8-8
澱江秋日次蠢舟何先生詩韻　近藤釣煙　8-8
初冬　袖月　8-8

第八号（二次）　明治二十五年十二月十五日印刷出版

　葦分船
〔無題〕　社幹　伏稾　1-1

花名所		
東雲重三　其上	逝水庵主人	1-2
筆をさめ	水郭	3-3
かをり草		
いろ文十種	露の宿	3-4
冬夜	渓香	4-4
磯時雨	巴山人	4-4
浮世もちの弁	桜桃	4-4
煙草頌	紅蘿	4-4
法螺貝（エケの韻）	志葉	4-4
文覚上人（イキの韻）	同	4-4
文学雀		
京文学	雀舌子	4-4
新梁山泊	同	4-5
此所八人藝御覧に入れ候	同	5-5
小説家の身の上	思考生	5-5
飛檄一札	冊六	5-5
筆のあや		
はじ紅葉	秋渚	5-6
是空	芝尾入真	6-6
冬柳	渓香	6-6
うかれ鴉		
古今雅譚	舟人	6-7
城南評論（第九号）	同	7-7
中国文学（壱）	黒烟五平太	7-7
なにはがた（第十九冊）	小勘左	7-7
一流袋竹刀評		
「詞海」（第九号）	牟二無三太	7-8
「鬼奴」浪六著	同	8-8
「反古草子」（三冊）	勘助	8-8
「東洋文学」（第三号）	勘太郎	8-8
「石鉄遺響」	勘太夫	8-8
「鳳雛」（第一篇）	勘平	8-8
かたみ硯		
節季賦（承前）	田中友水子	8-8

第九号（二次）　明治二十六年一月十五日印刷出版

葦分船		
筆はじめ	芝迺園	1-1
花名所		
東雲重三（其二）	逝水庵主人	1-2
後篇梅小町（其三）	曙山人	2-3
かをり草		
曙山が潜行の門出を送る	胡蜂子	3-3
元旦の朝ぼらけ	志葉	4-4
古羽子板	成珠水郭	4-4
文学雀		
元旦や晴れて雀のものがたり	嵐雪	4-4
初さへずり	雀舌子	4-4
筆のあや		
待女郎	胡蜂	4-5

辻君の遺書　渓香　5-6
ふゞ季　喞月楼主人　6-7
　うかれ鴉
読売新聞附録　小勘左　7-8
歌舞伎新報の附録　同　8-8
文藝　第五　8-8
ねむけさま誌　第壱号　8-8
　かたみ硯
鏡頌　浪速狂夫　8-8
人丸絵讃　同　8-8
小町衰老像讃　同　8-8
富士画讃　同　8-8
　棹の雫
癸巳元旦　近藤釣煙　8-8
送曙山人静岡大務新聞入社　巴山人　8-8
おなじく　雪のや　8-8
巌上亀　巴仙　雪のや　8-8
雑煮余言　荒木田破扇　8-8

第十号（二次）　明治二十六年二月十五日印刷出版

　花名所
後篇梅小町　其四　曙壱山人　1-2
東雲重三（其三四）　逝水庵主人　2-3
　かをり草
紅葉さまへ　杉本某　3-3
家兄に呈す一札　渓香　3-3
野梅　同　3-4
　文学雀
巷のうわさ　雀舌子　4-4
ゝゝゝ七則　4-4
毒舌甘からず　丹六　4-4
　筆のあや
待女郎（続）　胡蜂　4-4
　うかれ鴉
萩桔梗細評　三巴　5-7
新刊寄贈雑誌―いなづま評―　勘左衛門　7-7
一流袋竹刀評（＊「詞海」・「小桜縅」）　牟二無三太　7-8
「やれ扇」第一号　東西坊　8-8
　かたみ硯
好物論　浪速狂夫　8-8

第十一号（二次）　明治二十六年三月十五日印刷出版

　花名所
東雲重三（其五〔ママ〕）　逝水庵主人　1-3
藤衣（上）　荷葉　3-4
　かをり草
半纏の詞　南天庵　4-4
悼黙阿弥翁　芝阿弥　4-4
　文学雀
正太夫殿へ　雀舌子　5-5

竹のや主人へ　同　5-5
蛸入道得意之図　5-5
筆のあや
旅中の家兄　渓香　5-5
東海の煙波　巴峡仙　6-6
ふゞき（第三）　喞月楼主人　6-7
うかれ鴉
反古袋（天外緑雨作・春陽堂発梓）　勘左衛門　7-8
新刊雑誌襟評
「小文壇第壱号」　小勘左　8-8
「雪花渓壱」　8-8
「鷗夢新誌第七拾七集」　8-8
かたみ硯
梅千頌　浪花狂夫　8-8

第十二号（二次）　明治二十六年四月十五日印刷出版

花名所
後篇梅小町（其五）　曙山人　1-2
藤衣（中）　荷葉　2-3
かをり草
花王樹の詞　芝酒園　3-3
桜の精　志葉　3-3
題しらず　渓香　3-4
雛あそび　巴山人　4-4
文学雀
熊手沙汰　雀舌子　4-4
雪花渓に御返まで　丹六　4-5
筆のあや
踏青　渓香　5-5
拾ひもの　胡蜂子　5-6
どくろ妻　悊水庵　6-6
うかれ鴉
小説鉄道寒帷子（春陽堂発行）　勘左衛門　6-7
俳諧（第一号）　7-7
浪花文学（第弐号）　7-7
一点紅（第壱号）　7-7
かたみ硯
百虫譜　摂江の狂子　7-8
初雛賦　巴人亭　8-8

第十三号（二次）　明治二十六年五月十五日印刷発行

花名所
藤衣（下）　荷葉　1-3
かをり草
御庭拝見　志葉　3-3
春已去　渓香　3-3
隠家　巴山人　3-3
寸善尺魔　芝酒園　3-3
文学雀
一ぷく叢談　雀舌子　3-4

風評七十五日　丹六　4-5
余興小説花相撲勝負附　4-5
筆のあや
天晴れ壮佼　渓香　5-6
琵琶の暮　自吊　6-6
いたづら臥　富士廼舎　6-7
うかれ鴉
素人同志評判記（壱）　勘左衛門　7-8
かたみ硯
いかのぼり　飯盛述　8-8

第十四号（二次）　明治二十六年六月十五日印刷発行

花名所
小福島　芝廼園　1-2
埋木（上）　笹井迷楼　2-3
玉の緒（其一）　葛葉女史　3-4
かをり草
この九日　古洞生　4-4
偶感　志葉　4-4
文学雀
ゴエテーとシルレル　雀舌子　4-4
読売（いさみ）花相撲　薔薇生　4-5
てんやわんや　ア、べ、ツエ氏　5-5
筆のあや
見ぬ恋　なにがし　5-6
頓悟　渓香　6-7
うかれ鴉
素人同志評判記（弐）　勘左衛門　7-7
新刊雑誌一口評
このはな草子　第壱号　7-7
文舞台　第壱号　8-8
一点紅　第三号　8-8
同志社文学　第四拾号　8-8
同楽叢談　第壱号　8-8
早稲田文学　第四拾号　8-8
学之友　第四拾壱号　8-8
定　蕙心社　8-8

第十五号（二次）　明治二十六年七月十五日印刷出版

花名所
玉の緒（其弐）　葛葉女史　1-2
渡小五郎　自吊　2-4
かをり草
我がやのをちこち　磯野秋渚　4-4
夕すゞみ　志葉　4-4
むら蛙　曙山人撰　5-5
文学雀
何や彼や　雀舌子　5-5
文壇雑事　丹六　5-6
筆のあや

想起録 渓香 6-6
雨中閑居 不粋 6-7
仇枕 淇奄 7-7
　うかれ鴉
蝦夷錦（春陽堂発行） 勘左衛門 7-8
小半漫言（有斐閣発行） 同 8-8
　かたみ硯
文房四友譜 風狂子 8-8
定 薫心社 8-8

4『大阪文藝』

明治二十四年十月—明治二十五年二月

第一号 明治二十四年十月十九日発行

口上 文藝記者一同 1-1
文学者の目的（＊論説） 久津見蕨村 2-5
僧天海と徳川氏の初世（＊歴史談） 木内伊之介（愛渓） 5-11
紅葉 上編（＊小説） 宇田川文海 11-17
髭の塵はらひ（＊狂言） 大川北邨 18-23
空蟬（＊院本） 大久保夢遊 23-29
思出るまゝ（＊随筆） 鈴木真年 30-32
実業家未来記 社会破裂予言 株式王 第一回（＊小説） 奥村柾兮 32-36
小督（＊脚本） 竹柴諺蔵 36-40
秋の蝶（＊俄） 香川蓬洲 40-42
守護神（＊人情話） 作・宇田川半痴 述・桂小文枝 筆記・友野荘次郎 43-49
糸萩姫 第一回（＊小説） 丸岡九華 49-52
前後の月（＊和文） 久保田蓬庵 52-54
御門菊の記 七艸庵（亀一山） 54-57
俳諧 57-58
一口話 58-59

雑報		59−60
挿画		
勇士美人に謁するの図（筒井年峰）		
天使花を射るの図（中川蘆月・稲野年恒合作）		

第二号　明治二十四年十一月一日発行

僧天海と徳川氏の初世（＊歴史談）	木内伊之介（愛渓）	1−6
大阪の文学者に望む（＊論説）	久津見蕨村	6−11
紅葉　中編（＊小説）	宇田川文海	11−14
小督（＊脚本）	竹柴諺蔵	15−18
実業家未来記 社会破裂予言 株式王　第二回（＊小説）	奥村柾兮	18−22
思出るまゝ（＊随筆）	鈴木真年	22−25
花は紅（＊落語）	北埜邨夫（大川北邨）	25−28
糸萩姫　第二回（＊小説）	丸岡九華	28−34
義士密謀の旧地　甲（＊記文）	金子静枝	34−37
守護神（＊人情話）	作・宇田川半痴　述・桂小文枝　筆記・友野荘次郎	37−42
苅屋（＊能）	久保田蓬庵	42−45
ひげ薬　上（＊滑稽小説）	千歳子	45−48
歌解（＊漫筆）	羽山菊酔	48−51
近飛鳥の記（＊和文）	七艸庵主人（亀一山）	51−55
千代の秋（＊唱歌）	宇田川半痴	55−56
英詩	訳・小塊	56−58
俳諧		58−60
一口話		60−60
雑報		61−61
挿画		
仲国嵯峨野に小督を尋る図（稲野年恒）		
才子農家に美人を慰る図（筒井年峰）		

第三号　明治二十四年十一月十六日発行

演劇の改良に就て	久津見蕨村	1−6
義士密謀の旧地　乙（＊記文）	金子静枝	6−9
糸萩姫（＊小説）	丸岡九華	9−15
阿正（＊伝記）	羽山菊水（菊酔）	15−19
思出るまゝ（＊随筆）	鈴木真年	19−21
空蟬（＊院本）	大久保夢遊	21−23
花は紅（＊落語）	北野村夫（大川北邨）	23−27
門づけ（＊小説）	多田垂蘿	27−31
ひげ薬　下（＊滑稽小説）	千歳子（田中千歳）	31−33
実業家未来記 社会破裂予言 株式王　第三回（＊小説）	奥村柾兮	33−38
紅葉　下編（＊小説）	宇田川文海	38−43
佐久間玄蕃女（＊史伝）	久保田蓬庵	43−46
憂き船　壱（＊小説）	吉本秋亭（残菊）	46−50
地震（＊落語）	桂　文屋	50−50
御祝	花柳軒春芳（小山春芳）	51−51
近飛鳥の記（＊和文）	七草庵主人（亀一山）	51−55
贈矼雲来序（＊漢文）	山本梅崖	55−56

長歌　久保田有恒　56-57
俳諧　57-58
一口話　58-59
雑報
　挿画
　　烈女一室に死を決するの図（稲野年恒）
　　勇士怒に乗して舅嫁を斫るの図（筒井年峰）

第四号　明治二十四年十二月七日発行

演劇改良に就て　久津見蕨村　1-7
大日坊　上（＊小説）　井上笠園　7-11
藤房卿（＊脚本）　竹柴諺造（諺蔵）　11-15
高野聖因縁譚（＊読切物語）　鈴木真年　15-20
糸萩姫　第四回（＊小説）　丸岡九華　20-24
阿正（＊伝記）　羽山菊酔　24-27
憂き船　弐（＊小説）　吉本秋亭　27-30
義士密謀の旧地　丙（＊記文）　金子静枝　31-33
みめより（＊人情話）　作・宇田川半痴　述・桂小文枝　筆記・友野荘次郎　33-37
空蟬（＊院本）　大久保夢遊　37-42
門づけ　第二、三回（＊小説）　多田垂蘿　42-47
題龍門之図（＊題詞）　亀一山　48-48
片輪車（＊読切小説）　菊池幽芳　48-52
地震（＊落語）　桂小文枝　52-55
菅廟献咏詩跋（＊詩文）　山本梅崖　55-55
訪隠者（＊和文）　久保田蓬庵　56-57
蜘蛛（＊長歌）　伊達（安達）ちひろ　序・久保田蓬庵　57-58
甲斐源氏（＊長歌）　久保田有恒　58-58
歌俳諧　59-61
批評　61-62
（『勅諭修身経階梯』『勅諭修身経読本』『勅諭修身経詳解』『国民修身談』）
雑報　62-表紙3
　挿画
　　入道涙を呑んで二子に別る丶図（稲野年恒）
　　龍門の図（亀一山）

第五号　明治二十四年十二月二十一日発行

世の批評に答ふ（＊論説）　久津見蕨村　1-6
美術と謂ふことに就て（＊論説）　牧　鶴城　7-9
糸萩姫　第五回（＊小説）　丸岡九華　9-15
門づけ　第四、五回（＊小説）　多田垂蘿　15-20
空蟬（＊院本）　大久保夢遊　20-23
実業家未来記社会破裂予言株式王　第四回（＊小説）　奥村柾兮　23-28
こひ争ひ（＊読切小説）　大川北埜（北邨）　28-32
新編室内旅行（＊寓意小説）　太田焉然　32-35
藤房卿（＊脚本）　竹柴諺造（諺蔵）　35-39
憂き船　第三回（＊小説）　吉本秋亭　39-42

みめより　第二席（＊人情話）　作・宇田川半痴　述・桂小文枝　筆記・友野荘次郎　42-48
不逢恋（＊物語）　鈴木真年　48-54
逍遥遊（＊漢文和訳）　久保田蓬庵　54-55
梁恵王（＊漢文和訳）　久保田蓬庵　55-56
ふるさと（＊新体詩〈英詩〉）　久保田小塊　56-56
歳暮俳詩　福田梅兆　57-57
仝　和韻　久保田蓬庵　57-57
七拾六番歌合のおくに書つくる詞　弾　琴緒　57-57
詩歌俳句　58-63
批評　64-64
（「早稲田文学」）
雑報　65-66
挿画
阿貞三子を携へて火災を脱るゝ図（稲野年恒）
重衡千手と合奏するの図（筒井年峰）
書
室内旅行題詞（中江兆民）

第六号　明治二十五年一月四日発行

新年の辞　1-1
美論抄　第一（＊論説）　久津見蕨村　2-6
書作るわざ（＊和文）　久保田小塊　6-8
義士密謀の旧地　丁（＊記文）　金子錦枝（静枝）　9-14
憂き船　第四回（＊小説）　吉本秋亭　14-16
本邦の文芸は神世に権輿せる説　鈴木真年　16-20
大日坊　中（＊小説）　井上笠園　20-23
新編室内旅行　第二（＊寓意小説）　太田焉然　24-27
門づけ　第六回（＊小説）　多田垂蘿軒　28-31
哥列維物語　訳・千石華洲　31-35
藤房卿（＊脚本）　竹柴諺造（諺蔵）　35-39
槍梅　上（＊小説）　宇田川文海　39-43
実業家未来記社会破裂予言株式王　第五回（＊小説）　奥村柾兮　43-49
雛鶏瓢記（＊漢文）　山本梅崖　49-50
やんごとなき家の初春（＊和文）　久保田蓬庵　50-51
新羽衣（＊落語）　桂　文枝　51-54
七福神（＊落語）　述・桂小文枝　54-55
親子喧嘩（＊落語）　述・桂文屋　55-56
月ざらへ　述・桂文屋　56-56
和歌　56-57
俳諧　57-57
狂歌　57-57
雑報　57-58
挿画
岩戸開之図（亀一山）
鳳鳴鸞舞の図（稲野年恒）
附録
三木村甚五左衛門　丸岡九華　1-7
子　鼠の新年　久津見蕨村　7-7
丑　滑稽脚本変作春露雨影桜　香川蓬洲　8-12

寅 雷さまの特鼻褌　吉本秋亭　12-13
卯 佐栗当　木内愛渓　13-15
辰 辰　久保田蓬庵　16-16
巳 似而非仏　奥村柾兮　16-19
午 御馬説　山本梅崖　19-19
未 ひつじかひ　宇田川半痴　19-22
申 三疋猿　亀 一 山　22-31
酉 酉　鈴木真年　32-32
戌 白犬の初夢　千 歳 子　32-34
亥 亥　北野郙夫（大川北埜）　34-35
附録挿画
飛龍沖天之図（鈴木松年）

第七号　明治二十五年一月十八日発行

美論抄　第二（＊論説）　久津見蕨村　1-3
月の名考（＊考証）　吉岡花子　3-5
新編室内旅行　第二　焉然居士（太田焉然）　6-14
演劇脚本藤房卿　竹柴諺蔵　14-18
昔男（＊物語）　久保田蓬庵　18-22
獅子舞（＊演史）　鈴木真年　23-25
初陣（＊小説読切）　武田柳香　26-31
糸萩姫　第六回　丸岡九華　31-37
松の雪　上（＊小説）　北埜郙夫（大川北野）　37-41
檜梅　下　宇田川文海　41-45
鶯宿梅（＊小説読切）　梅野花子（菊地幽芳）　45-60
新喜多巨石記（＊漢文）　山本梅崖　60-60
題呉王夜宴図　旧作（＊漢文）　山本　轍　60-61
新年文宴（＊詩）　奈良松嶂　61-61
日出山（＊小謡）　大西亮太郎　61-61
和歌俳句　61-66
雑報　66-67
社告　68-68
挿画
業平東下り及望月の図（亀一山）
美人梅を折るの図（歌川国峰）

第八号　明治二十五年二月一日発行

病犬論者に一言す（＊論説）　久津見蕨村　1-4
大日坊　下（＊小説）　井上笠園　5-7
哥列維物語　上篇　千石華洲　8-13
松の雪　下　北野郙夫（大川北郙）　13-17
空祈（＊狂言）　宇田川半痴　17-20
憂き船　五　吉本秋亭　20-21
咲也此花顔見勢（＊脚本）　奥村柾兮　22-26
思ひ出るまゝ（物茂郷）（＊随筆）　鈴木真年　26-29
土佐日記意考（＊和文）　久保田小塊　29-34
藤沢（＊短篇小説）　武田柳香（桃香）　35-43
新編室内旅行　第三　焉然居士（太田焉然）　43-50
門づけ　多田垂薙軒　50-56
あれたる家の春の月（＊和文）　久保田蓬庵　56-56

歌と俳諧の別（＊和文）　吉岡花子　57－58
山寒分韻（＊詩）　山本竹渓　58－58
自娯小文序（＊漢文）　山本梅崖　59－59
聖廟図跋（＊漢文）　奈良松嶂　59－59
題尾濃地地震図（＊漢文）　森　檣山　59－59
題尾濃地地震図（＊漢文）　今仲毅堂　59－60
行兼鬼に遇ひし事（行兼五節の学びする事）（＊漫録）　60－61
忠義の意義（蟻と云ふ文字の起りの事）（＊漫録）　61－61
雑報　61－65
挿画
義士節婦孝子の図（稲野年恒）
烈女寃家に迫る図（筒井年峰）

5 『大阪文藝雑誌』

明治二十五年十月―明治二十五年十一月

第一号　明治二十五年十月十二日発行

発刊ノ詞　1－2
文藝評論（＊論説）　久津見蕨村　2－9
美術は天理の秘奥を極む（＊論説）　有学居士　10－12
ふた瀬川（＊小説）　大川北野生　12－21
擬武者修行（＊小説）　多田垂蘿　21－25
狐狩（＊小説）　夢迺舎主人　26－35
物草恵美丸（＊小説）　久保田小塊　35－39
葉末の露（＊小説）　宇田川文海　39－44
屑屋（＊小説）　吉本秋亭　44－46
俳詩・和歌・俳句　47－52
初秋の朝高津の宮に詣づ（＊和文）　蓬　庵　52－53
豊閣は蒲生宰相を殺さず（＊史談）　松本似水　53－54
室遊女長者伝（＊史談）　鈴木真年　55－57
一汗（＊史談）　梅の家かほる　57－61
文林の独語（＊随筆）　久保田小塊　61－62
演劇歌合　62－66
大阪文藝（＊落語）　蓬の舎主人　66－67
新日本史（＊新刊批評）　兀々生　67－68
雑報　68－69

大阪文藝会々則 69-70
同会員姓名録 70-72
弔詞 72-72
挿画
佳人心を傷るの図（稲野年恒）
才子情を凝すの図（田口年信）

第二号　明治二十五年十一月二十五日発行

文藝評論（＊論説） 久津見蕨村 1-7
ドラマは最上の美術なり（＊論説） 有学居士 7-9
千代姫（＊小説） 晩秋庵香稲 9-15
擬武者修行（承前） 多田垂蘿 15-20
ふた瀬川（承前） 大川北埜（北野）生 21-29
物草恵美丸（承前） 久保田小塊 29-35
葉末の露（承前） 宇田川文海 35-38
小幡景憲伝（＊演史） 鈴木真年 38-41
北条時頼論（＊演史） 松本似水 42-43
学（＊和文） 蓬　庵 43-44
歌論（＊論評） 44-46
俳諧問答 痴　竹　斎 46-48
演劇歌合（承前） 48-52
詩文・和歌・俳句 52-61
雑報 61-70
大阪文藝会々員姓名録 70-72
挿画
似非猛者夜物怪を見るの図（中川蘆月）
佳人現に情人を見るの図（稲野年恒）

第三号　明治二十六年一月二日発行

文藝評論（承前） 久津見蕨村 1-5
暴食家（＊小説） 半痴居士 5-17
無情（＊小説） 有　隣　生 18-22
ふた瀬川（承前） 大川北野生 22-30
恋車（＊小説） 島田かほる 30-33
哥列維物語（＊小説） 千石華洲訳 33-38
演劇歌合（承前） 38-41
不賢息様（＊小説） 多田垂蘿 41-51
小幡景憲伝（＊実伝） 鈴木真年 51-56
弟子説（＊和史） 久保田蓬庵 56-58
お炭（＊和史） 久保田小塊 59-59
幽風堂記（＊詩文） 山本梅崖 59-62
南朝懐古（＊長歌評論続） 62-66
和歌 66-67
俳諧 67-68
俳句 68-68
雑報 69-72
大阪文藝会々員姓名録 72-72
挿画
勇士鼓を打て敵を欺くの図（中川蘆月）
書生絵に依て佳人を評するの図（稲野年恒）

6『少文林』

明治二十五年十一月―明治二十七年七月

第一巻一号　明治二十五年十一月五日発行

発行の主意	日本教育雑誌主筆鈴木倉之助	1-6
祝詞	山田正賢	7-8
説林		
事は勉強になる	天眼道人	1-2
少年の禁物は女色のみ	金波居士	2-3
酒の訓	酔狂生	3-4
学林		
風の起因	無署名	4-5
気候の一周期	無署名	5-5
金星に人類柵む由の話	無署名	5-6
日本魔鏡	無署名	6-7
談林		
後醍醐天皇の御幼時	宮川生	7-7
デモステネスの不屈	田島生	7-8
見聞随筆	稲生　実	8-11
珊瑚の話（「少年園」の転載）		11-15
史林		
享保年間の人員調	無署名	15-16
病院の起源	無署名	16-18
大塩平八郎の逸事	無署名	18-19
新華族三君の略歴	無署名	20-22
貌林		
歴史小説 垣漏月（＊小説）	東天隠士	22-27
文林		
少年文章十数篇		28-37
集林		
月卿雲客	無署名	37-38
三介と太守	無署名	38-38
無官太夫	無署名	38-38
蟻の霊能（幼年雑誌）	無署名	38-39
須磨の月夜（梅花詩集）	無署名	39-40
鼠を賺す話	無署名	40-40
醤油樽が天気の良否を報知す話	無署名	40-41
牛肉の良否を知る事	無署名	41-41
退屈凌ぎ	無署名	41-42

第一巻二号　明治二十五年十二月五日発行

思ひ出のまゝ	山田月山	記載なし
文林会懸賞文募集広告		1-2
説林		
学問の目的	川崎太郎	2-4
修業年限を定むるに就ての卑見	藤崎熊雄	4-8
学林		
言語の色	述・エン・イー・ニユーウエル	

訳・河内逸士　8-10
月の世界　天眼道人　10-11
霊魂に就て　藤松一郎　11-13
談林
人造の頭形　無署名　13-14
印度の奇児　無署名　14-15
内外奇聞新古叢誌　大本堂達道　15-16
通俗立志参考談　石梁子　16-18
史林
後醍醐天皇より名和長年に賜りし勅書　無署名　18-19
外交古今の沿革　無署名　19-20
平仮名太閤記　訳・金波居士　20-25
貌林
実説金剛石（＊小説）　川の舎さきこ　25-28
芳林
少年文章十五章　28-32
集林
時報　無署名　32-33
内地旅行名所旧蹟案内　京都府の部（其一）　東天隠士　34-34
新撰金格言（一）　無署名　35-35
高聞詩解（一）　南窓逸士　35-36
評林
内藤耻叟著『徳川十五代史　第二編』　無署名　37-37
織田得能著『原人論和解』　無署名　37-37
文学士林曾登吉補訳『万国商業歴史』　無署名　37-37
投書規則　38-38

第一巻三号　明治二十六年一月五日発行

説林
教育的衛生　川崎太郎　1-3
大日本帝国を知らざる可らず　秋風居士　3-7
感化の感　天外居士　7-8
好きこそ物は上手なれ　永田建中　8-10
学林
化学の話　無署名　10-11
瑪瑙の話　無署名　11-12
分析の話　無署名　12-14
取木の話　無署名　14-14
記憶力の話　無署名　14-16
獣の話　無署名　16-17
氷の話　無署名　17-17
高聞詩解（二）　南窓逸士　18-20
談林
通俗立志参考談　石梁子　20-23
思ひ出のま、　山田月山　23-25
内外奇聞新古叢誌　大本堂達道　25-27
和事根源　無署名　27-27
和称根源　無署名　27-28
史林
江戸城の沿革　無署名　28-29
洋学の伝来　無署名　29-30

尺度の話　無署名　30-30
国史拾遺談（一）　無署名　30-32
摘史少話　無署名　32-36
日本武将記　長尾　薫　36-38
貌林
苦学　東天隠士　38-39
平仮名太閤記　訳・金波居士　39-43
芳林
少年文章八章　43-46
集林
時報　無署名　46-47
昔語　無署名　47-48
八埃の狂歌　無署名　48-49
見識　無署名　49-50
くさ〳〵　無署名　50-51
新撰金格言（二）　無署名　51-51
評林
藤田軌達著『日本大家漢文全書』　無署名　51-52
平田久纂訳『伊太利建国三傑』　無署名　52-53
『明治実鑑』　無署名　53-53
謝告　54-54

第一巻四号　明治二十六年二月五日発行

説林
古今内外諸大家教育論聚（其一）　土屋　弘　1-3
感化の感（承前）　天外居士　3-5
本朝沿革私見　秋風居士　5-7
学林
化学の話（承前）　無署名　7-8
自然銀の話　無署名　8-9
数学一斑（一）　冬月居士　9-9
虫の話（其一）　無署名　9-11
魚貝の栞（其一）　無署名　11-11
獣の話（続）　無署名　11-12
野菜の弁（其一）　無署名　12-13
身のまもり（其一）　無署名　14-15
名歌和解（一）　秋山とし子　15-16
談林
ビスマルクと百姓　無署名　16-17
張良と曾呂利新左衛門　無署名　17-17
大名の行列　無署名　17-19
通俗立志参考談　石梁子　19-21
茶話　無署名　21-21
内外奇聞新古叢誌　大本堂達道　21-23
和事根源　無署名　23-24
思ひ出のまゝ　山田月山　24-26
史林
大阪の沿革　無署名　26-27
国史拾遺談（其二）　無署名　27-29
摘史少話（二）　無署名　29-32
日本武将記（二）　長尾　薫　32-33

思ひ出のまゝ　山田月山　6-7
学林
化合物の重量　無署名　7-8
生活物発生の話　無署名　8-10
磁石の話　無署名　10-11
獣の話（続）　無署名　12-13
虫の話（其二）　無署名　13-13
養蚕の話　永田建中　13-17
身のまもり　無署名　17-19
名歌和解（二）　秋山とし子　19-20
談林
福島安正君紀事（其一）　無署名　20-22
伝書鳩の話　無署名　22-23
通俗立志参考談　石粱子　23-24
茶話（二）　無署名　24-25
内外奇聞新古叢誌　大本堂達道　25-26
和事根源　無署名　26-26
史林
小笠原島の沿革　無署名　26-28
国史拾遺談（三）　無署名　28-29
摘史少話　無署名　29-30
日本武将記（続）　長尾　薫　30-32
貌林
孝子（其一）　無署名　32-33
苦学（下）　東天隠士　33-37
平仮名太閤記　訳・金波居士　37-38

第一巻五号　明治二十六年三月五日発行

口絵　真田幸村出陣の図　記載なし
真田幸村略伝　無署名　記載なし
説林
古今内外諸大家教育論聚（其二）　小幡篤次郎　1-4
本朝沿革私見（承前）　秋風居士　4-6
貌林
苦学（続）　東天隠士　33-37
平仮名太閤記　訳・金波居士　37-39
芳林
少年文章八章　40-45
詩・俳句　45-46
懸賞文十四章　46-50
集林
時報　無署名　50-52
見識　無署名　52-52
昔語　無署名　53-54
風流　北洲散史、桃の家、よねやま　54-54
くさぐ　無署名　54-55
新撰金格言（三）　無署名　55-55
評林
小中村義象著『女子書翰文　付歌式』　無署名　55-56
近刊雑誌　56-56
お断り　56-56

芳林
懸賞文余稿（十三章）　38-41
普通少年文章（二十六章）　41-50
詩（二首）　50-50
本誌の余白を借り愛読諸子に問ふ　雀部愛柳子　50-50
謝告　50-50

第一巻六号　明治二十六年四月五日発行

口絵　秀吉公朝鮮出師を見るの図　記載なし
豊臣秀吉公略伝　無署名　1-2
聊かの謝辞　文林会　3-3
説林
古今内外諸大家教育論聚（其三）　無署名　4-9
本朝沿革私見（承前）　秋風居士　9-10
思ひ出のまゝ　山田月山　10-11
早春遊興（和韻）　木村鯉水　11-12
学林
地理学講義（一）　天眼道人　12-13
蛍石の話　無署名　13-14
水素の話　無署名　14-16
身のまもり　無署名　16-18
名歌和解（三）　秋山とし子　18-18
談林
福島安正君紀事（第二）　無署名　19-21
通俗立志参考談　石梁子　21-23
茶話（三）　無署名　23-24
和事根源　無署名　24-24
史林
琉球島の沿革　無署名　24-25
国史拾遺談（其四）　無署名　26-26
摘史少話（四）　無署名　26-28
日本武将記（四）　長尾　薫　28-29
貌林
孝子（其二）　無署名　29-32
苦学（下）　東天隠士　32-36
平仮名太閤記　訳・金波居士　36-39
芳林
懸賞文一章　39-42
普通少年文章二十章　42-47
詩歌八首　48-48
懸賞文題　48-48
集林
時報　無署名　49-52
字の話　無署名　52-52
九年母　無署名　52-52

第一巻七号　明治二十六年五月五日発行

口絵　郡司大尉報効義会員北征艇隊東都墨堤出発之真景　記載なし
郡司海軍大尉北征顛末　無署名　記載なし

説林
古今内外諸大家教育論聚（其四）　無署名　1－3
二条院讃岐の僻言　米巒居士　3－4
本朝沿革私見（承前）　秋風居士　4－5
少年三禁　無署名　5－5
思ひ出のまゝ　山田月山　5－6
学林
地理学講義（二）　天眼道人　6－8
自然鉄の話　無署名　8－8
海綿の話　無署名　8－9
水素の話（承前）　無署名　9－10
獣の話（続）　無署名　10－11
虫の話（続）　無署名　11－12
身のまもり（其四）　無署名　12－14
談林
福島安正君紀事（第三）　無署名　14－19
内外奇聞新古叢誌　大本堂達道　19－20
茶話（四）　無署名　20－20
和事根源　無署名　20－20
和称根源　無署名　20－20
史林
一畿八道八十五国の沿革　無署名　20－21
国史拾遺談（其五）　無署名　21－23
支那近史余談（其一）　川崎太郎　23－24
摘史少話（五）　無署名　24－25
日本武将記（五）　長尾　薫　25－26
貌林
孝貞美談（其一）（＊「孝子」解題）　東屋主人　26－29
葵の花（第一回）　桃の屋主人　29－30
平仮名太閤記　訳・金波居士　30－32
芳林
少年文章二十二章　32－43
詩歌二十七首　41－42
集林
時報　無署名　43－45
読史参考雲上物語　西井最円　45－46
漢詩　木村鯉水　46－46
太陽、月、地球　無署名　46－47
見識　無署名　47－47
一束話　無署名　47－49
法尽　無署名　49－50
新旧落話　無署名　50－50
発句　楓光、亀月、素石　50－50

第一巻八号　明治二十六年六月五日発行

口絵　大阪砲兵工廠鋳造二十八珊米榴弾海岸砲真図　記載なし
新造海岸砲（＊口絵の説明）　記載なし
古今内外諸大家教育論聚（其五）　無署名　1－7
地理学講義（三）　天眼道人　7－8
善悪反射鏡　米巒居士　8－10
銅の話　無署名　10－11

福島安正君紀事（第四）	無署名	11-16
数学一斑（三）	冬月居士	16-16
通俗立志参考談	石梁子	16-18
古代の住居	無署名	18-19
獣の話	無署名	19-21
国史拾遺談（其六）	無署名	21-21
内外奇聞新古叢誌	大本堂達道	22-23
支那の太古	無署名	23-24
摘史少話（六）	無署名	24-25
読史参考雲上物語	西井最円	25-26
思ひ出のまゝ	山田月山	27-28
和事根源	無署名	28-28
少文林		28-40
懸賞文		
交友論　第一等、第二等、第三等		41-43
少詞藻		43-47
少問答		48-48
詞藻	刀洲漁史	48-49
評林		
甫守謹吾氏『作法新書』	無署名	49-51
『忠孝亀鑑二葉の楠』	無署名	51-52

第一巻九号　明治二十六年七月五日発行

口絵　楠正行朝臣四条畷口決戦之図		記載なし
楠正行朝臣四条畷戦死の顚末（＊口絵の説明）		1-2
古今内外諸大家学術論聚（其六）	吉谷覚寿	3-6
通俗立志参考談	石梁子	6-7
思ひ出のまゝ	山田月山	8-10
少年三読	無署名	10-11
地理学講義（四）	天眼道人	11-13
風流物語	米巒笑史	13-17
獣の話（続）	無署名	18-19
国史拾遺談	無署名	19-22
内外奇聞新古叢誌	大本堂達道	22-23
鉄の話	無署名	23-25
数学一斑	冬月居士	25-25
福島安正君紀事（第五）	無署名	25-30
孝貞美談（其三）（ママ）	東屋主人	30-32
変化画（＊画）	秀山居士	32-32
摘史少話（七）	無署名	32-34
読史参考雲上物語	西井最円	34-35
通貨の話	無署名	35-37
和事根源	無署名	37-37
少文林		37-44
少詞藻		44-46
少問答		46-48
日本武将記	長尾　薫	48-49
葵の花（第二回）	桃の屋主人	50-52
米国食事案内てはなりませぬ	無署名	52-52
平仮名太閤記	訳・金波居士	53-54
新撰金格言（六）（ママ）	無署名	54-54

第一巻十号　明治二十六年八月五日発行

口絵　元寇之乱敵軍敗北之図	年峰	記載なし
少文林の改良に就て	文林会	記載なし
元寇の乱（＊口絵の説明）		2-2
文林		3-10
少問答		10-11
古今内外諸大家学術論聚（其七）	無署名	11-13
地理学講義（五）	天眼道人	14-15
西洋英傑アルフレット王	無署名	15-18
反古草紙	宮崎南陽	18-19
禽鳥談（其一）	無署名	19-20
福島中佐遠征紀事（第六）（＊改題）	無署名	25-31
石山蛍狩の記	山田月山	32-34
支那近史略談（其一）	川崎太郎	34-35
通俗立志参考談（其十五ママ）	石梁子	35-36
シヤートル府	笠井騎雷士	36-38
国史拾遺談（其八）	無署名	38-39
虫の話（其四）	無署名	39-40
摘史少話（八）	無署名	40-42
孝貞美談（其四ママ）	東屋主人	42-43
平仮奈太閤記	訳・金波居士	43-46
内外奇聞新古叢誌	大本堂達道	46-46
新年の差異	岡田経三	46-47
十二月の縁起	伐採生	48-49
落語乗上手	花迺家つぼみ	49-50
法尽	無署名	50-51
詞藻		51-52
狂歌三老人の戯れ		52-52
考物新題智恵ぶくろ		52-52
お断り	無署名	52-52

第一巻十一号　明治二十六年九月五日発行

口絵　台湾之役我軍進撃の図		記載なし
台湾征伐（＊口絵の説明）	無署名	記載なし
少年文章		1-9
少詞藻		9-10
少問答		11-13
古今内外諸大家学術論聚	躬行会演説	14-17
学生元気論	龍峰居士	17-18
耐忍と謙遜	蕨村居士	18-21
翫物と国民教育との関係	榎本義路	21-23
本朝沿革私見（七号の続き）	秋風居士	23-24
石山蛍狩の記（承前）	山田月山	24-26
明の鐘	米巒居士	26-29
反古草紙	宮崎南陽	29-30
地理学講義（六）	天眼道人	31-32
金の話	無署名	32-33
山田長政	無署名	33-41
福島中佐遠征紀事（第七）	無署名	41-48

古今叢話	守黙道人	49-49
支那近史略談（其三）[ママ]	川崎太郎	49-50
落シ話	無署名	50-50
米国市俄高博覧会図絵（一）	無署名	51-51
鼠の奇智	古池生	52-52
お断り	無署名	52-52

第一巻十二号　明治二十六年十月五日発行

口絵　真田幸村徳川家康之使者ト対談之図		記載なし
真田幸村の義魂（＊口絵の説明）	無署名	1-2
少年文章		3-14
少問答		14-15
人間	藤田天放	16-17
学生元気論（承前）	龍峰居士	17-19
翫物と国民教育との関係（承前）	榎本義路	19-20
地理学講義（七）	天眼道人	20-21
銀の話	無署名	21-22
無水炭酸瓦斯	無署名	22-23
旱魃に就て	黒崎正一郎	23-24
アングイス	無署名	24-24
酒井忠勝	無署名	24-26
ウヰルレム、コベツト	無署名	26-32
范宣	無署名	32-33
硝子	無署名	33-33
鯨の話	土佐芳華子	33-35
諸動物妊娠期	投書	35-35
著者漢書字数	投書	35-35
血色	無署名	36-37
福島中佐遠征紀事（第八）	無署名	37-43
南山名勝誌	藤原芳陽	43-44
シヤートル府（承前）	笠井騎雷士	44-46
摘史少話（九）	無署名	46-46
古今叢話	守黙道人	46-47
十八史略翁	無署名	47-47
孝女	無署名	47-48
婆娑羅	無署名	48-48
廃物利用	石田長平	50-51
ねぶか	無署名	51-51
にんにく	無署名	51-51
のびる	無署名	51-52
らつきやう	無署名	52-52
数字の活用	水本霞海	52-52
考物新題智恵ぶくろ		52-53
笑種		53-54
終身談	花迺家つぼみ	54-56
教育余談狐狩藤兵衛	米巒笑史	57-58

第一巻十三号　明治二十六年十一月五日発行

口絵　東京於吉備大臣之図	年峰	記載なし
天長節（＊歌詞と譜面）		記載なし

天長節の賀　一周年の辞　無署名　3-4
少年文章　5-16
少詞藻　16-19
少問答　無署名　19-20
扇の言葉　福羽美静　25-27
他愛　久津見蕨村　27-29
学生元気論（続）　龍峰居士　29-31
郵便　麗水生　31-32
人生の目的に就て諸氏の疑を解く　山田月山　32-37
亜鉛　無署名　37-38
鉛　無署名　38-38
硼酸　無署名　38-39
沃度鉛　薬畝生　39-39
海豹　無署名　39-39
スチヴンソン　無署名　39-41
福島中佐遠征紀事（第九）　無署名　41-48
古今叢話　守黙道人　48-50
小蜃気　月笑子　50-50
良犬　紫芳散人　51-53
南山名勝誌（続）　藤原芳陽　53-54
名古屋城　藤森天外　54-55
四季のながめ風雅の栞（一）　無署名　55-57
野馬台詩　無署名　57-57
備中長照山奉額三千句集中抜萃正座十五吟　58-58
狂歌随筆　片山静里庵　58-59
米国食事案内てはなりませぬ（＊九号の続き）　無署名　59-60
数字の活用（続）　水本霞海　60-60
能く謀る者は能く謀らるゝ　石田美喜蔵　61-62
同音上下転読　石井生　62-62
化け字　芳華子　63-63
考物新題智恵ぶくろ　63-64
笑種　64-65
蜂と蜘蛛　山内痴猿　65-66
少文林報告　無署名　66-66
教育余談狐狩藤兵衛（続）　米巒笑史　67-69
安東鉄馬履歴略伝（一）　大田原泰輔　69-70

第一巻十四号　明治二十六年十二月三日発行

口絵　東京上野公園之真景
少文林の前途に就て　無署名　1-2
少年文章　3-11
少問答　11-11
扇の言葉（続）　福羽美静　12-15
人間（承前）　藤田天放　15-16
学生元気論（続）　龍峰居士　16-17
郵便（続）　麗水生　17-18
本朝沿革私見（＊十一号の続き）　秋風居士　18-20
思ひ出のまゝ　山田月山　20-25
何者か菩提なるや　阿波谷道雄　25-26
地理学講義（八）　天眼道人　26-27
植物学講義（一）　迷奇生　27-28

塩化銀	薬畝生	28-28
黄道眉	無署名	29-29
蚤	無署名	29-30
故事穿鑿（一）	無署名	30-30
和事談（一）	無署名	30-32
福島中佐遠征紀事（第十）	無署名	32-39
良児	無署名	40-41
良犬（続）	紫芳散人	41-43
南山名勝誌（続）	藤原芳陽	43-44
名古屋城（続）	藤森天外	45-45
四季のながめ風雅の栞（二）	無署名	45-47
支那近史略談（其五）〔ママ〕	川崎太郎	47-47
子を見る、親に如かず	投書	47-49
小児と鳥（The child and the bird.）	訳・久保田小塊	49-50
科学的応用		50-50
狂歌随筆	片山静里庵	51-51
小蜃気	月笑子	51-52
万年日曜早繰表	吉村九皐	52-53
第十三号考物解答及び人名		54-54
考物新題智恵ぶくろ		54-54
教育余談狐狩藤兵衛（続）	米巒笑史	55-56

第二巻一号　明治二十七年一月三日発行

口絵　元旦帝国宮城正門之真景		記載なし
桂御殿御茶屋之図		記載なし
初春二首		記載なし
祝詞	梅原亀七、文林会、梅原忠蔵	記載なし
恭賀新禧	無署名	1-2
少年文章十		3-9
少詞藻		9-10
少問答		10-11
少文林報告	無署名	11-11
愛国	久津見蕨村	12-13
女子の教育	榎本義路	13-15
何者か菩提なるや	阿波谷道雄	15-16
新年	久保田小塊	16-16
懸賞欠字補填		16-16
駒のいさめ	宇田川文海	17-20
地理学講義（九）	天眼道人	20-21
植物学講義	迷奇生	21-22
瓦斯を貯ふる法	無署名	23-23
ザリガニ	無署名	23-23
鴨嘴獣	無署名	24-24
故事穿鑿（二）	無署名	24-24
和事談（二）	無署名	25-25
胆力の練り堅め様	多田垂蘿	25-28
無名氏伝	稿・山中重太郎、評・久津見蕨村	28-30
義犬ペット	槙の屋主人	30-33
九死を出で一生を得	記・時任直章、校・米巒笑史	33-36
南山名勝誌（続）	藤原芳陽	36-37
四季のながめ風雅の栞（三）	無署名	37-39

口画の説明	無署名	39-40
偉人善行	集・小谷閑雲子、閲・米巒笑史	40-42
考物新題智恵ぶくろ		43-43
第十四号考物解答及人名		43-43
笑種		43-44
梅花先春	久保田蓬庵	45-46
教育余談狐狩藤兵衛（続）	米巒笑史	46-48
特別社告		48-50
少文林報告追加		50-50
取消		50-50

第二巻二号　明治二十七年一月十八日発行

口絵　曾我兄弟夜討之図		記載なし
少年文章		3-10
少詞藻		10-12
少問答		12-13
少文林報告	無署名	13-13
孝弟	無署名	14-14
愛国（承前）	久津見蕨村	14-16
女子の教育	榎本義路	16-18
何者か菩提なるや（続）	阿波谷道雄	18-18
懸賞欠字補填手続		18-19
思ひ出のまゝ	山田月山	19-21
地理学講義（十）	天眼道人	21-23
植物学講義（三）	迷奇生	23-24
故事穿鑿（三）	無署名	24-24
神経系統	無署名	24-26
塩の話	無署名	26-29
和事談（三）	無署名	29-30
椿象	無署名	30-30
ペリカン鳥	無署名	30-31
人の生れ年の十二支を知る理	無署名	31-31
一語千金		31-32
無名氏伝（二）	稿・山中重太郎、評・久津見蕨村	32-35
支那人物岳忠武	田中守黙	35-36
義犬ペット（続）	槙の屋主人	36-41
小蜃気	月笑子	41-41
名古屋城（続）	藤森天外	42-42
四季のながめ風雅の栞（四）	無署名	42-43
酒屋のぼんち	好尚堂	44-46
考物新題智恵ぶくろ		46-47
第十五号考物解答及人名		47-47
笑種		47-50
一寸注意	無署名	50-50
至孝まさ女之談（一）	米巒笑史	51-51
安東鉄馬履歴略伝（二）	大田原泰輔	52-53
近事彙報		53-54

第二巻三号　明治二十七年二月三日発行

口絵　鹿の図		記載なし

紀元節　1-1
歌御会始　1-1
少年文章　2-12
少詞藻　12-14
少問答　14-14
勅題梅花先春　蒐道春千代　15-15
あい〳〵　無署名　15-15
人間　久津見蕨村　16-17
学生元気論（続）　龍峰居士　17-20
少文林の盛大を祝して　日月園主人　20-21
地理学講義（十一）　天眼道人　21-22
硫化物の化生　無署名　22-23
故事穿鑿（四）　無署名　23-24
ちゃいろ鼠　無署名　24-25
四五六谷　桃の舎主人　25-26
和事談（四）　無署名　26-28
縦横同数　無署名　28-29
無名氏伝（三）　稿・山中重太郎、評・久津見蕨村　29-32
一語千金　32-32
国史拾遺談（其九）　無署名　32-34
支那近史略談（其六）　川崎太郎　34-34
古今叢話　守黙道人　35-36
小蜃気　月笑子　37-37
一夕話（一）　桃の舎主人　37-39
狂歌随筆　片山静里庵　39-40
なぞ〳〵　一閑人　40-40
化学的応用　無署名　40-41
米国食事案内てはなりませぬ（＊十三号の続き）　無署名　41-41
酒屋のぼんち（第二回）　好尚堂　42-44
考物新題智恵ぶくろ　44-45
画さがし　画・牛来広記　45-45
笑種　46-47
至孝まさ女之談（二）　米巒笑史　48-49
近事彙報　49-52

第二巻四号　明治二十七年二月十八日発行

少年文章　1-9
少詞藻　9-11
少問答　11-12
五堪忍（其一争）　無署名　13-13
孟母（転載不詳）　作・木花園主人、蒐道春千代　14-14
人間（承前）　久津見蕨村　14-16
工手学校　榎本義路　16-20
信心すべき神　米巒居士　20-22
はなとり　久保田小塊　22-23
地理学講義（十二）　天眼道人　27-28
植物学講義（四）　迷奇生　28-30
紙形の七曜星　無署名　30-31
雨量増加の一奇話　無署名　31-32
故事穿鑿（五）　無署名　32-32
矢の根石　無署名　32-33

死谷（熱地の話）	無署名	33-34
和事談（五）	無署名	34-35
無名氏伝（四）	稿・山中重太郎、評・久津見蕨村	35-39
日本人物藤原実方	米巒	39-41
西洋人物アレキサンダー、ハミルトン	無署名	41-42
支那人物岳忠武	田中守黙	42-44
一語千金		44-45
偉人善行（第二）	集・小谷閑雲子、閲・米巒居士	45-46
一夕話（二）	桃の舎主人	46-48
酒屋のぼんち（第三回）	好尚堂	48-50
考物新題智恵ぶくろ		51-52
笑種		52-52
画さがし	画・中川仲之進	52-52
復注意	無署名	53-53
至孝まさ女之談（三）	米巒笑史	53-54
近事彙報		55-56

第二巻五号　明治二十七年三月三日発行

口絵　地震加藤の図	筆・藤原信一	記載なし
加藤清正（＊口絵の解）	米巒	1-2
敢て我愛読諸君に弘告す	無署名	2-3
更又敢て我愛読諸君に再告す	無署名	3-4
少年文章		1-11
少詞藻		11-13
少問答		13-14
五堪忍（其二奢）	無署名	19-19
五十音頭字数教訓歌	作・福羽美静	20-20
三月九日	榎本義路	21-22
日本婦人の喫煙に就て	ＮＹ生	23-26
思ひ出のまゝ	山田月山	26-27
歌の早学び	久保田蓬庵	28-29
地理学講義（十三）	天眼道人	29-30
透明の別	無署名	30-30
故事穿鑿（六）	無署名	30-31
花かすみ	無署名	31-32
堆積法	無署名	32-33
和事談（六）	無署名	33-34
無名氏伝（五）	稿・山中重太郎、評・久津見蕨村	34-37
ひとり講釈　ころんばす	眠柳子	37-41
名古屋城（続）	藤森天外	41-42
四季のながめ風雅の栞（五）	無署名	42-43
蛙の演説	久津見蕨村	43-45
考物新題智恵ぶくろ		45-46
第三号考物解答及人名		46-47
笑種		47-49
至孝まさ女之談（四）	米巒笑史	50-52
安東鉄馬履歴略伝（三）	大田原泰輔	52-53
近事彙報		54-56

第二巻六号　明治二十七年三月十八日発行

源博雅秘曲偸聴の図　記載なし
源博雅（＊口絵の解）　桃の舎　1-2
少年文章　1-10
少詞藻　10-12
少問答　12-13
報告　13-13
銀婚御式祝歌　作・宇田川文海　17-17
五堪忍（其三情）　無署名　18-18
五十音頭字数教訓歌（続）　作・福羽美静　19-19
学問の話　久津見蕨村　20-20
月瀬の真影に題す　宇田川文海　21-23
腕力　多田垂蘿（直勝）　23-25
和歌十五首　山田やすら　25-26
地理学講義（十四）　天眼道人　26-28
懸賞欠字補塡の披露　28-29
故事穿鑿（七）　無署名　29-30
截紙法（一）　無署名　30-31
和事談（六）（ママ）　無署名　31-32
一語千金　32-32
無名氏伝（六）　稿・山中重太郎、評・久津見蕨村　32-35
支那人物岳忠武（承前）　田中専黙（守黙）　35-38
小学生徒談話会（一）　倉上真琴　38-40
消閑小話（一）　集・柳莽主人　41-41
名古屋城　藤森天外　42-43
四季のながめ風雅の栞（六）　無署名　43-45
彼比も附かず　蓬庵　45-47
米国食事案内てはなりませぬ　無署名　47-48
考物新題智恵袋　48-48
第四号考物解答人名　49-49
酒屋のぼんち（第四回）　好尚堂　49-51
字探し　画・石田美喜三　51-51
至孝まさ女之談（五）　米巒笑史　52-54
近事彙報　54-56

第二巻七号　明治二十七年四月三日発行

口絵　俊成道因を夢む図　筆・筒井年峰　記載なし
口画の話　米巒　1-1
少年文章　1-11
少詞藻　11-12
五十音頭字数教訓歌（続）　作・福羽美静　17-17
五堪忍（其四欲）　無署名　18-18
忠孝貞義の言語思想　久津見蕨村　19-20
今の幼年諸君に忠告　石橋米巒　20-27
学問の話（続）　久津見蕨付　27-28
物知顔と云ふ文を見て感心のあまりに我子に教訓のこゝろをよみはべる　松原錦吾　29-30
地理学講義（十五）　天眼道人　30-31
衛生要話脚気病　無署名　31-32

截紙法（二）　無署名　32-33
故事穿鑿（八）　無署名　33-34
森林　無署名　34-34
無名氏伝（七）　稿・山中重太郎、評・久津見蕨村　34-36
内外人物譚
日本人物藤原忠実　石橋米巒　37-39
西洋人物ナポレオン一世　桃の舎主人　39-41
ひとり講釈　ころんばす（続）　眠柳子　41-44
改良自転車　無署名　44-44
朝比奈藤兵衛　米巒　44-46
道三松虫　無署名　47-47
連理松　無署名　47-47
四季のながめ風雅の栞（七）　無署名　48-48
考物新題智恵袋　49-49
第五号考物解答人名　50-50
笑種　50-51
お子供衆へ　画・藤原信一　51-53
慰み物　好遊生　53-53
数字の活用　水本霞海　53-54
近時彙報　54-56

第二巻八号　明治二十七年四月十八日発行

口絵　和気清麿宇佐廟に詣ずる図　記載なし
少年文章　1-10
少問答　10-13
五十音頭字数教訓歌（続）　作・福羽美静　17-17
五堪忍（其五富）　無署名　18-18
徳義と節操　榎本義路　19-21
端坐に就て　桃の舎　21-22
砂糖の話　無署名　22-25
衛生要話百日咳　無署名　25-25
和事談（七）　無署名　25-26
サモア島の話　無署名　26-27
一語千金　27-28
無名氏伝（八）　稿・山中重太郎、評・久津見蕨村　28-30
内外人物譚
日本人物北条泰時　秋風居士　30-32
西洋人物ウヰリアム、ピット　桃の舎主人　32-33
消閑小話（二）　集・柳蒼主人　33-34
化学的応用　34-35
他愛の一対　投・二階堂行敏、閲・米巒居士　35-37
支那近史略談（其七）　川崎太郎　37-39
米国食事案内てはなりませぬ　無署名　39-40
一夕話（三）　桃の舎主人　40-41
野馬台詩の解　花渓山人　41-42
四季のながめ風雅の栞（八）　無署名　42-44
幼年方へのお土産　画・藤原信一　44-44
考物新題智恵袋　44-45
酒屋のぼんち（第四回）　好尚堂　45-47
第六号考物解答人名　47-48
笑種　48-49

物は言ひやう	な、つ、生	49-50
名実反対		50-50
至孝まさ女之談（六）	米巒笑史	50-52
安東鉄馬履歴略伝（四）	大田原泰輔	52-54
近時彙報		54-56

第二巻九号　明治二十七年五月三日発行

口絵　源義家勿来関を過る図		記載なし
源義家の伝（＊口絵の付記）	無署名	1-2
少年文章		1-9
少詞藻		9-11
少問答		11-12
五十音頭字数教訓歌（続）	作・福羽美静	15-17
此花は梅にあらず	菟道春千代	17-19
文学とは何ぞや	藤村九朗	19-21
無名氏伝（九）	稿・山中重太郎、評・久津見蕨村	22-24
小学生徒談話会（二）	倉上真琴	24-26
和文会月次競点兼題一月分撰歌		26-26
楽しき落第生	倉上真琴	27-27
口	米　巒	29-30
地理学講義（十六）	天眼道人	31-31
衛生要話 肺病	無署名	31-33
アルジエリアの話	無署名	33-34
内外人物譚 西洋人物 オリーバア、クロンウエル	桃の舎主人	34-36
消閑小話（三）	集・柳莽主人	36-37
盲漢の牡蠣	五十軒主人	38-39
一語千金		39-39
四季のながめ 風雅の栞（九）	無署名	40-41
至孝まさ女之談（七）	米巒笑史	41-44
植物学講義（五）	迷奇生	47-48
奇なる動物	野津美登裡	48-49
絵画競進会（一）		49-49
普通用語解義	金井真一	49-49
偉人善行（第四〔ママ〕）	集・小谷閑雲子	50-50
絵画競進会（二）		51-51
化学的応用		51-52
考物新題 智恵袋		52-52
第七号考物解答人名		53-53
絵画競進会（三）		53-53
笑種		53-54
数字の活用	水本霞海	54-54
絵画競進会（四）		55-56
懸賞欠字補塡の采査異議に対する答弁		56-58
近時彙報		58-58

第二巻十号　明治二十七年五月十八日発行

口絵　生徒運動の図	中川蘆月	記載なし
生徒運動の図に題す（＊口絵の記）	五十軒主人	1-1
少年文章		1-10

少詞藻		10-11
少問答		11-12
徳は知に優る	久津見蕨村	15-17
文学とは何ぞや	藤村九朗	17-18
第二の国民体育に就て	田中守黙	18-20
勧就学書贈学生諸氏	吉村香園	20-21
紫式部伝	江上霞海	21-23
無名氏伝（十）	稿・山中重太郎、評・久津見蕨村	23-26
少文林をほきて	松原甲介、松原兵吾、松原伝吾	26-26
地理学講義（十七）	天眼道人	27-27
臭素の話	無署名	27-28
衛生要話ヂフテリア	無署名	28-29
故事穿鑿（九）	無署名	29-29
活花一斑主令補佐の話	無署名	29-30
和事談（八）	無署名	30-30
金石の臭気（付奇談）	無署名	30-32
一奇説	無署名	33-35
消閑小話（四）	集・柳莽主人	35-36
四季のながめ風雅の栞（十）	無署名	36-36
疑似小説官妙院（上）	米巒笑史	37-40
英傑叢話（一）	東瀛樵夫	41-42
絵画競進会（五）		42-42
下斗米将真君之伝	金原長八	43-43
切絵法	無署名	44-44
絵画競進会（六）		45-45
文壇の鬼（第一回）	芳渓生	45-46
絵画競進会（七）		46-47
考物新題智恵袋		47-47
第八号考物解答人名		48-48
絵画競進会（八）		48-48
笑種		49-50
近時彙報		50-52
欠字補塡の異議に対する答弁（続）		52-53

第二巻十一号　明治二十七年六月三日発行

口絵　松鶴競千寿優劣果何如	画・藤原信一	記載なし
口画の記	桃の舎主人	1-1
少年文章		1-8
詞藻		8-9
問答		9-10
特別欄		
信用の価値	榎本義路	13-15
紫式部伝（続）	江上霞海	15-18
無名氏伝（十一）	稿・山中重太郎、評・久津見蕨村	18-20
病間随筆（一）	宇田川文海	20-23
小学生徒談話会（三）	倉上真琴	23-24
清書艸紙（上）	まきの半酔	24-26
楽しき落第生	まこと	26-28
文林会		
地理学講義（十八）	天眼道人	31-31
笑声	米巒	32-33

截紙法（三）　無署名　33-34
豪胆少年　無署名　34-38
支那人物朱買臣　米巒居士　38-40
一夕話（四）　桃の舎主人　40-40
少文藝
下斗米将真君伝（続）　金原長八　43-44
偉人善行（第四）［ママ］　集・小谷閑雲子　44-49
絵画競進会（九）　45-45
芭蕉翁の話　沢田東洲　45-46
絵画競進会（十）　46-46
絵画競進会（十一）　47-47
普通用語解義（続）　金井真一　47-48
考物新題智恵袋　48-49
第九号考物解答人名　49-50
絵画競進会（十二）　50-50
笑種　50-51
欠字補塡采査の異議に対する答弁　51-52
近時彙報　52-52

第二巻十二号　明治二十七年六月十八日発行

口絵　川中島合戦の図　記載なし
信玄と謙信　峰迺家主人　1-2
少年文章　1-7
詞藻　7-8
問答　8-14
特別欄
和歌十首　徳大寺実則、勝安芳、高崎正風、落合直文、山田やすら　19-19
良き兄弟　蕨村居士　19-22
無名氏伝（十二）　稿・山中重太郎、評・久津見蕨村　22-25
ほたる（＊唱歌）　木花園主人　25-25
悪少年（＊画解）　画・藤原信一　25-27
語を寄す長崎青年諸豪　山本乳虎生　28-28
文林会
何者か菩提なるや（第二号の続）　阿波渓道雄　33-34
地理学講義（十九）　天眼道人　34-35
活花一斑主意客意の話　無署名　35-35
美術家の即智　桃の舎　36-37
蚕の話　無署名　38-39
故事穿鑿（十）　無署名　39-40
四季のながめ風雅の栞（十一）　無署名　40-40
疑似小説官妙院（下）　米巒居士　41-45
少文藝
植物学講義（六）　迷奇生　47-48
絵画競進会（十三）　48-49
下斗米将真君の伝（続）　金原長八　49-50
絵画競進会（十四）　50-50
考物新題智恵袋　50-51
近時彙報　52-52
立志要訣　無署名　52-52
衆才子　無署名　52-52

第二巻十三号　明治二十七年七月三日発行

口絵　弟橋媛東海に沈むの図　記載なし
口画の説明　1―1
少年文章　1―8
詞藻　8―10
問答　10―12
特別欄
胸の広狭　久津見蕨村　17―19
うたは訴ふるを本とす　菟道春千代　20―22
無名氏伝（十三）　稿・山中重太郎、評・久津見蕨村　22―24
清書草紙（中）　まきの半酔　24―26
小学生徒談話会（四）　倉上真琴　26―28
五十蠅　一閑人　28―28
文林会
何者か菩提なるや（続）　阿波谷道雄　33―34
地理学講義（廿）　天眼道人　34―36
青史余事　江上霞海　36―38
和事談（九）　無署名　38―39
日本人物伊達政宗　桃の舎主人　39―41
四季のながめ風雅の栞（十二）　無署名　41―42
少文藝
下斗米将真君の伝（続）　金原長八　45―46
絵画競進会（十五）　46―47
普通用語解義（続）　47―47
七寿賀　河内和野生　48―48
新題考物智恵袋　49―49
第十一号考物解答人名　49―49
絵画競進会（十六）　49―50
笑種　50―51
近時彙報　51―52
巡査必携　52―52
通商月報　52―52

7『浪花文学』

明治二十六年二月―明治二十六年六月

第一号　明治二十六年二月二十三日発行

改題の辞　天囚居士　1-3
英文学　天放道人　3-8
孟子の文　愚仏庵主人　8-18
　雑録
同盟諸子の文を評す（一）　堺　利彦　1-7
浪華潟の鼻向　堺　枯川　7-12
　小説
牛疫　欠伸居士　1-13
五軒長家（東之端）　かれ川　1-12
厭世妓　紫芳散人　1-12
初詣　木崎好尚　1-10
寄進帳（前半）　仰天子　1-18
浪華文学会員姓名　4-4
　挿画
　　牛疫（山内愚仙）
　　寄進帳（筒井年峰）

第二号　明治二十六年三月二十日発行

印度文学の発達　中西牛郎　1-3
文学界の時弊　天囚生　4-18
　雑録
同盟諸子の文を評す（二）　堺　利彦　1-3
梅花絶句（詩四首）　秋渚生　3-3
送笹井舟岳序　木崎愛吉　4-4
家を移して　欠伸　4-5
水無庵漫筆　枯川　5-9
新刊批評　9-12
　小説
子煩悩　好尚堂主人　1-7
寄進帳（終）　仰天子　19-36
是空　枯川漁史　1-8
浪華文学会員姓名　6-6
　挿画
　　子煩悩（稲野年恒）
　　是空（筒井年峰）

第三号　明治二十六年四月二十日発行

印度文学の発達　中西牛郎　1-5
　雑録
詩人白蓮居士（完）　磯野秋渚　1-7

観梅小詩　天囚生　7－7
観梅小詩次天囚韻　秋渚生　7－8
水無庵漫筆（二）　かれ川　8－11
小説
破布衣（上、下）　紫芳散人　1－19
五軒長家　かれ川　21－33
忙裏縦筆　澱江漁長　1－9
春雨　好尚堂主人　1－15
浪華文学会員姓名　10－10
挿画
破布衣（国松）
春雨（年峰）

第四号　明治二十六年五月二十五日発行

紙面の体裁を変へたることに就きて　1－1
印度文学（続）　中西牛郎　1－4
送仮名をなのめにすまじきこと　小田清雄　4－5
台水氏の燕山外史抄訳を読みて　磯野秋渚　5－9
仮山水（一）　堺　枯川　9－13
牛疫の評に就きて　欠　伸　13－14
面白かりし土曜日曜　堺　枯川　14－18
時文漫言　訥斎主人　18－23
新刊物批評　23－28
俳句短評（一）　かれ川　28－30
和歌　30－32
剖葦声　雨花禅侶　32－32
新樹玉章　かれ川、好尚、秋渚、紫芳、欠伸　32－34
会員諸子に告ぐ　編者　35－35
浪華文学会員姓名

第五号　明治二十六年六月二十五日発行

仮山水（二）　堺　枯川　1－4
白雨十景　好尚堂　4－5
淡路記行　欠伸居士　5－8
史論一則―明末の事―　中西牛郎　8－10
詩歌
剖葦声　雨花禅侶　12－13
俳句短評（二）　かれ川　13－15
時文漫言　15－21
新刊物批評　21－23
椎の葉一ひら（一）　磯野秋渚　23－28
新枕　長髯子、黙蛙坊、眠柳子、好尚、かれ川　28－31
うき枕　芝　迺園　31－32
谷村計介伝　清久南泖　32－33
浪華文学会員姓名

8『この花草紙』

明治二十六年五月―明治二十六年十二月

第一号　明治二十六年五月五日発行

発刊の辞　1-2
詩学要論　南州外史　1-9
批評の要旨　高木扇城　9-15
仙源余香（＊漢詩）　近藤南州　15-18
つみ草（＊和歌）　菊花　18-19
漫録　相島双翠　19-21
篁村思軒南翠露伴太華、其他の諸大家が大和の香世界に遊べるをおもひやりて　宇田川文海　22-24
爪じるし（＊小説）　菊池幽芳　1-28
写生画（＊小説）　千歳子　28-33
雪解水（＊小説）　卍字楼主人　33-41
わが死（＊小説）　ゾラ著、木内愛渓訳　41-59
燕山外史講註　一簣山樵著、台水懶漁講評　60-73
挿画
爪じるし（筒井年峰）
雪解水（歌川国峰）

第二号　明治二十六年六月五日発行

詩学要論（承前）　南州外史　1-8
近畿名勝（其一）　淮亭居士　8-12
須藤南翠に与ふ　菊池幽芳　12-21
バイロン卿　十洲山人　21-24
空蟬（訳源氏物語）　菊池三渓訳、近藤南州評　24-27
仙源余香（＊漢詩）　近藤南州　27-30
和歌二首　宇田川文海　31-31
わが死（承前）（＊小説）　エミル・ゾラ著、木内愛渓訳　1-12
すくも虫（＊小説）　宇田川文海　12-23
今年竹（＊小説）　田中千歳　23-36
本家本元舶来手品師（＊小説）　ひだりやなぎ　37-43
めばり柳（＊小説）　笠園主人　43-50
燕山外史講註（承前）　一簣山樵著、台水懶漁講評　50-64
挿画
すくも虫（中川蘆月）
今年竹（歌川国峰）

第三号　明治二十六年七月五日発行

詩学要論（承前）　南州外史　1-6
カーライル及其思想（其一）　高木扇城　7-10
バイロン卿（承前）　十洲山人　11-14

欽定詩宗（肖像密画入）　扇 城 生　14–15
俳諧漫筆　相島双翠　16–20
浄瑠璃註解　青楓居士　20–24
若紫（源氏物語抄訳）　菊池三渓訳、近藤南州評　24–27
仙源余香（＊漢詩）　近藤南州　28–32
山時鳥（＊小説）　菊池幽芳　33–58
天狗礫（＊小説）　井上笠園　58–69
松山鏡（＊小説）　香川蓬洲　69–77
新鉄道（＊論文）　阿羅漢寂深　78–86
わが死（承前）（＊小説）　エミル・ゾラ著、木内愛渓訳　87–101
挿画
　山時鳥（中川蘆月）
　天狗礫（歌川国峰）

第四号　明治二十六年八月五日発行

詩話　南州外史　1–7
カーライル及其思想（其二）　高木扇城　7–14
田舎源氏と源氏物語　菊池幽芳　14–23
ポープ　十洲山人　23–28
浄瑠璃註解（承前）　青楓居士　28–34
雪夜鐘（承前）（＊小説）　菊花園主人　35–47
花笠風流男（＊小説）　浜 太 郎　47–70
天狗礫（＊小説）　笠園主人　71–78
わが死（＊小説）　ゾラ著、木内愛渓訳　78–93
燕山外史講註（承前）　一簣山樵著、台水懶漁講評　93–98
挿画
　雪夜鐘（歌川国峰）
　花笠風流男（槙岡恒房）

第五号　明治二十六年九月五日発行

英才と狂気　寺門緑岡　1–6
カーライル及其思想（其三）　高木扇城　6–12
ポープ（下）　十洲山人　12–18
訳準情史　菊池三渓著、近藤南州評　18–21
仙源余香（承前）（＊漢詩文）　近藤南州　21–24
天狗礫（承前）（＊小説）　笠園主人　25–35
高野長兵衛（＊小説）　島の千歳　35–42
油売（＊小説）　多田垂蘿作　42–56
雛娘（＊小説）　菊池幽芳　56–76
燕山外史（承前）　一簣山樵著、台水懶漁講評　77–83
この花草紙の発行期日に就て
挿画
　天狗礫（稲野年恒）
　雛娘（歌川国峰）

第六号　明治二十六年十月十五日発行

詩話（承前）　南州外史　1–9
文学者と愛人　寺門緑岡　9–12

田舎源氏と源氏物語（其二）　菊池幽芳　13-20
欧州小説界の現状　木内愛渓　20-23
浪華文界漫筆　東籬隠士　23-26
普賢像（＊小説）　千歳子　27-40
天狗礫（承前）（＊小説）　井上笠園　40-47
万金丹（＊小説）　宇田川文海　47-72
挿画
　普賢像（歌川国松）
　万金丹（稲野年恒）

第七号　明治二十六年十一月十五日発行

カーライル及其思想（其四）　高木扇城　1-3
英国に於ける女子の文学　渡辺緑岡　4-10
浄瑠璃註解（承前）　青楓居士　10-16
評釈入 浪華小説家婦人見立　花もりの翁　17-20
離別（韻文）　芳　水　20-20
天狗礫（承前）（＊小説）　笠園主人　21-31
無縁供養（＊小説）　菊花園主人　32-45
夢の市郎兵衛（＊小説）　多田垂蘿　45-66
平相国（＊小説）　逸山生　67-74
挿画
　天狗礫（歌川国峰）
　夢の市郎兵衛（稲野年恒）

第八号　明治二十六年十二月十五日発行

英国小説談　金嶺生　1-4
裸体美術　渡辺緑岡　4-7
重井筒を読む　桜井芳水　7-13
三年後の浪華文壇未来記　花守の翁がうまご　13-15
浄瑠璃註解　青楓居士　15-21
妾薄命（＊小説）　笠園主人　23-42
すみれ草（＊小説）　露　女　42-60
青帽子（「わが死」）（＊小説）　ゾラ著、木内愛渓訳　60-76
すす払ひ　玉輿楼主人　76-82
挿画
　妾薄命（歌川国峰）
　青帽子（稲野年恒）

9『浪華草紙』

明治二十六年十月―明治二十七年七月

第一集　明治二十六年十月二十九発行

論説

祝日大祭日の唱歌につきて　（久保田）蓬庵　1-1

文士の職分　城北隠士　2-5

史伝

在原中将伝　蓬庵　5-9

譚園

生徒衆へ　東丘居士　9-14

浪華地名考　無署名　14-15

小町の説　無署名　15-15

枚岡の萩につきて　無署名　15-16

堺港湾開発者　無署名　16-17

つゞれの錦　無署名　17-19

三十年前の話　一閑人　19-22

鞍馬山僧正坊　無署名　22-23

遊女傀儡の歌並解　無署名　23-23

淀屋の旧聞　無署名　23-24

小説

もみち狩　紫芳山人　25-29

ハムレット　久保田小塊　29-36

雅叢

観月の画賛　39-39

両吟歌仙　露城、永機　40-40

諸家新声　40-41

淡水会第二回発句輯抜章　41-47

俳文　47-48

回文俳諧之連歌　48-48

俳諧百人選　49-51

俳諧手引　51-51

和歌　51-53

米市　由良楢一　53-54

吾嬬日記　柾園栄枝　54-56

豊国神社奉額発句集抜章　57-64

挿画

恒房、古沓

書

露城

第二集　明治二十六年十一月二十九日発行

第二集の首に　眠柳子　1-2

小説

さられ妻　黙蛙坊　2-13

花散里　しのぶ　13-17

名物押粉細工　巴峡仙　17-21

寸錦

芳魂録	はけふ	21-22
五彩雲	白菊居士	22-24
雑録		
うき世袋	天真子	24-26
遠眼鏡	眠柳子	26-27
小春の清遊	黙蛙	27-27
漫録		
井底居ひとり言	無署名	27-28
創作なし	無署名	28-28
浪華に於ける外国美文学諸家に望む	無署名	28-29
仁和賀踊り	無署名	29-30
雅叢		
両吟歌仙	曲川、露城	32-32
諸家新声		33-34
淡水会第三、第四発句輯抜章		34-42
雪見の句解	蓬庵	42-43
ゆふだちの句評	蓬庵	43-43
牛滝紀行	安々迂人	44-47
俳諧百人選	無署名	47-50
吾嬬日記	柾園栄枝	50-53
社告		54-54
挿画		
梅兆		

第三集　明治二十六年十二月三十日発行

落柚子	眠柳子	1-6
旧雨	しのぶ子	6-9
名物押粉細工	巴峡仙	9-16
袖しぐれ	黙蛙坊	17-25
寸錦		
芳魂録	はけふ	26-28
雑録		
小春清遊	黙蛙	28-29
反古づゝみ	爛熳子	29-29
もつれ糸集	対花楼主人	29-30
寄紫芳山人	眠柳	30-31
漫言		
東京の大家と岡野半牧氏	無署名	31-32
此花草紙の婦人見立評	無署名	32-32
一点紅	無署名	32-32
葦分舟の船頭衆	無署名	32-32
優待と冷遇と	無署名	32-32
大阪の新聞文学	無署名	32-33
仮名垣魯文第二世	無署名	33-33
浪花文壇批評家なし	無署名	33-33
著作者と其作	無署名	33-33
自信と自惚	無署名	33-33
藻しほ草の表紙	無署名	33-33

剪紅裁碧
藻塩草第一冊　無署名　34-34
こぼれ萩　無署名　34-34
浪華草紙第二集　無署名　34-34
雅苑
画賛　書・馬田江公年、画・深雪庵梅兆　35-35
蕪村几董二柳三吟の歌仙　36-37
淡水会第五回句輯抜章　37-41
浪華枯野巡り順拝記　北枝堂似水、津田柳眉　42-44
加気登利　蓬庵　45-45
歳暮俳詩　梅兆、蓬庵　45-45
俳諧百人選　無署名　45-46
暁霞堂第三回句輯抜章　46-54
吾嬬日記　柾園栄枝　55-56
歌　57-58
句　58-62
新声　62-62

第四集　明治二十七年二月十四日発行

喜春来　眠柳子　1-1
小説
ひとごゝろ（其一）　かれ川　1-6
人形婿（上）　黙蛙坊　6-12
ものいふ心（上半）　めなし庵　12-16
落柚子（二）　眠柳子　16-22
寸錦
芳魂録（下）　はけふ　22-24
風流旅（完）　破狂子　24-24
雑録
わが今日の書斎　対花　25-26
浮世袋　天真子　26-28
古寺落葉　無署名　29-29
評林
三体詩評釈を読みて　澆月酒人　29-30
雅苑
春駒の画賛　書・野坡庵露城、画・深雪庵梅兆　31-31
高柴村製木馬伝来の記　無署名　32-32
俳諧歌仙　露城、節斎、南齢　33-33
諸家新声　34-35
淡水会第六回句集抜章　35-41
祭芭蕉翁文　逍遥舎鶯鳩　41-42
庵の春　桃園安々翁　42-42
和詩　山村南枝、日月園射節　42-43
浅生庵学一居士略歴　梅弟　43-45
鈴木眉八子の寄書　45-46
詩　春耕生　46-46
吾嬬日記　柾園栄枝　47-50

第五集　明治二十七年三月二十三日発行

蟹の画賛　書・野坡庵露城、画・千山居熊洲　表紙2

俳諧歌仙　露城、採花　1-1
諸家新声　2-2
淡水会第六（ママ）回発句輯抜章　2-8
蟹に題する詞　千山人熊洲　8-9
貞徳翁和句解　野坡庵蔵書　9-10
俳諧手引　10-11
俳諧百人選　11-13
忘れ草（＊小説）　久保田蓬庵　13-15
田舎壮士（＊小説）　閲・関遂軒、著・片岡哲　15-23
吾嬬日記（畢）　柾園栄枝　23-28
陽道社月並句輯抜章　29-29
花月吟社第二回句輯抜章　30-34

第六集　明治二十七年五月九日発行

画賛　書・野坡庵露城、画・深雪庵梅兆　1-1
蕪村几董二柳俳諧の連歌　2-2
六々行　馬田江公年、秀峰　3-3
諸家新声　4-6
淡水会第八、第九回発句輯抜章　6-18
俳諧百人選　18-20
余興　20-21
陽道社月並発句集抜章　21-22
貞徳翁和句解　22-24
俳諧手引　24-26
和歌　久保田有恒、大槻尚章　26-26
忘れ草（＊小説）　久保田蓬庵　26-29
田舎壮士（＊小説）　閲・関遂軒、著・片岡黄山　29-34

第七集　明治二十七年七月十日発行

画賛　書・野坡庵露城、画・深雪庵梅兆　表紙2
俳諧歌仙行　露城、守拙　1-1
新声　2-2
淡水会第十回発句輯抜章　2-15
陽道社第廿一回三月並発句集　15-16
俳諧百人選　17-17
諧話　18-23
梅柳庵渡江旅行談　春麗　23-26
富士山の画に記す　綏猷　26-26
松蔭避暑　小塊　26-26
忘れ草（＊小説）　蓬庵　27-30
田舎壮士　閲・関遂軒、著・片岡黄山　30-33

10『文学評論』

明治二十九年十二月―明治三十年六月

第一之巻　明治二十九年十二月十日発行

社告　表紙2
文学評論（＊発刊の辞）　文学評論記者　1-3
文学の平面　北村香骨　4-5
血髑髏（＊随筆）　青木骨堂　5-6
舟あそび　翠月　6-7
水害の文　積翠居吟風　7-7
美人（＊随筆）　西村酔夢　7-7
桜は散りぬ　日野秋骨　7-7
夜座（＊随筆）　中道香洞　7-8
秋の須磨（＊随筆）　漂洋　8-8
ゐこもり草（＊詩）　アダム　アダム夫人作、香骨評　8-10
秋の野辺　井上愛博　10-10
漢詩
　三代伊庵、轔々北村龍象、梧蔭矢島直信、南巷藤掛永治、桂栄林、綾渓吉戒綾俊、酔夢西村真次　10-10
大阪実業学館記事　11-12
漢詩
　香洞中道泰助、紫峰浜田省吾、竹園高屋亥之助　13-13
歌
　藤木保受、矢島直信、藤掛永治　13-13
句
　積翠居吟風、木魚法師、翠月、香骨、香堂　13-13
横雲（上）（＊小説）　翠月　13-15
やぶれ衣（＊小説）　茨木小目　16-16
秋の山鹿　習骨立嶋藤七　17-17
観月　春峰大滝種三郎　17-17
楓を看るの記　杏霜沢田虎吉　17-17
東籬の菊　翠渓京谷市次郎　17-17
観楓の記　米山小野田米次郎　17-17
一文字
廿世紀に流行すべき文学／文学界の好傾向／所謂老成人／漢詩界／韻文界／新小説第六号／小説の文／「鵜飼舟」／「初あらし」／翻訳界／短報一束／美の解説／小説家の女にすかれぬ条々／文明と詩人　17-20

第二之巻　明治三十年一月二十日発行

『美』『ビ』『び』　文学評論記者　1-2
春暁　評論社横着者　木魚・骨堂・蹄堂合作　2-2
恋百種（一）わが恋人　香骨　3-4
横雲　翠月　4-5
やぶれ衣　茨木小目　5-8
雪を看る記　村上半眠　8-9
残紅葉　鉄如意　9-10
静屋川（＊詩）　かつら子　10-11

木曾の冠者（＊詩）　漂　洋　11-11
残んの菊に老のくり言　向井抱水庵　12-12
秋の野辺　西村酔夢　12-12
漢詩
　鱗々北村龍象、求求堂枕流、碌々大林道春、香骨北村佳逸　13-13
歌
　笠原順、野々村雅真、江見盛平、藤懸永治、矢島直信、広瀬侍郎、人見一貫、斎真、安藤まき子、北村縫子、福島正察、中山正次、大林道春　13-13
句
　鉄如意、中山尊一　13-13
文学者に望む所あり　土井竹亭　13-14
一文字
　『文の庫』／内村鑑三氏の不平心／紅葉の『多情多恨』／松葉得意の筆／英文百人一首／飛影の『元老排斥』／新体詩界／『偉人史叢』／『大和心』と『女学雑誌』／一葉女史逝く／柳浪は死刑に処せられるべし／美妙斎の言文一致／浪六の開化／井上妖怪博士鬼門に祟る／人いろ〳〵／『風雅の栞』／文学者の名を著したる作／文壇一覧　14-17
恋百種（二）　恋鬼捧　蝴　蝶　17-20

第三之巻　明治三十年三月二十五日発行

日本の文学と浪華の地　中尾鶯夢　1-3
恋《Love》　青木骨堂　3-5
西行法師　西村酔夢　5-7
人形岩（＊小説）　土井晋吉、北村香骨合訳　7-10
やぶれ衣（＊小説）　茨木小目　10-12
横雲（＊小説）　翠　月　12-15
命の鬚（＊小説）　一寸法師　15-16
猫の足形　深海穆如　16-16
はつ花（＊新体詩）　金子幽花、玉造梅子　16-17
花の枝折（＊新体詩）　稲　迺　家　17-17
誰が菫（＊新体詩）　琴風散人　17-18
あんま（＊新体詩）　あ　づ　さ　18-18
漢詩
　古田耕雲、香洞、大林碌々、甲谷石花、失義鴉月逸人　18-19
歌
　矢島直信、玉造梅子、広瀬侍郎　19-19
句
　ごた〳〵集　香　骨　19-19
　梅十句　森田露村　19-19
　他　春軒、其月　19-19
懸賞俳句　竹亭、香骨、小目、躊堂、酔夢、翠月、香堂、骨堂合評　19-20
一文字
　心の儘　鶯　夢　20-20

第四之巻　明治三十年四月二十日発行

文学評論の未来と革新　北村佳逸　3-6
番獅子　（渡辺）霞亭　7-13
人形岩（＊小説）　土井晋吉訳　13-15
さん助（＊小説）　漣山人閲、葵山人作　16-19
江市格子（＊小説）　中尾鶯夢　19-22
新作院本延元三片鱗　井上笠園　22-28
脳髄の発達と其産出物　菊池幽芳　28-30
日本文学と浪華の地　中尾鶯夢　30-34
西行法師（二）　西村酔夢　34-36
文酒因縁　木崎好尚　37-39
花半日　酔香骨　39-40
詩
遊女　骨堂　42-42
朧月夜　骨堂　42-43
星　山井あさ子　43-43
漢詩
湯川梧窓、今西黄谷、若林芳洲、河村刀洲、大林碌々、西村酔夢、北村香骨　43-45
句
福田安保、ろく〳〵子　45-45
一文字　45-45

第五之巻　明治三十年五月二十日発行

新作院本延元三片鱗　井上笠園　3-8
人形岩（＊小説）　土井晋吉訳　8-11
番獅子　（渡辺）霞亭　11-20
やぶれ衣（＊小説）　茨木小目　21-22
潮の花　小栗風葉　23-27
書窓漫録　（菊池）幽芳生　28-29
落花余情　木崎好尚　31-32
蓮葉の露　磯野秋渚　32-34
関根黙庵子の大阪演劇談　かなめ記　34-37
失笑矣　香骨　37-39
恋百種　土井晋吉、香骨、琴風訳　39-40
歌
岩永文房　40-40
句
時雨庵　40-40
一文字
社会小説と貧民問題／「新小説」／「世界の日本」／「新体詩言」／「真、善、美と文学者」／「萌出艸二の巻」／「木国文壇　第四号」／「新声　第四号」／「懸賞の劇評」／大阪文学会／関西新聞雑誌記者懇親会に遊ぶ／文林花実／本誌に対する評論　41-49
くせさぐり　探癖生　49-49

第六之巻　明治三十年六月三十日発行

新作院本延元三片鱗　井上笠園　1-5
不可思議（＊小説）　菊池幽芳　5-10
啞娘（＊小説）　（渡辺）霞亭　11-26
近江屋（＊小説）　土井晋吉　26-30
自然美に就いて（＊論文）　（中川）霞城山人　30-33
一文字
鐘楼論文（＊文学評論）　木魚庵（北村香骨）　33-39
文界消息　39-41
本誌に対する文界の評論　41-43
新作文庫を読みて　好劇生　43-45
第一回懸賞小説募集　45-45
関西文学会広告　45-45

11『車百合』

明治三十二年十月―明治三十五年八月

第一巻一号　明治三十二年十月十五日発行

発刊之辞　無署名　1-1
祝車百合発刊　子規、鳴雪、碧梧桐、虚子、漱石　2-2
新刊を祝して　把栗、呵雲窟、平川碧　2-3
大阪の一夜　碧梧桐　3-10
俳諧八百屋　露月生　10-13
寧楽の秋　露石　13-15
八人づれ　月兎生　15-18
萩十合句　墨水、青々　18-23
九月十二日　井蛙　24-26
送碧梧桐子　26-27
秋季雑吟　27-28
各地俳句会俳句　42-55
雁来紅　露石　55-57
趣味と調和　青々　57-61
第一巻第二号課題、第一巻第三号課題　62-62

第一巻二号　明治三十二年十二月五日発行

車百合に就きて　子規　1-9

雨窓縵録	把栗	9-12
紅葉のくさ〳〵	碧梧桐	12-18
豆はじき	秋窓、北渚、月兎、巴子、井蛙、某	19-30
三樹俳話	露石	30-35
橋立紀行	別天楼	35-42
俳諧干物店	四明老生	42-45
小半口	青々	46-48
初時雨	井蛙生	49-54
船宿の七時間	巴子	54-61
贅六鼓吹談	李兵衛	61-64
菊日記	北渚	64-67
秋冬雑吟	（鳴雪、外）	67-79
古行灯	浩水	80-83
秋一日	花笠	84-88
北野の晩秋	芳水	88-91
募集俳句	碧梧桐選	91-99
各地会句		99-113
寄贈新刊		113-114
第一巻第四号課題		115-116

第一巻三号　明治三十三年一月十八日発行

豆はじき	月兎、秋窓、北渚、巴子、浩水、井蛙	1-15
対叡山房	（水落）露石生	16-18
冬季二十句合	鳴雪判、作郎、球谷	18-26
ほし蕪	斎藤渓舟	31-31
冬季雑吟	（虚子、青々、外）	31-42
冬十句	露石	42-42
橋立紀行（下）	野田別天楼	47-50
無題	（青木）月兎生	50-55
募集俳句	石井露月選	55-63
各地俳句界通信		63-81
第一巻第六号課題		81-81
謹告		82-82

＊27-30、43-46は落丁

第一巻四号　明治三十三年二月十五日発行

新年の辞	無署名	1-1
秋成の俳句	（藤井）紫影	2-6
石門一喝	（福田）把栗	7-8
句種ぬすみ	（中川）四明	8-10
我が家	（桜井）芳水	10-12
京の新年	三樹閑人（水落露石）	13-15
春冬雑吟		16-24
募集俳句	内藤鳴雪選	24-31
各地俳句界		31-36
東都消息		36-38
柴清十句集		38-39
家十句		39-39
灯十句		40-40
寄贈新刊		40-41

寄付物品　41-42
第一巻第五号課題、第一巻第六号課題　42-43
稟告　43-44
謹賀新正　44-47

第一巻五号　明治三十三年四月二日発行

豆はじき　月兎、北渚、巴子、井蛙　1-14
御火焼の句に就きて　田庭　14-15
そゞろありき　四方太　16-19
師走日記　月兎生　19-44
夕日ケ岡の梅　橡面坊　44-47
郷津の浜　花笠　47-53
募集俳句　高浜虚子選　53-67
第一巻第七号課題、第一巻第八号課題　67-67
寄付　68-68
寄送新刊　68-69

第一巻六号　明治三十三年四月二十六日発行

探梅　青々　1-9
ひばり　烏人　9-10
二の午の月　什麼生　10-13
梅句合　青々、露石判　13-19
雪中の遠足　愚哉　19-22
春冬雑吟　23-42
春の句　鳴雪、青々、四明、露石、紫人、橡面坊、秋窓、圭岳　42-48
会句　48-58
東都消息　藤子　59-61
小十句集　61-63
第一巻第八号課題、第一巻第九号課題　64-64
第一巻第八号句合　64-64

第一巻七号　明治三十三年八月十日発行

五分間　繞石　1-6
花がたみ　花笠　7-10
俳句
蜆　子規　11-11
出代　鳴雪　11-12
雲の峰　碧梧桐　12-13
浴衣　虚子　13-13
春の句　青々　13-14
春の句　露月　14-14
春の句　牛伴　14-15
夏の句　繞石　15-15
春の句　紫影　16-16
春の句　把栗　16-17
春の句　紫人　17-17
鮠の句　三子　17-18
夏の句　月兎　18-18

夏の句　荒井蛙　18-19
春夏雑吟　19-24
募集俳句
畑打、霞　福田把栗選　24-44
爐塞　坂本四方太選　44-58
桜　坂本四方太選　58-75
消息　月兎　75-78
稟告　記載なし

第一巻八号

欠

第一巻九号

欠

第一巻十号

欠

第一巻十一号

欠

第一巻十二号

欠

第二巻一号　明治三十四年八月十五日発行

審美俳話（五）　四明　2-3
つうちやん　挿雲　3-7
骨董店　花笠　7-8
村医者　露月　8-9
鋳落し　呉山　9-11
生魂祭　烏人　11-14
稟告　14-14
第二号募集課題　15-15
夏季雑吟　16-19
募集課題
綿抜　青々選　20-20
茨　露石選　20-22
青田　四明選　22-28
俳句界　28-31
東京より　無署名　32-33
書ツブシ　34-34
挿画
夏の川、村医者（古泉）

第二巻二号　明治三十四年九月三十日発行

審美俳話（六）　四明　2-4
豆はじき　鬼史、秋窓、烏人、月兎、井蛙　4-6
大原女　月兎　7-9
露踏み　秋星　9-10
川句合（秋結び）　四明判　10-11
病める弟に　挿雲　11-12
笑謡　四明　12-13
夕涼み　荒井蛙　13-14
寄贈新刊　15-15
夏秋雑吟　16-19
第三号募集課題　19-19
募集課題
　井（秋結び）　愚哉選　20-22
　野（秋結び）　別天楼選　22-23
俳句界　24-27
書ツブシ　荒井蛙記　27-28
　表紙画
　　瓦全
　表紙裏筆蹟
　　蕪村（月兎蔵）
　挿画
　　朝顔（古泉）
　　女郎花（逸夢）
　　秋晴天高（仏六）
　　月天心（黙仙）
　　雷（瓦全）
付録
　秋声　おほえ丸（露石）　1-4

第二巻第三号　明治三十四年十月三十日発行

審美俳話　四明　2-4
唖々言　ウ大臣　4-4
施餓鬼　荒井蛙　4-6
豆はじき　月兎、北渚、烏人、鬼史、秋窓、井蛙　6-6
秋夕　烏人　7-8
墨糞一塊　明　8-8
網船　薫水　8-9
無題　石泉、破窓　10-10
網船（続）　薫水　11-11
笑謡　四明　12-12
無題　三五郎　12-12
踊場　石泉　13-14
遠声録抄　天為僧　14-14
盗み酒　鬼史　15-15
大阪俳人偽調　コンナモノ生　15-15
予が希望　無署名　16-16
秋季雑吟　16-20
ひとりこと　鬼貫　20-20

諺入の句
募集課題　四明妄選　21-21
村（秋季）　牛伴選　22-23
水（秋季）　露石選　23-24
無題（＊句）芭蕉、也有、蕪村、几董、召波、太祇、
洒堂　24-24
俳句界　25-27
寄贈新刊　27-27
第四号課題、第五号課題　27-27
表紙裏筆蹟　27-27
句相撲興行　28-28
句合課題　28-28
次号裏絵俳句課題　28-28
余白録　沙弥三　28-28
表紙裏筆蹟
嘯山（露石氏蔵）
挿画
柳散る、江の秋、月夜（逸夢）
名月（古泉）
無題（為山）
裏絵
秋の水（瓦全）
付録
秋声　おほえ丸（露石）　5-8

第二巻四号　明治三十四年十二月十五日発行

第五号課題　表紙2
審美俳話（八）　四明　2-3
笑謡　四明　3-4
秋晴　虚明　5-5
竈馬句合　別天楼判　5-6
樋普請　田庭　6-7
募集俳句
野分　月兎、鬼史、井蛙選　8-12

第二巻五号　明治三十五年一月二十五日発行

審美俳話　（中川）四明　1-4
退院　（河東）碧梧桐　4-10
貼子達磨　（永井）破笛　10-12
句合（家）　（中川）四明判　12-13
年の暮　（杉山）田庭　13-15
左義長　（青木）月兎　15-18
冬十句　露月　18-19
蘭十句　別天楼　19-19
新年梅　繞石　19-19
冬十句　橡面坊　19-20
猫の恋　愚哉、月兎　20-20
冬季雑吟　20-24

秋季雑吟　24–25
新年（春雑吟）　25–25
月兎庵一月例会　25–27
大阪俳句会　27–28
地方俳句会　28–31
年賀状に　32–32
付録
俳諧双六　案・中川四明、画・森古泉
表紙絵、裏絵
森古泉

第二巻六号　明治三十五年二月二十八日発行

審美俳話　（中川）四明　1–3
初天神　（青木）月兎　3–6
鐘声　蒼鼠楼（西田巴子）　6–7
故郷の一日　（湯室）月村　7–9
支那人　無冠太夫（岡本君郎）　9–10
はかなごと（一）　小自在庵　10–12
大阪俳句会　月兎庵　12–16
地方俳句会　16–17
募集俳句
山茶花　四明選　17–20
河豚　紅緑選　20–21
夜興引　紫影選　21–23
霜　牛伴、別天楼、四明、愚哉選　23–31
出産に　31–32
表紙絵　森古泉
裏絵　小林逸夢

第二巻七号　明治三十五年三月二十八日発行

審美俳話　（中川）四明　1–4
どんちゃん　逸砧　4–6
真堂裏　（牧田）三青　6–7
写真　（中村）八生　8–9
一笑話　四明老生（小自在庵）　9–9
鮭とり　（杉山）田庭　9–11
俳三昧　（青木）月兎　11–15
無題（＊句）　四明　15–15
句合（霞）　（中川）四明判　15–17
春季雑吟　17–20
冬季雑吟　20–22
募集俳句
春寒　（青木）月兎選　22–24
猫の恋　（松村）鬼史選　24–26
大阪俳句会　26–27
地方俳句会　27–28
出産に　29–30
第八号課題、第九号課題、第十号課題　31–31

寄贈　32-32
裏絵
雪解（小林逸夢）

第二巻八号　明治三十五年五月一日発行

審美俳話　（中川）四明　1-2
パラドックスを読みて瀾水兄に与ふ　挿雲　2-4
裁判所　（牧田）三青　4-6
薬売　滴翠　6-8
標準語に就て　白鷺　8-9
片言　月兎　9-11
小半日　北渚、月兎　11-12
春十句　（藤井）紫影　12-12
豆はじき　12-12
春季雑吟　烏人、李村、逸夢、橡面坊、外　13-16
募集俳句
行春　（青木）月兎選　16-22
柳　（荒木）井蛙選　22-24
句合（小弓引）　中川四明判　24-25
俳塵　月と　25-29
俳界　29-31
第九号課題、第十号課題、第十一号課題　31-32
寄贈　32-32
文淵堂発兌文学書類　1-8
裏絵
春風（蘆田秋窓）

第二巻九号　明治三十五年六月十日発行

審美俳話　（中川）四明　1-2
月蝕観望　（折井）愚哉　2-3
鼠　（村田）其桐　3-4
句合（閑古鳥）　（内藤）鳴雪選　4-6
初袷　（島道）素石　6-8
春夏雑吟　橡面坊、禾水、外　8-11
短夜　（河東）碧梧桐選　11-12
月兎庵五月例会　12-13
月兎庵小集　13-14
北渚庵小集　14-14
俳界　14-16
俳塵　月ト　16-24
第十一号課題、第十二号課題　24-24
豆はじき　24-24
表紙絵、裏絵
蘆田秋窓

第二巻十号　明治三十五年八月一日発行

廃刊（＊句）　碧梧桐　1-1
述懐（＊句）　月兎　1-1
審美俳話　（中川）四明　1-3

はかなごと　四明（小自在庵）　3-3
夏雑吟　紫人、橡面坊、外　3-8
時鳥　瀾水、抱琴、三允、吾空、寒楼、北渚、荒井蛙、秋窓、鬼史、紫人選
子規先生を思ふ（＊句）　8-25
容膝亭小集　25-26
句合　26-26
月兎庵小集（安藤）橡面坊判　27-28
蚊遣　28-28
表紙真蹟　牛伴、別天楼共選　28-32
冷熱　32-32
　32-32

12『しれえね』

明治四十五年三月

第一巻第一号　明治四十五年三月十五日発行

悲しき日のために（＊詩）　斎藤青羽　1-6
苦悶と自嘲（＊小説）　堀江　朔　7-28
薤露歌（＊小説）　三上白夜　29-54
ペレアスとメリサンド（＊五幕よりなる戯曲）―モリス・メタアリンク氏―　出　隆訳　55-84
LAMP の蔭より　今井白楊　85-87
愛の言葉―モーパッサン―　春日野篤訳　88-93
IPSE DIXIT　白夜子　96-101
「ゼ、ル子ツザンス」の序―ウオルタ―、ペアアタ―　N H 生　102-108
宗右衛門町の小品―小さい清二郎の記憶―　浩　二　109-121
恋と眠り―アーサー、シモンズ―（＊詩）　青羽生　122-125
雨の夜の一時間　田村華陽　126-135
二月の小説批評　堀江　朔　136-144
雨の夜　145-148
大阪にて　（精）　148-149

13『女と男』

大正六年七月

創刊号　大正六年七月一日発行

女を喜ばせるの法　谷本梨庵　2-4
恋の成立（＊風葉の『青春』より）　5-5
男を喜ばせるの法　石丸梅外　6-9、26
天盃拝受の感想（＊談）　大隈重信　10-11
男に生まれたらよかつたに　石丸喜世子　12-15
余白を借つて　15-15
恋に酔ふ二人（＊天外の『コブシ』より）　16-16
成金賛美論　天野為之　17-20
酒を飲む原因―名流紳士のち（ママ）打あけ話―　21-26
女記者思ひ出の記(一)―附、記者から観た大阪の女―　堀江京子　28-32
『色』と『金』―若き芸者さん達へ―　紫の男より　33-34
女工の生活（女子の社会）　村島帰之　35-41
古本屋の店頭より（大阪の研究）　Ｙ Ｍ 生　43-44
をんだ（ママ）　秀　44-44
白い指の主（＊小説）　中村美子　45-48
恋のむきだし（＊『ゆふだすき』より、眉山）　49-49
血族結婚の可否　宗野　誠　50-52
最後の艶姿（＊情調小品）　寺田雅一　53-56
ホリデー（＊喜劇）　藤枝　朗　57-59
をんな―見たり　聴いたり　話したり―（＊宝塚の与謝野晶子　歌劇の吉岡千種　関西の堀江京子　夜道の生田花朝　月の岩城たみ）　60-62
親子の嫁入り（＊落語）　桂文団治　63-68
阿波女―徳島より―　ＡＢＣ生　70-72
夏の夜の恋（＊徳富蘆花氏の「思い出の記」より）　73-73
宇治行（＊短歌）　中村美子　74-74
有馬草子（＊短歌）　吉岡千里　75-75
世態人情浮世の波―阿呆朝臣集録―　76-78
夏の女（＊俳句）　藤原游魚　79-79
俳優初恋ものがたり　松の緑生　80-81
大阪名流夫妻の和合振り　Ｍ 記 者　83-84
女と男俳句　藤原游魚氏選　85-86
宝塚少女歌劇と男女学生　藤枝　朗　87-90
噂に就いて　吉岡重三郎氏談　90-90
女と男歌壇　矢沢孝子選　91-93
近代社会学―三行半研究―　94-95
社会の両面？？　97-97
消息　婦人記者　98-99
伊庭孝　高木徳子　101-101
浪花座　片岡我童　101-101
中座の五郎―五郎と蝶六―　102-102
角座と成美団―衣川孔雀―　102-102
弁天座と三五郎―元右衛門とお柳―　102-102
日記帳　103-103

編輯後記　（抽生）　104-104

14『赤裸』

大正十年三月

第一号　大正十年三月十五日発行

『赤裸』のまゝ　戸田月堂　2-3
『赤裸』へ（S先生より　Nより）　3-4
名所名蹟　閲史　4-4
昔をたずねて—北畠顕家の事ども—　関史　4-5
伝説とローマンス　弥生　5-5
花と女　5-5
男女のホ　5-5
或る人の話　5-5
春の便り　紫影　6-6
美術と裸体　月堂　6-6
子供　悦坊　6-6
爽絶快絶裸の味—冷水摩擦を実行せよ—　月堂　7-7
月堂のおもひ出　沖　甕春　8-9
茶と花の道　戸田広悠斎　9-9
御ことわり　9-9
画会予告　9-9
モデル？　9-9
犬ころ（＊創作）　月堂　10-11
川柳

電車
　停留所　どん吉　11-11
　　里次　11-11
紙鉄砲（＊童話）　けいし　11-11
短歌
　きさらきとなりて　沖　甕春　12-12
　旅　金沢白羊　12-12
　あゝ母　水谷栄郎　12-12
あの頃の俺（＊詩）　水谷栄郎　13-13
童謡
　お歳はなんぼ　まさえ　13-13
　お地蔵さん　悦坊　13-13
　つばめの子　森　紫影　13-13
梅十句（＊俳句）　浩　雪　13-13
小唄
　そのころ　里　次　13-13
　うきよ　おみつ　13-13
はつはる（＊小曲）　馬　人　13-13
裸に返れ　絵　露　13-13
足跡　黒頭巾　14-15
大阪城影　江津路楼　15-15
編輯後　16-16

15『大阪之処女』

大正十一年六月

創刊号　大正十一年六月一日発行

発刊之辞　高橋重蔵　1-1
女といふもの　池松時和　2-3
『大阪の処女』のために　泰政治郎　4-9
祝大阪之処女発刊　永井貫一　9-9
通俗修養譚　高橋重蔵　10-12
鳩の子（＊童謡）　渡辺初代　13-13
人を作れ　福士末之助　14-14
娘達よ　藤沢蔵登一　15-15
若き人に　青葉女史　16-17
処女の手に待つ事業　前島徳太郎　16-17
如何にして自覚すべきか　永井貫一　18-22
婦人を害ふ者は婦人なり　古屋登代　23-25
俳句（＊十句）　和田廉之助　25-25
特殊部落は斯くして出来た　吉村敏男　26-28
産児制限よりも産児完成は急務　泰　正堂　29-33
私の観た大阪の処女―聡明だが軽薄だ―　石井　晃　34-35
雀の子（＊童謡）　渡辺初代　36-36
表彰される二婦人（＊平野まき氏・木下とめ氏）　37-37
斯くして四人の処女は悩む　婦人記者　38-45

品行の悪い養子と婚約―私は寧ろ死にたいのです―　38-40
犠牲となつて娼婦に―私は醜い顔になりたい―　堺かよ子　40-41
無理解の人は嫌だ―私は恋に生きたい―　きみ子　42-43
家出の外はない―裏切れた悲哀の末に―　鈴木純子　43-45
初夏の色（＊短歌）　さみとり　45-45
女性の笑ひ　政子　46-46
初めて大阪に住む兄から―東京の嫁に―　片山秋郎　47-57
大仏の行水（＊笑話）　58-59
女学校訪問記（＊清水谷高女・西区実修高女）　石中九重郎　60-60
大阪処女の嗜好と気質―三越呉服店に現れる―　氷室綾芳　61-65
六月の気象　下野技師　66-67
処女の学校教育に就いて医学的考察　原田　隆　66-67
鼻のはたらき　久保猪之吉　66-70
大阪附近に住んで居つた昔の朝鮮人　竹内運平　71-76
銀の鈴（＊童話）　秋庭俊彦　77-87
秋のうた（＊創作）　卯　貴艸　88-94
逝く春を傷む（＊詩）　森村寛二　94-94
悪い主人と悪い驢馬の話（＊寓話）　K N 生　95-99
将来の日本の住宅　本野精吾　100-101
ウワリの帰国　101-101
初夏の料理　中尾女史　102-102
毛織物の洗濯法　阪口みどり　103-103
大阪附近に於ける六月以後の気象　下野技師　104-105
心斎橋の宵（＊短歌）　片山あき　105-105
農村処女の新傾向―都の悪風に感化された反映は？―　河内省古　106-110
貞操の正しい鶴の話　北川英一　111-111
流行の眼鏡―大型が全盛―　112-112
変挺語調べ―阪大女学生の―　112-112
長寿の秘訣　113-113
春宵悲曲（＊短歌）　前村紫星　113-113
彼女は救はる丶か？―安価な享楽気分に―　吉村俊男　114-115
独身主義を棄て丶―嫁ぎし友へ―　小阪きみ女　114-115
大阪の職業婦人から　116-116
春の夜（＊詩）　前田紫星　118-118
外国婦人の観た関西婦人の洋装　119-119
朝鮮と西伯利の娘さん　野宮生　120-122
「電車」（＊童謡）　梅野子　122-122
大阪の処女投書の栞　122-122
詩
春　しぐれ　124-124
赤い花よ　柏木むめ　124-124
花は涙に　山形きく江　124-125
椿　九天子　124-125
処女の笑ひ　K子　125-125
蚊遣火　敏子　125-125
夕陽　とし子　125-125
春のなやみ　K I 生　125-125
短歌

紀美慶子　多田須磨　しぐれ　吉田花子　北港の千鳥子　西崎春子　九夫子　とし子　坪井信　K子　木村千代子　李漢　暎　小和田梅郎　青木よし子　倉田敏子　AOKI生　126-127

童謡

赤いローズ　汽車　浦江利子　128-128
時計　なつ子　128-128
はひざら　河都子　128-128
あひるのお靴　小和田うめの　128-128
初ちやん　小村かづ枝　128-128

短文

春は逝く　中川千鶴　129-130
最後の唱歌　辰田いさほ　130-130
眠れる美人　花野馨　130-130
火事　木梨みや　130-131
春の暮　西崎春子　131-132
うららか　榎木勝子　132-132
青い鳥　葛谷弘子　132-133
人生の儚さ　きく女　133-133
新緑　宮崎満子　134-134
藤棚の下で　吉岡志津子　134-135
颪　平瀬きよ　135-136
心の悩　永野つや　136-136
疲れ　村田貞　136-137
ほとゝぎす　小畑アキ　137-137
晩春　米谷みのゐ　137-137

蜘蛛　藤田とら子　137-138
誌友通信　139-140
彙報　141-141
編輯を終へて　142-142

16『白帆』

大正十一年八月

創刊号　大正十一年八月一日発行

「白帆」　表紙2
白帆（＊詩）　八波則吉　2-2
皇太子殿下の御逸話　淡野浩洋　4-6
岩の上の小判（＊読物）　小田切史　7-14
原さんの少年時代　一ノ宮藤男　15-22
落日（＊詩）　上原ゆづる　23-23
花流し（＊少女小説）　藤村白雨　26-31
三ヶ月一つ（＊詩）　小林千賀子　32-32
毛谷村六助の出世（＊孝子義勇伝）　此木　操　33-37
夏休中の私の心得　市川しづ子　37-37
百白紅（＊長編少年少女小説）　薄田　清　38-43
とんぼ（＊詩）　浮世栄子　43-43
烏（＊少年小説）　大藤栄一　44-53
夏（＊詩）　松本淡泉　53-53
赤とんぼ（＊詩）　出口愛子　54-54
青葉の里（＊立志小説）　高妻秀夫　55-60
海辺（＊詩）　村田としを　61-61
太陽熱（＊漫画）　なほくに　62-63
誕生日（＊少女小説）　鈴木小夜子　64-70
ローマ字のおけいこ　淡野浩洋　71-71
児童創作
童謡と詩
四角なまど（＊詩）　小林千賀子　72-73
風がしやうしやう（＊詩）　小林園子　74-74
お寺の縁にて（＊詩）　山川光二　74-75
逍遥（＊詩）　青木フミ子　75-75
猿まはし　お嬢さん（＊詩）　八木静子　75-76
からすかへれ（＊詩）　黒木　猛　76-77
目くらのあんまさん（＊詩）　桝本文子　77-77
お星様（＊詩）　名畑千恵子　77-77
赤い鳥（＊詩）　青木武一　78-78
お猿さん（＊詩）　中川久恵子　78-78
かげぼうし（＊詩）　中川久恵子　78-79
はなし鳩（＊詩）　出口愛子　79-79
やねの瓦（＊詩）　倉掛マサコ　79-79
大ぼず小ぼず（＊詩）　河合みつえ　80-80
兵隊さん（＊詩）　高松　勇　80-80
ユキミチ（＊詩）　横山元蔵　80-80
風車（＊詩）　本多春枝　81-81
子守うた（＊詩）　松井正道　81-81
子もりうた（＊詩）　博多貴美子　82-82
夏（＊詩）　富田政治　82-82
けむり（＊詩）　高田種子　82-83
えんとつ（＊詩）　下田うた　83-83
お月様（＊詩）　青島シズ子　83-83

家根の草（＊詩）　音田安子　84-85
鯉のぼり（＊詩）　小山海治　85-85
たばこ（＊詩）　柳沢亥一　85-85
白帽子（＊詩）　曾根基造　86-86
すずめ（＊詩）　赤田ライ子　86-86
同　（＊詩）　立川ふさ　87-87
小猫（＊詩）　浅野信夫　87-87
花のつぶやき（＊詩）　根来静子　87-87
烏（＊詩）　樋口松雄　88-88
新和歌浦（＊詩）　藤川静子　88-89
綴方
夕やけ　出川愛子　72-73
朝起きるまで　稲葉文枝　73-74
私の妹　井上きみ子　74-75
私のうち　中川久恵　75-75
ぼうし　前田宇三郎　76-80
けんか　浜千代子　80-82
私のかばん　汐見　弘　82-83
八月中私の日課　辻川信一　83-83
夏休になつたなら　吉田捨夫　83-84
夏休みにはどんなことをせようか　吾妻　潔　84-84
夏休みになつたら　村井義代　84-85
死なれたお母さんへ　丹井信一　85-85
初夏　福田利子　85-87
おなつかしい原さんを思ふ　水谷貞子　87-88
夕方　江原秀子　88-88
日曜日日記ノ一節　松本武之　89-89
読者クラブ（通信歓迎！少年少女諸君の投書大歓迎）　90-90
編輯だより（超花生）　91-91

17『龍舫』

大正十二年十月―大正十三年四月（全六冊）

第一号　大正十二年十月一日発行

蛙料理他五篇　神崎　清　2-9
（＊蛙料理　表現派以後のHOMO　ちいさな蹠の月　道化役の散歩　煙草屋東君横顔　小曲）
月の出他一篇　小野　勇　10-18
（＊海辺夜曲　月の出）
わたしの月夜他四篇　藤沢桓夫　19-25
（＊わたしの月夜　病人でありすぎる建築物　KISS　少女の羞恥　EROTIC TEMPERAMENT）
龍舫綺語
保守　小野　勇　26-26
自他を弁ず　藤沢桓夫　27-28
咳唾成珠　神崎　清　28-28
表紙画及び題字　小出楢重

第二号　大正十二年十一月五日発行

化粧（＊小説）　藤沢桓夫　2-14
雲その他五篇（＊詩）　神崎　清　15-19
（＊雲　継纏を鬻（ひさ）ぐ夜肆（よみせ）　深川夜景　散文詩人　独語理想的の風景　瞳は空洞（うつほ））
秋心他二篇　小野　勇　20-24
（＊秋心　CARTEにそへて招待詩（そねっとを）　冬の憂鬱）
龍舫綺語
五加皮艸紙巻一　神崎　清　25-25
AN ALLEGORY　小野　勇　26-26
真珠奥義　藤沢桓夫　27-27
編輯後記　小野　勇　28-28
表紙　小出楢重

第三号　大正十二年十二月五日発行

午後（＊小説）　小野　勇　2-8
黒瞳礼讃―T・Tに―（＊詩）　藤沢桓夫　9-10
道化戯首（＊詩）　神崎　清　11-13
龍舫綺語
嗟嘆　藤沢桓夫　14-15
五加皮艸紙二帖　神崎　清　15-16
二束三文　小野　勇　17-17
編輯後記　（桓夫）　18-18

第四号　大正十三年一月一日発行

満月―ある厭世家の話―（＊小説）　藤沢桓夫　1-5
顔（＊小説）　神崎　清　6-13
大宮氏の情人と蜜柑の話（＊小説）　崎山正毅　14-23

訳詩二章（＊海岸の低き野に忘れませうよ）
セイラ・テイーズデイル作　山宮訳　24-25
夜景（＊詩　夜景　雨　千代人形一曲―和夫に―）
長沖　一　26-27
兄弟輪舞―古城之壁が墜して去つた物語―　小野　勇　28-31
新銭文藝通宝
乍憚口上　32-33
怠慢の初売りと怪談めいた嘘の話　小野　勇　34-36
青銭万録　神崎　清　37-40
編輯後記　（神崎）　41-41
表紙　小出楢重

第五号　大正十三年二月五日発行

襟（＊小説）　崎山猷逸　2-8
三幕目（＊小説）　福井　一　9-13
或る昇天の話（＊小説）　藤沢桓夫　14-18
煤煙（＊小説）　金子光晴　19-20
月光二曲（＊詩）　小野　勇　21-22
戯場素描―振仮名は　けでうでさん―（＊詩）
神崎　清　23-25
新銭文藝通宝　26-27
贅言縷々　小野　勇　28-32
浅草三題　神崎　清　32-38
編輯後記　（小野）　39-39

第六号　大正十三年四月一日発行
四月特輯号

茶飯事（＊一幕）　田中健三　2-9
芝居行（＊小説）　竹中　郁　10-12
俺を忘れちやいけないぜ（＊小説）
ヘルマン・バング作　木村春海訳　13-21
菓子（＊詩）　神崎　清　22-23
たいようの抒情詩（＊詩）　長沖　一　24-26
風になびく薄暮（＊詩）　岡田政二郎　27-27
恋人（＊詩）　藤沢桓夫　28-29
SALOME DANCE―だいいちのふあんたじあ―
小野　勇　30-33
新銭文藝通宝　34-35
五加皮艸紙三帖　神崎　清　36-41
六号雑記　藤沢桓夫　42-43
表紙　小出楢重

18『新劇』

大正十二年十一月―大正十三年二月（全四冊）

創刊号　大正十二年十一月一日発行

サンクタ・ズザンナ（アウグスト・シユトラム）　茅野蕭々　1-9
浴泉奇談（＊一幕）　畑　耕一　10-28
花火（＊一幕）　小林宗吉　29-47
風流義政記（＊一幕）　伊藤松雄　48-70
労農露国の新舞踊劇　昇　曙夢　71-75
ピトエフの純観念的演出法　金杉恒弥　76-81
編輯者の欄　畑　伊藤松雄　寺南　82-86
震災後の劇壇消息　86-86

第一巻第二号　大正十二年十二月号　一日発行

道化清十郎（＊喜劇一幕）　畑　耕一　1-14
巡礼（＊戯曲）　シヤルル・ヴィルドラック作　山田珠樹訳　15-64
通俗震災記（＊二幕三場）　邦枝完二　65-102
サンクタ・ズザンナ（アウグスト・シユトラム）―承前―　茅野蕭々　103-111
ビユウネン・ドラマ説の新解釈　金杉恒弥　112-117
バタイユの死とベルンスタン　辰野　隆　118-128
編輯後記　畑　金杉　寺南　129-131
震災後の劇壇消息　131-131

第二巻第一号　大正十三年新年号　一日発行

三世（＊一幕）　藤井真澄　1-14
相思草―異境劇の中より―（＊一幕）　伊藤松雄　15-32
魂（＊戯曲）　大村嘉代子　33-54
どうどうめぐり（＊一幕）　藤田草之助　55-78
旧友（＊戯曲）　辰野　隆　79-117
地に匍匐して（＊二幕）　仲木貞一　118-165
輓近独逸の演劇論㈠　新関良三　166-180
エフレイフのモノドラマの理論　金杉恒弥　181-191
労農露国の現代劇　ミハイル・ウエクスレル　真柄生　192-195
新劇彙報　196-197
劇壇消息　197-198
演劇研究所の設立　198-198
編輯後記　畑　金杉　寺南　199-201

第二巻第二号　大正十三年二月号　一日発行

墜落者（＊三幕）ヰルヘルム・シユミツトボン　外山楢夫訳　1-32
辰巳宵語（＊一幕）　大島得郎　33-50
田園小景（＊一幕）　藤田草之助　51-74

舞台監督者としてのマクス・ラインハルト　アルツール・カハーネ　小牧健夫訳　74-86
モスクワ藝術座の成功　ゼルゲイ・マコーウスキー　尾瀬敬止訳　87-96
モノドラマの理論に対する二つの非難　金杉恒弥　97-100
新劇彙報（一月）　101-102
劇壇消息　102-102
編輯後記　金杉　寺南　畑　103-104

19『劇と其他』

大正十三年一月―大正十三年十月（全十冊）

創刊号　大正十三年一月一日発行

〔発刊の辞〕　入江来布　並山拝石　木谷蓬吟　1-1
何事も主として幼少者から　坪内逍遥　2-6
鶴　朝日かけのとき庭の松かえに千代をしめたるあしたつの声（夏目漱石氏遺作短冊、森繁夫氏所蔵）　金之助　6-6
時代思想に触れた興行ものに就て　小林一三　7-10
民衆藝術としての新旧両劇に関する一考察　斎藤与里　11-20
興行時間と観客及び俳優　高安六郎　21-24
戯曲に対する危き嗜好　入江来布　25-30
歌劇「王麗春」　（来布）　30-30
時は語たらしむ　並山拝石　31-36
大阪の俳優諸君に寄する書―勘弥『油地獄』を見て―　蓬吟　37-43
死（＊戯曲）　長田秀雄　44-59
朝飯前（＊戯曲）　岡本綺堂　60-76
街道筋で（＊戯曲）　チエエホフ作　並山拝石訳　77-112
名優『坂田藤十郎』の研究―「一」史上の三大名優―「二」原始歌舞伎と『傾城買ひ』の狂言―　木谷蓬吟　113-119
奈落の会　119-119

京都南座顔見世『合評』（＊鼎談）　木谷蓬吟　並山拝石　入江来布　120－128
児童劇を見る
大阪藝壇新人の抱負―劇其他に関係してゐる新人の訪問記―（＊市川猿之助君・高橋義信君・竹本錦太夫君・曾我廼家五九郎君・嵐璃徳君・林長三郎君）……入江来布　129－131
（輝郎生）　132－145
反魂帖（幕内小話）　日比煤蓑　146－150
劇材マーケット　151－155
海外劇壇消息　SIT生　156－159

二月号　大正十三年二月一日発行

〔巻頭言〕　1－1
ダンセニー卿の戯曲に根ざす哲学　並山拝石　2－10
舞台装置家のために　入江来布　11－21
名優『坂田藤十郎』の研究―「三」市川家荒事の根源と荒唐無稽な金平浄瑠璃―　木谷蓬吟　22－28
お国ものくるひ（＊舞踊劇）　高安月郊　29－34
帰郷者（＊戯曲）　ボエッチヘル作　国枝俊文訳　35－59
戦塵（＊一幕）　額田六福　60－83
中座『勧進帳』南座『一の谷』其他合評（＊鼎評）　木谷蓬吟　並山拝石　入江来布　84－104
八つ当り　坪内士行　105－109
世界一の活動郷・世界一の美人郷ハリウッドの印象　桝本　清　110－118
菊五郎の宝塚出演と大阪劇壇への影響　（輝郎生）　119－119
興味を引くは其興行法　石割松太郎　120－121
温泉町の旅芝居　富田泰彦　122－124
必ずしも完璧ではない　吉本寛汀　124－125
舞踊運動の『実験室』　高原慶三　125－127
うまく行けば痛快の刺激　中井浩水　127－127
新人の要求を摑み得る歟　京極利秋　128－129
愚者問答　赤松善知鳥　129－133
形而下の問題である　水島京二　133－134
反魂帖（幕内小話）　日比煤蓑　135－137
劇材マーケット　C生・A生　138－139
海外劇壇消息（其二）　SIT生　140－140

三月号　大正十三年三月一日発行

〔巻頭言〕　1－1
バラック蔭（＊一幕　喜劇）　中村吉蔵　2－20
簗山殿母子（＊二幕）　清見陸郎　21－58
宝塚　道頓堀（＊俳句三句）　青々　58－58
最近の感想　河竹繁俊　59－66
モスコーの藝術座　佐藤紅緑　67－72
小劇場と職業俳優　入江来布　73－75
『朝飯前』上演に就て　岡本綺堂　76－76
名優『阪（ママ）田藤十郎』の研究―「四」団十郎と藤十郎―「五」七三郎と藤十郎―「六」其他名優と藤十郎、並に八文字屋役者　評判記の濫觴―　木谷蓬吟　77－84

劇鑑賞家諸氏が新しい立場から―将来有望と認めた大阪青年俳優―（＊回答）
豊岡佐一郎　藤井呂光　秋田握月　岸本水府　高谷伸　三宅吉之助　遠藤清葉　渡辺亮　高安六郎　三好米吉　だるまや　旦水　大久保恒次　竹内誠一　桝本清　寺川信　永尾政之　野淵昶　森泉龍之介　小国比沙志　堀正頓　機谷宏嶺　蘆田安一　山上貞一　坪内士行　85-92
異国行脚㈠―オニール作「地平線の彼方」（三幕）―　並山拝石　93-99
反魂帖（幕内小話）　日比煤蓑　100-102
劇材マーケット　B生・C生　103-107
海外劇壇消息（其三）　SIT生　108-110
中座・宝塚二月興行合評其他（＊鼎談）
木谷蓬吟　並山拝石　入江来布　111-144
浄曲名作実演会　145-145

四月号　大正十四年三(ママ)月一日発行

黙阿弥の戯曲に見る美的要素　高須芳次郎　1-5
露西亜演劇の根帯― Oliver Sailor ―　伊藤松雄　6-16
舞踊劇に於ける舞台装置私見　大島得郎　17-22
中劇場の民衆的意義　入江来布　23-25
雪降る夜（＊戯曲　一幕）　並山拝石　26-41
落花無情（＊戯曲　一幕）　邦枝完二　42-65
汽笛（＊戯曲　一幕）　藤田草之助　66-83
模型舞台合評会（＊座談会）
高安月郊　斎藤与里　入江来布　京極利秋　石井晃　豊岡佐一郎　室町馨　守井蘭　山下良蔵　大西利夫　大森正男　神保道臣　麻生久弥　木村芳忠　花田博直　伴栄晴　松田種次　84-91
名優『阪(ママ)田藤十郎』の研究―「七」藤十郎と師表の人々―「八」藤十郎の演技年表―　木谷蓬吟　92-98
近頃みたダンス二つ（小感）　三嶋章道　99-102
異国行脚㈡―オニール作「地平線の彼方」（三幕）―　並山拝石　104-107
反魂帖（幕内小話）　日比煤蓑　108-109
劇材マーケット　A生・C生　110-111
海外劇壇消息（其四）　SIT生　112-114
浪花座劇評
松居松葉氏作　人形師　入江来布　115-121
額田六福氏作　真如　並山拝石　121-123
新版歌祭文　野崎村　木谷蓬吟　123-127

五月号　大正十三年五月一日発行

和泉式部（＊戯曲　一幕）　松居松葉　2-25
選ばれたるもの（＊戯曲　一幕）　豊岡佐一郎　26-45
儚なき人々（＊戯曲　一幕）　永見徳太郎　46-65
一幕戯曲〔第一次締切〕　66-67
伯林に観たモスカウの藝術座　林　久男　68-74
役者のための脚本　入江来布　75-78

宝塚革新興行に於ける俳優の自覚　小林一三　79-81
名優『坂田藤十郎』の研究―「九」『夕霧名残正月』と伊左衛門役者―「十」『百夜小町』の梗概―　木谷蓬吟　82-89
二つのこと　来布　90-91
紙雛―追憶小品―　河竹繁俊　92-96
重華亭綺語　正岡いるる　97-104
作家評判菊池寛氏（＊回答）　久島菊馬　一作生　ATM生　楽野重美　松蔭斎一　鈴木愛之助　前島善次郎　水口鴟二　竹内剛　荒木与志郎　三野緑峰　105-108
役者評判中村扇雀（＊回答）　大島得郎　北村九泉子　水口鴟二　竹下葉鶏頭　秋田握月　千神文吉　三村春吉　翠月　109-112
異国行脚㈢―オニール作「地平線の彼方」（三幕）―　並山拝石　113-116
劇材マーケット　A生　117-118
海外劇壇消息（其五）　SIT生　119-120
劇評　菊五郎一座と新劇座
『宝塚』の菊五郎一座　木谷蓬吟　122-125
（無題）　並山拝石　126-129
（無題）　入江来布　129-132
浪花座の新劇座（＊劇評）　木谷蓬吟　133-134
（劇評）　並山拝石　135-136
（劇評）　入江来布　137-139

六月号　大正十三年六月一日発行

〔巻頭言〕　1-1
カツフエー全盛（＊一幕）　藤井真澄　2-25
劇評家と藝人　25-25
弁内侍（＊一幕）　高安月郊　26-51
俳優藝術の心理　山本修二　52-65
希臘喜劇とアリストフアネス　山村魏　66-73
劇壇雑感　輝郎　74-75
名優『阪（ママ）田藤十郎』の研究―「十一」『夕霧七年忌』の脚本―　木谷蓬吟　76-83
身辺雑事　額田六福　84-88
机上箱　入江来布　89-94
江戸土産―狂言作者物語―　高谷伸　95-100
役者うらおもて　100-100
異国行脚㈣―オニール作「地平線の彼方」（三幕）―　並山拝石　102-109
第三回舞台の会　（麻生記）　110-110
劇材マーケット　A生　111-112
海外劇壇消息（其六）　SIT生　113-114
中座　毛剃と盛綱と総角助六
近松冒瀆劇―博多小女郎浪枕―　木谷蓬吟　116-121
子供を犠牲にする芝居―近江源氏先陣館―　並山拝石　122-128
色気と国粋の融合劇―総角助六―　入江来布　128-132

七月号　大正十三年七月一日発行

巻頭言 1-1
蓬萊（＊戯曲）　永田衡吉 2-26
毛剃九右衛門（＊五幕六場）　永見徳太郎 27-77
最近に観た独逸劇の印象　林　久男 78-85
菊五郎とお三輪 85-85
商人生活の戯曲化―オストロフスキー評伝―　並山拝石 86-91
劇壇不平（＊回答）
高安六郎　豊岡佐一郎　辰巳正直　三野綜峯　山上
貞一　竹内誠一　白藤誠翁　坪内士行　三好米吉
寺川信　高谷伸　高橋義信　九千部生 92-95
大阪の遊廓と新舞踊　入江来布 96-101
小竹先生と八代目 101-101
名優『阪田藤十郎』（ママ）の研究―「十二」『水木会之助銭振舞』梗概―　木谷蓬吟 102-110
芝居の見方 110-110
感想―東京の言葉に就て―　鈴木泉三郎 111-116
京の舞妓と水木辰之助 116-116
人形使の指輪　大島得郎 117-119
慶喜公と落語 119-119
近頃感じたこと　荻　舟 120-121
東京だより　森井夏汀 122-124
浄瑠璃標語集 124-124
海外劇壇消息（其七）　SIT生 125-126
宝塚菊五郎劇・浪花座新国劇見物雑感（＊鼎談）
入江来布　並山拝石　木谷蓬吟 127-141

八月号　大正十三年八月一日発行

巻頭言 1-1
速手雲（＊一幕）　熊嶋武文 2-25
十文字がつけられるところ（＊一幕）
ユーヂン・オニイル作　並山拝石訳 26-55
推薦一幕戯曲発表 56-57
第二回一幕戯曲募集 58-58
出発（＊一幕　応募推薦戯曲）　小川　朗 59-79
舞台意匠の三角関係　入江来布 80-83
沙翁と金……其他　仲木貞一 84-90
女形名優の辞世 90-90
名優『阪田藤十郎』（ママ）の研究―「十三」『仏母摩耶山開帳』梗概―　木谷蓬吟 91-96
をりをりの事例㈠　臨　池　亭 97-99
待宵草（所感三種）　入江来布 100-102
春雨傘―市俠大口暁雨の事蹟―　中村兵衛 103-109
劇壇時代劇立廻り劇全盛　輝　郎 110-111
随筆―「緋あおひ」「雛」―　花柳章太郎 112-117
金毘羅船々の死―名人前田左韻翁を憶ふ―　石井琴水 118-124
路考茶と半四郎茶 124-124
東京だより　森井夏汀 125-127

浄瑠璃標語集　127-127
勘平の九びつくり　127-127
劇材マーケット　A生　128-130
海外劇壇消息（其八）　SIT生　131-133

九月号　大正十三年九月一日発行

巻頭言　1-1
呂宋（＊二幕三場）　清見陸郎　2-33
吹雪（＊一幕　応募推薦戯曲）　青木　堯　34-54
反逆児カアメルニイ座―O.M.Sayler―　伊藤松雄　55-64
能がかりの所作事に就て　南江二郎　65-74
涼しい火葬　74-74
舞台上の絵画的美に就て　入江来布　75-77
チエエホフ伝　並山拝石　78-87
夏狂言のいろ〳〵　87-87
ゆきつまつた劇壇　小寺融吉　88-91
名優『阪田藤十郎』（ママ）の研究―「十四」『傾城阿波の鳴門』梗概―　木谷蓬吟　92-99
大阪独特の怪談狂言　99-99
第二回一幕戯曲募集　戯曲の会　100-100
奈良猿沢のほとりから―気紛れな寄席や旅のおもひで―　正岡　蓉（ママ）　101-105
芝居物語 牛王義光の行方―大南北作『お染久松色読販』―　額田六福　106-114
夏狂言とお化け　114-114
手ひかへ帳　入江来布　115-118
をりをりの事　臨　池　亭　119-120
夏狂言と痴情物　120-120
戯曲の会懇談会　121-121
舞台の会合評会（＊座談会）　松居松翁　松居桃多郎　山本修二　大西利夫　木谷蓬吟　並山拝石　石井晃　豊岡佐一郎　入江来布　室町馨　大森正男　古座谷邁　守井蘭　山下良三　松田種次　伴栄晴　橋本義弥　麻生久弥　村田芳生　122-128
劇材マーケット　A生　129-131
近松と夏狂言　131-131
海外劇壇消息（其九）　SIT生　132-133

十月号　大正十三年十月一日発行

巻頭言　1-1
海音と近松との世話曲の交渉　藤村　作　2-10
戯曲桃花扇の事　小杉未醒　11-15
紙治小春の墓（＊俳句）　青　々　15-15
チエエホフ伝（承前）　並山拝石　16-25
名優『阪田藤十郎』（ママ）の研究―「十五」『一心二河道』梗概―　木谷蓬吟　26-33
支那の演劇学校制度　高谷　伸　34-39
鴈治郎の涙　39-39
皿を割る（＊時代喜劇　一幕）　豊岡佐一郎　40-59

或る一幕（＊応募推薦戯曲）　藤　俊三　60-101
劇評に就いて　藤井真澄　102-107
社会欄記事の興味など　武藤直治　108-113
襲名のこと其他　入江来布　114-117
芝居物語牛王義光の行方（つゞき）　額田六福　118-124
そつきぼんの噺―柳家小せん落語集三題―　正岡　蓉（ママ）　125-129
海外劇壇消息（其十）　SIT生　130-131
品川のつなみ　大田南畝　131-131
九月の中座雑感
　前口上　並山拝石　133-134
　『天一坊』と『其他』　木谷蓬吟　135-137
　『天一坊』と『落花無情』　入江来布　139-143
文章の師　143-143
女形起源　143-143

20『苦楽』

大正十三年一月―昭和三年五月（四十一冊）

第一巻第一号　大正十三年新年号　一月一日発行

お仙の茶屋（＊口絵）　鈴木春信
娯楽雑誌苦楽発刊御挨拶　2-3
夢の浮橋（＊小説）　小山内薫　4-13
桐畑の太夫―三浦老人昔話その一―　岡本綺堂　14-29
けれんのない藝（＊しげを画）　久保田万太郎　30-30
小さんの顔（＊しげを画）　小島政二郎　31-31
天一天上先生―諷刺と滑稽―　松長照夫　32-50
妻の友（＊漫画）　中西立頃　51-51
乗合自動車難―艶福奇譚―　影山久雄　52-63
焦土行（＊短歌）　吉井　勇　64-65
久米正雄結婚記―文壇の寵児・一代の失恋男―　新井三郎　66-77
正雄の結婚に驚きて（＊俳句）　三十三作　77-77
取残された田中純　77-77
お伝地獄（＊長篇小説）　鈴木泉三郎　78-101
目方　要一郎　101-101
廃都小曲（＊詩）　川路柳虹　102-105
真言秘密大全（＊長篇講談）　白井喬二　106-127
天才児クーガン　フランクロイド　127-127

福の神（＊漫画）　宮尾しげを　128-128
燃つかぬ焼木杭（＊情話）　森　暁紅　129-142
初日の出（＊漫画）　宮尾しげを　143-143
三田ものがたり（＊学生生活）　千曲太郎　144-150
米国の交通巡査図　151-151
賞金弐千円の懸賞募集　152-153
艶書捜索（＊滑稽小説）　清島繁雄　154-171
茶々姫（＊戦国夜話）　碧瑠璃園　172-187
未判決　細木原青起　188-188
『つぼみ姫』（＊昔物がたり）　張　慶亭　189-194
停電　要　一郎　194-194
新説酔月楼―大阪角座当り狂言―（＊芝居小説）　田村西男　195-211
関西移住名簿　212-212
地震以来記―お誂黄表紙―（画・吉岡鳥平）　正岡いる、　213-223
これからの女（＊漫画）　池部　鈞　224-225
あれまでの寄席・あれからの寄席　正岡いる、　226-229
音曲界復興への道　伊麻仁三郎　230-234
撮影見たま、―京都松竹撮影場訪問記―　西　院　子　235-237
踊りの会消息　南仁茂内　238-240
寿輔の洋服　240-240
福遊び（＊漫画）　宮尾しげを　241-241
槍の権三重帷子―仇討十種の内―　直木三十三　242-258
十字架教祖（＊青春講話）　平山蘆江　259-278
名人　英語　要　一　郎　278-278
敵を討たる、人（＊武士気質）　山本柳葉　279-292
或る女の遺書（＊小説）　吉井　勇　293-305
老嬢の迷ひ（＊漫画）　細木原青起　306-307
雨夜の寮（＊江戸情話）　鈴木寛六郎　308-320
菓子箱の百両　320-320
正雄の結婚式　321-321
変相術（＊漫画）　細木原青起　322-323
花形役者評伝
男女蔵と栄三郎　三宅周太郎　324-328
花柳章太郎の小説　岡田八千代　328-329
扇雀と小太夫の為に　X　Y　Z　329-331
本牧の女（＊海浜夜話）　花柳章太郎　332-349
暴漢（＊小品）　市川男女蔵　350-351
次郎助地蔵―幼き者のために―（＊童話）　市川小太夫　353-364
雨傘（＊短篇小説）　尾上栄三郎　365-369
劇壇時事写真画報　370-371
ある女の話（＊小説）　中村扇雀　372-382
今年竹（＊長篇花柳小説）　里見　弴　384-415
編輯の後に　416-416

第一巻第二号　大正十三年二月号　一日発行

事の順序（＊口絵）　岡本一平
顔（＊口絵）　北野恒富
今年竹（＊あやめの客）　里見　弴　2―19
お伝地獄　二　鈴木泉三郎　20-30

面白い落語とデイツケンス　31-31
海外諷刺画選（＊この所へ同情を集めよ　世界共通の悲喜劇）　32-33
鎧櫃の血（＊三浦老人昔ばなし其の二）　岡本綺堂　34-53
冴返る（＊復興情趣・色男修業）　森　暁紅　54-63
『雁』（＊詩）　川路柳虹　64-65
残された罪（＊探偵小説）　フレデリック・コオツ作　和気律次郎訳　66-83
下級社員から副社長になる法（＊漫画）　細木原青起　84-87
受難　沢田正二郎　88-103
優越感（＊漫画）　池部　釣　104-105
鈴木主水白糸くどき―当世流行八木節の研究―　無　双　庵　106-111
真言秘密大全―第二回　人生行路酸脈多しの話―　白井喬二　112-133
人間万事嘘の世の中　吉岡鳥平画案　134-143
赤城祭の夜　本山荻舟　144-154
芝居を詠んだ川柳　154-154
新選醒酔笑　東亭扇升　155-155
関西漫遊（＊漫画）　宮尾しげを　156-157
三田ものがたり（＊学生生活）　千曲太郎　158-164
海外活動茶話　森田みね子　166-175
鉛と金の問答（＊漫画）　山田みのる　171-173
森田みね子ちゃんの活躍　175-175
恋と陰謀（＊オフセット版二十五面）　177-192
三浦環失恋記　楽　屋　雀　193-193
十字架教祖　平山蘆江　194-207
新東京八景（＊漫画）
泥土往来　小料理店　細木原青起　208-209
復興の余力　縁起と養生　野趣横溢　清水対岳坊　210-212
まぐろ横丁　和製の廃墟　銀座裏の夜　池部　釣　213-215
劇場茶話―サラア・ベルナアルの最後―　小山内薫　216-217
半月型の斑痕（＊探偵小説）　大島十九郎　218-234
追分のお化　235-235
女優の日記
この頃の一日　森　律子　236-240
来阪記　村田嘉久子　240-251
ロケーションの暇に　川田芳子　251-253
ドモ又の初日　水谷八重子　253-255
訂正一束　255-255
女優評伝
律子と嘉久子　長田秀雄　256-259
川田芳子と栗島澄子　伊藤松雄　260-264
八重ちゃんの落書　畑中　繁　264-265
自動車談判（＊内閣成立秘話）　伊藤痴遊　266-277
芝居見物と手の表状　278-279
鍵屋の辻―伊賀越仇討実話―（＊仇討十種ノ二）　直木三十三　280-300
ユウコン河の殺人（＊探偵物語）　田中聰一郎　302-314
夜の巴里と遊女全盛　315-315
劇場の猫　水木京太　316-319
白繻子の帯―夢の浮橋の二―　小山内薫　320-334

文壇と川柳　高野秋成　335–335
編輯の後に　336–336

第一巻第三号　大正十三年三月号　一日発行

堀部弥兵衛他四篇—読書余録—　菊池　寛　2–5
香織の心中—夢の浮橋の三—　小山内薫　6–17
妖狐お蘭（＊怪奇物語）　長田秀雄　18–32
柳だるから　32–32
『真言秘密大全』の中止に就て　川口松太郎　34–34
私はこんな問題も喜ぶ　白井喬二　35–35
本朝名笛伝　白井喬二　36–47
「おろしや」から帰つた幸太夫　山崎徳吉　48–57
三田ものがたり（＊学生々活）　千曲太郎　58–64
サヂの言葉　64–64
ハンネレの昇天（＊映画物語　オフセット版二十三面）　65–80
花形作者五人揃
　哀れなコツクの話　内田　実　82–92
　唐美西氏と茶人青湾　松永久一郎　94–106
　駿河大納言の死　柏龍太郎　108–121
　樽詰の美人（＊異人屋敷秘話）　本地正輝　122–133
　幌馬車　寺尾幸夫　134–138
日本服のダンス　107–107
新訳忠臣蔵偏痴気論　中川無声　140–145
辛い哉上流社会（＊宮尾しげを画）　坂井真案　146–147
今年竹—あやめの客二—　里見　弴　148–176
逢に奈良行く　香西織恵　178–191
人参（＊三浦老人昔噺し）　岡本綺堂　192–205
苦楽特選将棋　206–209
素人観戦記　菊池　寛　206–208
無銭不戦　岡本一平　210–221
畏友水野じろ左衛門　川口松太郎　222–236
ぼくの小咄　あけのかね　236–236
楽界三題噺　三島千里　238–242
お伝地獄　鈴木泉三郎　244–254
女郎蜘蛛　坪内士行　256–264
十字架教祖　平山蘆江　266–278
古川柳おぼえ帳　大阪町人　279–279
劇場茶話　小山内薫　280–281
浄瑠璃阪の夜襲（＊仇討十種ノ三）　直木三十三　282–299
名題になつた河原崎長十郎　浅利鶴雄　299–299
観音の手（＊新作落語）　北川長三　300–308
東京は東京なれや（＊短歌）　岡本かの子　309–309
世話情浮名横櫛（＊悟道軒十二集の内）　悟道軒円玉　310–319
編輯の後に　320–320

第一巻第四号　大正十三年四月特別号　一日発行

バリモアのハムレツト　1–1
色彩間苅豆　2–3
歌劇のロメオとジユリエツト　4–4
リ、アンギツシユの新映画　5–5

本社主催の音楽映画大会 6-7
カリフの鶴（＊映画物語） 8-16
猥談 永井荷風 18-27
二夫婦—長篇小説今年竹の四— 里見弴 28-45
伊右衛門夫婦（＊怪談小説） 小川直三郎 46-62
代表的スポーツマンスタイル 63-63
松の葉（＊小説） 長田幹彦 64-78
藝苑怪談一束 前座小僧 79-79
置いてけ堀（＊三浦老人昔ばなし） 岡本綺堂 80-93
笛の彦左衛門（＊滑稽哀話） 松長照夫 94-105
僕の小噺 まつちやま 105-105
新浮世名所案内（＊滑稽諷刺） 喜三次郎 106-109
宿屋の怪 長尾豊 110-117
恋は空し（＊小説） 三上於菟吉 118-131
誰が勝利を得たか 132-133
蓮生坊の脱走（＊小説） 森下与作 134-148
馬がものを云ふ話（＊江戸の珍談） 柳治 149-149
新選醒唾笑 東亭扇升 150-151
朱雀門（＊坂東武者物語） 今東光 152-168
西洋の切抜絵 169-169
樽屋おせん（＊小説） 岡田八千代 170-188
こばなし 188-188
世界的藝術家の大集会 189-189
高杉の博多落（＊小説） 伊藤痴遊 190-201
お伝地獄 鈴木泉三郎 202-215
『お伝地獄』の作者より （鈴木生） 215-215
裏表ふた筋道（＊宮尾しげを画） 高田みさを案 216-217
ある日の頼朝（＊小説） 佐々木味津三 218-232
電車の奇跡 232-232
画かきの迷信 233-233
新訳浮世床 四季亭十馬 234-243
久保田万太郎氏 243-243
崇禅寺馬場—仇討十種の四 直木三十三 244-255
流行 256-257
十字架教祖 平山蘆江 258-274
小話 要一郎 274-274
立廻りの型 275-275
まあ毛布（＊滑稽情話） 森暁紅 276-284
キネマ界の人気者 285-285
貴族の生活改善 オーリエツタ・コーザイ 286-287
真景累ヶ淵 小栗健次 288-303
調伏珍話 もりいち 304-305
本朝留破鹿縁起—黄表紙—（＊吉岡鳥平画） 正岡いるゝ作 306-315
井上正夫から（＊書簡） 316-317
豪勇毛利勝永（＊大阪落城挿話） 竹村賢七 318-335
懸賞募集俳句発表 久保田万太郎選 338-341
わかれじも（＊俳句） 久保田万太郎 342-345
逢ひ別れ（＊柳巷新話） 水田喜市 346-360
品行方正の弁 まさる 361-361
苦楽特選将棋 362-366
素人観戦記 菊池寛 362-366

幽霊を見た男―ある講談師の話―　田中宗次　367-373
熊坂お蝶（＊悟道軒十二集の内）　悟道軒円玉　374-389
小咄　要一郎　389-389
怪異小聞　390-391
都の色里（＊夢の浮橋四）　小山内薫　392-398
怪談　399-399
編輯の記に（ママ）　400-400

第一巻第五号　大正十三年五月号　一日発行

舞妓（＊口絵）　岡田三郎助
懸賞美人写真　1-15
私のすきな女の顔　津田青楓　16-16
眉かくしの霊（＊小説）　泉　鏡花　18-49
猥談　荷風散人　50-60
男と女　61-61
お国団十郎（＊小説）　真山青果　62-76
粋不粋　秀井無腸　77-77
鼻の先（＊探偵小説）　フレデリック・デエヴィス　和気律次郎訳　78-89
心中きらゝ坂（＊小説）　香西織恵　90-103
二夫婦（＊今年竹の五）　里見　弴　104-124
五月の嘘　125-126
女の勝利（＊小説）　クヌウトハムズン　大原武夫訳　127-133
美人市場の大先生　134-135
お伝地獄　鈴木泉三郎　136-150
色説　無腸先生　151-151
僚妻（＊滑稽小品）　寺尾幸夫　152-159
川柳初音集　159-159
黒滝城の攻囲（＊仇討十種の第五）　直木三十三　160-171
懸賞募集美人写真当選者発表　172-173
妖怪邸の求むる人（＊小説）　片岡鉄兵　174-186
苦楽特選将棋　187-189
素人観戦記　菊池　寛　189-189
玉菊灯籠（＊悟道軒十二集の内）　悟道軒円玉　190-206
独楽新話　東亭扇升　207-207
続観音の手（＊新作落語）　里見弴案　北川長三作　208-211
紙子一貫（＊夢の浮橋の五）　小山内薫　212-229
美泥（ビイドロ）（＊小説）　白井喬二　230-239
気の抜けた仇討（＊漫画脚本）　岡本一平　240-251
落城の譜（＊三浦老人昔ばなし）　岡本綺堂　252-265
川柳初音集　265-265
海外活動茶話　森田みね子　266-269
成貞の余生（＊柳沢騒動の真相）　松本奈良雄　270-287
うめ草　288-291
安宅郷右衛門（＊加賀騒動の一）　浅井無道軒　292-296
姫川の水馬（＊加賀騒動の二）　松田保為　296-301
紅葉山の暗試合（＊加賀騒動の三）　黒井紋太　301-306
蛇責め（＊加賀騒動の四）　山路　健　306-309
ブルとプロレ　観劇四趣　310-311
原田甲斐の苦衷（＊伊達騒動）　直木三十三　312-321
長政の遺言状―黒田騒動の発端―　三島仙太郎　324-335

編輯の後に　336－336

第一巻第六号　大正十三年六月号　一日発行

石橋山（＊戯曲）　菊池　寛　2―10
文壇聞き書帳　10－11
手控帳より　谷崎精二　12－23
小話　23－23
小さな命―今年竹の六―　里見　弴　24－43
犬と主人　44－45
ワイフが欲しい（＊滑稽小説）　東　健而　46－55
人気役者情艶物語　56－57
白旗　市村羽左衛門　58－59
満寿庵の尼僧　中村鴈治郎　60－61
心中と心中　市川中車　62－63
失恋の苦（にが）さ　尾上梅幸　64－65
雷見舞（＊三浦老人昔話―その六）　岡本綺堂　66－78
靴下二十五弗　78－79
お国団十郎　真山青果　80－93
アラスカの恋（＊探偵小説）　デボン・マーシャル作　国枝史郎訳　94－107
劇作家（＊ポケツト小説）　千枝保夫　108－109
佐久間象山の最期　佐々木味津三　110－125
唄ひ手お高　125－125
妖怪奇譚　（賢一郎）　126－127
お伝地獄（終篇）　鈴木泉三郎　128－141
異人娘と武士（＊小説）　今　東光　142－158
訝しき音楽家　159－159
仕返し（＊柳橋夜話）　平山蘆江　160－172
新選軽口ばなし　東亭扇升　173－173
轆轤首　小栗健次　174－186
うめ草　松翠亭主人　187－187
堀部安兵衛（＊仇討十種の第六）　直木三十三　188－197
風流島原図絵（＊漫文漫画）　吉岡鳥平　198－206
花鳥の放火―佐原の喜三郎の内―（＊遊侠伝一）　浅井無道軒　207－216
笹山の惨劇（＊遊侠伝二）　山路　健　217－226
平手造酒（＊遊侠伝三）　竹林賢七　227－236
異説河内山（＊遊侠伝四）　松本奈良雄　237－248
巴里の女（＊映画物語）　249－256
村井長庵（＊悟道軒十二集の内）　悟道軒円玉　257－272
募集漫画選評　岡本一平　274－275
沢村宗之助君を憶ふ　小山内薫　276－282
臨時手合苦楽特選将棋　283－285
素人観戦記　菊池　寛　285－285
嫌なら吉野―そりや高野さん―　香西織恵　288－297
猿之助と七五三香（＊南地情話）　298－299
切支丹解放（＊維新秘史）　斎藤悳太郎　300－309
堀江の水―夢の浮橋の六―　小山内薫　310－319
編輯の後に　320－320

第二巻第一号　大正十三年七月特別号　一日発行

日暮方（＊口絵）　伊藤深水
鼻提灯（＊小説）　宇野浩二　2-20
水郷戯想　岡本一平　21-27
権十郎の芝居（＊三浦老人昔ばなし）　岡本綺堂　28-40
痺れ薬の歌―狂詩五篇―　鈴木泉三郎　40-41
ワイフが欲しい(二)（＊滑稽長篇）　東　健而　42-54
遺産（＊ポケット小説）　毛髪燦　55-57
小夜衣草紙（＊怪談）　長田秀雄　58-74
伊達大評定＝塩釜浦　75-75
君不去（きさらず）の一夜（＊滑稽紀行）　森　暁紅　76-86
義経腰越状＝平泉旧跡　87-87
お国団十郎（終篇）　真山青果　88-104
人を馬鹿にした凄い話　104-105
情死の幻想（＊ポケット小説）　106-107
意地（＊講談）　浅井無道軒　108-122
恋愛秘語　竹久夢二　122-125
大和屋文魚（＊十八大通物語）　国枝史郎　126-135
上山草人より　135-135
一つ家＝安達が原　136-136
天保水滸伝＝銚子犬吠崎　137-137
相乗火の車―続お伝地獄―（＊長篇小説）　鈴木泉三郎　138-152
国定忠次＝赤城山　153-153
傾城奴勝山（＊講談）　志道軒　154-164
阪（ママ）東勝太郎（＊花形俳優月旦）　164-165
海外活動茶話　森田みね子　166-170
本朝二十四孝＝諏訪湖　171-171
幽霊膳―大阪町奉行お白洲書留帳より―（＊捕物怪談）　斎藤悳太郎　172-183
社交ダンスの弊害―神戸婦人界の大問題―　183-183
薄暮の曲　184-185
児雷也＝妙香山　186-186
銭屋騒動＝河北潟　187-187
女讐（めがたき）夜話（＊長篇読切小説）　佐々木味津三　188-212
音曲茶話　212-213
でん〳〵太鼓（＊怪談）　松本奈良雄　214-223
編輯室から　223-223
加賀騒動＝金沢犀川　224-224
関ケ原御陣＝寝物語里　225-225
伏見な御縁で（＊滑稽紀行）　香西織恵　226-232
新選笑府　松翠閣主人　233-233
妹背山婦女庭訓＝奈良若草山　234-234
苅萱桑門筑紫轢＝高野山　235-235
死の一滴　和気律次郎　236-246
朝顔日記＝摩耶山　247-247
警語　248-248
塵境（＊映画物語）　249-256
巌流島（＊仇討十種の七）　直木三十三　257-265
映画劇の筋（ストオリ）募集　266-267
一の谷嫩軍記＝須磨浦　268-268

天草軍記＝島原眉山　269-269
野球スタンドの喜劇　岩田とし子　270-277
箱崎文庫＝箱崎浜　278-278
傾城阿波の鳴門＝阿波小松島　279-279
六つの袂―終篇夢の浮橋―　小山内薫　280-292
新川柳募集―里見弴氏選―　293-293
出雲崎の遊女（＊芝居絵物語）
岡本綺堂氏作　松竹座五月狂言　294-297
天の橋立千人斬＝天の橋立　298-298
唐人咄＝長崎崇福寺　299-299
向島闇路懸橋―朦朧車夫ものがたり―　松村梢風　300-312
相馬大作＝矢立峠　313-313
臨時支出（＊喜劇悲劇雲仙紀行）　寺尾幸夫　314-326
情歌十集（＊短歌）　市川左団次　326-327
怪異丈高女（＊怪談）　小栗健次　328-341
殿様　341-341
十三峠―永井源三郎武勇伝―（＊悟道軒十二集の内）
悟道軒円玉　342-354
増補石橋山　355-355
名人錦城斎典山　花柳章太郎　356-356
大好きな神田伯山　喜多村緑郎　357-357
臨時連将棋　358-359
将棋実戦記　菊池　寛　359-359
夏霜枯―今年竹の七―　里見　弴　360-388
雨ふり（＊小説）　泉　鏡花　389-399
編輯の後に　400-400

第二巻第二号　大正十三年八月号　一日発行

うすもの（＊口絵）　岡田三郎助
大阪浪花座六月狂言（＊口絵写真）
『苦楽』グラフセクション　1-16
〔無題〕（＊詩）　里見　弴　17-17
蝶花楼物語（＊馬楽自叙伝）　吉井　勇　18-35
恋の御坊―「相乗火の車」の二―　鈴木泉三郎　36-48
徹肺録　秀井先生　48-48
長襦袢百態（＊絵）　清水三重三　49-49
〔短歌一首〕　吉井　勇　49-49
二人の彰義隊士（＊小説）　清見陸郎　50-65
スクリンの裏　66-67
筑摩明神の祭礼―永井源三郎武勇伝―（＊悟道軒十二集の内）
悟道軒円玉　68-81
橘之助と円太郎と春団治　（与作生記）　82-83
復興時代（＊滑稽情話）　寺尾幸夫　84-95
二重の陥穽　和気律次郎　96-106
日記帳　鈴木泉三郎　106-106
長襦袢百態（＊絵）　清水三重三　107-107
〔短歌二首〕　吉井　勇　107-107
無名の長脇差　大木雄三　108-118
長襦袢の百態（＊絵）　清水三重三　119-119
〔短歌二首〕　吉井　勇　119-119
立山　120-120

剣岳　121-121
病室の悲劇（＊花柳余情）　田村西男　122-137
不義の快楽　鈴木泉三郎　137-137
恋の弥次喜多（＊漫画脚本）　岡本一平　138-157
市川さんの話（＊三浦老人昔ばなし）　岡本綺堂　158-167
拳闘―米人巨人岩を破つた牧田三平の話―　高梨菊二郎　168-174
長襦袢百態（＊絵）　清水三重三　175-175
〔短歌二首〕　吉井　勇　175-175
朝日岳　176-176
雲海　177-177
昼の酒―（今年竹の八）―　里見　弴　178-197
焼岳　198-198
大町から　199-199
大浦のお慶（＊偉い男と変な女）　伊藤痴遊　200-208
長襦袢百態（＊絵）　清水三重三　209-209
〔短歌二首〕　吉井　勇　209-209
中村福助（＊花形俳優月旦）　210-211
思ひ出茶屋（＊滑稽紀行）　君塚守市　212-221
地球が怒つた話　足　穂　221-221
杓子、鑵　222-222
白馬　223-223
古代マーチ（＊戯曲一幕）　臼井喬二　224-238
音楽家招待の秘訣　前田三男　239-241
黒石の乱闘（＊仇討十種の第八）　直木三十三　242-258
キネマグラス　259-259
槍が岳　260-260
穂高岳　261-261
奇賊五兵衛　長谷川伸　262-274
外国漫画　275-275
汽車を戻せ　尾上菊五郎　276-277
宝塚の一日　（一記者）　276-279
真夜中の活劇　阪東彦三郎（ママ）　278-279
獅子舞―大阪町奉行所御白洲書留帳―　斎藤悳太郎　280-292
米国映画排斥の真相　293-295
今戸心中（＊芝居絵物語）広津柳浪作　清水三重三画　296-299
六韜三略大巻　臼井喬二　300-308
読者欄の新設　309-309
寄席繁盛譜・新東京　あけのかね　310-311
高津の晩景　小山内薫　317-319
編輯後記　320-320

第二巻第三号　大正十三年九月号　一日発行

白粉の香（＊口絵）　伊藤深水
苦楽グラフ　1-16
ロジタ　12-16
白子屋実説（＊長篇小説）　小山内薫　18-39
蝶花楼物語（＊長篇小説）　吉井　勇　40-55
うめ草　55-55
鹿の子追憶　花柳章太郎　56-57
毒盃（＊小説）　林　和　58-75
スキピイ君の大発見（＊漫画）　75-75

眉毛 藤村秀夫 76-77
岩井半四郎（＊小説） 邦枝完二 78-89
艶栄の話 小堀 誠 90-91
お雪とお伝（＊続お伝地獄） 鈴木泉三郎 92-105
信じられない女 喜多村緑郎 106-107
人情ふところ勘定（＊滑稽と悲哀） 森暁紅戯作 108-118
女と警句 無腸居士 118-118
恋と酒の歌（＊絵） 清水三重三 119-119
〔短歌三首〕 吉井 勇 119-119
川中島（＊戦国物語） 竹林賢七 120-130
女と警句 無腸居士 130-130
恋の歌（＊絵） 清水三重三 131-131
〔短歌二首〕 吉井 勇 131-131
名物供養—東京のうまい物屋 三宅孤軒 132-133
人形（＊小説） 和気律次郎 134-145
世相百笑 秀井無腸 145-145
世相一笑 鯖井無性 145-145
中村芝鶴（＊花形俳優月旦） 146-147
池の端心中（＊江戸奇聞） 生田 葵 148-160
恋の歌（＊絵） 清水三重三 161-161
〔短歌二首〕 吉井 勇 161-161
嘘と真実（まこと）と（＊微笑小説）
アルベエル・エンツイユ 高橋邦太郎訳 162-168
あたり箱 小つぶ 168-168
快傑ダントン（＊映画物語） 169-176
恋の歌（＊絵） 清水三重三 177-177
〔短歌二首〕 吉井 勇 177-177
春色梅ごよみ（＊三浦老人昔ばなし） 岡本綺堂 178-189
文覚（＊芝居絵物語） 松居松翁氏作 190-193
加藤総理夫人（＊偉い女と変な女） 伊藤痴遊 194-202
恋の歌（＊絵） 清水三重三 203-203
〔短歌二首〕 吉井 勇 203-203
真田幽居始末（＊小説） 今 東光 204-221
噂ばなし（＊宝塚歌劇） 武庫河人 222-225
海外活動茶話 森田みね子 222-228
東京花柳風聞記 平山蘆江 225-229
音楽家と食慾 前田三男 228-233
短い映画女優の命 （貴根麿） 229-232
田村寿二郎さんの逸話 233-233
ワイフが欲しい（＊滑稽小説） 東 健而 234-245
骸骨お松（＊悟道軒十二集の内） 悟道軒円玉 246-256
風俗今昔問答 鬼 太郎 257-261
討入（＊仇討十種の九） 直木三十三 262-283
懸賞応募 長唄歌詞当選発表（杵屋佐吉選）
雨乞其角 一等 伊藤鷗二 284-286
夢 二等 初瀬みゆき 286-287
犬張子 三等 西尾桐里 288-288
選後に 杵屋佐吉 289-289
六韜三略大巻（＊長篇小説） 白井喬二 290-299
うめ草 299-299
かも（＊小説「今年竹」九） 里見 弴 300-319
父無子 319-319

編輯後記　320–320

第二巻第四号　大正十三年十月特別号　一日発行

うなじ（＊口絵）　岡田三郎助
演藝活動（＊写真版）
グラフ　1–16
浴室（＊小説）　田山花袋　18–32
ラジオの世界（＊漫画）　33–33
白子屋実説　小山内薫　34–56
建築風（＊漫画）　57–57
柳橋のお節　池田大伍　58–74
キネマ女優珍流行その他　貴根麿　75–77
蝶花楼物語　吉井勇　78–89
赤い夕日に（＊音符）　作曲　山田耕作　90–92
あかい夕日に（＊詩）　作詩　北原白秋　93–93
ワイフが欲しい(4)（＊滑稽小説）　東健而　94–104
受難の時蔵　(松の太夫)　105–105
投げしやんせ―（弥次喜多外伝二）―（＊漫画脚本）　岡本一平　106–125
乱軍（＊維新史話）　佐々木味津三　126–142
オヤ……？玄関先の濡ごと（＊漫画）　143–143
悲しき情人（＊怪艶小説）　小川直三郎　144–154
カフエー繁昌譜（＊新東京）　しるべつと　155–157
矢がすり（＊三浦老人昔ばなし）　岡本綺堂　158–168
文豪笑話　秀井先生　168–168
俳怪記（＊小品怪談）　国枝史郎　169–171
心中船（＊小説）　邦枝完二　172–187
噫『伊藤巡査』（＊演劇美談）　紅楼夢　188–189
廓模様噂聞書　岡栄一郎　190–204
無駄ばなし（＊寄席藝人）　前座小僧　206–207
四代目小団次の恨　高安月郊　208–220
赤い花（＊小説）　和気律次郎　222–231
神楽坂漫歩（＊夜の都一）　久米正雄　232–233
酒井忠輔の放浪　今東光　234–249
嵐の中（＊俳句十二句）　久保田万太郎　250–251
なるほど（＊花柳情話）　森暁紅　252–268
痴人嫉妬（＊詩）　草重火　269–269
斬らずの綱五郎（＊小説）　細矢安太郎　270–281
醜男　281–281
浅草の悲しみ（＊夜の都二）　久保田万太郎　282–283
茜雲―小説（今年竹十）―　里見弴　284–295
浜町河岸（＊夜の都三）　小山内薫　296–297
大臣のうらおもて―内面から見た護憲内閣―　伊藤仁太郎　298–304
葉巻のけむり　東建而　305–305
四条河原（＊夜の都四）　岡田八千代　306–307
六韜三略大巻（＊第三篇　影身の使者）　白井喬二　308–317
円山の月（＊夜の都五）　長田幹彦　318–319
一寸先（＊続お伝地獄の四）　鈴木泉三郎　320–333
道頓堀の歌（＊夜の都六）　吉井勇　334–335
おちぶれ姫（＊小説）　長谷川伸　336–348

三遊亭円朝忌 （与作） 349-349
講釈と講談 鬼 太 郎 350-352
岩崎の惚れた女（＊偉い男と変な女） 伊藤痴遊 353-361
秘巻鞍馬八流（＊特別長篇講談） 悟道軒円玉 364-383
鑑賞 383-383
紅葉亭の娘（＊長篇小説） 長田幹彦 384-412
残念ながら 清元梅吉 413-413
懸賞募集清元歌詞当選者 413-413
おオと巳之介（＊戯曲三幕七場） 谷崎潤一郎原作 川口松太郎脚色 414-446
新選組（＊小説） 竹林賢七 448-463
編輯後記 464-464

第二巻第五号　大正十三年十一月号　一日発行

楽屋（＊口絵） 1-16
苦楽グラフ 伊藤深水 1-16
女性の敵（＊映画物語） 8-16
指環 17-17
茜雲(下)（＊今年竹十一） 里見 弴 18-28
スキツピーの労働 29-29
蝶花楼物語(四)（＊長篇小説） 吉井 勇 30-46
殺人異表 無腸居士 47-47
御台所の恋（＊小説） 今 東光 48-67
邦楽座雑感（＊楽屋画譜） （かの字記） 68-69
大阪中座（＊楽屋画譜） （わの字） 70-71
鏡（＊小説） 和気律次郎 72-84
求婚の詞 秀井先生 84-84
妻の権利は拡大する（＊滑稽諷刺） 君塚守市 85-89
仏具屋刃傷（＊小説） 長谷川時雨 90-106
俳優の魅力―延若を迎へた本郷座―（＊楽屋画譜） （ろの字記） 107-109
美の廃墟（＊小説） 田中聰一郎 110-124
質 124-124
宗之助の遺子―公園劇場の帝劇連―（＊楽屋画譜） （くの字記） 125-127
生胆（＊小説） 額田六福 128-137
人生断裁 137-137
野球熱―宝塚の菊五郎―（＊楽屋画譜） （まの字記） 138-139
保名狂乱（＊滑稽情話） 森 暁紅 140-148
うめぐさ 148-148
新案毛生え術（＊漫画） 149-149
ブロードウエー通信 150-152
浦部粂子観―監督の見た女優― 村田 実 150-153
苦楽キネマ 153-155
海外活動茶話 森田みね子 156-159
花柳章太郎に教ふ 156-157
ベチヤクチヤ物語 （貴根麿） 160-161
自叙伝―バーバラ・ラ・マール― 162-163
チヤツプリンと野球の話 162-163
フアン倶楽部 164-165
辻新―大阪町奉行御白洲書留帳― 斎藤悳太郎 166-177

三怪異　浅井無道軒　178–184
女　184–184
老いたる女の思ひ出　185–185
ワイフが欲しい（5）（＊滑稽小説）　東　健而　186–194
牢獄の恋　194–194
美男地蔵―弥次喜多外伝その三―（＊漫画脚本）　岡本一平　196–215
円朝か円右か　鬼　太郎　216–219
釈場通ひ　小島政二郎　219–225
気のつくこと―大阪の藝人、東京の芸人―　三宅周太郎　225–228
本郷座と邦楽座（＊漫画）　229–229
懸賞募集 小唄当選者発表（永井荷風選）
まうしあげます（一等賞金百円）　片岡　昇　230–230
馬子の歌（二等賞金五十円）　水鳥川春帆　231–231
踊らうよ（二等賞金五十円）　月野芳夫　231–231
さむからう（三等賞金二十円）　中川　正　232–232
せぬ約束（三等賞金二十円）　桑野　葭　232–233
おぼこ娘（三等賞金二十円）　中西三郎　233–233
女性苦楽 懸賞募集映画劇「筋（ストオリイ）」当選者発表
谷崎潤一郎　小山内薫　234–237
六韜三略大巻（＊第四篇　異聞茶椀文）　白井喬二　238–248
軍人礼讃　ジイ・ビイ・エス　249–249
大阪中座 美代吉殺し（＊東西劇壇当り狂言絵物語）
名越国三郎画　250–251
宿無団七時雨傘（＊本郷座）　清水三重三画　252–253
壱万円の懸賞募集　254–255
船打込浪間白浪　悟道軒円玉　256–270
うめぐさ　270–270
スポーツマンの駆落（＊漫画）　271–271
新選組(二)　竹林賢七　272–293
白子屋実説(三)　小山内薫　294–316
読者文藝募集　317–317
編輯後記　318–318

第二巻第六号　大正十三年十二月号　一日発行

青春（＊口絵）　岡田三郎助
苦楽グラフ　1–16
女（＊小説）　室生犀星　17–33
『肉親親説法』（＊漫画脚本）　岡本一平　34–45
古今笑府(一)　富士川游　46–49
蝶花楼物語(五)　吉井　勇　50–64
流行を追ふロンドンの女　65–65
『机』物語　与　作　66–67
高尾を斬るまで（＊小説）　林　和　68–83
女と警句　83–83
婦人の化粧室（＊漫画）　84–85
美の廃墟2　田中聰一郎　86–102
異本西洋笑府―西洋にも落語がある―　あまりりす　103–105
浅草寺境内（＊小説）　国枝史郎　106–119
如何にしてネクタイを正確に巧妙に完全に結ぶ可きか（＊漫画）　120–121

菊龍の話（＊怪談）　瀬戸英一　122-132
人生断截（ロビン・フッド）　133-133
白子屋実説（終篇）　小山内薫　134-156
笑話　156-156
西洋軽口噺（無腸庵）　157-157
五月信子論―監督の見た女優―　牛原虚彦　158-159
海外ゴシップ（関口英二）　160-163
蒲田巷説　164-165
ムービー・ファンタシー　166-167
私の自叙伝　バーバラ・ラ・マール　168-169
十代映画人気投票第一回得票発表　170-171
ファン倶楽部（記者）　172-173
強盗未遂の嫌疑を得て留置場に明す一夜　仲林元夫　174-183
うめぐさ　183-183
天誅組外伝（＊小説）　佐々木味津三　184-203
活動作者白昼夢（＊小説）　森　岩雄　204-215
南京花火物語　稲垣足穂　216-222
欧洲美食歩記　平岡権八郎　216-221
宮比の神の半裸体踊から緋縮緬の二布へ　鳶　魚　221-226
ストライク、ストライク、ストライクでしかも無死　222-226
船打込浪間白浪　悟道軒円玉　227-235
書置（＊小説）　和気律次郎　236-246
社告（編輯室より）　246-246
二つの商売（みさを）　247-247
お夏笠物狂（＊宝塚少女歌劇印象記）　木村泰雄　248-251
ワイフが欲しい（6）（＊滑稽小説）　東　健而　252-261
楊貴妃異聞　池田桃川　262-276
大磯の思ひ出―鈴木泉三郎氏を悼む言葉―　川口松太郎記　277-277
『こゝろ』懸賞募集短歌当選者発表　278-279
『残菊』懸賞募集俳句当選者発表　280-281
『嫉妬』懸賞募集笑話当選者発表　282-283
クラブ・クラブ　284-285
プラトン社出版部より　284-285
勘平切腹（＊小説）　直木三十三　286-298
たちぎゝ（今年竹十二）　里見　弴　300-319
編輯後記　320-320

第三巻第一号　大正十四年新年特別号　一月一日発行

梅川（＊口絵）　鏑木清方　2-9
ホワイトシスター（＊リリアンギッシユ映画）　12-17
ドロシーバーノン（＊メリーピックフオード映画）　18-23
スムルーン　24-29
キイン　30-30
ニーベルンゲン　33-41
仇討出世譚（＊小説）　菊池　寛　42-51
慈善鍋（＊小説）　久米正雄　51-51
女の舌その他　無腸居士　52-53
ペスとたうもろこし（＊漫画）　54-65
梯子と盥―弥次喜多外伝―（＊漫画脚本）　岡本一平　66-80
露西亜犬（＊墨水十二夜）　吉井　勇

わらひそめ　80-80
最近のタンゴ　81-81
歌姫(1)（＊長篇小説）　三上於菟吉　82-96
小唄小唄又小唄—或キネマ撮影所の聞書—　G・B・S　98-99
漂流船（＊小説）　山崎徳吉　100-117
軽便解体携帯自由自動車（＊漫画）　118-119
或る貴族の秘密（＊英京奇談）　志村蕺次　120-132
初笑ひ　ＡＢＣ　133-133
神州纐纈城第一回　国枝史郎　134-147
女の愛情の兆候　ＳＫＹ　148-149
廿三銭の心持（＊滑稽情話）　森　暁紅　150-162
ロメオとジユリエット（＊漫画）　163-165
佐竹騒動秘録（＊小説）　空々堂不空　166-183
女、女、女　秀井先生　183-183
築地小劇場美醜論議（＊苦楽ゴシップ）　184-185
日本全国三十景　水島爾保布　186-195
槍持定助（＊新国劇上演用台本　一幕三場）　岡栄一郎　196-211
泥棒のポケツトから（＊探偵小説）　和気律次郎　212-226
二人のピエロー（＊パヴロバの新舞踊）　227-227
俳優争奪戦記　ぼうふら子　228-229
牧野省三と高村正次（＊キネマ界人物月旦）　（ＴＯ生）　230-232
或る日の五月信子　230-231
監督連盟オヂヤンの話　232-232
映画界の離婚と結婚　233-233
スタヂオの隠語　233-233
米国名女優の恋愛観　新条時雄　234-235
嘆きの孔雀（＊栗島すみ子新生映画）　236-237
十大映画人気投票結果発表　238-239
剛直一代男（＊小説）　佐々木味津三　240-261
良人（＊小説）　大橋房子　262-274
新派崩落　（八面鋒）　275-275
白水翁の卦（＊怪異）　小栗健次　276-285
宝塚画報　286-287
宝塚生活　松太郎生　288-289
水曜日の友達（＊写真小説、山名文夫画）　木村泰雄　290-309
波の皷（＊小説）　直木三十三　310-319
小春お絹（＊小説）　林　和　320-335
当世大俗談　鬼太郎　336-341
古今笑府(二)　富士川游　342-345
「影」（＊懸賞募集映画劇「筋」第一等当選）　渡辺　裕　346-353
当選者の言葉　渡辺　裕　350-351
うめ草　353-353
「日本以前」（＊懸賞募集映画「筋」第二等当選）　田中柿里　354-361
日本以前に就いて　田中柿里　358-359
藝術笑話　361-361
「戦ふ人」（＊懸賞募集映画「筋」第二等当選）　山口康蔵　362-369
正しい発展を　山口康蔵　364-365
小ばなし　369-369
『冬の月』懸賞募集和歌当選者発表　370-371

『若水』『小豆粥』懸賞募集俳句当選者発表　372-373
苦楽宣伝標語当選者発表　374-376
蓮華往生じぶんの話―当世人情噺―　正岡蓉(ママ)　378-384
復興の怪物　385-385
文楽座の十一月　ナホキ　386-387
孫逸仙と張作霖（＊支那騒乱夜話）　革命隠士　388-396
新春二十句（＊俳句）　藤原游魚　397-397
中島松堂（＊幕末史談）　月岡小五郎　398-401
直侍と三千歳（＊戯曲）　瀬戸英一　402-414
笑話選　414-414
恋　415-415
榊原高尾（＊帝国劇場当り狂言）　清水三重三画　416-419
籠釣瓶その他（＊中座当り狂言）　名越国三郎画　420-421
仲蔵自叙伝　小山内薫　422-443
本性（＊今年竹十二）　里見弴　444-463
編輯後記　464-464

第三巻第二号　大正十四年二月号　一日発行

お高祖頭巾（＊口絵）　鏑木清方
映画物語
　ホワイトローズ　2-11
　罪と罰　12-16
仇討出世譚（＊小説）　菊池寛　17-27
チップ。接吻。工面　27-27
霧の小唄（＊小説）　長田幹彦　28-45
こぼれ松葉（＊小咄）　45-45
句楽の仇討（＊墨水十二夜）　吉井勇　46-59
仲蔵自叙伝（＊小説）　小山内薫　60-65
笑話二三　65-65
寒さ（＊俳句八句）　久保田万太郎　66-67
めぐりあひ（＊小説）　久米秀治　68-83
天勝から　84-85
恋の行儀作法（＊滑稽文学）　東健而　86-98
ロモラ　99-99
秘糸伝哀話（＊小説）　斎藤悳太郎　100-113
愛します　113-113
ジエムスバリは助平だ!!　ぼうふら子　114-115
勇敢なる弱者　116-116
オペラに出るかも知れない―ラモン・ナバロー―　118-119
どうしてそんなに高いか・どうしてそんなに安いか
　―東西スターの給料―　119-119
ホリウッドの家　120-121
威張つてるジヤツキークーガン（＊スター月旦一）　122-122
アメリカだより　123-123
曲馬団の女王（＊日活映画）　125-125
ローランドの三角　126-126
ユナイテッドアーチスツ会社解散か、抗議か　126-126
珍なる離婚理由　127-127
歌姫(2)（＊長篇小説）　三上於菟吉　128-141
夕立入用　141-141
春秋座チーム対寺島倶楽部　（TB生）　142-145

大野一族（＊小説）　今　東光　146-162
鯨を見た話　中村亮平　163-165
売れッ妓（＊滑稽情話）　森　暁紅　166-175
笑話二三　175-175
表情ひとふでがき（＊漫画）　176-177
神州纐纈城（第二回）　国枝史郎　178-189
一刻も早く君の艶書を焼給へ　マクス・オーレル　190-191
良人（下）　大橋房子　192-204
芝居冗語　205-205
日本全国三十景の十一　水島爾保布　206-215
牛若武勇伝（＊戯作）　直木三十三　216-223
猪おとし（＊漫画脚本）　岡本一平　224-235
孫文と張作霖（続）　革命隠士　236-245
若き人々　245-245
葷菴漫筆　永井荷風　246-249
当世大俗談　鬼　太　郎　250-254
かの机の事について　梓　月　255-255
両国の象（＊小説）　森田信義　256-266
オペラのさわり　鹿野久市郎　267-267
大前田英五郎（＊小説）　森下与作　268-279
お七吉三（＊邦楽座当狂言）　清水三重三画　280-283
二つの忠臣蔵―沢田とその一党・左団次と延若―　284-287
黒い眼鏡（＊探偵小説）　和気律次郎　288-299
下手ばなし　299-299
逢戻り（今年竹十三）　里見　弴　300-306
小ばなし　306-306
古今笑府㈢　富士川游　307-309
選後雑感　里見　弴　310-312
懸賞新川柳発表（＊里見弴選）　310-312
懸賞募集和歌当選者発表『憂ひ』　314-315
懸賞募集俳句当選者発表『凍傷』　316-317
懸賞募集川柳当選者発表『電話』　318-319
編輯後記　320-320

第三巻第三号　大正四年三月号　一日発行

梅（＊口絵）　鏑木清方
映画物語
シラノ・ド・ベルジユラック　2-9
ジークフリート　10-16
浮世の窓（＊小説）　宇野浩二　17-36
三怪力物語　長　耳　翁　36-37
藝者の父（＊墨水十二夜）　吉井　勇　38-52
古今笑府㈣　富士川游　53-55
旅行の行儀作法（＊滑稽論文）　東　健而　56-67
クラクニウス　67-67
ユーモア六篇（＊漫画）　岡本一平　68-73
画家の罪？（＊探偵小説）　小酒井不木　74-86
岡本一平と髯　87-87
歌舞伎座見物　松本奈良雄　88-95
葉巻のけむり　東　健而　96-97
青蛙神（＊青蛙堂鬼談）　岡本綺堂　98-109

黒船対策秘事　射陽弓　110-113
武道新東鑑（＊小説）　佐々木味津三　114-130
愛の言葉　130-130
綺麗な花のやうな昔の小噺　131-131
強盗の娘（＊小説）　志村葳次　132-145
移り行く女優の群　（ひやしんす）　146-147
神州纐纈城（三回目）　国枝史郎　148-162
小ばなし　162-162
いのちがけのキス（＊漫画）　163-163
さみだれ双紙（＊小説）　田中聰一郎　164-173
新川柳覚書　173-173
音羽屋の息子　水木京太　174-179
吉右衛門と時蔵のこと　藤沢清造　179-186
猿之助兄弟　田島　淳　186-188
当世ヤナギダル　XYZ　189-189
居留地の殺人（＊探偵小説）　北尾亀男　190-200
左楽と三語楼とその門下　きめんさん　201-203
よけいなお世話　森　暁紅　204-217
印象　217-217
海外活動茶話　森田みね子　218-221
ない物づくし（＊映画会社）　（KM生）　218-221
松竹蒲田のスター製造法　（浪川新一）　222-223
最近に観た賞めたい映画　224-224
マツチベラミーの冤罪ほか　225-228
キネマ界消息　229-229
おゝ！　チヤーリー・デイーア　230-231
愛憎曲（＊鈴木俊夫作・マキノ輝子出演）　232-240
当世大俗談　鬼　太郎　241-245
六韜三略大巻　白井喬二　246-258
与へた物は二倍に　258-258
二千年後の濡場　260-260
岩見重太郎（＊随筆武勇伝）　直木三十三　262-279
犯罪人の心理　マズレール　280-280
漂流船後日譚（＊小説）　山崎徳吉　282-294
逢戻り（今年竹十四）　里見　弴　295-299
編輯室から　299-299
本妻和讃（＊小説）　泉　鏡花　300-313
ぬすびと　313-313
懸賞短歌入選発表「別れ」　314-315
懸賞俳句入選発表「寒紅」「火事」　316-317
懸賞川柳入選発表「白粉」　318-319

第三巻第四号　大正十四年四月特別号　一日発行

振袖新造（＊口絵）　鏑木清方　2-11
三大映画物語
「蜂雀」
「嘆きのピエロー」　12-21
スカラムツシユ　22-31
つくりばなし（＊小説）　荷風散人述　33-40
若き日の幻影　41-41
新月（＊小説）　久保田万太郎　42-64

事業家の頭脳解剖　65–65
恋と灰吹き—弥次喜多外伝—（＊漫画脚本）　岡本一平　66–75
霧の小唄(2)（＊長篇小説）　長田幹彦　76–94
当世大俗談　鬼　太郎　95–99
音楽の行儀作法（＊滑稽論文）　東　健而　100–105
モデル自由自在（＊漫画）　106–107
渡る風（今年竹十五）　里見　弴　108–118
女を貶す男（＊恋愛辞典）　118–119
本当の親切（＊漫画）　120–121
新あふむ石『助六の喧嘩』（＊歌舞伎座二月狂言助六由縁江戸桜の内）　清水三重三画　122–127
笛塚（＊青蛙堂鬼談）　岡本綺堂　128–139
人さまざま珍種ネクタイ揃ひ　140–141
さみだれ双紙(下)　田中聰一郎　142–155
トランプ百面相　156–157
憂鬱な武士道　今　東光　158–183
二人の沢村春子　183–183
映画界八当り　184–189
海外活動茶話　森田みね子　184–187
バーバラ・ラマーの結婚条件　187–187
パ社の三大映画『十誡』と『蜂雀』　188–189
首が飛んだら—ハリウッド通信—　190–191
蒲田研究所の試験問題　192–192
ポーラネグリ「禁断の楽園」の粉装　193–193
川田芳子と岡田嘉子の表情　194–194
森静子の新作品その他　195–195
独乙ウエスチーの花形墺西利美人リーパリー　196–196
日活作品「街の手品師」を見て　（K生）　198–199
「さまよへる阿蘭陀人」に就て　（みさを）　198–199
柳営伝来「秘藝百工」の御屏風（＊小説）　柳　歓三　200–210
ムクとペス　211–211
宝塚の人々へ　（じゆりえつと）　212–215
若さま（＊諷刺物語）　佐々木邦　216–231
メンタルテスト　231–231
新写真術（＊滑稽文学）　細矢安太郎　232–235
神州纐纈城（＊長篇読物）　国枝史郎　236–250
アメリカの色男　251–251
栄三郎はお目出度や　森下与作　252–257
霧（＊小説）　森　岩雄　258–269
現代式令嬢型四種（＊漫画）　270–271
織田信長記（＊戦国夜話）　土師清二　272–287
芋頭の図　287–287
男を嫌ふ女（＊恋愛辞典）　マクス・オーレル　288–289
漂流船後日譚（2）　山崎徳吉　290–308
氏長と大井子（＊続怪力譚）　308–309
映画の進み行く道—「嘆きのピエロー」合評会—（＊座談会）　久米正雄　橘高広　北沢秀一　森岩雄　広津和郎　東健而　根岸耕一　310–318
川柳東京砂子　319–319
古今笑府(五)　富士川游　320–321
夜光の石（＊探偵小説）　和気律次郎　322–339
虚空蔵（＊嵯峨野の秋）　額田六福　340–344

懸賞短歌入選発表『涙』 346－347
懸賞俳句入選発表『雪の果』 348－349
懸賞川柳入選発表『鼻』 350－351
バグダッドの盗賊（＊喜劇一幕二場） 金子洋文 352－369
新店 いやはる 369－369
明石島蔵（＊墨水十二夜） 吉井　勇 370－385
本妻和讃(下) 泉　鏡花 386－402
寄稿家消息 402－402
富岡先生（＊上演脚本） 国木田独歩原作　真山青果脚色 404－463
編輯後記

第三巻第五号　大正十四年五月号　一日発行

濃紫（＊口絵） 鏑木清方
映画物語
『ボー・ブランメル』 2－13
『ピーター・パン』 14－16
水神（今年竹十六） 里見　弴 17－26
幽霊の話二つ 談　老　人 27－27
十銭と五十銭（＊漫画） 28－29
神州纐纈城（五回目） 国枝史郎 30－41
赤阪の狐―（弥次喜多外伝）―（＊漫画脚本） 岡本一平 42－53
よく来る夢の話 君　不　去 54－55
ある夜の実録―花明柳暗― 森　暁紅 56－69
世界珍聞閑聞 70－71
花夜叉の怨霊 倉田啓明 72－87
絶対服従 87－87
正蔵の『饅頭ぎらひ』（＊落語聞いたまゝ）
絵の気持で…（＊女になるこゝろもち） あけのかね 88－93
女形になる心持 河合武雄 90－92
女形をやめない覚悟 喜多村緑郎 92－93
新選醒酔笑 花柳章太郎 94－96
ぐらついた信念（＊漫画） 94－96
夜光の石（2）（＊探偵小説） 和気律次郎 97－97
漫画と笑話 98－115
勘弥と喜多村 （きの字） 116－117
足立元右衛門（＊本朝奸悪伝） 直木三十三 118－119
海外活動茶話 森田みね子 120－135
スター綽名調べ 136－139
サルベーションハンター物語 138－139
蒲田猥談 140－141
日活、松竹蒲田、帝キネ各社新作画報 142－143
映画漫談 田中栄三 145－148
ホワイトシスターの興業的失敗 150－153
ハリウッド通信 三木　俊 150－153
海底活動撮影物語 天郷弥春 154－155
名物金山踊り（＊金山騒動） 鈴木彦次郎 156－163
議員弥次物語（＊弥次学概論） 関　逸山 164－178
未亡人に纏はる影（＊小説） 沼尻萍二 179－183
184－199

異説万治高尾（＊小説）	本山荻舟	200–207
ブロードウエーの水中美人	（よしを）	208–213
近ごろ流行落語家細見	正岡　容	214–217
女にやる歌（＊詩）	無腸痴人	218–219
誘惑（＊脚本）	清見陸郎	220–236
海外無駄通信	天郷弥春	236–236
呉服屋の宣伝		237–237
石川五右衛門（＊小説）	今　東光	238–259
古今落首		260–260
クラクピクトリアル		261–276
ピラミッド物語		277–277
利根の渡（＊青蛙堂鬼談の三）	岡本綺堂	278–290
越中と和泉（＊怪力異聞）	長　耳　翁	290–291
日本全国三十景の二十一	水島爾保布	292–295
霧の小唄（第三回）（＊長篇小説）	長田幹彦	296–302
苦楽茶話		302–303
鳩の平右衛門（＊芝居絵物語）	清水三重三画	304–309
色狸（＊墨水十二夜）	吉井　勇	310–324
新月（2）	久保田万太郎	326–329
懸賞短歌入選発表『悲しき春』		330–331
懸賞俳句入選発表『冴返る』		332–333
懸賞川柳入選発表『郵便』		324–325
移転後報知		326–326

第三巻第六号　大正十四年六月号　一日発行

紫陽花（＊口絵）	鏑木清方	
映画物語		
「セインテット・デビル」		2–13
「シャドオ・オブ・パリス」		14–16
糸のもつれ（＊小説）	荷風散人	17–23
俠客神髄（＊長篇読物）	白井喬二	24–39
名物甘酒　二八そば		39–39
巴里の寄席劇場に於ける過去現在未来の興行もの（＊漫画）		40–42
大雁胯の弓勢（＊教為武伝）	長　耳　翁	43–43
霧の小唄（第四回）（＊長篇小説）	長田幹彦	44–63
鉄砲玉		63–63
さくらもち（＊俳句十一句）	久保田万太郎	64–65
神州纐纈城（第六回）（＊長篇読物）	国枝史郎	66–79
くだらない話	磯八太郎	79–79
タクシイ乗客六態（＊漫画）		80–83
恋愛辞典		84–85
板附草履	森　暁紅	86–99
怪竹		99–99
芝居スケッチ玄冶店断片（帝国劇場四月狂言）	史　郎　生	100–103
看護の逆転（＊漫画）	天郷弥春	104–105
夜鷹と巾着切（＊戯曲）		106–109
講談籠釣瓶	悟道軒円玉	110–123

海外活動茶話　森田みね子　124-127
新案役者花代制度　（ぼうふら子）　128-128
椿さく国の土岐信俊（諸口十九）渡欧持参映画　129-132
キネマ殿堂物語　徳川夢声　134-137
ポーラ・ネグリの殺人事件　三木　俊　138-139
井上正夫礼讃―大地は微笑むに就て―　140-140
小説みたいなおはなし―ある映画女優―　森　岩雄　140-143
うしろ面（＊小説）　平山蘆江　144-156
課税決定の日　157-157
巴里オペラ座の附近を見下して　158-159
一本足の女（＊青蛙堂鬼談）　岡本綺堂　160-173
受信機は伴奏する　173-173
三遊亭右女助の『阿弥陀ケ池』（＊落語聞いたまゝ記）　あけのかね　174-178
絃妓戦想記　成島柳北　179-179
愚史　水島爾保布　180-187
智慧　天郷弥春　187-187
夜光の石3（＊探偵小説）　和気律次郎　188-205
弥生劇壇切抜帳　牛　魔王　206-209
どっちがほんと？（＊滑稽諷刺）　寺尾幸夫　210-220
『世界一』の競争―どっちが高いか―　221-221
特別席の接吻―U・T漫談―　益田　甫　222-225
囮り船（＊漫画脚本）　岡本一平　226-235
大魔術の玉手箱―所謂神出鬼没の奇術とは？―　珊篤尼根　236-237
白人の圧迫　大沢吉五郎記　238-244
クラクピクトリアル　245-260
音曲界むだばなし　261-263
脚本泥棒の話　志村菼次　264-278
エツチウ七説　278-278
春風駘蕩（＊漫画）　279-279
『桜時雨』の譜（歌舞伎座四月狂言）　清水三重三画　280-285
続明石島蔵（＊墨水十二夜）　吉井　勇　286-298
ある役者絵―うらぎられた悲しみ―（＊小説）　今　東光　299-305
新月（3）　久保田万太郎　306-312
「天気のわからない」週間（＊漫画）　313-313
水神（＊今年竹十七）　里見　弴　314-324
懸賞俳句入選発表『雀の子』　326-327
懸賞川柳入選発表『新聞』　328-329
懸賞短歌入選発表『酒』　330-331
苦楽プリズム　332-335
編輯日誌　332-335
編輯後記　336-336

第四巻第一号　大正十四年七月特別号　一日発行

窓（＊口絵）　鏑木清方
口絵写真
映画物語
『恋と馬鈴薯の話』　2-11
『慄く影』　12-16

流矢（＊新歴史小説）　田山花袋　17-32
体育奨励（＊漫画）　33-33
古今笑府　富士川游　34-35
通り魔（＊大長篇読切）　佐々木味津三　36-61
弐朱以上　61-61
結婚は真平だ！　62-63
蒟蒻草神噺家鑑―作者から噺家へ―　正岡　蓉（ママ）　64-69
憚り乍ら口上　林家正蔵　66-67
愚史(二)　水島爾保布　70-77
いもばなし　談　老人　77-77
霧の小唄（5）　長田幹彦　78-96
クラクピクトリアル　97-112
スターの内と外　113-113
臆病日記（＊茶房主専安）　斎藤悳太郎　114-126
火茸と一文銭の快異（＊北国奇聞）　小畠貞一　126-127
小三治の『立浪』（＊落語聞いたまゝ）　花山文生　128-131
馬賊とユテヤ女（＊小説）　清見陸郎　132-149
ヒトツモアタラナイ!!（＊漫画）　150-151
都築武助（＊講談籠釣瓶）　悟道軒円玉　152-165
青葉の憂鬱（＊漫画脚本）　岡本一平　166-169
糸のもつれ（第二冊）　永井荷風　170-175
神州纐纈城（七回目）　国枝史郎　176-190
恋愛に現はれた花の変遷（＊漫画）　191-191
千紫万紅女優　193-208
結婚した人としたい人　(俊)　209-209
愚談会（＊キネマ苦楽　座談会）
愚教師　北沢秀一　田中栄三　英百合子　徳川夢声
鈴木レーニン　小笠原宣伝係　林千歳　森岩雄　成
田小僧　川口松太郎　210-223
キネマ殿堂物語(二)　徳川夢声　216-221
活動界色男路の変遷　222-223
蟹（＊青蛙堂鬼談の五）　岡本綺堂　224-236
粋きな蝙蝠傘（＊漫画）　236-236
夕凍（＊俳句一句）　久保田万太郎　237-237
謀反（＊諷刺と滑稽）　寺尾幸夫　238-247
三代目田之助記　前田孤泉　248-260
ジヨンバリのハムレツト　261-261
退屈な一夜―独身倶楽部の謹慎デー―　262-263
天神森の返り討―敵討天下茶屋聚印象記―　大瀧光吉　264-275
文楽座の唄（＊詩）　276-277
俠客神髄(2)　白井喬二　278-289
伏見直江のみどり　290-290
市川団子の長太　291-291
新月（4）　久保田万太郎　292-301
二つのはなし　301-301
五九郎劇とその女優　あぢさい生　302-306
悲しかりし労力（＊漫画）　304-305
最近のコミツク　306-306
五人女房（＊墨水十二夜）　吉井　勇　308-318
焼土（＊今年竹十八）　里見　弴　319-329
懸賞短歌入選発表　330-330
懸賞俳句入選発表『蜆汁』　331-332

懸賞川柳入選発表『足』　334-335
苦楽プリズム　（記者）　336-339
編輯日誌　336-339
紫の花（＊探偵小説）　片岡鉄兵　342-363
通夜の人々（＊小説）　小酒井不木　364-384
印度犯罪小話　宗　素厳　384-385
夢遊病者彦太郎の死（＊探偵小説）　江戸川乱歩　386-399
編輯後記　400-400

第四巻第二号　大正十四年八月号　一日発行

かもめ（＊口絵）　山名文夫
口絵写真
映画物語
『救ひを求むる人々』　2-13
『禁断の楽園』　14-16
姐妃伝（＊長篇毒婦譚）　室生犀星　18-49
新しい踊衣裳　50-51
酔ぱらひ（＊滑稽情話）　森　暁紅　52-65
女優志願の悲哀　ぼうふら子　66-68
小麦を蒔かう（＊漫画）　69-69
神州纐纈城（第八回）　国枝史郎　70-81
文治の『堀の内』（＊落語聞いたまゝ）　椎の実　82-84
巴里の高塔（＊漫画）　85-85
何てこつた（＊早稲田の思ひ出）　寺尾幸夫　86-93
ある売笑婦の幻想　94-95
名刀奇聞（＊直木十八番仇討夜話）　直木三十三　96-112
クラクピクトリアル　113-128
実際家肌の青年（＊漫画）　129-129
蛇精（＊青蛙堂鬼談）　岡本綺堂　130-143
道の教へ方　みね子　143-143
古今笑府　富士川游　144-145
手提袋の秘密（＊漫画）　146-147
霧の小唄（6）　長田幹彦　148-166
よくある話　すずを　166-166
色男ペチヤンコになる―海外活動茶話―　森田みね子　167-167
キネマ殿堂物語　徳川夢声　168-173
腹を抱へるおはなし　竹林虎一　170-174
サルベーシヨン・ハンターズに就て　173-174
新作映画画報　175-181
『三人吉三』（＊歌舞伎座六月狂言見たまゝ）　大瀧光吉　182-191
流矢（2）　田山花袋　192-205
脇坂侯の釘抜　談　老　人　205-205
『これが私の小便』―諸口十九君を迎へるに就て―（＊
新劇壇思出話）　上山草人　206-209
龍宮歌舞伎（＊怪異）　倉田啓明　210-226
交通巡査（＊漫画）　227-227
スポーツ・ニユース　（玉尾考）　228-231
ゆかいな画と話（＊漫画）　232-233
父親（＊脚本二幕）　岡栄一郎　234-257
過ぎにし春（＊短歌二十首）　西川百子　258-259
川と商売（＊漫画脚本）　260-265

拾遺滞京記　正岡　蓉（ママ）　266-269
遺品の悪剣（＊講談籠釣瓶）　悟道軒円玉　270-283
俠客神髄(3)　白井喬二　284-289
焼土（＊今年竹十九）　里見　弴　290-305
心配無用　素厳先生　305-305
懸賞募集入選俳句『青田』　310-311
研修募集川柳入選『タクシー』　312-313
懸賞募集短歌入選『題随意』　314-315
苦楽プリズム　316-319
新らしき刊行物（＊歌集『浴身』岡本かの子・『三浦老人昔話』岡本綺堂著・『茶目子の日記』森田みね子著）　318-319
編輯後記　320-320

第四巻第三号　大正十四年九月号　一日発行

海へ（＊口絵）　鏑木清方
口絵写真
映画物語
『ドン・キユー』　2-16
葛（＊詩）　久保田万太郎　17-17
片棒を担ぐ ゆうべのふぐ仲間 眠駱駝物語（＊戯曲三場）　鬼　太郎　18-40
狂人製造所　41-41
夏の旅　水島爾保布　42-47
流矢（3）　田山花袋　48-61
江戸の笑ひ　61-61
恐ろしい力を有つた人々の話　兎耳兵衛　62-63
夫婦仲宵物語　森　暁紅　64-77
現代色男の標本　宗　素厳　78-81
放送室（＊キネマ与太話）　（武坊）　78-81
長唄武士（＊江戸巷談）　高畑新七　82-93
材料　天郷弥春　93-93
売られ行く女（＊密航婦物語）　益田　甫　94-110
今昔コミツク・ストオリト　をか・たけし　111-111
最初の嫉妬（＊漫画）　112-112
クラクピクトリアル　113-128
戦友―メリケン人情鑑―　129-129
苦楽読物遺聞色々　谷　藤舟　130-131
神州纐纈城（九回目）　国枝史郎　132-148
小ばなし選（＊出鱈目で馬鹿々々しい）　きやらばん　148-151
お銚子者同行二人（＊夏の旅）　粋道長人　152-161
女は……の如し　天郷先生　161-161
辻斬と不景気（＊漫画脚本）　岡本一平　162-165
スポーツ・ニユース　桜木路紅　166-169
デーヤンの焼き餅他色々　170-173
関西聯盟と大阪―インターカレツヂ　（飯田転）　172-173
菊五郎の『累』（芝居見たまゝ）　大瀧光吉　174-185
自動車の毛（＊フシギでメチヤメチヤな話）　185-185
九月笑選　186-186
霧の小唄（7）　長田幹彦　188-207
笑ひの国　森田みね子　207-207
素晴らしい西洋漫画（＊漫画）　208-209

ふたりの犯人（＊探偵小説） 小酒井不木 210–225
最近欧米事実探偵小話（一） 宗 素厳 226–227
窯変（＊青蛙堂鬼談七） 岡本綺堂 228–241
ちはや故事（＊未成落語） 吉原花宵 241–241
最近欧米事実探偵小説(二) 宗 素厳 242–243
後悔先に立たず フレデリック・シ・ダビス 松本長蔵訳 244–255
大懸賞クロスワード 256–256
運動家の夢（＊漫画） 257–257
夢と寝言の仇討（＊怪談） 松林伯知 258–269
お断り 269–269
小春髪結（＊墨水十二夜の内） 吉井 勇 270–282
天勝を見る（＊亜米利加帰り） 阿野春弥 284–287
夏草集（＊川柳、近作五句） 田鯛坊 前田雀郎 早川右近 椙元紋太 岸本水府 288–289
万字屋の八ツ橋（＊講談籠釣瓶） 悟道軒円玉 290–303
秋雨の宵（＊今年竹二十） 里見 弴 304–308
川柳観世物百態 浅草町人 308–308
懸賞募集入選俳句『夏祭』 310–311
懸賞募集川柳入選『眼鏡』 312–313
懸賞募集短歌入選『神経』 314–315
苦楽プリズム 316–319
編輯日誌 316–318
編輯後記

第四巻第四号 大正十四年十月特別号 一日発行

探偵小説傑作号

道行（＊口絵） 島 成園
口絵写真
映画物語
『クリイムヒルドの復讐』 2–16
クラクピクトリアル 17–32
指紋研究家（＊探偵小説） 小酒井不木 33–49
〝紳士ジヨージ〟の失敗 アーネスト・ポート 宗素厳訳 50–62
番外の一等（＊漫画） 63–63
倫敦のはやりもの―英国の遊蕩児は酒か女か博奕か― 柳沢保篤 64–69
神州纐纈城（第十回） 国枝史郎 70–81
珍篇西洋笑話―ろうそく兵隊― 杏花楼 80–81
ラヂオ利用の犯罪 岸山生 82–85
電気応用活動人形（＊お祭りの見せ物） 阿野春弥 82–85
ペルシヤお玉（＊滑稽捕物） 戸田潮穂 86–98
世界運動大会（＊漫画） 99–99
多情多恨（＊名作画物語） 尾崎紅葉原作 忍川三一郎抜萃 100–115
色男模様さま〳〵 116–117
江戸紫落語家鑑 正岡 蓉（ママ） 118–121
恋四題 122–123

怪自動車（＊探偵小説）　藤本辰夫　124-135
ヤンキイの飲酒漫遊　ほつてんとつと　134-135
岡田嘉子一問一答―キネマ女優メンタルテスト㈠―　136-143
ルービツチユの近業―『禁断の楽園』を見る―　近藤経一　140-142
英百合子のイタヅラ　竹林虎雄　142-143
隠語辞典（＊活動常設館）　阿野春弥　144-145
フアンからの手紙―驚いたダグラス君―　三木　俊　146-147
四方八方八つ当り（＊キネマ通珍）　148-149
笑話倶楽部　150-151
猿の眼（＊青蛙堂鬼談八）　岡本綺堂　152-164
危い倫敦＝巴里間の旅行　宗　素厳　166-169
名画の運命（＊探偵小説）　沼尻萍一　170-178
愚史（＊読篇）　水島爾保布　179-183
しん生の『豆屋』　山椒亭　184-187
泥棒といふ事が何とお茶の子であるかといふイギリスのお話　187-189
偽医養仙院（＊講談籠釣瓶）　悟道軒円玉　188-201
皮肉な話二つ　201-201
浪花遊里風聞録　蘆波かもめ　202-205
猫為（＊探偵小品）　木村　一　206-211
もの云ふ犬（ホテルの怪異）　田中聰一郎　212-225
犯罪者のかくし言葉（＊犯罪実際研究）　村島帰之　226-229
捨子拾ひ子（＊漫画脚本）　岡本一平　230-237
落城篇（＊隠密秘話）　今　東光　238-250
生地獄―附南瓜のはなし―　250-251
阿蘭陀俄芝居　松尾一化子　252-255
丘の三軒家（＊探偵読物）　横溝正史　256-270
節約宣伝の放送（＊漫画）　271-271
『一、恋人代　金五千万弗也』　272-275
人造ダイヤモンド（＊長篇探偵小説）　フレデリツク・A・カムマー　松本長蔵訳　276-297
孤独の狼　297-297
苦楽ラヂオ演劇放送
第一「カルメン」三幕　298-309
第二「小猿七之助」一幕　309-314
ちよつとだけ面白いはなし　314-314
名古屋の会　315-315
恐可きサンドウイツチ事件　316-319
大懸賞クロスワード　320-321
宮本武蔵の正体　野村吉哉　323-323
スポーツ・ニユース　桜木路紅　324-327
運動界最近の三珍話　326-327
子供の野球　328-331
続スポーツマン楽屋ばなし―『伝明に似てゐる』―　328-331
保ちやんの負けずぎらひ　331-331
霧の小唄（8）　長田幹彦　332-341
万屋騒動の成行き（＊須磨の仇浪後日ばなし）　紫頭巾　342-344
新東京川柳賦　朱雀亭　345-345
睨み合―沢田と延若―　能島武文　346-351
人間椅子（＊怪奇小説）　江戸川乱歩　352-369

雀大尽（＊墨水十二夜九） 吉井 勇 370-383
ゴリキイの夢 383-383
粗忽助太夫―彼に関する三つの挿話―（＊文久笑話） 犀東篤太郎 384-386
新案果樹収穫法（＊漫画） 387-387
秋雨の宵（＊今年竹二十一） 里見 弴 388-405
新案課題原稿募集 406-407
懸賞募集短歌入選『眉』 408-409
懸賞募集入選俳句『扇』 410-411
苦楽プリズム 412-415
編輯日誌 412-415
編輯後記 416-416

第四巻第五号　大正十四年十一月号　一日発行

オペラ座の夜（＊口絵） ルネ・ルロン
口絵写真
映画物語
　『白百合は嘆く』 2-16
クラクピクトリアル 17-32
忠弥召捕（＊読物シナリオ） 直木三十三 34-47
緑林秘聞 須 弥 人 47-47
倫敦与太話 柳沢保篤 48-51
人情八卦（＊滑稽戯作） 森 暁紅 52-59
新刊紹介（＊江戸川乱歩著『心理試験』） 59-59
女義界散歩（＊滅びむする女義太夫の近況） 細矢安太郎 60-63
神州纐纈城（十一回目） 国枝史郎 64-76
花やかなる会話 森田みね子 76-77
禁酒した米国の近況 大沢吉五郎 78-82
按摩の証言（＊探偵漫画） 細木原青起 83-89
『浪人風呂』打潰し（＊大阪陣余話） 土師清二 90-100
ある武士（＊仇討悲話） 六条一馬 101-103
女形かつら（＊維新探偵） 佐々木味津三 104-113
弥次兵衛の素性 113-113
あるダンシングガールの日記 三木 俊 114-119
やまとの『粟餅』（＊落語聞いたまゝ） 火 喰 鳥 120-123
藤朝秘史 田中聰一郎 124-144
乞食の生活 原田忠一 145-153
ジプシーの生活 白眼居士 147-153
龍馬の池（＊青蛙堂鬼談九） 岡本綺堂 154-167
一席伺ひますお笑ひ草二つ 神楽家金時 167-167
仇討美少年録（＊読物小品） 浅山秀朝 169-173
斯の如し 173-173
にごり江（＊樋口一葉原作） 忍川三一郎・抜萃 岩田専太郎・作画 174-189
妙々車噺廼正本 正岡 蓉（ママ） 190-193
水谷八重子の結婚―人気女優と本誌記者の対談―（＊キネマ女優のメンタルテスト2） 194-197
ホリウッド便り 水 島 生 196-199
活動常設館隠語辞典（二） 198-199
チヤツプリンのあこがれ 三木 俊 200-202

権八の悪計（＊講談籠釣瓶）　悟道軒円玉　204－216
猿之助と寿美蔵事件（＊劇壇秘事）　静　豊信　218－219
吉様参由縁音信（＊市村座九月狂言）　220－223
帝劇邦楽座画報　224－225
不入だつた無明と愛染　（松太郎生）　226－227
洋装忠臣蔵（大序）　岡本一平　228－235
霧の小唄（9）　長田幹彦　236－254
同情家の見物（＊漫画）　255－255
大懸賞クロスワード　256－256
捕手型クロス・ワード懸賞当選者発表　257－257
第一回大懸賞クロス・ワード当選者発表　258－261
お登代（＊新劇座上演用台本一幕）　川口松太郎　262－277
続々愚史　水島爾保布　278－282
犯罪随筆　小酒井不木　283－287
新刊紹介（＊長田幹彦著『祇園夜話』・大仏次郎著『天狗騒動記』）　287－287
リノへ行かう！　288－289
スポーツニユース　桜木路紅　290－291
珍談揃ひ運動界楽屋ばなし後日物語　芙美夫　292－295
おかしなはなし　馬　礼　292－293
スポーツマンゴシツプ　勝　公　294－295
雀大尽下（＊墨水十二夜九）　吉井　勇　296－301
三人上戸（＊今年竹二十三）　里見　弴　302－311
東西選者合選川柳大懸賞当選者発表　312－314
苦楽プリズム　316－319
編輯日誌　（松生）　316－319

第四巻第六号　大正十四年十二月号　一日発行

薔薇（＊口絵）　山名文夫
口絵写真
映画物語
『ロモラ』　2－11
『エル・ドラドオ』　12－16
クラクピクトリアル　17－32
続姐妃（＊小説）　室生犀星　34－54
みぢかい怪談集　朱雨庭生　54－55
小幡小平次（＊詩）　正岡蓉（ママ）　55－55
腰掛哲学（＊漫画）　56－57
開化小唄夜話　朱雀亭　58－61
W・Oの妻（＊探偵怪譚）　斎藤悳太郎　62－72
らぶしいん一幕　須弥人　72－72
人生到る所に化粧室あり（＊漫画）　73－73
丸ビル女百態　青山夢生　74－77
槍と遊女（＊小説）　今　東光　78－93
馬楽の『色くらべ』（＊落語の印象）　呆寿楼　94－97
拾遺愚史　水島爾保布画案　98－102
蛸と蟹と土鰌と蝦と亀の話　ももんがあ　102－103
女将の探偵（＊花柳情話）　森　暁紅　105－113
巫山戯た銀座　細矢安太郎　114－117
硬骨漢（＊人情探偵小説）　小酒井不木　118－120
子供一人に親二人（＊アメリカ実話）　（松本生）　121－125

神州纐纈城（第十二回）　国枝史郎　126-139
漫画懸賞『自作のラヂオ』（＊漫画）　140-140
右頁の漫画懸賞問題解説　141-141
吉原百人斬り（＊講談籠釣瓶）　悟道軒円玉　142-155
温泉めぐり　水島爾保布　156-159
東山温泉の女　三宅孤軒　160-165
三梃駕籠（＊夫婦心中）　長谷川伸　166-182
寄席ラヂオ(2)　JOAK　182-182
烏の悪戯（＊漫画）　183-183
仲秋劇壇総評　伊原青々園　184-189
あぶらでり（＊文壇ゴシップ）　川村玉郎　189-189
幕間痴語―新聞劇評のこと―　190-191
黄い紙（＊青蛙堂鬼談十）　岡本綺堂　192-201
松竹楽劇部の女生徒　泥　九郎　202-207
小夏の生霊（＊劇場夜話）　林　和　208-223
ワラフハナシ　223-223
宮城野信夫（＊直木十八番仇討夜話）　直木三十三　224-231
百円を如何にくだらなく使つたか　清元梅之助　232-235
雀大尽（終篇）（＊墨水十二夜九）　吉井　勇　236-250
自殺して命を取り止めた経験　やなぎ　きよし　251-255
新派新幹部木村正夫　（O生）　255-255
第四回新題『反語』クロス・ワード・パズル鍵　256-256
大懸賞第二回クロスワード当選者発表　258-259
絵解クロス・ワード当選者発表　260-260
多湖主水（＊小説）　間宮茂輔　262-271
人間的忠臣蔵　岡本一平　272-297
スポーツニユース―早慶戦エピソオド―　280-281
運動界漫談　芙　美　夫　282-283
べらぼうなはなし　282-283
英百合子の結婚と離婚（＊キネマ女優メンタルテスト三）　284-287
鷹山上杉貧乏公　鈴木泉三郎遺稿　288-295
三人上戸（＊今年竹二十四）　里見　弴　296-309
懸賞募集短歌入選『花火』『西瓜』　310-311
懸賞募集入選俳句『花火』『西瓜』　312-313
懸賞募集川柳入選『花火』『西瓜』　314-315
苦楽プリズム　316-319
編輯日誌　（松生）　316-319

第五巻第一号　大正十五年新年特別号　一月一日発行

裸婦（＊口絵）　岡田三郎助
美術写真(グラヴィア)　1-32
鼠小僧次郎吉（＊小説）　真山青果　34-53
蝙蝠傘（＊滑稽諷刺）　佐々木邦　54-64
北国妖譚　小畠貞一　64-65
新太郎光政（＊小説）　菊池　寛　66-72
岡本一平カリケチユアの会　73-73
海馬鹿山馬鹿（＊漫画脚本）　岡本一平　76-85
恋愛教科書　田山花袋　86-91
苦楽ドラマ・リーグ　（リーグ係）　91-91
闇に蠢く（＊長篇怪奇小説）　江戸川乱歩　92-107

温泉めぐり	水島爾保布	108–111
城を繞る人々（上篇）	今　東光	112–127
続花霞小噺建立		127–127
異本噺家鑑	正岡　蓉（ママ）	128–132
理髪難（＊漫画）		133–133
血癲癇（＊大阪町奉行御白洲書）	斎藤悳太郎	134–144
断髪するまで（＊漫画）		145–145
首の無い男の話（＊漫画怪談）	吉岡鳥平	146–151
手紙の詭計（＊探偵瑣談）	小酒井不木	152–165
兇器は何処に？（＊怪奇短篇）		165–165
貴婦人の御道楽（＊巴里夜話）	益田　甫	166–169
浅草のサンシヤイン・スケッチ	細矢安太郎	170–174
私はかういふ者です		174–174
嘘のやうなほんとの話		175–175
勢力冨五郎（＊小説）	神田伯山	176–193
エスペラント（＊事実笑話）		193–193
妻の叫ぶ声（＊妖怪奇譚）	保篠龍緒	194–197
恐ろしい手紙（＊事実探偵）		197–197
緬羊にされた青年（＊小説）	伊藤松雄	198–212
意外（＊漫画）		213–213
キネマ巡礼—倫敦無駄話の一—	和気律次郎	214–217
おかめの面（＊探偵小品）	小鹿　進	218–219
探偵夜話	馬場孤蝶	220–224
休暇に強盗となる兵士（＊事実犯罪）		224–224
映画物語『ゴオルド・ラッシ』		225–240
オイランが生んだ江戸の小噺		241–241
キネマ女優にくまれぐち		242–247
神州纐纈城（第十三回）	国枝史郎	248–262
非実用的会話若干		262–263
春団治の『喧嘩の仲裁』—落語聞いたまゝ—	花山文生	264–270
落語家内輪噺（＊みたかきいたか）		264–268
果たして婦人は選挙権を希望するか（＊漫画）		269–269
富貴楼お倉（＊長篇特別読物）	伊藤痴遊	274–293
川柳文楽素見	え・び・し	293–293
スポーツニユース	桜木路紅	294–297
審判に権威がない		297–297
さんなまたあろかいな（＊小説）	森　暁紅	298–307
十一月の芝居（＊劇評）	三宅周太郎	308–314
洛北の秋		315–315
劇団細見	田中聰一郎	316–317
俗説法界坊（＊自作自演落語）	正岡　蓉（ママ）	318–326
神変コバナシ選		327–327
第三回クロスワードパズル当選者		328–329
誌上探偵当選		329–329
黒い表紙の手帳（＊探偵小品）	小鹿　進	330–331
霧の小唄（10）	長田幹彦	332–342
新聞募集苦楽挿画懸賞当選者		343–343
グリイド（＊映画筋書）	（三木俊）	344–349
五月信子の高橋お伝・ぬえスタヂオより		350–351
小言幸兵衛（＊落語）	柳家小さん	352–364
新人林家正蔵の自作自演		364–365

狸の宿（＊墨水十二夜）　吉井　勇　366-379
新刊紹介（＊大仏次郎著『御用盗異聞』）　379-379
『今年竹』に就て　（川口松太郎）　380-381
出来心（＊今年竹二十五）　里見　弴　382-395
三重三画伯の芝居スケッチの会　395-395
苦楽プリズム　（編輯部）　396-399

第五巻第二号　大正十五年二月号　一日発行

支那鏡（＊口絵）　フリント　1-16
口絵写真
クラクピクトリアル
出来心（＊今年竹二十六）　17-29
「今年竹の会」近況　川口松太郎　29-29
難波の夢（＊小説）　近松秋江　30-35
裏白（＊墨水十二夜）　吉井　勇　36-46
憧れのスタデイオ　（秋葉麗子）　47-49
鼠小僧次郎吉（第二回）　真山青果　50-60
おことわりふたつ　編　輯　部　61-61
『寺田屋騒動』見物記（＊流行大剣劇）　渥美清太郎　62-70
師走芝居漫歩記　田島　淳　71-78
劇壇細見（下）　田中聰一郎　79-79
恋愛教科書（二）　田山花袋　80-85
鷹山公の欠椀　85-85
霧の小唄（11）　長田幹彦　86-98
話達摩　98-99
スポーツニユース　桜木路紅　100-104
運動界流行語　101-104
誌上寄席（＊ちよつとおも白い）　105-105
三国一の美婿（＊漫画）　吉岡鳥平　106-111
武道一夕話（＊小説）　佐々木味津三　112-125
一番利巧な娘は…　125-125
小勝の『廿四孝』（＊落語聞いたまゝ）　ＪＯＡＫ　126-132
千九百二十六年の笑話　132-133
温泉めぐり　水島爾保布　134-135
恋の大谷句仏上人　136-146
鎖鎌（＊苦楽読物遺聞）　146-146
猫を呑め（＊漫画）　147-147
白罌栗の花（＊探偵小説）　西田政治訳　148-158
星が二銭銅貨になつた話　タルホ・イナガキ　158-159
続探偵夜話　馬場孤蝶　160-165
夜の客（＊探偵小品）　小鹿　進　162-163
『寸劇』の見本（＊アメリカ流行）　どん　Ｑ　166-167
ロンドンの女（＊ロンドン無駄話２）　和気律次郎　168-173
演藝ムセン電話　放　送　子　174-175
夫婦和合は子供を疎外する（＊漫画）　176-176
映画物語
『最後の人』　177-192
カフエ内輪話　珈　琲　庵　193-193
城を繞る人々㈡　今　東光　194-209
大阪繁盛記―シンブラよりドウブラまで―　天現公利　210-213
浅草管見　細矢安太郎　214-218

恋の道連れ（＊漫画）　219-219
雪暦（＊情話）　森　暁紅　220-230
深切な紳士（＊漫画）　231-231
俗信の滑稽味　富士川游　232-234
栃木山の引退その他（＊相撲漫語）　寅野五黄　235-237
雑兵虎退治（＊小説）　長谷川伸　238-252
夢の嫉妬（＊伝説の怪）　252-252
懸賞漫画入選発表　253-253
ほだされ美代吉（＊辰巳巷談）　本山荻舟　254-267
二十年後其の他（＊新笑話選）　267-267
闇に蠢く2　江戸川乱歩　268-283
解つてる!?（＊コントのコント）　宗　主糸　283-283
栗谷三至録（＊直木十八番仇討夜話）　直木三十三　284-297
ある前科者の日記（＊懸賞当選短篇読物）　よしかず　298-301
外務大臣の死（＊探偵瑣談）　小酒井不木　302-313
やられた彼奴（＊懸賞当選短篇読物）　中田馬数　314-317
髭の長右衛門（＊戦国夜話）　土師清二　318-328
知らせてもいい報告　328-328
お父さんの勤務振　329-329
神州纐纈城（第十四回）　国枝史郎　330-344
拾遺苦楽読物異聞　徳　斎　342-343
反語クロスワード当選発表　345-345
三大懸賞募集当選者発表　346-347
苦楽プリズム　348-351
編輯日誌のある一頁　（松太郎記）　348-351

第五巻第三号　大正十五年三月号　一日発行

手毬（＊口絵）　竹久夢二
口絵写真
クラクピクトリアル　1-16
鼠小僧次郎吉（第三回）　真山青果　17-40
新版奇弥魔俳優百面相（＊漫画）　41-41
東宮殿下の御一日　42-47
武人末相（＊幕末異聞）　佐々木味津三　48-66
洋行中の森岩雄氏から—巴里到着第一信　66-66
針しごと（＊漫画）　67-67
スポーツ・ニュース　桜木路紅　68-70
ゴシップ　68-71
あの頃の日記　今　東光　72-76
結婚まで　金子洋文　76-81
左内坂新居　菅　忠雄　81-84
応需　佐佐木茂索　84-86
超現代派（＊漫画）　87-87
霧の小唄（12）　長田幹彦　88-99
西洋見世物草紙　森　岩雄　100-105
文藝的天災の乾物屋　105-105
習慣性に依る顔の変遷（＊漫画）　106-107
大事件大事件（＊ホリウツド秘聞）　（三木俊）　108-111
五十になつたらどうして暮らすか?　110-112
映画物語

「人でなしの女」　113-119
「曲馬団のサリイ」　120-128
新旧小噺―マーケット―　巴　里　塔　129-129
神刀徳次郎と子供（＊江戸巷談）　前田孤泉　130-142
噺家の怪談　142-143
花霞小噺建立　吉　丁　字　143-143
先代柳や小せんより（＊冥府ラヂオ）　粋道長人　144-147
別仕立妙々事　正岡　蓉（ママ）　148-151
寄席ラヂオ―右女助の豆自動車―　K・A・O・J　151-151
旅の恩人（＊犯罪笑説）　龍野里男　152-164
恋の紀念（＊うそのやうな話）　165-165
巴里の女の話　益田　甫　166-169
投書家根性　玄武楼人　170-171
婆子焼庵（＊漫画脚本）　岡本一平　172-181
南蛮寺の雪女（＊吉利支丹異話）　城崎祐三郎　182-197
創作小噺　孔　雀　船　198-199
郊外散歩（＊漫画）　200-201
子守唄（＊小夜衣双紙）　錦城斎典山　202-211
元祖争　下駄湯　虎列刺　211-211
むかしの話　中村秋湖　212-215
地所喧嘩（＊新作落語のサンプル）　216-217
写真の仇討（＊文明開化）　正岡　蓉（ママ）　218-232
男といふもの（＊漫画）　233-233
検事に対する彼の告白（＊懸賞当選短篇読物）　市村房市　234-239
岡本一平カリケチユアの会当選者発表　239-239
笑話スケッチブック　はれるや　240-241
円馬の『世情浮名横櫛』（＊人情噺きいたまま）　浪　華　雀　242-247
水谷八重子の抗議　水谷八重子　247-247
神州纐纈城（第十五回）　国枝史郎　248-263
『白野弁十郎』印象記―春の邦楽座―　渥美清太郎　264-273
道頓堀の初芝居　石割松太郎　274-278
一言申し上げ度き事　279-279
婦人界談話室　松山しげき　280-284
断髪の将来　N　T　O　284-286
婦人洋装の可否（＊回答）　九条武子　吉屋信子　長谷川時雨　杉浦翠子　与謝野晶子　287-287
城を繞る人々㈢　今　東光　288-304
三十七年の回顧（＊記者生活）　遅塚麗水　306-310
巷でひろつたユーモア　錯　覚　亭　311-311
闇に蠢く3　江戸川乱歩　312-322
新作小噺　きめんさん　322-323
くさりがま　直木三十五　322-323
世界的音楽家の顔触（＊漫画）　324-325
片輪な子（＊今年竹二十七）　里見　弴　326-336
「今年竹の会」会員募集　337-337
懸賞俳句『薄氷』入選発表（三汀久米正雄選）　338-341
苦楽発展記念招待当籤者　342-343
苦楽プリズム　348-351
編輯後記　352-352

第五巻第四号　大正十五年四月号　一日発行

もの思ひ（＊口絵）　竹久夢二　1―32
口絵写真　33―42
クラクピクトリアル　正木不如丘　43―43
母の死後（＊小説）　宍戸左行　44―45
電車内の女（＊漫画）　寺尾幸夫　46―57
文化相二題（＊一九二六年の漫画）　宇女久佐　57―57
シヤンの踊り（＊滑稽小説）　吉岡鳥平　58―63
其角と蜀山人（＊諷刺綺談）　森　暁紅　64―73
百円紙幣（＊漫画散文）　74―74
のろけ上戸（＊滑稽情話）　75―75
アイケウノアルヲトコフタリ（＊漫画）　76―77
モノハミヤウトリヤウ（＊漫画）　78―100
をんなのよのなかままならぬうきよ（＊漫画）　100―100
鼠小僧次郎吉（第四回）　真山青果　101―101
苦楽を読む人と読まない人（＊活動漫画）　102―103
川柳演藝百態
新しい女三題の内（＊漫画）
華族様の馬鹿―当世百馬鹿の1―　山下慶太郎誌　清水対岳坊画　104―105
馬鹿きかす馬鹿―当世百馬鹿の2―　山下慶太郎誌　清水対岳坊画　106―107
やたらに名を売りたがる小説家の馬鹿―当世百馬鹿の3―　山下慶太郎誌　池部釣画　108―109
品行方正を売り物にする女優の馬鹿―当世百馬鹿の4―　山下慶太郎誌　池部釣画　110―111
名人上手を一手に引き受ける落語家の馬鹿―当世百馬鹿の5―　山下慶太郎誌　前川千帆画　112―113
写真の苦心に夜も日も明けぬ役者の馬鹿―当世百馬鹿の6―　山下慶太郎誌　前川千帆画　114―115
お客と天晴れ喧嘩をする活弁の馬鹿―当世百馬鹿の7―　山下慶太郎誌　宮尾しげを画　116―117
焼直しを誇と気得る映画監督の馬鹿―当世百馬鹿の8―　山下慶太郎誌　宮尾しげを画　118―119
飛行機と恋愛にいそがしい婦人記者の馬鹿―当世百馬鹿の9―　山下慶太郎誌　宍戸左行画　120―121
惚れて通ふに何怖からうカフエーの馬鹿―当世百馬鹿の10―　山下慶太郎誌　宍戸左行画　122―123
通天閣から飛下りるスポーツ冒険家の馬鹿―当世百馬鹿の11―　山下慶太郎誌　久夫画　124―125
蓼喰ふ虫もすき〴〵ファンの馬鹿―当世百馬鹿の12―　山下慶太郎誌　久夫画　126―127
作者が探す電気泥棒（＊喜劇）　金子洋文　128―145
私たちの寄稿家森岩雄さんの巴里滞在第二信　145―145
猫らしい名前（＊創作漫画）　池部　釣　146―147
垣のぞ記（＊落語家内輪）　朱雀亭大路　148―153
拾遺神変小咄市場　杢　蓮　148―153
当世絶句帳（＊梨園秘話）　三田米吉　154―157
神州纐纈城（第十六回）　国枝史郎　158―172
新篇笑話草紙　下畑専造　172―173

続篇むかしの話　中村秋湖　174-179
電話（＊漫画）　清水対岳坊　180-181
ベルリン女ばなし　池田林儀　182-187
催眠術戦（＊小説）　小酒井不木　188-201
新刊紹介（＊江戸川乱歩著『屋根裏の散歩者』）　201-201
『平凡』（＊名作漫画物語）　二葉亭四迷原作　細木原青起画　202-233
婦人の頁　202-205
家庭で出来る支那料理　206-209
春のお化粧―東京倶楽部美粧院―　大野栄子　210-211
婦人洋装の可否論―に対する諸名家の解答　東島百合子　岡本かの子　三宅やす子　正宗乙未　中河幹子　北川千代　山田わか　丹野てい子　岡田初代　中原綾子　網野菊　厨川蝶子　奥むめお　高安やす子　212-216
七歳でホームラン　217-217
スポーツニユース　桜木路紅　218-223
買はう〳〵（＊子供のための小説）　小島政二郎　224-229
新しい智慧遊び　230-231
子供のために奇抜な遊戯二つ　232-233
霧の小唄（13）　長田幹彦　234-252
交通機関の恐畏的進歩（＊漫画）　253-253
円朝になつた先代円右（＊冥府ラヂオ）　粋道長人　254-259
『直助鰻』（＊創作落語）　舞九郎演　258-259
芝居霜枯ず記　本山荻舟　260-264
閑日昔話　しうこ　264-264
『切られお富』印象記―二月の歌舞伎座―　渥美清太郎　266-275
厩火事（＊名作落語）　柳家三語楼　276-283
一分間落語二個　283-283
恐ろしや悪漢時代（＊漫画）　284-284
幸福な日（＊漫画）　285-285
凡僧曇清（＊漫画脚本）　岡本一平　286-295
東京放送局紛擾の真相　296-299
野辺―童謡―　川路柳虹　300-301
片輪な子（＊今年竹二十八）　里見弴　302-315
休載二篇お断り　編輯部　315-315
三十七年の回顧(2)（＊記者生活）　遅塚麗水　316-320
ヘンテコナオハナシ　320-320
流行小唄漫画　321-321
痴人の愛　谷崎潤一郎氏原作　川口松太郎脚色　322-349
苦楽プリズム　350-351

第五巻第五号　大正十五年五月号　一日発行

夜の窓（＊口絵）　竹久夢二
口絵写真
映画物語
「生けるパスカル」　17-23
「ステラ・ダラス」　24-32
清水二等卒と銃（＊小説）　久米正雄　33-51
懸賞第一回苦楽愛読者遊覧招待　52-53
霧の小唄（14）　長田幹彦　54-63
二組の客（＊今年竹二十九）　里見弴　64-73

恋は親の為（＊人形芝居脚本）　岡本一平　74-83
闇に蠢く4　江戸川乱歩　84-92
子持女優栗島すみ子の悩　M 生 投　93-93
ロンドンの女（＊ロンドン無駄話その三）　和気律次郎　94-97
鳴神（＊墨水十二夜）　吉井 勇　98-121
風流今昔譚　長 耳 翁　120-121
理想の酒場？（＊コミクニウス）　J・O・T・K　122-123
役者遊仙窟　田村西男　124-127
怪灯（＊妖怪綺譚）　斎藤悳太郎　128-140
罪にならない風紀紊乱（＊漫画）　141-141
鵜鳥―童謡―　白鳥省吾　142-143
高級万歳記―京阪いかもの行脚―　茜屋半七　144-148
続巷で拾つたユーモア　える・えむ　149-149
三日月章太郎の話（＊小説）　佐々木味津三　150-163
新著紹介（＊生方敏郎著『哄笑微笑苦笑』）　163-163
西洋の見世物　森 岩雄　164-169
とんちき（＊落語）　先代 柳家小せん　170-179
二十四孝（＊落語）　蝶華楼馬楽遺稿　180-191
新作小バナシ　下畑専造　190-191
棒鱈（＊落語）　故 古今亭しん生　192-200
金時計―悲しき喜劇―（＊漫画）　200-203
のんきな恋・忙しい恋・危ない恋（＊漫画）　204-205
其の頃―マンガコバナシ(一)―　206-206
解る迄―マンガコバナシ(二)―　207-207
クロスワードの馬鹿―南蛮馬鹿―　208-209
旅で聞いた話　水島爾保布　210-217
面白い話・珍しい話　兎 耳 男　216-217
或る復讐（＊小説）　斎藤景子　218-227
新しい出版物（＊佐々木邦著『文化住宅』『好人物』）　227-227
『坊ちゃん』（＊名作漫画物語）　夏目漱石原作　細木原青起画　228-261
日常生活と変態心理　小酒井不木　228-236
婦人に薦む可き書物　中河与一　川路柳虹　尾崎士郎　中村武羅夫　細田民樹　細田源吉　金子洋文　生方敏郎　戸川貞雄　上司小剣　安成二郎　237-239
五月のメモ―四季家庭百科辞典―　240-243
スポーツニュース　桜木路紅　244-246
如何でござる運動家紙上結婚　246-246
五尺十一寸組の三人男―早稲田メイブツ―　247-247
染矢君の死―野村先生の寵児―　248-249
小島さんしつかり頼みますぜ　248-249
模範的ラヂオセットの作り方　原田三夫　250-259
探偵的小話　259-259
八歳の子供が忽八十歳の老人（＊科学の頁）　260-261
鼠小僧次郎吉の前号までの梗概　262-263
鼠小僧次郎吉（第五回）　真山青果　264-276
三十七年の回顧(3)（＊記者生活）　遅塚麗水　278-282
淡白した笑話三篇　N 生　282-282
神州纐纈城（第十七回）　国枝史郎　284-299
クラクプリズム　300-303

第五巻第六号　大正十五年六月号　一日発行

きれ文（＊口絵）　竹久夢二
口絵写真
映画物語
「真夏の夜の夢」　17-25
「水の影」　26-32
お化師匠（＊菊五郎一座上演脚本）　岡本綺堂　33-82
新刊紹介（＊岡本綺堂著『青蛙堂鬼談』・額田六福著『天一坊』）　82-82
俄か追剝ぎ（＊漫画）　84-84
玉木文之進（＊隠れたる維新十傑）　伊藤痴遊　86-94
運（＊諷刺小説）　佐々木邦　96-107
新らしい刊行物（＊仲木貞一著『映画脚本の作り方』・山上貞一著『短篇小説集鷺転』）　107-107
仲に立つ者（＊漫画）　108-108
足の早いお金（＊漫画）　109-109
文壇呉船　ＡＢＣ　110-111
『青葉』百五十年忌（＊小説）　土師清二　112-121
四作家の奥様歴訪録
久米夫人との一問一答　122-124
小山内夫人訪問記　124-126
吉井伯爵夫人と語る　126-128
里見さんの奥様　128-129
坂本紅蓮洞（＊冥府ラヂオ）　粋道長人　130-133
新聞紙の包（＊探偵瑣談）　小酒井不木　134-143
交通整理（＊漫画）　143-143
柳家金語楼の『兵隊』（＊新作落語聴聞）　てれめんてん　144-149
芝居小屋の改良（＊漫画）　150-150
どうしたら嘘がうまく吐けるか（＊漫画）　151-151
夫人横行（＊軽快小説）　直木三十五　152-160
『女難』（＊名作漫画物語）
国木田独歩原作　細木原青起画　162-187
草人と邦彦と雪洲と（＊旧友三人の物語）　田口桜村　162-167
スポーツニュース　桜木路紅　168-169
彼女と竹内投手（＊江戸人情話）　170-171
カフモリーの声色に随喜　170-171
一年後に暴露した極東大会の醜態　172-173
『板』一枚にあの社告　173-175
女学生のウオーキング　174-175
日常生活と変態心理(2)　小酒井不木　176-183
きねま女優五年後の運命―あめりか―　184-187
霧の小唄（終篇）　長田幹彦　188-201
神州纐纈城（第十八回）　国枝史郎　202-215
鸚哥に指輪をはめた女（＊童話）　小川未明　216-220
帝劇に居たあいつ　邦枝完二　221-223
私は医者だ（＊小説）　上司小剣　224-238
濡手で粟の六万磅―世界珍聞―　238-239
特作映画の作り方（＊滑稽漫文）　酒井真人　240-241
ロシアの女の話　池田林儀　242-247

天一坊（＊新説）　額田六福　248―262
恋の道化師（＊人形芝居絵画脚本）　岡本一平　264―273
鼠小僧次郎吉（＊小説）　真山青果　274―285
闇に蠢く（＊長篇怪奇小説）　江戸川乱歩　286―296
ラヂオドラマ入選者（＊ラヂオドラマ研究会選）　297―297
テント・サアカス（＊ラヂオプレイ懸賞二等入選）　本郷春台郎　298―305
川柳浮世床　曳亭久留馬　306―306
二組の客（＊今年竹三十）　里見　弴　307―319

第五巻第七号　大正十五年七月号　一日発行

蝶（＊口絵）　小村雪岱
口絵写真
上々吉（＊支那綺聞）　佐藤春夫　17―28
古今東西藝術家奇行伝　29―29
戒名討入―矢頭右衛門七とその父―（＊義士銘々伝）　30―44
「天国」（＊諷刺小咄）　44―44
ハリウツドから（＊映画界無駄噺）　磯村善夫　45―47
離別した女房（＊杏林巷談）　正木不如丘　48―57
世界の隅々（＊珍聞放送）　58―59
長唄随筆　斎藤龍太郎　60―63
神州纐纈城（第十九回）　国枝史郎　64―76
噂の数々（＊楽屋風呂）　三田半吉　77―79
梅雨に咲く花（＊探偵捕物）　林　不忘　80―95
風変りな婚礼―諸国の結婚奇風比べ―　東　青明　96―100
接吻随筆　吉松貞弥　98―99
舶来笑話　100―101
都育ち（＊創作漫画）　河盛久夫　101―101
臍繰り（＊滑稽諷刺）　寺尾幸夫　102―112
笑話二篇　112―112
映画物語
殴られる彼奴　113―128
他の国の出来事（＊海外だより）　129―129
有馬一郎（＊隠れたる維新十傑）　伊藤痴遊　130―139
追憶のスタア―バアバラ・ラ・マアルの事―　140―143
ハリウツド異聞（磯村善夫）　140―143
二つに割つて見たビルデイング（＊懸賞漫画一等入選）　宮下孫左衛門　144―144
男と女（＊懸賞漫画二等入選）　石原令一　145―145
貸間の女（＊小説）　永井荷風　146―158
急告（＊永井荷風氏の「貸間の女」は既に印刷製本を終り発送間際でありましたが其筋の注意により百五十一頁百五十二頁の二頁を切取りその二頁分をこゝに訂正挿入致して置きました。）　151―151
気早の惣太の経験（＊軽快探偵小説）　甲賀三郎　160―171
世界のいろいろ（＊最新珍聞）　171―171
西洋見世物草紙　森　岩雄　172―176
二つの告白（＊漫画）　177―177
昼の月（＊懸賞新らしき小唄一等入選作・川路柳虹選）　林　礼介　178―179
逢ひ引（＊二等入選）　七条睦雄　180―180

すすき（＊三等入選）　河井富太郎　180－181
櫨紅葉（＊三等入選）　宇野暮江　181－181
孫悟空と牛魔王（＊講談西遊記）　悟道軒円玉　182－192
面白い海外ニユース　192－193
相撲張りまぜ帳（＊珍談奇話）　小泉葵南　194－199
自動車を主題とした漫画　200－201
男と女の居る場合（＊最近外国漫画）　202－203
お好み色本帖（＊人情滑稽）　森　暁紅　204－212
川柳京阪行脚　（L・N・M）　213－213
新案空中療法（＊コミツクニユウス）　J・O・T・K　214－215
『難破船』（＊ラヂオドラマ・懸賞二等入選）　就　三　216－224
恋愛生活を営む植物―或る植物心理学者の話―　215－215
鼠小僧次郎吉（＊小説）　真山青果　226－245
よおろつぱの警察から　245－245
故尾上栄三郎　川口松太郎　246－253
欧米で流行の夢占　254－255
或る女の夢　254－255
幽霊刑事（＊探偵小説）　阿部恒郎　256－274
舶来小咄草紙　274－275
美人製造法
幻の工房―小説家は斯うして美人を描き上げる―　長田幹彦　276－280
美人は製造し得るか―人類学的には美人は何うして出来るか―　山内繁雄　280－284
異性を惹きつける美―女形が美人になるには―　市川松蔦　284－286
醜い顔を美化する秘訣―化粧上の実際的な美人製造法―　山本久栄　287－288
寄席ぞめき（＊川柳東京）　風右衛門　289－289
十万石を一呑み　鈴木彦次郎　290－300
古今狂歌選　300－300
勇敢な臆病法師（＊小説）　土師清二　301－304
川柳懸賞募集読者文藝入選発表　305－305
俳句懸賞募集読者文藝入選発表　306－306
短歌懸賞募集読者文藝入選発表　307－307
あるかけ落（＊漫画脚本）　岡本一平　308－311
夢の正体―日常生活と変態心理(3)―　小酒井不木　312－317
スポーツランド　桜木路紅　318－322
ユーモア集（＊各国事実小話）　324－325
濠添の家（＊今年竹三十一）　里見　弴　326－335

第五巻第八号　大正十五年八月号　一日発行

裸婦（＊口絵）　岡田三郎介
口絵写真
映画物語
「亭主教育」　1－7
「雀」　8－16
高武蔵守（＊師直異録）　小山内薫　17－25
微笑小噺　25－25
上々吉（＊支那綺聞）　佐藤春夫　26－46
らくだの話した事には！（＊西洋諷刺笑話）　46－47

文壇呉船　48-49
蚤（＊漫画脚本）　岡本一平　50-53
人生の苦楽（＊長篇小説）　村上浪六　54-69
おたまじやくし（＊海外映画お茶受話）　三木　俊　68-69
鼠小僧次郎吉（＊小説）　真山青果　70-76
偉人暦―八月生の偉人―　77-79
大阪へ来た右女助きけば!!!　花山文生　80-83
偶然の成功（＊探偵瑣談）　小酒井不木　84-93
近頃大流行のお魔字奈比　93-93
本誌特約あめりか漫画トミイ可愛や『ダンスの巻』　94-95
満点下小咄尽志　佃家銀魚　96-97
S市での出来事（＊軽快小説）　斎藤悳太郎　98-105
コミツクニユース　105-105
かくてえる縁起（＊南蛮渡来無駄話）　106-107
悲劇的喜劇四つの瞬間（＊笑話漫画新選）　108-109
家光と処女（＊大奥余聞）　阿部淑子　110-120
神州纐纈城（第廿回）　国枝史郎　121-123
物忘れ―日常生活と変態心理―　小酒井不木　124-127
新刊紹介（＊土師清二著『血けむり伊吹颪』・鳴弦楼主人著『死の大試合』）　127-127
柳の湯（俗謡）　松本淳三　128-129
一番槍一番太刀（＊義士銘々伝）　本山荻舟　130-142
二人武者（＊戦国秘話）　今　東光　144-159
おことわり　編輯部より　159-159
身代り嫁（＊探偵随筆）　馬場孤蝶　160-165
老僧は骨まで食つた（＊法土異聞）　166-166
自然愛好者の群（＊漫画）　167-167
次郎長義俠の助太刀（＊小説）　桃川如燕　168-177
宝石の話（＊迷信の流行）　176-177
赤黒い手（＊探偵小説）　小鹿　進　178-183
はた唄―小唄―（＊小唄選外一席）　且原浩爾　183-183
福島正則流罪日記（＊英雄の末路）　山崎宇治彦　184-197
濠添の家（＊今年竹三十二）　里見　弴　198-205
全国苦楽愛読者遊覧招待大懸賞投票結果発表　206-211
闇に蠢く（＊長篇怪奇小説）　江戸川乱歩　212-223
殺人鬼『工藤孫六』（＊維新秘話）　間宮茂輔　224-234
新婚模様いろいろ（＊ちかごろ流行）　234-235
『雁』（＊名作漫画物語）　森鷗外原作　細木原青起画　236-245
香水のはなし　244-245
孫悟空と金角兄弟（＊講談西遊記）　悟道軒円玉　246-255
読物コント三篇
「怖しい真実」　片岡鉄兵　256-259
「金銭の道」　川端康成　260-264
「緑のトリコ」　岡田三郎　264-269
阿呆らしい話　269-269
風呂場の惨劇（＊犯罪実話）　270-275
三つの足跡（＊探偵捕物）　林　不忘　276-293
今昔逸話集　294-295
尼将軍政子（＊鎌倉秘聞）　席　露香　296-316
鈴木久三郎鯉直諫（＊誠忠秘録）　熊田葦城　317-321
東京へ　川口松太郎　321-321
近頃風俗往来　ミス・ユタカ　322-323

六月号募集読者文藝入選発表　324-325
楓橋雪夜譚（＊歌舞伎座上演脚本三幕）　松居松翁　326-351
女優の顔　351-351

第五巻第九号　大正十五年九月号　一日発行

微風（＊口絵）　中村大三郎
暑い（＊詩）　千家元麿　1-1
口絵写真　1-16
上々吉（＊支那綺談）　佐藤春夫　17-35
騎士流行（＊漫画脚本）　岡本一平　36-39
住吉町の敵討（＊復讐奇聞）　小山内薫　40-54
カフエー・シネマの話　犬の化粧クラブ　54-54
内閣改造挿話（＊新聞記者特殊秘録）　高宮太平　55-59
さあ事だ!!（＊漫画）　59-59
将監と弥太郎（＊武道悲話）　笹川臨風　60-75
小話「羊」俄茶　75-75
偉人傑士逸話選（＊戦国秘聞）　筑紫老人　76-78
吉之助と市蔵（＊維新十傑有馬一郎の続）　伊藤痴遊　79-84
ほりうつど異聞救ひを求むる人々　85-85
二度目の自殺（＊猟奇小説）　86-95
しがらみ草紙―品川狼之助勝盛の伝―（＊読切長篇）　今　東光　96-131
諸名士の生きた教訓（＊回答）　下村海南　野村徳七　小林一三　酒田幹太　弘世助太郎　小林欣一　勝本忠兵衛　河上謹一　尾崎敬義　相島勘次郎　大谷嘉兵衛　犬丸鉄太郎　江崎政忠　上野精一　高原操　神戸挙一　132-137
いたづらな恋（＊探偵小説）　横溝正史　138-151
笑話四篇　151-151
三狂人　152-153
新版異邦幽靄草紙　154-155
明神の怪異（＊岩見剛勇伝）　田辺南龍　156-164
現代の女（＊漫画）　165-165
静なる墓（＊人生小説）　吉田絃二郎　166-183
小咄四つ　183-183
美人伝（＊名女列伝）　熊田葦城　184-191
辛い立場（＊漫画）　192-192
映画物語
「ダーク・エンゼル」　193-201
「蝙蝠」　202-208
強迫観念（＊日常生活と変態心理）　小酒井不木　209-213
能勢頼忠の直言（＊剛勇余録）　210-211
鼠小僧次郎吉（＊義盗秘録）　真山青果　214-219
辻斬（＊慶長異聞）　219-219
闇に蠢く（＊長篇怪奇小説）　江戸川乱歩　220-229
感激を受けた物語
労働小説一つ　山川菊栄　230-232
感動と趣味　下村　文　232-233
通夜物語　梶原緋佐子　233-233
芭蕉　小寺菊子　233-234
雨月物語について　山田邦子　234-235

映画の印象　相島明子　235-235
夏の夜譚（＊風流茶話）　薄田泣菫　236-244
コミツクニウス　246-247
お金配分―岡島八十右衛門のこと―（＊義士銘々伝）　本山荻舟　248-259
五束の麦束　259-259
回数乗車券（＊読物コント）　桜田ふさ子　260-264
女・男・恋（＊愉快なる会話集粋）　265-265
花が咲き候黄金の花が（＊花柳茶談）　森　暁紅　266-274
錯覚（＊漫画）　275-275
美女流罪（＊絵島余聞）　伊藤松雄　276-288
外国笑話集　290-291
動かぬ証拠（＊探偵小説）　ハロウエイ・ホオン作　和気律次郎訳　292-306
世界珍聞―原始的人種―　307-307
檜祭夏の夜話（＊捕物覚書）　林　不忘　308-321
人生の苦楽（＊長篇小説）　村上浪六　322-336
同じ気持　336-336
新釈四谷怪談―人間民谷伊右衛門―　338-352
筍（＊今年竹三十三）　里見　弴　354-364
六月号募集読者文藝発表　366-367
編輯後記　中山豊三　368-368

第五巻第十号　大正十五年十月探偵傑作号　一日発行

黄菊（＊口絵）　上村松園
口絵写真
夕の星よ（＊詩）　タゴール　17-17
首都(1)（＊長篇小説）　三上於菟吉　18-30
朝霧（民謡）　西条八十　31-31
やきもち（＊漫画脚本）　岡本一平　32-35
武家廃絶録（＊特別読物）　菊池　寛　36-42
尤もな話　絶体絶命　42-42
笑話　43-43
妖術多門丸（＊社会講談）　白柳秀湖　44-61
闇に蠢く（＊長篇怪奇小説）　江戸川乱歩　64-76
苦楽新世相　77-78
外国の酒の味　石川欣一　79-81
妲己の殺人（＊探偵瑣談）　小酒井不木　82-90
恵まれぬ男（＊漫画）　91-91
越中と佐香穂　熊田葦城　92-93
喚魂の痕（＊猟奇小説）　長谷川伸　94-108
恋愛寸劇　109-109
ハリウツドの人々　水谷八重子　110-114
手品師と赤帽の夢（＊漫画）　115-115
上々吉（＊支那綺譚）　佐藤春夫　116-132
徹底的なあわて者（＊漫画）　132-133
武家浪漫史　佐原常弥　134-135
秘められたる挿話（＊探偵小説）　松本　泰　136-145
靴磨きの老人（＊新聞記者特種秘録）　小林秀夫　146-150
小咄六つ　151-151
神谷の無二膏（＊江戸捕物）　悟道軒円玉　152-161

新選漫画四題　162-163
新手の犯罪　水上規矩夫　164-165
惣太の喧嘩（＊軽快探偵）　甲賀三郎　166-174
ピストルの使ひ方（＊漫画）　175-175
来訪の主旨（＊漫画）　176-176
映画物語
ダグラスの「海賊」　177-186
弥次喜多従軍記　188-192
楽屋風呂　川尻清潭　193-197
日本の歌曲が唄ひたい　藤原義江　198-199
老子の宿（＊支那秘聞）　猪狩史山　200-213
神様の災難（＊新訳小噺）　213-213
近頃風俗往来　ミス・ユタカ　214-215
爆笑漫画選（＊漫画）　216-217
籤引忠義―大石瀬左衛門とその兄―（＊新義士伝）　本山荻舟　218-229
ひげ（＊探偵小品）　本田緒生　230-235
お茶漬音頭（＊藤吉捕物）　林　不忘　236-247
首相と土曜の晩（＊政界ゴシツプ）　永田町人　248-249
神州纐纈城（第二十一回）　国枝史郎　250-252
団五兵衛（＊落語）　柳家金語楼　254-261
おきざり仙人　水島爾保布　262-263
元の杢阿弥（＊漫画）　細木原青起　264-265
世態いろいろ（＊漫画）　宮尾しげを　266-267
モダーンガール試験　前川千帆　268-269
盗眼（＊探偵小説）　土師清二　270-279
活きた教訓（＊回答）　稲畑太郎　貝島太市　木下東作　金原与吉　安川敬一郎　土肥脩策　田中次郎　太田清蔵　280-284
人真似の好きな象（＊漫画）　280-281
画家の気分（＊漫画）　282-284
椀試合（＊豪僧異聞）　竹与志郎　287-289
彼等三人（＊探偵小説）　ケ・フラウン作　和気律次郎訳　290-298
鼠小僧次郎吉（＊義盗異録）　真山青果　299-303
箹（＊今年竹）　里見　弴　305-315
柳（＊戯曲三幕）　金子洋文　316-329
瀬戸内海別府の旅（＊愛読者遊覧招待会）　330-333
五九郎と五郎　小生夢坊　334-335
人生の苦楽（＊浮世小説）　村上浪六　336-350
住吉町の敵討（＊復讐奇譚）　小山内薫　352-364
新懸賞募集―アルフアベツト漫画―　364-364
探偵の功名　365-365
お栄（＊読物短篇）　作間博史　366-367
懸賞読物短篇発表・募集　367-367
読者文藝募集　青年雑誌名募集　ゴシツプ募集　368-368

第五巻第十一号　大正十五年十一月号　一日発行

すがたみ（＊口絵）　スーザンヌ・デーヌガラツソオ
秋（＊詩）　牧　水　1-1
口絵写真　1-16

人間の生命の豊富さ（＊詩）　武者小路実篤　17-17
桟道（＊剣聖秘録）　久米正雄　18-29
初めて面会　29-29
きつす（＊掌篇漫画）　岡本一平　30-34
近頃風俗往来　ミス・ユタカ　35-35
十津川浪士の暴挙（＊維新秘録）　大蔵喜八郎　36-43
命が惜しい　心配無用　辛い立場　43-43
すげない風に（民謡）　川路柳虹　44-45
長崎の兄弟（＊戯曲三幕）　岡本綺堂　46-73
最上の匿し場　フイツシエ兄弟作　岡田三郎訳　74-77
貧乏政治家物語（＊政界秘録）　78-80
気取つた結果（＊漫画）　81-81
美妻（はしづま）―「首都」第二回―　三上於菟吉　84-94
頼宣の手打　（葦城）　94-94
あてられる　95-95
苦楽新世相　96-97
善意の悪意（＊諧謔小説）　佐々木邦　98-104
耳飾の言伝　105-105
肥える秋　岡田道一　106-109
唇（＊恋愛悲話）　南部修太郎　110-123
気絶の原因　123-123
当世小ばなし　耳鳥斎　124-131
出水前後（＊諷刺小説）　正木不如丘　132-141
科学小話　142-144
笑話　145-145
小壺狩（＊風流茶話）　薄田泣菫　146-157
わが恋せし女
友染の裲襠　市川男女蔵　158-160
二つの恋の挿話　阪東（ママ）寿三郎　160-162
財界秘話　小汀利得　163-165
情夫とあぶ（＊滑稽情話）　森　暁紅　166-176
映画物語
或る乞食の話　177-185
荒みゆく女性　186-192
社長のパス　193-193
ヤパン・マルスの作曲家（＊彰義隊異聞）　今　東光　194-214
カフエー王物語（＊巴里秘聞）　215-217
哄笑漫画　218-219
あいつこいつ（＊軽快小説）　邦枝完二　220-231
美人観兵式　232-233
フオツクス・トロツト　菅　忠雄　234-238
避難!!（＊漫画）　239-239
妙な敵討（＊復讐奇譚）　清見陸郎　240-249
妻君の頭脳　249-249
人真似（＊漫画）　細木原青起　250-251
時事諷刺（＊漫画）　水島爾保布　252-253
昔のスポーツマン（＊漫画）　峰岸義一　254-255
風雨の夜（＊探偵小説）　H・ストロング作　和気律次郎訳　256-269
頑丈な老婆　已むを得ない　269-269
キネマ茶話　森田みね子　270-271
茶番サンプル　律森等九　272-273

気紛れな日本の恋人（＊海港哀話）　川崎備寛　274-284
楽屋風呂　川尻清潭　285-290
新選漫画　286-290
西国橋邂逅—富森助右衛門のこと—（＊義士実伝）　本山荻舟　296-309
チンピラ女優さん　新宿老人　310-314
世界の珍聞　315-317
闇に蠢く（＊長篇怪奇小説）　江戸川乱歩　318-330
篗（＊今年竹三十五）　里見　弴　339-342
鼠小僧次郎吉（＊義賊余録）　真山青果　343-351
明治の話　あけのかね　352-353
人生の苦楽（＊浮世小説）　村上浪六　354-366
読者文藝入選発表　367-367
読者文藝募集　368-368
アルファベット漫画懸賞募集　368-368

第五巻第十二号　大正十五年十二月号　一日発行

少女の像（＊口絵）　ブヒナー
口絵写真　1-16
自信なき恋人（＊詩）　志賀直哉　17-17
三階の家（＊妖怪小説）　室生犀星　18-31
ぽてと映画団（＊掌篇漫画）　岡本一平　32-37
襄五郎伝（＊相馬悲恋）　正木不如丘　38-50
笑話　50-50
蜜蜂—「首都」第三回—　三上於菟吉　51-61
文壇初恋物語
月並な初恋？　久米正雄　62-64
悲しき人　佐藤春夫　64-67
恋と神様　江戸川乱歩　67-69
狂恋のサロメ（＊上演脚本）　益田太郎冠者　70-79
伊庭八郎（＊維新快傑）　小笠原長生　80-86
海外活動茶話　森田みね子　87-89
裏と表（＊漫画）　水島爾保布　90-91
三万円の宝石—（岩井探偵長の活躍）—（＊探偵実話）　須藤鐘一　92-100
科学小話　101-101
倉田と横井（＊掌篇小説）　水守亀之助　102-107
宮本武蔵と烏猫（＊社会講談）　白柳秀湖　108-125
蚤の話　125-125
法相と追分節—政界ゴシップ—　永田町人　126-129
色懺悔市川長十郎（＊梨園奇聞）　田中聰一郎　130-138
左か右か　発見者　138-138
新妻に贈る　鷹野つぎ　139-139
永夜漫抄　馬場孤蝶　140-145
変てこな敵討　水谷幻花　146-158
夜の漫画二つ　159-159
湯の川の女（＊蝦夷日記）　花柳章太郎　160-163
子が欲しい（＊諧謔小説）　寺尾幸夫　164-175
人間の頭　175-175
無駄に終つた労力（＊漫画）　176-176
映画物語

恋の征服　177-185
面影　186-192
苦楽新世相　193-193
当世小ばなし　耳　鳥斎　194-195
クリスマスの晩餐　東佐与子　196-197
新説斧定九郎（＊義士外伝）　長谷川清　208-219
ペンギン島の恋　219-219
山口君の場合（＊諷刺探偵）　牧　逸馬　220-226
次の一瞬間（＊漫画）　227-227
鍵（＊探偵小説）リズリー・ウッド作　平林初之輔訳　228-240
浅草雑話　井口政治　241-243
閻魔堂橋の殺し（＊源七新三）　悟道軒円玉　244-253
女のリンチ　253-253
凄い話（＊創作怪談）　畑　耕一　254-259
生地獄の幻影（＊狂恋地獄）　生田　葵　260-275
コックの条件　275-275
年の瀬渋面録（＊漫画）　276-277
夢（＊漫画）　清水対岳坊　278-279
鉄砲持たぬ銃猟家（＊漫画）　前川千帆　280-281
閃刃悲話（＊三幕戯曲）　鴇田英太郎　282-293
西洋弁天小僧　水上規矩夫　294-296
例へてみたら（＊漫画）　297-297
惣太の幸運（＊探偵小説）　甲賀三郎　298-308
鼠小僧次郎吉（＊義賊異聞）　313-317
不思議（＊猟奇小説）　城　昌幸　318-323
人生の苦楽（＊浮世小説）　村上浪六　324-336
帰参浪人（不破数右衛門のこと）　本山荻舟　339-349
篗（＊今年竹三十六）　里見　弴　352-363
お断り及び予告　363-363
少年雑誌及び少女雑誌題名募集　プラトン社　364-364

第六巻第一号　大正十六（ママ）年新年特別号　一月一日発行

絵日傘（＊口絵）　ブーレー
口絵写真　1-16
恋愛　菊池　寛　17-17
ドリス（＊長篇小説）　谷崎潤一郎　18-27
船頭さん　永代（＊詩）　北原白秋　28-29
夏籠の一夜（＊恋愛小説）　里見　弴　30-45
東洋詠草（＊詩）　タゴール　46-47
笑話新選　48-49
二ツの愛（＊恋愛小説）　徳田秋声　50-62
恋愛寸劇　63-63
卯歳春帽子耳有（＊掌篇漫画）　岡本一平　64-69
妻を選ばば（＊恋愛小説）　小島政二郎　70-87
五万円の微笑代　87-87
奥伊豆の三日―古加茂の温泉村と手石の弥陀が窟―　遅塚麗水　88-90
パンの始末（＊漫画）　91-91
和服新装　岡本一平　92-93
これなら面白い事請合　麻生　豊　94-95
狂へる孔雀（＊長篇小説）　長田幹彦　96-109

奇風小話　109-109
亭主見る可からず　110-111
海外活動茶話　森田みね子　112-113
自由党巷説（＊維新異聞）　田中貢太郎　114-119
美男（＊詩）　西条八十　120-121
西園寺公望（＊園公実録）　松本賛吉　122-131
珍しい話　131-131
家持をめぐる女性　橋田東声　132-137
猟奇館瓦解記（＊江戸綺聞）　大仏次郎　138-151
当世小ばなし　152-153
印度洋でのお正月　石川欣一　154-155
きゆらそお（＊社会小説）　三上於菟吉　156-167
倫敦の女探偵　藤本辰夫　168-172
映画物語
　辻藝人の悲哀　178-185
ナナ　186-192
モダーンマダムへ　千田久野　199-201
元日の晩（＊漫画）　前川千帆　202-203
午前6時（＊探偵小説）
　フレデリック・コオツ作　和気律次郎訳　204-213
同じ穴の狢　五十歩百歩　213-213
正直な賭博者（＊掌篇小説）　川崎備寛　219-221
恨めしき武士道（＊武道秘録）　佐々木味津三　222-235
永夜漫抄（＊探偵綺談）　馬場孤蝶　236-240
禁酒国アメリカ（＊漫画）　241-241
惣太の意外（＊探偵綺談）　甲賀三郎　242-252
診察圏外　257-257
酒樽位牌（＊復讐奇話）　長谷川伸　258-269
三万円の宝石（＊探偵実話）　須藤鐘一　272-281
変つた町　281-281
浮気の虫（＊諧謔小説）　森　暁紅　282-290
嫌はれる理由（＊漫画）　295-295
リンチと坊さん（＊海外奇譚）　矢田挿雲　296-308
一つの欠点（＊笑話）　309-309
時計はめぐる（＊漫画）　宮尾しげを　310-311
五十三号室事件（＊軽快探偵）
　J・S・フレッチア作　延原謙訳　312-322
青春を楽しむ　水谷八重子　325-327
新江戸見物　村上浪六記　和田クニ坊画　328-331
貸間あり―人生の苦楽―（＊長篇小説）　村上浪六　332-343
流浪劇団の話（＊劇界秘話）　小生夢坊　344-346
楽屋風呂　349-351
夕霧秘話　熊田葦城　352-353
美人行脚（＊特別附録）　松川二郎　354-363
褪せた花（初恋物語）　三上於菟吉　364-366
鼠小僧次郎吉　真山青果　369-379
読者文藝入選発表共題『紅』『胸』　380-381

第六巻第二号　大正十六年（ママ）二月号　一日発行

偲び来る先帝陛下の御尊影
歩みつつ（＊詩）　北原白秋

そとで（＊口絵）　ノーマ・シアラ
雪（＊詩）　牧水　1-1
口絵写真　1-16
〔＊無題〕　1-3
国を挙げての憂愁―日本国民でなくては現はれない―　4-8
葉山の新聞戦　9-16
鬼ごつこ　芥川龍之介　17-17
アイヌの娘（＊恋愛小説）　豊島与志雄　18-32
身の程知らず　33-33
皮剝き（＊掌篇漫画）　岡本一平　34-39
秀吉の恵瓊（＊歴史小説）　近松秋江　40-58
感謝祭と七面鳥（＊漫画）　59-59
三十六計浮世話　直木三十五　60-63
西洋笑話　64-65
新曲藤の花（＊民謡）　野口雨情　66-67
謎の死（＊恋愛小説）　長田幹彦　68-84
東京の女・大阪の女　土師清二　84-85
信号する日傘　中河与一　86-89
幕末政変秘史（＊維新秘話）　渋沢栄一　90-103
埃及の猫　103-103
妻君見る可からず　104-105
被されたお面（＊家庭小説）　細田源吉　106-119
犬の表情（＊漫画）　119-119
慮外者（＊創作）　中村芝鶴　120-123
二つの愛（＊恋愛小説）　徳田秋声　124-138
犯罪奇談　138-138
男天下の不平不満
吉岡弥生　古屋登代子　三宅やす子　139-143
予算よりお産（＊漫画）　清水対岳坊　139-139
女性が政権を握つたら（＊漫画）　下川凹天　140-141
女が権力階級となつたら（＊漫画）　柳瀬正夢　142-143
現代小ばなし　耳鳥斎　144-147
スキイの思ひ出
スキイのためなら　片岡鉄兵　148-150
スキイにも縁薄かりし栄三郎　市川男女蔵　151-152
足！　153-153
猟奇館瓦解記（＊江戸綺聞）　大仏次郎　154-171
光陰矢の如し　172-172
映画物語
踊る母　177-183
陽気な巴里つ子　184-185
芝居物語
神明恵和合取組　190-197
延命院（＊享和巷説）　198-203
大衆医学絵解　正木不如丘　宮田重雄画　204-207
誉れの一蹴　208-208
婦人服装未来記（＊漫画考察）　河盛久夫　213-213
変つたお漬物　鈴木はま　214-217
鍋物さまざま　千町久野　214-216
舌の想ひ出
東京の巻　松崎天民　218-221
京阪の巻　水島爾保布　221-223

ヒステリーの話　望月寛一　224-226
寒い間の子供（＊特別読物）　高田義一郎　228-232
世界の話　232-232
百年後の大都会（＊漫画）　233-233
臣節以上―千馬三郎兵衛のこと―（＊義士秘録）　本山荻舟　234-245
滑走する恋（＊掌篇小説）　酒井真人　246-249
若槻礼次郎（＊首相物語）　高宮太平　250-262
オペラの人達　黒木憲三　267-269
楽屋風呂　川尻清潭　270-271
海外活動茶話　森田みね子　272-275
毒―「首都」第五回―　三上於菟吉　276-288
大した相違（＊漫画）　289-289
踊子になつた書記の妻（＊一幕劇）　村山知義　292-304
紙上ラヂオ　304-305
新選笑話　306-307
巷説蒲鉾供養（＊藤吉捕物）　林　不忘　308-325
人生の苦楽（＊長篇小説）　村上浪六　326-336
チヤプリン訪問記―撮影所に於ける彼の奮闘と苦心―　岩堂全智　337-349
ドリス2（＊長篇小説）　谷崎潤一郎　350-353
釜屋安兵衛（＊名人綺談）　薄田泣菫　354-361
鼠小僧次郎吉（＊義賊余聞）　真山青果　362-377
アルフアベツト漫画入選発表　378-379
新篇笑話集　378-378

第六巻第三号　昭和二年三月号　一日発行

祭の日（＊口絵）　アングラダ　1-16
口絵写真
新帝奉讃歌
昭和の黎明（＊詩）　北原白秋謹作　1-2
新帝奉讃歌―昭和の黎明―　山田耕作謹作曲　3-5
新帝に奉仕して　本多正復　6-8
先帝を誄び奉る（＊短歌十首）　佐佐木信綱　9-9
昭和の御代に入りて　下村海南　10-11
今上陛下の御盛徳　小笠原長生　12-12
悲しき御帰朝の秩父宮殿下　仙石政敬　13-13
秩父宮を迎え奉る　14-17
東久邇宮ご一家―八年振りの御団欒―　18-20
うんと金があつたら　里見　弴　21-21
中川宮邸の大激論―慶喜公を中心に―（＊幕末政変秘史）　渋沢栄一　22-35
笑話　35-35
逢ふ夜（＊掌篇漫画）　岡本一平　36-41
色男（＊恋愛小説）　吉井　勇　42-55
置炬燵（＊小唄）　西条八十　56-57
硫酸事件真相（＊長篇読切）　佐藤春夫　58-99
角力を見る　正宗白鳥　100-101
頸飾り（＊探偵小説）　L・J・ビーストン作　延原謙訳　102-115

生きた首巻		115-115
復仇（*探偵小説）	川田　功	116-124
葉巻と籐椅子		124-125
役者船（*戯曲）	金子洋文	126-147
誰の恋人（*掌篇創作）	宵島俊吉	148-154
骨折り損（*漫画）		155-155
薊の園―狂へる孔雀第三回―（*長篇小説）	長田幹彦	156-172
三人吉三巴白波（*芝居物語）		178-183
ボー・ジェスト（*映画物語）		184-191
紅蜘蛛奇譚		192-193
阿蘭陀船（*芝居物語）		194-198
大衆医学絵解　正木不如丘解	宮田重雄画	199-201
漫画家の見た議会	和田クニ坊	202-205
温い支那料理―苦楽料理講座―		206-208
苦楽放言		211-213
寒い間の子供	高田義一郎	214-220
信託事業に就いて	星野行則	214-218
主人の好む我家の料理	岡本かの子	218-220
面白い世界各国の玩具		221-223
財界ニユース	白　雨　楼	224-227
櫛（*江戸巷談）	悟道軒円玉	228-239
猟奇館瓦解記（*江戸綺聞）	大仏次郎	240-255
瓶の中の男（*怪奇小説）　ギユスターヴ・メイリンク作	田中早苗訳	256-263
新選漫画		264-265
山崎左近将監（*剣豪異聞）	霜田史光	266-278
東京G街怪事件（*紙上探偵）	牧　逸馬	279-281
美人をたづねて裏日本一周	松川二郎	282-293
コミツクニウス		293-293
積将棋（*掌篇創作）	井上康文	294-298
江戸前小噺草		299-299
怨霊首人形（*藤吉捕物）	林　不忘	300-318
自惚れ（*漫画）		319-319
劇壇念仏帳	邦枝完二	320-325
芝居ゑ姿風	三田米吉	320-325
海外活動茶話	森田みね子	326-329
蠱惑	鈴木俊夫	326-329
楽屋風呂	川尻清潭	330-331
情男―「首都」第六回―	三上於莵吉	332-343
岡山での話	諸口十九	344-346
海底を行く（*科学小説）		347-347
二ツの愛（*恋愛小説）	徳田秋声	348-364
読物文藝予選発表		365-365
炉辺（*短歌）	若山牧水	366-366
安全地帯（*漫画）		367-367
東京G街怪事件解決	牧　逸馬	368-371
舶来三面貼混帳		368-371
鼠小僧次郎吉（*義賊余聞）	真山青果	372-377
お断り		377-377
懸賞絵物語原稿用紙		378-378
懸賞絵物語		379-379
ラヂオ・ドラマ募集		380-380

第六巻第四号　昭和二年四月号　一日発行

あやめ（＊口絵）	岡田三郎助	1-16
グラビア		1-3
真の解放	大谷光瑞	4-7
苦楽放言		8-15
挿絵の裏側（＊春宵夜話）	里見　弴	16-17
西洋笑話		18-19
キネマ警句	立花高四郎	20-33
伊藤博文（＊維新秘録）	小山内薫	34-43
花見の漫画史	岡本一平	44-52
妖花（「首都」第七）	三上於菟吉	52-52
安心		53-57
逃がした恋（＊コント）	戸川貞雄	58-59
女見る可からず		60-76
ホテルの灯―狂へる孔雀4―	長田幹彦	77-77
驚くべき結末（＊漫画）		78-83
眼に映る影（＊コント）	綿貫六助	83-83
女の成功		84-100
転々する五十両（＊大衆巷談）	渡辺　均	100-101
リング挿話		102-103
恋胎性慾		104-105
科学小話		106-114
青木周蔵（＊伝記小説）	邦枝完二	115-115
二倍増し（＊漫画）		
苦い逢引（＊コント）	武川重太郎	116-120
狂歌新選		121-121
茂十とお浪（＊田園哀話）	木蘇　穀	122-135
世間話	薄田泣菫	136-137
社交常識		138-139
ふるまひ蜜柑（＊義士秘聞）	本山荻舟	140-149
夢声漫談	徳川夢声	150-156
慌てた恋人（＊漫画）		157-157
湖の嘆き（＊悲恋物語）	伊藤松雄	158-172
小話		172-172
映画物語		
イスラエルの月		177-188
二人の稚児（＊名作絵物語）	谷崎潤一郎原作　大橋月皎画	190-199
芝居物語		
天一坊		200-208
財界時事解説	白　雨　楼	213-215
大衆医学絵解	正木不如丘解　宮田重雄画	216-219
嫉妬の心理	小酒井不木	220-226
雀の巣		226-226
不妊症の話	岡本寛雄	227-231
梅干しの味（＊漫画）	和田クニ坊	232-237
季節料理	深井恒子	232-237
大陸ラヂオ・ドラマ脚本募集		238-239
人生の苦楽（＊長篇小説）	村上浪六	240-252
新頭文字の組合せ		253-253

ルナパークの盗賊（＊怪奇小説）　正岡蓉[ママ]　254-263
窓（＊怪奇小説）　池谷信三郎　264-278
占ひ　278-278
喜劇「正直な犬」（＊漫画）　279-279
滞欧漫談　杵屋佐吉　280-283
爪（＊探偵掌篇）　牧　逸馬　284-288
凄い珍話　288-288
初春の読物懸賞当選発表　293-293
猟奇館瓦解記（＊江戸綺聞）　大仏次郎　294-308
苦楽メンタルテスト　309-309
愛は胡椒を甘くする（＊掌篇漫画）　岡本一平　310-315
劇壇王手詰　林　和　316-319
海外活動茶話　森田みね子　320-321
二つの愛（＊家庭小説）　徳田秋声　322-332
消防夫のローマンス（＊漫画）　339-339
フランスデー――一日の食物――　望月百合子　340-343
現代小ばなし　耳　鳥　斎　344-345
その夜の龍馬（＊志士異聞）　入江新八　346-358
世界一の唇（＊海外実話）　359-359
運動界ゴシップ　360-361
高橋お伝―社会心理で大毒婦とされた―　廃姓外骨　362-369
ドリス３（＊長篇小説）　谷崎潤一郎　370-375
読物文藝入選発表　376-377
懸賞探偵絵物語原稿用紙　378-378
懸賞探偵絵物語　379-379
長唄歌詞懸賞募集　380-380

第六巻第五号　昭和二年五月号　一日発行

女と花（＊口絵）　ニールソン　1-16
グラビア　1-1
全人の苦楽　大谷尊由　1-1
苦楽放言　2-5
私は馬つくり　西園寺八郎　6-7
大塊と私　高橋是清　8-10
道程を愛する心　鶴見祐輔　11-14
彼女と配達夫（＊漫画）　15-15
讐友（＊仇討秘聞）　小島政二郎　16-34
接吻　波多野承五郎　35-37
モダンガアル笑話　38-39
偶感二題　下田将美　40-45
茶卓子　46-47
桃中軒雲右衛門（＊戯曲三幕）　真山青果　48-91
西洋笑話　91-91
得意（＊漫画）　92-92
我儘随筆　廃姓外骨　93-95
雷大尽（＊紅灯夜話）　吉井　勇　96-108
現代小ばなし　耳　鳥　斎　109-109
吾人の期望　大谷光瑞　110-111
驕笑（「首都」第八回）　三上於菟吉　112-122
閑話　122-122
便利な机（＊漫画）　127-127

無言の事件（＊コント）　アルベール・アックルマン　山内義雄訳　128－131
隣合せ（＊掌篇漫画）　岡本一平　132－137
夢の国の女王（＊恋愛小説）　片岡鉄兵　138－152
お次の番　152－152
一日を石炭と暮す人（＊漫画）　153－153
紫の思出（＊探偵掌篇）　松本　泰　154－159
消え失せた男（＊犯罪記録）　龍野里男　160－172
虐待（＊漫画）　172－172
映画物語
　偉人リンコルン　177－185
名作絵物語
　すみだ川　永井荷風原作　吉田真里画　186－192
渡辺銀行と片岡蔵相　南八俠史　195－201
断髪前後　和田クニ坊　202－207
文明の黴毒化　長岐佐武郎　202－207
江戸前小噺　208－209
新しい束髪八種　ミス・ユタカ　210－213
悪因縁―狂へる孔雀5―　長田幹彦　214－231
標本四題（＊漫画）　232－233
夢声漫談　徳川夢声　234－239
無明の夜（＊藤吉捕物）　林　不忘　240－257
西洋三面種　258－259
処刑（＊掌篇探偵）　牧　逸馬　258－259
映画のラブシイン　井上康文　260－266
親切（＊漫画）　267－267
二本松事件（＊実録講談）　桃川如燕　268－276
二階のユーモア（＊漫画）　清原ひとし　277－277
新選小咄二つ　281－281
一つの反逆（＊コント）　津田光造　282－287
名探偵洒唖六先生　山名文夫　288－291
五重塔下の怪死体　永松浅造　292－303
夜二題
　浅草の夜　岡村文子　304－305
　道頓堀の夜　渡瀬淳子　305－305
闘牛の話　猪間驥一　306－314
人の口（＊漫画）　315－315
猟奇館瓦解記（＊江戸綺聞）　大仏次郎　316－321
人生の苦楽（＊長篇小説）　村上浪六　322－334
虎楼噺粋婢五態　くにえだ・くわんじ　336－340
明治初年頃の新聞雑誌　半狂堂主人　341－341
夜桜お絹（＊捕物奇譚）　本田緒生　342－363
二つの愛（＊長篇小説）　徳田秋声　364－372
苦楽ヴエランダ　373－373
絶勝黒部峡　一記者　376－377
懸賞絵物語第一回一等当選　絵物語　大城葭夫　379－379

第六巻第六号　昭和二年六月号　一日発行

たより（＊口絵）　ノーマシアラー
口絵写真　1－16
田中内閣陣容　附　録　1－6

初夏風景（＊詩）　永井荷風　1-1
苦楽放言　苦楽斎　2-6
当世小ばなし　耳鳥斎　7-7
苦楽の因　大谷光瑞　8-9
政治家の心境　床次竹二郎　10-11
新宰相田中義一　12-15
昔は餓鬼大将今は総理　永楽町人　16-17
遁亡（＊小説）　久保田万太郎　18-33
笑話　33-33
白魚綺談　会田　泰　34-35
狂想曲（＊詩）　佐藤惣之助　36-37
ほゝゑみ双紙（＊いまはむかし）　武田酒楽斎　38-39
夜光珠を繞る女性（＊俠盗奇譚）　甲賀三郎　40-86
舶来三面貼混帖　86-87
蘆原将軍―近来の傑作を自認する滑稽奇抜の大論文―　廃姓外骨　88-90
ふつてわいたさいなん（＊漫画）　91-91
経済物語　星野行則　92-93
スクリン余映　94-95
一つの勇敢な花の道（＊モダン・コント）　牧　逸馬　94-95
新選漫画　96-97
二つの愛（＊長篇小説）　徳田秋声　98-105
安全剃刀の刃の始末（＊漫画）　106-106
海外文壇噂話　108-109
猟奇館瓦解記（＊江戸綺聞）　大仏次郎　110-120
海外活動茶話　121-121
吉田御殿の主人公　波多野承五郎　122-123
小さき反逆者（＊漫画）　124-124
美婦哀傷―「首都」第九回―　三上於菟吉　125-134
カクテール
カクテールの始り　135-135
カクテールの文化面　柳原義光　136-137
散歩者の美感　東久世秀雄　138-139
MY・OWN　石川欣一　140-143
コクテールの唄（＊詩）　西条八十　144-145
蹌踉行脚　佐藤佐元　146-149
忘却混合酒　片岡鉄兵　150-157
カクテルの拵へ方　渡辺　隆　158-159
坊主になつた清隆（＊奇傑異聞）　本山荻舟　160-168
細工はリユリユ（＊漫画）　169-169
ロシヤの酒場　近藤栄蔵　170-177
初夏漫景（＊漫画）　和田クニ坊　178-179
巴御前（＊落語）　柳亭左楽　180-188
映画物語
ハレムの貴婦人　193-201
海の勇者―名作絵物語―　菊池寛原作　吉田真里画　202-207
キヤンプ生活　209-213
涙（＊短歌十首）　柳原燁子　214-215
最新の発明と発見　214-219
春病む（＊短歌十首）　岡本かの子　216-217
梅雨宵（＊短歌十首）　山田邦子　218-219
日傘（＊クラクフアツシヨン）　221-224

財界時事解説　白雨楼　229–233
蒼白い影―狂へる孔雀―　長田幹彦　234–252
夏の外套（＊漫画）　253–253
明治初年頃の新聞雑誌　254–255
男は強し女も強し（＊探偵小説）　ロオランド・クレッブス作　和気律次郎訳　256–268
新発明三つ（＊漫画）　268–269
ヂプシイを訪ねて（＊西班牙奇譚）　猪間驥二　270–280
孤島の嘆き（＊漫画）　281–281
獣魂（＊田園悲話）　森本巌夫　282–299
面白い室内遊戯　300–301
運動当座帖　小泉葵南　302–305
人生の苦楽（＊長篇小説）　村上浪六　306–316
トン子ノカタキウチ（＊漫画）　317–317
美人行脚―秋田、盛岡―　松川二郎　318–325
クラクメンタルテスト　326–328
世にも不幸な人（＊漫画）　333–333
桃中軒雲右衛門（＊続篇）　真山青果　334–364
「ドリス」休載について　谷崎潤一郎　365–365
紅白試合の支那　長谷義正　366–369
「椿姫」の駆落事件　田中栄三　370–375
懸賞絵物語第二回当選　伊藤セツ　379–379

第六巻第七号　昭和二年七月号　一日発行

海辺の小供（＊口絵）　パルマー筆
口絵写真
耳を掩ふて鈴を盗む　大谷光瑞　1–1
苦楽放言　苦楽斎　2–5
身辺を中心として　徳川家達　6–7
幸運の手紙　一条実孝　8–9
有毒な花　伊藤博邦　10–11
蔵相高橋是清　12–16
日銀総裁井上準之助　17–21
珍客―ラヂオ・コメディ―　小山内薫　22–33
小咄　34–35
柳と水（＊小唄）　川路柳虹　36–37
鯛網綺談　会田泰　38–39
清水次郎長（＊読切長篇）　松村梢風　40–92
水泳逆説法（＊漫画）　93–93
洛陽の雨（＊支那綺談）　池田桃川　94–99
首切り銀杏の枝切り事件―予が鑑定人として裁判所に出廷せし珍談―　廃姓外骨　100–103
花を踏んで進む―（「首都」第十回）―　三上於菟吉　104–112
パニック物語　下村海南　114–117
怪火―狂へる孔雀7―　長田幹彦　118–137
素敵な飛込み（＊漫画）　138–138
ステツキ　139–139
杖　P・クローデル　140–141
ハンド・プレイ　白根松介　142–143
ステツキについてのノート　高田保　144–145
洋杖《すてつき》の乱舞（ある民謡風な感傷）（＊詩）　福田正夫　146–147

映画とステッキ　高田　勝　148－149
結婚指覚え書　150－150
森有礼（＊偉人伝記）　白柳秀湖　151－165
お金の笑話　166－167
大衆医学絵解　正木不如丘解　宮田重雄画　168－173
志士月性（＊豪僧異聞）　須藤鐘一　174－188
映画物語
　海の荒鷲　193－202
新流行の海水着　203－204
夏姿―帯の結び方など―　千葉益子　205－208
新式化粧用具　210－211
接吻反対聯盟　210－211
つめたい飲物　211－211
面白い室内遊戯　212－213
新しい発見と発明　214－215
日常家庭科学　216－217
ゼリーのいろいろ　218－223
百万円の貞操代　斎藤俊夫　218－223
クラク・ラヂオ研究会より　長田幹彦　229－229
太政官札（＊維新物語）　板橋春秋　230－237
海の漫画　和田クニ坊　238－239
救ひ（＊探偵小説）　角田喜久雄　240－254
ラブシーンの大椿事（＊漫画）　257－257
失恋の血祭（＊悲恋小説）　渥美順之助　258－271
怪賊ピコ（＊掌篇探偵）　金子光晴　272－275
女塚病院の怪（＊探偵綺談）　永松浅造　276－288
降つて湧いた災難（＊漫画）　289－289
南蛮哀慕　篠原　忍　290－291
夢声漫談―見習諸勇列伝の三―　徳川夢声　292－300
政治家の経済政策（＊漫画）　301－301
猟奇館瓦解記（＊江戸綺聞）　大仏次郎　302－309
混血酒（＊コント）　岡田三郎　310－318
お富と与三郎（＊帝国劇場上演脚本五幕）　林　和　319－369
二つの愛（＊長篇小説）　徳田秋声　370－378
新刊紹介（＊森暁紅著『紅灯情話』、村松梢風著『上海』、薄田泣菫著『猫の微笑』、佐々木指月著『女難文化の国より』、甲賀三郎著『恐ろしき凝視』）　379－379
女見る可からず　380－381
編輯後記　384－384

第六巻第八号　昭和二年八月号　一日発行

波のたはむれ（＊口絵）　シヤノン筆
海光（＊古風な月より、詩）　日夏耿之介　1－1
口絵写真　1－16
無題録　大谷光瑞　2－3
苦楽放言　4－7
湖畔心中（＊長篇小説）　中村武羅夫　8－32
フランス笑話　32－33
南無活動写真狂　立花高四郎　34－35
巨人ムツソリニ―巨人物語（1）―　石井　満　36－43
英国労働党総裁マクドナルド―巨人物語（2）―

満鮮漫画の旅　早坂二郎　44-51
　出帆前後　服部亮英　52-53
　朝鮮行脚　池部　釣　54-55
　満洲行脚　水島爾保布　56-57
高野山詣で―美人弥次喜多―（＊諧謔小説）　直木三十五　58-68
とん子と父　68-68
紳士御用心（＊漫画）　69-69
海のまぼろし（＊詩）　沙良峰夫　70-71
コバナシ　72-73
断崖の花（狂へる孔雀8）　長田幹彦　74-94
古今笑府　富士川游　96-99
現代の青年に与ふる言葉　吉田絃二郎　100-105
東洋奇話　106-109
妻（＊諧謔小説）　島　東吉　110-118
夢声漫談―見習諸勇列伝の三―　徳川夢声　119-125
笑ふ三角形（＊掌篇探偵）　牧　逸馬　126-127
スクリン余映　126-127
猟奇館瓦解記（＊江戸綺聞）　大仏次郎　128-134
海　135-135
海　堀口大学　136-144
錦浦開眼（＊短歌八種）　森園豊吉　145-145
淡路の海　山田邦子　146-149
海の夫人を恋ふる（＊海情挿話）　井上康文　150-155
憧れの海　156-156
憂鬱なる剣（＊剣客奇譚）　浅原六朗　157-165
恋愛の鍵（＊短篇小説）　加宮貴一　166-177
奇抜な保険（＊海外実話）　藤本辰夫　178-179
ほゝゑみ双紙（＊舶来小咄）　内山義充朗　180-181
漂泊ふ千鳥（＊新劇裏面史）　田中栄三　182-189
クラクメンタルテスト　190-192
映画物語
　神秘に二十銭を賜ふ　193-202
大衆医学絵解（五）　正木不如丘解　宮田重雄画　204-208
あなたは水泳が出来ますか（＊水泳講話）　210-224
シルクハツトの利用（＊漫画）　225-225
名探偵洒唖六先生（＊探偵漫画）　山名文夫　230-233
鳰風流鯉魚一軸（＊怪談）　正岡　蓉（ママ）　234-247
彼等の憂鬱（＊山峡秘話）　長谷川清　248-253
剣仙の美女（＊怪談）　武川重太郎　254-267
女・支那料理　川崎備寛　268-271
祇園の夕（＊戯曲一幕）　大平野虹　272-283
蝶夫人（＊恋愛地獄）　生田　葵　290-309
元老の話　山根謙一　310-313
クラク・カクテル　314-315
反逆者光秀（＊長篇読切）　邦枝完二　316-353
幻影　プロスペル・メリメ　山内義雄訳　354-359
日射病の話　竹内薫兵　360-361
牛乳の話　三浦政太郎　362-365
罪に甦へる女―「首都」11―　三上於菟吉　366-375

第六巻第九号　昭和二年九月号　一日発行

いちぢく（＊口絵）	栗原玉葉	1-16
口絵写真		
苦楽放言	苦　楽　斎	2-5
大黒の絵（＊墨水夜話）	吉井　勇	6-21
祖父の真似		21-21
人魚と青年（＊漫画）	岡本一平	22-23
稀音馬頭倶羅府	立花高四郎	24-25
クラク笑話		26-27
湖畔心中（＊小説）	中村武羅夫	28-46
海（＊短歌）	下村海南	47-47
胸黄舎随筆	宮川曼魚	48-54
園藝	大谷光瑞	55-55
樫井瞹（＊落城秘譚）	直木三十五	56-67
大衆医学絵解（六）　正木不如丘解	宮田重雄画	68-71
恋はめちゃ〳〵（＊滑稽情趣）	森　暁紅	72-81
鮎の話	波多野承五郎	82-83
俠雄頭山満	山根謙一	84-90
ベーブ・ルース	清沢　冽	91-99
心太綺談	会田　泰	100-103
新らしき薔薇―「首都」第十二―	三上於菟吉	104-114
バレンチノに殉死した女		114-15
学藝界奇聞		116-117
フランス笑話		118-119
日待の椿事（＊仇討奇談）	悟道軒円玉	120-130
煙草由来記		131-131
葉巻漫談	岡野知十	132-133
煙草（＊詩）	野口雨情	134-135
馬首吐雲録	横山健堂	136-141
たばこ	水島爾保布	142-143
ほゝゑみ双紙（＊舶来小咄）	内山義充朗	144-145
黒部峡谷へ―全国読者招待探勝会愈よ八月三日出発―		146-147
禁煙の嘆き（＊短歌十首）	原阿佐緒	148-149
煙草の匂ひと煙草屋の従妹	酒井真人	150-157
バット時代		152-152
嗅ぎ莨	飯泉賢二	155-155
煙草病		157-157
英国皇室挿話		158-159
海外ニュース		158-159
今様聯斎志異（＊支那奇譚）	長永義正	160-167
コバナシ		168-169
女のクローヅ・アップ	井上康文	170-173
加茂川夜話（＊小説）	渡辺　均	174-188
泣くわけ		188-188
闇の小径		194-202
都々逸坊		203-208
影絵の話		210-216
面白い知識遊戯		218-224
煙草を喫ふ犬		225-225
夢声漫談―見習諸勇列伝の四―	徳川夢声	226-230

素晴らしき哉人生（＊漫画） 231-231
一蝶捕はれる夜（＊読物文藝第一席選作） 根岸与七 232-253
作者の言葉 253-253
男見る可からず 254-255
物の始まり 岡部志朗 256-259
不思議なる死（＊探偵小説） 木蘇　穀 260-276
事実探偵小話 276-276
蘆哉老人の事ども 岡倉由三郎 278-283
山と水の追憶 小泉葵南 284-287
古今笑府 富士川游 294-295
名探偵洒唖六先生 山名文夫 296-299
猟奇館瓦解記（＊江戸綺聞） 大仏次郎 300-306
里見弴氏の近業―長篇小説『今年竹』の完成― 307-307
夜雨 水谷八重子 308-310
声裁判（＊海外珍聞） 311-311
迷へる羊―狂へる孔雀9― 長田幹彦 312-331
ロケーシヨン挿話 和田クニ坊 322-333
アクロイド殺し（＊探偵小説） アガサ・クリスチイ作 松本泰訳 334-353
甲子園の花形 354-355
北から来た女 K　記　者 356-357
銚子の五郎蔵（＊俠客十二ケ月） 神田伯山 358-378
平和の攪乱者（＊漫画） 379-379
編輯後記 384-384

第六巻十号　昭和二年十月号　一日発行

明眸（＊口絵） グレタ・ニツセン 1-16
口絵写真
苦楽放言 苦　楽　斎 2-5
後日の長兵衛（＊喜劇） 岡本綺堂 6-35
短慮 35-35
笠と煙管（＊詩） 西条八十 36-37
無題録 大谷光瑞 38-39
秋は悲し（＊漫画漫文） 服部亮英 40-41
十五年（＊小説） 加藤武雄 42-54
クラク笑話 54-55
郷に入れば 下村海南 56-57
章魚と鯨の話（＊海上秘話） 斎藤俊夫 58-59
反抗する女（＊海兵挿話） 細田民樹 60-74
災難二つ（＊漫画） 75-75
大衆医学絵解 正木不如丘解 宮田重雄絵 76-79
ゴリラ奇譚（＊南洋秘聞） 藤本辰夫 80-82
新選小話 83-83
拾つた和銅開珍（＊探偵小説） 甲賀三郎 84-101
刺青―「首都」第十三― 三上於菟吉 102-112
月 113-113
海上の月 米窪太刀雄 114-18
月を仰いで 古川龍城 119-122
「月が出たら」といふたのに……（＊絵） 山名文夫 123-123

戦場の月　綿貫六助　124―125
熱国の月　永見徳太郎　126―131
月のユウモア　和田クニ坊　132―133
月前の怪異　田中貢太郎　134―139
清水次郎長（＊侠客十二ケ月）　神田伯山　140―164
訪ねて来た女（＊短篇小説）　藤森淳三　165―174
映画物語
　夜会服　177―185
　剣の人　187―192
剣談御用十手　林　不忘　194―197
偉人最後の言葉　194―197
魚つり心理（＊漫画）　198―199
アクロイド殺し2（＊探偵小説）
　アガサ・クリスチイ作　松本泰訳　200―219
『デモ』と『デモアルマイ』（＊活動写真）　立花高四郎　220―221
ブライアー物語―その生産の由来と産地のこと―　梅津勝男　222―224
けふり　山内義雄　225―225
妊術魔（＊科学奇譚）　小酒井不木　226―235
銃猟綺談　木村　幹　236―242
気狂馬のヘンリ　243―253
満鉄と山条（＊満蒙夜話）　山根謙一　254―257
運動当座帳　小泉葵南　258―261
真名鶴と金五郎（＊新編情話）　北川奈緒子　262―271
夢声漫談―見習諸勇列伝の五―　徳川夢声　272―277
巴里は眠る（＊探偵小説）　宗　素厳　278―286
同室での恋（＊コント）　高橋季暉　287―294
懸賞大陸ラヂオ・ドラマ脚本審査発表　296―297
蒲田昔話　人見直善　298―302
上泉主水（＊剣豪異聞）　霜田史光　304―316
支那の三人男　322―331
抜けた腕（＊寸鉄講談）　瀬川閑々亭　332―335
変な強請（＊滑稽読物）　森　暁紅　336―343
世界一の吝ん坊町　江尻晩果　344―346
奥北血涙録（＊幕末秘史）　鈴木彦次郎　347―357
全国読者招待黒部峡谷探勝会の盛況　358―360
煉獄―狂へる孔雀10―　長田幹彦　362―380
懸賞絵物語第六回『がまぐち奇談』当選者　中村　融　381―381
編輯後記　384―384

第六巻第十一号　昭和二年十一月号　一日発行

狗（口絵）　メリー・ピックフオド
口絵写真　1―16
詩人の退屈（＊詩）　アナトール・フランス　1―1
クラク放言　苦　楽　斎　2―5
邪魂草（＊小説）　白井喬二　6―20
クラク笑話　21―21
娼館哀歌（＊民謡）　金子光晴　22―23
コバナシ　24―25
軍港風景（＊小説）　宮地嘉六　26―35
勤王か佐幕か（＊漫画）　36―39

世界各国の皇女（＊皇国巡礼） 永松浅造 40-48
双児（仏蘭西） ジヤン・ボノー 山内義雄訳 49-51
哲人政治家チユルゴー 鶴見祐輔 52-63
描く者又難き或（＊漫画） 64-64
山の秋 石川欣一 65-68
旅の松陰 清沢 洌 63-70
窓の秋 畑 耕一 71-72
秋の句集から 矢田挿雲 72-75
大都会の秋 石井 満 75-77
蕎麦の秋 松川二郎 77-79
旅の支考（＊俳匠異聞） 上野虎雄 80-89
淀君に殺された関白秀次 波多野承五郎 90-92
飛んだ見学（＊漫画） 93-93
おゆみと小助―下関異国軍艦砲撃余譚―（＊戯曲一幕三場） 水守亀之助 94-107
断髪の祟り（＊海外実話） 藤本辰夫 107-107
動物の恋 岡部志朗 108-109
妻から見たチヤプリンの秘密―世界の喜劇王は何故結婚生活の失敗者か― 古荘国雄 110-122
時計 123-123
時計（＊民謡） 井上康文 124-125
時計坊主 井原頼明 126-129
時計六題（＊漫画） 和田クニ坊 130-132
時計土蔵 堀田正恒 133-133
時計漫談 長井太郎 134-136
とめておきませう（＊絵） 山 六郎 137-137
郡山半五郎（＊読切講談） 神田伯山 138-163
烏賊釣綺談 会田 泰 164-167
赤い帆のヨツト 島 東吉 168-172
映画物語
肉体の道 178-187
めにるもんたん 188-192
国境の悲劇（＊民族哀話） 清見陸郎 196-205
ゴルフ小話 熊倉真三 206-209
運動当座帳 小泉葵南 210-213
デパアトメントストア狂想曲（＊探偵小説） 小舟勝二 214-230
伯林挿話 秦 豊吉 231-235
のんきな親子旅（＊滑稽紀行） 森 暁紅 236-246
秋釣夜話 上田 尚 247-251
牛の丸薬（＊新作落語） 林家正蔵 252-258
綱曳の選手（＊漫画） 259-259
内地の客（＊懸賞大陸ラヂオドラマ選外佳作） 林二九太 260-269
フランスの旅 春田能為 270-273
水茶屋おたき（＊読切講談） 神田伯龍 274-290
未亡人物語 松山みどり 294-306
世は逆さま（＊漫画） 307-307
盲地獄（＊探偵小説） 大下宇陀児 308-324
中之条の酒―永夜漫談の一― 田中貢太郎 326-329
情痴漫筆―永夜漫談の二― 平山蘆江 330-332
死人送りの船―永夜漫談の三― 長谷川伸 333-335
猟奇館瓦解記（＊江戸綺聞） 大仏次郎 336-343

罪を裁く（＊探偵小説） 本田緒生 344-355
はくらいこばなし 356-357
徳富蘆花と蘇峰 山本瓊三 358-362
新秋劇壇の記 三宅周太郎 364-367
活動茶話 森田みね子 368-369
映画界ゴシップ 370-373
花粉―「首都」14― 三上於菟吉 374-377
特撰小咄 378-378
編輯後記 384-384

第六巻第十二号　昭和二年十二月号　一日発行

紅い花（＊口絵） フエラン
口絵写真 1-16
クラク放言 苦楽斎 2-5
邪魔される人（＊小説） 谷崎精二 6-22
ほゝゑみ双紙 22-23
二種類の政治家 鶴見祐輔 24-28
時勢は移る（＊漫画） 29-29
玄宅狐（＊一幕三場） 長田秀雄 30-42
最近世界ニユウス 42-43
樺太の冬の旅 松川二郎 44-47
海の怪―日露海戦秘聞― 川田　功 48-55
西洋笑話 55-55
捕鯨綺談 会田　泰 56-59
手管物語 宮川曼魚 60-67
七尺六寸不通用（＊怪人奇談） 長谷川伸 68-82
牧場整理（＊漫画） 83-83
高野の万年草 下田将美 84-89
月霊―狂へる孔雀11― 長田幹彦 90-108
蘆花と独歩 平塚断水 109-111
ある自殺（＊短篇小説） 渡辺　均 112-126
魔術王―ホウデイニの挿話― 水上規矩夫 127-129
果心居の幻術（＊仙僧秘伝） 土師清二 130-141
しあはせ者（＊劇的小品）チエーホフ作 米川正夫訳 142-147
政治家の演壇七癖 永田町人 和田クニ坊画 148-151
槍の三夢（＊名流試合） 霜田史光 152-158
映画物語
決死隊 162-168
カルメン 169-176
異説延命院（＊享保巷聞） 田村西男 178-190
美人の変遷―欧洲大戦の影響― （斎藤俊夫） 191-191
支那人その他（＊コント） クラブンド 秦豊吉訳 192-197
おこん殺し（＊怪奇講談） 錦城斎典山 198-213
食傷漫筆―新東京― 銀座酔客 214-219
相棒（＊探偵小品） 福田辰男 220-227
笑凹のポスト（＊諧謔小説） 佐々木指月 228-241
コガネ虫の話（＊海外実話） 藤本辰夫 242-244
その前夜（＊短篇小説） 川崎備寛 246-257
古婆無歯―めりけん― 257-257
今年映画界の回顧 人見直善 258-263
映画変奏曲 江沼鋭一 264-269

映画説明者諸君	立花高四郎	265-269
デパアトメントストア狂想曲2	小舟勝二	270-290
藝界想ひ出話	悟道軒円玉	291-297
仲秋劇壇の記	三宅周太郎	298-301
二度の罰金（スペイン）	永田寛定	302-306
モスクワの獄	伊藤金次郎	310-316
猟奇館瓦解記（＊江戸綺聞）	大仏次郎	322-330
帝展とモデル女	水谷　温	331-336
黒駒の勝蔵（＊侠客講談）	神田伯山	338-366
指環ものがたり	梅津勝男	367-369
首都―終篇―	三上於菟吉	370-378
春宵艶夢録（予告）	三上於菟吉	378-378
読者文藝当選発表		382-383
編輯後記		384-384

第七巻第一号　昭和三年新年特別号　一月一日発行

聖寿無窮		
春月（＊口絵）		
水仙の話		1-1
グラビア		1-16
地獄の花嫁（＊長篇小説）	中村武羅夫	2-18
或る放心談（＊新春漫談）	千葉亀雄	19-21
河豚	石原　純	21-22
アナトール・フランスの怪我の功名	堀口九万一	23-24
或年の元旦	下田将美	24-26
クラク漫談	下村海南	26-27
初日の出	鈴木文治	28-29
青楼四季（＊支那詩抄）	佐藤春夫	30-31
新てるて姫（＊戯曲）	岡鬼太郎	32-47
暇無き余暇生活	小村欣一	48-49
プラトーの懐はる丶宵	鶴見祐輔	50-51
春の夜にうたへる（＊詩）	西条八十	52-53
面影（＊長篇小説）	加藤武雄	54-67
作者より（＊地獄の花嫁）	中村武羅夫	67-67
背中の誇り	雨宮二郎	68-69
悪少年全伝（＊長篇小説）	三上於菟吉	70-94
丸裸にされた女優	今村浩輔	94-95
酒盗人	岡本一平	96-97
クラク放言	下村海南	98-101
滝夜叉姫物語（＊長篇小説）	白石実三	102-114
漫画学校（＊漫画）		115-115
辰の歳	富士川游	116-117
興安紅涙賦（＊蒙古奇談）	山口海旋風	118-127
結婚と生れ月の神秘	山田耕筰	128-134
猫に小判		135-135
白仙境（＊探偵小説）	牧　逸馬	136-152
自動車漫画		153-153
蔬菜の味	薄田泣菫	154-157
偽者奇譚（＊海外実話）	藤本辰夫	158-163
薩摩紅梅（＊戯曲）	真山青果	164-190
偉人の話		190-190

泰西名画集　193-208
漫談笑かす話　大辻司郎　210-214
荒木三十六番斬（＊講談）　宝井馬琴　216-244
片岡直次郎―天保六花選のうち―（＊講談）　錦城斎典山　246-262
珍らしい雨　262-262
幡随院長兵衛（＊講談）　神田伯山　264-287
相縁奇縁（＊吉原奇聞・講談）　松林伯知　288-295
痩せる方法　岡部志朗　296-297
宝猫（＊探偵小説）　松浦美寿一　298-316
世界ニユウス　316-317
スキーの話　佐藤佐元　318-327
細君に謝まる（＊滑稽諷刺）　寺尾幸夫　328-338
杢蔵蟹（＊新作落語）　高沢路亭　339-345
楽聖マスネの想ひ出―「マノン」の作曲者―　堀口九万一　346-353
うまいこと泥棒めが　354-354
政治家演壇七癖　永田町人　和田邦坊画　356-357
手裏剣お富（＊妖婦秘聞）　宵島俊吉　358-366
大統領ヒンデンブルグ　清沢　洌　367-373
地蔵尊ローマンス　松川二郎　374-385
大陸に棲む女（＊渡航異聞）　村松梢風　386-396
映画物語
　恋を知る頃　401-408
　支那の鸚鵡　410-416
稲佐お栄―長崎の女―（＊長崎異聞）　永見徳太郎　421-427
不思議な辻斬（＊祇園奇談）　渡辺　均　428-440
男見るべからず（＊漫画）　441-441
公園の栗鼠（＊洋行雑記）　春田能為　442-445
お正月心中（＊滑稽情話）　森　暁紅　446-456
蕎麦から宝船まで（＊春宵綺語）　大泉黒石　460-463
新年雑感　小酒井不木　463-464
源氏豆懐古　長谷川伸　464-467
新春漫抄　平山蘆江　467-470
腹の春　矢田挿雲　470-473
酒徒の正月　田中貢太郎　473-476
髯で食ふ男　477-477
運動界初笑ひ　小泉葵南　478-483
牡蠣舟綺談　会田　泰　484-487
飛鳥の歌垣（＊伝奇小説）　白柳秀湖　488-502
蜀山人と正月　北川由之介　503-505
鷗（＊長篇小説）　細田民樹　506-544
パヅルと考へ物　546-552
マツチ遊び　546-554
家庭素人手品　553-560
素人占ひ　554-560
新春六題（＊漫画）　宍戸左行　562-563
正月漫画（＊漫画）　堤　寒三　564-565
新年寸景（＊漫画）　和田邦坊　566-567
円タク四題（＊漫画）　前川千帆　568-569
新年風景（＊漫画）　服部亮英　570-571
モガとお正月（＊漫画）　峰岸義一　572-573

新春六酒（＊漫画）　池部　釣　574－575
ストッキングレス　577－577
ランプ掃除より失恋迄（＊諷刺小説）　正木不如丘　578－590
新春的劇談　三宅周太郎　592－595
新劇壇風聞録　浅野歳郎　596－601
黒い心臓―狂へる孔雀12―　長田幹彦　602－611
椿説日本映画外史の一頁　立花高四郎　612－617
映画界無駄話　612－618
剣劇映画は何処へ行く　人見直善　618－620
虞美人草街（＊長篇小説）　白井喬二　622－633
読者文藝当選発表　634－635
編輯後記　636－636

第七巻第二号　昭和三年二月号　一日発行

紅い頸飾（＊口絵）
グラビア　1－16
最後の答案（＊恋愛小説）　細田源吉　2－18
笑話新選　18－19
薔薇ひらく（＊詩）　生田春月　20－21
地獄の花嫁（＊恋愛小説）　中村武羅夫　22－39
江戸小ばなし　富士川游　40－41
和蘭人と綱吉公　ＸＹＺ　42－43
薩摩紅梅（＊長篇戯曲）　真山青果　44－68
父の思ひ出　小村欣一　69－75
西洋笑話　76－77
面影（＊恋愛小説）　加藤武雄　78－86
籠つるべ（＊川柳）　近藤餡ん坊　87－87
藝者未来記　青柳有美　88－94
羇旅雑記　室生犀星　95－99
富士と梅の花　田中貢太郎　99－102
冬のオレゴン　佐々木指月　102－105
君が化粧の時（＊詩）　井上康文　106－107
おみのと大吉（＊読切講談）　神田伯龍　108－122
田園に帰れ!!（＊漫画）　123－123
暗灯の太郎松（＊将棋巷談）　菅谷北斗星　124－127
虞美人草（＊名作絵物語）　夏目漱石原作　竹中英太郎絵　128－137
お滝さん花（＊長崎秘聞）　永見徳太郎　138－149
乙彦出世物語（＊漫画）　渡辺青二　150－151
早春の幻影（＊短篇小説）　諏訪三郎　152－162
浅草観世音の正体―果して一寸八分の黄金仏？―　天魔翔空　166－170
笑話　171－171
滝夜叉姫物語（伝奇小説）　白石実三　172－189
お稲荷様の話　宮川曼魚　190－197
机上愚論（＊漫画）　前川千帆　198－199
嗣子（＊探偵小説）　松本　泰　200－215
小さな犬の話（＊海外珍話）　藤本辰夫　216－217
警句と小話（＊モガモボ）　森田みね子　218－221
映画物語
　フラ　225－231

或る男の過去　232-240
白仙境（＊探偵小説）　牧　逸馬　242-255
頼山陽と大含和尚（＊伝記小説）　貴司山治　256-266
巴里小話　川路柳虹　268-273
豚も亦夢を見るか（＊大陸ラヂオ・ドラマ当選脚本）　佐藤寅雄　274-292
こばなし　292-293
成金の話　斎藤隆夫　294-295
呉越春韻　池田桃川　296-300
ライオン使ひ（＊漫画）　301-301
大東京の迷宮事件　永松浅造　302-318
のし棒屋の店先にて（＊漫画）　321-321
狂想曲―狂へる孔雀―　長田幹彦　321-332
結婚と生れ月の神秘（二月）　山田耕筰　333-339
鳩の話（＊動物奇話）　藤本辰夫　340-341
彼女（＊諧謔小説）　島　東吉　342-354
劇壇近事及び批評　三宅周太郎　355-357
敏鋭市川猿之助　岡鬼太郎　358-359
虞美人草街（＊名匠綺説）　白井喬二　360-372
懸賞詰将棋（第一回）　373-373
好逑伝（一名、俠義風月伝）　佐藤春夫　374-381
読者文藝当選発表及募集　382-383
編輯室から　384-384

第七巻第三号　昭和三年三月号　一日発行

ギター（＊口絵）
グラビア　1-16
或女の備忘録（＊恋愛小説）　室生犀星　2-19
世界のニユース　19-19
裾野にて（＊短歌八首）　若山牧水　20-20
好逑伝―一名、俠義風月伝―　佐藤春夫　21-30
クラク笑話　30-31
ヴエニスの舟唄（＊詩）　堀口大学訳　32-33
鰻屋とその隣り（＊漫画）　岡本一平　34-36
蝙蝠の話（＊海外実話）　藤本辰夫　37-37
葵花紅（＊怪奇小説）　大泉黒石　38-51
生首そのほか　森　銑三　54-55
奇遇・人生・噂（小品）　水守亀之助　56-62
怖ろしき哉彼女（＊漫画）　63-63
地獄の花嫁（＊恋愛小説）　中村武羅夫　64-81
伯林梅の花祭　生田　葵　82-86
井戸に立ちたり　長谷川伸　86-90
春ところ〴〵　村松梢風　90-92
約束厳守（＊漫画）　93-93
臍茶倶楽部（＊寸珍漫談）　94-95
クラク放言　下村海南　96-99
滝夜叉姫物語（＊伝奇小説）　白石実三　100-119
鴨の恋　119-119

絹の裳裾（＊詩）　野口雨情　120-121
物の始り　122-123
飛んだ希望者（＊漫画）　122-122
大事件出来（＊漫画）　123-123
良人の名声（＊家庭小説）　片岡鉄兵　124-139
常磐御前とクレオパトラ　桜雲閣主人　140-145
謎の踊り子（＊巴里秘話）　146-147
煎餅屋のお花（＊社会小説）　矢田挿雲　148-163
いり豆にも花は咲く（＊漫画）　堤　寒三　164-165
神経衰弱と性欲　小酒井不木　166-171
植物界奇譚　172-172
映画物語
運は天に在り　177-185
裁かるる魂　186-192
日本怪談選（＊怪談集粋）　田中貢太郎　194-207
花売り女優（＊海外実話）　斎藤隆夫　208-209
侠妓おむら（＊長崎の女）　永見徳太郎　210-215
死の島物語　藤本辰夫　216-219
面影（＊恋愛小説）　加藤武雄　224-236
鈍豆きせる前後　小笠原長生　237-239
恋の面会日（＊漫画）　和田邦坊　240-243
薩摩紅梅（＊戯曲）　真山青果　244-268
手筋と言ふこと（＊将棋漫談）　菅谷北斗星　269-273
藝者えらい記（＊花柳繁昌）　森　暁紅　274-281
宝石禍（＊短篇小説）　菅　忠雄　282-288
命懸けの商売（＊漫画）　289-289
末利婦人と石田三成　露伴道人　290-293
虞美人草街（終篇）　白井喬二　294-310
感動（＊漫画）　311-311
大西洋を越えつゝ―「ホメリツク」甲板雑筆―　土岐善麿　312-319
動物見たて（＊車内六態・漫画）　320-321
殿様方の隠し藝　永田町人　322-325
桜田門外の異変（＊読切講談）　桃川若燕　326-349
「大菩薩峠」劇化に就て　田中智学　350-354
恐るべき結末（＊漫画）　355-355
劇壇近事その他　三宅周太郎　356-359
白仙境（＊探偵小説）　牧　逸馬　360-375
読者文藝当選発表及募集　376-378
懸賞詰将棋（第二回）　379-379
編輯後記　380-380

第七巻第四号　昭和三年四月特輯号　一日発行

想ひ（＊口絵）　1-1
四月の影（＊季節の馬東より・詩）　佐藤惣之助　1-16
グラビア　2-19
地獄の花嫁（＊恋愛小説）　中村武羅夫　20-21
ニツコリ集　22-29
埋れた春（＊湖畔巡礼）　田山花袋　29-29
特撰小咄　30-31
昭和花見踊り（＊漫画）　堤　寒三

満開心理（＊漫画）　宍戸左行　32-33
桜花漫景（＊漫画）　和田邦坊　34-35
遊山遠望（＊漫画）　服部亮英　36-37
薩摩紅梅（＊戯曲）　真山青果　38-51
早稲田応援歌（＊詩）　三上於菟吉　52-53
巷説戊辰四月　子母沢寛　54-55
浪人の群（＊新国劇上演脚本三月帝国劇場上演）　金子洋文　56-77
当世銀座ぶし（＊詩）　西条八十作歌　中山晋平作曲　78-83
白仙境（＊探偵小説）　牧　逸馬　84-95
祇園の春（＊花街巷談）　渡辺　均　96-102
モダン嬢ちゃん（＊漫画）　103-103
帰れる彦九郎（＊南蛮奇話）　清見陸郎　104-123
茶出花恋笠森　宮川曼魚　126-132
暗闘一勝負（＊漫画）　133-133
漁夫の唄（＊詩）　三木露風　134-135
太閤醍醐の花見（＊永禄異聞）　猫遊軒伯知　136-151
目標（＊漫画）　152-152
艶書（＊諷刺小説）　酒井真人　153-159
警句小話　森田みね子　160-161
長州征伐前後（＊幕末秘史）　渋沢栄一　162-175
クラク放言　下村海南　176-178
京の春寒（＊短歌十首）　吉井　勇　179-179
惣太の受難（＊探偵小説）　甲賀三郎　180-190
映画物語
　ファウスト　193-199
セレナーデ　200-207
面影（＊恋愛小説）　加藤武雄　210-220
珍聞奇聞　220-221
笑話　222-223
孝行鉄（＊加賀騒動の内）　昇龍斎貞丈　224-237
駝鳥のワルツ　237-237
前世紀の巨象（＊科学奇談）　藤本辰夫　238-241
美人（＊恋愛小説）　藤森淳三　242-257
行楽の春（＊漫画）　258-259
夕立勘五郎（＊侠客講談）　神田伯山　260-278
古今の富豪（＊海外実話）　279-279
マリヤお小夜（＊長崎秘聞）　永見徳太郎　280-287
新東京繁昌記　銀座街人　288-293
京阪ところ〴〵　伊藤金次郎　294-300
好逑伝—一名、侠義風月伝—第三回　佐藤春夫　304-319
クラク笑話　319-319
怪人鉄塔（＊名作絵物語）　押川春浪原作　竹中英太郎絵　320-327
春と女（＊恋愛綺談）　近松秋江　328-336
白紙の遺書（＊探偵小説）　川崎備寛　340-350
そりやあんまりな（＊漫画）　351-351
映画変奏曲　人見直善　352-355
悲恋の王妃（＊長篇読切小説）　黒岩涙香　356-435
今春六大学に活躍する新人野球選手　ＸＹＺ　436-441
藝者漫談　花園歌子　442-447
滝夜叉姫物語（＊伝奇小説）　白石実三　450-468

懸賞詰将棋（第三回）　470―471
読者文藝募集及び発表　472―475
編輯後記　476―476

第七巻第五号　昭和三年五月号　一日発行

春を舞ふ（＊口絵）
グラビア　1―16
地獄の花嫁（＊恋愛小説）　中村武羅夫　2―20
藪へび　20―21
大淀の春（＊歴史小説）　白柳秀湖　22―38
珍聞奇聞　38―39
マノン・レスコオの唄（＊詩）　西条八十　40―41
悲劇　愚教師　42―43
悩ましいかな青春（＊漫画）　44―45
白仙境（＊探偵小説）　牧逸馬　46―59
古武士片影録　森銑三　60―61
普選百眼　下村海南　62―68
元の鞘へ（＊漫画）　69―69
恋に朽ちゆく女（＊恋愛小説）　加宮貴一　70―79
全く無関心　79―79
手紙　森田みね子　80―81
不老不死（＊諷刺小説・遺稿）　黒岩涙香　82―85
面影（＊恋愛小説）　加藤武雄　86―95
爆笑漫画　96―97
警句と小話　森田みね子　98―99
転々（＊妖婦巷説）　村松梢風　100―114
美人奇譚　114―114
危機一髪（＊漫画）　115―115
クラク放言　下村海南　116―119
男見る可からず　210―211
殺人鬼横行（＊香取奇譚）　田中貢太郎　122―138
早稲田応援歌―（学生及び選手に贈る）
三上於菟吉作歌　近衛秀麿作曲　139―141
救はれた花（＊漫画）　岡本一平　142―143
モダン笑話　144―145
お狂言師綱吉―江戸名妓列伝―　宮川曼魚　146―154
舶来漫画　155―155
映画報国名言録　立花高四郎　156―159
西洋笑話　160―161
名君修業（＊歴史小説）　佐々木味津三　162―175
映画物語
マノン・レスコオ　177―185
つばさ　186―192
女歌舞伎阿絹（＊長崎の女）　永見徳太郎　194―200
赤くなる迄（＊漫画）　201―201
新選小咄　202―203
皆真剣だが（＊剣劇二幕五場）　鴇田英太郎　204―216
女ならでは（＊漫画）　217―217
いかもの行脚（＊演藝花柳）　森暁紅　218―226
列車内の殺人（＊探偵小説）　アガサ・クリスティ　延原謙訳　228―240

鼠一匹の今昔（＊漫画）　241-241
争ひ将棋（＊将棋漫談）　菅谷北斗星　242-246
笑話五題　247-247
五大疑獄事件真相　永松浅造　248-282
一口噺　282-282
ニツコリ集　288-289
教会の今と昔（＊漫画）　288-289
映画女優評判記　田中栄三　290-297
女見る可らず　298-299
滝夜叉姫物語―相馬良門遍路奇譚―　白石実三　300-317
三月劇壇の記　三宅周太郎　318-321
誌上放送　322-323
三銃士後日物語（＊長篇社会小説）　福永　渙　324-372
懸賞詰将棋（第四回）　373-373
川柳漫談　岡田三面子　374-375
読者文藝募集及発表　376-379
編輯後記　380-380

21『傾斜市街』

大正十三年七月

第一号　大正十三年七月一日発行

一幅の画（＊小説）　崎山正毅　1-5
好きなもの（＊アンケート）
小野勇　小野十三郎　神崎清　田中健三　上道直夫
藤沢桓夫　福井肇　崎山猷逸　崎山正毅　関謙治
共通　5-5
酒（＊小説）　田中健三　5-7
大酒房細見　坂　てうくわ坊主　7-7
冬（＊小説）　上道直夫　7-9
チエホフと英国　9-9
踊る（＊小説）　崎山猷逸　9-11
石浜金作　11-11
あの世への手紙（＊小説）　福井　肇　12-12
同人消息　13-13
雪（＊小説）　藤沢桓夫　14-17
春雨（断章）外一篇（＊詩）　小野　勇　17-18
裸女浴泉記（＊詩）　神崎　清　18-19
爆破作業（＊詩）　小野十三郎　19-20
菖蒲太刀　神崎　清　20-20
編輯後記　表紙3

表紙　小出楢重

22『関西文藝』

大正十四年三月―昭和七年五月

創刊号　大正十四年三月七日発行

語られる言葉―戯曲と方言―　山本修二　1-4
文藝雑感　斎藤与里　4-5
人の噂　春山武松　5-7
神経衰弱者の手記　服部嘉香　8-12
地下のトルストイに与ふ　阪井康夫　12-17
大阪城の上に立つて　高安月郊　17-20
心象折々　並山拝石　20-22
落葉を焚いて山に住む―（厭人主義者幻夢夢日記）―　畑山義茂　22-30
牡牛の尻尾　石川欣一　30-33
子供ら（＊短歌）　丸岡龍郎　34-35
僧房の春（＊短歌）　竹尾ちよ　35-35
都会小景　高安やす子　36-37
勝手な熱―（劇評）―　京極利行　38-40
福寿草　春（＊短歌）　矢沢孝子　41-41
みち子を思ふ　四条畷に旅して（＊短歌）　薄田きよ　42-42
女人創造　薄田泣菫　43-45
「捨てぜりふ」　大森正男　46-47
『文藝往来』―はき寄せはき寄せ―　（茂）　48-48

穴（＊小説）　渡辺　均　1-3
浦島の最後（＊小説）　尾関岩二　4-7
みんな嘘ですよ（＊小説）　白石　良　8-12
『書留郵便』（＊喜劇一幕）　松本　憲　13-22
骨を抱く（＊小説）　薄田　清　23-38

第一巻第二号　大正十四年四月発行

欠

第一巻第三号　大正十四年六月号　一日発行

喜劇の発達に就て　竹内勝太郎　2-5
文藝時評其地　尾関岩二　6-13
海辺雑記　春山武松　14-16
牡牛の尻尾（三）　石川欣一　17-20
薄田泣菫氏と『久米仙』　渡辺　均　21-23
きのふけふ　23-23
藝事雑感　小出楢重　24-26
病気調べ　藪中蚊庵　26-26
詩三章（＊詩）　高安やす子　27-28
身辺のことども　薄田　清　27-35、40
題詠集（夏かげ集より）（＊短歌）　和田茂生　29-30
太陽礼讃（＊詩）　八木さわ子　31-32
真紅の帽子（＊詩）　同　人　33-34
酒・贅談義　末田禎作　35-36
金時計とらくだのしゃつ　藤原誠一　36-40
真赤な封筒（＊戯曲）　服部矢須三　1-16
迷執（＊小説）　薄田　清　17-45
編輯後記　薄田　清　奥付

第一巻第四号　大正十四年七月号　一日発行

一寸の空（＊小説）　尾関岩二　2-13
東京の脈（＊小説）　松本清太郎　14-20
蟾蜍（＊小説）　高梨菊二郎　21-31
魔笛物語（＊戯曲三幕）　永見徳太郎　32-42
牡牛の尻尾（四）　石川欣一　43-46
山荘雑記　園　頼三　46-50
古書漫興　中井浩水　50-52
ソログーブを読んで　重松柾太郎　53-55
奈良の春（＊詩）　八木さわ子　56-58
四月の雨（＊詩）　間司つねみ　58-59
塔と空（＊詩）　岡谷ふみ子　59-60
渡辺均氏と其作品
　改機の様な人！　谷本　富　61-61
　渡辺均氏の時代物作品　佐治祐吉　62-63
　渡辺君と僕と　山本修二　63-64
　勘弁して下さい　清元弥生　64-64
　久しぶりで一度逢ひたい　吉沢義則　64-64
　やんちゃの均　馬場由三　64-66

静かに歩む人　山崎　斌　66-67
我渡辺君のことども　那智俊宣　67-68
ひとしさんのこと　石田幸太郎　68-72
ものぐさ太郎　大竹憲太郎　72-73
「左知子」を読む　尾関岩二　73-74
微苦笑と云うこと　石川欣一　74-75
他所行きの言葉　薄田泣菫　75-76
静けさと清澄　薄田　清　76-76
駿河小山町（夏陰集より）（＊短歌）　和田茂生　77-77
近詠（＊短歌）　八木さわ子　78-79
白痴の特権　益田静夫　80-81
関西文藝家消息　81-81
ある歌人の話　苫村百合子　82-84
編輯後記　薄田　清　85-85

第一巻第五号　大正十四年八月号　一日発行

風追ふ家（＊小説）　悦田喜和雄　2-9
追はる丶女（＊小説）　木村　恒　10-22
南十字星と蛇寺（＊小説）　林　久男　23-28
立ちぎき（＊小説）　野村香明子　29-34
魔笛物語（＊戯曲三幕劇）　永見徳太郎　35-45
〔書簡〕　悦田喜和雄　永島直昭　45-45
生活について　豊島与志雄　46-47
「自我」の影を見る　薄田泣菫　48-48
遅れて『蜘蛛』を読む　松本清太郎　49-50
自然のことば私のことば　江口章子　51-53
心の声　松山悦三　54-55
〔書簡〕　河井酔茗　山崎斌　55-55
続幻幻夢夢日記　畑山　茂　56-57
山にて（＊詩）　高安やす子　58-59
酔中行（＊詩）　百田宗治　60-61
緑（＊詩）　八木さわ子　62-63
三行詩一聯（＊詩）　照井栄三　64-65
薄田清氏と其作品
　薄田君の創作　山本修二　66-67
　薄田清君と私　那智俊宣　68-69
　「迷執」と「骨を抱く」　成瀬無極　69-70
　良友薄田清　尾関岩二　70-71
　弱さうで強い人　竹久四郎　71-73
　作品を生む作品以上の「人」　森　信三　73-75
消息　75-75
巡礼の歌（＊短歌）　竹尾ちよ　76-76
『石川さんの牡牛の尻尾』　湯口美茅　77-77
復讐（＊詩）　奥村　岦　78-78
麦秋白光抄（＊詩）　清水　源　78-78
〔書簡〕　百田宗治　江口章子　78-78
編輯後記　（尾関）　79-79

第一巻第六号　大正十四年九月号　一日発行

仙厓和尚（＊戯曲）　永見徳太郎　2-13

ある客間の半時（＊一幕）	豊岡佐一郎	14–28
煨燼（＊一幕）	高谷　伸	29–37
続幻々夢々日記㈡	畑山　茂	38–46
春の宵	山崎俊介	46–49
牡牛の尻尾	石川欣一	49–51
夏安居	西尾福三郎	52–55
病院の朝	小方又星	55–55
木曾雨情（＊短歌）	和田茂生	56–57
農夫（＊詩）	八木さわ子	58–60
尾関岩二氏と其作品		
尾関君の一面	富田砕花	61–62
尾関岩二と作品	蘆谷蘆村	62–63
尾関君とその作品に就て	石原深直	63–64
尾関さんの笑顔	八木さわ子	64–65
関西文壇から中央文壇へ	宮野青風	65–66
オゼ断片	信定滝太郎	66–67
詩人で小説家	松山悦三	68–68
お百姓を謳ふ	照井栄三	68–69
尾関君に就ての雑感	山内房吉	69–70
期待すべき人	薄田　清	70–71
善く美しく	渡辺　均	71–71
おことわり	（畑山生）	72–72
編輯後記		73–73
消息		73–73

第一巻第七号　大正十四年十月号　一日発行

痣（＊創作）	渡辺　均	2–3
謙吉の理想（＊創作）	松山悦三	3–5
西瓜（＊創作）	井手訶六	5–14
俊吉と唐詩選（＊創作）	薄田　清	14–19
大阪語を以て大阪市民の心理を表現する文学はなきや		
生活について（承前）	木下杢太郎	20–21
歌舞伎の古曲化に就て	豊島与志雄	21–22
もの、起源を知ること	竹内勝太郎	23–26
買物三つ㈠	馬場孤蝶	26–27
宇治にあそぶ	馬場由三	27–28
或る手型学者の予言	大竹憲太郎	29–31
捨てせりふ（其の三）	宮飼陶羊	32–34
新刊名所めぐり	大森正男	34–35
消息	尾関岩二	35–37
深夜の静寂（＊詩）		37–37
夜は更けぬ（＊詩）	高梨直郎	38–39
ひとり身（＊詩）	八木さわ子	40–40
はついち（＊詩）	江口章子	41–41
五射五車	久保一馬	41–42
遠遊居誤失譜	阪井康夫	43–45
幻々夢々日記	尾関岩二	45–46
家郷を訪ふて	畑山　茂	46–48
	薄田　清	48–49

室内の花（＊短歌） 和田茂生 50-50
生活瑣事（＊短歌） 丸岡龍郎 50-50
春怨（＊短歌） 渡辺桃代 51-51
帰郷の日（＊短歌） 薄田きよ 51-52
茄子の花（＊短歌） 江口静一 53-53
女房を奪はれたA 畑 良作 54-55
風呂吹 那智左知子 56-59
生くる者の叫び（＊詩） 柿谷菊王子 59-59
夕ぐれ（＊詩） 佐野英一郎 60-60
関西文藝 創刊号～第六号目次 61-63
編輯後記 薄田 清 64-64

第一巻第八号 大正十四年十一月号 一日発行

死ぬために（＊小説） 松本清太郎 2-7
滑稽である悲劇（＊小説） 畑山 茂 8-17
情怨（＊舞踊映画劇五巻） 服部泰三 18-25
恩給（＊一幕） 松本 憲 25-33
生活について（承前） 豊島与志雄 34-35
デニスを観て 坪内士行 35-37
茶碗と茶碗といふ言葉 渡辺虹衣 37-38
田園感傷 木村 恒 38-40
『性格劇』に対する一つの抗議 山本修二 40-41
三つの作品 薄田 清 42-45
買物三つ(二) 馬場由三 46-50
関西文藝を手にされる方へ 50-50
遠遊居誤失譜 尾関岩二 51-52
人間のつめたさ 白石 良 52-54
幻々夢々日記 畑山 茂 54-56
秋は空に 薄田 清 56-57
主観 阪井康夫 57-60
黒い葡萄（＊詩） 山本霞郷 60-60
闇（＊象徴劇一幕） 古谷誉至孝 61-64
詩六つ（＊詩） 仁科愛村 61-63
田園即興詩（＊詩） 笠部省三 64-64
編輯後記 （畑山） 65-65

第一巻第九号 大正十四年十二月号 一日発行

創作及び詩歌特輯

初冬（＊創作） 山崎 斌 2-4
幻の馬車（＊創作） 尾関岩二 5-9
囮となった蔵書（＊創作） 畑山 茂 10-17
水の上（＊創作） 薄田 清 18-29
情怨（＊舞踏映画劇） 服部泰三 30-33
『関西文藝』を手にされる方へ 33-33
淵の辺野（＊短歌） 和田茂生 34-34
歌集『あかね』私抄（＊短歌） 今中楓渓 35-35
近詠（＊短歌） 宗 不旱 36-36
冬のともし灯（＊俳句） 山本霞郷 37-37
航海中の船（＊詩） 松山悦三 38-38
我が思ひ 悲しき恋（＊詩） 八木さわ子 38-39

山の娘（＊短歌）　江口章子　39–39
愚談　相良禎二　40–41
ストリンドベルクと其生活　松山悦三　41–42
紹介（短篇集『噴泉』竹内逸、歌集『あかね』今中楓渓）　42–42
病床に懐ふ　服部泰三　43–45
契沖全集刊行記念講演会　45–45
五日会晩餐会　45–45
『順礼の歌』竹尾ちよ　45–45
道づれ　石原栄三郎　46–47
木蓮の花（＊詩）　笹部省三　46–46
ポチの一周忌に（＊短歌）　湯口美茅　46–47
続「編輯後記」　47–47
編輯後記　薄田　清　48–48

第二巻第一号　大正十五年新年号　一月一日発行

嘘（＊一幕）　竹内勝太郎　2–7
山羊の乳（＊笑劇）　永見徳太郎　2–7
闇（＊小説）　薄田　清　20–28
朝（＊小説）　鈴木千里　29–32
侮辱された友情（＊小説）　畑山　茂　33–40
九州の旅から　高安やす子　41–42
秋の小英雄　薄田泣菫　42–44
歌集『南京新唱』を誦む　竹尾ちよ　44–47
冬の感想　小方又星　47–48
奔湖余沫（＊短歌）　中村憲吉　49–49
寺詣（＊短歌）　和田茂生　50–50
能勢行（＊短歌）　矢沢孝子　51–51
近詠（＊短歌）　八木さわ子　52–52
泣菫君の公孫樹詩　新村　出　53–54
カドのとれた人　渡辺虹衣　54–55
両優眼鼻録　中井浩水　55–57
病床に懐ふ(二)　服部泰三　57–58
沈黙の勝利　片岡半山　58–59
小曲（＊詩）　江口青井泉　60–60
もやひ船（＊俳句）　山本霞郷　61–61
遠遊居誤失譜　尾関岩二　62–62
世田ケ谷より　松山悦三　62–63
御紹介（『読南蛮広記』、詩集『波羅葺増雲』）　63–63
ある恋　奥村　耑　64–66
冬日（＊詩）　今村佐雄　64–64
朝の街（＊詩）　久野　繁　65–65
十二月の夜（＊詩）　井上宗一　66–66
編輯後記　薄田　清　67–67

第二巻第六号　大正十五年六月号　一日発行

気まぐれな財産（オ・ヘンリー）　山村　魏　2–5
舅と養子　中井　隆　5–9
ある職業（生存の一）　尾関岩二　10–15
ラブイズベストへの怨　鈴木千里　16–17

麦畑の奇術師	岩男芳人	18-26
呶鳴り込まれた恋	畑山　茂	27-35
夢に喰はれる彼㈠	春名当味	36-43
ウエートレスを買ふ男	奥村　嵓	43-47
かうして青年がこの世を去つた—（一名ある奇妙な酒の錯覚）—	末田禎作	48-53
或る瞬間の気持ち（＊詩）	松山悦三	54-55
光を呼吸する（＊詩）	今村信生	54-54
女ともだち（＊詩）	上田　稔	55-55
新居偶感（＊短歌）	和田茂生	55-56
白雲を追ひて（＊俳句）	山本霞郷	56-56
文藝往来		56-56
難事奥味ぬき	中井浩水	57-59
芝居とそのほか	池津勇太郎	59-62
編輯後記	畑山　茂	63-64

第二巻第七号　大正十五年七月号　一日発行

栗の花（＊俳句）	阿波野青畝	1-1
赤を恐れる（＊小説）	木村　恒	2-9
紀州様お通り（＊小説）	深江彦一	10-11
ある藝術家（生存の二）（＊小説）	尾関岩二	12-15
死ぬ可きもの（＊小説）	斎藤隆吉	16-19
ヂレンマの男女（＊小説）	奥村　嵓	20-25
六人目の上女中（＊小説）	畑山　茂	26-35
十三旦其の他	高谷　伸	36-38
シエレイと死の詩章（＊詩）	佐藤英一郎訳	36-41
時計（＊小説）	谷川眷一	38-39
雑詠（＊短歌）	川上芳子	39-40
この頭	北村兼子	40-43
詩二章（＊詩）	平田春江	41-43
『泣菫文集』を読む	尾関岩二	43-45
墓参（＊短歌）	矢沢孝子	43-44
風景（＊詩）	高安やす子	44-44
佐渡ケ島へ	山本霞郷	45-45
閑文学	（S・H・K・K）	45-45
兎屋と駸々堂	下村海南	46-48
竹田出雲の仕事に就て	竹内勝太郎	48-51
悲しき滑稽	渡辺虹衣	51-54
月見草と雨	入江来布	54-55
編輯後記	（畑山茂）	56-56

第二巻第八号　大正十五年八月号　一日発行

帰省（＊俳句）	阿波野青畝	1-1
演劇研究所設置に当つて	畑山　茂	2-3
会則		3-3
びんつけ（＊小説）	小倉敬二	4-8
ある結婚（生存の三）（＊小説）	尾関岩二	8-11
帰去来（＊小説）	高谷　伸	12-15
ある妓—日記から—（＊小説）	池津勇太郎	16-20
知つて知らぬ顔（＊小説）	薄田　清	20-25

サナトリウムの恋（＊小説）　畑山　茂　26-33
「文学」としての手紙　山本修二　34-35
村者の独り言　木村　恒　35-37
害怕不要　木谷蓬吟　37-39
消息　39-39
思ひ出ばなし―（関西文学の頃）―　田中芳哉園　40-42
頭取の話　中井浩水　42-43
敗残（＊詩）　ひろふみ　43-43
紹介その他　薄田　清　44-46
詩仙堂（＊短歌）　今井楓渓　47-47
わが顔（＊短歌）　和田茂生　47-47
大和初瀬（＊短歌）　村上芳雄　47-48
冬夜鈔（＊短歌）　上杉一甫　48-48
母を守る（＊短歌）　矢沢孝子　48-48
加賀路（＊短歌）　森田佐一郎　49-49
くちなしの花（＊短歌）　中村美子　49-49
毒の香焚く（＊短歌）　川上芳子　49-50
そののち（＊短歌）　湯口美茅　50-50
触手をもつ恐怖症　武田正治　47-52
空梅雨　島木島夫　52-57
黎明　水無川しづ　57-60
詩五章　丸山博文　51-55
父を葬る日（＊詩）　薄田　清　55-55
真赤な葵（＊詩）　松山　敏　56-57
山に住ふ（＊詩）　山本霞郷　58-58
編輯後記　畑山　茂　61-61

第二巻第九号　大正十五年九月小説戯曲号　一日発行

つくつくぼふし（＊俳句）　阿波野青畝　1-1
Vamp. の嘆き（＊小説）　高梨菊二郎　2-6
白昼怪事（筋書）（＊小説）　木村　恒　6-15
旅役者（＊小説）　那智左知子　16-19
二人目の女（＊小説）　奥村　耑　19-29
お幸と養女（＊小説）　斎藤隆吉　26-31
三人の女（＊小説）　中村兵衛　32-35
馬に乗った章魚の話（＊小説）　田中芳哉園　35-38
嫁が引継いだ恋（＊小説）　畑山　茂　38-45
夏虫（＊戯曲）　西尾福三郎　46-51
麻雀牌　高谷　伸　52-59
欣一羨むべし　直木三十五　60-63
近什（＊短歌）　依田白鳥　60-60
哀鐘（＊短歌）　川上芳子　61-61
夏の夜あけて（＊俳句）　山本霞郷　61-62
おしろい花（＊詩）　平田春江　62-62
詩二章（＊詩）　丸山博文　63-64
新らしい文藝を生む為に　松山　敏　63-65
短篇小説の形式について　尾関岩二　65-66
編輯後記　畑山茂　丸山生　67-68

第二巻第十号　大正十五年十月号　一日発行

碧落（＊俳句）　阿波野青畝　1-1
社会学的藝術批評序論―テーヌとギユヨー―　小方又星　2-5
『江戸小唄』に就いて　江上朝霞　6-8
会員消息（渡辺均氏より）　8-8
文学同志社論　尾関岩二　9-13
影絵かげ口　池津勇太郎　14-15
駕が書斎　渡辺虹衣　16-17
小唄二章　渡辺　均　18-19
夏より秋へ（＊俳句）　入江来布　18-19
秋二題　木村　恒　20-23
郊外片影　津下恒春　20-27
磯戻り（＊俳句）　山本霞郷　23-23
庭前小景（＊短歌）　依田白鳥　24-24
秋を読む（＊短歌）　川上芳子　24-25
ふるさと（＊短歌）　下村葉子　25-25
港にて（＊詩）　逢坂　昌　25-26
尻切り袢天（＊小説）　中村兵衛　28-31
会員消息　31-31
金を借つた忠興の話（＊小説）　田中芳哉園　32-34
若い独逸人（＊小説）　高梨菊二郎　35-41
寸劇三種　中井浩水　42-44
『止（や）』めにした恋（＊小説）　畑山　茂　45-51
紹介（『涕涙記』清水貞治著）　51-51
姦通クラブ（＊小説）　北村兼子　52-60
編輯後記　畑山　茂　61-61

第二巻第十一号　大正十五年十一月号　一日発行

牛になつた女房の話（＊小説）　田中芳哉園　2-5
死の模放（＊小説）　尾関岩二　6-11
再会（＊小説）　高梨菊二郎　12-20
退く汐　山本霞郷　20-20
権八小紫対話（＊小説）　中村兵衛　21-22
洋杖になつた恋（＊小説）　畑山　茂　23-29
『囚われた人々』（＊戯曲三幕）　服部泰三　30-39
浮草とは（＊詩）　泗　郎　39-39
紀行文　直木三十五　40-41
会員消息（小倉敬二氏より）　41-41
文藝漫談会記　丸山博文　42-43
関西放送藝術協会委員　43-43
モダーンガール十訓　北村兼子　44-45
アドネース　佐野英一郎　46-51
アドネース小註　52-56
映画の藝術価値　池津勇太郎　57-62
編輯後記　（丸山生）　63-63

第二巻第十二号　大正十五年十二月号　一日発行

あらし山（＊俳句）　入江来布　1-1

今年米	阿波野青畝	1-1
犬に屈する	小倉敬二	2-5
乗合馬車（＊俳句）	山本霞郷	5-5
創作と暗合―私の偏見（その二）―	池津勇太郎	6-8
風呂敷包みが大トランクに変じた話	豊岡佐一郎	8-10
秋と私	北村景子	11-13
黄表紙礼讃	中井浩水	13-16
女人印象記（＊小説）	木村　恒	17-21
未知の愛人（＊小説）	黒川千八也	22-28
Kさんの「ライス」（＊小説）	奥村　耑	29-35
喰はせ者（＊小説）	阪井康夫	36-39
均一タクシーの恋（＊小説）	畑山　茂	40-45
負けた弁慶（＊戯曲一幕）	西尾福三郎	46-52
自分のこと他人のこと	尾関岩二	53-58
病葉（＊短歌）	川上芳子	53-53
秋深し（＊俳句）	浅野竹秋	53-53
子供時代（＊詩）	榎並喜義	53-55
晩秋（＊詩）	ひろふみ	56-57
編輯後記	畑山　茂	57-59

第三巻第一号　昭和二年正月号　一日発行

餅の音（＊俳句）	阿波野青畝	1-1
海の音（＊俳句）	入江来布	1-1
監獄前の角屋敷―鈴ケ森の段からの思ひ出―	下村海南	2-4
骨董一声	渡辺虹衣	5-8
鶏	矢沢孝子	8-8
浜松歌国に就いて	江上朝霞	9-11
狼と友達に成た話	田中芳哉園	11-15
珍友の片鱗	中井浩水	15-17
文楽座の灰	高谷　伸	17-19
ひとこと	薄田　清	19-20
寒菊の前で	井上淡星	20-22
北村兼子女史に与へて個人と社会を論ずる書	大西利夫	22-24
羽織（＊小説）	木村　恒	25-29
塔―或る夜の夢―（＊小説）	竹内　逸	30-34
用便難（＊小説）	西尾福三郎	35-40
モダーン三題噺（＊小説）	山上貞一	41-45
芝居の幟（＊俳句）	山本霞郷	45-45
Mのよごれた恋愛史（＊小説）	奥村　耑	46-48
兎　狐（＊詩）	北村兼子	48-48
灰色の黄昏（＊小説）	北村兼子	49-51
桜紙で垣した恋（＊小説）	畑山　茂	52-56
餅（＊喜劇）	竹内勝太郎	56-60
編輯後記		61-61

第三巻第二号　昭和二年二月号　一日発行

欠

第三巻第三号　昭和二年三月号　一日発行

推薦短編小説輯

小正月（＊俳句）　入江来布　1-1
詩二篇（暮色　女の友情）　服部嘉香　2-3
芭蕉終焉地問答　江上朝霞　2-4
万葉集に見へたる梅花　高梨光司　4-6
市中に滝の在た話　田中芳哉園　6-9
田舎書生の見物　紙売甚七郎　9-10
大西利夫様まゐる　北村兼子　10-11
大阪をふりかへつて　滝川幸辰　12-15
第四回文藝漫談会と第一回文藝講演会記　六学田鳴男　15-16
しぐるゝ（＊詩）　逢坂　昌　16-16
出発した二人と残された一人（＊小説）　孝木逸曳　18-21
バクテリヤ（＊小説）　三品金行　22-25
ありがたう（＊小説）　太田延太郎　25-29
さしすせそ（記録二日）（＊小説）　沢　白府　30-36
濁流に望む（＊小説）　藪田残水　36-40
強盗（＊小説）　小倉敬二　41-50
峠を越えて（＊俳句）　山本霞郷　50-50
〔無題〕（＊俳句）　藤本一誠　50-50
尋ね人（＊小説）　山村　魏　51-55
或る男の話（＊小説）　阪井康夫　56-59
アパートの恋人（＊小説）　畑山　茂　60-65
囚はれた人々（＊戯曲）　服部泰三　66-72
編輯後記　畑山　茂　72-73

第三巻第四号　昭和二年四月号　一日発行

欠

第三巻第五号　昭和二年五月創作集　一日発行

春詠（＊俳句）　阿波野青畝　1-1
震災悲話（＊小品）　木村　恒　2-8
偽悪（一）（＊創作）　松本憲逸　8-11
耶馬山峡にて（＊短歌）　竹林よしも　11-11
青い鳥（習作）　渡辺虹衣　12-16
踊子まりや（＊創作）　山上貞一　16-23
ラブレター製作（＊創作）　奥村　耑　23-28
少年の心（＊創作）　高谷　伸　28-30
童心の面影（＊詩）　西谷勢之介　30-30
子と暮らす（＊創作）　薄田　清　31-37
奇怪な肖像画（＊創作）　正岡　蓉（ママ）　37-41
恋慕のトルソー（＊創作）　畑山　茂　41-48
疾病の意義と価値　大浦孝秋　48-48
『囚はれた人々』（＊戯曲三幕）　服部泰三　49-56
難波焼の話　江上朝霞　57-58
緑の手（＊詩）　佐野英一郎　58-58
海辺より（断片）　小方又星　59-59
編輯後記　服部泰三　薄田清　60-60

第三巻第六号　昭和二年六月号　一日発行

欠

第三巻第七号　昭和二年七月号　一日発行

馬泥棒（＊創作）　木村　恒　2-7
ロマンチシズムの幽霊（＊創作）　藤沢　茂　7-10
偽悪（三）―試験の話―（＊創作）　松本憲逸　10-17
彼女はチンバなりき（＊創作）　畑山　茂　18-23
涙（＊一幕二場）　服部泰三　24-39
恋の詩経（＊詩）　井上淡星　40-41
牡羊に蹴られた話　田中芳哉園　40-41
文壇人間学　津久井龍雄　42-44
ごて六　坪内士行　44-45
葵祭の前の日に　正岡　蓉　46-47
らんど、おぶ、めもりい　大西利夫　48-49
わが不平録
　わが不平　小倉敬二　50-50
　不平礼讃　内海幽水　50-50
　不平のない不平　深江彦一　51-52
　不平よりは愚痴を　石田幸太郎　52-53
　二ツ以上の目　小出楢重　53-53
　我が不平録　小方又星　53-54
　身辺不平　沢尾福三郎　54-55
　現代人亡国　高谷　伸　55-56
〔無題〕　北村兼子　56-56
戦争と鶏　林　房雄　56-56
研究に就いて　57-57
編輯後記　畑山茂　服部泰三　藤沢茂　57-58

第三巻第八号　昭和二年八月号　一日発行

影（＊短歌）　とくさう　1-1
文藝時感　木村　恒　2-5
拍手　下村海南　6-8
水都大阪　木谷蓬吟　8-9
雨（＊俳句）　入江来布　9-9
三都の女　佐藤澄子　10-11
萎れたる薔薇（＊短歌）　川上芳子　11-11
しぼめる月見亭（＊俳句）　山本霞郷　11-11
支那の俚諺に就いて　竹内　逸　12-15
谷崎潤一郎氏に　佐野英一郎　16-21
らんど、おぶ、めもりい　大西利夫　21-22
「演劇と映画」研究会々記（＊座談会）　藤沢茂　近藤伊与吉　直木三十五　山上貞一　畑山茂　京極利行　西尾福三郎　山崎俊介　服部泰三　片岡貢　大浦孝　秋　石割松太郎　松本憲逸　竹山晋一郎　23-24
月で染め上げた恋（＊創作）　畑山　茂　25-32
偽悪（四）（＊創作）　松本憲逸　33-39
誤解（＊創作）　北村兼子　40-42
人が空飛ぶ発明風景―AMARIONETTE―（＊一幕）

藤沢　茂　43-49
編輯後記　藤沢　茂　49-49

第三巻第九号　昭和二年九月号　一日発行

芥川龍之介氏と私　小倉敬二　2-5
『婦人記者漫語』　佐藤澄子　6-8
天理教祖伝の映画化に就て　大浦孝秋　9-9
妙国寺の切腹（＊三幕）　倉田啓明　10-27
次男の出生（＊一幕）　服部泰三　28-38
踊る夜（＊一幕）　山上貞一　39-50
恋を呼び戻す男（＊戯曲）　畑山　茂　51-57
編輯後記　畑山茂　藤沢武　57-57

第三巻第十号　昭和二年十月号　一日発行

影（その二）（＊短歌）　とくさう　1-1
詩集を埋める男（＊創作）　畑山　茂　2-9
淡紅色（ときいろ）の壺（＊創作）　山村　魏　9-13
女は嫌いでありたい（＊創作）　奥村　崇　14-20
会員消息　20-20
誕生（＊創作）　藤沢　茂　21-25
黒髪縁起（＊創作）　倉田啓明　26-35
暗殺された詩人
　ギユリオム・アポリネイル作　山崎俊介訳　36-42
美少年雑感　佐藤澄子　43-45
化物を撫た子供の話　田中芳哉園　43-46
露の世（＊詩）　榎並喜義　45-46
社会文学の一文献　尾関岩二　46-48
人は淋し（＊俳句）　山本霞郷　46-47
前衛座を観る　北都倭人　48-49
編輯後記　畑山茂　藤沢茂　51-51

第三巻第十一号　昭和二年十一月号　一日発行

自伝歌　影（その三）　とくさう　1-1
所謂プロレタリア文藝を嘲ふ―（立て直し要すプロレ
　タリア文藝）―　畑山　茂　2-6
プロ文藝局外観　津久井龍雄　6-8
なんば橋心中　江上朝霞　9-13
お惣菜の長吉　中井浩水　9-11
天降つた坊主の話　田中芳哉園　11-15
婦人雑誌の堕落　佐藤澄子　13-16
父の一周忌近し（＊短歌）　高安やす子　15-15
カフエーは腰掛だ（＊詩）　山本霞郷　16-16
痛手に触れた女（＊創作）　畑山　茂　17-25
会員消息　25-25
レオ・トルストイの捨身（＊二幕）　倉田啓明　26-54
編輯後記　55-55

第三巻第十二号　昭和二年十二月創作篇　一日発行

自伝歌　影（その四）（＊短歌）	とくさう	1-1
好日山荘―ある山男の生活断片―	藤木九三	2-7
街頭の近代風景―モダン風俗皮肉考―	小倉敬二	7-10
かなめ	西谷勢之介	11-13
「同性愛」の憶ひ出	佐藤澄子	11-15
白塗りの船（＊俳句）	山本霞郷	14-14
郷愁（詩）	水沢　哲	14-15
地は唸る（＊創作）	木村　恒	16-20
ピストルで射た貞操（＊創作）	畑山　茂	21-26
COCU（＊創作）	藤沢　茂	27-30
秋雲（＊創作）	北村兼子	30-31
痴情以上（＊戯曲）	高木善治	32-37
グロテスク抄		37-37
編輯後記	畑山　茂	41-41

第四巻第一号　昭和三年新年特輯号　一日発行

自伝歌　影（＊短歌）	とくさう	1-1
日の丸の旗と軍艦	永見徳太郎	2-6
画家とその弟子との対話―第四次元の藝術―	竹内勝太郎	7-13
更然洞雑筆（一）	西谷勢之介	14-16
『無名作家同盟』時代	木村　恒	14-19
偶感	高谷　伸	16-19
献上本の追懐	中井浩水	19-21
城の崎にて	高安やす子	19-20
引裂れた龍の話	田中芳哉園	20-22
稲刈女（＊俳句）	藤本一誠	22-22
年頭雑詠（＊俳句）	霞　郷	22-23
鳥羽日和山にて（＊短歌）	矢沢孝子	22-23
小品劇	高谷　徹	23-23
ある恋愛破産者	佐藤澄子	24-27
分裂した神秘（＊創作）	畑山　茂	28-33
宗伯と中斎（習作）	渡辺虹衣	34-37
孕める天使（＊創作）	藤沢　茂	38-42
春の乱舞（＊創作）	徳田戯二	43-45
二つの顔（＊創作）	山上貞一	46-50
編輯後記	畑山茂　藤沢茂	51-51

第四巻第二号　昭和三年二月号　一日発行
短篇集

自伝歌　影（その六）（＊短歌）	とくさう	1-1
色情交錯時代（＊創作）	畑山　茂	2-9
青春（＊詩）	高谷　徹	9-9
都会（＊詩）	西川林之助	9-9
マドモアゼル・ナナ（＊創作）	藤沢　茂	10-15
因果（＊創作）	中谷　彰	16-19
MILITARY TERM（＊創作）	丹羽完二	20-24

美しき葬礼（＊創作）　本橋錦市　25–31
霊薬（＊創作）　龍膽寺朗　31–35
珠を失ふ（＊創作）　倉田啓明　35–43
赤いリボン（＊創作）　フヨドル・ソログープ　尾関岩二訳　44–55
編輯後記　（編輯部）　57–57

第四巻第三号　昭和三年三月号　一日発行

欠

第四巻第四号　昭和三年四月号　一日発行
春季創作特輯号

自伝歌　影その七（＊短歌）　とくそう（ママ）　1–1
坐禅帯と楚人冠　下村海南　2–4
関西文藝小劇場　4–4
幼年の感受性について　加宮貴一　5–8
プロムタア・ボックス　宮川見介　9–12
日本に於けるエレンブルグ　八住利雄　9–11
アルプ小三部曲（＊詩）イヴァン・ゴオル　飯島正訳　11–12
寒行（＊短歌）　高安やす子　12–12
犬の話（＊創作）　木村　恒　13–17
藻くづに　ビセンテ・ブラスコ・イバニエス　清原新一訳　17–21
彼等（＊創作）　加藤銀次郎　21–25
令夫人（＊創作）　峰　専治　25–29
燃焼（＊創作）　福田清人　30–37
午後（＊創作）　浅野源児　37–40
民謡二篇　西川林之助　43–43
人妻春に逝く（＊創作）　畑山　茂　44–51
帰国（＊詩）　生水五郎　51–51
編輯後記　編輯部　52–52

第四巻第五号　昭和三年五月号　一日発行

欠

第四巻第六号　昭和三年六月号　一日発行

欠

第四巻第七号　昭和三年七月号　一日発行

欠

第四巻第八号　昭和三年八月号　一日発行

欠

第四巻第九号　昭和三年九月号　一日発行

欠

第四巻第十号　昭和三年十月号　一日発行

欠

第四巻第十一号　昭和三年十一月号　一日発行

欠

第四巻第十二号　昭和三年十二月創作特輯号　一日発行

ぜにころがし（＊詩）　生田花世　1-1
毒蛾（＊創作）　村田千秋　2-7
崎山猷逸氏の「苦言」に対し　畑山　茂　7-7
朦朧たるポーズ（＊創作）　畑山　茂　8-18
惰春（＊創作）　徳田戯二　19-25
六本の煙突について（＊創作）　藤沢　茂　26-30
顔（＊詩）　清野彦吉　31-31
藝術恐慌時代　内藤辰雄　32-34
あせび咲いたかやと（＊詩）　西川林之助　34-34
関西文藝　畑山　茂　35-36
編輯後記　藤沢　茂　37-37

第五巻第一号　昭和四年新年号　一日発行

骨片（＊詩）　北川冬彦　1-1
或る日の丸の旗（＊創作）　畑山　茂　2-14
サルン・パームの冬（＊創作）　中本弥三郎　15-17
蒼ざめた陰性人間群（＊創作）　赤木　茂　18-22
鮒のやうに―或る職工の話―（＊創作）　加藤銀次郎　23-30
しづ（＊創作）　峰　専治　31-31
ロマンス（＊創作）　藤沢　茂　33-33
文藝後陣の任務　倉田　潮　34-36
砂あげ船（＊詩）　西川林之助　36-36
大阪の作家諸君に　八住利雄　37-38
新人会々報　藤田定一　38-38
労働藝術家の感想―最も解り易い文藝概論―　内藤辰雄　39-40
ALLWAYS LOOK UP（＊詩）　西間木肇　41-41
大阪の街と新興文藝　井東　憲　41-41
作品と作者　舟橋聖一　42-42
編輯後記　藤沢　茂　43-43

第五巻第二号　昭和四年二月号　一日発行

もつと遠いところに（＊詩）　ピエエル・ルヴエルデイ　飯島正訳　1-1
利用された沢市お里　畑山　茂　2-10
UNOISEAU CHANTER（＊詩）　kitasono katsue　10-10
孤灯（＊創作）　村田千秋　11-14
こまりもの（＊詩）　生田花世　14-14
コスモス倶楽部（＊小喜劇）　島影　盟　15-19
あなた（＊創作）　多田文三　20-24
阿呆かいな（＊創作）　藤沢　茂　25-37
永遠の争闘　槇島剛力　38-38
一月の創作　中本弥三郎　39-40
編輯後記　藤沢　茂　41-41

第五巻第三号　昭和四年三月号　一日発行

一つの要求（＊巻頭言）	高須芳次郎	1-1
逃亡（＊創作）	木村　恒	2-7
淫売婦（＊創作）	中屋義之	8-11
池氷を割る（＊創作）	上井　榊	12-16
天使（＊創作）	藤沢　茂	17-22
びうてい　すぽつと（＊創作）	橋富光雄	23-29
短詩（＊詩）	石山巳之吉	29-29
街上（＊詩）	西川林之助	29-29
処女作に歎く（＊創作）	畑山　茂	30-38
「連鎖文学」の必要	八住利雄	39-40
最近のニヒリズム論	鳴田好夫	40-41
和製ドノゴオ・トンカ	中本たか子	42-42
コクトオの言葉	堀　辰雄	42-42
編輯後記	藤沢　茂	43-43

第五巻第四号　昭和四年四月号　一日発行

新散文詩運動	北川冬彦	1-1
心臓を咬む男（＊創作）	畑山　茂	2-13
過ぎ行く（＊創作）	十菱愛彦	14-26
おろかなる詩人（＊創作）	福田清人	27-29
淡春（＊創作）	北村兼子	30-39
ブルヂヨア藝術の遊廓性を排撃す	赤木　茂	40-43
紅毛時花楽覚元書	正岡　蓉（ママ）	44-45
上野博物館随想	田中啓介	44-45
女友達（最近仏蘭西短篇）　ロジエ・レヂス	繁村耕一郎	46-48
感想	岡野　蒼	49-50
煙草（＊短歌）	小谷二十三	50-50
関西文藝		51-51
編輯後記	畑山　茂	53-53

第五巻第五号　昭和四年五月号　一日発行

兎と亀（＊巻頭言）	幽　水　生	1-1
彩（＊創作）	小出六郎	2-7
詩二篇（愛を忘れたい　譜）	山田初男	7-7
颱風（＊創作）	弘田　競	8-22
孵のうち…。―（紅毛眼鏡）―（＊創作）	上井　榊	23-27
プラットニック　ラブ（＊創作）	大坪　昇	28-34
雪道（＊創作）	竹越和夫	35-46
仇討二重奏（＊一幕）	小谷二十三	47-59
関西文藝		60-60
編輯後記	編　輯　部	61-61

第五巻第六号　昭和四年六月号　一日発行

落書された白紙（＊創作）	畑山　茂	2-12
崖下の街（＊創作）	和田　隆	13-22

哀悼録　小谷二十三　22-22
二合徳利と美濃紙（＊創作）　田辺栄寿　23-34
消息　34-34
飛行機と女（＊創作）　草西正夫　35-42
蒼ざめた風景（＊創作）　村田千秋　43-49
時評的感想　永井　保　50-53
詩五篇
　無題　紙捻　石山巳之吉　50-50
　春雨　成等春英　51-51
　峠の桜　塚本篤夫　51-51
　金の星―××宣言を書き写してゐる夜―　南陽不二雄　52-52
　兄の歌　小谷二十三　53-53
藝術の現実性とその要求　赤木　茂　54-56
関西新興文藝協会設立後記　小谷二十三　57-59
街頭（＊詩）　池田昌夫　59-59
関西文藝　60-60
編輯後記　編輯部　61-61

第五巻第七号　昭和四年七月号　一日発行

歎くな（＊巻頭言）　木村　恒　1-1
勝てなかつた男（＊創作）　畑山　茂　2-8
テムポを競ふ（＊創作）　近藤　孝　9-17
めりゐ・ごー・らうんど（＊創作）　石川政二　18-25
旅興業挿話（＊創作）　隠岐礼介　26-35
第一回関西文藝合評会―自己批判―（＊座談会）
　並木六造　小坂常男　城山平　小谷二十三　36-39
街頭の風景（＊詩）　西川林之助　39-39
創作月評六月号　和田隆　小谷二十三　40-44
置き忘れた女　上井　榊　41-43
懐疑派の幻想―わがA子への恋歌―　草西正夫　44-47
六月記　関西新興文藝協会書記局　45-47
弄恋以上（『青春問答』の中第一幕）　小谷二十三　48-59
俺の目に映ずる社会（＊詩）　西本一美　59-59
最近著三つの読後感（『鶏のあくび』片岡直方著、『あの道この道』十一谷義三郎著、『大地讃頌』薄田泣菫著）　60-62
関西文藝　畑山　茂　63-63
編輯後記　64-64

第五巻第八号　昭和四年八月号　一日発行

新らしさに救はれたい（＊巻頭言）　田中芳哉園　1-1
『中止』を待つ人々（＊創作）　畑山　茂　2-12
安曇一揆（＊創作）　村田千秋　13-19
峰尾の気持（＊創作）　村松ちゑ子　20-26
集りを待つ彼等（＊創作）　小林忠治　27-36
A君と蝙蝠傘（＊創作）　福田定吉　37-39
生活を唄ふ（＊詩）　藤本一誠　39-39
葬列（＊創作）　赤木　茂　40-47
弄恋以上（＊戯曲）　小谷二十三　48-53
PARESSEUX MERITE（怠惰な偉勲）　星村銀一郎　53-53

関西文藝合評会第二回（＊座談会）　畑山茂　和田隆
米沢哲　草西正夫　弘田競　安田高麗太　小板常男
城山平　上井榊　小谷二十三　54-60
七月　関西新興文藝協会書記局　60-60
文藝漫談会　（小谷）　60-60
地史資料　江上朝霞　61-61
関西文藝　62-62
編輯後記　編輯幹事会　63-63

第五巻第九号　昭和四年九月号　一日発行

反動とは何ぞや（＊巻頭言）　高須芳次郎　1-1
嘘を云ふ隣人（＊創作）　畑山　茂　2-13
アパートの友情（＊創作）　弘田　競　14-20
五体解剖図　ジユアン・クルム　河東茂生訳　20-20
収税史（＊戯曲）　上井　榊　21-33
マツチの軸で書いた詩　草西正夫　34-34
『関西同人雑誌』座談会　畑山茂　永井保　上井榊
藤沢茂　和田隆　弘田競　小板常男　草西正夫　山
内影太郎　炭田志朗　楠本定　太田普　小谷二十三　35-47
関西文藝　48-49
認識以前（＊戯曲）　小谷二十三　50-61
八月記　関西新興文藝協会書記局　62-62
旅と酒と恋　62-62
編輯後記　編輯幹事会　63-63

第五巻第十号　昭和四年十月号　一日発行

釣魚とゴルフ（＊巻頭言）　下村海南　1-1
マルキシズムの自己清算としての国家社会主義—共産
主義的国家論検討—　橋野　昇　2-8
非論理的評論　酒井義雄　9-14
築地小劇場公演『阿片戦争』『吠えろ支那』　赤木　茂　15-19
江戸女　佐藤澄子　15-21
暴力団記　八住利雄　19-23
英雄論私見　倉田　潮　21-23
詩二篇（山の姿・夢の0時）　西川林之助　23-23
九月信　小谷二十三　23-23
『夢』を読む人（＊創作）　畑山　茂　24-33
「一記者の頭」を読むで　33-33
肺病と更生（＊創作）　高石二三子　34-39
ま丶子（＊創作）　尾関岩二　40-45
人体解剖図（＊詩）　ジユアン・クルム　河東茂生訳　45-45
勝！　負！（負けることが嫌ひな女の話）（＊創作）
村田千秋　46-56
風船虫（＊一幕）　小野金次郎　57-64
神は居眠る（＊喜劇）　木村　恒　65-70
関西文藝　71-71
編輯後記　72-72

第五巻第十一号　昭和四年十一月号　一日発行

大地の力（＊巻頭言）　藤田進一郎　1-1
文藝時評　永井　保　2-9
九・十月記　関西新興文藝協会書記局　9-9
近代的大阪を縦走す―女、カフエー、文学、社会思想批判―　橋野　昇　10-21
関西小劇場設立報告　関西小劇場事務局　21-21
「西部戦線異状なし」を読みて　佐藤澄子　22-24
尾上登攀者―藤木九三氏著―　小倉敬二　24-24
「芝居見たまゝ二十五番地集」　久木一郎　24-24
美容術と女性の社会進出　田中啓介　25-25
理の代りに　小谷二十三　25-25
関西文藝座談会―「ジヤーナリズムに対する考察其他」―　畑山茂　橋野昇　北村兼子　小出六郎　栗栖清二　山口龍　三品金行　野明啓三　和田隆　弘田競　小谷二十三　26-29
月給の虚栄（＊創作）　畑山　茂　30-39
人体解剖図（＊詩）　ジユアン・クルム　河東茂生訳　39-39
河水光る（＊創作）　小出六郎　40-45
異種属的人物の誕生（＊創作）　上井　榊　46-56
淡花の幻（＊創作）　北村兼子　57-63
第一劇場への言葉　小谷二十三　63-63
関西文藝　64-64
編輯後記　（編輯幹事会）　65-65

第五巻第十二号　昭和四年十二月号　一日発行

五年を思ふ（＊巻頭言）　畑山　茂　1-1
漫談会のこと　小倉敬二　2-3
一九二九年度の関西文藝界　小板常男　4-10
人体解剖図（＊詩）　ジユアン・クルム　河東茂生訳　10-10
関西文藝協会事務所使用記録　10-10
一九二九年を回顧する（＊一、一九二九年の関西文藝界は如何動いたか？　二、印象づけられた作品。三、一九三〇年の予想）（＊回答）畑山茂　南照夫　小板常男　上井榊　小出六郎　和田隆　永井保　弘田競　小谷二十三　11-14
国際スパイの女　北村兼子　15-18
声明する―本誌に対するゴシツプの総決算―　関西文藝編輯部　18-18
十一月記録　関西小劇場事務局　18-19
動いた指令書―何故関西小劇場は特別出演を中止したか―　小谷二十三　19-20
十一月記　関西新興文藝協会書記局　20-20
壇上の抗議（＊創作）　畑山　茂　21-28
新聞紙に現れた搾取―（はいかる丸遭難船員友田の話）―（＊創作）　南　照夫　29-40
新婦人職業欄―三・一五事件異聞―（＊創作）　草西正夫　42-50
ボイラー・マン（＊二幕三場）　上井　榊　51-61

関西文藝　62-62
編輯後記　（編輯幹事会）　64-64

第六巻第六号　昭和五年一月号　一日発行

文藝を正道に引戻せ（＊巻頭言）　高須芳次郎　1-1
藝術条件は可変であるか―再検討されねばならぬ既往文藝価値　評価の基準・勝本氏の所論を弁駁しつゝ―　酒井義雄　2-11
関西コント十人集
死の再会　上井　榊　12-14
ピナンの感傷　南　照夫　14-16
凶い話　隠岐礼介　17-17
或る女と私　小出六郎　18-20
或る人夫と無名作家の話　酒井義雄　20-21
貨物駅の老人と子供　中本弥三郎　21-23
1929の一抄　和田　隆　23-23
金鵄勲章　田辺栄寿　24-26
孤島と自首　石川政二　26-27
ある手紙　草西正夫　27-27
海の園丁（＊詩）　星村銀一郎　28-28
みの虫が鳴いた　原田譲二　29-32
謹賀新年　渡辺　均　29-32
婦人記者のねごと　佐藤澄子　33-37
上演前の仕事―関西小劇場××記録基地―　小谷二十三　35-38
死骸を囲んで（＊創作）　赤木　茂　39-48
少年の黄昏（＊創作）　田中啓介　49-62
関西文藝　（橋野）　63-63
編輯後記　65-65

第六巻第二号　昭和五年二月号　一日発行
創作特輯号

闘争の上位（＊巻頭言）　橋野　昇　1-1
労働街から歓楽街へ―都・都・都・大阪　山口　龍　2-5
戯廓―娼戯・影間・夜娼など生ける屍の媚を追ひて―　上井　榊　6-14
大阪の横顔　南　照夫　14-17
白い苦笑　小出六郎　17-20
線上に踊る　小谷二十三　20-20
水夫とマルセイユの太陽　星村銀一郎　21-21
放送・座談・一月公演延期書　関西小劇場　21-22
詩二篇（うみ　俺の詩）　内田克己　22-22
黒の疑問符　小谷二十三　23-24
雑誌紹介　23-23
老土工の詩（風景　泉）　佐藤清三　24-24
地帯（＊創作）　村田千秋　25-37
嘘（＊一幕）　小野金次郎　38-46
風喰べる女達　畑山　茂　47-106
関西文藝　107-107
編輯後記　（小谷）　108-108

第六巻第三号　昭和五年三月号　一日発行

漫文一則（＊巻頭言）		1-1
文藝に於ける共感試導要集の再考察	酒井義雄	2-7
関西文藝		8-8
音楽漫談	藤田進一郎	9-14
移動劇場に就いての走り書きＡＢＣ	加藤信也	9-16
小説を書く身の辛さ―（「風喰べる女達」の弁解）―	畑山　茂	14-16
お婆さんの話	北村兼子	17-20
文壇人の政治観念	木村　治	17-20
友愛結婚是非	佐藤澄子	21-23
月夜の墓地（＊詩）	枳谷たけし	21-21
詩二題（瀬戸内海　霜どけ道）	西川林之助	22-23
コント三篇		
親と子と	田中信玄	24-25
一九四〇年の女	森川みつる	25-26
堕ちて行く	城さくら子	27-29
ヘボ民謡二つ	石山巳之吉	24-24
二月の記録	関西小劇場事務局	25-26
関西新興演劇への一考察	久木一郎	27-29
拘置場の夜（＊創作）	畑山　茂	30-35
栄龍の現在―何故藝者は労働者になれきれぬか―（＊創作）	増子真佐緒	36-38
港・女、闘士（＊創作）	俵藤　吏	39-41
帯のない彼女と彼と（＊一幕）	関根勝太郎	42-50
消息的編輯中記		50-50
検閲制度の下に（＊一幕三場）	山崎俊介	51-57
手癖―貧困の中に残る感傷―（＊一幕）	小谷二十三	58-63
一等船客の正体（＊喜劇一幕）	井東　憲	64-76
編輯後記	（小谷）	77-77

第六巻第四号　昭和五年四月号　一日発行

二つの詩（暗い桜・のぞみ）	生田花世	1-1
白雲棲の記	下村海南	2-5
関西文藝読者会記	（小谷）	5-5
月を串刺にする提唱	畑山　茂	6-10
近代美と野蛮美の顔	藤田貞次	10-12
新衣裳哲学	岡本鶴松	13-16
或る人の手帖から	内藤辰雄	17-17
東都文界覗機関	早船万蔵	17-19
ペン・パイプ・シヤボン	竹内勝太郎	18-23
誰彼日記	小　谷	19-20
フヰルム加工場にて	志田耕一郎	21-23
台北の巻	北村兼子	23-32
交通巡査	浜崎梅香	23-25
稽古場の隅で―築地の『吼えろ支那』応援雑談―（＊座談会）	三森孝　並木果　秋月誠　仲田映児　島田定雄　谷口司　小谷二十三	26-29

予告記　（小谷）　29-31
雑誌紹介　32-32
関西文藝　33-33
日輪さま　昔は泣いた（＊民謡）　塚本篤夫　34-34
恋人　椿原夢路　34-34
けふも逢ひとて（＊民謡）　長畑貞一　34-34
眠り（＊詩）　成等春英　35-35
無題　夢（＊詩）　南陽不二雄　36-36
春漫歌（＊民謡）　尾上香詩　36-36
ORAISON INCDNNUE（未知の祈禱）　星村銀一郎　35-36
肢に寄する恋情（＊創作）　畑山　茂　36-44
山の椿事（＊一幕物）　十菱愛彦　45-56
前衛映画と新興演劇　小谷二十三　56-56
夜明けを待つ闘争（＊四幕五場）　上井　榊　57-67
宣言　関西小劇場　69-69
今春の注目すべき作品―日本嬢に就いて―（＊ブックレブユー）　舟橋聖一　70-70
編輯後記　（小谷）　71-71

第六巻第五号　昭和五年五月号　一日発行

江に誓ふ　北村兼子　口絵
〔巻頭言〕　（畑山茂）　1-1
労働美文藝の提唱―既成プロ文藝理論を打倒し未来文藝の動向を論ず―　酒井義雄　2-7
音楽漫談（その二）　藤田進一郎　8-11
臨時定価其他について　関西文藝協会　11-11
閃光―信愛なるH・A女史に送る―　小出六郎　12-16
緑蔭漫語　佐藤澄子　17-18
二つの生活断面
突堤の風景　三宅省三　19-23
黝黒な影　藤本　暹　23-25
"THE MODERN JIJI SONG"（＊民謡「現代女性漫歌
風景の内」）　尾上香詩　26-26
女連挙ウエトレス（＊詩）　尾上香詩　26-26
夢遊詩集（＊詩）　河東茂生　27-27
砂文字（＊詩）　合田東一郎　27-27
「勝利の日」（＊詩）　椿原夢路　26-30
春宵雨声（＊詩）　成等春英　28-28
あかね雲（＊詩）　長畑貞一　28-28
土を掘るの想ひ（＊詩）　白川寿夫　28-29
ランデブー（＊詩）　弘田喬太郎　29-29
あらし（＊詩）　新谷忠雄　29-29
流れ（＊詩）　辻あゆみ　29-30
行く春（＊詩）　上野信好　30-30
途切れる飢餓（＊詩）　原　浩　30-30
たまの休日（＊詩）　石山巳之吉　30-30
関西小劇場四月公演自己批判録（＊座談会）　畑山茂　三森孝　瀬川隆三　泉清郎　仲田映児　北原潤　並木果　秋月誠　北島定雄　御薬袋一　中田真弓　小谷二十三　31-33
関西小劇場を観て　石川亜木雄　33-35

四月記録	関西小劇場	36-36
特異な書「赤い魔窟と血の旗」	小野金次郎	36-36
上海のプロフイル	木村　浩	37-38
東都文界覗機閒	早船万蔵	38-38
彼等の事情（＊創作）	木村　恒	39-43
地球はいやだあ（＊創作）	畑山　茂	44-46
ビルヂングの腹と彼女達（＊一幕喜劇）	横田文子	47-51
仲木貞一と支那料理		51-51
DL製紙排水路報告（13章）	小谷二十三	52-63
編輯後記	（編輯部）	64-64

第六巻第六号　昭和五年六月号　一日発行

石楠花（＊巻頭言）	藤木九三	1-1
新興藝術の観照的内面と外面	山崎俊介	2-6
文藝の社会的存在意義	酒井義雄	6-10
自然の二つの見方―ルソーとローレンス―	藤田進一郎	11-14
戯詩関西之文壇風景	西条伝吉	11-12
堀江爪弾き小唄	新谷忠雄	13-13
看板娘	増山　仁	14-14
ぶらいんど・おぶ・せつくす		
窓	野沢独樹	15-21
女つて？	宮田芙美夫	21-24
ある女教師の瀆職と不貞	石川亜喜雄	24-26
いちご	吉村未酔良	26-29
土方が人間になつた話	二宮　茂	29-32
夢遊詩集（＊詩）	河東茂生	33-33
暗い追憶　旅の身（＊詩）	西川林之助	33-33
小曲3篇（噴水　ベエニス　五月雨）	椿原夢路	34-34
空つぽの唄（＊詩）	石山巳之吉	34-34
青葉の五月（＊詩）	西川正夜詩	34-34
七月（＊詩）	城さくら	35-35
三助の唄へる（＊詩）	竹内四十四	35-35
女性風景（マネキン・ガール　タイピスト）（＊詩）	尾上香詩	35-35
真夜中漫歩（＊詩）	弘田喬太郎	35-35
職業意識と官営団体と土曜日	小谷二十三	36-39
仇姿（＊詩）	合田東一郎	37-37
五月の凩（＊詩）	長畑貞一	38-38
東京文壇噂聞書	早船万蔵	39-38
関西文藝	畑山　茂	40-40
花一輪の感傷（＊創作）	畑山　茂	41-45
型式主義と女（＊創作）	福田定吉	46-50
GO・STOP	早船万蔵	50-50
緑（＊詩）	塚本篤夫	50-50
転宅（＊創作）	赤井与三郎	51-52
第三者（＊創作）	堀めぐみ	53-54
関西文藝五月漫談会記	関西文藝協会	55-55
編輯後記	（小谷）	57-57

第六巻第七号　昭和五年七月号　一日発行

変形（＊詩）　生田春月　1-1
マルキシズム文藝戦術批判―プロレタリア文藝家はマルキシズムを如何に理解したか？―　酒井義雄　2-8
新人論壇
アンチ・プチブル藝術考　弓削仁正　9-12
「労働美文藝」論―酒井義雄君の所説に挑む―　土肥駒次郎　12-16
舞台検閲覚之書　藤田進一郎　17-21
盗作に就て声明　（関西文藝編輯部）　17-19
梅雨晴（＊詩）　鈴木有介　20-20
詩情のかけら（＊詩）　石川紀一郎　21-21
時代構想
解剖された夜景　弘田喬太郎　22-23
反比例の愛　山田　晃　23-28
俠盗　増子真佐緒　28-32
月（＊詩）　成等春英　33-33
少年（＊詩）　椿原夢路　33-33
森林　処女　壺　自瞳画　触角（＊詩）　池田克己　33-33
北海道旅行記　佐藤澄子　36-39
三日月よ（＊詩）　塚本篤夫　36-36
生活からえがく幻想（＊詩）　西口藤助　37-37
煙草（＊詩）　合田東一郎　38-38
新刊紹介　39-40
小出楢重氏著「めでたき風景」を読む　40-40
北原鐐之助・鈴木陽著「小型映画の研究」　40-40
「熊沢喜久三詩集」抄　畑山　茂　41-41
関西文藝
仙人問答（＊戯曲）　高谷　伸　42-45
彼と白い洋杖（＊創作）　片田江全雄　46-50
１７６番の誘惑（＊創作）　畑山　茂　51-56
お知らせ　関西文藝協会　57-57
関西小劇場六月記録　59-59
編輯後記　（小谷）　61-61

第六巻第八号　昭和五年八月号　一日発行
戯曲特輯号

「エゴの誕生」（＊詩）　生田花世　1-1
藝術家と模倣家　内藤辰雄　4-6
関西文藝　畑山　茂　7-7
寂歩　調節　陽炎　魂（＊詩）　西川林之助　8-8
駄弁エピソオド―僕の伴奏的作家論―　川端龍二　8-9
風景　カツフエ―感情（＊詩）　池田克己　9-9
じやんぎり―但し腹案―（＊一幕喜劇）　木村　恒　10-13
欠伸（＊一幕）　小野金次郎　14-19
梅田心中（＊戯曲）　倉田啓明　20-28
冬―蓄山風景　林　炳耀　29-29
寂し悲しと　スケツチ（＊詩）　合田東一郎　29-29
夏の風景（＊詩）　金子昭一　29-29

詩情（＊詩）　渡辺金之助　29-29
昌言社由来―徳兵衛開墾日記―（＊三幕九場）　十菱愛彦　30-44
真夜中の人生（＊戯曲）　畑山　茂　45-54
編輯後記　（編輯部）　55-55

第六巻第九号　昭和五年九月号　一日発行

酬はれるもの無しされど健在なり（＊巻頭言）　畑山　茂　1-1
平林たい子「文戦脱退について」に就て　弓削仁正　3-5
映画の階級性　伊藤春夫　6-8
板垣氏の「新しき芸術の獲得」とフルマーノフの「叛乱」に就いて　和田　隆　9-12
東方賢者　竹内勝太郎　13-16
哀歓の詩五篇
姉妹（＊詩）　浅沼君子　13-14
別れ（＊詩）　前尾房太郎　14-14
脚（＊詩）　名古卓次　14-16
港の灯（＊詩）　合田東一郎　16-16
深夜（＊詩）　山本銀河　16-16
秋と着物（＊小品）　弘田喬太郎　17-18
関西小劇場幹部座談会
畑山茂　井上寿郎　服部泰三　杉山勇　沢盛　大田
原勝　中村義夫　山名美那夫　上井榊　佐野英一郎
佃良二郎　白石貢　上野清　長谷川絹子　20-23
百姓を唄ふ詩の欄
おだてられてゐる百姓（＊詩）　金子昭一　24-25
百姓は唄ふ（＊詩）　西川林之助　25-27
厭なもんです（＊詩）　沼尾精二　27-27
秋に寄する信　小谷二十三　24-25
生活に輝く詩の旗
傴僂（＊詩）　阿部一登　28-28
不可解な俺（＊詩）　春田嘉圀　28-28
弁当箱とダイヤモンド（＊詩）　芳野狂花　28-28
乞食を唄ふ（＊詩）　尾上香詩　29-29
三人の家―満州の友に俺達の家を教へる―（＊詩）　恵味郁三　29-29
窓口の錯覚（＊詩）　藤村　忠　29-29
生ける人形（＊詩）　西川正夜詩　29-29
関西文藝　（畑山茂）　30-30
大阪駅（＊創作）　首藤嘉子　31-36
馘首（＊創作）　大久保文子　37-44
義理とは何か（＊創作）　森川みつる　44-47、19
爽かな秋の挿話（＊創作）　畑山　茂　48-55
編輯後記　（編輯部）　56-56

第六巻第十号　昭和五年十月号　一日発行
特殊創作特別号

得度　服部泰三　1-1
作家か〞？必然か〞？　福田定吉　2-6

時評的覚之書　弘田　競　6-9
お勝手に（＊詩）　塚本篤夫　10-11
飢餓（公訴文学）　弘田喬太郎　10-16
サロンインテリにて―（畑山茂に書き送る）―
関西文藝　尾関岩二　11-14
三人の女　畑山　茂　14-17
軍旗（＊創作）　森川みつる　16-17
砲台工事異聞（＊創作）　黒井九郎　18-22
中隊長と村田一等卒（＊創作）　韋原　滋　22-30
赤い坩堝（＊創作）　志田耕一郎　31-40
皺のある平行線（＊創作）　村田千秋　40-50
編輯後記　沢　盛　51-61
　（編輯部委員）　62-62

第六巻第十一号　昭和五年十一月号　一日発行

七両二分　下村海南　1-1
プロレタリア文学の冒瀆　佐々緒藤也　2-9
大阪新興演劇群の敗北的記録　上井　榊　9-15
思ひ出の砂丘（＊詩）　西川正夜詩　15-15
作者とそのデマに就き　福田定吉　16-18
何里塚（＊公訴文学）　南方愛岬　16-26
関西文藝　畑山　茂　19-20
闘争詩
　知っているか！　竹内四十四　21-21
　希望　上野信好　21-22
食欲の中で　石川紀一郎　22-23
同志よ行かう戦場へ!!!　乾　顕彰　23-24
道を拾つた　浅沼君子　24-25
荷馬車　松本市造　25-26
落葉　成等春英　26-26
闘ふ者の感傷（＊創作）　畑山　茂　27-36
労働する家族（＊創作）　福田定吉　37-45
バスガール（＊創作）　笹本正男　45-54
旗のない河（＊創作）　加藤信也　54-62
或る断層（＊創作）　赤木　茂　62-71
編輯後記　編　輯　部　72-72

第六巻第十二号　昭和五年十二月号　一日発行

飛躍の前に（＊巻頭言）　畑山　茂　1-1
共同製作問題批判―一九三〇年に於けるプロ文学運動
　の総決算―　樋口　嵩　2-8
時評の時評的意義の闡明と其他―佐々緒藤也氏に―　福田定吉　9-12
首になつた詩（＊詩）　山崎亟二　12-12
秋の左傾（＊公訴文学）　霧島健太郎　13-16
俺はプロ文士　島崎唯一　17-19
山の争議　芝山　伍　20-23
昭和五年の関西文藝を読む　石川亜木雄　24-26
関西文藝　畑山　茂　27-29
俺等生く（＊詩）　池田克己　29-29

奪ふ（＊創作） 中田 久 30-34
戸を叩く彼女（＊創作） 沢 盛 34-46
私生児（＊創作） 高木善治 46-54
焼芋の詩（＊詩） 池田克己 54-54
編輯後記 編輯部 55-55

第七巻第一号 昭和六年一月一日発行

大阪備忘録より 永見徳太郎 1-1
群小文藝の反動性―新興藝術派の宣言に反抗して、一般大衆の社会的誘導性を論ず― 足立正治 2-7
駁論の駁論への駁論―再び福田定吉氏に― 佐々緒藤也 7-13
歌舞伎十八番の意味するもの―歌舞伎の民俗学的研究断片― 竹内勝太郎 14-27
冬（＊詩） 竹内四十四 27-27
方外詩集（＊詩篇） 尾関岩二 28-33
炭坑夫の唄―於北海道―（＊詩） 春田よし雄 33-35
青訓を毒す（＊詩） 落窪君子 35-36
戦闘力!!（＊詩） 上野信好 36-37
浮浪者の唄（流行歌風に）（＊詩） 尾崎虹夢 37-38
たくみな心（＊詩） 橋本みづ 38-39
蟻軍（＊詩） 松本市造 39-39
或るプロの歌（＊詩） 葉山きよし 40-40
俺りやルン、ペンプロかいな（＊詩） 山本末造 40-41
カネ（＊詩） 西口藤助 41-42
さよならした同志へ（＊詩） 尾早宇之助 42-44
爽やかな言葉のページ
“Autummal tints”の二折 雅川光信 28-29
朝 太田利夫 30-31
蘇州の塔 林 炳耀 31-32
ジヤズ、ファンタジヤ（他二篇）（＊詩） カール・サンドバーク 池田昌夫訳 32-34
見開かれたぢいさんの眼 エリツヒ・グリイザル 加藤信也訳 34-37
義賊（覚書的に） 増子真佐緒 37-44
関西文藝 尾早宇之助 J・Y・Y・O 45-46
列に入つた廷丁（＊創作） 畑山 茂 47-55
雨に濡れた闘志（＊創作） 石川紀一郎 55-60
糊を飲んで（＊創作） 掘 誠二 60-64
月に捧ぐる殉情（＊創作） 溝口良也 64-71
街に歩む鳥籠（＊創作） 篠沢省三郎 71-75
新刊紹介
グレンデルの母親（永瀬清子氏著） 76-76
陳忠少年の話（藤原泉三郎氏著） 76-77
毀れた街景（長岡恒雄氏著） 77-77
新表現主義の宣言（榎倉省吾氏著） 77-77
編輯後記 （編輯部） 78-78

第七巻第二号 昭和六年二月号 一日発行

創作特輯号

「都会の感情」と対社会性 福田定吉 目次

『都会の感情』を読みつ、　藤田進一郎　1-1
プロレタリア音楽に於ける歌詩について―（随想的考察）―　尾早宇之助　2-6
科学的批評とプロレタリア・リアリズムに関する走り書　木内　進　6-8
『都会の感情』の『都会』への弁　畑山　茂　8-8
随筆四題　成等春英　9-12
女三人の場合―（女の持つ人生）―美代の遺書　大久保文子　9-17
搾取網　豊島公正　17-25
職業女と薬品と　石川紀一郎　25-39
詩篇
すました顔（＊民謡）　塚本篤夫　12-13
マスコット（＊詩）　西口藤助　13-14
鏡の俺　足もと（＊詩）　尾崎虹夢　14-15
縁むすび（＊詩）　上野信好　15-16
颪よ（＊詩）　竹内四十四　16-17
颪と争ふ詩（＊詩）　石川紀一郎　17-18
底流を泳ぐ―余りにセンチメンタルに―（＊詩）　田原正一　18-19
消防手のうたへる詩（＊詩）　西川正夜詩　19-21
消息　財産（＊詩）　鹿島信郎　21-22
奇抜なコント
イナゴ　富士浪美也　22-28
都会の騒音を逃れて帰つた夜の幻覚　池田克己　28-29
関西文壇小景　29-33
関西文藝一月創作評　佐藤信一　34-37
学藝消息　37-39
日ぐれ（＊詩）　長畑貞一　39-39
関西文藝　畑山茂　S・S　尾早宇之助　40-41
眼玉にからむ風景（＊創作）　畑山　茂　42-54
生きてゐる（＊創作）　名古卓二　54-62
溺れた金魚（＊創作）　林　炳耀　62-70
空気銃と痣（＊創作）　岸田　至　70-77
塒の歌（＊創作）　野原　洋　77-82
お礼の言葉として　畑山　茂　82-82
新刊紹介
ロシヤ社会運動史（和田軌一郎氏著）　82-82
『都会の感情』を読んで1　尾早宇之助　83-83
月と仔猫（太田利夫氏著）　84-84
死は美し（西村千秋氏著）　84-84
一片の花弁（西口藤助氏著）　84-84
芝居の見かた（高谷伸氏著）　84-84
短篇集蒼い夜の感傷（加藤喜雄氏著）　84-84
月刊『文学党員』（創刊号）　84-84
編輯後記　（編輯部）　85-85

第七巻第三号　昭和六年三月号　一日発行

三月賦（＊詩）　安部八重子　扉
標準を求むる心―新興ヒユマニズムについて―　藤田進一郎　1-6

関西に於ける評論随筆界―（昭和六年度評論随筆家協会年鑑より）―　高谷　伸　7－7
詩篇
淋しい仲間（＊民謡）　塚本篤夫　8－9
貧しさから　無題（＊詩）　西口藤助　9－10
「都会の感情」に寄する詩（＊詩）　西川正夜詩　10－12
不景気な唄（＊詩）　山本末造　12－12
モダン・フエミニズム―畑山茂氏の『都会の感情』を読む―　尾関岩二　8－11
学藝消息　8－10
創作の独自性　福田定吉　10－11
追放（＊詩）ウオールター・デ・メーア　名古卓二訳　11－11
春　テホー・ナッシユ　12－12
最近の同人・文藝雑誌　12－12
関西文壇小景　13－19
生活人の夜話―社会層の断面―
プラチナの時計　蓑田行人　13－20
圧　山本　稔　20－24
歪んだ感情　森山富衛　24－27
フエミニストへの言葉　森川みつる　19－22
関西文藝二月評　22－25
詩篇
同情（＊詩）　河西一男　26－26
冬（＊詩）　播磨紅風　26－26
芥溜の美学（＊詩）　林　炳耀　26－27
関西文藝　畑山茂　沢盛　安部八重子　28－29
金銀華な悲劇（＊創作）　畑山　茂　30－37
或る人間の一生活記録（＊創作）　福田定吉　37－43
港の少女の恋と乳房（＊創作）　兵頭平太郎　44－51
沈澱する実験室（＊創作）　沢　盛　51－62
歌・その他―「赤色騎兵隊」より―（＊創作）　イ・バーベリー　加藤信也訳　62－70
時計（＊一幕）　小野金次郎　70－80
新刊紹介
真昼の花（後藤郁子氏著―第二詩集）　81－81
紀和民謡釈（西川林之助氏編）　81－81
嗤ふ（山岡巌氏著）　81－81
咆哮する狼（勝山茂忠氏著）　81－81
香柏（月刊）　81－81
編輯後記　（編輯部）　82－82

第七巻第四号　昭和六年四月号　一日発行

『閑寂』と『争闘』（＊巻頭言）　沢　盛　1－1
所謂『科学的批評』と失業文学　佐々緒藤也　2－8
御注意　編輯部　8－8
近世文学雑想―鬼才、上田秋成に就て―　高須芳次郎　9－12
春愁に描く―花咲く頃の憂鬱―　畑山　茂　12－20
詩篇
春の沈黙（＊詩）　西川正夜詩　21－22
原始的な風景―口語短歌としての試み―（＊短歌）　林　炳耀　22－23

動かぬ体（＊詩）　橋本みづ　24–26
レールの詩（＊詩）　竹内四十四　26–27
海のプロフィル（＊詩）　石田錦花　27–28
嵐（＊詩）　加島　裕　28–29
愁思哀唱（＊詩）　成等春英　30–30
メス（＊詩）　原真佐緒　30–31
僕は先に行くぞ！（＊詩）　大野由紀夫　32–32
林檎（＊詩）　鹿島信郎　32–34
感覚の一情景―生く（死かも知れない）―（＊詩）　池田克己　34–37
実も不実も（＊詩）　塚本篤夫　37–37
『開国紀念幣』　蓑田行人　21–29
関西文壇小景　21–27
学藝消息　27–28
関西文藝三月号評　28–34
睾丸を蹴られた松公　春田よし雄　29–37
山を降りて来い大将―畑山茂に与ふ―　藤分外喜男　34–36
関西文壇センクシヨンの計画　37–37
関西文藝　38–39
錐（＊創作）　高橋猟之介　40–45
女を描けなかつた男（＊創作）　高石二三子　45–48
水底の追憶（＊創作）　板垣寛一郎　49–61
春にくちずさむ（＊俳句）　藤本一誠　62–62
ヂヤガタラお春　永見徳太郎　63–93
編輯後記　編輯部　94–94

第七巻第五号　昭和六年五月号　一日発行

柳の夢（＊詩）　生田花世　1–1
文学に於ける主知的傾向の批判　木内　進　2–4
関西に於る文藝同人雑誌縦断　佐々緒藤也　4–11
断章　藤田進一郎　12–14
詩篇
街の表情（＊詩）　名古卓二　15–20
さびしい人間（＊詩）　西川正夜詩　21–22
雑草は時に虚弱だが他四篇（＊詩）　池田克己　22–23
万世橋の上に出た月（＊民謡）　塚本篤夫　23–23
増員スパイの話　川田定吉　15–23
関西文壇小景　15–17
関西文藝四月号評　平林　耕　18–24
メーデー検束室点景　澄田芳夫　23–24
関西文藝　25–26
桑摘女（＊俳句）　藤本一誠　27–27
新窓を蹴つて（＊創作）　森川みつる　28–37
横たわつた丸木（＊創作）　沢　盛　37–51
賭博株式会社（＊三場）　難波次郎　52–63
編輯後記　編輯部　64–64

第七巻第六号　昭和六年六月号　一日発行

写生（＊巻頭言）　阿波野青畝　1–1

プロレタリア文学の制作小考	佐々緒藤也	2-5
映画美学の発生とＭＯＮＴＡＣＥ—シネマに関するノオトから—	林　炳耀	6-8
風青き頃の感想—律堂追朗に就いて—	畑山　茂	9-11
詩篇		
五月　横浜情詩（＊詩）	西川林之助	12-13
呪はしき叫び（＊詩）	西川正夜詩	13-15
私の生活（＊詩）	竹内四十四	15-16
家畜になつた（＊詩）	落窪君子	16-17
無題（＊詩）	加島　裕	17-19
落伍者の唄（＊詩）	宮脇敏夫	19-20
白熊の詩（＊詩）	小松まこと	20-21
曝露的断章	斯波仙三	12-14
酒	蓑田行人	14-22
死と腐敗—親友Ｔ・Ｆに贈る—	大月桓志	23-30
関西文壇小景	雅川光信	21-24
関西文藝五月創作評		25-28
詩篇		
救生軍（＊詩）	塚本篤夫	28-29
何をぶつ砕したらい丶か!!（＊詩）	大野由紀夫	29-30
関西文藝　畑山茂　沢盛	福田定吉	31-32
居住風景（＊創作）	福田定吉	33-40
公園に塒して（＊創作）	名古卓二	40-48
泡影の彼達（＊創作）	鳥居能勝	48-55
圧（＊創作）	沢　盛	55-59
廃帝の靴　ミカエル・ゾスセンコ作	中田久訳	59-61
インテリゲンチヤ（＊二場）	宍戸貫一郎	61-70
新刊紹介		
万両（俳句集）（阿波野青畝著）		70-70
上方趣味（春宵の巻）		70-70
えすぶり（七月創刊）		70-70
編輯後記	編輯部	71-71

第七巻第七号　昭和六年七月号　一日発行

未来への新展開—故郷に於ける五十年誕会祝賀会に臨んで思つた事—	高須芳次郎	1-1
断章	藤田進一郎	2-5
掬ばんかな鮮なる哉—窓の芭蕉に寄する言葉—	畑山　茂	6-11
日本民族に於ける喜劇と悲劇	竹内勝太郎	12-20
詩篇		
海浜に歌ふ・他	池田克己	21-23
七月に歌ふ—街の少女達よ—	名古卓二	24-26
いためる魂	西川正夜詩	26-27
曝露篇		
扉に立つ	田川流太郎	21-26
『欺くて母は美しい』	山田　晃	27-36
関西文壇小景		27-31
詩篇		
春雨	西口藤助	31-31
妹達へ送る詩	小松まこと	31-32

短詩五章　播磨紅風　33-34
　ベンチに流れる　橋本みづ　34-35
　夜　加島　裕　35-36
新刊紹介　36-36
関西文藝　K・O　37-38
糧（＊創作）　小野孝二　39-47
波（＊創作）　福田定吉　47-53
知（＊創作）　高橋猟之介　54-59
ドルンの廃帝（＊戯曲一景）　楳本捨三　59-69
編輯後記　編　輯　部　70-70

第七巻第八号　昭和六年八月号　一日発行

夏（＊巻頭言）　高谷　伸　1-1
諷刺文学の階級性特質に就いて　中野晴介　2-5
『関西文学』に於けるプロレタリア文学—併せて同誌「六月号」評—　佐々緒藤也　6-10
書斎の夏
　夏の書斎　木谷蓬吟　11-11
　無題　藤田進一郎　11-12
　此の頃の日記　竹内勝太郎　12-13
野に叫びあり—（畑山氏に）—（＊詩）　西川林之助　13-13
病床に描く　畑山　茂　14-14
沢盛と大阪　福田定吉　15-20
三田村四郎のこと　石川亜木雄　20-20
詩篇
　真冬の草々の詩—北国の農人S兄に捧ぐ—（＊詩）　小松まこと　21-22
　朝は理性の時だが（＊詩）　加島　裕　22-24
　農村詩篇（＊詩）　楢崎　凌　24-25
　新開地メロディ（＊詩）　西川林之助　25-26
　月（＊詩）　西口藤助　26-27
　短詩五章（＊詩）　播磨紅風　27-27
国旗—それを持たない民族について—　大月桓志　21-24
埋立工事　山本二芙四　24-31
奈良人形の唄（＊小唄二題）
　西川正夜詩（作詩）　山名義信（作曲）　28-29
関西文壇小景　29-31
関西文藝　畑山茂　沢盛　大月桓志　32-33
闘士源さん（＊創作）　森川みつる　34-45
空を行く（＊創作）　山際伍一　46-49
空寝（＊創作）　田中友彦　49-54
カフエ愉快な邂逅（＊八場）　小野金次郎　54-73
編輯後記　編　輯　部　74-74

第七巻第九号　昭和六年九月号　一日発行

盆（＊巻頭言）　福田定吉　1-1
断章　藤田進一郎　2-6
秋灯漸く濃ゆければ— Altruism への再考—　畑山　茂　6-13
大阪の空気はどうもよろしくない　石田幸太郎　14-14
詩篇

路傍詩篇（＊詩）　西口藤助　15-16
村の一時の詩（＊詩）　加島 裕　16-18
短詩五章（＊詩）　播磨紅風　18-19
気儘勝手は男だよ（＊ジヤズ小唄）　西川正夜詩　19-20
秋風（＊詩）　夢十好麿　20-21
松公　夢十好麿　15-17
突撃　蓑田行人　17-25
関西文壇小景　21-24
新刊紹介
上方趣味（清風の巻）　25-25
どん底に歌ふ（詩歌民謡集）（中島宵月著）　25-25
関西文藝　畑山茂 沢盛 福田定吉　26-27
正義の草笛―「K小作争議団に」―（＊農民詩）　上 政治　28-28
ヨボの恋（＊創作）　小野孝二　29-36
佐助氏の憂鬱（＊創作）　沢 盛　36-41
灰色の谷（＊創作）　野原 洋　41-49
東京まで（＊創作）　福田定吉　49-65
地獄の沼辺（＊一幕）　上 政治　66-69
編輯後記　編輯部　70-70

第七巻第十号　昭和六年十月号　一日発行

近頃の好奇心（＊巻頭言）　畑山 茂　1-1
小説の問題（＊関西文藝時評）　福田定吉　2-6
文藝雑観　石川亜木雄　7-9
雪割草 寂しい風景（＊詩）　西川林之助　9-9
笑ひとエロチシズム―歌舞伎を中心として―　竹内勝太郎　10-13
煙中男の感想　煙 中男　14-16
火焔の束を棄てて（＊詩）　生田花世　17-17
錯覚他（＊詩）　池田克己　17-18
風の鞭に追はれゆく霧も悩むである（＊詩）　上 政治　18-18
故郷での小詩（＊詩）　加島 裕　18-19
詩二篇（＊詩）　中島宵月　19-19
天窓すらも丶たない作家　松原金次郎　20-22
新刊紹介
閑居雑話 西川林之助氏著　22-22
掌篇
黄昏に沈む　野原 洋　23-24
観世音菩薩　橋本みづ　24-26
関西文藝　畑山茂　福田定吉　27-27
禁―樹木ヲ折ルコト―（＊創作）　高橋康二　28-35
血（＊創作）　芝憲太郎　35-41
父と籐椅子（＊創作）　田川白夢　41-46
若き刀剣師の唄（＊創作）　笹本正男　46-54
学藝消息　54-54
編輯後記　編輯部　55-55

第七巻第十一号　昭和六年十一月号　一日発行

波間に躍る魚（＊詩）　高橋康二　1-1

前進するために藝術理論の歯止め　五味雪緒　2-7
碧き天の慧覚―真理は雪線の如く存在する―　畑山　茂　8-9
『都会の感情』を読みて　内藤辰雄　10-13
秋・街と少女と　池田克己　14-15
白い獣　高橋康二　15-16
Copu になる男　遠山　哲　17-19
寄稿創作短評　19-19
最近の同人雑誌から　福田定吉　20-22
新刊紹介（濡れ燕・西川林之助著）　22-22
詩
母の手　光本兼一　23-23
蛙の中でうたふ　加島　裕　23-23
夜嵐　福田定吉　23-24
母達へ送る詩　小松まこと　24-24
哀傷攪乱　西口藤助　24-25
朝のランニング　汽車　播磨紅風　25-25
生きるために　ある女に　中島宵月　25-25
関西文藝　畑山　茂　26-26
伸・展（＊創作）　沢　盛　27-36
妊婦（＊創作）　小野孝二　36-42
葡萄棚の綾（＊創作）　辻村哲夫　43-48
秋・妓とあそぶ（＊創作）　山際伍一　48-54
麻雀講座　乗居寧楽橘　55-58
老人（＊詩）　播磨紅風　58-58
編輯後記　編輯部　59-59

第七巻十二号　昭和六年十二月号　一日発行

欠

第八巻第一号　昭和七年一月号　一日発行

詩人の宣言　大河（＊詩）　G・オーハラ　2-2
断章　藤田進一郎　3-6
長篇「人生地図」を書き上げて　内藤辰雄　6-6
長崎の阿蘭陀正月　永見徳太郎　7-12
新刊紹介　12-12
詩
都会の夜　詩人　播磨紅風　13-14
ブルジョア　商店街　昼休み　木村　修　14-15
踏切番　桜井良之助　15-17
一九三二年の始めに女を通して見たおさか・ど・とんぼりTO・LET　芝憲太郎　13-14
片隅の恋　野原　洋　14-14
「しんきろうを食べる」―（一九三二年の初めに斜めに見たおさか・ど・とんぼり）―　溝口楢雄　15-16
「一九三二年のはじめに人間達を通して見たおさか・ど・とんぼり」　石川亜木雄　16-17
ボードレエルのゐる道頓堀　高橋康二　17-18
実験室を出て　沢　盛　18-20
カフエーの卓子にて　畑山　茂　20-21
鎖の嚙み切れる迄　森川みつる　17-20

小品文　桜井良之助　20－21
関西文藝　畑山茂　高橋康二　22－22
Q子の場合（＊創作）　楳本捨三　23－29
死芽（＊創作）　高橋康二　29－35
生蝕記（創作）　遠山　哲　35－42
少女（＊創作）　福田定吉　42－49
春へ（＊創作）　沢　盛　50－54
屁を放る人々（＊創作）　畑山　茂　55－64
編輯後記　65－65

第八巻第二号　昭和七年二月号　一日発行

横笛への追慕　畑山　茂　1－1
大衆文学論―民族性と文学的権限―　中野晴介　2－5
お筆先で損した話　宮飼陶羊　6－8
新刊紹介　8－8
詩二篇
海港風景　播磨紅風　8－8
葉　池田克己　8－8
宮仲より　内藤辰雄　9－13
昭和六年の『関西文藝』に就いて　石川亜木雄　13－17
オサカ・デパート漫談会（＊座談会）
渡辺均　谷本弘　藤分外喜男　草西正夫　芝憲太郎
大久保文子　由比彰　溝口楯雄　野原洋　青野馬左
奈　寺田清四郎　中村真　望月満　田川寛一　高橋
康二　福田定吉　沢盛　畑山茂　18－26
関西文藝　畑山茂　高橋康二　27－27
勝海舟の恋（＊創作）　永見徳太郎　28－40
温かい女（＊創作）　高階　潤　41－43
渓谷（＊創作）　沢　盛　43－48
戯画（＊創作）　高橋康二　48－50
服部泰三を憶ふ　畑山　茂　51－51
追憶断片　松本憲逸　52－53
兄泰三のこと　妹より　53－53
陸に生命なき男と女（＊シナリオ）　服部泰三遺稿　54－59
元旦の詩―世の女性達へ送る―（＊詩）　小松まこと　59－59
編輯後記　編輯部　60－60

第八巻第三号　昭和七年三月号　一日発行

三月の風貌　阿波野青畝　1－1
藝術教育　ハンス・コルネリアス　堀重三訳　2－4
文学の触面　福田定吉　5－8
洋行珍奇譚　武本謙吉　8－8
『神の肯定』を嘲ふ者に書き贈る―関西大学「千里山」の木山哲夫氏の批判を駁す―　畑山　茂　9－11
接客係　山口　龍　12－16
霧の中の喫唇―或は白い人のうたごえ―　山際伍一　16－21
ふざける役者　安藤利三郎　21－21
関西文藝　畑山茂　芝憲太郎　高橋康二　沢盛　22－23
首の貞操帯（＊創作）　畑山　茂　24－34
朽ちた骰子（＊創作）　野原　洋　34－40

窓のある生活（＊創作）　芝憲太郎　40-54
朝鮮旅行漫筆　亀島日成　54-54
陸に生命なき男と女第二齣（＊シナリオ）　服部泰三遺稿　55-59
編輯後記　編 輯 部　60-60

第八巻第四号　昭和七年四月号　一日発行

建築学上の自明性　ハンス・コルネリアス　堀重三訳　1-1
混沌に白熱する文学価値　芝憲太郎　2-8
学生思想問題　佐々木栄太郎　8-8
断章　藤田進一郎　9-11
煙草　井上円海　11-11
馘首教員の気持　田川正雄　12-22
乳房は赤い（＊一幕）　渡辺幸一　23-29
どん底の泡盛（＊詩曲）　国吉真正　29-32
若鮎と寄生虫　片岡直方　32-34
教育の錯誤　TO生　34-34
関西文藝　畑山茂　芝憲太郎　沢盛　高橋康二　35-36
八百米（＊創作）　長田重男　37-43
原始（＊創作）　福田定吉　43-48
背伸び（＊創作）　高橋康二　48-56
一角獣の言　山口 龍　56-56
編輯後記　編 輯 部　57-57
詩の頁
（＊以下別刷、頁数の記載なし）
夕月　村山新三
紙魚　小川隆太郎
La solitude　北園克衛
サイレン　木村 修
済　藤村青一
青霊　勢山索太郎
賦ひ給へよ―鎧扉をたたいて―　兼松信夫
春にめざむ　西川正夜詩
赤　池田克己

第八巻第五号　昭和七年五月号　一日発行

だんご道徳の時代　畑山 茂　1-1
文学の喪失した貴族主義的精神　楳本捨三　2-6
断章　藤田進一郎　7-9
ショパンの生涯と作品　村上真砂美　9-11
家庭教育　ライツアー　堀重三訳　11-14
与謝野寛氏作爆弾三勇士の歌詞に就いて―選者薄田泣菫氏に対する公開状―　犀川天磊　14-18
堅上村地日辷地方視察　宗田克己　19-20
底力　G・P　20-20
性格の影―英子の日記から―　田川正雄　21-27
教師の苦　谷田精吉　27-29
五月の譜（＊詩）　西川正夜詩　29-29
関西文藝　高橋康二　福田定吉　30-30
詩の頁

幸福　勢山索太郎　31-31
硝子の道　左川ちか　32-32
春の感傷を食む　妻　絹子　32-33
聖夜　広川仁四郎　33-33
家族　浜田晴美　33-33
大都会の洗礼　黒島黒し　34-34
POISSOHD'AVRIL　本多宅盛　34-35
叛☆　木谷哲莉　35-35
柳めぐむ頃　瀬古貞治　36-37
幼児　木村　修　36-36
神々の告白—毛皮のない外套の悲歌—　河東茂生　37-38
温室の保護法案　藤村青一　38-38
アルバムの中の出産（＊創作）　芝憲太郎　39-41
春と青山君（＊創作）　青旗粧十郎　42-47
スワンになる人妻　由比種夫　48-57
夕刊大阪新聞の満州行に参加して　芝憲太郎　57-57
編輯後記　編輯部　58-58

23『新大阪評論』

大正十四年三月

創刊号　大正十四年三月一日発行

予は肺肝を吐く—大大阪市建設に際し決然再起せし予が真情は即ち此の一篇に錘る言外未尽の意は唯夫れ諸君の酌むに任かす—　東村日出男　4-6
此兇悪此暴戻を見よ日露実業会社の内情暴露　7-9
加藤、高橋、犬養、床次—政界の展望台より・観たる—　10-13
接続町村編入及編入後の諸問題に対する華城諸名士の意見　14-14
大大阪建設に対する二大暗礁　森田政義　15-19
郊外電車の乗入れを利用せよ　小岸安昌　19-21
上下水道及衛生設備の完成は大大阪建設の一大眼目　泉仁三郎　21-22
大大阪市一学区制は学制本来の大理想　沼田嘉一郎　23-24
編入は大賛成であるが文化設備の時機には疑惑　石川　弘　24-27
大阪逓信局に調査打合に来た者は今日まで唯の一人もない　野本正一　27-28
現在市の消防費は七拾五万円　土井末吉　28-29
大大阪市の生れるまで—中川大阪知事と語る—　30-31

人物月旦
林市蔵君　疎　天　生　32-33
吉弘白眼君の半面　疎　天　生　33-34
瓦斯南海両社長渡辺君羽織を一枚脱げ　35-35
高く叫ぶ祖国の心—皇室を中心とした忠孝精神の権威を見よ—　東村日出男　36-38
新日本の頭脳と心臓　39-39
春挙と栖鳳と翠雲　東美山人　40-43
現代的戦国時代—京都画壇の新分野—　43-43
住民の生命を脅威する敷津の火薬庫撤去は焦眉の急　44-45
新大阪市議立候補の甚だ心細い顔触れ　46-47
楽観か悲観か財界の前途　48-51
鶴羽丸と西島事務長　51-51
稲畑一派の横暴と無能と時代後れ—外界鉄治郎氏の大獅子吼—　52-55
太田専務の不誠意から京阪電車は四苦八苦㈠　56-57
編入町村長中にも斯くの如き悪漢がある　58-59
あゝ気の毒な農民！　彼等には其の味方がない　60-62
我教育界の一大慶事　62-63
余録　64-64

24『劇壇縦横』

大正十四年十月—十二月

第一年第一号　大正十四年十月一日発行

文楽座号

口絵（＊或る夜の人形部屋ほか）
大阪の郷土藝術　高安月郊　2-3
人形よ、残れ　山本修二　3-3
人形浄瑠璃に就て　小林一三　4-4
西洋人を案内して　宮島綱男　5-6
人形芝居が道頓堀へ　石割松太郎　6-8
桐竹紋十郎の言葉　川尻清潭　8-10
文楽に就て　食満南北　10-12
私見　大西利夫　12-12
人形浄瑠璃（＊短歌六首）　矢沢孝子　12-12
文楽座小感二三　三島章道　13-17
文楽は何故振はぬ　高安吸江　17-18
文楽座出開帳礼讃　中井浩水　18-19
文楽座描（＊川柳）　岸本水府　19-19
本朝二十四孝　柴谷柴舟氏画　20-20
一　あなたは文楽座から何を得られましたか？　二　如何して今後の文楽座を保存すべきでせうか？（＊回答）　岡鬼太郎　生田葵　小宮豊隆　豊岡佐一郎

小生夢坊　島道素石　小寺融吉　正宗白鳥　額田六福　山崎紫紅　岡栄一郎　太田三郎　若月保治　伊坂梅雪　邦枝完二　花岡百樹　麻生路郎　片山忠次郎　深田康算　坪内士行　畑耕一　瀬戸英一　浜村米蔵　仲木貞一　津村京村　三島章道　水谷竹紫　坪井正直　藤田章之助　川村花菱　西田当百　矢野きん坊　川上貞一　大関柊郎　藤井真澄　伊原青々園　森川舟三　後醍院正六　石割松太郎　八木柳緑　水谷幻花　三宅周太郎　田中煙亭　富田泰彦　高柳初風　内海幽水　田中芳哉園　角田羽仙　新谷誠水　岩田鯉喜千　秋元柳風　京極利行　山本柳葉　伊藤熹朔　中田捨松　小林君次郎　小林延子　本山荻舟　吉川栄蔵　江沢春霞　家門桜谿　平山蘆江　正宗得三郎　遠山静雄　木村荘八　大国貞蔵　小村大雲　西沢笛畝　小出楢重　小杉未醒　田中良　橋本関雪　河合卯之助　小川千甕　小早川秋声　久保田金僊　黒田重太郎　織田一磨　細木原青起　大久保春水　佐竹守一郎　常盤津文賀太夫　芳村伊四郎　井上弘範　大江竹雪　梅原龍三郎　坂東三津五郎　野沢英一　市川荒太郎　都築文男　名越仙左衛門　曾我廼家五郎　武田正憲　柳永二郎　実川延若　栗島すみ子　中村魁車　市川中車　音羽兼子　中村成太郎　初瀬浪子　辻野良一　東日出子　片岡我童　水谷八重子　片岡我十　曾我廼家大磯　栗島狭衣　村田嘉久子　尾上卯三郎　曾我廼家弁天　21-39
本朝二十四孝（浄瑠璃話）　松長照夫　40-45
操人形の沿革　西野四緑　46-49
いさゝか乍ら　白井松次郎　48-49
東京の地より　大谷竹次郎　49-49
文楽座雑感　西田真三郎　50-52
文楽座の三巨星　八木柳緑　52-53
木偶珍説見聞　吉岡鳥平　54-55
伊賀越道中双六（浄瑠璃話し）　山上貞一　56-63
大阪中座出演文楽座番組　63-63
木偶は語る　鳥江鉄也　64-64
人形芝居　成瀬無極　65-67
筍掘の事　新谷誠水　67-67
人形浄瑠璃　矢沢孝子　67-67
文楽人形雑感　京極利行　68-71
我が劇場　島　華水　71-74
文楽へのラヴ　服部嘉香　74-80
〔短歌二首〕　矢沢孝子　80-80
大坂人の義務　三宅周太郎　81-81
〔短歌一首〕　矢沢孝子　81-81
民衆と接触せよ　大江素天　81-84
文楽川柳（＊四首）　84-84
編輯後記　（烏（ママ）江生）（佐々木生）　85-85

第一年第二号　大正十四年十一月一日発行

中村鴈治郎号

鴈治郎の持つ情味　沢瀉久孝　2-3

関西の三幅対　高安吸江　4－5
ほんとうの藝術家　大西利夫　5－9
鴈治郎の偉い処　富田泰彦　9－10
成駒屋さん　食満南北　10－12
伊賀越　12－12
伝統的の美（壇評）　成瀬無極　16－16
福助の『胸』と『頤』（壇評）　中井浩水　16－17
痛快児中村魁車―成太郎の往時と私達の文士劇の思ひ出―　野村治郎三郎　17－19
平凡な芝居話　鳥江鉄也　19－22
長坊ンと中坊ン―自然の恵と蝶花の恵の相違―　新谷誠水　22－23
鴈治郎雑文　山上貞一　23－24
自愛の雀右衛門と其の他　西田真三郎　24－27
文楽に合邦が復活上演されるに当つて　京極利行　27－30
鴈治郎のお三輪　大村嘉代子　30－30
懐ゐ帳　30－30
一　中村鴈治郎の舞台上に就いての御希望と御寸感？
二　あなたが鴈治郎の舞台を見て一番御感動になつた役？（＊回答）　畑耕一　邦枝完二　久保田金僊　食満南北　小生夢坊　藤田草之助　中村吉蔵　黒田重太郎　田中芳哉園　藤井真澄　小寺融吉　津村京村　家門桜谿　八木柳緑　矢沢孝子　水谷竹紫　佐竹守一郎　金子洋文　平山蘆江　若月保治　梶原緋佐子　大村嘉代子　西沢笛畝　久保田米斎　小早川秋声　水谷幻花　清水三重三　川村花菱　山崎紫紅　坪井正直　田島淳　中馬貞子　高安六郎　仲木貞一　高安月郊　大国貞蔵　花岡百樹　伊藤松雄　大江竹雪　島道素石　本山荻舟　高沢初風　佐藤紅緑　麻生路郎　村上華岳　江沢春霞　山本柳葉　林千代子　四方田欽一　正宗得三郎　富田泰彦　31－39
一　あなたは文楽座から何を得られましたか？　二　如何にして今後の文楽座を保存すべきでせうか？
（＊回答）　中村雀右衛門　林和　曾我廼家五九郎　松本要次郎　曾我廼家蝶六　梅島昇　中村芝鶴　村上華岳　中田正造　39－40
稽古見たま丶壺屋久兵衛―中座十一月狂言―　42－53
饅頭娘―伊賀越道中双六―　松長照夫　54－61
鴈治郎と劇評　山本修二　62－63
遺して置きたい『鴈治郎映画』　吉本寛汀　63－64
鴈治郎の肚　大森痴雪　64－64
スケッチ帖から―鴈治郎の印象―　柴谷柴舟　65－65
中村鴈治郎（＊俳句）　馬場蹄二　66－67
漫画狂言二題　吉岡鳥平　68－69
将門の子（二幕）―大阪中座十一月上演脚本―　笹山吟葉　70－88
編輯後記　鳥江生　佐々木生　89－89

第一年第三号　大正十四年十二月一日発行

顔見世号

歌舞伎伝統の傘留め　林　久男　2－4

洛北の秋　新村　出　4-5
俳諧顔見世　中井浩水　5-7
思ひ出の顔見世　山本修二　7-8
南座の廊下で　八木柳緑　9-10
ダダラ説法―鴈治郎曼荼羅御開帳縁起―　高原慶三　10-11
碁盤太平記　11-11
顔見世の印象　大国貞蔵　12-12
碁盤太平記―芝居物語―　山田春雄　13-20
顔見世笑話　食満南北　20-21
すゝはらひ　藤田草之助　21-23
きれ〳〵の憶出　日比繁治郎　23-24
顔見世古川柳　馬場蹄二　24-25
芝居世迷言　小島孤舟　26-27
『土蜘』口伝　吉本寛汀　28-29、34
若かりし『敦盛』の追憶　中村鴈治郎　30-31
『一つ家』談義　尾上梅幸　31-33
宿題だつた『連獅子』　松本幸四郎　33-34
鴈治郎＝久兵衛（＊画）　柴谷柴舟　35-35
顔見世月戯談　正岡　蓉（ママ）　36-37
洛北の秋―芝居物語―　山上貞一　38-44
ひやくねんごのどうとんぼり　山田　伸　46-47
『劇壇縦横』（いたち小僧）　48-49
京南座顔見世に対する貴下の御印象の一端をお洩らし下さい（＊回答）　服部嘉香　四方田柳子　八木柳緑　浜村米蔵　生方敏郎　秋田握月　高安吸江　田中芳哉園　平井楳仙　柚秀吉　麻生路郎　近藤浩一路　落合浪雄　川北霞峰　豊岡佐一郎　林千代子　食満南北　山本修二　太田善二郎　津村京村　山上貞一　畑耕一　邦枝完二　小川千甕　正宗得三郎　十菱愛彦　成瀬無極　菊池契月　高安月郊　水島爾保布　富田泰彦　50-54
『一谷嫩軍記』に就て　54-54
相の山（一幕二場）―京都南座顔見世興行上演脚本―　大西利夫　56-68
顔見世（＊川柳）　馬場蹄二　68-68
扮装愚々談　平山蘆江　69-72
観劇の旅　津村京村　73-74
俳優本位から戯曲本位へ　鈴木善太郎　75-75
俳優以上の藝術　吉岡鳥平　76-77
大阪の舞台美術に就いて　大森正男　78-80
俳優と学校の先生　小生夢坊　80-81
戯古痴内語　寺川　信　81-83
劇界の恐怖時代　富田泰彦　83-84
編輯後記　鳥江生　佐々木生　85-85

25『劇』

大正十五年四月—昭和二年七月（全八冊）

創刊号　大正十五年四月一日発行

口絵写真（＊「人面桃花」）

道（＊三幕）　豊岡佐一郎　2-42

連台戯・新劇・影戯—映画の独り天下のことと藝術家の新運動のこと—　菅原　英　43-53

ゴールズワージイの近作二篇—「蠻境」及ビ「古英国民」—　山田松太郎　54-60

『マクロプーロスの秘密』　大関柊郎　61-73

泰西演劇史家の日本劇考察—（その一、起源に就て）—　山下良三　74-79

現代アメリカの名女優は？　服部実抄訳　80-81

シルレル戯曲研究㈠—平民悲劇『奸計と恋』に就て—　川口尚輝　82-110

吉田謙吉氏制作舞台装置画集　111-111

編輯余録　112-112

第二号　大正十五年六月一日発行

口絵（＊ミルトンのハムレツト・ダンセニー作「女王の敵」）

蠻境（＊四幕八場）　ジヨン・ゴールズワージイ作　山田松太郎訳　2-64

星空（＊一幕）　豊岡佐一郎　65-84

草創の江戸歌舞伎と金平　免取慶一郎　85-87

労農ロシアに於ける無産階級映画（プロレットカトキノ）　山本倫訳　88-91

劇の会　（H生）　91-91

「聖ジオヨン」その他—（演劇時評二項）—　川口尚輝　92-97

ミルトンのハムレット（＊口絵解説）　97-97

泰西演劇史家の日本劇考察—（その二、能楽に就て）—　山下良三　98-102

国民座初公演を観る　豊　岡　生　103-104

大阪劇壇総評—四ヶ月間の回顧　四蘭軒雄夫　105-111

編輯余録　112-112

第三号　大正十五年八月一日発行
時代劇一幕物号

口絵写真（＊「ウインゾアの陽気な女房」・本号戯曲執筆者）

君寵（＊一幕三場）　豊岡佐一郎　2-14

燕子花（＊一幕）　大西利夫　15-22

応仁秘記（＊喜劇）　坪井正直　23-35

大将（＊一幕）　山上貞一　36-51

出雲の阿国（＊一幕）　森田信義　52-67

『日の御子』（＊一幕三場）　坪内士行　68-79

驕帝踊る（＊一幕）　川口尚輝　80-90

宝塚国民座第二回公演合評　シエークスピヤ作・坪内逍遥訳「ウインゾアの陽気な女房」（坪内士行演出）
大西利夫　坪井正直　山田松太郎　山下良三
京極利行　森田信義　豊岡佐一郎　川口尚輝　91-96
小説家の劇作に就て　堀　正旗　97-99
「ウインゾアの陽気な女房」（＊口絵解説）　99-99
変り種仇討劇三種
（＊菊池寛作『仇討出世譚』（中央公論）・三上於菟吉作『討手』（演劇新潮）・林和作『三右衛門の売出し』（演劇改造））　書人不知　100-101
大阪劇壇総評（承前）　四蘭軒雄夫　102-108
劇の会（第二回）　（H生）　108-108
現代劇作家時代劇　総覧（ABC順）　109-123
編輯余録　124-124

第四号　大正十五年十月一日発行
翻訳名戯曲号

口絵（＊「キヤリビーズの月」―プロピンスタウ劇場所（ママ）演）
「大汗のダイヤモンド」（＊戯曲）
アラン・マンクハウス作　山田松太郎訳　2-18
扉は開けて置くべきか　閉めて置くべきか（＊戯曲）
アルフレット・ドウ・ミユツセ作　高安克己訳　19-40
キヤリビーズの月（＊一幕）
ユーヂン・オニール作　野淵昶訳　41-58
シシリアン・ライムズ（＊一幕）
ルイヂ・ピランデルロ作　山下良三訳　59-78
月暗柳下影（＊戯曲）　胡児・菅原英共訳　79-88
晩年のチエエホフ―千八百九十三年より千九百四年まで―　並山拝石　89-99
翻案種あかし　99-99
現代ユダヤ戯曲について　清野暢一郎　100-101
名優ジヨン・バリモアの自伝より　倉橋　生　102-103
海を越えての名著　104-105
編輯を終つて　豊岡　生　106-107
編輯余録　（豊岡）　124-124

第二巻第一号　大正十六年新年特別号　一日発行
喜劇脚本号

『風雨後晴』（＊一幕三場）　坪内士行　2-13
乾杯（＊喜劇一幕）　豊岡佐一郎　14-25
戯れ（＊一幕二場）　川口尚輝　26-40
若夫婦（＊一幕）　大関柊郎　41-48
脚本募集に就て　48-48
仏蘭西諷刺軽喜劇（ファルス）概史―代表作「ピエール・パトランの旦那」―　中山鏡夫　49-67
大阪に於ける小劇場、新劇運動の回顧　山上貞一　68-72
国民座誌友観劇会　72-72
『劇』の会（第三回）　72-72
大名行列の梅蘭芳　（H生）　72-72

可笑味の要素　小寺融吉　73-76
笑　山田松太郎　76-80
名優ジヨン・バリモアの自伝より（承前）　倉橋生　81-84
大正十五年大阪劇壇の収穫
目鼻がつく　高原慶三　85-88
闇汁のやうな劇界多事　中井浩水　88-91
鴈治郎を尊重せよ　池津勇太郎　91-94
大正十五年度大阪劇壇の回顧　西田真三郎　94-96
海を越えての名著　97-97
既刊四号要目　98-98
英国に於ける最初の喜劇―沙翁の先駆者ニコラス・ユウダルとその作『ラルフ・ロイスタ・ドイスタ』に就て―　山下良三　99-104、80
『驕帝踊る』の上演　豊岡生　105-106
演劇雑誌案内　107-108
欧米戯曲翻訳総覧　109-123
編輯余録　（豊岡）　124-124

第二巻第二号　昭和二年三月号　一日発行
人形芝居号

明るい座敷（＊一幕）　森田信義　2-13
ある瞬間の横顔（＊一幕）　川口尚輝　14-22
ほんとの花嫁―人形芝居―（＊四幕）　小寺融吉　23-38
殴られた同士　フエレンク・モルナア　鈴木善太郎訳　39-44
闇の中に（＊一幕）　豊岡佐一郎　45-58
ゲーテと人形芝居　58-58
海を越えての名著　59-59
人形浄瑠璃の生れるまで　木谷蓬吟　60-62
人形浄瑠璃と泉州堺　石割松太郎　62-65
「戯れ」国民座上演　65-65
淡路の人形芝居の思い出　中山鏡夫　66-70
イタリーの人形芝居　山田松太郎　71-75
リチヤード・テシユナーのスタヂオ片影　倉橋巌二　76-78
シラノ・ド・ベルヂユラツク―猿を斬る―　78-78
社会意識と劇　坪内士行　79-81
劇壇無礼講座　82-83
日本操人形芝居略史　山下良三　84-100
日本操人形芝居に関する近頃の文献　100-100
欧米戯曲翻訳総覧正誤　101-101
編輯余録　（豊岡）　102-102

第二巻第三号　昭和二年五月号　一日発行
舞台藝術号

猿彦の戴いた月桂冠（＊喜劇、四場）　豊岡佐一郎　2-15
邪宗門挿話（＊一幕二場）　堀正旗　16-31
ある別れ話（＊二場）　長谷部孝　32-41
アントアンの自由劇場運動初期　山田松太郎　44-48
マツクス・ラインハルトの「奇蹟（ミラクル）」の演出
ハントリー・カーター　伊島理吉訳　49-57
モスコー藝術座の演出―（スタニスラウスキイ）

脚本と上演　野淵昶訳　58–64
劇壇無礼講座　桝本　清　65–67
歌舞伎の舞台美　68–69
メイエルホーリドの演劇革命運動　錦　桂　女　70–71
労農治下のモスコー藝術座　服部　実　72–77
タイロフの室内(カメルヌイ)劇場と其の理論　77–80
エスナアの階段舞台　80–84
海を越えての名著　（K・T生）　84–84
演出家の意志　85–85
舞台装置家と書籍装幀家―露西亜舞踊画家ビリビンと　鈴木善太郎　86–86
ブノアの近信―　永田龍雄　87–91
上演と舞台装置（ジヤツク・コポオ）　中井駿二訳　92–93
光の藝術家アドルフ・アツピア　和田槐二　94–94
ゴオズン・クレイグの綜合舞台　和田槐二　95–95
編輯余録　（豊岡生）　96–96

第二巻四号　昭和二年七月号　一日発行
ラヂオ・プレー号

都会病（ラヂオ・プレー）　坪内士行　2–15
邪宗門（ラヂオ・プレー）　大西利夫　16–25
公園にて（ラヂオ・プレー）　森田信義　26–32
土の中（ラヂオ・プレー）　鳥江銕也　33–38
或る日曜の若夫婦―一幕―（ラヂオ・ドラマ）　堀　正旗　39–48
サーカス遁走（ラヂオ・プレー）　豊岡佐一郎　49–54
「芝居」を放送することの無意義　石割松太郎　55–62
『劇』通信　62–62
七月の新劇運動　62–62
ラヂオ・プレー一考　坪内士行　63–64
ラヂオ・プレーの本質　松本憲逸　65–69
ラヂオ劇短評　橋田慶蔵　69–72
劇壇無礼講座　74–75
海を越への名著　76–76
見たもの漫評　魔　介　77–79
関西劇壇と指導者　阪井康夫　80–81
編輯余録　（編者）　82–82

26『エトアル』

昭和二年十一月—昭和三年十一月

第一巻第一号　昭和二年十一月号　一日発行

巻頭（＊詩）	ゲーテ	1-1
千家元麿氏の藝術に就て	多田俊彦	2-9
自他一如の境	北川亀之輔	10-13
エトアル社同人及会員を募る		13-13
童児拾銭円（＊詩）	金沢　暲	13-14
死面　焦慮（＊詩）	井沢　権	14-15
喫茶店にて（＊詩）	戸奈美濃介	16-16
公園　宴会（＊詩）	戸部良太郎	16-17
エトアル同人言	（藤堂）（芦の葉）（金沢）	18-19
まる（＊小説）	池月めぐる	20-26
木鶏（習作）	南田小坊	27-30
正子（＊小説）	杉本文彦	31-41
天の邪鬼（＊脚本）	藤堂晴美	42-47
編輯後記	（藤堂）（阿木）	48-48

第一巻第二号　昭和二年十二月号　一日発行

巻頭	ノバリス	1-1
体験に関する一考察	北川亀之輔	2-4
庭（＊詩）	戸奈美濃介	5-5
冬日閑居　あけがた（＊詩）	金沢　暲	5-6
大都会の嬰児　海の誘惑（＊詩）	遠山あい	6-7
寂しき夜（＊詩）	北本　実	7-7
冬稍近し（＊短歌）	山科　鴨	8-8
秋の歌（＊短歌）	杉並よね	8-9
秋風鳴る（＊短歌）	南田小坊	9-11
雑詠（＊短歌）	板東　静	11-11
晩秋の旅より（＊俳句）	杉原明丘子	11-11
妹（＊小説）	柳川公子	12-23
鏡（＊小説）	山戸豊助	24-26
汽笛（＊小説）	山川澪子	27-34
主義者（＊小説）	藤堂晴美	35-40
六号雑記	（萱野）（芦の葉）（杉本）（馬場正）	41-42
真剣な雰囲気を（＊六号雑記）		41-42
編輯後記	（むらをか）	43-43

第二巻第一号　昭和三年一月号　一日発行

新年の言葉		1-1
無相の世界とその美に就て	金沢　暲	2-10
憎しみを憎む	馬場　正	11-12
叔父ワーニヤを観る	北川亀之輔	13-16
鶏頭（＊詩）	遠山あい	17-17
金色の光線（＊詩）	北本　実	17-17
光の踊子（＊詩）	神沢きよ	18-18

冬断章　公孫樹　霜（＊詩）　戸奈美濃介　19–19
友（＊短歌）　杉並よね　20–20
顫へる頬（＊短歌）　山科　鴨　20–21
思ひ（＊短歌）　那須澄子　21–21
雑詠（＊短歌）　玖琢素子　22–22
雑詠（＊俳句）　杉原明丘子　22–22
姥子の湯（＊創作）　鎌尾武男　23–30
罪なき戯れ（＊創作）　中辻菊次　31–37
六号雑記　馬場　北川　芦の葉　阿木　38–40
表紙3
消息その他　（馬場）　表紙3

第二巻第二号　昭和三年二月号　一日発行

巻頭言　令レ反二惑情一歌一首弁序　山上憶良　1–1
美と宗教的真理　金沢　暲　2–8
つら杖　むらをか、ゆう　9–12
新年の希望　山川澪子　12–12
黙識の域　北川亀之輔　13–15
積徳堂歳旦（＊創作）　南田小坊　16–20
夫婦（＊創作）　柳川公子　21–28
神経衰弱（＊創作）　竹内貞雄　29–34
冬日抄（＊短歌）　天沼治枝　35–35
旅（＊短歌）　多田須磨　35–35
鳩（＊短歌）　玖琢素子　35–36
時々に（＊短歌）　森阿佐子　36–36
立冬集（＊短歌）　犬童尉介　36–36
山国の旅（＊短歌）　清閑寺経雄　37–37
近詠（＊俳句）　杉原明丘子　37–37
新しき光を浴びて（＊詩）　北本　実　38–38
秋夜（＊詩）　佐々木喜代子　38–39
異心抄（＊詩）　金沢　暲　39–39
当月控帖　無燈　南田　40–41
編輯後記　阿　木　42–42
桃源座男女研究員募集　表紙3

第二巻第三号　昭和三年三月号　一日発行

柴門辞（巻頭言）　風羅坊芭蕉　1–1
美想片（一）　金沢　暲　2–2
寂一味―（仲秋大原の里寂光院を尋ねて）―　北川亀之輔　3–7
落椿（＊小説）　南田小坊　8–23
鼻の憂鬱（＊小説）　馬場　正　24–29
まだこれから（＊戯曲）　中辻菊次　30–32
短歌
冬　杉並藤志　33–33
雑詠　天沼はるえ　33–33
近詠　板東　静　33–33
詩
朝蜘蛛　遠山あい　34–34
夕暮　遠山あい　34–34

雪くらき日　北本　実　35-35
逸題　佐々木喜代子　35-36
力強く　中辻菊次　36-37
春　金沢　暲　37-37
当月控帖　（ユウ）（無燈）（山川）（竹内）（ノヴァリス）　38-40
編輯後記　（阿木）　表紙3

第二巻第四号　昭和三年四月号　一日発行

欠

第二巻第五号　昭和三年五月号　五日発行

驚異に就て　手塚　茂　2-6
井魚語（随想）　南田孝三　7-12
理想を趁小心に就て　北川亀之輔　13-17
シユーベルトの百年祭（当月控帳）　鎌尾武男　18-19
春画（＊一幕）　金沢　暲　20-35
お末さん（＊創作）　久保田久寿夫　36-42
詩
葵の花　杉原　明　43-43
その生命　遠山あい　43-44
雑詠　明　丘子　44-44
春日集
別れ（＊短歌）　萱野純子　45-45
雑詠（＊短歌）　天沼はるえ　やまと心　さくら草　45-46
春宵（＊短歌）　美島章子　46-46
編輯後記　（無燈）　表紙3

第二巻第六号　昭和三年六月号　一日発行

沙羅の木（＊詩）　鷗　外　1-1
井魚語（随想）　南田孝三　2-6
落在の自己のうちに　北川亀之輔　7-12
早春　柳川公子　13-23
おあさ　馬場　正　24-26
鎖　金沢　暲　27-29
詩
青梅落つる日　杉原　明　30-30
糸巻　涙　遠山あい　31-31
和歌
くもり　玖琢素子　32-32
北国早春　金沢　暲　32-32
生活断章　萱野純子　33-33
静けさ　田川千代　33-33
俳句
明丘子　臼井千秋　木戸潺々　納藤水天楼　諏訪浣
崖　34-34
同人消息　35-35
山川姉送別会記事　35-35
編輯後記　（馬場）　36-36

第二巻第七号　昭和三年七月号　一日発行

〔無題〕　表紙2
創めることと心　手塚　茂　2-5
寂寥の境　南田孝三　6-9
合唱競演会批評及び合唱について　鎌尾武男　10-14
仏蘭西美術展覧会合評（当月控帳）（＊対談）　鎌尾武男　金沢暲　15-19
紫陽花　喜田玲二　20-23
愛　竹内貞雄　24-27
詩
　篝火　杉原　明　28-28
　音　五月の風　遠山あい　29-29
　私の風景　金沢　暲　30-30
　あえぎ　泉　露草　30-30
和歌
　紫陽花　田川千代　31-31
　昨日今日　美島章子　31-31
　〔無題〕　小田隆二　泉小枝子　32-33
俳句　筧緑沚　臼井千秋　和辻桜舟　明丘子　34-34
編輯後記　（馬場）　表紙3

第二巻第八号　昭和三年八月号　五日発行

藝術に就いての感想　手塚　茂　2-7
猛夏英雄漫談―附「栗山大膳」―　南田孝三　8-14
詩
　月下の林檎　ドリンクウオタア　無燈訳　15-15
　谷の眠り　杉原　明　15-16
　出帆　遠山あい　16-16
　暈の月　いづみろさう　16-16
和歌
　〔無題〕六首　小田隆二　17-17
　蒼き路　泉　露草　17-17
　川辺　瀬川あき　17-17
俳句
　雑詠　緑沚　潺々　千秋　乃冬　明丘子　18-18
狩野川べり（＊小説）　鎌尾武男　19-27
ひのへうま（＊小説）　馬場　正　28-32
執するを厭ふ（＊小説）　喜多玲二　33-35
先輩と友人（一）南田孝三氏　手塚茂氏　金沢　暲　36-36
海を渡る　杉原　明　37-37
消息　38-38
編輯後記　（無燈）（馬場）　表紙3
社告　表紙4

第二巻第九号　昭和三年九月号　一日発行

欠

第二巻第十号 昭和三年十一月号 十五日発行
一周年号

嗟嘆（＊詩） ステファンヌ・マラルメ（上田敏訳） 1-1
美の経典 金沢 暲 2-5
非個性的なる文学 手塚 茂 6-9
詩
郷愁―若きニイチエの詩― 大江清一訳 10-12
秋 金沢 暲 13-14
寂しさの塊 遠山あい 14-15
晩鐘 杉原 明 15-15
秋日集
桜実（＊短歌） 玖琢素子 16-16
ひとりゐ（＊短歌） 萱野純子 17-17
秋冷（＊短歌） 田川千代 17-18
秋来る（＊短歌） 久保山了 18-18
清笛句集
雑詠（＊俳句） 杉原明丘子 19-19
雑詠（＊俳句） 梶上志映 19-19
寺院閑居（＊俳句） 筧 緑沚 19-19
霊宝二題 南田孝三 20-24
エトアルを語る―（其の歩める道と同人の心）―
喜田玲二 25-30
近頃 村岡ゆう 31-31
編輯後記 （無燈） 32-32

27『ナップフ』

昭和三年八月（全一冊）

創刊号 昭和三年八月一日発行

扉詩（＊詩） 高山文雄 1-1
我等の藝術運動に加へられたる任務
我等は藝術運動を如何に闘争せんとするか？ 片岡 貢 2-6
移動劇場の持込みに就て 森村俊雄 6-10
佐渡俊一 11-13
メイヤホリド氏は？ エ・クーゲリイ 高山文雄訳 14-16
画報（新興劇団聯合公演「炭坑夫」舞台面） 17-17
便衣隊 （高津）（高山）（野坂） 18-19
極道地主×迷う（＊詩） 黒木義雄 20-21
田舎芝居（＊詩） 真里谷純 21-23
兄弟！帰つてきたか（＊詩） 野坂 唐 23-25
Dを救へ（＊詩） 村上 周 25-26
働き（＊詩） 赤池 新 26-27
文藝講演会 天野 孟 20-23
新興劇団聯合公演を終へて 三木武夫 23-27
活動報告 28-29
ナップフ創立大会記 大河内浩 29-29
菊次郎の転換（＊創作） 高山文雄 30-38
帰還(1) アンドレアス・ラツコ 北村潔訳 39-43

編輯後記　ナップフ編輯局　44-44

28『藝術派』

昭和四年三月

第一年第一号　昭和四年三月号　一日発行

破れた靴（＊小説）　石川政二　2-7
風光る（＊小説）　山田初男　8-11
CONTE（＊小説）　星村銀一郎　12-13
算盤の街（＊小説）　草西正夫　14-21
CIGARETTE（＊小説）　岡本秀男　22-23
俺達は寛大だ！—（喜劇になり損ねた芝居）—（＊戯曲一幕）　山内彰義　24-35
機会（＊戯曲）　炭田志朗　36-44
藝術派（＊短文）　45-45
風景　みつともない—草西正夫に—（＊詩）　山田初男　46-47
ワグナーがこと（＊エッセイ）　岡田正雄　48-51
睦月映画清算抄（＊エッセイ）　樋口　直　52-55、51
編輯後記　草西正夫　56-56

29『断言』

昭和四年七月―十二月（全二冊）

創刊号 昭和四年七月三日発行

人間野獣論―『言語』と『文字』に関する章の覚書的断片― 多田文三 2-5
民衆の外へ（＊詩） 中西維三郎 5-6
感激ののの（＊詩） 岡崎龍夫 6-6
解放と虚偽 岡崎龍夫 7-8
失題（＊詩） 高橋新吉 9-9
「花」について 毛呂博明 9-10
あき樽の中の女（＊小説） 中西維三郎 11-15
身辺的後記 多田文三 16-16

第二号 昭和四年十二月八日発行

細胞と正義 岡崎龍夫 2-5
ロハで働く奴はない 中西維三郎 6-6
売れ残る 毛呂博明 7-9
同志素描―中西維三郎覚書― 多田文三 10-12
造花奇譚（＊小説） 奥村秀男 13-18
編輯後記 （中西） 19-19

30『劇場移動』

昭和四年十一月

創刊号 昭和四年十一月一日発行

劇感三片 豊岡佐一郎 2-3
プロレタリア演劇の一展望 氏野武二 4-6
プロレタリア演劇と歌舞伎劇―発生動因の歴史的概観と批判― 森田岩夫 7-11
演劇の闘争的要素 小松年雄 12-14
唯物的視角より見た元禄時代と演劇―関西新劇団のために― 山田良十 15-21
演劇月評
新築地公演 （森田） 15-17
左翼劇場 18-21
義士の子ら（＊ラヂオ・ドラマ） 村井富男 22-27
編輯後記 （編輯部山田） 28-28

31『新興演劇』

昭和五年一月―十二月（全八冊）

創刊号　昭和五年一月一日発行

小石一つ（＊一幕）　森田信義　2-17
放蕩息子（＊一幕）　田中総一郎　18-30
隠れた『馬鹿』（＊開幕ファルス・一幕）　豊岡佐一郎　31-45
正木奨学賞（＊二幕）　山上貞一　46-60
佗しき人々（＊一幕）
ハロルド・ブリツクハウス作　野淵昶訳　61-78
刺客往来（＊四場）　鳥江銕也　79-101
久々知村行　山上貞一　103-105
演技はどうする？―其他―　野淵　昶　105-107
論争が欲しい　森田信義　107-108
曝露形態より客観的形態へ　豊岡佐一郎　108-109
編輯後記　山上　豊岡　森田　鳥江　110-110

第二号　昭和五年三月一日発行

裸武将（＊二幕）　山上貞一　2-19
遺された画像（＊二幕）　豊岡佐一郎　20-30
義勇兵の影（＊二幕）シヨン・オケシイ作　野淵昶訳　31-54
最明寺時頼（＊三幕）　森田信義　56-89
「五、一一、一事件」　豊岡佐一郎　91-93
プロ演劇に就いての豊岡の小論文は不服だ　森田信義　93-94
白髪一線　山上貞一　94-97
編輯後記　山上　森田　鳥江生　豊岡　山上　98-98

第三号　昭和五年四月一日発行

死船（＊四景）　鳥江銕也　2-21
義勇兵の影（＊二幕）シヨン・オケシイ作　野淵昶訳　22-45
遺された画像（＊三幕）　豊岡佐一郎　46-55
愛欲観世音（＊三幕）　田中聰一郎　56-86
第一劇場三人評（＊鼎談）
豊岡佐一郎　山上貞一　森田信義　89-90
プロ演劇のマンネリズム否定　鳥江銕也　91-92
大阪は文藝に無関心か　山上貞一　92-95
編輯後記　森田　山上　鳥江　豊岡　山上　96-96

第四号　昭和五年六月一日発行

君寵（＊改篇・一幕三場）　豊岡佐一郎　2-14
大久保忠隣の悲劇（＊三幕）　小野金次郎　15-39
信長（＊三幕六場）　森田信義　40-71
『新築地』と『築地』を断ずる（＊座談会）
鳥江銕也　山上貞一　森田信義　豊岡佐一郎　73-77
編輯後記　豊岡　森田　鳥江　山上　78-78

第五号　昭和五年八月一日発行

潘金蓮（＊五幕）　欧陽予倩作　胡児訳　2-26
前のフレイザ夫人（＊三幕喜劇）
　セン・ジヨン・アーヴイン原作　山田松太郎訳　27-55
林檎（＊ラヂオ・プレー）　豊岡佐一郎　56-70
水茶屋の女（＊五場）　山上貞一　71-89
「前のフレイザ夫人」に就いて　山田松太郎　91-92
道頓堀散歩―附　銀座の噂―（＊座談会）
　豊岡佐一郎　鳥江鋕也　山上貞一　森田信義　中井駿二　93-100
新刊紹介（＊長谷川伸氏著戯曲集『疵高倉』・伊藤晴雨氏編著江戸と東京『風俗野史』）　100-100
編輯後記　豊岡生　鳥江　もりた　山上　101-101

第六号　昭和五年九月五日発行

前のフレイザ夫人（＊三幕喜劇）（承前）
　セン・ジヨン・アーヴイン原作　山田松太郎訳　2-46
大蛇ナンセンス（＊三幕）　鳥江鋕也　47-64
貰はれて行つた狗児（＊一幕）　豊岡佐一郎　65-76
モデル問題（＊二場）　山上貞一　77-91
明日の劇場への階梯（一）　野淵　昶　93-98
久方振りの支那劇其他（＊新著とりどり―ビブリオ―）　99-100
編輯後記　山上　豊岡　昶　鳥江　101-101

第七号　昭和五年十月二十日発行

スピード・ドラマ（＊六篇）　坪内士行　2-14
公園夜景（＊戯曲）　安居研太郎　15-21
寸劇三篇（＊戯曲）　パ・ワイルド作　山田松太郎訳　22-30
新劇団を創設して甦生せよ―大阪劇団よ諸名家の指示に準拠して―（＊一、新旧を問はず如何なる俳優を集合して座組を作成すべきか。二、その新劇団に大衆の興味を引いて永続さすべく如何なる狂言を上演すべきか。）（＊回答）
　北村喜八　額田六福　畑耕一　吉岡重三郎　岡本綺堂　伊藤松雄　高原慶三　中井浩水　野淵昶　川村花菱　富田泰彦　仲木貞一　小林忠次郎　坪内士行　高谷伸　園池公功　伊原青々園　久能龍太郎　高安吸江　石川静水　津村京村　永田衡吉　山本修二　並山拝石　北村兼子　渥美清太郎　二宮行雄　三宅周太郎　長谷川伸　31-43
エラン・ヴヰタール小劇場の伝統―『塵芥掃除組合』を見て―　山本修二　44-46
『クノツク』の演出覚書　野淵　昶　47-52
人形と人形芝居の考証（＊新著とりどり―ビブリオ―）　53-54
明日の劇場への階梯（二）　野淵　昶　55-58
都会コンチエルト（＊第三楽章、共作戯曲）
　山上貞一　豊岡佐一郎　山上貞一　59-83
感激のない駆落―（田中総一郎君の事）　鳥江鋕也　84-86

編輯後記　昶　豊岡　もりた　山上　87-87

第八号　昭和五年十二月一日発行

失業者の家（＊一幕）　鳥江銕也　2-14
細君展覧会（＊二場）　津村京村　15-25
花子と鉄吉（＊一幕）　森田信義　26-42
明日の劇場への階梯（三）　野渕　昶　43-48
同人余録（一）　もりた　山上　48-48
苦言集―十一月道頓堀各座―　曾我部明　49-53
近く実現する話　53-53
『おー、ラインハルトよ!』―ウント・ゾー・ワイター―（＊新著とりどり―ビブリオ―）　54-55
附録
女給（＊三幕六場）　原作・広津和郎　脚色・鳥江銕也　58-85
同人余録（二）　豊岡生　鳥江生　昶　86-86

32『セレクト』

昭和五年一月―昭和五年十二月（全十二冊）

創刊号　昭和五年一月一日発行

「セレクト」発刊について　鍋井克之　表紙2
口絵（ボヘミアン・川口軌外）　1-1
ルオールの藝術と人　黒田重太郎　2-5
女の肖像・ルオール（＊絵画）　3-3
日記帖拾遺　中川一政　6-6
月（＊詩）　鍋井克之　7-7
二拾年乃至五拾年　百年後の油絵はどうなるか?　山下新太郎　8-8
公園・安井曾太郎（＊絵画）　9-9
彼等の勉強　伊原宇三郎　11-12
編輯後記　（鍋井生）　12-12

第一巻第二号　昭和五年二月一日発行

セレクト社主催大型原色複製名画展―『ルネツサンスよりキリコまで』―　表紙2
人物・前田寛治（＊絵画）　1-1
アイム　スーチン　川口軌外　2-2
肖像・街路・スーチン（＊絵画）　3-3

ジオルジオデ　キリコ	田辺信太郎	5-5
血	鈴木亜夫	6-6
作画雑感	中山　巍	7-7
中山紀元論	鍋井克之	8-12
座せるオランダ娘・キスリン（＊絵画）		9-9
愛狐園雑記		12-12

第一巻第三号　昭和五年三月一日発行

風景・小山敬三（＊絵画）		1-1
貧民病院（巴里生活の一節）	中村研一	2、12
レジエー（＊絵画）		3-3
風景雑筆	鈴木信太郎	5-5
近代洋画家の生活断片（上）	小出楢重	6-7
滞仏中の仕事仲間	清水多嘉示	8-8
豹・鍋井克之（＊絵画）		9-9
雑想	里見勝蔵	11-12
愛狐園雑記	（鍋井）	12-12

第一巻第四号　昭和五年四月一日発行

青いローブの女・清水多嘉示（＊絵画）		1-1
雲	坂本繁二郎	2-2
コムポジシヨン・スーヴエルビイ（＊絵画）		3-3
道徳的なる一つの門　朦朧とした眼鏡	古賀春江	5-5
肉屋・清水登之（＊絵画）		6-6
表現の過程	宮坂　勝	7、12
近代洋画家の生活断片（下）	小出楢重	8-8
静物・佐伯米子（＊絵画）		9-9
近頃制作上の考へと過去のそれとについて	横井礼市	11-11
編輯室より		12-12
愛狐園雑記		12-12

第一巻第五号　昭和五年五月一日発行

窓辺肖像・中山巍（＊絵画）		1-1
建築風景雑感―西洋と日本―	小山敬三	2-2
トレド風景・中野和高（＊絵画）		3-3
私の画きたいもの	小島善太郎	5-5
風景画家の漫筆	小林和作	6-7
美に就いての話	林　武	8-11
裸婦・モジリアニ（＊絵画）		12-12
編輯室より―紹介三つ―	（編輯子）	12-12

第一巻第六号　昭和五年六月一日発行

汽車ノ走ル風景・鍋井克之（＊絵画）		1-1
名画の模写に就いて	田辺　至	2-2
フオンテーヌ寓話ヨリ・シヤガール（＊絵画）		3-3
台湾雑感	田中善之助	5、12
不平一策	石井柏亭	6-7
「歌妓支度」構図素描	木村荘八	8-8

歌妓支度図・木村荘八（＊絵画）　9-9
作画漫筆　小林徳三郎　11-11
編輯室より　（鍋井生）　12-12

第一巻第七号　昭和五年七月一日発行

旧きムードンの街・大久保作次郎（＊絵画）　1-1
ジヤン・リユルサの近業に就て　黒田重太郎　2-2
デイエップ・コロタイプ（＊絵画）　3-3
雑然としたパリ生活口上（上）　向井潤吉　5-5
「美」の相貌（未定稿）　阿部金剛　6-6
画室ニテ・伊原宇三郎（＊絵画）　7-7
随想　林　重義　8-8
巴里ビイツ・シヨーモン公園・小林和作（＊絵画）　9-9
愛狐園雑記―思ひ出す作品の記憶―　鍋井克之　11-12
寸感　清水多嘉示　12-12
編輯後記　（編輯子）　12-12

第一巻第八号　昭和五年八月一日発行

レヴウ・ノワアル・河部（ママ）金剛（＊絵画）　1-1
美術批評の今昔　国枝金三　2-2
人物・ドラン（＊絵画）　3-3
『風景とアトリエそしてお嬢さん』　吉村芳松　5-5
上海の絵本　三岸好太郎　6-7
絵師？釣り師？　岡田七蔵　8-8
横顔・大久保作次郎（＊絵画）　9-9
雑然としたパリ生活口上（下）　向井潤吉　11-11
愛狐園雑記　鍋井克之　12-12
編輯後記　（編輯子）　12-12

第一巻第九号　昭和五年九月一日発行

裸婦・林武（＊絵画）　1-1
自分と自分の仕事を語る　津田青楓　2-5
ゲンフ海・ホドラー（＊絵画）　3-3
内海の島々　柚木久太　6-7
東洋趣味　硲伊之助　8-8
エニセイ川附近の景　熊岡美彦　9-9
旅二三　田中謹左右　11-11
愛狐園雑記　鍋井克之　12-12
編輯後記　12-12

第一巻第十号　昭和五年十月一日発行

マリオネット・三岸好太郎（＊絵画）　1-1
卵殻　伊東　廉　2-2
カフエー・ピカソ（＊絵画）　3-3
伊太利ノ女・マチス（＊絵画）　5-5
風景画用心数束　早川国彦　6-7
日本版画の将来に就て　旭　正秀　8-8
少女・吉村芳松（＊絵画）　9-9

人物画を描く心持ちについて　島あふひ　11-11
愛狐園雑記　鍋井克之　12-12
編輯後記　（編輯子）　12-12

第一巻第十一号　昭和五年十一月一日発行

裸婦・万鉄五郎（＊絵画）　1-1
よく学びよく遊ぶ巴里生活　小寺健吉　2-2
静物・ブラック（＊絵画）　3-3
御国自慢　清水刀根　5-5
ヒステリックな自画像　榎倉省吾　6-6
骨と果と花　曾宮一念　7-7
太陽の賛　水谷川忠麿　8-8
緑　高岡徳太郎　8、12
歌妓の顔・児島善三郎（＊絵画）　9-9
断想二三　藤川栄子　11-11
編輯室より　（愛狐園生）　12-12

第一巻第十二号　昭和五年十二月一日発行

けし・牧野虎雄（＊絵画）　1-1
偶感　高間惣七　2-2
猿を持てる女・ローランサン（＊絵画）　3-3
小さな問題（硝子と水絵・水絵の大きさ）　赤城泰舒　5-5
画室にて　草光信成　6-6
京都風景　伊谷賢蔵　7-7
冬初漫筆　斎藤与里　8-8
モデル裸女・長谷川利行（＊絵画）　9-9
本誌の休刊にあたりて　鍋井克之　11-11
編輯室より　（編輯子）　12-12

33『演劇新人』

昭和五年四月

第一年第一号　昭和五年四月十日発行

演劇時評　氏野武二　1-6
劇場建築の様式に対する批判　武田健三　7-12
映画の現在的瞰望—主として機械に於ける映画を—　中　正男　13-17
七月座公演その他に就いて　森田岩夫　18-22
戯曲文学に就いて（その一）　山内章太郎　23-26
「ドウアモント」観劇私感　炭田志朗　27-28
映画批評—傾向的作品としての「何が彼女をそうさせたか」と「戦線街」を観て—　山家一一　29-31
演劇断想　山田良十　31-32
演劇デリリウム　山内章太郎　32-33
討入る朝（＊一幕）　松本幸太郎　34-42
闇に倚る人々（＊一幕）　炭田志朗　43-55
投稿規定　55-55
関西大学劇研究会便り　55-55
死ぬるんぢやねえ殺されるんだ（＊二景）　山田良十　56-62
人間風景（＊一幕）　北村栄太郎　63-71
編輯後記　72-72
聯盟員募集規約　72-72

34『中央文藝』

昭和六年一月

創刊号　昭和六年一月二十日発行

〔巻頭言〕　1-1
関西方の長所　馬場孤蝶　2-4
俳句に対する一考察　鳴戸　要　5-8
有馬にてよめる（＊短歌）　今中楓渓　9-11
書乃歌百首乃中　森　繁夫　12-13
ちり紅葉五句（＊俳句）　青木月斗　14-15
文藝研究会に寄す　大木三造　16-17
蟹　麟　太郎　18-19
犬と猫　明　宇陽　19-21
雪解　米津九里　22-30
アキレスの嘆き　森田たま　31-50
路上風景二篇（其他）（＊詩）　和田輝郎　51-55
晩秋（＊詩）　桜　子　56-56
金持ちと貧乏人又は聖者と罪人（＊詩）　片倉幸助　56-57
旅立ちの後に（＊詩）　静　二郎　57-58
落葉の頃に（＊詩）　酒井みよ子　58-58
詩四篇（＊詩）　京　志光　59-59
水仙（＊詩）　すゝらん　59-60
詩二篇（＊詩）　石井淳子　60-60

五ツの花片（＊詩）　荒木よし子　60-61
何時になつたら（＊詩）　沢　剣酔　61-62
あのころ（＊詩）　白ばら　62-62
転落して行く石（＊詩）　堀井露花　63-63
労働を終えて（＊詩）　上水哲次郎　64-64
小春日の宝玉（＊詩）　岡　博　64-64
樫の木に寄す（＊短歌）　麟太郎　65-65
冬日山行（＊短歌）　村岡修吉　66-66
嵐の日に（＊短歌）　富井良太郎　66-67
雑詠（＊短歌）　吉田静夫　68-68
（無題）（＊短歌）　幽　貴女　68-68
（無題）（＊短歌）　桜　子　68-68
（無題）（＊短歌）　森真沙子　68-69
（無題）（＊短歌）　堤　秀子　69-69
（無題）（＊短歌）　山野茂雄　69-69
（無題）（＊短歌）　秋月美千代　69-70
（無題）（＊短歌）　高倉輝造　70-70
（無題）（＊短歌）　大橋砂子　70-70
（無題）（＊短歌）　橋本きみ　70-70
（無題）（＊短歌）　松原ひろし　70-70
炭焼く煙り（＊俳句）　大月万堤　71-71
秋雨七句（＊俳句）　林　龍夫　71-72
茶の花（＊俳句）　苺　花　72-72
雑詠（＊俳句）
国原中雄　高島春三　中井美也子　幽貴女　山田楓
谷　明石秀子　三谷暁星　吉川青壺　清水麗水　福田稔　藤森太吉　吉田愛子　杉田秋江　山本清造
豊田玉露　大江元子　伊藤一雄　大森春陽　堤秀子
吉田露花　伊藤吉太郎　藤井好造　永見雄　伊庭隆
柴山宇一　木村定夫　広瀬秋濤　細木和郎　73-76
赤い花　大島伊和夫　77-81
母親　山名義市　81-83
ハーモニカ　無　名　氏　83-85
尾行ナンセンス　山口良友　85-88
兄　阪根白巷　88-90
光　九里谷保波留　90-91
道を行く　浜岡あきら　92-96
自白　柳河聖流　97-99
吠える怒濤（其ノ一）　新島只七　99-102
大瀛一滴　（K生）　102-102
会員作品概評　103-104
未掲載原稿に関して　（原稿整理係）　104-104
支部設置　104-104
次号よりの諸計画　105-105
自由批評欄　105-106
郷土紹介　106-106
会員ポスト　106-106
中央文藝協会文藝研究会趣意書　107-108
中央文藝協会文藝研究会々則　109-109
中央文藝協会文藝研究会投稿規定摘要　110-110
文藝研究会入会手続其他　111-111
文藝研究会地方会員投稿会員に就て　111-111

編輯後記　112－112

35『会館藝術』

昭和六年五月一日―昭和十六年十二月（全百十四冊）

創刊号　昭和六年五月号　一日発行

発刊の言葉　表紙2
『神様は踊り給ふ』と論じてミチオ・イトウに及ぶ　野口米次郎　2、22
会館漫談　下村海南　3－3
ダンス藝術　藤田進一郎　4－4
ミチオ・イトウ―ミチオ・イトウが来る。―　6－7
伊藤道郎と私　岸田辰弥　8－8
「ミチオ・イトウ」の舞踊に就て　岩村和雄　9－9
唯一のコドモ藝術の殿堂を守れ　高尾亮雄　9－9
藝術の国際ステーション　小倉敬二　10－10
ダル・モンテとロマント　11－12
ダル・モンテ、ロマント合同音楽会プログラム　12－13
トテイ・ダル・モンテ夫人とエンゾ・ド・ムロ・ロマント氏グラフ　14－15
ダル・モンテ、ロマント合同大音楽会曲目解説　瀧　久雄　16－18
印象に残る狂乱のルチア　ベルトラメリ・能子　19－19
朝日新聞社会事業団の近況　辻村又男　20－20
編輯だより　22－22

第二輯　昭和六年五月二十三日発行

鬼才シゲテイの来朝　竹内　逸　2-2
宝塚歌劇と帰り新参　下村海南　3-3
或る午後（＊詩）　富田砕花　3-3
能楽やぶにらみ　飯島幡司　4-4
会館挿話―（その一）パーサーキー―　白石　凡　5-5
舞台徒然草（1）　中村喜一郎　6-7
大阪のお伽殿堂として―昔の帝国座、今の朝日会館　高尾亮雄　6-9
提琴の奏法に就いて　ヨセフ・シゲテイ　7-8
日本の皆様へ　トテイ・ダル・モンテ　8-9
伊藤道郎氏の舞踊公演を観て―「一観客としての印象」―　岩村和雄　9-9
宝塚外貌　引田一郎　10-11
宝塚！GOSSIP　10-11
シヤクンタラ姫　岸田辰弥　11-11
ジヤニンヌ　白井鉄造　11-11
宝塚少女歌劇グラフ　12-13
宝塚の歌ひ手と踊り手　斎藤伸一郎　14-15
宝塚少女歌劇公演曲目・解説　14-15
世界提琴界の鬼才・ハンガリイ第一の大家―ヨセフシゲテイ氏　16-16
ヨセフ・シゲテイ大演奏会曲目解説　18-19
最近の主なる催物グラフ　20-20
六月公演場使用日程表　21-21
理窟ぬきに感じたまゝ　小泉　功　21-21
会館の御利用につきお願ひ　22-22
編輯だより　22-22

第三輯　昭和六年九月二十五日発行

秋を迎へて―作者も苦笑するほど感傷的に―（＊詩）　富田砕花　2-2
ハイフエッツ・人及び藝術　藤田進一郎　3-3
私の藝術と生活（＊談）　ヤツシヤ・ハイフエッツ　4-5
偉才ヤシア・ハイフエッツ　貴志康一　6-6
宮川美子のこと　秋山佳吉　7-7
ハイフエッツ提琴独奏会プログラム　8-9
ハイフエッツ演奏曲目解説　10-13、16-17
グラフの頁　14-15
宮川美子嬢独唱会プログラム　18-18
リツトル・ジヤパニース・ナイチンゲール　宮川美子　19-19
会館挿話―(その二)クレオパトラの恋文―　白石　凡　21-21
美術の秋に　国枝金三　22-22
予感―ある山男の習癖―　藤木九三　23-23
第三回モツアルト祭―十月二十一日午後七時半―　23-23
模倣から創造へ―この夏のリトミツク講習―　高尾亮雄　24-24
朝日新聞社会事業団の訪問婦協会―開班一周年を迎へて―　25-25

編輯だより　26-26

第四輯　昭和六年十二月五日発行
朝日会館五周年記念号　昭和六年同情週間号

会館五周年号の巻頭に　1-1
登頂心理（＊詩）　藤木九三　2-2
朝日会館の事業について―朝日会館五周年記念講演会『開会の辞』速記―　中村喜一郎　3-4
社会世相より見たる支那問題―朝日会館五周年記念講演会速記―　下村宏　5-8
新興演劇と集団性―朝日会館五周年記念講演会速記―　堀正旗　9-15
大阪歌舞伎の変遷―朝日会館五周年記念講演会速記―　高安六郎　15-17
朝日会館展覧場が出来るまで―朝日会館五周年記念講演会速記―　春山武松　18-19
影片小話―亦はごもくめし的なメモ―　前田栄三　20-20
朝日会館に寄す―創設五周年に際し諸名家の寄せられたる言葉―　花岡芳夫　杵屋佐吉　黒田重太郎　小林一三　宮川美子　吉岡重三郎　三浦時子　山根千世子　里見義郎　島田豊　鳥江銕也　川田順　志賀志那人　佐藤劔之助　蟻川英夫　伊島理吉　宮川松安　南江二郎　古屋登代子　米谷紅浪　高安六郎　森英治郎　出雲美樹子　結城真之輔　中川龍一　玉津真砂　花柳珠実　加納和夫　加納房子　菊原琴治　丸山定夫　山本一清　汐見洋　大森正男　山本博之　矢野橋村　児島善三郎　阪本勉　渡辺三郎　山本久三郎　片岡我童　青木宏峰　薄田研二　片岡ひとし　小泉功　辻吉之助　白井鉄造　食満南北　坪内士行　石橋和　E・F・ヨハンセン　鍋井克之　岸田辰弥　山本為三郎　徳川夢声　岩崎愛二　奥屋熊郎　草笛美子　丸尾長顕　住野さへ子　河原崎長十郎　石井漠　高橋豊子　曾我廼家五郎　伊藤晃一　若柳吉蔵　中西一夫　山田耕筰　飯島幡司　近衛秀麿　橘薫　紅千鶴　明津麗子　国枝金三　ヨセフ・ラスカ　佐々木孝丸　22-28
思ひ出の舞台―会館のスヴエニール・ブツクから　30-33
舞台徒然草（2）―主として会館の舞台の思ひ出―　中村喜一郎　34-37
犬と音楽と音楽家　小倉敬二　38-38
朝日会館と楽界の過去及将来　小泉功　39-39
アサヒ・コドモの会と人形芝居　村井武生　40-40
本年度同情週間について　41-41
同情週間の催し物　42-43
宝塚少女歌劇朝日会館公演曲目解説　44-45
宝塚少女歌劇グラフイツク　46-47
大阪公演に寄せて　引田一郎　48-49
横から見た新らしい花形―或ひはゴシツプ風な紹介―　来部花寥　48-49
宮川美子嬢独唱会『オペラノタ』プログラム・曲目解

説　50-53
思い出のコスチユーム　六甲山人　53-53
河合ダンスと名映画の夕曲目解説　54-55
河合ダンスをほめる　久方喜庵　55-55
「松竹楽劇と名映画の夕」プログラム　56-56
松竹楽劇部の朝日会館出演に就いて　大森正男　57-57
楽劇部の新組織「ダンシング・チーム」に就て　江川幸一　57-57
朝日会館と妾　飛鳥明子　57-57
朝日会館五ケ年間各種催物一覧表（演劇上演目録・能楽上演目録・洋楽上演目録・邦楽上演目録・舞踊上演目録・講演会開催目録・映画公開目録・コドモの会開催目録・展覧会開催目録）　58-116
会館の事務室から　117-117

第五輯　昭和七年二月四日発行
テレジナ舞踊特輯号

抒情詩娘（＊詩）　近藤　東　2-2
サウエート・ロシアに於けるオペラの事ども　上村覚平　3-4
舞台徒然草（3）　中村喜一郎　5-5
舞踊座談会
石井漠　大森正男　竹内逸　小林宗作　江川幸一
河合幸七郎　白井鉄造　飛鳥明子　駒菊　高尾亮雄
小倉敬二　大道弘雄　6-14
テレジナの来朝に際して　松山芳野里　15-16
松山芳野里・松浦智恵子新夫妻の歓迎会　16-16
海外消息　16-16
トーイ・ショツプの家庭から　宮川美子　17-17
西班牙の饗宴―テレジナ・ボロナアトのこと―　18-19
テレジナ嬢―海外批評家のことば―　19-19
西班牙の幻想グラフの頁　20-21
テレジテ嬢プログラム　22-24
テレジナ嬢舞踊曲目解説　25-26
一九三二年舞踊界に対する抱負
守田勘弥　恩地かつ子　江川幸一　河上鈴子　永田
龍雄　林きむ子　小林宗作　岸田辰弥　村田嘉久子
山村ツネ　水木歌橘　花柳寿美　石井小浪　西川喜
代春　大森正男　光吉夏弥　瀧澄子　隼律子　玉津
真砂　住野さへ子　若山千代　佐保美代子　山根千
世子　石井漠　駒菊　宇津秀男　岡崎勝彦　藤田繁
堺千代子　牛山充　新宮博　花柳珠実　山田五郎
市川小太夫　逢坂せき子　市川翠扇　与世山彦士
中村芝鶴　27-29
夫婦闘ふ（＊創作）　木村　恒　30-31
たぬちやん（＊児童劇）　古川利隆　33-33
編輯後記　34-34

臨時輯　昭和七年三月十四日発行
花柳寿美・舞踊号

私の進む道―「吉田御殿」上演に就いて―　花柳寿美　3-3
忘れかゝつたこと　竹原光三　4-5
花柳寿美と「吉田御殿」　蘆原敏信　6-7
番組　8-9
海外諸名家と花柳寿美グラフ　10-11

第七輯　昭和七年六月二十日発行
藤原義江号

航海表（＊詩）　一柳信二　4-4
『我等のテナア』を迎ふ　原田譲二　5-5
私の少年時代―大阪と私―　藤原義江　6-13
野生のからたち　藤田進一郎　14-14
父・藤原義江　藤原あき　15-16
レビューからオペラへ？　牛山　充　17-17
伯林だより　楳茂都陸平　17-19
オペラ修行は伊太利か独逸か　青柳有美　18-19
海―五題―　夏川静江　20-20
宮川美子　20-20
瀧　澄子　20-20
緑川静枝　24-25
草笛美子　25-25
藤原義江グラフ　22-23
歌謡雑感　成瀬無極　26-26
休憩時間　26-26
二つの歌詞審査　土岐善麿　27-29
東京へ！東京へ！　小林一三　30-31
「広重の国」に帰りて　佐藤美子　32-33
女義太夫について　高安吸江　34-35
朝日会館「女流人形浄瑠璃後援会」設立　35-35
AとBの対話―(1)古典藝術の現代化―　中村喜一郎　36-37
編輯後記　38-38

第八輯　昭和七年十月一日発行
音楽号　特輯・エフレム・ヂムバリスト

エフレム・ヂムバリスト　3-3
五たびヂムバリスト氏を迎へて
山本久三郎　大田黒元雄　兼常清佐　服部龍太郎
上司小剣　堀内敬三　奥屋熊郎　永田龍雄　牛山充
白井喬二　杉山長谷夫　浅利鶴雄　藤田進一郎　大
塚淳　伊庭孝　貴志康一　相島敏夫　鈴木鎮一　畑
耕一　辻吉之助　林龍作　塩入亀輔　中根宏　4-6
エフレム・ヂムバリスト氏提琴大独奏会　7-7
ヂムバリスト提琴独奏会・曲目解説　瀧　久雄　8-9
秋の楽壇を語る　塩入亀輔　10-12
音楽は移りつつ　堀内敬三　12-13
史蹟を追ふて　田中宗愛　14-14

朝日会館音楽大衆講座に就いて　山田耕筰　15-15
ピアノ独奏会について　笈田光吉　16-16
秋のシイズンに臨んで　佐藤美子　17-17
今秋朝日会館のステエヂを飾る諸名音楽家　18-19
御挨拶に代へて　片山アリス　20-20
帝国音楽学校に就いて　鈴木鎮一　20-20
秋と音楽雑誌　福原怜子　21-21
母国に於ける一年間　宮川美子　21-21
巴里音楽小咄　宅　孝二　22-22
欧米歌劇界瞥見　牛山　充　23-24
音楽療法物語　小幡駿吉　23-26
トーキー・オペレッタ寸話　崎山猷逸　24-26
今秋関西楽壇を飾る諸音楽会　27-27
アーク灯の頃　前田栄三　28-28
舞台の涙　中村章景　29-29
編輯後記　30-30

第二巻第一号　昭和八年一月一日発行
新春映画号

理想なき藝術　中村喜一　3-4
文五郎の顔　飯島幡司　4-5
今年のスクリーンを飾る名篇案内―一九三三年の外国映画遠望―　松本憲一郎　6-8
キートン素描　有賀文雄　9-10
わが映画界散歩　太宰行道　11-12
父を語る　夏川静江　13-14
父を語る　花月亭九里丸　14-15
父を語る　中村政治郎　15-15
正月興行想出　徳川夢声　15-17
幕間　舟橋聖一　18-20
恋といふもの　中村進治郎　20-22
忘れられぬ名人たち　伊庭　孝　22-22
私の殺した男　池田忠雄　23-25
編輯後記　26-26

第二巻第二号　昭和八年三月十七日発行
特輯・歌劇「リゴレット」

歌劇への暗示―歌劇はどうなる?―　服部龍太郎　3-4
過去の歌劇を何故やるか　堀内敬三　5-5
歌劇リゴレットの梗概　6-6
春プリマヴエラ
春の匂ひ　水の江瀧子　8-8
女優・撮影所・春　桂　珠子　8-9
東の春・西の春　平井美奈子　9-10
ぷらんたん・どう・ぱり　原智恵子　10-10
ロクベエ・リキシヨウ　小夜福子　10-11
春を踊る　石井小浪　11-11
新人を語る　岩崎　昶　12-13
スター押切帳　大石郁之助　13-16
グラナドス嬢来朝　16-17

歌劇リゴレット三幕四場グラフ 18-19
明けゆく街（1）―回顧漫筆― 中村喜一郎 20-23
稽古場風景 中村翫右衛門 23-23
傷情風景 佐久間よしを 24-25
氷　花（＊詩） 柳川忠夫 25-25
夢遊病は伝染する？（仏蘭西コント・J・ゼルヴエス） 丸尾長顕訳 27-28
編輯後記 29-29

第二巻第三号　昭和八年五月一日発行
特輯　グラナドス号　第十二輯

スペイン舞蹈―エセル・アーリンによる― 牛山　充 3-4
舞姫グラナドス 永田龍雄 4-6
〃民謡を主題とせる新興スペイン音楽とセニヨリタ、グラナドスの事ども〃 倉重瞬輔 6-7
グラナドス舞踊公演プログラム 8-9
スペイン舞踊の新星　ギユスターヴ・フレジヤヴイル 10-10
新交響楽団の来演!!! 11-11
祭の日のセヴイラ 矢野目源一 12-13
会館能の使命に就て 辻村又男 14-15
をどり 佐藤美子 15-15
アスンシオン　グラナドスグラフ 16-17
西班牙に憧がる丶女 山野一郎 18-20
エスパニヤ映画の話 飯島　正 18-20
マンダルカ・エスパニヨル―西班牙漫談― 松井翠声 21-22
明けゆく街（2）―回顧漫筆― 中村喜一郎 23-25
編輯後記 26-26
お知らせ 26-26

第二巻第四号　昭和八年七月一日発行
特輯　…夏…

世界の屋根の「涼」 藤木九三 3-4
世界の地階の「涼」―氷山と砕氷船の話― 田中岩吉 4-5
父とアイスクリイム―夏の思い出― 矢田津世子 5-6
能衣裳のおもひで―初夏の旅― 生田花世 6-7
青年たちの気風 中村正常 8-11
季節のふらぐめんと 榎本健一 8-11
会館パーラから 11-11
夏の断想
夏の海 入江たか子 12-12
夏の会話 飛鳥明子 12-13
夏を語る 景山牧子 13-14
裾花川の夏そしてメロン 市川春代 14-14
夏を語る ダン道子 14-15
りんごの皮 中野かほる 15-15
夏の幻想 若山千代 16-16
シヤツを着ない話 飯島曼史 17-17
随感余滴 相島敏夫 18-20
明けゆく街(3) 中村喜一郎 21-25
編輯後記 26-26

第二巻第五号　昭和八年八月号　一日発行

夏を音楽する　服部龍太郎　3-3
シンフオニツクジヤズの話　紙　恭輔　4-5
映画と夏
　映画の夏　森　岩雄　6-7
夏宵涼風話　飯田心美　7-7
裸女漫記　杉山静夫　7-8
映画に関係ある夏の話　内田岐三雄　8-9
見て来た様な嘘を吐き　新館　繁　8-9
撮影所見学要略　伊丹萬作　10-10
七月の会館舞台から　10-10
夏のブリーテイング　川畑文子　11-11
ハリウツド・メリー・ゴーラウンド（1）木村凡九郎　12-14
会館パーラー　15-15
夏のア・ラ・カルトグラフ　16-17
柳腰揺蕩白昼夢　飯島曼史　18-18
明けゆく街（4）—乳母と「はつたい」粉—　中村喜一郎　19-21
漫描「ナチスばやり」一景　横山エンタツ・花菱アチヤコ　22-23
怪談コント集
　葬儀車　水谷　準　24-24
　いてふがへし　浜本　清　24-25
　瀕死の美女　辰野九紫　25-25
編輯後記　26-26

第二巻第六号　昭和八年九月号　一日発行

秋（＊詩）　近藤　東　1-1
虫・鳥・ボビイジヨン　飯島曼史　2-2
秋と能楽　金剛　巌　2-3
大和大峰山断食参禅記　松永和幸　3-3
秋　鍋井克之　4-4
今秋シイズンの展望
　秋の楽壇　塩入亀輔　5-6
　今秋の邦楽界を語る　須永克己　7-7
　劇壇秋の展望　豊岡佐一郎　9-11
　秋から冬へ—外国映画陣の瞥見—　松本憲一郎　9-11
G・W・パブスト—最前線に立つ映画監督を論ず（A）—　岡田真吉　12-13
映画と秋—各社監督に秋を迎へての心境を聴く—
　股旅物のトーキー化　衣笠貞之助　14-14
　手　山本嘉次郎　15-15
　フヰルム加工工場員の言　スズキタ呂九平　15-16
　映画を算盤で描く　清涼卓明　16-16
　二つの寂寥　古海卓二　16-17
　ある感じの場合　稲垣　浩　17-17
明けゆく街（5）—杵屋のおぢいさん—　中村喜一郎　18-21
Have a Heart!　西川　光　22-23
運チヤンと夕立　花月亭九里丸　23-25

編輯後記　26-26

第二巻第七号　昭和八年十月号　一日発行

音楽の正しい聴き方　兼常清佐　2-3
フリイドマンとピアノ音楽―特にショパンの音楽―　増沢健美　4-5
フリイドマン―ピアノの独奏会曲目解説　5-7
マムウリアンの足跡―最前線に立つ映画監督を論ず（B）―　清水千代太　8-9
ハリウッド・メリー・ゴーラウンド　木村凡九郎　10-12
新薬師寺の秋　飯島曼史　13-13
秋の会館能―選り抜きの三名流と三名曲―　辻村又男　14-15
ううぶる・どう・ぬい
　酒場と夜食　深尾須磨子　16-17
　ウキンの夜　田中路子　17-18
　紐育の夜　山内英子　18-18
明けゆく街（6）―日露戦争の頃―　中村喜一郎　19-21
独身人種　務古　泫　22-23
軽井沢の犬　芹沢光治良　24-25
編輯後記　26-26
「会館藝術」藝藝（ママ）講演会　26-26

第二巻第八号　昭和八年十一月号　一日発行
特輯・閨秀作家コント集

ちアー子のモナ・リザ　真杉静枝　2-3
炉辺にて　矢田津世子　3-5
赤い帽子　大田洋子　5-6
影　辻村もと子　6-7
姉の晴着　田島準子　7-8
歌劇『モナ・リザ』の思ひ出―作曲者シリンクスの死―　東大道俊英　9-11
音楽兎糞録　金沢孝次郎　11-11
演奏会今昔　大田黒元雄　12-14
如是我聞（きいたまゝ）　山崎唯男　12-14
ステイヴン・ロバアツ―最前線に立つ映画監督を論ず（C）―　南部圭之助　15-17
映画と真実　布上荘衛　17-18
双鶴居談義―「金剛巌氏の松風」によせて―　飯島曼史　19-20
半日間世界一周　ステイヴン・リイコック　長谷川修二訳　21-23
死を賭けた恋（実話）　生江沢速雄　23-25
編輯後記　26-26

第二巻第九号　昭和八年十二月号　一日発行

村山龍平氏逝去　2-2
双鶴居談戯（7）―驚くこゝろ―　飯島曼史　3-3
昭和八年度の洋楽壇を顧みて　小松平五郎　4-5
昭和八年の外国映画界　内田岐三雄　5-6
音について　中井駿二　7-10
松井須磨子と流行唄　竹内不可止　7-10
荻野綾子さんを讃ふ　奥屋熊郎　10-12
恩師シユナアベル先生を語る　土川正浩・荒木和子　12-13
愛の映画詩人…キング・ヴイドア―最前線に立つ映画監督を論ず（D）―　寺崎広載　14-15
明けゆく街（7）―巡礼のゐる近代風景―　中村喜一郎　16-19、21
薫夫人の場合　岡田禎子　20-21
編輯後記　22-22

第三巻第一号　昭和九年一月号　一日発行
新春特大号

初芝居の今昔　高安吸江　3-4
ベートーヴエンと小犬　山田耕筰　4-5
名は体を現はす？　国枝金三　5-7
焦点より見たる劇と写真　下村海南　7-9
双鶴居談戯（8）―或る婚宴で拾ふた話―　飯島曼史　9-10
よう言はん集　中村喜庵　10-12
海の彼方から　藤原義江　12-13
荻野綾子・宮城道雄大音楽会　12-13
グラナドス嬢　13-13
世界交響楽
　パリ　重徳泗水　14-16
　ベルリン　鈴木東民　16-18
　モスクワ　丸山政男　19-21
　ロンドン　谷辰次郎　21-23
Tout Bas ―文藝時評―　片岡鉄兵　24-25
『歌劇』のための基礎工事―一九三四年への言葉―　中根宏　26-27
三四年度の抱負―宝塚少女歌劇に於て―　引田一郎　27-27
ルイス・マイルストウン―最前線に立つ映画監督を論ず（E）―　飯島正　28-29
ゲザ・フオン・ボルヴアリイの出現　岩崎昶　30-31
新星・一九三四年　筈見恒夫　32-33
レヴユウ映画復活―春の外国映画陣を繞りて―　田中純一郎　34-36
明日の日本トーキーのために　松崎啓次　34-35
朝鮮の民謡と舞踊　裴亀子　36-36
新春漫画集　38-39
新春漫筆―屠蘇気分―　松井翠声　40-41
浅草のある夜　山野一郎　42-43
三原夕煙先生とマダム　里見義郎　44-45
撮影所奇譚

マルクス四人姉妹　富岡　捷　46-47
スタデイオで拾つた話　山本緑葉　47-49
昔、監督だつた男の話　柳井隆雄　49-50
メリケン撮影所風景　有賀文雄　50-52
伜たづねて（スタデイオ喜劇）　竹内俊之　52-53
縁起もろもろ集　清瀬英次郎　54-54
明けゆく街（8）―安治川の家―　中村喜一郎　55-57
混血児ロオラ　古沢安二郎　58-61
町からの土産　木山捷平　58-61
追憶の天使　小出六郎　62-63
旅行記（＊詩）　春山行夫　63-63
編輯後記　65-65

第三巻第二号　昭和九年三月号　一日発行

早春の旋律（＊散文詩）　中井駿二　2-2
ダンス藝術断想　藤田進一郎　3-4
高橋元子嬢　5-5
かへりみる妾の半生―自叙伝（1）―　原　信子　6-8
原信子独唱会　8-8
監督十人―最前線に立つ映画監督を論ず（F）―　杉山静夫　10-13
1934年春の饗宴グラフ　14-15
双鶴居談戯（9）―映画女優の成仏―　飯島曼史　16-16
明けゆく街（9）―癩者の吹くハーモニカ―　中村喜一郎　17-21
映画と能　堀野真一　21-22
映画の混乱　太宰行道　23-23
編輯後記　24-24

第三巻第三号　昭和九年三月号　一日発行

ペダゴオグとしてのクロイツア―わが国へ定住する機会を作らせることは出来ないか―　服部龍太郎　2-3
感覚的想像と音楽―クロイツア教授の藝術―　藤田進一郎　3-4
第七回目の外遊を終へて　藤原義江　5-5
感ずるまゝ　伊藤敦子　6-6
かへりみる私の半生―自叙伝（2）―　原　信子　7-8
見える音楽　青山唯一　9-10
私の欲しい映画魅力　太宰行道　10-12
素人能について　堀野真一　13-13
双鶴居談戯（10）―最初の世間―　飯島曼史　14-14
盗心　大鹿　堯　15-19
英パン「岡田時彦」をおもふ　大石郁之助　15-18
山田耕筰氏をめぐる座談会　18-18
トーキーの捷利（ヘラルド誌より）　19-19
明けゆく街（10）―記憶と忘却とフロイド―　中村喜一郎　20-23
赤い風車の唄　野長瀬正夫　24-24

第三巻第四号　昭和九年四月号　一日発行

特輯　音楽コント
トロイカの女　寺崎　浩　2-3
青春暦　山本華子　3-4
すれちがつた春　北小路功光　5-6
唄と嘔吐　近藤　東　6-7
舞踏場にて　中井駿二　7-8
世界的歌姫関屋敏子嬢の帰朝―「第二回渡欧中の足跡と数々の収穫―　9-9
関屋敏子嬢を聴くには　増沢健美　10-11
巴里みやげ　蘆原英了　12-14
灰色のキヤメラ射手　瀧井孝二　14-16
鏡が描く映画の種々相　瀬古貞治　16-17
Un Banguete De La Primavera グラフ　18-19
朝日会館・友の会・座談会　20-22
双鶴居談戯（11）―驢馬の背皮―　飯島曼史　23-23
ピアノ哲学　金沢孝次郎　24-26
わが印象記―琉球の旅―　松山芳野里　24-26
空しくなつた生一綾雪翁　辻村又男　27-27
明けゆく街（11）―麗春、思ひ出の郊外―　中村喜一郎　28-30

第三巻第五号　昭和九年五月号　一日発行

グラフ　1-5
舞踊をおもふ心　小倉敬二　6-7
維納コンチエルトハウスに於けるイフォンネ・ゲオルギ嬢とハラルト・クロイツベルク氏の舞踊感　棵茂都陸平　7-9
ルス・ペイジ―人及びその藝術―　牛山　充　10-12
独逸第一流の舞踊家ハラルト・クロイツベルクを迎へて　蘆原英了　13-16
マリイ・ウイグマン及びその舞踊学校について　江口隆哉　16-17
クロイツベルクその他　江川幸一　18-19
ルス・ペイジ、ハラルト・クロイツベルク大舞踊公演プログラム　20-20
双鶴居談戯（12）―墓―　飯島曼史　21-21
エルンスト・ルウビッチの印象　佐々元十　22-23
ノエル・カワアド　清水　光　24-25
シネマ鑑賞第一課A　稲津延一　26-27

第三巻第六号　昭和九年六月号　一日発行

特輯・新交響楽団

Rendez-Vous（詩）　花島克己　2-2
夏と音楽　藤田進一郎　3-3
近衛秀麿論　塩入亀輔　4-5

滞欧日記抄　近衛秀麿　6-7
レオニイド・クロイツアの印象　金沢孝次郎　7-7
新交響楽団公演曲目解説　8-12
新響楽員のプロフイルを描く　10-11
「日本の夕べを聴く」　黒田礼二　12-13
五月の会館から　14-14
クロイツベルクペイジ京・阪・神・公演　光吉夏弥　15-15
二人花嫁（初夏綺譚）　浜本　浩　16-17
双鶴居談戯（13）―偽筆―　飯島曼史　18-18
プロデユウサアを語る　双葉十三郎　19-19
シネマ鑑賞第二課B　稲津延一　20-20
最近の映画界その他　掛下慶吉　22-23
ソヴエト映画をめぐる　袋　一平　24-26

第三巻第七号　昭和九年七月号　一日発行

一つの追憶　富田砕花　2-3
「お夏狂乱」について　川路柳虹　4-5
お夏清十郎の悲恋を描いた文藝詞曲　内海幽水　6-7
夏の朝日会館　坪内士行　8-9
関西楽壇回顧（一九三四年度・上半期）　竹内不可止　10-12
六月の会館から
新交響楽団関西公演　13-13
東京の楽壇はお留守　13-13
バリカン工場の謎（夏宵綺譚）　大下宇陀児　14-15
光と影の設計　16-17
双鶴居談戯（14）―ソクラテスと雄鶏―　飯島曼史　18-18
予告・朝日会館・七月・映画アーベント　19-19
一つの記録―上半期・封切映画・総決算―　村上久雄　20-23
夏の映画のおもひで　南部圭之助　23-25
プロデユウサアを語る（承前）　双葉十三郎　26-27

第三巻第八号　昭和九年八月号　一日発行

ロンドン懐古―三十年の昔話―（音楽涼話）　服部龍太郎　2-5
七月の会館から　6-7
双鶴居談戯（15）―川―　飯島曼史　8-8
柊林風流涼戯言
　自働車罪悪史　松井翠声　9-11
　ジヨオイ・キラア　新館　繁　11-13
　フラツト・タイヤ！　木村凡九郎　13-15
われら何と観るべきか？―映画の或る鑑賞法―　松本憲一郎　16-17
夏の英吉利演劇―マルヴアン演劇祭―　中川龍一　20-22
東京劇壇近況　西川　光　23-25
歌劇公演「ラ・ボエーム」を観る　ガエタノ・コメリイ　25-25
映画・秋のライン・アップ
　パラマウント　瀧井孝二　26-26
　東和商事　青山唯一　26-26
　ユニヴアサル　大石郁之助　27-27

R・K・Oラヂオ 崎山猷逸 27-27
ワアナア・ナシヨナル 高崎省三 28-28
ユナイテツド・アアチスツ 淀川長治 28-28
M・G・M 佐藤正二 29-29
三映社 小倉武志 29-29
日活 有賀文雄 30-30
松竹・蒲田 野口鶴吉 30-30
松竹・下加茂 服部静夫 31-31
新興 寺井龍男 31-31
PCL 小島 浩 32-32
編輯後記 32-32

第三巻第九号 昭和九年九月号 一日発行

秋づく頃 堀口大学 2-3
——そしてフヂワラを推さう 山田耕筰 4-5
歌劇『ラ・ボエーム』上演に就て 藤原義江 伊藤敦子 6-7
歌劇『ラ・ボエーム』公演配役・梗概 8-9
パリのスペクタクルより 久間本茂 10-11
キヤメラ・リポオト 瀧井孝二 12-14
八月の会館から 14-14
大演藝会 15-15
歌劇「ラ・ボエーム」公演グラフ 16-17
血腥くないドルフス（特信） 黒田礼二 19-19
双鶴居談戯（16）—裸— 飯島曼史 20-20
特輯・コント秋の七草
朝顔の便り 藤沢桓夫 21-21
尾花のわかれ 深尾須磨子 22-22
葛の花乙女 大島敬司 23-23
女郎花 宮崎孝政 24-24
桔梗一本 崎山猷逸 25-25
藤袴 円地文子 26-26
萩の花 堀 辰雄 27-27
編輯後記 28-28

第三巻第十号 昭和九年十月号 一日発行

サカロフ夫妻グラフ 1-7
サカロフの藝術について 中井駿二 8-10
サカロフ夫妻の上演目録解説 蘆原英了 11-13
サカロフ夫妻伝 光吉夏弥 14-18
私達の舞踊について クロチルド・サカロフ 蘆原英了訳 18-21
九月の会館から 22-22
双鶴居談戯（17）—飛行機— 飯島曼史 23-23
映画に現れたる舞踊 村上忠久 24-26
欧洲映画界一瞥 川喜多長政 26-28
フオイヤアマンを迎へて 一柳信二 29-31
フオイヤアマンの藝術をかたる 大村卯七 29-32
編輯後記 32-32

第三巻第十一号　昭和九年十一月号　一日発行

落葉の上に書く（＊詩）　ヂオルヂ・ガポリイ　1-1
再びサカロフを観て　金剛　巌　2-3
EMANUEL FEUERMANN IV　伊達三郎　4-5
絵巻物より受くる感興　井川定慶　6-7
秋と藝術　伊藤　廉　8-10
双鶴居談戯（18）―長州風呂―　飯島曼史　11-11
B・B・Cの立役者ジヤック・ペインの横顔　服部龍太郎　12-14
車中断想　宅　孝二　14-15
十月の会館から　16-17
新劇の秋―「築地座」「新築地」「中央劇場」その他―　中川龍一　18-19
片岡仁左衛門丈逝く　20-20
仁左逝いて蕭々たり歌舞伎界　高尾高雄　20-21
エンタツ・アチヤコ論　瓣　重郎　22-23
僕の手帖から　青山唯一　24-27
黒と白の絵　瀧井孝二　24-28

第三巻第十二号　昭和九年十二月号　一日発行

偶感　花柳三之輔　4-5
「阿漕」について　桜間金太郎　5-6
ぺんぺん草　吉住小次郎　6-7
「花咲く樹」を映画にする　村田　実　7-7
絵巻物より受くる感興（続）　井川定慶　8-10
交響音楽随想　朝比奈隆　11-13
隠れたる楽人デ・ヴイラ　K・C・B生　14-16
十一月の会館から　14-16
双鶴居談戯（19）―灯にそむいて―　飯島曼史　17-17
下半期・映画界・回顧―一九三四年度―　瀬古貞治　18-21
クリスマス炉辺夜話　
雪の想出　景山牧子　23-24
ホテルの出来事　三岸節子　24-25
或る少年俳優の死　細川ちか子　25-26
旅の宿にて　高松祭子　26-27

第四巻第一号　昭和十年新春特大号　一月一日発行

双鶴居談戯（20）―眠りこそうまけれ―　飯島曼史　4-4
冬・蜜柑　花島克己　5-5
上海に於ける藝術界の情勢及び動向　和田　斉　6-9
北平―支那劇をかたる―　中村正吾　9-11
大連或る論争の記録―満洲文壇の現段階について―　野村　宣　11-13
新京―新京交響楽―　鳥居孝一　14-15
哈爾賓―藝術の貧困―　相馬正男　16-17
髭を剃る人　藤沢桓夫　18-18
すばらしい「音」の満ち溢れた楽壇へ　中根　宏　18-19
能楽の大衆化　片山博通　19-20

映画と私　板垣鷹穂　20-20
大好きな流行歌　徳山　璉　20-21
モンマルトルの踊子　岩田豊雄　22-23
女優に就いて書く　岩崎　昶　23-23
映画音楽に対するコワキ言葉・・・　松居翠声　23-24
もの、あはれ　花柳寿美　24-25
兎と飛行機　久保　栄　25-26
贋物　田村孝之介　26-26
プリユウヴアー教授の回想　大村卯七　26-27
東京音楽学校関西初公演に就いて
A　乗杉嘉道　28-30
B　観世左近　30-31
C　宮城道雄　31-31
1935年展望
映画の新人を語る　津村秀夫　34-37
楽壇新人展望　塩入亀輔　37-39
踊る―三五年―　光吉夏弥　39-41
東京音楽学校邦楽大演奏会　41-41
オサカ漫画グルツペ　松田三郎　42-43
新劇1935年の課題―演劇運動史の一齣として―　桐畑剛吉　44-49
アメリカ劇壇展望―（一九三四年-一九三五年）―　中川龍一　50-51、63
異色ある欧州映画二つを拾ふ　石川俊彦　52-53
ネオ・オペレツタ・パピプペポ天国（松田三郎絵）　八木隆一郎　54-63
編輯後記　64-64

第四巻第二号　昭和十年二月号　一日発行

ヴイクトル・チエンキン来朝グラフ　3-5
双鶴居談戯（21）―柔かい枕―　飯島曼史　6-6
ヴイクトル・チエンキン独唱会（扮装附）　7-7
チエンキンのことなど　内田岐三雄　8-9
ロシア各地方の民謡を語る―大ロシア、ウクライナ、高加索その他―　中根　宏　10-11
フローレンスの音楽祭　（Y・U生）　12-12
柊林で逢つたテムプルとゲイナー（上）　Y・S・D　14-15
ヴイクトル・チエンキン独唱会プログラム　16-17
ヴイクトル・チエンキン独唱会曲目解説　18-21
ある夜の出来事（＊ユウモア・コント）　松下富士夫　22-23
世界民謡輯
アメリカ民謡　紙　恭輔　24-25
イタリイ民謡　原　信子　25-26
スペイン民謡　内本　実　26-27
フランス流行歌　倉重瞬輔　27-28
ドイツ民謡　関屋敏子　27-27

第四巻第三号　昭和十年三月号　一日発行

紙ナプキンに書いた詩（＊詩）　春山行夫　1-1
双鶴居談戯（22）―梅爋蛾―　飯島曼史　3-3

再び大阪をおとづれるに当つて　藤間勘素娥　4-5
藤間勘素娥嬢大阪第二回舞踊公演　6-7
珍らしき花「趣味の能楽会」への期待　岸川益一　8-9
「趣味の能楽会」について　堀野真一　10-11
研精会のこと　吉住小次郎　12-13
柊林で逢つたテムプルとゲイナー（下）　Y・S・D　14-15
春の舞台を飾る藝術家グラフ　16-17
放送打明ばなし　高橋邦太郎　18-19
宣伝余話　筈見恒夫　20-21
ぱあらあ・まんだん（1）　中村喜一郎　22-23
特輯　頌春
春宵一刻　福田清人　24-27
ピアノと失恋　崎山猷逸　24-27
素顔のあるチエンキン氏　28-28

第四巻第四号　昭和十四年四月号　一日発行

双鶴居談戯（23）―歌舞伎と切支丹―　飯島曼史　2-2
私への課題二三―京都朝日会館に関して―　石川純一郎　3-6
審美三題―美しいと思つたもの―　藤岡　昇　8-9
交響曲とピアノ協奏曲の夕　10-16
ルビンシユタインのこと　18-19
ルビンシユタインの来朝に関聯して　清瀬保二　20-21
アルテユウル・ルビンシユタイン　中根　宏　22-22
ぱあらあ・まんだん（2）　中村喜一郎　23-23
秘められたボロヂンの遺作―オペラ・ファルス『勇士達』―　中根　宏　24-26
柊林におけるラインハルト　26-26
巨星マックス・ラインハルトの映画界登場　清水　光　27-29
特輯　短篇
晴朗にして波立たず　今日出海　30-31
シヨパンのフユウネラル　金沢孝次郎　32-33
Meinen Cello!　近藤　東　34-35
沿海地方（＊詩）　矢原礼三郎　35-35

第四巻第五号　昭和十年五月号　一日発行

双鶴居談戯（24）―ミツキイ・マウスの視野―　飯島曼史　3-3
進境を味はふ―（ヂムバリスト・ファンとして）―　藤田進一郎　4-4
エフレム・ヂムバリスト　4-4
楽聖ヂムバリストの印象　鷲見三郎　6-6
歌劇「椿姫」の上映について
A　藤原義江　8-9
B　関屋敏子　10-11
C　山本直忠　12-13
歌劇「椿姫」のコーラス　加納和夫　8-13
歌劇「椿姫」公演・配役・解説　14-14
歌劇「椿姫」梗概　15-17
ぱあらあ・まんだん（3）　中村喜一郎　18-19
ハリウツドの宝石箱は一杯です　淀川長治　20-21
音画を聴く記　芳村和夫　22-23

朝日世界ニュースは育つ―痩せ我慢の一ケ年―　真名子兵太　24-24
南欧羅巴幻想―散文詩―　中井駿二　25-27

第四巻第六号　昭和十年六月号　一日発行

〔無題〕（＊詩）　2-2
双鶴居談戯（25）―金ハブ銀ハブ―　飯島曼史　3-3
楽器よりも微妙な咽喉―ガリ・クルチ夫人を迎へて―　藤田進一郎　4-5
アメリカ・ガリ・クルチ女史独唱会プログラム　6-6
欧洲航路三題―懐しい東洋、フルト・ウエングラア、ベンガルの月―　貴志康一　7-9
山田耕筰氏の足跡を辿る―十八年前の旅の想ひ出その他―　中根　宏　10-13
日本におけるオペラ運動の今昔とその将来　松山芳野里　14-16
トーキーの音楽に関する雑文　深井史郎　18-19
「泉」の感想　清水　光　20-21
京都朝日会館の印象　江口隆哉　22-23
関西公演のことども　若柳吉蔵　24-25
山田耕筰氏生誕五十年祝賀演奏会　24-24
ベルトラメリ―能子女史帰る―　25-25
巨匠ヂムバリスト氏独奏会　25-25
ぱあらあ・まんだん（4）　中村喜一郎　26-27
海風（＊詩）　矢原礼三郎　28-29
気合術―夏宵綺譚―　八木隆一郎　30-32

第四巻第七号　昭和十年七月号　一日発行

双鶴居談戯（26）―月を盗む―　飯島曼史　3-3
伊太利音楽界展望　ベルトラメリ能子　4-5
海辺（音楽随想）　金沢孝次郎　5-5
北京回想記　小秋元隆一　6-7
「花嫁学校」―原作者のことば―　片岡鉄兵　8-9
「花嫁学校」―脚色者のことば―　村山知義　9-10
「花嫁学校」新協劇団関西公演・配役　8-9
関西公演に際して　新協劇団　10-10
「花嫁学校」について―「新協劇団」を迎ふ―　桐畑剛吉　11-13
新協劇団員として　仁木独人　14-15
花嫁学校―原作者片岡鉄兵氏の筆になるあらすぢ―　14-14
「新協劇団」関西第一回公演グラフ　16-17
人間追求と近眼　細川ちか子　18-18
夏空　梅園龍子　19-19
ぱあらあ・まんだん（5）―小林一三氏とビール、朝日会館とフルーツ・コクテル―　中村喜一郎　20-22
航空楽書帖　蘆原友信　22-23
世界撮影所大観―アメリカの部―　村上忠久　24-28

第四巻第八号　昭和十年八月号　一日発行

太陽を摑む者（＊詩）　藤木九三　1-1
双鶴居談戯（27）―童心―　飯島曼史　3-3
最近紐育の檜舞台に在り、素晴らしいセンセイションの渦中にある楽壇・舞踊壇の明星！　相島敏夫　4-5
秋の映画・展望　高　季彦　6-8
朝日会館新映写設備について　守波徳太　9-9
若きコムポーザーに秋の抱負を聴く
A　吉田たか子　10-11
B　諸井三郎　10-11
漫才の面白さ　秋田　実　12-12
『ナニワブシ』のテツ　瓣　重　郎　13-13
アムステルダム　小高吉三郎　15-15
バクダツド　高橋増太郎　16-16
北欧の峡江　鍋平朝臣　17-17
レマン湖に泳ぐ　久間本茂　18-18
モンテ・カルロ　伊藤七司　19-19
グランド・キヤニオン　大江素天　19-20
リオ・デ・ジヤネイロ　田中正男　21-22
東西夏宵実話
東　脅迫歌手　森　久雄　23-25
西　牝鶏夫人　野崎農三　26-27
世界撮影所大観（その二）―欧洲の部―　村上忠久　28-30

第四巻第九号　昭和十年九月号　一日発行

秋（＊詩）　春山行夫　1-1
双鶴居談戯（28）―氾濫―　飯島曼史　3-3
ステージと没交渉？―マイクロフオーンの藝術領域序論―　奥屋熊郎　4-7
外遊の弁　須藤五郎　8-8
海と魚　加納和夫　8-9
人の声　竹内禎子　9-9
幻影　金沢孝次郎　10-10
思ひついたまゝ　荒木和子　10-11
無題　田中平三郎　11-12
失敗記　金森愛子　12-12
トーキー音楽は斯くあるべし　堀内敬三　14-15
日本映画と音楽　深井史郎　15-16
トーキー音楽の理想　伊藤　昇　16-17
思ひ出づるまゝに―帰朝第一回音楽会に臨んで―　貴志康一　18-19
ろんどん世間話（1）　南井慶二　20-23
化粧室にて　モオリス・デコブラ　中川龍一訳　24-26

第四巻第十号　昭和十年十月号　一日発行

鶉（＊詩）　矢原礼三郎　1-1
双鶴居談戯（29）―火桶の灰に書く―　飯島曼史　3-3

舞踊第一線への登場者―江口・宮・崔の大阪デビユウにおくる―　光吉夏弥　4-5
舞踊は生きる　江口隆哉　宮操子　6-7
江口隆哉・宮操子（大阪第一回）新作発表舞踊公演プログラム　6-7
江口・宮両君を推す　北村小松　8-8
江口・宮夫妻大阪デビユウーを期に　松山芳野里　9-9
私の言葉　崔　承喜　10-11
崔承喜新作発表舞踊公演プログラム　11-11
〔無題〕　川端康成　11-11
崔承喜に寄す　山本実彦　12-13
崔承喜に送る手紙　中根　宏　14-15
歌劇「カルメン」「リゴレツト」公演グラフ　16-21
「カルメン」上演について　藤原義江　22-23
秋・オペラ　三上孝子　23-23
歌劇「リゴレツト」について　24-25
カルメン―配役―　24-25
歌劇「カルメン」について　24-25
ろんどん世間話（2）　南井慶二　26-29
モオリス・マルシヤル　セロ独奏会　30-30
秋の楽壇に新しい歌の明星帰朝　30-30
藤原義江氏から　30-30

第四巻第十一号　昭和十年十一月号　一日発行

双鶴居談戯（30）―凡愚泰平―　飯島曼史　2-2

大阪来演に際して　近衛秀麿　3-3
鬼才モウリス・マルシヤルを迎へて　大村卯七　4-4
近代的チエリストモウリス・マルシヤル　一柳信二　5-5
モウリス・マルシヤル・チエロ独奏会プログラム　6-7
欧米映画行脚から帰つて　川喜多長政　8-9
大阪交響楽協会の誕生　芳村和夫　9-9
映画新観賞法　白石　凡　10-11
ぱあらあ・まんだん(6)―鯛のカツレツ―中村喜一郎　12-13
舞台証明ABC　久本十美二　14-15
COMING ATTRACTIONS　16-17
愉しい舞踊―飛鳥明子・江川幸一新作発表舞踊公演について―　宇野千代　18-19
新らしい門出　江川幸一　20-20
私のことば　飛鳥明子　21-21
飛鳥明子・江川幸一第一回新作発表舞踊公演プログラム　22-22
トオキイ音楽作曲家とそのレコオド　掛下慶吉　23-26

第四巻第十二号　昭和十年十二月号　一日発行

マニユエラデル・リオと西班牙舞踊　蘆原英了　6-11
マニユエラデル・リオ嬢舞踊公演プログラム　12-13
冬のスポーツ　堀口大学　14-15
乾杯！　カワアド―「生きてゐるモレア」の観賞―　白石　凡　16-17
同情週間の催しもの　18-19

双鶴居談戯（31）―啞の鶏―　飯島曼史　20-20
レポルタアジュ―松山芳野里研究所を訪ねて―　蘇禰真佐夫　21-23
ぱあらあ・まんだん（7）　中村喜一郎　24-25
「歌の帝王」―フエオドル・シヤリアピン氏来朝！―　27-27

第五巻第一号　昭和十一年一月号　一日発行

新春特大号

双鶴居談戯（32）―正月野郎の讃―　飯島曼史　4-4
特輯「歌の帝王」フエオドル・シヤリアピンを迎へて
シヤリアピンを語る　大田黒元雄　5-6
シヤリアピンの生立ちの記　塩入亀輔　6-9
海外特輯　第一人者を推す
舞踊と歌劇の殿堂「大劇場」とその今、明日の花形（モスクワ）　丸山政男　10-17
映画界の明星―シモーヌ・シモンを推す（巴里）―　重徳泗水　18-19
作曲家・ローイ・ハリス　映画スター・マール・オベロン（紐育）　矢部利茂　20-23
一九三六年の映画に対する期待　大森義太郎　24-26
藝の乱費　板垣鷹穂　26-27
36年度楽壇を飾る―海外藝術家の来朝！―　28-28
フルトヴエンクラー―一月二十五日第五十回の誕生日を迎へる―　東大道俊英　29-31
故国への便り
在巴里　牧　嗣人　32-34
在巴里　宅　孝二　34-35
『歌の帝王』フエオドル・シヤリアピン氏来朝！　37-37
ロサンゼルス組曲―特信―　坂井米夫　38-41
欧洲映画を飾る　初春のひとびと　青山唯一　43-45
外国映画のイミテエシヨン　佐々元十　46-47
ぱあらあ・まんだん（8）―遊ぶ時代―　鍋井克之　48-49
欧州ところどころ　高岡徳太郎　50-51
私のことば―思ひ出すことども　斎田愛子　52-53
昭和十一年を迎へて抱負をかたる　引田一郎　53-53
鼠に因む歌物語（春は子歳より）　鈴木小春浦　55-57

第五巻第二号　昭和十一年二月号　一日発行

双鶴居談戯（33）―唐人お福―　飯島曼史　3-3
不世出の名歌優　フエオドル・シヤリアピン―その生涯と藝術―　中根　宏　4-15
ベエトオヴエンとトルストイの「クロイツエル・ソナタ」への考察　金沢孝次郎　18-20
アメリカのラヂオ―附・広告放送のはなし―　下山三郎　21-23
新鋭映画監督十人(A)　稲津延一　24-25
春をうたふレビユウ氏評判記　早乙女武　26-28

第五巻第三号　昭和十一年三月号　一日発行

双鶴居談戯（34）―万葉と鬼外―　飯島曼史　3-3

春の歎き（＊散文詩）　中井駿二　4-5
マックス・ラインハルトの映画『真夏の夜の夢』公開に先立つて　内海幽水　6-8
シヤリアピン印象記　中根　宏　9-13
鬼才シモン・ゴオルドベルグと私　貫志康一　14-15
オーケストラに関する問題—東京進出に関連して—　早川弥左衛門　16-17
ぱあらあ・まんだん（9）—暖国の寒さ—　鍋井克之　18-19
山岳映画の権威—ファンク博士の来朝　川喜多長政　20-23
映画素人漫談　高山辰三　24-25
映画興行ところどころ　石川俊彦　26-27
新鋭映画監督十人(B)　稲津延一　28-31
舞姫フリツシユ色　早乙女武　32-34

第五巻第四号　昭和十一年四月号　一日発行

双鶴居談戯（35）—灯台守の発狂—　飯島曼史　3-3
シモン・ゴオルドベルグについて　佐藤謙三　4-5
シモン・ゴオルドベルグの藝術　鷲見三郎　6-7
能楽閑話　岸川益一　8-11
再びフオイヤアマンを迎へて　斎藤秀雄　13-15
新協劇団「夜明け前」（舞台写真）　16-17
脚色された—『夜明け前』について　秋田雨雀　18-18
脚色者のことば　村山知義　19-19
演出者のことば　久保　栄　20-21
舞台装置者のことば　伊藤熹朔　21-21
第二回・大阪公演について　新協劇団　22-22
『夜明け前』（第一部）あらすぢ　22-23
ぱあらあ・まんだん（10）—大道易学—　鍋井克之　24-26
教訓—或ひは晩春の歌—（＊詩）　矢原礼三郎　26-26

第五巻第五号　昭和十一年五月号　一日発行

双鶴居談戯（36）—玉筋魚—　飯島曼史　3-3
最近能楽界の傾向　坂元雪鳥　4-5
能二題—花筐・道成寺—　松野奏風　6-7
謡曲因縁話—謡曲カメラ行脚拾遺　栗林貞一　8-10
能楽放言　岸川益一　10-12
再びフオイヤアマンをかたる　大村卯七　13-16
相次いで逝けるロシア楽界の二大長老—グラズウノフとイツポ・リイトフ・イワノフ—　中根　宏　17-20
指揮者としての一考察　大沢寿人　20-21
ぱあらあ・まんだん（11）—奈良写生漫談—　鍋井克之　22-23
会館藝術について　近藤孝太郎　24-26
お喋舌り業者を喋舌る—漫談家オン・パレイド—　松下富士夫　27-29

第五巻第六号　昭和十一年六月号　一日発行

雨（＊詩）　近藤　東　1-1
双鶴居談戯（37）—恋と番茶—　飯島曼史　3-3
巨匠テイボウを迎へて　鈴木鎮一　4-5

通人ヴァイオリニスト―ジヤツク・テイボウ―　塩入亀輔　6-7
映画音楽と日本的といふこと　深井史郎　8-9
『人生劇場』抄感　尾崎士郎　10-11
『人生劇場』愚言　蘇爾真佐夫　10-14
『人生劇場』是非　千田是也　12-13
無題　中川一政　13-14
久しぶりの大阪　山本安英　14-15
誕生8年を迎への私達の覚悟　薄田研二　15-16
「人生劇場」―梗概―　15-16
新築地劇団―人生劇場―（舞台写真）　18-19
わたくしのことば　花柳寿美　20-21
花柳寿美―曙会―（舞台写真）　22-23
「春妖夢」に就いて　蘆原英了　24-25
花柳寿美を語る　内田岐三雄　26-27
春妖夢　如月　敏　27-27
トオキイに活躍する音楽家群　高　季彦　28-31

第五巻第七号　昭和十一年七月号　一日発行

べに・むらさき（＊詩）　山村酉之助　1-1
双鶴居談戯（38）―山本安英―　飯島曼史　3-3
藝術家と観客　村山知義　4-4
批評家と観客　杉本良吉　5-5
新協劇団第三回大阪公演「夜明け前」第二部（舞台写真）　6-9
『夜明け前』の面白さに就て　立野信之　10-11
『夜明け前』―梗概―　10-12
『夜明け前』第二部の印象　窪川稲子　12-13
新協劇団『夜明け前』第二部　片岡鉄兵　13-13
巴里の夏・巴里の女　伊藤慶之助　14-15
日本の南端　紅頭嶼ヤミ族の怪奇土俗と藝術　宮武辰夫　16-21
絶対音楽　青山唯一　22-23
会館内外1　24-24
夏の音楽を語る　伊藤能予留　25-27
〝ゲラヒ〟よ―漫才家と共にあれ！　早乙女武　28-31

第五巻第八号　昭和十一年八月号　一日発行

双鶴居談戯（39）―金魚の糞―　飯島曼史　3-3
特輯　ニユウス映画
ニユウス映画の現状　沢村　勉　4-6
ニユウス映画の将来　村山知義　6-7
映画とジヤーナリズム　大森義太郎　8-9
映画と文学に於ける報告的形成　飯島　正　10-11
世界の夏
ワンゼイ湖畔（＊ドイツ）　宮　操子　12-13
コンクールの思ひ出（＊カナダ）　斎田愛子　13-14
サムパ・ギタの香（＊マニラ）　北村静江　14-15
ア・ラ・カンパーニユ（＊フランス）　深尾須磨子　15-15
大阪新風景夏・五題

朝日ビル・プール　田村孝之介　16-17
夏祭　国枝金三　17-18
夜の盛り場　伊藤慶之助　18-19
地下鉄　小出卓二　20-20
雲雀丘風景　古家　新　20-21
36年度下半期外国映画展望　双葉十三郎　22-24
会館内外2　（仁）　25-25
晴着（＊創作）　矢田津世子　26-28
チエロ大家ピアテイゴルスキイ来る!!（今秋十月）　29-29
幽霊の孤旅（ひとりたび）（＊夏宵綺譚怪奇コント）　浜本　浩　30-31
レコード（＊夏宵綺譚怪奇コント）　水谷　準　31-32
近く来朝するエルマア・ライス　中川龍一　32-33

第五巻第九号　昭和十一年九月号　一日発行

双鶴居談戯（40）―二つの行列―　飯島曼史　3-3
山湖秋信　堀口大学　4-5
大衆娯楽論　杉山平助　6-7
批評の問題
集団批評の提唱（演劇批評の場合）　桐畑剛吉　8-11
映画批評についての断片（映画批評の場合）　岩崎　昶　11-12
音楽批評の場合　山根銀二　12-14
自省的な感想（舞踊批評の場合）　光吉夏弥　14-16
会館内外3　（仁）　17-17
巴里から帰つた舞踊家・小森敏君　松山芳野里　18-22
私の欧米舞踊遍路　小森　敏　22-25
秋風の歌（＊詩）　山村酉之助　25-25
舞踊家のモノロオグ
〝藝術〟を罵倒す　江口隆哉　26-27
私の立場　花柳寿美　27-28
私の舞踊の方向に就いて　崔　承喜　28-29
舞踊小感　花柳珠実　29-30
トン子と龍（＊創作）　三上秀吉　31-33
朝日会館十周年記念催し　34-34

第五巻第十号　昭和十一年十月号　一日発行

双鶴居談戯（41）―高麗―　飯島曼史　4-4
朝日会館創設十周年を迎へて
会館の旗をかざして―朝日会館の同人諸君へ―　中村喜一郎　5-8
文化の金字塔をめざして―われらの抱負をかたる―　赤井清司　8-9
朝日会館に寄す―創設十周年に際し諸名家の寄せられたる言葉―
塩入亀輔　松井翠声　伊庭孝
村田実　貴志康一　加納和夫　山本修二　堀内敬三
鍋井克之　石井漠　丸山定夫　河原崎長十郎　山本久三郎　蘆原英了　三上孝子　増沢健美　仁木独人
金沢孝次郎　張源祥　薄田研二　竹本三蝶　豊岡佐一郎　吉住小次郎　中根宏　大西利夫　山本安英

崔承喜　細川ちか子　花柳寿輔　山田耕筰　川喜多長政　岩崎昶　内田岐三雄　花柳寿美　竹内逸　近衛秀麿　若柳吉蔵　江口隆哉　中村翫右衛門　内田栄一　下村清治郎　田村孝之介　小林一三　村山知義　奥屋熊郎　10-15、26
夜泣石　下村海南　16-17
朝日会館十周年記念催し　18-19
鬼才ピアチゴルスキイをかたる　野村光一　20-22
チエロ大家　グレゴルピアチゴルスキイ来朝！　23-23
俳優の集団生活と共同作業について　秋田雨雀　24-25
関西劇壇の新劇的素描　豊岡佐一郎　25-26
「転々長英」—作者のことば—　藤森成吉　27-28
「転々長英」—蘭学の英雄—梗概　27-29
「転々長英」演出者のことば　杉本良吉　28-29
モリエール劇の上演について　吉江喬松　30-31
『守銭奴』モリエール作・土井逸雄訳—すじがき—　30-30
モリエール寸感　佐々木孝丸　31-31
モリエール劇の代表人物　永田　靖　32-32
大阪公演随想　薄田研二　32-33
モリエール劇と現代　土井逸雄　34-35
『守銭奴』大阪公演を前に　千田是也　35-35
「裏町」—作者のことば—　九能克彦　40-40
裏町あらすぢ　40-41
「裏町」上演について　大岡欽治　41-41
近事断想　河原崎長十郎　42-44
勧進帳一幕　45-45
ニユウス映画の実際　大内秀邦　46-48
会館内外4　（仁）　49-49
欧洲映画と映画の想ひ出　住谷悦治　50-51
女の歌（＊詩）　中井駿二　52-53
大阪のモロツコ　白石　凡　54-55

第五巻第十一号　昭和十一年十一月号　一日発行

双鶴居談戯（42）—裏町—　飯島曼史　1-1
朝日会館十周年記念講演会
朝日会館の十年　中村喜一郎　2-4
無題　山田耕筰　4-7
これからの演劇と映画　村山知義　8-12
琉球と大阪　下村海南　12-16
展覧会と油絵　鍋井克之　16-19
欧米舞踊界の新星　蘆原英了　20-23
新響から　川崎善弥　24-25
謡能雑話　栗林貞一　26-29
会館内外5　（仁）　30-30
新しい美を創らう—シルエツト音画に関する断章—　中村フジ　32-34
映画・最近の話題をかたる　青山唯一　34-37
優秀レコードを推薦する—十一月新譜から—　増田愛二　38-38

第五巻第十二号　昭和十一年十二月号　一日発行

双鶴居談戯（43）―随筆心境―　飯島曼史　3-3
冬の役廻り　深尾須磨子　4-5
釦は宝石ではない　村田修子　6-7
昭和十一年度映画総決算　村上忠久　10-15
「能面」と「人の顔」　岸川益一　16-18
昭和の藝　桜間道雄　18-19
会館内外6　（仁）　21-21
旅の感覚　金沢孝次郎　22-23
帰朝雑感二・三―日本のスペクタクルに就て―　永瀬義郎　26-27
彼女達の印象―唄ふ女性・すなつぷ・しよつと―　南部僑一郎　28-29
優秀レコードを推薦する―各社十二月新譜より―　増田愛二　30-30

第六巻第一号　昭和十二年一月号　一日発行
新春特大号

希望（＊詩）　富田砕花　4-4
双鶴居談戯（44）―蘭―　飯島曼史　5-5
海外特信
中国映画界における新人監督―沈西芬と蔡楚生―　中村正吾　6-8
ガストン・バッチイー特にその「ボヴァリ夫人」演出―　小場瀬卓三　9-10
異色・シヤム藝術をかたる―最近の劇界―　青木　真　11-13
炉辺にて（＊掌篇）　阿部艶子　14-15
歓迎会（＊掌篇）　円地文子　16-17
エルマン氏第一回来朝のことども　山本久三郎　18-19
エルマン讃　大塚　淳　19-19
巨匠エルマンに就いて　佐藤謙三　20-22
一九三七年楽壇展望　塩入亀輔　22-26
わがよきひとに与ふる歌（＊詩）　山村酉之助　26-26
会館内外7　（仁）　27-27
新協劇団「どん底」特輯
どん底観後
リアリズム的探求　藤森成吉　29-29
青年の藝術・新劇　三宅周太郎　29-29
『どん底』演出ノート　村山知義　30-32
「どん底」の舞台装置について　伊藤熹朔　32-33
『どん底』に就いて　中村白葉　33-33
『どん底』舞台面グラフ　34-35
新演出『どん底』　外村史郎　36-37
隠れたる・ゴーリキイ　杉本良吉　38-39
役者の手帳から　瀧沢　修　40-40
ひとりぽつちの PROMENADE　三好久子　41-41
どん底―ものがたり―　42-43
新協劇団「どん底」公演・スタッフ　42-43

ムウソルグスキイの歌謡曲―ロオジングのレコオドを中心として―　中根　宏　44-47
映画女優の顔　大森義太郎　48-49
１９３７新春・内外映画・展望　清水綾夫　50-55
映画雑談　淀川長治　56-59
優秀レコードを推薦する―各社正月新譜より―　増田愛二　60-60

第六巻第二号　昭和十二年二月号　一日発行

双鶴居談戯（45）―一人称―　飯島曼史　3-3
壊れた人形―早春の譜―（＊散文詩）　喜志邦三　4-5
ソ聯邦における興行統制（＊海外特信）　丸山政男　6-8
劇と音楽のアンサムブルの実際問題　深井史郎　9-11
現代作曲家による映画と音楽の交流　掛下慶吉　12-15
続・ぱあらあ・まんだん（1）　鍋井克之　16-17
音楽随想　張　源祥　18-21
会館内外8　22、15
簀　演出者のことば　大岡欽治　23-23
演出ノートから　豊岡佐一郎　24-25
羅針盤のない船・都会三幕十二景スタッフ　24-25
大阪・協同劇団一年の記録グラフ　26-27
優秀レコードを推薦する―各社二月新譜より―　増田愛二　28-28

第六巻第三号　昭和十二年三月号　一日発行

双鶴居談戯（46）―面白天国―　飯島曼史　3-3
再度来朝するマレシヤル氏に就いて　増沢健美　4-5
モウリス　マレシヤル―PROGRAMME―　チエロ独奏会　6-7
チエロの詩人マレシヤル　牛山　充　6-7
プウシキン百年忌―音楽との関聯を中心として―　中根　宏　8-12
会館内外9―鍋井君と私―　（仁）　13-13
新築地劇団「桜の園」
桜の園配役ほか　14-15
アントン・チエーホフ・小伝　15-15
日本に於ける「桜の園」上演年表　中川龍一作製　16-16
「桜の園」演出に当つて　青山杉作　17-17
新築地劇団関西公演「桜の園」グラフ　18-19
ラネーフスカヤ夫人について　東山千栄子　20-20
ヴーリヤの思ひ出　山本安英　21-21
「桜の園」梗概　20-22
トロフイーモフ・その他　千田是也　22-22
群舞大公演プログラム　23-23
舞踊と演劇との交流　江口隆哉　24-27
私の一週間　宮　操子　26-27
江口隆哉・宮操子群舞公演グラフ　28-29
舞踊曲「都会」の作曲　深井史郎　30-31

チヤツプリンの素描　久野　梓　32-33
優秀レコードを推薦する—各社三月新譜より—　増田愛二　34-34

第六巻第四号　昭和十二年四月号　一日発行

双鶴居談戯（47）—マツチと元結—　飯島曼史　7-7
クキタ・ブランコを迎へて　蘆原英了　8-14
会館内外10—安英さんの強さ—　（仁）　15-15
ワインガルトナー、ストコウスキー両指揮者をかたる　大沢寿人　16-17
特輯国際映画
国際映画と輸出映画　来島雪夫　18-20
方便としての国際映画　沢村　勉　20-22
国際映画の将来　菊盛英夫　22-24
大阪協同劇団・久板栄二郎作「断層」スタツフ　25-25
大阪協同劇団の「断層」上演に寄す　久板栄二郎　25-25
続・ぱあらあ・まんだん（2）—観劇雑談—　鍋井克之　26-27
能楽の笑ひ　岸川益一　28-29
「茂登女会」大阪公演に際して　藤間勘素娥　30-30
「片時雨」と「吉野天人」茂登女会・大阪公演の二作　江口　博　32-36
片時雨・吉野天人プログラム　36-36
優秀レコードを推推（ママ）する—各社四月洋楽新譜より—　増田愛二　38-38

第六巻第五号　昭和十二年五月号　一日発行

双鶴居談戯（48）—春風門外—　飯島曼史　3-3
見所の一隅から—能謡素人話—　栗林貞一　4-6
『鸚鵡小町』について（＊談）　金剛　巌　6-7
能楽閑話　岸川益一　7-9
魚の絵　吉田博一　10-11
夢うつゝ　金沢孝次郎　12-13
ピアストロ第一回来朝当時を偲ぶ　牛山　充　14-16
ピアストロ・トリオ大演奏会—プログラム—　18-18
パリよりかへりて……　宅　孝二　19-19
続・ぱあらあ・まんだん（3）—名作展前奏—　鍋井克之　20-21
会館内外11—南京豆—　（仁）　22-23
優秀レコードを推薦する—各社五月新譜より—　増田愛二　25-25

第六巻第六号　昭和十二年六月号　一日発行

双鶴居談戯（49）—音痴の当惑—　飯島曼史　3-3
ワインガルトナーを迎へる　塩入亀輔　4-6
声なき調べ（＊詩）　中井駿二　7-7
巨匠ワインガルトナー　8-8
略伝　9-9
ワインガルトナーの印象に残る人達　久野　梓　10-15
関西新劇界の巨星豊岡佐一郎氏逝去　14-14

続・ぱあらあ・まんだん（4）—永井荷風の小説—　鍋井克之　16-17
映画と生活　板垣直子　18-20
会館内外12—ワインガルトナー夫妻を迎ふ—　（仁）　21-21
私のうた・大阪　佐藤千夜子　22-23
藤原義江氏より　23-23
アメリカ劇の話題（1）—今年の劇評家賞とピユリッツァ賞—　清水　光　24-25
愛をつくる機会（＊コント）　大島敬司　26-27
ハズの弱点（＊ユーモア・コメント）　林二九太　28-29
優秀レコードを推薦する—各社六月新譜より—　増田愛二　30-30
新協劇団関西公演—新劇演出の最高水準を示す絶対的名舞台！　31-31
「科学追放記」について……　村山知義　32-33
「如来の家」上演についての感想　阿木翁助　33-33
愛によつてつらぬかれた科学的真理へ！—「科学追放記」ものがたり—　34-35
黄金の阿弥陀様—「如来の家」のおはなし—　34-35

第六巻第七号　昭和十二年七月号　一日発行

山岳登臨（＊詩）　藤木九三　1-1
双鶴居談戯（50）—杯と唇との間—　飯島曼史　3-3
月下の陸放翁—陸放翁「月下作」の自由訳—（＊詩）　佐藤春夫　4-5
新劇を新劇たらしめるもの　山本修二　6-7
アメリカ劇の話題（2）—アメリカの新進劇作家シドニイ・キングスレイ—　清水　光　8-10
会館内外13—トウさんと豹—　（仁）　11-11
新築地劇団関西公演グラフ　12-13
「女人哀詞」の配役　薄田研二　14-15
「女人哀詞」のお吉　山本安英　14-15
続・ぱあらあ・まんだん（5）—小杉勇と徹夜—　鍋井克之　16-17
海の縁日　須藤武一郎　18-19
独逸映画　青山唯一　20-25
宵の明星（＊詩）アルフレド・ミユツセ　片山敏彦訳　26-27
女人哀詞配役　28-28

第六巻第八号　昭和十二年八月号　一日発行

双鶴居談戯（52）—羨むべき存在—　飯島曼史　4-4
演劇と音楽との新しき交渉について(1)　中井駿二　5-11
山岳登臨（＊短歌）　藤木九三　7-7
フランス警句抄　11-11
閨秀・夏三題
かたびらのあぢ　長谷川春子　12-12
築地がし　佐伯米子　13-13
夏と私　藤川栄子　14-14
会館内外14—ワ博士古都そこはか—　（仁）　15-15

続・ぱあらあ・まんだん(6)―教育の方針―　鍋井克之　16-17
愛誦二篇（＊詩）　関泰祐訳　18-19
ヘルマン・ヘツセ「ペーター・カーメンチンド」より
テオドール・シユトルム「みづうみ」より
シヨパン・コンクール　甲斐美和子　20-21
映画饒舌　淀川長治　22-25

第六巻第九号　昭和十二年九月号　一日発行

双鶴居談戯（52）―檜扇―　飯島曼史　2-2
演劇と音楽との新しき交渉について(2)　中井駿二　3-7
巨星スキイパと交驩する明星杉町みよし嬢　伊藤七司　5-5
映画統制論　佐々元十　8-9
会館内外15―けふの前進座―　（仁）　10-10
セレベス島の原人トライヤの怪奇　宮武辰夫　11-15
デビユウにあたつて　高木敏子　16-17
続・ぱあらあ・まんだん(7)―非常時と展覧会―　鍋井克之　18-19
新協劇団・久板栄二郎作北東の風スタツフ　20-20
スクリーンを飾る秋の女性　藤井田鶴子　21-23
映画の分類学　掛下慶吉　24-28

第六巻第十号　昭和十二年十月号　一日発行

欠

第六巻第十一号　昭和十二年十一月号　一日発行

双鶴居談戯（54）―鮎と鰯―　飯島曼史　2-2
四名手の藝風―「会館能」無駄話―　栗林貞一　3-5
躍進するソウエト音楽界―国際コンクウルを席捲した
少年楽人の群―　中根　宏　6-9
手紙二題（＊詩）　中井駿二　9-9
友田恭助君と日本演劇―主として朝日会館を中心に―　中川龍一　10-11
北東の風あらすぢ・登場人物と配役　12-13
新協劇団結成三周年を迎ふ　長田秀雄　14-15
制約の魅力―北東の風を書きあげて―　久板栄二郎　14-15
終りの花　深尾須磨子　16-17
東西両軍選手決定　18-19
全関西吹奏楽団聯盟結成さる　（逸見記）　20-20
全関西吹奏楽団聯盟規約　20-20
会館内外17―職業野球―　（仁）　21-21
新帰朝・島田龍之助氏との一問一答　斎藤真佐夫　22-23
続・ぱあらあ・まんだん（8）　鍋井克之　24-25
欧米映画―最近の動向　内田岐三雄　26-29

第六巻第十二号　昭和十二年十二月号　一日発行

双鶴居談戯（55）―日めくり暦―　飯島曼史　2-2
非常時局下の新劇―新築地団の立場から―

薄田研二　3-5
「生甲斐」を伝へる―我が愛する友へ―　仁木独人　5-6
孔雀夫人（ダツズウォオス）―映画になつた演劇―　清水　光　7-9
私と子供　村山藤子　10-11
映画界を語る座談会―昭和十二年度の終りに際して―
伊藤義　石川俊彦　太田庄太郎　瀧井孝二　江口春
雄　内海信二　柴田良保　山森維一　司会（村上忠
久・清山憲）　会館側（赤井、下山）　12-18
会館内外18　（仁）　19-19
続・ぱあらあ・まんだん（9）　鍋井克之　22-23
冬の風景　村田修子　24-25
「職業野球オール・スター東西対抗争覇戦」を終つて　芥田武夫　26-26

第七巻第一号　昭和十三年一月号　一日発行

初春三題（＊詩）　勝　承夫　4-4
時代と演劇　武藤貞一　5-5
能楽について　高安吸江　6-8
新劇・今後の動向　北村喜八　9-13
万里長城　川田　順　14-15
対話・雑談―独逸より帰つて―
話す人　山田耕筰　聴く人「会館藝術」記者　16-18
東京V・S大阪―映画観客の問題―　石川俊彦　19-21
現代日本の舞踊への途―主として新日本舞踊について―　光吉夏弥　22-27
海外楽壇　27-27
風景の中を歩いて（＊詩）　宮崎丈二　28-28
新築地劇団への希望　島崎藤村　29-29
『土』の原作と脚色　伊藤貞助　32-32
「土」を観て　佐藤俊子　33-33
予想の敗北　小島政二郎　33-33
「土」と当時の写実文学　中条百合子　34-34
長塚節君　高浜虚子　34-35
考へたいもの　35-35
「土」舞台面グラフ　30-31
『大陸策』第二作　川端龍子　36-37
小説とモデル　丹羽文雄　38-39
日曜日の出来事（＊小説）　浅原六朗　40-41
会館内外19　（仁）　42-42
フランス三映画人―映画藝術の最高峰を行く―　来島雪夫　43-45

第七巻第二号　昭和十三年二月号　一日発行

欠

第七巻第三号　昭和十三年三月号　一日発行

合歓と謡言　園田次郎　2-2
独逸の国策映画　奥村隆三　3-5
映画製作のうらおもて―日本映画について―　清山　憲　6-8
ハリウッド奇癖集　8-8

関西楽壇を語る（2）　竹内不可止　9-10
藤原義江氏より（＊書簡）　藤原義江　10-10
作曲者の漫言　宮原禎次　11-13
レコード月評　水上平五郎　11-13
雨・蘭蝶・満洲　平山蘆江　14-15
手紙の謎（＊小説）　城　夏子　16-17
冬いちご（＊小説）　若林つや　18-19
帰還報告　杉浦エノスケ　横山エンタツ　20-21
会館内外21―言語と言葉―　（仁）　22-23
続・ぱあらあ・まんだん(11)―わらわし隊凱旋―　鍋井克之　24-25

第七巻第四号　昭和十三年四月号　一日発行

早春　淀川（＊短歌）　北見志保子　1-1
二昔前の輸出「能」映画　星野辰男　2-2
能面の無表情　岸川益一　3-4
豪華能礼讃　栗林貞一　5-6
春の豪華―会館能―　7-7
新響とローゼンシユトツク氏　尾原　勝　8-9
映画人に訊く
　ファンへお願ひ　萩原　耐　11-11
　理想を云へば　八住利雄　11-12
　講談を見直す　高桑義生　12-12
まんご　熊谷久虎　12-12
料理人（いたまえ）の弁　丸山定夫　12-13
希望いろいろ　鈴木重吉　13-13
春香伝物語　14-14
作者の言葉　張　赫宙　15-15
春香伝グラフ　16-17
民族古典の持つ味ひ　秋田雨雀　18-18
春香伝演出　村山知義　19-19
あけふね通信　赤城蘭子　20-20
会館内外22―聖戦の春に―　（仁）　21-21
関西楽壇を語る（3）　竹内不可止　22-23
レコード月評　水上平五郎　22-23
続・ぱあらあ・まんだん(12)―二見浦日の出―　鍋井克之　24-25
附録　新交響楽団演奏曲目解説　別1-12

第七巻第五号　昭和十三年五月号　一日発行

支那の塔　須藤武一郎　2-2
独墺合併と音楽家―ザルツブルグ音楽祭のことなど―　那智太郎　3-5
逝けるシヤリヤアピンを想ふ　中根　宏　6-6
新内一夕話　邦枝完二　7-9
絵あはせ　紅　青瓷　10-11
映画人に訊く
　三つの問題　河原崎長十郎　12-12
　のれんその他　六車　修　12-13
○　伊馬鵜平　13-13
首途に贈る
「軽音楽」そのほか　山懸茂太郎　14-14

作曲者のことば　橘　静雄　14-15
心境　加藤直四郎　15-15
訳者のことば（点子ちゃんとアントン）　高橋健二　16-16
演出について　渡辺三郎　17-17
会館内外23—敦賀朝太夫—　（仁）　18-18
花々　船越三枝子　19-19
泣きぼくろ（＊小説）　石塚昌子　20-21
海風と椿の花（＊小説）　真杉静枝　22-23
続・ぱあらあ・まんだん（13）—大相撲初見参記—　鍋井克之　24-25
関西楽壇を語る（4）　竹内不可止　26-27
レコード月評　水上平五郎　26-27

第七巻第六号　昭和十三年六月号　一日発行

門札問答　白石　凡　2-2
アメリカ演劇と映画1　清水　光　3-4
私の生家　紅　青瓷　5-7
人間の藝術化—日本舞踊の行く道—　若柳吉蔵　8-9
楽聖直筆の楽譜を観る—伯林にて—　林　幸光　10-11
北満より　田村恭一　11-11
白髪三千丈　長谷川春子　12-13
会館内外24—保津川を歩く—　（仁）　14-14
綴方教室ハ課—創立十年記念新築地劇団関西公演—　15-15
正ちゃん　大木顕一郎　16-16
舞台の私と　本ものの私　豊田正子　16-16
綴方教室の迫力　岡倉士朗　17-17
三大オペラの夕（歌劇「カルメン」、歌劇「椿姫」、歌劇「蝶々夫人」）　20-21
能談　岸川益一　22-23
京都の頁
春愁　五月晴れ（＊詩）　明石染人　23-23
百合いけし卓にわか寄り銀幕に消えし乙女の夢を追ひ居り　入山雄一　23-23
関西楽壇を語る（5）　竹内不可止　24-25
レコード月評　水上平五郎　24-25

第七巻第七号　昭和十三年七月号　一日発行

知つたか振り　瀬川草助　2-2
アメリカ演劇と映画2　清水　光　3-6
山百合　紅　青瓷　7-8
A・5・C夜話（1）　9-9
本草経　伊藤純一郎　9-9
夕顔咲きぬ（＊小説）　大田洋子　10-12
会館映画欄（月光の曲　田園交響楽　ジエニイの家）　13-15
楽しい我が家　秋田　実　16-17
関西楽壇を語る（6）　竹内不可止　18-19
朝日会館・レコード鑑賞会推薦レコード評　水上平五郎　18-19
会館内外25—軌道にのつた新劇—　（仁）　20-20
コンサート・女・短歌　岡本三那夫　22-23

第七巻第八号　昭和十三年八月号　一日発行

一日一想　服部蒼外　2-2
南米・欧洲の楽界を聴く
　話す人・藤原義江　聴く人・本誌同人　3-7
関西楽壇を語る（7）　竹内不可止　8-9
朝日会館・レコード鑑賞会推薦レコード評
　水上平五郎　8-9
A・5・C夜話（2）　10-10
映画の話　国枝金三　10-10
夏至（＊詩）　菱山修三　11-11
白いエンヴエロオプ（＊小説）　長田恒雄　12-15
出水の後（＊短歌）　村野次郎　15-15
隅田川（＊短歌）　高田浪吉　15-15
続・ぱあらあ・まんだん（14）―奥日光より赤城山へ（上）―
　鍋井克之　16-17
海浜ショウ（＊漫画）　平井房人　18-19
水泳　玉松一郎　20-21
東京　大阪
　魚の味　酒の味　村山知義　20-20
　叡知美　江口隆哉　20-21
大阪へ来ていつも感じる一つである。―音楽教育の
　向上を―　武岡鶴代　21-21
所変つて品変らず　吉住小次郎　21-21
会館内外26―夏さまざま―　（仁）　22-22
映画界縁台話　柴田良保　23-23
後記　山・河　25-25

第七巻第九号　昭和十三年九月号　一日発行

こゝろもち　永川俊美　2-2
最近のフランス映画界（上）―今秋封切映画を中心と
　して―　来島雪夫　3-5
西洋音楽と民衆　有馬大五郎　6-6
をきみやげ―A・5・C夜話（3）―　四宮恭二　7-7
シピオネの周囲　三浦逸雄　8-9
巴里随筆　小山敬三　10-11
東京　大阪
　持たざる土産　薄田研二　10-10
　流行に溺れる　里見勝蔵　10-12
新劇の観客　中井駿二　12-12
食堂車の女　横山エンタツ　12-13
氷ぶどう　徳川夢声　13-14
久しく見ない大阪　花柳珠実　14-14
隙間風（＊小説）　新田　潤　12-14
レコード音楽礼讃　金沢孝次郎　15-15
続・ぱあらあ・まんだん（15）―奥日光より赤城山へ（下）―
　鍋井克之　16-17
秋のガラガ（＊詩）　北園克衛　18-19
スタヂオ生活から　御花金吾　18-19
会館内外27―秋は第九から―　（仁）　20-20

関西楽壇を語る（8）　竹内不可止　22-23
朝日会館・レコード鑑賞会推薦レコード評　水上平五郎　22-23
若鷹の如き檜健次　牛山　充　24-24
大阪の顔・紐育の顔　檜　健次　25-25

第七巻第十号　昭和十三年十月号　一日発行

十月の賦（＊詩）　土岐善麿　2-2
最近のフランス映画界（下）―今秋封切映画を中心として―　来島雪夫　3-5
塔を売らぬ男　飯島曼史　6-7
木蔭の時間（＊小説）　南川　潤　8-9
続・ぱあらあ・まんだん(16)―御馳走三態―　鍋井克之　10-11
O・ヘンリイ雑談―A・5・C夜話4―　藤沢桓夫　12-12
デッド・エンド　13-13
「デッド・エンド」側面観―新しき演劇美の出現―　中村雅男　14-14
「デッド・エンド」稽古場から　村山知義　15-15
『第九』初演のころ　大津三郎　18-19
第九関西公演の合唱　19-19
第九交響曲（合唱付―ニ短調作品一二五番）解説　20-22
ダツシユ（＊短歌）　上田　穆　22-22
会館内外28―殿村翁と会館　（仁）　23-23
職業野球を語る　芥田武夫　24-25
推薦レコード評　水上平五郎　26-27

第七巻第十一号　昭和十三年十一月号　一日発行

彼も行く　栗林貞一　2-2
独逸映画の話　青山唯一　3-5
私の音楽会―作曲閑談―　宮原禎次　6-7
メキシコの話―翡翠の玉―　北川民次　8-9
秋の日（＊小説）　阿部艶子　10-13
二回目開催にあたつて（＊職業野球オールスタアー東西対抗試合）　鈴木龍二　14-15
お婆さんの家族　十河　巌　16-17
自然の二つの姿―A・5・C夜話5―　呉　祐吉　18-18
会館内外29―新劇から野球まで―　（仁）　19-19
武蔵野四幕　20-20
武蔵野について　梅本重信　21-21
関西楽壇を語る（9）　竹内不可止　22-23
朝日会館・レコード鑑賞会推薦レコード評　水上平五郎　22-23

第七巻第十二号　昭和十三年十二月号　一日発行

『日本的』なるもの　大山千代雄　2-2
チヤイコーフスキー談義　中根　宏　3-5
大阪の文化を語る（上）　内海幽水　6-7
続・ぱあらあ・まんだん(17)―白衣の勇士―　鍋井克之　8-9
中支派遣軍太田少尉より　9-9

舞踊偶感　江口隆哉　10-11
民衆の嗜好品オペレッタ　下八川圭祐　12-12
鮮満の旅—A・5・C夜話6—　下田吉人　13-13
関西楽壇を語る（10）　竹内不可止　14-15
朝日会館・レコード鑑賞会推薦レコード評　水上平五郎　14-15
美しき姉（＊小説）　城　夏子　16-19
会館内外30—徳孤ならず—　（仁）　20-20

第八巻第一号　昭和十四年一月号　一日発行

ある表情　藤田進一郎　3-3
能楽雑話一　金剛　巌　4-6
緞帳（＊詩）　長田恒雄　7-7
日本映画の話　村上忠久　8-11
春のアメリカ映画　淀川長治　12-15
北京戯院の一夜　下村海南　16-17
豊かな収穫　河原崎長十郎　18-19
音楽家への苦言、二・三—昭和十四年を迎ふるに際して—　増沢健美　20-21
満洲における娯楽物　今井　俊　22-24
慰安を求める街　田中正男　24-25
閉出された洋画　磯部佑治　26-27
写真随想　朝倉斯道　28-29、47
大阪の文化を語る（中）　内海幽水　30-31
チエリオ—A・5・C夜話7—　白石　凡　32-32
会館内外—余技の事ども—　（仁）　33-33
微笑の国三幕　34-35
「微笑の国」三幕（＊シナリオ）　36-46
レハール紹介　47-47
「夜明け前」梗概　47-47
瑞雲（＊小説）　十和田操　48-49
嫁ぐ前（＊小説）　大谷藤子　50-53
僕達の音楽会　朝比奈隆　54-54
ジムバリスト氏夫人マルマ・グルックのこと　55-55
朝日会館・レコード鑑賞会推薦レコード評　水上平五郎　58-59

第八巻第二号　昭和十四年二月号　一日発行

伊太利ところ〴〵　吉田　淳　3-3
あたらしい演劇　飯島　正　4-4
自作品の映画化を観て「鶯」の場合　伊藤永之介　5-5
制限されるイメージ　石川達三　5-6
感謝する　坪井譲治　6、15
文藝映画を演出して—生ける人間を描く　豊田四郎　7-7
能楽雑話二　金剛　巌　8-9、15
百鬼園先生と初対面　徳山　璉　10-10
演出余談　島津保次郎　10-11
観客席　11-11
亡き母、玉関のことなど　笠置山勝一　11-12

洋行一週間　伊原宇三郎　12-12
ただ精進を　益田　隆　12-13
ひとり祝盃　中山義秀　13-14
目標は大衆へ　市川猿之助　14、19
故郷の土の匂ひ　池内栄一　15-15
大阪の文化を語る（下）　内海幽水　16-17
製作中のアメリカ映画談　清水千代太　18-19
色彩に寄せて　西崎　緑　19-20
独墺の音楽と流行歌曲　有馬大五郎　20-21
音楽界ニュース　20-21、38
朝日ロータリー洋画展の誕生　国枝金三　22-22
海外の美術界　22-22
会館内外32—会館藝術は二月から—　（仁）　23-23
花の歌（一）（＊小説）　寺崎　浩　24-27
紙風船（＊コント）　岩佐東一郎　28-29
若い娘の願ひ（＊小説）　田島準子　30-32
英米の人気スター　32-32
文藝あらかると　太田正一郎　33-33
短編小説其他　（章阿弥）　34-34
はじめ（＊詩）　佐藤一英　34-34
美術界あらべすく　佐良科純　35-35
新劇東京だより　西川　光　36-36
テイコ・イトウの舞踊　中山岩太　37-37
次の時代の頁
　時代と文学　内海　昭　38-38
　正しい理性を　荒井千恵子　38-38
朝日会館推薦レコードの話　水上平五郎　39-39
新協劇団　仁木独人氏の訃　（仁）　41-41

第八巻第三号　昭和十四年三月号　一日発行

アスラン作（裸婦）辻本敬三氏蔵　鍋井克之　2-2
ルノアール作（森の池）小河清太郎氏蔵　鍋井克之　3-3
皇紀二千六百年奉讃国民藝能祭について
　奉讃劇は何うする　伊原青々園　4-5
　民謡・民舞を取上げる　蘆原英了　5-6
　藝術精神の昂揚　高野　瀏　6、40
文藝あらかると　太田正一郎　7-7
父万三郎の一日　梅若猶義　8-9、11
農村の文学とは？　真の姿を描く　湯浅克衛　10-10
都会の文学とは？　私の場合　丹羽文雄　10-11
いぬ　ねこ　うさぎ　鍋井克之　12-13
早春雑詠（＊短歌）　今中楓渓　13-13
映画法について（一）　津村秀夫　14-15
匈牙利の文化について　今岡十一郎　16-18
ワインガルトナー氏賞受領感想
　同胞に認めてもらふ　秋吉元作　18-18
　雪深い北国から　早坂文雄　18-20
　日本文化のために　呉泰次郎　20、37
最近の伊太利音楽　山根銀二　19-20
支那人宣撫の藝術的方法
　文化工作は実力の上に　井上雲治郎　21-21

覗目鏡や、影絵などから　磯部佑治　21-22
豚に黄金を与へぬやう　高橋順一郎　22-23
余計な話　23-23
会館想苑
航空兵と模型飛行機　北村小松　24-24
運動家と厄　高須一雄　24-25
儀母式といふもの　青山圭男　25-26
忙がしがる　坂東簑助　26-27
満洲挨拶記　竹久千恵子　27-28
「ゼンシヨウカンセイス」　出羽湊利吉　28-29
音楽に打込む喜び　原　信子　29-29
哈爾賓交響楽団─防共日満親善使節として来朝する─　30-31
三月の動き─音楽界舞踊界─　荒谷是也　32-33
音楽報国のため　江藤　輝　32-33
花の歌（二）（＊小説）　寺崎　浩　34-37
会館内外33─やよひ─　（仁）　38-38
輝く短篇映画　淀川長治　39-39
次の時代の頁
創造文化へ　影山隆一　40-40
情熱を以て生きる　S・T　40-40
朝日会館推薦レコードの話　瀧　久雄　41-41

第八巻第四号　昭和十四年四月号　一日発行

春夏秋冬　森田たま　2-2
私と舞妓　林重義　3、42
報道写真の藝術性　森田亜夫　4-5
海外劇界通信　フランス　5、38
もの忘れ　瀧沢　修　6-6
風景　高岡徳太郎　6-7
私の良き友　吉岡隆徳　7-8
雲崗石仏　小山敬三　8-9
思ひつくまゝ　関　種子　9-10
小指の感　植村睦朗　10-10
名人宗家にきく
怖い素人の耳　竹本土佐太夫　11-13
「著作権仲介業法」案問答─ブラーゲはどうなる？─　X・Y・Z　14-15
新劇の問題　千田是也　16-17
「新築地」消息　16-21
歌舞伎のこの頃　西川　光　17-18
エイブ・リンカアン劇─アメリカ演劇の話題と傾向─　清水　光　19-20
輸出映画所感　陶山　密　20-21
映画時評　村上忠久　21、39
近頃美人揃ひの音楽界上　須磨明石　22-23
〝父よ〟の旅草（＊短歌）　明本京静　23-23
若さあるさび　宮　操子　24-24
春に為す　花柳可寿雅　25-25
希望　石井　漠　25-25
歌と踊りと…　福本泰子　26-26
遠見の戸奈瀬　中村芳子　26-26

新しい演技をめざして　田中絹代　27-27
心をこめて力の限り　糸井しだれ　27-27
「朝日洋画会」の誕生　五反田軌　28-29
ルツソー（風景）八木正治氏蔵　鍋井克之　28-28
ラプラード（風景）小河清太郎氏蔵　鍋井克之　28-28
花の歌（三）（＊小説）　寺崎　浩　30-33
異人館―赤坂檜町より―（＊小説）　若林つや　34-38
朝日会館推薦レコードの話　瀧　久雄　39-39
会館内外34―森田さんと私―　（仁）　40-41
文藝あらかると　太田正一郎　42-42
美術界の動き　佐良科純　43-43
近日朝日会館に封切上映する映画『土』　44-44

第八巻第五号　昭和十四年五月号　一日発行

春夏秋冬二　森田たま　2-2
馬を描く　坂本繁二郎　3-3
祭藝一如のため　飯塚友一郎　4-5
都会藝術に就て　関口次郎　5-6
国策農民文学私観　犬田　卯　6-7
銃後と土の文学　和田　伝　7-7
名人宗家にきく
　暖く柔く包まれつゝ―日本に住んで三年目―（＊談）　ローゼンシユトツク　8-9
会館想苑
　井戸の幸　朝倉文夫　10-11
　愛と力に歌ふ　瀧田菊江　11-11
　初夏の色　須藤武一郎　12-12
　セルの感触　田沢千代子　12-13
美術界の動き　佐良科純　13-13
音楽二景　玉川一郎　14-17
絶対音感教育に就いて（1）　笈田光吉　14-15
映画に対する希望　江口春雄　16-17
映画今昔譚（1）　杵間三郎　17-20
瀧廉太郎と荒城の月　松浦　猛　20-21
映画時評　村上忠久　18-21
海外通信　21-23、30
前進座と新国劇　西川　光　22-23
いたづら書　原　節子　24-24
強い人間に　林　寿枝　24-24
子規を想ふ　山本安英　25-25
一節一節に心を配る　朝霧鏡子　25-25
「映画法」余聞　津村秀夫　26-27
鏡を前に…　佐治守衛　27-27
春は逝く　紅　青史　28-28
音楽界舞踊界の動き　荒谷是也　29-29
徳末義子の独唱会　29-29
文藝あらかると　太田正一郎　30-30
新劇団の簇出　30、42
花の歌（四）（＊小説）　寺崎　浩　31-34、42
コンパクト（＊小説）　新田　潤　35-37、42
母のなげき　岡田禎子　38-39

朝日会館推薦レコードの話　瀧　久雄　39-39
会館内外35―ラヂオ体操―　(仁)　40-41

第八巻第六号　昭和十四年六月号　一日発行

春夏秋冬三　森田たま　2-2
軍鶏と暮す　山下繁雄　3、31
受胎期の文藝　杉山平助　4-4
農民文学の意義　森山　啓　5-5
戦争画について　向井潤吉　5-6
ニュース映画論　岩崎　昶　6-7
海外通信　7-7
名人宗家にきく
　私の場合　吉住小三郎　8-9、39
ベエトオヴエンとシユーベルト―楽聖に遇つた老婦人の話―　須磨明石　10-12
シユーベルトの交響楽に於ける特徴　下山英太郎　12-13
扇と人形　花柳芳次郎　14-15、19
初夏到来（＊詩）　高村光太郎　15-15
会館想苑
　日曜計　竹友藻風　16-17
　夏鶯　長谷川時雨　17-18
　映画・青葉・梅雨　辰巳柳太郎　18-19
映画今昔譚（2）　杵間三郎　20-22
欧洲で活躍する崔承喜　20-22
藝術の保護者デイアギレフの回想　中井駿二　22-23
映画時評　村上忠久　22-26
大陸慰問の土産話　藤原義江　23-25
思ひつくまゝ―滞欧中の思ひ出―（＊談）　三上孝子　25-27
新協劇団だより
　稽古雑談　村山知義　26-28
　楽屋壁新聞　(KN)　28-31
「神聖家族」ノート　久板栄二郎　28-28
演劇の危機　西川　光　28-30
朝日会館推薦レコードの話　瀧　久雄　30-30
文藝あらかると　太田正一郎　31-31
父かなし（＊小説）　矢田津世子　32-34
ふるさとに寄す（＊短歌）　茅野雅子　34-34
禁酒　森三千代　35-37
お腹が空いてゐたので　大田洋子　37-39
会館内外36―藤の花―　(仁)　40-41
鏡を前に…　42-42

第八巻第七号　昭和十四年七月号　一日発行

春夏秋冬四　森田たま　2-2
中形の鳥　高間惣七　3、16
屋外の劇　坪内士行　4-4
野外音楽に就て　兼常清佐　5-5
独逸の野外舞踊　執行正俊　5-6
文藝あらかると　太田正一郎　6-7、21
燦爛たる金色（＊詩）　室生犀星　7-7

歌舞伎談1（名人巨匠に聴く）　尾上菊五郎　8-10
会館想苑
初夏のころ　吉田絃二郎　11-12
かたい牛肉の思ひ出　鈴木信太郎　12-13
或日の消息　若山喜志子　13-14
京都　深井史郎　14-15
南洋土産話　北川民次　15-16
わが集団を語る
新月会　小寺融吉　17-18
「鞭の会」のこと　市川八百蔵　18-19
夏山抄（＊短歌）　与謝野晶子　18-18
音楽界・舞踊界　荒谷是也　19-20
海外雑信　19-21
本年度野球聯盟オールスター東西対抗戦を前に　池田　豊　20-21
納涼演藝の夕（＊漫画）　木村きよし　32-33
日記　森　恭子　34-34
タツプを踊る　姫宮接子　34-34
楽屋の流行　市川紅梅　35-35
緑の季節に　蘆原千津子　35-35
道路改正　伊馬鵜平　26-30
エルンスト・トラーの死　成瀬無極　26-26
国民歌劇『黎明』上演を前に　山田耕筰　26-28
戦争と演藝　鍋井克之　28-29
小唄王イルヴエンの結婚　29-29
映画今昔譚（3）　杵間三郎　30-32
映画時評　村上忠久　30-34
演劇雑談　西川　光　32-34
美術界の動き　34-34
歓婚の曲（一）（＊小説）　今井達夫　35-39
朝日会館推薦レコードの話　瀧　久雄　39-39、42
会館内外37―似顔画―　（仁）　40-41

第八巻第八号　昭和十四年八月号　一日発行

春夏秋冬五　森田たま　3-3
花鳥画の好み　浜田藻光　4-4
熊と汽船（＊小説）　田畑修一郎　5-7
会館想苑
吉野への郷愁　川田　順　8-8
宇治の新緑　成瀬無極　9-10
小原木ぶし　三田村鳶魚　10-11
大阿蘇に寄せる　小林千代子　11-11
わが集団を語る
藝術小劇場の仕事　北村喜八　12-12
音楽と演劇　永田絃次郎　13-14
季節を超えて（＊詩）　富田砕花　13-13
うすもの（＊短歌）　今井邦子　14-14
会館内外38―日本刀の鍛練―　（仁）　15-15
スイセイ・松井氏　横山隆一　16-17
横山隆一画伯　松井翠声　17、42
朝日会館推薦レコードの話　瀧　久雄　16-17、42

歌舞伎談2（名人巨匠に聴く） 尾上菊五郎 18-20、42
職業野球新人展望（1） 杉村正一郎 21-21
鮎と苺 花柳一美 24-24
夏二題 高木敏子 24-24
白薔微に寄せて 歌上艶子 25-25
大阪の日記 志賀夏江 25-25
蝎座点描 野尻抱影 26-31
音楽総指揮官グルリット 橋本国彦 26-27
映画今昔譚（4） 杵間三郎 27-29
歌舞伎再検討とは？―前進座と新喜劇のこと― 西川 光 29-31
美濃から飛驒ところどころ 中島弥徳女 31-32
映画時評 村上忠久 31-35
音楽界 荒谷是也 32-34
文藝あらかると 太田正一郎 34-35
夏と軽音楽 服部 正 36-37
歓婚の曲（二）（＊小説） 今井達夫 38-42

第八巻第九号　昭和十四年九月号　一日発行

春夏秋冬六 森田たま 3-3
音楽家・舞踊家夏から秋への報告（イ・貴方はこの夏どう過されましたか？　ロ・秋の御予定は？）（＊回答）
山田耕筰　竹内禎子　松平晃　竹内平吉　宮原禎次
奥田良三　萩野綾子　三浦環　関屋敏子　花柳珠実
乗杉嘉寿　西崎緑　橋本国彦　江口隆哉　宮操子
関種子　佐藤美子　長門美保　藤原義江　大沢寿人 4-9
リストをめぐつて―彼の演奏手法の問題― 野村光一 4-6
モーツアルトの絃楽三重奏嬉遊曲 山根銀二 6-8
アントーニン・ドヴオルザーク変イ長調
絃楽四重奏曲 有坂愛彦 8-9
ヤン・ダーメンについて 佐藤謙三 9-10
音楽・舞踊界 荒谷是也 11-12
「緑」を描く 川島理一郎 13-13
青空と雲（＊小説） 南川 潤 14-16
会館想苑
犬の詩 大仏次郎 17-18
私の武勇伝 伊吹武彦 18-20
九江の鳩 林芙美子 20-21
幽霊なつかし 矢田挿雲 21-22
胸中の山水 藤川栄子 22-22
セザンヌの回想 荒城季夫 23-26
会館内外39―旅にひらふ―（仁） 27-27
映画今昔譚（5） 杵間三郎 28-30
映画時評 村上忠久 28-33
演劇と映画 西川 光 31-32
文藝あらかると 太田正一郎 33-34
海外雑信 33-35
美術界あらべすく 佐良科純 34-35
職業野球新人展望2 杉村正一郎 36-38
歓婚の曲（三）（＊小説） 今井達夫 39-43

鏡を前に…　（久米仲）　43-43
追分の秋　深田久弥　20-21
南京の雨　浜本　浩　21-22
「文晁」変じて鐙となる　長谷川巳之吉　22-23
時間の空費　武者小路実篤　23-24
平戸まで　百田宗治　24-25
中秋些談　岡本一平　26-27
なごやさんざ　佐藤春夫　27-28
ロランとベートーヴェン　片山敏彦　28-29、42
朝日会館推薦レコードの話　瀧　久雄　30-32
映画今昔譚（6）　杵間三郎　30-32
映画時評　村上忠久　32-37
劇壇の危機　西川　光　33-34
事変下美術の秋　佐良科純　35-36
文藝あらかると　太田正一郎　36-37
歓婚の曲（四）　今井達夫　38-42
次の時代の頁
文化の集団性　大村一郎　42-42

第八巻第十号　昭和十四年十月号　一日発行

春夏秋冬七　森田たま　3-3
コルトーとショパン―バラード集に因みて―　宅　孝二　4-7
十月の軽音楽　野川香文　4-7
ブルノ・ワルター指揮　ハイドン…軍隊交響曲　有馬大五郎　7-9
キユネーケの舞踏組曲　有坂愛彦　9-10
ドイツのオペラ界　湯浅初江　11-12
イタリーのオペラ界　三上孝子　13-15
満洲国の音楽運動　高沢元夫　15-16
音楽・舞踊界　荒谷是也　16-17
音楽界・舞踊界消息
南部タカネ　子守譲　一柳信二　内田栄一　天野喜
久江　瀧田菊江　関種子　下八川圭祐　長門美保
渡辺はま子　8-10
在外楽人だより
近衛秀麿　甲斐美和　10-11
楽界ゴシツプ　12-14
橘糸重女史の訃　15-15
先生を偲ぶ　宮原禎次　15-17
日本婦人の優しさ　中村大三郎　18-18
会館内外40―加納君の慶事―　（仁）　19-19
会館想苑

第八巻第十一号　昭和十四年十一月号　一日発行

春夏秋冬八　森田たま　3-3
欧洲大戦下の音楽界　大田黒元雄　4-6
欧洲指揮行脚　小船幸次郎　4-9
世紀の指揮者トスカニーニの印象　太田太郎　6-8
トスカニーニに就て―「第五」を聴き乍ら―　野村光一　8-9
ヴアイオリンとピアノの為のブラームスのソナタ

鰐淵賢舟　10-10
訪米演奏記　甲斐美和子　10-13
僕の参戦記　日比野愛次　11-12
音楽・舞踊界　荒谷是也　12-13
山を描く　足立源一郎　14-14
会館内外41—秋さはやか　（仁）　15-15
ロシヤ少女（＊小説）　伊藤　整　16-18
八十二翁の人形造り天狗久吉老訪問記　中尾文雄　19-21
第二回全関西映画俳優野球大会　21-21
藤沢ハン　横山エンタツ　22-22
エンタツさん　藤沢桓夫　23-23
本秋の職業野球オールスター東西対抗戦は？　芥田武夫　24-25
映画時評　村上忠久　26-31
映画今昔譚（7）　杵間三郎　26-28
喜劇黄金時代　西川　光　29-30
海外雑信　31-32
美術界あらべすく　佐良科純　31-32
文藝あらかると　太田正一郎　32-33、36
私の方向　貝谷八百子　33-33
会館想苑
　妻　馬　海　松　34-35
　残して行つたメツテルの言葉　奥屋熊郎　35-36
少女指揮者デヴユー　36-36
歓婚の曲（五）　今井達夫　37-41

第八巻十二号　昭和十四年十二月号　一日発行

春夏秋冬九　森田たま　3-3
ベエトオヴエンの壮厳弥撒曲　津川主一　4-5
ストラヴインスキイの舞踊曲〝ペトウルウシカ〟—ストコオフスキイの指揮に拠る新レコード—　中根　宏　5-6
ベエトオヴエン第八交響曲のレコード　有坂愛彦　7-8
二個の提琴の為のバツハの狂想曲　橋本国彦　8、21
音楽・舞踊界　荒谷是也　4-8
〝欧米の旅を終つて〟　松山芳野里　9、21
喧嘩指南（＊ユーモアコント）　中村正常　10-11
残菊撮影余談　花柳章太郎　12-13
映画時評　村上忠久　14-19
美術界あらべすく　佐良科純　14-15
映画今昔譚（8）　杵間三郎　15-17
劇界回顧　西川　光　18-19
海外雑信　19-21
文藝あらかると　太田正一郎　20-21
自然から生れるもの　呉泰次郎　22-22
関西楽壇人座談会
　朝比奈隆　林幸光　宮原禎次　辻吉之助　伊達三郎
　竹内不可止　瀧久雄　吉村一夫　田葉吉治　北岸佑
　吉　下山英太郎　23-26
数字で見たアメリカレコード　蘇禰真佐夫　27-27

会館内外42―日本一蓄音機と老青年伊藤翁―　（仁）　28-28
序曲の日（＊小説）　長田恒雄　29-34
新劇紹介（＊真船豊原作「太陽の子」）　34-34
第十四回歳末同情週間催物予告　34-35

第九巻第一号　昭和十五年一月号　一日発行

日本藝術のテンポ　長谷川如是閑　3-5
鏡を前に…　三越佐治兵衛　5-5
海洋文藝の背景　吉江喬松　6-7
歌劇「夜明け」について　山田耕筰　7-9
新春（＊詩）　菱山修三　10-10
昔男ありて（第一回）（＊小説）　丹羽文雄　11-15
建築物と私の画　小山敬三　16-16
戯曲作家よ　出でよ　久板栄二郎　17-18
文化映画随想―よき作品をつくるには…―　岩崎昶　18-20
我国の「オペラ運動」に寄せる　堀内敬三　20-22
転換期に立つ美術界―皇紀二千六百年の展望―　尾川多計　22-23
文藝展望―量と質の問題―　秋山六郎兵衛　24-25
国策型歌手　瀧田菊江訪問記　玉子九蔵　26-28
新劇紹介　「石狩川」五幕九場　26-28
皇紀二千六百年奉祝国民藝能祭について
　奉祝藝能事業所見　高野辰之　29-32
　日本民族の魂の音楽を望む　田辺尚雄　32-33
　新劇と藝能祭　村山知義　34-35
舞踊について　小寺融吉　35-36
ブラームスの洋琴協奏曲―第一番とシュナーベル―　野村光一　36-38
軽音楽の話　野川香文　36-41
メンゲルベルクの指揮と第二及び第八交響曲　山根銀二　38-40
ブルーノ・ワルター指揮、演奏モーツアルトピアノ協奏曲「深遠」　有馬大五郎　40-42
楽劇「パルシフアル」の前奏曲と「受難金曜日の奇蹟」　増沢健美　42-44
音楽・舞踊界　荒谷是也　42-46
縮小歌劇「カルメン」　大田黒元雄　44-44
サロン・メキシコとA・コープランド　菅原明朗　45-45
改築なれる築地小劇場　皆川滉記　46-46
伯林のズイルヴエステル・アーベント　舟木重信　47-48
本年の希望　福沢一郎　48-49
ラヴエルの印象　河盛好蔵　49-50
こんな道楽がして見たい　小島政二郎　50-52
紋付・ネクタイ　谷崎精二　52-53
絵この頃　小磯良平　53-54
断想　由利あけみ　54-55
今年は辰年　玉松一郎　ミス・ワカナ　56-57
映画時評　津村秀夫　58-58
美術界あらべすく　佐良科純　59-65
米国のグリンプス（一）　飯田心美　59-61
東京新劇通信―演劇を大衆の生活の糧とすることを目

ざして―　八田元夫　61-63
文学風景展望　三猪伴左　63-65
海外雑信　65、55
会館内外43―本誌の新年号―　(仁)　66-66
昔の足音（＊小説）　湯浅克衛　67-70

第九巻第二号　昭和十五年二月号　一日発行

絵にならない女（＊小説）　田畑修一郎　3-5、9
春の競馬場（＊小説）　中山義秀　6-9
イギリスの娯楽界　飯島　正　10-11
大戦とドイツの精神的動員の方向　高橋健二　11-12
最近のイタリヤ藝術界　三浦逸雄　13-14
パデレフスキーの近況　14、17
最近の仏蘭西文壇　今日出海　15-16
フインランドの音楽―シベリウスの事ども　森本覚丹　16-17
画家の日記から　田村孝之介　18-18
メンデルスゾーンの二短調三重奏曲―カザルス・トリヲをきく―　呉泰次郎　19-20
メンデルスゾーンのピアノ協奏曲「第一番」　笈田光吉　20-21
ギイゼキング演奏のドビユツシイ・前奏曲集　大田黒元雄　21-22
私のウインナ日記　豊田ゆり子　22-23
文学風景遠望　三猪伴左　24-24
女流藝術家を訪ねて
美川きよの巻　玉子九蔵　25-27
新劇紹介　中本たか子戯曲「建設の明暗」四幕七場　25-27
戦時下の平和相　中島健蔵　28-29
もんぺ　網野　菊　29-31
旅の心理　真船　豊　31-33
汽車の中　窪川稲子　33-34
道づれ　伊藤　整　35-36
純粋に勉強することなど　関　種子　36-38
私の夢　原　信子　38-39
美術界あらべすく　佐良科純　39、57
娯楽製造家は苦労する
日活太秦を訪ねて　蘇繭真佐夫　40-43
M・アンダースンの新作　43-43
会館内外44―能楽大衆化の事―　(仁)　44-44
新劇二つ　久板栄二郎　45-46
映画時評　村上忠久　45-52
音楽映画の話
米国のグリンプス（二）　飯田心美　46-49
ニジンスキイは再起するか　犀東　襄　49-50
法隆寺修復委員会　51-52
岡田三郎助氏遺作展　52-52
奉祝童宝美術展　52-52
青衿会誕生　52-52
英文清長の完成　52-52
昔男ありて（第二回）（＊小説）　丹羽文雄　53-58

第九巻第三号　昭和十五年三月号　一日発行

遁走曲（＊小説）　徳田一穂　3-7
椿と私　木村荘八　8、40
二千六百年史展覧会について　魚澄惣五郎　9、35
「独逸軍隊行進曲」集　有坂愛彦　10-11
ロッシーニ＝レスピーギ編曲舞踊曲集「風変りな店」　三潴末松　11-13
襟巻綺譚（＊ラヂオ・コント）　宇井無愁　10-16
ワインガルトナーの「第二交響曲」　斎藤秀雄　14-15
女流ピアニスト・ヴォルフの弾いたリストの「幻想曲」　山田和男　15-16
日本オペラの今昔を語る座談会―明治二十七年の第一回オペラ「ファウスト」上演の頃から近年のオペラ盛況など―
由利あけみ　三上孝子　堀内敬三　原信子　藤原義江
三浦環　山田耕筰　山本久三郎　相島敏夫
山下健蔵　赤井清司（本誌）　17-30
「風と共に去りぬ」映画化　30-30
国境の除夜　富沢有為男　31-32
美しき冬　窪川鶴次郎　32-35
女流藝術家を訪ねて
貝谷八百子の巻　玉子九蔵　36-38
音楽会を聴きにゆくには―新響の公演を前にして―　須磨明石　38-40
映画時評　村上忠久　41-47
東京演劇通信　八田元夫　41-42
音楽映画の話
フランスのグリンプス（一）　清水千代太　42-45
文化映画入門　村上忠久　45-46
美術界あらべすく　佐良科純　46-47
会館内外45―随筆はザラ紙に―　（仁）　48-48
文学風景遠望　三猪伴左　49-50
映画「庭の千草」の歌を語る　川並秀雄　51-51
昔男ありて（第三話）（＊小説）　丹羽文雄　52-57

第九巻第四号　昭和十五年四月号　一日発行

雪と菠薐草（＊創作）　尾崎一雄　3-7
欧米における能の鑑賞　野上豊一郎　8-10
謹賦（＊短歌）　今中楓渓　10-10
交響楽団物語り（上）―新響と交響楽運動の使命―　小森宗太郎　11-12
ベートーヴェン第四交響曲―メンゲルベルグ指揮―　坂本良隆　13-14
ザウアー演奏のリスト協奏曲　属　啓成　14-15
トスカニーニの指揮したモーツアルトのト短調交響曲　野村光一　15-16
シユバアト作「鱒」ピアノ五重奏曲　服部　正　16-17
楽壇消息
宮原禎次　高折宮次　大沢寿人　加納和夫　有馬大

五郎　17-17
中門五重塔の設計に就いて　矢沼俊一　18-19
五重塔の壁画　堂本印象　18-20
完成近き四天王寺五重塔　桜井義臣　19-20
辻久子提琴演奏会　20-20
会館内外46—油絵は日本がもと—　(仁)　21-21
朝の出会(＊詩)　神保光太郎　22-23
秦豊吉さん(娯楽製造家は苦労する)　曾根崎篤二　24-25
赤木蘭子の巻(女流藝術家を訪ねて)　玉子九蔵　26-28
鏡を前に…　阪急芝原朝之　28-28
「大仏開眼」について—新協劇団上演に祭し—　長田秀雄　29-30
習俗覚書　柳田国男　31-33
趣味藝術　太宰施門　33-35
海戦・映画　阿部知二　35-36
音楽と外交　市河彦太郎　36-38
帰著早々　深尾須磨子　38-40
藝術家の手帖
　傍白　千田是也　41-42
　音楽的回想記　朝比奈隆　42-43
崔承喜より　43、51
文学風景遠望　三猪伴左　44-44
新劇の話題　久板栄二郎　45-46
映画時評　村上忠久　45-51
音楽映画の話
　フランスのグリンプス(二)　清水千代太　47-49
美術界あらべすく　佐良科純　49-51
昔男ありて(第四話)　丹羽文雄　52-57
映画「オリムピア」をめぐる恋　57-58

第九巻第五号　昭和十五年五月号　一日発行

日本音楽の再認識　堀内敬三　3-4
仏蘭西に於ける俳諧　山田きく　5-6
ナポレオンの恋愛小説　6-6
罌粟の花びら　喜志邦三　7-7
伊太利の音楽界　柏熊達生　8-9
巴里の音楽界　白石昌之介　9-10
独逸の音楽界　平原寿恵子　11、15
四大名作曲家に就いて—二千六百年奉祝作品を寄せる—　牛山　充　12-13
仲田菊代の巻(女流藝術家を訪ねて)　玉子九蔵　14-16
貞心尼(藝術家の手帖)　山本安英　16-16
鏡を前に—色に敏感なアメリカの婦人達—　水の江瀧子　17-17
娯楽製造家は苦労する
　まんざいの人　三五人　今仁三郎　18-19
〔無題〕　山田耕筰　外山国彦　松島詩子　三浦環　19-19
七番目のダービン映画　19-9
交響楽団物語り(中)—中響の生立ち—　早川弥左衛門　20-21
楽壇消息
　佐藤美子　瀧田菊江　明本京静　関種子　津川主一　21-21

フォーレの「レクイエム」を聴く　津川主一　22-23
ロジタ・ゼラーノのアルバム　内田岐三雄　23-23
ローマの謝肉祭　小松平五郎　24-24
「ドン・ヒユアン」を聴く　有馬大五郎　24-25
父建子を語る　永井　巴　25-26
偉大なる能面上—盛られた苦心の種々—　金剛　巌　27-27
日本舞踊の人々　小寺融吉　28-30
甲斐美和さんから　30-30
花鳥画と私—油絵の写実より深く—　山口蓬春　31-31
江口隆哉より　31-31
旅と風景　広津和郎　32-33
日向の旅　寿岳文章　34-35
わが家の庭　美川きよ　36-37
映画あれこれ　板垣直子　38-39、46
東京演劇通信　八田元夫　40-42
映画時評　村上忠久　40-46
英国のグリンプス（1）　村上忠久　42-44
音楽・舞踊界　荒谷是也　44-46
客と主人—文化映画に就いて語る—　崎山猷逸　47、57
文学風景遠望　三猪伴左　48-49
ユージン・オニールの新作　49-49
会館内外47—吉ちゃん久子チヤン—　(仁)　50-50
昔男ありて（第五話）　丹羽文雄　51-56
ジヤン・ルノアールの近作　56-56

第九巻第六号　昭和十五年六月号　一日発行

登場人物（＊創作）　寺崎　浩　3-8
第二回「九室会展」について　外山卯三郎　8-8
牡丹　福田平八郎　9-9
北欧文化について　茅野蕭々　10-11
クヌート・ハムズンの新作　11-11
演劇の統制について　村山知義　12-13
プラーゲ問題の行衛　鈴木賢之進　13-15
藝術家消息
辻久子　高峰三枝子　水野康孝　辰巳柳太郎　徳山璉　花柳章太郎　15-15
偉大なる能面下—品位とその動き—　金剛　巌　16-17
女流藝術家を訪ねて
原知恵子の巻　玉子九蔵　17-19
新交響楽団演奏旅行のことども　大熊次郎　20-21
北京の街頭より　桜井　悦　22-23
支那芝居の味　林　俊夫　24-25
買物癖　中里恒子　26-27
ビゼの第一交響曲　小松　清　28-29
ハイドンの二交響曲　山根銀二　29-30
グラナドスの「スペイン舞曲集」十二曲　高木東六　31、49
会館内外48—花柳芳兵衛—
舞踊の東西を語る—能・踊り・舞ひ・社交舞踊等々について—（＊座談会）　32、49

観世武雄　伊藤道郎　石井漠　市川八百蔵　江口隆
哉　藤蔭静枝　伊藤テイコ　高田せい子　西崎緑
相島敏夫　山下健蔵　33-42
鏡を前に―美容食について―　山本鈴子　42-42
新劇の話題　久板栄二郎　43-44
映画時評　村上忠久　43-49
音楽映画の話
英国のグリンプス（2）　村上忠久　44-47
文学風景遠望　三猪伴左　47-49
昔男ありて（終回）　丹羽文雄　50-55

第九巻第七号　昭和十五年七月号　一日発行

氷滑り（＊創作）　新田　潤　3-7
翻訳物のよまれる理由　新居　格　8-9
モネーの藝術を回顧する　川路柳虹　10-11
藝術家消息
川端龍子　市川猿之助　花柳珠実　汐見洋　石井み
どり　曾宮一念　朝比奈隆　11-11
顔の祟り　東郷青児　12-13
アマチユアの生花　13、27
遅き春（＊俳句）　山口青邨　14-14
国民藝能祭コンクール出品映画を語る　大森義太郎　15-17
近ごろのアメリカの歌など　斎田愛子　18-19
南米音楽行脚を終へて　井上園子　19-20
ルポルタージユ……紐育の盛場を往く　西山保治　21-24
春の峡（＊短歌）　松村英一　25-25
女流藝術家訪問記
森田たまの巻　玉子九蔵　26-27
「文藝から見た映画」の座談会
山本修二　桑原武夫　岩子良一　生島遼一　清水光
村上忠久　赤井清司　28-35
戦争と文学　35、64
シユーベルトの「ハ長調交響曲」　増沢健美　36-37
ブラームス作「提琴協奏曲」　橋本国彦　37-38
ルドルフ・ゼルキン演奏の「アッパシヨナータ」
笈田光吉　38-39
心を疼かす「シヤンソン」アルバム　野川香文　36-42
音楽・舞踊界　荒谷是也　39-41
文学風景遠望　三猪伴左　41-42
我流演藝観　宇野浩二　43-44
ラーベを訪ねた若き日のヘツセ　関　泰祐　44-46
人間と歩行―歩行の哲学―　萩原朔太郎　46-48
藝人弾圧事件―硬骨竹本筆太夫―　木谷蓬吟　48-50
女一人旅　三岸節子　50-52
蛙　辰巳柳太郎　52-53
欧洲の音楽家ベルリンに集る　53-54
会館内外49―第五聴取人―　（仁）　54-54
映画漫評　恒川真　江波清　55-58
東京演劇通信　八田元夫　55-57
オリンピアの感激―民族の祭典―　村上忠久　57-58
新春（一）（＊小説）　今日出海　59-64

チヤイコフスキーの生誕百年記念祭―モスコーにて―　白井一郎　65-65

第九巻第八号　昭和十五年八月号　一日発行

彩らぬ絵具（＊創作）　福田清人　3-7
滞墺五年間の想ひ出　尾高尚忠　8-9
雑草をかく　国枝金三　10-11
風（＊短歌）　五島美代子　11-11
ソヴエト音楽映画の話　袋　一平　12-14
新劇の話題　久板栄二郎　15-16
藝術家消息
　藤原義江　石井鶴三　鍋井克之　瀧田菊江　石井小
　浪　丸山定夫　16-16
ハーデイの憶ひ出　竹友藻風　17、45
ヨツフム指揮の第七交響曲　坂本良隆　18-19
迫力と愴美に充ちた歌劇「道化師」　堀内敬三　19-20
リムスキー・コルサコフの「金鶏」組曲　服部　正　20-21
リストの洋琴と管絃楽の「死の舞踏」の楽曲について
　野村光一　21-22
モツアルトのソナタ―シユナーベル演奏―　笈田光吉　22-23
女流藝術家訪問記
　田沢千代子の巻　玉子九蔵　24-25
蛍（＊詩）　伊東静雄　26-27
甲斐美和子さんより　26-27
パリ脱出記　原智恵子　28、45

女性よもやま話の会―話題　文藝・演劇・映画・趣味
　等々―（＊座談会）
　美川きよ　木谷千種　森赫子　小夜福子　佐保美代
　子　市川春代　河野登美子　山口倫子　赤井清司　29-39
藝苑を歩む（読者の頁）　山内龍平　39-39
会館内外50―塩の味―　（仁）　40-41
文学風景遠望　三猪伴左　42-43
映画閑談　恒川真　江波清　44-45
ム首相作史劇「カヴール」―伯林で上演された―　白井一郎　46-47
音楽・舞踊界　荒谷是也　48-48
アメリカに於ける第二次大戦映画二、三　蘇禰真佐夫　49-49
吾が映画論―註、この論は論より証拠の論である。―
　吉村公三郎　50-51
新春（二）　今日出海　52-57
興亜行進曲　57-57
海外雑信　57-57

第九巻第九号　昭和十五年九月号　一日発行

田舎の家（＊創作）　丸山義二　3-7
パパの家　7-7
戦火の下のフランス画壇の動き　藤田嗣治　8-9
ミミワの贈物　9-9
よき音楽を国民に　堀内敬三　10-11
最近の独逸音楽映画　野口久光　12-14

藝術家消息
安井曾太郎　中村翫右ヱ門　辻久子　大沢寿人　三輪晁勢　宮原禎次　宅孝二　矢田部勁吉　貝谷八百子　14-14
日支融和工作は藝術から
絵画から見て　鍋井克之　15-16
音楽家はかく見る―北京より帰つて―　藤原義江　16-17
文藝の場合　村松梢風　17-18
上海映画界を参考として　青山唯一　18-20
演劇の観点から　薄田研二　20-21
女流藝術家訪問記
今井邦子の巻　玉子九蔵　22-23
床の間と沓脱石　植田寿蔵　24-26
消費身近記　土岐善麿　26-27
わが家の美術品　中野重治　27-29
強健なる文化　重徳来助　29-30
展覧会のことなど　保田与重郎　30-32
花束　花柳章太郎　32-33
人物を描く　中村貞以　34-34
きりぎりす　崎山猷逸　35-40
ベートーヴエン作品二十九番―レナーの絃楽五重奏―　鈴木鎮一　35-36
「世界序曲名盤集」について　有坂愛彦　36-37
ベートーヴエン第四交響曲―トスカニーニ指揮―　太田太郎　37-39
音楽・舞踊界　荒谷是也　39-40
会館内外51―小唄堀派の第二世―（仁）　41-41
東京演劇通信　八田元夫　42-43
文学風景遠望　三猪伴左　44-45
美術あらかると　菅野隆　45-46
映画閑談　恒川真　江波清　46-47、57
新交響楽団―大阪に初めて来た頃―　下山英太郎　48-49
紀元二千六百年奉祝―作曲を寄せたシユトラウス翁―　50-50
伯林交響楽団今シーズンの予定　50、11
新春（三）　今日出海　51-56

第九巻第十号　昭和十五年十月号　一日発行

第百号時代　飯島幡司　3-3
小豆飯（＊創作）　壺井栄　4-10
新体制下新劇に望むもの　楠山正雄　11-12
音楽界の新体制　山根銀二　12-14
新体制に応ずる舞踊家の心組　楪茂都陸平　14-15
音楽・舞踊界　荒谷是也　15、33
新体制と少女歌劇　中西武夫　16-17
新体制と秋の美術展　遠山孝　17-19
協力の文学―此時に当りて方に此事あり（王陽明）―　白石凡　19-20
贅沢な文化　正宗白鳥　21-21
南へ飛ぶ（＊詩）　富田砕花　22-24
映画は何故面白いか　丹羽文雄　22-24
文藝に現はれたドイツ精神　鼓常良　25-26

ファシズムの藝術観　岩崎純孝　27-28
「白痴」の構想―ドストイエフスキーの手記に現はれた―　中山省三郎　28-31
ショウ翁と食糧政策　31-31
フランス文学の暗転　伊吹武彦　32-33
太陽と緑　川島理一郎　34-34
近詠五首（＊短歌）　川田　順　35-35
文化旋風の渦紋　国塩耕一郎　36-37
坊主憎けりや袈裟まで　37-37
映画関係者の手帳から
　映画を作る前の話　林芙美子　38-38
俳優・ダイヤローグ　溝口健二　38-39
法隆寺にて　碧川道夫　39-40
楽しさ・情なさ　沢村貞子　40-41
天幕劇場のこと―ドイツＫＤＦ―　近衛秀麿　43-45
女流藝術家訪問記
　森律子の巻　玉子九蔵　46-47
新体制と藝術の動向（＊回答）
　富田砕花　榊原紫峰　佐藤春夫　桜井忠温　松井翠声　村上忠久　湯浅克衛　河上徹太郎　内田栄一　寺崎浩　北村喜八　飯塚友一郎　張赫宙　田村孝之介　岡本一平　和田伝　伊藤廉　黒田重太郎　橋本国彦　石川達三　藤森成吉　河原崎長十郎　桑原武夫　川口軌外　秋田雨雀　辰巳柳太郎　藤沢桓夫　曾宮一念　朝比奈隆　飯島正　有馬大五郎　48-50
梅若流の問題解決？―能楽界の慨き―　51-52
朝日会館能について　52-52
会館内外52―大阪の直入と百梅圃―　（仁）　53-56
〔無題〕　牧　嗣人　56-56
ベートーヴエンの「三重協奏曲」作品五六―ワインガルトナー指揮―　増沢健美　57-58
羅馬の噴泉―バルビローリ指揮＝レスピーギ曲―　三潴末松　58-59、62
ゲツツイ・アルバム　野川香文　60-60
大シヤリヤアピンの想ひ出―死後三周年記念レコードを中心として―　中根　宏　61-62
新春（四）　今日出海　63-68

第九巻第十一号　昭和十五年十一月号　一日発行

婚期はづれ（＊小説）　織田作之助　3-6、24
新日本の藝術文化について
　能楽と日本人　平林治徳　7-9
　明日の文学について―我々は天才のために道を浄めやう―　青野季吉　9-11
　国民美術の創造へ　荒城秀夫　11-13
　商業演劇から素人演劇へ　上泉秀信　13-15
　ラヂオ文化の積極的協力性―（主としてその教養放送面に於ける）―　西邨知一　15-16
詩三題（＊花を持つ手　海の音　眠る女）　宮崎丈二　16-16
山水を描く私の気持　矢野橋村　17-17
独逸の文化政策―文藝について―　近藤春雄　18-19

シユーヴエルトの小夜曲　二本木仁　19-19
会館内外（53）—青湾余聞—　20-20
巴里日記—フランスよ、先づモラルの更生から！—　小松　清　21-24
フランスをのがれて—統制なき惨敗振を語る—　牧　嗣人　25-26
日本の音楽映画について　友田純一郎　27-29
藝術家消息
猪熊弦一郎　武岡鶴代　三上孝子　加納和夫　関種子　有島生馬　栗原信　29-29
偉人と音楽　牛山　充　30-31
幾何学的抽象絵画の理解　井上覚造　32-33
独逸の国民音楽賞に就て　33、43
新体制と藝術の動向
近藤浩一路　中村武羅夫　秦豊吉　石井漠　鈴木保
徳　坪内士行　日野草城　水野康孝　中村翫右衛門
津川主一　岡本文弥　加藤静児　井上正夫　小早川
秋声　34-35
増賀上人　小宮豊隆　36-37
ローマの或る日　野上弥生子　37-39
色　福永恭助　39-40
藝能祭制定作品—花柳珠実の「仏教東漸」—　（牛山充）　40-40
「日独伊歌劇の夕」に期待する　（下山記）　41、52
女流藝術家訪問記
長谷川時雨の巻　玉子九蔵　42-43
文化映画について　恒川　真　44-45
文学風景遠望　三猪伴左　46-47
音楽舞踊界　荒谷是也　47-48
テイボーの演奏する—モーツアルト作「提琴協奏曲第六番」—　有坂愛彦　49-50
リストの「フアウスト交響楽」　尾高尚忠　50-51
シヤブリエのバレー音楽「コテイヨン」　服部　正　52-52
新春（五）（＊小説）　今日出海　54-58

第九巻第十二号　昭和十五年十二月号　一日発行

安全剃刀（＊創作）　大江賢次　3-6、50
古代の日本人に帰れ〈文化の方向…〉　杉山平助　7-8
高き精神への飛躍を〈演劇の方向…〉　長田秀雄　8-9
自主的な進展を望む—一問一答の形式による—〈映画の方向…〉　森　岩雄　10-11
精神を武装して〈音盤の方向〉　青砥道雄　12-13
花　黒田重太郎　14-14
独逸の文化政策—音楽について—　長谷川良夫　15-17
藝術家消息　牧嗣人　三上孝子　17-17
外来音楽家の思ひ出　大田黒元雄　18-20
次の連載小説「逞しき人生」林二九太作（＊予告）　19-19
R・シユトラウス作「家庭交響曲」の聴き方　有馬大五郎　21-22
リリー・クラウスの弾いたモーツアルト「洋琴協奏曲変ロ長調」　野村光一　22-24
ベートーヴエン「ヴアイオリン協奏曲」—ハイフエツ

ツ・トスカニーニイの演奏―　門馬直衛　24-25
真心の藝術　Z　25-25
新刊紹介（＊畑耕一著「小塚ケ原綺門」、林二九太著
「裏街の楽園」、中山省三著「海珠鈔」、壺井栄著
「祭着」、川田順著「山海記」）　25-25
女流藝術家訪問記
藤川栄子の巻　玉子九蔵　26-27
国際写真―サロン感―　中山岩太　28-29
流星　岡田八千代　30-31
孫と歌　長与善郎　32-33
鹿児島から霧島へ　冠松次郎　33-35
新らしい窓　35-35
関西奉祝演奏会について　遠藤　宏　36-36
東京音楽学校大演奏会　曲目解説　プログラム　36-37、27
紀元二千六百年奉祝大交響楽演奏会　38-39
藝術家消息
坂本繁二郎　小糸源太郎　椿貞雄　大久保作次郎
木下孝則　青山義雄　中村淑子　高階哲夫　小倉右
一郎　39-39
会館内外54―愉快でしたア―　（仁）　40-40
美術界東西　菅野　隆　41-41
文学風景遠望　三猪伴左　42-43
病友を訪ねて―辻久子嬢慰問演奏旅行―　浜田光雄記　44-44
新春（終篇）（＊小説）　今日出海　45-50
空襲下の倫敦より　香月　保　50-50

第十巻第一号　昭和十六年新年号　一日発行

誕生日（＊創作）　阿部艶子　4-7、12
まひるの琴（＊創作）　今井達夫　8-12
近隣への智識　13-13
モラルの改造　13-13
今後の文藝　今日出海　14-17
新しい劇界の歩み―日本演劇の過去を顧みつゝ―　河竹繁俊　17-21
今後の美術界　遠山　孝　21-22
昨今楽壇の推移　佐藤寅雄　23-26
映画界の展望　村上忠久　26-30
漁村曙（＊短歌）　今中楓渓　31-31
中国文化の動き　浅野一男　32-36
「能謡新風」栗林貞一著　36-36
来たるべき民衆藝術は？―レヴユウ、ヴアラエテイ、
サーカス等について―　秦　豊吉　37-38、73
祭典を見て―オリンピア第二部―　佐藤邦夫　39、41
女性の声―大衆娯楽への註文の数々―　玉子九蔵　40-41
独逸のK・D・Fに就いて―歓喜力行団のこと―
深山　杲　42-46
本年への希望と抱負（＊回答）
吹田順助　石原純　中里恒子　丹羽文雄　榊山潤
山村耕花　菊岡久利　金子洋文　大久保作次郎　塚
原健二郎　恩地孝四郎　鈴木彦次郎　藤森成吉　田

中千禾夫　有島生馬　河野通勢　伊原宇三郎　新居
格　太宰施門　若柳吉蔵　高橋健二　春山行夫　小
寺健吉　木村荘八　関口次郎　陶山務　堀内敬三
楳茂都陸平　47-50
橋本関雪　藤田嗣治　信時潔　田中咄哉州　結城素
明　22-22
上野山清貢　鹿子木孟郎　池内友次郎　30-30
信頼（＊詩）　金子光晴　48-49
北支風物二題　田村孝之介　52-53
伝説の復興　相馬御風　54-56
画商の想出　小山敬三　56-57
オペラは祟る　山田耕筰　57-59
蘭印の印象　衣奈多喜男　60-61
「西洋の没落」　61-61
「コロムビア音楽史」を回顧する―最終第五輯「現代
音楽」篇の発表を機として―　野村光一　62-64
メンゲルベルクとクーセヴィツキー　有坂愛彦　65-65
会館内外55―美人のかく絵―　（仁）　66-66
美術界東西　菅野　隆　67-67
逞しき人生（第一回）　林二九太　68-73

第十巻第二号　昭和十六年二月号　一日発行

新京に来た女（＊創作）　新田　潤　4-8
独逸の文化政策―演劇について―　遠藤慎吾　9-11
歌集『故郷』刀禰館正雄著　11-11
大衆娯楽への考察―藝術と厚生の関係について―
武島一義　12-15
鳥羽僧正、石濤等について―先人を語る―　西山翠嶂　16-18
新体制と演劇　清野暢一郎　18-19
ベルグソンをなつかしむ　飯島曼史　20、40
文化映画に就いて―詩精神の欠乏を哭す―　柴田良保　21-22
日本精神と国民藝術を語る1
能楽と「和」の精神　金剛　巌　23-24
茶道の精神を生かす工夫　渡辺虹衣　24-25
生花藝術の日本的特性　山根翠堂　26-27
邦楽の味ふべき点に就て　米川正夫　28、30
剣舞と詩吟について　宮崎喜太郎　29-30
『風景画の描き方』鍋井克之著　27-27
「ファンタジア」完成　27-27
走れない青年　伊藤永之介　31-35
亀趺　三上秀吉　35-36
美術と音楽　大国貞蔵　36-37
映画と日本精神　片岡千恵蔵　38-40
米国に行つたパデレフスキー　40-40
二月の洋楽新譜から　有坂愛彦　41-42
本年への希望と抱負（＊回答）
神保光太郎　益田隆　市村羽左衛門　津田青楓　林
武　市川小太夫　大野隆徳　小野竹喬　42-42
宮原禎次　37-37
青山圭男　松山芳野里　40-40
会館内外56―カネを借りる―　（仁）　43-44

ケネス・ロバアツの新作　44-44
逞しき人生（第二回）　林二九太　45-50

第十巻第三号　昭和十六年三月号　一日発行

立春（＊創作）　南川　潤　4-8、58
日本精神と国民藝術を語る2
　国文学に描く大和心　吉沢義則　9-12
　猛く美しい「防人の歌」　佐佐木信綱　13-14
　日本画に溢れる―民族的風俗　春山猛松　15-15
　俳諧と日本人　野田別天楼　18-20
早春（＊新短歌）　石原　純　21-21
ヴエルメールとヴエラスケスのこと（＊先人を語る：2）　石井柏亭　22-24
冬日（＊俳句）　高浜虚子　25-25
舞踊界最近の動向　尾崎宏次　26-27
四月からはじまる国民学校藝能科―教育の日本化を目標として―　角南元一　29-30
絶対音感教育について　31-34、14
ブルターニユの祭　桑原武夫　35-37
新刊紹介（＊「エツフエル塔の潜水夫」カミ原作・吉村正一郎訳、「沙翁風呂」喜志邦三著）　37-37
紀元二千六百年―奉祝楽曲夜話―　中沢巠夫　38-39
会館内外57―石井柏亭遺作展―　（仁）　40、48
朝日文化賞の人々　藤田貞次　41-43
美術界東西　菅野　隆　44-45
海外雑信　45-45
藝術家としての山田耕筰　堀内敬三　46-48
期待される朝日会館能　岸川益一　49-50
会館雑詠　喜　庵　50-50
明眸の舞姫―崔承喜を讃へる―　牛山　充　51-51
逞しき人生（第三回）　林二九太　53-58

第十巻第四号　昭和十六年四月号　一日発行

幼虫と春（＊創作）　十和田操　4-8
新刊紹介（＊「南の処女地」長谷川春子著、「大大阪を培ふた人々」、「文科」）　8-8
マーク・トウエインの伝記　新兵教育映画　8-8
風景（＊詩）　小野十三郎　9-9
伊太利のO・N・D―「労働の後」事業について―　西原猛夫　10-12、14
独逸の文化政策―美術はどうなつてゐるか―　嘉門安雄　13-14
新進女流作家集
　早春日誌　大迫倫子　15-18
　仔犬　野沢富美子　18-22
　春の村童　平野婦美子　22-25
盛会だつた友の会演藝会　25-25
奉祝楽曲と四月のレコード　有坂愛彦　26-27
交声曲「海道東征」を聴く（＊紀元二千六百年奉祝楽曲）　増沢健美　28-28
書かでもの記　竹越和夫　29-30

写真を撮る　長谷川春子　30-32
すみれ　山鳥吉五郎　32-34
中山記念堂の前にて　真杉静枝　34-36
小草壮子の歌　佐野次郎　36-37
ソ聯・作曲界の近況を語る　中根　宏　38-40
仏印の文化を探る―安南見聞録より一―　井出浅亀　41-44
会館内外58―国民服を着て―　（仁）　45-45
藝術家の消息（＊アンケート）
　国枝金三　川口軌外　小室翠雲　青山義雄　45-45
　佐藤清蔵　平櫛田中　47-47
　藤原義江　大田聴雨　木下孝則　田村孝之介　48-48
私の皇軍慰問報告　島田龍之助　46-47
シユトラウス翁と祝典音楽　47-47
戦時下　ドイツのオペラ界　妹尾芳郎　48-48
日本映画評　中川龍一　49-50、52
文化映画―タイヤル―　則猛亀三郎　52-52
逞しき人生（第四回）　林二九太　53-58

第十巻第五号　昭和十六年五月号　一日発行

欠

第十巻第六号　昭和十六年六月号　一日発行

晩春の歓び（＊創作）　大谷藤子　4-8、12
現代青年の当為性　新居　格　9-12
日本人の色彩感覚　向井寛三郎　13-16
青葉の扶余（＊短歌）　刀禰館正雄　17-17
無題　大嶽康子　18-19
南方共栄圏の歌と踊―バリー・ジャバ・マレイ・タイ・仏印地方―　黒沢隆朝　20-22、25
北京の音楽界　宝井真一　23-25
満州国の音楽界　大塚　淳　26-27
伊藤テイコ女史渡米　27-27
詩人告白（＊詩）　竹中　郁　28-28
花鳥日記　関口　泰　29-30
左団次追憶　伊藤紅二　30-31
手帖　藤沢桓夫　32-33
本の無い楽しさ　生島遼一　33-35
「ファニー」に就いて　里見　弴　35-37
前進座十周年を祝ふの会　37-37
藝術家消息
　関種子　宮原禎次　辻久子　37-37
　高勇吉　16-16
最近の傾向について―日本映画　飯島　正　38-39
美術記者日記抄一―竹内栖鳳氏の藝術を語る―　遠山　孝　40-41
会館内外60―牡丹をかく―　（仁）　42-43
新刊批評
　「日本和声の基礎」を読む　有馬大五郎　43-43
　「音楽青年の説」を読む　山根銀二　43-43
エル・グレコのこと（先人を語る4）　小山敬三　44-46
六月の洋楽レコードから　有坂愛彦　47-48

ソウエートの音楽・舞踊家達—スターリン賞を獲得した—　中根　宏　49、58
音楽・舞踊界　阿部幸兵衛　50-50
逞しき人生（終回）　林二九太　52-58

第十巻第七号　昭和十六年七月号　一日発行

日華の文化的融合について　嘉治隆一　5-8
短頭顱型　（QX）　8-8
最近における中国文藝界の消息　葉　明　9-10、14
中国映画雑譚　宋　来　11-14
悪書と良書　（QX）　14-14
中国に於ける西欧音楽　陶　品　孫　15-16
戦場の思ひ出
　戦争文学への反省　上田　宏　18-19
　玩具のピストル　高沢圭一　19-20
　交響楽団の一兵卒として　日比野愛次　21-22
　僕の部屋　佐野周二　22-24
厚生劇第一回公演を見て　阪中正夫　24-24
津太夫の藝と人　木谷蓬吟　25-25
独楽（＊詩）　三好達治　26-27
印象派の巨匠モネのこと（先人を語る5）　黒田重太郎　28-29
楽壇新体制組織について　園部三郎　30-31
日本映画への希望　村上忠久　32-35
海外楽人消息　35-35
新刊批評
　牧嗣人著「エッフエル塔の下にて」　相島敏夫　35-35
戦友と饅頭　今井利助　36-37、48
厚生文化事業と素人の演劇　阪中正夫　38-39
信州の湯宿　矢田津世子　41-42
永遠の回想　中山省三郎　42-44
伯林新緑　山口青邨　44-46
英文学の運命について　福原麟太郎　46-48
独軍占領下の巴里楽団　白石昌之介　49-52
「千年間の物語」　52-52
帝国藝術院新会員決定—美術と文藝のみ—　53、64
美術記者日記抄二　遠山　孝　54-55
よく売れる袖珍本　55-55
流行歌と世相　小川近五郎　56-57
七月の音盤評　有坂愛彦　58-59
音楽・舞踊界　有耶無耶　60-61
舞姫パブロバ追憶　江口　博　62-62
会館内外61—大磯時代の正宗さん—　（仁）　63-64
映画女優の話　中野重治　65-68、75
次ぎの花まで（一）　真杉静枝　70-75
ショウの「パーバラ少佐」映画化さる　75-75

第十巻第八号　昭和十六年八月号　一日発行

冒険家の宿命（＊創作）　今日出海　5-10
話の種　10-10

日本映画の方向　沢村 勉　11–14
図書の表彰　（QX）　14–14
聴松書屋偶吟（＊短歌）　今中楓渓　15–15
夏は洋装から　富田英三　16–17
銀座二題（目次「銀座二景」）　小泉紫郎　18–19
国策型夏の娘　小野佐世男　20–21
学生と音楽　服部 正　22–23
軽音楽を語る　野川香文　24–25、43
美術記者日記抄3　遠山 孝　26–26
夢　美川きよ　27–29
防諜二題　笹本 寅　29–31
音感随想　二葉 薫　31–33
夏蛙　佐藤井岐雄　33–35
ドイツの写真主義小説家　伊藤武雄　35–37
この春夏　丹羽文雄　37–39
硝子絵の話　西村 貞　39–41
ヤン・パデレフスキーの死　41–41
舞踊と造形美術—舞踊家・オダ・シヨットミユラー女史について—　バウル・フエヒター　尾崎宏次訳　42–43
夏と音楽　龍 久雄　44–46
美術界東西　菅野 隆　47–47
八月の音盤評　有坂愛彦　48–49
関西藝術家厚生野球大会—七月六日開催—　49–49
音楽・舞踊界　有耶無耶　50–51
会館内外62—趣味の人志賀直哉さん—　（仁）　52–52
次ぎの花まで（二）　真杉静枝　54–59
戦争と文化　（QX）　59–59

第十巻第九号　昭和十六年九月号　一日発行

運河小品（＊創作）　大江賢次　5–9、59
戦争と藝術　大山千代雄　10–12
雨（＊詩）　壺井繁治　13–13
愛国文学を顧みる　岸川益一　14–17
更衣（＊詩）　山之口貘　18–18
日本映画の表現について　今村太平　19–23
詩聖タゴールの死　23–23
誕生百年祭を迎へるドウヴオルジヤアクを語る　中根 宏　24–25
美術記者日記抄四—歴史画製作の苦心—　遠山 孝　26–26
日語教師の手記　佐々木正治　27–30
聖戦美術展（＊短歌）　北見志保子　31–31
新響野外公演　有耶無耶　31–31
伊原氏を憶ふ　太宰施門　32–32
二つの見本　（QX）　32–32
繰言の記　三岸節子　33–34
秋の気配　木村素衛　34–35
初秋　長谷川時雨　35–37
初秋の譜　原 随園　37–39
フランスの田舎　荻須高徳　39–41
新秋随筆　土師清二　41–43
秋と共に　牧 嗣人　44–45

会館内外63―右腕をなくした国枝さん―　（仁）　46―47
ブルースの父　47―47
音楽・舞踊界　阿部幸兵衛　48―49
資金凍結令の祟り　49―49
九月の音盤評　有坂愛彦　50―51
加能作次郎氏の訃　51―51
俳優と兵隊　51―51
美術界東西　菅野　隆　52―52
次ぎの花まで（三）　真杉静枝　54―59

第十巻第十号　昭和十六年十月号　一日発行

現代知識人の課題―新文化の創立を望みながら―　船山信一　5―7
ハガキ質問　一、生活上の新体制は？二、作品に与へられた影響は？三、今後への抱負は？（＊アンケート）
徳永　直　7―7
佐藤春夫　石川達三　12―12
獅子文六　臼田亜浪　23―23
大江賢次　青木月斗　29―29
尾山篤二郎　74―74
日本文化とその世界性―民族文化優秀の論に就いて―　高山岩男　8―12
戦争と化粧　桃谷順天館　9―9
「世界に誇るべき」日本の文化　三枝博音　13―18
鵜戸神宮（＊詩）　北原白秋　20―21
新体制一年を省みて……
新文化運動の回顧と展望　中島健蔵　22―23
古典復興とその意義　保田与重郎　24―26
演劇随感　真船　豊　26―29
楽界一元化苦心の数々　山根銀二　30―31
態勢整はぬ美術界　遠山　孝　31―33
絵画法以後二年　筈見恒夫　33―35
大阪文化の特性　山口誓子　37―39
関西美術界の動き　鍋井克之　39―41
映画鑑賞の十五年　清水　光　41―43
関西劇壇の推移　大西利夫　44―46
朝日会館と洋楽　吉村一夫　46―48
慶州の秋（＊短歌）　刀禰館正雄　48―48
額縁について―工夫に富める一人の会館ファンの話―　白石　凡　50―51、69
日本音楽の研究　田辺尚雄　53―56
野菊と猫ぢやらせ（＊詩）　山根翠堂　56―56
映画時評　清水千代太　56―56
古典に迫るもの　金剛　巌　57―58
音楽・舞踊界　有耶無耶　58―58
「教養」への反省　沢瀉久孝　60―62
カントリユウの丘　中村光夫　62―64
独逸文化研究
独逸文化の二元性　小牧健夫　65―69
現代ドイツ文学の精神的展望
戦時に於ける―独逸人の音楽生活―　大山定一　70―74

E・H・シユナイダー　有馬大五郎訳　75、85
案山子（＊小説）　R・ビンデイング作　加藤一郎訳　76-82
原作者について　77-77
朝日会館友の会演藝会　82-82
盛暑（＊短歌）　窪田空穂　83-83
会館内外64―万三郎翁の若さ―　（仁）　84-84
西村貞氏著「日本銅版画志」　春山武松　85-85
美術界東西　菅野　隆　86-86
次ぎの花まで（四）（＊連載小説）　真杉静枝　88-92

第十巻第十一号　昭和十六年十一月号　一日発行

婚資（＊創作）　森三千代　5-8、60
秋思（＊創作）　福田清人　9-13
関西音楽界　有耶無耶　水上平五郎　13-13
臨戦態勢下の知識人　青野季吉　14-17
ハガキ質問一、生活上の新体制は？二、作品に与へられた影響は？三、今後への抱負は？（＊アンケート）　上田　宏　17-17
榊山潤　佐藤惣之助　29-29
現代と文学　窪川鶴次郎　18-22
新刊紹介（「智慧の装ひ」南川潤作）　22-22
演劇の取るべき体制について　園地公功　23-25
時局認識に欠くる音楽界　増沢健美　26-27
美術製作の再出発―臨戦体制と美術―　遠山　孝　28-29
北千島抄（＊短歌）　吉植庄亮　30-30
日本音楽の研究　田辺尚雄　32-34
きのこ（＊詩）　小野十三郎　36-37
音楽・舞踊界　阿部幸兵衛　36-37
文楽　太宰施門　38-41
述懐　鏑木清方　42-43
仏蘭西座を想ふ　進藤誠一　43-45
武蔵の木刀　正宗得三郎　45-46
健全なる慰安　山根翠堂　46-46
能のもつ味―初めて万三郎翁の演技に接して―　秋野源左衛門　47-48
最近の独逸映画　尾崎宏次　49、54
美術記者日記抄五　遠山　孝　50-51
美術界東西　菅野　隆　51-51
十一月の音盤評　有坂愛彦　52-54
新刊紹介（「国境まで」山川朱実著）　54-54
下山英太郎君の訃　54-54
次ぎの花まで（五）　真杉静枝　55-60

第十巻第十二号　昭和十六年十二月号　一日発行

はたらく歌（＊創作）　大江賢次　5-9、61
文藝界本年の回顧―日本精神復興の具体化について―　浅野　晃　10-13
「映画と文化」清水光著　13-13
演劇は全震しつゝあり　菅原　卓　14-16
新刊紹介（「家庭蔬菜園」永田治郎一著）　16-16

三上山（＊俳句）　鈴鹿野風呂　17－17
本年音楽界の回顧　堀内敬三　20－21
北京の秋（＊俳句）　岡田指月　22－22
本年の映画界　筈見恒夫　23－28
大阪楽界の新体制　28－28
中支見聞記―音楽を中心として断片的に―　相島敏夫　29－33
新刊紹介（「仏印研究」井手浅亀著）　33－33
私の歳末　岡田禎子　34－35
歳末感記　林二九太　35－37
歳末女人風景　阿部静枝　37－39
先生のむす子　中野重治　39－41
女の歳末　網野菊　41－42
美術記者日記抄5　遠山孝　44－45
大阪歌舞伎　大国貞蔵　45－47
新日本音楽側面史　藤田斗南　48－49
美術界東西　菅野隆　50－51
音楽・舞踊界　阿部幸兵衛　51－51
京都交響楽団第一回公演　51－52
上野の第九　有耶無耶　52－52
会館内外65―「会館友の会」の方々へ―　二本木仁　53－53
謹告　「会館藝術」編輯部　54－54
次ぎの花まで（終）　真杉静枝　56－61
崔承喜の踊り　（QX）　61－61

36『文学公論』

昭和六年五月

第一巻第一号　昭和六年五月一日発行

発刊の言葉　扉裏
文藝批評の規範学的方法について―在来文藝批評理論の清算的素描論―　酒井義雄　1－19
文学に於ける純粋性の価値　長崎草之介　20－23
最近の創作漫評―中央公論・改造・新潮・文藝春秋の諸作―　高橋敏夫　24－30
演出覚書帖から　山内彰太郎　31－34
文学公論
文学と価値　小板常男　36－37
先づ文藝の独立　島影盟　38－39
演劇の貧困　小谷二十三　40－41
小市民藝術の安息　上井榊　42－43
産業文学出でよ　小松一朗　44－45
人生の入口（＊小説）　米谷利夫　46－69
人（＊小説）　近藤孝　70－78
馬鹿を乗せた馬鹿（＊小説）　和田有司　79－87
抜かれた博士（＊コント）　崎山正毅　88－92
棘す―（月と科学）の一部―（＊小説）　小出六郎　93－108
歪んだ空間（＊小説）　秋山六郎兵衛　109－125

編輯後記　126-126

37『日本プロレタリア作家同盟大阪支部ニュース』

昭和六年十月（全一冊）

第一号　昭和六年十月一日発行

文学愛好家の会―「文学サークル」はこうしてつくる―　1-2
「文学新聞」が出るぞ！　2-2
作品研究会に参加しろ！　2-2
労働者教育　阿部真二　2-3
大鉄の名刺（＊小説）　田木　繁　3-4
編輯後記　4-4

38『文学仲間』

昭和六年一月

第二号　昭和六年十一月十五日発行

文化聯盟が出きた―芝居映画講演会その他なんでも申し込んでこい―　1-1
無産主義（＊詩）　中西英雄　1-1
朝の街路を行く（＊詩）　大元清次郎　1-2
ビラ（＊壁小説）　神垣　縁　2-3
作品研究会に参加しろ！　2-2
文学新聞を読め！　3-3
豊葦原水穂国（＊落語）　田木　繁　3-4
職場部落学校に文学スキの会を作ろう！　4-4

39『藝術批判』

昭和七年六月

第一巻第一号　昭和七年六月創刊号　一日発行

創刊の辞　1-1
藝術批判の方法論―新藝術理論確立への道―（＊評論）　山岸又一　2-16
プロレタリア文学（＊評論）　アンリ・バルビッツ　池田正樹訳　17-22
ゲーテに於ける弁証法―彼の百年忌に際して―（＊評論）　草野昌彦　23-28、22
理念の貧困（＊評論）　酒井義雄　29-35
アメリカ詩の前哨（1）（＊詩）　池田正樹訳　36-41
　風への願ひ　ジヨセフ・カーラー
　撞球場の顔　ジヨセフ・カーラー
　陽気なへボ詩人の立場　ノーマン・マクレオド
　××の支那　ノーマン・マクレオド
酩酊雑記（＊エッセイ）　小出六郎　36-41
根（＊詩）　藤村青一　42-43
春のうた（＊詩）　岩崎悦治　43-44
創刊に際して　上井　榊　42-43
藝術批判
　一つの性格（＊エッセイ）　大道安次郎　45-47、44

歴史物としての「夜明け前」（＊エッセイ）　城田猶次　48-50
農村生活と藝術（＊エッセイ）　岩崎悦治　51-52、35
藝術批判の指針―科学的美学研究の必要―（＊エッセイ）　山岸又一　53-55、50
薄明（＊中篇小説）　上井　榊　56-63
ファツシヨへの途（＊長編戯曲「乱雲」第三幕第二場）　樋口　寿　64-70
やくざな心臓（＊小説）　和田有司　72-75
組合は俺達を強くする（＊小説）
フイリツプス・スターリング　池田正樹訳　76-84
編輯後記　（山岸記）　85-85
藝術批判社同人（ＡＢＣ順）　85-85

40『大阪ノ旗』

昭和七年八月―昭和八年八月

創刊号　昭和七年八月二十五日発行（未確認）

ゼネストへ！（＊詩）　佐藤宏之
凱旋（＊詩）　鈴木澄丸
氷水（＊壁小説）　大元清二郎
おつさん一つ頼むぜ（＊壁小説）　阿部真二
大阪支部組織活動の自己批判と新活動方針　水田　衛
革命競走について　児玉義夫

第一巻第二号　昭和七年九月発行

欠

第一巻第三号　昭和七年十月二十五日発行

十月のために〈＊巻頭言　詩〉　1-1
大阪地方に於けるプロレタリア文学のための闘争―創作方法に関する覚え書―　山岸又一　2-3
同盟活動――同盟生活に関する二三の問題　田木　繁　4-5
『職場の唄』について　加島祐一　5-5
伸び上る手（＊創作）　鈴木澄丸　6-7

流弾―ある少年労働者の歌ふ―（＊詩）　小川栄二郎　6-7
昂まる波―「現業委員選挙」続編―（＊創作）　佐藤宏之　8-10
再び立つ日の為めに　河島生　10-10
大阪支部農民文学委員会の確立へ！　阿部真二　11-11

第二巻第一号　昭和八年二月号　三月一日発行

巻頭言　5-7
吾　住友製鋼所の歌（＊詩）　田木繁　8-12
読者諸君に訴ふ！―前進を以つて答へよ！―　支部配宣部　12-14
二・二六の憶ひ出　梶原勝一　14-20
獄中通信（＊児玉義夫宛・竹内源三郎宛）　14-19
景気抬春―大阪市電気局K営業所の兄弟に―（＊短歌）　佐藤宏之　19-20
貧農（＊小説）　秀沼沢治　21-28
支部ニュース№4―革命競争特輯号―（日本プロレタリア作家同盟大阪支部書記局　1933・2・5仮事務所・北区中野町3の93、大阪戦旗座内）
第三次革命競争の新たなる出発に際して　日本プロレタリア作家同盟（略称ナルプ）大阪支部革命競争対策委員会　29-31
組織活動に就いての第三次革命競争に対する方針　組織部　31-33
創作活動に関する方針書　教育部　31-33
第三次革命競争を叫ぶに際して―出版部強化のための活動方針―　出版部　35-37
配宣部では　37-39
財政部のプラン　39-40
大阪の旗―原稿ボ集〝規定〟　41-41
編輯后記　42-42

第二巻第二号　昭和八年三四月合併号　四月二十五日納本
同志小林多喜二追悼号

ゆるみなき闘争の継続を！―日常闘争の革命的昂揚を以てメーデーへ―（＊巻頭言）　2-3
革命作家同志・小林多喜二（＊評論）　山岸又一　4-7
同志小林を弔ふ（＊詩）　8-10
小林多喜二との思ひ出（＊エッセイ）　大元清二郎　8-10
大阪の旗基金　10-10
同志小林多喜二虐殺に抗議す　日本プロレタリヤ作家同盟大阪支部　11-11
新聞ブルジヨアジーのロボツトではない（＊詩）　松井哲夫　12-13
同志山岸の近業に就て　鈴木澄丸　12-13
嵐から生れるもの（＊小説）　谷　杉子　14-20
編輯後記　20-20

第二巻第三号　昭和八年六月十日印刷発行　十三日納本

実践における日和見主義の克服へ！『右翼的偏向との闘争に関する決議』の具体的実践に寄せて―
　日本プロレタリア作家同盟大阪支部執行委員会　2-3
創造的面の展開へ　山岸又一　4-9
三陸地方の兄弟を救へ！
　日本プロレタリア作家同盟大阪支部　9-9
いまおれは誇をもつて（＊詩）　城　三樹　10-11
五月一日朝の湊町駅へ（＊詩）　佐藤宏之　11-13
R金物一万個（＊詩）　田木　繁　14-15
文学レポーター
　メーデー参加記　小川平三　16-18
　暴圧下のメーデー　坂本一夫　18-19
　へたりこみ　西地区通信員　19-20
第六回大会に備へよ！　21-21
歩む（一）（＊小説）　松下喜一　22-30

第二巻第四号　昭和八年八月号　八月五日納本
反戦特輯号

反戦闘争に結集せよ！（＊巻頭言）
　日本プロレタリア作家同盟大阪支部執行委員会　2-3
「蛙」と「歩む」について（＊文藝時評）　水田　衛　4-5
安治川右岸（一）（＊地区風景）　田木　繁　6-8
鉄筆の音（＊詩）　児玉義夫　8-8
酔つ払つた男（＊詩）　城　三樹　9-12
軍用列車は中国へ（＊詩）　松井哲夫　13-13
純粋なる逆卍（ハーゲンクロイツ）の旗（＊詩）　鈴木泰治　14-16
見習工（＊詩）　衣川　敏　16-17
文学レポーター　佐野、鍋山の転向声明に対する俺達の決議とコップ大阪地協暴圧への抗議　交通産業××サークル
厳罰反対闘争―大衆行動の火蓋を切つたろ組の俺達はかくして戦つた。―　9-10
　大阪市電自助会築港車庫ろ組一会員（投）　11-14
サークル組織の経験―観劇をきつかけに―
　火花サークル員　14-16
暴圧並に転向のデマに抗議す（＊抗議文）
　日本プロレタリア作家同盟大阪支部執行委員会　18-18
恐怖（＊小説）　大月桓志　19-24
三陸地方の兄弟を救へ！
　日本プロレタリア作家同盟大阪支部　24-24
演習（＊小説）　三谷秀治　25-26
歩む（二）（＊小説）　松下喜一　27-30
〔無題〕（＊詩）　30-30
表紙（大阪鉄工所を望む）　大月桓志　表紙

第二巻第五号　昭和八年九月五日印刷発行
青年デー特輯号　大阪の旗（ママ）一周年記念号

国際無産青年デーを反戦闘争の革命的展開で

日本プロレタリア作家同盟大阪支部執行委員会　2―3
作家のために（＊文藝時評）　水田　衛　4―5
地図を書く烏（からす）（＊詩）　佐藤宏之　5―5
安治川右岸（二）（＊地区風景）　田木　繁　6―7、10
大阪の旗創刊一周年ヲ迎ヘテ
児玉義夫　仲田久　阿部真二　坂本生　西地区通信員R　8―10
職場からの小説
拾銭の罰金　石垣　昂　11―12
皆なで押しかけろ　松田　久　12―13、31
壁を隔て丶（＊詩）　児玉義夫　14―15
俺はこんなところで……（＊詩）　田木　繁　15―17
大衆討論のため―二三の詩について―　佐藤宏之　14―18
共同製作―明暗大阪相―　サークル　短歌仲間
祭月と新聞配達　田宮文子郎　17―17
郷里の妹に　中井一郎　17―17
古本屋生活　島田照夫　17―18
市役所から　坂田芳夫　18―18
安治川駅で　佐藤宏之　18―18
国境を越えて（＊報告文学）　大月桓志　19―24
細胞日記（＊創作）　賀川俊雄　25―31
地図を書く烏続き　31―31
歩む（三）（＊創作）　松下喜一　32―34
編輯後記　34―34
表紙（機械を止める）　大月桓志　表　紙

41『プロレタリア文学関西地方版』

昭和八年十一月―十二月

第一号

欠

第二号　昭和八年十二月十五日発行

ナルプを四分五裂にせんとする林房雄等の意見を粉砕せよ！（＊巻頭言）　1―1
理論創作のクオタリーの原稿募集！　1―1
セン・カタヤマを弔す
日本プロレタリア作家同盟関西地方委員会　1―1
あらゆる文学的場面を利用して大衆に結び付け！　1―1
最近の感想―自己批判によせて―　阿部真二　2―2
大月桓志とレアリストに就て　田木　繁　2―2
夢―同志田島善行に―（＊詩）　田木　繁　3―3
小林多喜二全集について　3―3
コップ一千円基金カンパを支持せよ　3―3
サークルに弾圧―火花サークルの失敗から学べ―　3―3
文学突撃隊員　3―3
慰問品の話（＊小説）　大月桓志　4―4
プロレタリア文学地方版ニュース　4―4

42『関西文学』

昭和九年五月―昭和十一年九月（全十三冊）

創刊号 昭和九年五月号 一日発行

雛鶏（＊小説） 福田定吉 2-16
第一の任務（＊小説） 正木葉子 17-25
血は水よりも（＊小説） 富士太郎 26-38
三つの死―「運送店の歌」のうちから―（＊短歌） 佐藤宏之 39-40
ゴーリキイはどうして学んだか―エスペラント版より― M・ゴーリキイ 星みどり 41-53
新世界を愛した少年盗人（＊読物） 大月桓志 54-58
新劇情報―3月10日― 59-59
大阪新劇団点景 高木 滋 60-64
演劇の貧困の克服に就て 小林敏夫 65-65
詩集『松ケ鼻渡しを渡る』を評す 神保光太郎 66-68
山茶花（＊小品） 由比種夫 69-70
借金（＊小品） 牧伸之介 71-72
嫌悪（＊詩） 寺田 碩 72-72
リアリズムその他 福田定吉 73-79
指導理論家諸君について 田木 繁 80-85
文学青年孫悟空 芝憲太郎 86-87
反省ノート 溝口良雄 87-90
孤独の花 田尻宗夫 90-91
小説の二つの方向 仲塚和公 91-93
絶望の中から―大月君へ― 藍川陽子 93-94
埋草
大変な処女 94-94
地球が廻つてゐることを知らぬ教育家 94-94
山の建築場から―職場通信― 植田 敏 95-96
編輯後記 表紙3

第一巻第二号 昭和九年六月号 一日発行

灰燼（＊小説） 佐々木一夫 2-10
あの夢もこの夢も……（＊小説） 藍川陽子 11-28
逝く春（＊詩） 春日江逃太 28-28
人生のぬけ穴（＊小説） 福田定吉 29-37
伯爵の改宗（エスペラント原作） M・リユービン 星みどり訳 38-40
敗北の唄（＊散文詩） 竹山正雄 41-43
田螺―故郷で―（＊詩） 鈴木泰治 44-45
支那の文豪「魯迅」を訪ふ 谷山 康 46-49
劇団「自由舞台」と新人劇場公演 高木 滋 50-53
役者になりたい 杉本英子 54-55
新劇情報―（四月十五日まで）― 54-55
貴司山治氏との文学談 貴司山治 大月桓志 56-61
禁酒弁 鈴木泰治 62-62
余談 大月桓志 63-63

関西文学戦線
（A）（S、K生）（B、C生）（M生）（B生）　64-65
（RRR）（社大党の若い者）
足袋をつゞくる母（＊詩）　赤石　茂　66-66
身体検査（＊詩）　大元清次郎　67-67
私の『文学少年時代』　小岩井浄　68-73
真実を歌ふために　大蔵宏之　74-77
石川啄木の方法　足立公平　78-84
作家の組織活動について　田木　繁　85-90
関西文学・ポスト
三原謙　大江満雄　横山芳夫　編輯部員　91-91
編輯後記　92-92

第一巻第三号　昭和九年七月号　一日発行

肉親について―安治川をいろどる人々・その一―
（＊小説）　大月桓志　6-20
出発（＊長編「重治の話」の一篇）　三谷秀治　21-27
世の中へ（＊小説）　福田定吉　28-38
牛（＊詩）　内田　博　39-40
まちの子供達（＊詩）　中田宗男　40-41
韮粥（＊詩）　松田解子　42-43
「ソヴエート女工の日記」原著者の来訪を受けて　寺本哲夫　44-47
揺籠の唄―或る鉱夫の妻の唄へる―（＊詩）
リリー・ケルバー　寺本哲夫訳　48-49
ポスト
「関西文学」に就て　内田　博　48-49
大阪詩壇の現状　竹山正雄　50-51
大阪歌壇を覗く　大蔵宏之　52-53
麺麭・六月号　福田定吉　54-54
殺人と鼻唄　富士太郎　55-55
糞壺（＊詩）　大元清二郎　56-57
田舎から来た手紙（＊詩）　重川　允　56-57
ソヴエートの結核療養所の話（＊文化読物）　58-59
工場を化粧する人々（＊職場通信）　植田　敏　60-64
派出看護婦の通信（＊職場通信）　野尻志津恵　64-66
春（＊詩）　堂本　清　66-66
最近のプロレタリア文学を中心に―Nに送る手紙―　寺田保太郎　67-71
潜航艇（＊長編第一回）
ノヴイコフ・プリボイ　山内皎三訳　72-82
関西文学戦線
（K生）（密告者）（M生）（A生）（R生）　83-83
東京からの手紙　貴司山治　84-87
堀場正夫氏の三つの作品に寄せて　大元清二郎　88-89
自己否定について―自己発展に関する研究へのまへがき―　田木　繁　90-96
「ソヴエート女工の日記」を読みて（＊新刊紹介の頁）　大元清二郎　97-97
ポスト　久滋徹三　一読者　関西太郎「関西文学の諸君へ！」港南××サークル××生　編輯部　98-99

編輯後記 100–100

第一巻第四号 昭和九年八月（八・九合併）号 十五日発行

旱魃挿話（＊小説） 佐々木一夫 6–20
煙草（＊小説） 井谷周作 21–26
鐘一のマリ号（＊小説） 藍川陽子 27–41
頭髪の話（＊小説） 魯迅 谷山康訳 42–45
財布（＊散文詩） 大蔵宏之 46–47
路（＊詩） 久滋徹三 48–48
裏がくる（＊詩） 中野一郎 49–49
餓鬼の家（＊詩） 大元清二郎 50–51
葛西善蔵の真と嘘（＊評論） 福田定吉 52–55
真実を歌ふ日まで―詩人としての覚書― 内田 博 56–58
歌は生活の旗だ！―自由労働の手帖から― 赤石 茂 58–60
ポスト S生 F生 60–60
反対者（＊詩） 西原正春 61–61
A・B・C・Dの諸氏に―併せて、M氏に― 鈴木泰治 62–62
大月桓志の「肉親に就いて」 福田定吉 63–63
潜航艇（第二回） ノヴイコフ・プリボイ 内山皎三訳 64–76
デマを蹴る！ 大元清二郎 76–76
電車乗りの生活から（＊職場通信） 軌道生 77–79、94
「所謂藝術の永遠性」について 南 龍夫 80–82
詩の面白くなさ、それの打破など 遠地輝武 83–87
社会主義リアリズムの評論に題して 田木 繁 88–94
編輯後記 （大月）（編集部） 95–95

第一巻第五号 昭和九年十一月十六日発行

性格（＊小説） 大月桓志 4–21
隻眼物語（＊小説） 大元清二郎 22–28
天来の笑ひ（＊小説） 福田定吉 29–37
北方の橇（＊詩） 和田義一 38–39
垣（＊詩） 植田大二 40–41
深淵（＊詩） 竹山正雄 42–43
窓を開ける手（＊詩） 小川隆太郎 44–45
「毒団子」―俗名を独断語と呼ぶ―（＊関西文学） 和田義一 46–46
二人の友人のこと 田木 繁 47–49
悪筆について 高野三郎 49–51
投稿詩について 鈴木泰治 52–56
再び詩人としての覚書 内田 博 52–54
新響劇場公演評 江木雅己 54–55
『古き世界の上に』 田尻宗夫 56–56
ゴーリキイの児童教育論 寺本哲夫 57–59
作家の型に就いて 金親 清 60–65
『古典が何故魅力を持つか』についての考察 南 龍夫 66–70
書簡四篇 貴司山治 大江満雄 遠地輝武 大月桓志 71–71

編輯後記　72－72
編輯部便り　（田木・大月）　表紙3

第二巻第一号　昭和十年二月版（表紙三月版）　十日発行

製材工場（＊詩）　田木　繁　4－10
夜習（＊詩）　和田義一　11－11
折檻（＊小説）　出　翔　12－25
機械工場（＊詩）　河辺朗二　26－27
ある女（＊小説）　江木雅己　28－35
回想（＊詩）　大元清二郎　36－37
記者（＊小説）　角　浩一　38－50
関西文学　田木　繁　51－51
卑屈（＊詩）　竹山正雄　52－53
やほん時代（＊同人随筆　ある時代の生活1）　大月桓志　54－56
1935年のプラン
　諷刺について　三谷秀治　57－59
　返信　藍川陽子　59－60
その後に来た「転形期の文学」の著者　長崎謙二郎　57－59
作家修行の問題　福田定吉　59－60
大阪に於ける新劇団合同運動の経過―一九三四年度の決算―　大岡欽治　61－63
劇団「自由舞台」の行動批判―演劇の本質的討論の一素材として―　多田俊平　63－66
大月桓志への私信―関西文学十二月版の感想―　金親　清　67－68
若き作家に求む―労働者の生活を描け―　貴司山治　69－72
編輯後記　表紙3

第二巻第二号　昭和十年七月版　二十日発行

入れ歯（＊小説）　角　浩一　4－17
羅針盤（＊詩）　和田義一　18－19
暴力（＊小説）　植田大二　20－36
谿流（＊散文詩）　大元清二郎　37－37
詩について　竹山正雄　38－40
田木の「製材工場」に就いて　金親　清　40－42
要視察人　大月桓志　42－42
「関西文学」一周年に集る言葉
　詩精神編輯部　小宮三森　群島社　宮西豊逸　渡辺順三　日本浪曼派　京都文学社　文月月刊編輯部　43－44
編輯後記　（大月）　44－44

第二巻第三号　昭和十年九月十日発行

めぐりあひ（＊小説）　大月桓志　4－14
市井人（＊小説）　三谷秀治　15－25
設計技師（＊詩）　田木　繁　26－27
鵜飼（＊詩）　和田義一　28－29
隠花植物（＊小説）　竹山正雄　30－31
山を壊（こぼ）つ（土方）（＊詩）　岩地桂三　32－34

反動期の愛情　角　浩一　35-37
同人雑記
　批評の生理　和田義一　38-38
　大阪人　大月桓志　39-39
　透明人間　植田大二　39-40
　幾何学　将棋　出　翔　40-41
避村から　佐々木一夫　41-41
編輯後記　T・O生　42-42

第三巻第一号　昭和十一年一月版　昭和十年十二月三十日発行

予審判事（＊小説）　角　浩一　4-12
教鞭（＊小説）　三谷秀治　13-23
沈滞期の愛情―承前―（＊小説）　大月桓志　24-40
その為に健康週間を（＊詩）　九木一衛　41-41
女を捨て丶少年のところへ行つた（＊詩）　田木　繁　42-43
砂糖仲仕（＊詩）　和田義一　44-45
長屋裏（＊詩）　岩地桂三　46-47
偉大なる論争の後で（＊詩）　大田顕茂　48-48
演習地其の他（＊短歌）　田中　順　49-49
同人雑記
　世界作家大会　角　浩一　50-50
　漱石　角　浩一　50-50
　反逆・雑誌　大月桓志　51-51
河童の屁　和田義一　52-53
愛と憎しみについて―覚書（一）―　大元清二郎　54-55
せまきもん
　形象化にふれて　岩野　勉　56-57
　「めぐりあひ」と「市井人」　福田定吉　57-58
　それを得るために……　藍川陽子　58-58
編輯後記　（大月生）　59-59

第三巻第二号　昭和十一年三月版　一日発行

私はしやべり出してゐた（＊詩）　田木　繁　4-5
職人（＊小説）　植田大二　6-18
露天商人（＊詩）　岩地桂三　19-20
羅針盤―承前―（＊小説）　大月桓志　21-34
元旦の歌（＊短歌）　赤堀清太郎　35-35
木津川べりの樹木　九木一衛　36-36
粛選懇談会（＊俳句）　田中　順　37-37
炊煙（＊詩）　大谷従二　38-39
魚市場附近（＊焰の記録）　三谷秀治　40-41
ときどきの感想　鈴木泰治　42-44
松田解子さんと詩集　大元清二郎　45-46
窄き門
　教鞭によせて　藤田孝作　47-47
　粗雑な感想　宮井春子　47-48
　時代と作家　田中　博　48-48
編輯後記　（三谷）　表紙3

第三巻第三号　昭和十一年五月版　一日発行
二周年記念随筆特輯

二周年記念随筆
　労働者の描けないことなど　大月桓志　4-5
　あの頃のこと　植田大二　5-6
　地区の人々　三谷秀治　6-9
時代の良心　鉄田文平　9-9
冬の夢（＊詩）　伊藤正斎　9-9
愛と憎しみと文学　大元清二郎　10-12
花束（＊詩）　真鍋勝見　13-13
ある組合事務所にて（＊詩）　田木　繁　14-15
愛情について（＊詩）　植田大二　16-17
俺は知つてゐる（＊詩）　岩地桂三　18-19
私のくらし―地に育つもの―のうちより（＊詩）　貝原嘉文　20-21
新しい旗、白い墓（＊詩）　石川究一郎　21-22
古い硝子（＊詩）　九木一衛　23-23
ふぶき（＊詩）　水上郁子　24-24
敗北（＊小説）　岡　猛　25-37
好色（＊小説）　角　浩一　38-50
編輯後記　（三谷）　表紙3

第三巻第四号　昭和十一年七月版　一日発行

機械詩集（＊機械と良心　快速列車よりも速く　鋼鉄の花　機械工場）　九木一衛　4-8
つながる（＊詩）　岩地桂三　8-9
レイル（＊詩）　伊藤正斎　10-10
哀悼譜（＊詩）　風間　耿　10-11
希望（＊詩）　真鍋勝見　12-12
捨身（＊詩）　山崎　斎　12-13
スケッチに就て　三谷秀治　14-15
短い感想　井谷　昂　16-16
鍛練（＊小説）　中本良作　17-25
波はなんにも知らないのだ（＊小説）　岡　猛　26-38
迷信の流れ（＊小説　迷信の流れ一）　大月桓志　39-42
編輯後記　三谷秀治　表紙3

第三巻第五号　昭和十一年九月版　一日発行
関西作家クラブ賞記念　角浩一　田木繁特輯

逝けるマキシム・ゴリキーを記念して
ゴーリキイの柩の前に　三谷秀治　4-6
ゴーリキイへの挨拶　九木一衛　6-6
銀翼の爆音　真鍋勝見　7-8
「母」の感想　竹内次郎　8-9
ゴリキイ追悼　田中　順　9-9

関西作家クラブ賞記念の感想
- 小説家の友人について　田木　繁　10-11
- 角浩一氏のフォルム　福田定吉　11-12
- 角浩一の作品　三谷秀治　12-14
- 角浩一君の印象　真鍋勝見　14-15
- 角浩一さんのこと　阿井さえ子　15-15
- 田木繁の詩的精神　九木一衛　15-16
- 田木繁に就いて　岩地桂三　16-17
- 田木繁君のこと　角　浩一　17-17

或る半意識（＊小説）　角　浩一　18-24
協同劇団公演に寄せて（＊詩）　田木　繁　25-26
誘蛾灯（＊詩）　真鍋勝見　26-27
田木繁略歴　27-27
角浩一略歴　27-27
職工電車（＊詩）　九木一衛　28-28
月桂冠（＊詩）　岩地桂三　29-29
無題（＊詩）　淵堀泰輔　30-30
車輪（＊詩）　伊藤正斎　31-31
敵対する悪霊（＊詩）　山崎　斎　31-32
夏日雑詠（＊俳句）　田中　順　33-33
新人詩集
- 微風の歌　大谷従二　34-36
- 私の花　三木文子　36-36
- 自殺者　緒方宗平　36-37
- 潮風　桑江信吉　37-38

ドンゴロスの旅　岡　猛　39-51
編輯後記　（三谷）　52-52

43『大阪詩人』

昭和十年五月―昭和十年八月

創刊号　昭和十年五月一日発行

恋人よ（＊詩）　間司恒美　4-5
港のある街（＊詩）　江里口準　6-7
恋（＊詩）　西村睦美　8-9
熱病（＊詩）　土山　学　10-11
喪服（＊詩）　氏家美樹　12-12
一足の木靴（＊詩）　吉川芳朗　13-13
白い夜（＊詩）　玖島正名　14-14
或る雨の日に（＊詩）　氏平智加志　15-15
月明の夜（＊詩）　平手敏夫　16-16
狂人の画（＊詩）　高橋貞雄　17-17
七曜ノ詩（＊詩）　岡本晴雄　18-18
村と工場（＊詩）　鈴木十良三　19-20
破風線
　創刊に際して　土山　学　21-21
　幻想の詩　平手敏夫　21-21
　自由詩徹底論者として　藤原たくみ　22-22
　土と裸　岡本晴雄　22-22
西村睦美論〈大阪詩人ぷろふいる1〉
親友西村睦美を語る　吉川芳朗　23-23
　作品から見た西村睦美　岡本晴雄　23-24
本誌執筆家住所録　25-25
編輯後記　西村睦美　26-26

第一巻第二号　昭和十年六月号　一日発行

港の乾板（＊詩）　玖島正名　6-6
青い風景（＊詩）　斎藤吉平　7-7
廃園の真冬（＊詩）　河井　良　10-10
部屋（＊詩）　江里口準　11-11
夜ノ期待（＊詩）　土山　学　12-12
人生の悲哀（＊詩）　上田ひろし　13-13
鏡の中に見るもう一人の僕（＊詩）　吉川芳朗　14-14
突堤（＊詩）　藤原たくみ　15-15
墓碑に寄せて（＊詩）　岡本晴雄　16-16
五月の郷愁　疎遠（＊詩）　氏平智加志　17-17
掌（＊詩）　高津十期男　18-18
流浪の薔薇（＊詩）　平手敏夫　19-19
銀笛（＊詩）　氏家美樹　20-20
過去の恋夢（＊詩）　西村睦美　21-21
破風線
　真に詩であると言へる詩　西村睦美　22-23
　個性に就て　土山　学　23-23
　いやなことでも　吉川芳朗　23-24
　永遠の情熱　平手敏夫　24-24
非沈滞期の大阪詩壇　藤原たくみ　24-24

藤原たくみ論〈大阪詩人ぷろふいる2〉
　藤原たくみに就て　土山 学　25-26
　藤原たくみ素描　西村睦美　26-26
大阪詩人時評　藤原たくみ　岡本晴雄　27-31
大阪詩人会のメモ　（T生）　31-31
編輯後記　藤原たくみ　32-32

第一巻第三号　昭和十年七月号　一日発行

特輯　大阪詩人住所録

緑の公園（＊詩）　小林英俊　4-5
謙譲の陣地―花たちへたよりも含めて―（＊詩）　藤原たくみ　6-6
彷徨へる人魚（＊散文詩）　平手敏夫　7-7
庭（＊詩）　土山 学　8-8
熱愛（＊詩）　吉川芳朗　9-9
落穂の唄（＊詩）　岡本晴雄　10-10
自然―又は「夕闇の川沿の径」―（＊詩）　西村睦美　11-11
道（＊詩）　河井 良　12-12
情死者の手記（＊詩）　斎藤吉平　13-13
ぞむめる（＊詩）　高津十期男　14-14
吉綿　板塀の風景（＊詩）　三戸正孝　15-15
空間の寂寥（＊詩）　安藤悦子　16-16
裏街詩篇　飢餓（＊詩）　玖島正名　17-17
父と秋（＊詩）　鈴木十良三　18-18
晩春の楽譜（＊詩）　氏家美樹　19-19
煙草（＊詩）　鈴木美代　20-20
黄昏の譜（＊詩）　江里口準　21-21
亡父の像（＊詩）　佐藤誠二　22-22
潮（＊詩）　椙野久男　23-23
破恋唱（＊詩）　要 一夫　24-24
朝の哀傷（＊詩）　速水千絵子　25-25
破風線
　幻想主義を把握する　平手敏夫　26-27
　若き詩人達に言ふ　土山 学　27-28
大阪詩人時評　小林英俊　28-29
吉川芳朗論
　吉川芳朗素描　高津十期男　30-30
　親友吉川芳朗を語る　平手敏夫　31-31
大阪詩人住所録　32-33
編輯後記　西村睦美　34-34

第一巻第四号　昭和十年八月号特輯　夏の大阪景物詩

藝術抄　藤原たくみ　4-6
自然―又は「露台のひととき」（＊詩）　西村睦美　7-7
港へのこゝろ―女と商船大分丸の友に―村への伝言（ことづけ）（＊詩）　岡本晴雄　8-9
都会デ　舞台（＊詩）　土山 学　10-11
夕暮の画布（＊詩）　平手敏夫　12-12
備忘録（＊詩）　藤原たくみ　13-13
夜の大阪（＊詩）　椙野久男　14-14

掬はれた園（＊詩）　玖島正名　15-15
透明人間―藤原たくみ氏に―（＊詩）　安藤悦子　16-16
夜蛾（＊詩）　鈴木十良三　17-17
嵐の夜の愛情（＊詩）　斎藤吉平　18-18
花―この貧しい花束を或女に捧ぐ―（＊詩）　河井　良　19-19
落葉（＊詩）　下戸億史　20-20
朝（＊詩）　三戸正孝　21-21
忍沼の寡婦（＊詩）　要　一夫　22-22
ふるさと（＊詩）　柳原　博　23-23
夏の大阪景物詩
　中之島　藤原たくみ　25-25
　道頓堀夜景　吉川芳朗　25-25
　新世界　土山　学　25-25
　築港　岡本晴雄　26-26
　御堂筋　西村睦美　25-25
　心斎橋筋　平手敏夫　25-25
シヨツプガール悲歌（＊詩）　吉川芳朗　26-26
涙の旅鴉（＊詩）　高津ときを　26-26
航海の唄（＊詩）　氏家美樹　28-28
飾窓（＊詩）　江里口準　29-29
別離（＊詩）　紅　京子　30-30
人待つ間（＊詩）　速水千絵子　31-31
湖のほとり　花蕎麦（＊詩）　西村睦美　32-33
土山学論
　土山学を解剖する　藤原たくみ　34-35
　土山学の片々　平手敏夫　35-35
大阪詩人時評　土山　学　36-37
編輯後記　藤原たくみ　38-38

44『文藝往来』

昭和十年九月一日

創刊号　昭和十年九月一日発行

（創刊の辞）　　1-1
志波君の話（＊小説）　森本泰輔　2-10
あに・おとうと（＊小説）　西川敏夫　11-19
過程（＊小説）　安木仁良　20-26
書痴の弁　畠田真一　27-30
藝術雑考　西元晃生　30-33
巷・秋・断想（＊詩）　松本二郎　34-35
優秀映画に関するノート　細木織太郎　36-38
発生映画に就いての感想　佐竹慶亮　38-39
映画時評　水谷雅之　40-41
繰言一束　三橋一温　42-43
白百合と犬　橋本皓市　44-45
生活の断片　野竹孝夫　45-45
夏祭　油上英雄　45-45
捧げる詞　橋本法俊　46-47
駅へ　高井礼子　48-49
校正室で　（三橋）（西川）（林）　49-49
編輯後記　（三橋生）　50-50

45『文砦』

昭和十一年二月十日―昭和十二年十二月

第二巻第二号　昭和十一年二月号　十日発行

歎きの根（＊小説）　神泉昌夫　4-16
傷心（＊小説）　中村ヤス子　17-38
隠居アパート（＊小説）　森本泰輔　39-54
諷刺文学覚書　三橋一温　55-59
煙突　冬の絵（＊詩）　松本二郎　60-63
文砦雑記帳
　諷刺文学に就て　栄　豪　64-65
　蠹魚断想（一）　三橋一温　65-67
〝同人雑誌作品時評〟―沼のやうな文壇の周囲を馳ける―　西元晃朔　68-71
―らくがき―　水谷雅之　71-72
編輯後記　三橋一温　表紙3

第二巻第三号　昭和十一年三月号

欠

第二巻第四号　昭和十一年四月号

欠

第二巻第五号　昭和十一年五月号　一日発行

作家の生活の問題―浪漫的傾向の崩壊―　大森勇夫　4-9
泥の中（＊小説）　吉野　進　10-23
反俗（＊小説）　中村ヤス子　24-34
馬稷の族（中）（＊小説）　三橋一温　35-46
地区風景
北浜日記　橋本法俊　47-49
天王寺動物園　志村洋子　49-50
新人の気魄（＊同人雑誌作品批評）　小寺正三　51-55
文学クラブ通信筒
三橋一温　三谷秀治　56-57
島啄二へ　島居　清　58-58
作品の余瀝　美波良行　58-58
編輯後記　（大森記）　表紙3
文砦同人（＊名簿）　表紙3

第二巻第六号　昭和十一年六月号

欠

第二巻第七号　昭和十一年七月号

欠

第二巻第八号　昭和十一年八月号

欠

第二巻第九号　昭和十一年九月号

欠

第二巻第十第　昭和十一年十月号

欠

第二巻第十一号　昭和十一年十二月号　一日発行

蔵屋の人々（＊小説）　島　啄二　4-32
春噬（＊小説）　中村ヤス子　33-47
子守歌（＊詩）　寺本哲夫　48-50
芥川賞について　小寺正三　51-53
返信　水谷雅之　53-56
シユトルム・ウント・ドランク
敢えてドン・キ・ホーテたれ　栄　豪　57-58
西と東　寺本哲夫　58-59
わがまま　志村洋子　59-60
倉庫の二階から―仲間への手紙―　橋本法俊　60-62
おくにことば　中村ヤス子　62-63
南無　神泉昌夫　63-64
ヒットラ・ドイツの悲歌（＊訳詩）　L・イヴン　寺本哲夫訳　65-66

新劇共同公演を観る 水谷雅之 67-69
編輯後記 (大森勇夫) 70-70

第三巻第一号 昭和十二年一月号

欠

第三巻第二号 昭和十二年二月号

欠

第三巻第三号 昭和十二年三月号 一日発行

食へない子供(*小説) 島 啄二 4-11
子供と牛(*詩) 寺本哲夫 12-15
北斗七星(*詩) 毛利 労 16-17
杜鵑(*小説) 君尾哲三 18-33
同人雑記
栄豪について 小寺正三 34-35
ちかごろ 二川 猛 35-36
自然を恋ふ 志村洋子 36-37
爪 寺本哲夫 37-37
二月のノオト(*同人雑誌作品評) 近藤重吉 38-39
家と職場と病院—森山啓氏の「収穫以前」について— 水谷雅之 40-45
編輯後記 大森勇夫 46-46

第三巻第四号 昭和十二年四月号

欠

第三巻第五号 昭和十二年六月号 一日発行

若い感情(*小説) 小寺正三 4-18
風説(*小説) 二川 猛 19-33
すべて世は事もなし(*詩) 寺本哲夫 34-35
技巧の思想 岡 猛 36-40
鍵は何処に?—林房雄氏「日本主義論争の鍵」から— 水谷雅之 40-42
曲輪附近(*小説 二、ひかり) 北沢喜代治 43-56
編輯後記 大森勇夫 57-57

第三巻第六号 昭和十二年七月号 一日発行
評論特輯号

作家の問題 小寺正三 4-10
生活の文学を要望す 水谷雅之 11-15
慣性の打破 岡 猛 16-22
田を作れ 寺本哲夫 23-24
同人雑誌作品評
誰に読ませる? 島 啄二 25-26
伸びと拡がりの上に 二川 猛 26-27
豊岡佐一郎氏を憶ふ 小寺正三 28-29

編輯後記　（小寺正三）（水谷雅之）　30－30
編輯後記　（水谷生）　表紙3

第三巻第七号　昭和十二年九月号　一日発行
二周年記念

千年杉（＊小説）　二川　猛　4－29
更に、次へ（＊詩）　寺本哲夫　30－31
駆引（＊小説）　水谷雅之　32－33
女秘書（＊小説）　志村洋子　34－48
霖雨の道（＊小説）　小寺正三　49－64
同人募集　64－64
感想一つ　水守亀之助　65－66
編輯後記　（小寺正三記）　表紙3

第三巻第八号　昭和十二年十月号

欠

第三巻第九号　昭和十二年十二月号　一日発行

同僚（＊小説）　阿井さえ子　2－9
病窓（＊小説）　神谷倭子　10－20
木枯し（＊小説）　志村洋子　21－29
なりはひの道（＊詩）　寺本哲夫　30－31
電車賃　鮎川　悟　32－33
池田威氏の「冬着」出版に寄せて　寺本哲夫　34－36
秋・小寺正三・しぐれ　二川　猛　35－36

46『大阪協同劇団パンフレット』

昭和十二年三月

第一輯 昭和十二年三月一日発行

〔巻頭言〕 1-1
〝簀〟と母 蓮見大作 2-5
羅針盤のない船・都会―演出ノート― 豊岡佐一郎 6-6
簀(す)―演出に当つて― 大岡欽治 7-7
大協と僕と「裏町」 九能克彦 9-10
小説・戯曲・劇場―関西作家クラブ― 角 浩一 10-12
劇団への感想―リズム訓練を通じて― 法村康二 12-13
協同劇団一年間の記録
第一回公演 エゴールブルイチヨフ 15-17
第二回公演 天佑丸 17-18
第三回公演 神戸公演
演出ノート(女中あい史) 豊 岡 19-20
演出ノート(雷雨) 大岡欽治 20-21
新劇共同公演 21-23
第四回公演 断層 23-25
ラヂオ放送 25-26
移動演劇 26-26
劇団員一年の活動表 28-29
大協一周年に寄す
新協劇団 劇団東童新築地後演会(ママ) 新協劇団 30-31
大協の皆さんへ
薄田研二 真木順 中江良介 武内武 植村浩士
日高ゆりゑ 藤村伸一 真木生 34-34
大協に寄する言葉
村山知義 久保栄 久板栄二郎 中井正一 35-36
宮原君逝く 37-37
大阪新劇運動史十五年 豊岡佐一郎 38-39
スケジユールに就いて 多田俊平 39-40
「淀川」を脱稿して 木村 武 40-41
技術の専門化を 大瀬瀧夫 41-42
摘記 海老江寛 42-43
劇団維持会員募集 大阪協同劇団 43-43
後記 46-46

47『新文藝』

昭和十二年五月―八月

第一巻第一号　昭和十二年五月創刊号　一日発行

俳優と舞台　（谷川泰平）　2―3
飢（＊創刊）　蓑田寅彦　4―6
歳月（＊創作）　黄金　万　7―9
海難（＊創作）　毛木信也　10―13
舞扇（＊入選　コント）　瀬川わたる　14―15
卒倒者（＊佳作　コント）　石塚晴一郎　15―15
懸賞小説に就いて　渋田　進　16―19
大衆読物入選雑感　高田義一　19―21
短歌選者を語る　嵯峨郁夫　21―24
投書家の悲劇―三田旦の死―　藤木　繁　25―25
農村文学に就いて　浪房　伸　26―27
標語入門者に与ふ　藤孝之助　28―30
創作選評　（栄豪評）　31―31
投稿者の観た選句傾向検討　中条　岬　32―33
小品文（編輯部選）
凡愚の悲哀（入選）　田代秋雁　34―34
分宿兵（入選）　玉木凛太郎　34―35
早春の午後（秀逸）　北野　迥　35―35
春（秀逸）　蓑田寅彦　35―36
兄（秀逸）　石川喬詞　36―36
早春の朝（秀逸）　矢口賢之介　36―37
春素描（佳作）　植村栄詩朗　37―37
母（佳作）　野田　林　37―38
選外佳作
のどかな田園　黄金　万　38―38
石場　恩田智雄　38―38
春光　綴喜瑞穂　38―39
冬の思ひ出　堀尾譲伊智　39―39
小品文選評　39―39
詩（神崎剛選）
ある公園にて（入選）　木原　茂　40―40
季節（入選）　杉田龍二　40―40
薬令風景（秀逸）　岸　保彦　40―41
昼（秀逸）　麓　鴻雁　41―41
春の海（秀逸）　文月双星　41―41
晴れやかな朝（佳作）　水川八重人　41―41
美しき回想（佳作）　貴吏木襄介　41―42
サヨナラ（佳作）　矢真　白　42―42
春（佳作）　春野幸子　42―42
乙女の想ひ　新美信子　42―42
選外佳作
郷愁篇　生島　潔　43―43
浜辺にて　大島　茂　43―43
冬の詩　花緒加峻　43―43
エプリル・フール　黄金　万　43―43

海峡の出潮　小原黎風　43-44
詩人に贈る　神崎　剛　44-44
川柳選後に　川上三太郎　45-45
川柳（川上三太郎選）
題「隣り」「近所」
天　叱られる人の隣に固く居る　佐藤　稔　46-46
地　お隣は何時か他人が住んでゐる　岩浪薫葉　46-46
人　お隣を遠く離して石の門　嵯峨郁夫　46-46
五客　秀逸（二十句）　佳句（四十二句）　可句（五十句）　掲載外佳作　46-49
冠句（久佐太郎選）
「長閑なる」
一等　長閑なる俳人けふは犬をつれ　清水雅江　50-50
二等　長閑なる湯女欄干に物を乾し　西野斗四翁　50-50
三等　長閑なる車窓熱海へ向ひ合ひ　藤原甲丙　50-50
特選（十句）　秀逸（二十句）　第一佳作　第二佳作　50-54
俳句（永尾宋斤選）
題「春の灯」
入選　からたちの垣そひ春の燈かげゆく　西野斗四翁　55-55
春の灯の厨の朝をたぬしめり　折井　栄　55-55
春の灯の甘き夜なればものを書く　田中葉舟　55-55
毛糸解く春灯の膝捲みにけり　北川太造　55-55
佳作　55-59
短歌（吉植庄亮選）
題「春季雑詠」
天　百姓は金儲からぬと宣まへる父の言葉の屈託もなし　丘多藻都　60-60
地　幾ところ野鼠に麦畑あらされしを怒りつゝ一日麦を踏むなり　水野詩華湖　60-60
人　中学を望む弟諭しつゝ春寒き夜の藁仕事はげむ　原三千秋　60-60
秀逸　佳作　60-63
春の灯選後小感　永尾宋斤　64-65
コント選評　65-65
コント
茶飲み（佳作）　矢口賢之介　66-66
お弁当（佳作）　伊藤博之　67-67
投書研究
投書道醍醐味　蓑田寅彦　68-69
御存知投稿談　黄金　万　69-70
翹望の誌出づ―奮へ諸君―　小田白菊　70-72
短文藝投稿心得　ＣＫ生　72-73
談話室
壬生新介　銀蝶生　木村宏　国宗鳴芳　多奈加健二　西城豊　栗山甚吉　ＨＭ生　東山生　関根来　大江美乃瑠　実木白太郎　堀実之　花緒加俊　室本英春　矢口賢之介　生瀬夢美　文月双星　春野幸子　74-79
文藝誌紹介　80-80
後記　（秀雄）　表紙3

第一巻第二号　昭和十二年六月号　一日発行

泥濘（＊短篇小説）　竹内政二　2-4
銀貨と革命（＊短篇小説）　蓑田寅彦　4-7
コント
　映写技師　東波宏光　8-8
　手紙　末永　泉　9-9
詩魂と技術の問題
—懸賞作詩への考察—　米田　俊　10-12
コント「舞扇」を読む　八　幡　生　12-12
コント入門　川路　港　13-15
投書家誌上座談会
　文時誌友投書家　花緒加俊（司会）　16-19
コント
　年貢の納め時　黄龍山人　20-21
　従兄妹同士　原　逸子　21-21
浪花俳名勝　辻野芙蓉　22-23
川柳初心者に与ふ　立矢石二　24-26
創刊号創作を読む　生田長恨　27-27
短歌の邪道　仏性寺晃　28-28
創刊号詩壇を評す　花緒加俊　28-29
冠句（久佐太郎選）
　課題「水に落ち」
　一等　水に落ち白痴ぼんやり陽へ笑ひ　北川抔森　30-30
　二等　水に落ち逆さのバスを月覗く　佐藤雪夫　30-30
　三等　水に落ちさよなら帽子流れゆく　田村千代次　30-30
　特選（十句）　秀逸（十五句）　佳作（四十句）　30-32
短篇小説選評　33-33
創刊号「詩」読後感　八　幡　生　33-33
長谷川伸氏の巻（花形作家伝）　34-37
川柳（川上三太郎選）
　題「紅」「白粉」
　地位　気違ひでない売出しの紅襷　村田穂波　38-38
　人位　紅さして故郷の駅が貧しすぎ　三木　雄　38-38
　五客　佳唱　前抜　選外佳作　38-41
俳句（永尾宋斤選）
　題「菜の花」
　一等　菜の花や湖の青みのふと寂びし　檜田義棹　42-42
　二等　菜の花を見下ろす谿の扉に倚れる　東元柳峰　42-42
　三等　祖母とゆく菜の花の道暇とりて　沢井朝水　42-42
　五客　佳作　42-47
詩（神崎剛選）
　留置場にて（特選）　菅　倍郎　48-48
　死の舞踏（入選）　貴更木襄介　48-49
　瞳（秀逸）　花緒加俊　49-49
　水仙（秀逸）　壬生新介　49-49
　病む（秀逸）　野地深洲　49-50
　佳作
　　悲しき今宵　井上庄司　50-50
　　朝の甲板　小原黎風　50-50

春　新見信子　50-51
早春　河崎　勇　51-51
選外佳作
若葉　安田　清　51-51
春の感触　高山秀陽　51-51
俺の顔　嶋崎俊平　51-51
詩、選後感　神崎　剛　52-52
コント選後感　川路　港　52-53
コント
ほろ苦き恋　多奈加健二　54-54
桑摘み　瀬川わたる　54-55
小品文（編輯部選）
夜道（入選）　西田真之介　56-56
馬（秀逸）　石川喬登　56-57
小鳥の卵（秀逸）　山村耕夫　57-57
佳作
花を謳ふ　黄金　万　57-58
五分間　井東克己　58-58
又来る日まで　湖田澄子　58-59
選外佳作
那覇桟橋　河内夢夢　59-59
靄の夜のフイルム　水島みどり　59-60
現在　垣合見菜　60-60
出した薬は？　矢口賢之介　60-61
印象　朴　徳坤　61-61
創刊号小品文読後感　八　幡　生　61-61
短歌（吉植庄亮選）
題は「春季雑詠」
天位　春さればよろしと聞きし運勢に恃むともなくゐて励みけり　坂本清八　62-62
地位　朝よりの雨に出渋り仕残りの子等の草履を編みてこもりぬ　能倉邦三郎　62-62
人位　庭先の芍薬の芽の赤き芽の光沢柔し雨にぬれつゝ　蓑田寅彦　62-62
秀作　佳作　62-64
「飢」への感想―創刊号創作読後―　八代紋三　65-65
俚謡正調（小松香水選）
題「文」
天　待てど便りも梨地の文箱結び縁しの紐もない　高橋泣黒子　66-67
地　恋の文殻枕へ巻いて寝た夜しと〱春の雨　村田穂波　66-66
人　無一文でも心の底にや日本魂の音かする　西野斗四翁　66-66
五客　佳作　66-67
都々逸（編輯部選）
題「新」
天　唄ぐ越しましよ浮世の波を遅れて漕ぎ出す新世帯　西野斗四翁　67-67
地　新学期やせた苦労が今めをふいて今日からうれしい中学生　田安文吉　67-67

人　遠くぼやけた灯の空眺めしばしたゝずむ新入兵　村田穂波　67-67
五客　佳作　67-68
へなぶり（編輯部選）
題「藝」
天　かくし藝聯隊長に賞められて只恐縮の軍旗祭かな　光岡孟水　68-68
地　謹厳な老先生の隠し芸今日は列ぢやと朗らかに酔ひ　森田夕鴉　68-68
人　顔だけ自信を持つて春の灯をはじく藝妓に沁みる遠三味　村上朴若坊　68-69
談話室
谷吉ゆき緒　菊地吹句美　田中定夫　不二鴻一　花緒加俊　東山生　八幡生　河内勝　KS　玉木凜太郎　西修豊　日笠山健秋　日本歌王子　文月双星　70-73
第一回互選俳句清記　74-75
第一回互選俳句互選規定　75-75
第二回互選俳句募集　75-75
五月号掲載創作を読む　日笠山健秋　八幡生　76-76
五月号俳句作品短評　北川たそを　76-76
後記　（秀雄）　表紙3

第一巻第三号　昭和十二年七月号　一日発行

逃避（＊短篇小説）　八幡貞緒　2-6
おやぢの死（＊短篇小説）　柳田幹郎　7-9
寂（＊コント）　花山菊三　10-11
売られた生命（＊コント）　小幡杜詩一　11-12
女の足跡（＊コント）　榎本安吾　12-13
少年の奇手（＊コント）　矢口賢之介　13-14
一豊の妻（＊コント）　土谷勉　15-16
博多節（＊コント）　河内勝　16-16
コント選後感　川路港　12-15
短篇小説選評　17-17
コント入門（二）　川路港　18-20
お父さんの歌時計（＊日活映画主題歌）　島田磬也　20-21
歌謡（島田磬也選）
忘れられてる（入選）　青山銀堂　22-22
おぼこ娘（入選）　檀木耽之助　22-22
心よわさに（秀逸）　嵯峨茂路　22-23
たつたひとり（秀逸）　矢真白　23-23
六月の歌（秀逸）　花緒加俊　23-23
佳作
乙女心　河内勝　23-23
朧　後藤六白星　24-24
われらの春　北川太章　24-24
十九の春　深川たつみ　24-24
水ぐるま　藤井二郎　24-24
小樵の唄　川口狛夫　25-25
揚げよ日の丸　常森豁民　25-25
垣のぞき　仏性寺晃　25-25
君が黒髪　東弘　25-25

若妻の唄　八幡貞緒　26-26
赤いネオンを見つめたら　岡本真猿　26-26
歌謡選後感　島田磬也　26-26
六月号詩壇評　谷　龍介　27-27
詩（神崎剛選）
ぼへみあん―又はにしん場街の風景―（入選）　魚海すみ夫　28-28
ふるさと（秀逸）　青山銀堂　28-28
廃園に佇つ（秀選）　矢薙春太郎　28-29
たそがれの詩（秀選）　花緒加俊　29-29
佳作
夕暮の詩　檀木耽之助　29-29
小さな楽園　榎本安吾　29-29
礫　菅　俉郎　30-30
マハ　黄金　万　30-30
早春の詩　木原　茂　30-30
山の静寂　貴更木襄介　30-30
欲望といふもの　高嶺輝樹　30-31
夕ぐれ　杉田龍二　31-31
初秋　八幡貞緒　31-31
選後感　神崎　剛　31-31
小品文（編輯部選）
父と子（入選）　不二鴻一　32-32
弔鐘（秀逸）　芝崎　操　32-33
手術（秀逸）　越中郡黎　33-33
電報（秀逸）　不二たつを　33-34
佳作
黄昏　八幡佳子　34-34
不審訊問　青山銀堂　34-35
炎天　魚海すみ夫　35-35
落花　渡辺良一　35-35
選外佳作
疲れて憶ふ　花緒加俊　35-36
蛙　前田嘉永　36-36
他人　仏性寺晃　36-37
青葉の頃　田代秋雁　37-37
母　文月双星　37-37
死刑囚の足（＊実話）　蓑田寅彦　38-39
土師清二氏の巻（花形作家伝二）　渋田　進　40-43
短歌　初夏雑詠（吉植庄亮選）
天位　暁のうすら明りに代掻くと馬を叱れば山にこだます　高山光亮　44-44
地位　蓄へもなく百姓の貧しさを友と語りて笑ひ合ひけり　柴田笠秋子　44-44
人位　まざまざと陽を照り返す庭若葉職場ゆ出でし瞳にしみにけり　山河翠明　44-44
秀逸　44-45
佳作　45-47
六月号　詩　読後感　八　幡　生　47-47
冠句　課題「安からに」（久佐太郎選）
一等　安らかに山羊と並んで陽へ眠り　古屋白山　48-48
二等　安らかに浪人眠る絵馬の風　藤井渓花　48-48

三等　安らかに仏となつて化粧(けは)はれる　国宗名留坊　48-48
特選（十句）　48-48
十秀　49-49
佳作（三十句）　49-50
選外　50-51
俳句　題「夏の雲」（永尾宋斤選）
一等　夏の雲のしづかに通る山のうへ　伊藤白雪　52-52
二等　夏の雲しきりに旅をおもふ哉　柴田笠秋子　52-52
三等　夏雲を眼閉して病みにけり　矢真　白　52-52
五客　52-52
佳作　53-56
六月号小説コント読感後(ママ)　多奈加健二　57-57
六月号コントを読む　石川景清　57-57
川柳　題「唄・踊」（川上三太郎選）
一等　一日の汗も気儘な唄となり　士江石榴　58-58
二等　童謡の残りを唄ふ若い母　琴木悌朗　58-58
三等　奉公も馴れて漸く好きな唄　桑原悌三　58-58
五客　58-59
秀逸（二十句）　59-59
佳句（三十句）　59-60
前抜（四十二句）　60-61
随筆感想
詩人の貧乏（入選）　蓑田寅彦　62-62
憩ふひとゝき（秀逸）　瀬川わたる　63-63
少年の日　不師井純　63-64
髪　花岡　俊　64-65
本の買へないことは　田村佐一郎　65-65
吾楽室
俚謡正調　題「吉」（小松香水選）
天　鈴のひゞきも朧の宵は引いた御籤も吉と出る　更家紀の子　66-66
地　引いた御籤はどちらも吉さ心強いぞ共稼ぎ　藤井渓花　66-66
人　吉野夜桜物言ふ花も粋な暖簾の影に咲く　高橋泣黒子　66-66
五客　66-66
佳作　66-66
都々逸　題「住」（編輯部選）
天　山吹の花を束ねて米研ぐ筧二人住むにはあまる水　植村栄詩朗　67-67
地　辛棒しますよアパート住居早くおまへと呼ばれたい　上田かほる　67-67
人　二階の窓から小さい煙立てゝ二人の侘び住居　高磯銀濤　67-67
五客　67-67
秀逸　67-67
佳作　67-67
へなぶり　題「区」（編輯部選）
天　区長てふ肩書があり八字髭家代々の紋付を着け　矢薙春太郎　68-68
地　新市域と云ふだけで板橋は大根が出来白菜が

出来 浜野まこと 68-68
人 大臣の名など連らねて選挙区へコケおどしの
推薦状が来る 高堂茶々麿 68-68
五客 68-68
佳作 68-68
選外 68-68
ものは附 題「軽いものは」（編輯部選）
天 軽いものは一年生の鞄 中村綾雨 69-69
地 軽いものは福引の米俵 夏冬春秋 69-69
人 軽いものは賞与袋 谷島正夫 69-69
十秀 69-69
佳作 69-69
飛行道中（妻恋道中の替へ歌） 吉田千里 68-69
呑党聯絡大酒宴声援歌 小原黎風 69-69
談話室
奥田涼雨 武守豊吉 石川景清 多奈加生 小原黎
風 友安鐘一 松本悟空 植草魔琴 日笠山健秋
花岡俊 蓑田寅彦 藤井二郎 萍花 関根布衣子
中浦輝夫 風間磔一 田丸佐一郎 東山生 70-73
第二回互選俳句清記 74-75
第一回互選俳句採点結果 76-76
後記 （秀雄） 表紙3

第一巻第四号 昭和十二年八月号 一日発行

山彦（＊短篇小説） 野田哲夫 2-6
野望（＊短篇小説） 秋山秀夫 6-9
銀貨の倫理（＊コント） 三木喬太郎 10-11
傑作（＊コント） 井東克己 11-12
三度目（＊コント） M・N・D 12-13
泣かうと思ふ（＊コント） 西田真之介 13-14
将棋（＊コント） 西野斗四翁 14-15
血（＊コント） 千寿 栄 15-16
洒落ごつこ（＊コント） 司かず代 16-17
ラブ・レター（＊コント） 山口しげる 17-18
コント選後感 川路 港 13-15
コント入門（三） 川路 港 18-19
歌謡（島田磬也選）
悲しき怒り（入選） 貴更木襄介 20-20
虎にならうが（入選） 氷室岱三 20-20
蛍（秀逸） 島 夢二 20-21
いつはり（秀逸） 嵯峨茂路 21-21
夕顔の花（秀逸） 花岡 俊 21-21
口笛吹いて（秀逸） 大島 茂 21-22
縁にぬれて（秀逸） 山口しげる 22-22
愛のクローバー（秀逸） 須見のぼる 22-22
佳作
葱ぼうず 竹部英郎 22-23
或る夕に 麓 鴻雁 23-23
涙の浮草 小原黎風 23-23
想ひ出 浦西かつら 23-24
情星 ミネ・ヨシヲ 24-24

日本港風景　矢倉　助　24-24
選後感　島田磬也　24-24
短篇小説選評　25-25
詩（神崎剛選）
饉地帯（特選）　花緒加俊　26-26
みなと点描（秀逸）　氷室岱三　26-27
病める小鳥（秀逸）　畠山萍花　27-27
佳作
避暑のひと日　矢倉　助　27-27
ある色彩　池田さとる　27-27
ふるさと　矢薙春太郎　27-27
選外佳作
放浪児　黄金　万　28-28
弁当―妻に寄す―　嵯峨茂路　28-28
白い黄昏　貴吏木襄介　28-28
峡谷　高嶺輝樹　28-28
夜明け　西野斗四翁　29-29
生に喘ぐ　多奈加健二　29-29
処女の青春　小原黎風　29-29
選後に　神崎　剛　29-29
病床にて　水島みどり　30-30
唖の笛　麓　鴻雁　30-30
［無題］　吉田晴夫　30-30
叫び　高野しげる　30-30
頽廃　津田英介　31-31
出帆　夢嶋一葉　31-31
あゆみ　御木本浩一　31-31
夢　林　修美　31-31
小品文（三橋一温選）
一年生（入選）　谷崎浩一　32-32
犬の思想（秀逸）　沢　一夫　32-32
疑心暗鬼（秀逸）　日比野秋月　33-33
真理（秀逸）　蓑田寅彦　33-33
佳作
帰途　田原瑞穂　33-34
病院で　高野しげる　34-34
墓前　八幡貞緒　34-35
選外佳作
表裏　竹部英郎　35-35
洗濯　古志弁郎　35-36
煙管　矢薙春太郎　36-36
小品文選評　三橋一温　36-37
丹羽文雄氏の巻（花形作家伝三）　藤木　繁　38-41
七月号小品文を読んで　石川景清　41-41
冠句礼讃　佐伯真砂美　42-43
冠句　課題「白々と」（久佐太郎選）
一等　白々と降伏の街下に見え　石川景清　44-44
二等　白々と驟雨へ島の奇をあつめ　玉木凛太郎　44-44
三等　白々と牌が触れ合ふ涼夜です　八幡貞緒　44-44
五客　44-44
特選（十句）　45-45
秀逸　45-45

第一佳作　45-46
第二佳作　46-47
川柳　題「宗教一切」（川上三太郎選）
天　教会にうつろな心小さく掛け　藤原甲丙　48-48
地　満願へ巡り合はせたい棄児　梶谷弘美　48-48
人　伝通の眼と嘲笑の眼と出遇ひ　吉田三郎　48-48
五客　48-48
秀逸（十句）　49-49
佳唱（六十五句）　49-51
俳句　題「短夜」（永尾宋斤選）
一等　温泉の廊下明け易くすれ違ひけり　栗山甚吉　52-52
二等　短夜の吾が病室にもどり来し　小谷白樹　52-52
三等　短夜や蔀を上げて町古し　明田川匡子　52-53
准等（八句）　53-53
第一佳作　53-53
第二佳作　53-54
第三佳作　54-56
小品文鑑賞（上）　三橋一温　57-59
香ひ（入選）　中村良平　60-60
電車と心理（秀逸）　蓑田寅彦　61-61
都々逸漫言　矢倉　助　62-62
白昼の幻想　八幡貞緒　62-63
七月の雨　畠山萍花　63-63
吾楽室
俚謡正調　題「森」（小松香水選）
天　泣いて別れた鎮守の森へ月は昨日のまゝに出る　星野喃朗　64-64
地　君は今頃駒形あたり森が恋しい時鳥　森安笑楽　64-64
人　森が見えます嬉しいや伊勢へ願叶ふた初参り　村山金夷　64-64
五客　64-64
佳作　64-64
都々逸　題「天」（編輯部選）
天　罪なお天気降りそで降らず迎ひ傘にも気が引ける　梶谷弘美　65-65
地　天気予報を気にしてばかり翌日にせまつた遠出髷　村田穂波　65-65
人　明日の天気を祈つた寝顔いとし夜中に雨となる　仏性寺晃　65-65
五客　65-65
佳作　65-65
へなぶり　題「神」（編輯部選）
天　神風で翔んだ飯沼二十六俺も二十六泥を這ふかな　竹部英郎　66-66
地　百姓だなと参拝の団体を横眼でじろり神馬眺める　田中美水　66-66
人　神籤仮令凶と出ようが二人もう別れられない仲となつてる　藤原甲丙　66-66
五客　66-66
佳作　66-66
ものは附　題「降るものは」（編輯部選）

天　東京発の汽車　水野源郎　67－67
地　三越の自殺　藤井　真　67－67
人　ストの乗務員　森田夕鴉　67－67
十秀　67－67
佳作　67－67
談話室
畠山萍花　北川太造　多奈加生　掃部磯郎　富田源治　中浦輝夫　藤井二郎　永治善造　広瀬一麦　畑源太郎　瀧本武夫　春野幸子　中御門榊　木沢長太郎　田中定夫　東山生　更科千曲　田丸佐一郎　不二鴻一　堺銀蝶生　壬生新介　平賀きよし　小原黎風　68－72
第三回互選俳句清記　74－75
第三回俳句互選規定　75－75
第二回互選俳句採点結果　76－76
後記　（秀雄）　表紙3

48『新文学』

昭和十四年五月―昭和十六年

創刊号　昭和十四年五月一日発行

新文学運動の提唱―創刊の辞に代へて―　名木皓平　4－7
冬（＊詩）　田中正明　8－9
「失敬」（＊創作）　氏田　洋　10－19
花のやうに（＊創作）　田中正明　20－29
山の土（＊創作）　秀平光宏　30－42
こだま（＊創作）　西川維三郎　43－52
船のない海（長篇第一回）　名木皓平　53－70
同人後記　（名木）（秀平）（田中）（氏田）　71－71

第一巻第二〜八号

欠

第二巻第一号　昭和十五年新年号　一日発行

水蜜桃（＊小説）　高橋康二　5－19
矢ことば（＊詩）　根本克夫　20－21
陋巷記（＊小説）　北沢幹夫　22－31
秋日（＊小説）　井元次夫　32－42
笠置（＊小説）　山口赤彦　43－54

同人雑記
　ガラスの味　大月桓志　55-56
　手紙—大月桓志へ—　福田定吉　56-56
　寒々とする風景　山須江喜郎　56-57
昔陽日記（1）　中根幸三　58-61
船のない海（第三回）　名木皓平　62-70
編輯後記　（名木）　表紙3

第二巻第二号　昭和十五年四月号　一日発行

断面（＊小説）　岡　猛　4-20
白頭巾　（M・I生）　21-21
闇を睨む（＊詩）　平岡俊雄　22-23
からまひ（＊小説）　中根幸三　24-42
同人雑記
　故郷のこと　山口赤彦　43-43
　夢　井元次夫　43-45
　構へ　北沢幹夫　45-45
鷗（＊小説）　高橋康二　46-61
編輯後記　62-62

第二巻第三号　昭和十五年

欠

第二巻第四号　昭和十五年九月号　八月十八日発行

みかんどこ（＊小説）　田木　繁　4-13
夏（＊詩）　小野十三郎　14-15
小さな踊り子（＊小説）　瀬田弥太郎　16-26
七転び（＊小説）　藤田英一　27-42
流れ（＊小説）　北沢幹夫　43-60
南京虫（＊コント）　高橋康二　61-65
昔陽日記抄（二）　中根幸三　66-68
同人雑記
　大阪雑記—北・その外—　蝶々三郎　69-72
　ノート　淵田博胤　72-73
　模倣　井元次夫　73-74
　韜晦の弁　山須江喜郎　74-75
　ずぼんを敷く　中根幸三　75-76
　芽生え　虎岩良雄　76-77
　東萩町だより　雨宮　毅　77-77
風景（＊小説）　岡　猛　78-111
新文学後記　岡　猛　112-112

第二巻第五号　昭和十五年十一月号　十月十日発行

浜の一日（＊小説）　田木　繁　4-15
跡取り娘（＊小説）　藤田英一　16-23
北西の葦原（＊詩）　小野十三郎　24-25

黄いろい日（＊小説）　井元次夫　26-33
空閑地（＊小説）　岡　猛　34-36
陸病だより（＊小品）　角　浩一　36-37
けさの秋（＊小説）　中根幸三　38-63
新文学後記　岡　猛　64-64

第三巻第一号　昭和十五年十二月二十日発行（新年号）

月見（＊小説）　井元次夫　4-12
自転車（＊小説）　岡　猛　13-17
雷（＊詩）　平岡俊雄　18-19
すがた（＊小説）　高橋康二　20-26
鯉の絵（＊小説）　角　浩一　27-34
莨（＊小説）　三谷秀治　35-41
火見櫓―「小林町」その二―　田木　繁　42-45
競馬（＊小説）　藤田英一　46-67
新文学後記　平岡俊雄　68-68

第三巻第二～三号

欠

第三巻第四号　昭和十六年四月号　一日発行

同人雑誌の記（＊創作）　岡　猛　4-23
ある友の手紙（＊創作）　名木皓平　24-31
川瀬（＊詩）　平岡俊雄　32-33
凪（＊創作）　三谷秀治　34-41
祖母の死其他（＊創作）　田木　繁　42-59
系譜的作品に対する一テーゼ―忽卒なる覚え書―　水沢静夫　60-61
日本青年文学者会に就いて　岡　猛　62-62
肖た女（＊小品）　中村代三　63-65
娘子関（＊創作）　中根幸三　66-106
同人雑誌
　とことんまで　高橋康二　107-107
　二つの作品　角　浩一　107-108
　いぢわるのこと　井元次夫　108-109
新文学後記　（高橋）（中根）　110-110

49『裸像』

昭和十五年七月—昭和十六年一月（全三冊）

創刊号　昭和十五年七月三十日発行

交錯（＊小説）　橋本俊郎　3–13
雨の降る日（＊小説）　園村喜代司　14–21
懐郷歌（＊詩）　誉田康夫　23–26
半鐘　レオニード・アンドレーエフ　蘆棲不文訳　27–35
芍薬（＊俳句）　石浜若草　37–38
詩二篇（＊初夏・思ひ出）　唯　波夫　39–40
夫（＊小説）　唯　波夫　41–47
山陰行（＊小説）　有田圭二　48–60
裸像同人　61–61
編輯後記　唯波夫　有田圭二　62–62

第一巻第二号　昭和十五年十一月十五日発行

愛への一つの理解　大手勘次　2–4
宿命（＊小説）　唯　波夫　5–11
落葉（＊俳句）　石浜若草　12–13
海辺にて—K君のために—（＊詩）　折原草太郎　14–15
印象（＊小説）　有田圭二　16–23
秋の歌（＊詩）　誉田康夫　24–25
沈黙（＊詩）　ヘルデルリン　久木留三　26–32
灯籠流し（＊小説）　橋本俊郎　33–42
影（＊小説）　園村喜代司　43–47
緑色（＊小説）　有田圭二　48–56
同人欄
文学精神について　ＫＯ生　57–57
〔無題〕　（有田）　57–57
意義　園村喜代司　57–58
秋風　槇　郁夫　58–58
竹生島　須田育治郎　58–59
〔無題〕　蘆棲不文　59–59
抒情する精神　誉田康夫　59–59
編輯後記　橋本俊郎　60–60

第二巻第一号　昭和十六年一月三十日発行

街路樹（＊小説）　有田圭二　4–14
ある人に捧ぐる歌（＊詩）　須田育治郎　15–19
酸漿日誌　沖路啾吉　20–37
冬の風景（＊詩）　誉田康夫　38–39
「遁走」（＊詩）　折原草太郎　40–49
枯木のある風景　骨壺　あの径　凶夢
日のない弁（アフオリズム）　沖路啾吉　50–52
健康な秋の朝　ある教育　青木健三　53–54
愛への一つの理解（其二）　大手勘次　55–58
編輯後記　橋本俊郎　59–59

50『関西文学』

昭和十五年十一月―昭和十七年一月

第一巻第一号　昭和十五年十一月一日発行

我誌の態度　三田　昶　5-5
彦太の夏（＊創作）　谷　文雄　6-16
世塵記（＊創作）　丘　洋一　17-23
或る女（＊創作）　辻葉瑠恵　24-29
お母さん（＊創作）　三島茂夫　30-38
蒼海に描く（＊俳句）　牧かほる　39-39
詩
孤独　子供　最上　妥　40-41
生活の糧　田中文雄　42-43
夏の夜の女　水野誠三　44-45
駅頭　波多村健　46-46
風景　相沢良樹　47-47
戦ひぬくことが　堀川俊雄　50-51
熱情　梁天昊作　相沢良樹訳　50-51
晩春（＊創作）　谿　俊吉　52-59
知らざりしなば（＊創作）　北条　光　60-63
夕月抄（＊創作）　三田　昶　64-83
女二人（＊戯曲）　赤沢稿二郎　84-91
同人雑記
寝ごと　三田　昶　92-92
途出　辻葉瑠恵　92-93
私の道　最上　妥　93-93
再会　波多村健　93-94
生き方　谷　文雄　94-94
不平　丘　洋一　94-95
或る日　宵田幹吉　95-95
建築の落書　長尾藤馬　95-96
私の使命　赤沢稿二郎　96-96
真摯なる探求　北条　光　96-96
鞭うたる痩馬　面屋　葵　96-97
縁の下より　村上　亨　97-97
「関西文学」と私　谿　俊吉　97-97
大阪の生んだ文壇人　三田　昶　98-101
昆虫記　谷　文雄　102-104
後記　（谷生）　表紙3

第一巻第二号　昭和十五年十二月一日発行

欠

第二巻第一号　昭和十六年一月発行

欠

第二巻第二号　昭和十六年三月号　十日発行

関西文学同人　4-4

文学の神様〈巻頭言〉　5－5
虹（＊創作）　関日出雄　6－43
彼岸（＊創作）　堀江末男　44－57
雪の便り―雪知らぬ琉球の少女へ―（＊詩）　秋山　楷　58－59
十一月（＊詩）　御崎光一　60－60
静寂（＊詩）　数見啼次郎　61－61
朔風に歌ふ（＊詩）　黒崎福鳳　62－63
関取の想出　東城弘児　64－65
高学稚心（一）　落人屋茅渟郎　66－71
新体制と国民生活　中本弥三郎　72－74
小盗人（＊創作）　大塚雅彦　75－79
養鯉父（＊創作）　秋山　楷　80－87
新年号作品評　中本弥三郎　88－89
事変以後（＊創作）　若王寺凡　90－100
同人雑記
藹青独語　出村幸福　101－103
より良き文学の為に（中本氏に贈る）　若王寺凡　103－104
感激するまゝに　堀江末男　104－105
空想　福森乾夫　105－105
言葉なるもの　猪田義春　105－106
悦び！　有馬　潤　106－106
御指導を仰ぐ　松本操子　106－107
首途に際して　美頭瀧夫　107－107
一隅より　土屋達夫　107－108
過去　高木喜久夫　108－108
鉄心　十川泰行　109－109
関西文学の旗の下に　皆村青史　109－109
太初にコトバありき　播磨国人　109－110
私見　羽出楚平　110－110
文学的出発　野口善敏　110－110
後記　関日出雄　表紙3

第二巻第三号　昭和十六年五月号　一日発行

文学の地方性に就て　尾関岩二　8－10
その童たち（＊創作）　稲垣忠愛　11－17
針供養（＊創作）　一色　健　18－21
五人の渡辺均　渡辺　均　22－26
春浅く（＊短歌）　三輪まさを　27－27
赤い蟇口（＊創作）　松本操子　28－39
映画短評
未婚手帖　出村幸福　41－41
戸田家の兄弟　富士山麓の島　小林一茶　一色　健　41－41
馬　秋山　楷　41－42
故郷　関日出雄　42－43
青春（東和商事映画）　42－43
高学稚心（二）　落人屋茅渟郎　44－47
万年筆と少年（＊創作）　皆村青史　48－52
主観と客観の問題　筒井種吉　53－67
三代の詩（＊詩）　秋山　楷　58－59
人類（＊詩）　黒崎福鳳　60－61

骨（断章）（＊詩）　堀江末男　62-63
転落（＊詩）　数見喬郎　64-65
昆虫記　谷　文雄　68-70
難産　若王寺凡　71-73
会社春秋
　大阪瓦斯株式会社　出村幸福　74-75
海軍渡洋爆撃隊（事実物語）　三田　祀　76-86
同人雑記
　同人となりて　片山正史　83-84
　私と関西文学の人々　野口善敏　84-86
　輝しき前途　広田　治　86-86
鶺鴒（＊俳句）　関日出雄　87-87
連記入門（＊創作）　出村幸福　88-102
関西文学同人　97-97
編輯後記　播磨国人　103-103

第二巻第四号　昭和十六年七月号　五日発行

山西の青年（＊創作）　大塚雅彦　8-26
ふるさと（＊短歌）　三輪まさを　27-27
嵐の夜（＊創作）　堀江末男　28-31
画と文　筒井種吉　32-33
浪漫的空想　田川　弘　34-35
くさみ　田那村郁太郎　35-36
周利槃特戯書　南谷　宏　36-37
夜　今田孝一郎　37-38
愚人　平井敬美　38-39
龍馬の恋　中島信興　40-41
点描　数見喬郎　41-41
慰安会（＊創作）　麦村　順　42-49
映画欄
　「映画襍記」　城木　晋　50-52
主観と客観の問題（下）　筒井種吉　54-67
病（＊詩）　仁衛砂久子　58-59
おのころ島（＊詩）　黒崎福鳳　60-61
戦ひの後に（＊詩）　吉村京之介　62-63
悠久！（＊詩）　邦崎政治　64-65
無情の響（＊創作）　十川泰行　68-74
瓔珞園記　野口善敏　76-85
同人雑誌評　南谷宏　大塚雅彦　86-87
交友録（＊創作）　一色　健　88-97
関西文学同人　98-98
編輯後記　（谷生）　99-99

第二巻第五号　昭和十六年九月号　十日発行

巻頭の辞　12-13
附紐の頃（＊創作）　一色　健　14-20
聖処女（＊創作）　野口善敏　21-27
扇（＊創作）　田川　弘　28-34
南紀の旅（＊短歌）　三輪まさを　35-35
稲に送らる（＊詩）　堀江末男　36-37

森ゆけば（＊詩）	数見藤城	38-39
或る男の死（＊詩）	邦崎政治	40-41
葉書	波士慎弥	42-43
八王子まで	真岡彩一郎	44-45
映画襍記	城木　晋	46-47
林房雄氏の「謹皇文学論序論」批判	筒井種吉	48-55
津村秀夫論	城木　晋	56-61
涼しい話	一色　健	62-63
同人雑誌作品評　「私」への帰趨	南谷　宏	64-67
高学稚心（三）	落人屋茅渟郎	68-71
画と文	筒井種吉	72-72
残さぬ足跡（＊創作）	南谷　宏	73-79
樹蔭（＊創作）	大塚雅彦	80-89
驢馬幼稚園（＊創作）	浜田可昌	90-95
泉瀧之介（＊創作）	谷　文雄	96-102
編輯後記	南谷　宏	103-103

第二巻第六～八号　昭和十六年十～十二月発行

欠

第三巻第一号　昭和十七年一月一日発行　新年号

巻頭言		16-17
帯刀（＊創作）	三谷尚子	18-23
入営初期（＊創作）	麦村　順	24-27
少年（＊創作）	浜田可昌	28-35
卒伍抄（＊俳句）	志賀白鷹	37-37
南海の防衛（＊詩）	数見浩樹	38-39
天の川（＊詩）	仁衛砂久子	40-41
富士三題（＊詩）	堀江末男	42-42
絶対と相対の問題序論	筒井種吉	44-55
高学稚心（四）	落人屋茅渟郎	56-59
映画襍記	城木　晋	60-61
吉野の秋（＊画と文）	志賀白鷹	64-64
霧（＊詩）	筒井　満	65-65
颱風奏（＊詩）	邦崎政治	66-69
アイヌと熊（絵と文）	筒井種吉	70-70
寂冬抄（＊短歌）	三輪まさを	71-71
俳人放哉（一）	志賀白鷹	72-76
旅絵師（＊創作）	田川　弘	78-83
津村秀夫論—承前—	城木　晋	84-85
戦死せる友の遺詠	平井敬美	88-93
通勤	邦崎政治	88-93
関西文学後援会々員募集		94-94
半日田（＊創作）	柴本　皎	95-99
編輯後記	三田　袒	100-100

51『文学人』

昭和十六年四月―六月（全二冊）

第一輯　昭和十六年四月十五日発行

嘔吐横町―大阪名所風景・天六界隈―（＊小説）　磯田要　2-10
愚行（＊小説）　小野実　11-15
習性（＊小説）　坂本和義　16-23
間隙（＊小説）　小夜光三　24-28
蕃姉（＊小説）　樋口敏雄　29-36
譲店―一幕―（＊戯曲）　森野嘉津樹　37-41
新人作品短評　（O・S・T）　42-43
あとがき　森野　樋口　小夜　坂本　磯田　小野　44-44

第二輯　昭和十六年六月十八日発行
小説特輯　大阪文化に就いて

僻偶徘徊（＊小説）　磯田要　4-22
双生児誕生（＊小説）　小野実　23-30
振舞酒（＊小説）　磯田敏夫　31-36
文学座の「ファニー」をみる　磯田要　36-36
葡萄の家（＊小説）　樋口武士　37-48
愚かなる慈善（＊小説）　坂本和義　49-65
文学座公演を観て　小夜光三　65-65
凝視（＊ショート・ストリー）　森野嘉津樹　66-67
大阪の文化に就いて
　大阪市展を観て　仁岸釧路　68-68
　現代文化の歪曲性　樋口武士　68-69
　幸福　磯田敏夫　69-69
趣意書　大阪青年文学者会　70-70
同人あとがき
　小夜　森野　坂本　磯田敏夫　小野　磯田要　71-72

52『大阪文学』

昭和十六年十二月—昭和十八年十一月（全二十三冊）

第一巻第一号 昭和十六年十二月一日発行

〔巻頭言〕 1-1
正月嫖（*小説） 中谷栄一 4-17
月に二回の日曜日（*詩） 葛野好弘 18-19
南方 田木 繁 20-50
大阪文学覚え書 （田島） 51-51
帰途（*詩） 杉山平一 52-53
天邪鬼（*小説） 瀬川健一郎 54-77
完全な日常について（*詩） 小野十三郎 78-79
白い歯並—南支×君に—（*詩） 後藤敏夫 80-82
アケロンのほとり（*小説） 名木皓平 83-107
動物集（*小説） 織田作之助 108-117
編輯後記 織田作之助 118-118

第二巻第一号 昭和十七年一月号 一日発行

勤皇文学の範疇 白川 渥 2-4
繰言（*小説） 白崎礼三 5-13
鳥影（*詩） 小野十三郎 14-15
弟子（*詩） 島津愛子 16-27
鋳（*詩） 吉田欣一 28-29
秋深き（*小説） 織田作之助 30-47
質屋（*詩） 市川俊彦 48-50
三人家族（*小説） 南谷 宏 51-62
レール（*詩） 杉山平一 63-63
正月嫖—長篇第二回— 中谷栄一 64-93
創刊号作品評 古木雄呂志 94-95
編輯後記 （田島） 96-96

第二巻第二号 昭和十七年二月号 一日発行

昭和十六年十二月九日に詠める（*詩） 市川俊彦 2-3
送別（*詩） 杉山平一 4-5
雲雀（*詩） 白崎礼三 6-9
風景（*詩） 小野十三郎 10-11
娘（*小説） 吉井栄治 12-28
蝨（*小説） 中村嘉一 29-33
裸山をめぐりて（*小説） 安達美知夫 34-55
正月嫖—長篇第三回— 中谷栄一 56-88
抱負の文学 名木皓平 89-94
一月号作品評 古木雄呂志 95-96
編輯後記 織田作之助 96-96

第二巻第三号 昭和十七年三月号 一日発行

敵（*小説） 青山光二 2-18

出産と死（＊小説）　田木　繁　19–44
小説（＊小説）　磯田敏夫　45–71、96
大正橋にて（＊詩）　市川俊彦　72–73
いのり（＊詩）　後藤敏夫　74–77
遅日（＊小説）　八幡理一　78–94
あいつ　白川　渥　95–95
編輯後記　（田島）　96–96

第二巻第四号　昭和十七年四月号　一日発行

匹如身（＊小説）　南谷　宏　2–19
富士山（＊詩）　星　杭　写真機　吉田欣一　20–23
冬の家（＊小説）　豊能茂子　24–33
花の蔭（＊小説）　樋口武士　36–48
風景（＊詩）　小野十三郎　49–50
おふくの家出（＊小説）　森玉美雄　51–79
遅日（＊小説）　八幡理一　80–94
若い人たちに―藤沢桓夫氏への手紙―　長沖　一　95–95
編輯後記　（田島）　96–96

第二巻第五号　昭和十七年五月号　一日発行

西鶴新論（一）　織田作之助　2–20
風景（＊小説）　三谷秀治　21–31
大和国原（＊詩）　小野十三郎　32–33
春の朝（＊詩）　吉田欣一　34–35
祖母（＊小説）　桃李園子　36–40
遅日（＊小説）　八幡理一　41–63
大阪文学旧号目次　63–63
行路石（＊小説）　雨宮　毅　64–78
狐（＊小説）　吉井栄治　79–87
「おのづから」の世界　白井　渥　88–89
今村太平の「満州印象記」のことなど　杉山平一　89–90
一言　田木　繁　90–90
編輯後記　織田作之助　92–92

第二巻第六号　昭和十七年六月号　一日発行

孤独　白崎礼三　2–4
小説家の思想について　小寺正三　5–13
風俗（＊詩）　安西冬衛　14–15
挽歌（＊詩）　高橋鏡太郎　16–18
村会議員（＊詩）　平吹屋清三　19–19
厨（＊詩）　市川俊彦　20–21
重工業抄（＊詩）　小野十三郎　22–24
犠鶏（＊小説）　吉岡芳兼　25–30
南十字星は招く（＊小説）　磯田敏夫　31–55
夜道（＊小説）　豊能茂子　56–65
日夜　白川　渥　66–67
日本出版文化協会推薦図書　68–68

第二巻第七号　昭和十七年七月号　一日発行

空照上人記―波無村昔話―（＊小説）　鮫島麟太郎　2-18
無題（＊詩）　市川俊彦　19-19
ひよこ（＊詩）　歴史　吉田欣一　20-21
老いたる百姓（＊詩）　田上湧蔵　22-25
孤独（2）　白崎礼三　26-27
暮春の美学　安西冬衛　28-29
うるほひ　小野十三郎　30-30
南十字星は招く続（＊小説）　磯田敏夫　31-52
歌垣（＊小説）　亘　千枝　53-70
覚書　杉山平一　71-75
冬枯れ（＊小説）　瀬川健一郎　76-95
編輯後記　織田作之助　96-96

第二巻第八号　昭和十七年八月特別号　一日発行

勧善懲悪（＊小説）　織田作之助　2-13
湖南戦線（＊小説）　中谷栄一　14-39
雨中東海道（＊詩）　竹中　郁　40-41
国際道路（＊詩）　梶原享一　42-61
住居（＊詩）　小野十三郎　62-63
墓参（＊詩）　市川俊彦　64-65
借家廻り（＊小説）　中根幸三　66-81
アカシヤ日記（＊詩）　山本信雄　82-83
地狂言（＊小説）　森玉美雄　84-116
雑記　田木　繁　117-117
主に創作の態度に就て―六・七月号作品評―　田中良昭　118-119
編輯後記　杉山平一　120-120

第二巻第九号　昭和十七年九月号　一日発行

勧善懲悪（承前）　織田作之助　2-25
海辺（＊詩）　小野十三郎　26-27
カクレン坊（＊詩）　葛野好弘　28-31
康徳九年（＊小説）　中村嘉一　32-36
毛虫・芥川（＊小説）　石塚茂子　37-40
風鈴（＊詩）　杉山平一　41-41
写真に与ふる（＊詩）　小島禄琅　42-45
覚書（二）　杉山平一　46-50
「西鶴新論」に就て　白崎礼三　51-53
湖南戦線（第二回）　中谷栄一　54-75
雷の記（一）　織田作之助　76-79
編輯後記　（織田）　80-80

第二巻第十号　昭和十七年十月号　一日発行

湖南戦線（第三回）　中谷栄一　2-21
落葉（＊詩）　市川俊彦　22-23
六甲の雪（＊小説）　亘　千枝　24-31

玉葱（＊詩）　古荘雄平　32－33
露路（＊詩）　平吹屋清三　34－35
ある夕餉（＊小説）　石塚茂子　36－50
あと五年しかもたん男（＊小説）　磯田敏夫　51－72
雷の記㈡―田木繁へ―　織田作之助　73－75
飛行機（＊詩）　石橋孫一郎　76－77
昔日抄（＊詩）　山本信雄　78－79
小野さんの詩に触れて　吉田欣一　80－81
感想　田木　繁　82－83
編輯後記　織田作之助　84－84

第二巻第十一号　昭和十七年十一月号　一日発行

濤間の島（＊小説）　青山光二　2－16
脱皮（＊詩）　吉田欣一　17－17
新夢物語（＊詩）　吉田欣一　18－19
鉱石標本（＊詩）　小野十三郎　20－21
注意胼胝（＊小説）　大友礼太　22－42
悪趣味（＊小説）　吉井栄治　43－54
湖南戦線（第四回）　中谷栄一　55－72
「漂流」について（＊書評）　吉井栄治　73－73
仲秋明月（＊詩）　小島禄琅　74－77
ある和尚との対話（＊詩）　中川　章　78－79
上方藝風記（一）　瀬川健一郎　80－87
編輯後記　（田木繁）　88－88

第二巻第十二号　昭和十七年十二月号　一日発行

大東亜戦争一周年（＊詩）　杉山平一　1－1
すてたこばつてん記（＊小説）　島津愛子　2－15
冬（＊詩）　山本信雄　16－17
港にて（＊詩）　後藤敏夫　18－19
陰影（＊小説）　杉山平一　20－26
車の下（＊詩）　田中正文　27－27
子（＊詩）　石橋孫一郎　28－30
対談　安西冬衛　竹中郁　31－39
哀歌（＊詩）　高橋鏡太郎　40－41
物質の原（＊詩）　小野十三郎　42－42
はがき回答（一、本年度の諸雑誌（大阪文学も含む）に掲載されたる作品、または刊行されたる単行本のうち、最も感銘に残つたもの。二、その理由。）
市川俊彦　石塚茂子　磯田敏夫　小野十三郎　織田作之助　吉井栄治　吉村英夫　田木繁　片原康　八幡理一　安達美知夫　青山光二　笹井尋　三谷秀治　南谷宏　白川渥　瀬川健一郎　杉山平一　43－45
一周忌に祖母へ（＊詩）　市川俊彦　46－48
感情（＊小説）　三谷秀治　49－63
湖南戦線（第五回）　中谷栄一　64－87
編輯後記　杉山平一　88－88

第三巻第一号　昭和十八年一月号

欠

第三巻第二号　昭和十八年二月号　未確認

働き者（＊小説）　石塚茂子
虹（＊小説）　小寺正三
メコンホテルにて（＊小説）　中根幸三
湖南戦線（最終回）　中谷栄一
母（＊詩）　大上敬義
親父（＊詩）　小島禄琅
母（＊詩）　吉村英夫
藤沢桓夫論　織田作之助
上方藝風記㈡　瀬川健一郎

第三巻第三～四号　昭和十八年三～四月号

欠

第三巻第五号　昭和十八年五月号　一日発行

子供来たる（＊小説）　田木　繁　2-27
奈良の雪によせて若きをみなの歌へる（＊詩）　竹中　郁　28-32
駅前広場（＊詩）　杉山平一　33-33
きさらぎの夜空に禱る（＊詩）　安西冬衛　34-36
星（＊詩）　山本信雄　37-37
雪（＊詩）　大上敬義　38-39
窓（＊詩）　石橋孫一郎　40-41
霜の朝（＊詩）　桃李園子　42-43
冬の太陽（＊詩）　温田　穰　44-44
大阪駅（＊詩）　赤木信実　45-46
春の日（＊詩）　上井正三　46-47
孔雀―ビルマ独立のとき―（＊詩）　後藤敏夫　48-51
葦のなかの小さな水たまり　小野十三郎　52-53

第三巻第六号　昭和十八年六月号　一日発行

砧（遺稿）　亘　千枝　2-27
保姆（＊詩）　大上敬義　27-27
小野十三郎―その「風景詩抄」（大阪出身作家研究㈡）　杉山平一　28-35
箱根山中―小さな旅より―（＊詩）　山本信雄　36-36
杖（＊小説）　青山光二　37-53
編輯後記　（作之助）　54-54

第三巻第七号　昭和十八年七月号　一日発行

家（＊小説）　石塚茂子　2-12
五月五日（＊詩）　古荘雄平　13-13
新椿海（＊詩）　小野十三郎　14-15
建設譜（＊詩）　石橋孫一郎　16-17

黄昏の阪急百貨店食堂にて（＊詩）　市川俊彦　18–19
織田作之助について（大阪出身作家研究三）　杉山平一
晩秋（遺稿）　白崎礼三　20–27
　森玉美雄　28–47
編輯後記　小野十三郎　48–48

第三巻第八号　昭和十八年八月号　一日発行

志賀小品（＊小説）　安西冬衛　2–3
雲のゆきき（＊小説）　竹中　郁　4–10
木爪の花（＊小説）　島津愛子　10–15
合唱（＊小説）　青山光二　15–21
人形の家（遺稿）　森玉美雄　22–25
巡航船（＊小説）　杉山平一　26–30
故里にて（＊詩）　市川俊彦　31–31
礦水の噴く村（＊詩）　山本信雄　32–33
弟の歌（＊詩）　吉村英夫　34–35
海なり（＊詩）　桃李園子　36–38
一筋の小川に（＊詩）　後藤敏夫　39–39
陰（＊詩）　中川　章　40–41
青年（＊詩）　石橋孫一郎　42–43
杉山平一について（大阪出身作家研究四）　織田作之助　44–47
編輯後記　織田作之助　48–48

第三巻第九号　昭和十八年九月号　一日発行

夜の雲三篇（＊詩）　小野十三郎　2–3
一人の労働者（＊詩）　杉山平一　4–5
懐旧（＊詩）　市川俊彦　6–7
忘るまじアッツの島を（＊詩）　亀山　勝　8–10
補充兵記（＊小説）　山路徹夫　11–29
てすり（＊小説）　浅野照三郎　30–43
川端康成について（大阪出身作家研究五）　石塚茂子　44–48
編輯後記　杉山平一　48–48

第三巻第十号　昭和十八年十月号　一日発行

武家義理物語（＊小説）　織田作之助　2–20
梅のたより（遺稿）　亘　千枝　21–32
浜（はま）（＊小説）　田木　繁　33–40
参宮線にて（＊詩）　安西冬衛　41–44
かなぶん（＊詩）　竹中　郁　45–46
植木棚（＊詩）　小野十三郎　47–48
竹中郁につき　杉山平一　49–56
生活のゆたかさに就いて　真下五一　57–59
私信往復
　織田作之助様へ　吉岡芳兼　60–61
吉岡芳兼様へ　織田作之助　61–63

53『大阪文化』

昭和十八年六月—昭和十九年八月

第一巻第一号　昭和十八年七月号　六月二十日発行

巻頭言「大阪文化」発刊　1-1
音楽と詞訳—ハイドンの四季上演に因んで　風巻景次郎　2-5
ハイドンの聖譚曲　辻　荘一　5-6
西洋式作曲家に頼む　津村幸平　7-8
皇政復古と大阪　岸本準二　8-9
「大阪文化」の誌友を募る　9-9
新劇の観方　寿岳文章　10-11
南方諸邦の風物誌—馬来、泰、ジャワ、比律賓、香港—
　マレーの女　大石隆夫　12-14
　ミス・タイの想ひ出　羅津三郎　14-15
　朝に求婚する女—ジヤワの混血児—〈花都バンドン〉　十河　巌　16-18
　フイリツピンの女　西田市一　18-20
　香港の女　太田治雄　21-22
大東亜戦争と新作能　北岸佑吉　23-25
白い花の咲く夜（＊詩）　山本信雄　26-27
舌の武装　下田吉人　28-29
軒の雨　宮城道雄　30-31
霧中着陸　32-32
編輯後記　32-32

第一巻第二号　昭和十八年八月号　七月二十五日発行

戦争・礼儀　1-1
勤労文化と厚生　後藤林八　2-5
産業戦士の勤労生活と俳句　山口青邨　6-10
蝙蝠　林　重義　11-11
糧の音楽　大沢寿人　12-15
関西洋舞家月旦　（ハナヤ生）　15-17
瀑布（＊詩）　杉山平一　16-17
贅沢と戦争—アメリカ人の耐乏性—〈文学の窓から観る〉　志賀　勝　18-22
北京採集　井上覚造　23-25
お元気屋のテイムパニー　小森宗太郎　26-27
帽子（＊短篇小説）　織田作之助　28-32
朝顔の紺（＊俳句）　橋本多佳子　31-31

第一巻第三号　昭和十八年九月号　八月二十五日発行

新作能と大衆化　金剛　巌　2-5
藝力の神秘（＊能談）　生島遼一　6-9
西の風（＊詩）　田木　繁　10-11
日響の指揮　山田和男　12-14
元禄袖の美しさ　中村貞以　15-15

随想一片　釈　瓢斎　16-19
時々観る大阪　鍋井克之　20-22
風呂と水浴　雁　三五　22-24
錬成の裏おもて―片岡直方氏に聞く―〈京阪神綺紳訪問記1〉　S記者　25-26
舞姿（＊創作）　白川　渥　27-31
窓をひらいた―大阪放響の控室―（弥太郎生）　32-32

第一巻第四号　昭和十八年十月号　九月二十五日発行

「大阪」考―古今説話集1―　1-2
十月にさゝげる―朝日会館の催―　2-2
新劇の問題　木村素衛　3-7
「田園」について―俳優諸君へ―　真船　豊　8-10
文学座の印象　中西穀夫　11-12
日本の音楽　小森宗太郎　13-15
富岳炎上（＊詩）　藤木九三　16-17
あの頃この頃―楽園・女流三人集―
幼き日を想ふ　藤田文子　18-19
懸案の口頭試問　石井　京　20-20
ある日の私　千葉静子　21-21
短歌集団朗誦についての言葉　内藤　濯　22-24
園藝と陣頭指揮（京阪神綺紳訪問記…S記者…）　佐藤博夫　25-26
大磯の藤村翁　紅　青磁　27-28
老町内会長　大江素天　29-32

第一巻第五号　昭和十八年十一月号　十月二十五日発行

「仁政の鐘」―大阪古今説話集2―　1-2
十一月にささげる―朝日会館の催―　2-2
日本民族の音楽運動　諸井三郎　3-4
東響の新陣営　桂　近平　5-7
戦争画の親展開　春山武松　8-10
農村の文化運動（＊報告）　池田昌夫　11-14
決戦下（＊俳句）　岡本圭岳　14-14
舞台と画帖―〝秋の五流能〟―　北岸佑吉　15-17
秋、虫、鳥、魚　河合卯之助　18-21
長い髪　内田　巌　24-25
脚絆を巻いた法王さま〈京阪神綺紳訪問記…H記者…〉　大谷光照師　26-28
歩く稽古（＊短篇小説）　若杉　慧　29-32

第一巻第六号　昭和十八年十二月号　十一月二十日発行

感化院の濫觴―大阪古今説話集3―　1-2
十二月歳末厚生週間のための朝日会館の催　2-2
従軍画家の精神―時代の動きと作画態度―　竹田道太郎　3-5
土から生れた浪曲　村田吉邦　5-6
天狗久を訪ねて　鳥海一郎　7-10
童魂　鈴木藤太郎　11-13
冬三たび―大詔を奉戴して―（＊詩）　津村信夫　14-15

朝日会館の活動　14-15
決戦の歳末　岡野清豪　16-18
戦争と自転車　雁　三五　19-21
防空千眼観音　佐伯清十郎　22-23
素人劇の演り方　戌井市郎　24-26
冬の京都　大塚五朗　27-29
鞠歌　石塚茂子　30-32
霜柱―大東亜戦争第三年を迎ふ―（＊俳句六句）　沢井我来　31-31

第二巻第一号　昭和十九年一月号　昭和十八年十二月二十五日発行

浪花の橋―大阪古今説話集4―　1-2
一月にささげる朝日会館の催　2-3
謹賀新年　大阪文化編輯部　2-2
日本音楽の創生　尾高尚忠　3-4
音楽と異常児童　遠藤汪吉　5-7
剣（＊詩）　大木惇夫　8-11
大国隆正―維新前後における大阪の国学者―　魚澄惣五郎　12-14
決戦の衣食住生活（＊実行を勧める）
　衣生活　田中　薫　15-19
　食生活　茶珍俊夫　19-21
　住生活　竹中　郁　21-25
南飛に翔る（＊随筆）　飯島幡司　26-29
夢想と航空機の発送　橋口義男　30-35
このごろの生活　山口誓子　36-39
藝術家の決戦身構　39-39
上海の藝能見聞記　辻　久一　40-41
京阪神綺紳訪問記……N記者
　日本精神の探究　N・H・Nモディ氏　42-44
素人劇の演り方その二　戌井市郎　45-47

第二巻第二号　昭和十九年二月号　一月二十五日発行

契沖の梅―大阪古今談（ママ）話集5―　1-2
工場音楽指導の実際　新宅　孝　3-4
現時局と新劇の指導性　岩田豊雄　5-7
大阪と芭蕉　野田別天楼　8-11
霧中着陸　11-11
日本精神の〝肚〟を説く―和洋太鼓問答（＊対談）　小森宗太郎・森利夫　12-15
速力（＊詩）　安西冬衛　16-17
上海の藝能見聞記その二　辻　久一　18-20
若き女性の勤労観と結婚観（女子勤労報国隊員・大学女子聴講生）
　十日間の勤労日記　林　栄子　21-23
　出陣学徒と適齢女性の文科進出　林百合子　23-26
浅野機還らず　三田　康　27-29
寒灯下（＊俳句五首）　松　丘子　29-29
どこまで進歩する航空機　三木鉄夫　30-32

チユウ〳〵チユウ〳〵　岩井雄二郎　33-36
工場の人　杉山平一　37-40
魚と戦争　松井佳一　41-44
姉（＊短篇）　池田小菊　45-47

第二巻第三号　昭和十九年三月号　二月二十五日発行

造幣局と泉布観―大阪古今説話集6―　1-2
戦争画における日本画と油彩画　中井宗太郎　3-5
第2回大東亜戦争美術展合評　小林太市郎・田中薫・竹中郁・十河巌　6-12
欧米音楽を踏み越えて日本の音楽をつくれ　兼常清佐　13-16
海洋文学の環境　内橋　潔　17-18
コーニング界隈―ジヤワを想ふ―　三橋晃勢　19-21
営庭（＊短歌四首）　栗林冬園　21-21
敷田年治（＊幕末維新大阪の国学者）　魚澄惣五郎　22-24
東京のアクセント大阪のアクセント　和田　実　25-28
ダイヤ族の豊作祭（＊南ボルネオマハカム河上流）　小久保善吉　29-31
東西藝術精神の相異点　和洋太鼓問答―其の二―（＊対談）　小森宗太郎・森利夫　32-36
浅春（＊俳句）　本田一杉　36-36
海の性格は単純じやない（＊科学随筆）　松平康男　37-39
炉辺　弾雨（＊詩）　八十島元　39-39
植物園の春は近し（＊俳諧随筆）　長谷川素逝　40-42
季節なき花園（＊翻訳小説）　マツクス・ダウテンダイ作・加藤一郎訳　43-47

第二巻第四号　昭和十九年四月号　三月二十五日発行

数字から見た錦城―大阪古今説話集7―　1-2
東印度の音楽文化　田辺尚雄　1-2
朝日会館四月の催　2-2
東印度の音楽文化　田辺尚雄　3-8
南方文化工作としての音楽　桝源次郎　8-15
壮行賦（＊短歌五首）　光田作治　15-15
東亜共栄圏と映画　津村秀夫　16-18
中華映画（＊上海藝能記）　辻　久一　19-23
太鼓の打出し　和洋太鼓問答―其の三―（＊対談）　小森宗太郎・森利夫　24-25
出発（＊詩）　喜志邦三　26-27
上海楽信　朝比奈隆　28-31
疎開生活　永瀬義郎　32-34
厳しき風　鈴江幸太郎　35-37
隣組の熱情　伊達俊光　38-40
決戦服飾　雁　三五　40-42
「守敏」断簡（＊短篇小説）　河本敦夫　43-47

第二巻第五号　昭和十九年五月号

欠

劣性アメリカを衝く1　アドリアン・ド・メーユス　42-47

第二巻第六号　昭和十九年六月号

欠

第二巻第七号　昭和十九年七月号

欠

第二巻第八号　昭和十九年八月号　七月二十五日発行

千日前の裏表―大阪古今説話集11―　1-2
南瓜（＊短札）　杉森愛二　2-2
決戦下の勤労と慰楽　藤林敬三　3-8
慰楽と生産能率　湯浅佑一　9-11
勤労文化指導の一隘路　内海　繁　11-13
予科練生市中行進を見て（＊短歌五首）　桐田蕗村　13-13
わが造る機よ―機を造る若人に代りて歌へる―（＊詩）　佐藤春夫　14-15
御飯嚙むのも食糧増産
　よく嚙む　下田吉人　16-19
　咀嚼瑣談　布施玄治　19-21
　咀嚼の躾　吉田誠一郎　22-24
　学童の咀嚼訓練と食糧増産　神西順造　24-25
基地はたのし　秦　正流　28-30
大阪の文化について　森　繁夫　31-34
戦線から銃後へ（＊俳句随筆）　飯田蛇笏　35-38
古い映画がなぜ喜ばれるか　村上忠久　38-41

54『学海』

昭和十九年六月―昭和二十一年十二月

第一巻第一号　昭和十九年六月十日発行

宋の龔開筆駿骨の図（表紙解説）　青木正児　表紙2
大東亜暦法の課題　能田忠亮　1-7
花頭曲線の文化　村田治郎　8-12
如意宝珠　村山修一　13-16
大東亜学術協会役員　16-16
地中海・イタリア　黒田正利　17-24
学問の道　松村克己　25-29
社告　秋田屋本社　29-29
リルケの手紙―N・N嬢にあたへたる―　ライナー・マリア・リルケ　谷友幸訳　30-43
夢愴然（＊短歌）　吉井　勇　35-35
独逸的形姿の可能性　外村完二　44-48
洛中書問　吉川幸次郎　大山定一　49-59
湖南自伝幼少時の回顧　内藤湖南自述　次男・耕次郎筆記　60-64
編輯後記　表紙3

第一巻第二号　昭和十九年七月十日発行

森　レムプラント筆（表紙解説）　須田国太郎　表紙2
神々の統治　島　芳夫　1-5
神々の誕生と象徴の真実性（二）　土井虎賀寿　6-16
独逸的形姿の可能性（下）　外村完二　17-24
学徒勤労（＊短歌）　高安国世　24-24
洛中書問（二）　吉川幸次郎　大山定一　25-32
括弧の効用　宮崎市定　33-35
愛餅の説　青木正児　36-42
麵魚（民俗雑陳）　水野清一　42-42
食事に関する言葉の二三　潁原退蔵　43-48
湖南自伝幼少時の回顧（下）　内藤湖南自述　次男・耕次郎筆記　49-58
大東亜学術協会役員　58-58
日本人町と徳川幕府の鎖国政策　矢野仁一　59-64
大東亜学術協会だより　六月例会　64-64
編輯後記　表紙3

第一巻第三号　昭和十九年八月十日発行

波斯の陶画（表紙解説）　須田国太郎　表紙2
『後世への最大遺物』と二宮尊徳　下程勇吉　1-6
神々の統治（下）　島　芳夫　7-10
神々の誕生と象徴の真実性（三）　土井虎賀寿　11-17

洛中書問（三）　吉川幸次郎　大山定一　18-31
泰山（民俗雑陳）　水野清一　31-31
食事に関する言葉の二三（下）　潁原退蔵　32-35
鶏人　今井　清　36-40
秀吉と明史　平岡武夫　41-44
支那に於ける喇嘛教美術　佐和隆研　45-51
印度文化の特質　松本文三郎　52-62
編輯後記　表紙3

第一巻第四号　昭和十九年九月十日発行

元の呉鎮筆漁父の図（表紙解説）　青木正児　表紙2
戦争と歴史　原　随園　1-8
更に頑張る　新村　出　9-12
走る線（＊詩）　高安国世　12-12
点本資料覚書―唐招提寺の巻―　遠藤嘉基　13-22
大いなる客観性（一）　西谷啓治　23-27
ニーベルンゲンの指輪―わが滞独日記より―　谷　友幸　28-34
蟾蜍（ひき）に与ふ（＊短歌）　吉井　勇　31-31
夜裏香（イエリシャン）の花　青木正児　35-42
神位（民俗雑陳）　水野清一　42-42
洛中書問（四）　吉川幸次郎　大山定一　43-56
支那安陽の白色土器（白陶）　梅原末治　57-64
編輯後記　表紙3

第一巻第五号　昭和十九年十月十日発行

デルフイのシフノス宝庫の浮彫（表紙解説）　須田国太郎　表紙2
学徒勤労動員に就いて　松村克己　1-9
凌雲集の雑言体詩　杉本行夫　10-16
穂をあぐ（＊俳句）　正田雨情　16-16
真如親王虎害に遇ひ給ふ説　宮崎市定　17-22
金火聖母（民俗雑陳）　水野清一　22-22
大いなる客観性（二）　西谷啓治　23-33
対槽子―華北の民船―　須藤　賢　34-39
大東亜学術協会だより　九月例会　39-39
支那民俗の南方発展と古代の広東　田村実造　40-45
非植民　野間三郎　46-51
印度文化の特質（下）　松本文三郎　52-60
編輯後記　表紙3

第一巻第六号　昭和十九年十一月十日発行

甲　テイツイアーノ作 Vecelio Tiziano（表紙解説）　須田国太郎　表紙2
戦争と自然　湯川秀樹　1-9
『学徒勤労に於ける詩と真実』その一　土井虎賀寿　10-15
洛中書問（五）　吉川幸次郎　大山定一　16-21
藝術について

ゲルハルト・ハウプトマン　田川基三訳　22-25
匙で飯を食べた支那の古風俗　青木正児　26-32
水滸伝雑記　中村幸彦　33-40
大東亜学術協会だより　十月例会　40-40
台湾先史時代の文化層　鹿野忠雄　41-46
支那古代都市の祭祀について　小川茂樹　47-54
支那文化の性格　矢野仁一　55-64
改正価につき謹告　秋田屋本社雑誌部　64-64
編輯後記　表紙3

第一巻第七号　昭和十九年十二月十日発行

チントレットの素描（表紙解説）　須田国太郎　表紙2
大学の使命　高坂正顕　1-8
アメリカ的生存方式　大島康正　9-17
アメリカ侵略性の歴史的背景　清水　光　18-26
オギユスタン・コオシイ―近代解析学の父―　小堀　憲　27-30
洛中書問（六）　吉川幸次郎　大山定一　31-38
夜哭郎（民俗雑陳）　水野清一　38-38
荒魂の信仰と授福の意義　村山修一　39-44
上海道台呉健彰　外山軍治　45-54
北部仏印で作られた二三の古銅器に就いて―同地に於ける漢時代文物の一面―　梅原末治　55-64
編輯後記　表紙3

第二巻第一号　昭和二十年一月十日発行

宋の趙孟堅筆水仙図巻　青木正児　表紙2
戦力の根源　原　随園　1-10
マリアナ諸島の思ひ出　松山基範　11-14
放送私見　小牧実繁　14-17
硝子窓　湯川秀樹　15-15
アラベスク創造　村田治郎　18-25
木賊の庭（＊短歌）　吉井　勇　25-25
元寇の一考察（上）　藤田元春　26-30
愛餅余話―南北朝以前の餅―　青木正児　31-39
上田秋成の匿名著作紹介（上）　藤井乙翁　40-44
芭蕉研究一　潁原退蔵　土井虎賀寿　吉川幸次郎　西谷啓治　大山定一　遠藤嘉基　吉井勇　小川茂樹　45-64
編輯後記　表紙3

第二巻第二号　昭和二十年二月十日発行

フランチエスカ（一四一五―一四九二）の戦争画　須田国太郎　表紙2
勤労動員学徒をめぐる根本問題　井上智勇　1-10
富士講と二宮尊徳　下程勇吉　11-22
十九世紀ドイツ物理学者の二、三　田村松平　23-29
飛行機雲―科学随想Ⅱ―　湯川秀樹　30-30

藝術について（承前）
　ゲルハルト・ハウプトマン　田川基三訳　31－32、29
無隣庵のこと　高田保馬　33－34
元冦の一考察（下）　藤田元春　35－37
蕪村と百川　潁原退蔵　38－43
上田秋成の匿名著作紹介（下）　藤井乙翁　44－49
芭蕉研究
　潁原退蔵　遠藤嘉基　吉川幸次郎　西谷啓治　大山
　定一　湯川秀樹　小川茂樹　土井虎賀寿　50－64
編輯後記　表紙3

第二巻第三号　昭和二十年三月十日発行

ダ・ヴィンチのある素描　須田国太郎　表紙2
安南清化省東山遺跡所見　梅原末治　1－15
『百夷』の言語―雲南地方一タイ族の古語―
　泉井久之助　16－25
印度支那中央部の地政学的性格　増田忠雄　26－35、15
太平洋諸民族の宗教　赤松智城　36－45
感嘆詞のある思想　中井正一　46－51
芭蕉研究二ノ続
　潁原退蔵　西谷啓治　吉川幸次郎　遠藤嘉基　大山
　定一　土井虎賀寿　小川茂樹　52－64
決議文　京都帝国大学学生一同　64－64
編輯後記　表紙3

第二巻第四号　昭和二十年四月十日発行

亜歴山大王の戦闘（モザイク）部分―ナポリ博物館―
　須田国太郎　表紙2
歴史教育の振興　原　随園　1－12
新芽譜（＊短歌）　新村　出　12－12
アメリカのデッド・エンド　大島康正　13－23
ビンディンクの馬―勤労学徒H君其他に―　高安国世　24－26
芭蕉論（ノート）　大山定一　27－40
餾飥の歴史　青木正児　41－49
朝蘇の仏寺建築に於ける瓦釘の宝珠　天沼俊一　50－54、49
芭蕉研究三
　潁原退蔵　西谷啓治　吉川幸次郎　遠藤嘉基　土井
　虎賀寿　大山定一　55－64、40
編輯後記　表紙3

第二巻第五号　昭和二十年五月十日発行

宋蘇軾黄州寒食詩二首墨蹟（表紙解説）　青木正児　表紙2
学業奉還論と「落下傘部隊」―京大学生最近の動きに
　ついて―　佐伯千仭　1－13
吉田松陰の人とその環境　下程勇吉　14－30
価値の顚倒―科学随想Ⅲ―　湯川秀樹　31－31
戦争と文学―ハンス・カロッサについて―　谷　友幸　32－41
宣化再訪　水野清一　42－46

老懐（＊俳句）　藤井紫影　46-46
芭蕉研究三ノ続　頴原退蔵　西谷啓治　吉川幸次郎　遠藤嘉基　土井虎賀寿　大山定一　47-63
学海総目次1　64-64
編輯後記　表紙3

第二巻第六号　昭和二十年六月十日発行

神護寺々領図足守庄（一部分）　須田国太郎　表紙2
学徒勤労の経験　大西芳雄　1-8
戦争文化と倫理　島　芳夫　9-14
美の倫理性　井島　勉　15-25
シェイクスピアと希臘哲学　ジョン・バーネット　西谷啓治訳　26-31
高志消息（＊短歌）　吉井　勇　32-33
「二葉集」地篇と惟然(上)　正木瓜村　34-39
ケムペルからベルツまで（一）　舟岡省五　40-46
歴史眼　原　随園　47-56
焼筍　青木正児　57-64
執筆者紹介　次号予定　表紙3
編輯後記　表紙3

第二巻第七号　昭和二十年八月十日発行　七・八月合併号

元趙子昂鵲華秋色図（表紙解説）　青木正児　表紙2
「まつり」と「まこと」　松村克己　1-8
自力と他力　山県正明　9-19
ゲーテ覚書（一）―ゲーテに於ける敬虔性―　土井虎賀寿　20-30
庭の畠（＊短歌）　高安国世　30-30
生活と文学―続ハンス・カロッサについて―　谷　友幸　31-37、55
放庵の石の図に題す（＊短歌）　吉井　勇　38-39
「二葉集」地篇と惟然（下）　正木瓜村　40-43
長城の十字架(上)―張家口外高塚営子の天主教部落―　今堀誠二　44-46、64
鼻煙壺　水野鶮之助　47-51
ケムペルからベルツまで（二）　舟岡省五　52-55
古螺城跡にゆく―仏印記の一部―　泉井久之助　56-64
後記　表紙3

第二巻第八号　昭和二十年十二月十日発行

バルバラベルレスサバデル教区寺院内の壁画（部分）　須田国太郎　表紙2
全体主義とデモクラシー―知識層の任務―　松村克己　1-9
日本の御子神信仰（一）　村山修一　10-17
ガロアの遺書　小堀　憲　18-26
観る人（＊詩）　リルケ　高安国世訳　27-27
履物に寄せる心　宮本常一　28-33
長城の十字架（下）―張家口外高塚営子の天主教部

落―　今堀誠二　34-38
しをり考　山崎喜好　39-42、47
春雨物語のこと（上）　中村幸彦　43-47
王韜と長髪賊　外山軍治　48-55
花彫　青木正児　56-64
後記　表紙3

第三巻第一号　昭和二十一年一月号　十日発行

ブロメシウス（ルーベンス一五七七―一六四〇筆）　須田国太郎　表紙2
科学発達の基礎となるもの　藪内　清　1-6
創造的反語―トーマス・マンに就いて―　外村完二　7-14
ゲーテに於ける自然と精神　土井虎賀寿　15-27
祇園今昔（＊短歌）　吉井　勇　28-29
体験と文学　谷　友幸　30-37
ヴァレリー釈義㈠―『若きパルク』について―　伊吹武彦　38-43
切抜帖（＊小泉八雲、英語教師の日記から）　43-43
夜思（＊詩）　ゲーテ　大山定一訳　44-45
日記と覚書　高安国世　46-50
松陰・尊徳・諭吉　下程勇吉　51-64
執筆者紹介　表紙3
後記　表紙3

第三巻第二号　昭和二十一年二・三月号　三月十日発行

アングルの素描（表紙解説）　須田国太郎　表紙2
デモクラシー論議　島　芳夫　1-12
世界経済と中国経済　徳永清行　13-20
記憶と学問　長尾雅人　21-34
履物に寄せる心（下）　宮本常一　35-39
古宮古寺（＊短歌）　湯川秀樹　40-41
月夜梟（＊短歌）　吉井　勇　42-43
カビールの聖詩　龍山章真　44-51
印度の数学―スリダアラカリア詩―　小堀　憲　51-51
槌子―民俗雑陣11―　水野清一　52-52
創造的反語（二）―トーマス・マンに就いて―　外村完二　59-64
後記　表紙3

第三巻第三号　昭和二十一年四月号　十五日発行

ミケランヂエロの素描　須田国太郎　表紙2
基督教哲学について―哲学的秩序の特異性―　エテイエンヌ・ジルソン　服部英次郎訳　1-21
春日煦々　泉井久之助　22-30
蜀の詩人李珣の瓊瑶集より　中田勇次郎訳詞　31-37
無題（＊詩）　R・M・リルケ　大山定一訳　38-39
使者　セルマ・ラーゲルレーフ　田川基三訳　40-43、47

修道尼僧の手記を通じて　岡島誠太郎　44-47
圏壺—民族雑陳12—　水野清一　48-48
画女生動説—唐代の絵画説話の一類に就て—　小林太市郎　49-64
執筆者紹介　表紙3
後記　表紙3

第三巻第四号　昭和二十一年五・六月号　六月十日発行

ベラスケスの素描　須田国太郎　表紙2
現代日本の反省とその歴史的課題　井上智勇　1-15
「李長吉集」を読む（＊短歌）　吉井　勇　16-17
「ます」「います」と云ふ語について　浜田　敦　18-25
文華秀麗集片影　杉本行夫　26-35
浄瑠璃封建道徳の変遷　祐田善雄　36-41、64
芳を歌ふ（＊短歌）　内田　巌　42-43
サラマンカ大学雑記　林屋永吉　44-47
渤海国の二仏並座石像　駒井和愛　48-51
逸題（＊詩）　ゲーテ　大山定一訳　52-54
作陶初歩(上)　井上吉次郎　55-64
執筆者紹介　七月予告　表紙3
後記　表紙3

第三巻第五号　昭和二十一年七・八月号　八月十日発行

村落社会と子供組　高谷重夫　1-17
天津の日本図書保存運動　藤枝　晃　18-22
作陶初歩（下）　井上吉次郎　23-31
墓　大田喜二郎　32-35
漁猟図　編輯子　35-35
神位—民族雑陳13—　水野清一　36-38
西蔵印章文字　長尾雅人　39-48
編輯後記　外山　日比野　須藤　石原　表紙3

第三巻第六号　昭和二十一年九月号　九月十日発行

仏画の構成　上野照夫　1-7
学海不窮に就いて　編輯子　7-7
沈澱と濾過　今井　溙　8-11
上代中国の水産　宮川尚志　12-17
草原にのこしてきた問題　今西錦司　18-21
ラクダのはな木　梅棹忠夫　22-25
露清関係の特殊性（上）　羽田　明　26-32
葫蘆菩薩—民族雑陳14—　水野清一　33-33
小国の宰相—鄭の子産のこと—　大島利一　34-39
漢代の蒔絵—青丘随筆—　榧木亀生　40-47
東方学術協会の近況　48-48
学海不窮　村田治郎　みづの・せいいち　須藤賢　表紙3

第三巻第七号　昭和二十一年十月号　十日発行

宗達筆風神雷神図の一解釈　堂谷憲勇　1-6

アジアと非アジア　中山治一　7-13
雲岡雑記　長広敏雄　14-16
露清関係の特殊性（下）　羽田　明　17-20
どびんがたどき と かはぶくろがたどき　みづのせい一　21-24
黒陶について　神尾明正　25-28
木版画雑感　河上澄生　29-30
蛇王霊符　日比野丈夫　31-31
郭家のまつり　小林行雄　32-36
鶏窩―民族雑陣15―　水野清一　37-37
二人の友　宮本常一　38-40
嶺南の鑒真　安藤更正　41-48
東方学術協会の近況　48-48
学海不窮　外山軍治　須藤賢　石原美雄　表紙3

第三巻第八号　昭和二十一年十二月十日発行

ヨーロッパと非ヨーロッパ　中山治一　1-8
三百年前のマカオ（下）―ボクサー氏の近業―　神田喜一郎　9-16
素描ハルピン　小松貞二　17-17
東方学術協会の近況　17-17
郡名寺院の性格　田中重久　18-25
ルバイヤットのことども　入矢義高　26-29
中国隠語　曜斉散人　26-29
モンゴル蒙古人の生活　織田武雄訳　30-37
北京夢華―鬧市口―　須藤　賢　38-40
終臨の帝皇始　郭沫若作　平岡武夫訳　41-43
栄海不窮　表紙3

55『新文学』

昭和十九年十一月―昭和二十四年六月（全三十九冊）

第一巻第一号　昭和十九年十一月一日発行

英雄と読書　原 随園　表紙2
歌手（＊詩）　室生犀星　1-1
その妻（＊創作）　武田麟太郎　2-5
足をやられた鶏（＊創作）　倉光俊夫　6-13
高野線（＊創作）　織田作之助　14-18
全国書房賞について　18-18
ほろほろ鳥（＊創作）　若杉 慧　19-31
郷母（＊創作）　清浄（タンテイン）　笠井信夫訳　32-38
人間（一）（＊創作）　芹沢光治良　39-44
国の文学と私の文学（文藝時評）　白川 渥　45-46
菊花石の賦（＊詩）　殿岡辰雄　47-47
階段（＊詩）　杉山平一　48-48
新畑拓き詩抄（一）（＊詩）　田木 繁　48-49
近づく（＊詩）　小野十三郎　50-50
磊落な中尉（＊詩）　竹中 郁　51-51
回想の文学（一）　宇野浩二　52-54
菜根譚　山口誓子　55-56
筑後川（＊短歌）　川田 順　56-56
日記　藤沢桓夫　57-59
我が愛誦する詩歌　吉川英治　60-64
編輯後記　（田中）　表紙3

第一巻第二号　昭和十九年十二月一日発行

ユウカリ樹（＊創作）　田畑修一郎　1-10
『ユウカリ樹』について　宇野浩二　10-10
淀のわたり（＊短歌）　川田 順　10-10
若年（＊創作）　伊藤佐喜雄　11-20
故国の書翰（＊詩）　長江道太郎　20-20
候鳥（＊創作）　森三千代　21-32
浅香山ゆき（＊創作）　中本弥三郎　33-44
作品鑑賞〈文藝時評〉　青野季吉　45-48
新人に就いて　藤沢桓夫　48-50
詩人と宰相　田木 繁　51-52
回想の文学（二）　宇野浩二　53-55
把針（半分の日曜）（＊詩）　安西冬衛　56-57
日本文化と支那人　吉村正一郎　58-59
我が愛誦する詩歌（二）　吉川英治　60-64
編輯後記　表紙3

第二巻第一号　昭和二十年一月一日発行

花火（＊創作）　瀬川健一郎　1-16
北国（＊創作）　上林 暁　17-25
ラングーンの写真師（＊創作）　豊田三郎　26-32

人間（二）第一部（＊創作）　芹沢光治良　33-38
文章と心願〈文藝時評〉　青野季吉　39-42
詩人と宰相　田木　繁　42-44
文学への想ひ
W君のことにふれて　白川　渥　44-45
日記抄　小野十三郎　45-46
我行　若杉　慧　46-47
戦時随想　杉山平一　47-48
言葉の町と文学の町　森崎　操　48-49
面上の唾　織田作之助　49-49
涕涙行（＊詩）　三好達治　50-52
摘草（＊詩）　大木弥三郎　52-53
雑詩三篇（＊詩）　福原　清　53-54
魔女追慕（＊詩）　竹中　郁　54-54
南海だより　関　貞　55-58
油絵の『苦闘時代』　鍋井克之　59-62
麦生ふころ（＊俳句）　長谷川素逝　62-62
我が愛誦する詩歌（三）　吉川英治　63-64
編輯後記　田中秀吉・河原義夫　表紙3
銀馬代（情報局献納頁）　岡野清豪　表紙4

第二巻第二号　昭和二十年二月一日発行

蟹と月の話（＊創作）　長沖　一　1-11
花（＊創作）　河原義夫　12-17
壺（＊詩）　小笠原良一　17-17
木の芽（＊創作）　川崎長太郎　18-24
秋風（＊詩）　山口俊三　24-24
人間（四）第一部（＊創作）　芹沢光治良　25-31
日枝（俳句）　水内鬼灯　31-31
イスラム帽〈共栄圏文学〉爪哇・アスマラ　村上清訳　32-34
文藝時評　青野季吉　35-38
「礎」を読む―島木健作の新作長編―　中村光夫　38-42
「独逸日記」について　中野重治　43-56
たゝかひの師走（＊俳句）　皆吉爽雨　56-56
回想の文学（三）　宇野浩二　57-59
我が愛誦する詩歌（四）　吉川英治　60-64
編輯後記　田中秀吉・河原義夫　表紙3
防空寸言（情報局献納頁）　田中秀吉　表紙4

第二巻第三号　昭和二十年三月一日発行

八十八夜　大原富枝　1-10
祈り　宮田正年　10-10
船霊　佐藤善一　11-20
朝顔　石塚茂平　21-29
猿飛佐助　織田作之助　30-39
印度現代詩抄〈共栄圏文学〉　陳舜臣訳　40-44
柚子一つ　一瀬　稔　44-44
作品鑑賞　青野季吉　45-49
漱石の青春（二）　中村光夫　49-52

暮春の海辺で―散文詩―　亀山　勝　53-53
回想の文学（四）　宇野浩二　54-56
告別前後〈片岡鉄兵を悼む〉　川端康成　57-60
若い人　武田麟太郎　60-61
終焉日　吉村正一郎　61-64
編輯後記　田中秀吉・河原義夫　表紙3
芋代官（情報局献納頁）　小笠原秀昱　表紙4

第二巻第四号　昭和二十年四月一日発行

帰郷　石塚友二　1-11
春雷　矢本貞幹　11-11
山の四季　橋本都耶子　12-19
父　田木　繁　20-26
山家　室生犀星　27-36
かつぱ　田中文雄　36-36
漱石の青春（三）　中村光夫　37-42
小説随想　山本健吉　42-46
妄念処断　森崎　緑　47-50
生活と陶器（対談）　近藤悠三・田中秀吉　51-53
現実に即して　上林　暁　54-58
回想の文学（五）　宇野浩二　59-64
編輯後記　田中秀吉・河原義夫　表紙3
振袖人形　川田　順　表紙4

第三巻第一号　昭和二十一年一月一日発行

遺稿（＊創作）　島木健作　1-12
城南紅葉狩（＊短歌）　川田　順　12-12
遠い日（＊創作）　藤沢桓夫　13-22
続・山家（＊創作）　室生犀星　23-34
文学の出発―特に政治への連関―　土井虎賀寿　35-40
石（＊詩）　中川　章　40-40
極静の地獄　上林　暁　41-45
愛吟鈔　若杉　慧　46-56
回想の文学（六）　宇野浩二　57-68
編輯後記　（S）　表紙3

第三巻第二・三号　昭和二十一年三月一日発行

東大寺物語　愛と死（一）（＊創作）　池田小菊　1-13
アド・バルーン（＊創作）　織田作之助　14-38
機縁（＊創作）　大原富枝　39-51
山鳥（＊創作）　室生犀星　52-65
顔（＊詩）　志摩宋一郎　65-65
ニイチエの言葉　（S）　66-66
名作といふこと〈文藝時評〉　古谷綱武　67-72
詩論より　T・S・エリオット　72-72
トルストイの日記について―クリストの日雇人―　メレジユコフスキ　船江行雄訳　73-80

編輯後記　（S）　表紙3

第三巻第四・五号　昭和二十一年五月一日発行

出立（＊創作）　北沢喜代治　1-47
野宿（＊創作）　川崎長太郎　48-55
東大寺物語　愛と死（二）（＊創作）　池田小菊　56-74
ある村落誌（＊詩）　矢本貞幹　75-75
人生論の文学〈文藝時評二〉　古谷綱武　76-80
籾まき（＊俳句）　阿波野青畝　79-79
あのころの東大寺　上司海雲　81-86
回想の文学（七）　宇野浩二　87-98
編輯後記　（S）　表紙3

第三巻第六・七号　昭和二十一年七月一日発行

縞帳（＊創作）　上林　暁　1-12
お妾横丁（＊創作）　網野　菊　12-23
野遊び（＊俳句）　清水小杉子　23-23
年輪（＊創作）　佐藤善一　24-36
東大寺物語　愛と死（三）（＊創作）　池田小菊　37-46
心理主義の限界〈文藝時評三〉　古谷綱武　47-53
二人の演説　中川一政　54-63
春惜む（＊俳句）　阿波野青畝　64-64
三尺談義　布里謹之亮　65-68
文学に就て　武者小路実篤　69-76
編輯後記　（S）　表紙3

第三巻第八号　昭和二十一年八月一日発行

東大寺物語　愛と死（四）（＊創作）　池田小菊　1-16
紋章・蛾・其他（＊俳句）　清水小夜子　16-16
火の見櫓の下で（＊創作）　及川甚喜　17-36
唐津（＊創作）　吉尾なつ子　37-49
村の人（＊創作）　石川禎一　50-64
鑑賞三題（＊短歌）　吉井　勇　65-65
BOIS DE BOULOGNE の追想　荒井龍男　66-71
小杉、松韻寺（＊俳句）　素　十　72-72
観察の恢復〈文藝時評〉　古谷綱武　73-77
文学に就て―第二回劇文学に就て―　武者小路実篤　78-84
編輯のページ　（S）　表紙3

第三巻第九・十号　昭和二十一年十月一日発行

秋砧―婉女物語―（＊創作）　大原富枝　1-62
「女性」の描いた「をんな」〈文藝時評〉　古谷綱武　63-67
人間中心主義の凋落　鳥海一郎　68-72
田辺元著「懺悔道としての哲学」を読む（＊書評）　布谷　勝　73-80
ロダン覚え書　ジムメル　中桐大有訳　81-97
フロベールの手紙（一）　生島遼一訳　98-106
悲劇に就て　武者小路実篤　107-112

編輯者のページ　(S)　表紙3

第三巻第十一・十二号　昭和二十一年十二月一日発行

魚達さへ言葉を語る—私のなかでは、魚達さへ言葉を語るのである……ラ・フォンテーヌ　土田 隆　1-60
フロベールの手紙（二）　生島遼一訳　61-69
断片と箴言　ジムメル　中桐大有訳　70-83
エドガー・スノー著『ソヴエト勢力の形態』　布谷 勝　84-91
敗戦後の文学　古谷綱武　92-98
作者の手記　北沢喜代治　99-110
児らに祈る　金子千鶴　110-110
皐月寺を憶ふ　堀 正人　110-110
椎の葉　北川桃雄　112-116
ハンス・メルスマン音楽美学への序　長広敏雄　117-132
編輯後記　重光誠一　表紙3

第四巻第一号　昭和二十二年一月一日発行

黄金部落（＊創作）　火野葦平　1-53
創作展望　(O)　53-53
東大寺物語　愛と死（五）（＊創作）　池田小菊　54-63
小説の抒情性—清水甚吉「雁立」について—　柴田忠夫　64-70
鷄苔を啄む（＊短歌）　吉井 勇　71-72
芥川王朝文学の出生　日夏耿之介　73-85
横光利一と農民　古谷綱武　86-92
英米文学と日本　谷崎精二　93-96
新時代への答案　清水基吉　97-101
ハインリヒ・ハイネ論　マシウ・アーノルド　堀正人訳　102-117
文学と真実〈文藝時評〉　逸見 広　118-122
盲女（＊詩）　リルケ　谷川新之輔訳　123-128
フロベールの手紙（三）　生島遼一訳　129-138
ロメリーの宿　マルセル・アルラン　山内義雄訳　139-158
マルセル・アルランに就いて　山内義雄　159-159
編輯後記　重光誠一　160-160

第四巻第二号　昭和二十二年二月一日発行

西山日記　谷崎潤一郎　4-10
魚紋（＊創作）　石川悌二　11-40
愛欲の起承　暉峻康隆　41-50
告白について　山岸外史　51-63
孤調（＊詩）　柿添 元　64-65
創作展望　(T)　66-68
知性と感性—横光利一論—　小島直記　69-79
飯田かたぎ—ひとつの希臘的ポオリスの性格の故市に就て—　日夏耿之介　80-91
作家の素顔と作家の扮装—文藝時評—　逸見 広　92-97
ハインリヒ・ハイネ論（承前）　マシウ・アーノルド　堀正人訳　98-107
東大寺物語　愛と死（六）（＊創作）　池田小菊　108-123

編輯後記　124-124

第四巻三号　昭和二十二年五月三日発行

日本文化の将来　小口　優　4-9
文学に固執する心　福田恆存　10-17
純粋文学論　浅井真男　18-28
富士見村書翰（一）―ルネッサンスの人間について―　伊藤　廉　29-38
飯田かたぎ（承前）―ひとつの希臘的ポオリスの性格の故市に就て―　日夏耿之介　39-49
南島回望（＊詩）　中山省三郎　50-51
中野重治覚え書―中野重治と郷土・父祖―　水野明善　52-58
近代日本文学について（＊座談会）　青野季吉　宇野浩二　辰野隆　正宗白鳥　59-73
蝶になるまで（＊創作）　井上友一郎　74-91
白河（＊創作）　清水基吉　92-106
続・魚紋（＊創作）　石川悌二　107-140
東大寺物語　愛と死（七）（＊創作）　池田小菊　141-156
編輯後記　156-156

第四巻第四号　昭和二十二年五月二十五日発行

女狩りの夜（＊創作）　田村泰次郎　4-20
のきしのぶ（＊創作）　若杉　慧　21-41
世間話（＊創作）　北条　誠　42-63
畿内（＊創作）　川崎長太郎　64-76
魂の傷について　岩上順一　77-87
富士見村書翰　自信について　伊藤　廉　88-93
西窪随筆　丹羽文雄　94-99
幼年の記憶（＊談）　谷崎潤一郎　100-111
デカダンス文学研究
近英デカダンスの小衆文学　日夏耿之介　112-120
「若きウイーン」のデカダンス　石川道雄　121-125
愛慾の帰趨　暉峻康隆　126-138
クレビヨン・フイス『炉辺のたはむれ』について　小林　正　139-145
愛欲文学として見た「サーニン」　中村白葉　146-153
サアド侯爵の「化粧室の哲学」　丸木砂土　154-159
秋炎（＊俳句）　清水小杉子　160-160
東大寺物語　愛と死（八）（＊創作）　池田小菊　161-174
謹告　全国書房　174-174
編輯後記　重光誠一　表紙3

第四巻第五号　昭和二十二年六月十五日発行

偶像（＊創作）　船山　馨　2-30
冬の朝の女（＊創作）　小笠原貴雄　31-45
明暗（＊創作）　芝木好子　46-65
小説と小説論　生島遼一　66-71
新しき文学の構図　高見裕之　72-77
諧謔と自嘲　山本健吉　78-83

新文学評論
「参加した者」と「しなかつた者」の文学　土田　隆　84-86
精神の優位について　青野治衛　86-88
出版だより　88-88
文学の坐　柿添　元　89-94
富士見村書翰　第三信　伊藤　廉　95-99
幼年の記憶（その二）（＊談）　谷崎潤一郎　100-106
東大寺物語　愛と死（九）（＊創作）　池田小菊　107-119
編輯後記　120-120

第四巻第六号　昭和二十二年七月十五日発行

小夜子と私―「蝶になるまで」第二篇―（＊創作）　井上友一郎　2-10
花館（＊創作）　間宮茂輔　11-23
文壇通信（一）　巌谷大四　23-23
興安嶺（＊詩）　三好達治　24-24
東大寺物語　愛と死（十）（＊創作）　池田小菊　25-35
逍遥祭にて　青野季吉　36-39
髪　今西良子　40-43
作家の限界―織田作之助私観―　矢野　朗　44-50
文壇通信（二）　巌谷大四　50-50
旅と文学―正宗白鳥ノート―　西村孝次　51-55
文壇通信（三）　巌谷大四　55-55
幼年の記憶（＊談）　谷崎潤一郎　56-64
編輯後記　表紙3

第四巻第七号　昭和二十二年八月二十五日発行

ゲーテのヒユーマニズムと文学の精神　土井虎賀寿　2-9
定型への反逆―織田作之助について―　土田　隆　10-14
小林秀雄―モーツアルトを読む―　清水基吉　15-18
修羅の日（＊短歌）　前川佐美雄　19-19
西窪日記　丹羽文雄　20-21
同時代人（＊対談）　荒正人　平野謙　22-26
寂光（＊創作）　石川悌二　27-38
蛇の言葉（＊創作）　若杉　慧　39-50
東大寺物語　愛と死（終回）（＊創作）　池田小菊　51-62
後記　63-63
出版だより　63-63

第四巻第八・九号　昭和二十二年九月二十五日発行

故国（＊創作）　芹沢光治良　2-16
ゲーテのヒユーマニズムと文学の精神（承前）　土井虎賀寿　17-23
出版だより　23-23
芭蕉と近代　潁原退蔵　24-27
水鏡（＊詩）　北川冬彦　28-29
桑原武夫氏の「第二藝術論」　若杉　慧　30-32
トリストラム・シヤンデイーと得能五郎　伊藤　整　33-36
鳥と虫の声　佐多稲子　37-39

理想主義の文学―わが懺悔と希望― 多田裕計 40―49
歌舞伎と菊五郎（＊対談） 谷崎潤一郎 三宅周太郎 50―63
後記 重光誠一 64―64

第四巻第十号 昭和二十二年十月二十五日発行
特輯 露伴文学

露伴翁追悼講演会に寄す 谷崎潤一郎 1―1
特輯 露伴文学
亡き露伴翁を思ふ 佐藤春夫 2―3
露伴さん雑記 三好達治 4―9
連環記の作者 塩谷 賛 9―15
露伴文学の文学史的意義 柳田 泉 15―21
露伴文学襍説 日夏耿之介 22―28
秋隣（＊俳句） 滝井孝作 29―29
初秋の海にて（＊創作） 阿部知二 30―44
続黄金部落（＊創作） 火野葦平 45―63
編輯後記 斎 藤 記 64―64

第四巻十一号 昭和二十二年十一月二十五日発行

廃園（＊創作） 室生犀星 1―13
故国（第二章）（＊創作） 芹沢光治良 14―29
陽炎立つ―「蝶になるまで」第三篇―（＊創作） 井上友一郎 30―40
日本文学への希望 尾崎士郎 41―42
現代文学の進路 小田切秀雄 42―43
註文のない註文 河盛好蔵 43―45
小説の面白さに就き 上林 暁 45―46
文学と戯作者性 谷崎精二 46―47
一観測者として 平田次三郎 47―49
現代日本文学への不可不 日夏耿之介 49―50
無題 山内義雄 50―52
露伴の名人もの―附 露伴文学襍記（承前）― 日夏耿之介 53―65
出版だより 65―65
後記 末永 泉 表紙3

第四巻十二号 昭和二十二年十二月二十五日発行

戦後文学・一九四七 中野好夫 2―9
日本的方法 伊藤 整 10―16
現代と女流作家 板垣直子 17―21
鱶とライター―或は偶然について― 高橋義孝 21―23
貴族精神乃至精神貴族 大井広介 24―30
ゲーテのヒューマニズムと文学の精神（承前） 土井虎賀寿 31―36
初旅（＊創作） 壺井 栄 37―47
雲の色（＊創作） 倉光俊夫 48―56
危機―「蝶になるまで」第四篇（＊創作）― 井上友一郎 57―63
出版だより 63―63

編輯後記　（末永記）　64-64

第五巻第一号　昭和二十三年一月二十五日発行

春泥（＊創作）　神西　清　2-14
炬燵の章（＊創作）　舟橋聖一　15-23
翻訳と翻案―漂浪雑記のうち―　阿部知二　24-28
秋声の文学碑　広津和郎　29-31
老若問答　辰野　隆　32-35
フランソア・ヴィイヨン形見の歌（＊詩）鈴木信太郎訳　36-64
一九四八年度の出版企画　全国書房　64-64
対談　志賀直哉　谷崎潤一郎　65-74
後記　末永　泉　表紙3

第五巻第二号　昭和二十三年二月二十五日発行

秦州の杜甫　吉川幸次郎　2-11
横光利一―「微笑」「夜の靴」など―　阿部知二　12-15
なつかしい日本　三好達治　16-19
ジイド・サルトル・織田作之助　伊吹武彦　20-24
友情について武者小路兄に　有島生馬　25-28
毒草―「蝶になるまで」第五篇―（＊創作）　井上友一郎　29-40
黄金部落　終篇（＊創作）　火野葦平　41-60
後記　末永　泉　表紙3

第五巻第三号　昭和二十三年三月二十日発行

特輯　ヴォルテール研究
ヴォルテールの哲学　野田又夫　1-5
老若問答（ヴォルテールに就いて）　辰野　隆　6-8
ヴォルテールの悲劇　進藤誠一　9-14、24
ヴォルテールと福沢諭吉　市原豊太　15-18
ヴォレリーのヴォルテール観　生島遼一　19-24
花園の思索者　中山義秀　25-31
嘉例（＊創作）　三島由紀夫　32-45
ひとり（＊創作）　網野　菊　46-59
後記　（S）　表紙3

第五巻第四号　昭和二十三年四月二十日発行

酔眼纈　遺稿　幸田露伴　2-8
荷風文学　補註　日夏耿之介　9-16
南蛮秘帖　渡辺一夫　17-20
すべて路傍の人？　正宗白鳥　21-25
別離　狼（＊詩）　三好達治　26-29
何日爾再来（＊創作）　藤原審爾　30-40
傷―「蝶になるまで」第六篇―（＊創作）　井上友一郎　41-52
水滸伝について（＊座談会）
吉川幸次郎　貝塚茂樹　湯川秀樹　小川環樹　野田又夫　53-64

水滸伝座談会紙上参加　湯川秀樹　53-56
後記　（末永記）　表紙3

第五巻第五号　昭和二十三年五月二十日発行

無名草堂記―田舎からの手紙―（＊創作）　阿部知二　2-13
秋から春（＊創作）　中山義秀　14-20
故国（第三章）（＊創作）　芹沢光治良　21-31
近況主客対談―宗教的無責任と冒険について―　長与善郎　32-37
自由の人―菊池寛先生を憶ふ―　藤沢桓夫　38-41
なつかしい日本　三好達治　42-46
荷風モラリスト後註―荷風文学補註続稿―　日夏耿之介　47-47
俳諧的風土―第二藝術論蛇足―　吉村正一郎　48-55
悪意―批評ノート―　福田恆存　56-64

第五巻第六号　昭和二十三年六月二十日発行

鸚鵡（＊創作）　神西　清　2-18
檻（連載第一回）（＊創作）　中村真一郎　19-41
アメリカにおける近代作家の復活　竹村寿夫　42-43
なつかしい日本　三好達治　44-48
現代フランス文学の問題―「現代フランス文学論」の序―　加藤周一　49-57
リルケの生涯について―出家と家系―　大山定一　58-64
後記　（末永）　表紙3
出版だより　表紙3

第五巻第七号　昭和二十三年七月一日発行

雪（＊戯曲）　真船　豊　2-19
檻（連載第二回）　中村真一郎　20-33
アメリカ現代作家プロフイル―ジエイムズ・サアバア素描―　竹村寿夫　34-35
真相―わが用心―　佐藤信衛　36-42
創作余話　上林　暁　43-45
着物　幸田　文　46-49
老若問答　辰野　隆　50-53
詩人の宇宙―シエイクスピア、シエリ、及びハーデイに見る―　エドマンド・ブランデン　阿部知二訳　54-64
後記　（末永生）　表紙3

第五巻第八号　昭和二十三年八月一日発行

所謂痴呆の芸術について　谷崎潤一郎　2-13
おしい人―太宰君のこと―　井伏鱒二　14-15
逃亡奴隷と仮面紳士　伊藤　整　16-21
フランス文学通信　22-23
出版だより　23-23
詩人の宇宙（二）　エドマンド・ブランデン　阿部知二訳　24-34

檻（連載第三回）　中村真一郎　35-47
黄金部落（＊創作）　火野葦平　48-63
後記　（末永）　64-64

第五巻第九号　昭和二十三年十月一日発行

所謂痴呆の芸術について（承前）　谷崎潤一郎　2-12
世代論余滴　中野好夫　13-20
小説と小人　舟橋聖一　21-23
サルトル小論―呻き泣きつ、求める者―　安井源治　24-26
小無頼（＊創作）　野間　宏　27-37
失楽―「蝶になるまで」第七篇―（＊創作）　井上友一郎　38-46
侵入者（＊戯曲）　正宗白鳥　47-63
後記　（末永）　64-64
お断り　出版だより　64-64

第五巻第十号　昭和二十三年十一月一日発行

文学とスノビズム　中島健蔵　2-7
「都わすれの記」について―なつかしい日本―　三好達治　8-16
その言やよし―中野重治の一元論―　大井広介　17-21
フランス文学における作家敬慕　キク・ヤマダ　黒田憲治訳　22-25
化粧（＊創作）　野間　宏　26-36
酔ひどれ聖者（＊創作）　真鍋呉夫　37-51
故国（第四章）（＊創作）　芹沢光治良　52-63
後記　（末永）　64-64

第五巻第十一号　昭和二十三年十二月一日発行

猫捨坂（＊創作）　豊島与志雄　2-10
I hate……（＊創作）　富士正晴　11-21
黒妖術士（＊創作）　火野葦平　22-32
石川淳論　佐々木基一　33-41
続如是我聞　古佐　修　42-45
ファルグとその友人たち　キク・ヤマダ　46-49
文学と思想（＊対談）　椎名麟三　野間宏　50-64
後記　（末永）　表紙3

第六巻第一号　昭和二十四年一月一日発行

詩人島崎藤村評伝―未定稿―　佐藤春夫　2-27
歴史と文学　桑原武夫　28-34
文学的散歩　宇野浩二　35-44
フランソワ・モリアック〈現代作家評論〉　生島遼一　45-51
鉄斎を語る（＊鼎談）　小林秀雄　三好達治　富岡益太郎　52-59
地の鷗　檀　一雄　60-77
格子の眼　島尾敏雄　78-91
青芝の章　舟橋聖一　92-98

暗い寝床　井上友一郎　99-114
出版だより　115-115
後記　（末永）　115-115

第六巻第二号　昭和二十四年二月一日発行

復興期の黄昏―カンパネルラのこと―　野田又夫　2-8
中原中也の思い出　大岡昇平　9-14
ファルグを通してみたヴアレリ、マラルメ、マクス、ジヤコブ　キク・ヤマダ（黒田憲治訳）　15-19
関西の文学者　河盛好蔵　中野好夫　三好達治　吉村正一郎　20-31
ふるさとのうた　寺原秀雄　32-47
焦点　小谷　剛　48-61
ゆうもれすく　大武正人　62-78
游魂　富士正晴　79-96
編輯後記　（S）　表紙3

第六巻第三・四号　昭和二十四年四月一日発行

ドストエーフスキーにおける「善」について―白痴を繞りて―　森　有正　2-15
堀辰雄君への手紙　三好達治　16-19
偽善について　中野好夫　20-23
批評の生態〈文藝時評〉―丹羽文雄氏の『哭壁』をめぐつて―　神西　清　24-29
文学的展望―先進文化と後進社会―（＊座談会）　大山定一　吉村正一郎　吉川幸次郎　桑原武夫　生島遼一　30-44
泊り客（＊創作）　網野　菊　45-53
風の行方（＊創作）　沢野久雄　54-69
歌を忘れる（＊創作）　丹羽文雄　70-75
愛撫（＊創作）　庄野潤三　76-95
編輯後記　（S）　96-96

第六巻第五・六号　昭和二十四年六月一日発行

ドストエーフスキーにおける「善」について―白痴を繞りて（2）―　森　有正　2-10
石川淳の方法　井沢義雄　11-18
『源氏物語』の想ひ出　中村真一郎　19-29
史伝の文学　貝塚茂樹　30-37
遠視・近視　（Q・K）　38-40
大阪駅にて　上林　暁　41-44
獅子王記（＊創作）　真鍋呉夫　45-56
神鞭家の庭（＊創作）　窪田啓作　57-81
歌を忘れる（＊創作）　丹羽文雄　82-96

56『文学会』

昭和二十一年四月

創刊号　昭和二十一年四月五日発行

武田麟太郎ををもふ　田中文雄　表紙2
花園のころ（＊小説）　五島鴨平　1-9
かつぱ酒（＊小説）　田中文雄　10-13
渦の中（＊小説）　湯浅正明　14-22
文学会編輯後記　（五島）（湯浅）　表紙3

57『東西』

昭和二十一年四月―昭和二十二年四月（全七冊）

創刊号　昭和二十一年四月一日発行

今や吾等の慎重に考へる時だ（＊詩）　千家元麿　4-6
売立て（＊小説）　藤森成吉　7-12
詩人の話（＊小説）　藤沢桓夫　13-24
近時断想　間宮茂輔　25-27
老学庵にて　新居　格　27-29
教養　小泉苳三　29-31
浅間つれづれ　沖野岩三郎　31-33
文学に於ける数理のやうな透明なものに就いて　三枝博音　34-39
寒し鼠（＊俳句）　藤森成吉　39-39
桜の園の上演に就て　八田元夫　40-42
春の耕人―万葉集の人生―　武田祐吉　43-45
東西漫歩　新村　出　46-47
科学者の言葉　大久保恒次　48-50
わがまま随筆　藤森成吉　51-53
夢（＊短歌）　佐佐木信綱　54-54
風流老残の賦（＊短歌）　吉井　勇　55-55
冬の動物（＊短歌）　川田　順　56-56
文化人だより―「いかにお暮しですか、消息をお泄し下さい」といふ照会に寄せられた諸家の回信―
山本修二　野淵旭　糸屋寿雄　住谷悦治　斎藤茂吉
川田順　石浜純太郎　新島繁　土方与志　岡本潤
穎原退蔵　岡沢秀虎　小穴隆一　伊吹武彦　式場隆
三郎　米川正夫　鈴木安蔵　54–61
雀の宿（＊詩）　小野十三郎　58–60
麦三章（＊詩）　田木　繁　60–61
森蔭を望んで　車窓にて（＊詩）　北川冬彦　62–63
寄贈新刊紹介　62–63
河上肇先生の記念のために
晩年の河上先生　斎藤栄治　64–68
浮雲過太空―河上先生をおくる―　加賀耿二　69–74
しら河（＊小説）　貴司山治　75–85
草の塚（＊小説）　加賀耿二　86–95
あとがき　（貴司生）　96–96

第一巻第二号　昭和二十一年五月号　一日発行

思想史的に観た河上肇博士（1）　住谷悦治　4–10
虱（＊小説）　間宮茂輔　11–19
寒明け（＊俳句）　藤森成吉　19–19
文学的通信
太宰治君への手紙　貴司山治　20–22
返事の手紙　太宰　治　23–25
貴司への返事をかねて　なかの・しげはる　25–26
中野重治へ　貴司山治　27–29
憑かれた精神　三枝博音　30–33
続風流老残の賦（＊短歌）　吉井　勇　34–34
民こそ継がめ（＊短歌）　土岐善麿　34–35
雪山花境（＊短歌）　武田祐吉　35–35
東京新劇通信　八田元夫　36–39
冬の村で（＊詩）　千家元麿　40–41
引上げの人（＊詩）　北川冬彦　41–41
植物達は夜生長する（＊詩）　田木　繁　41–42
砲塔施盤（＊詩）　小野十三郎　42–42
気中の高士（＊詩）　岡田播陽　43–43
科学者の言葉　大久保恒次　44–45
野草食譚　江原　鈞　46–48
漂浪の苦味―身辺消息―　阿部知二　49–50
五月以来　上林　暁　50–52
谷間の寺で　小田嶽夫　52–53
老学庵にて―帰る前東京での感想―　新居　格　53–55
美しき狩猟―万葉集の人生二―　武田祐吉　56–59
わがまま随筆　藤森成吉　60–62
草の塚（＊小説）　加賀耿二　63–71
しら河（＊小説）　貴司山治　72–79
あとがき　（貴司生）　80–80

第一巻第三号　昭和二十一年六月号　一日発行

アメリカの一東洋学者　石浜純太郎　4–7
河上博士の「日本尊農論」について（上）―思想史的

に観た河上肇博士（2）―　住谷悦治　8―12
旅九日（＊俳句）　藤森成吉　12―12
正義以上のくらしから　岩倉政治　13―15
浅間つれづれ　沖野岩三郎　15―17
刀狩　松岡　譲　17―20
山羊の子と時局　浅原六朗　21―23
ダッタン海峡（＊詩）　槇村　浩　24―25
初夏の喜び（＊詩）　千家元麿　26―29
復員悲歌（＊詩）　谷村博武　29―31
惜別―朝鮮の若い友達へ―（＊詩）　小野十三郎　32―34
野草食譚　江原　鈞　35―36
文化人だより―「このごろ、いかにおくらしですか」
　といふ本誌の照会に対する諸家の回信―
三好十郎　岡麓　小川未明　豊田三郎　江原森弥
秋沢修　八木隆一郎　樺俊雄　木村毅　河竹繁俊
杉森孝次郎　37―38
日本敗戦歌（＊短歌）　小西英夫　39―39
デモの列（＊短歌）　渡辺順三　39―40
早春の峡（＊短歌）　結城健三　40―40
関西文化通信　牧野弘之　41―42
わがまま随筆　藤森成吉　43―45
遺書（＊小説）　長沖　一　46―53
しら河（＊小説）　貴司山治　55―64
草の塚（＊小説）　加賀耿二　65―79
あとがき　（貴司生）　80―80

第一巻第四号　昭和二十一年七・八月特輯号　八月一日発行
夏季特輯号

明日の文学にのぞむ　志賀義雄　4―5、14
時代への適応　石川達三　6―11
政府諸公への教訓歌（＊詩）　エモリ・モリヤ　10―11
民主主義文学の運動について　徳永　直　12―14
関西の演劇の問題について　村山知義　15―22
太平洋戦争後のアメリカ文学―サロオヤンのことど
も―　清水　光　23―28
ハウプトマンの作風と『沈鐘』―覚え書的試論―　新島　繁　29―32
ウクライナ文学と日本―「赤いプラトーク」について―　栗栖　継　33―38
一仏文学者の手記―第二次大戦とフランス文学（一）―　新村　猛　39―43
郭公（＊俳句）　藤森成吉　43―43
形影居日録（＊短歌）　吉井　勇　44―47
東西漫歩　新村　出　48―49
森鷗外の墓　上林　暁　50―53
白髪の太郎　佐多稲子　54―57
愛情抄（＊詩）　北川冬彦　58―67
わがまま随筆　藤森成吉　68―70
妻の死を悼んで（＊詩）　千家元麿　71―87
旧衣新衣―万葉集の人生三―　武田祐吉　88―91

野草食譚　江原　鈞　92－93
書評
近藤春雄著現代支那の文学　貴司山治　94－94
ボリス・ゴルバートフ黒田辰男訳降服なき民　栗栖　継　94－96
アンドレ・ジイド伊吹武彦訳架空のインタヴュー　堤　重久　96－96
臼井喜之介著童説（＊詩集）　堤　重久　96－97
渡辺義通他日本歴史教程六分冊　貴司山治　97－97
作品月評
艦隊葬送曲・宮内寒弥　堤　重久　98－98
平和村・鹿地亘　栗栖　継　98－99
冬の花火（戯曲）・太宰治　堤　重久　99－99
崖（戯曲）・三好十郎　堤　重久　99－100
妻よねむれ・徳永直　貴司山治　100－101
二つの話・井伏鱒二　堤　重久　101－101
草の塚（＊小説）　加賀耿二　102－115
雨の中（＊小説）　和田　伝　116－129
白い箱（＊小説）　岩倉政治　130－142
赤いプラトーク（＊小説）
アンドリイ・ホロヴコ　栗栖継訳　143－159
藝術について　159－159
あとがき　160－160

第一巻第五号　昭和二十一年九月号　一日発行

ナチス・ドイツの恐怖政治の曝露―強制収容所の小説―　舟木重信　3－9
ドライザーの遺作『城壁』　松本正雄　10－14
藝術家の言葉
ジイド　トルストイ　チエホフ　ダ・ヴインチ　エンゲル　レーニン　エンゲルス　14－14
遠方の友―残雪軒夜話―　石浜純太郎　15－20
豊年（＊俳句）　藤森成吉　20－20
在米の旧友をなつかしみて―エリセイエフ君の事―　新村　出　21－25
庭（＊詩）　臼井喜之助　25－25
日本海（＊詩）　小野十三郎　26－27
河上博士の「日本尊農論」について（下）―思想史的に観た河上肇博士（3）―　住谷悦治　28－31
跛、山へ登る（＊詩）　田木　繁　32－33
花束―戦ひのなかばに斃れたる今野大力に―（＊詩）　壺井繁治　34－35
電車の詩（＊詩）　岡本　潤　35－35
作品月評
間はずがたり・永井荷風　堤　重久　36－37
馬のなげき（＊詩）　北川冬彦　38－40
書評
黄炎培著水谷啓二・小林広勝共訳延安報告

栗栖　継　38-40
トーマス・マン高橋義孝・佐藤晃一訳自由の問題　堤　重久　40-41
中国の水　近藤春雄　42-44
寒水（＊小説）　瀬川健一郎　45-63
浅間の別れ（＊小説）　貴司山治　64-79
あとがき　（貴司生）　80-80

第一巻第六号　昭和二十一年十・十一月号　十月一日発行

新描写論　徳永　直　2-6
われらのロマンティシズム　八田元夫　7-10、15
マルクス主義以前の『社会主義論』—思想史的に観た河上肇博士—　住谷悦治　11-15
動じないもの　小田切秀雄　16-19
TOZAI
死せるウェルズ　ショウ益々健在　アメリカから帰ったエレンブルグ　プロコフイエルの歌劇『戦争と平和』　20-21
日記　和田　伝　22-24
浅間つれづれ　沖野岩三郎　24-25
種蒔きから稲つきまで—万葉集の人生四—　武田祐吉　26-31
作品月評　平田次三郎　32-35、37
書評
徳田秋声著・『縮図』　平田次三郎　36-37
わがまま随筆　藤森成吉　38-42
野草食譚　江原　鈞　43-46
小説「蜃気楼」について　ピリペンコ　栗栖継訳　47-49
蜃気楼（＊小説）　コツユビンスキイ　栗栖継訳　50-63
草の塚（＊小説）　加賀耿二　64-80
あとがき　貴司山治　表紙3

第二巻第一号　昭和二十二年四月三十日発行
特輯号

人間追及の道—文学の課題と方法—　小田切秀雄　2-15
ソヴェート文学の十年　岡沢秀虎　16-24
中国文壇と留日学生　近藤春雄　25-30
志賀直哉氏とフランス語　伊吹武彦　31-33
魯迅の小説　小田嶽夫　34-45
日本の秋（＊俳句）　藤森成吉　45-45
句帳（＊俳句）　千家元麿　46-50
トーマス・マン論　平田次三郎　51-57
隻脚悲唱（＊短歌）　平光善久　57-57
人生のための文学　本多顕彰　58-63
作品月評（宮本百合子『風知草』　小沢清『街工場』　荒木巍『草の中』　伊藤佐喜雄『危機』）　平田次三郎　64-65
わがまま随筆　藤森成吉　66-70
或る悼詩（＊詩）　咲村皎二　70-70
名告藻を食ふ話—万葉集の人生五—　武田祐吉　71-75

野草食譚　江原　鈞　76-79
海外文化の動き　80-85
書評（フォイヒトワンガー　道本清一郎訳『ソビエート紀行』　清水基吉『雁立』）　平田次三郎　86-89
蜃気楼（＊小説）　コッユビンスキィ　栗栖継訳　90-99
曇り硝子（＊詩）　杉浦伊作　99-99
あとがき　（貴司生）　100-100

58『批評と紹介』

昭和二十一年六月

第一号　昭和二十一年六月一日発行

創刊之辞　1-1
漱石の文学論　矢本貞幹　2-10
批評と紹介
「新」に惹かれて　正宗白鳥　11-13
一人行く　平林たい子　13-16
盲目と聾者　武者小路実篤　16-18
雨……　林芙美子　18-20
疎開先生大いに笑ふ　佐藤春夫　20-24
詩人の話　藤沢桓夫　24-25
競馬　織田作之助　25-28
「仏印進駐記」に関聯して　石川達三　28-29
世界文化情報　30-31
編輯後記　32-32

59『ＫＯＫ　キョート・オーサカ・コーベ』

昭和二十一年十月―十一月

第一巻第一号　昭和二十一年十月

欠

第一巻第二号　昭和二十一年十一月十五日発行

スタンダールの〝恋愛論〟　伊吹武彦　2-2
ルノワル（＊名画紹介）　3-3
太宰治著・パンドラの匣　大山正一　4-4
港の町（＊詩）　竹中　郁　5-5
ユートピアへの道（＊米映画紹介）　高井重徳　6-7
久し振りの宝塚―その今後に触れて―　村山知義　8-9
台詞のこと―センチメンタル・ヂアニイの稽古から―　高崎邦祐　10-10
新生ラグビーへの期待　別所安次郎　11-11
不動明王を描くこころ　伊藤　廉　12-12
神護寺の仏像　望月信成　13-13
もみぢ　14-15
住宅への一提案　16-16
落穂　（Y）　16-16

60『ホームサイエンス』

昭和二十一年十一月―昭和二十二年六月（全八冊）

創刊号　昭和二十一年十一月一日発行

女性と科学性　平林治穂　2-3
気象と文化　小平吉男　4-5
『現代の女性を語る』座談会
阿部知二　宇井無愁　織田作之助　白川渥　長沖一
中村チエ子　中村正常　藤沢桓夫　本社・磯川、
佐治、上田　6-12
科学と秘密　中谷宇吉郎　13-14
茶と酒と肴　岡川正之　14-15
未利用資源未活用　下田吉人　16-17
海辺愚語　小竹無二雄　17-18
時評　ミルクと婦人と民法と　平野富雄　19-19
デモクラシーちゃん（＊漫画）　村山しげる　20-21
バラック住宅行脚記　庄司　光　22-24
アメリカの働く婦人達はどう考へてゐるか　25-28
世界の動き　印東康吉　29-29
早教育の是非　大伴　茂　30-31
煮物と燃料の話　32-36
無駄なし料理―或る日の献立―　太田いそ　37-39
世界の人々はどれだけのカロリーをとつてゐるか　37-39

コドモ服のアクセント　沢野井信夫　40－41
合のコドモ服　田口　42－43
乳幼児と果物　巽　稔　44－45
米棉の輸入　福井慶三　46－46
胡瓜夫人（＊小説）　宇井無愁　47－51
岩波文庫版アイソーポス寓話集より　52－52
後記　52－52

第二号〜第八号

欠

61『顔』

昭和二十一年十二月

創刊号　昭和二十一年十二月五日発行

創刊に当りて　岡　静彦　1－1
南仏ニース　舞子の浜（＊絵と文）　関口俊吾　2－3
柿は甘し（＊小説）　長沖　一　4－8
ふたたびは……（＊詩）　竹中　郁　8－8
風呂敷（＊小説）　石塚茂子　9－13
思ひつくまゝまに　河盛勇造　13－13
俳画随想　赤松柳史　14－15
流行について　加藤澄子　15－15
新日本の政治的ライフマスク　卜部和義　16－17
経済安定の岐路　塩谷寿雄　17－18
農村の不安　向井梅次　19－20
花びら（＊短歌）　千賀浩一　20－20
明日の演劇と集団性　堀　正旗　21－22
藝術と企業の交流　南部吐夢　22－23
フランス女性のプロフィル　林　和夫　23－25
和歌の翻訳　本田平八郎　26－27
女性教室―マドモアゼルの心得帖―　森本　肇　28－29
ネープル　冬の日（＊コント）　庄野英二　30－31
或る求婚者の悩み（＊喜劇）　高梨一男　32－40

編輯後記　（M）40−40

62『文学雑誌』

昭和二十一年十二月二十日―

第一号　昭和二十二年一月号　昭和二十一年十二月二十日発行

新人創作特輯

眼鏡（がんきやう）の中（＊小説）　長沖　一　2−8
再会（＊小説）　石塚茂子　9−15
栗鼠射ち（＊小説）　石浜恒夫　16−17
俺の子守歌（＊小説）　田木　繁　18−28
おあきさんの家（＊小説）　中本弥三郎　29−31
猿若町（＊小説）　瀬川健一郎　32−28
父（＊小説）　杉山平一　39−50
街で―小さな妖精の彷徨―（＊詩）　小野十三郎　51−51
芽芹　蜆　兎
チェルの歌（＊詩）　庄野潤三　52−52
青空の歌（＊詩）　斎田昭吉　53−53
市井事（＊「野鴨の記録」より）
シャルル・ルイ・ヰリップ　島本晴雄訳　54−55
荷風の日記（＊評論）　井上　靖　56−58
土足のままの文学（＊評論）　織田作之助　59−59
作家の手帖―一―（＊エッセイ）　藤沢桓夫　60−61
六号雑記

ごむ吉の山　島津愛子　62-62
西鶴　太宰治　オウ・ヘンリー　吉田留三郎　62-63
編輯後記　藤沢桓夫　長沖一　64-64

第一巻第二号　昭和二十二年二月号　一月二十五日発行

短夜（＊小説）　瀬川健一郎　2-17
おめでたつづき（＊小説）　磯田敏夫　18-23
本誌第一、二号執筆者住所録—（其ノ一）　23-23
真昼の思想（＊小説）　沢野久雄　24-33
落葉（＊小説）　長沖　一　34-34
強盗容疑者（＊小説）　吉井栄治　35-38
本誌第一、二号執筆者住所録—（其ノ二）　38-38
ストリート・アムビション（＊小説）　森崎道之助　39-46
短篇集（＊小説）　石塚茂子　47-49
　壺　味　幸福とは？
跛の百姓（＊詩）　田木　繁　50-52
市電（＊詩）　杉山平一　53-53
　無題　夜の市電
わたなべ橋（＊歌）　竹中　郁　54-55
文学的饒舌1（＊評論）　織田作之助　56-60
作家の手帖—二—（＊エッセイ）　藤沢桓夫　61-62
美への希求（＊評論）　杉山平一　63-64
投稿作品に就いて　（M・N）　64-64
編輯後記　（M・N）　表紙3

第一巻第三号　昭和二十二年五月十五日発行
織田作之助追悼　短篇小説特輯

洋服（＊短篇小説）　杉山平一　4-5
天使（＊短篇小説）　石浜恒夫　6-8
ある夫婦（＊短篇小説）　田木　繁　8-11
陸橋と落日（＊詩）　安西冬衛　13-14
赤い糸（＊短篇小説）　沢野久雄　14-17
木形子（＊短篇小説）　島津愛子　17-19
漆胡樽—正倉院御物展を観て—（＊詩）　井上　靖　20-21
三色菫（＊短篇小説）　仁田義男　22-25
罪（＊短篇小説）　庄野英二　25-27
出版だより（1）　三島書房発兌　27-27
料理屋　道　雞（＊詩）　飛鳥　敬　28-29
葛の葉（＊短篇小説）　瀬川健一郎　30-33
ハンガリア狂詩曲（＊短篇小説）　吉田定一　33-36
負かされた夫（＊短篇小説）　五島鴨平　37-39
ふるさと　解溶期（＊詩）　上田儀雄　40-41
調室（＊短篇小説）　吉井栄治（ママ）　42-45
投稿について　文学雑誌編修部　45-45
フラ・ダンス（＊短篇小説）　磯田敏夫　45-48
葱（＊短篇小説）　石塚茂子　49-51
猿芝居（＊短篇小説）　堤　重久　51-55
夢（＊短篇小説）　長沖　一　56-59
出版だより（2）　三島書房発兌　59-59

地獄に於けるサンジエルマン伯爵　湖南博志　59-62
ピューマと黒猫（＊短篇小説）　庄野潤三　63-66
底（＊短篇小説）　中谷栄一　66-69
肌（＊短篇小説）　池沢　茂　70-73
作家の手帖―三―　藤沢桓夫　74-75
投稿作品寸評　（N）　76-76
文学雑誌二月号創作寸評　（K）　77-77
故織田作之助追悼
　文学の鬼　吉村正一郎　78-83
　織田君のこと　白川　渥　83-85
　王将のない将棋　安西冬衛　85-86
　織田氏のこと　瀬川健一郎　86-89
　中学時代の思い出　吉井栄治　90-91
　織田作之助君を偲ぶ　杉山平一　91-94
　花火―織田君への感傷―　長沖　一　94-94
　回想　小野十三郎　95-96
　初対面の時のこと　藤沢桓夫　96-98
　競馬の思出　吉田留三郎　98-99
藤沢桓夫編世界名作物語―内容―　99-99
編輯後記　（M）　100-100

第一巻第四号　昭和二十二年七月十日発行

ふえあり・ている（＊小説）　石浜恒夫　1-12
三代（＊小説）　大元清二郎　13-22
瓢簞鯰（＊小説）　藤田幸一　23-34
伊吹山慕情（＊小説）　吉田欣一　35-35
六号雑記
　剽竊事件　小野十三郎　36-37
　栄枯盛衰　瀬川健一郎　37-37
　ノートより　吉田欣一　37-38
　千客万来　磯田敏夫　38-38
　雑記　杉山平一　39-39
　言葉　長沖　一　39-39
松木村より（＊随筆）　永瀬清子　40-43
海の歌（＊詩）　日高てる　42-43
文学的青春―その一　少年の日―　藤沢桓夫　44-48
故郷にて（＊詩）　市川俊彦　48-48

第一巻第五号　昭和二十二年九月十日発行

デカダンス（＊小説）　磯田敏夫　1-11
晩春の日曜日（＊小説）　池沢　茂　12-22
ガラスの木の葉（＊詩）　弓削昌三　22-22
月明（＊小説）　杉山平一　23-28
影（＊詩）　永瀬清子　26-27
執筆者住所録（第三、四、五号）1　28-28
マルギナリア　作家と疾病―フロベールとドストイエフスキー―　島本晴雄　29-29
デフオルムとしての「存在」―坂口安吾氏に関連するノート―（＊文藝時評）　沢野久雄　30-33
執筆者住所録（第三、四、五号）2　33-33

「教祖」論後語　西原寛治　34-35
葉山・黒島・里村の思ひ出　中本弥三郎　36-40
墓地で（＊詩）　仁衛砂久子　38-39
六号雑記
　道明寺　瀬川健一郎　41-41
　毛虫　石浜恒夫　41-42
「クリスマス・イヴ」予告篇　磯田敏夫　42-42
祭礼　池沢　茂　42-43
続言葉　長沖　一　43-43
文学的青春―その二　中学時代―　藤沢桓夫　44-47
編輯後記　（M・N）　48-48

第一巻第六号　昭和二十二年十二月号　一日発行

創作・詩特輯

動かぬ星（＊小説）　杉山平一　1-12
あざ（＊小説）　田中文雄　13-21
晩夏（＊詩）　織田喜久子　21-21
私の年中行事（＊散文詩）　坂本　遼　22-23
きものについて（＊小説）　袖岡光助　24-29
夜の駅で（＊詩）　山本亨介　30-31
ミユツセとサンド　（M・S）　30-31
注射（＊小説）　吉田定一　32-39
草刈男（＊詩）　田木　繁　40-41
天女日日降下（＊詩）　吉村英夫　40-41
六号雑記
愛読者　島津愛子　42-42
　瀬川健一郎君の『大阪の灯』　長沖　一　43-43
巻パンの思想―Etude―（＊詩）　安西冬衛　44-46
やりきれない連続音のかなたは（＊詩）　足立巻一　44-45
美しい莨（＊詩）　田尻宗夫　46-46
文学的青春―その三　大阪高等学校―　藤沢桓夫　47-48
編輯後記　N　表紙3

第二巻第一号　昭和二十三年新年号　一月十日発行

創作特輯

もらった火（＊小説）　白川　渥　4-10
べんけい（＊小説）　顯田島一二郎　11-17
女愁（＊小説）　瀬川健一郎　18-24
ジプシー大学生（＊小説）　石浜恒夫　25-35
晩夏（＊小説）　島津愛子　36-42
断橋（第一回）（＊小説）　長沖　一　43-47
六号雑記
　獏　池沢　茂　48-49
　表紙　杉山平一　49-49
　ラは叫ぶ　磯田敏夫　50-51
　衣と住　吉田欣一　51-51
目撃者の憤怒―小野十三郎著「詩論」を読んで―（＊評論）　中山隆永　52-54
東京美術学校（＊詩）　竹中　郁　55-55
竹庭口占（＊詩）　吉村正一郎　56-56

野薔薇のとげなんかは（＊詩）　永瀬清子　56-57
車中（＊詩）　飛鳥　敬　57-58
　不思議な国で
声（＊詩）　杉山平一　58-59
　孤独者　黒い窓　潔白
肖像（＊詩）　石橋勝一郎　59-59
文学の魅力（＊エッセイ）　（H・S）　60-61
文学的青春—その四　同人雑誌—（＊エッセイ）　藤沢桓夫　62-64
後記　64-64

第二巻第二号　昭和二十三年四月号　十日発行

断橋（第二回）　長沖　一　4-11
日月の上で（＊詩）　川会主計　11-11
あかいきれヒラ〳〵（＊小説）　坂本　遼　12-17
うすあかり（＊詩）　打田万起子　17-17
銀鞍白馬（＊小説）　庄野潤三　18-22
夜の雨（＊詩）　市川俊彦　22-22
運命（＊小説）　中本弥三郎　23-29
ジプシー大学生（＊小説）　石浜恒夫　30-41
群雀（＊詩）　小野十三郎　42-43
安西冬衛の藝術　杉山平一　44-47
絶望の風俗　西原寛治　48-52
瞥見（＊詩）　吉村正一郎　53-53
六号雑記
大阪の不幸　市川俊彦　54-55
　石塚茂子さんの小説集「人魚」　長沖　一　55-55
家内工業（＊詩）　長谷川龍生　56-56
塀（＊詩）　柴山義雄　57-57
横光利一氏の追憶　長沖　一　58-61
菊池寛先生—文学的青春その五—　藤沢桓夫　62-64
後記　表紙3

第二巻第三号　昭和二十三年六月号　十日発行

武田麟太郎（＊小説）　庄野英二　1-23
群衆に向って（＊詩）　山本亨介　23-23
変異電車（＊詩）　足立巻一　23-23
黄河（＊小説）　市川俊彦　24-29
愛情だけで子供は育たない（＊詩）　吉田欣一　29-29
雑記帳
　リリプットの紐　安西冬衛　30-30
　田木繁君の「私一人は別物だ」　長沖　一　30-31
　舞台化粧　瀬川健一郎　31-32
　笛に罪あり　藤沢桓夫　32-32

第三巻第一号　昭和二十四年一月号　一日発行

機械（＊小説）　杉山平一　2-17
哺乳（＊詩）　安西冬衛　18-19
アスカリス（＊小説）　伊藤佐喜雄　20-30

イワンの行き方—ぼくたちの立場—（＊エッセイ）　石浜恒夫　30-31
空中観覧車（＊詩）　小野十三郎　32-33
埃（＊小説）　石塚茂子　34-42
文学手帳　（ＸＹＺ）　42-43
ルノアルの味を論ず—若き日の手紙—　小出楢重　44-46
父の手紙　小出泰弘　46-46
アプレゲール批判　文体について　瀬川健一郎　47-47
暗い屋上（＊詩）　庄野潤三　48-49
身辺雑記　藤沢桓夫　50-51
太宰治君の自家用本『晩年』のこと　淀野隆三　51-55
青春の自画像—昭和十三年（二十六歳）の日記—　織田作之助　56-68
解説　瀬川健一郎　69-70
編集同人（＊名簿）　70-70
書評　（Ｃ・Ｓ）　71-71
　故赤松元通著「カント美学と目的論」
　故沢木四方吉著「ギリシャ美術」
　ゲーテ・渡辺格司訳「ヰルヘルム・マイスターの演劇的使命」
後記　（長沖一）　27-27

第三巻第二号　昭和二十四年二月号（未確認）

春の匂ひ（＊小説）　藤沢桓夫
他人のはじまり（＊小説）　田木　繁
つつころばし（＊小説）　磯田敏夫
掌上の果実（＊小説）　石浜恒夫
雑草（＊詩）　藤村雅光
山で（＊詩）　長谷川龍生
座談会　二十代の文学　花本公男　石浜恒夫　西原寛治　吉田定一　駒井五十二　長沖一
文学手帳
　西班牙の松脂　安西冬衛
　セミドキュメンタリズム　杉山平一
　二つの眼　沢野久雄
　続・青春の自画像（＊遺稿）　織田作之助
西の風　杉山平一
編集後記　長沖　一

第三巻第三号　昭和二十四年三月号　一日発行

小説特輯号

胡差の森（＊小説）　藤田幸一　4-21
毛糸（＊詩）　竹中　郁　22-23
黒い花（＊小説）　石浜恒夫　24-30
西の風　（ＸＹＺ）　31-31
文学青年　野田又夫　32-33
治長（＊小説）　瀬川健一郎　34-44
映画時評　（ＡＢＣ）　44-44
愛情と非情と（＊小説）　島津愛子　45-60

冬の夜の星（＊詩）　庄野潤三　61-61
大和横断　小野十三郎　62-64
蛾（＊小説）　庄野英二　65-81
淀川（＊詩）　織田喜久子　82-83
ゆきずり（＊小説）　神岡光助　84-92
サイン・ブック（＊小説）　長沖　一　92-96
編集後記　吉井栄治　96-96

第三巻第四号　昭和二十四年四月号　一日発行

短篇小説特輯

双生児（＊小説）　長沖　一　4-5
兄弟（＊小説）　庄野潤三　6-9
通信教授（＊小説）　杉山平一　10-13
陽炎（＊小説）　吉井栄治　14-18
雀の顔（＊小説）　神岡光助　18-21
青い眼（＊小説）　北野　明　22-25
お染巳之助（＊小説）　磯田敏夫　26-29
暗い風（＊小説）　筧　一彦　30-34
恋愛解消（＊小説）　池沢直人　34-39
日曜日—住宅難未来記—（＊小説）　佐藤正一　40-44
秋篠日記（＊小説）　瀬川健一郎　45-48
メリイクリスマス！（＊小説）　島津愛子　49-52
緑の広場（＊小説）　庄野英二　53-56
冬の旅— Tablean grobespue. —（＊小説）　中谷栄一　56-62
秋の工場（＊小説）　磯野岩男　63-66
希ひ（＊小説）　石塚茂子　66-68
蛙（＊小説）　吉田留三郎　68-71
追跡（＊小説）　明石杉夫　72-77
不幸な再会（＊小説）　沢野久雄　78-81
ある一章（＊小説）　田木　繁　82-85
山火事（＊小説）　石浜恒夫　85-90
西の風　（XYZ）　91-91
幼稚園の運動会にて（＊詩）　市川俊彦　92-92
濡れた犬（＊詩）　飛鳥　敬　92-92
黒い大河（＊詩）　田中誠一　92-93
傾斜する舌（＊詩）　花本公男　93-93
六号雑記
檜葉垣の庭　小野十三郎　94-95
当世胸算用　磯田敏夫　95-95
不毛なる感傷—世代論への反対尋問—　西原寛治　95-97
法隆寺のことなど　長谷川龍生　97-97
「縮図」の世界　瀬川健一郎　97-98
ヴオリウムと色彩感　庄野英二　98-99
若い信徒　長沖　一　99-99
多作主義　筧　一彦　99-99
悪夢　市川俊彦　99-100
編輯後記　藤沢桓夫　100-100

第三巻第五号　昭和二十四年五月号　一日発行

中篇小説特集

挽歌（＊小説）　沢野久雄　3-45
砂時計製作者組合書記の手記（＊詩）　安西冬衛　46-49
アプレ・ゲールの反省　桑原武夫　50-53
仮象への決意—「菜穂子」論覚書—　西原寛治　54-61
三つの文学の位置　小林達夫　62-65
六号雑記
　トルストイ　庄野英二　66-67
　ナルシス随想　石浜恒夫　67-68
　真夜中の僕　筧　一彦　68-68
化粧（＊小説）　吉田定一　69-90
汽車に乗つて来て（＊詩）　港野喜代子　82-83
続道頓堀左岸（＊小説）　磯田敏夫　91-104
編輯後記　長沖　一　104-104

第三巻第六号　昭和二十四年六月号　一日発行

たんぽぽ（＊小説）　坂本　遼　4-14
亡霊（＊小説）　明石杉夫　15-26
ハインリッピ・チルレ　中西武夫　27-33
上方藝風記—坂田藤十郎—　瀬川健一郎　34-43
砂時計製作者組合書記の手記（＊詩）　安西冬衛　44-45
感性の網の目について（＊文藝時評）　小野十三郎　46-52
暗い未来　花本公男　53-56
西の風　（XYZ）　57-57
夜道で（＊詩）　佐村久江　58-59
新芽ふくまで（＊詩）　岸　宏子　60-71
赤道雲（＊小説）　庄野英二　72-89
六号雑記
　へぼ将棋　吉田定一　90-91
　デルフィの神託　石浜恒夫　91-92
　どこに線をひくか　沢野久雄　92-94
　賭博について　長沖　一　94-95
　愛慾小説の位置—舟橋聖一雑感—　筧　一彦　95-96
後記　（N）　96-96

第三巻第七号　昭和二十四年七・八月号　八月一日発行

絶望（＊小説）　富士正晴　6-25
佐藤紅緑先生のこと—「文学的青春」の一つ—　藤沢桓夫　26-31
過ぎゆくものへ（＊詩）　小野十三郎　32-33
文学の行方（＊座談会）
　吉村正一郎　小野十三郎　長沖一　島尾敏雄　庄野
　潤三　沢野久雄　34-48
海の死—死への招待—　石浜恒夫　49-51
真珠（＊詩）　永瀬清子　52-52
銷夏随筆集
　ゲーテ祭　渡辺格司　53-54

たなばた咄　上嶋冬彦　54-55
開店御披露　磯田敏夫　55-56
見得をきる　井上甚之助　56-57
志賀さんと将棋　大久保恒次　58-58
三番と四番　長沖　一　59-59
西の風　（XYZ）　60-60
十月の葉（＊小説）　庄野潤三　61-81
宴（うたげ）（＊小説）　島津愛子　82-101
編集後記　（沢野）　101-101

復刊第一号　昭和二十五年十一月号　十日発行

血の色に燃えるもの（＊小説）　岡田誠三　2-20
雪やなぎ（＊小説）　島津愛子　21-34
狂人たち　石浜恒夫　35-37
ジャンヌ・ダークを観る　花本公男　37-38
みつばち（＊小説）　庄野英二　39-64
後記　長沖　一　64-64
『文学雑誌』の再出発　藤沢桓夫　表紙3

復刊第二号（第十八号）　昭和二十六年一月三十日発行

暗い旅（＊小説）　吉井栄治　2-17
雪の挿話（＊小説）　石浜恒夫　18-23
小説勉強家の時代へ　藤沢桓夫　24-25
文藝時評　（S）　26-27
六号雑記
雑　小野　勇　28-29
囚人のなやみ　石塚茂子　29-29
絵画の不幸―連合展に関連して―　岩崎次男　29-31
放蕩の味　島津愛子　31-32
あしあと　池沢武重　32-32
療養所で（＊詩）　織田喜久子　30-31
鬼群（おにむれ）（＊小説）　岸　宏子　33-60
書評「人間粗描」桑原武夫「青春と自由」　木村健康
「野性の情熱」フォクナー　日野忠夫　花本公男　61-63
編集後記　長沖　一　表紙3

第十九号　昭和二十七年六月一日発行

風浪（＊小説）　杉山平一　2-41
大阪弁　42-42
バナナと珈琲（＊小説）　庄野英二　43-51
焔（ほむら）（＊小説）　石浜恒夫　52-55
後記　（吉井）　表紙3

第二十号　昭和二十八年四月二十日発行

灰色の顔（＊小説）　石塚茂子　1-21
オアシス　庄野英二　21-21
住吉公園裏（＊小説）　磯田敏夫　22-39
ハシゴを登るミーちゃん―大台ケ原調査記―　岡田誠三　40-41

才蔵一代誌（＊小説）　瀬川健一郎　42-57
シリヤ砂漠　庄野英二　57-57
らぷそでぃ・いん・ぶるぅ　石浜恒夫　58-106
後記　（長沖）　106-106

第二十一号　昭和二十九年六月二十日発行

自然の酩酊（＊小説）　杉山平一　1-11
二人の友（＊小説）　杉山平一　11-18
温室（＊小説）　羽田眠吉　19-45
続らぷそでぃ・いん・ぶるぅ（＊小説）　石浜恒夫　46-74
後記　（N）　74-74

第二十二号　昭和三十年一月二十日発行

スタジアム序景（＊小説）　石浜恒夫　1-11
ボヘミヤンの旅—東京-ローマ—（＊紀行文）　庄野英二　12-25
大阪落語（＊小説）　磯田敏夫　26-47

第二十三号　昭和三十年八月五日発行

白い軌跡（＊小説）　大塚　滋　1-33
ボヘミヤンの旅—ローマ日記—（＊紀行文）　庄野英二　34-42
編集後記　（N）　42-42
浮標（＊小説）　中石　孝　43-54
ぼやき漫才（＊小説）　磯田敏夫　55-83

第二十四号　昭和三十二年五月十五日発行

海行かば（＊小説）　磯田敏夫　1-30
チエツツク節（＊エッセイ）　阪田寛夫　31-32
裸のピカソ（＊エッセイ）　庄野潤三　32-33
王の袖（＊エッセイ）　吉田留三郎　33-34
雑記（＊エッセイ）　杉山平一　34-35
異邦の友（＊エッセイ）　吉井栄治　35-38
技術（＊エッセイ）　大塚　滋　38-38
汚れたカード（＊小説）　石塚茂子　39-56
ボヘミヤンの旅—名月ユングフラウの一夜—（＊紀行文）　庄野英二　57-65
連れもて行こら（＊小説）　吉田定一　66-84
編集後記　（吉井）　85-85

第二十五号　昭和三十二年六月二十五日発行

雪の文字（＊小説）　石塚茂子　1-15
巴里日記—ボヘミヤンの旅—（＊紀行文）　庄野英二　16-30
救援者（＊小説）　南木淑郎　31-36
二つの展覧会をみて（＊エッセイ）　日野忠夫　37-38
故楢重作「ラッパを持つ少年」の記（＊エッセイ）　小出泰弘　38-40
祝辞の名手（＊エッセイ）　長沖　一　40-41

大阪無宿（＊小説）　木下桃子　42-55
編集後記　（英二）　55-55
砂塵（＊小説）　杉山平一　56-75

第二十六号　昭和三十二年十二月二十日発行

三種の神器（＊小説）　磯田敏夫　1-12
浮浪者の朝（＊小説）　名和一男　13-29
編集を終つて　（吉田）　29-29
読書（＊エッセイ）　杉山平一　30-30
噓と噓（＊エッセイ）　南波啓介　31-33
映画の眼（＊エッセイ）　岩崎次男　33-35
無主体の哲学（＊エッセイ）　大塚　滋　35-39
グランドキヤニオンの小学校―アメリカ旅信―　庄野潤三　39-40
サロイヤンについて（＊エッセイ）　阪田寛夫　40-44
たとえ火の中、水の中（＊エッセイ）　吉田定一　44-46
かくれ家（＊小説）　石塚茂子　47-73

第二十七号　昭和三十四年三月五日発行

士魂商才（＊小説）　磯田敏夫　1-18
愛する（＊小説）　杉山平一　19-37
講談（＊小説）　大柳　説　38-44
旅行者（＊小説）　庄野英二　45-56
狐の交尾　鬼内仙次　57-60
水と空気　大塚　滋　60-62
杉本町メモ　吉田定一　62-73
編集後記　（吉田）　73-73
妖俞記（＊小説）　石塚茂子　74-108

第二十八号　昭和三十四年九月十五日発行

あのこと（＊小説）　石塚茂子　1-18
バック・スタンド（＊小説）　中石　孝　19-30
緊急旅行者（＊小説）　磯田敏夫　31-53
堀辰雄　組橋俊郎　54-68
ジャヤンルの純粋性―正統的演劇論Ｉ―　源　高根　69-73
便乗者（＊小説）　庄野英二　74-80
編集後記　（吉田）　80-80

第二十九号　昭和三十六年一月十五日発行

追う（＊小説）　杉山平一　1-13
ゆめのかげ（＊小説）　庄野英二　14-21
掌の木の実（＊小説）　橋本都耶子　22-33
推理小説のこれから　小島　温　34-39
花と杖と穴（＊小説）　石塚茂子　40-57
癌（＊小説）　吉田定一　58-87
編集後記　（吉田）　87-87

第三十号　昭和三十六年十一月二十日発行

チラチャップの鳩笛（＊小説）　庄野英二　4-35
独演会（＊小説）　磯田敏夫　36-60
文学的習慣（＊エッセイ）　藤沢桓夫　61-61
保険会社（＊エッセイ）　庄野潤三　62-62
私の故郷（＊エッセイ）　沢野久雄　63-63
雪をふみながら（＊エッセイ）　石塚茂子　64-68
虫垂炎記1（＊エッセイ）　長沖　一　69-71
後藤蔵四郎先生（＊エッセイ）　吉田留三郎　71-72
その町（＊エッセイ）　吉井栄治　73-75
映画少年（＊エッセイ）　吉田定一　75-79
借金と嘘（＊エッセイ）　杉山平一　79-80
湖宮の女─十市皇女覚之書─（＊小説）　大塚　滋　81-109
夢占い（＊小説）　中石　孝　110-121
編集後記　（定）　121-121
同人名簿（ABC順）　122-122

第三十一号　昭和三十七年三月十五日発行

今朝の秋（＊小説）　東　秀三　4-12
死の灰の灰（＊小説）　磯田敏夫　13-27
随筆欄
手記抄①　渋谷一雄　28-29
翡翠（ひすい）の勾玉（まがたま）　吉田留三郎　29-31
一泊簿　吉田定一　32-34
虫垂炎記2　長沖　一　34-37
男のラブ・コール　石浜恒夫　37-37
詩人の死─梅田良忠先生追悼─　源　高根　37-39
編集後記　（吉井）　40-40
同人名簿（ABC順）　40-40

第三十二号　昭和三十七年五月三十日発行

雌雄牝牡（＊小説）　五島鴨平　4-39
レクイエム（＊小説）　庄野英二　40-60
木辻の湯にて（＊小説）　橋本都耶子　61-64
随筆欄
虫垂炎記3　長沖　一　65-66
続・一泊簿　吉田定一　66-69
編集後記　（英）　70-70
同人名簿（ABC順）　71-71

第三十三号　昭和三十七年九月十五日発行

見知らぬ人（＊小説）　杉山平一　4-12
赤い認め（＊小説）　橋本都耶子　13-24
埋草雑記（＊エッセイ）　（東）　24-24
庭やつれ（＊小説）　瀬川　保　25-41
「余情」のうちそと─伝統藝術は女性型であること─　森永道夫　42-46

随筆欄
　転居　長沖 一　47-48
　男のさびしさ　中西源吾　48-48
　ホモセクシュアリティ　源 高根　49-50
　続々・一泊簿　吉田定一　50-54
花更紗（＊小説）　庄野英二　55-88
編集後記　（東）　88-88
同人名簿（ＡＢＣ順）　表紙3

第三十四号　昭和三十七年十一月二十日発行

有情記（＊小説）　中西源吾　4-22
消息　森永道夫　22-22
水商売（＊小説）　磯田敏夫　23-62
消息　庄野英二　杉山平一　吉田定一　62-62
むっしゅう・オノレ―喝采―（＊小説）　石浜恒夫　63-83
消息　吉田留三郎　中西源吉　磯田敏夫　83-83
文学雑記
　ブックレビュウのとばっちり　庄野英二　84-85
　阿呆の一つおぼえ　杉山平一　85-86
　続々々・一泊簿　吉田定一　86-90
消息　石塚茂子　石浜恒夫　小野勇　90-91
編集後記―正宗白鳥氏逝く―　（東）　91-91
同人名簿（ＡＢＣ順）　92-92

第三十五号　昭和三十八年四月十五日発行

同人名簿（ＡＢＣ順）　表紙2
オートバイ（＊小説）　庄野英二　4-15
青い秋―《湯原にて》―（＊小説）　中西源吉　16-26
虫垂炎記（補遺）（＊エッセイ）　長沖 一　27-28
松の実（＊小説）　東 秀三　29-48
西の風（＊エッセイ）　杉山平一　49-49
眇の女神（＊小説）　五島鴨平　50-68
雑談―古いＣＭのこと―（＊エッセイ）　小野 勇　69-70
大阪のひと―Ｎの家族―　石浜恒夫　71-82
舞踏曲・ほか（＊「夢を紡ぐ」その二）　中石 孝　83-95
ある恐れ（＊エッセイ）　橋本都耶子　96-98
編集後記　（石浜）　98-98

第三十六号　昭和三十八年十一月三十日発行

同人名簿（ＡＢＣ順）　表紙2
むだでもない買物（＊小説）　庄野英二　1-5
スピード違反（＊小説）　石塚茂子　6-25
生駒山（＊小説）　中石 孝　26-33
雑記　杉山平一　34-34
夜を聴く（＊小説）　橋本都耶子　35-40
感傷旅行（＊小説）　吉田定一　41-62

第三十七号　昭和三十九年五月二十五日発行

同人名簿（ＡＢＣ順）		表紙2
シンガポール（＊小説）	庄野英二	1-17
本番指名（＊小説）	磯田敏夫	18-35
餅まき	加古樹一	36-36
叔父と鉄道と私と	中西源吾	37-40
三好達治氏亡なる	杉山平一	40-41
絵画（＊小説）	瀬川　保	42-57
臥薪嘗胆（＊小説）	吉田定一	58-74
編集後記	（定）	74-74

第三十八号　昭和三十九年八月二十五日発行

同人名簿（ＡＢＣ順）		表紙2
挽歌―春在吾指頭―（＊小説）	中石　孝	4-29
上林暁訪問記	吉田定一	30-34
骨の話（＊小説）	加古樹一	35-58
焼跡の寺院にて（＊小説）	東　秀三	59-84
編集後記	（東）	84-84

第三十九号　昭和三十九年十一月二十五日発行

同人名簿（ＡＢＣ順）		表紙2
戦闘（＊小説）	瀬川　保	3-14
随筆欄		
あゝ星条旗―アメリカ通信Ⅰ―	大塚　滋	15-20
志賀直哉とシュールレアリズム	杉山平一	20-21
接触事故（＊小説）	石塚茂子	22-39
どぶの町（＊小説）	橋本都耶子	40-64
編集後記	（せ）	64-64

第四十号　昭和四十年五月二十五日発行

第三者（＊小説）	石塚茂子	4-17
企業防衛（＊小説）	磯田敏夫	18-36
作家と手帳	藤沢桓夫	37-38
世代	西原寛治	38-39
アルミのカンカン	橋本都耶子	39-42
一九六五年春	東　秀三	42-44
クラス会	吉田定一	44-48
かいま見た歴史	吉田留三郎	48-49
個展（＊小説）	加古樹一	50-61
あした浜辺を	長沖　一	62-64
春のエスキース	庄野英二	64-65
病めるフロンティア―アメリカ通信Ⅱ―	大塚　滋	66-71
フォークナーと映画	杉山平一	71-73
美作（みまさか）の旅（＊小説）	中西　醇	74-90
編集後記	瀬川　保	90-90

第四十一号　昭和四十年十一月二十五日発行

二つの川（＊小説）　中西　醇　4–19
鳴川の道（＊小説）　橋本都耶子　20–30
随筆欄
谷崎潤一郎とクライマックス　杉山平一　31–32
黄いろい花嫁―アメリカ通信Ⅲ―　大塚　滋　32–41
京の半日　吉田定一　41–44
ある休暇（＊小説）　石塚茂子　45–57
小学校出（身）（＊小説）　磯田敏夫　58–76
編集後記　（定）　76–76

第四十二号　昭和四十一年五月二十五日発行

同人名簿（ABC順）　表紙2
大阪、千日前（＊小説）　磯田敏夫　3–20
塩湖の苦汁―アメリカ通信Ⅳ―　大塚　滋　21–32
随筆欄
芥川龍之介とSF　杉山平一　33–34
血圧記　吉田定一　34–39
立版古（＊小説）　加古樹一　40–74
編集後記　（東）　74–74

第四十三号　昭和四十一年十一月二十五日発行

同人名簿（ABC順）　表紙2
敵（＊小説）　瀬川　保　4–20
海のあっち側―アメリカ通信Ⅴ―　大塚　滋　21–30
「砂丘花なく……」その他　吉田定一　31–33
漢文漢語　杉山平一　33–34
柳川雨情（＊小説）　東　秀三　35–48
編集後記　（A）　48–48

第四十四号　昭和四十二年十一月二十五日発行

ブルーバード（＊小説）　石塚茂子　4–24
素描（＊小説）　東　秀三　25–30
武田麟太郎さん　吉田留三郎　31–32
夢　吉田定一　33–34
二十六番大吉（＊小説）　橋本都耶子　35–42
ビールはドルで―アメリカ通信Ⅵ―　大塚　滋　43–53
孤島にて（＊小説）　瀬川　保　54–79
編集後記　吉田定一　79–79
同人名簿（ABC順）　80–80

第四十五号　昭和四十三年八月二十五日発行

黒い扇風機（＊小説）　橋本都耶子　3–22

あゝ星条旗Ⅶ—(「アメリカ通信」解題)— 大塚 滋 23-43
今年最後の入道雲(＊小説) 杉山平一 44-79
編集後記 (東) 79-79

第四十六号 昭和四十四年四月十日発行

「眼の中の眼」(＊小説) 竹谷 正 3-24
最悪の生物—アメリカ通信Ⅷ— 大塚 滋 25-44
織田作之助の思い出—二十三回忌によせて— 石塚茂子 45-52
電気風呂 橋本都耶子 53-56
ヨーロッパ見物—ごくお粗末な—その1 長沖 一 57-66
台湾旅行 庄野英二 67-105
編集後記 (東) 105-105

第四十七号 昭和四十四年十月二十五日発行

あゝ星条旗Ⅸ— 大塚 滋 3-44
随筆
月のこと、老人のこと 杉山平一 45-46
編集後記というもの 吉田定一 46-47
ヨーロッパ見物その2 長沖 一 48-87
編集後記 (翁) 88-88
同人名簿(ABC順) 表紙3

第四十八号 吉田定一追悼号 昭和四十五年七月二十日発行

口絵写真
まえがき 杉山平一 1-1
悼詞 藤沢桓夫 4-4
吉田定一作品抄
死神(「PARADOX」昭和22年2月) 8-11
どら息子(「新潮」昭和25年12月) 12-23
織田作之助ノート(「亜流」昭和30年3月) 23-29
杉本町メモ(「文学雑誌」昭和34年3月) 30-43
一泊簿(「文学雑誌」昭和37年3月〜11月) 44-59
吉田定一年譜 60-63
「どら息子」ノート 西原寛治 64-68
追悼記
惜別 吉田留三郎 70-71
文友・棋友・酒友 吉井栄治 71-73
吉田定一さんを悼む 小野 勇 73-74
吉田定一君のおもい出 杉山平一 74-76
吉田さんへの借り 中西 醇 76-77
学生時代の仲間 鳥居達也 77-79
吉田定一君追悼 石浜恒夫 79-79
思い出 瀬川健一郎 79-80
「眼科開業と故吉田定一氏」 竹谷 正 80-82
虚しさ 中石 孝 82-83

〝吉田さん用〟　川崎勤二　83-85
奈良と吉田さん　橋本都耶子　85-87
俄雨　石塚茂子　87-88
追悼記　仁田義男　88-89
吉田クン、何故死ンダ　磯田敏夫　90-90
頭のよい静かなる少年定ちゃん　亀田　淳　91-92
吉田定一さん　下高原龍己　92-93
「泥酔の仲人」　古川清徳　93-94
心の酒　岡崎栄一郎　95-96
定さんと定やんと私　岩井一昌　96-99
「あの日のことなど」　岩井久子　99-101
悲願　鬼内仙次　101-103
定やん！おお、わが悪友、酒友　駒井五十二　103-104
「ヒロポン語録」ほか　花本公男　104-106
はるかなる乾杯　大塚　滋　106-108
すし折　庄野英二　108-109
白い日記　吉田律子　109-111
さまざまの……　長沖　一　111-113
吉田定一君の思い出　藤沢桓夫　114-115
編集後記　長沖一（花本）（大塚）　116-116
同人名簿（ＡＢＣ順）　表紙3

第四十九号　昭和四十六年四月発行（未確認）

長い間のこと（＊創作）　石塚茂子
造花の神（＊創作）　竹谷　正
六道の巷（＊創作）　五島鴨平
走井の水（＊随筆）　中西　醇
私の鼾（＊随筆）　鬼内仙次
予感（＊随筆）　杉山平一
編集後記　長沖一　大塚滋

第五十号　昭和四十七年四月十日発行

同人名簿（ＡＢＣ順）　表紙2
鬼ヶ峰（＊小説）　橋本都耶子　2-28
本号執筆者住所　28-28
六号雑記
　達磨忌の記　長沖　一　29-31
　横山エンタツのこと　竹谷　正　31-32
　〈禁欲〉ということ　五島鴨平　32-34
大阪相撲（＊小説）　磯田敏夫　35-52
編集後記　五島鴨平　表紙3

二十五周年記念号　昭和四十七年十二月一日発行

コント集
　女　杉山平一　4-4
　もう一人の男　杉山平一　5-5
　相思い草　橋本都耶子　6-6
　殺人電話　竹谷　正　7-7
　ガス　竹谷　正　8-8

毒薬　竹谷　正　9－9
くりごと　小野　勇　10－11
写生　大塚　滋　12－13
おお　ハンカチーフ！　長沖　一　14－15
二人の歌人―古いノートから―　藤沢桓夫　16－18
一九六八年七月八日のこと　小野　勇　19－21
大きな　やさしい眼　桝井寿郎　21－23
鳥のロザリオ　東　秀三　23－25
升田幸三　竹谷　正　25－27
彼女と私　石塚茂子　27－29
巷談千日亭（＊小説）　磯田敏夫　30－44
京の宿（＊小説）　中西　醇　45－49
短い春―圭子と良介―（＊小説）　瀬川　保　50－61
ロクロ模様（＊小説）　中谷栄一　62－81
編集後記　長沖　一　82－83

第五十一号　昭和四十八年八月一日発行

早春の風（＊小説）　中谷栄一　2－18
川端康成と光学的　杉山平一　19－20
南都雄二のこと　竹谷　正　20－21
妻籠宿にて　中西　醇　22－24
余香の昔（＊小説）　石塚茂子　25－56
編集後記　（S）　表紙3

第五十二号　昭和四十九年九月一日発行

一読三嘆長江土産―帝国海軍一等水兵の手記―（＊小説）　磯田敏夫　2－30
中西源吾「青花記」と庄野英二「キナバルの雪」を読む　杉山平一　31－33
勘内の結婚（＊小説）　中谷栄一　34－71
総目次について　杉山平一　72－73
文学雑誌自昭和二十一年至昭和四十八年総目次　74－85
編集後記　（せ）　表紙3

第五十三号　昭和五十年九月一日発行

浪江（＊小説）　中谷栄一　2－39
朝鮮あさがお（＊小説）　橋本都耶子　40－69
たった一人の道　杉山平一　70－71
ある儀式　中西源吾　71－76
耳底の記憶　瀬川　保　76－78
編集後記　（せ）　78－78

第五十四号　昭和五十一年七月一日発行

名人（＊小説）　中谷栄一　2－60
初冬の日に―古い日記から―（＊小説）　中西源吾　61－71
嘘・その他　杉山平一　72－74

同窓会　竹谷　正　74-75
茶臼藝　五島鴨平　75-76
文藝雑誌総目次追加　76-76
編集後記　表紙3

第五十五号　昭和五十二年四月一日発行
長沖一追悼号

口絵写真
長沖一作品抄
労働者（「辻馬車」昭和2年7月）　6-17
避病舎（「文学」昭和5年1月）　18-27
眼鏡の中（「文学雑誌」昭和22年1月）　28-34
落葉（「文学雑誌」昭和22年2月）　35-35
断橋（「文学雑誌」昭和23年1、4月）　36-49
砂糖百斤薯四五貫（「特ダネ」昭和21年7月8日）　50-53
〔俳句七句〕　53-53
双生児（「文学雑誌」昭和24年4月）　54-55
横光利一氏の追憶（「文学雑誌」昭和23年4月）　56-59
長沖一作品目録 自昭和二十年 至昭和五十一年　60-61
長沖一年譜　62-65
歌仙　水温むの巻　小野勇　吉村正一郎　相馬黄枝
長生俊良　長沖一　藤沢桓夫　藤沢典子　66-66
追悼集　そこにゐる友を隔つや雲の峰　桓夫
旅の思い出　藤沢桓夫　68-70
長沖君　秋田　実　70-71
本郷のころ　その他―長沖一君への追慕―　小野　勇　71-74
長沖一君を偲ぶ　崎山正毅　74-75
長沖君のメタセコイヤ　小野十三郎　75-75
長沖さん　庄野潤三　76-77
長沖一　富士正晴　77-79
二度訪れた長沖先生のお宅　岡田誠三　79-79
萩の盃　吉田留三郎　80-82
長沖先生の微笑　吉井栄治　82-82
潮騒がきこえる　亀山太一　83-84
しのび草（＊俳句五句）　藤沢典子　84-84
「上方笑藝見聞録」の頃　鬼内仙次　84-86
「ちゃりんぼ」のあこがれ　川端千鶴子　86-87
秋の陽は　桝井寿郎　87-88
口下手なおひとよし　五島鴨平　88-89
有縁無縁　竹谷　正　90-90
先生、せめて一度―　橋本都耶子　91-92
例外の二枚目　瀬川　保　92-93
長沖さんのこと　花本公男　93-94
立姿　大塚　滋　94-95
長沖さんのこと　中谷栄一　95-97
〔杉山平一宛葉書〕　永井龍男　97-97
ダンスパーティ　石塚茂子　97-98
長沖さんを偲んで　瀬川健一郎　98-99
一番弟子　磯田敏夫　99-100
小さなダルマと共に　吉田律子　100-101

長沖さんに　石浜恒夫　102-102
長沖さん　杉山平一　103-104
ルノワールの少女　庄野英二　104-105
わが雑草園の四季　長沖和子　106-109
編集後記　（杉山・瀬川）　110-110

第五十六号　昭和五十四年三月二十日発行
秋田実、吉田留三郎、駒井五十二追悼号

口演キャバレー漫遊記（＊小説）　磯田敏夫　4-23
嵯峨野にて（＊小説）　中西源吾　24-35
秋田実・吉田留三郎・駒井五十二追悼集
　初対面の頃　藤沢桓夫　38-42
追憶の秋田実氏（遺稿）　吉田留三郎　42-46
秋田実さんのこと　竹谷　正　46-47
留三郎さんのこと　富士正晴　48-49
吉田留三郎さんのこと　杉山平一　49-51
あゝ駒井君　花本公男　51-53
駒井さんを想う　岩井一昌　53-54
十五夜で幕（＊小説）　瀬川　保　55-78
ただありがたく　橋本都耶子　79-83

第五十七号　昭和五十五年六月二十日発行

新派大悲劇（＊小説）　磯田敏夫　4-30
訣別（＊小説）　中谷栄一　32-43
ドストエフスキーの生家　桝井寿郎　44-48
御岳さま　橋本都耶子　49-51
地下鉄　竹谷　正　52-53
露の世―思い出すために―（＊小説）　杉山平一　54-61
酒とのことなど―日記抄―（＊小説）　中西源吾　62-69

第五十八号　昭和五十八年三月十三日発行

熊よけの鈴（＊小説）　橋本都耶子　4-20
小野勇を偲ぶ　藤沢桓夫　21-25
（＊読売新聞「人生座談」(119)(120)を転載）
上海海軍――娑婆大阪（＊小説）　磯田敏夫　26-72
顔見世（＊小説）　杉山平一　74-81
編集後記　（S）　83-83

第五十九号　昭和六十一年四月二十日発行

神々の黄昏（＊小説）　中谷栄一　1-32
石塚さんのこと　橋本都耶子　33-40
黄薔薇（「日本小説」昭和34年4月）　石塚茂子　41-58
石塚茂子年譜　59-62
編集後記　杉山平一　63-63

第六十号　昭和六十三年十二月一日発行

どんでん返し（＊小説）　磯田敏夫　1-14

わらべ歌（＊小説）　橋本都耶子　15－28
天神橋筋（＊小説）　東　秀三　29－46
死の美しさ（＊小説）　杉山平一　47－52
接触（＊小説）　大塚　滋　53－58
もう一つの時間─掌篇二題─　瀬川　保　59－62
東欧推理行（＊小説）　竹谷　正　63－87
編集後記　杉山平一　89－89
編集同人（＊名簿）　表紙3

第六十一号　平成元年十一月二十日発行
藤沢桓夫追悼号

口絵写真（＊晩年の藤沢桓夫　文学雑誌同人会）
逆風ほど飛びやすい　杉山平一　6－7
藤沢桓夫作品抄
首（「辻馬車」大正十四年五月）　藤沢桓夫　8－17
傷だらけの歌（「新潮」昭和五年一月）　藤沢桓夫　18－30
作家の手帖（一）（「文学雑誌」昭和二十一年十二月）　藤沢桓夫　31－33
藤沢桓夫先生著書目録　谷沢永一　肥田皓三編　34－60
年譜抜萃─大阪帰住まで─　61－61
弔辞　司馬遼太郎　62－63
悼辞　小野十三郎　64－64
追悼記
茫洋半世紀　庄野英二　65－67
藤沢さんを偲ぶ　庄野潤三　67－69
「傷だらけの歌」から　沢野久雄　69－70
藤沢先生の思い出　田辺聖子　70－72
藤沢さんと死　大谷晃一　72－72
不肖の弟子　吉井栄治　72－74
わが心の師　瀬川健一郎　75－76
藤沢さんを悼む　中谷栄一　76－77
「春の山」によせて　橋本都耶子　77－78
桐の花　中西源吉　79－80
藤沢先生のこと　大塚　滋　80－81
藤沢先生のこと　竹谷　正　81－82
ごめんなさい　東　秀三　82－83
名刺の裏　桝井寿郎　83－84
藤沢先生からの手紙　鬼内仙次　84－88
将棋と文学雑誌　藤沢典子　89－89
キャバレーランド（＊小説）　磯田敏夫　90－133
編集後記　瀬川　保　134－134

第六十二号　平成二年十一月三十日発行

ポケット（＊小説）　庄野英二　2－7
紅葉明り（＊小説）　橋本都耶子　8－15
二番煎じオリエント急行（＊小説）　竹谷　正　16－40
秋日の記（＊エッセイ）　中西源吾　41－45
地名によせて（＊エッセイ）　瀬川　保　46－47
赤い屍（＊小説）　大塚　滋　48－64
天満老松町（＊小説）　東　秀三　65－104

編集同人（＊名簿）　（瀬）　104-104
編集後記　表紙3

第六十三号　平成三年十一月三十日発行

赤い水（＊小説「赤い屍」連作）　大塚　滋　2-29
幻その他（＊小説）　杉山平一　30-35
まどかな（＊小説）　庄野英二　36-44
ある夕映え　中西源吾　45-53
花本公男さんと詩（＊エッセイ）　大塚　滋　54-57
花本公男年譜　岩井一昌作成　56-57
セビルロウ（＊小説連作「神戸」）　東　秀三　58-68
月（＊小説）　桝井寿郎　69-77
大さか（＊小説）　磯田敏夫　78-126
編集後記　杉山平一　127-128
編集同人（＊名簿）　128-128

第六十四号　平成四年六月三十日発行

人魚（＊小説）　庄野英二　2-9
タイム・ラグ（＊小説）　東　秀三　10-32
残雪の譜（＊小説）　中西源吾　33-44
翔んで・イスタンブール（＊小説）　竹谷　正　45-72
非常時日本（＊小説）　磯田敏夫　73-120
編集後記　杉山平一　121-122
編集同人（＊名簿）　122-122

第六十五号　平成五年二月一日発行

「天平」につながって（＊小説）　橋本都耶子　2-11
桃花三春（＊小説）　瀬川　保　12-23
勝負（＊小説）　東　秀三　24-35
いわし雲（＊小説）　中西源吾　36-44
荒唐無稽譚（＊小説）　磯田敏夫　45-97
編集同人（＊名簿）　97-97
編集後記　杉山平一　98-99

第六十六号　平成五年十一月三十日発行

野の牝鶏（＊小説）　大塚　滋　2-18
花やぐら（＊小説）　橋本都耶子　19-35
蜻蛉抄（＊小説）　中西源吉　36-53
鴉・象・犬（＊小説）　杉山平一　54-59
毎日登山（＊小説）　東　秀三　60-69
紺屋（こうや）の子（＊小説）　磯田敏夫　70-87
ホスピタリティコール（＊小説）　竹谷　正　88-112
編集後記　瀬川　保　113-113
編集同人（＊名簿）　114-114

第六十七号　平成六年五月三十日発行
庄野英二追悼号

書きてし止まん　杉山平一　4–5
庄野英二作品抄
罪（一九四七・五）　庄野英二　6–9
松花江（一九五四・一一）　庄野英二　10–12
ロッテルダムの灯（一九五九・一二）　庄野英二　13–15
母のこと（一九六〇・三）　庄野英二　16–22
日光魚止（うおとめ）小屋　庄野英二　23–29
巴里の思い出（一九八四・一一）　庄野英二　30–30
人魚（一九九二・四）　庄野英二　31–39
追悼記
英二伯父ちゃんの薔薇　庄野潤三　40–41
生き急ぎ　大谷晃一　42–43
『星の牧場』誕生のてんまつ　小宮山量平　43–45
「星の牧場」のことなど　阪田寛夫　45–47
ポナペ島の庄野さん　橋本　武　47–48
庄野さんの笑顔　鬼内仙次　49–50
庄野大尉　瀬川　保　51–52
『星の牧場によせて』　橋本都耶子　52–53
ヒヨウリユウセントウチヤクセズ　相原法則　54–55
先生二題　泉　啓一　55–56
せっかち庄野先生　堀田珠子　57–57
目に浮ぶお姿　藤沢典子　58–58
英二先生の想い出　小出泰弘　59–59
庄野さんと『アルプ』　大洞正典　60–60
少年　大塚　滋　61–63
焦がれていた傘寿の画家　辻　司　63–64
二つの講演会　梶谷温子　65–66
庄野さんを偲ぶ　北野栄三　67–68
松虫草　中西源吾　68–68
ムギワラの季節、庄野さんさようなら　竹谷　正　69–69
電話の中の庄野先生　戸塚恵三　70–71
庄野先生と大学　伊藤啓一　71–72
〝海の大王〟への手紙　前川康男　73–74
同じ大正生まれ　磯田敏夫　74–75
回想の庄野英二先生　山田博光　76–77
怒り金時　東　秀三　77–79
ランプのスタンド　橋本美代子　80–81
また一杯やりましょう　若杉光夫　81–81
最初の葉書と最後の葉書　澗沢純平　82–83
一九八九年の秋　佐貫新造　84–85
モラエス幻想　北村ひろ子　85–86
追悼庄野英二先生　沢頭修自　86–87
煙霞亭画帖　上田宏範　88–89
庄野英二略年譜　90–94
編集後記　瀬川保　東秀三　95–95
編集同人（＊名簿）　96–96

第六十八号　平成六年十二月二十日発行

姫島の楠（＊小説）　鬼内仙次　2-20
萩・生駒山・岳父の死（＊小説）　中石孝　21-30
蠟燭（＊小説）　枡谷優　31-45
宇治（＊小説）　東秀三　46-53
霜の道（＊小説）　中西源吾　54-68
ナイルの盗賊（＊小説）　竹谷正　69-91
編集後記　杉山平一　92-92
編集同人（＊名簿）　表紙3

第六十九号　平成七年六月一日発行

天王山トンネル（＊小説）　杉山平一　2-16
柿の種（＊小説）　大塚滋　17-30
なか日和（＊小説）　鬼内仙次　31-47
馬（＊未発表）　長沖一　48-58
「馬」について　（杉山）　58-58
法隆寺勧進薪能（＊小説）　橋本都耶子　59-68
白い傘（＊小説）　中西源吾　69-75
一期は夢か（＊小説）　東秀三　76-84
長江遠景―『集中営雑記』抄―（＊小説）　瀬川保　85-92
世津ちゃんと雉ときつね（＊小説）　枡谷優　93-105
昭和「オ・イチ・ニ」（＊小説）　磯田敏夫　106-124
編集後記　杉山平一　125-125
編集同人（＊名簿）　126-126

第七十号　平成八年三月一日発行
東秀三追悼号

セビル　ロウ（＊小説）　東秀三　4-14
東秀三略年譜　15-16
東秀三作品一覧　17-18
追悼記
早過ぎるよ　大谷晃一　19-20
日記の中の東秀三　島京子　20-21
東秀三を悼む　和田浩明　22-22
燃える人　矢部文治　23-24
編集者・人間・もの書き　中村裕子　24-25
夕映えの人　涸沢純平　25-26
秀三さんの啖呵　古川董　27-27
学生さんの頃から　岡部伊都子　28-28
個人的追悼記　眉村卓　29-29
東君、ようやった　藤嶽彰英　30-31
弁慶のようなお人　舟生芳美　32-32
東さんに教えられたこと　山崎整　33-34
父について知ってる二、三の事柄　東秀人　35-35
和室のテーブル　東重人　36-36
二人暮らし　東信人　37-37
東秀三さんを想う　杉山平一　38-39
ああ　東さん　橋本都耶子　39-40

水仙　鬼内仙次　41-42
東さんを憶う　中西源吾　43-43
年下の先輩　大塚　滋　44-45
宇治にて―東秀三君のこと―　中石　孝　46-47
東秀三さんのこと　竹谷　正　47-47
四十年　瀬川　保　48-49
入相桜から（＊小説）　中石　孝　50-57
石蘭（＊小説）　中西源吾　58-67
異邦モロッコ殺し旅（＊小説）　竹谷　正　68-87
大昭和　捧げ銃（＊小説）　磯田敏夫　88-107
編集後記　瀬川　保　108-108
同人（＊名簿）　表紙3

第七十一号　平成八年十二月一日発行

織田作之助の眼（＊小説）　中谷栄一　2-14
藤の寺・宇治　中石　孝　15-21
草堂雑記　中西源吾　22-28
切り出し小刀（＊小説）　枡谷　優　29-43
大阪府　野田丈六（＊小説）　磯田敏夫　44-64
編集後記　杉山平一　65-65
同人（＊名簿）　66-66

第七十二号　平成九年七月一日発行

きゃらぶき（＊小説）　枡谷　優　2-14
国境は河（＊小説）　竹谷　正　15-32
「寄らば斬るぞ」―斬人斬馬剣―（＊小説）　磯田敏夫　33-54
編集後記　杉山平一　55-55
同人（＊名簿）　56-56

第七十三号　平成十年五月一日発行

歯（＊小説）　大塚　滋　2-23
黄いちご（＊小説）　橋本都耶子　24-39
上村さんの生家　鬼内仙次　40-45
草堂雑記　中西源吾　46-50
百合祭から　中石　孝　51-58
まつたけめし（＊小説）　枡谷　優　59-68
清太后私伝（＊小説）　磯田敏夫　69-85
編集後記　杉山平一　86-87
同人（＊名簿）　88-88

第七十四号　平成十年十一月二十五日発行

六代御前への旅（＊小説）　中石　孝　2-15
親友その他　大塚　滋　16-18
終りよければ　杉山平一　19-21
君の千日前、私の千日前（＊小説）　磯田敏夫　22-39
背負い投げ（＊小説）　枡谷　優　40-57
編集後記　瀬川　保　58-58
同人（＊名簿）　表紙3

第七十五号　平成十一年八月十日発行

おてるばあ（＊小説）　鬼内仙次　2-23
河内平野2000（＊小説）　磯田敏夫　24-45
燐寸と球あそび　杉山平一　46-51
偽金泥　大塚滋　52-56
一枚の朱い絵　橋本都耶子　57-61
明治の唱歌　瀬川保　62-65
パッションくらぶ（＊小説）　枡谷優　66-99
編集後記　瀬川保　100-100
同人（＊名簿）　表紙3

第七十六号　平成十二年六月二十日発行
中石孝追悼号

浮標（＊一九五五・八）　中石孝　4-16
中石孝年譜抜萃　18-18
中石孝著作一覧　19-19
追悼記
　中石孝さんのこと　杉山平一　20-21
　黒いやさしい人　橋本都耶子　22-23
　新人仲間　大塚滋　24-25
　思い出すままに　瀬川保　26-26
アドリア海の電話（＊小説）　竹谷正　28-58
パッションくらぶ（＊小説）　枡谷優　59-91
編集後記　瀬川保　92-92
同人（＊名簿）　表紙3

第七十七号　平成十三年四月二十日発行
中西源吾追悼号

かくも長き（＊小説）　杉山平一　4-14
パッションくらぶ（＊小説）　枡谷優　16-66
追悼記
　中西源吾さんを送る　杉山平一　68-69
　中西源吾略年譜　69-69
残照の中で（＊平成2年6月）　中西源吾　70-72
奈良鍋屋町　橋本都耶子　74-78
それから　それへ　瀬川保　80-84
赤とんぼ地蔵由来（＊小説）　大塚滋　86-94
編集後記　（大塚）　95-95
同人（＊名簿）　96-96

第七十八号　平成十四年六月二十日発行

草たちの怒り（＊小説）　大塚滋　2-29
スイスの誕生日　竹谷正　30-57
人情噺九軒高明（＊小説）　磯田敏夫　58-69
殴打　杉山平一　70-72
白い坂道―忠霊塔のある―　橋本都耶子　73-76
しゃっくりくどく　枡谷優　77-81

あの日　あの人　瀬川　保　82-85
編集後記　（瀬川）　86-86
同人（＊名簿）　表紙3

第七十九号　平成十五年四月二十五日発行

万代池（＊小説）　中谷栄一　2-9
テーブル・カフェ「火の丸」（＊小説）　磯田敏夫　10-20
グッスリ眠る　杉山平一　22-24
熟柿二つ　橋本都耶子　25-28
耳から出た話　瀬川　保　29-33
歌とライスと　大塚　滋　34-43
惚れ代（＊小説）　枡谷　優　44-66
コモ湖のプール（＊小説）　竹谷　正　68-98
編集後記（大塚）　99-99
同人（＊名簿）　表紙3

第八十号　平成十七年二月二十五日発行

真打ち（＊小説）　枡谷　優　2-14
三平と勘平（＊小説）　大塚　滋　16-30
わが懐しの道頓堀会館よ！（遺稿）　磯田敏夫　31-40
八十号記念　杉山平一　42-44
51号以降の総目次　46-50
正体　杉山平一　51-53
なつかしや　ベトコン　瀬川　保　54-57
夢のごとくに（＊小説）　中谷栄一　58-63
真田の抜穴（＊小説）　竹谷　正　64-77
編集後記　（大塚）　78-78
同人（＊名簿）　表紙3

第八十一号　平成十八年二月二十五日発行
磯田敏夫追悼号

磯田敏夫作品抄
荒唐無稽譚（抜粋）　磯田敏夫　4-15
独演会（抜粋）　磯田敏夫　16-19
磯田敏夫略年譜　20-20
磯田敏夫著作一覧　21-22
追悼記
磯田敏夫の文学　杉山平一　23-24
あの頃巷には哄笑があった　山崎正樹　24-30
直木賞をもらって当然だった磯田さん　木津川計　30-31
磯田氏の広告文案　磯田正吉　32-33
大阪の〝遺産〟　肥田晧三　33-34
アルバイトサロンの元祖〝ユメノクニ〟を作った人　新屋英子　34-35
磯田敏夫氏を悼む　北沢紀味子　35-37
磯田さんを偲んで　竹谷　正　37-38
菟将軍（＊小説）　枡谷　優　39-51
北岬（＊小説）　竹谷　正　53-75
詐称（＊小説）　大塚　滋　76-104

編集後記　杉山平一　瀬川保　大塚滋　105－105
同人（＊名簿）　表紙3

第八十二号　平成十八年十二月二十日発行

赤い靴（＊小説）　枡谷　優　2－17
贈呈本のこと　杉山平一　18－19
勘平と宗輔（＊小説）　大塚　滋　21－34
アウシュビッツ心中（＊小説）　竹谷　正　36－61
編集後記　（杉山）（大塚）　62－62
同人（＊名簿）　表紙3

第八十三号　平成十九年十二月二十日発行

墓（＊小説）　竹谷　正　2－28
敗残（＊小説）　杉山平一　29－38
秋ひとつ　瀬川　保　40－43
秋明菊によせて　橋本都耶子　44－45
昭和の子供（＊小説）　大塚　滋　46－71
父と子（＊小説）　枡谷　優　72－98
編集後記　（大塚）　99－99
同人（＊名簿）　100－100

第八十四号　平成二十一年一月十日発行

素粒子と新しがり　杉山平一　2－4
回想電車（＊小説）　瀬川　保　5－11
廃曲（＊小説）　大塚　滋　12－27
父と子（二）（＊小説）　枡谷　優　28－55
南ア・ブルートレイン殺人事件　竹谷　正　56－80
編集後記　（大塚）（瀬川）　81－81
同人　82－82

第八十五号　平成二十一年十二月二十八日発行
中谷栄一追悼

夢のごとくに（＊小説・再録）　中谷栄一　4－9
織田作之助の眼（＊再録）　中谷栄一　10－22
追悼記
中谷栄一君のこと　杉山平一　23－25
野戦時代の中谷軍医　瀬川　保　26－29
こけしと戦争―中谷栄一さんを読む―　大塚　滋　30－33
父と子（三）（＊小説）　枡谷　優　34－57
ＯＳＡＫＡ―Ｓ―ＧＡＬＳ（＊小説）　竹谷　正　58－88
編集後記　（瀬川）（大塚）　90－90
同人　表紙3

63『新演藝』

昭和二十二年十月

創刊号　昭和二十二年十月一日発行
浪曲特輯号

雑誌「新演藝」浪曲号発刊を祝して　梅中軒鶯童　1-1
創刊の言葉　富士月子　1-1
浪曲随想　西村真琴　2-2
楽屋裏ばなし─浪界ゴシップ─　3-3
浪曲紀の国屋文左衛門　梅中軒鶯童口演　4-5
新人選抜浪曲大会審査員座談会
　辻内周三　岩崎修　樋口孝吉　6-7
大阪の淫売窟を探る─ルポルタアジュ─　8-8
新浪曲春遠からじ　田中絹代　エノケン　9-9
鍵穴　9-9
浪花節経験記（一）　辻内周三　10-11
新人について　新羅三郎　11-11
浪曲よ何処へ　浪曲ファンの友へ！　佐々木英之助　12-13
浪曲は組小町　富士月子口演　14-15
浪曲夕話　伊勢貞一　16-16
近松の恋　最上三郎作　17-20

64『学生文藝』

昭和二十三年六月―昭和二十四年二月（全三冊）

第一巻第一号　昭和二十三年六月一日発行

異常な釣合　小野十三郎　2-2
太宰治ノオト　谷沢永一　3-10
詩六篇（小野十三郎選）
　砂塵　豊田善次　11-11
　犬　渡辺香根夫　11-11
　謎　塩田啓介　11-12
　雨の日　新宮　譲　12-12
　注射　岡石蕗子　13-13
　手術　奥村雄司　13-14
　選評　小野十三郎　15-15
四つの証言　志摩俊介　16-21
皐月集（短歌）　豊田善次　真木子　向井悦子　奥
　村雄司　纓子　紀代子　22-23
雑詠（日野草城選）　渡辺香根夫　門田誠一　山本
　博三　豊田善次　向井悦子　岡田義博　内田弘　岡
　本はいど　酒巻美津子　24-25
評　日野草城　25-25
断章　雀　河合俊明　26-35
編集後記　谷沢永一　36-36

第二号　昭和二十三年七月一日発行

アプレ・ゲール論　岩上順一　2-4
波荒き港（＊詩）　渡辺香根夫　5-6
二つの堕落　谷沢永一　7-13
夕景（＊詩）　奥村雄司　14-15
蚊（＊詩）　小川喜美子　15-15
私の出発　小川一雄　16-16
水無月集（＊短歌）　美波子　真木子　纓子　小川喜美子　みほず生　17-17
断層（＊俳句）　渡辺香根夫　山本山梔　門田誠一　岡田至弘　佐藤周　白井佐和子　翠子　松内紀美子　向井悦子　尾崎絹行　美波子　青木志津子　岡本はいど　高野泰子　内田弘　行友盛夫　18-19
いちご（＊創作）　宮村隆子　20-22
葉風（＊創作）　箕輪冬子　23-31
満員電車で（＊詩）　鮫島　圭　31-31
編集後記　谷沢永一　32-32
総務部より　32-32

第三号　昭和二十四年二月一日発行

詩特集号

坂口安吾ノート―性格的考察―　津田雅夫　2-3
詩
孤独　三谷信実　4-4
丘の上　奥村雄司　4-4
指　津田雅夫　4-4
い丶もの　中村昌生　5-6
（無題）　加太　治　6-6
〝インキ〟　小川喜美子　6-7
〝仔犬〟　足立民司　7-7
霧　ヘルマン・ヘッセ　中西章二訳　7-7
〝恋〟　岡本圭二　7-7
雨　ウエタニ・ヒロシ　8-8
なやみ　山本千秋　8-8
追憶　松本登代子　8-9
夕暮　佐波三津子　9-9
T駅にて　冨田慎一　10-10
北風の跫音　片岡周子　10-11
思ひ出　クローバの花　村橋吉重　11-11
短歌　岡本圭二　12-12
病中吟　水谷裕子　12-12
俳句　真木美津子　山本博三　岡本はいど　むらさき　黒川行信　船越保　13-13
或る喜びの辞（＊創作）　小川一雄　14-19

65『大阪文学』

昭和二十四年一月

創刊号　昭和二十四年一月一日発行
小説特輯号

創刊のことば　表紙2
通天閣（＊小説）　岡林玄也　2-14
春夜物語（＊小説）　福岡　謙　15-24
作品について　羽沢馨三　25-25
田中文雄に　福岡　謙　25-25
うろんの涯に（＊小説）　羽沢馨三　26-33
〝映画ファンの弁〟　湯浅正明　34-34
真実と虚構を　中村比呂志　34-34
忘却への一齣（＊小説）　湯浅正明　35-48
あとがき　（K・F）　表紙3

66『えんぴつ』

昭和二十五年一月―昭和二十六年五月（全十七冊）

第一号　昭和二十五年一月一日発行

愛情の問題（＊小説）　片岡　寛　1-21
壊滅（＊小説）　いやま・よしひで　21-26
嘲笑（＊小説）　鎌倉信一　27-40
第一回同人会（第二号編集会を兼）　40-40
ホレイショよ共に―映画「ハムレット」を観て―（＊詩）　今岡正三　41-43
町について㈠（＊詩）　紺崎朝治　43-44
斎藤茂吉「作家（ママ）の態度」解説　谷沢永一　44-60
えんぴつ同人　表紙3

第二号　昭和二十五年二月一日発行

「えんぴつ」同人　1-1
旅塵（＊小説）　川辺なつ子　2-16
壊滅（＊小説）　いやま・よしひで　16-23
槍と道化師他一篇（＊詩）　近藤計三　23-27
詩三篇（＊詩）　つだ・まさお　27-30
斎藤茂吉『作歌の態度』解説　谷沢永一　30-44
同人清規　表紙3

第二回同人合評会（第三号編集会議を兼ねる）　表紙3
第一回同人合評会記録　表紙3

第三号　昭和二十五年三月一日発行

「えんぴつ」同人　1-1
何処え（＊小説）　池田誠治郎　1-16
冷雨（＊小説）　鎌倉信一　17-26
包囲—壊滅3—（＊小説）　いやま・よしひで　27-34
斎藤茂吉『作家（ママ）の態度』解説　谷沢永一　34-57、16
同人清規　58-58
補正　58-58
第三号合評会　58-58
第二回合評会出席者　58-58

第四号　昭和二十五年四月一日発行

同人　1-1
印象採集—デッサン集—（＊詩）　開高　健　1-10
「人間に関する七頁」について　つだ・まさお　11-14
某君に（下級社員の諸君に）（＊詩）　大原　祥　15-17
ゴーイング・マイ・ウエイ—「ある自画像」より—（＊小説）　片岡　寛　17-67
同人清規　68-68
第四号合評会　68-68
第三号合評会出席者　68-68

第五号　昭和二十五年五月一日発行

同人　1-1
海え来て—理由もなく馘首されて—（＊詩）　高村信吉　1-2
加害者（＊小説）　大森信夫　3-7
家路（＊小説）　たかぎ・ひろし　8-15
造花（＊小説）　岩竹知子　15-24
世紀の力（＊詩）　権　敬沢　24-25
海辺に立って（＊詩）　近藤計三　25-26
町について（＊詩）　紺崎朝治　27-28
日々（＊短歌）　山下澄子　29-30
下士官の昇給（＊小説）　つだ・まさお　31-42
季節第一部　少年の風土（＊小説）　開高　健　42-57
同人清規　58-58
第五号合評会　58-58
お断り　58-58
第四号合評会出席者　58-58

第六号　昭和二十五年六月一日発行

同人　1-1
下士官の昇給（＊小説）　つだ・まさお　1-7
縮まらぬ距離（＊小説）　岩竹知子　7-12
文盲（＊小説）　権　敬沢　13-23
光風館（＊小説）　田島貞彦　23-32

日々（その二）（＊短歌）　山下澄子　33–34
砂丘他二篇（＊詩）　郡　良雄　34–35
詩二篇チェコ（＊詩）　たかぎ・ひろし　35–36
軋音（＊詩）　牧　羊子　37–39
或る流域（＊詩）　桃井忠一　39–39
明日は日曜（＊放送劇）　増位安平　40–50
『早春』の問題の批評にかんして（特に小田切秀雄に対して）　カネハラ・ショウヂ　50–58
同人清規　表紙3
第六号合評会　表紙3
第五号合評会出席者　表紙3

第七号　昭和二十五年七月一日発行

同人　1–1
S夫人の窓（＊小説）　いやま・よしひで　1–7
季節第二部　十九才の青年の風土（＊小説）　開高　健　8–24
線路のある町㈠（＊小説）　つだ・まさお　24–38
日々㈢（＊短歌）　山下澄子　39–39
雨の職業安定所（＊詩）　権　敬沢　40–41
軍服のない兵士（＊詩）　近藤計三　41–42
疲労（つか）れている時には（＊詩）　牧　羊子　42–43
西山安男「光芒」読後　谷沢永一　44–56
プーシキン研究（一）　山本泰規　56–60
同人清規　表紙3
第七号合評会　表紙3
第六号合評会出席者　表紙3

第八号　昭和二十五年八月一日発行

同人　表紙2
線路のある町㈡（＊小説）　つだ・まさお　1–7
日々㈣（＊短歌）　山下澄子　7–8
静かにねむれ―たつこの告別式における詩―（＊詩）　浜口国雄　8–10
夕映（＊詩）　牧　羊子　11–11
祈り（＊詩）　郡　良雄　12–12
かわらぬ愛のために（＊詩）　近藤計三　12–13
井上光晴「書かれざる一章」読後　谷沢永一　14–28
第八号合評会　28–28

第九号　昭和二十五年九月一日発行

同人　2–2
季節第二部　試みと過ちの実験（＊小説）　開高　健　3–19
太陽の子（＊詩）　牧　羊子　19–20
底流（＊小説）　権　敬沢　21–26
革命的（＊小説）　増位安平　27–35
連作への感想（＊評論）　山下澄子　35–38
プーシキン研究（二）　山本泰規　38–42
闘い（＊小説）　やすだ・てつや　43–51
紅（くれない）の歌むねに（＊小説）　たかぎ・ひろし　52–73

第九号合評会　74–74
合評会々場　74–74

第十号　昭和二十五年十月一日発行

同人　2–2
季節第三部　状況調査その(1)（＊小説）　開高　健　3–21
日々（五）（＊短歌）　山下澄子　21–22
ばくおん—君え—（＊詩）　浜口国雄　22–24
確証（＊詩）　牧　羊子　24–26
線路のある町㈢（＊小説）　つだ・まさお　26–37
環礁（＊小説）　いやま・よしひで　37–46
映画「羅生門」のほとり　牧　羊子　47–48
羅生門バイ　増位安平　48–49
「羅生門」について　つだ・まさお　49–50
バンケ第九回合評会記　開高　健　50–58
〔無題〕　58–58
第十号合評会　表紙3
第十一号「パンドラ」課題　表紙3

第十一号　昭和二十五年十一月一日発行

同人　2–2
バンケ第十回合評会記　開高　健　3–12
黒い服を着た女（＊小説）　川辺なつ子　12–19
旧い家（二）［ママ］（＊小説）　つだ・まさお　19–25
日々㈥（＊短歌）　山下澄子　25–26
壁・他二篇（＊詩）　牧　羊子　27–29
彼の死—未組織労働者の悲哀—（＊詩）　紺崎朝治　29–30
〝自転車泥棒〟について　権　敬沢　31–31
「えんぴつ賞」について　32–32
「パンドラ」欄について　32–32
第十一号合評会　32–32

第十二号　昭和二十五年十二月一日発行

同人　2–2
乾いた季節（＊小説）　つだ・まさお　3–31
詩屑〝宇宙塵〟〝軋音〟より（＊詩）　牧　羊子　32–50
日々（七）（＊短歌）　山下澄子　50–51
プーシキン研究（三）　山本泰規　52–61
バンケ第十一回合評会記　つだ・まさお　61–67
「えんぴつ」一九五〇年掲載作品総目録　77–78
一九五〇年受贈誌名　表紙3
第十二号合評会　表紙3

第十三号　昭和二十六年一月一日発行

点景（一）（＊小説）　向井　敏　3–9
過ぎし日のうた（＊小説）　高橋玲子　9–27
星菫派（＊小説）　南次八郎　28–47
野間宏「硝子」読後　谷沢永一　48–63

手のひら（＊詩）　近藤計三　63–67
現代短歌研究（一）　谷沢永一　山下澄子　67–76
木曜会予告　77–79
同人新加入　80–80
同人脱退　80–80
前号誤植訂正　80–80
第十三号合評会　80–80

第十四号　昭和二十六年二月一日発行

ルイ・アラゴン　抵抗（＊訳詩）アラゴン研究会訳編　3–30
渦の眼（＊小説）　増位安平　31–55
コンクリートの箱の中の詩（うた）他二篇（＊詩）　堀瀬美紀　55–58
親のない子雀達他一篇（＊詩）　木場康治　58–59
異質の肌（＊小説）　たかぎ・ひろし　60–63
プーシキン研究（四）　山本泰規　64–68
小林ひさえ「乳房」読後　谷沢永一　68–78
木曜会・日程・参考文献　79–79
同人新加入　80–80
本号掲載研究資料　80–80
第十五号訳予定の詩篇　80–80
第十三号のえんぴつ賞　80–80
第十四号合評会　80–80

第十五号　昭和二十六年三月一日発行

ルイ・アラゴン　抵抗（＊訳詩）アラゴン研究会訳編　3–22
値札―（アメリカ中古衣類廉売店にて）―（＊小説）　権　敬沢　23–24
冬の雲（一）（＊詩）　牧　羊子　24–27
日々（八）（＊短歌）　山下澄子　27–29
プーシキン研究（五）　山本泰規　29–33
同人脱退　34–34
第十四号えんぴつ賞　34–34
アラゴン訳編本号担当者名　34–34
木曜会日程　34–34
第十五号合評会　34–34

第十六号　昭和二十六年四月一日発行

ルイ・アラゴン　抵抗（＊訳詩）アラゴン研究会訳編　3–23
尽きぬ流れ―獄死せる友を思いて―（＊詩）　権　敬沢　25–26
日々(九)（＊短歌）　山下澄子　26–27
アンクル・ジョーンズ（＊小説）　向井　敏　28–36
同人脱退　表紙3
第十五号「えんぴつ賞」　表紙3
木曜会日程　表紙3
第十六号合評会　表紙3

第十七号・終刊号　昭和二十六年五月一日発行

同人　2-2
ルイ・アラゴン　抵抗（＊訳詩）　アラゴン研究会訳編　3-18
マンハッタン乗換え（一）（＊翻訳）　J・ドス・パソス　つだ・まさお訳　19-27
「えんぴつ」全十七号掲載作品目録　29-32
「えんぴつ」は十七号を以て終刊とする　表紙3
脱退届　表紙3
除名　表紙3
活版アンソロジイの出版は経済的困難のため不可能となった　表紙3
第十六号の「えんぴつ賞」　表紙3
第十七号合評会　表紙3

67『文学世界』

昭和二十五年五月

創刊号　昭和二十五年五月一日発行

文学世界同人　目次裏
望郷―失われた祖国・第一部―（＊小説）　本間剛夫　7-77
十号室（＊小説）　松井英子　78-102
執筆者住所録　102-102
海辺　砂と松林　帰日（＊詩）　原田正二　103-106
轍（＊詩）　黒石尚文　106-106
春まだ浅し（＊詩）　並木公雄　107-108
さしまねくもの（＊詩）　堀田良作　109-110
冬の童話（＊詩）　西田克己　111-112
鉱脈（＊小説）　組坂松史　113-140
青春の倫理（＊小説）　厚木　繁　141-171
〔無題〕　組坂松史　171-171
百号の裸婦（＊小説）　斎木寿夫　172-191、171
北満（＊小説）　鬼生田貞雄　192-230
温床（＊小説）　真鍋元之　231-232
幸福（＊小説）　沙和宋一　283-248
コザック（＊小説）　井野川潔　249-291
同人雑誌
ぼくたちの会　竹森一男　292-295

三崎から　細川広野　295―296
「絶対」のはなし　杉浦茂夫　296―297
魅せられた魂　吉田達三　297―298
私の願ひ　小野　稔　298―299
今年は忙しい　楠野菊夫　299―299
ひとしずくの油　桑原正雄　299―300
色　亀山恒子　300―301
青海苔採り　山本武生　301―302
後記　井野川潔　303―303

68『あまカラ』

昭和二十六年八月―昭和四十三年五月（全二百一冊）

第一号　昭和二十六年八月五日発行

食ひしん坊　小島政二郎　4―7
歌舞伎手帖　はが・れいこ　8―9
拳法の極意　吉田三七雄　10―10
西欧の藝術家　吉村正一郎　11―12
グラスいろいろ（写真付き）　12―13
双葉会の発足（生菓子の研究）　14―15
葛もちと「福寿」　水野久美子　15―15
お菓子メモ　16―16
お店紹介（写真付き）『清流』『木専』『南海錦浮』『さのや』『かぶと』『休利』　17―23
船場の花花（ビジネス街に検番）　24―25
PUNCHの池にボートを浮かべ　品川　潤　25―26
料理紹介（写真付き）　27―29
ビルゼンとミュンヒェン　山本茂久　29―29
銷夏献立鈔
　あじ五種　30―30
清流一掬　北岡万三郎　31―31
卓上風雅　八木重一郎　32―32
涼風満堂　和田奈良次　32―33

包丁の技　大久保恒次　34-35
お酒の楽屋　加納悦三　35-35
こおひいのこおひ　堤けい子　36-36
おいしい・あじない・うまい・まずい　六場許六　37-37
ビフテキは誰でもおいしく出来ます　松野忠一　38-38
「あま・カラ」会員募集　38-38

第二号　昭和二十六年九月五日発行

食ひしん坊（二）　小島政二郎　4-7
甘味歴程　高橋邦太郎　8-12
ないふ・ふぉーく・すぷーん（写真付き）　12-13
お店紹介（写真付き）『生野』　14-14
うなぎの素焼　白野弁十郎　15-15
長崎の菓子　品川　潤　16-16
酒のしるし　小谷清一　17-17
アンゼリカ　荻野三治　18-18
お店紹介（写真付き）『アラスカ』『ニューグリル』『今橋つるや』　21-21
初秋即席料理「さのや」　和田奈良次　22-23
夏は洋食　冬は鍋　福島慶子　24-24
酒癖　吉田三七雄　25-26
お店紹介（写真付き）『平野』『幸楽』『正弁丹吾』　27-28
胃とともに去りぬ　前田栄三　29-29
甘族歓宴（鎌倉茶話会の話）　丸尾長顕　30-32
桃　吉村正一郎　32-33
東京名物東京のれん会　34-35
新派の手帖　はが・れいこ　36-37
かれー・らいすのつくりかた　（B）　38-38
「あま・カラ」会員募集　38-38
写真撮影　奥山　昇

第三号　昭和二十六年十月五日発行

食ひしん坊（三）　小島政二郎　4-7
お酒のことなら少し　木々高太郎　7-9
思ひ出のふたつ　福島慶子　10-11
たべものと踊　天津乙女　12-13
たべもの話の泉　吉田みなを　14-16
私は誰でせう―藝術家と料理―　前田栄三　16-16
人生あまカラ像（今中富之助）　B・B・B・B　17-17
お店紹介（写真付き）『顯心堂』『ちもと』
『OBKグリル』『花外楼』『美々卯』
甘辛談義（一）　18-24
吉村正一郎　矢部良策　山内
神斧　生形貴道　葛西宗誠　佐伯江南斎（司会）今中　25-28
冬の麦酒　ほろにが通信　29-29
名月と雨傘　丸尾長顕　30-31
砂糖に罪なし　双葉会九月例会記　M　31-32
大阪の職方　B　33-33
のどから手がでる　34-35
ウィスキーの香（海老原氏の研究）　B　35-35

新国劇の手帖　はが・れいこ　36－37
新小豆のお汁粉　M　38－38
「あま・カラ」会員募集　38－38

第四号　昭和二十六年十一月五日発行

食ひしん坊（四）　小島政二郎　4－7
めし党宣言　宮田重雄　7－8
お菓子の名　北条 誠　9－10
姑のおかげで　森田たま　11－12
新派人甘辛往来　斎藤晴巳　12－13
紅茶のお手前（鎌倉茶話会の記）　丸尾長顕　14－14
人生あまカラ像（松本佐多さん）　井上甚之助　15－15
お店紹介（写真付き）『うづら』『寿司万』『松前屋』『小倉屋』『重の家』『大寅』『善哉屋』　16－22
あまカラの記　吉田みなを　23－24
七面鳥　前田栄三　25－25
佐多女聞書（一）　井上甚之助　26－29
あま・カラ通信　B・B・B・B　29－30
酒の取引所　小谷清一　31－31
舞台しのぶ草　はが・れいこ　32－33
たまござけ　B・B・B・B　34－34
「あま・カラ」会員募集　34－34
甘辛往来—『あまカラ』第4号別冊（アンケート）　1－20
朝比奈隆　阿部真之助　芥川也寸志　秋田実　荒畑寒村　天津乙女　伊原宇三郎　岩田豊雄　伊志井寛　伊藤良三　飯島幡司　岩井雄二郎　伊東深水　池部良　浦松佐美太郎　宇井無愁　内田誠　江崎利一　長田幹彦　岡本太郎　尾上松緑　沢瀉久孝　河盛好蔵　門田勲　春日野八千代　桂春団治　菊田一夫　北大路魯山人　喜多村緑郎　菊岡久利　邦枝完二　黒田初子　倉島竹二郎　小島政二郎　小堀杏奴　小山いと子　勝太郎　木暮実千代　小林一三　児島善三郎　小牧近江　佐藤敬　佐藤美子　向坂逸郎　斎藤茂吉　崎山正毅　神山潤　西条八十　寿岳文章　下村宏　渋沢秀雄　清水三重三　下田吉人　菅原通済　新村出　薄田泣菫　千宗室　千田是也　千宗守　曾宮一念　田村駒次郎　高峰三枝子　高原慶三　田辺至　田村泰次郎　辰野九紫　谷桃子　高浜虚子　高橋邦太郎　団伊玖磨　寺尾威夫　徳川夢声　轟夕起子　中川紀元　中山晋平　中村直勝　中里恒子　新居格　野村胡堂　原吉平　馬場恒吾　長谷川幸延　服部良一　八馬兼介　長谷川伸　平井房人　平林治徳　日野草城　古谷綱武　福田平八郎　福田豊四郎　藤森成吉　堀文平　北条誠　丸尾長顕　正宗白鳥　水谷川忠麿　宮城音弥　松林桂月　松永和風　春日とよ　市村羽左衛門　内田巌　由起しげ子　渡辺常庵　鷲尾傭三　吉田健一　矢部良策　山本嘉次郎　本山荻舟　村山知義　向井潤吉　村松梢風　鍋井克之　森田たま　渡辺紳一郎　小汀利得　石井柏亭　歌沢寅右衛門　阿部静枝　井上端　花柳章太郎　下田将美　長門美保　福島慶子　藤蔭静枝　神西清

古関裕而　坂本繁二郎　市川男女蔵　佐々木藤索　宮田重雄　樋口富麻呂　笠智衆　昔々亭桃太郎　矢野目源一　尾上柴舟　守田勘弥　江口隆哉

第五号　昭和二十七年一月五日発行

食ひしん坊（五）　小島政二郎　4-8
自分勝手　永井龍男　8-10
あこがれ　渋沢秀雄　10-11
料理の藝　福島慶子　12-12
秋の吹き寄せ（鎌倉茶話会の記）　丸尾長顕　13-14
こがらしの匂い　よしだ・みなを　15-16
人生あまカラ像（湯木貞一氏）　B・B・B・B　17-17
京洛あまから図会（写真付き）
『川端道喜』『瓢亭』『河道屋』正月の菓子
『かね正』『大市』『いづう』『辻留』　18-28
甘辛談義〔其の二〕　朝比奈隆　船越かつ美　吉田三七雄　前田栄三　29-31
『いせや』以後　弁　31-31
平凡なもの　小島哲治　32-33
本場のマカロニ　小村順之助　33-34
文学と食味　荻野三治　34-34
のめばたのしき話　前田栄三　35-35
佐多女聞書（二）　井上甚之助　36-40
甘辛往来（つづき）　谷口千吉　佐佐木信綱　布施信良　大辻司郎　今中富之助　40-40
あまカラ通信　M　41-41
柚みそ　B　42-42
「あま・カラ」会員募集　42-42

第六号　昭和二十七年二月五日発行

食ひしん坊（六）　小島政二郎　4-7
お菓子随筆　村松梢風　7-8
おすしの話　森田たま　9-10
佳春庭移蘭　鎌倉　花鳥亭　11-12
茶の湯のえちけっと　吉田三七雄　13-14
ぷち・かいえ　福島慶子　15-16
ふるさとの菓子〔一〕　中村汀女　絵・江崎孝坪　17-18
人生あまカラ像（上西得三氏）　大久保恒次　19-19
お店紹介（写真付き）
『なだ万』『堺卯楼』『吉兆』の前菜（絵）『吉野』
『喜多林堂』『菊正宗』の工場　20-26
甘辛談義〔其の三〕　今中豊三　常岡喜代　水野多津子　27-28
団子談義　奥井復太郎　29-30
うどんは楽しき思い出　前田栄三　30-31
旧茶道論　大久保恒次　31-32
佐多女聞書（三）　井上甚之助　33-37
結解　飯島幡司　38-40
あまカラ通信　M・O・O・O　40-41
『雑炊おくの細道』　B　42-42

「あま・カラ」会員募集　42-42

第七号　昭和二十七年三月五日発行

食ひしん坊（七）　小島政二郎　4-7
お菓子随筆　村松梢風　8-9
通人の失敗　倉島竹二郎　9-10
素人料理　中里恒子　10-11
友まちがひ　森田たま　12-13
食物と五十年　前田栄三　13-14
下種の舌　河内山五月　14-16
初夢（鎌倉茶話会の記）　丸尾長顕　16-17
舌頭抄　吉井　勇　18-18
人生あまカラ像（木暮保五郎氏）　大久保恒次　19-19
お店紹介（写真付き）　20-21
『甘辛のれん会』発会式（写真付き）　22-22
ふるさとの菓子　中村汀女　絵・江崎孝坪　23-23
卵が立つという話　吉田三七雄　24-25
名物餅と容器　鈴木宗康　26-27
硬から軟へ　27-27
東西味くらべ
こんぶ　あさくさのり　悠　眠　亭　28-29
味覚の科学—『味盲』の人がある—　佐々木寛昌　30-32
菓子哲学序説　藤森成吉　33-34
あまカラ通信　35-37
なまふ　B　38-38
「あま・カラ」会員募集　38-38

第八号　昭和二十七年四月五日発行

食ひしん坊（八）　小島政二郎　4-7
辛い話　倉島竹二郎　8-9
たべもの屋　北条　誠　10-13
めばりずし　戸塚文子　13-15
辻留論　井口海仙　15-16
お菓子な話　平井房人　17-20
続舌頭抄　吉井　勇　19-19
人生あまカラ像（堀田吉夫氏）　21-21
小鯛雀ずし（色刷）　山内金三郎　22-23
辻留　吉兆対談
司会・山内金三郎　辻嘉一　湯木貞一　24-31、37
いかもの　福島慶子　28-29
味覚の科学—食欲について—　佐々木寛昌　32-34
麦畑と酒と死と　吉田三七雄　34-36
天津甘栗から五色の酒まで　前田栄三　36-37
味噌　悠眠亭・泉源助　38-39
あまカラ通信　B・E・M　40-41
たけのこ　B　42-42
「あま・カラ」会員募集　42-42

第九号　昭和二十七年五月五日発行

食ひしん坊（補遺）	小島政二郎	3-6
自炊記	里見　弴	7-9
家	森田たま	9-10
味覚三昧	吉井　勇	11-11
果物天国	十河　巌	12-13
吉兆　辻留対談　司会・山内金三郎　辻嘉一	湯木貞一	13-14
カツレツ事件	前田栄三	15-16
金七拾円也	吉田三七雄	16-17
ふるさとの菓子　中村汀女	絵・江崎孝坪	18-18
人生あまカラ像（辻嘉一氏）	大久保恒次	19-19
名菓集（双葉会）	山内金三郎	20-21
甘辛談義　出席者　小島政二郎　大仏次郎　小林秀雄　永井龍男　吉屋信子　小山いと子　杉葉子　今中善治　大久保恒次　山内金三郎		22-26
柿の葉鮨（陰翳礼讃より）	谷崎潤一郎	27-28
手料理の味	飯島幡司	28-30
味覚の科学（三）――『おなかがすく』ということ――	佐々木寛昌	31-33
東西味くらべ　おでん	悠眠亭	
関東煮	B	34-35
あまカラ通信		36-37
鮎	B	38-38
「あま・カラ」会員募集		38-38

第十号　昭和二十七年六月五日発行

食ひしん坊（九）	小島政二郎	4-7
食欲時代	渋沢秀雄	7-9
食後	中里恒子	9-10
行く雁	森田たま	10-11
人生あまカラ像（杉本甚之助氏）	山　内	11-11
人生あまカラ像（丹羽陸夫氏）	B	12-13
菊池先生とお菓子の思ひ出	倉島竹二郎	14-15
メダンのポト・フウ	高橋邦太郎	15-19
甘辛竹枝	吉井　勇	17-17
珍味発見	福島慶子	19-20
料理の学校	大久保恒次	20-22
インド・マカン	吉田三七雄	23-24
酒から出た話	前田栄三	25-25
自炊記（二）（銀語録より）	里見　弴	26-28
奈良高畑志賀邸茶室（写真）		29-29
お店紹介（写真付き）　米忠		30-30
ふるさとの菓子　中村汀女	絵・江崎孝坪	31-31
東西味くらべ　にぎりずし	悠眠亭	
おしずし	B	32-33

味覚の科学（四）―『味について』―　佐々木寛昌　34-36
あまカラ通信　37-37
たぬき汁　B　38-38
「あま・カラ」会員募集　38-38

第十一号　昭和二十七年七月五日発行

食ひしん坊（十）　小島政二郎　4-7
一里玉　徳川夢声　7-8
水羊羹　小糸源太郎　9-9
唐草模様　森田たま　10-12
ウォトカとキャヴィア　吉村正一郎　12-13
続甘辛抄　吉井　勇　14-14
きも談議　清水　雅　15-16
さかしら三題　小村順之助　16-17
ひや酒　吉田三七雄　18-19
東西味くらべ
　うなぎ　悠眠亭
　はも　B　20-21
玩物喪志（写真も）　葛西宗誠　22-23
人生あまカラ像（久保義一氏）　24-24
上方の鰻
　（語る人）柴藤治兵衛翁　（聞く人）浜秀太郎　早川
　菅太郎　25-37
甘辛談義　山内金三郎　38-39
酒の今は昔　伊藤秋雄　40-41
落ついたリンゴ　前田栄三　42-43
味覚の科学（五）―『味覚残像に就いて』―　佐々木寛昌　43-45
再録　食ひしん坊　小島政二郎　46-52
あまカラ通信　53-53
だいこんおろし　B　53-53

第十二号　昭和二十七年八月五日発行

食ひしん坊（十一）　小島政二郎　3-7
ひぽこんでりあく
「十八世紀の料理論」―一七七九年のロンドン・マガジンによる―　うえのせいいち訳　7-10
美食家　藤沢桓夫　10-11
吉兆ばなし　湯木貞一　12-13
京土産のこと　井上甚之助　14-16
人生あまカラ像（阿倍直吉氏）　F　17-17
塩　（写真も）　葛西宗誠　18-19
不味公流　井口海仙　20-21
チャイコフスキーと雲片糕　前田栄三　22-23
東京　あちこち　吾　八　23-25
東西味くらべ
　そば　悠眠亭
　うどん　B　26-27
西瓜の種　吉田三七雄　28-30
味覚の科学（六）―『嗜好物について』―　佐々木寛昌　30-34

甘辛往来
長谷川伸　佐々木茂策　西崎緑　岩井雄二郎　本山荻舟　村松梢風　山内金三郎　芝木好子　井上甚之助　寺田甚吉　渡辺常庵　由起しげ子　倉島竹二郎　吉田三七雄　河内山さつき　荒畑寒村　佐々木三味　長田幹彦　円地文子　森田たま　水谷川忠麿　阿部真之助　小島政二郎　坂本繁二郎　北大路魯山人　伊藤忠兵衛　田村木国　曾宮一念　高橋邦太郎　内田誠　鍋井克之　河村蜻山　花柳章太郎　前田栄三　宮川曼魚　鏑木清方　向坂逸郎　山本嘉次郎　菊岡久利　向井潤吉　佐藤美子　須田国太郎　小杉天外　菅原通済　井口海仙　中村直勝　奥野信太郎　中橋武一　田辺至　志方勢七　小堀杏奴　長谷川幸延　諏訪根自子　湯川スミ　高浜虚子　石黒敬七　外岡松五郎　宮城音弥　古谷綱武　西山翠嶂　小林一三
（次号へつづく）　35-44
あまカラ通信　45-45
素人かば焼　B　45-45

第十三号　昭和二十七年九月五日発行

食ひしん坊（十二）　小島政二郎　2-6
漬物の運命　戸塚文子　7-9
信越ソバ紀行　松島雄一郎　10-11
ふるさとの菓子　中村汀女　絵・江崎孝坪　12-12
人生あまから像（飯田進三郎氏）　B　13-13
玩物喪志（三）　夏鹿（写真も）　葛西宗誠　14-15
東西味くらべ
秋刀魚　悠眠亭
さば　B　16-17
うまいもの　河合幸七郎　18-19
悲しき塩鮭　前田栄三　19-20
贅六と生作　吉田三七雄　21-22
お店紹介（写真付き）『南菱富』『青山』　23-24
みちのくあまカラ記　高橋邦太郎　25-28
甘辛往来
黒川武雄　駒村資正　津村秀夫　丸尾長顕　松永和風　上野精一　戸塚文子　柴田早苗　葛西宗誠　内田巌　佐々木寛昌　矢部良策　吉田健一　北尾鐐之助　伊原宇三郎　川上三太郎　下田吉人　下村海南　寿岳文章　沢瀉久孝　矢野目源一　宇野浩二　29-33
味覚の科学（七）―食物の温度―　佐々木寛昌　34-35
あまカラ通信　35-35
松たけの傘焼　36-36
『あま・カラ』誌会員募集　B　36-36

第十四号　昭和二十七年十月五日発行

食ひしん坊（十三）　小島政二郎　4-7
映画の『のみくい』に就て　吉村公三郎　8-11
昔の味　中里恒子　12-13
甘辛双紙　吉井勇　14-14

人生あまから像（川崎重治郎氏）　大久保恒次　15-15
玩物喪志（四）立礼式　（写真も）　葛西宗誠　16-17
南蛮饒舌（すぺいんのおはなし）　アルバレス　18-20
山家料理　森田たま　20-21
左橋無聴のこと　井口海仙　22-23
食ひ物ざふ言　浜口陽三　23-24
お店紹介（写真付き）『一二』『いづもや』　25-26
おぶ　いいる　和気律次郎　27-29
浪華茶話会　29-29
夜泣きうどん　吉田三七雄　30-31
東西味くらべ
　トンカツ　悠眠亭
　牛肉　B　32-33
かにとソーダビスケット　前田栄三　34-35
味覚の科学（八）—味覚の優劣に就て—　佐々木寛昌　35-36
あまカラ通信　36-37
黒砂糖　B　38-38
『あま・カラ』誌会員募集　38-38

第十五号　昭和二十七年十一月五日発行

食ひしん坊（十四）　小島政二郎　4-7
満腹感　吉田健一　8-11
カレー・ライスとライス・カレー　吉村正一郎　11-12
好きなお菓子　吉屋信子　13-13
続甘辛双紙　吉井　勇　14-14
日本人が日本料理を食べられない話　福島慶子　15-16
酔漢談義　吉井栄治　16-16
松茸山異聞　吉田三七雄　17-18
人生あまカラ像（薩摩きくさん）　大久保恒次　19-19
お店紹介（写真付き）『吉兆』『津の清』　20-21
上方甘辛手帖［1］　大久保恒次　絵・山内金三郎　22-25
夜鷹蕎麦　大河内信敬　26-27
味覚の科学（九）—食物と迷信—　佐々木寛昌　28-29
東西味くらべ
　アンコウ鍋　悠眠亭
　上方の鍋　B　30-31
米華事件　前田栄三　32-32
『甘辛往来』を俎にのせる　北大路魯山人　33-35
ハウザー・システム　B　36-36
あまカラ通信　M　37-37
だし雑魚つくだ煮　B　38-38
『あま・カラ』誌会員募集　38-38

第十六号　昭和二十七年十二月五日発行

食ひしん坊（十五）　小島政二郎　4-7
一番食べたいもの　獅子文六　7-8
うで卵旅館　宮田重雄　9-10
社員食堂の話　源氏鶏太　11-12
天使の髪の毛　福島慶子　13-13
上方甘辛手帖［2］　大久保恒次　絵・山内金三郎　14-15

江戸前　小村順之助　16-17
やもめ料理　坂本　遼　18-19
なんでも焼く　（弁）　19-19
禁酒・禁煙　吉田三七雄　20-21
鼓舌小吟　吉井　勇　22-22
人生あまから像（小谷権六氏）　大久保恒次　23-23
『阪神甘辛のれん街』紹介　24-25
玩物喪志（六）暗室　（写真も）　葛西宗誠　26-27
東西味くらべ
　雑煮　悠眠亭　B　28-29
うどん　井口海仙　30-31
「月の雫」に種がある　前田栄三　31-32
味覚の科学（十）―『食欲を測る』―　佐々木寛昌　32-33
甘辛往来〈アンケート〉
浜口陽三　由起しげ子　長谷川幸延　中村研一　荒
畑寒村　喜多村緑郎　丹羽文雄　足立源一郎　木村
荘八　小堀杏奴　伊原宇三郎　長田幹彦　古谷綱武
渡辺常庵　下村宏　木々高太郎　川上三太郎　山本
嘉次郎　平山蘆江　中村直勝　北条誠　小野十三郎
福島慶子　内田誠　子母沢寛　深尾須磨子　飯島幡
司　宮田重雄　井口海仙　伊藤忠兵衛　曾宮一念
渡辺紳一郎　高原慶三　古川緑波　佐々木三味　宮
城音弥　井上友一郎　吉田三七雄　佐佐木茂索　上
野梅子　竹中郁　前田栄三　菊岡久利　柴田早苗
式場隆三郎　戸塚文子　河盛好蔵　水谷川忠麿　斎
藤茂吉　徳川夢声　坂本繁二郎　西条八十　本山荻
舟　猪熊弦一郎　鴨下晁湖　野村胡堂　松方義三郎
菅原通済　山内金三郎　長谷川伸　34-44
あまカラ通信　45-45
いのしし　B　46-46
『あま・カラ』誌会員募集　46-46

第十七号　昭和二十八年一月五日発行

食ひしん坊（十六）　小島政二郎　4-7
満腹感（続）　吉田健一　8-11
菓子のことなど　内田　誠　11-13
続鼓舌小吟　吉井　勇　14-14
人生あまカラ像（鳥井信治郎氏）　大久保恒次　15-15
お店紹介（写真付き）『冨久寿』　16-16
大食ひの記（一）　倉島竹二郎　17-18
海の子　山の子　小寺健吉　19-20
北海道の飯寿司　福島慶子　20-21
お供日　森田たま　22-23
佐久間にて　邦枝完二　24-24
新刊「お菓子の歴史」守安正著紹介　B　24-24
菓子舗『虎屋』の古いスケッチ紹介　25-25
玩物喪志（七）初詣　（写真も）　葛西宗誠　26-27
上方甘辛手帖［3］　大久保恒次　絵・山内金三郎　28-29
或る正月　吉田三七雄　30-31
東西味くらべ
　天麩羅　悠　眠　亭

すっぽん　B　32-33
甘辛往来〈アンケート〉　34-36
須田国太郎　吉原治良　小寺健吉　福原麟太郎　長谷川町子　寿岳文章　奥野信太郎　河村蜻山　鏑木清方　伊志井寛　朝比奈隆　魚返善雄　小島政二郎
あまカラ通信　37-37
うおすき　B　38-38
『あま・カラ』誌会員募集　38-38

第十八号　昭和二十八年二月五日発行

食ひしん坊（十七）　小島政二郎　4-7
ロッパ食談　洋食衰へず（一）　古川緑波　8-10
アイスクリーム　森田たま　10-11
大食ひの記（二）　倉島竹二郎　12-13
幼時の東京菓子　石井柏亭　14-15
金沢の押寿司　福島慶子　15-16
味覚の科学（十一）―お酒について―　佐々木寛昌　16-17
人生あまから像（小倉英一氏）　19-19
阪神甘辛のれん街紹介（写真付き）　20-21
玩物喪志（八）雪（写真も）　葛西宗誠　22-23
上方甘辛手帖［4］　大久保恒次　絵・山内金三郎　24-25
魯先生をくすぐる―甘辛往来の批評について―　並木繁　26-28
赤味噌　鈴木宗康　29-30
にぎりめし　前田栄三　30-31
醤油の東と西と　X　31-31
首回り十六インチ半の悩み　吉田三七雄　32-33
東西うまいものや案内（一）　B　34-36
あまカラ通信　37-37
さけのかす　B　38-38
『あま・カラ』誌会員募集　38-38

第十九号　昭和二十八年三月五日発行

甘いもの物語　長谷川伸　4-5
鯡と鱈　長田幹彦　6-7
河上博士閑居の図―詩歌集『ふるさと』を読みて―　吉村正一郎　8-8
人生あまカラ像（川端裕美子さん）　K　9-9
玩物喪志（九）いなり札（写真も）　葛西宗誠　10-11
味覚の東と西と　小林一三　12-13
大食ひの記（三）　倉島竹二郎　13-14
御春寒　福島慶子　15-17
落花狼藉　吉田三七雄　17-18
東西うまいものや案内（二）『笹の雪』東『大豊』西　19-21
ロッパ食談　洋食衰へず（二）　古川緑波　22-23
上方甘辛手帖［5］　大久保恒次　絵・山内金三郎　24-25
燕京食譜　奥野信太郎　26-37
あまカラ通信　38-38

第二十号　昭和二十八年四月五日発行

食ひしん坊（十八）　小島政二郎　4-7
胃袋の話　福島慶子　7-9
湯沸し第一号　中村直勝　9-11
甘くも辛くもない「かね」の味　三枝博音　12-12
人生あまカラ像（小島丈右エ門氏）　13-13
玩物喪志（十）春ひらく（写真も）　葛西宗誠　14-15
駄菓子をどうぞ　本山荻舟　16-17
ロッパ食談　洋食哀へず（三）　古川緑波　18-19
大食ひの記（四）　倉島竹二郎　20-21
東西うまいものや案内（三）言問団子　桜餅　アストリア　豊田三雄　22-23
上方甘辛手帖［6］　大久保恒次　絵・山内金三郎　24-25
CHEESE　前田栄三　26-26
お店紹介（写真付き）『かめすえ』『平八』　27-28
印度人とコーヒー　吉田三七雄　29-31
ふくとの思ひ出　山川二吉　31-32
季節感　坂本遼　32-34
あまカラ通信　34-35
監獄料理　荒畑寒村　36-37
さかしほ　B　38-38
『あま・カラ』会員募集　38-38

第二十一号　昭和二十八年五月五日発行

食ひしん坊（十九）　小島政二郎　4-7
淡交記　吉村正一郎　8-9
薬と毒　魚返善雄　10-11
胃袋の話（二）　福島慶子　11-13
カツパン健在　森田たま　13-14
人生あまカラ像（植田貢三氏）　B　15-15
玩物喪志（十一）金魚（写真も）　葛西宗誠　16-17
大食ひの記（五）　倉島竹二郎　18-20
ロッパ食談（四）　古川緑波　20-22
味気な記　吉田三七雄　22-24
お店紹介（写真付き）『千丸屋』『聖護院八ッ橋』　25-27
流動食譜　和気律次郎　27-29
東西点心　グリーン・カウ　美佐古　30-31
上方甘辛手帖［7］　大久保恒次　絵・山内金三郎　32-33
桑氏の胃袋　前田栄三　34-34
あまカラ通信　35-37
甘辛相談　38-38
『あま・カラ』会員募集　38-38

第二十二号　昭和二十八年六月五日発行

食ひしん坊（二十）　小島政二郎　4-7
旅と食べもの　吉田健一　8-11

淡交記（二）　吉村正一郎　12–14
胃袋の話（三）　福島慶子　14–15
流動食譜（2）　和気律次郎　16–18
人生あまから像（亀屋伊織氏）　B　19–19
玩物喪志（十二）粽（写真も）　葛西宗誠　20–21
牛めしの道　菊岡久利　23–24
お店紹介（写真付き）『たくみ』阪神百貨店甘辛のれん街の『鶴屋八幡』直売店　25–26
東西点心　銀座のてんぷら　にしんそば　27–29
大食ひの記（六）　倉島竹二郎　29–31
ロッパ食談（五）　古川緑波　31–33
上方甘辛手帖［8］　大久保恒次　絵・山内金三郎　34–36
泥　ゆであづき　兵隊　吉田三七雄　36–38
興福院清菜　眼耳鼻舌会　38–39
あまカラ通信　40–41
甘辛相談　41–42
『あま・カラ』会員募集　42–42

第二十三号　昭和二十八年七月五日発行

食ひしん坊（二十一）　小島政二郎　4–7
旅と食べもの（続）　吉田健一　8–11
砂糖　森田たま　11–12
胃袋の話（四）　福島慶子　13–14
流動食譜（3）　和気律次郎　14–16
好き嫌い　吉田三七雄　17–18
人生あまカラ像（北村藤之助氏）　19–19
お店紹介（写真付き）　新阪神ビル『播半』　柚味噌の八百三　20–21
玩物喪志（十三）竹の皮（写真も）　葛西宗誠　22–23
ロッパ食談（六）　古川緑波　24–25
上方甘辛手帖［9］　大久保恒次　絵・山内金三郎　26–27
中国に於ける奢侈の変遷　宮崎市定　28–37
あまカラ通信　38–38

第二十四号　昭和二十八年八月五日発行

食ひしん坊（二十二）　小島政二郎　4–7
胃袋の話（五）　福島慶子　8–9
巴里通信（一）　吉村正一郎　9–9
流動食譜（4）　和気律次郎　10–12
料理と酒　渡辺許六　13–13
胃袋の命令　吉田三七雄　14–15
卵豆腐　前田栄三　16–16
珍説　あわび祭　写真・葛西宗誠　大久保恒次　17–23
東京のお菓子　絵・山内金三郎　談・松本繁　24–36
和三盆とは特殊の砂糖なり　36–36
あまカラ通信　37–37
甘辛相談　38–38

第二十五号　昭和二十八年九月五日発行

食ひしん坊（二十三）　小島政二郎　4-7
新発意の弁　北条　誠　8-11
ロッパ食談〔七〕　再び洋食衰へずの巻　古川緑波　11-13
どうでもいゝ話　小糸源太郎　14-14
人生あまカラ像（橋本芳蔵氏）　大久保恒次　15-15
お店紹介（写真付き）『いもぼう』　16-16
食べ物の絵と写真　本山荻舟　17-19
甲子園こぼれ話　吉田三七雄　20-21
結解料理　井口海仙　22-25
みちのくの菓子史　高橋邦太郎　26-29
番傘事件　前田栄三　29-30
流動食譜（5）　和気律次郎　31-33
東西点心
　神田のすし（笹巻毛ぬきずし　吉益しのだずし）
　南地のかやく飯　34-36
あまカラ通信　M　37-37

第二十六号　昭和二十八年十月五日発行

食ひしん坊（二十四）　小島政二郎　4-8
ビフテキ倶楽部のこと　うえの・せいいち　8-11
ボルシチとテロリスト　荒畑寒村　11-13
ロッパ食談〔八〕　古川緑波　14-16
木彫の酒の壜の栓の話　中里恒子　16-18
人生あまカラ像（辻留次郎氏）　大久保恒次　19-19
お店紹介（写真付き）『をぐら昆布』『松前屋』　B　20-21
玩物喪志（十四）秋の夜（写真も）　葛西宗誠　22-23
干魚のこと　源氏鶏太　24-25
流動食譜（6）　和気律次郎　25-27
あまカラ通信　M　27-27
鼻と味　吉田三七雄　28-29
ざりがに墜死　前田栄三　30-30
きのこ・かき・くり　辻留　辻　嘉一　31-38
眼耳鼻舌会『大豊』饒舌　山内金三郎　34-35

第二十七号　昭和二十八年十一月五日発行

食ひしん坊（二十五）　小島政二郎　4-7
毛抜ずしのこと　桶谷繁雄　8-10
ロッパ食談〔九〕　古川緑波　10-12
竹の皮礼讃　須田国太郎　13-14
『われしのぶ』と塩むし　前田栄三　14-15
唐墨　B　15-15
辛味談義　佐々木三味　16-18
人生あまカラ像（堀井定次郎氏）　B　19-19
お店紹介（写真付き）『あまから茶寮』『中村や』　B　20-21
玩物喪志（十五）クイズ（写真も）　葛西宗誠　22-23
大阪の寄席（＊対談）　林龍男　大久保恒次　24-30
白鶴翁玩味聞書抄　30-33

東西点心　空也のもなか　甘辛茶寮　34-35
いんごう屋　山内金三郎　36-38

第二十八号　昭和二十八年十二月五日発行

食ひしん坊（二十六）　小島政二郎　4-7
英国の食べもの　吉田健一　8-11
蕎麦管見　有竹修二　11-12
食美会のこと　田中　純　13-14
珍味あれこれ　横山隆一　15-16
ロッパ食談（十）　古川緑波　16-18
巴里より　福島慶子　18-18
人生あまカラ像（高橋嘉一氏）　B　19-19
正月の菓子　20-21
玩物喪志（十六）旅（写真も）　葛西宗誠　22-23
お正月の重詰　画・山内金三郎　24-30
欧米たべある記　三益愛子　31-33
深夜バス　前田栄三　33-34
近江聖人と靴　吉田三七雄　34-36
あまカラ相談　36-36
あまカラ通信　37-38

第二十九号　昭和二十九年一月五日発行

食ひしん坊（二十七）　小島政二郎　4-7
英国の食べもの（続）　吉田健一　8-10
人生あまカラ像（山本利助氏）　B　11-11
玩物喪志（十七）神馬（写真も）　葛西宗誠　12-13
京料理を語る　座談会　司会・辻　嘉一　14-22
　北村藤之助　高橋嘉一　辻重彦　堀井定次郎
ロッパ食談（十一）　珍食記（二）　古川緑波　23-25
雑煮　井口海仙　25-26
クロイツァ教授とすし　前田栄三　26-26
修二会　食堂の作法　写真・入江泰吉　堀池春峰　27-35
『すし』雑記（むだばなし）　吉田三七雄　36-37
あまカラ通信　今中善治・水野多津子・大久保恒次　38-38

第三十号　昭和二十九年二月五日発行

食ひしん坊（二十八）　小島政二郎　4-8
ロッパ食談（十二）　食書ノート（一）　古川緑波　8-10
ローマの料亭　宮田重雄　11-12
『すむづかり』のこと　村田良策　13-15
豆腐漫興　中井浩水　15-16
はまちの茶漬　竹中　郁　16-17
思い出は遠くに　吉田三七雄　18-20
春庭花　前田栄三　20-20
人生あまカラ像（松本繁氏）　B　21-21
暖冬の灘五郷　22-23
玩物喪志（十八）一枝の梅（写真も）　葛西宗誠　24-25
私とお酒　中里恒子　26-27
豚の脚とだったんステーキ　朝比奈隆　27-28

近江の鮓　篠田　統　29-40
あまカラ通信　41-42

第三十一号　昭和二十九年三月五日発行

食ひしん坊（二十九）　小島政二郎　4-7
巴里料亭記（絵も）　宮田重雄　8-12
木の芽田楽　森田たま　13-14
続流動食譜（一）　和気律次郎　15-18
おでんと関東煮　伊東祐淳　18-20
人生あまカラ像（鶴沢梅太郎氏）　B　21-21
お店紹介（写真付き）『加賀伊』『橘屋』　22-23
玩物喪志（十九）すぐき（写真も）　葛西宗誠　24-25
ロッパ食談（十三）　食書ノート（二）　古川緑波　26-28
食慾　前田栄三　29-29
肉だち　吉田三七雄　30-31
鴈治郎秘話（座談会）　司会・今中富之助
　中井浩水　高原杓庵　松本憲逸　32-42
あまカラ通信　水野多津子　42-42

第三十二号　昭和二十九年四月五日発行

舌　里見　弴　4-5
食ひしん坊（三十）　小島政二郎　6-9
山での人間性　浦松佐美太郎　10-12
ロッパ食談（十四）　食書ノート（三）　古川緑波　12-14
フロマージュその他　桶谷繁雄　15-17
続流動食譜（二）　和気律次郎　17-20
お店の紹介他（写真付き）
　『大黒』『修二会堂童子・小網の参籠宿所』　21-23
玩物喪志（二十）茶菓子（写真も）　葛西宗誠　24-25
鱒ずし・燻製のかき・カステラ　鈴木信太郎　26-27
死をもって贖う　高橋邦太郎　28-31
おいしいのはビーフ・ステーキ　石垣綾子　32-34
山樵亭夜話（一）　七代目の手紙　中井浩水　34-35
春を味わう　辻　嘉一　36-41
あまカラ通信　42-42

第三十三号　昭和二十九年五月五日発行

「すむづかり」贅言　谷崎潤一郎　4-5
『すむつかり』蛇足　本山荻舟　6-7
料理と文化　石川欣一　8-10
名物とエチケット　結城司郎次　10-11
低く作って高く味う　坂西志保　12-14
ヤキメシ　前田栄三　14-14
続流動食譜（三）　和気律次郎　15-18
ロッパ食談（十五）　食書ノート（四）　古川緑波　18-20
人生あまカラ像（江川兵治氏）　21-21
お店紹介他（写真付き）『やぐらおこし』『みどり』　21-23
玩物喪志（二十一）茶羽織と十徳（写真も）　葛西宗誠　24-25

中国の鮓　篠田　統　26-32
食ふ　野田高梧　33-35
愛すべき悪魔—酒と酒友だち—　筈見恒夫　35-37
山樵亭夜話（二）　哥沢初稽古　中井浩水　37-39
『あがる』ということ　39-39
いけず　吉田三七雄　40-41
あまカラ通信　42-42

第三十四号　昭和二十九年六月五日発行

食ひしん坊（三十一）　小島政二郎　4-7
飲み食ひの思ひ出　吉田健一　8-10
駄菓子　長谷川かな女　11-12
山樵亭夜話（三）　中井浩水　13-15
富士の山　前田栄三　15-15
続流動食譜（四）　和気律次郎　16-18
耳から聴く食欲　吉田三七雄　19-20
メニュー写真　21-24
①スカイ・ルーム　②アントワーヌ　③レパード・キャフェ　④フィシャーメンズ・グロット　⑤ブールゾール・ルーム
メニューの思い出　渋沢秀雄　25-27
巴里を食べる〔1〕　福島慶子　28-30
ロッパ食談〔十六〕　食書ノート（五）　古川緑波　30-32
注解　味覚極楽〔二〕序　小野賢一郎　33-35
解題　（編者）
しゞみ貝の殻　子爵　石黒忠悳氏の話　36-38
石黒況翁のこと　子母沢寛　39-39
『しゞみ貝の殻』—註—　（謙）　40-41
あまカラ通信　41-42

第三十五号　昭和二十九年七月五日発行

食ひしん坊（三十二）　小島政二郎　4-7
飲み食ひの思ひ出　吉田健一　8-10
南方の甘味　玉川一郎　11-13
試写室の食慾　戸板康二　13-14
ロッパ食談〔十七〕　食書ノート（六）　古川緑波　15-17
続流動食譜（五）　和気律次郎　17-19
『ごりかじか』健在　前田栄三　20-20
人生あまカラ像（橋本誠太郎氏）　K　21-21
お店紹介（写真付き）『福富鮨』『七味家』　21-23
玩物喪志（二十二）アイスキャンデー（写真も）　葛西宗誠　24-25
巴里を食べる〔2〕　福島慶子　26-27
初夏の味　鮎　鱧　茄子　胡瓜　辻嘉一　絵・山内金三郎　28-32
酒に落ちる話　吉田三七雄　33-34
味覚極楽〔二〕
蛤の藻潮蒸し　資生堂主人　福原信三氏の話　35-36
「味覚極楽」の頃　子母沢寛　36-38
『蛤の藻潮蒸し』—註—　（謙）　38-39

子馬鹿のはなし　小野正人　39-40
あまカラ通信　41-41

第三十六号　昭和二十九年八月五日発行

僕の味覚（絵も）　武者小路実篤　4-5
食ひしん坊（三十三）　小島政二郎　6-9
下凡　水原秋桜子　10-11
あまい半日　秋山安三郎　12-14
人生あまカラ像（高柳正氏）　15-15
玩物喪志（二十三）鹿せんべい（写真も）　葛西宗誠　16-17
エーゲ海の鯛　河相達夫　18-21
巴里を食べる〔3〕　福島慶子　22-23
続流動食譜（六）　和気律次郎　23-26
私の朝めし　菅原通済　27-28
お店紹介（写真付き）『笠半』『大豊』　29-30
美々卯の雨　安藤鶴夫　31-33
山樵亭夜話（四）おばんざい　中井浩水　33-34
ロッパ食談〔十八〕　新版洋食記（一）　古川緑波　35-37
味覚極楽〔三〕
冷や飯に沢庵　増上寺大僧正　故道重信教氏の話　38-39
俗人の冷や飯　子母沢寛　40-41
『冷や飯に沢庵』の註　（謙）　41-41
あまカラ通信　42-42

第三十七号　昭和二十九年九月五日発行

食ひしん坊（三十四）　小島政二郎　4-7
名物の味　藤沢桓夫　7-9
越路あまからの旅　河上徹太郎　10-13
玩物喪志（二十四）風呂（写真も）　葛西宗誠　14-15
深泥池のじゅんさい　16-16
凡人の酒〔一〕　吉野秀雄　17-19
山菜行　池島信平　20-22
巴里を食べる〔4〕　福島慶子　23-24
蛾を食べる話　吉田三七雄　25-26
山樵亭夜話（五）あまいもの　中井浩水　27-28
人生あまカラ像（竹腰重三郎氏）　29-29
お店紹介　南禅寺の湯どうふ　30-30
私案・大和屋講　山口広一　31-34
ロッパ食談〔十九〕　新版洋食記（二）　古川緑波　34-36
味覚極楽〔四〕
天ぷら名人譚　俳優　故伊井蓉峰氏の話　37-39
晩年の伊井蓉峰　子母沢寛　39-40
『天ぷら名人譚』の註　（謙）　41-41
あまカラ通信　41-41

第三十八号　昭和二十九年十月五日発行

食ひしん坊（三十五）　小島政二郎　4-7

明治初期の甘い話　下村海南　8-9
食痴の弁　池田　潔　10-12
巴里を食べる〔5〕　福島慶子　13-15
名古屋あまカラ（一）　藤団子　割干大根　丁稚羊羹
かしわ　納屋橋饅頭　きしめん　つくばね　味醂漬
寺田栄一　15-17
胃袋独白　前田栄三　17-18
『ごちさう』といふもの　宮本文枝　19-20
人生あまカラ像（前田得徳氏）　21-21
お店紹介（写真付き）『先春園』『とらや』　22-23
玩物喪志（二十五）美術の秋　（写真も）　葛西宗誠　24-25
凡人の酒（二）　吉野秀雄　26-28
ロッパ食談（二十）　駄パンその他　古川緑波　29-31
鮎ずし　吉田三七雄　32-33
味覚極楽〔五〕
砲煙裡の食事　子爵　小笠原長正氏の話　34-36
小笠原中将・山本大将・八代大将　子母沢寛　36-38
―註―　（謙）　38-39
あまカラ通信　座談会　40-42
吉田健一　グリンウッド　吉村正一郎
嘉納穀六　辻嘉一

第三十九号　昭和二十九年十一月五日発行

食ひしん坊（三十六）　小島政二郎　4-7
明治中期の甘い話　下村海南　8-10
秋袷　中村汀女　11-12
食べて寝る人生　13-13
玩物喪志（二十六）たばこ　（写真も）　葛西宗誠　14-15
料理屋　佐野繁次郎　16-18
酒のみのせっかち　狩野近雄　18-19
あまカラ手帖〔1〕〈にしとひがし〉どら焼　生湯葉
栗むしと栗餅　絵と文　山内金三郎　20-21
巴里を食べる〔6〕　福島慶子　22-23
名古屋あまカラ（二）　元鬢焼　鰮饅頭　堀川焼　蕎
麦焼　小串　外郎　味噌煮込　野菜煎餅　寺田栄一　24-26
「夫婦善哉」と阿多福　吉田三七雄　26-27
山樵亭夜話（六）「重箱」と「蛇の目鮨」　中井浩水　28-29
懐石小論　（大久保恒次）　30-30
人生あまカラ像（藤本辰造氏）　31-31
お店紹介（写真付き）　アシベ劇場地階『鶴屋八幡直
売店』　33-33
北の国ぶり　小野正人　33-34
味覚極楽〔六〕
「貝ふろ」の風情　民政党総務　榊田清兵衛氏の話　35-36
北国の味　子母沢寛　37-38
―註―　（謙）　38-39
あまカラ通信　39-40

第四十号　昭和二十九年十二月五日発行

食ひしん坊（三十七）　小島政二郎　4-7

饗宴［1］　吉田健一　8-10
小さな餓鬼　寿岳文章　11-13
食在広州［一］　邱　永漢　14-16
食べて寝る人生（写真付き）　17-17
玩物喪志（二十七）凧（写真も）　葛西宗誠　18-19
あまカラ手帖［2］〈にしとひがし〉
毛ぬきずし　お團　路芝　絵と文　山内金三郎　20-21
たべ物と風情　長谷川春子　22-24
ロッパ食談［二十一］うどんのお化け　古川緑波　24-26
人生あまカラ像（福井国三氏）　27-27
お店紹介（写真付き）『いなば』　28-28
巴里を食べる［7］　福島慶子　29-30
飲めぬ酒　田崎勇三　31-32
昆布　東へ行く　（大久保）　32-33
甘味雑談　大場白水郎　34-35
鹿児島の壺漬　村井米子　36-37
拾銭の謎　吉田三七雄　39-40
あまカラ通信　41-42

第四十一号　昭和三十年一月五日発行

食ひしん坊（三十八）　小島政二郎　4-7
饗宴［2］　吉田健一　8-10
朝食のたのしさ　坂西志保　11-14
鮭のカマ　木村義雄　15-16
ロッパ食談［二十二］お作法の巻　古川緑波　16-18
合格の店　勅使河原和風　19-20
食在広州［二］　邱　永漢　21-24
食べて寝る人生　25-25
菓子歳事記　山内金三郎　26-27
玩物喪志（二十八）羊（写真も）　葛西宗誠　28-29
北海の珍味　関根秀三郎　30-33
越後の鱈のどぶ汁　村井米子　34-36
巴里を食べる［8］　福島慶子　37-38
あまカラ相談　38-38
幸運の食物　樫田十次郎　39-39
たこやき〈大阪たべもの歳時記［一］〉　吉田三七雄　40-41
味覚極楽［七］
鯛の麦酒だき　伯爵　柳沢保恵氏の話　42-46
キザはごめん　子母沢寛　46-48
—註—　（謙）　48-49
あまカラ通信　今中善治・水野多津子　49-50

第四十二号　昭和三十年二月五日発行

食ひしん坊（三十九）　小島政二郎　4-7
章魚　7-7
玉子焼の話　附—『味』の話　宇野浩二　8-12
味は二の次ぎ　私の食べある記　福田恆存　13-14
人生あまカラ像（中村民三氏）　15-15
お店紹介（写真付き）『栄太楼』　16-16
日本のビフテキ　森田たま　17-19

ロッパ食談〔二十三〕あゝ東京は食ひ倒れ　古川緑波　19-21
あまカラ手帖〔3〕〈にしとひがし〉
　鬼がら焼（東京）　茶三昧（名古屋）　ぼおろ（佐賀）
　絵と文　山内金三郎　22-23
夜泣きうどん〈大阪たべもの歳時記〔二〕〉　吉田三七雄　24-25
すっぽん　写真と文　葛西宗誠　26-30
母の舌　草野心平　31-32
西班牙料理の話　和気律次郎　33-35
家常茶飯　大久保恒次　35-35
巴里を食べる〔9〕　福島慶子　36-37
飛騨の熊肉　村井米子　38-40
食べて寝る人生（写真付き）　41-41
玩物喪志（二十九）懐中紙（写真も）　葛西宗誠　42-43
饗宴〔3〕　吉田健一　44-46
食在広州〔三〕　邱　永漢　47-50
祝ひ雑煮〈新味覚極楽〔1〕〉　島津忠重氏の話　51-53
あまカラ通信　53-54

第四十三号　昭和三十年三月五日発行

食ひしん坊（四十）　小島政二郎　2-5
タマール　獅子文六　6-8
私の食い気　桶谷繁雄　9-10
伊太利料理今昔　和気律次郎　10-12
巴里を食べる〔10〕　福島慶子　13-14
江の島の栄螺の壺焼　村井米子　15-17
食味あれこれ　伊藤鷗二　18-19
あまカラ相談　19-19
こぼれ梅〈大阪たべもの歳時記〉　吉田三七雄　20-21
あまカラ手帖〈にしとひがし〉最中上薄（東京）　干
　菓子有平（京都）　お茶漬鰻（京都）
　絵と文　山内金三郎　22-23
玩物喪志（三十）ニュースタイル（写真も）　葛西宗誠　24-25
京の漬物　写真と文　葛西宗誠　26-32
アメリカの米の飯〈私のたべあるき〉　福田恆存　33-36
三角のあぶらげずし―片すみの味―　戸塚文子　37-39
食在広州〔四〕　邱　永漢　40-42
ロッパ食談〔二十四〕牛鍋からすき焼へ　古川緑波　43-45
味覚極楽〔八〕
　珍味伊府麵　大倉久美子夫人の話　46-49
大倉さんのこと　子母沢寛　49-50
　―註―　（謙）　50-51
あまカラ通信　52-53

第四十四号　昭和三十年四月五日発行

食ひしん坊（四十一）　小島政二郎　2-5
山菜の事など　佐藤春夫　6-7
半可通　長谷川幸延　8-9
食味に因む歌謡　英　十三　10-12

倫敦の日本料理　和気律次郎　13–15
前号　伊藤鷗二氏の文への附加　松丸東魚　15–15
あまカラ手帖〈にしとひがし〉つぼつぼ（京都）あわ雪（下関）西行饅頭（大磯）白みそ（大阪）　絵と文　山内金三郎　16–17
偽むらさき〔一〕　花柳章太郎　18–19
ロッパ食談〔二十五〕牛鍋からすき焼へ（2）　古川緑波　20–22
まぜずし〈大阪たべもの歳時記〉　吉田三七雄　23–24
魚　写真と文　葛西宗誠　25–31
玩物喪志〔三十一〕月謝（写真も）　葛西宗誠　32–33
プルコギ―片すみの味―　戸塚文子　34–36
食在広州〔五〕　邱　永漢　37–41
佐伯のさつま　村井米子　42–43
酒徒食言　田中　純　44–45
味覚極楽〔九〕西瓜切る可からず　銀座千疋屋主人　斎藤義政氏の話　46–48
果物の王　子母沢寛　48–50
―註―　（謙）　50–51
あまカラ通信　52–53

第四十五号　昭和三十年五月五日発行

食ひしん坊（四十二）　小島政二郎　4–7
昨日の美味は今日の美味にあらず　獅子文六　8–10
舌の幸　丹羽文雄　11–12
巴里を食べる〔11〕　福島慶子　13–14
ロッパ食談〔二十六〕甘話休題　古川緑波　15–17
偽むらさき〔二〕　花柳章太郎　18–19
エッフェル塔の潜水夫　水野多津子　19–19
わらび餅〈大阪たべもの歳時記〉　吉田三七雄　20–21
月山のキブノリ　村井米子　22–23
茶筅　写真と文　葛西宗誠　24–31
玩物喪志〔三十二〕話術（写真も）　葛西宗誠　32–33
冷飯の記　長田幹彦　34–37
六浦のこと　近藤日出造　37–39
てこね―片すみの味―　戸塚文子　40–41
あまカラ手帖〈にしとひがし〉八幡巻（田辺）かき餅（大阪）さゝ栗（中津）大手饅頭（岡山）　絵と文　山内金三郎　42–43
食在広州〔六〕　邱　永漢　44–46
味覚極楽〔十〕うまい物尽し　伯爵　溝口直亮氏の話　47–48
新発田の殿様　子母沢寛　48–50
―註―　（謙）　50–50
あまカラ通信　51–53

第四十六号　昭和三十年六月五日発行

胃弱者のたべもの観　正宗白鳥　4–7
鮨のはなし　佐藤春夫　7–9
味覚　よそ者の歎き　玉川一郎　10–12

近ごろの和田金　（恒）　12-12
十勝の豆―片すみの味―　戸塚文子　13-15
ロッパ食談〔二十七〕甘話休題（2）　古川緑波　15-17
倫敦の甘い話　和気律次郎　18-20
巴里を食べる（12）　福島慶子　21-22
あ・い・す・く・り・ん〈大阪たべもの歳時記〉　吉田三七雄　23-24
大和の茶粥　写真と文　葛西宗誠　25-32
紐育の焼豆腐〈私のたべあるき〉　福田恆存　33-37
食味列伝　渋沢秀雄　38-40
舞台上の菓子　飯沢　匡　40-42
食在広州〔七〕　邱　永漢　43-45
あまカラ手帖〈にしとひがし〉祇園だんご（京都）じょうよ巻（高松）万葉（高岡）志のだ寿司（東京）　絵と文　山内金三郎　46-47
味覚極楽〔十一〕
　日本一塩煎餅　鉄道省事務官　石川毅氏の話　48-49
塩煎餅・カステラ・醤油　子母沢寛　49-50
―註―　（謙）　50-50
あまカラ通信　51-52

第四十七号　昭和三十年七月五日発行

食ひしん坊（四十三）　小島政二郎　4-7
でんぱち笠　福原麟太郎　8-9
お能と卵焼　長田幹彦　10-12
マンゴーの漬物　臼田素娥　12-14
偽むらさき〔三〕　花柳章太郎　15-16
旗亭風景　有竹修二　16-19
ギョーザの話　石　敢当　19-20
食に国境あり　和気律次郎　21-22
はも〈大阪たべもの歳時記〉　吉田三七雄　23-24
紐育の魚料理〈私のたべあるき〉　福田恆存　25-26
懐石　写真と文　葛西宗誠　27-38
料理の智恵　坂西志保　39-42
三刀之禁〈食在広州〔八〕〉　邱　永漢　43-45
あまカラ手帖〈にしとひがし〉雲龍（京都）原始林（札幌）皮くじら（金沢）鱒ずし（富山）　絵と文　山内金三郎　46-47
ロッパ食談〔二十八〕甘話休題（3）　古川緑波　48-50
味覚極楽〔十二〕
　大鯛のぶつ切　俳優　尾上松助氏の話　51-52
名優さま　子母沢寛　52-55
―註―　（謙）　55-55
あまカラ通信　56-57

第四十八号　昭和三十年八月五日発行

食ひしん坊（四十四）　小島政二郎　4-7
巴里の酢豆腐　大岡昇平　8-9
パリの夏　吉村正一郎　10-12
黒砂糖と壺焼　長田幹彦　13-14

ロッパ食談〔二十九〕　補遺始末他（1）　古川緑波　15-17
偽むらさき〔四〕　花柳章太郎　18-19
『食道楽』のことども―父の想ひ出―　村井米子　19-21
あまカラ手帖〈にしとひがし〉にしき木（大阪）シイハイル（東京）越の雪（長崎）三盆糖（高松）　絵と文　山内金三郎　20-21
投瓜得瓊〈食在広州〔九〕〉　邱　永漢　24-26
蓴菜　写真と文　葛西宗誠　27-34
欲望といふ町名〈私のたべあるき〉　福田恆存　35-37
源兵衛のせんべい　福島繁太郎　38-39
しおでとルウバーブ　竹中　郁　39-41
はったい粉〈大阪たべもの歳時記〉　吉田三七雄　42-43
味覚極楽〔十三〕
酒、人肌の燗　元鉄道大臣　小松謙次郎氏の話　44-47
ロボット　子母沢寛　47-49
―註―　（謙）　49-50
あまカラ通信　今中善治・水野多津子・大久保恒次　51-52

第四十九号　昭和三十年九月五日発行

食ひしん坊〔四十五〕　小島政二郎　4-7
箸やすめ　河竹繁俊　8-9
猫の貴族　坂西志保　10-13
おえんさん　長田幹彦　14-15
ロッパ食談〔三十〕　補遺始末他（2）　古川緑波　16-18
『食道楽』につづいて―父の想ひ出―　村井米子　19-21
高七・角庄・千葉屋　松丸東魚　21-22
偽むらさき〔五〕　花柳章太郎　23-24
なんば〈大阪たべもの歳時記〉　吉田三七雄　25-26
上方の鮨　写真と文　葛西宗誠　27-34
アメリカの貧しさ〈私のたべあるき〉　福田恆存　35-37
あまカラ手帖〈にしとひがし〉玉すだれ（東京）延寿柿（大垣）蜂の子（松本）つがる野（弘前）　絵と文　山内金三郎　38-39
雑炊志異〈食在広州〔十〕〉　邱　永漢　40-42
味覚極楽〔十四〕　長崎のしっぽく
南雲趣味研究家　永見徳太郎氏の話　43-46
旦那文士　子母沢寛　47-49
―註―　（謙）　49-49
あまカラ通信　50-51

第五十号　昭和三十年十月五日発行
記念特別号

食ひしん坊〔四十六〕　小島政二郎　14-17
わが家の鮨　佐藤春夫　18-19
煮ざかな　獅子文六　19-20
口道楽　長谷川伸　20-23
食ふ場所　里見　弴　24-26
お料理の本　石川欣一　26-30
米と水　永井龍男　31-32
あまカラ頌　坂西志保　32-34

これから　北条　誠　34-37
アミノ酸醤油　37-37
牛肉と食器　浦松佐美太郎　38-40
おこうこ　吉屋信子　41-42
菓子　写真と文　葛西宗誠　43-54
絵にかいた菓子　宇野浩二　55-59
読んだものから　河上徹太郎　60-62
簀立漁　水原秋桜子　63-65
浅草の親子丼　源氏鶏太　65-67
トレドのお菓子　森田たま　68-70
甘い野辺　浜本　浩　70-71
ハエ　魚返善雄　72-73
京都の食いもの　倉島竹二郎　73-75
鎌倉蓮会記　吉野秀雄　76-81
味覚極楽〔十五〕
宝珠荘雪の宵　伯爵　小笠原長幹氏の話　82-83
対の大島　子母沢寛　83-85
—註—　（謙）　85-86
あまカラ通信　今中善治・水野多津子・大久保恒次　87-88

第五十一号　昭和三十年十一月五日発行
五十号記念続編

食ひしん坊〔四十七〕　小島政二郎　6-9
教室漫談　池田　潔　10-12
大人になれぬ　長谷川かな女　12-14
駅弁の旨さに就いて　吉田健一　15-17
シャンパンの音　飯沢　匡　18-20
酒　佐野繁次郎　20-21
北海道ところどころ　高橋邦太郎　22-25
偽むらさき〔六〕　花柳章太郎　25-26
鯉の塩焼き〈山の珍味〉　関根秀三郎　27-30
辛いカレー　吉田智子　31-31
ロッパ食談〔三十一〕　蛍光灯の下に美味なし　古川緑波　32-34
甘酒茶屋　写真・葛西宗誠　大久保恒次　35-42
熊野のさんま—附　青森湾のホヤ—　佐藤春夫　43-45
ラムネとサイフォン　長田幹彦　46-48
芝居のまんぢゅう　戸板康二　48-49
駄菓子の味　桶谷繁雄　50-51
外国人と料理　中里恒子　52-54
思い出す旨いもの　玉川一郎　54-56
出水えび　島津忠重　56-57
かやくめし〈大阪たべもの歳時記〉　吉田三七雄　58-59
悠々蒼天〈食在広州〔十一〕〉　邱　永漢　60-62
味覚極楽〔十六〕
あなご寿司　筑前琵琶師　豊田旭穣さんの話　63-64
琵琶の女王　子母沢寛　64-66
—註—　（謙）　66-66
あまカラ通信　水野多津子　67-68

第五十二号　昭和三十年十二月五日発行

大阪の食べ物の特徴　宇野浩二　6-7
マッケロニ随筆　矢代幸雄　8-12
一将功成〈食在広州［十二］〉　邱　永漢　13-15
猫助　木村荘八　16-17
鳥めし　長田幹彦　18-19
ロッパ食談［三十二］清涼飲料　古川緑波　20-22
『食道楽』の頃―父の想ひ出―　村井米子　23-24
毛肚火鍋　谷村文雄　25-26
やつはし　写真・葛西宗誠　大久保恒次　27-34
西洋の浜焼　中谷宇吉郎　35-38
あん玉論争―片すみの味―　戸塚文子　39-41
クランペッツについて　池田　潔　41-42
偽むらさき［七］　花柳章太郎　42-43
あまカラ手帖〈にしとひがし〉おぐら巻（大阪）バ
夕煎餅（札幌）大がねもち（北鎌倉）甘々棒（高
山）　絵と文　山内金三郎　44-45
びっくりぜんざい〈大阪たべもの歳時記〉　吉田三七雄　46-47
味覚極楽［十七］
竹の子天ぷら　実業家　三輪善兵衛氏の話　48-49
ミツワの三輪さん　子母沢寛　49-51
―註―　（謙）　51-51
あまカラ通信　（丁）　52-52

第五十三号　昭和三十一年一月五日発行

食ひしん坊（四十八）　小島政二郎　6-9
舌もとろける美味　田宮虎彦　9-10
わが食物　小泉信三　11-13
勘当生活　長田幹彦　14-15
たのしい食べ物　長谷川春子　16-19
ロッパ食談［三十三］食書ノート（1）（1955年版）
古川緑波　19-22
外道の味　永田一脩　23-26
味噌のことども　伊藤鷗二　26-28
うづら鍋〈一月〉　辻　嘉一　27-27
もち　写真・葛西宗誠　大久保恒次　29-36
天下第一泉　奥野信太郎　37-38
牛の舌　草野心平　39-40
けとばし―片すみの味―　戸塚文子　40-42
米は泣いている　吉田智子　43-43
お多福飴〈大阪たべもの歳時記〉　吉田三七雄　44-45
厨師考試〈食在広州〉　邱　永漢　46-48
味覚極楽［十八］
新巻の茶づけ　東京駅長　吉田十一氏の話　49-50
坊主鮭　子母沢寛　50-52
―註―　（謙）　52-53
酒無害論　53-53
あまカラ通信　今中善治・水野多津子・大久保恒次　54-55

第五十四号　昭和三十一年二月五日発行

食ひしん坊〔四十九〕　小島政二郎　6-9
きつねうどん　藤沢桓夫　10-12
文学に出て来る食べ物　吉田健一　12-15
天城のシシ鍋―片すみの味―　戸塚文子　15-16
おにぎりと私　扇谷正造　17-21
ウィーンの味　津田正夫　21-23
ロッパ食談〔三十四〕食書ノート（2）（1955年版）　古川緑波　24-26
酒　写真・葛西宗誠　大久保恒次　27-34
小唄料理　佐佐木信綱　35-35
お酌無用有用　狩野近雄　36-39
伊勢善通い　有竹修二　39-41
かきもちとこんぶ　前田栄三　41-41
さけのかす〈大阪たべもの歳時記〉　吉田三七雄　42-43
あまカラ手帖〈にしとひがし〉　芋せんべい（埼玉）
かりんとう（東京）　天狗納豆（水戸）　ランプ飴
（尼崎）　絵と文　山内金三郎　44-45
花開富貴〈食在広州〉　邱　永漢　46-48
味覚極楽〔十九〕
新しいお釣銭　日本橋浪華家　古藤嘉七氏の話　49-51
うまい家　子母沢寛　51-52
―註―　（謙）　52-53
あまカラ通信　54-55

第五十五号　昭和三十一年三月五日発行

食べ物について　志賀直哉　聞く人・辻嘉一　6-14
食ひしん坊〔五十〕　小島政二郎　15-18
クリカ屋　長田幹彦　18-19
酒三題　小林　勇　20-21
文学に出て来る食べ物　吉田健一　22-24
パンパの味　津田正夫　25-27
樹氷の八甲田山　村井米子　28-30
道頓堀の子供　前田栄三　30-30
ロッパ食談〔三十五〕食書ノート（3）（1955年版）　古川緑波　31-33
三月のあ・ら・かると―はまぐり　わらび　ふき―　吉田智子　34-34
うどん　写真・葛西宗誠　大久保恒次　35-42
海道うら咄―白壁荘―　写真・樋口進　近藤日出造　43-45
スチュアデスの微笑〈私のたべあるき〉　福田恆存　46-49
牛肉味噌漬〈三月〉　辻　嘉一　49-49
踏破菜園〈食在広州〉　邱　永漢　50-52
浪華家の先代　古藤嘉七さんのこと　河合玉堂　53-54
食べる娯しみ　円地文子　54-55
菊ごぼうの味噌漬―片すみの味―　戸塚文子　56-58
茶懐石のマナー　大久保恒次　58-59
あまカラ手帖〈にしとひがし〉　老伴（松阪）　わかく
さ（松江）　言問だんご（東京）　はんぺん（東京）

春の足音〈大阪たべもの歳時記〉　絵と文　山内金三郎　60-61
味覚極楽〔二十〕　吉田三七雄　62-63
そばの味落つ　医学博士　竹内薫兵氏の話　64-66
寸刻の味　子母沢寛　66-68
—註—　（謙）　68-69
修二会と粥　（O）　69-69
あまカラ通信　70-71

第五十六号　昭和三十一年四月五日発行

他人の家の飯の味　喜多村緑郎　聞く人・辻嘉一　6-11
食ひしん坊（五十一）　小島政二郎　12-15
うなぎの話　佐藤春夫　16-18
文学に出て来る食べ物　吉田健一　19-21
月世界—片すみの味—　戸塚文子　22-23
海道うら咄—無酒味—　写真・樋口進　近藤日出造　24-27
ロッパ食談〔三十六〕ノイローゼの巻　古川緑波　28-30
ジョージの皿　大田黒元雄　31-32
葉蘭の力　前田栄三　32-32
よもぎ餅〈大阪たべもの歳時記〉　吉田三七雄　33-34
げてもの　写真・葛西宗誠　大久保恒次　35-42
イギリスの茶〈私のたべあるき〉　福田恆存　43-47
がんもどき〈四月〉　辻　嘉一　47-47
つくね煮　長田幹彦　48-49
酒三題—通夜—　小林　勇　50-51
藤むらさき　渋沢秀雄　52-54
東京のあまカラ　福島慶子　54-56
鳴門わかめ聞見　浜野英二　57-59
あまカラ手帖〈にしとひがし〉板飴（松本）　糸印せんべい（宇治山田）　懐中しるこ（東京）　絵と文　山内金三郎　60-61
豆腐談義〈食在広州〉　邱　永漢　62-64
味覚極楽〔二十一〕
奥様方の奮起　実業家　鈴木三郎助氏の話　65-67
粋なこと　子母沢寛　67-69
—註—　（謙）　69-69
あまカラ通信　70-71

第五十七号　昭和三十一年五月五日発行

巴里と北京と　梅原龍三郎　聞く人・辻嘉一　6-14
食ひしん坊（五十二）　小島政二郎　15-18
DOJO　中谷宇吉郎　19-20
酒の飲みごろ　坂口謹一郎　20-22
俎豆千秋〈食在広州〉　邱　永漢　23-25
海道うら咄—宇和島—　写真・樋口進　近藤日出造　26-28
食べたいもの　有本邦太郎　29-30
うずみ豆腐　湯木貞一　30-31
玉製氷菓〈大阪たべもの歳時記〉　吉田三七雄　32-33
鮎の塩焼　吉田智子　34-34
たけのこ　写真・葛西宗誠　大久保恒次　35-42

ロッパ食談〔三十七〕美々卯　古川緑波　43-45
中庭の食事　奥野信太郎　46-47
酒三題　酒粕　小林　勇　48-49
あまカラ手帖〈にしとひがし〉絵と文　山内金三郎　50-51
平戸のアゴ茶—片すみの味—　戸塚文子　52-53
鹿児島の酒ずし　村井米子　54-56
珍しい果物　島津忠重　56-59
カツレツ　前田栄三　59-59
北京の点心　白石　凡　60-62
乾パン　長田幹彦　62-64
味覚極楽〔二十二〕
三重かさね弁当　舞踊家元　花柳寿輔さんの話　65-66
持って生れたもの　子母沢寛　66-68
—註—　（謙）　68-69
なまぶし〈五月〉　辻　嘉一　69-69
あまカラ通信　（M）（O）　70-71

第五十八号　昭和三十一年六月五日発行

一匹の鯖　高浜虚子　聞く人・辻嘉一　6-11
食ひしん坊〔五十三〕　小島政二郎　12-15
ハモの皮御飯〈六月〉　辻　嘉一　15-15
丸子のとろろ汁　井上　靖　16-20
トラピストの料理　長田幹彦　20-21
南有嘉魚〈食在広州〉　邱　永漢　22-24
サービス序説　狩野近雄　25-27
ロッパ食談〔三十八〕富士屋ホテル（1）　古川緑波　28-30
川魚　写真・葛西宗誠　大久保恒次　31-38
ピカデリーのスコッツ〈私のたべあるき〉　福田恆存　39-41
あまカラ手帖〈にしとひがし〉京鼓（京都）カステラ（長崎）凍餅（平泉）曙覧（福井）　絵と文　山内金三郎　42-43
紙にかいた美食　池島信平　44-45
海道うら咄—初平—　写真・樋口進　近藤日出造　46-50
ミカン水　前田栄三　50-50
浜納豆—片すみの味—　戸塚文子　51-53
クラントウ後記　中谷宇吉郎　53-53
鯉こく〈大阪たべもの歳時記〉　吉田三七雄　54-55
味覚極楽〔二十三〕
お茶に落雁　赤坂寅屋　黒川光景氏の話　56-58
法学士の羊羹　子母沢寛　59-60
—註—　（謙）　60-61
あゆだより　（B）　61-61
あまカラ通信　62-63

第五十九号　昭和三十一年七月五日発行

食器について　佐佐木茂索　聞く人・辻嘉一　6-11
食ひしん坊〔五十四〕　小島政二郎　12-15
好き嫌い　藤沢桓夫　16-17
牛肉の品さだめ〈私のたべあるき〉　福田恆存　18-21
鯛に恵まれない画家　朝井閑右衛門　21-23

あまカラ手帖〈にしとひがし〉羽二重餅（福井）月
餅（京都）吹きよせ（東京）桜鯛の浜焼（岡山）
絵と文 山内金三郎 24-25
わりごそば―片すみの味― 戸塚文子 26-27
海道うら咄―天龍下れば― 写真・樋口進 近藤日出造 28-31
ロッパ食談〔三十九〕富士屋ホテル（2） 古川緑波 32-34
まつり 写真・葛西宗誠 大久保恒次 35-42
フォアグラのはなし〈ゆきつけの店〉 福島慶子 43-43
交ぜ御飯その他 安倍能成 44-46
わが半可食通記 三島由紀夫 46-48
味覚診断 式場隆三郎 49-51
あまカラ還暦 新村 出 52-54
ブラン夫人の家 桶谷繁雄 54-56
グッタラウシ湖の紅鮭 長田幹彦 57-58
蓴菜の花 吉田智子 59-59
かんざらし〈大阪たべもの歳時記〉 吉田三七雄 60-61
君子有酒〈食在広州〉 邱 永漢 62-64
味覚極楽〔二十四〕
真の味は骨に 印度志士 ボース氏の話 65-67
ボースさんのこと 子母沢寛 67-69
―註― （謙） 69-69
あまカラ通信 （T）（O） 70-71

第六十号 昭和三十一年八月五日発行

味の東と西 谷崎潤一郎 聞く人・辻嘉一 6-11
食ひしん坊〔五十五〕 小島政二郎 12-15
フェジョアータ 中野好夫 16-18
きんとん 阿部艶子 18-21
宿屋住い 吉村公三郎 21-23
一つ下のでございます〈私のたべあるき〉 福田恆存 24-25
あまカラ手帖〈にしとひがし〉鍋蓋落雁（越後）鮎
鮨（吉野）月（京都）カスドース（平戸）
絵と文 山内金三郎 26-27
ニシン場 長田幹彦 28-29
ミズ―片すみの味― 戸塚文子 30-32
ロッパ食談〔四十〕富士屋ホテル（3） 古川緑波 32-34
箸つくる村 写真・葛西宗誠 大久保恒次 35-42
九年母 青木正児 43-45
ヴァンは酒なり 筈見恒夫 45-48
味覚失格 十返 肇 48-49
巴里の皿 吉村正一郎 50-53
やき鳥〈ゆきつけの店〉 小林 勇 53-53
旅に出る前 木々高太郎 54-55
海道うら咄―さいはての味― 写真・樋口進 近藤日出造 56-59
ソーダ水 前田栄三 59-59
ひやし飴〈大阪たべもの歳時記〉 吉田三七雄 60-61
両袖清風〈食在広州〉 邱 永漢 62-64
ビールとトンカツ〈ゆきつけの店〉 木村伊兵衛 65-65
味覚極楽〔二十五〕
しぼり汁蕎麦 陸軍中将 堀内文次郎氏の話 66-67

舌の望郷　子母沢寛　67-69
―註―　（謙）　69-69
あまカラ通信　（大久保）水野多津子　70-71

第六十一号　昭和三十一年九月五日発行

大磯食談　吉田茂　聞く人・辻嘉一　6-9
食ひしん坊（五十六）　小島政二郎　10-13
わが酒史（一）　獅子文六　14-16
熊をくう　長田幹彦　16-17
山家のご馳走　小林　勇　18-21
ロッパ食談〔四十一〕神戸（1）　古川緑波　21-23
海道うら咄―クモは泣妻である―　写真・樋口進　近藤日出造　28-31
おしゃべり岬　高橋邦太郎　28-31
肉山脯林〈食在広州〉　邱　永漢　32-34
氷　写真・葛西宗誠　大久保恒次　35-42
仏草日記　高橋義孝　43-45
レバンテ〈ゆきつけの店〉　飯沢　匡　45-45
えびの頭　平林たい子　46-47
茶席の菓子〔九月〕　大久保恒次　絵・山内金三郎　48-49
関西のうどん　壺井　栄　50-51
巴里の皿　吉村正一郎　52-55
ハスイモなつかし―片すみの味―　戸塚文子　56-57
小鯵〈大阪たべもの歳時記〉　吉田三七雄　58-59
火　幸田　文　60-61
味覚極楽〔二十六〕
高島秋帆先生　麻布人和田　味沢貞次郎氏の話　62-65
日本一の鰻　子母沢寛　65-67
―註―　（謙）　67-68
食べ物の世界化　68-68
あまカラ通信　69-70

第六十二号　昭和三十一年十月五日発行

商魂を食う　小林一三　聞く人・辻嘉一　6-9
食ひしん坊（五十七）　小島政二郎　10-13
わが酒史（二）　獅子文六　14-16
ハヤシカツ　扇谷正造　16-18
トマトと生牛乳　長田幹彦　19-20
まつたけ　幸田　文　20-21
山家のご馳走　小林　勇　22-25
鯛の刺身の黒点　徳川夢声　25-27
海道うら咄―お犬様―　写真・樋口進　近藤日出造　28-31
小田巻〈大阪たべもの歳時記〉　吉田三七雄　32-33
ニシン　吉田智子　34-34
むぎこがし―片すみの味―　戸塚文子　35-36
薬　写真・葛西宗誠　大久保恒次　37-44
法王の鼻　坂西志保　45-47
心を洗う酒　池島信平　48-51
茶席の菓子〔十月〕　大久保恒次　絵・山内金三郎　52-53
指　吉村正一郎　54-55

ロッパ食談〔四十二〕神戸（2）　古川緑波　56-58
松茸の豊年　（O）　58-58
文学に出て来る食べもの（続）　吉田健一　59-61
西園雅集〈食在広州〉　邱　永漢　62-64
味覚極楽〔二十七〕
梅干の禅味境　医学博士　大村正夫氏の話　65-71
大倉翁の侍医　子母沢寛　71-73
—註—　（謙）　73-74
うなぎ怪談　さかなの味—弘化版『古波梨袋』より—　74-74
好きなうち〈行きつけの店〉　高橋義孝　75-75
あまカラ通信　（M）　76-76

第六十三号　昭和三十一年十一月五日発行

食ひしん坊〔五十八〕　小島政二郎　6-9
（鹿六の鰻）　（恒）　9-9
蟹まんじゅう　小林秀雄　10-12
念仏の味　幸田　文　12-14
海の匂い　きだみのる　写真・長谷川伝次郎　15-21
青辰〈行きつけの店〉　竹中　郁　21-21
らくがん　井上　靖　22-24
夕張　長田幹彦　24-26
文学に出て来る食べもの（続）　吉田健一　26-28
海道うら咄—タコベ—　写真・樋口進　近藤日出造　29-32
玉子酒〈大阪たべもの歳時記〉　吉田三七雄　33-34
そば　写真・葛西宗誠　大久保恒次　35-42
わが酒史〔三〕　獅子文六　43-45
キャンドルと日活ホテル〈行きつけの店〉　森田たま　45-45
山家のご馳走　小林　勇　46-49
牡蠣　吉村正一郎　49-51
茶席の菓子〔十一月〕　大久保恒次　絵・山内金三郎　52-53
消えたビールの泡　高松棟一郎　54-56
台湾の酢豆腐　カットも　宮田重雄　57-59
淮南遺風〈食在広州〉　邱　永漢　60-62
なふきん・すりっぱ　荒垣秀雄　63-67
味覚極楽〔二十八〕
料理人自殺す　伯爵　寺島政一郎氏の話　65-67
寺島の御前　子母沢寛　68-70
—註—　（謙）　70-71
中国のからあげ　（O）　71-71
あまカラ通信　（M）（O）　72-72

第六十四号　昭和三十一年十二月五日発行

食ひしん坊〔五十九〕　小島政二郎　6-10
すけそう　長田幹彦　10-11
酒と恩師と学会　伊吹武彦　12-15
おめあて〈行きつけの店〉　朝井閑右衛門　15-15
文学に出て来る食べもの（続）　吉田健一　16-19
ロッパ食談〔四十三〕神戸（3）　古川緑波　19-21
海道うら咄—アテ細—　写真・樋口進　近藤日出造　22-26
佃煮　写真・葛西宗誠　大久保恒次　27-34

雪なべ　吉田智子　35-35
色と匂い　藤沢桓夫　36-37
〈昆布の話〉　（O）　37-37
茶席の菓子〔十二月〕　大久保恒次　絵・山内金三郎　38-39
今年臘日〈食在広州〉　邱　永漢　40-42
船場煮〈大阪たべもの歳時記〉　吉田三七雄　43-44
魚　吉村正一郎　45-47
蓮玉の手打ち蕎麦　長谷川かな女　47-47
九重　沢野久雄　48-49
ささ栗―片すみの味―　戸塚文子　50-51
味覚極楽〔二十九〕
　蒲焼の長命術　竹越三叉氏の話　52-54
　交詢社の洋食　子母沢寛　54-55
　―註―　（謙）　55-56
あまカラ通信　（M）　56-56

第六十五号　昭和三十二年一月五日発行

食ひしん坊〈六十〉　小島政二郎　6-10
米国食難記　益田義信　10-12
食魔の国　野村胡堂　13-15
二軒茶屋〈行きつけの店〉　井口海仙　15-15
黎族のチマキ　尾崎一雄　16-18
番茶と湯豆腐　幸田　文　18-19
ホーム・グラウンドの味　福田恆存　20-23
流れの妓　長田幹彦　23-24
京阪の旅　芝木好子　25-26
しおり・かけ紙　安藤鶴夫　26-28
大漢全筵〈食在広州〉　邱　永漢　29-34
手打そば　大久保恒次　34-34
洋食・助六―片すみの味―　戸塚文子　35-36
くいだおれ〈大阪夜話〉　吉田三七雄　37-38
食器　写真・葛西宗誠　大久保恒次　39-46
庶民の食物　小泉信三　47-48
食べもの旅行記　小山いと子　49-51
ロッパ食談〔四十四〕　古川緑波　51-53
海道うら咄―香港―　写真・樋口進　近藤日出造　54-57
あ・ら・かると
　梅椀　から汁　長崎汁　みぞれ汁　吉田智子　58-59
茶席の菓子　大久保恒次　絵・山内金三郎　60-61
あかはね―東京たべあるき―　福島慶子　62-64
おいしい木の実　島津忠重　64-66
天の美禄　談　市川猿之助　67-69
厨房手実
　佐藤春夫　近藤善勝　上野梅子　渡辺紳一郎　69-69
鮒のぶっかけ　土師清二　70-71
味覚極楽〔三十〕　聞き書き　子母沢寛
　料理人不平話　宮内庁厨司長　秋山徳蔵氏の話　72-74
　材料に食はれる　子母沢寛　74-75
流行の名物頒布会　76-76
甘辛画譜（山内金三郎著）小島政二郎序　77-77
あまカラ書架

思ふこと憶ひ出すこと：小泉信三　美味はたのし：福島慶子　三文紳士：吉田健一　手紙随筆：渋沢秀雄　乞食王子：吉田健一　そばの味：植原路郎　包む：幸田文　78-78
あまカラ通信
　ＭＯ　今中善治　水野多津子　大久保恒次　79-80

第六十六号　昭和三十二年二月五日発行

食ひしん坊（六十一）　小島政二郎　6-9
中国の点心　清水董三　10-12
室蘭の海　長田幹彦　13-14
フランス学生の食生活　宮城音弥　14-15
海道うら咄—軍鶏と尾長—　写真・樋口進　近藤日出造　16-20
ももんじや—東京たべあるき—　福島慶子　21-23
あ・ら・かると
　壬生菜　せり　ふろ吹き　かき雑炊　吉田智子　24-25
おでん〈大阪夜話〉　吉田三七雄　26-27
返老還童〈食在広州〉　邱　永漢　28-31
二月の味　幸田　文　31-32
蘭菓カスドース　藤浦　洸　33-34
駄菓子　写真・葛西宗誠　大久保恒次　35-42
伸餅の思い出　鈴木信太郎　43-45
卯月〈行きつけの店〉　岡部伊都子　45-45
美味と味覚　南　博　46-48
フランス甘辛の弁　滝沢敬一　48-49
惚れ焼—片すみの味—　戸塚文子　50-51
茶席の菓子　大久保恒次　絵・山内金三郎　52-53
菩提樹亭　吉村正一郎　54-57
ロッパ食談（四十五）　古川緑波　58-60
あまカラ書架
　世界の酒：坂口謹一郎　美味はたのし：福島慶子
　金曜日生れ：小島政二郎　幸福への手紙：福田恆存　60-60
味覚極楽（三十一）　聞き書き　子母沢寛
当番僧の遣繰　鎌倉円覚寺管長　古川堯道氏の話　61-64
うどんに生醤油　子母沢寛　64-66
—註—　（謙）　66-66
厨房手実　獅子文六　吉屋信子　山本千代喜　岡部伊都子　大田洋子　河竹繁俊　柳原敏雄　坂西志保　菊池重三郎　徳川夢声　宮川曼魚　大田黒元雄　吉野秀雄　福島慶子　石川欣一　池田潔　矢野目源一　長瀬宝　福田恆存　春日野八千代　河上徹太郎　長谷川伸　佐野繁次郎　吉田健一　飯沢匡　67-71
あまカラ通信　72-72

第六十七号　昭和三十二年三月五日発行

食ひしん坊（六十二）　小島政二郎　6-9
一朝談　里見　弴　10-12
西洋料理のメニュー　福田恆存　12-15
牛刀割鶏〈食在広州〉　邱　永漢　15-18

法皇の新館　吉村正一郎　19-23
海道うら咄―かすてーら―　写真・樋口進　近藤日出造　24-28
名まえはまだない―片すみの味―　戸塚文子　29-30
かぶりつきにて　小林　勇　31-34
道明寺　写真・葛西宗誠　大久保恒次　35-42
丸梅―東京たべあるき―　福島慶子　43-45
ロッパ食談〔四十六〕
悲食記（1）（昭和十九年の日記抄）　古川緑波　46-53
はち巻岡田〈行きつけの店〉　吉田健一　49-49
茶席の菓子　大久保恒次　絵・山内金三郎　50-51
あ・ら・かると
白魚ずし　たまご　うしお　鯛の子御飯　吉田智子　52-53
おさけに縁のあるお寺〈大阪夜話〉　吉田三七雄　54-55
厨房手実　池島郁子　岸本水府　伊志井寛　津田正夫　前田栄三　菅原通済　村井米子　戸塚文子　吉村公三郎　長沖一　加藤三之雄　水谷八重子　倉島竹二郎　宮田重雄　坂東簑助　橋本凝胤　石垣綾子　田中利一　進藤次郎　青木正児　本山荻舟　森田たま　56-60
味覚極楽〔三十二〕　聞き書き　子母沢寛
四谷馬方蕎麦　評論家　高村光雲翁の話　61-65
耳学問　子母沢寛　65-68
―註―　（謙）　68-69
読者通信
中谷弘光　稲森道三郎　森鉄之助　瀧井孝二　大浦孝秋　夏堀一雄　早川文造　70-71
あまカラ通信　（M）（O）（M）　72-72

第六十八号　昭和三十二年四月五日発行

食ひしん坊（六十三）　小島政二郎　6-9
一朝談（二）　里見　弴　10-12
出会ひもの　幸田　文　12-15
見栄と無駄　秋山徳蔵　15-17
以茶為礼〈食在広州〉　邱　永漢　18-20
腹のへつた話　梅崎春生　21-22
ロッパ食談〔四十七〕
悲食記（2）（昭和十九年の日記抄）　古川緑波　22-25
甘辛小包　滝沢敬一　26-27
海道うら咄―東北の怪―　写真・樋口進　近藤日出造　28-31
茶席の菓子〔四月〕　大久保恒次　絵・山内金三郎　32-33
乞食の吸物〈大阪夜話〉　吉田三七雄　34-35
禁断の味―東京たべあるき―　福島慶子　36-38
天ぷらの『久幸』〈行きつけの店〉　藤沢桓夫　38-38
花より団子　写真・葛西宗誠　大久保恒次　39-46
お酒と水と日光　木々高太郎　47-51
菊屋と桜ずし〈行きつけの店〉　鍋井克之　51-51
かぶりつきにて　小林　勇　52-54
舌にも春　菊池重三郎　55-57
アメリカの美味と不味　阿川弘之　58-59
あ・ら・かると
桜もち　木の芽田楽　いかの木の芽あえ　吉田智子　60-61

野兎料理 吉村正一郎 62-65
芽株とろとろ―片すみの味― 戸塚文子 66-67
厨房手実 新村出 秋山安三郎 竹中郁 星野立子 篠崎昌美 有竹修二 島津忠重 松井春子 68-69
陶然亭（上） 青木正児 70-77
読者通信 四倉泫 市居義彬 赤羽梅子 高津秀男 山口忠男 野田孝之 奥山正三 78-79
あまカラ通信 （M）（O） 80-80

第六十九号 昭和三十二年五月五日発行

食ひしん坊（六十四） 小島政二郎 6-9
かぶりつきにて（三） 天民 小林勇 10-13
魚すき『丸萬』〈行きつけの店〉 長沖一 13-13
茶煙落花〈食在広州〉 邱永漢 14-17
旅役者 長田幹彦 17-18
こころみ 幸田文 18-19
海道うら咄―与一人形― 写真・樋口進 近藤日出造 20-23
ロッパ食談〔四十八〕
悲食記（3）（昭和十九年の日記抄） 古川緑波 24-27
ホアグラ 角田猛 27-29
あ・ら・かると
たけのこ かつお カシワもち 吉田智子 30-31
アメリカの美味と不味 阿川弘之 32-34
厨房手実（一） 鍋井克之 宇野浩二 小津安二郎 34-34
葵まつり 写真・葛西宗誠 大久保恒次 35-42
アテネの焼肉屋 中村光夫 43-45
茶席の菓子〔五月〕 大久保恒次 絵・山内金三郎 46-47
ジャンボ
―片すみの味― 戸塚文子 48-50
厨房手実（二） 岩田専太郎 小林勇 扇谷たか子 長谷川春子 松下幸之助 50-50
粽・柏餅〈大阪夜話〉 吉田三七雄 51-52
日支混血料理
―東京たべあるき― 福島慶子 53-55
宝来ずし〈行きつけの店〉 池田潔 55-55
胃の腑も財布もちゞまる 滝沢敬一 56-58
厨房手実（三） 今東光 三島由紀夫 58-58
陶然亭（下） 青木正児 59-67
読者通信 飯能次夫 堤譲二 大木静雄 浦田藤次郎 矢部洋之助 68-69
あまカラ通信 （M）（O） 70-70

第七十号 昭和三十二年六月五日発行

食ひしん坊（六十五） 小島政二郎 6-9
番茶の後 永井龍男 10-11
獣と食物 戸川幸夫 12-14
厨房手実（一） 安達瞳子 山際貞子 14-14
オムレツ礼讃 堀口大学 15-16

アカメンパチ　長田幹彦　16-17
海道うら咄—鮒ずし—　写真・樋口進　近藤日出造　20-23
カビア　角田　猛　22-24
蟹の宴　臼田素娥　25-27
五円の串カツ〈行きつけの店〉　山口広一　27-27
茶席の菓子〔六月〕　大久保恒次　絵・山内金三郎　28-29
観光客と同花さん　福島慶子　30-32
豆狸とけつねうどん〈大阪夜話〉　吉田三七雄　33-34
五色豆　写真・葛西宗誠　大久保恒次　35-42
甘い料理反対　大田洋子　43-45
厨房手実（二）　葛西宗誠　石黒敬七　村山りゅう　45-45
百年好合〈食在広州〉　邱　永漢　46-49
アメリカの美味と不味　阿川弘之　49-51
「たこ」と言う名の店〈行きつけの店〉　玉川一郎　51-51
ロッパ食談〔四十九〕
悲食記（4）（昭和十九年の日記抄）　古川緑波　52-55
厨房手実（三）　尾崎一雄　浦松佐美太郎　55-55
佐世保のタイ茶—片すみの味—　戸塚文子　56-57
あ・ら・かると—きゅうり　そら豆　ごまどうふ
かます　柳川なべ　魚と鮮度　吉田智子　58-59
味の大阪物語—関西住いの洋画家・座談会—
田村孝之介　小磯良平　鍋井克之　60-67
読者通信
山下儀一郎　利倉久一郎　中村由雄　吉田賢一　大
西幸男　松谷富喜子　68-69
あまカラ通信　大久保恒次　70-70

第七十一号　昭和三十二年七月五日発行

食ひしん坊（六十六）　小島政二郎　8-11
厨房手実（一）
阿部艶子　藤沢典子　魚返善雄　浅井弥七郎　11-11
番茶の後　永井龍男　12-14
－－－－－－－－　門田　勲　14-16
味オンチ　江戸川乱歩　17-19
厨房手実（二）　朝比奈隆　19-19
東京の蕎麦　福島慶子　20-22
食在広州　題字と文・邱永漢　写真・浜谷浩　23-30
食談義　今　東光　31-32
雀やき　長田幹彦　32-33
厨房手実（三）　小山いと子　小村明子　33-33
あ・ら・かると—冷そうめん　あわびのとろろ
シソ御飯　きゅうりの松前づけ　吉田智子　34-35
ロッパ食談〔五十〕
悲食記（5）（昭和十九年の日記抄）　古川緑波　36-39
海道うら咄—踊る神様宣伝書—
写真・樋口進　近藤日出造　40-44
裸の王様　吉村正一郎　45-48
山菜の花を食う　村井米子　49-51
ハゲ天〈行きつけの店〉　坂西志保　51-51
兵児焼—片すみの味—　戸塚文子　52-54
厨房手実（四）　草野心平　平林たい子　野田高

梧　堀口大学　芝木好子　54-54
西瓜の種とり　写真・葛西宗誠　大久保恒次　55-62
厨房手実（五）　茶がゆ　津村久子　63-63
アメリカの美味と不味　阿川弘之　64-65
ライス・カレー　角田　猛　66-69
天松〈行きつけの店〉　源氏鶏太　69-69
茶席の菓子〔七月〕　大久保恒次　絵・山内金三郎　70-71
関西料理は嫌ひだ　波多野承五郎　72-75
厨房手実（六）　玉川一郎　須田国太郎　沢野久雄　75-75
読者通信
伊藤尹久子　緒方真子　富ノ井政文　矢野豊次郎
赤羽梅子　天川信　藤森朝雄　76-77
あまカラ通信　林みさ子　78-79

第七十二号　昭和三十二年八月五日発行

食ひしん坊（六十七）　小島政二郎　6-9
鰹のはなし　佐藤春夫　10-12
哀れな食慾　渋沢秀雄　12-15
食通の資格はない　岡本太郎　15-17
厨房手実（一）
長谷川かな女　常盤津文字太夫　佐佐木信綱　17-17
父親の料理　浦松佐美太郎　18-21
みち草〈行きつけの店〉　安藤鶴夫　21-21
中国名酒弁　小竹文夫　22-24
厨房手実（二）　高橋邦太郎　筈見恒夫　角田喜久雄　24-24
アメリカの美味と不味　阿川弘之　25-27
海道うら咄―弥次喜多道中―（対談）
近藤日出造　樋口進　28-32
お揚げさん　岡部伊都子　33-34
古式鮎漁なえこみ　写真・葛西宗誠　大久保恒次　35-42
番茶の後　永井龍男　43-45
厨房手実（三）　浜本浩　戸川幸夫　古谷綱武　45-45
象箸玉杯［貧乏こそ敵］　邱　永漢　46-48
夏の台所　幸田　文　49-50
忘れていた味　福島慶子　50-51
茶席の菓子〔八月〕　大久保恒次　絵・山内金三郎　52-53
ロッパ食談〔五十一〕
悲食記（6）（昭和十九年の日記抄）　古川緑波　54-57
さけさかな一福〈行きつけの店〉　岸本水府　57-57
「嗚呼玉杯」と岸首相　吉村正一郎　58-61
夏のあれこれ〈大阪夜話〉　吉田三七雄　62-63
あ・ら・かると―冷い飲みもの　いわしのから煮
ピーマンと小いも煮付　焼なすび　吉田智子　64-65
上方料理の特色　波多野承五郎　66-69
後記　（謙）　69-69
あまカラ通信　（M）　70-71
そばぢょく（装画）　山内金三郎　71-71

第七十三号　昭和三十二年九月五日発行

食べ物の味・人間の味（座談会）

池島信平　吉川英治　秋山徳蔵　6-13
食ひしん坊（六十八）　小島政二郎　14-17
厨房手実（一）　富田常雄　土師清二　17-17
小食（こじょく）の話　長谷川伸　18-20
厨房手実（二）　中里恒子　秋山節義　20-20
番茶の後　永井龍男　21-23
厨房手実（三）　長田幹彦　菊岡久利　広津はま　23-23
ビーフ・ステーキ　田宮虎彦　24-25
茶席の菓子〔九月〕　大久保恒次　絵・山内金三郎　26-27
こんにゃく談義　徳川夢声　28-30
厨房手実（四）　宮城音弥　子母沢寛　29-29
談西洋菜［クレソンばなし］―象牙の箸―　邱　永漢　31-35
伊勢喜どぜう〈行きつけの店〉　子母沢寛　35-35
ロッパ食談〔五十二〕
悲食記（7）（昭和十九年の日記抄）　古川緑波　36-39
厨房手実（五）　戸板康二　本多顕彰　高橋義孝　39-39
後継者無き開拓者　福島慶子　40-42
厨房手実（六）　荒正人　宇井無愁　42-42
堺の夜市　写真・葛西宗誠　大久保恒次　43-50
どぜう　小林　勇　51-55
食堂車はうまいか　池田　潔　55-57
国禁を犯した話　嘉治真三　58-61
鰻の近三〈行きつけの店〉　北条　誠　61-61
海道うら咄―伊賀の忍術と堅焼せんべい―
写真・樋口進　近藤日出造　62-65
アメリカの美味と不味　阿川弘之　66-68
料理の味と分量　滝沢敬一　68-69
あ・ら・かると―お月見　ずいき　さつまいも
りんご　いちじく　吉田智子　70-71
揚げもんと天麩羅〈大阪夜話〉　吉田三七雄　72-73
メロンの棚　岡部伊都子　74-76
厨房手実（七）　向井潤吉　南博　小寺健吉　76-76
メキシコ・サラダ　戸塚文子　77-78
鉱山師の塩むすび　長田幹彦　79-80
二つの珈琲店　高橋邦太郎　80-83
厨房手実（八）
阿川弘之　安倍能成　永田雅一　北条秀司　83-83
読者通信
広常睦子　黒川牧人　手鹿道子　駒越棋堂　84-85
あまカラ通信　（T・M）　林みさ子　86-87
仏像の顔（装画）　加藤義明　87-87

第七十四号　昭和三十二年十月五日発行

善人は何を食べても旨い（座談会）
吉川英治　秋山徳蔵　池島信平　6-15
吉野葛　15-15
食ひしん坊（六十九）　小島政二郎　16-19
厨房手実（一）　浜谷浩　塩谷朝　由起しげ子　19-19
ただの水　吉屋信子　20-21
鮇（いわな）の塩辛　角田喜久雄　22-25
きのこ　きだ・みのる　25-27

すきやきパーティ 石垣綾子 28-30
ユウスゲの二杯酢 谷川徹三 31-33
太ッとかと皿うどん 山本健吉 34-36
厨房手実（二） 木々高太郎 山本嘉次郎 36-36
私と豆腐 三島海雲 37-39
松茸ご飯 岡部伊都子 40-42
小川軒〈行きつけの店〉 菊池重三郎 42-42
松茸がり 写真・葛西宗誠 大久保恒次 43-50
関西料理の弁 今 東光 51-53
厨房手実（三） 朝井閑右エ門 木村荘八 宮尾しげを 53-53
異味独嗜［ニンニクの孤独］〈象牙の箸〉 邱 永漢 54-56
かたくり粉 わらび粉 56-56
秋の味 幸田 文 57-58
ダムダム弾 長田幹彦 58-59
爽涼 北条秀司 60-61
厨房手実（四） 斎藤寅郎 藤浦洸 益田義信 61-61
スイスのチーズ 津田正夫 62-63
茶席の菓子［十月］ 大久保恒次 絵・山内金三郎 64-65
アメリカの美味と不味 阿川弘之 66-67
みりん もろみ 67-67
湯葉の味 佐々木三味 68-70
厨房手実（五） 金田一京助 梅原龍三郎 田村孝之介 70-70
軽井沢のうまいもの 薄井恭一 71-73
厨房手実（六） 中谷宇吉郎 長谷川如是閑 大岡昇平 73-73
ロッパ食談［五十三］
悲食記（8）（昭和十九年の日記抄） 古川緑波 74-77
小川軒〈行きつけの店〉 尾崎一雄 77-77
グレープ・フルーツ―片すみの味― 戸塚文子 78-79
あ・ら・かると―松たけ しめじ 吉田智子 80-81
松茸〈大阪夜話〉 吉田三七雄 82-83
読者通信
尾高京子 和田六東 赤羽梅子 中熊ムメ 谷戸道
彦 荒木輝子 84-85
あまカラ通信 （T・M） 86-87
膳盌（装画） 山内金三郎 87-87

第七十五号 昭和三十二年十一月五日発行

食ひしん坊（七十） 小島政二郎 6-9
無関心な飲食者 伊藤 整 10-14
厨房手実（一） 村松梢風 薄井恭一 14-14
一つ覚え 壺井 栄 15-17
文春クラブ〈行きつけの店〉 扇谷正造 17-17
直線料理 平林たい子 18-19
海道うら咄―美々卯のうどん― 写真・樋口進 近藤日出造 20-24
厨房手実（二） 志賀直哉 梅崎春生 24-24
ロッパ食談［五十四］
悲食記（9）（昭和十九年の日記抄） 古川緑波 25-27
食い倒れと『ふぐ』〈大阪夜話〉 吉田三七雄 28-29
豊橋の竹輪 戸塚文子 30-32
福喜鮨〈行きつけの店〉 池島信平 32-32

とれとれの鰯　岡部伊都子　33-34
京ゆば　写真・葛西宗誠　大久保恒次　35-42
しびれる味―アメリカの美味と不味―　阿川弘之　43-45
厨房手実（三）　北条玲子　45-45
牛肉と蠟燭　福島慶子　46-49
新宿『菊正』〈行きつけの店〉　小山いと子　49-49
漬菜入り　坂口謹一郎　50-51
茶席の菓子〔十一月〕　絵と文・山内金三郎　52-53
あ・ら・かると―鳥のガン　うずらなべ　鴨　吉田智子　54-55
ホロホロ鳥　角田　猛　56-58
依様葫蘆［提灯屋の小僧］〈象牙の箸〉　邱　永漢　59-61
ユウスゲの二杯酢［続］　谷川徹三　62-65
うづら〈行きつけの店〉　中里恒子　65-65
口のさけた熊　長田幹彦　60-61
厨房手実（四）　鴨下晁湖　米川正夫　61-61
読者通信
緒方真子　稲森道三郎　矢野豊次郎　平田真里遠
稲富敏彦　68-69
あまカラ通信　（M）　70-70
熱帯魚（装画）　加藤義明　70-70

第七十六号　昭和三十二年十二月五日発行

食ひしん坊（七十一）　小島政二郎　6-9
厨房手実（一）　臼井吉見　高浜虚子　平林治徳　9-9
書生料理　小泉信三　10-11
大うなぎの夢　笠信太郎　12-16
こんだて　阿部艶子　17-19
牛肉を食う勿れ　滝沢敬一　20-21
生魚きちがひ　角田　猛　22-24
新東京名所　福島慶子　25-27
厨房手実（二）　井口海仙　黒田初子　27-27
にがた美食記　本橋玉枝　28-29
すき焼談義〈大阪夜話〉　吉田三七雄　30-31
弁当箱　岡部伊都子　32-34
新橋『園』〈行きつけの店〉　戸板康二　34-34
豊作　写真・葛西宗誠　大久保恒次　35-42
のみ物は水　坂西志保　43-45
柚味噌　45-45
アメリカよさらば―アメリカの美味と不味―
阿川弘之　46-48
山珍野味［猫の料理］〈象牙の箸〉　邱　永漢　49-51
熊なべ　長田幹彦　52-53
厨房手実（三）　海音寺潮五郎　喜多村緑郎　53-53
茶席の菓子〔十二月〕　大久保恒次　絵・山内金三郎　54-55
ロッパ食談〔五十五〕
悲食記〔10〕（昭和十九年の日記抄）　古川緑波　56-59
イタリアン・ガーデンス〈行きつけの店〉　南　博　59-59
あ・ら・かると―味噌漬いろいろ　魚　牛肉
タマゴ　カキ　吉田智子　60-61
料理の堕落は客の罪　悟道軒円玉　62-66
江戸好み　樫田十次郎　66-67

読者通信　68–69
田中京子　ローソン・葦子　山下儀一郎　天川信
佐々木善朗　夏堀一雄
あまカラ通信
水野多津子　大久保恒次　林みさ子　北野桂子　70–71
徳利（装画）　山内金三郎　71–71

第七十七号　昭和三十三年一月五日発行

食ひしん坊（七十二）　小島政二郎　6–9
うつぷるい　9–9
キントン焼き魚　長谷川伸　10–12
酒の粕　みずな　おうばく豆腐　12–12
御所のお雑煮　入江相政　13–15
厨房手実（一）　坂本遼　壺井栄　木暮実千代　15–15
江戸の昔の京の食物　子母沢寛　16–20
河内の味　今　東光　20–21
食物の温度　小林　勇　22–25
味は異なもの　菊池重三郎　25–27
食いねえ食いねえ　山手樹一郎　28–29
茶席の菓子〔一月〕　大久保恒次　絵・山内金三郎　30–31
神戸寿司　岡部伊都子　32–34
新々飯店〈行きつけの店〉　吉野秀雄　34–34
包丁式　写真・葛西宗誠　大久保恒次　35–42
キュークツ会―東京食べ歩きグループ―　福島慶子　43–45
ロッパ食談〔五十六〕　食書ノート（1）　古川緑波　46–49
松鮨〈行きつけの店〉　寿岳文章　49–49
小さなキャンドル　戸塚文子　50–51
ごまめ〈上方雑記帳〉　吉田三七雄　52–53
舌鼓ところどころの裏の所〔1〕　吉田健一　54–56
葡萄酒の思ひ出　鈴木信太郎　57–61
酔生夢死〔酔ひどれ船〕〈象牙の箸〉　邱　永漢　62–64
お値打ち案内　狩野近雄　65–68
熊のライスカレー　長田幹彦　68–69
あまカラ通信
（T）（O）　北野桂子
林みさ子　水野多津子　今中善治　大久保恒次　70–71
雑器いろいろ（装画）　加藤義明　71–71

第七十八号　昭和三十三年二月五日発行

食ひしん坊（七十三）　小島政二郎　6–9
厨房手実（一）　尾上松緑　樋口富麻呂　9–9
世界の食卓　河盛好蔵　10–13
厨房手実（二）　佐々木三味　阿部静枝　13–13
私の味覚　井上　靖　14–15
ユイリエ　飯沢　匡　16–18
ふらんす玉子酒　イクラ　18–18
母在まさず　森田たま　19–21
五味八珍の串カツ〈行きつけの店〉　山崎豊子　21–21
舌鼓ところどころの裏の所〔2〕　吉田健一　22–24
夜雨春韮〔韮を摘む袖〕〈象牙の箸〉　邱　永漢　25–27
食べるものを話す　幸田　文　28–29

厨房手実（三）　寺田栄一　湯川スミ　29-29
嵯峨沢のキジ鍋　戸塚文子　30-32
バッカス〈行きつけの店〉　十返　肇　32-32
大阪ずし〈上方雑記帳〉　吉田三七雄　33-34
鷺しらず　写真・葛西宗誠　大久保恒次　35-42
菓子屋の休戦　滝沢敬一　43-46
ヤガラの味　大岡昇平　46-47
くんせい　軟かい乾酪　高野豆腐　47-47
海道うら咄―きちがい部落―
　写真・樋口進　近藤日出造　48-50
生涯の理想　杉山金太郎　51-53
厨房手実（四）　伊藤鷗二　古関裕而　清水董三　53-53
茶席の菓子（二月）　大久保恒次　絵・山内金三郎　54-55
ロッパ食談（五十七）　食書ノート（2）　古川緑波　56-58
千曲が巻く　山本直文　59-60
鮭の燻製　角田　猛　60-65
名もない『みのる』〈行きつけの店〉　大田洋子　65-65
読者通信
　海老六郎　和田六東　河本源治　横山幸子　浜田義
　一郎　白崎順子　66-67
あまカラ通信　水野多津子　大久保恒次　68-69
打物有平（装画）　山内金三郎　69-69

第七十九号　昭和三十三年三月五日発行

恨み重なる高野豆腐　里見弴　聞く人・辻嘉一　8-15
ポルト〈行きつけの店〉　魚返善雄　15-15
食ひしん坊（七十四）　小島政二郎　16-19
カレー粉　にんにく　からすみ　19-19
味覚音痴　亀井勝一郎　20-22
うに　くるみ　22-22
母の味　三宅艶子　23-25
じゅんさい　たけのこ　25-25
宇和島の皮てんぷら　古谷綱武　26-28
カレーハウスいんでいら〈行きつけの店〉　矢野目源一　28-28
下宿の朝　高橋義孝　29-31
厨房手実（一）　臼田素娥　薄井恭一　31-31
初代　わかば主人　安藤鶴夫　32-34
魚飯・鯛飯・河豚雑炊　青木正児　35-37
玄米茶　麺　37-37
茶席の菓子（三月）　大久保恒次　絵・山内金三郎　38-39
エチケットさまざま　扇谷正造　40-42
みわそうめん　写真・葛西宗誠　大久保恒次　43-50
飢えは最善のソースか　石川欣一　51-53
厨房手実（二）　長門美保　53-53
おさなき日々に　福原麟太郎　54-56
てんぷら「天一」〈行きつけの店〉　中村汀女　56-56
舌鼓ところどころの裏の所（3）　吉田健一　57-59

苦中作楽［豪勢な貧乏］〈象牙の箸〉　邱　永漢　60-62
うちの梅干・うちの鴨　中里恒子　63-65
嫌いなものは無い—好きなもの・嫌いなもの—　竹中　郁　65-65
老童抄　北条秀司　66-69
南方の味　芝木好子　69-71
なるしす〈行きつけの店〉　草野心平　71-71
苫小牧のスープ　長田幹彦　72-73
わさび　河豚　73-73
ロッパ食談〔五十八〕 食書ノート（3）　古川緑波　74-77
厨房手実（三）　大場白水郎　鈴木信太郎　77-77
フキのとう　戸塚文子　78-79
田楽豆腐〈上方雑記帳〉　吉田三七雄　80-81
読者通信
寺島珠雄　佐藤正巳　粟田迪　稲森道三郎　谷口清　82-83
あまカラ通信　水野多津子　大久保恒次　林みさ子　86-87
がんぐ（装画）　加藤義明　86-86

第八十号　昭和三十三年四月五日発行

三垂れの辛抱　里見弴　聞く人・辻嘉一　6-13
かつおぶし　13-13
食ひしん坊（七十五）　小島政二郎　14-17
赤坂のざくろ〈行きつけの店〉　式場隆三郎　17-17
記憶の中の食味　安倍能成　18-20
好きなもの　嫌いなもの　源氏鶏太　20-20
味覚独語　辰野　隆　21-23
からし　ぱせり　23-23
阿波の沢庵　荒　正人　24-26
なまふ　26-26
きつねうどんとたぬきそば　田宮虎彦　27-29
厨房手実（一）　千　宗室　29-29
砂糖（ザラメ）娘の弁　有吉佐和子　30-32
あんこう鍋　いせ源〈行きつけの店〉　筈見恒夫　32-32
がたろの話〈上方雑記帳〉　吉田三七雄　33-34
豆腐羹　写真・葛西宗誠　大久保恒次　35-42
村の食べ物から　河上徹太郎　43-45
みかんの皮　せろり　45-45
母性愛の蟹　中谷宇吉郎　46-48
なっと　48-48
エチケットさまざま　扇谷正造　49-51
厨房手実（二）　秋山徳蔵　51-51
負笈千里［日本留学］〈象牙の箸〉　邱　永漢　52-54
料理道のスーパーチャンピオン　滝沢敬一　55-57
浜作本店〈行きつけの店〉　阿川弘之　57-57
望知香　戸塚文子　58-59
ロッパ食談〔五十九〕 食書ノート（4）　古川緑波　60-63
好きなもの　嫌いなもの　宮田重雄　63-63
茶席の菓子〔四月〕　大久保恒次　絵・山内金三郎　64-65
私の悲食記　坂西志保　66-69
あまカラ通信　水野多津子　大久保恒次　70-71
向付と箸置（装画）　山内金三郎　70-70

第八十一号　昭和三十三年五月五日発行

食ひしん坊（七十六）　小島政二郎　6–9
とうふ　アスパラガス　9–9
紐育レストラン案内　三島由紀夫　10–12
胃無族　中屋健一　13–15
お茶漬「つぼ半」〈行きつけの店〉　桶谷繁雄　15–15
歓天喜地　海音寺潮五郎　16–22
好きなもの　嫌いなもの　玉川一郎　22–22
舞台で酔う話　戸板康二　23–25
好きなもの　嫌いなもの　佐野繁次郎　25–25
食えないたべもの　小寺健吉　26–28
ロッパ食談〔六十〕食書ノート（5）　古川緑波　29–31
コーヒー　31–31
中華食味談　石　敢当　32–34
好きなもの　嫌いなもの　円地文子　34–34
祇園の名菜　写真・葛西宗誠　大久保恒次　35–42
旅中の食べもの　吉野秀雄　43–47
お値打ち案内（続）　狩野近雄　48–51
小林道雄の手紙　長田幹彦　52–53
好きなもの　嫌いなもの　南　博　53–53
茶席の菓子〔五月〕　大久保恒次　絵・山内金三郎　54–55
青葉の季節の医学　杉靖三郎　56–57
川面にうつる灯の話〈上方雑記帳〉　吉田三七雄　58–59
赴湯蹈火「おホリの愚連隊」〈象牙の箸〉　邱　永漢　60–62
神経性食いしん坊　岡部冬彦　63–65
好きなもの　嫌いなもの　倉島竹二郎　65–65
一塊の牛肉〈私の悲食記〉　長谷川伸　66–69
ほうれん草　69–69
あまカラ通信　水野多津子　大久保恒次　70–70
紋様（装画）　加藤義明　70–70

第八十二号　昭和三十三年六月五日発行

食ひしん坊（七十七）　小島政二郎　6–9
好きなもの　嫌いなもの　福島慶子　9–9
八百屋　小林　勇　10–14
厨房手実（一）　伊藤熹朔　角田猛　大下宇陀児　14–14
食べもの俗談　中島健蔵　15–17
大友〈行きつけの店〉　堀口大学　17–17
さくら鯛　山本健吉　18–20
味のロマンス　藤浦　洸　20–21
好きなもの　嫌いなもの　岡部伊都子　21–21
困りながらの食べもの談義　長沖　一　22–23
茶席の菓子〔六月〕　大久保恒次　絵・山内金三郎　24–25
中華食味談〔続〕　石　敢当　26–29
ロッパ食談〔六十一〕食書ノート（6）　古川緑波　30–32
あずき　32–32
アイスクリン　かちわり〈上方雑記帳〉　吉田三七雄　33–34
日本の醤　写真・葛西宗誠　大久保恒次　35–42
食物誌抄　渋沢秀雄　43–45

スキヤキとサンドウィッチ　津村秀夫　46-48
厨房手実（二）　赤羽梅子　横山美智子　48-48
うま味ということ　坂口謹一郎　49-51
大豆　51-51
ノイローゼを治した話　秋山徳蔵　52-53
脂沢粉黛［醤をすすめる］〈象牙の箸〉　邱　永漢　54-56
印旛沼記念〈私の悲食記〉　子母沢寛　57-61
好きなもの嫌いなもの　池田　潔　61-61
隋園食単〔一〕清袁枚著　青木正児訳　62-68
あまカラ通信　水野多津子　大久保恒次　林みさ子　69-69
机辺小品（装画）　山内金三郎　69-69

第八十三号　昭和三十三年七月五日発行

食ひしん坊（七十八）　小島政二郎　6-9
厨房手実（一）　藤倉修一　松岡洋子　9-9
味欲　里見　弴　10-11
茘枝　谷川徹三　12-14
たで　いなだ　14-14
宿屋の食事　本多顕彰　15-17
老松町の川波〈行きつけの店〉　朝比奈隆　17-17
オランダ立食い物語　益田義信　18-20
厨房手実（二）　武田泰淳　木下孝則　20-20
浅草のどぜう　浜本　浩　21-23
好きなもの　嫌いなもの　高橋邦太郎　23-23
香園粉陣［香料の道］〈象牙の箸〉　邱　永漢　24-27
ビスキットとカステーラ　山本直文　27-28
さいはての町　長田幹彦　29-30
夏の味覚　杉靖三郎　30-32
好きなもの　嫌いなもの　小山いと子　32-32
蛸　胡瓜〈上方雑記帳〉　吉田三七雄　33-34
宇治茶　写真・葛西宗誠　大久保恒次　35-42
オテル・ルウのプラム　宮田重雄　43-45
好きなもの　嫌いなもの　北条　誠　45-45
梅干と蟹　尾崎一雄　46-49
厨房手実（三）　藤原あき　秋山庄太郎　49-49
北の海の幸　原田康子　50-52
八幡鐘の宮川〈行きつけの店〉　長谷川春子　52-52
ロッパ食談〔六十二〕このたび大阪　古川緑波　53-55
茶席の菓子〔七月〕　大久保恒次　絵・山内金三郎　56-57
土を食う〈私の悲食記〉　田中澄江　58-61
好きなもの　嫌いなもの　戸川幸夫　61-61
隋園食単〔二〕清袁枚著　青木正児訳　62-66
あまカラ通信　水野多津子　林みさ子　北野桂子　大久保恒次　67-68
椅子（装画）　加藤義明　67-67

第八十四号　昭和三十三年八月五日発行

食ひしん坊（七十九）　小島政二郎　8-11
屋号「青辰」の由来　竹中　郁　11-11
野暮な酒　藤沢桓夫　12-13

初夏のメニュー　滝沢敬一　14-18
しそ　18-18
味のなりふり　宮城音弥　19-21
郷愁を呼ぶ味　井上友一郎　22-23
十八屋聞き書　山本嘉次郎　24-26
食べず嫌い　岸本水府　26-26
中華食味談　石　敢当　27-29
銀座の大隈〈行きつけの店〉　中野　実　29-29
ロッパ食談〔六十三〕
食書ノート〔最近版〕　古川緑波　30-32
四つ橋の倍増し餅〈上方雑記帳〉　吉田三七雄　33-34
食用蛙　写真・葛西宗誠　大久保恒次　35-42
本場はどこだ　本山荻舟　43-45
食べず嫌い　徳川夢声　45-45
五平餅　河竹繁俊　46-48
あなご　48-48
だるまようかん　源氏鶏太　49-51
赤坂飯店〈行きつけの店〉　嘉納毅六　51-51
茶席の菓子〔八月〕　大久保恒次　絵・山内金三郎　52-53
風に乗った味
弘前：中沢多美　東京：篠崎礼子　金沢：本多二朗
京都：国分綾子　広島：熊田ムメ　徳島：村岡昭之
輔　鹿児島：三原就道　54-57
時の運〈私の悲食記〉　戸板康二　58-61
厨房手実（一）　大庭さち子　有馬頼義　三好十郎　61-61
望海止渇［渇きの季節］〈象牙の箸〉　邱　永漢　62-64
隋園食単〔三〕　清袁枚著　青木正児訳　65-67
神崎〈行きつけの店〉　長谷川伸　67-67
読者通信
金川ちとせ　尾藤忠旦　喜多町子　小林幸治　加藤
みね　野田孝之　68-69
あまカラ通信　水野多津子　大久保恒次　林みさ子　70-71
挽物人形（装画）　山内金三郎　71-71

第八十五号　昭和三十三年一月五日発行

食ひしん坊（八十）　小島政二郎　6-9
食べず嫌い　中里恒子　9-9
なまもの他流　八代幸雄　10-11
お菓子ばなし　今　東光　12-14
食べず嫌い　魚返善雄　14-14
らくがき　池田弥三郎　15-17
あさくさのり　（恒）　17-17
管鮑之交［磯の鮑魚の片思ひ］〈象牙の箸〉　邱　永漢　18-20
十八屋聞き書〔続〕　山本嘉次郎　21-23
ロッパ食談〔六十四〕　食日記抄（1）　古川緑波　24-26
望月〈食べあるき〉　絵も　高木四郎　27-29
厨房手実（一）
杉本健吉　奥野薫　西川辰美　御手洗辰雄　29-29
しにせ〈食べあるき〉　岡部伊都子　30-31
わが町わが舌〈食べあるき〉　竹中　郁　32-34
だるま鮨〈行きつけの店〉　杉浦幸雄　34-34

大徳寺納豆　写真・葛西宗誠　大久保恒次　35－42
トマトの真味　角田　猛　43－45
ワイキキ・サンド　戸塚文子　46－47
蝮の卵の味　村井米子　48－49
茶席の菓子〔九月〕　大久保恒次　絵・山内金三郎　50－51
秋のくだもの　杉靖三郎　52－53
風に乗った味〔2〕
札幌：沢美智枝　仙台：泉八東　新潟：本橋玉枝
名古屋：堀川浩二　大阪：吉田智子　鳥取：村岡肇
高知：森発也　福岡：荒木輝子　54－57
甘酒（あまざけ）とお多福（たやん）〈上方雑記帳〉　吉田三七雄　58－59
巡業非食録〈私の悲食記〉　徳川夢声　60－63
隋園食単〔四〕　清袁枚著　青木正児訳　64－68
丸治〈行きつけの店〉　田中利一　68－68
あまカラ通信　69－69
野菜（装画）　加藤義明　69－69

第八十六号　昭和三十三年十月五日発行

食ひしん坊（八十一）　小島政二郎　6－9
厨房手実（一）　堀内敬三　金森徳次郎　児玉正信　9－9
猫料理　村松梢風　10－11
むすび　富田常雄　12－13
トゥルヌドの糸　秋山徳蔵　14－16
メーゾン・メイ〈行きつけの店〉　宇井無愁　16－16
隋園食単［隋園料理メモ］〈象牙の箸〉　邱　永漢　17－20
食べず嫌い　名取洋之助　20－20
わが町わが舌　絵も　竹中　郁　21－23
厨房手実（二）　藤間紫　小汀利得　23－23
味めぐり　岡部伊都子　24－25
利休べんとう　絵も　高木四郎　26－27
ロッパ食談〔六十五〕　食日記抄（2）　古川緑波　28－30
風に乗った味〔3〕
弘前：中沢多美　東京：篠崎礼子　金沢：本多二朗
京都：国分綾子　広島：熊田ムメ　徳島：村岡昭之
輔　鹿児島：川崎勝人　31－34
やうじ　写真・葛西宗誠　大久保恒次　35－42
なまもの他流　八代幸雄　43－47
食べず嫌い　長谷川かな女　47－47
はもとらい魚　小竹文夫　48－49
茶席の菓子〔十月〕　大久保恒次　絵・山内金三郎　50－51
ワッフルと私　戸塚文子　52－53
蜜柑の話〈上方雑記帳〉　吉田三七雄　54－55
無為徒食〈私の悲食記〉　森田たま　56－59
金の指輪　長田幹彦　60－61
れいし　（恒）　61－61
新しいもの古いもの
スープあの手この手　お茶御飯　珍しいお菓子
フグのぬか漬　吉田智子　62－64
隋園食単〔五〕　清袁枚著　青木正児訳　65－69
あまカラ通信　林みさ子　三浦一夫　70－70

第八十七号　昭和三十三年十一月五日発行

食ひしん坊（八十二）　小島政二郎　6-9
厨房手実（一）　織田幹雄　吉沢久子　9-9
スイスの水たき　平林たい子　10-11
私の空想料理　渋沢秀雄　11-11
大阪ぎらい物語［一］　鍋井克之　12-14
厨房手実（二）　安部公房　伴俊彦　14-14
鰻のパテー　福島繁太郎　15-16
おいしいもの　波多野勤子　16-17
三楽　吉田健一　18-20
食欲について　杉靖三郎　21-23
わが町わが舌　絵も　竹中郁　24-26
ロッパ食談〔六十六〕食日記抄（3）　古川緑波　27-29
好きな味　岡部伊都子　30-31
時を刻む京風味　絵も　杉靖三郎　32-34
厨房手実（三）　佐藤泰治　正木ひろし　34-34
松阪牛　写真・葛西宗誠　大久保恒次　35-42
なまもの他流　八代幸雄　43-45
阪急ライスカレー〈行きつけの店〉　石山賢吉　45-45
棋士と食い物　倉島竹二郎　46-48
食べず嫌い　角田喜久雄　48-48
食卓への願い〈私の悲食記〉　串田孫一　49-51
蛙鳴残雨［蛙のはなし］〈象牙の箸〉　邱永漢　52-55
茶席の菓子〔十一月〕　大久保恒次　絵・山内金三郎　56-57
風に乗った味〔4〕
札幌・・沢美智枝　仙台・・泉八束　新潟・・本橋玉枝
大阪・・末次摂子　鳥取・・林英雄　高知・・森発也
福岡・・荒木輝子　58-61
熱大会　戸塚文子　62-63
すっぽん〈上方雑記帳〉　吉田三七雄　64-65
新しいもの古いもの
ガーリック・パウダー　パンとペースト　カン詰飲
みもの　吉田智子　66-67
読者通信
小山周次　山田はつ　広居学　斎藤恭子　江間輔
森原朝子　68-70
はし（装画）　加藤義明　70-70

第八十八号　昭和三十三年十二月五日発行

食ひしん坊（八十三）　小島政二郎　8-11
厨房手実（一）　ハナヤ勘兵衛　11-11
大阪ぎらい物語［二］　鍋井克之　12-14
三楽　吉田健一　15-17
栄養失調　壺井栄　18-20
食べず嫌い　小糸源太郎　20-20
旅館の飯と汽車弁　長沢規矩也　21-23
茶席の菓子〔十二月〕　大久保恒次　絵・山内金三郎　24-25
信州そば食べ歩き　山本直文　26-30
喜楽鮨〈行きつけの店〉　清水雅　30-30

颪に乗った味〔5〕
弘前：中沢多美　東京：篠崎礼子　金沢：本多二朗
京都：国分綾子　広島：熊田ムメ　徳島：村岡昭之
輔　鹿児島：川崎勝人　31-34
テレビ料理　写真・葛西宗誠　大久保恒次　35-42
炉辺談食［鍋料理の季節］〈象牙の箸〉　邱　永漢　43-45
ハイセン撲滅論［お値打ち案内］　狩野近雄　46-49
十二段家〈行きつけの店〉　浅井弥七郎　49-49
ロッパ食談［六十七］食日記抄（4）　古川緑波　50-53
食べず嫌い　子母沢寛　53-53
時を刻む京風味　絵も　高木四郎　54-55
味の誘い　岡部伊都子　56-58
赤トンボ〈行きつけの店〉　三益愛子　58-58
わが町わが舌　絵も　竹中　郁　59-61
私の空想料理　草野心平　61-61
ニュー・オーリンズのカキ　戸塚文子　62-63
昆布〈上方雑記帳〉　吉田三七雄　64-65
新しいもの古いもの
料理用粉チーズ　当りごまの缶詰　チョコレートの
効用　吉田智子　66-67
読者通信
佐々木和子　阿蘇惟友　福岡寿郎　山本純夫　備仲
玉太郎　上出信子　藤井達三　68-69
あまカラ通信　70-70
つばめに乗って〈装画〉　山内金三郎　70-70
味つれづれ　岡部伊都子　71-71

第八十九号　昭和三十四年一月五日発行

食ひしん坊（八十四）　小島政二郎　8-11
築地のあしべ〈行きつけの店〉　伊志井寛　11-11
買出し時代（私の悲食記）　尾崎一雄　12-15
厨房手実（一）　白井喬二　15-15
朝食のたのしみ　石垣綾子　16-17
パン　米　乳　酒　滝沢敬一　18-20
かまぼこ　（恒）　20-20
食いしん坊の命拾い
今だから話してもいい戦場の極秘事件　浜本　浩　21-23
カキとビフテキ［お値打ち案内続］　狩野近雄　24-27
吉葉寿し〈行きつけの店〉　北条　誠　27-27
空腹ということ　菊村　到　28-29
みみずく和尚とその食欲―人物漫遊記うら咄（1）今
東光氏の巻―　岡部冬彦　写真・樋口進　30-31
ロッパ食談［六十八］食日記抄（5）　古川緑波　32-34
時を刻む京風味　絵も　高木四郎　35-37
私の空想料理　阿川弘之　37-37
かんさいだき・合のり　岡部伊都子　38-39
わが町わが舌　絵も　竹中　郁　40-42
奈良漬　写真・葛西宗誠　大久保恒次　43-50
大阪ぎらい物語［三］　鍋井克之　51-53
魚塩之中［魚と塩の中］〈象牙の箸〉　邱　永漢　54-56
牛と馬と　長田幹彦　57-58

門　魚返善雄　58–60
三楽　吉田健一　61–63
和菓子暦〔一月〕　大久保恒次　絵・山内金三郎　64–65
食べものの風味　杉靖三郎　66–69
私の空想料理　池田　潔　69–69
レストラン　ストックホルム　戸塚文子　70–71
新しいもの古いもの―進歩的ダシ？　閉じこめられた
旬　薬品？食品？　吉田智子　72–73
消えた正月〈上方あれこれ〉　吉田三七雄　74–75
風に乗った味　お雑煮お国ぶり
札幌：沢美智枝　弘前：中沢多美　仙台：泉八束
東京：松井春子　新潟：本橋玉枝　金沢：山田吉男
名古屋：寺田栄一　京都：国分綾子　大阪：末次摂
子　鳥取：林英雄　広島：熊田ムメ　徳島：村岡昭
之輔　高知：森発也　福岡：荒木輝子　鹿児島：川
崎勝人　76–82
味つれづれ　岡部伊都子　83–83
読者通信
高野雪　井村重帯　宮川光弘　沖本常吉　矢代秋雄
村穂ユリ子　84–85
写生帖から〈装画〉　山内金三郎　85–85
あまカラ通信　水野多津子
林みさ子　三浦一夫　大久保恒次　今中善治　86–86

第九十号　昭和三十四年二月五日発行

食ひしん坊（八十五）　小島政二郎　8–11
厨房手実（一）　山内金三郎　11–11
あま味追放　三宅周太郎　12–14
私の空想料理　坂西志保　14–14
鰹一尾が全財産〈私の悲食記〉　中里恒子　15–17
すがも園〈行きつけの店〉　大矢市次郎　17–17
京の楽しみ　益田義信　18–19
庶民の味　山崎豊子　20–22
食いしん坊の命拾い
今だから話せる戦場の極秘事件（続）　浜本　浩　23–25
厨房手実（二）　村田希久　白川渥　25–25
まりちゃんとその食欲―人物漫遊記うら咄（2）宮城
まり子さんの巻―　岡部冬彦　写真・樋口進　26–27
初午（はつうま）のあとさき〈上方あれこれ〉　吉田三七雄　28–29
和菓子暦〔二月〕　大久保恒次　絵・山内金三郎　30–31
風に乗った味
札幌：沢美智枝　仙台：泉八束　新潟：本橋玉枝
名古屋：寺田栄一　大阪：末次摂子　鳥取：佐々木
鉄心　高知：森発也　福岡：荒木輝子　32–34
共稼ぎの食生活　写真・葛西宗誠　大久保恒次　35–42
大阪ぎらい物語〔四〕　鍋井克之　43–45
厨房手実（三）　原清　清水崑　45–45
銀芽米粉〔モヤシとビーフン〕〈象牙の箸〉　邱　永漢　46–49

まつ本〈行きつけの店〉　越沢茂外治　49-49
煮込みうどん〔お値打ち案内・続〕　狩野近雄　50-53
私の空想料理　高橋邦太郎　53-53
柴・米　魚返善雄　54-56
すし留〈行きつけの店〉　藤浦　洸　56-56
わが町わが舌　絵も　竹中　郁　57-59
一円を返す店　岡部伊都子　60-61
時を刻む京風味　絵も　高木四郎　62-63
野郎がまえの田楽　戸塚文子　64-65
そうざい春秋（1）
　二月の魚　凍豆腐　寒の卵　柳原敏雄　66-67
新しいもの古いもの―万能がえし　ガス魚焼器　石綿
　のほうろく　骨ぬき　吉田智子　68-69
あまカラ通信　70-70
かしら（装画）　加藤義明　70-70
味つれづれ　山内金三郎　71-71

第九十一号　昭和三十四年三月五日発行

食ひしん坊（八十六）　小島政二郎　8-11
厨房手実（一）　庄野潤三　金子洋文　11-11
担麺度月〔担麺のこと〕〈象牙の箸〉　邱　永漢　12-16
あおのり　（恒）　16-16
クラス会　倉島竹二郎　17-19
欧米あまカラ記
　ニューヨークの日本料理店（1）　扇谷正造　20-24
鴨料理　福島繁太郎　24-25
厨房手実（二）
　福原麟太郎　阿部静枝　富士正晴　茂木草介　25-25
大阪ぎらい物語〔五〕　鍋井克之　26-28
わが町わが舌　絵も　竹中　郁　29-31
お子様ランチ　岡部伊都子　32-33
時を刻む京風味　絵も　高木四郎　34-36
駄菓子（装画）　山内金三郎　36-36
くわい　戸塚文子　37-38
蒲鉾　写真・葛西宗誠　大久保恒次　39-46
大王の大メニュー　滝沢敬一　47-49
私の空想料理　森田たま　49-49
東海道うな弁〔お値打ち案内・続〕　狩野近雄　50-53
舟ずし〈行きつけの店〉　古谷綱武　53-53
油・塩　魚返善雄　54-56
厨房手実（三）　三益愛子　金子信雄　56-56
甘辛譚逆旅聞書　桜井欽一　57-59
裸の大将とその食欲―人物漫遊記うら咄（3）　山下清
　さんの巻―　岡部冬彦　写真・樋口進　60-61
たべものと色　杉靖三郎　62-65
厨房手実（四）　野上彰　伊馬春部　65-65
洋食の話〈上方あれこれ〉　吉田三七雄　66-67
和菓子暦〔三月〕　大久保恒次　絵・山内金三郎　68-69
そうざい春秋（2）
　料理とメートル法　茎たちのころ　柳原敏雄　70-71
風に乗った味〔6〕

弘前：中沢多美　東京：篠崎礼子　金沢：山田吉男
京都：国分綾子　広島：熊田ムメ　徳島：村岡昭之
輔　鹿児島：川崎勝人　72－75
新しいもの古いもの　吉田智子　76－77
あまカラ通信　水野多津子　林みさ子　78－78
味つれづれ　山内金三郎　79－79

第九十二号　昭和三十四年四月五日発行

食ひしん坊（八十七）　小島政二郎　6－9
吉美会のこと〈行きつけの店〉　水谷八重子　9－9
甘党の弁　今　東光　10－12
もずく　きくらげ　（恒）　12－12
たのしく食べる　野田高梧　13－15
大阪ぎらい物語〔六〕　鍋井克之　16－19
銀八〈行きつけの店〉　山本健吉　19－19
投桃報李〔情は人のためならず〕〈象牙の箸〉　邱　永漢　20－23
私の空想料理　大下宇陀児　23－23
醤・醋　魚返善雄　24－26
あまご　ひがい　ごり　（O）　26－26
欧米あまカラ岡目八目
ニューヨークの日本料理店（2）　扇谷正造　27－30
厨房手実（一）　鏑木清方　生沢朗　大谷東平　30－30
風に乗った味〔7〕
札幌：沢美智枝　仙台：泉八束　新潟：広瀬チエコ
名古屋：寺田栄一　大阪：末次摂子　鳥取：佐々木
敦　高知：森発也　福岡：荒木輝子　31－34
よしのくず　写真・葛西宗誠　大久保恒次　35－42
わが町わが舌　絵も　竹中　郁　43－45
久留美餅・あん餅　岡部伊都子　46－47
時を刻む京風味　絵も　高木四郎　48－50
ブラジルの食べもの〔1〕　実吉達郎　51－53
東京のシジミ　戸塚文子　54－55
歌舞伎ジャイアンツ誕生―人物漫遊記うら咄（4）市
川染五郎さんの巻―　岡部冬彦　写真・樋口進　56－57
かげろうばなし〈上方あれこれ〉　吉田三七雄　58－59
和菓子暦〔四月〕　大久保恒次　絵・山内金三郎　60－61
そうざい春秋（四月）
稚魚の味　瀬田シジミ　春告魚　柳原敏雄　62－63
新しいもの古いもの
肉類と香辛料　胡椒　粉山椒　セロリ塩　吉田智子　64－65
読者通信
片山正美　中山長治　中村富美子　紀伊国敬一　村
田卓郎　新井清二郎　今井文子　粥川浩　66－68
切紙による工芸品（装画）　加藤義明　68－68
味つれづれ　吉田三七雄　69－69
あまカラ通信　水野多津子　林みさ子　70－70

第九十三号　昭和三十四年五月五日発行

食ひしん坊（八十八）　小島政二郎　8－11

厨房手実（一）
長谷川幸延　北村小松　安西冬衛　内村直也　11－11
牛の丸焼　中谷宇吉郎　12－15
大阪ぎらい物語［七］　鍋井克之　16－19
野間〈行きつけの店〉　北沢敬二郎　19－19
早春の旅　河上徹太郎　20－23
私の空想料理　戸川幸夫　23－23
千が滝の新緑　芝木好子　24－25
和菓子暦［五月］　大久保恒次　絵・山内金三郎　26－27
ブラジルの食べもの［2］　実吉達郎　28－30
時を刻む京風味　絵も　高木四郎　31－33
瓢たん家　岡部伊都子　34－35
わが町わが舌　絵も　竹中　郁　36－38
舶来きしめん　写真・葛西宗誠　大久保恒次　39－46
茶　魚返善雄　47－49
厨房手実（二）　中山伊知郎　鶴見祐輔　佐藤弘人
望月信成　戒能通孝　49－49
アメリカの食通
〈欧米あまカラ岡目八目〉　扇谷正造　50－53
秋田〈行きつけの店〉　中島健蔵　53－53
啼笑皆非［批評家の腕前］〈象牙の箸〉　邱　永漢　54－57
閑話無題［どうでもいいはなし］
〈上方あれこれ〉　吉田三七雄　58－59
男の二つのナキドコロ―人物漫遊記うら咄（5）生沢
朗画伯の巻―　岡部冬彦　写真・樋口進　60－61
風に乗った味［5月］
弘前：中沢多美　東京：篠崎礼子　金沢：山田吉男
京都：国分綾子　広島：熊田ムメ　徳島：村岡昭之
輔　鹿児島：川崎勝人　62－65
新しいもの古いもの―調理用のお酒　吉田智子　66－67
そうざい春秋
タテジマカツオ　白子と熊　シャコのカツブシ　根
曲り竹　柳原敏雄　68－69
食談やぶれかぶれ（対談）　小林勇　池島信平　70－78
味つれづれ　吉田三七雄　79－79
あまカラ通信　林みさ子　80－80
走り（装画）　山内金三郎　80－80

第九十四号　昭和三十四年六月五日発行

食ひしん坊（八十九）　小島政二郎　8－11
厨房手実（一）　波多野勤子　池田弥三郎　阿部静枝　11－11
味覚のおもい出　恒藤　恭　12－14
タンポポのサラダ　渡辺紳一郎　15－19
ひら井〈行きつけの店〉　坂東簑助　19－19
大阪ぎらい物語［八］　鍋井克之　20－22
料理のお国自慢　滝沢敬一　23－25
折り紙料理　宝田正道　25－25
アメリカのあまカラ誌
〈欧米あまカラ岡目八目・四〉　扇谷正造　26－29
買花姑娘［紺屋の白袴］〈象牙の箸〉　邱　永漢　30－33
ソバのカユ　長田幹彦　33－34

風に乗った味〔6月〕
札幌：沢美智枝　仙台：泉八束　新潟：広瀬チエコ
名古屋：寺田栄一　大阪：末次摂子　鳥取：村上和
男　高知：森発也　福岡：荒木輝子　35-38
おやつ　写真・葛西宗誠　大久保恒次　39-46
わが町わが舌　絵も　竹中　郁　47-49
氷菓とラーメン　岡部伊都子　50-51
時を刻む京風味　絵も　高木四郎　52-54
私の空想料理　高橋義孝　54-54
ブラジルの食べもの〔3〕写真・杉山吉良　実吉達郎　55-57
べろべろ〈上方あれこれ〉　吉田三七雄　58-59
ファッション的な食欲―人物漫遊記うら咄（6）森英
恵さんの巻―　岡部冬彦　写真・樋口進　60-61
和菓子暦〔六月〕　大久保恒次　絵・山内金三郎　62-63
そうざい春秋―青梅　アゴ竹輪　柳原敏雄　64-65
新しいもの古いもの―ゼリーいろいろ　梅雨とビタミ
ン食品　ベビーフード　吉田智子　66-67
食談やぶれかぶれ〔続〕（対談）小林勇　池島信平　68-76
読者通信
松見幾雄　桑原勇吉　藤沢敏　賀来俊和　佐藤尹久
子　米沢章价　77-78
味つれづれ　岡部伊都子　79-79
あまカラ通信　林みさ子　80-80
アクセサリー（装画）　加藤義明　80-80

第九十五号　昭和三十四年七月五日発行

食ひしん坊（九十）　小島政二郎　8-11
あつもの　あみしおから　（恒）　11-11
大阪ぎらい物語〔九〕　鍋井克之　12-14
たべもののまわり　坂口謹一郎　15-17
アメリカのあまカラ誌〔続〕
〔欧米あまカラ岡目八目・五〕　扇谷正造　18-21
ミセス・ボールボーイ　石山四郎　22-26
焼鳥の串助〈行きつけの店〉　中屋健一　26-26
時を刻む京風味　絵も　高木四郎　27-29
相合橋の北・南　岡部伊都子　30-31
わが町わが舌　絵も　竹中　郁　32-34
山菜　写真・葛西宗誠　大久保恒次　35-42
色気そば〈お値打ち案内・続〉　狩野近雄　43-47
私の空想料理　石川欣一　47-47
戯問芭蕉［バナナの気持］〈象牙の箸〉　邱　永漢　48-51
まるうめ〈行きつけの店〉　三島海雲　51-51
千曲川の魚　山本直文　52-53
サンちゃん食談―人物漫遊記うら咄（7）子母沢寛さ
んの巻―　岡部冬彦　写真・樋口進　54-55
とんかつエレジー　戸塚文子　56-57
そうざい春秋―ドジョウ地獄　ジュンサイの池　絹漉
し豆腐　柳原敏雄　58-59
和菓子暦〔七月〕　大久保恒次　絵・山内金三郎　60-61

すいとん・幽霊〈上方あれこれ〉 吉田三七雄 62-63
新しいもの古いもの—お酢のすべて 吉田智子 64-65
風に乗った味〔7月〕
弘前：中沢多美 東京：松井春子 金沢：山田吉男
京都：国分綾子 広島：熊田ムメ 徳島：村岡昭之
輔 鹿児島：川崎勝人 66-69
味つれづれ 吉田三七雄 70-70
読者通信 ローソン・葦子 天川信 71-71
あまカラ通信 林みさ子 水野多津子 72-72
油壺（装画） 山内金三郎 72-72

第九十六号 昭和三十四年八月五日発行

食ひしん坊（九十一） 小島政二郎 8-11
北海道の馬鈴薯 茅 誠司 12-14
魚の味 林 房雄 15-17
銀座のすし栄〈行きつけの店〉 千田是也 17-17
夏の口福 坂西志保 18-20
昔のお膳立て 滝沢敬一 21-23
私の空想料理 徳川夢声 23-23
イギリスの田舎料理屋
〔欧米あまカラ岡目八目・六〕 扇谷正造 24-27
遺珠之恨［パパヤの嘆き］〈象牙の箸〉 邱 永漢 28-30
風に乗った味〔8月〕
札幌：沢美智枝 仙台：泉八束 新潟：広瀬チエコ
名古屋：寺田栄一 大阪：末次摂子 鳥取：種博康
高知：森発也 福岡：荒木輝子 31-34
鮒ずし 写真・葛西宗誠 大久保恒次 35-42
大阪ぎらい物語［十］ 鍋井克之 43-45
上方料理 市島春城 46-49
—註— （謙） 49-49
時を刻む京風味 絵も 高木四郎 50-52
わが町わが舌 絵も 竹中 郁 53-55
終回 岡部伊都子 56-57
対局を食う—人物漫遊記うら咄（8）大山康晴さんの
巻— 岡部冬彦 写真・樋口進 58-59
ジュース横暴 戸塚文子 60-61
はも 鱧 はも〈上方あれこれ〉 吉田三七雄 62-63
和菓子暦〔八月〕 大久保恒次 絵・山内金三郎 64-65
そうざい春秋—山牛蒡 萱草の花 蜂の子とサザ虫
ヒラカ虫 柳原敏雄 66-67
新しいもの古いもの
牛王 サラミソーセージ オードヴルクッキー 吉田智子 68-69
味つれづれ 山内金三郎 70-70
読者通信
金川ちとせ 八川佐一 富ノ井政文 北村新三郎 71-71
あまカラ通信 林みさ子 72-72
あかり（装画） 加藤義明 72-72

第九十七号　昭和三十四年九月五日発行

食ひしん坊（九十二）　小島政二郎　8-11
茶の間十八番　邱　永漢　11-11
そば　立野信之　12-13
大阪ぎらい物語〔十一〕　鍋井克之　14-16
旅は旅で〔お値打ち案内・続〕　狩野近雄　17-19
季常之癖〔嫉妬の味〕〈象牙の箸〉　邱　永漢　20-23
厨房手実（一）　藪内紹智　23-23
ヤキトリ中近東風〔欧米あまカラ岡目八目・七〕　扇谷正造　24-26
北京の烤肉　中川三吉郎　27-29
珍果アボカード　不室直治　30-31
柿の秋　角田　猛　32-34
玉葱　写真・葛西宗誠　大久保恒次　35-42
おんこちしん　絵も　竹中　郁　43-45
ポイ　戸塚文子　46-47
キタ今昔〈上方あれこれ〉　吉田三七雄　48-49
和菓子暦〔九月〕　大久保恒次　絵・山内金三郎　50-51
そうざい春秋　新そば　甘い水　サンマの旬　柳原敏雄　52-53
風に乗った味〔9月〕　秋田：浅野四郎　福井：久米保夫　和歌山：亀山典之　岡山：角井義夫　松山：菅原武雄　熊本：橘文仁　54-57
釣りさまざま―人物漫遊記うら咄（9）福田蘭童さんの巻―　岡部冬彦　写真・樋口進　58-59
米十粒の演出　戸板康二　60-63
厨房手実（二）　佐多稲子　宮崎マサエ　63-63
京の味日記　国分綾子　64-65
一つ釜のめし　池田弥三郎　66-68
読者通信　小林幸治　松月善雄　菅野真子　深沢豊子　野田孝之　山本千里　69-71
あまカラ通信　林みさ子　72-72
玩具から（装画）　山内金三郎　72-72

第九十八号　昭和三十四年十月五日発行

食ひしん坊（九十三）　小島政二郎　8-11
茶の間十八番　岸本水府　11-11
アラカブとヒサ　菊池重三郎　12-15
私の空想料理　平林たい子　15-15
船旅のすゝめ　桶谷繁雄　16-19
玉村〈行きつけの店〉　山本嘉次郎　19-19
アンディーヴ　団伊玖磨　20-23
厨房手実（一）　水谷川忠麿　神近市子　23-23
鮎の女夫釣り〔お値打ち案内・続〕　狩野近雄　24-27
トップ〈行きつけの店〉　生沢　朗　27-27
アイ・セイ・バアマン〔欧米あまカラ岡目八目・八〕　扇谷正造　28-30

おんこちしん　絵も　竹中　郁　31-33
木の葉丼のゆくえ　戸塚文子　34-35
京の味日記　国分綾子　36-38
厨房手実（二）　石井桃子　西浜勲　38-38
唐菓子　写真・葛西宗誠　大久保恒次　39-46
玉手函を開く銀色の鍵―味覚の世界・1―　石川達三　47-49
大阪ぎらい物語［十二］　鍋井克之　50-53
性好吃醋［酢い人ばなし］〈象牙の箸〉　邱　永漢　54-57
米津　風月堂〈行きつけの店〉　本多顕彰　57-57
非食海抜三千米―人物漫遊記うら咄（10）新田次郎氏の巻―　岡部冬彦　写真・樋口進　58-59
そうざい春秋―木の子　スッポン　柳原敏雄　60-61
和菓子暦［十月］　大久保恒次　絵・山内金三郎　62-63
秋のにおい〈上方あれこれ〉　吉田三七雄　64-65
風に乗った味［10月］　66-69
弘前：中沢多美　東京：松井春子　金沢：山田吉男
京都：高木四郎　広島：熊田ムメ　徳島：村岡昭之
輔　鹿児島：川崎勝人
鰻　とり召せ　池田弥三郎　70-72
バナナの海―続・ブラジルの食べもの―　実吉達郎　73-75
厨房手実（三）　長与善郎　75-75
おまんまの立ち廻り　戸板康二　76-78
読者通信　小宮やす子　79-79
あまカラ通信　林みさ子　80-80
登山用具（装画）　加藤義明　80-80

第九十九号　昭和三十四年十一月五日発行

食ひしん坊（九十四）　小島政二郎　8-11
茶の間十八番　伊馬春部　椎名麟三　11-11
酒も食べ物も　山本周五郎　12-13
痩せるために　源氏鶏太　15-17
生臭いコップ―旅中寸感―　高橋義孝　18-19
大阪ぎらい物語［十三］　鍋井克之　20-23
私の空想料理　飯沢　匡　23-23
きたない話―食事の前後はおさけください―　池田弥三郎　24-26
種子のあるカステラ〔演技の食物誌・三〕　戸板康二　27-29
風に乗った味［11月］祭とたべもの　30-34
札幌：沢美智枝　仙台：泉八束　新潟：広瀬チエコ
名古屋：寺田栄一　大阪：末次摂子　鳥取：久保田
正中　高知：森発也　福岡：荒木輝子
根と実（装画）　山内金三郎　34-34
生麩　写真・葛西宗誠　大久保恒次　35-42
蝸牛の絶滅―味覚の世界・2―　石川達三　43-45
羝羊触藩［忠ならんとすれば］〈象牙の箸〉　邱　永漢　46-48
納豆のてんぷら［お値打ち案内・続］　狩野近雄　49-51
後輩の店　風月堂〈行きつけの店〉　米川正夫　51-51
マニラのすし〔欧米あまカラ岡目八目・九〕　扇谷正造　52-56
私の空想料理　小山いと子　56-56

おんこちしん　絵も　竹中　郁　57-59
ゴマメやあい　戸塚文子　60-61
京の味日記　国分綾子　62-63
そうざい春秋
　牡蠣とR　フグの内臓　柚子と橙　柳原敏雄　64-65
和菓子暦〔十一月〕　大久保恒次　絵・山内金三郎　66-67
ぎんなん拾い〈上方あれこれ〉　吉田三七雄　68-69
薩摩の味―人物漫遊記うらばなし(11)　海音寺潮五郎
　氏の巻―　岡部冬彦　写真・樋口進　70-71
あまカラ通信　72-72

第百号　昭和三十四年十二月五日発行

第百号記念号

食ひしん坊(九十五)　小島政二郎　4-7
あまカラ百号の発刊を祝して(装画)
　山内金三郎　加藤義明　7-7
漬物・肉・果物　安倍能成　8-11
私の空想料理　寿岳文章　11-11
旅館の食べもの　佐藤春夫　12-14
たべもの俳句　吉屋信子　15-17
味のふるさと　子母沢寛　18-21
ヤコブの梯子　坂西志保　22-24
病院の食べ物　福島慶子　25-27
ソフィア〈行きつけの店〉
マニラの鮨〔続〕　佐藤美子　27-27
〔欧米あまカラ岡目八目・十〕
京の味日記　扇谷正造　28-31
乏しい食品　国分綾子　32-33
無限のスープ〔演技の食物誌・四〕　池田弥三郎　34-36
そうざい春秋―サケの腹子　ハタハタとブリコ　下仁　戸板康二　37-39
　田ネギ　柳原敏雄　40-41
京は千年の舌　大久保恒次　42-42
京洛たべもの暦　写真・葛西宗誠　国分綾子　43-54
長い夕飯　小林　勇　55-57
大阪ぎらい物語〔十四〕　鍋井克之　58-61
節流開源〔上手な食べ方〕〈象牙の箸〉　邱　永漢　62-64
秋は無し〔お値打ち案内・続〕　狩野近雄　65-67
やっちゃ場　戸塚文子　68-69
あもつき〈上方あれこれ〉　吉田三七雄　70-71
和菓子暦〔十二月〕　大久保恒次　絵・山内金三郎　72-73
幼少時代の食べ物の思ひ出　谷崎潤一郎　74-75
味覚の世界〔3〕　石川達三　76-79
私の空想料理　岡部伊都子　79-79
饅頭と赤飯　長谷川伸　80-82
春菊の香りと味―外国での日本の味など―　笠信太郎　83-87
東興園〈行きつけの店〉　渡辺紳一郎　87-87
あまカラ通信　水野多津子　林みさ子　88-88

第百一号　昭和三十五年一月五日発行

続記念号

食ひしん坊（九十六）　小島政二郎　8-11
朝飯　小泉信三　12-14
茶の間十八番　大谷冽子　14-14
心づくし　藤沢桓夫　15-17
天兼〈行きつけの店〉　河竹繁俊　17-17
思い出の料理　平林たい子　18-21
厨房手実（一）　村山知義　谷口千吉　21-21
食物の素材　福島繁太郎　22-23
味覚の世界〔4〕　石川達三　24-27
私の空想料理　中里恒子　27-27
偲糖帖について　松方三郎　28-32
閑中閑本第一冊文献偲糖帖　前川千帆　33-36
サラダの謎　中谷宇吉郎　37-39
信州の草や木の葉　壺井　栄　40-43
海亀の卵　福田豊四郎　43-43
大阪ぎらい物語［十五］　鍋井克之　44-46
定食はゴメン　池島信平　47-49
小さい食道楽　今　東光　50-51
買菜求益［ケチで行きませう］〈象牙の箸〉　邱　永漢　52-54
女の飲みもの　森田たま　55-57
茶の間十八番　加藤三之雄　川上三太郎　57-57
大酒大食果報〔お値打ち案内・続〕　狩野近雄　58-61
精進料理　滝沢敬一　62-63
私の空想料理　玉川一郎　63-63
茶懐石の蘇生　大久保恒次　64-64
初春の懐石　写真・葛西宗誠　国分綾子　65-68
酒　吉田健一　69-71
マニラの鮨〔続々〕
〔欧米あまカラ岡目八目・十一〕　扇谷正造　72-75
和菓子こよみ〔一月〕　大久保恒次　絵・山内金三郎　76-77
風に乗った味〔1月〕祝いごとと食べもの
秋田…浅野四郎　福井…久米保夫　和歌山…亀山典
之　岡山…角井義夫　松山…田村正男　熊本…橘文
仁　78-81
京の味日記　国分綾子　82-83
そうざい春秋―七種の草　せり　なずな　おぎょう
はこべら　ほとけのざ　すずな　すずしろ　柳原敏雄　84-85
一粒いくらの落花生―人物漫遊記うら咄（12）吉屋信
子さんの巻―　岡部冬彦　写真・樋口進　86-87
ごまめの歯ぎしり〈浪花むだばなし①〉　吉田三七雄　88-89
おんこちしん　絵も　竹中　郁　90-92
羽子板と飛んだり（装画）　山内金三郎　93-93
あまカラ通信　93-94
谷崎潤一郎の手紙　谷崎潤一郎　94-94

第百二号　昭和三十五年二月五日発行

食ひしん坊（九十七）　小島政二郎　8-11

茶の間十八番　戸塚文子　11－11
味覚の世界〔5〕　石川達三　12－15
私の空想料理　中屋健一　15－15
あんころ　井上　靖　16－17
岩戸料理とでも申すべき……　中里恒子　18－19
食痴のねごと　西川辰美　20－23
茶の間十八番　石川武美　倉島竹二郎　23－23
酒〔二〕　吉田健一　24－26
食前食後〔1〕　邱　永漢　27－29
京の味日記　さし絵・原在修　国分綾子　30－31
会津料理　角田　猛　32－34
山くじら　写真・葛西宗誠　大久保恒次　35－42
大阪ぎらい物語〔十六〕　鍋井克之　43－45
琵琶魚のキモ〔お値打ち案内・続〕　狩野近雄　46－47
すとりっぷ・あ・ら・かると
〈欧米あまカラ岡目八目・十二〉　扇谷正造　48－51
百万石の味〈新日本探訪うら咄（1）〉
岡部冬彦　写真・樋口進　52－54
新富すし支店〈行きつけの店〉　秋山安三郎　54－54
野崎村のなます〔演技の食物誌・五〕　戸板康二　55－57
宴会の酒　池田弥三郎　58－60
おんこちしん　絵も　竹中　郁　61－63
いりがらのころ〈浪花むだばなし②〉　吉田三七雄　64－65
和菓子こよみ〔二月〕　大久保恒次　絵・山内金三郎　66－67
風に乗った味〔2月〕　汁もの
弘前：中沢多美　東京：松井春子　金沢：山田吉男
京都：高木四郎　広島：熊田ムメ　徳島：村岡昭之　68－71
輔　鹿児島：川崎勝人
あまカラ通信　林みさ子　72－72
郷土玩具（装画）　加藤義明　72－72

第百三号　昭和三十五年三月五日発行

食ひしん坊（九十八）　小島政二郎　8－11
レイノ〈行きつけの店〉　北村小松　11－11
二人の中国料理人　獅子文六　12－14
大阪ぎらい物語〔十七〕　鍋井克之　15－17
母の味　谷内六郎　18－19
もらいもの　徳川夢声　20－22
茶の間十八番　秋山庄太郎　長谷川伝次郎　堀田善衛　22－22
アメリカの換気孔
〈欧米あまカラ岡目八目・十三〉　扇谷正造　23－27
私の空想料理　伊原宇三郎　27－27
店にあるじあり　絵も　竹中　郁　28－31
ひもじさの話　池田弥三郎　32－34
鴨　写真・葛西宗誠　大久保恒次　35－42
はったい茶〔演技の食物誌・六〕　戸板康二　43－45
食べもの日本地図①　さし絵・山内金三郎　戸塚文子　46－49
醤油は流れる〈新日本探訪うら咄（2）〉
岡部冬彦　写真・樋口進　50－51
春を巻くこんまき〈浪花むだばなし③〉　吉田三七雄　52－53
京の味日記　国分綾子　54－55

鳥うるか〔お値打ち案内・続〕　狩野近雄　56-58
あおのり　（恒）　58-58
酒〔三〕　吉田健一　59-61
和菓子こよみ〔三月〕　大久保恒次　絵・山内金三郎　62-63
米と糠＝食前食後２＝　邱　永漢　64-66
味覚の世界〔６〕　石川達三　67-70
厨房手実（一）　鶴見和子　木村伊兵衛　70-70
あとがき　水野多津子　林みさ子　71-72
椿譜（装画）　山内金三郎　72-72

第百四号　昭和三十五年四月五日発行

食ひしん坊（九十九）　小島政二郎　8-11
茶の間十八番　網野　菊　11-11
味覚の世界〔７〕　石川達三　12-15
私の空想料理　長谷川かな女　15-15
その土地の美味　福島繁太郎　16-17
主人は留守　小林　勇　18-20
茶の間十八番　向井潤吉　中村研一　20-20
西洋料理への招待　秋山徳蔵　21-23
ベルリンのナイトバス〔欧米あまカラ悶目八目・十四〕　扇谷正造　24-29
美味牛真〔お値打ち案内・続〕　狩野近雄　30-32
おんこちしん　絵も　竹中　郁　33-34
寒天　写真・葛西宗誠　大久保恒次　35-42
大阪ぎらい物語〔十八〕　鍋井克之　43-45
リンゴの歌　谷内六郎　46-47
強化米＝食前食後３＝　邱　永漢　48-51
私の空想料理　福田蘭童　51-51
タテとロケ弁〈新日本探訪うら咄（３）〉　岡部冬彦　写真・樋口進　52-53
天然の味〈食べもの日本地図②〉南国鹿児島の巻①　さし絵・山内金三郎　戸塚文子　54-57
店にあるじあり　絵も　竹中　郁　58-61
京の味日記　国分綾子　62-63
味のおぼろ月夜〈浪花むだばなし④〉　吉田三七雄　64-65
和菓子こよみ〔四月〕　大久保恒次　絵・山内金三郎　66-67
風に乗った味〔４月〕漬もの
北海道：沢美智枝　東北：泉八束　関東：広瀬チエコ
中部：寺田栄一　近畿：末次摂子　中国：久保田正中
四国：山本昭和　九州：荒木輝子　68-71
あとがき　72-72
うまいもん（装画）　加藤義明　72-72

第百五号　昭和三十五年五月五日発行

食ひしん坊（百）　小島政二郎　8-11
舌のすさび　吉川英治　12-15
シュラスコ　杉山吉良　15-15
味覚の世界〔８〕　石川達三　16-19
茶の間十八番　石川滋彦　木下順二　松島雄一郎　19-19
ＴＶ人のたべもの　茂木草介　20-22

郷愁の洋菓子〔1〕　入江相政　23－25
客膳　滝沢敬一　26－28
私の空想料理　芝木好子　28－28
西洋料理への招待〔2〕　秋山徳蔵　29－31
糟糠の妻＝食前食後4＝　邱　永漢　32－34
店にあるじあり　絵も　竹中　郁　35－38
高座の甘辛　桂文楽　永井龍男　写真・浜谷浩　39－46
見る味聞く味〈対談〉　桂文楽　永井龍男　47－51
オレンジ色の夢　谷内六郎　52－53
島みかん〈食べもの日本地図③〉南国鹿児島の巻②　さし絵・山内金三郎　戸塚文子　54－57
藤の花とおすもじ〈浪花むだばなし⑤〉　吉田三七雄　58－59
京の味日記　さし絵・原在修　国分綾子　60－61
地図の通りの味〈人物漫遊記うら咄・番外〉　岡部冬彦　62－65
とんかつ　豚珍軒〈行きつけの店〉　小石原昭　65－65
大阪ぎらい物語〔十九〕　鍋井克之　66－68
ゴルフあとさき〔お値打ち案内・続〕　狩野近雄　69－71
ロンドンの公園横丁〔欧米あまカラ岡目八目・十五〕　扇谷正造　72－77
7（セブン）クラブ〈行きつけの店〉　中村直勝　77－77
あとがき　78－78
お弁当〈装画〉　山内金三郎　78－78

第百六号　昭和三十五年六月五日発行

食ひしん坊〈百一〉　小島政二郎　8－11
味覚の世界〔9〕　石川達三　12－15
ゲルマニヤ〈行きつけの店〉　開高　健　15－15
オフ・ア・ラ・コック・ファンタスティーク
―空想半熟卵―　森　於菟　16－18
東京なんてなにさ　大岡龍男　19－21
西洋料理への招待〔3〕　秋山徳蔵　22－25
私の空想料理　石垣綾子　25－25
雨だれのつぶやき　絵も　谷内六郎　26－27
龍雨の日〈食べもののでてくる話①〉　安藤鶴夫　28－30
なめこ　（O）　30－30
店にあるじあり　絵も　竹中　郁　31－34
いかなご　写真・葛西宗誠　大久保恒次　35－42
郷愁の洋菓子〔2〕　入江相政　43－45
大阪ぎらい物語〔二十〕　鍋井克之　46－49
福増〈行きつけの店〉　白壁武弥　49－49
パリの「気ちがい馬亭」〔欧米あまカラ岡目八目・十六〕　扇谷正造　50－52
目はりずし〔お値打ち案内・続〕　狩野近雄　53－55
旨味の正体＝食前食後5＝　邱　永漢　56－58
よし田〈行きつけの店〉　原田康子　58－58
地図の通りの味〈人物漫遊記うら咄・番外〉　絵も　岡部冬彦　59－63
茶の間十八番　足立源一郎　中江百合　63－63
京の味日記　さし絵・原在修　国分綾子　64－65
泥鰌・のらりくらり口上〈浪花むだばなし⑥〉　吉田三七雄　66－67

からいも　ヘチマとツワ〈食べもの日本地図④〉南国
鹿児島の巻③　さし絵・山内金三郎　戸塚文子　68-71
あとがき　72-72
縄文式土器と土偶（装画）　加藤義明　72-72

第百七号　昭和三十五年七月五日発行

食ひしん坊（百二）　小島政二郎　8-11
茶の間十八番　東山魁夷　樋口富麻呂　中村富十郎　11-11
味覚の世界〔10〕　石川達三　12-15
茶の間十八番　原吉平　有本邦太郎　伊原宇三郎　15-15
郷愁の洋菓子〔3〕　入江相政　16-18
大阪ぎらい物語〔二十一〕　鍋井克之　19-21
牛堀の「サイ」　有竹修二　22-24
茶の間十八番　徳光こう　遠藤周作　嘉治隆一　24-24
地図の通りの味〈人物漫遊記うら咄・番外〉
絵も　岡部冬彦　25-27
ぶどう酒の話　飯田茂次　28-31
牡丹園〈行きつけの店〉　石坂洋次郎　31-31
可楽と柚子甘〈食べもののでてくる話②〉　安藤鶴夫　32-34
さんしょ魚　写真・葛西宗誠　大久保恒次　35-42
東海類似考〔お値打ち案内・続〕　狩野近雄　43-45
エンゲルさんのうそ　滝沢敬一　46-47
椎茸ばなし＝食前食後6＝　邱　永漢　48-51
茶の間十八番　杉葉子　大久保康雄　村井米子　51-51
マークのにおい　絵も　谷内六郎　52-53

おりえんと・ア・ラ・おへそ
〔欧米あまカラ岡目八目・十七〕　扇谷正造　54-59
花山荘〈行きつけの店〉　石川滋彦　59-59
つけあげ〈食べもの日本地図⑤〉南国鹿児島の巻④
さし絵・山内金三郎　戸塚文子　60-63
天神祭と蛸入道〈浪花むだばなし⑦〉　吉田三七雄　64-65
京の味日記　国分綾子　66-67
店にあるじあり　絵も　竹中　郁　68-71
あとがき　（M）　今中善治　72-72
ガラスの器（装画）　山内金三郎　72-72

第百八号　昭和三十五年八月五日発行

食ひしん坊（百三）　小島政二郎　8-11
味覚の世界〔11〕　石川達三　12-15
思い出の味・好きな店　栗原勝一　佐々木義彦　15-15
郷愁の味　多田裕計　16-19
こゝろ〈行きつけの店〉　福田豊四郎　19-19
活かすも酒　殺すも酒　中村研一　20-22
六代目菊五郎とたべもの　長坂元弘　23-25
一億光年　絵も　谷内六郎　26-27
珍説・手洗温泉　鶏蒸之由来〈食べもの日本地図⑥〉
南国鹿児島の巻⑤　さし絵・山内金三郎　戸塚文子　28-31
鮎うるか　（O）　31-31
ぶどう酒の話　飯田茂次　32-34
関東小粒・関西大粒　（O）　34-34

アスパラガス　写真・葛西宗誠　大久保恒次　35-42
にぎりめし　渡辺喜恵子　43-45
大阪ぎらい物語［二十二］　鍋井克之　46-49
茶の間十八番　米良道博　中山善三郎　杉浦民平　49-49
「怒り」ん坊〔お値打ち案内・続〕　狩野近雄　50-53
ナガサキヤ〈行きつけの店〉　恒藤　恭　53-53
ブラック・ペーパー＝食前食後7＝　邱　永漢　54-56
風鈴・後日〈食べもののでてくる話③〉　安藤鶴夫　57-59
沈香　くり　（〇）　59-59
店にあるじあり　絵も　竹中　郁　60-63
駅べんとう　有本邦太郎　63-63
冷やこうて甘いのんが〈浪花むだばなし⑧〉　吉田三七雄　64-65
京の味日記　さし絵・原在修　国分綾子　66-67
地図の通りの味〈人物漫遊記うら咄・番外〉　絵も　岡部冬彦　68-71
読者通信　堀内弘二　71-71
あとがき　72-72
建物（装画）　加藤義明　72-72

第百九号　昭和三十五年九月五日発行

食ひしん坊（百四）　小島政二郎　8-11
思い出の味・好きな店　西済　横堀義二　井上鉄牛　岩井盛次　11-11
日本料理の出し方について　谷崎潤一郎　12-13
茶の間十八番　武井武雄　末広恭雄　末川博　13-13
清朝末年　或る日の宮廷の献立　青木正児　14-16
大阪ぎらい物語［二十三］　鍋井克之　17-20
ガスパッチョ　中屋健一　20-21
ハマばなし　北村小松　22-25
私の空想料理　長沖　一　25-25
ビフテキでチキンを腐らせた話　阿川弘之　26-27
歯とモカパウンドと〈食べもののでてくる話④〉　安藤鶴夫　29-31
京のお台所メモ　絵・森本岩雄　国分綾子　32-34
にわとり　写真・葛西宗誠　大久保恒次　35-42
兎の肉の味について　木下順二　43-45
羊　団伊玖磨　46-49
松茸　（〇）　49-49
海苔の秘密＝食前食後8＝　邱　永漢　50-53
キムラヤ〈行きつけの店〉　大下宇陀児　53-53
かめれおん　絵も　谷内六郎　54-55
中京洋食記〔お値打ち案内・続〕　狩野近雄　56-58
ぶどう酒の話　飯田茂次　59-61
美味かったもの二つ〈新日本探訪うら咄（4）〉　岡部冬彦　写真・樋口進　62-63
薩摩汁〈食べもの日本地図⑦〉南国鹿児島の巻⑥　さし絵・山内金三郎　戸塚文子　64-67
お茶漬さらさら最上の味〈浪花むだばなし⑨〉　吉田三七雄　68-69
今月は不在　店にあるじあり　絵も　竹中　郁　70-71

あとがき　林みさ子　72-72
洋菓子（装画）　山内金三郎　72-72

第百十号　昭和三十五年十月五日発行

食ひしん坊（百五）　小島政二郎　8-11
食べる昔話　獅子文六　12-13
男鹿半島の食物　平林たい子　14-16
茶の間十八番　矢部良策　前川佐美雄　16-16
あめりかの豆腐　鷲尾丁未子　17-19
コマカイ心の中　絵も　谷内六郎　20-21
懐かしい食べ物　源氏鶏太　22-24
鯨の回游　（O）　24-24
柳橋・龍灯祭〔A〕〈食べもののでてくる話⑤〉　安藤鶴夫　25-27
フランス料理入門〔1〕　さし絵・本田克己　福島葉子　28-30
食油　写真・葛西宗誠　大久保恒次　31-38
きのこ御飯　まぜごはん寺子屋　辻　嘉一　39-39
鶏の残酷物語＝食前食後9＝　邱　永漢　40-43
綱八〈行きつけの店〉　佐多稲子　43-43
お惣菜飲み屋〔お値打ち案内・続〕　狩野近雄　44-46
私の空想料理　茂木草介　46-46
京のお台所メモ　さし絵・森本岩雄　国分綾子　47-49
先生ごちそうさま〈新日本探訪うら咄（5）〉　岡部冬彦　写真・樋口進　50-51
店にあるじあり　絵も　竹中　郁　52-55
けつねうどんの出どころ〈浪花むだばなし⑩〉　吉田三七雄　56-57
春寒と鶏飯〈食べもの日本地図⑧〉南国鹿児島の巻⑦　さし絵・山内金三郎　戸塚文子　58-61
あとがき　62-62
草花（装画）　加藤義明　62-62

第百十一号　昭和三十五年十一月五日発行

食ひしん坊（百六）　小島政二郎　8-11
飯褒美と三種飯　長谷川伸　12-14
昼食難　中村光夫　15-17
カレー中毒　清水幾太郎　18-20
茶の間十八番　風間完　佐藤貢　20-20
唐きび・その他　原田康子　21-23
犬も歩けば　絵も　谷内六郎　24-25
牛肉伝来記　南条範夫　26-28
京のお台所メモ　さし絵・森本岩雄　国分綾子　29-31
柳橋・龍灯祭〔B〕〈食べもののでてくる話⑥〉　安藤鶴夫　32-34
中国に牛蒡あり　（O）　34-34
ゼラチン　写真・葛西宗誠　大久保恒次　35-42
食べる昔話　獅子文六　43-45
実のない味噌汁　子母沢寛　46-48
茶の間十八番　大山康晴　金子洋文　48-48
精力料理＝食前食後10＝　邱　永漢　49-51

食補（シブー）〔お値打ち案内・続〕　狩野近雄　52-54
昆布煮出汁のヨード　（O）　54-54
フランス料理入門〔2〕さし絵・本田克己　福島葉子　55-57
間食のボリウム〈食べもの日本地図⑨〉南国鹿児島の巻⑧　さし絵・山内金三郎　戸塚文子　58-61
十億円のローソク〈新日本探訪うら咄（6）〉　岡部冬彦　写真・樋口進　62-63
しっぽく鍋〈浪花むだばなし⑪〉　吉田三七雄　64-65
店にあるじあり　絵も　竹中郁　66-69
栗めし　まぜごはん寺子屋　辻嘉一　70-70
読者通信　市岡帆之助　中島ミユキ　古賀輝子　71-71
あとがき　林みさ子　72-72
マッチ（装画）　山内金三郎　72-72

第百十二号　昭和三十五年十二月五日発行

食ひしん坊（百七）　小島政二郎　8-11
思い出の味・好きな店　中野静夫　中司清　11-11
食べる昔話　獅子文六　12-14
茶の間十八番　石津謙介　融紅鸞　14-14
ぜひ書きたかったこと　山本嘉次郎　15-17
下戸の飲酒評定　渋沢秀雄　18-20
ホヤとナメコ　渡辺紳一郎　21-23
一番星　絵も　谷内六郎　24-26
京のお台所メモ　さし絵・森本岩雄　国分綾子　27-29
ととや〈行きつけの店〉　松岡洋子　29-29
モウゴメン牛相撲〈新日本探訪うら咄（7）〉　岡部冬彦　写真・樋口進　30-31
ごげんど〈食べもののでてくる話⑦〉　安藤鶴夫　32-34
養殖　車えび　写真・葛西宗誠　大久保恒次　35-42
食べもの遍歴　吉田健一　43-45
僕と鴨南ばん　生沢朗　46-48
思い出の味・好きな店　梅村栄　広戸忠吉　48-48
久保田さんの話〔お値打ち案内・続〕　狩野近雄　49-51
私の空想料理　式場隆三郎　51-51
茶碗蒸しの傑作＝食前食後11＝　邱永漢　52-54
フォア・グラとトリュフ―フランス料理入門〔3〕　さし絵・本田克己　福島葉子　55-57
店にあるじあり　絵も　竹中郁　58-61
半助とぐじ酒〈浪花むだばなし⑫〉　吉田三七雄　62-63
酒寿司と兵児焼〈食べもの日本地図⑩〉南国鹿児島の巻⑨　さし絵・山内金三郎　戸塚文子　64-67
読者通信　藤田博保　小松原ゑい子　佐藤尹久子　田村久　福山順一　喜多村加津代　古賀斗始子　68-69
かにの雑炊　まぜごはん寺子屋　辻嘉一　70-70
あとがき　林みさ子　71-71
未開の造形（装画）　加藤義明　71-71

第百十三号　昭和三十六年一月五日発行

食ひしん坊（百八）　小島政二郎　8-11

たべ物のさまざま　正宗白鳥　12–14

茶の間十八番　河野貞子　金田一春彦　14–14

いもとすっぽん―まるまるさんへのてがみ―　福田恆存　15–17

思い出の味・好きな店　竹中幾子　室賀国威　17–17

えびのおはなし　土師清二　18–19

ヴェニスとギリシアの味　益田義信　20–22

食べもの遍歴　吉田健一　23–25

お正月　絵も　谷内六郎　26–27

王子の是真〈食べもののでてくる話⑧〉　安藤鶴夫　28–30

店にあるじあり【番外】　絵も　竹中　郁　31–34

食用鳩　写真・葛西宗誠　大久保恒次　35–42

飛騨の赤蕪　滝井孝作　43–45

笑われそうな話　山本周五郎　46–48

海老のソースと匂い草　三宅艶子　49–51

思い出の味・好きな店　矢守治太郎　宮原清　51–51

漢方という鉢＝食前食後12＝　邱　永漢　52–55

かんだのやぶそば〈行きつけの店〉　渡辺喜恵子　55–55

きしめん亭縁起［お値打ち案内・続］　狩野近雄　56–58

醤豉　未醤　（O）　58–58

京のお台所メモ　さし絵・森本岩雄　国分綾子　59–61

あも茶〈浪花むだばなし⑬〉　吉田三七雄　62–63

寝だめ食いだめ〈新日本探訪うら咄・番外〉　絵も　岡部冬彦　64–65

薩摩絣の味〈食べもの日本地図⑪〉南国鹿児島の巻⑩　さし絵・山内金三郎　戸塚文子　66–69

唐墨茶漬　まぜごはん寺子屋　辻　嘉一　70–70

あとがき　水野多津子　林みさ子　今中善治　71–71

牛（装画）　山内金三郎　71–71

第百十四号　昭和三十六年二月五日発行

食ひしん坊（百九）　小島政二郎　8–11

とりとめなく　谷川徹三　12–14

茶の間十八番　新田次郎　三芳悌吉　14–14

すいとん屋の夢　有馬頼義　15–17

豆腐船　細川隆元　18–21

レンガ屋〈行きつけの店〉　芥川比呂志　21–21

蘇州の蟹　戸板康二　22–24

あるパーティー〈食べもののでてくる話⑨〉　安藤鶴夫　25–27

京のお台所メモ　さし絵・森本岩雄　国分綾子　28–30

洋菓子　写真・葛西宗誠　大久保恒次　31–38

食べもの遍歴　吉田健一　39–41

人間この精密機械＝食前食後13＝　邱　永漢　42–44

カツとカツレツ［お値打ち案内・続］　狩野近雄　45–47

カモ鍋・カニ飯〈新日本探訪うら咄（8）〉　岡部冬彦　写真・樋口進　48–49

山川の壺漬〈食べもの日本地図⑫〉南国鹿児島の巻⑪　さし絵・山内金三郎　戸塚文子　50–53

牡蠣雑炊〈浪花むだばなし⑭〉　吉田三七雄　54–55

店にあるじあり　絵も　竹中　郁　56–59

安くて美味しい物―フランス料理入門［4］

さし絵・本田克己　福島葉子　60–62
埋み豆腐　まぜごはん寺子屋　辻　嘉一　63–63
あとがき　64–64
たべもの（装画）　加藤義明　64–64

第百十五号　昭和三十六年三月五日発行

食ひしん坊（百十）　小島政二郎　8–11
熊の掌など　谷川徹三　12–14
茶の間十八番　赤堀全子　14–14
田舎生まれだから　大田洋子　15–17
道明寺の精進料理　大岡龍男　18–19
大根と蕪＝食前食後14＝　邱　永漢　20–22
酒今昔　片桐英郎　23–25
福禄寿酒家〈行きつけの店〉　町　春草　25–25
東京出来は下等品〈新日本探訪うら咄（9）〉　岡部冬彦　写真・樋口進　26–27
店にあるじあり　絵も　竹中　郁　28–31
三木助とメロン〈食べもののでてくる話⑩〉　安藤鶴夫　32–34
食在畿内　京都　写真・葛西宗誠　大久保恒次　35–42
氷海料理のうまさ　戸川幸夫　43–45
山家そだち　宮地伝三郎　46–47
からみ客〔お値打ち案内・続〕　狩野近雄　48–51
思い出の味・好きな店　山田熊男　小林秀雄　51–51
木魚の味　浜谷　朝　52–55
ポトフーとムール―フランス料理入門〔5〕
さし絵・本田克己　福島葉子　56–58
フルシチョフの好きなコルホーズ料理　写真・藤川清　川田泰代　59–61
甘酒とおはぎ〈浪花むだばなし⑮〉　吉田三七雄　62–63
京のお台所メモ　さし絵・森本岩雄　国分綾子　64–66
お水取りまでの豆腐　辻　嘉一　67–67
読者通信
小林宗一　伊藤敏昭　観世好剣　川中美智子　68–69
鶴屋八幡　お菓子のショウ　大久保恒次　70–71
あとがき　72–72
世界の人形（装画）　山内金三郎　72–72

第百十六号　昭和三十六年四月五日発行

食ひしん坊（百十一）　小島政二郎　8–11
ワッフル　絵も　竹中　郁　12–13
淋しい舌　北条　誠　14–16
大阪の古い食べ物の話　村山リウ　17–19
昔の朝鮮の味　玉川一郎　20–23
上海の河豚　（O）　23–23
紳士の乳　開高　健　24–26
へんな手紙〈食べもののでてくる話⑪〉　安藤鶴夫　27–29
ホンモノとニセモノ〈新日本探訪うら咄（10）〉　岡部冬彦　写真・樋口進　30–31
尼さんのおナラ―フランス料理入門〔6〕　さし絵・本田克己　福島葉子　32–34

食在畿内　大阪　写真・葛西宗誠　大久保恒次　35-42
かんづめ　滝沢敬一　43-45
茶の間十八番　石井漠　榊叔子　福沢一郎　45-45
私の献立　小山いと子　46-49
思い出の味・好きな店　春日弘　春日美穂子　田村啓三　49-49
大根おろし＝食前食後15＝　邱　永漢　50-52
マスちがい〔お値打ち案内・続〕　狩野近雄　53-55
キャビアの饗宴　日高艶子　56-57
いちじく型コロッケ―ブラジルの食物・続―　実吉達郎　58-60
長寿の秘境フンザ王国の食べ物　（O）　60-60
京のお台所メモ　さし絵・森本岩雄　国分綾子　61-63
鯛の鯛〈浪花むだばなし⑯〉　吉田三七雄　64-65
故郷の味　森　富貴　66-66
からしレンコン〈食べもの日本地図⑬〉熊本県の巻①　さし絵・山内金三郎　戸塚文子　67-70
でんがく　辻　嘉一　71-71
あとがき　林みさ子　水野多津子　72-72
料理と用具（装画）　加藤義明　72-72

第百十七号　昭和三十六年五月五日発行

食ひしん坊（百十二）　小島政二郎　8-11
晩酌　立野信之　12-14
聖書の代り　坂西志保　15-17
茘枝のジャム　中村直勝　18-20
ホヤと山菜〈東北・初夏のたべもの〉　鈴木彦次郎　21-23
太宰君の喧嘩　北村謙次郎　24-26
白魚地獄〈食べもの日本地図⑭〉熊本県の巻②　さし絵・山内金三郎　戸塚文子　27-30
食在畿内　神戸　写真・葛西宗誠　大久保恒次　31-38
食界ニュース〔お値打ち案内・続〕　狩野近雄　39-41
白昼夢　絵も　谷内六郎　42-43
胡桃と耳鳴り＝食前食後16＝　邱　永漢　44-46
勘九郎の頬ッぺ〈食べもののでてくる話⑫〉　安藤鶴夫　47-49
前から気楽に〈新日本探訪うら噺（11）〉　岡部冬彦　写真・樋口進　50-51
マカロントバカリャウ―ブラジルの食物・続―　実吉達郎　52-54
京のお台所メモ　さし絵・森本岩雄　国分綾子　55-57
筍攻め〈浪花むだばなし⑰〉　吉田三七雄　58-59
洋菓子　絵も　竹中　郁　60-62
すっぽん煮の豆腐　辻　嘉一　63-63
あとがき　64-64
猫（装画）　山内金三郎　64-64

第百十八号　昭和三十六年六月五日発行

食ひしん坊（百十三）　小島政二郎　8-12
法隆寺（装画）　加藤義明　12-12
桃林堂の砂糖づけ　中谷宇吉郎　13-15
イタリヤのお惣菜　長谷川路可　16-17

筋の通ったはなし　名取洋之助　18-21
呑気本店〈行きつけの店〉　嘉納毅六　21-21
忘れられない味　有吉佐和子　22-24
思い出の味・好きな店　石川芳次郎　名村源　24-24
これはうまい　風間　完　25-27
こんどの旅〔1〕
〈食べもののでてくる話⑬〉　安藤鶴夫　28-30
いきなり団子〈食べもの日本地図⑮〉熊本県の巻③
さし絵・山内金三郎　戸塚文子　31-34
タイの一本釣　バターの鑑別　（O）　34-34
生椎茸　写真・葛西宗誠　大久保恒次　35-42
鱶のヒレのこと＝食前食後17＝　邱　永漢　43-45
最高にうまいものは朝鮮のつけもの　新田次郎　46-47
野菜が鬼になる—父の食膳（1）—　森　於菟　48-51
思い出の味・好きな店　杉浦六右衛門　米山明一　51-51
こけしの味　絵も　谷内六郎　52-53
山のたべもの　冠松次郎　54-57
茶の間十八番　飯田深雪　久保田正文　大串松次　57-57
選挙区料理〔お値打ち案内・続〕　狩野近雄　58-60
味噌漬豆腐　辻　嘉一　61-61
天邪鬼を食う〈新日本探訪うら咄（12）〉
岡部冬彦　写真・樋口進　62-63
胡瓜談義〈浪花むだばなし⑱〉　吉田三七雄　64-65
洋菓子　むかしむかし　絵も　竹中　郁　66-68
京のお台所メモ　さし絵・森本岩雄　国分綾子　69-72
あとがき　72-72

第百十九号　昭和三十六年七月五日発行

食ひしん坊（百十四）　小島政二郎　8-11
甘くも辛くもない話　長谷川如是閑　12-14
悲しき虚名　倉島竹二郎　15-17
飲食の歌から　吉野秀雄　18-21
北京の漬物　21-21
好き嫌い　藤沢桓夫　22-23
茶の間十八番　都竹伸政　梅棹忠夫　23-23
ダムよりソバ〔お値打ち案内・続〕　狩野近雄　24-27
蓬莱屋〈行きつけの店〉　野田高梧　27-27
緑豆と西瓜＝食前食後18＝　邱　永漢　28-30
洋菓子—明治初年のこと—　絵も　竹中　郁　31-33
やっこどうふ　辻　嘉一　34-34
果物王国　写真・葛西宗誠　大久保恒次　35-42
山で食べること　串田孫一　43-45
十年の年輪　今　東光　46-47
千代田〈行きつけの店〉　菊村　到　47-47
焼茄子など—父の食膳（2）—　森　於菟　48-51
茶の間十八番　多岐川恭　高橋忠弥　51-51
マネということについて
〈理論マンガ学〉　絵も　谷内六郎　52-53
筑紫と出雲と　岩野俊夫　54-57
思い出の味・好きな店　東海林武雄　長岡正男　57-57
こんどの旅〔2〕

〈食べもののでてくる話⑭〉　安藤鶴夫　58–60
京のお台所メモ　さし絵・森本岩雄　国分綾子　61–63
寿司屋のある列車〈新日本探訪うら咄（13）〉　岡部冬彦　写真・樋口進　64–65
天神祭とドドンパ〈浪花むだばなし⑲〉　吉田三七雄　66–67
竹筒のアユ〈食べもの日本地図⑯〉熊本県の巻④　さし絵・山内金三郎　戸塚文子　68–71
おいしい水　71–71
あとがき　72–72
花ほか（装画）　山内金三郎　72–72

第百二十号　昭和三十六年六月五日発行

食ひしん坊（百十五）　小島政二郎　8–11
フランスのクリーム（田中徳三郎氏著『欧風料理の秘訣』より）　11–11
ビール　うに　村上元三　12–15
SPOT〈行きつけの店〉　大林　清　15–15
リンゴの話　坪田譲治　16–18
日本酒には蛋白質（小幡弥太郎博士『日本人の食べ物』より）　18–18
ぞうもつのたぐい　草野心平　19–21
思い出の味・好きな店　宮寺敏雄　21–21
異常と平常と　真船　豊　22–25
茶の間十八番　横溝正史　斯波四郎　猪木正道　25–25
近況謹供　徳川夢声　26–28
わが家の語彙〔A〕　安藤鶴夫　29–31
京のお台所メモ〈食べもののでてくる話⑮〉　さし絵・森本岩雄　国分綾子　32–34
コンゴの市場　カメラと文　渡辺雄吉　35–42
皿いろいろ　中里恒子　43–45
思い出の味・好きな店　吉岡定美　45–45
明治の食卓―父の食膳（3）―　森　於菟　46–49
食事史　絵も　谷内六郎　50–51
羊肉で一杯＝食前食後19＝　邱　永漢　52–55
明治チーズ・サロン〈行きつけの店〉　村山知義　55–55
島崎藤村の机〔お値打ち案内・続〕　狩野近雄　56–58
茶の間十八番　大木惇夫　根本進　58–58
洋菓子―幼いころ―　絵も　竹中　郁　59–61
やなぎかげ〈浪花むだばなし⑳〉　吉田三七雄　62–63
食べずに見るだけ〈新日本探訪うら咄（14）〉　岡部冬彦　写真・樋口進　64–65
豆腐の味噌漬〈食べもの日本地図⑰〉熊本県の巻⑤　さし絵・山内金三郎　戸塚文子　66–69
かみなり豆腐　辻　嘉一　70–70
あとがき　71–71
ジョッキー（装画）　加藤義明　71–71

第百二十一号　昭和三十六年九月五日発行

食ひしん坊（百十六）　小島政二郎　8–12
ポンプ　シャトウ　12–12

豆腐談義　荻原井泉水　12–13
忠海の鯛など　阿部知二　14–16
茶の間十八番　田中千代　植草甚一　16–16
蘇東坡の味覚　青木正児　17–19
山の奥の温泉　浦松佐美太郎　20–23
思い出の味・好きな店　野崎誠一　堤清七　23–23
茄子は涼食＝食前食後20＝　邱　永漢　24–26
蕎麦と「坊ちゃん」と松山時代　夏目伸六　27–29
迷曲名曲　絵も　谷内六郎　30–31
わが家の語彙〔B〕
〈食べもののでてくる話⑯〉　安藤鶴夫　32–34
賀茂茄子　写真・葛西宗誠　大久保恒次　35–42
夏の京都の食べもの　中屋健一　43–45
思い出の味・好きな店　大住達雄　高畑誠一　45–45
パリの踊子とマンゴスチン　戸川幸夫　46–49
塩だち（キース博士夫妻著『長生きするための食事』）　49–49
天どんと天ぷら〔お値打ち案内・続〕　狩野近雄　50–52
菓子の名〈ひるねのあと〉　絵も　竹中　郁　53–55
味の無い世界―わが闘病記①―　薄井恭一　56–59
石油をナメたエビ〈新日本探訪うら咄（15）〉
岡部冬彦　写真・樋口進　60–61
天草の魚〈食べもの日本地図⑱〉熊本県の巻⑥
さし絵・山内金三郎　戸塚文子　62–65
大阪寿司〈浪花むだばなし㉑〉　吉田三七雄　66–67
京のお台所メモ　さし絵・森本岩雄　国分綾子　68–70
雁もどき　辻　嘉一　71–71
あとがき　水野多津子　今中善治　72–72
看板（装画）　山内金三郎　72–72

第百二十二号　昭和三十六年十月五日発行

食ひしん坊（百十七）　小島政二郎　8–11
思い出の味・好きな店　工藤昭四郎　11–11
豆腐談義　荻原井泉水　12–15
思い出の味・好きな店　高橋雄豺　山根春衛　15–15
蛮喰　辰野　隆　16–17
父母のたべもの　武田泰淳　18–20
子規と漱石と　夏目伸六　21–23
ラ・ブイヤベス　滝沢敬一　24–25
思い出の味・好きな店　太田清蔵　森武臣　25–25
最後の駄菓子屋　絵も　江国　滋　26–28
京のお台所メモ　さし絵・森本岩雄　国分綾子　29–31
わが家の語彙〔C〕
〈食べもののでてくる話⑰〉　安藤鶴夫　32–34
径山寺味噌　写真・葛西宗誠　大久保恒次　35–42
抒情する味　多田裕計　43–45
思い出の味・好きな店　上野次郎男　堀江薫雄　45–45
胃病という職業病＝食前食後21＝　邱　永漢　46–49
記憶と時間　絵も　谷内六郎　50–51
重いおみやげ〔お値打ち案内・続〕　狩野近雄　52–54
洋菓子　絵も　竹中　郁　55–57
トントンの御常連〈新日本探訪うら咄（16）〉

真昼の幽霊―わが闘病記②―　岡部冬彦　写真・樋口進　58-59
思い出の味・好きな店　薄井恭一　60-63
また松茸の季節哉〈浪花むだばなし㉒〉　矢野一郎　岡崎忠　63-63
阿蘇のでんがく〈食べもの日本地図⑲〉熊本県の巻⑦　吉田三七雄　64-65
さし絵・山内金三郎　戸塚文子　66-69
丸揚げとうふ　辻　嘉一　70-70
思い出の味・好きな店　八谷泰造　71-71
あとがき　72-72
高山植物（装画）　加藤義明　72-72

第百二十三号　昭和三十六年十一月五日発行

食ひしん坊（百十八）　小島政二郎　8-11
茶の間十八番　中村　哲　11-11
民田茄子　佐々木邦　12-13
マロングラッセの教え　獅子文六　14-16
コーヒーと私　清水幾太郎　17-19
イタリヤのお惣菜　長谷川路可　20-21
何を食べよう　松岡洋子　22-24
洋菓子　絵も　竹中　郁　25-27
霜月のうまいもん〈浪花むだばなし㉓〉　吉田三七雄　28-29
武骨料理と朝鮮飴〈食べもの日本地図⑳〉熊本県の巻⑧　さし絵・山内金三郎　戸塚文子　30-33
柚子豆腐　辻　嘉一　34-34
精進料理　写真・葛西宗誠　大久保恒次　35-42
ソバ二題　入江相政　43-45
寒さに向っては紅茶＝食前食後22＝　邱　永漢　46-49
思い出の味・好きな店　松本浩三　増田常次郎　49-49
小名木川　絵も　谷内六郎　50-51
東海の味〔続「お値打ち案内」①〕　狩野近雄　52-55
馬場下の頃　夏目伸六　56-59
茶の間十八番　北畠八穂　59-59
わが家の語彙〔D〕
〈食べもののでてくる話⑱〉　安藤鶴夫　60-62
京のお台所メモ　さし絵・森本岩雄　国分綾子　63-65
ここに規律あり―わが闘病記③―　薄井恭一　66-69
思い出の味・好きな店　斎藤　孝　69-69
食い気より色気〈新日本探訪うら咄（17）〉
岡部冬彦　写真・樋口進　70-71
あとがき　林みさ子　72-72
おしんこ（装画）　山内金三郎　72-72

第百二十四号　昭和三十六年十二月五日発行

食ひしん坊（百十九）　小島政二郎　8-11
蒲鉾昔ばなし　土師清二　12-13
スープの中の蠅　門田　勲　14-16
思い出の味・好きな店　花崎利義　16-16
邯鄲〔1〕　吉田健一　17-19
イタリヤ家庭のクリスマス料理　長谷川路可　20-21
茶の間十八番　木下和子　21-21

楽屋の食事　高橋邦太郎　22-24
型の中　絵も　谷内六郎　25-27
思い出の味・好きな店　塚田公太　曾志崎誠二　27-27
名所に名物を〔続「お値打ち案内」②〕　狩野近雄　28-31
くり　絵も　竹中　郁　32-34
洋菓子にきかせたい音　写真・葛西宗誠　大久保恒次　35-42
非衛生追放　池田弥三郎　43-45
安心のクスリ＝食前食後23＝　邱　永漢　46-49
思い出の味・好きな店　後藤常三　49-49
日本ブーム　有本邦太郎　50-51
フランスの卵（田中徳三郎著『欧州料理の秘訣』より）　51-51
父と中村是公さんと　夏目伸六　52-55
思い出の味・好きな店　小笠原三九郎　55-55
わが家の語彙〔E〕
〈食べもののでてくる話⑲〉　安藤鶴夫　56-58
偏食と人徳〈新日本探訪うら咄（18）〉最終回
岡部冬彦　写真・樋口進　59-61
読者通信　中島ミユキ　伊藤敏昭　61-61
芋粥〈浪花むだばなし㉔〉　吉田三七雄　62-63
あまカラ紀行　絵・文　山内金三郎　64-66
京のお台所メモ　さし絵・森本岩雄　国分綾子　67-69
四川豆腐　辻　嘉一　70-70
あとがき　71-71
煮く焼く炒る（装画）　加藤義明　71-71

第百二十五号　昭和三十七年一月五日発行

食ひしん坊（百二十）　小島政二郎　8-11
私の自慢料理　大村得郎　11-11
縁でこそあれ　永井龍男　12-14
蘇東坡と酒　青木正児　15-17
四日市のなが餅　絵も　清水三重三　18-19
追憶の中の食べもの　石上玄一郎　20-22
中国のふぐ　小竹文夫　23-25
鳴門わかめ〈和尚の美人めぐりうら咄①〉　今東光　写真・樋口進　26-27
江戸囃子天々会・A
〈食べもののでてくる話⑳〉　安藤鶴夫　28-30
米の味（諫山忠幸著『米』）　30-30
あまカラ紀行　絵・文　山内金三郎　31-33
みょうとだき　辻　嘉一　34-34
日本の料理
大久保恒次　写真・佐伯義勝　ネーム・辻嘉一　35-42
好物こはだ鮨の由来　志村立美　43-43
風邪の季節＝食前食後24＝　邱　永漢　44-47
私の自慢料理　木田晏弘　中村とみ子　田中一郎　47-47
お正月の色　絵も　谷内六郎　48-49
熊本時代と多々羅三平　夏目伸六　50-53
のむ酒たべる酒　滝沢敬一　54-55
チョットまたない〔続「お値打ち案内」③〕　狩野近雄　56-59

邯鄲〔2〕　吉田健一　60-62
洋菓子　紅茶の時間　絵も　竹中　郁　63-65
唐土の鳥〈浪花むだばなし㉕〉　吉田三七雄　66-67
京のお台所メモ　さし絵・森本岩雄　国分綾子　68-70
あとがき　林みさ子　今中善治　71-71
虎（装画）　山内金三郎　71-71

第百二十六号　昭和三十七年二月五日発行

食ひしん坊（百二十一）　小島政二郎　8-11
私の自慢料理　島津稜威雄　11-11
文明開化のうまさ　長谷川伸　12-14
鮭の子　幸田　文　15-17
兎は鳥であるという問題についての考察について　木下順二　18-20
私の自慢料理　木口彦太郎　森本四十一　20-20
味噌のバーベキュー〔続「お値打ち案内」④〕　狩野近雄　21-23
パエルラ〈イタリヤのお惣菜〉　長谷川路可　24-25
私の自慢料理　福山順一　米川丹佳子　25-25
キノコ　渡辺喜恵子　26-28
あまカラ紀行　絵・文　山内金三郎　29-31
江戸囃子天々会・B〈食べもののでてくる話㉑〉　安藤鶴夫　32-34
西洋の料理　写真・葛西宗誠　大久保恒次　35-42
邯鄲〔3〕　吉田健一　43-45
高血圧者の食べ物＝食前食後25＝　邱　永漢　46-49
私の自慢料理　草野貞之　有馬典江　49-49
鮒味噌　森　銑三　50-51
父と橋本佐五郎さん　夏目伸六　52-52
私の自慢料理　早川文造　55-55
噛む音　絵も　谷内六郎　56-58
洋菓子　シュトーレン　絵も　竹中　郁　59-61
日向の珍奇なる漬物〈和尚の美人めぐりうら咄②〉　今東光　写真・樋口進　62-65
柊と鰯の頭〈浪花むだばなし㉖〉　吉田三七雄　64-65
京のお台所メモ　さし絵・森本岩雄　国分綾子　66-68
一夜凍り　辻　嘉一　69-69
あとがき　林みさ子　70-70
台所で（装画）　加藤義明　70-70

第百二十七号　昭和三十七年三月五日発行

食ひしん坊（百二十二）　小島政二郎　8-11
私の自慢料理　中野義見　11-11
たべもの文学　吉屋信子　12-14
鍋　小林　勇　15-19
私の自慢料理　辰巳与一　田中節子　19-19
味の郷愁　さし絵も　那須良輔　20-23
私の自慢料理　叶静子　番野清子　東畑朝子　23-23
兎は鳥であるという問題についての考察について　木下順二　24-26

茶の間十八番　北杜夫　富ノ井政文　26-26
鶏卵料理　なたねたまご　辻　嘉一　27-27
成人の日に〈食べもののでてくる話㉒〉　安藤鶴夫　28-30
日向の椎茸〈食べもの日本地図㉑〉宮崎県の巻①　さし絵・山内金三郎　戸塚文子　31-34
若狭の魚介　写真・葛西宗誠　大久保恒次　35-42
ともに食べる　戸板康二　43-45
肝腎かなめ＝食前食後26＝　邱　永漢　46-48
人のふんどし　絵も　竹中　郁　49-51
飛騨の味　角正の精進料理〈和尚の美人めぐりうら咄③〉　今東光　写真・樋口進　52-53
春を呼ぶすぐき〈浪花むだばなし㉗〉　吉田三七雄　54-55
あまカラ紀行　絵・文　山内金三郎　56-58
京のお台所メモ　さし絵・森本岩雄　国分綾子　59-61
父の好物　夏目伸六　62-65
フイルムの二重うつし　絵も　谷内六郎　66-68
モロコずし〔続「お値打ち案内」⑤〕　狩野近雄　69-71
あとがき　71-71
椿譜（装画）　山内金三郎　71-71

第百二十八号　昭和三十七年四月五日発行

食ひしん坊（百二十三）　小島政二郎　8-11
私の自慢料理　島　綾野　11-11
老境の食味　安倍能成　12-14
パリの握り飯　向井潤吉　15-17
私の自慢料理　山西邦博　別井時子　17-17
麻痺した舌　長谷川かな女　18-20
乳のにおい　絵も　谷内六郎　21-23
ビールの旅　佐治敬三　24-26
鴨の貝焼（雲州八雲本陣にて）〈和尚の美人めぐりうら咄④〉　今東光　写真・樋口進　27-29
たけのこ〈浪花むだばなし㉘〉　吉田三七雄　30-31
立食い　絵も　竹中　郁　32-34
菜種の御供　写真・葛西宗誠　木場禎子　35-42
京・大阪そして金沢の味　円地文子　43-44
鮎醤油　市川中車　44-45
賽先生と糖尿病＝食前食後27＝　邱　永漢　46-49
私の自慢料理　永井利彦　49-49
返事をしない〔続「お値打ち案内」⑥〕　狩野近雄　50-53
私の自慢料理　佐久間正治　下坂実　53-53
仙台鮪　夏目伸六　54-57
私の自慢料理　深沢まり子　西千鶴子　57-57
京のお台所メモ　さし絵・森本岩雄　国分綾子　58-60
喜之助人形〈食べもののでてくる話㉓〉　安藤鶴夫　61-63
日の出南京〈食べもの日本地図㉒〉宮崎県の巻②　さし絵・山内金三郎　戸塚文子　64-67
私の自慢料理　木田文夫　水谷文治　石川えい　67-67
鶏卵料理　包みやき卵　辻　嘉一　68-68
ポリネシアの料理〈読者の頁〉　飯田　博　69-71
あとがき　72-72
民家（装画）　加藤義明　72-72

第百二十九号　昭和三十七年五月五日発行

食ひしん坊（百二十四）　小島政二郎　8-11
私の自慢料理　大熊太三郎　片山正美　津村秀夫　近藤廉治　11-11
私の食生活　金田一京助　12-13
思い出のオムレツ　森田たま　14-16
私の自慢料理　小林幸治　金山たか　16-16
鮪のさしみ　久保田正文　17-19
「ざるそば」の十五分　入江相政　20-22
頑固は美徳　宮田重雄　23-24
岡山の味〈故郷の食べもの〉　木田文夫　24-25
糖尿病の処方＝食前食後28＝　邱　永漢　26-29
私の自慢料理　石田貞子　亀井太喜次　29-29
オーケストラとトリ〈和尚の美人めぐりうら咄⑤〉　今東光　写真・樋口進　30-31
とちり蕎麦〔A〕〈食べもののでてくる話㉔〉　安藤鶴夫　32-34
ロシヤの料理　写真・葛西宗誠　大久保恒次　35-42
カナダの食べ物　遠藤又男　43-45
私の自慢料理　倉重経明　児玉藤喜松　中谷富美子　飯能次夫　45-45
カワセミの精　黒岩重吾　46-47
岩魚の昔話　冠松次郎　48-51
鳥の水たきと鶉料理　夏目伸六　52-55
私の自慢料理　赤羽洋子　勝村泰三　55-55
ソバ屋三店〔続「お値打ち案内」⑦〕　狩野近雄　56-58
チョコレート　絵も　竹中　郁　59-61
味噌鯛の茶めし〈食べもの日本地図㉓〉宮崎県の巻③　さし絵・山内金三郎　戸塚文子　62-65
じゅんさい〈浪花むだばなし㉙〉　吉田三七雄　66-67
京のお台所メモ　さし絵・森本岩雄　国分綾子　68-70
私の自慢料理　大野貞子　70-70
鶏卵料理　半じゅく卵　辻　嘉一　71-71
あとがき　72-72
蓮月尼の釘刻（装画）　山内金三郎　72-72

第百三十号　昭和三十七年六月五日発行

食ひしん坊（百二十五）　小島政二郎　8-11
思い出の味・好きな店　広瀬豊作　渡辺斌衡　11-11
お弁当のことなど　天野貞祐　12-15
東と西の勝負　鍋井克之　16-18
アテにならぬもの　安岡章太郎　19-21
私の自慢料理　辻清明　飯村満　21-21
料理のうまい女房　津村秀夫　22-25
リバイバル人　絵も　谷内六郎　26-27
とちり蕎麦〔B〕〈食べもののでてくる話㉕〉　安藤鶴夫　28-30
アイスクリーム　絵も　竹中　郁　31-33
鶏卵料理　琥珀玉子　辻　嘉一　34-34

木の芽煮　写真・葛西宗誠　大久保恒次　35-42
鍋そばムツゴロウ〔続「お値打ち案内」⑧〕狩野近雄　43-45
味二題　藤原義江　46-48
私の自慢料理　林寅正　田村五郎　48-48
長崎のお惣菜　高谷八重　49-51
蛇とリウマチ＝食前食後29＝　邱　永漢　52-55
思い出の味・好きな店　山本惣治　佐々木義彦　鷲尾宥三　55-55
父の神経　夏目伸六　56-59
石伏魚＝ごり〈和尚の美人めぐりうら咄⑥〉今東光　写真・樋口進　60-61
延岡のアユ〈食べもの日本地図㉔〉宮崎県の巻④　さし絵・山内金三郎　戸塚文子　62-65
すずき〈浪花むだばなし㉚〉　吉田三七雄　66-67
京のお台所メモ　さし絵・森本岩雄　国分綾子　68-70
あとがき　71-71
楽器（装画）　加藤義明　71-71

第百三十一号　昭和三十七年七月五日発行

菓子の絵　絵も　清水三重三　8-9
茘枝と楊貴妃　青木正児　10-13
思い出の味・好きな店　団伊能　田代茂樹　13-13
里心　大岡龍男　14-17
私の自慢料理　深谷春栄　小石原昭　17-17
牛飼い左千夫　北村謙次郎　18-20
私の自慢料理　佐藤和彦　久富志子　井上正亮　20-20
紙の旗〔A〕〈食べもののでてくる話㉖〉安藤鶴夫　21-23
イナ饅頭〈和尚の美人めぐりうら咄⑦〉今東光　写真・樋口進　24-25
髯の踊り子〈浪花むだばなし㉛〉　吉田三七雄　26-27
京のお台所メモ　さし絵・森本岩雄　国分綾子　28-30
わかめ　写真・葛西宗誠　大久保恒次　31-38
異母姉と兄達　夏目伸六　39-41
神経痛の食事療法＝食前食後30＝　邱　永漢　42-45
私の自慢料理　小島清　石井富之助　渋谷弘義　皆川邦子　45-45
ボアリン丹　絵も　谷内六郎　46-48
鮎こく　大下宇陀児　49-51
思い出の味・好きな店　堀口佐兵衛　赤司大介　51-51
城下カレイ〔続「お値打ち案内」⑨〕狩野近雄　52-54
小豆島　絵も　竹中　郁　55-57
ネコメシ党宣言〈食べもの日本地図㉕〉宮崎県の巻⑤　さし絵・山内金三郎　戸塚文子　58-61
鶏卵料理　氷室玉子　辻　嘉一　62-62
あとがき　63-63
そば猪口（装画）　山内金三郎　63-63

第百三十二号　昭和三十七年八月五日発行

食ひしん坊（百二十六）　小島政二郎　8-11
私の自慢料理　小黒光祐　11-11

料理は愛情　古垣鉄郎　12–14
私の自慢料理　横家繁一　粥川浩　14–14
鹿の肉　村山知義　15–17
吉野川の鮎　網野　菊　18–20
ある日のお客　絵も　谷内六郎　21–23
舌の根ッ子　斎藤幸治　24–26
高価高級のいわれ〈続「お値打ち案内」⑩〉　狩野近雄　27–29
永良部鰻〈和尚の美人めぐりうら咄⑧〉　今東光　写真・樋口進　30–31
紙の旗〔B〕〈食べもののでてくる話㉗〉　安藤鶴夫　32–34
酢　写真・葛西宗誠　大久保恒次　35–42
富山周辺の食べもの　福田　武　43–45
歩くたべもの　滝沢敬一　46–47
月とスッポン＝食前食後31＝　邱　永漢　48–51
私の自慢料理　則武茂　池田和栄　伊藤高勝　51–51
父の家族と卒業祝い　夏目伸六　52–56
私の自慢料理　田谷信男　前野喜美恵　56–56
京のお台所メモ　さし絵・森本岩雄　国分綾子　57–59
好かんたこ〈浪花むだばなし㉜〉　吉田三七雄　60–61
日向の野趣〈食べもの日本地図㉖〉宮崎県の巻⑥　さし絵・山内金三郎　戸塚文子　62–65
「シラノ・ド・ベルジュラック」のなかに　絵も　竹中　郁　66–68
鶏卵料理　卵とじ　辻　嘉一　69–69
さざえの塩辛〈読者の頁〉　是谷　光　70–70
あとがき　71–71
「世界の料理」より（装画）　加藤義明　71–71

第百三十三号　昭和三十七年九月五日発行

食ひしん坊（百二十七）　小島政二郎　8–11
私の自慢料理　飯田喜代子　藤本均　郡山薩男　11–11
忘れられない味　田中澄江　12–14
夏橙漬　飯沢　匡　15–19
私の自慢料理　堤善二郎　永井美津　19–19
くだもの　やさい　石井桃子　20–22
米のめし　福田豊四郎　23–25
スイス　あまカラ　倉知緑郎　26–28
十里二十里　絵も　竹中　郁　29–31
かんてき〈浪花むだばなし㉝〉　吉田三七雄　32–33
鶏卵料理　名月団子　辻　嘉一　34–34
とうふ　写真・葛西宗誠　大久保恒次　35–42
お惣菜よもやま　高谷八重　43–45
貧血症と金欠病＝食前食後32＝　邱　永漢　46–49
私の自慢料理　近藤東　高田博　龍田長治　49–49
父と太田達人さん　夏目伸六　50–53
お茶の待ちぼうけ〈続「お値打ち案内」⑪〉　狩野近雄　54–57
私の自慢料理　金田一子　森清志　大辻宗生　57–57
空白な時間　絵も　谷内六郎　58–60
佐伯のさつま〈食べもの日本地図㉗〉大分県の巻①　さし絵・山内金三郎　戸塚文子　61–63
津軽の味〈和尚の美人めぐりうら咄⑨〉

吾妻郡四万（上）　今東光　写真・樋口進　64-65
〈食べもののでてくる話㉘〉　安藤鶴夫　66-68
京のお台所メモ　さし絵・森本岩雄　国分綾子　69-71
あとがき　72-72
雁―蕙斎略画式から―（装画）　山内金三郎　72-72

第百三十四号　昭和三十七年十月五日発行

食ひしん坊（百二十八）　小島政二郎　8-11
私の自慢料理　本山正明　山本純夫　11-11
思出の味覚　新村出　12-13
味道国自慢　山宮允　14-17
私の自慢料理　森脇義方　角田豊　17-17
山寺の贅―三瀧山即興―　大木惇夫　18-19
味覚散歩　式場隆三郎　20-23
私の自慢料理
　初見一雄　麻野敏清　中川新吾　松村一造　23-23
マカオ・香港　北杜夫　24-25
私の開発計画　絵も　谷内六郎　26-27
ナンバンシヨ〔続「お値打ち案内」⑫〕　狩野近雄　28-30
私の自慢料理　石塚喜久三　田村久　成田嘉穂　30-30
天然の良港〈食べもの日本地図㉘〉大分県の巻②
　さし絵・山内金三郎　戸塚文子　31-34
駅弁　写真・葛西宗誠　大久保恒次　35-42
食不道楽　米川正夫　43-45
秋深む港の幸〈続・長崎のお惣菜〉　高谷八重　46-49
私の自慢料理　古賀斗始子　吉原達子　鵜野次郎　49-49
木曜会と九日会　夏目伸六　50-53
魚肚と田鶏＝食前食後33＝　邱永漢　54-56
吾妻郡四万（下）
〈食べもののでてくる話㉙〉　安藤鶴夫　57-59
神戸の味〈和尚の美人めぐりうら咄⑩〉
　今東光　写真・樋口進　60-61
消えた牡蠣船〈浪花むだばなし㉞〉　吉田三七雄　62-63
京のお台所メモ　さし絵・森本岩雄　国分綾子　64-66
マシマロと佃島　絵も　竹中郁　67-69
鶏卵料理　ほうらくやき　辻嘉一　70-70
あとがき　71-71
西洋野菜（装画）　加藤義明　71-71

第百三十五号　昭和三十七年十一月五日発行

食ひしん坊（百二十九）　小島政二郎　8-11
私の自慢料理　金光常代　帯谷瑛之介　11-11
隊長豚の話　倉島竹二郎　12-14
おぼろなるカフェ・ライオン　山本嘉次郎　15-17
魚の病院　末広恭雄　18-20
山のたべもの　芝木好子　21-23
詩の話　絵も　谷内六郎　24-25
乳房は誰のもの＝食前食後34＝　邱永漢　26-29
私の自慢料理　近藤操　奥田達朗　山田登　飯田寿作　29-29

長崎料理〈和尚の美人めぐりうら咄⑪〉　今東光　写真・樋口進　30-31
虫〈食べもののでてくる話㉚〉　安藤鶴夫　32-34
動物園はお食事どき　写真・葛西宗誠　大久保恒次　35-42
牛乳のすすめ　池島信平　43-45
おかあちゃん　岡部一彦　46-48
霜月ころの卓袱〈続・長崎のお惣菜〉　高谷八重　49-51
母と酔いどれ　夏目伸六　52-55
東京にないもの〔続「お値打ち案内」⑬〕　狩野近雄　56-58
私の自慢料理　花登忠男　橋本繁　木原常子　58-58
永代橋〈マシマロと佃島・続〉　絵も　竹中　郁　59-61
城下かれい〈食べもの日本地図㉙〉大分県の巻③　さし絵・山内金三郎　戸塚文子　62-65
なまこ〈浪花むだばなし㉟〉　吉田三七雄　66-67
京のお台所メモ　さし絵・森本岩雄　国分綾子　68-70
鶏卵料理　よろしたまご　辻　嘉一　70-70
あとがき　71-71
柿と栗（装画）　山内金三郎　72-72

第百三十六号　昭和三十七年十二月五日発行

食ひしん坊（百三十）　小島政二郎　8-11
私の自慢料理　白石田鶴子　11-11
蕎麦　熊の胆　山椒魚　八木隆一郎　12-15
私の自慢料理　上田泰弘　15-15
停酒十三年　徳川夢声　16-19
私の自慢料理　山下　肇　19-19
非食通　北村小松　20-23
私の自慢料理　北中富士子　23-23
菓子のびんの音　絵も　谷内六郎　24-25
小鯛の笹漬　鱧の皮　大岡龍男　26-28
佃島と指紋　絵も　竹中　郁　29-31
雪布（上）〈食べもののでてくる話㉛〉　安藤鶴夫　32-34
関東煮　写真・葛西宗誠　大久保恒次　35-42
酒談義〔1〕　吉田健一　43-45
扶陽起衰の功＝食前食後35＝　邱　永漢　46-49
私の自慢料理　菅野真子　田中久子　49-49
晩酌　夏目伸六　50-52
下町の伝統〔続「お値打ち案内」⑭〕　狩野近雄　53-55
西鶴の柱餅〈続・長崎のお惣菜〉　高谷八重　56-58
京のお台所メモ　さし絵・森本岩雄　国分綾子　59-61
ぶりとかす汁〈浪花むだばなし㊱〉　吉田三七雄　62-63
秋田の味覚〈和尚の美人めぐりうら咄⑫〉　今東光　写真・樋口進　64-65
安心院と耶馬渓〈食べもの日本地図㉚〉大分県の巻④　さし絵・山内金三郎　戸塚文子　66-69
私の自慢料理　田中静子　69-69
鶏卵料理　おだまき　辻　嘉一　70-70
あとがき　71-71
台灯籠（装画）　加藤義明　71-71

第百三十七号　昭和三十八年一月五日発行

食ひしん坊（百三十一）　小島政二郎　8-11
乳と蜜の流れる地　笠信太郎　12-15
私の自慢料理　野崎迪郎　木下栄次郎　15-15
おもいだす冬のたべもの　北畠八穂　16-18
スペインの食べ物（1）　荒　正人　19-21
雑食記　渋沢秀雄　22-25
私の自慢料理　西尾佐一郎　江頭茂子　25-25
つまらない話です　絵も　谷内六郎　26-27
若く美しく＝食前食後36＝　邱　永漢　28-31
私の自慢料理　原吉平　荒木輝子　31-31
京のお台所メモ　さし絵・森本岩雄　国分綾子　32-34
鶴屋八幡菓子暦　写真・葛西宗誠　大久保恒次　35-42
酒談義〔2〕　吉田健一　43-45
凍豆腐の歴史〔続「お値打ち案内」⑮〕　狩野近雄　46-49
私の自慢料理　橘幾代　清水一郎　深沢一意　49-49
三合徳利　夏目伸六　50-52
港に千鳥のわたる夜に〈続長崎のお惣菜〉　高谷八重　53-55
岡山の宝石〈和尚の美人めぐりうら咄⑬〉　今東光　写真・樋口進　56-57
雪布（下）〈食べもののでてくる話㉜〉　安藤鶴夫　58-60
包装紙のこと　絵も　竹中　郁　61-63
えべっさん〈浪花むだばなし㊲〉　吉田三七雄　64-65
水郷日田〈食べもの日本地図㉛〉大分県の巻⑤
私の自慢料理　さし絵・山内金三郎　戸塚文子　66-69
鶏卵料理　親子どんぶり　北村和代　西戸登　69-69
あとがき　辻　嘉一　70-70
郷土玩具　兎（装画）　山内金三郎　71-71

第百三十八号　昭和三十八年二月五日発行

食ひしん坊（百三十二）　小島政二郎　8-11
三都劇場の食い物―東京・大阪・京都の食堂あらし―　三宅周太郎　12-15
私の自慢料理　河上智子　平山隆太郎　小林慶子　15-15
箸を手にして　松方三郎　16-19
私の自慢料理　吉田蕗子　19-19
或る日の菜単　北村謙次郎　20-22
私の自慢料理　岩村鉱一郎　牧野雄一　金沢記代　22-22
夕餉の味　原田康子　23-25
東京そば記〔続「お値打ち案内」⑯〕　狩野近雄　26-29
私の自慢料理　有賀博　竹越潤　川村明弘　29-29
飯店街の夜は更けて―横浜ファンタジー―　絵も　谷内六郎　30-31
春まだ浅く風寒く〈続・長崎のお惣菜〉　高谷八重　32-34
いなまんじゅう　写真・葛西宗誠　寺田栄一　35-42
みつ子夫人　渡辺喜恵子　43-45
私の自慢料理　山下良三　大室啓悟　富ノ井政文　45-45
スペインの食べ物（2）　荒　正人　46-49

私の自慢料理　松月善雄　松本敬子　伊嶋允一　49-49
宴会嫌い　夏目伸六　50-53
私の自慢料理　草刈義人　田中修　山本権吾　手鹿道子　53-53
酒談義〔3〕　吉田健一　54-56
箱のはなし　絵も　竹中郁　57-59
伊勢路〈和尚の美人めぐりうら咄⑭〉　今東光　写真・樋口進　60-61
歳末野郎〈食べもののでてくる話㉝〉　安藤鶴夫　62-64
京のお台所メモ　さし絵・森本岩雄　国分綾子　65-67
初午とけつね〈浪花むだばなし㊳〉　吉田三七雄　68-69
鶏卵料理　梅わん　辻嘉一　70-70
あとがき　林みさ子　71-71
かぶりもの〈装画〉　加藤義明　71-71

第百三十九号　昭和三十八年三月五日発行

食ひしん坊〈百三十三〉　小島政二郎　8-11
そばを食う　中村光夫　12-14
都寿司〈行きつけの店〉　宮尾しげを　14-14
スペインの食べ物〈3〉　荒正人　15-17
零下十度のたべもの　鈴木彦次郎　18-20
みつ子夫人　渡辺喜恵子　21-23
ラ・ベル・エポック　滝沢敬一　24-25
山の味とその思い出　岡部一彦　26-29
中華第一楼〈行きつけの店〉　池波正太郎　29-29
珍料理　深見和夫　30-31
さんた・からなの白魚〈続・長崎のお惣菜〉　高谷八重　32-34
かき　写真・葛西宗誠　大久保恒次　35-42
酒談義〔4〕　吉田健一　43-45
鼻毛　夏目伸六　46-49
私の自慢料理　松永禎三　山田一　49-49
天然記念人〔続「お値打ち案内」⑰〕　狩野近雄　50-53
光亭〈行きつけの店〉　棟方志功　53-53
京のお台所メモ　さし絵・森本岩雄　国分綾子　54-56
冬帽子〈食べもののでてくる話㉞〉　安藤鶴夫　57-59
熊本の朝鮮飴〈和尚の美人めぐりうら咄⑮〉　今東光　写真・樋口進　60-61
由布院の味〈食べもの日本地図㉜〉大分県の巻⑥　さし絵・山内金三郎　戸塚文子　62-65
すとらいきの走り〈浪花むだばなし㊴〉　吉田三七雄　66-67
長生き話　絵も　竹中郁　68-70
鶏卵料理　おぼろ椀　辻嘉一　71-71
あとがき　72-72
姉さま人形〈装画〉　山内金三郎　72-72

第百四十号　昭和三十八年四月五日発行

食ひしん坊〈百三十四〉　小島政二郎　8-11
献立　小泉信三　12-14
山のにおいのする店　ケルン〈行きつけの店〉　新田次郎　14-14

うまいたべものとまずいたべもの　美濃部亮吉　15-17
舞台の食事　田村秋子　18-19
スペインの食べ物（4）　荒　正人　20-23
我が家の自慢料理　網野菊　伊藤桂一　23-23
酒談義〔5〕　吉田健一　24-26
まあお茶でも　江国　滋　27-29
キャンティ〈行きつけの店〉　古垣鉄郎　29-29
湯の街別府〈食べもの日本地図㉝〉大分県の巻⑦　さし絵・山内金三郎　戸塚文子　30-33
鶏卵料理　菜種和え　辻　嘉一　34-34
あなご　写真・葛西宗誠　大久保恒次　35-42
越後の笹飴　夏目伸六　43-47
私の自慢料理　川中美智子　平井真次郎　47-47
カツいろいろ〔続「お値打ち案内」⑱〕　狩野近雄　48-50
みつ子夫人　渡辺喜恵子　51-53
倉敷のこと　絵も　谷内六郎　54-55
風に祈るわらべ歌〈続・長崎のお惣菜〉　高谷八重　56-58
私の自慢料理　荒川確介　58-58
長生き話―続―　絵も　竹中　郁　59-61
土佐の蟹〈和尚の美人めぐりうら咄⑯〉　今東光　写真・樋口進　62-63
甘茶と前の魚〈浪花むだばなし㊵〉　吉田三七雄　64-65
京のお台所メモ　さし絵・森本岩雄　国分綾子　66-68
菊村ばなし〈食べもののでてくる話㉟〉　安藤鶴夫　69-71
あとがき　72-72
大工道具〈装画〉　加藤義明　72-72

第百四十一号　昭和三十八年五月五日発行

食ひしん坊〈百三十五〉　小島政二郎　8-11
わがエセ哲学　なかのしげはる　12-14
私の自慢料理　橘　正義　14-14
京の味　ロンドンの味　白洲正子　15-17
セザンヌの絵といのししの皮　大河内信敬　18-20
山本さんの水〔続「お値打ち案内」⑲〕　狩野近雄　21-23
晩翠軒〈行きつけの店〉　木下孝則　23-23
抽象画は大昔からある―アマノジャク美術論―　絵も　谷内六郎　24-25
酒談義〔6〕　吉田健一　26-28
時計を持っている猫　絵も　竹中　郁　29-31
花だより〈食べもののでてくる話㊱〉　安藤鶴夫　32-34
百貨店へ持ち込まれた駄菓子　写真・葛西宗誠　大久保恒次　35-42
子供のころ　戸川幸夫　43-45
スペインの食べ物（5）　荒　正人　46-49
ヴォルガ〈行きつけの店〉　波多野勤子　49-49
わが胃わが友　角田　猛　50-52
ちまきと華僑（あちゃ）さんと〈続・長崎のお惣菜〉　高谷八重　53-55
粥の味　夏目伸六　56-59
紀伊の味〈和尚の美人めぐりうら咄⑰〉　今東光　写真・樋口進　60-61
フク物語〈食べもの日本地図㉞〉福岡県の巻①

さし絵・山内金三郎　戸塚文子　62–65
私の自慢料理　小松沢ゐい子　65–65
屋形舟でまいろ〈浪花むだばなし㊶〉　吉田三七雄　66–67
京のお台所メモ　さし絵・森本岩雄　国分綾子　68–70
鶏卵料理　玉子とチーズ　辻　嘉一　71–71
あとがき　72–72
マッチの軸（装画）　山内金三郎　72–72

第百四十二号　昭和三十八年六月五日発行

食ひしん坊（百三十六）　小島政二郎　8–11
我が家の自慢料理　秋山安三郎　11–11
一提言　沢瀉久孝　12–14
アンパンとゴルフ　源氏鶏太　15–17
北陸地方で食べたもの　冠松次郎　18–20
病人の食べもの　大岡龍男　21–23
お菓子の短篇　里見陽文　24–25
スペインの食べ物（6）　荒　正人　26–28
ボストン〈行きつけの店〉　清水幾太郎　28–28
大阪のこと　絵も　谷内六郎　30–31
白竜船（ペーロン）と白馬〈続・長崎のお惣菜〉　高谷八重　32–34
八丁味噌　写真・葛西宗誠　大久保恒次　35–42
台所の広さ〔続「お値打ち案内」⑳〕　狩野近雄　43–45
大患前　夏目伸六　46–49
串の坊〈行きつけの店〉　藤間　紫　49–49
からっぽの舞台　からっぽのわりご　絵も　竹中　郁　50–52
活動写真・A〈食べもののでてくる話㊲〉　安藤鶴夫　53–55
かまぼことウニ〈食べもの日本地図㉟〉福岡県の巻②　さし絵・山内金三郎　戸塚文子　56–59
広島かき〈和尚の美人めぐりうら咄⑱〉　今東光　写真・樋口進　60–61
舌の地方文化人　森　富貴　62–65
我が家の自慢料理　朝井閑右衛門　65–65
カチワリ割った！〈浪花むだばなし㊷〉　吉田三七雄　66–67
京のお台所メモ　さし絵・森本岩雄　国分綾子　68–70
鶏卵料理　玉子酢　辻　嘉一　71–71
あとがき　72–72
草木（装画）　加藤義明　72–72

第百四十三号　昭和三十八年七月五日発行

食ひしん坊（百三十七）　小島政二郎　8–11
鮟鱇の中毒　金子洋文　12–15
食べ物と「話の泉」　渡辺紳一郎　16–18
思い出の中の食物　本多顕彰　19–21
犬　猫　小鳥　そして草木とともに　横山美智子　22–25
千疋屋〈行きつけの店〉　大田黒元雄　25–25
電気飴　絵も　谷内六郎　26–27
番茶から鰻まで　斎藤幸治　28–31
松栄鮨〈行きつけの店〉　串田孫一　31–31
食堂車のツケ〔続「お値打ち案内」㉑〕　狩野近雄　32–34
はも料理　写真・葛西宗誠　大久保恒次　35–42

酒の肴　那須良輔　43-45
スペインの食べ物（7）　荒　正人　46-49
我が家の自慢料理　佐々木三味　49-49
「月並」と鯛飯　夏目伸六　50-53
千疋屋〈行きつけの店〉　平岩弓枝　53-53
活動写真・B〈食べもののでてくる話㊳〉　安藤鶴夫　54-56
京のお台所メモ　さし絵・森本岩雄　国分綾子　57-59
越前蟹〈和尚の美人めぐりうら咄⑲〉　今東光　写真・樋口進　60-61
愛染さんと氷の朔日〈浪花むだばなし㊸〉　吉田三七雄　62-63
生きづくりとおどり〈食べもの日本地図㊱〉福岡県の巻③　さし絵・山内金三郎　戸塚文子　64-67
鯛焼と綿菓子　絵も　竹中　郁　68-70
鶏卵料理　知足椀　辻　嘉一　71-71
あとがき　72-72
花・葉・実（装画）　山内金三郎　72-72

第百四十四号　昭和三十八年八月五日発行

食ひしん坊（百三十八）　小島政二郎　8-11
私の自慢料理　中島ミユキ　11-11
季節の味　久松潜一　12-14
私の自慢料理　伊藤広夫　14-14
ソヴェットのお食事　由起しげ子　15-17
豆好き　唐島基智三　18-20
礼文島のホッケ　上村占魚　21-24
私の自慢料理　三島公子　越智秀子　24-24
京のお台所メモ　さし絵・森本岩雄　国分綾子　25-27
暑い日〈食べもののでてくる話㊴〉　安藤鶴夫　28-30
うめ　写真・葛西宗誠　大久保恒次　31-38
悔恨の情〔続「お値打ち案内」㉒〕　狩野近雄　39-41
スペインの食べ物（8）　荒　正人　42-45
私の自慢料理　西矢勝美　45-45
お使いの楽しみ　絵も　谷内六郎　46-47
見舞客　夏目伸六　48-51
私の自慢料理　花田卓也　51-51
トンコツ〈和尚の美人めぐりうら咄⑳〉　今東光　写真・樋口進　52-53
水たき〈食べもの日本地図㊲〉福岡県の巻④　さし絵・山内金三郎　戸塚文子　54-57
地蔵盆の夜〈浪花むだばなし㊹〉　吉田三七雄　58-59
ある述懐　絵も　竹中　郁　60-62
鶏卵料理　わとうない　辻　嘉一　63-63
あとがき　64-64
ガラス器（装画）　加藤義明　64-64

第百四十五号　昭和三十八年九月五日発行

食ひしん坊（百三十九）　小島政二郎　8-11
蜜柑山に育って　白川　渥　12-14
私の自慢料理　東馬敏子　14-14
秋刀魚の話　英　十三　15-17

調理への反省　坂西志保　18-21
カトレヤ〈行きつけの店〉　融　紅鸞　21-21
においについて　絵も　谷内六郎　22-23
朝食の孤独　北条　誠　24-27
十和田〈行きつけの店〉　丸岡　明　27-27
スペインの食べ物（9）　荒　正人　28-30
アルタミラ洞窟の代表的壁画　31-31
雪まろげ〈食べもののでてくる話㊵〉　安藤鶴夫　32-34
干瓢　写真・葛西宗誠　大久保恒次　35-42
台所の話　中里恒子　43-45
魚て津鮨〈行きつけの店〉　山本安英　45-45
名栗のお茶　岡部一彦　46-49
私の自慢料理　横田輝子　49-49
天下の八店〔続「お値打ち案内」㉓〕　狩野近雄　50-52
結婚式と一等車　夏目伸六　53-56
扉〈行きつけの店〉　里見陽文　56-56
名神高速路試走記　絵も　竹中　郁　57-59
口寄せ〈浪花むだばなし㊺〉　吉田三七雄　60-61
おきうと〈食べもの日本地図㊳〉福岡県の巻⑤
さし絵・山内金三郎　戸塚文子　62-65
私の自慢料理　藤田博保　65-65
北海道で〈和尚の美人めぐりうら咄㉑〉
今東光　写真・樋口進　66-67
京のお台所メモ　さし絵・森本岩雄　国分綾子　68-70
鶏卵料理　こがねせんべい　辻　嘉一　71-71
あとがき　72-72
草上の朝食（装画）　山内金三郎　72-72

第百四十六号　昭和三十八年十月五日発行

食ひしん坊（百四十）　小島政二郎　8-11
我が家の自慢料理　石川達三　11-11
京のうまいもの　長田幹彦　12-14
我が家の自慢料理　井崎一夫　14-14
最後の中華料理　村岡花子　15-17
欧米食い気の旅〔1〕　玉川一郎　18-21
我が家の自慢料理　小汀利得　おおば比呂司　21-21
食べもんによるわが自叙伝　郷田　悳　22-25
浜喜久〈行きつけの店〉　伊吹武彦　25-25
上総の海　絵も　谷内六郎　26-27
父とアイスクリーム　夏目伸六　28-31
甘味地獄のはなし　高谷八重　32-34
我が家の自慢料理　生方たつゑ　34-34
料理学校　写真・葛西宗誠　大久保恒次　35-42
稲庭うどん〔続「お値打ち案内」㉔〕　狩野近雄　43-45
食べものいろいろ　神近市子　46-49
有薫酒蔵〈行きつけの店〉　福田蘭童　49-49
スペインの食べ物（10）　荒　正人　50-53
誓文払〈浪花むだばなし㊻〉　吉田三七雄　54-55
孫とうなぎ　絵も　竹中　郁　56-58
虹（上）〈食べもののでてくる話㊶〉　安藤鶴夫　59-61
ぬか味噌だき〈食べもの日本地図㊴〉福岡県の巻⑥

さし絵・山内金三郎　戸塚文子　62―65
山菜料理〈和尚の美人めぐりうら咄㉒〉
今東光　写真・樋口進　66―67
京のお台所メモ　さし絵・森本岩雄　国分綾子　68―70
鶏卵料理　雨月汁　辻　嘉一　71―71
あとがき　72―72
日本の人形と玩具（装画）　加藤義明　72―72

第百四十七号　昭和三十八年十一月五日発行

食ひしん坊（百四十一）　小島政二郎　8―11
ムギ飯とメン類　土屋文明　12―15
思い出の味・好きな店　六岡周三　本田弘敏　15―15
無甘無辛之記　武智鉄二　16―19
我が家の自慢料理　大下宇陀児　19―19
朝飯前と朝飯　入江相政　20―22
スペインの食べ物（11）　荒　正人　23―25
ずんだもち　絵も　谷内六郎　26―27
大正の味〔続「お値打ち案内」㉕〕　狩野近雄　28―31
江戸一〈行きつけの店〉　木下順二　31―31
魚へんの旅　岸本水府　32―34
我が家の自慢料理　市川三喜　34―34
家　写真・葛西宗誠　大久保恒次　34―42
食べない楽しみ　大瀧英子　43―45
欧米食い気の旅〔2〕　玉川一郎　46―49
南光園〈行きつけの店〉　荒垣秀雄　49―49
風呂好き父と修善寺の湯　夏目伸六　50―53
思い出の味・好きな店　黒板駿策　53―53
松山の味覚〈和尚の美人めぐりうら咄㉓〉
今東光　写真・樋口進　54―55
虹（下）〈食べもののでてくる話㊷〉　安藤鶴夫　56―58
京のお台所メモ　さし絵・森本岩雄　国分綾子　59―61
ころりの虎〈浪花むだばなし㊼〉　吉田三七雄　62―63
楽屋見舞　絵も　竹中　郁　64―66
柳川のせいろむし〈食べもの日本地図㊵〉福岡県の巻
⑦　さし絵・山内金三郎　戸塚文子　67―70
アマンド〈行きつけの店〉　永　六輔　70―70
鶏卵料理　たまごまき　辻　嘉一　71―71
あとがき　72―72
お面（装画）　山内金三郎　72―72

第百四十八号　昭和三十八年十二月五日発行

食ひしん坊（百四十二）　小島政二郎　8―11
我が家の自慢料理　大木惇夫　11―11
旅のたべもの　阿部静枝　12―14
生鮮食品と故郷　古谷綱武　15―17
スペインの貝料理　石垣綾子　18―21
和可奈寿司〈行きつけの店〉　島田正吾　21―21
大きな忘れもの　鈴木五郎　22―23
オペラの料理屋　桂ユキ子　24―26
我が家の自慢料理　池田弥三郎　26―26

スペインの食べ物〔12〕　荒　正人　27-29
父と二葉亭　夏目伸六　30-33
龍土軒〈行きつけの店〉　野田宇太郎　33-33
鶏卵料理　やくじき・玉子粥　辻　嘉一　34-34
はるさめ　写真・葛西宗誠　大久保恒次　35-42
バテレンの食生活　吉田小五郎　43-45
果物を食う会〔続「お値打ち案内」㉖〕　狩野近雄　46-49
砂場〈行きつけの店〉　長門美保　49-49
新版　おいてけ堀—新説おいてけ堀は東京本所—　絵も　谷内六郎　50-51
住みたしん坊　岡部冬彦　52-54
欧米食い気の旅〔3〕　玉川一郎　55-58
我が家の自慢料理　大田洋子　58-58
わが夢の図　妙人ホテル　絵も　竹中　郁　59-61
じゅうにんがつ〈浪花むだばなし㊽〉　吉田三七雄　62-63
京のお台所メモ　さし絵・森本岩雄　国分綾子　64-66
ある〝洋行〟〈食べもののでてくる話㊸〉　安藤鶴夫　67-69
新潟の鮭〈和尚の美人めぐりうら咄㉔〉　今東光　写真・樋口進　70-71
あとがき　72-72
竹蔓　わら工品（装画）　加藤義明　72-72

第百四十九号　昭和三十九年一月五日発行

食ひしん坊（百四十三）　小島政二郎　8-11
我が家の自慢料理　菊村　到　11-11
京阪と和菓子　窪田空穂　12-14
辻川〈行きつけの店〉　藤倉修一　14-14
すし長〈行きつけの店〉　金子信雄　14-14
釣ってきた魚　立野信之　15-17
我が家の自慢料理　河竹繁俊　戒能通孝　17-17
新春　丸岡　明　18-21
湯葉の味　芝木好子　22-24
我が家の自慢料理　市原豊太　24-24
年のはじめ　絵も　谷内六郎　25-27
スペインの食べ物〔13〕　荒　正人　28-31
幸運のワカサギ〈続「お値打ち案内」㉗〉　狩野近雄　32-34
鯉　写真・葛西宗誠　大久保恒次　35-42
チチカカ湖の鱒　中屋健一　43-45
我が家の自慢料理　円地文子　尾崎宏次　45-45
吐血の前後　夏目伸六　46-49
赤穂屋〈行きつけの店〉　富士正晴　49-49
欧米食い気の旅〔4〕　玉川一郎　50-54
我が家の自慢料理　桶谷繁雄　54-54
京のお台所メモ　さし絵・森本岩雄　国分綾子　55-57
なにわごんた日記〔1〕　吉田三七雄　58-60
孫に噛まれた　絵も　竹中　郁　61-63
ひとつき・上〈食べもののでてくる話㊹〉　安藤鶴夫　64-66
どんこ〈食べもの日本地図㊶〉福岡県の巻⑧　さし絵・山内金三郎　戸塚文子　67-70
我が家の自慢料理　金子光晴　70-70
鶏卵料理　ななくさとじ　辻　嘉一　71-71

あとがき　今中善治　72–72
龍〈装画〉　山内金三郎　72–72

第百五十号　昭和三十九年二月五日発行
記念第百五十号

食ひしん坊〔百四十四〕　小島政二郎　8–11
九十二番　大仏次郎　12–13
ナプキン　獅子文六　14–17
我が家の自慢料理　草野心平　17–17
初めて食べたもの　吉屋信子　18–21
善光寺そば〈行きつけの店〉　中村武志　21–21
旅舎の食事　笠信太郎　22–26
フォーヌ〈行きつけの店〉　朝倉響子　26–26
ＡＢＣ〈行きつけの店〉　秋田　実　26–26
鴨の吸物　子母沢寛　27–29
ありがた迷惑　小林　勇　30–33
我が家の自慢料理　伊原宇三郎　33–33
辰年うなぎ昇り〔続「お値打ち案内」㉘〕　狩野近雄　34–36
欧米食い気の旅〔5〕　玉川一郎　37–41
我が家の自慢料理　小山いと子　41–41
鶏卵料理　くすりざけ　辻　嘉一　42–42
大根だき　写真・葛西宗誠　木場禎子　43–50
黄金綺譚　佐藤春夫　51–53
田原屋〈行きつけの店〉　石垣純二　53–53
佐渡のおけさ柿　石川達三　54–55
五十三歳の食慾　村上元三　56–59
アイリンス・ハンガリヤ〈行きつけの店〉　やなせたかし　59–59
庭から出た土器　絵も　谷内六郎　60–61
スペインの食べ物〔14〕　荒　正人　62–64
天狗と立本　夏目伸六　65–69
塩せんべい〈東光東西南北集①〉　今東光　写真・樋口進　70–71
ひとつき・下〈食べもののでてくる話㊺〉　さし絵・森本岩雄　安藤鶴夫　72–74
京のお台所メモ　国分綾子　75–77
我が家の自慢料理　北畠八穂　77–77
なにわごんた日記〔2〕　絵も　吉田三七雄　78–80
こどもの筆　絵も　竹中　郁　81–83
博多の甘辛〈食べもの日本地図㊷〉福岡県の巻⑨　さし絵・山内金三郎　戸塚文子　84–87
我が家の自慢料理　大山康晴　87–87
あとがき　88–88
世界の人形〈装画〉　加藤義明　88–88

第百五十一号　昭和三十九年三月五日発行
続記念号

食ひしん坊〔百四十五〕　小島政二郎　8–11
我が家の自慢料理　冠松次郎　11–11
好みの移り変り　山本周五郎　12–14
瀬戸内の小魚たち　壺井　栄　15–17

山王飯店〈行きつけの店〉　服部良一　17-17
餅を焼くこと　永井龍男　18-20
にぎり問答（上）　鍋井克之　21-23
ほんとうのライスカレー　井上　靖　24-26
我が家の自慢料理　小寺健吉　久里洋二　26-26
欧米食い気の旅〔6〕　玉川一郎　27-31
おでん常夜灯［続「お値打ち案内」㉙］　狩野近雄　32-34
スペインの食べ物（15）　荒　正人　35-38
我が家の自慢料理　耕　治人　38-38
海苔　写真・葛西宗誠　大久保恒次　39-46
甘い物　藤沢桓夫　47-49
銀座のケテル〈行きつけの店〉　尾崎宏次　49-49
幻の野菜　飯沢　匡　50-52
豊隆さんと岩波さん　夏目伸六　53-55
春の晩の夢　絵も　谷内六郎　56-57
春潮のめぐりくるころ〈続・長崎のお惣菜〉　高谷八重　58-59
小さい軽い望遠鏡　絵も　竹中　郁　60-62
ある放送［A］〈食べもののでてくる話㊻〉　安藤鶴夫　63-65
京のお台所メモ　さし絵・森本岩雄　国分綾子　66-68
なにわごんた日記〔3〕　絵も　吉田三七雄　69-71
漬物三種〈食べもの日本地図㊸〉福岡県の巻⑩　さし絵・山内金三郎　戸塚文子　72-75
我が家の自慢料理　北村小松　75-75
琵琶湖の食味〈東光東西南北集②〉　今東光　写真・樋口進　76-78
鶏卵料理　たぬき汁　辻　嘉一　79-79
あとがき　80-80
猫の玩具（装画）　山内金三郎　80-80

第百五十二号　昭和三十九年四月五日発行

食ひしん坊（百四十六）　小島政二郎　8-11
我が家の自慢料理　古賀忠道　11-11
にぎり問答（下）　鍋井克之　12-14
我が家の自慢料理　颯田琴次　14-14
病院での石焼芋　河竹繁俊　15-19
国際文化会館〈行きつけの店〉　城山三郎　19-19
弁慶力餅と姥ケ餅〈東海道五十三次名物行脚①〉　岸本水府　20-23
我が家の自慢料理　寒川光太郎　佐多稲子　23-23
気骨の味　吉田留三郎　24-26
スペインの食べ物（16）　荒　正人　27-29
田舎ミッキイ物語　絵も　谷内六郎　30-31
盗み食い　夏目伸六　32-34
凍豆腐　写真・葛西宗誠　大久保恒次　35-42
パリと北京と京都と　金子秀三　43-45
ブイヨン・ドンゾール―十一時の肉の煮出し―　滝沢敬一　46-49
ある放送［B］〈食べもののでてくる話㊼〉　安藤鶴夫　50-52
我が家の自慢料理　倉島竹二郎　52-52
雪を買う　絵も　竹中　郁　53-55
太宰府の菓子〈食べもの日本地図㊹〉福岡県の巻⑪

なにわごんた日記〔4〕　さし絵・山内金三郎　戸塚文子　56-59
春の釣人〈続・長崎のお物菜〉　絵も　吉田三七雄　60-62
樽平〈行きつけの店〉　高谷八重　63-65
えその皮天婦羅〈東光東西南北集③〉　杉浦明平　65-65
今東光　写真・樋口進　66-67
京のお台所メモ　さし絵・森本岩雄　国分綾子　68-70
鶏卵料理　なるとまき　辻　嘉一　71-71
あとがき　72-72
貨幣（装画）　加藤義明　72-72

第百五十三号　昭和三十九年五月五日発行

食ひしん坊（百四十七）　小島政二郎　8-11
我が家の自慢料理　榛葉英治　11-11
わが家の新年宴会　鈴木力衛　12-13
味の先生　蔵原伸二郎　14-17
朝餐　三宅艶子　18-20
本家出雲蕎麦〈行きつけの店〉　北川桃雄　20-20
少年信綱さんの筆捨山の歌〈東海道五十三次名物行脚②〉　岸本水府　21-23
一匹狼〈井上梅女聞き書き（1）〉　扇谷正造　24-27
我が家の自慢料理　沙羅双樹　27-27
スペインの食べ物（17）　荒　正人　28-30
蝦の天麩羅　夏目伸六　31-34
我が家の伝統料理　今泉寿美　34-34
鱒　写真・葛西宗誠　大久保恒次　35-42
女優のいる食堂―旅のメモから（1）―　戸板康二　43-45
まひるの夢　絵も　谷内六郎　46-48
なにわごんた日記〔5〕　絵も　吉田三七雄　49-51
漬物談義〈東光東西南北集④〉今東光　写真・樋口進　52-53
京のお台所メモ　さし絵・森本岩雄　国分綾子　54-56
ある放送〔C〕〈食べもののでてくる話㊽〉　安藤鶴夫　57-59
我が家の伝統料理　成田嘉穂　59-59
にいもじ〈食べもの日本地図㊺〉佐賀県の巻①　さし絵・山内金三郎　戸塚文子　60-63
港の春は老いて〈続・長崎のお物菜〉　高谷八重　64-66
我が家の伝統料理　北村時代　66-66
腹がへるとは　絵も　竹中　郁　67-69
鶏卵料理　たまご押し　辻　嘉一　70-70
あとがき　71-71
犬の玩具（装画）　山内金三郎　71-71

第百五十四号　昭和三十九年六月五日発行

食ひしん坊（百四十八）　小島政二郎　8-11
我が家の自慢料理　坂西志保　樹下太郎　11-11
衣食住考察　有馬頼義　12-14
古代中国の奇食　青木正児　15-17
梅干の霊験　笹部新太郎　18-21
我が家の伝統料理　松本敬子　21-21
スペインの食べ物（18）　荒　正人　22-25

鮎正〈行きつけの店〉　松下井知夫　25-25
作文はむつかしいものです　絵も　谷内六郎　26-27
ある広場の孤独―旅のメモから（2）―　戸板康二　28-30
井上梅女聞き書き（2）―初対面―　扇谷正造　31-34
はちみつ　写真・葛西宗誠　大久保恒次　35-42
舌を焼き蛤〈東海道五十三次名物行脚③〉　岸本水府　43-45
告別式　夏目伸六　46-49
あん　絵も　竹中　郁　50-52
燕雄昇天Ｉ〈食べもののでてくる話㊾〉　安藤鶴夫　53-55
呼子の生きづくり〈食べもの日本地図㊻〉佐賀県の巻②　さし絵・山内金三郎　戸塚文子　56-59
我が家の自慢料理　佐々木三味　59-59
なにわごんた日記〔6〕　絵も　吉田三七雄　60-62
京のお台所メモ　さし絵・森本岩雄　国分綾子　63-65
河内シャモ〈東光東西南北集⑤〉　今東光　写真・樋口進　66-67
夏越までの味覚〈続・長崎のお惣菜〉　高谷八重　68-70
鶏卵料理　空也むし　辻　嘉一　71-71
あとがき　72-72
鍵（装画）　加藤義明　72-72

第百五十五号　昭和三十九年七月五日発行

食ひしん坊（百四十九）　小島政二郎　8-11
我が家の自慢料理　杉森久英　11-11
お料理と食器　河村蜻山　12-13
アンドルーエ〈巴里のフロマージ料理店〉　益田義信　14-17
日本酒と魚　巌谷大四　18-20
守口漬と八丁味噌〈東海道五十三次名物行脚④〉　岸本水府　21-23
食いしんぼうの記　平岩弓枝　24-26
我が家の自慢料理　芝木好子　26-26
スペインの食べ物（19）　荒　正人　27-29
秘密の場所　絵も　谷内六郎　30-31
ワルシャワの雨―旅のメモから（3）―　戸板康二　32-34
あぶり餅　写真・葛西宗誠　木場禎子　35-42
井上梅女聞き書き（3）―確認―　扇谷正造　さし絵・横山泰三　43-46
修善寺から東京へ　夏目伸六　48-51
京のお台所メモ　さし絵・森本岩雄　国分綾子　52-54
なにわごんた日記〔7〕　絵も　吉田三七雄　55-57
呼子のクジラ〈食べもの日本地図㊼〉佐賀県の巻③　さし絵・山内金三郎　戸塚文子　58-61
我が家の伝統料理　北村和代　61-61
燕雄昇天Ⅱ〈食べもののでてくる話㊿〉　安藤鶴夫　62-64
母のおぼえ帖〈続・長崎のお惣菜〉　高谷八重　65-67
我が家の自慢料理　城　昌幸　67-67
さとぽろ　絵も　竹中　郁　68-70
鶏卵料理　ところてん玉子　辻　嘉一　71-71
あとがき　72-72
シャム猫（装画）　山内金三郎　72-72

第百五十六号　昭和三十九年八月五日発行

食ひしん坊（百五十）　小島政二郎　8-11
我が家の伝統料理　越智秀子　11-11
うるめとめだか　土師清二　12-14
お値打ち探し　池田成功　15-17
雑魚亭〈行きつけの店〉　矢内原伊作　17-17
大黒屋〈行きつけの店〉　改田昌直　17-17
小津君の食味　野田高梧　18-21
我が家の自慢料理　島田謹介　21-21
口舌の慾　滝沢敬一　22-23
初夏の北山峡　冠松次郎　24-26
プラハの握り飯―旅のメモから（4）―　戸板康二　27-29
井上梅女聞き書き（4）―満願―　扇谷正造　さし絵・横山泰三　30-35
スペインの食べ物（20）　荒　正人　36-38
くずきり　写真・葛西宗誠　大久保恒次　39-46
父と楚人冠と　夏目伸六　47-51
我が家の伝統料理　重信　秀　51-51
シケ王　絵も　谷内六郎　52-53
吉田通ればちくわのにおい〈東海道五十三次名物行脚⑤〉　岸本水府　54-56
朝の会〈食べもののでてくる話51〉　安藤鶴夫　57-59
唐津のいろいろ〈食べもの日本地図48〉佐賀県の巻④　さし絵・山内金三郎　戸塚文子　60-63
鹿児島県人〈東光東西南北集⑥〉　今東光　写真・樋口進　64-65
なにわごんた日記［8］　絵も　吉田三七雄　66-68
京のお台所メモ　さし絵・森本岩雄　国分綾子　69-71
我が家の伝統料理　紺野もと　71-71
六十の手習い　絵も　竹中　郁　72-74
彩灯の丘流灯の海〈続・長崎のお惣菜〉　高谷八重　75-77
我が家の伝統料理　井垣久次　77-77
鶏卵料理　薄焼に四川干し　辻　嘉一　78-78
あとがき　79-79
剪紙（きりがみ）装画　加藤義明　79-79

第百五十七号　昭和三十九年九月五日発行

食ひしん坊（百五十一）　小島政二郎　8-11
すき焼と黒田節　野田宇太郎　12-14
榎本小太郎翁のこと（一）　伊原宇三郎　15-17
大阪の休日―人間ドック入院記―　邱　永漢　18-22
我が家の伝統料理　北村清生　22-22
話題ゆたかなわらび餅〈東海道五十三次名物行脚⑥〉　岸本水府　23-25
怪我の功名　夏目伸六　26-29
我が家の自慢料理　千田是也　29-29
はじめて外国画家に逢って　絵も　谷内六郎　30-31
スペインの食べ物（21）　荒　正人　32-34
味淋漬　写真・葛西宗誠　大久保恒次　35-42

知らない町―旅のメモから（5）―　戸板康二　43-45
井上梅女聞き書き（5）―開運―　扇谷正造　さし絵・横山泰三　46-49
ゴリ〈東光東西南北集⑦〉　今東光　写真・樋口進　50-51
ダラスケ　絵も　竹中郁　52-54
有明の月と雲〈続・長崎のお惣菜〉　高谷八重　55-57
有明海の珍味〈食べもの日本地図㊾〉佐賀県の巻⑤　さし絵・山内金三郎　戸塚文子　58-61
我が家の自慢料理　高橋忠弥　61-61
山の宿メモ〈食べもののでてくる話(52)〉　安藤鶴夫　62-64
京のお台所メモ　さし絵・森本岩雄　国分綾子　65-67
我が家の自慢料理　高橋義孝　67-67
なにわごんた日記〔9〕　絵も　吉田三七雄　68-70
鶏卵料理　四角な玉子　辻　嘉一　71-71
あとがき　72-72
葉がた（装画）　山内金三郎　72-72

第百五十八号　昭和三十九年十月五日発行

食ひしん坊（百五十二）　小島政二郎　8-11
独習家事　小林　勇　12-15
卯浪〈行きつけの店〉　石田波郷　15-15
小豆島の平兵衛まんじゅう　古家　新　16-17
オリンピックも間近に　池田成功　18-21
安倍川で馬は黄ナ粉をあびて行き〈東海道五十三次名物行脚⑦〉　岸本水府　22-24
エスキモーパイ―旅のメモから（6）―　戸板康二　25-27
此頃思うこと　絵も　谷内六郎　28-29
教授と講師　夏目伸六　30-33
鶏卵料理　なめたまご　辻　嘉一　34-34
陶器祭　写真・葛西宗誠　大久保恒次　35-42
榎本小太郎翁のこと（二）　伊原宇三郎　43-45
スペインの食べ物（22）　荒　正人　46-48
井上梅女聞き書き（6）―履歴書―　扇谷正造　さし絵・横山泰三　49-51
クローバ〈行きつけの店〉　藤枝静男　51-51
火にいのる　絵も　竹中　郁　52-54
平子のオリーブ漬〈続・長崎のお惣菜〉　高谷八重　55-57
佐渡〈東光東西南北集⑧〉　今東光　写真・樋口進　58-59
佃島（A）〈食べもののでてくる話(53)〉　安藤鶴夫　60-62
京のお台所メモ　さし絵・森本岩雄　国分綾子　63-65
なにわごんた日記〔10〕　絵も　吉田三七雄　66-68
クラゲ〈食べもの日本地図㊿〉佐賀県の巻⑥　さし絵・山内金三郎　戸塚文子　69-72
あとがき　72-72
装画（民俗芸能）　加藤義明　72-72

第百五十九号　昭和三十九年十一月五日発行

食ひしん坊（百五十三）　小島政二郎　8-11
我が家の自慢料理　津田青楓　11-11
榎本小太郎翁のこと（三）　伊原宇三郎　12-14

日本趣味の衰退　谷崎精二　15-16
お菓子と毎日　望月優子　16-17
ソ連の飲み物と食べ物　長田一脩　18-22
スペインの食べ物（23）　荒　正人　23-25
うま手　鈴木五郎　26-29
我が家の自慢料理　長　新太　29-29
英語と父と楚人冠　夏目伸六　30-33
我が家の伝統料理　富井実枝子　33-33
華僑の盂蘭盆会　写真・葛西宗誠　木場禎子　35-42
夜更けの皿―旅のメモから（7）―　戸板康二　43-45
なし崩しでお江戸まで〈東海道五十三次名物行脚⑧〉　岸本水府　46-47
郷愁　絵も　谷内六郎　48-49
京のお台所メモ　さし絵・森本岩雄　国分綾子　50-52
佃島（B）〈食べもののでてくる話54〉　安藤鶴夫　53-55
松島の生カキ〈東光東西南北集⑨〉　今東光　写真・樋口進　56-57
子供の詩　絵も　竹中　郁　58-60
なにわごんた日記〔11〕　絵も　吉田三七雄　61-63
寒ブナとうこう〈食べもの日本地図51〉佐賀県の巻⑦
　さし絵・山内金三郎　戸塚文子　64-67
我が家の自慢料理　白井喬二　67-67
霜月の鯩〈続・長崎のお惣菜〉　高谷八重　68-70
鶏卵料理　こがね煮　辻　嘉一　71-71
あとがき　72-72
菜根（装画）　山内金三郎　72-72

第百六十号　昭和三十九年十二月五日発行

食ひしん坊（百五十四）　小島政二郎　8-11
蜜柑と夏蜜柑　倉島竹二郎　12-14
外食　中里恒子　15-17
我が家の伝統料理　土屋忠子　17-17
アテネの夜露―旅のメモから（8）―　戸板康二　18-20
榎本小太郎翁のこと（四）　伊原宇三郎　21-23
井上梅女聞き書き（7）―続・履歴書―
　扇谷正造　さし絵・横山泰三　24-29
猿の住む岬　絵も　谷内六郎　30-31
スペインの食べ物（24）　荒　正人　32-34
我が家の自慢料理　多田裕計　34-34
模造食品　写真・葛西宗誠　大久保恒次　35-42
童心雑記（1）　吉田健一　43-45
鷗外と「もの草次郎」と「平凸凹」　夏目伸六　46-49
ボン〈行きつけの店〉　柳家金語楼　49-49
別府〈東光東西南北集⑩〉　今東光　写真・樋口進　50-51
なにわごんた日記〔12〕　絵も　吉田三七雄　52-54
京のお台所メモ　さし絵・森本岩雄　国分綾子　55-57
丸房露〈食べもの日本地図52〉佐賀県の巻⑧
　さし絵・山内金三郎　戸塚文子　58-61
岩風呂〈食べもののでてくる話55〉　安藤鶴夫　62-64
保津川下り　絵も　竹中　郁　65-67
浦上の降誕料理〈続・長崎のお惣菜〉　高谷八重　68-70

鶏卵料理　ろうやき　辻　嘉一　71-71
あとがき　72-72
コーヒー（装画）　加藤義明　72-72

第百六十一号　昭和四十年一月五日発行

食ひしん坊（百五十五）　小島政二郎　8-11
我が家の自慢料理　東郷青児　都竹伸政　11-11
食味と年齢　安倍能成　12-14
味覚のありがたさ　金子洋文　15-17
枕を食う　入江相政　18-21
花房〈行きつけの店〉　富沢有為男　21-21
ふるさとの味覚　古関裕而　22-24
榎本小太郎翁のこと（五）　伊原宇三郎　25-27
スイスの正月　倉知緑郎　28-30
我が家の自慢料理　中沢不二雄　30-30
スペインの食べ物（25）　荒　正人　31-33
神の国　絵も　谷内六郎　34-35
童心雑記（2）　吉田健一　36-38
加賀料理　写真・葛西宗誠　大久保恒次　39-46
素朴なたべもの　小寺健吉　47-49
ひさご〈行きつけの店〉　星野立子　49-49
井上梅女聞き書き（8）―食即芸―　扇谷正造　さし絵・横山泰三　50-53
千駄木の家　夏目伸六　54-57
伊勢路〈東光東西南北集⑪〉　今東光　写真・樋口進　58-59
賀状（Ⅰ）〈食べもののでてくる話56〉　安藤鶴夫　60-62
みかんの島　絵も　竹中　郁　63-65
ちゃんぽん皿うどん〈食べもの日本地図53〉長崎県の巻①　さし絵・山内金三郎　戸塚文子　66-69
我が家の自慢料理　徳川夢声　中島健蔵　69-69
なにわごんた日記〔10〕　絵も　吉田三七雄　70-72
京のお台所メモ　さし絵・森本岩雄　国分綾子　73-75
福寿草とからすみ〈続・長崎のお惣菜〉　高谷八重　76-78
鶏卵料理　錦糸たまご　辻　嘉一　79-79
あとがき　今中善治　編集部一同　80-80
ソビエトの郷玩　手びねり人形（装画）　山内金三郎　80-80

第百六十二号　昭和四十年二月五日発行

食ひしん坊（百五十六）　小島政二郎　8-11
あなご茶漬　唐島基智三　12-15
我が家の自慢料理　富田英三　富永一朗　15-15
荒天のおにぎり　北村謙次郎　16-18
榎本小太郎翁のこと（六）　伊原宇三郎　19-21
食いもの　金メダル　狩野近雄　22-25
オチメのはなみずの宿　絵も　谷内六郎　26-27
井上梅女聞き書き（9）―仁木独人―　扇谷正造　さし絵・横山泰三　28-31
スペインの食べ物（26）　荒　正人　32-34
和三盆　写真・葛西宗誠　大久保恒次　35-42
童心雑記（3）　吉田健一　43-45

大食い　夏目伸六　46-49
京のお台所メモ　さし絵・森本岩雄　国分綾子　50-52
なにわごんた日記〔14〕　絵も　吉田三七雄　53-55
ロンドンで〈東光東西南北集⑫〉　今東光　写真・樋口進　56-57
母と私の路線〈続・長崎のお惣菜〉　高谷八重　58-60
野のもの　絵も　竹中　郁　61-63
賀状（Ⅱ）〈食べもののでてくる話㊲〉　安藤鶴夫　64-66
豚の角煮〈食べもの日本地図㉞〉長崎県の巻②　さし絵・山内金三郎　戸塚文子　67-70
鶏卵料理　じょうよむし　辻　嘉一　71-71
あとがき　今中善治　72-72
玩具（装画）　加藤義明　72-72

第百六十三号　昭和四十年三月五日発行

食ひしん坊（百五十七）　小島政二郎　8-11
琉球の接近　獅子文六　12-15
わが舌　柴田錬三郎　15-16
我が家の自慢料理　十返千鶴子　16-16
猫もひと役　秋山ちえ子　17-19
蟹と詩人の湊町　多田裕計　20-23
我が家の自慢料理　山本権吾　23-23
オリンピック選手食べぶりお国ぶり　益田義信　24-26
我が家の自慢料理　富安風生　26-26
父と鎌倉　夏目伸六　27-31
我が家の自慢料理　田端平四郎　31-31
うつわと語り　絵も　谷内六郎　32-33
春色にぎり　辻　嘉一　34-34
農林技術センター　写真・葛西宗誠　大久保恒次　35-42
井上梅女聞き書き（10）—ご恩になった人々（上）—　扇谷正造　さし絵・横山泰三　43-47
スペインの食べ物（27）　荒　正人　48-50
空想バス旅行　絵も　竹中　郁　51-53
しっぽく（1）〈食べもの日本地図㉟〉長崎県の巻③　さし絵・山内金三郎　戸塚文子　54-57
賀状（Ⅲ）〈食べもののでてくる話㊳〉　安藤鶴夫　58-60
京のお台所メモ　さし絵・森本岩雄　国分綾子　61-63
田螺どの　田螺どの〈続・長崎のお惣菜〉　高谷八重　64-66
我が家の自慢料理　角田喜久雄　66-66
なにわごんた日記〔15〕　絵も　吉田三七雄　67-69
ナポリの夜市〈東光東西南北集⑬〉　今東光　写真・樋口進　70-71
あとがき　72-72
お面（装画）　山内金三郎　72-72

第百六十四号　昭和四十年四月五日発行

食ひしん坊（百五十八）　小島政二郎　8-11
粥とパンとの毎朝　草野心平　12-13
白梅や万太郎また章太郎　八木隆一郎　14-16
我が家の自慢料理　鍋井克之　16-16

ホテル暮し　北条　誠　17－19
しらかわ　阿川弘之　20－23
釜めし　絵も　谷内六郎　24－25
鴨場料理　渡辺喜恵子　26－29
井上梅女聞き書き（11）―ご恩になった人々（中）―　扇谷正造　さし絵・横山泰三　30－34
祇園香煎　写真・葛西宗誠　木場禎子　35－42
スペインの食べ物（28）　荒　正人　43－45
父と円覚寺の帰源院　夏目伸六　46－49
ニューヨークの食慾〈東光東西南北集⑭〉　今東光　写真・樋口進　50－51
なにわごんた日記〔16〕　絵も　吉田三七雄　52－54
京のお台所メモ　さし絵・森本岩雄　国分綾子　55－57
黒い自動車　その一〈食べもののでてくる話㊾〉　安藤鶴夫　58－60
我が家の自慢料理　中屋健一　長谷川かな女　60－60
たべだすけ　絵も　竹中　郁　61－63
海の人の雛節句〈続・長崎のお惣菜〉　高谷八重　64－66
しっぽく（2）〈食べもの日本地図㊺〉長崎県の巻④　さし絵・山内金三郎　戸塚文子　67－70
我が家の自慢料理　長谷川春子　70－70
番外鶏卵料理　玉子の雲丹焼　辻　嘉一　71－71
あとがき　72－72
陶磁器（装画）　加藤義明　72－72

第百六十五号　昭和四十年五月五日発行

食ひしん坊（百五十九）　小島政二郎　8－11
粗餐会序説　清水幾太郎　12－14
南国酒家〈行きつけの店〉　三宅春恵　14－14
ほろほろとむしぼっき　鈴木彦次郎　15－17
我が家の自慢料理　福沢一郎　17－17
好ききらい　曾宮一念　18－21
我が家の自慢料理　東山魁夷　21－21
柿ずしとくるみ　森山　啓　22－24
なんでもないいもの　山本嘉次郎　25－27
いいねん　絵も　谷内六郎　28－29
井上梅女聞き書き（12）―ご恩になった人々（下）―　扇谷正造　さし絵・横山泰三　30－34
燻製　写真・葛西宗誠　大久保恒次　35－42
雲丹と酒の伝説　生方たつゑ　43－45
雁の味　夏目伸六　46－49
我が家の伝統料理　中島ミユキ　49－49
靴をたべた犬　絵も　竹中　郁　50－52
黒い自動車　その二〈食べもののでてくる話㊿〉　安藤鶴夫　53－55
銀嶺〈食べもの日本地図㊼〉長崎県の巻⑤　さし絵・山内金三郎　戸塚文子　56－59
パリー余情〈東光東西南北集⑮〉　今東光　写真・樋口進　60－61

梅の実のつぐない〈続・長崎のお惣菜〉　高谷八重　62-64
なにわごんた日記〔17〕　絵も　吉田三七雄　65-67
京のお台所メモ　さし絵・森本岩雄　国分綾子　68-70
焼きにぎり　辻　嘉一　71-71
あとがき　72-72
座右小点（装画）　山内金三郎　72-72

第百六十六号　昭和四十年六月五日発行

食ひしん坊（百六十）　小島政二郎　8-11
紹興酒のことなど　小田嶽夫　12-14
長崎の茶碗むし　長谷川路可　14-15
春の魚　杉浦明平　16-19
我が家の自慢料理　双葉十三郎　正木ひろし　19-19
小豆島の農村歌舞伎　絵も　古家　新　20-21
京の味（上）　鈴木五郎　22-25
「猫」から「草枕」へ　夏目伸六　26-30
我が家の自慢料理　土岐雄三　藤枝静男　30-30
うなぎとイモ寄せ〈食べもの日本地図㊽〉長崎県の巻⑥　さし絵・山内金三郎　戸塚文子　31-34
庖丁　写真・葛西宗誠　大久保恒次　35-42
果物敗走記　寒川光太郎　43-45
我が家の自慢料理　永田力　中河与一　長井愛爾　45-45
井上梅女聞き書き（13）―忘れ得ぬことども―　扇谷正造　さし絵・横山泰三　46-50
スペインの食べ物（29）　荒　正人　51-53
ハンブルグにて〈東光東西南北集⑯〉　今東光　写真・樋口進　54-55
おきぬ姉と開化の恋〈続・長崎のお惣菜〉　高谷八重　56-58
黒い自動車　その三〈食べもののでてくる話㉛〉　安藤鶴夫　59-61
京のお台所メモ　さし絵・森本岩雄　国分綾子　62-64
なにわごんた日記〔18〕　絵も　吉田三七雄　65-67
我が家の自慢料理　池田　英　67-67
靴をかんだ石　絵も　竹中　郁　68-70
海苔巻き御飯　辻　嘉一　71-71
あとがき　72-72
貝（装画）　加藤義明　72-72

第百六十七号　昭和四十年七月五日発行

食ひしん坊（百六十一）　小島政二郎　8-11
土筆の佃煮　藤沢桓夫　12-14
ステーキハウス「イセ」〈行きつけの店〉　邱　永漢　14-14
蜜柑の格調　中村直勝　15-17
続　ふるさとの味覚　古関裕而　18-21
たべたきものは　中川善之助　21-24
吾が家の食卓　里見陽文　24-25
京の味（下）　鈴木五郎　26-29
京都とぜんざい　夏目伸六　30-34
我が家の自慢料理　三宅周太郎　松方三郎　34-34
だがし　写真・葛西宗誠　大久保恒次　35-42

満漢全席の旅（1）　渡辺喜恵子　43-46
鶴の味　角田　猛　46-49
ぽんち〈行きつけの店〉　交野繁野　49-49
アイルランドの霧〈東光東西南北集⑰〉　今東光　写真・樋口進　50-51
鉄舟の本Ⅰ〈食べもののでてくる話㊷〉　安藤鶴夫　52-54
水がなくては　絵も　竹中　郁　55-57
雲仙今昔〈食べもの日本地図㊿〉長崎県の巻⑦　さし絵・山内金三郎　戸塚文子　58-61
我が家の自慢料理　堀内敬三　61-61
なにわごんた日記〔19〕　絵も　吉田三七雄　62-64
京のお台所メモ　さし絵・森本岩雄　国分綾子　65-67
盆の十六日の秘密〈続・長崎のお惣菜〉　高谷八重　68-70
はすごはん　辻　嘉一　71-71
あとがき　72-72
ニューギニヤの貯金玉（装画）　山内金三郎　72-72

第百六十八号　昭和四十年八月五日発行

食ひしん坊（百六十二）　小島政二郎　8-11
ビールと焼酎〈夏の酒〉　坂口謹一郎　12-13
伊万里くんちと唐津くんち　劉　寒吉　14-16
私の胃袋診断書　大河内信敬　17-19
満漢全席の旅（2）　渡辺喜恵子　20-23
我が家の自慢料理　六浦光雄　23-23
スペインの食べ物（30）　荒　正人　24-26
雑魚寝　夏目伸六　27-30
我が家の自慢料理　望月　衛　30-30
赤福　写真・葛西宗誠　大久保恒次　31-38
わが酒も終りぬ　池田弥三郎　39-41
幻灯一夕　絵も　竹中　郁　42-44
鉄舟の本Ⅱ〈食べもののでてくる話㊸〉　安藤鶴夫　45-47
京のお台所メモ　さし絵・森本岩雄　国分綾子　48-50
我が家の自慢料理　ルイス・ブッシュ　50-50
なにわごんた日記〔20〕　絵も　吉田三七雄　51-53
西ベルリンでは〈東光東西南北集⑱〉　今東光　写真・樋口進　54-55
島原〈食べもの日本地図⑥⓪〉長崎県の巻⑧　さし絵・山内金三郎　戸塚文子　56-59
我が家の自慢料理　村上兵衛　59-59
紅毛氷菓はカリカリ〈続・長崎のお惣菜〉　高谷八重　60-62
おまわり　62-62
はものおすし　辻　嘉一　63-63
あとがき　64-64
グラス（装画）　加藤義明　64-64

第百六十九号　昭和四十年九月五日発行

食ひしん坊（百六十三）　小島政二郎　8-11
食物の出世　獅子文六　12-13
我が家の自慢料理　森田たま　13-13
海老　鯛　木村荘十　14-17

我が家の自慢料理　宮永岳彦　御手洗辰雄　17-17
私は日本人　中川一政　18-20
我が家の自慢料理　村上菊一郎　20-20
山菜　茸　富沢有為男　21-23
山の薯（安田一郎著『SEX 探究』より）　23-23
このところ　岡部伊都子　24-27
ケテル〈行きつけの店〉　山内金三郎　27-27
木屋町の宿　夏目伸六　28-31
我が家の自慢料理　村山知義　宮城音弥　31-31
スペインの食べ物（31）　荒　正人　32-34
我が家の自慢料理　向井潤吉　美濃部亮吉　34-34
結解料理　写真・葛西宗誠　大久保恒次　35-42
満漢全席の旅（3）　渡辺喜恵子　43-45
鯨の尾鰭　大岡龍男　46-47
炸醤麵について（中国食味談の内）　石　敢当　48-49
野分と入り船〈続・長崎のお惣菜〉　高谷八重　50-52
八角時計　絵も　竹中　郁　53-55
焼き酢豚〈食べもの日本地図(61)長崎県の巻⑨〉　さし絵・山内金三郎　戸塚文子　56-59
我が家の自慢料理　三宅艶子　59-59
六男二組〈食べもののでてくる話(64)〉　安藤鶴夫　60-62
京のお台所メモ　さし絵・森本岩雄　国分綾子　63-65
スイスにて〈東光東西南北集⑲〉　今東光　写真・樋口進　66-67
なにわごんた日記〔21〕　絵も　吉田三七雄　68-70
魚の名　70-70
月のかゆ　辻　嘉一　71-71
あとがき　72-72
蕙斎略画式より（装画）　山内金三郎　72-72

第百七十号　昭和四十年十月五日発行

食ひしん坊（百六十四）　小島政二郎　8-11
続　きのこ　富沢有為男　12-14
稚い頃の思い出　関根秀三郎　14-17
皇帝の食事（愛新覚羅・溥儀著『我的前半生』より）　17-17
味覚転々　伊吹武彦　18-20
サンフランシスコのオコゼ　小山いと子　21-23
ものぐさ太郎　沢野久雄　24-27
肥肉と痩肉　（Z）　27-27
凍った味　（T）　27-27
むかしの菓子　徳川夢声　28-30
満漢全席の旅（4）　渡辺喜恵子　31-34
足で味わう　（Y）　34-34
冷凍食品　写真　葛西宗誠　35-42
大阪のバンザイ　長沖　一　43-45
京日記　夏目伸六　46-49
シーボルトの珈琲（奥山儀八郎著『コーヒーの歴史』）　4-949
アムステルダム〈東光東西南北集⑳〉　今東光　写真・樋口進　50-51
秋天〈食べもののでてくる話(65)〉　安藤鶴夫　52-54
京のお台所メモ　さし絵・森本岩雄　国分綾子　55-57

なにわごんた日記〔22〕　絵も　吉田三七雄　58-60
見舞　絵も　竹中　郁　61-63
大村ずし〈食べもの日本地図(62)〉長崎県の巻(10)　さし絵・山内金三郎　戸塚文子　64-67
カニの味（酒井恒著『蟹』より）　67-67
百舌の啼く朝に〈続・長崎のお惣菜〉　高谷八重　68-70
まつたけごはん　辻　嘉一　71-71
あとがき　72-72
かんばん（装画）　加藤義明　72-72

第百七十一号　昭和四十年十一月五日発行

食ひしん坊（百六十五）　小島政二郎　8-11
ムツゴロとチャンポンの味　青地　晨　12-14
食べ物専科　近江砂人　15-18
食用犬　（P）　18-18
スペインの食べ物（32）　荒　正人　19-21
信濃の旅から　出雲の旅から　村井米子　22-25
ローマの噴水〈東光東西南北集(21)〉　今東光　写真・樋口進　26-27
女だけのえびす講〈続・長崎のお惣菜〉　高谷八重　28-30
れんこん　写真・葛西宗誠　大久保恒次　31-38
満漢全席の旅（5）　渡辺喜恵子　39-42
続　京日記　夏目伸六　43-46
京のお台所メモ　さし絵・森本岩雄　国分綾子　47-49
相談欄Ⅰ〈食べもののでてくる話(66)〉　安藤鶴夫　50-52
カン詰め　絵も　竹中　郁　53-55
からすみ〈食べもの日本地図(63)〉長崎県の巻(11)　さし絵・山内金三郎　戸塚文子　56-59
なにわごんた日記〔23〕　絵も　吉田三七雄　60-62
なめこ雑炊　辻　嘉一　63-63
あとがき　64-64
木の実・草の実（装画）　山内金三郎　64-64

第百七十二号　昭和四十年十二月五日発行

食ひしん坊（百六十六）　小島政二郎　8-11
冬の筍など　阿部知二　12-14
VAは強精する（安田一郎著『SEX研究』より）　14-14
上海の蟹（沢村幸夫著『シナ草木虫魚記』より）　14-14
タイのウシオ　倉石六郎　15-17
もの言わぬが勝ち？　硲伊之助　18-19
顔なじみ　口なじみ　寿岳文章　20-22
満漢全席の旅（6）　渡辺喜恵子　23-26
相談欄Ⅱ〈食べもののでてくる話(67)〉　安藤鶴夫　27-29
焼栗の白蒸し　辻　嘉一　30-30
甘納豆　写真・葛西宗誠　大久保恒次　31-38
酒のみ男の弁　北川民次　39-40
レストラン　中河与一　40-41
謡と義太夫　夏目伸六　42-45
蓮飯　絵も　竹中　郁　46-48
椎の実を売る子ら〈続・長崎のお惣菜〉　高谷八重　49-51

レバノンにて〈東光東西南北集㉒〉 今東光　写真・樋口進 52-53
京のお台所メモ さし絵・森本岩雄　国分綾子 54-56
なにわごんた日記〔24〕 絵も　吉田三七雄 57-59
平戸の味〈食べもの日本地図㊹〉長崎県の巻⑫ さし絵・山内金三郎　戸塚文子 60-63
日本人の体位〔長沢正男氏編『図説・日本人の生活』より〕 63-63
あとがき 64-64
鍔〔装画〕 加藤義明 64-64

第百七十三号　昭和四十一年一月五日発行

食ひしん坊〔百六十七〕 小島政二郎 8-11
あの餅この餅 石川達三 12-14
洛陽の大見本市〔宮崎市定氏著『隋の煬帝』より〕 14-14
とりかまえ 中川善之助 15-17
二都物語 入江相政 18-21
生野〈行きつけの店〉 大久保恒次 21-21
恭賀春日 北村謙次郎 22-23
満漢全席の旅〔7〕 渡辺喜恵子 24-27
スペインの食べ物〔33〕 荒　正人 28-30
会津の味 角田　猛 31-34
やきいも 写真・葛西宗誠　木場禎子 35-42
魚の耳はどこにある 末広恭雄 43-45
父と小宮豊隆さん 夏目伸六 46-49
京のお台所メモ さし絵・森本岩雄　国分綾子 50-52
円生独演会〈食べもののでてくる話㊽〉 安藤鶴夫 53-55
ロスアンゼルスの寿司〈東光東西南北集㉓〉 今東光　写真・樋口進 56-57
山田五十鈴さんとお酒〈たれんと・たべもの〉 吉田三七雄 58-59
佐世保の味〈食べもの日本地図㊺〉長崎県の巻⑬ さし絵・山内金三郎　戸塚文子 60-63
パンにバター〔安達巌氏著『パンと日本人』から〕 63-63
偏食 絵も　竹中　郁 64-66
正月づかれ女冥利〈続・長崎のお惣菜〉 高谷八重 67-69
食品工業の方向〔東洋経済新報社刊『現代の産業・食品工業』から〕 69-69
江戸の雑煮〔菊池寛一郎著『絵本江戸風俗往来』から〕 69-69
丸干しいわし〈日本の味をたずねて〉 辻　嘉一 70-70
あとがき 今中善治 71-71
えと〔装画〕 山内金三郎 71-71

第百七十四号　昭和四十一年二月五日発行

食ひしん坊〔百六十八〕 小島政二郎 8-11
切りすてごめん―食い物への毒舌種々― 三宅周太郎 12-14
味の思い出二三 市原豊太 15-17
マダムジュボワ 田岡典夫 17-19
紀州路のお正月 鍋井克之 20-22
スペインの食べ物〔34〕 荒　正人 23-25

満漢全席の旅（8）　渡辺喜恵子　26-29
下萠えの美味〈日本の味をたずねて〉　辻　嘉一　30-30
こんにゃく　写真・葛西宗誠　大久保恒次　31-38
父と音楽　夏目伸六　39-42
こぼす　絵も　竹中　郁　43-45
明治の初午〈続・長崎のお惣菜〉　高谷八重　46-48
もちの語源（井之口章次氏著『ことばの手帖』から）　48-48
粽や栗が税金（杉山博氏著（日本の歴史Ⅱ）『戦国大名』より）　48-48
京のお台所メモ　さし絵・森本岩雄　国分綾子　49-51
中田ダイマルのふぐ解毒法〈たれんと・たべもの〉　吉田三七雄　52-53
サン・フランシスコの思い出〈東光東西南北集㉔〉　今東光　写真・樋口進　54-55
娘の結婚（上）〈食べもののでてくる話㊾〉　安藤鶴夫　56-58
五島の味〈食べもの日本地図㊻〉長崎県の巻⑭　さし絵・山内金三郎　戸塚文子　59-62
あとがき　63-63
おもちゃ（装画）　加藤義明　63-63

第百七十五号　昭和四十一年三月五日発行

食ひしん坊（百六十九）　小島政二郎　8-11
干麵ふたつ　11-11
黄に透りたる漬菜の色は　小林　勇　12-14
いかさし丼　三浦哲郎　15-17
うまいものメモ　三枝佐枝子　18-21
巴里籠城の食糧（鯖田豊之氏著『肉食の思想』より）　21-21
アジア原産のイネ（中尾佐助氏著『栽培植物と農耕の起源』）　21-21
満漢全席の旅（9）　渡辺喜恵子　22-25
ミヤコ蝶々のスキ焼とパン〈たれんと・たべもの〉　吉田三七雄　26-27
ナイス　絵も　竹中　郁　28-30
鯨　写真・葛西宗誠　大久保恒次　31-38
父のフロック　夏目伸六　39-41
ドイツのお台所便り　杉　葉子　42-44
すしの飯たき（篠田統著『すしの本』より）　44-44
郷愁　和田信子　45-48
握り鮨だけがスシでない（篠田統著『すしの本』）　（K）　48-48
胡麻　48-48
娘の結婚（中）〈食べもののでてくる話㊿〉　安藤鶴夫　49-51
シカゴ〈東光東西南北集㉕〉　今東光　写真・樋口進　52-53
カステラ〈食べもの日本地図㊼〉長崎県の巻⑮　さし絵・山内金三郎　戸塚文子　54-57
京のお台所メモ　さし絵・森本岩雄　国分綾子　58-60
やきはまぐり〈日本の味をたずねて〉　辻　嘉一　61-61
あとがき　62-62
中国の土玩（装画）　山内金三郎　62-62

第百七十六号　昭和四十一年四月五日発行

食ひしん坊（百七十）　小島政二郎　8-11
救いのない農薬　（X）　11-11
酒の上　菓子の上　荒畑寒村　12-14
蜜豆その他　樹下太郎　15-17
チキンノイローゼ　藤原義江　18-19
満漢全席の旅（10）　渡辺喜恵子　20-23
すっぽん凶作　（P）　23-23
着物と紺足袋　夏目伸六　24-27
犬を食べる（鹿島宗二郎著『中国のことばとこころ』）　27-27
娘の結婚（下）〈食べもののでてくる話(71)〉　安藤鶴夫　28-30
ひなまつり　写真・葛西宗誠　大久保恒次　31-38
ロシヤ風目黒のサンマ　柴田　翔　39-43
ベルリーナ　杉　葉子　44-47
ミラノの子牛のカツレツ〈東光東西南北集㉖〉　今東光　写真・樋口進　48-49
〝カステラほか〟〈食べもの日本地図(68)〉長崎県の巻⑯　さし絵・山内金三郎　戸塚文子　50-53
いろ・あじ・かおり（稲垣長典著『食品の色・味・香』）　53-53
藤田まことのスタミナ食〈たれんと・たべもの〉　吉田三七雄　54-55
京のお台所メモ　さし絵・森本岩雄　国分綾子　56-58
車　絵も　竹中　郁　59-61
うしお汁〈日本の味をたずねて〉　辻　嘉一　62-62
あとがき　63-63
働く人（装画）　加藤義明　63-63

米『あまカラ』第百七十六号付録（別冊）

米の話　永井威三郎　2-9
米作日本一に聞く
私の米つくり　丹　民蔵　10-11
米と愛　百瀬貫一　12-13
米作りの楽しみ苦しみ　藤森栄吉　13-15
私の米つくり　工藤雄一　15-17
努力なくして米実らず　青木周一　17-19
私の米作りへの道　森　和義　19-21
私と米づくり　竹本平一　21-22
お米とごはん　辻　嘉一　23-26
米あれこれ―老舗の裏ばなし―
すしと米　小倉英一　27-28
米と味噌　金沢忠信　28-29
もち米　矢部喜平　29-30
米と酢　村山忠治郎　30-33
酒米　森　太郎　33-35
編集後記　遠藤春彦　36-36

第百七十七号　昭和四十一年五月五日発行

食ひしん坊（百七十一）　小島政二郎　8-11

ウイスキー事始め（アレック・ウオー『わいん』）　増野正衛訳　11-11
抹茶　コーヒー　煎茶　水原秋桜子　12-14
三軒の料理店　桶谷繁雄　15-17
ホーチ・ミンがエスコフィエの弟子（彼の自伝より）　17-17
茘支の駅伝（藤善真澄『安禄山』）　17-17
韓国食べあるき　小山いと子　18-21
中国の養魚は古い（木村重博士『川魚風土記』）　21-21
除幕式　夏目伸六　22-25
馬鈴薯の芽にホルモン（落合京一郎著『ホルモン』）　25-25
ドイツのお台所便り―フリューリングス・ゾーゼ―　杉　葉子　26-29
えんどう豆〈日本の味をたずねて〉　辻　嘉一　30-30
鹿のえさ　写真・葛西宗誠　大久保恒次　31-38
小田巻　吉田留三郎　39-41
満漢全席の旅（11）　渡辺喜恵子　42-45
鮭は河でとった（田口博士『太平洋産サケ・マス資源とその漁業』）　45-45
冷や汁〈食べもの日本地図⑥⑨〉宮崎県の巻①　さし絵・山内金三郎　戸塚文子　46-49
京塚昌子さんの食欲〈たれんと・たべもの〉　吉田三七雄　50-51
中尊寺主となって〈東光東西南北集㉗〉　今東光　写真・樋口進　52-53
代返〈食べもののでてくる話⑦②〉　安藤鶴夫　54-56
京のお台所メモ　さし絵・森本岩雄　国分綾子　57-59
義歯夫婦　絵も　竹中　郁　60-62
あとがき　63-63
好物（装画）　加藤義明　63-63

第百七十八号　昭和四十一年六月五日発行

食ひしん坊（百七十二）　小島政二郎　8-11
巳の日詣　子母沢寛　12-14
私の食べもの日誌から　大河内一男　15-17
実用的な話　中島健蔵　18-20
人参酒　小山いと子　21-23
味の行く末　木原　均　24-26
世界無味旅行　星　新一　27-29
画家の料亭　大谷東平　30-31
トマト（安達潮花著『おんな歳時記』）　31-31
広東のバナナ（人民中華六五年・三『バナナ』）　31-31
ドイツのお台所だより―オースター―　杉　葉子　32-34
石油から食糧を（「科学朝日」四一・十一）　34-34
国産紅茶の増産（「食品新聞」四一・三・二九）　34-34
こんぺいとう　写真・葛西宗誠　大久保恒次　35-42
おすしの神様　高橋義孝　43-45
満漢全席の旅（12）　渡辺喜恵子　46-49
スペインの食べ物（35）　荒　正人　50-52
わかれ　絵も　竹中　郁　53-55
牛肉と「現実の憂愁」〈たれんと・たべもの〉　吉田三七雄　56-57

イギリス人の指と舌〈東光東西南北集㉘〉　今東光　写真・樋口進　58―59
京のお台所メモ　さし絵・森本岩雄　国分綾子　60―62
薔薇館（しょうびやかた）〈食べもののでてくる話㉓〉　安藤鶴夫　63―65
落穂拾い〈食べもの日本地図⑳〉九州の巻　さし絵・山内金三郎　戸塚文子　66―69
鮎のかき揚げ・風干し（南部昭忠著『アユ』）　69―69
ぬなわの美味〈日本の味をたずねて〉　辻　嘉一　70―70
あとがき　71―71
草花木（装画）　加藤義明　71―71

第百七十九号　昭和四十一年七月五日発行

食ひしん坊（百七十三）　小島政二郎　8―11
フキノトウとイワシ　山川菊栄　12―15
おでん地獄　寺内大吉　16―18
味覚漫談　湯浅芳子　19―21
食即薬　小山いと子　22―24
山本さんとお菓子（井深大「アサヒ社内報・山本為三郎追悼特集」より）　24―24
飯炊き　風呂焚き　倉石六郎　25―27
ドイツのお台所便り―鯉のぼり―　杉　葉子　28―30
鰻　写真・葛西宗誠　大久保恒次　31―38
一匙の葡萄酒　夏目伸六　39―42
スペインの食べ物（36）　荒　正人　43―45
おばQはひかりものに弱い〈たれんと・たべもの〉
ケルン断想〈東光東西南北集㉙〉　吉田三七雄　46―47
新幹線車中　今東光　写真・樋口進　48―49
京のお台所メモ　絵も　竹中　郁　50―52
まつりの日（上）〈食べもののでてくる話㉔〉　さし絵・森本岩雄　国分綾子　53―55
洗いという美味〈日本の味をたずねて〉　安藤鶴夫　56―58
続・落穂拾い〈食べもの日本地図㉑〉九州の巻　辻　嘉一　59―59
　さし絵・山内金三郎　戸塚文子　60―63
あとがき　63―63
鳥（装画）　山内金三郎　63―63

じゅうす『あまカラ』第百七十九号付録（別冊）

オレンジジュース物語　桐島龍太郎　2―5
びん詰めジュースのできるまで（図）　6―6
粉末ジュースの出来るまで（図）　7―7
粉末ジュースについて　田中秀志　8―9
生ジュースの作り方と効用　秋山晃範　10―20
濃縮ジュース　薄井恭一　20―20
ジュース（アンケート）
池田潔　レモネード・石井桃子　入江相政　北畠八穂　佐多稲子　津田青楓　宮尾しげを　山本嘉次郎
ルイス・ブッシュ　渡辺一夫　レモンジュース・リンゴジュース・渡辺喜恵子　21―24

編集後記　遠藤春彦　24-24

第百八十号　昭和四十一年八月五日発行

食ひしん坊（百七十四）　小島政二郎　8-11
植物性バター　（Z）　11-11
食欲不振への心づかい（東畑朝子「食生活」八月号より）　11-11
うまいまずい　颯田琴次　12-13
魚の味　近藤啓太郎　14-16
「酎」に着せられた汚名　大和勇三　17-19
日韓三十四億枚の海苔　19-19
食即薬（2）　小山いと子　20-22
さかんな鮎の養成　22-22
思い出　原田康子　23-25
ヨーロッパの酒　倉知緑郎　26-28
手焼きせんべいとむつの子　松田ふみ子　29-31
食べものあれこれ　和木清三郎　32-33
うまい〈日本の味をたずねて〉　辻　嘉一　34-34
バラのジャム　写真・葛西宗誠　大久保恒次　34-42
あゆ　木崎国嘉　43-45
留園〈行きつけの店〉　薄井恭一　45-45
ふるさとの味　有本邦太郎　46-47
ドイツのお台所便り　杉　葉子　48-50
新中国の茶　大久保恒次　51-53
香港まで〈東光東西南北集㉚〉今東光　写真・樋口進　54-55
なんでも食べまっせぇ〈たれんと・たべもの〉　吉田三七雄　56-57
京のお台所メモ　さし絵・森本岩雄　国分綾子　58-60
備長炭は健在　60-60
子供の世界　絵も　竹中　郁　61-63
新しい菓子〈食べもの日本地図㊼〉九州の巻　さし絵・山内金三郎　戸塚文子　64-67
養鰻　大久保恒次　67-67
まつりの日（下）〈食べもののでてくる話㊵〉　安藤鶴夫　68-70
おかしい模造品（スデイルウエル『中国日記』）　石堂清倫訳　70-70
あとがき　71-71
仕事する人（装画）　加藤義明　71-71

第百八十一号　昭和四十一年九月五日発行

靄のなかの味覚　山内義雄　8-10
パンと豆腐　（S）　10-10
ドイツとオーストリアの料理　藤岡由夫　11-14
食即薬（3）　小山いと子　15-17
続・ヨーロッパの酒　倉知緑郎　18-20
砂糖から生まれた男（1）　鈴木五郎　21-23
ドイツのお台所便り―ウルラウブ―　杉　葉子　24-26
匂い米―食味世界の開拓者①―　藤本文夫　27-29
私の愛蔵品

銀の匙　荻原井泉水　30-30
曲物と陶瓶　曾宮一念　30-30
すっぽん　写真・葛西宗誠　大久保恒次　31-38
ハモ　木崎国嘉　39-41
歓喜団子〈東光食物行脚①〉　今　東光　42-44
空想飯店　宇宙軒　渋沢秀雄　44-44
子供の世界（2）　絵も　竹中　郁　45-47
絶食した千姫〈たれんと・たべもの〉　吉田三七雄　48-49
京のお台所メモ　さし絵・森本岩雄　国分綾子　50-52
秋田のおそうざい　高橋明場　さし絵・加藤義明　53-55
家庭でのフランス料理―冷たいクリーム・スープ―　井上幸作　56-57
百聞一見
浅野四郎　帯谷瑛之介　藤本文夫　前田栄三　松石正生　58-59
あまカラ　ライブラリー
大久保恒次著『食味求真二』　矢部良策
酒井佐和子著『山菜の味』　坂西志保
末広恭雄著『魚の歳時記』　大和勇三　60-62
あとがき　63-63
丹波の徳利と土瓶（装画）　山内金三郎　63-63

第百八十二号　昭和四十一年十月五日発行

食ひしん坊（百七十五）　小島政二郎　8-11
イタリアの味覚　呉　茂一　12-14
高原の味覚　那須良輔　15-17
食即薬（4）　小山いと子　18-20
新潟県のブランデー　20-20
サンマ　木崎国嘉　21-23
ドイツのお台所便り―ゲミューゼアイントップス―　杉　葉子　24-25
家庭でのフランス料理―若どりのなベロース―　井上幸作　26-27
軍神のにぎりめし　藤井重夫　28-30
空想飯店　レストラン　ヒストリー　森吉正照　30-30
焼き肉　写真・葛西宗誠　寺田栄一　31-38
砂糖から生まれた男（2）　鈴木五郎　39-41
クルマエビ―食味世界の開拓者②―　松石正生　42-44
米は蒸したか煮たか　44-44
金平糖〈東光食物行脚②〉　今　東光　45-47
豆ちゃんときつねうどん〈たれんと・たべもの〉　吉田三七雄　48-49
子供の世界（3）　絵も　竹中　郁　50-52
ナタ漬とデァゴ漬〈秋田のおそうざい②〉　高橋明場　さし絵・加藤義明　53-56
あまカラ　ライブラリー
伊沢凡人著『薬草全科』　坂西志保
北浜喜一著『ふぐ』　矢部良策　56-57
百聞一見
浅野四郎　帯谷瑛之介　川崎勝人　前田栄三　58-59
京のお台所メモ　さし絵・森本岩雄　国分綾子　60-62

あとがき 遠藤春彦 63-63
飾りもの（装画） 加藤義明 63-63

和菓子「あまカラ」第百八十二号付録（別冊）

家庭での和菓子の作り方 今中富之助 2-7
神饌菓子
岩木山神社（青森） 日高神社（岩手） 出羽三山神社（山形） 明治神宮（東京） 賀茂御祖神社（京都） 伏見稲荷大社（京都） 春日大社（奈良） 少彦名神社（大阪） 住吉大社（大阪） 赤間神宮（下関） 和布刈神社（北九州） 諏訪神社（長崎） 8-12
郷土の菓子
東北地方
津軽せんべい…藤田博保
つと餅…中沢多美 鳴戸…下橋治助
思い出の菓子・黄精飴…石上玄一郎
関東地方
水戸の梅・九万五千石…小松沢ゑい子
初雁焼・十万石まんじゅう…辰村マサ子
近畿地方
葛菓子・餢飳（ぶと）饅頭…北村和代
関の戸・返馬餅…福山順一
中国・四国地方
大石餅・紅葉まんじゅう…熊田ムメ
小郡まんじゅう…松石正生
黒麦・霰糖… 正木真一
九州地方
赤貝…中島ミユキ 甘露柚煉…山西邦博
小柚餅…高橋茂 クロダイヤ…吉田昂
味噌せんべい・米せんべい…荒木輝子
塩屋の娘…古賀シゲヨ ノンキー…川崎勝
人 ピーナツせんべい…森田妙子 13-24
編集後記 長野範子 24-24

第百八十三号 昭和四十一年十一月五日発行

食ひしん坊（百七十六） 小島政二郎 8-11
季節の風物 長沼弘毅 12-14
美食の裏街道から―禁ぜられた味覚― 今官一 15-17
食即薬（5） 小山いと子 18-19
ピンタンフールー 鮎川哲也 20-22
遠い日の菓子 原田種夫 23-26
小島かはたれ 木村与之助 27-29
ドイツのお台所便り―アインマッハツァイト― 杉葉子 30-33
私の愛好品
スプーンとフォーク 伊吹武彦 34-34
小皿兼灰皿とぐいのみ 生方たつゑ 34-34
かなあみ 写真・葛西宗誠 木場禎子 35-42
いわし 木崎国嘉 43-45
砂糖から生まれた男（3） 鈴木五郎 46-49

子供の世界（４）　絵も　竹中　郁　50-52
蕎麦談義〈東光食物行脚③〉　今　東光　53-55
てんてこ豆腐談〈たれんと・たべもの〉　吉田三七雄　56-57
京のお台所メモ　さし絵・森本岩雄　国分綾子　58-60
精進の日〈秋田のおそうざい③〉　高橋明場　さし絵・加藤義明　61-63
家庭でのフランス料理―トルヌード・メートルドテル―　井上幸作　64-66
あまカラ　ライブラリー
牛尾盛保著『菜食の効用』　坂西志保
木村豊次郎著『茶料理』　大和勇三　66-67
百聞一見
佐藤久　横山文平　藤本文夫　松石正生　吉田昂　68-69
空想飯店
ＳＣＲ　伊藤逸平
六輔飯店　永　六輔　70-70
あとがき　71-71
洋梨（小間絵）　山内金三郎　71-71

第百八十四号　昭和四十一年十二月五日発行

食ひしん坊（百七十七）　小島政二郎　8-11
犬を食べる（荘司・清水・志村氏訳『中国の笑話』）　11-11
うまいまずい　浦松佐美太郎　12-14
飲み食い冗語　城　昌幸　15-17
キノコ讃　山室　静　18-19
慣れたもの　佐多稲子　20-22
あやしい京名物　（恒）　22-22
仙台の食べもの　柳田知怒夫　23-26
メルルッサ（松山義夫著『水産物』東大公開講座「食糧」）　26-26
ドイツのお台所便り―ヴァインレーゼ―　杉　葉子　27-30
米の名（戸畑義次著『日本の米』東大公開講座「食糧」）　30-30
砂糖から生まれた男（４）　鈴木五郎　31-34
冷凍スッポン　（李）　34-34
明石のたこ　写真・葛西宗誠　大久保恒次　35-42
鮒ずし〈東光食物行脚④〉　今　東光　43-45
中国食味談　石　敢当　46-47
カニとガン　木崎国嘉　48-50
百聞一見　藤田博保　50-50
芝ずし―食味世界の開拓者④―　横山文平　51-53
子供の世界（５）　絵も　竹中　郁　54-56
京のお台所メモ　さし絵・森本岩雄　国分綾子　57-59
私の愛好品　ゲロッばき　菅原通済　59-59
かしまし鼎談〈たれんと・たべもの〉　吉田三七雄　60-61
家庭でのフランス料理―チキン・シチュー―　井上幸作　62-63
中国菓子　63-63
あまカラ　ライブラリー
酒井佐和子著『漬け物小百科』　大和勇三
東畑朝子著『名物料理食べあるき』　矢部良策　64-65
百聞一見

佐藤久　前田栄三　高橋茂　川崎勝人　66-67
初午とハタハタの季節〈秋田のおそうざい④〉　高橋明場　さし絵・加藤義明　68-70
あとがき　71-71
迎春（装画）　加藤義明　71-71

第百八十五号　昭和四十二年一月五日発行

食ひしん坊（百七十八）　小島政二郎　8-11
百聞一見　前田栄三　11-11
なぜアイヌ語をやったか　金田一京助　12-13
醍醐味　笠信太郎　14-17
食味は変る　森田たま　18-20
食時の作法　寿岳文章　21-23
砂糖から生まれた男（5）　鈴木五郎　24-27
家庭でのフランス料理―白魚のカラ揚げ―　井上幸作　28-29
ロイヤルホテル「吉兆」〈上方食べあるき〉　交野繁野　30-30
干し柿　写真・葛西宗誠　大久保恒次　31-38
菓子談義〈東光食物行脚⑤〉　今　東光　39-41
ヒツジ　木崎国嘉　42-44
子供の世界（6）　絵も　竹中　郁　45-47
そばがきが食べたいッ！　〈たれんと・たべもの〉　吉田三七雄　48-49
飯蛸の酢味噌〈食べもの日本地図⑦③〉香川県の巻　戸塚文子　50-53
私の愛好品　ティースプーンとフランス鍋　荒畑寒村　53-53
京のお台所メモ　さし絵・森本岩雄　国分綾子　54-56
正月札〈秋田のおそうざい⑤〉　高橋明場　さし絵・加藤義明　57-59
あまカラ　ライブラリー
杉森久英著『美酒一代鳥井信治郎伝』　矢部良策
東畑朝子著『やせる・太る食事』　坂西志保　60-61
百聞一見
藤田博保　阿久津洋子　帯谷瑛之介　61-61
あとがき　今中善治　63-63
明器（装画）　加藤義明　63-63

正月料理「あまカラ」第百八十五号付録

宮中の正月料理　堀越義助　2-6
正月料理　東と西
東京　東畑朝子　7-10
京都　国分綾子　10-13
大阪　交野繁野　13-15
ふるさとの正月料理
北海道　更科源蔵　16-17
岩手　鈴木彦次郎　17-17
越後（新潟）　寒川道夫　17-18
福島　古関裕而　18-19
関東平野の味　早船ちよ　19-19
ふるさとの正月料理（2）
馬籠（長野）　島崎楠雄　20-20

小松（石川）　森山　啓　20－21
渥美半島（愛知）　杉浦明平　21－21
ふるさとの正月料理（3）
島根　徳川夢声　22－22
小豆島（徳島）　古家　新　22－22
小倉（北九州）　劉　寒吉　23－23
博多（福岡）　原田種夫　23－24
編集後記　長野範子　24－24

第百八十六号　昭和四十二年二月五日発行

食ひしん坊（百七十九）　小島政二郎　8－11
なじみ　荒垣秀雄　12－14
藤原御所　藤井重夫　15－16
林檎の実の色づく頃　里見陽文　17－19
塩加減　（幸）　19－19
生かにのちり　林田豊三郎　20－22
砂糖から生まれた男（6）　鈴木五郎　23－26
ドイツのお台所便り─兎料理─　杉　葉子　27－30
茶〈東光食物行脚⑥〉　今　東光　31－33
河繁〈上方食べあるき〉　交野繁野　34－34
壬生菜　写真・葛西宗誠　木場禎子　35－42
クジラ　木崎国嘉　43－46
心得　（幸）　46－46
子供の世界（7）　絵も　竹中　郁　47－49
下関名物〈食べもの日本地図㉔〉山口県の巻
甘い味　戸塚文子　50－53
無茶せんと歩きまよ〈たれんと・たべもの〉　（Ⅰ）　53－53
京のお台所メモ　吉田三七雄　54－55
二月のたべもの〈秋田のおそうざい⑥〉　さし絵・森本岩雄　国分綾子　56－58
家庭でのフランス料理─オランダ風シチュー─　高橋明場　さし絵・加藤義明　59－61
食卓の演出　井上幸作　62－63
あまカラ　ライブラリー　（Ｉ）　63－63
辻嘉一著『煮たもの』懐石料理　大和勇三
平島裕正著『塩の道』　坂西志保　64－65
空想飯店
スキバラ亭　岡部冬彦
サイレント軒　尾崎宏次
海鮨　長　新太　66－67
百聞一見
佐藤久　藤田博保　山田穣二　帯谷瑛之介　68－70
街（装画）　加藤義明　70－70
あとがき　水野多津子　71－71

第百八十七号　昭和四十二年三月五日発行

食ひしん坊（百八十）　小島政二郎　8－11
油炸果児　（恒）　11－11

母の味　入江相政　12-14
うまい・おいしいその他　池田弥三郎　15-17
どんぶり百年　山本嘉次郎　18-20
なぜアイヌ語をやったか　金田一京助　21-21
ボタンナベ　木崎国嘉　22-24
ドイツのお台所便り―ヴァイナハテン―　杉　葉子　25-28
メルルッサ　（T）　28-28
砂糖から生まれた男（7）　鈴木五郎　29-32
空想飯店　イイザワ飯店　飯沢　匡　32-32
百聞一見
前田栄三　帯谷瑛之介　川崎勝人　33-33
キングズ・アームズ〈上方食べあるき〉　交野繁野　34-34
市場　写真・葛西宗誠　大久保恒次　35-42
米〈東光食物行脚⑦〉　今　東光　43-45
梅に寄せて　長谷川かな女　46-48
萩の夏みかん〈食べもの日本地図⑮〉山口県の巻　戸塚文子　49-52
さんしょ魚の燻製　（T）　52-52
乳牛の肉（内藤元男著『乳・肉・卵の生産』から）
子供の世界（8）　絵も　竹中　郁　53-55
春の彼岸とお雛さん〈秋田のおそうざい⑦〉
高橋明場　さし絵・加藤義明　56-58
京のお台所メモ　さし絵・森本岩雄　国分綾子　59-61
崑チャンとちゃんこ料理〈たれんと・たべもの〉
吉田三七雄　62-63
家庭でのフランス料理―ドライ・カレーライス―
私の愛好品　井上幸作　64-65
モスコウの匙　石川達三
秋田杉の枡と西洋便器型のマスタード入れ　開高　健
レイジー・スーザン（怠け者のお鍋さん）　福田恆存
古九谷模写の皿　吉屋信子　66-67
あまカラ　ライブラリー
中江百合著『日本料理の本』　薄井恭一
岩城もと子著『京の味』　矢部良策　68-69
あとがき　70-70
蝶（装画）　加藤義明　70-70

第百八十八号　昭和四十二年四月五日発行

食ひしん坊（百八十一）　小島政二郎　8-11
地方の店　平林たい子　12-13
アイスクリンの味　戸川幸夫　14-16
水の恩　木崎国嘉　17-19
塩こんぶと漬物　瀬戸内晴美　20-22
造酒司の木簡　（S）　22-22
鯛の塩焼・鯛の昆布じめ　（T）　22-22
電子レンジ　（U）　22-22
ニシンうどん　吉田留三郎　23-26
百聞一見
藤田博保　山田穣二　帯谷瑛之介　27-27

砂糖から生まれた男（8）　鈴木五郎　28–30
京のお台所メモ　さし絵・森本岩雄　国分綾子　31–33
鮨萬〈上方食べあるき〉　交野繁野　34–34
釣竿　写真・葛西宗誠　大久保恒次　35–42
葡萄酒〈東光食物行脚⑧〉　今　東光　43–45
大正のはじめから　茂木草介　46–49
空想飯店　恍惚亭　楠本憲吉　49–49
酒と共に……　巌谷大四　50–52
山口の鮎〈食べもの日本地図㉖〉山口県の巻　戸塚文子　53–56
私の愛好品　箸と栓抜き　扇谷正造　56–56
子供の世界（9）　絵も　竹中　郁　57–59
猪の皮の佃煮―食味世界の開拓者⑤―　尼崎　博　60–62
春の山菜とカドあぶり〈秋田のおそうざい⑧〉　高橋明場　さし絵・加藤義明　63–65
野菜嫌いの成駒屋一家〈たれんと・たべもの〉　吉田三七雄　66–67
家庭でのフランス料理―ロースト・ビーフ―　井上幸作　68–69
あまカラ　ライブラリー　柳井ヱン著『上方料理』　坂西志保　70–70
あとがき　71–71
文具（装画）　加藤義明　71–71

第百八十九号　昭和四十二年五月五日発行

食ひしん坊（百八十二）　小島政二郎　8–11
チーズのはたらき（フランソワ・ルリ著『フランス料理』より）　11–11
神代ながらの饗饌　江馬　務　12–13
食養生　網野　菊　14–16
熹朔さんの食慾　阿木翁助　17–20
最初の人間（フランソワ・ルリ著　小松妙子訳『フランス料理』）　20–20
山芋渡来説（江坂輝弥著『日本文化の起源』）　20–20
米　木崎国嘉　21–23
舌とモン吉の話　藤井重夫　24–25
私の愛好品　九谷焼　芝木好子　25–25
砂糖から生まれた男（9）　鈴木五郎　26–29
百聞一見　前田栄三　福山順一　帯谷瑛之介　30–30
京のお台所メモ　さし絵・森本岩雄　国分綾子　31–33
錦水亭〈上方食べあるき〉　交野繁野　34–34
岩茸　写真・葛西宗誠　大久保恒次　35–42
鮭の塩引〈東光食物行脚⑨〉　今　東光　43–45
眼の覚める食いものについて　木下順二　46–48
空想飯店　過去と未来を料理するレストラン　久里洋二　48–48
河豚　犬養道子　50–52
食犬　52–52
長崎のかまぼこ　竹輪〈食べもの日本地図㉗〉九州篇　追加　戸塚文子　53–56
海苔の冷凍網（K）　56–56

白いパン　黄色いパン　（K）　56－56
子供の世界（10）　絵も　竹中　郁　57－59
故郷の初夏の味覚　古関裕而　60－62
私の愛好品　蓮月の茶碗　上司海雲　62－62
五月の山菜と町の日〈秋田のおそうざい⑨〉
　高橋明場　さし絵・加藤義明　63－65
冷たくふやけた粥〈たれんと・たべもの〉吉田三七雄　66－67
家庭でのフランス料理―鮭のコロッケ―　井上幸作　68－69
あまカラ　ライブラリー
　那須良輔著『魚眼レンズ』　大和勇三　70－70
あとがき　今中善治　71－71
五月人形（装画）　加藤義明　71－71

第百九十号　昭和四十二年六月五日発行

食ひしん坊（百八十三）　小島政二郎　8－11
売る人・買う人　（M）　11－11
旅のことなど　久松潜一　12－13
ひな鳥のスモーク　有馬頼義　14－16
京のお台所メモ　さし絵・森本岩雄　国分綾子　17－19
乾餅―食味世界の開拓者⑥―　藤田博保　20－22
私の愛好品　唐墨　鍋井克之　22－22
秋吉台の味覚〈食べもの日本地図⑱〉山口県の巻　戸塚文子　23－26
料理は関西？　（A）　26－26
有難くないスタミナ食　（K）　26－26
百聞一見
　阿久津洋子　福山順一　帯谷瑛之介　27－27
砂糖から生まれた男（10）　鈴木五郎　28－31
私の愛好品　スプーン　山崎豊子　31－31
刺身に弱いイモ侍〈たれんと・たべもの〉吉田三七雄　32－33
蛸の壺〈上方食べあるき〉　交野繁野　34－34
麦芽　写真・葛西宗誠　大久保恒次　35－42
熊掌〈東光食物行脚⑩〉　今　東光　43－45
味のあれこれ　田中澄江　46－48
梢風忌　倉島竹二郎　49－51
トビウオ　木崎国嘉　52－54
空想飯店　さとの味・郷愁の家　融　紅鸞　55－55
子供の世界（11）　絵も　竹中　郁　56－58
今年のじゅんさい　（K）　58－58
ヨーロッパの街角から　杉　葉子　59－61
ギロギロバチーン（1）　東畑朝子　62－63
家庭でのフランス料理―ハンバーグ・ステーキ―　井上幸作　64－65
さつき〈秋田のおそうざい⑩〉
　高橋明場　さし絵・加藤義明　66－68
あまカラ　ライブラリー
　読売新聞阪神支局編『宮水物語』　矢部良策　69－69
あとがき　70－70
駅弁（装画）　加藤義明　70－70

第百九十一号　昭和四十二年七月五日発行

食ひしん坊（百八十四）　小島政二郎　8-11
津軽味噌〈東光食物行脚⑪〉　今　東光　12-14
アブハジャの食べもの　木崎国嘉　15-17
身辺雑記　村岡花子　18-20
若さと味　玉川一郎　21-23
いきづくり　唐島基智三　24-26
百聞一見　浅野四郎　26-26
ヨーロッパの街角から　杉　葉子　27-29
海の幸〈食べもの日本地図⑲〉山口県の巻　戸塚文子　30-33
空想飯店　黄昏飯店　末次摂子　33-33
あまカラ　ライブラリー
石井出雄著『駅弁旅行』　坂西志保　34-34
あられ　写真・葛西宗誠　大久保恒次　35-42
瓢亭の朝がゆ〈上方食べあるき〉　交野繁野　43-43
子供の世界（12）　絵も　竹中　郁　44-46
京のお台所メモ　さし絵・森本岩雄　国分綾子　47-49
ギロギロバチーン（2）　東畑朝子　50-51
砂糖から生まれた男（11）　鈴木五郎　52-55
百聞一見　阿久津洋子　55-55
野菜の鉄火巻〈たれんと・たべもの〉　吉田三七雄　56-57
水谷又吉氏のこと―食味世界の開拓者⑦―　福山順一　58-60
私の愛好品　朝鮮の石鍋　和田芳恵　60-60
桑の実の熟するころ〈秋田のおそうざい⑪〉
家庭でのフランス料理―チキン・カツレツ・ボロナ風―
高橋明場　さし絵・加藤義明　61-63
井上幸作　64-65
日本の菓子〈味談義〉
福田平八郎　きき手・辻嘉一　写真・葛西宗誠　66-70
あとがき　今中善治　71-71
漁村にて（装画）　加藤義明　71-71

第百九十二号　昭和四十二年八月五日発行

食ひしん坊（百八十五）　小島政二郎　8-11
いささか洋酒について〈東光食物行脚⑫〉　今　東光　12-14
ソ連の食堂　木崎国嘉　15-17
島の味〈食べもの日本地図⑳〉山口県の巻　戸塚文子　18-21
空想飯店　お惣菜の家　津村秀夫　21-21
泥鰌の暴れ食い〈たれんと・たべもの〉　吉田三七雄　22-23
ヨーロッパの街角から〈ドイツの彦左衛門〉　杉　葉子　24-27
京都のハモ　（S）　27-27
砂糖から生まれた男（12）　鈴木五郎　28-31
私の愛好品　茶碗と湯のみ　佐多稲子　31-31
お盆と盆礼〈秋田のおそうざい⑫〉
高橋明場　さし絵・加藤義明　32-34
薬草　写真・葛西宗誠　渡辺武　35-42
ハゲよさようなら〈老人社会学①〉　邱　永漢　43-46
美味い米　倉重経明　46-46
赤い犬　藤井重夫　47-49

私の愛好品 鬼唐草 吉村正一郎 49-49
遠い味 河野多惠子 50-52
百聞一見
藤田博保 阿久津洋子 帯谷瑛之介 53-53
京のお台所メモ さし絵・森本岩雄 国分綾子 54-56
六甲山ホテルのジンギスカン料理〈上方食べあるき〉 交野繁野 57-57
ギロギロバチーン(3) 東畑朝子 58-59
子供の世界(13) 絵も 竹中 郁 60-62
あまカラ ライブラリー
山本鉱太郎著『くいしんぼ温泉旅行』 大和勇三 63-63
家庭でのフランス料理―ゼリーよせ・チキンサラダ― 井上幸作 64-65
高山植物〈装画〉 加藤義明 65-65
鮎の話〈味談義〉
福田平八郎 きき手・辻嘉一 写真・葛西宗誠 66-70
あとがき 71-71

第百九十三号 昭和四十二年九月五日発行

食ひしん坊〈百八十六〉 小島政二郎 8-11
日本の牛肉〈東光食物行脚⑬〉 今 東光 12-14
大デュマの「料理大辞典」 河盛好蔵 15-17
私の愛好品 書斎の伴侶 山岡荘八 17-17
下戸のビール談義 木崎国嘉 18-20
明治・大正時代の駄菓子 宮尾しげを 21-23
ウサギの竹焼その他〈食べもの日本地図81〉山口県の巻 戸塚文子 24-27
○×軒〈行きつけの店〉 吉田健一 27-27
砂糖から生まれた男(13) 鈴木五郎 28-30
ヨーロッパの街角から〈フイッシュゲシェーフト〉 杉 葉子 31-33
釣瓶鮨〈上方食べあるき〉 交野繁野 34-34
きらら漬 写真・葛西宗誠 木場禎子 35-42
百聞一見
浅野四郎 福山順一 川崎勝人 43-43
精進のセツリ〈老人社会学②〉 邱 永漢 44-47
私の愛好品 藤原氏の握手 入江相政 47-47
豊隆先生追悼会の記 津村秀夫 48-51
悪酔い注意信号〈たれんと・たべもの〉 吉田三七雄 52-53
京のお台所メモ さし絵・森本岩雄 国分綾子 54-56
八幡さまの秋祭り〈秋田のおそうざい⑬〉
高橋明場 さし絵・加藤義明 57-59
ギロギロバチーン(4) 東畑朝子 60-61
二十世紀梨―食味世界の開拓者⑧― 松本穣葉子 62-64
子供の世界(14) 絵も 竹中 郁 65-67
嵐の月なれど〈鹿児島の味①〉 和田信子 68-69
あまカラ ライブラリー
フランソワ・ルリ著 小松妙子訳『フランス料理』 大久保恒次 70-70
あとがき 71-71
楽器〈装画〉 加藤義明 71-71

第百九十四号　昭和四十二年十月五日発行

食ひしん坊（百八十七）　小島政二郎　8-11
美食について〈東光食物行脚⑭〉　今　東光　12-14
手造りの酒　坂口謹一郎　15-17
わがオムレツ　土岐雄三　18-20
百聞一見　倉島日露子　20-20
すし　木崎国嘉　21-23
二つのカキ〈食べもの日本地図㊷〉広島県の巻①　戸塚文子　24-27
空想飯店　酒場「如意」　徳川夢声　27-27
砂糖から生まれた男（14）　鈴木五郎　28-31
ヨーロッパの街角から〈フィッシュゲシェーフト〉　杉　葉子　32-34
ブルーギル　写真・葛西宗誠　大久保恒次　35-42
美々卯のうどんすき〈上方食べあるき〉　交野繁野　43-43
食べるな・笑うなはご免〈老人社会学③〉　邱　永漢　44-47
私の愛好品　萩焼のぐいのみ　大瀧英子　47-47
西欧から帰って　山本直文　48-50
たべられないもの　曾宮一念　51-53
梅干で〆るエースの錠〈たれんと・たべもの〉　吉田三七雄　54-55
京のお台所メモ　さし絵・森本岩雄　国分綾子　56-58
子供の世界（15）　絵も　竹中　郁　59-61
密かに得にし〈鹿児島の味②〉　和田信子　62-63
ギロギロバチーン（5）　東畑朝子　64-65
きのこの十月〈秋田のおそうざい⑭〉　高橋明場　さし絵・加藤義明　66-68
あまカラ　ライブラリー　秋山徳蔵著『料理ひとすじ』　三枝佐枝子　69-69
あとがき　水野田都子　70-70
油絵具（装画）　加藤義明　70-70

第百九十五号　昭和四十二年十一月五日発行

食ひしん坊（百八十八）　小島政二郎　8-11
私の鮨屋　石川達三　12-14
牛肉生産工場　（S）　14-14
鱈〈東光食物行脚⑮〉　今　東光　15-17
甲府でのめぐり合い　木崎国嘉　18-20
気の利かぬご時世　小汀利得　21-21
初鮭と終りの鮎―新雪のころの魚野川―　村井米子　22-25
私の愛好品　しゃもじ・皿　小山いと子　25-25
理想的細君図と軍鶏〈たれんと・たべもの〉　吉田三七雄　26-27
海のカキ〈食べもの日本地図㊸〉広島県の巻②　戸塚文子　28-31
空想飯店　茶の間の「おふくろの味」　戸板康二　31-31
京のお台所メモ　さし絵・森本岩雄　国分綾子　32-34
瓢簞　写真・葛西宗誠　大久保恒次　35-42
招福楼の湖国風雅料理〈上方食べあるき〉　交野繁野　43-43

食のうらみ　生島治郎　44-46
さわらぬカミのタタリ〈老人社会学④〉　邱　永漢　47-50
「製菓衛生士」　（A）　50-50
民宿　（K）　50-50
瓜の千枚漬け〈秋田のおそうざい⑮〉
高橋明場　さし絵・加藤義明　51-53
砂糖から生まれた男（15）　鈴木五郎　54-57
百聞一見　福山順一　57-57
ヨーロッパの街角から〈ポルトガル・スペイン旅行〉
杉　葉子　58-61
ギロギロバチーン（6）　東畑朝子　62-63
表だたぬ母の味〈鹿児島の味③〉　和田信子　64-65
子供の世界（16）　絵も　竹中　郁　66-68
あまカラ　ライブラリー
脇村義太郎著『趣味の価値』　大久保恒次　69-69
あとがき　70-70
ポスター（装画）　加藤義明　70-70

第百九十六号　昭和四十二年十二月五日発行

食ひしん坊（百八十九）　小島政二郎　8-11
必らずしもさうではない　山口誓子　12-15
私の愛好品　業平の色紙　長谷川かな女　15-15
かん詰め　倉石六郎　16-18
天満宮の餅〈東光食物行脚⑯〉　今　東光　19-21
「死に体」の時代　江国　滋　22-24
熊の味　木崎国嘉　25-27
海のカキ（その三）〈食べもの日本地図㊹〉広島県の巻
③　戸塚文子　28-31
空想飯店　お座敷焼「春光軒」　吉田留三郎　31-31
京のお台所メモ　さし絵・森本岩雄　国分綾子　32-34
ベーカライ　写真・ダイアン・ハース　杉葉子　35-42
河道屋晦庵〈上方たべあるき〉　交野繁野　43-43
秋風は頭の上ばかりではない〈老人社会学⑤〉
邱　永漢　44-47
百聞一見　藤田博保　47-47
食についての戦時中の傷痕　生島治郎　48-50
ツメ（暮）の行事〈秋田のおそうざい⑯〉
高橋明場　さし絵・加藤義明　51-53
食い逃げ〈たれんと・たべもの〉　吉田三七雄　54-55
砂糖から生まれた男（16）　鈴木五郎　56-59
百聞一見　倉重経明　59-59
ヨーロッパの街角から〈ドイツ-東京〉　杉　葉子　60-61
ギロギロバチーン（7）　東畑朝子　62-63
火も陽も遍き中に〈鹿児島の味④〉　和田信子　64-65
子供の世界（17）　絵も　竹中　郁　66-68
あまカラ　ライブラリー
露木英男著『食物の歴史』　小松左京　69-69
あとがき　70-70
ふるくからの店（装画）　加藤義明　70-70

第百九十七号　昭和四十三年一月五日発行

食ひしん坊〈百九十〉　小島政二郎　8-11
どぜう　子母沢寛　12-15
百聞一見　福山順一　15-15
仏どぜう〈東光食物行脚⑰〉　今　東光　16-18
虎渓山を叩く　中村直勝　19-22
薩南の地を訪う〈青春と食物（1）〉　津村秀夫　23-25
茂吉のふるさと　木崎国嘉　26-28
子供の世界（18）　絵も　竹中　郁　29-31
京のお台所メモ　さし絵・森本岩雄　国分綾子　32-34
昆布　写真・井伊明　大久保恒次　35-42
鳥新の鴨なべ〈上方たべあるき〉　交野繁野　43-43
人間というオートメ機器〈老人社会学⑥〉　邱　永漢　44-47
百聞一見　川崎勝人　47-47
ひとり歩き　そばは、なつかし　真船　豊　48-51
私の愛好品　会津のくり盆　絵も　福田豊四郎　51-51
吉行淳之介氏とドリアン　生島治郎　52-55
空想飯店　ヘソマガリ料理人会　長沖　一　55-55
王将戦のさつま揚げ　佐々木芳人　56-58
海のカキ（その四）〈食べもの日本地図85〉広島県の巻　④　戸塚文子　59-62
カキの中毒　（S）　62-62
嫁取り〈秋田のおそうざい⑰〉　高橋明場　さし絵・加藤義明　63-65
ギロギロバチーン（8）　東畑朝子　66-67
縁起づくし〈鹿児島の味⑤〉　和田信子　68-69
あまカラ　ライブラリー　70-70
センスシリーズ3『味覚の記録』　三枝佐枝子　70-70
あとがき　今中善治　水野田都子　長野範子　小川克子　宇藤光子　71-71
ふるさとの人形〈装画〉　加藤義明　71-71

第百九十八号　昭和四十三年二月五日発行

食ひしん坊〈百九十一〉　小島政二郎　8-11
父の食膳と私たち　森　於菟　12-13
食う虫食わぬ虫　土屋文明　14-17
私の愛好品　卓上湯沸し三点　写真も　佐伯義勝　17-17
柿〈東光食物行脚⑱〉　今　東光　18-20
美味救身　上司海雲　21-24
千六本　（S）　24-24
ビールの味　夏目伸六　25-28
百聞一見　帯谷瑛之介　28-28
京のお台所メモ　さし絵・森本岩雄　国分綾子　29-31
子供の世界（19）　絵も　竹中　郁　32-34
屋敷菜　写真・葛西宗誠　木場禎子　35-42
スエヒロ本店のしゃぶしゃぶ〈上方たべあるき〉　交野繁野　43-43
ガン治療の緒口について〈老人社会学⑦〉　邱　永漢　44-47
百聞一見　藤田博保　47-47

薩摩汁と米飯のうまさ〈青春と食物（2）〉　津村秀夫　48-50
わが家と手料理（上）　上村占魚　51-54
佃の白魚　（S）　54-54
フグの味　木崎国嘉　55-57
陸のカキ〈食べもの日本地図㊱〉広島県の巻⑤　戸塚文子　58-61
空想飯店　郷土食村　藤浦　洸　61-61
ギロギロバチーン（9）　東畑朝子　62-63
潮に潤う〈鹿児島の味⑥〉　和田信子　64-65
湯沢の犬っこまつり〈秋田のおそうざい⑱〉　高橋明場　さし絵・加藤義明　66-68
あまカラ　ライブラリー　『ミート・ブック』　大久保恒次　69-69
あとがき　70-70
新聞・雑誌広告（装画）　加藤義明　70-70

第百九十九号　昭和四十三年三月五日発行

食ひしん坊（百九十二）　小島政二郎　8-11
どかば〈東光食物行脚⑲〉　今　東光　12-14
醬油　獅子文六　15-17
アメリカの味　有馬頼義　18-20
ヴァジニア・ハム　坂西志保　21-23
四十九年目の韓国　玉川一郎　24-27
私の愛好品　電気缶切り器　木下順二　27-27
カモ　木崎国嘉　28-30
ハッサクオレンジ〈食べもの日本地図87〉広島県の巻⑥　戸塚文子　31-34
京の水　（K）　34-34
高山の朝市　写真・葛西宗誠　大久保恒次　35-42
松利の天ぷら〈上方たべあるき〉　交野繁野　43-43
邱飯店をひらかざるの記〈番外・老人社会学〉　邱　永漢　44-47
空想飯店　原野飯店　渡辺喜恵子　47-47
わが家と手料理（下）　上村占魚　48-50
百聞一見　福山順一　50-50
まんぷく旅行　絵も　長　新太　51-53
雪声会とネコマタ〈青春と食物（3）〉　津村秀夫　54-56
百聞一見　浅野四郎　56-56
子供の世界（20）　絵も　竹中　郁　57-59
京のお台所メモ　さし絵・森本岩雄　国分綾子　60-62
春を待つころ〈秋田のおそうざい⑲〉　高橋明場　さし絵・加藤義明　63-65
ギロギロバチーン（10）　東畑朝子　66-67
地に萌ゆる〈鹿児島の味⑦〉　和田信子　68-69
あまカラ　ライブラリー　辺見金三郎著『食べられる野草』　小松左京　70-70
あとがき　71-71
朝市（装画）　加藤義明　71-71

第二百記念号　昭和四十三年四月五日発行

食ひしん坊（百九十三）　小島政二郎　10-13
好きなもの……其他　石川達三　14-16
いちご　（S）　16-16
粗食　司馬遼太郎　17-19
百聞一見　藤田博保　19-19
うまい　まずい　安藤鶴夫　20-23
お値打ちナゴヤ　狩野近雄　24-27
甘納豆と五色まんじゅう　新田次郎　27-27
よさこい高知　木崎国嘉　28-30
京のお台所メモ　さし絵・森本岩雄　国分綾子　31-33
武者ぶり〈鹿児島の味⑧〉　和田信子　34-35
鯛の浜焼〈食べもの日本地図88〉広島県の巻⑦　戸塚文子　36-39
初がつお　（S）　39-39
わが数学　絵も　竹中　郁　40-42
鯛　写真・葛西宗誠　大久保恒次　43-50
七星岩の味覚　西園寺公一　51-53
食生活〈東光食物行脚⑳〉　今　東光　54-57
私の愛好品
　堆朱の食卓　平林たい子　57-57
　刀剣と盃　吉田三七雄　57-57
ケツネうどん　かまぼこ・プディング〈青春と食物（4）〉　津村秀夫　58-61
百聞一見　福山順一　61-61
ギロギロバチーン（11）　東畑朝子　62-63
花見月〈秋田のおそうざい⑳〉　高橋明場　さし絵・加藤義明　64-66
あまカラ　ライブラリー
新沼杏二著『チーズ散歩』　三枝佐枝子　67-67
「あまカラ」終刊によせて
福原麟太郎　石坂洋次郎　大宅壮一　渋沢秀雄　池波正太郎　荒正人　井口海仙　斯波四郎　志賀直哉　獅子文六　徳川夢声　中村直勝　長沖一　鍋井克之　村山リウ　司馬遼太郎　茂木草介　本多顕彰　岡部伊都子　秋山安三郎　土門拳　宮城音弥　高橋邦太郎　村岡花子　藤浦洸　角田喜久雄　清水幾太郎　井上友一郎　池田弥三郎　玉川一郎　源氏鶏太　上林吾郎　木々高太郎　吉田留三郎　入江相政　桑原武夫　森田たま　和気律次郎　木下順二　辻嘉一　生沢朗　木崎国嘉　中屋健一　有竹修二　井上靖　御手洗辰雄　山岡荘八　福田平八郎　安藤鶴夫　柴田錬三郎　東畑朝子　矢部良策　大軒順二　渡辺喜恵子　村井米子　向井潤吉　小山いと子　吉原治良　阿川弘之　融紅鸞　由起しげ子　三宅艶子　沢野久雄　瀬戸内晴美　南博　東山千栄子　和田信子　邱永漢　飯沢匡　寿岳文章　平林たい子　村上元三　伊藤整　戸川幸夫　白石凡　北条誠　石山四郎　佐治敬三　荒垣秀雄　松島雄一郎　小汀利得　三国一朗　石浜恒夫　東畑精一　秋田実　吉田健一　上野

精一　星野立子　柳原敏雄　菅原通済　土師清二
永井龍男　坂西志保　井上甚之助　勅使河原和風
藤森成吉　狩野近雄　山田風太郎　堀口大学　門田
勲　宮田重雄　扇谷正造　荒畑寒村　国分綾子　子
母沢寛　68-85
さらばあまカラ　吉屋信子　86-86
「あまカラ」終刊のご挨拶　水野田都子　87-88
写真ページより（装画）　加藤義明　88-88

続第二百号・終刊号　昭和四十三年五月五日発行

春の味　藤沢桓夫　4-5
ポット　（M）　5-5
飲啄の記　小林　勇　6-8
空想飯店　ぼくの空想飯店　絵も　谷内六郎　8-9
バンコック紀行　福島慶子　10-13
鯛のしゅん　（S）　13-13
君看双眼色　不語似無憂　扇谷正造　14-17
クラブ関西　交野繁野　17-17
名残りの名菓　守安　正　18-19
ワンマン逸聞〈座談会〉
北岡秀義　佐藤良造　志度藤雄　辻嘉一　西沢恒夫　20-28
空想飯店　ほんもの屋　茂木草介　29-29
忍術使いとガマ仙人　池島信平　30-31
「あまカラ」とわたし　吉田三七雄　32-33
「あまカラ」の土根性　車谷　弘　34-34
「あまカラ」終刊によせて
福島慶子　戸塚文子　中里恒子　佐野繁次郎　春日
野八千代　長谷川かな女　小島政二郎　小林勇　里
見弴　菊池重三郎　石垣綾子　朝比奈隆　長瀬実
樋口富麻呂　三岸節子　泉田行夫　北条秀司　山口
誓子　河盛好蔵　大田黒元雄　沢瀉久孝　鈴木五郎
永六輔　網野菊　草野心平　菊村到　唐島基智三
やなせ・たかし　木村義雄　戸板康二　矢代幸雄
丸岡明　高谷八重　北畠八穂　石上玄一郎　曽宮一
念　杉浦明平　宮尾しげを　冠松次郎　多田裕計
伊原宇三郎　森銑三　鈴木力衛　久保田正文　寒川
光太郎　田中澄江　高橋義孝　森吉正照　生方たつ
ゑ　吉村公三郎　古垣鉄郎　山川菊栄　上村占魚
鮎川哲也　末広恭雄　田岡典夫　荻原井泉水　笹部
新太郎　山口広一　宮地伝三郎　谷内六郎　西川辰
美　樹下太郎　飯田深雪　丸尾長顕　江国滋　颯田
琴次　尾崎宏次　益田義信　大和勇三　松井春子
柳田知怒夫　中村光夫　佐藤義詮　山内義雄　福田
豊四郎　山本直文　長新太　北川桃雄　島田正吾
中島健蔵　服部良一　城昌幸　関根秀三郎　倉島竹
二郎　宮柊二　波多野勤子　河上徹太郎　田宮虎彦
和木清三郎　城山三郎　小寺健吉　津村秀夫　松田
ふみ子　石垣純二　呉茂一　東浦めい　伊藤逸平
風間完　松政治一　田村孝之介　天野貞祐　砧伊之
助　湯浅芳子　荒木輝子　土屋文明　中川一政　野
田宇太郎　立野信之　和田芳恵　沢口謹一郎　阿部

知二　久松潜一　佐伯義勝　有本邦太郎　里見陽文　石井桃子　中島ミユキ　河内山さつき　三宅春恵　桜井欽一　飯島幡司　富士正晴　小谷清一　中川善之助　杉浦良策　菅智子　小村明子　佐々木芳人　松見幾雄　藤田博保　石井好子　梅原龍三郎　曾野綾子　木田文夫　松下幸之助　山本嘉次郎　35-56
廃刊に際して　今中善治　長野範子　小川克子　57-57
あとがき　57-57

69『VILLON』

昭和二十七年十一月—昭和二十九年五月（全九冊）

第一号　昭和二十七年十一月一日発行

湘南平野（第一回）—『藍衣の群れ』第一部—（＊小説）　足立利雄　2-27
同人必読　27-27
植民地文学論　小島輝正　28-32
田宮虎彦論—文学と現実について—　小久保実　33-41
手　霧　レリーフ（＊詩）　今井茂雄　42-45
季節（＊詩）　瀬川　保　46-47
反対という言葉（＊小説）　川崎勤二　48-51
華々しき瞬間（＊小説）　久坂葉子　52-91
竹内勝太郎研究草案（一）　富士正晴　92-98
同人住所録　99-99
維持会員及固定読者募集　99-99
Cap's corner　100-100

第二号　昭和二十七年十二月一日発行

同人住所録　表紙2
維持会員及固定読者募集　表紙2
湘南平野（第二回）—『藍衣の群れ』第一部—（＊小

説）　足立利雄　2-30
しな子の生活（＊小説）　宮川きよ子　31-44
川端康成論—『千羽鶴・山の音』を廻って—　小久保実　45-55
盲の窓（＊詩）　今井茂雄　56-56
フランツ・カフカ（高橋義孝訳）変身（＊書評）　久我　宏　57-58
第一号例会記　（富士）　59-61
Cap's corner　（富士）　62-62

第三号　昭和二十八年一月十五日発行

対談　野間宏　富士正晴　2-7
湘南平野（第三回）—『藍衣の群れ』第一部—　足立利雄　8-35
維持会員　35-35
母と息子　西村保彦　36-37
作中人物との対談　竹村彰介　38-39
哀蚊（＊詩）　福里元子　40-40
待ちましょう（リナ・ケティ）雨（ダミア）
蛇足的註　開高　健　41-42
尾崎一雄論　小久保実　43-50
竹内勝太郎研究草案（二）　富士正晴　51-60
第二号例会記　（開高）　61-63
同人住所録　64-64
維持会員及固定読者募集　64-64

第四号　昭和二十八年三月一日発行　久坂葉子追悼号
（＊VIKING・VILLON共同刊行号）

口絵
久坂葉子（川崎澄子）略伝　久坂葉子　1-27
幾度目かの最期（＊小説）　藤井和子　28-28
みまかりし久坂葉子さんへ（＊詩）　今井和子　29-29
ボビちゃんのこと　宮川きよ子　30-33
久坂さんのことから　足立利雄　33-35
死人に口なし　福里元子　35-36
久坂葉子之霊に物申す　小西頼子　36-37
華々しき瞬間に想う　坂本真三　38-40
死者に声なし　南木淑郎　40-46
掌中の玉　小川正巳　47-47
死者の国（＊詩）　前田純敬　48-49
久坂葉子の文学　富士正晴　49-49
久坂葉子の死　富士正晴　50-50
Cap's corner　51-51
VIKING同人　52-52
VILLON同人

第五号　昭和二十八年四月二十五日発行

VILLON同人　表紙2
湘南平野（第四回）—『藍衣の群れ』第一部—
足立利雄　2-34

近松秋江論　小久保実　35-44
感情批評　前田純敬　45-46

第六号　昭和二十八年七月一日発行

VILLON同人　表紙2
白馬山麓（＊小説）　西村保彦　2-11
ナラカ（＊小説）　宮川きよ子　12-35
維持会員及固定読者募集　35-35
維持会員　35-35
作品（＊詩）　今井茂雄　36-38
岡本かの子—走り書きふうに—　小久保実　39-44
Cap's corner　（中島）　44-44
第三号例会記　久我宏　45-47
第五号例会記　宮川きよ子　47-48

第七号　昭和二十八年十月一日発行

VILLON同人　表紙2
私小説の問題—上林暁の場合—　小久保実　2-16
維持会員　維持会員・固定読者募集　16-16
雪の花（＊小説）　瀬川保　17-31
Cap's corner　（中島）　31-31
行き止り　隣人　葉子に（＊詩）　福里元子　32-36
暗緑のまり藻　軽い屍（＊詩）　伊東由紀子　37-39
ベロ（＊小説）　毛利圭　40-42

第六号例会記　福里元子　43-44

第八号　昭和二十八年十二月一日発行

VILLON同人　表紙2
藪かんぞう（＊小説）　松浦進三　2-16
維持会員　維持会員・固定読者募集　16-16
晩秋　あひる（＊詩）　今井茂雄　17-19
わたしのマリヤ　ある逢びき（＊詩）　伊東由紀子　20-24
塗師（＊小説）　鷺亨介　25-33
例会通知　（中島）　33-33
私小説の問題—太宰治の場合—　小久保実　34-40
械（かし）（＊小説）　井上勝子　41-56
第七号例会記　西村保彦　57-58

第九号　昭和二十九年五月十二日発行

VILLON同人　表紙2
一人ぼっちの子　易占のおばさん（＊詩）　福里元子　2-4
かなしみ　空白のときの中で（＊詩）　伊東由紀子　5-8
小島信夫論　小久保実　9-13
「アクセルの城」紹介（＊新刊反訳本）　前田純敬　14-17
維持会員　ヴィヨン同人規約　17-17
藪かんぞう（第二回）（＊小説）　松浦進三　18-28
同人誌の小説　西村保彦　29-29
例会記　福里元子　30-32

〔無題〕 （中島） 30－31

70『詩と真実』

昭和二十七年十一月―昭和三十年四月（全十一冊）

創刊号 昭和二十七年十一月五日発行

リルケへの対決 田木 繁 4－15
富士山麓（＊詩） 小野十三郎 16－16
向日葵（＊詩） 藤村雅光 17－17
米（＊詩） 港野喜代子 18－18
叱ラレタ風景（＊詩） 飛鳥 敬 19－19
不吉な鳥（＊詩） 矢内原伊作 20－21
瀆神の章（＊詩） 柏岡浅治 22－23
火の話 ガラス工場部落（＊詩） 足立巻一 24－25
小さな城（＊詩） 浜田知章 26－27
気圧の谷 気持のよい話（＊詩） 山村 順 28－29
磁気（＊詩） 吉川 仁 30－30
新世界（＊詩） 南淵 信 31－31
高揚と機能―走り書的ノートから―（＊詩壇時評） 長谷川龍生 32－33
黒い唾（＊詩） 荒木利夫 34－34
戦死（＊詩） 天野 忠 35－35
ハゲワシの歌（＊詩） 茂木兼雄 36－37
物体の落下について（＊詩） 乾 武俊 38－39
ある抽象的な散歩者の独白 道子に『生誕のうた』

（＊詩）　牧　羊子　40-41
市場のうた（＊詩）　山崎都生子　42-42
その部屋に入ると（＊詩）　南出さく子　43-43
執心（＊詩）　原田子寛　44-44
涙線（＊詩）　中村光行　45-45
家出した少年（＊詩）　鵜崎　博　46-46
毒虫（＊詩）　越智一美　47-47
右原尨「砦」に就いて　向井　敏　48-49
港野喜代子詩集「紙芝居」覚書　木場康治　49-50
編集後記　柏岡浅治　表紙3

第二号　昭和二十七年十二月五日発行

洗濯物（＊詩）　杉山平一　4-4
急行偶感（＊詩）　山村　順　5-5
月の言葉（＊詩）　飛鳥　敬　6-6
空のにおい（＊詩）　越智一美　7-7
行く人人（ブレイン・ピープル）こそ　長谷川龍生　8-9
遊びの場（＊詩）　港野喜代子　12-13
青年―Kに（＊詩）　柏岡浅治　14-15
黒い魚（＊詩）　坂本賢三　16-17
爽竹桃（＊詩）　藤村雅光　18-18
海（＊詩）　牧　羊子　19-19
Vacuum（＊詩）　桃井忠一　20-21
否定について（＊詩壇時評）　谷沢永一　22-23
柿の実（＊詩）　鵜崎　博　24-24
犬（＊詩）　大槻鉄男　25-25
黎明の時　木場康治　26-26
墓（＊詩）　服部寛輔　27-27
広告灯（＊詩）　天野美津子　30-30
太陽（＊詩）　黒田栄三　31-31
小さな息吹（＊詩）　石浜浩三　32-32
驟雨（＊詩）　溝口作太郎　33-33
魚族（＊詩）　萩原義夫　34-34
菓子屋（＊詩）　森口武男　35-35
海（＊詩）　吉沢比呂志　36-36
犠牲（＊詩）　しばた・ゆうき　37-37
屋根の下（＊詩）　岩本敏男　38-38
癖（＊詩）　大上敬義　39-39
阪和線三国ケ丘一　阪和線三ケ国丘二（＊詩）　田木　繁　40-40
関西詩人と作曲家の会　藤本浩一　42-43
村野四郎「今日の詩論」に就いて　向井　敏　44-45
アンソロジー「夜の詩会」読後　柏岡浅治　46-47
長島三芳詩集「音楽の時」の健康さに就いて（＊書評）　吉川　仁　48-50
編集後記　谷沢永一　表紙3

第三号　昭和二十八年一月号　五日発行

墓地の共和国（＊詩）　足立巻一　4-5
球技器　黄昏（＊詩）　石橋孫一郎　6-7

迎春（＊詩）　十河　巌　8-8
一匹の猿（＊詩）　山村　順　9-9
虎の尾（＊詩）　織田喜久子　10-10
夜の貨車（＊詩）　天野美津子　11-11
夢をみる（＊詩）　越智一美　12-13
難解性と抒情性　柏岡浅治　14-17
サボテンの国　竹内薫也　18-18
古墳発掘　鵜崎　博　19-19
風聞―或る労働者に　大森忠行　20-20
時計（＊詩）　岩本敏男　21-21
鏡の中（＊詩）　牧　羊子　22-22
秋（＊詩）　仁衛砂久子　23-23
平和の鍛造―私的な立場から―（＊詩壇時評）　長谷川龍生　24-25
暗転（＊詩）　木場康治　26-26
風景（＊詩）　中村光行　27-27
機械の響の中で（＊詩）　権　敬沢　28-28
ぺしみすと（＊詩）　石浜浩三　29-29
なつ（＊詩）　林富美子　30-30
みそ汁（＊詩）　南淵　信　31-31
流罪（＊詩）　原田子寛　32-33
古石（＊詩）　黒田栄三　34-35
無法（＊詩）　港野喜代子　36-37
リルケに於ける「物」　田木　繁　38-45
伊東静雄氏のこと　港野喜代子　46-46
雪の山路で　山中二郎　47-47
扇谷義男詩集「願望」に就いて　向井　敏　48-49
シグナルの抒情―「ミラボー橋」について―　木場康治　50-50
編集後記　柏岡浅治　表紙3

第四号　昭和二十八年二月号　五日発行

ニヒリズムと宗教的なものへの傾斜　小野十三郎　4-10
火呑む欅をめぐって　飛鳥　敬　11-15
小野十三郎詩集について　杉山平一　15-17
渇いた天使が……（＊詩）　亜騎　保　16-17
破裂し、崩壊し、拡散する、血液の、憎しみについて（＊詩）　乾　武俊　18-18
鞄の中（＊詩）　服部覚輔　19-19
運河にて（＊詩）　坂本賢三　20-20
雨の夜の二つの話（＊詩）　足立巻一　21-21
風景（＊詩）　織田喜久子　22-22
秋（＊詩）　天野美津子　23-23
小人（＊詩）　越智一美　24-24
公園（＊詩）　仁衛砂久子　25-25
判断について（＊詩壇時評）　谷沢永一　26-27
アドバルン（＊詩）　南淵　信　28-28
チンドン屋（＊詩）　吉沢比呂志　29-29
雨季（＊詩）　権　敬沢　30-30
沖へ（＊詩）　溝口作太郎　31-31
アパッチ族（＊詩）　石橋孫一郎　32-32

黒薔薇（＊詩）　藤村雅光　33-33
一つの町（＊詩）　港野喜代子　34-34
祖国の砂（＊詩）　木場康治　35-35
屍のある風景（＊詩）　柏岡浅治　36-36
造船の夕暮（＊詩）　長谷川龍生　37-37
小野十三郎における二つの詩―その立場と批評―　鵜崎博　38-39
小野十三郎詩集「火呑む欅」解説　向井敏　40-49
小野十三郎詩集出版記念会の記　柏岡浅治　50、表紙3

第五号　昭和二十八年三月五日発行

詩に於ける「現代的なもの」に就いて　西尾牧夫　4-8
壺井繁治詩集　田木繁　9-9
夜の星（＊詩）　竹中郁　10-10
機密（＊詩）　長谷川龍生　11-11
枯野の沼（＊詩）　足立巻一　12-12
東洋思想（＊詩）　藤村雅光　13-13
冬の中に（＊詩）　坂本賢三　14-14
墓地（＊詩）　南淵信　15-15
春（＊詩）　金時鐘　16-16
チベット地帯（＊詩）　飛鳥敬　17-17
ネズミ島　黎明（＊詩）　権敬沢　18-18
夜景　旅（＊詩）　大槻鉄男　19-19
表現について（＊詩壇時評）　向井敏　20-21
玩具（＊詩）　港野喜代子　22-22
けしの花の歌（＊詩）　越智一美　23-23
復活（＊詩）　柏岡浅治　24-24
木枯し（＊詩）　吉沢比呂志　25-25
眼（＊詩）　天野美津子　26-26
街（＊詩）　丸本明子　27-27
古い詩（＊詩）　亜騎保　28-29
天婦羅の顔（＊詩）　原田子寛　30-30
マドモアゼル・アンヌ（＊詩）　三谷淼　31-31
日本の悲劇（＊詩）　鵜崎博　32-33
風がきついので（＊詩）　芦田茂　34-34
池田克巳さんのこと　港野喜代子　34-35
秋（＊詩）　中島陸郎　35-35
ルイスの信条　石橋孫一郎　36-38
C・D・ルイスの詩　茂木兼雄　39-41
現代詩の系譜（＊座談会）　乾武俊　小野十三郎　杉山平一　山村順　港野喜代子　柏岡浅治　42-49
詩と真実同人住所録　50、表紙3
編集後記　50-50

第六号　昭和二十八年四月五日発行

インテレクチユアルとエモーシヨナル（＊対談）　深瀬基寛　小野十三郎　4-13
立太子式　雪の日に（＊詩）　坂本賢三　14-14
信天翁の歌（＊詩）　茂木兼雄　15-15
地下鉄花園駅で　無礼な太陽　「ドガ」の周囲（＊詩）

田尻宗夫　16-17
狐狸の町（＊詩）　石橋孫一郎　18-18
孤独の弁（＊詩）　織田喜久子　19-19
青酸加里の幻影（＊詩）　シバタ・ユウキ　20-20
未来について（＊詩）　君本昌久　21-21
ある男（＊詩）　岩橋敏夫　22-22
粉ひき屋（＊詩）　森口武男　23-23
論理的ということ（＊詩壇時評）　向井　敏　24-25
ラインホールド・ニーバー「キリスト教人間観―第一部　人間の本性―」　茂木兼雄　26-29
ゆきちがい（＊詩）　田木　繁　29-29
魔の城（＊詩）　柏岡浅治　30-31
冬の狂女（＊詩）　飛鳥　敬　31-31
友へ（＊詩）　桃李園子　32-32
怪鳥（＊詩）　溝口作太郎　33-33
母（＊詩）　鵜崎　博　34-34
汽車がきらいになった（＊詩）　足立巻一　35-35
ポオカア・フエイス（＊詩）　石浜浩三　36-36
試練場（＊詩）　丸本明子　36-36
大きな穴　くさつてしまう（＊詩）　越智一美　37-37
日常（＊詩）　港野喜代子　38-38
梟だけが見ている空の下（＊詩）　長谷川龍生　39-39
詩誌めぐり―律動　山中徳雄　40-41
痕跡―田木のレアリテについて―　飛鳥　敬　42-50
編集後記　（柏岡）　表紙3
詩と真実制規　詩と真実編集所　表紙3

第七号　昭和二十八年九月五日発行

詩と真実既刊号目次　表紙2
眼について　田木　繁　4-17
義足の歩み　落日（＊詩）　相馬　大　18-18
花（＊詩）　足立巻一　19-19
その日のアトラクションより（＊詩）　港野喜代子　20-20
死人の唄（＊詩）　村井慎二　21-21
牧人、春の気絶（＊詩）　亜騎　保　22-24
吸殻　新聞（＊詩）　藤村雅光　25-25
王者の血（＊詩）　石浜浩三　26-26
秋の空をみながら（＊詩）　桃李園子　27-27
ろくこつのうた（＊詩）　孤島粛生　28-28
流れゆく（＊詩）　中山雪子　29-29
文体について（＊詩壇時評）　坂本賢三　30-31
転校（＊詩）　飛鳥　敬　32-32
死相（＊詩）　石橋孫一郎　33-33
白い手（＊詩）　坂本賢三　34-34
遺言（＊詩）　吉沢比呂志　35-35
岩（＊詩）　越智一美　36-36
絶海（＊詩）　茂木兼雄　37-37
丘の上の女神たち（＊詩）　柏岡浅治　38-39
火葬場（＊詩）　丸本明子　39-39
関西の詩の動き（＊座談会）
向井敏　藤本義一　仲村宏史　飛鳥敬　桃井忠一

須藤和光　竹之内一夫　六人部禾典　山中徳雄
佐々木実　宮本久六　牧信介　港野喜代子　吉川仁
小野十三郎　柏岡浅治（司会）　40-51

第八号　昭和二十八年十一月五日発行

伊東静雄追悼

伊東静雄作品抄
わがひとに与ふる哀歌　4-4
八月の石にすがりて　4-4
灯台の光を見つつ　5-5
百千の　5-5
倦んだ病人　5-5
伊東静雄との交友　富士正晴　6-13
『灯台の光を見つつ』―伊東静雄の霊に―（＊詩）　小野十三郎　10-11
伊東静雄氏を想ふ　杉山平一　14-15
墓辺に―伊東さんのこと―　飛鳥　敬　16-17
伊東静雄を哭す（＊詩）　織田喜久子　18-19
一本の雑草―伊東静雄の霊に―（＊詩）　藤村雅光　19-19
最後の一言　田中克己　20-20
「我が家はいよいよ小さし」　港野喜代子　21-22
伊東静雄略年譜　22-22
煙突について　馬（＊詩）　玉置昌一　23-23
鉄骨中央卸売市場（＊詩）　乾　武俊　24-24
泥土の墓（＊詩）　石橋孫一郎　25-25
ひびき　空家（＊詩）　越智一美　26-26
海　ＰＹＲＡＭＩＤ（＊詩）　石浜浩三　27-27
無賃乗車　日雇人夫　桜草（＊詩）　鵜崎　博　28-28
自転車　ネクタイの山（＊詩）　竹内薫也　29-29
大衆について（＊詩壇時評）　坂本賢三　30-31
コルボウ（＊詩誌めぐり）　木場康治　32-35
津波（＊詩）　港野喜代子　36-37
旗はうなだれて（＊詩）　村井慎二　37-37
澱粉工場の突風（＊詩）　足立巻一　38-38
無数の目（＊詩）　林　影　39-39
蝙蝠三篇（＊詩）　藤村雅光　40-40
海（＊詩）　坂本賢三　41-41
獣の手（＊詩）　服部寛輔　42-42
さかんに俺の名を呼ぶ気がする（＊詩）　溝口作太郎　43-43
詩人の破片（＊詩）　亜騎　保　44-45
姿勢　地下足袋（＊詩）　権　敬沢　46-47
雀（＊詩）　南淵　信　47-47
遅い朝　ジャック・プレヴェル　開高健訳　48-49
砂丘作品集―西和中学校の詩文集―　柏岡浅治　50、表紙3
編集後記　（柏岡）　50-50

第九号　昭和二十九年一月五日発行

詩と真実制規　表紙2
現代詩の条件　加藤新五　1-1
「荒地」の詩人をかこんで（＊座談会）

乾武俊　吉川仁　長谷川龍生　鮎川信夫　小野十三郎　木原孝一　浜田知章　加藤新五　6－11
星が消えるまで（＊詩）　越智一美　11－11
極小企業（＊詩）　足立巻一　12－12
夕陽丘（＊詩）　南淵　信　13－13
篝火（＊詩）　村井平七　13－13
汚された海のほとり（＊詩）　浜田知章　14－14
ヨセ屋にて（＊詩）　井田一衛　15－15
金太郎園にて（＊詩）　井上俊夫　16－17
視察（＊詩）　黒木みち子　17－17
傷痕（＊詩）　上田敏夫　18－18
その前（＊詩）　柴田敏郎　18－18
逆光の中の街（＊詩）　織田喜久子　19－19
迷彩（＊詩）　権　敬沢　19－19
天秤―山田今次に（＊詩）　扇谷義男　20－20
気象の中の記録に依る（＊詩）　西岡盈子　20－21
いささか斜めに耐えている時間について（＊時評）　港野喜代子　22－23
嵐のあとに（＊詩）　押谷滋子　24－25
陸橋（＊詩）　中村光行　25－25
技師について（＊詩）　牧　羊子　26－28
スコルピオン（＊大西鵜之助追悼）　長尾和男　28－28
山脈（＊詩）　笹部能子　29－29
私達の問題点
夜の詩会　木場康治　30－31
京都文学サークル協議会について　佐々木実　31－35
炉　吉川　仁　35－36
混血児タロオ（＊詩）　玉置昌一　36－36
うじ虫二題（＊詩）　丸本明子　37－37
中学校の夕暮（＊詩）　吉村勇雄　38－38
秋（＊詩）　北沢　恵　38－38
朝（＊詩）　鵜崎　博　39－39
無痛分娩（＊詩）　山崎都生子　39－40
ある被告（＊詩）　萩村　繁　40－41
捨て花（＊詩）　港野喜代子　41－41
中山製鋼にて（＊詩）　長谷川龍生　42－42
Qと砂丘（＊詩誌めぐり）　乾　武俊　43－44
再組織のために　44－44
編集後記　表紙3

第十号　昭和二十九年四月五日発行

友への手紙　柏岡浅治　4－5
特集・歌う詩と考える詩について
「考える詩」の実質　谷沢永一　6－8
歌う詩と考える詩について　佐々木実　8－10
歌ふ詩と考へる詩について　吉川　仁　10－11
「歌われる詩」と「考える詩」について―K氏の書簡より―　沖　昌彦　11－13
歌う詩と考える詩　加藤新五　14－16
小野十三郎氏大阪市民賞授賞記念会、併せて関西詩人会再建討議のこと　16－16

都会のくらしから
家居（＊詩）　右原　尨　17-17
二つのデッサン（＊詩）　長谷川龍生　18-19
失つた年末年始（＊詩）　港野喜代子　19-20
群像、冬の跳躍に（＊詩）　柏岡浅治　20-20
農山村のくらしから
腐った稲（＊詩）　石浜浩三　21-21
虫（＊詩）　上田敏夫　21-21
大根（＊詩）　谷原ゆき　22-22
祭（＊詩）　村井平七　22-23
藁の兵隊（＊詩）　井上俊夫　23-23
職場のうたごえ
デモ（＊詩）　やまなみ・きよし　24-25
輿論調査（＊詩）　高島　洋　25-25
日曜日のあさ（＊詩）　市村善夫　26-26
真空地帯のうた（＊詩）　浜口国雄　26-27
沖仲仕のうた（＊詩）　黒川ふみ　27-27
長谷川龍生―梟だけが見ている空の下・造船の夕暮
―・足立巻一―墓地の共和国・雨の夜の二つの話―
（＊作品研究Ｉ　座談会）
柏岡浅治　飛鳥敬　港野喜代子　田木繁　南淵信
木場康治　加藤新五　村井平七　牧羊子　28-35
くらい谷間
灰色の時間（＊詩）　佐村久江　32-32
黄昏に（＊詩）　桃井忠一　33-33
都会の隅（＊詩）　織田喜久子　34-34
鐘（＊詩）　越智一美　34-35
求職（＊詩）　小林陽吉　35-35
小さな声
ひつこしのうち（＊詩）　森口武男　36-36
家主が私の家に（＊詩）　河瀬誠一　36-36
たわごと（＊詩）　竹内薫也　36-37
山寺にて（＊詩）　米原桃代　37-37
哀愁（＊詩）　丸本明子　38-39
襤褸をまとう女神の弁―１９５３年を顧みて―　牧　羊子　38-40
拒絶のうた
地（＊詩）　南淵　信　41-41
酒をのみつゝ歌う歌（＊詩）　鵜崎　博　41-41
神戸港にて（＊詩）　佐々木実　42-42
湿れる松明のごとく（＊詩）　浜田知章　42-43
馬（＊詩）　庄野英二　43-44
別れと、死、と（＊詩）　飛鳥　敬　44-44
会員について　44-44
関西詩人会名簿について　44-44
たたかいへのうた
出発（＊詩）　田島誠一　45-45
夜更けて（＊詩）　沖　昌彦　45-46
君子よ玄海のしぶきの上に（＊詩）　朴　明琇　46-47
朝鮮人（＊詩）　赤田清治　47-47
日本の動脈―全国詩活動家会議に参加して―（＊詩）　なかむら・やすし　47-49

途絶えざる歌声（第三部）（＊詩）　木場康治　49-51
編集後記　（新五）　50-51

第十一号　昭和三十年四月二十日発行

坐賈と商旅（＊詩）　安西冬衛　1-1
作品特集（＊十年　虫がなく　今夜もまた　芽　雲が
　うごかない　木犀　われた窓）　越智一美　2-5
越智一美の詩について　小野十三郎　6-6
ヨハネス・エル・ベッヒャー論　田木　繁　7-19
三つの肖像（＊詩）　牧　羊子　20-21
歌（＊詩）　中江俊夫　21-21
途上（＊詩）　吉川　仁　22-22
なくてあるのは（＊詩）　草津信男　22-22
鉛　月光（＊詩）　米田　透　23-23
さくら（＊詩）　佐々木実　23-23
詩と思想―現代詩サークル詩流行歌など―（鼎談）
　鶴見俊輔　加藤新五　柏岡浅治　24-35
かやぶきのやねを　あきかぜに　やぶられたなげき
　ト・ホ（杜甫）・さく　タケベ・トシオ・やく　36-37
一ペニーの胸が水泡をたてている（＊詩）　亜騎　保　38-38
指の周辺（＊詩）　宮岸昭良　38-38
馬のいるカリカチユア（＊詩）　村井平七　39-39
夜の笛（＊詩）　中村光行　39-39
死の雨（＊詩）　内田豊清　40-40
町（＊詩）　高島健一　40-40
川めぐり（＊詩）　足立巻一　41-41
旅装（＊詩）　港野喜代子　42-42
立っている網のある風景（＊詩）　足立共子　42-42
詩と小説（＊大阪パック）
　堀田善衛　椎名麟三　井上靖　43-45
山本健吉著「芭蕉」　（加）　45-45
E・E・カミングスの自叙伝（＊紹介）　石橋孫一郎　46-48
報告　足立巻一　49-49
記録　49-49

71『演劇評論』

昭和二十八年九月—昭和三十一年三月（全二十七冊）

創刊号　昭和二十八年九月一日発行

縦の列・横の列（＊巻頭言）　北岸佑吉　1-1
標準としてのシェイクスピア　菅　泰男　2-7
三宅周太郎論　権藤芳一　8-13
近時劇団あれこれ話—能から新劇まで—（＊座談会）　北岸佑吉　沼艸雨　大鋸時生　菅泰男　武智鉄二　辻部政太郎　14-29
鶴之助・扇雀・雷蔵　原田矢絵子　30-32
ゆらぐ能のあり方（＊能評）　沼　艸雨　33-35
脇正面　36-37
まろうど（簑助）を惜しむ—八月の新橋演舞場評—　戸部銀作　38-40
新派短評—八月　明治座昼夜—　綛野和子　40-41
あれこれ鴈治郎—神戸八千代劇場公演—　大鋸時生　41-44
秀作「瓜子姫とアマンジャク」—「ぶどうの会」民話劇の問題—　辻部政太郎　44-47
文楽の黄昏—八月の南座評—　武智鉄二　52-52
編集後記　武智鉄二　52-52

第二号　昭和二十八年十月号　一日発行

共通の広場へ（＊巻頭言）　菅　泰男　1-1
日本古典演劇の特異な性格に就いて　武智鉄二　2-5
戸板康二氏とかぶき（＊劇評家論二）　宮崎吉男　6-11
新劇の新人待望　尾崎宏次　12-14
フランス的こまやかさの極北—ティボー追悼—　辻部政太郎　15-15
観客としての先生—（折口信夫先生の追悼）—　戸板康二　16-17
劇界新人を探る—採り損ねた新人群像—（＊座談会）　北岸佑吉　武智鉄二　菅泰男　辻部政太郎　沼艸雨　大鋸時生　18-35
脇正面　36-37
珍演出・珍配役—歌舞伎座　九月興行—　伊藤寿二　38-40
松緑のエネルギー—明治座　九月興行—　綛野和子　40-43
東京連戦の新派公演—新橋演舞場　九月興行—　大江良太郎　43-45
関西歌舞伎の断層—大阪歌舞伎座　九月興行・第一部—　大鋸時生　45-47
珍重よりも陳腐—大阪歌舞伎座　九月興行・第二部—　北岸佑吉　47-49
新国劇の「井伊大老」—南座　九月興行—　菅　泰男　50-52
「素朴自然主義」超克への課題—関西新劇合同「阿Q正伝」—　辻部政太郎　52-54

争う文楽―夏の三和会（三越劇場）と因会（中座）―　沼　艸雨　54-56
清六を仕込む松太夫―文学座　九月興行―　武智鉄二　56-58
新刊紹介（「歌舞伎名作選」他）　59-59
編集後記　武智鉄二　60-60

第一巻第三号　昭和二十八年十一月号　一日発行

文楽保護の問題点（＊巻頭言）　武智鉄二　1-1
脚本・脚本―二代目市川左団次の功績―　利倉幸一　2-6
演劇評論家としての折口信夫（＊劇評家論三）　権藤芳一　7-12
扇と秋の白露と―野口兼資の死―　沼　艸雨　13-13
「かたばみ座」雑感　福田定良　14-19
舞台美術と舞台音楽―随想風に―　辻部政太郎　20-21
関西歌舞伎の暗い谷間―役者の罪松竹の罪か―（＊座談会）　北岸佑吉　沼艸雨　大鋸時生　菅泰男　武智鉄二　辻部政太郎　22-35
脇正面　36-37
新刊紹介（「能」（アルスグラフ）他）　38-38
歴史劇の命題―東京歌舞伎座　十月興行―　戸部銀作　39-41
「花の生涯」と「頼朝の死」―新橋演舞場　十月興行―　阿部優蔵　41-44
新国劇をみて―明治座　十月興行―　草壁知止子　44-45
「浮舟」「加賀鳶」など―御園座　十月興行―　塩野谷恵彦　46-48
擬古典・擬現代劇―大阪歌舞伎座　十月合同新派―　北岸佑吉　48-50
仁左衛門の「場」―中座　十月興行―　大鋸時生　50-53
関西新劇展望　辻部政太郎　53-57
双蝶々と御殿―文学座　十月興行―　武智鉄二　57-59
編集後記　大鋸時生　60-60

第一巻第四号　昭和二十八年十二月号　一日発行

本音が知りたい（＊巻頭言）　大鋸時生　1-1
北京でみた芝居　南　博　2-4
新刊紹介（「モスクワ藝術座五十年史」他）　4-4
既成劇団の外にある人たち　加藤　衛　5-7
坪内逍遥（＊劇評家論四）　吉田登喜雄　8-13
能狂言の新作　飯沢　匡　14-16
関西歌舞伎の陽の当る場所　原田矢絵子　17-19
家元制をめぐる―能楽・演劇を衝く―（＊座談会）　斎藤太郎　三宅襄　横道万里雄　利倉幸一　北岸佑吉　戸板康二　尾崎宏次　20-26
朝日の五流能（＊能評）　沼　艸雨　29-31
脇正面　33-33
「新作二ツ」―歌舞伎座　十二月興行―　市川文造　34-36
関西勢の「忠臣蔵」を見る―帝劇　十一月興行―　大木　豊　36-39
若人放言―明治座　十一月興行―　神谷吉彦　39-41
好調の勉強不足―大阪歌舞伎座　十一月興行―

仁左衛門の誤算―中座　十一月興行―　北岸佑吉　41-44
市川少女歌舞伎の行先き―大阪文楽座　十一月興行―　沼　艸雨　44-46
アンサンブルの成長と戯曲後半の欠陥―ぶどうの会　大鋸時生　46-48
「風浪」についての覚書―
東京の新劇だより　尾崎宏次　48-51
京都の新劇二つと前進座　京都公演（昼の部）　辻部政太郎　51-52
前進座への疑問―前進座　京都公演（夜の部）　菅　泰男　52-55
紋之介のお妻好演―三和会　十一月大阪公演―　林　孝一　55-56
　武智鉄二　56-57
アカデミイ劇場「山脈」と大阪放送劇団「四つの危機」　大岡欽治　57-59
編集後記　本田敏雄　60-60

第二巻第一号　昭和二十九年新年号　一月一日発行

東と西をつなぐもの（＊巻頭言）　辻部政太郎　1-1
明日の能　戸井田道三　2-5
憤りの演劇―現代アメリカ演劇の横顔―　木村俊夫　6-11
岡鬼太郎ノート（＊劇評家論五）　藤井康雄　12-17
郷土藝能への反省―その選定をめぐって―　池田弥三郎　18-21
劇評と私　山本修二　22-23
誤植　戸板康二　24-25
初春三題噺　武智鉄二　25-27
53年の回顧と54年の展望―劇壇の問題点とその見通し
―（＊座談会）　北岸佑吉　沼艸雨　大鋸時生
菅泰男　武智鉄二　辻部政太郎　28-41
脇正面　42-43
橋岡の安定感（＊能評）　沼　艸雨　44-47
歌舞伎美の不思議―東京歌舞伎座　師走興行―　岡副昭吾　48-50
「菅原」と「生玉心中」―明治座　師走興行―　草壁知止子　50-52
末世の勧進帳―南座　顔見世興行　昼ノ部―　権藤芳一　52-55
危いぞえ扇雀さん―南座　顔見世興行　夜ノ部―　大鋸時生　55-57
東京の新劇だより―職場演劇祭を中心に―　下村正夫　58-60
改編テキストのプラスとマイナス―民藝「民衆の敵」
の問題―　辻部政太郎　61-62
ルッサン　あらわるれば……―文学座「あかんぼ頌」―　菅　泰男　62-63
制作座の「孤憑」評　大岡欽治　63-64
喜左衛門の絃―三和会・東京三越二の替り―　安藤鶴夫　65-67
新刊紹介（戸板康二著「舞台の誘惑」他）　67-67
編集後記　（北岸）　66-68

第二巻第二号　昭和二十九年二月号　一日発行

封建性果して勝利か（＊巻頭言）　沼　艸雨　1-1
かぶき源流考（一）　戸部銀作　2-8
スタニスラフスキー・システムの理論と実際―特にチェーホフの創造方法との関連において―　下村正夫　9-15
加藤道夫追悼　矢内原伊作　16-17
竹の屋・饗庭篁村論（＊劇評家論六）　権藤芳一　18-24
門の外へ出た京舞―井上流東京公演について―　江口　博　25-27
演劇東京ラプソディー―四方山話の中にこめる憤り―（＊座談会）　安藤鶴夫　尾崎弘次　武智鉄二　戸板康二　辻部政太郎　28-39
脇正面　40-41
大槻十三の檜垣（＊能評）　沼　艸雨　42-45
安易な初春芝居―東京歌舞伎座　一月興行―　仁村美津夫　46-48
菊五郎劇団の正月演舞場―新橋演舞場　一月興行―　河竹登志夫　48-50
売りいそぎ無用のこと―大阪歌舞伎座　一月興行　第一部―　沼　艸雨　50-52
若手の卒業公演―大阪歌舞伎座　一月興行　第二部―　北岸佑吉　52-54
新派とは（異邦人への手紙）―京都南座　一月興行―　菅　泰男　54-57
東京の新劇だより　尾崎宏次　57-60
新劇とオペラとバレエ　辻部政太郎　60-62
うら哀しき壮観―文学座　一月興行　第一部―　大鋸時生　63-64
不遜な松太夫―文学座　一月興行　第二部―　武智鉄二　65-67
編集後記　（菅）　68-68

第二巻第三号　昭和二十九年三月号　一日発行

扇雀の受賞（＊巻頭言）　武智鉄二　1-1
「心中天網島」のテーマについて―やめて貰いたい「時雨の炬燵」―　広末　保　2-9
かぶき源流考（二）　戸部銀作　10-16
楠山正雄小論（＊劇評家論七）　吉田登喜雄　17-22
橋懸の日ざし　戸板康二　23-25
劇界は毒されている―演劇ジャーナリズム批判序説―（＊座談会）　北岸佑吉　沼艸雨　大鋸時生　菅泰男　武智鉄二　辻部政太郎　26-40
戸板康二著　芝居名所一幕見　（G）　41-41
脇正面　42-43
隅田川四題（＊能評）　沼　艸雨　44-46
老いらくの精―東京歌舞伎座　二月興行―　綛野和子　47-48
洒落た漫画「彦市ばなし」―明治座　二月興行―　伊藤寿二　48-50

回想形式の安売り―新橋演舞場　二月興行―　大木　豊　50-52
谷間族の再検診―名古屋御園座　二月公演―　大鋸時生　52-55
さまよう谷間―中座　二月興行―　沼　艸雨　55-57
幸運な「かたばみ座」―三月　名古屋興行―　塩野谷恵彦　57-59
K演劇研究所生への返信―文学座「大阪臨時公演」をめぐって―　辻部政太郎　60-62
新刊紹介（加藤道夫著「ジャン・ジロウドゥの世界」他）　62-62
編集後記　（権藤）　63-63

第二巻第四号　昭和二十九年四月号　一日発行

藝術院賞の授賞（＊巻頭言）　沼　艸雨　1-1
玉手御前の恋（遺稿）　折口信夫　2-9
附記　池田弥三郎　9-9
M子さんへの手紙―若い俳優のことについて―　尾崎宏次　10-14
論文紹介　（G）　14-14
伊原青々園の新聞劇評（＊劇評家論八）　権藤芳一　15-19
岸田国士先生を憶う　辻　久一　20-21
藝能史紀行㈠―奈良の春―　三隅治雄　22-25
劇界今昔譚―吉田幸三郎氏が初めて語る数々の文藝協会秘話―（＊座談会）　戸板康二　吉田幸三郎　池田弥三郎　沼艸雨　武智鉄二　26-36
三月十五日現在―伊達の喜劇悲劇聞書―　大鋸時生　37-39
脇正面　40-41
「華の会」の能（＊能評）　沼　艸雨　42-43
帝国劇場見物記―帝劇　三月興行―　池田弥三郎　44-46
ぼやきどうしの芝居見物―東京歌舞伎座　三月興行　第一部―　武智鉄二　46-48
たくましい商魂―東京歌舞伎座　三月興行　第二部―　沼　艸雨　48-49
道標「王将」の舞台―明治座　三月興行―　浜村米蔵　50-51
狂言立てに破格の冒険を望む―大阪歌舞伎座　三月興行　昼の部―　辻部政太郎　51-53
〝光る勘三郎〟―大阪歌舞伎座　三月興行　夜の部―　原田矢絵子　53-56
伊達の穴うめ競べ―三月の雨文集―　北岸佑吉　56-58
〝どん底〟の四つの死　安藤鶴夫　59-62
二つの問題作とリアリズム演劇の課題―新演「未亡人」と、新協「山の民」―　辻部政太郎　63-65
松竹新喜劇の阿片性―三月、大阪中座―　大鋸時生　65-67
新刊紹介（歌舞伎・能・文楽）　（G）　67-67

第二巻第五号　昭和二十九年五月号　一日発行

錆ついて来た因協会（＊巻頭言）　大鋸時生　1-1
昔男に移り舞ひ―蔓物の藝能史的考察―　池田弥三郎　2-5
口伝の整理　戸板康二　6-8

利倉幸一論―育てる人として―（＊劇評家論九）　原田矢絵子　9-14
原爆まぐろと黙阿弥　武智鉄二　15-17
〝夕映のカミサマ〟に贈る挽歌―吉右衛門の寺子屋―　榎本滋民　18-23
演劇賞の性格と格付け―附・新人待望論―（＊座談会）　北岸佑吉　沼艸雨　大鋸時生　武智鉄二　辻部政太郎　24-33
脇正面　34-35
島田巳久馬氏―龍吟今やなし―　沼　艸雨　36-36
三流の「熊野」（湯谷）（＊能評）　沼　艸雨　37-39
観能ノートから　北岸佑吉　39-40
「佐倉義民伝」と「鳥辺山心中」―東京歌舞伎座　四月興行―　尾崎宏次　41-43
新派第二陣に苦言を呈す―明治座　四月興行―　利倉幸一　43-45
〝東をどり〟から　咲きそこねた桜―名古屋御園座　四月興行―　安藤鶴夫　46-47
〝安直な〟大衆歌舞伎―四月の中座―　塩野谷恵彦　47-49
「嵐よ、もっと力強くとどろけ！」―文学座「どん底へ」―　北岸佑吉　49-51
関西オペラと制作座　林　孝一　51-53
二つの実験―青猫座、サローヤンと「東は東」―　辻部政太郎　53-56
新刊紹介（丸岡明著「現代の能」他）　菅　泰男　56-61
編集後記　（権藤）　61-61

第二巻第六号　昭和二十九年六月号　一日発行

納得のいかない話（＊巻頭言）　池田弥三郎　1-1
感傷主義の鎖―日本演劇の悲しい宿命について―　遠藤慎吾　2-5
俳優の魅力　戸板康二　6-8
伝統を料理する必要　西山松之助　9-11
浜村米蔵論（＊劇評家論十）　藤井康雄　12-17
念仏藝の幻想―藝能史紀行(二)―　三隅治雄　18-21
演劇〝手帖文化〟論―山本修二氏を囲んでの一とき―（＊座談会）　山本修二　北岸佑吉　沼艸雨　大鋸時生　菅泰男　武智鉄二　辻部政太郎　22-37
脇正面　38-39
封じの能（＊能評）　沼　艸雨　40-42
「吉野山」と「源氏物語」―五月　東京歌舞伎座評―　戸部銀作　43-45
近松の世話物三つ―五月　明治座関西歌舞伎評―　浜村米蔵　45-47
文化財追憶狂言―五月　大阪歌舞伎座　昼の部―　北岸佑吉　47-49
配列の妥当―五月　大阪歌舞伎座　夜の部―　沼　艸雨　49-50
退屈な時間―南座　昼の部―　菅　泰男　51-52
時蔵の不運―京都南座　夜の部―　大鋸時生　52-55

文楽の探求―五月　文学座評―　大鋸時生　55-57
俳優座開場―俳優座の「女の平和」―　武智鉄二　57-58
不均衡ながら正攻法―大阪小劇場「歴程」―　辻部政太郎　59-59
編集後記　（権藤）　60-60

第二巻第七号　昭和二十九年七月号　一日発行

奥山市三発言の意義（＊巻頭言）　大鋸時生　1-1
チェーホフとスタニスラフスキィ　倉橋　健　2-7
俳優の魅力（承前）　戸板康二　8-10
三木竹二論（＊劇評家論十一）　権藤芳一　11-16
演劇雑記　尾崎宏次　17-19
滝沢修氏に答える―「セールスマンの死」批評にかえて―　菅　泰男　20-25
戸板康二著　歌舞伎ダイジェスト（＊書評）　（G）　25-25
最近演劇の問題点を探る―民族伝統の批判的摂取とは？（昭和二十九年度上半期の回顧）（＊座談会）
　北岸佑吉　沼艸雨　大鋸時生　菅泰男　武智鉄二
　辻部政太郎　26-45
脇正面　46-47
未知数の人たち（＊能評）　沼　艸雨　48-50
「暗闇の丑松」と続演「ファッション源氏」―東京歌舞伎座　六月興行―　郡司正勝　51-52
テーマに責任を持て―六月　新橋演舞場　文楽興行―　広末　保　53-54
その日の喜怒哀楽―名古屋御園座　六月興行―　大鋸時生　55-57
みな好演なのに！―六月　大阪歌舞伎座　昼の部―　北岸佑吉　58-60
扇雀凱陣―六月　大阪歌舞伎座　夜の部―　沼　艸雨　60-62
二つの翻訳劇とバレエ　辻部政太郎　62-64
編集後記　（権藤）　65-65

第二巻第八号　昭和二十九年八月号　一日発行

渡欧能が残す問題（＊巻頭言）　1-1
モスクワ藝術座と社会主義リアリズム㈠　熊沢復六　2-9
俳優の魅力（承前）　戸板康二　10-12
六二連の「俳優評判記」について（＊劇評家論十二）　今尾哲世　13-19
山の盆踊り―藝能史紀行㈢―　三隅治雄　20-23
真夏の夜の悪夢　大鋸時生　24-26
演劇の現代的意義　菅　泰男　27-30、44
『逆説』歌舞伎讃―納涼座談会―　北岸佑吉　沼艸雨
　大鋸時生　菅泰男　武智鉄二　辻部政太郎　31-44
渡欧の能（＊能評）　沼　艸雨　45-47
新刊紹介（三宅杌一著「拍子精解」）　（N）　47-47
脇正面　48-49
宵闇のカミサマ―東京歌舞伎座　七月興行―　榎本滋民　50-53
名作と新作と―東京明治座　七月興行―　草壁知止子　53-55

新派の擬古典・擬新作―大阪歌舞伎座　七月興行―　北岸佑吉　55-57
「男達ばやり」その他―大阪中座　納涼歌舞伎―　沼　艸雨　57-60
何処へ行く、文学座―「牛山ホテル」「紙風船」―　菅　泰男　60-61
「道化座」と「制作座」―「賢女気質」と「白い晴着」―　辻部政太郎　61-62
三回目の「夕鶴」―ぶどうの会　大阪公演―　大岡欽治　62-63
編集後記　（権藤）　64-64

第二巻第九号　昭和二十九年九月号　一日発行
創刊一周年記念号

更に一年の戦いを（＊巻頭言）　武智鉄二　1-1
モスクワ藝術座と社会主義リアリズム(二)　熊沢復六　2-8
「女殺油地獄」についての覚書　広末　保　9-15
六二連の「俳優評判記」について（承前）（＊劇評家論十三）　今尾哲也　16-20
演劇雑記　尾崎宏次　21-23
マスコミニュケーション時代における「演劇」の意義　辻部政太郎　24-28
新刊紹介（「能の展開」　南江治郎著）　（G）　28-28
昭和二十九年度名人ベスト・テン演劇評論選定　29-29
名人ベスト・テン得点表　30-30
豊竹山城少掾（ベスト・テン名人論1）　池田弥三郎　31-31
喜多六平太掌編（ベスト・テン名人論2）　沼　艸雨　32-32
茂山弥五郎讃（ベスト・テン名人論3）　辻部政太郎　33-33
井上八千代（ベスト・テン名人論4）　安藤鶴夫　34-34
富崎春昇（ベスト・テン名人論5）　戸板康二　35-35
川崎九淵と無痛分娩（ベスト・テン名人論6）　武智鉄二　36-36
三津五郎の資格（ベスト・テン名人論7）　北岸佑吉　37-37
田村秋子のこと（ベスト・テン名人論8）　尾崎宏次　38-38
桜間弓川（ベスト・テン名人論9）　菅　泰男　39-39
どうして文五郎に……（ベスト・テン名人論10）　大鋸時生　40-40
現代名人を語る―舞台名人ベスト10に寄せて―（＊座談会）　北岸佑吉　沼艸雨　大鋸時生　菅泰男　武智鉄二　辻部政太郎　41-60
袴能の種々相（＊能評）　沼　艸雨　61-63
脇正面　64-65
感情的必然性―東京歌舞伎座　八月興行―　戸部銀作　66-68
新国劇の正体―八月　大阪歌舞伎座　昼の部―　北岸佑吉　68-70
新国劇之(ママ)の疑問―八月　大阪歌舞伎座　夜の部　大鋸時生　70-71
アテナイの空、大阪の空―俳優座　野外劇「女の平和」―　辻部政太郎　72-74
近松原作の忠実な再現―鶴之助舞踊研究発表会―　権藤芳一　74-75
編集後記　（権藤）　76-78

第二巻第十号　昭和二十九年十月号　一日発行

鶴之助の声明（＊巻頭言）　戸板康二　1-1
源氏流行の後　池田弥三郎　2-14
演劇評論家としての島村抱月（＊劇評家論十四）　河竹登志夫　15-21
中村吉右衛門歿す―ぼく流の清算書―　大鋸時生　22-23
寿三郎の死と「善良」の敗北　大鋸時生　24-25
演劇雑記　尾崎宏次　26-28
吉右衛門の死と鶴之助問題―二大トピックスのつながり―（＊座談会）　北岸佑吉　沼艸雨　大鋸時生　菅泰男　武智鉄二　辻部政太郎　29-44
郡司正勝著　歌舞伎入門（＊書評）　（G）　45-45
脇正面　沼　艸雨　46-47
初秋の能偶感（＊能評）　沼　艸雨　48-50
お茶を濁す『追善興行』―東京歌舞伎座　九月興行―　大木　豊　46-50
生きている菊五郎―明治座　九月興行―　草壁知止子　53-55
新派通信―新橋演舞場　九月興行―　神谷吉彦　55-57
五十一分の佐太村―大阪歌舞伎座　九月興行　昼の部―　武智鉄二　57-60
「地獄変」の実験―九月　大阪歌舞伎座　夜の部―　北岸佑吉　60-62
京に田舎あり―前進座　大阪公演評―　沼　艸雨　62-63
文学座の「探偵物語」　桑原経重　63-65
シーズンに入った新劇　辻部政太郎　65-67
新刊紹介（遠藤慎吾編「女優への道」）　（G）　67-67
編集後記　68-68

第二巻第十一号　昭和二十九年十一・十二月合併号　十一月一日発行

「水に流す」（＊巻頭言）　北岸佑吉　1-1
モスクワ藝術座と社会主義リアリズム㈢　熊沢復六　2-8
観客の民俗―藝能史紀行㈣―　三隅治雄　9-12
演劇雑記　尾崎宏次　13-15
スタニスラフスキー・システムの問題　林　孝一　16-19
吉右衛門追悼文献1　19-19
『文楽』の雑音　大鋸時生　20-21
武智歌舞伎の検討―〝演劇評論〟批判をめぐって―（＊座談会）　山本修二　辻久一　林孝一　北岸佑吉　沼艸雨　菅泰男　武智鉄二　辻部政太郎　22-37
失語のこと　大鋸時生　37-37
脇正面　38-39
五流能を中心に（＊能評）　沼　艸雨　40-42
新鮮味に乏しい入賞脚本―東京歌舞伎座　十月興行―　伊藤寿二　43-44
松竹新喜劇の正体―十月　大阪歌舞伎座―　北岸佑吉　45-46
大衆歌舞伎・中座・小芝居―大阪中座　十月興行―　権藤芳一　46-49
前進座の「寺子屋」―京都公演―　菅　泰男　49-52

新派新ならず―南座　十月興行―　沼　艸雨　52-53
吉右衛門劇団の再発足―名古屋御園座　十月興行―　大鋸時生　53-58
青猫座とかもめ座の性格―「蛾」「小暴君」「京時雨…」三本立と「毒素と老嬢」を中心に―　辻部政太郎　58-60
プーク　大阪公演―　深谷明子　60-61
「セロ弾きのゴーシュ」と「バヤヤ王子」―人形劇団
吉右衛門追悼文献2　61-61
夕鶴―能様式による―
原作・木下順二　脚色・木下順二　武智鉄二　62-71
演劇評論第一・二巻（1号〜15号）主要目録　72-73
編集後記　（権藤）　74-74

第三巻第一号　昭和三十年新年号　一月一日発行

窓はあけられた（＊巻頭言）　沼　艸雨　1-1
民話劇の継承と発展―新中国の歌劇「梁山泊と祝英台」を中心として―　大芝　孝　2-8
杉贋阿弥論（＊劇評家論十五）　権藤芳一　9-13
観客の民俗―藝能史紀行㈤―　三隅治雄　14-18
涙と笑　武智鉄二　19-21
舞台藝術の果敢さときびしさ　辻部政太郎　22-23
誤算させる『もの』の介在　大鋸時生　24-26
演劇雑記　尾崎宏次　27-29
脇正面　30-31
「お蝶夫人」と「夕鶴」問題の尾を曳くもの―演劇独占と家元制の罪―（54年度演劇界回顧座談会）　北岸佑吉　沼艸雨　大鋸時生　武智鉄二　辻部政太郎　32-46
立合能の反省（＊能評）　沼　艸雨　47-49
歌舞伎新生の見地から―東京歌舞伎座　十一月興行―　近藤忠義　50-53
最後の歌舞伎上演―帝国劇場　十一月興行―　池田弥三郎　53-56
不元気な菊五郎劇団―十一月　大阪歌舞伎座　昼の部―　辻　久一　56-58
音羽屋畑の新世話―大阪歌舞伎座　夜の部―　北岸佑吉　58-60
やめてほしい「時雨の炬燵」―十月　文学座興行―　権藤芳一　60-63
「かもめ」の意味するもの―合同公演（俳優座劇場）評―　加藤　衛　63-65
創作オペラと戦後初演もの二つ―「修禅寺」「闇の力」「石狩川」―　辻部政太郎　65-68
問題は含んでいるが―神戸道化座と大阪放送劇団―　大岡欽治　68-70
〝新派と題して〟―明治座　十一月興行―　神谷吉彦　70-71、49
編集後記　（権藤）　72-72

第三巻第二号　昭和三十年二月号　一日発行

伝統の日本的な意味について（＊巻頭言）　菅　泰男　1-1
モスクワ藝術座と社会主義リアリズム㈣　熊沢復六　2-7
新刊紹介（林屋辰三郎著「歌舞伎以前」）　7-7
武智鉄二論（＊劇評家論十六）　戸部銀作　8-13
能形式「夕鶴」の系譜と今後の発展性　十河　巌　14-16
狂言形式に還元した「東は東」　菅原　卓　17-18
能形式による「夕鶴」をみて　山本安英　19-20
「東は東」について　田村秋子　20-21
「夕鶴」「東は東」を見て　ドナルド・キーン　22-23
『夕鶴』『東は東』公演を見て―能と狂言の様式による―（＊座談会）　安藤鶴夫　池田弥三郎　沼艸雨　武智鉄二　戸板康二　24-35
脇正面　36-37
川尻さんの死　戸板康二　38-40
演劇雑記　尾崎宏次　41-43
大谷さんに文化勲章を！―演劇時事を雑談する㈠―　大鋸時生　44-46
梅若実の「鷺」（＊能評）　沼　艸雨　47-49
新刊紹介（若月保治「元禄歌舞伎と近松研究」他）　49-49
顔見世合評―京都南座　十二月興行―　北岸佑吉　菅泰男　沼艸雨　武智鉄二　大鋸時生　辻部政太郎　50-56
演劇研究会企画の「忠臣蔵」を見て―歌舞伎座　十二月興行―　浜村米蔵　56-59
新作二本の菊五郎劇団―明治座　十二月興行―　大木　豊　60-61
「心中万年草」を見て―東横ホール　若手歌舞伎公演―　荒木　繁　62-63
俳優座第二次公演評―「若人よ蘇れ」「教育」「笛」―　山脇亀雄　63-65
文学座顔見世興行―飯沢匡作「二号」京都公演―　菅　泰男　65-67
「くるみ座」と「製作座」―「肝っ玉お母…」と「罪と罰」―　辻部敞雄　67-69
変則興行―十二月新派評　新橋演劇場―　神谷義彦　69-71
書評（戸板康二著「演劇の魅力」）　（G）　71-71
編集後記　（権藤）　72-72

第三巻第三号　昭和三十年三月号　一日発行

不思議でたまらない現実（＊巻頭言）　大鋸時生　1-1
近松の「堀川波鼓」―お種を中心に―　広末　保　2-6
市川団十郎の成立　西山松之助　7-12
新刊紹介　12-12
コポオと〝邯鄲〟　北岸佑吉　13-16
歌舞伎役者の知性について―演劇時事を雑談する㈡―　大鋸時生　17-19
演劇雑記　尾崎宏次　20-22
名古屋の学生演劇　服部幸雄　23-24
ベルリナー・アンサンブルのパリ公演―フランス各紙

の劇評に見る―　浦野　進　25-27
脇正面　28-28
明け損ねた黎明―精神にチョンマゲを結う役者たち―（＊座談会）　北岸佑吉　沼艸雨　大鋸時生　菅泰男　武智鉄二　辻部政太郎　30-43
東京の春（＊能評）　沼　艸雨　43-45
書評（河原崎国太郎著「河原なでしこ」）　（G）　45-45
これが歌舞伎だ―東京歌舞伎座　一月興行―　戸部銀作　46-48
春芝居昼夜―明治座　一月興行―　草壁知止子　48-52
主力脇役へ移行―大阪歌舞伎座　一月興行―　沼　艸雨　52-54
子供・曾根崎・菅原―正月の両文楽―　北岸佑吉　54-57
廻り舞台の効果―文学座「シラノ」―　戸板康二　57-59
舞台以前の諸問題―俳優座「女村長アンナ」―　今尾哲也　59-62
戯曲に関する若干の疑問―俳優座「若人よ蘇れ」―　辻部敵雄　62-63
生まれては見たけれど……―南座　新春座結成公演第一回―　権藤芳一　63-66
ながろうべきか……―南座　新春座　第二部―　菅　泰男　66-67
後記　（権藤）　68-68

第三巻第四号　昭和三十年四月号　一日発行

たまってきた垢（＊巻頭言）　尾崎宏次　1-1
モスクワ藝術座とスタニスラフスキー・システム（一）　熊沢復六　2-9
安藤鶴夫漫陀羅（＊劇評家論十八（ママ））　榎本滋民　10-17
「夕鶴」「東は東」を観る　荒木良雄　18-20
雌伏十年（中村富十郎）―演劇時事を雑談する㈢―　沼　艸雨　21-23
クローデルの思出　北岸佑吉　24-25
脇正面　26-27
伝統演劇論―能と狂言から何を摂取するか―（＊座談会）　山本修二　永積安明　北岸佑吉　大鋸時生　菅泰男　武智鉄二　辻部政太郎　26-47
既に能ひらく（＊能評）　沼　艸雨　48-49
盛上らぬ顔見世能（＊能評）　北岸佑吉　50-52
映画随想　辻部敵雄　52-52
『懶惰なる周囲』に反発―大阪歌舞伎座　二月公演―　大鋸時生　53-56
八重子の残す問題―明治座　二月興行―　草壁知止子　56-58
日本の現実―民藝「大和の村」京都公演―　菅　泰男　58-60
前半退屈―俳優座「赤いカーディガン」―　神谷吉彦　60-62
オペラ「修禅寺物語」をみて　尾崎宏次　62-64
デッサンとデフォルメの不足―青猫座「北京の幽霊」―　辻部敵雄　64-64

万代大女優の貫禄―中座　新春座特別公演―　武智鉄二　65-66
前進座の「寺子屋」（附・「寺子屋」論）―逝ける森新五郎叔父に捧ぐ―　辻部敝雄　66-68
蕾会の目的―第二回公演評―　戸部銀作　68-71
後記　（権藤）　72-72

第三巻第五号　昭和三十年五月号　一日発行

民主的脱皮の苦悶（＊巻頭言）　武智鉄二　1-1
傾城反魂香と吃又（＊近松作品論・四）　広末　保　2-6
演技伝承―藝能史紀行㈥―　三隅治雄　7-13
「俳優修業」修業記（一）　林　孝一　14-20
ブルータス、お前もか―北条秀司の「妄執」―　池田弥三郎　21-23
大谷さんに申上げます―演劇時事を雑談する㈣―　大鋸時生　24-27
脇正面　26-29
関西歌舞伎を転落させるもの共の正体（＊座談会）
北岸佑吉　沼艸雨　大鋸時生　武智鉄二　菅泰男
辻部政太郎　30-45
金春八条健在（＊能評）　沼　艸雨　46-48
観光歌舞伎ではあるが……―三月　東京歌舞伎座―　大鋸時生　49-51
慎重な企画と稽古を―三月　明治座評・A―　仁村美津夫　52-53
「鳥辺山心中」と「檻」―三月　明治座評・B―　浜村米蔵　54-56
愉しめる「青春怪談」―三月　新橋演舞場・新派七十周年―　大木　豊　57-59
『二つの文楽』のたたずまい―因会と三和会の三月公演―　大鋸時生　59-61
藝術は技術の上に成立する―新協劇団の「敵」―　今尾哲也　62-64
創作オペラの実験・その他―「夕鶴」「パリアッチ」（関響）「ききみづきん」「制服」「風の夜」（青俳）―　辻部敝雄　64-68
なにかちがう……―ぶどうの会・民話劇―　林　孝一　69-71
奇怪な襲名披露―三月　大阪歌舞伎座　猿・時一座―　沼　艸雨　71-73
後記　（権藤）　74-74

第三巻第六号　昭和三十年六月号　一日発行

ゴジラという怪物（＊巻頭言）　北岸佑吉　1-1
モスクワ藝術座とスタニスラフスキー・システム（二）　熊沢復六　2-8
創造の形式―かぶきの周辺（一）―　郡司正勝　9-13
日本近代劇と森鷗外―演劇史の人々（1）―　吉田登喜雄　14-18
「人間文化財」の矛盾―演劇・呉牛の弁―　池田弥三郎　19-22
新刊紹介（「四座役者目録」田中允編）　（N）　22-22

盛んなる時に勝つものは何か―演劇時事を雑談する㈤― 大鋸時生 23-26
竹三郎を惜しむ 戸部銀作 27-27
脇正面 28-29
無形文化財の責任―綱大夫に『文楽』革新を勧告―（＊座談会） 竹本綱大夫 大西重孝 北岸佑吉 沼艸雨 大鋸時生 武智鉄二 辻部政太郎 30-44
喜多六平太の「巴」（＊能評） 沼 艸雨 45-47
観世寿夫の「百万」―銕仙会所演― 大河内俊輝 48-49
「演劇評論」友の会について 49-49
カブキには問題が満ち〳〵ている―四月 歌舞伎座― 今尾哲也 50-52
関西歌舞伎完敗―四月 明治座― 大木 豊 53-55
不安定の安全―四月 東横ホール― 戸部銀作 55-58
花曇り菊五郎劇団―四月 名古屋御園座― 大鋸時生 58-61
新国劇の懸案―四月 大阪歌舞伎座― 北岸佑吉 61-62
長町女腹切―四月 文学座― 沼 艸雨 63-64
「ハムレット」批判と鑑賞―文学座所演― 菅 泰男 64-69
ドイツ古典劇の重量感―音楽劇としては未だし・民藝「ヴィルヘルム・テル」大阪公演― 辻部敞雄 69-71
ソ連児童劇と仏古典劇―大阪小劇場「森は生きている」 制作座「女学者」― 大岡欽治 71-73
映画随想 辻部敞雄 73-73
後記 （権藤） 74-74

第三巻第七号 昭和三十年七月号 一日発行

観念劇の出現（＊巻頭言） 尾崎宏次 1-1
近世音楽史の側面―民謡と俗曲の交渉― 安永寿延 2-8
福地桜痴―演劇史の人々（2）― 藤井康雄 10-15
「俳優修業」修業記（二） 林 孝一 16-20
美しいつどい 中村翫右衛門 21-23
創刊・選集・脚色―演劇・呉牛の弁Ⅱ― 池田弥三郎 24-27
書評（戸板康二著「演劇人の横顔」） （G） 27-27
東と西と。打つ手の解析―演劇時事を雑談する㈥― 大鋸時生 28-31
映画随想 辻部敞雄 31-31
鴈治郎の怒りに始るもの 大鋸時生 32-32
新劇の演技術を衝く―「ハムレット」を中心に―（＊座談会） 福田恆存 北岸佑吉 山本修二 辻部政太郎 菅泰男 武智鉄二 33-48
次代観世の群像―大西信久台頭― 沼 艸雨 49-51
新刊紹介（辻部政太郎著「演劇・映画論ノート」） 51-51
「困ったものだ」といいながら（＊能評） 大河内俊輝 52-53
野村万作君へ（＊能評） 増田正造 53-55
脇正面 56-60
菊五郎の偉さと松竹の商魂―菊・猿両劇団、五月 東京歌舞伎座― 大鋸時生 58-60
寿海と友右衛門―関西歌舞伎、五月 大阪歌舞伎座― 沼 艸雨 61-63

大谷プラン成功―東西合同歌舞伎・五月中座―　北岸佑吉　63-65
「楷書」の「太十」―前進座東京産経会館―　辻部敝雄　65-67
成長の跡あり―関西新人バレエ・現代舞踊合同公演―　辻部敝雄　67-68
青猫座の「生きている小平次」　権藤芳一　68-69
後記　（権藤）　70-70

第三巻第八号　昭和三十年八月号　一日発行

大谷放言の形相（＊巻頭言）　武智鉄二　1-1
戯曲の形式―かぶきの周辺（二）―　郡司正勝　2-7
新劇と私　尾崎宏次　8-10
歌舞伎と私　戸板康二　10-12
文楽とぼくと　安藤鶴夫　12-14
民俗藝能と私　池田弥三郎　14-16
能と私　沼　艸雨　16-17
演劇を如何に学ぶか（＊座談会）　北岸佑吉　沼艸雨　大鋸時生　菅泰男　辻部政太郎　武智鉄二　18-39
脇正面　40-41
景清と弓川（＊能・狂言評）　増田正造　42-43
名人のしっぽ（＊能・狂言評）　大河内俊輝　43-44
新人の道（＊能・狂言評）　沼　艸雨　45-47
能からの解放―東西合同狂言会を見て―（＊能・狂言評）　永積安明　48-49
強く、素朴に、おおらかに―東西合同狂言会評―（＊能・狂言評）　菅　泰男　50-51
カブキを悪くしているものは何か―菊五郎劇団、六月東京歌舞伎座―　今尾哲也　52-54
歌右衛門の「娘道成寺」論―吉右衛門劇団、六月　新橋演劇場―　戸部銀作　54-58
前進座らしくあれ―六月　大阪歌舞伎座（一部）―　沼　艸雨　58-59
狂言の配列に問題―六月　大阪歌舞伎座（二部）―　辻部敝雄　59-61
興奮の渦の中で―関西歌舞伎、六月　名古屋御園座―　服部幸雄　61-64
因会文楽の『舞台』と『背景』―六月　大阪文楽座―　大鋸時生　64-68
シナリオ作家と小説家と―民藝「女の声」と俳優座「どれい狩」―　桑原経重　68-72
思い切ってデフォルメを……―文学座「葵上」と「只ほど高いものはない」―　菅　泰男　72-74
オペラ・プレイの実験―「白狐の湯」と「赤い陣羽織」―　辻部敝雄　74-75
後記　（権藤）　76-76

第三巻第九号　昭和三十年九月号　一日発行

混合実験の可能性（＊巻頭言）　辻部敝雄　1-1
モスクワ藝術座とスタニスラフスキー・システム（三）　熊沢復六　2-9

忠臣蔵における赤穂「浪士」　林屋辰三郎　10-13
九世団十郎―特に其の演技を中心として―（演劇史の人々（3））　今尾哲也　14-19
「最も単純な身体的行動」（Ⅰ）―「俳優修業」修業記（三）―　林　孝一　20-24
曹禺新作「明るい空」の人間像　大芝　孝　25-28
照蔵の死　戸部銀作　29-29
東京歌舞伎の初日―演劇・呉牛の弁―　池田弥三郎　30-33
演劇法皇さまのお嘆き―演劇時事を雑談する㈧―　大鋸時生　34-37
書評（戸板康二著「歌舞伎十八番」）　（G）　37-37
脇正面　38-38
演劇能―観世会の「夜討曾我」―　沼　艸雨　40-41
意欲を見せた猿之助、我童―七月　東京歌舞伎座―　仁村美津夫　42-44
東宝歌舞伎の発足―七月　東京宝塚劇場―　大木　豊　44-47
新派と現代劇について―七月　東京明治座―　桑原経重　47-49
矢車座を見て―七月　大阪産経会館―　浜村米蔵　49-52
シーズン・オフにみた新劇二つ―俳優座「どれい狩」と新制作座「市川馬五郎一座」―　辻部敝雄　52-53
後記　（武智）　54-54

第三巻第十号　昭和三十年十月号一日発行

俳優の倫理（＊巻頭言）　菅　泰男　1-1
観念劇を衝く　辻部敝雄　2-4
九世団十郎（Ⅱ）―特に其の演技を中心として―（演劇史の人々（3））　今尾哲也　5-10
私の四つの主張―現代狂言集の内―　茂山千之丞　11-13
近松を剽竊した近松文楽―因会の三つの近松物―近松研究会（出席者　今尾哲也　浜村米蔵　戸部銀作　広末保　内海繁太郎）　戸部銀作記　14-19
藝能流転―東北の旅から―（演劇・呉牛の弁Ⅵ）　池田弥三郎　20-23
脇正面　24-25
歌舞伎を護れ（＊座談会）　浜村米蔵　広末保　松島栄一　西山松之助　北岸佑吉　沼艸雨　菅泰男　武智鉄二　辻部敝雄　26-38
稽古不足の「海神別荘」　尾崎宏次　39-41
「八月十五夜の茶屋」を観て　倉橋　健　41-42
新刊紹介（「俳優術教程」千田是也監修）　42-42
最近の東京劇界の話題から―（＊鼎談）　戸板康二　安藤鶴夫　尾崎宏次　43-55
後記　（権藤）　56-56

第三巻第十一号　昭和三十年十一・十二月合併号　十一月一日発行

国立劇場と文楽（＊巻頭言）　1-1
鑓の権三重帷子―姦通悲劇の方法について―　広末　保　2-17

藤蔭静枝―演劇史の人々（4）―　田中　睦　18-22
「最も単純な身体的行動」（Ⅱ）―「俳優修業」修業記
（四）―　林　孝一　23-27
歌舞伎は幸福か　武智鉄二　28-29
新刊紹介（武智鉄二著「歌舞伎の黎明」）　（G）　29-29
脇正面　30-31
演劇文化の憂い―「文化勲章授与」の内幕をめぐって
―（＊座談会）　北岸佑吉　沼艸雨　菅泰男
武智鉄二　辻部敝雄　32-46
戸板康二著「日本の俳優」への期待（＊書評）
池田弥三郎　47-50
新刊紹介（戸板康二著「劇場の青春」）　（G）　50-50
文学座の「なよたけ」　辻　久一　51-55
初冬の東京劇壇（＊鼎談）
安藤鶴夫　池田弥三郎　尾崎宏次　56-61
後記　（権藤）　62-62

終刊号　昭和三十一年三月五日発行

鎖国の演劇（巻頭言）　菅　泰男　1-1
横膈膜の研究―息と発声について―　塩野谷恵彦　2-10
川上音二郎論―演劇史の人々（5）―　服部幸雄　11-16
江戸話藝の成立―落語について―　比留間尚　17-22
中国における最近の戯曲の傾向について　大芝　孝　23-28
「武智歌舞伎論」批判の前提―戸部銀作の〈「武智歌舞伎」批判〉を読んで―　権藤芳一　29-36
演劇と世代―老人棚上論―（＊座談会）　北岸佑吉
沼艸雨　辻部敝雄　武智鉄二　37-51
脇正面　52-53
関寺小町（能評）　沼　艸雨　54、55
武智舞踊への戸惑―花柳有洸舞踊会―　田中　睦　55-57
演劇評論同人住所録　57-57
終刊の御挨拶　演劇評論同人会一同　58-58
行動の終りではない　大鋸時生　58-59
演劇評論　全巻主要目録　60-63
後記　（権藤）　64-64

72『文藝大阪』

昭和三十一年二月―昭和三十二年一月

第一集　昭和三十一年二月十五日発行

発刊の言葉　目次裏
恐怖（＊小説　入選作）　桜本達郎　1-13
感想　桜本達郎　2-2
上田秋成〈大阪3人男〉　13-13
水ぐるま（＊詩　入選作）　谷村定治郎　14-17
感想　谷村定治郎　17-17
手（＊詩　入選作）　平井千代　18-19
市民文化祭協賛　新人創作文藝入選作発表　20-20
詮衡経過　20-20
主題の積極、普遍がよい〈＊選評〉　藤沢桓夫　22-22
新鮮さに乏しいが、今後に期待したい〈＊選評〉　長沖　一　22-23
もう少し力強いものがほしい〈＊選評〉　阪中正夫　23-23
テーマの明確なのがよい〈＊選評〉　小野十三郎　23-23
大阪の青春（＊小説）　磯田敏夫　24-36
落日（＊詩）　野原光輝　31-31
近松門左衛門〈大阪3人男〉　36-36
鉄夫の家〈＊戯曲〉　鈴木利男　37-43
ながれ〈＊詩〉　清水正一　40-40
孤愁（＊小説）　河内半太　44-58
村（＊詩）　亀山一夫　47-47
表紙画「門」について　宮本義雄　57-57
市民文化祭協賛　市長賞短歌五首　辻澄子　川端左可恵　鎌田総子　平子甚之助　江藤久夫　59-59
金魚（＊放送劇）　松田伸二　60-69
卵から（＊詩）　中沢伸二　62-63
大阪市民文化祭協賛　俳句入賞句　井原九紫　角野人　水野秋扇子　寺沢皓一　田中黒土　白山晴好　袖裂伸二　小杉幸男　菊池一夫　黒沢一太　塚田文一郎　真夏出来男　難波咲女　賀川大造　66-66
題字によせて　榊　莫山　68-68
銀婚式（＊小説）　穂高千里　70-78
職安にて（＊詩）　藤田さえ　72-73
大阪市民文化祭協賛　川柳入賞句　伊藤定子　森本夷一郎　丹波太路　杉本孝子　和田登志子　佐々木喜久楼　田中南都　吉村たけし　伊藤定子　77-77
感想　平井千代　78-78
フローベール論　野間　宏　79-87
乞食（＊詩）　武内　健　82-83
大阪に於ける新人群　87-87
小説の頽落　小久保実　88-90
関西同人雑誌クラブに就いて　90-90
大阪の藝能界―自覚と自信を持て―　長沖　一　91-92
土は肥えている―関西の詩運動について―　小野十三郎　92-93

ラジオドラマ雑感―病床にある劇作家とラジオ作家との対話―　阪中正夫　93-95
関西の同人雑誌について―しぶとい永続性―　富士正晴　95-98
大阪の主な高校文藝雑誌　98-98
「夫婦善哉」と織田作之助の手紙　吉井栄治　99-102
書籍雑誌発行部数　102-102
歌舞伎の見方―ある観客の試論―　瀬川健一郎　103-120
千里丘陵にて（＊詩）　多湖比左志　106-107
新聞小説と作者―落穂集―　X・Y・Z　111-112
チップ　稲畑太郎　113-114
外人部隊の一兵士　石浜恒夫　114-116
棋士と縁起　熊谷達人　116-117
職場と文学　織田喜久子　117-118
私は大阪に帰って来た　田中克己　118-119
フェアリーテイル（＊小説）　阪田寛夫　120-127
くされ犬（＊詩）　原　貞三　124-125
1955年の文化賞　128-128
夏の夜（＊戯曲）　鬼内仙次　129-137
秋の構図（＊詩）　吉川彦二　132-132
徳丸と私と（＊小説）　吉田定一　138-147
運河にかかった町（＊詩）　清水正一　142-143
井原西鶴〈大阪3人男〉　143-143
応募作品あれこれ（＊座談会）　鬼内仙次　阪田寛夫　瀬川健一郎　吉田定一　吉井栄治　148-155
文藝大阪の生れるまで　156-156
編集後記　156-156

第二集　昭和三十二年一月十五日発行

第二集をおくるについて　文藝大阪編集委員　目次裏
虹（＊小説　大阪市民文藝賞受賞作）　木下桃子　1-18
感想　木下桃子　3-3
大阪市民文化祭　18-18
ある広島（＊小説）　大塚　滋　19-32
感想　大塚　滋　31-31
大阪市民文化祭協賛　短歌入賞句　豊岡香葉　安見広之　古田フサ子　末村里枝　実川栄　32-32
大阪市民文化賞受賞者―横顔―（山口誓子・吉田文五郎）　33-33
私は塗装工（＊詩　大阪市民文藝賞受賞作）　益田忠義　34-35
感想　益田忠義　35-35
夏草（＊詩　大阪市民文藝賞受賞作）　岡田芳一　36-37
感想　岡田芳一　37-37
市民文化祭協賛　第二回新人創作文藝入選作発表　大阪都市協会　38-39
小説選評　藤沢桓夫　40-40
選評　長沖　一　41-41
選後評　阪中正夫　42-42
選評　小野十三郎　43-43
選考経過と読後感　42-43
帝国軍人（＊小説）　磯田敏夫　44-56

赤い焔（＊詩）　米沢敬二　51-51
藤沢桓夫氏のこと　市村拓郎　56-56
晴着（＊詩）　平井千代　57-57
テレビへのいざない　南木淑郎　58-59
同人雑誌を語る（＊座談会）　正木宏尚　谷村定治郎
　辻本美知子　和田浩明　小寺正三　60-64
七月の畑（＊詩）　三浦　昇　63-63
ブッキラボー　平井常次郎　65-65
文化ヨロイ　港野喜代子　66-66
純正ラジオドラマ　高橋信三　67-67
文学と大阪　牧村史陽　68-69
戯曲雑感　阪中正夫　69-69
道元のこと（＊小説）　瀬川健一郎　70-81
和子（＊詩）　明石真一　75-75
放送劇評反省　佃　芳郎　82-83
満月（＊小説）　富士正晴　84-95
うしおんな（＊詩）　ひでうらりん　87-87
城東風景（＊詩）　山崎生士　93-93
ふくろと電灯（＊詩）　谷村定治郎　96-96
隠密十郎兵衛（＊小説）　徳永真一　97-105
城（＊詩）　服部一民　100-100
大阪市民文化祭協賛　俳句入賞句　吉田凡鶏　杉山
　竹峰　田島朱一　土井清明　松浦京子　志水みのる
　平木三碧　保田てい　瀬川六紘子　吉野静哉　105-105
大阪の詩運動について―同人誌とサークル誌の結びつ
　きとは―（＊座談会）　天野美津子　坂東寿子
　長谷川龍生　堀内健史　森内宏　多湖比左志　上田
　満子　浜田知章　106-112
ぼくの淀川（＊詩）　磯野岩男　110-110
なにわ賞と大阪市民文化祭賞　112-112
「新・忠臣蔵」始末記　O・P・Q　113-113
関西新劇のやりくり・さんだん―何が一体本ものだろ
　う―　清水三郎　114-115
ニワトリ島地誌　庄野英二　116-123
待つ（＊詩）　野原光輝　122-123
大阪ロケばなし　花本公男　124-125
日向（＊戯曲　一幕）　鬼内仙次　126-136
庄野潤三氏について　阪田寛夫　137-140
夢（＊詩）　原　貞三　138-139
大阪市民文化祭協賛　川柳入賞句　伊勢登　戸田ま
　ゆみ　中川新歩　正本水客　山添眉水　不二田一三
　夫　上島ひさを　寺元貞句朗　野村初甫　松原華星　140-140
自分の絵について　泰森康屯　140-140
若いシーソー（＊小説）　吉田定一　141-149
安治川風景（＊詩）　林　久仁　146-147
直木三十五のこと　149-149
執筆者紹介　149-149
編集後記　（小原敬史）　150-150

73『蒼馬』

昭和三十八年七月―昭和五十三年十二月、平成十八年五月（全五冊）

創刊号　昭和三十八年七月一日発行

傷ついた煙突（＊小説）　中村　泰　1-42
後記　（泰）　43-44

第二号　昭和三十九年十二月五日発行

穴の中（＊小説）　中村　泰　1-49
後記　（泰）　50-52

第三号　昭和五十年四月一日発行

片隅の青春(1)（＊「風雪の碑」ほか写真）　表紙2
片隅の青春〈第一回〉（＊小説）　中村　泰　1-22
聞き書大都映画の話　小崎政房　（聞き手）中村泰　23-55
後記　（泰）　56-56
聞き書大都映画の話（＊小崎氏近影ほか）　表紙3

第四号　昭和五十三年十二月二十五日発行

田木繁氏略歴　2-2
聞き書・大阪プロレタリア文学史（1）自己否定の道を生きて　田木繁　（聞き手）堀鋭之助　近藤計三　中村泰　3-42
本望成就（＊詩）　田木　繁　26-28
霧と原価計算（＊詩）　坂上　清　43-45
ある山の詩（＊詩）　光辻寿子　46-48
私の「新世界」時代　中村　泰　49-62
後記　（泰）　62-62

復刊第一号　平成十八年五月一日発行

小野十三郎の立場―その「政治と文学」の狭間―　中村　泰　2-11
大宝映画始末記　中村　泰　12-32
聞き書　新日文大阪支部結成前後（＊鼎談）　中川隆永　中村泰　近藤計三　33-42
談話室（川原よしひさ・真島正臣・谷沢永一・涸沢純平・杉山平一・西杉夫・草津信男）　43-44
後記　（中村泰）　45-45

74『大阪文学（織田作之助研究）』

昭和四十一年十一月二十日―昭和四十四年四月一日
（全十一冊）

復刊第一号　昭和四十一年十一月二十日発行

織田作之助論　伴悦　4-12
夜や秋や　和島昭子　13-15
いのち短し　吉田定一　15-18
白崎礼三のこと　青山光二　18-19
幻想のドイツ・ウーファ―詩人H・Sに―（＊詩）　清水正一　20-21
織田作之助の書簡　小寺正三　22-24
島のセレーナ（＊小説）　河原義夫　25-38
『安西冬衛全詩集』によせて　清水正一　39-39
編集後記　織田作之助研究編集委員　河原義夫　辻淳　名木皓平　伴悦　吉田定一　40-40

復刊第二号　昭和四十二年一月二十日発行

織田作之助の死とその追悼
織田作之助氏重態―〝土曜夫人〟執筆中―　4-4
織田作之助逝く　4-4
織田作之助氏逝去　4-4
織田作之助氏葬儀は二十三日　4-4
織田作之助を惜しむ　伊吹武彦　5-5
痩せた男伊達　藤沢桓夫　5-6
織田の弱さ　瀬川健一郎　6-6
織田作之助の面影　吉井栄治　7-8
織田作之助君を憶う　余　辛祥　8-9
得がたき文学冒険者―その異才を惜しむ―　清水正一　9-9
人間・織田作之助(一)―文学に生きている織田作之助―　河原義夫　10-21
お願い　21-21
織田作之助をしのぶ―なごやかに第1回善哉忌―　藤井重夫　22-24
金魚（＊小説）　四方　保　25-29
小野十三郎詩集「異郷」について―オーサカ詩人伝ノオトから―　清水正一　30-31
伊東静雄・小記―「日本浪曼派研究」の創刊にふれて　31-31
編集後記　（河原義夫）　32-32

復刊第三号　昭和四十二年三月一日発行

注射（＊小説）　織田作之助　4-6
実感（＊けし粒小説）　織田作之助　5-5
薬局（＊けし粒小説）　織田作之助　6-6
お願い　6-6
人間・織田作之助(二)―文学人間としての宇野浩二と作之助―　河原義夫　7-19
シャンソン☆今晩わ詩人です（＊詩）　清水正一　20-21

織田作之助との出会い　吉岡芳兼　22-24
「大阪文学」創刊当時　名木皓平　24-26
復刊第1号目次　25-25
復刊第2号目次　26-26
隠花植物（＊小説）　高松敏男　27-39
沈黙への意志（連載第一回）　笹尾純正　40-51
「法善寺」（＊俳句）　西尾華子　52-52
編集後記　（河）　54-54

復刊第四号　昭和四十二年四月一日発行

織田作之助の手紙（＊川島雄三宛書簡）　4-10
法善寺（＊俳句）　花谷和子　11-11
織田作の「軽み」について　安部隆宏　12-15
織田作と「けし粒小説」　藤井重夫　16-17
星の劇場　織田作之助　17-17
文学の昨日・今日・明日　織田作之助　18-18
肉声の文章　織田作之助　18-20
二十代の文学　織田作之助　20-21
お願い　21-21
オーサカ詩人伝　清水正一　22-25
凍花（＊小説）　河原義夫　26-35
沈黙への意志（連載第二回）　笹尾純正　36-47
編集後記　（河原義夫）　48-48

復刊第五号　昭和四十二年五月二十日発行

私信往信
　織田作之助様へ　吉岡芳兼　4-5
私信復信
　吉岡芳兼様へ　織田作之助　5-6
大阪の憂鬱　織田作之助　7-11
京阪食道楽失格　織田作之助　12-13
荷風の原稿　織田作之助　13-14
好奇心　織田作之助　14-14
織田作之助論―その方法と展開―　矢島道弘　15-23
湿地の凪（＊小説）　河原義夫　24-35
オーサカ詩人伝―その2―　清水正一　36-40
沈黙への意志（連載第三回）　笹尾純正　41-51
編集後記　（河原）　52-52

復刊第六・七合併号　昭和四十二年七月二十日発行

雨の都　織田作之助　7-16
織枝の手記　織田作之助　17-18
少年時代の織田作の姿　小寺正三　19-19
逆接か、反逆か―人間・織田作之助㈢―　河原義夫　20-30
鮪船（しびぶね）（＊小説）　亀井　宏　31-51
腕のなかの猫（＊小説）　安部隆宏　52-61
鉄道（＊詩）　足立巻一　62-63

あなたはゆうべ（＊詩） 福中都生子 64－65
六月の河（＊詩） 谷村定治郎 66－67
待つ人（＊詩） 織田喜久子 68－69
センチメンタル・トイレット（＊詩） 清水正一 70－71
時（＊詩） 高田敏子 72－73
大阪雑記 池内文蔵 74－77
ガタロ横丁 無署名 77－77
天竺川（＊小説） 門田泰明 78－93
沈黙への意志（最終回） 笹尾純正 94－106
ガタロ横丁 小林健二 107－107
オーサカ詩人伝―その3― 清水正一 108－111
編集後記 （河原） 112－112

復刊第八号　昭和四十二年十月二十日発行

武家義理物語 織田作之助 5－11
西鶴論覚書 織田作之助 12－15
西鶴忌 織田作之助 15－17
西鶴二百五十年忌 織田作之助 17－19
西鶴の読み方 織田作之助 19－19
西鶴二七四年忌の人々 桝井寿郎 20－23
炎天橋の炎天座（＊小説） 原　三佳 24－32
老樹青々―「十寸据七十句鑑賞」にふれて― 清水正一 33－33
やせた死（＊詩） 西川治男 34－35
こころよく（＊詩） 松浦直己 36－37
オーサカ詩人伝―その4― 清水正一 38－41
感想片々―小説評― 安部隆宏 42－45
るな・ぱーく（連載第一回） 河原義夫 46－50
織田作之助論―その実存的考察― 高松敏男 51－64
編集後記 （河） 66－66

復刊第九号　昭和四十二年十二月二十日発行

曹洲夫人 織田作之助 5－10
註 （河原義夫） 10－10
武家義理物語 織田作之助 11－18
文学と人生―その相関と分離― レイモンド・チュミ 笹尾純正訳 19－23
アイロニイということ 安部隆宏 24－27
悲しい裸体　呼吸　生（なま）（＊詩） 新谷悦己 28－33
新谷悦己の詩について 清水正一 33－33
オーサカ詩人伝―その5― 清水正一 34－37
るな・ぱーく（連載第二回） 河原義夫 38－46
ドレミファソ（＊小説） 原　三佳 47－55
田中英光論―その転向と堕落について― 矢島道弘 56－67
編集後記 （河） 68－68

復刊第十号　昭和四十三年一月二十日発行

織田作之助研究　復刊・大阪文学会報版第二号
所謂〝無頼派文学〟―再評価の可能性― 矢島道弘 1－2
無頼派作家研究に―大阪文学を充実― 2－2

ガタロの川流れ―『大阪文学』雑伝―　河原義夫　3-6
復刊大阪文学―既刊号目次―　7-7
織田作之助と坂口安吾―素描―（＊再録）　中島健蔵　7-10
饗宴　織田作之助　11-14
織田と太宰（＊再録）　（石）　14-14
『可能性の文学』と現実の可能性（＊再録）　十返　肇　15-18
可能性の文学（＊再録）　（沢）　16-17
現代劇の一方向―森本薫の戯曲―　織田作之助　19-22
軽佻派・作之助伝―人間・織田作之助㈣―　河原義夫　23-35
階段　朝（＊詩）　備前芳子　36-37
備前芳子さん　杉山平一　37-37
事情があって（＊詩）　伊藤茂次　38-39
伊藤茂次さんのこと一寸　天野　忠　39-39
公園への道（＊詩）　中浜睦子　40-41
小さなコップをもつ詩人―中浜睦子素描―　松原新一　41-41
オーサカ詩人伝―伊東静雄近景―　清水正一　42-45
田中英光論㈡―思想過程としての戦争小説―　矢島道弘　46-53
松島事件余話―人間の屑―（＊小説）　原　三佳　54-61
決起四場―坂本竜馬第一部―（＊戯曲・三部作）　藤川健夫　62-89
復活としての文学　レイモンド・チュミ　笹尾純正訳　90-63
編集後記　（河）　94-94

復刊第十一号　昭和四十三年十一月一日発行

座談会特集
歓楽極まりて哀情多く（＊座談会）
　太宰治　織田作之助　坂口安吾　7-13
織田作と安吾　亀井　宏　14-17
大阪と文学を語る（＊座談会）
　宇野浩二　織田作之助　鍋井克之　藤沢桓夫　18-24
牧野信一雑考　八橋一郎　25-29
〝現代小説を語る〟（＊座談会）
　坂口安吾　太宰治　織田作之助　平野謙　30-39
田中英光論㈢―党小説について（上）―意識の変遷過程　矢島道弘　40-47
オーサカ詩人伝―その7―　清水正一　48-53
婚期はずれ　織田作之助　54-59
虚妄の穴（＊小説）　河原義夫　60-78
誤診（＊小説）　出水清三　79-95
友の会員規定　95-95
無頼派文学研究会会報　矢島道弘　96-97
大阪文学の会―会報第三号
　遅刊ならびに―財政危機について―　河原義夫　98-99
維持会員について　99-99
無頼派文学研究会―会員名簿―　100-100
編集後記　（河原義夫）　102-102

復刊第十二号　昭和四十四年四月一日発行

『世相』・『土曜夫人』論　伴　悦　7–17
「逆行」鑑賞　荻久保泰幸　18–23
田中英光の蘇生—『少女』を中心として—　矢島道弘　24–32
安吾論—健康なる「自我」追求者—　益田和利　33–40
小説勉強会について　大阪文学の会　40–40
マルセルの悲歌・他一篇（＊詩）　清水正一　41–45
無頼派について—太宰治　織田作之助　坂口安吾を裸にする—（＊座談会）　吉田定一　八橋一郎　法橋和彦　小寺正三　清水正一　河原義夫　46–57
遊園地の中の関西文壇—文学放談—　善野敬介　58–63
第1次大阪文学目次抄　河原義夫　64–73
日本におけるニーチェ移入史　高松敏男　74–81
友の会員規定　81–81
花序（＊小説）　阿江佐知子　82–95
信濃の音（＊小説）　岡部　朗　96–101
北海の嵐　三幕四場　藤川健夫　102–153
編集後記　（河原義夫）　154–154

75『大阪百景』

昭和四十二年二月—三月

創刊号　昭和四十二年二月一日発行

早春の香り—2月（梅見月・きさらぎ）　2–2
粋人と道頓堀川　御厨大膳　3–3
雪国を訪ねて　天道正勝　4–7
大阪女　安部柳汀　8–9
まかり出た新商法—あの手この手の喫茶店経営—（アイデア時代）　10–11
おばけの日　片山林左右　12–12
面影いずこ—天六・天満の今昔—　枕野流三　13–14
現代の伝統いけ花—影ひそめる前衛作風—　H・T　15–16
浮世虫めがね（その一）—伝言板の巻—　17–18
グラフ①法善寺横丁　カメラ・仲谷宣夫　19–22
法善寺界隈　葭間恵文　23–24
江戸ッ子のド肝抜く—華道未生流東京に進出—（H生）　24–24
洋酒入門（1）—ベルモット—　25–25
コーヒー雑記　ものしり博士　26–27
ナンセンス推理　28–29
漫才ショート・ショート　30–30
妾に敗けた本妻　岩崎喜一　31–32

男をシビレさす香水のつけ方！　御堂筋のイチョウは何本あるか　（N）　33-33
乗り物酔いには気分転換が大切　34-34
黒い年賀状　五島鯛介　35-36
ナンセンス推理解答　37-37
編集後記　37-37

No.2　昭和四十二年三月一日発行

春の息吹き発散―3月（花見月・やよい）　2-2
私の浪花地図　池田蘭子　3-3
文楽のことども　鷲谷樗風　4-6
島の内今昔―竹馬やいろはにほへとちりぢりに―　葭間恵文　7-9
近代化される大阪の店　住　宅二　10-11
わか草　馬屋原宗幸　12-12
釈迢空と大阪　高原弦太郎　13-14
大阪女―名妓八千代―　丘一草亭　15-16
大阪風物歌　山西敏郎　17-17
人生泣き笑いの露路　黒田　修　18-19
味覚地帯―串焼「洛山」―　洛　山　20-20
大阪文化の夜明け　橋本みさを　21-22
大阪百景おこし　23-24
東西〝味〟くらべ―すし―　24-24
グラフ②島の内の一角　カメラ・北山真通　25-28
大正期のカフェ―大阪カフェの黎明期―　村井　淳　29-30
大阪的洋食　木村　浩　31-31
コーヒの味―喫茶店・茶房スパニヨラ―　32-32
おばあちゃん役―十吾はいつまでやる―　32-32
大阪のへそ―法善寺―　大城公宏　33-33
「市電」開通の頃　片山林左右　34-35
大阪のわらべ唄　35-35
新しい大阪　小林久男　36-37
郷土玩具と工藝品　38-39
夜の男はん―京橋―〈マダム放談〉　竹田佳世　40-41
浪曲になった早川電機社長　42-42
発刊おめでとう
長谷川幸延　西山四郎　安成二郎　徳田純宏　42-42
百景俳壇―句集〝青麦〟から　富山耕作　43-43
京阪ビルに大ホテル―変ぼうする天満橋界隈―　44-44
大阪市観光案内図　45-45
ご成功を信ず　山西敏郎　50-50
編集後記　50-50

76『政治と文学の会　会報』

昭和五十三年五月―昭和五十五年六月（全八冊）

第一号　昭和五十三年五月二十日発行

《報告と提案》
日共軍事方針の本格的批判―脇田憲一の労作二篇合評会―　中村　泰　1-1
　文責・中村　泰　2-2
私と明治、大正文学　堀鋭之助　3-3
私の近況報告　須藤和光　3-4
ブランクの弁　中川隆永　4-5
伏字について　佐瀬良幸　5-6
政治と文学の会　会員名簿　6-6
有名、無名の山　草津信男　7-7
『運動史研究』の総会　近藤計三　8-8
4月例会（報告）　8-8
5月例会（案内）　8-8

第二号　昭和五十三年八月（日付記載ナシ）発行

弁解とお願い―「大阪プロ文学史年表」発表に当って―
　（中村泰）　1-1
平野謙追悼
　わが心の師、平野謙　堀鋭之助　2-3
平野謙と私　須藤和光　3-4
「私は哀しい」　中川隆永　4-5
政治と文学の会・会則　5-5
「佐多稲子全集」第一巻をめぐって　佐瀬良幸　6-8
入会の弁　道家一己　8-8
御挨拶申しあげます　岩田　馨　8-9
「樹海同志」のミステリー　草津信男　9-10
無名の先輩　脇田憲一　10-11
会告知板　11-11
大阪プロレタリア文学史年表（素稿）1　中村　泰　12-12

第三号　昭和五十三年十二月（日付記載ナシ）発行

7・9月例会記―『再建』『生活の探求』をめぐって―
　佐瀬良幸　1-1
武田麟太郎覚え書（1）　堀鋭之助　2-3
きれぎれのこと―武田麟太郎の年譜から―　佐瀬良幸　3-4
左翼無頼派詩人のやさしさ　草津信男　4-5
「カスターニア」の所在地について　（中村）　5-5
シリーズ特集 私の8・15前後
　大阪港で（上）　岩田　馨　6-7
告知板　7-7
大阪プロレタリア文学史年表（素稿）2　中村　泰　8-8

第四号　昭和五十四年四月一日発行

作製者からの発言―「大阪プロ文学史年表」の反響に寄せて―　中村　泰　1-1
平野謙からの手紙　田島静香　2-3
それを避けるもの―北京・壁新聞と「赤旗」―　草津信男　3-4
野間宏の二つの詩論　近藤計三　4-5
事務局より　5-5
人われを考証好きという　佐瀬良幸　6-9
告知板　9、11
シリーズ特集 私の8・15前後
　大阪港で（下）　岩田　馨　10-11
大阪プロレタリア文学史年表（素稿）3　中村　泰　12-12

第五号　昭和五十四年七月十日発行

会今後の発展のために―若い血の注入と今日的課題の接点―　中村　泰　1-1
「耐える歌」と「生産場面詩」　草津信男　2-3
正誤表掲載について　（中村）　4-4
告知板　4-4
政治と文学の会・会則　5-5
シリーズ特集 私の8・15前後
　八・一五前後　堀鋭之助　6-7
大阪プロレタリア文学史年表（素稿）4　中村　泰　8-8

第六号　昭和五十四年十一月十日発行
中野重治・追悼号

歌（＊詩）　中野重治　1-1
ほおづきの実は軽し―葬儀・告別式に参列して―　中川隆永　2-3
追悼・中野重治　田島静香　4-5
中野重治について書いたことども　吉田永宏　5-6
二篇の「最後の箱」　草津信男　6-8
独断的追悼　堀鋭之助　8-9
交替と更迭　佐瀬良幸　9-11
じゅうぶん生きた―中野重治を憶う―　奥本　悟　11-12
中野重治のこと　須藤和光　13-13
二回きりの出会い　中村　泰　14-15
中野重治の遺したもの　道家一己　15-15
中野追悼・日録　近藤計三　16-17
告知板　17、19
雨の降る谷町すじ―「偲ぶ会」の経過報告―　中川隆永　18-19
中野重治年譜と大阪周辺　（中村）　20-20

第七号　昭和五十五年三月一日発行

『小熊秀雄全集』補遺―および訂正―　奥本　悟　1-2

T・K氏の話から―『癪』と『盲目』のモデル―　佐瀬良幸　2-4
中野重治のなかの―阿Q的なもの　吉野　亨　4-5
雑感　堀鋭之助　5-6
★12月例会　★1月例会　6-7
事務局辞任の弁　中村　泰　7-7
二代目の弁　田島静香　7-7
大阪プロレタリア文学史年表（素稿）5　中村　泰　8-8

第八号　昭和五十五年六月一日発行
3・15記念中野重治を偲ぶ集会記念特集

話しもらしたこと　石堂清倫　1-3
三・一五生き残りの弁　高田鉱造　3-5
三・一五記念集会の感想　高橋正夫　5-5
会場の片隅で思ったこと　北野照夫　5-6
雑感　松本広治　6-7
メッセージ・祝電　一条　徹　7-7
映画購入費大口カンパ芳名録　7-7
『3・15記念・中野重治を偲ぶ集会』収支報告　7-7
緑の下の力なし　佐瀬良幸　8-9
会員名簿　9-9
★2月例会　★3月例会　★4月例会　9-9
実行委事務局日誌　田島静香　10-12
編集後記　（田）　12-12

77『政治と文学』

昭和五十四年九月―昭和五十七年八月（全三冊）

創刊号　昭和五十四年九月十日発行
特集　1930年代文学の抵抗

政治と文学の会・会則　表紙2
会員（50音順）　表紙2
特集・一九三〇年代文学の抵抗
徳永直『太陽のない街』ノート（一）　草津信男　2-20
武田麟太郎覚え書　堀鋭之助　21-29
徳永直「八年制」私註　吉田永宏　30-38
島木健作・作品原モデル論　岩田　馨　39-55
同人雑誌『啄木研究』総目次　田島静香　56-78
「朝鮮戦争（いちぎ）」と「枚方事件（ひらかた）」　脇田憲一　79-87
紀伊市木村のこと―併せて崎久保誓一年譜素稿―　中村　泰　88-101
編集後記　（泰）　102-102

第二号　昭和五十六年三月一日発行

政治と文学の会・会則　表紙2
会員（50音順）　表紙2
ある青春の軌跡／中川隆永の場合―〈大阪地方裁判所

報告〉にふれながら―　田島静香　2-16
射手座
近況報告　須藤和光　17-17
○　吉野　亨　17-17
勲章付日共御用小説　草津信男　17-18
中野重治翻訳全集の出版を望む　佐瀬良幸　18-19
「福田米三郎全集」のこと　田島静香　19-19
『むらぎも』モデル一覧表（未定稿）　佐瀬良幸　20-27
中野重治「食い物の問題」ききがき―一九四五・一〇・一九のラジオ放送―　中川隆永　28-29
黄金の一九三〇年代批判―「くれない」評価をめぐって―　吉野　亨　30-35
政治と文学の会『会報』総目次（Ⅰ）　35-35
Tの行方　脇田憲一　36-37
政治と文学の会『会報』総目次（Ⅱ）　37-37
萩原大助補遺詩稿について　田島静香　38-43
政治と文学の会『会報』総目次（Ⅲ）　43-43
一周忌・「中野重治を偲ぶ集会」―その簡単な報告―　中川隆永　44-44
編集後記　（静）　表紙3

第三号　昭和五十七年八月十五日発行
研究会・特集

政治と文学の会・会則　表紙2
会員（50音順）　表紙2
研究会特集・第48回研究会（82・4・18）
須井一「綿」について―附、谷口善太郎著作目録・略年譜―　草津信男　2-47
羽仁新五について―同志社大学教授玉井敬之氏を囲んで―　田島静香　佐瀬良幸　中川隆永　須藤和光
近藤計三　桃井忠一　玉井敬之　草津信男　48-55
何故イエスなのか　須藤和光　56-59
中野重治と四高短歌会の人びと―『北辰会雑誌』をめぐって―　田島静香　60-81
『政治と文学』第2号訂正　55-55
『政治と文学の会』定例研究会・一覧表　82-83
射手座
再読・中野重治その（一）　佐瀬良幸　84-85
近況報告　須藤和光　85-86
奥吉野巡歴　脇田憲一　86-87
歌集『兵隊の歌』のことなど　田島静香　87-87
補訂『むらぎも』モデル一覧表　佐瀬良幸　88-93
編集後記　（静）　94-94

78『鐘』

平成元年一月―

創刊号　平成元年一月十五日発行

はじめに
発刊にあたって　河野多恵子　4-4
文学の現場　秋山　駿　4-5
受賞作　朝まで踊ろう
第六回　大阪女性文藝賞
受賞のことば　山ノ内早苗　6-7
受賞作　山姥騒動
受賞のことば　中村路子　7-7
選評（＊対談）　河野多恵子　秋山駿　8-21
朝まで踊ろう（＊小説）　山ノ内早苗　22-39
山姥騒動（＊小説）　中村路子　40-60
『大阪女性文藝賞』応募規定　61-61
大阪女性文藝研究会　会則　61-61
ビデオ『ブロンテ姉妹のふるさと』製作のご案内　62-62
あとがき　刀禰喜美子　63-64

第二号　平成二年一月十五日発行

はじめに
自然なフェミニズム　河野多恵子　4-4
小説の苦労　秋山　駿　5-5
第七回　大阪女性文藝賞
受賞作　落日
受賞のことば　斎藤史子　6-6
選評（＊対談）　河野多恵子　秋山駿　7-17
落日（＊小説）　斎藤史子　18-47
『大阪女性文藝賞』応募規定　48-48
大阪女性文藝研究会　会則　48-48
あとがき　刀禰喜美子　49-49

第三号　平成三年二月八日発行

はじめに
抽象的創作のために　河野多恵子　4-4
危険な藝術　秋山　駿　5-5
第八回　大阪女性文藝賞
受賞作　蓮氷
受賞のことば　織部圭子　6-7
佳作　櫨の家
受賞のことば・ある変化　安部和子　8-8
選評（＊対談）　河野多恵子　秋山駿　9-19
蓮氷（＊小説）　織部圭子　20-52
櫨の家（＊小説）　安部和子　53-77
『大阪女性文藝賞』応募規定　78-78
大阪女性文藝研究会　会則　78-78

あとがき　田能千世子　79-79

第四号　平成四年二月八日発行

はじめに
僅差の意味　河野多恵子　4-4
書くときの極意　秋山　駿　5-5
第九回　大阪女性文藝賞
受賞作　化粧男
受賞のことば　鳥海文子　6-6
佳作　母郷・隠岐へ
受賞のことば　松谷広子　7-7
予選通過作品　8-8
選評（＊対談）　河野多恵子　秋山駿　8-22
化粧男（＊小説）　鳥海文子　23-39
母郷・隠岐へ（＊小説）　松谷広子　40-61
『大阪女性文藝賞』応募規定　62-62
大阪女性文藝研究会　会則　62-62
あとがき　刀禰喜美子　63-63

第五号　平成五年一月二十日発行
大阪女性文藝賞第十回特別号

はじめに
創作と読書　河野多恵子　4-4
背後の沈黙の時間　秋山　駿　5-5
第十回　大阪女性文藝賞
受賞作　うすべにの街
受賞のことば　近藤弘子　6-6
第十回　大阪女性文藝賞　予選通過作品　7-7
選評（＊対談）　河野多恵子　秋山駿　8-15
うすべにの街（＊小説）　近藤弘子　16-40
〔無題〕　田能千世子　41-41
交錯（＊小説）　青木智子　42-73
黄粒子（＊小説）　西口典江　74-84
歩道橋の下で今日も（＊小説）　弓　透子　85-95
ヘミングウェイの猫（＊小説）　山ノ内早苗　96-106
埴生の宿も……（＊小説）　中村路子　107-117
恵信尼町石（＊小説）　斎藤史子　118-127
同級生（＊小説）　織部圭子　128-138
同居人（＊小説）　鳥海文子　139-150
あとがき　刀禰喜美子　151-152

第六号　平成五年十二月二十日発行

はじめに
題名について　河野多恵子　4-4
手の行動力が大切だ　秋山　駿　5-5
第十一回　大阪女性文藝賞
受賞作　二階
受賞のことば　葉山由季　6-6
佳作　明日吹く風

受賞のことば　衛藤夏子　7-7
第十一回　大阪女性文藝賞　予選通過作品　8-8
選評（＊対談）　河野多恵子　秋山駿　8-15
二階（＊小説）　葉山由季　16-28
明日吹く風（＊小説）　衛藤夏子　29-54
近藤弘子さんが海燕新人文学賞を受賞　田能千世子　55-55
『大阪女性文藝賞』応募規定　56-56
大阪女性文藝協会　会則　刀禰喜美子　57-58

第七号　平成七年一月八日発行

はじめに
お金と文学　河野多恵子　4-4
いまは女性の話が……　秋山　駿　5-5
第十二回　大阪女性文藝賞
受賞作　贋ダイヤを弔う
受賞のことば　金真須美　6-6
予選通過作品　7-7
選評（＊対談）　河野多恵子　秋山駿　8-17
贋ダイヤを弔う（＊小説）　金真須美　18-44
あとがき　刀禰喜美子　45-46
『大阪女性文藝賞』応募規定　46-46

第八号　平成八年一月八日発行

はじめに
心配御無用　河野多恵子　4-4
単純と複雑　秋山　駿　5-5
第十三回　大阪女性文藝賞
佳作　先生の夏
作者のことば　松本　睦　6-6
佳作　歪んだトライアングル
作者のことば　前川ひろ子　7-7
予選通過作品　8-8
選評（＊対談）　河野多恵子　秋山駿　9-16
先生の夏（＊小説）　松本　睦　17-34
第十二回・第十三回『大阪女性文藝賞』贈呈式と懇親会ご案内　34-34
歪んだトライアングル（＊小説）　前川ひろ子　36-63
『大阪女性文藝賞』応募規定　63-63
ウイングを広げよう（役員交代のごあいさつ）　刀禰喜美子　64-66
第一回のこと　田能千世子　66-67
貴重な財産　尾川裕子　67-67
編集後記―文化的存在をめざして―　南　有子　68-68

第九号　平成九年一月八日発行

はじめに
二重の才能　河野多恵子　4-4
推敲　秋山　駿　5-5
第十四回　大阪女性文藝賞

受賞作　月柱
　作者のことば　柳谷郁子　6-6
佳作　風のインディア
　作者のことば　中井真耶　7-7
予選通過作品　8-8
選評（＊対談）　河野多恵子　秋山駿　9-17
月柱（＊小説）　柳谷郁子　18-44
〈編集担当より〉　44-44
風のインディア（＊小説）　中井真耶　45-78
『大阪女性文藝賞』応募規定　79-79
応募についてのお願い　79-79
刀禰理事長が「きらめき賞」を受賞―大阪女性文藝協会での活動を認められ―　80-80
昴のように　刀禰喜美子　81-82
『大阪女性文藝協会』概要　83-83
編集後記　（南）　84-85

第十号　平成十年三月三十一日発行

はじめに
どこがちがうのか　河野多恵子　4-4
詩と事件　秋山　駿　5-5
第十五回　大阪女性文藝賞
　受賞作　目礼をする
　　受賞のあいさつ　畔地里美　6-6
佳作　ボール箱
　受賞のあいさつ　青木　和　7-7
予選通過作品　8-8
選評（＊対談）　河野多恵子　秋山駿　9-16
目礼をする（＊小説）　畔地里美　17-33
創立十五周年記念文藝講演会と第十五回大阪女性文藝賞贈呈式ご案内　33-33
ボール箱（＊小説）　青木　和　34-50
歴代受賞者名と作品名　51-51
受賞者のその後　51-51
十五周年記念・エッセイ
　青春時代の思い出　村井　勉　52-54
十五周年記念・掌篇小説
　洗濯人　葉山由季　55-58
十五周年記念・エッセイ
　失った手の先―花の咲くは実を結ぶためなれば―　金真須美　59-64
編集担当より　64-64
十五周年記念・掌篇小説
　美容室　柳谷郁子　65-69
『大阪女性文藝協会』概要　70-70
『大阪女性文藝賞』応募規定　71-71
応募についてのお願い　71-71
あとがき　尾川裕子　72-73

第十一号　平成十一年三月三十一日発行

はじめに

部分と全体　河野多恵子　4-4

小説の命は描写にある　秋山　駿　5-5

第十六回　大阪女性文藝賞

受賞作　パラレル・ターン

受賞のあいさつ　大原加津子　6-6

佳作　『もぐら』

受賞のあいさつ　今井絵美子　7-7

予選通過作品　8-8

選評（＊対談）　河野多恵子　秋山駿　9-23

パラレル・ターン（＊小説）　大原加津子　24-59

『もぐら』（＊小説）　今井絵美子　60-85

第十六回『大阪女性文藝賞』贈呈式と懇親会ご案内　85-85

高村薫氏講演会に全国から集まる（大阪女性文藝協会十五周年記念事業のご報告）　86-87

『大阪女性文藝賞』応募規定　88-88

応募についてのお願い　88-88

編集後記　尾川裕子　89-89

第十二号　平成十二年五月三十日発行

はじめに

上達の過程で　河野多恵子　4-4

書くということ　秋山　駿　5-5

第十七回　大阪女性文藝賞

受賞作　あいつのためのモノローグ

受賞のあいさつ　山村　睦　6-6

佳作　バンヤン・ツリーの下で

受賞のあいさつ　ぱくまりこ　7-7

予選通過作品　8-8

選評（＊対談）　河野多恵子　秋山駿　9-20

あいつのためのモノローグ（＊小説）　山村　睦　21-53

バンヤン・ツリーの下で（＊小説）　ぱくまりこ　54-90

第十七回『大阪女性文藝賞』贈呈式と懇親会ご案内　90-90

『大阪女性文藝協会』概要　91-91

『大阪女性文藝賞』応募規定　92-92

応募についてのお願い　92-92

編集後記　尾川裕子　93-93

第十三号　平成十三年三月三十一日発行

はじめに

文藝雑誌の新人賞　河野多恵子　4-4

私の失敗　秋山　駿　5-5

第十八回　大阪女性文藝賞

受賞作　心

受賞のあいさつ　内村　和　6-6

佳作　夏の記憶

受賞のあいさつ　柚木美沙子　7-7

予選通過作品　8-8
選評（＊対談）　河野多恵子　秋山駿　9-16
第十八回『大阪女性文藝賞』贈呈式と懇親会ご案内　16-16
心（＊小説）　内村　和　17-43
夏の記憶（＊小説）　柚木美沙子　44-70
文学講演会のご案内　70-70
歴代受賞者名と作品名　71-71
受賞者のその後　71-71
『大阪女性文藝協会』概要　72-72
『大阪女性文藝賞』応募規定　73-73
応募についてのお願い　73-73
編集後記　（尾川）　74-74

第十四号　平成十四年三月三十一日発行

はじめに
作文を書く　河野多恵子　4-4
デッサンの心得　秋山　駿　5-5
第十九回　大阪女性文藝賞
受賞作　ボタニカル・ハウス
受賞のあいさつ　井上豊萌　6-6
佳作　木瓜
受賞のあいさつ　出水沢藍子　7-7
予選通過作品　8-8
選評（＊対談）　河野多恵子　秋山駿　9-18
第十九回『大阪女性文藝賞』贈呈式と懇親会ご案内　18-18
ボタニカル・ハウス（＊小説）　井上豊萌　19-36
文藝講演会のご案内　36-36
木瓜（＊小説）　出水沢藍子　37-64
歴代受賞者名と作品名　65-65
受賞者のその後　65-65
『大阪女性文藝協会』概要　66-66
『大阪女性文藝賞』応募規定　67-67
応募についてのお願い　67-67
編集後記　尾川裕子　68-68

第十五号　平成十五年三月三十一日発行

最期に　河野多恵子　4-4
街路にそうて持ちあるく鏡　秋山　駿　5-5
第二十回　大阪女性文藝賞
受賞作　島へ吹く風
受賞のあいさつ　野見山潔子　6-6
予選通過作品　7-7
選評（＊対談）　河野多恵子　秋山駿　8-18
お知らせ　18-18
島へ吹く風（＊小説）　野見山潔子　19-56
第二十回『大阪女性文藝賞』贈呈式と懇親会ご案内　56-56
二十周年記念・短篇小説
オアシス　大原加津子　57-70
静かな夜　山村　睦　71-81
五月の風　内村　和　82-93

仲間と　井上豊萌　94-107
『大阪女性文藝協会』概要　108-108
『大阪女性文藝賞』応募規定　109-109
歴代受賞者名と作品名　110-110
受賞者のその後　110-110
編集後記　尾川裕子　111-111

第十六号　平成十六年一月二十五日発行

第二十一回　大阪女性文藝賞
受賞作　遮断機
受賞のあいさつ　吉沢　薫　4-4
佳作　ウラジオストック
受賞のあいさつ　吉村奈央子　5-5
予選通過作品　6-6
選評（＊対談）　黒井千次　津島佑子　7-22
第二十一回『大阪女性文藝賞』贈呈式と懇親会ご案内　22-22
『大阪女性文藝賞』応募規定　23-23
応募についてのお願い　23-23
遮断機（＊小説）　吉沢　薫　24-51
贈呈式会場に同人誌コーナー設置　51-51
ウラジオストック（＊小説）　吉村奈央子　52-88
『大阪女性文藝協会』概要　89-89
歴代受賞者名と作品名　90-90
受賞者のその後　90-90
編集後記　尾川裕子　91-91

第十七号　平成十七年二月二十五日発行

第二十二回　大阪女性文藝賞
受賞作　純粋階段
受賞のあいさつ　鮒田トト　4-4
予選通過作品　5-5
選評（＊対談）　黒井千次　津島佑子　6-19
第二十二回『大阪女性文藝賞』贈呈式と懇親会ご案内　19-19
純粋階段（＊小説）　鮒田トト　20-46
『大阪女性文藝賞』応募規定　47-47
応募についてのお願い　47-47
『大阪女性文藝協会』概要　48-48
歴代受賞者名と作品名　49-49
受賞者のその後　49-49
編集後記　尾川裕子　50-50

第十八号　平成十八年二月二十五日発行

第二十三回　大阪女性文藝賞
受賞作　父の話（「西行の娘」改題）
受賞のあいさつ　川本和佳　4-4
佳作　カンガルー倶楽部、海へ
受賞のあいさつ　田村喜恵子　5-5
予選通過作品　6-6
選評（＊対談）　黒井千次　津島佑子　7-18

父の話（＊小説）　川本和佳　19-54
カンガルー倶楽部、海へ（＊小説）　田村喜恵子　55-80
第二十三回『大阪女性文藝賞』贈呈式と懇親会ご案内　80-80
『女が読む　女が書く』（＊シンポジウム）開催報告　81-81
『大阪女性文藝賞』応募規定　82-82
応募についてのお願い　82-82
『大阪女性文藝協会』概要　83-83
歴代受賞者名と作品名　84-84
受賞者のその後　84-84
編集後記　尾川裕子　85-85

第十九号　平成十九年二月二十五日発行

第二十四回　大阪女性文藝賞
受賞作　連結コイル
受賞のあいさつ　海東セラ　4-4
佳作　髪を洗う男
受賞のあいさつ　稲葉祥子　5-5
予選通過作品　6-6
選評（＊対談）　黒井千次　津島佑子　7-17
第二十四回『大阪女性文藝賞』贈呈式と懇親会ご案内　17-17
連結コイル（＊小説）　海東セラ　18-52
髪を洗う男（＊小説）　稲葉祥子　53-84
『大阪女性文藝賞』応募規定　85-85
応募についてのお願い　85-85
『大阪女性文藝協会』概要　86-86
歴代受賞者名と作品名　87-87
受賞者のその後　87-87
編集後記　88-88

第二十号　平成二十年二月二十五日発行

第二十五回　大阪女性文藝賞
受賞作　桃の缶詰
受賞のあいさつ　逸見真由　4-4
佳作　けつね袋
受賞のあいさつ　天六ヤヨイ　5-5
予選通過作品　6-6
選評（＊対談）　黒井千次　津島佑子　7-18
村田喜代子講演会ご案内　18-18
桃の缶詰（小説）　逸見真由　19-51
けつね袋（小説）　天六ヤヨイ　52-87
二十五周年記念・掌篇小説特集
丘の上の家　野見山潔子　88-91
トカゲ　吉沢　薫　92-95
ちいさな話　鮒田トト　96-99
お持て成し　川本和佳　100-104
凪子の庭　海東セラ　105-109
『大阪女性文藝賞』応募規定　110-110
応募についてのお願い　110-110
『大阪女性文藝協会』概要　111-111
歴代受賞者名と作品名　112-112

受賞者のその後　112-112
編集後記　尾川裕子　113-113

第二十一号　平成二十一年二月二十五日発行

第二十六回　大阪女性文藝賞
受賞作　ベースボール・トレーニング
受賞のあいさつ　大西智子　4-4
佳作　アヌビス
受賞のあいさつ　和田ゆりえ　5-5
予選通過作品　6-6
選評（＊対談）　黒井千次　津島佑子　7-19
第二十六回『大阪女性文藝賞』贈呈式と懇親会ご案内　19-19
ベースボール・トレーニング（小説）　大西智子　20-50
アヌビス　和田ゆりえ　51-81
村田喜代子講演会開催報告―大阪女性文藝協会創立二十五周年記念―　82-82
追悼特集
村井勉さんの死を悼む　尾川裕子　83-84
青春時代の思い出（再録）　村井　勉　85-87
『大阪女性文藝賞』応募規定　88-88
応募についてのお願い　88-88
『大阪女性文藝協会』概要　89-89
歴代受賞者名と作品名　90-90
受賞者のその後　90-90
編集後記　尾川裕子　91-91

第二十二号　平成二十二年二月二十五日発行

第二十七回　大阪女性文藝賞
受賞作　通夜ごっこ
受賞のあいさつ　門倉ミミ　4-4
佳作　空想キッチン
受賞のあいさつ　潮田真弓　5-5
予選通過作品　6-6
選評（＊対談）　黒井千次　津島佑子　7-20
第二十七回『大阪女性文藝賞』贈呈式と懇親会ご案内　20-20
『大阪女性文藝賞』応募規定　21-21
応募についてのお願い　21-21
通夜ごっこ（小説）　門倉ミミ　22-52
空想キッチン（小説）　潮田真弓　53-88
『大阪女性文藝協会』概要　89-89
歴代受賞者名と作品名　90-90
受賞者のその後　90-90
編集後記　尾川裕子　91-91

解　題

＊各稿末括弧内は執筆者名を示す。無記名は浦西和彦による。

1『なにはがた』

『なにはがた』は、『大阪朝日新聞』の関係者が起こした浪華文学会の機関紙である。明治二十四年四月二十六日に第一冊が発刊され、明治二十六年一月二十七日発行の第二十冊をもって終刊した。

編集人は浪華文学会委員本吉乙槌（大阪府東成郡清堀村三百四十五番屋敷）、印刷人は前野活版所分店前野茂久次（大阪市東区徳井町二丁目六十八番屋敷）、発行人は図書出版会社名代人梅原忠蔵（大阪市東区北久太郎町四丁目番外一番屋敷）、発売所は図書出版会社（大阪市東区北久太郎町四丁目心斎橋通西入）である。印刷人が第三冊から山口恒七（大阪市南区末吉橋通四丁目四十三番屋敷）に替わり、さらに第六冊からは梅原忠蔵が発行人と兼任して印刷人を務めている。

創刊号の誌型は四六判である。毎号およそ百二十頁ほどで編まれていた。

西村天囚は第一冊の「発行辞」に、次のように記している。

いでや世にもてはやすなる物語草紙ふみよ、さるは東人のをおほくあつめて、難波江の玉かしはは藻にうつもれ、逢坂山の岩清水は木かくれかちなるこそ口惜しけれ、花よ花、何処にか咲かざらん、心の花は文の林に咲き、露よ露、何処にかおかざらん思の露は言葉の園におく、言葉の園の花はつめども尽きず、文の林の妻木、ひろへども猶しけかるべし、たちまちに慨嘆の至に堪へず、此に同好の人と謀りて、浪華文学会を設け月毎に此の草紙を編み、名けて「なにはがた」と云へり、誠におろかなるもてあそびに似たりといへども、鶏肋の棄がたき思なり、抑文は性情の誠より出てこそ、骨もかぐはしく姿もめでたけれ、浮きたるすさびは根なき草にひとし、我輩軽々しく人のために筆を執らず、心のゆくまゝに、思を花にそめ、情を雲にかけて、言の葉を涼しき樹かげにかきあつめたれば、世にもてはやす草紙とことなるふしなきにしもあらずかし、去れば目の前の興はたらずとも、人をみちびき世をさとすたすけとならさらめやも

社末　天囚居士

西村天囚を中心に、本吉欠伸をはじめ、久松澱江、渡辺霞亭、岡野半牧、加藤紫芳、長野圭円らが各人の好みのままに小説を書いた。そこに、和文・漢詩に長けていた磯野秋渚や西鶴に通じていた木崎好尚が加わり、当時としては水準の高い文藝を提供していた。また、第九冊からは「雑録」欄を設け、文界の動きを紹介し、批評を試みて、『なにはがた』の理論づけを図っている。さらに、第十一冊からは読切小説だけでなく、続き物も載せるようになって、掲載小説の充実を目指した。

第二十冊には浪華文学会からの「予告」が掲載され、『なにはがた』を改良改題して、明治二十六年二月十五日に『浪花文学』を発刊する旨が述べられている。

（荒井真理亜）

2　『なにはがた第二輯』

『なにはがた第二輯』は、明治二十六年六月十一日に第二輯一号が発刊された。明治二十六年七月二十三日発行の第二輯二号までは確認できた。『なにはがた』の後身で明治二十六年二月二十三日に発刊された『浪花文学』が論説・雑録だけを掲載するようになって、小説を発表する場として設けられたのが『なにはがた第二輯』である。

（荒井真理亜）

3　『葦分船』

『葦分船』は、明治二十四年七月十五日に発刊され、明治二十五年四月十五日発行の第十号を以て廃刊された。だが、明治二十五年五月十五日に再刊され、明治二十六年七月十五日まで十五冊発行した。結局、『葦分船』は、明治二十四年七月十五日から明治二十六年七月十五日まで、全二十五冊刊行される。

誌型は第一号から第六号までが菊判、第七号から第十号までがタブロイド判、再刊された第一号から第十五号までが四六倍判である。編輯は山田芝迺園、補助は尾崎紅葉。発行所は蕙心社（大阪市西区京町堀通二丁目百三十九番地）、発行兼編輯者は山田三之助（大阪市東区伏見町四丁目十七番邸）である。再刊号からは発行兼印刷人が小津市太郎となる。芝迺園が書いた埋草的雑報記事「文学雀」におもしろさがある。芝迺園と森鷗外との「文壇の花合戦」論争などが注目され、徳田秋声が卿月楼主人の筆名で小説「ふゞ季」を載せ、河井酔茗なども投稿した。関西大学図書館影印叢書第八巻『葦分船』（平成十年十二月二十五日発行、関西大学出版部）として復刻された。

4　『大阪文藝』

『大阪文藝』は、明治二十四年十月十九日に第一号が発刊された。月二回発行され、明治二十五年二月一日の八号をもって廃刊となった。編集人は金子福次郎、発行兼印刷人は菅原喜一郎である。発行所は大阪文藝社（大阪市東区道修町二丁目二十四番邸）、事務所は菅原好文堂（大阪市東区平野町五丁目二十五番邸）、印刷所は大阪国文社となっている。

『大阪文藝』は、『大阪毎日新聞』の関係者たちが発足した大阪文藝会の機関誌として発行された。一号に掲載された「口上」には、『大阪文藝』の発刊のいきさつについて次のようにある。

> 当時大阪の文藝社会に羽ばたきなせる天狗共が、類は友もて集りたる其会合をば、事仰山にも大阪文藝会とこそ名付けたれ、さるほどに之れに馳せ集りたる面々は、無くて七癖、有つて四十八癖の外に、猶ほ一癖づゝある輩なれば、何が扨て会合の度ごとには、鞍馬の山の夫れにはあらねど、大天狗、小天狗、太郎坊に次郎坊、小桜坊、羽衣坊、偖ては鬼鹿毛坊なんどまでが、鼻高々と相詰むれば、法螺の吹合かまびすしく、羽扇ならぬ舌頭の戦ひいとも目覚しけれど、毎も其席限りの空談に流れ、ヘイ左様なら又次会にと分袂て仕舞ば、峰の霞ともろともに、消へて影だに残らぬ

なり、ア、何うも是れでは困まる、折角あれほどに調べたものを、一夕の空談に流すは惜いものだ、お負けに寄ってたかつて嘲謔了（くされじまひ）とは情なしと、一人が託（かこ）てば、如何にも御尤、僕が意匠惨憺、苦心を凝らせしあの文章こそ、是非とも世間の具眼者に見て貰ひたく思ふのぢやと、他の一人が言ふ、夫れには機関の文学雑誌を発兌しては何（どう）だらう、其事々々僕も大ひに賛成だ、拙者も同意で御座ると、話忽（たち）まち一決して、扨てこそ茲（こゝ）に大阪文藝と云ふ紙よごしが現はれたれ、右の次第なれば、木の葉ながらも銘々が、腕かぎり根かぎり、智恵嚢（ちゑぶくろ）から絞り出して、何卒（どうぞ）御覧下されとて、お目にかけます次第なれば、文は名文ならぬまでも、一字一句にも念を入れ、趣向は妙案ならぬまでも、工夫に工夫を凝らせしなれば、その志の殊勝さに免じて、御覧なすツて、お褒めなすツて、お購ひなすツて下さらば、夫れで我等の願ひは足るなり

文藝記者一同かしこまつて白（まを）す

『大阪文藝』の主要メンバーは、香川蓬洲、宇田川文海、久津見蕨村、木内愛渓、大久保夢遊、竹柴諺蔵らである。また、尾崎紅葉とともに硯友社を興した丸岡九華も参加した。さらに、四号からは菊池幽芳が加わっている。その顔ぶれは、新聞関係者だけでなく、漢学者や漢詩人、歌舞伎狂言作者、画家と幅広い。「大阪文藝」に掲載された記事も、論説、小説、随筆、伝記、歴史談、史伝、記文、院本、脚本、人情話、落語、漫筆、謡曲、狂言、俄、漢文、和文、英詩、和歌、長歌、俳諧、唱歌、和訳などと多岐にわたっている。つまり、当時大阪に存在した藝能的なものを取捨選択せずに何でも採用し掲載したのである。

（荒井真理亜）

5 『大阪文藝雑誌』

『大阪文藝雑誌』は、明治二十五年十月十二日に発刊された。明治二十六年一月二日の第三号まではその存在が確認できた。編輯者は久津見忠息（大阪府東成郡野田村百八十五番屋敷）、発行者は岡島真七（大阪市東区本町四丁目百五十四番屋敷）、印刷者は岡島幸次郎（大阪市東区南久宝寺町四丁目二十一番屋敷）、事務所は大阪文藝社（大阪市東区横堀三丁目七十七番屋敷）、売捌所は岡島宝文館（大阪市東区南久宝寺町四丁目二十一番屋敷）である。『大阪文藝雑誌』は、大阪文藝会が発行していた『大阪文藝』の後身にあたり、著述家・久津見蕨村、小説家・宇田川文海らが参加した。創刊号の「発刊ノ詞」には、次のようにある。

我が文藝会員は其の数一百有余、皆な一藝一能あるの士なり、曾て機関にとて大阪文藝と号する雑誌を発行して、会員各々想ふことを云ひ、作る所を述べ、広く之を世に公にしたりしが、故あり不幸にして中絶となりけるを、此度会員諸子、奮ふて起ち再び之を発行する事となれり、

左れば此の雑誌は我が一百有余の会員が、交々得意の筆を揮ふて、想ふ事を論じ、作る所を述べ、以て之を集録したるものなれば、千紫万紅、異光特色、紙面に燦爛たるべしと云ふものから、流石に亦僻みたるもあるべく、拙きもあるべし、満紙是れ悉く玲瓏たる玉璧とは云ひ難かるべしと

雖ども、去りとて矢鱈書きの反古には優りつらんか、己のが眼の梁棟は見えずして、人の睫毛の塵を見る人間の悲しさ、我が至らぬは見えぬが例ひなれば、世の批評の如何は知るべうもなければ、其は世の公評に任せて、敢て深うは云はざる可し、左れども我が会員には、多能の士多し、歴史に、小説に、詩歌に、俳諧に、華文に、戯文に、各々得意とする所ありて、而かも一家を為せる人少なからねば、此の雑誌に出づる所のものも、亦其の類多く其の種少なからず、単調無味なる他の文学雑誌と異なりて多様万種、四時の花を、一幅の中に集めたる、花卉繚爛の画の如き観あるべし、
或は雑駁なりとの評を受くべけれども、此の多様の観あるもの、即ち我が文藝の特色にして、其の旨味も亦多様万種なるべしとは、我が聊か湖江に誇らんとする所にぞある、

記事の内容は、論説、小説、随筆、和文、漢文、和歌、俳諧、漢詩、史談、演史、落語、実伝、論評と多岐にわたり、前身の『大阪文藝』が有していた雑多な性格を引き継いでいる。巻末の「大阪文藝会々員姓名録」には、神戸在住の丸岡九華や伯林在住の木内愛渓、また、肩書きが「農家」となっているが、のちに上京し、上司小剣と号して作家活動を開始する上司延貴の名もある。

（荒井真理亜）

6 『少文林』

『少文林』は、少年の知識開発を目的とし、明治二十五年十一月五日に文林会（大阪市東区備後町四丁目三十番邸）より創刊された。文林会は、『少文林』のために大阪の梅原亀八書店が設けた会である。発行兼編集人は中村丈太郎（大阪市東区備後町四丁目三十番邸）、印刷人は飯田駒吉（大阪市東区備後町四丁目三十番邸）である。明治二十六年までは毎月一号を発行していたが、明治二十七年からは月に二号発行するようになった。明治二十七年七月三日発行の第二巻十三号までは確かに存在した『少文林』も、それ以後の刊行は確認できていない。

第一巻一号には、「発行の主意」が次のように掲げられている。

今や奎運に方り、庠序の設天下に遍く、都となく鄙となく、学齢の子女たる者、之に入りて学ばざるは無きなり、其科を問へば、習字あり、読書あり、算数あり、此他修身、地理、歴史、理科、作文、画学、英語に至るまで悉く学ばざることなく、尚ほ其体をして健全ならしめんことを欲し、体操の科をも置かる、教育の事至れり尽せりと謂ふべし、而して此学科を修め得て、之を実際に活用すること、力めて之を謀らるゝと雖も、奈何せん、授業時間に定限あり、顧ふに授業者予期する所、十にして其一を尽さざるべし、即ち尽すこと能はざるに非ずと雖も、時に余地あるを得ざるに由るなり、偶々強勉の授業者あり、放散時の後、或は校内に、或は自第に、時間外なる時間を置き、直接授業は姑く擱き、間接なる方術を用ゐ、実際活用を主として百方之を誘導し、其徒をして貫通せしめんことを謀り、主として談話を利用するあり、此の如き授業者は、其務むること至れりと謂ふべし、然れども、人体各金鉄ならず、定業時

間は心力を尽し、其休時と翌日授業の予考時とを以て之に充て、予考亦放棄すべからざれば、眠時を以て之を補ふ、勢ひ此の如くなるときは、身体害はざらんと欲すと雖も、豈其れ之を得べけんや、此誌を発行するの主意、則ち此種の授業者に代り、一般幼年生徒をして、其学ぶ所の者、能く実地に活用せしめんことを図るなり、仮令ば絹布を織成するが如き、経縷必ず経縷を須つべし、授業当路者孜々勉焉、直接力めて其経を成さば、本誌亦努めて間接其緯に当るべきなり、之を主意とす、

当初は説林、学林、談林、史林、貌林、芳林、集林、評林などの項を設けていたのを、第一巻十一号から体裁を変えて、投書欄を拡張した。さらに、第一巻十三号から久津見蕨村が加わり、第二巻一号からは宇田川文海、二号からは木崎好尚も寄稿している。　（荒井真理亜）

7 『浪花文学』

『浪花文学』は、その前身にあたる『なにはがた』が改題され、明治二十六年二月二十三日に発刊された浪華文学会の機関誌である。明治二十六年六月二十五日発行の第五号で終わっている。

編輯兼発行者は梅原忠蔵（大阪市東区北久太郎町四丁目番外一番屋敷）、印刷者は前野茂久次（大阪市東区和泉町二丁目八番屋敷）、発行所は図書出版株式会社（大阪市東区北久太郎町四丁目番外一番屋敷）である。

誌型は『なにはがた』の四六判から『浪花文学』では菊判に改められた。執筆者は『なにはがた』の時と同じ顔ぶれだが、理論を重視し、小説よりも論説と雑報を充実させた。特に小説、雑録ともに堺枯川の活躍が目覚しい。

第一号の「改題の辞」には、『浪花文学』発刊の経緯や『なにはがた』から『浪花文学』への変更点などについて詳しく述べてあるので、少し長いが引用しておく。次のようである。

水流れざれば清からず、物動かざれば進まず、人は日に新に又日に新ならんことを要す、是れ君子の豹変する所以なり、我なにはがたの改題も亦豹変して日に新に日に進む所以のみ、

我輩は去る明治廿四年の春を以て浪華文学会を起し、其歳四月を以て始めてなにはがた第一冊を発兌したりき、当時の会員は殆んど皆小説家なりしをもて、其機関なるなにはがたの載する所亦多くは短編小説なりき、其後九たび月を閲して会員増加するに及び、衆皆小説をのみ載するをもて満足せず、其外蘊蓄する文学上の意見を吐露せんと欲すること熾なりければなにはがた第九冊より、雑録の一欄を設けて其必要に応じたりき、是れ我なにはがたの一進歩なり、巻首に小説の花を収め、巻末に論説の実を採り、彩華光芒一時爛発せしむるもの一年余、已に第二十冊を累ぬるに至れり、浪華文学会起りて茲に二年余、久しからずと為さず、なにはがた出てゝより既に二十冊、多からずと為さず、而して其世に行はるゝもの或は四千部、或は三千五六百部、盛ならすと為さず、其れ何を以てか然る、我輩は此に読者諸君の愛読を謝すると共に、会員諸公が久しきに耐へて功

を積み、孜々汲々、進修懈らず、以て此の盛なるを致せしを謝せずんばあらざるなり、

然れども我輩は決して発兌の冊数と売高の多きとを以て満足する者に非ず、我輩の目的は相互の研修なり、浪華文学の発達なり、二者に就ては自ら進むを知て退くを知らざる者なり、是れ今日の改良ある所以なり、

今標題のなにはがたを浪華文学と改めしむ、浪華文学会の機関として此の彼にまさりて穏当なるを覚ゆればなり、四六板を菊板と為せしは、境域を拡張して以て文を載するの多からんことを欲すればなり、小説を後にして論説を前にせしは、先づ根抵を養はんことを欲すればなり、改題、改板、改欄、以て面目を一変したり、啻に其面目のみならず、其中如何に豹変して日に新に日に進まんかは、此を彼に比して相対照する者自ら之を知らん、

嗚呼我輩の目的は相互の研修に在り、浪華文学の発達に在り、苟も二者を益するに足るものならんには、他方の人、会員外の手に成る文章も、我輩は採て之を載するに吝ならざるを期す、況んや此の土に在るものをや、況んや此の会に在るものをや、予れ不肖なりといへども、二者の目的を向ふては、請ふ諸公と之を勉めん、請ふ世の大方君子示教を吝む勿らんことを、

また、第四号から紙面の体裁を変更し、小説発表の場は『なにはがた第二輯』に譲って、『浪花文学』は論説と雑録のみを掲載した。第四号の「紙面の体裁を変へたることに就きて」には、その事情が次のように説明されている。

『なにはがた』を改めて『浪花文学』とせし時、世間より種々の注文と詰責とを受け、自ら愧づる所多かりき、徒に愧づとも詮なければ、我等はいよ〳〵自奮して、世の望に副はんことを勉めざるべからず、茲に再び紙面の体裁を改めたるも之れが為なり、第四号以下の浪花文学には小説を載せず、小説は別に「なにはがた第二輯」として毎月号を追ひて発行せんとす、「浪花文学」は小説を載せざれば、紙数を減じ価を低うしたり、「なにはがた第二輯」は小説以外の物を載せざれば、小説の舞台広う成りたり、是れ共に読者の便利を計りたるなり、今後の「浪花文学」は従来に比して、論説も多からん、批評も盛ならん、其他の雑文も趣味いよ〳〵深からん、今後の「なにはがた」は従来に比して、小説の数も多からん、稍長篇を載することをも得ん、我等微力にして、充分に世の望に副ふに足らざれども、此度の事、豈亦一進歩ならざらんや、

（荒井真理亜）

8 『この花草紙』

『この花草紙』は、『大阪文藝』の後身として、大阪毎日新聞社系の文人たちによって、発刊された雑誌である。明治二十六年五月五日発行の第一号から明治二十六年十二月十五日発行の第八号まで確認できた。

発行兼編輯人は高木利太（大阪市東区大川町五十五番屋敷）、印刷人は日置季武（大阪市北区中之島六丁目百十一番屋敷）、発行所は岡島書店（大阪市東区備後町四丁目）である。また、売捌所は平井新聞舗（大阪市南区順慶町四丁目）、東枝律書房

（京都市下京仏光寺通烏丸東入）、三田新聞舗（神戸市相生橋西詰北側）である。

　誌型は菊判で、七十頁から百頁に及ぶ大雑誌である。「大阪文藝」と異なる点は、寄稿者を大阪毎日新聞社の関係者に限ったことである。

　第一号の「発刊の辞」には次のようにある。

　此草紙を出すは、好事にも名を売らんとの心にあらず、文学を研究せんとの願ひは、常に有ながら、あだに日を過して、つひ学ぶ事の疎そかに成行くが多かれば、せめては斯るものをとの思ひでよりなりけり

　われ等素より―多藝多能―の士ならねば、此草紙とて―千紫万紅紙面に燦爛―たる風情なからん。また浪華文壇の梁山泊をもて、自ら許しもせねば、誰とて此草紙が―浪華文学唯一の現象―なるべしと心得る程のえせ者もなし

　只誠実に文学を研究せんとこそ勉むれ、人に誇らん望みもなく、将たわれから衒ふ要もなし。こゝをもて故らに此草紙の主義懐抱などは云はで止みなん、左りとて責を免かれんとにはあらず、そは読む人の遂に見わき給ふべければとて

　唯ひと言の書添へたきは、浜の真砂子の数ある雑誌の中には、僅か二度三たび世に顔出しせしのみにて、跡は蟬の小川の、流れ絶ゆるも少なからねば、此草紙も其類にはあらずやと行先を危む方もおはさん。左ればわれ等は今茲に責任ある言葉をもて、此草紙の斯る浅果敢なるものならぬ由を、明らかに誓ひ置くべし、前言するはわれ等の本意ならねど、よし無き疑ひ受けん事のうたてければ、序ながらに斯くなん

　『この花草紙』は『大阪文藝』の雑多な性格から脱却し、小説の質を高めることに主眼をおいた。特に『この花草紙』に発表された文藝論は、同時期に発行されていた他の雑誌の小説論や批評と比較して、小説の本質に及んだ本格的なものとなっている。

（荒井真理亜）

9『浪華草紙』

『浪華草紙』は明治二十六年十月二十九日に創刊された。編集兼発行者は川畑楢三郎（大阪市東区内淡路町二丁目百八十五番屋敷）、発行所は浪華草紙社（大阪市東区平野町二丁目二十二番屋敷）である。印刷者は一集と三集が山上貞二郎（大阪市東区平野町二丁目二十四番屋敷）、二集と四集以降は喜田甚太郎（大阪市東区平野町四丁目九十一番屋敷）となっている。

　第二集に掲載された「第二集の首に」の中で、加藤眠柳が次のような抱負を述べている。

　われ世の文学雑誌、といへるもの、多くを観るに、その首途の揚言や、抱負極めて大にして、殆んど天下を傾倒するの勢あり。或は漫りに時文の弊習を罵りて、みづから得たりとするさへ少なからず。而して試みに、かれ等が書き著はしたる議論、批評、小説、如しくは韻文なるものを閲るに、その希望却りて豆の如く小に、さきの世を罵りしもの、今は自ら罵るの奇観を呈す。滔々みな然らざるなし。人西施を悦ぶ、誰れか西施の影を悦ばん。惟ふに彼等は、その

抱負に伴ふべき勇気と手腕に乏しくして、畢竟これ蜩蟬蛄蟪が、秋を罵る属ならんのみ。われは徒らに其喧しきを厭ふ。

「自見者不明。自是者不彰。自伐者無功。自矜者不長」と、いへり。世の人よ、われ等が此草紙を編集し、発刊するに方りて、敢て故らに誇大なる名乗を揚げ、もつて敵の雑兵を威すの為を学ばざるを笑ふ勿れ。又その「本領」を表示せざる怪しむこと勿れ。

勇と怯とは
陣頭の武者ぶりに由らざるべければ。
旗色なくとも
具眼者は敵と味方とを弁ずべければ。

我実清淵。人以我為汚瀆。於我何損。我実丘垤。人以我為華岱。於我何加。君子当観在我者如何耳。

発行者である川畑楢三郎は俳句結社の淡水会の盟主であり、そのため『浪華草紙』の刊行には多くの俳人が協力している。五集になると、発行所が浪華草紙社から淡水会本部（大阪市南桃谷町百九十七番邸）となり、それまで中心的存在であった眠柳も去って俳句中心の雑誌となった。

（荒井真理亜）

10 『文学評論』

『文学評論』は、明治二十九年十二月十日に創刊された。発行所は南桑倶楽部（京都府南桑田郡亀岡町余部百十九番戸）、大阪実業学館（大阪東区釣鐘町二丁目二百十二番屋敷）で、編集兼発行人は大阪実業学館主・土井晋吉（大阪東区釣鐘町二丁目大阪実業学館）である。印刷人は河内谷彦三郎（大阪北区絹笠町廿一番屋敷）、印刷所は河内谷印刷所（大阪北区絹笠町二番屋敷）である。

発行所である大阪実業学館は、土井晋吉が青年教育のために開いた塾である。第二之巻からは、その編集所として大阪実業学館文学部が挙がっている。第四之巻から菊池幽芳、渡辺霞亭、木崎好尚らが寄稿しているものの、もともと既存の著述家たちが中心となって発刊した雑誌ではないところが『文学評論』の特徴であるといえよう。

しかし、第五之巻には「大阪文学会」と題し、次のような記事が掲載されている。

関西文壇の注意を惹きつゝありし大阪文学会は大阪ホテルに開会せらるべき筈なりしも渡辺霞亭君の発議により四月第三日曜日を以て網島鮒宇楼に開かれぬ「文学評論」社よりの通牒に応じて来会せしは会員井上笠園、大久保狙禅の両君を先登として渡辺霞亭、土井晋吉、須藤南翠、木崎好尚、北村香骨、磯野秋渚、稲野年恒、中尾鶯夢、菊池幽芳の各会員次を追て坐に着き、〈中略〉この日不参者は中川霞城、堀江松華、繁野天来、三木天遊、郷船山の諸君にして、渡辺霞亭、井上笠園両君を幹事に選挙をし毎月一回開会の事、会場の事などを決議し事務所は文学評論編集局と定めぬ

併せて第五之巻からは大阪文学会（大阪実業学館内）が編集局となり、既成作家たちが寄稿するだけでなく、発行にも携わるようになったことが窺える。さらに、第六之巻の「関西文学

会広告」では、三木天遊が大阪文学会の会長に、茨木小目が副会長に推薦されたことが報告されており、「会員住所氏名も次号に報告す」とあるが、『文学評論』は、現在、第六之巻までしかその存在が確認されていない。

（荒井真理亜）

11『車百合』

『車百合』は明治三十二年十月十五日に大阪満月会の青木月兎（のちに月斗）が発刊した俳句雑誌で、明治三十五年八月一日発行の第二巻十号をもって廃刊された。編集者は荒木利一郎（大阪市北区末広町八十九番邸）、発行者は青木新護（大阪市東区道修町一丁目四番邸）、印刷者は岡島幸次郎（大阪市南区鰻谷仲之町五十三番邸）、発行所は車百合発行所（大阪市東区道修町一丁目四番邸）、発売元は金尾文淵堂書店（大阪市東区南本町心斎橋角）である。

第一巻三号から印刷所が矢野松之助（大阪市西区阿波座一番丁六十番邸大阪製本印刷株式会社）に、第一巻七号から河内谷彦三郎（大阪市北区衣笠町廿一番邸）に移っている。また、第一巻四号から中村積徳堂書店（大阪市東区淡路町心斎橋筋北入）の一手販売となる。

第二巻一号から発行者が金尾種次郎、発行所が金尾文淵堂、印刷者は中西豊蔵（大阪市西区土佐堀裏町五十四番邸）となった。販売元は大阪ではなく東京の、東京堂書店（東京神田表神保町）、上田屋書店（東京神田裏神保町）となっている。第二巻一号からは誌型もそれまでのA６判からB５判に変わり、誌面も刷新された。さらに、誌型は第二巻五号でA５判に変更されている。

第一巻一号には次の「発刊之辞」が掲げられた。

> 浪華の芦に月上らず。伏屋小暗き檐の内に、さゝやかなる花灯籠の灯のともるも、又捨て難き趣ぞとは、我車百合の出でぬ先からさる人が待ちね（ママ）ての讃詞に御座候。まこと車百合は一葉ちる桐の戦ぎに驚かされての後れ咲、色香淋しき稚子なれど、稚子は稚子だけに揺籃の中より、変幼（ママ）極りなき天地を眺めて何か攫たげに小き手に差出すいとほしき面色御覧下されたく侯　謹言

第一巻一号には、子規が「車百合」発刊を祝して「俳諧の西の奉行や月の秋」の句を寄せた。併せて、鳴雪、碧梧桐、虚子、漱石の祝句も同号に掲載された。子規は第一巻二号にも「車百合に就きて」と題した祝文を寄せている。『車百合』には青木月兎を始め、石井露月、水落露石、荒木井蛙、野田別天楼、藤井紫影、福田把栗、中川四明、桜井芳水、阪本四方太、松村鬼史、安東橡面坊、内藤鳴雪、河東碧梧桐、高浜虚子らが参加し、句や文章を寄稿したり、懸賞俳句の選句をしたりした。廃刊号には、碧梧桐が「廃刊」と題して詠んだ「弔ひの句なつて夕立晴れにけり」の句、月兎が「述懐」と題して詠んだ「試に謝豹を思へ鉄面皮」の句が載せられている。

（荒井真理亜）

12『しれえね』

『しれえね』は、明治四十五年三月十五日に宇野浩二、三上於菟吉らが出した文藝雑誌。編輯兼発行人は青木精一郎（大阪市南区天王寺北河堀町二四六七）、印刷人は森本喜兵衛（大阪市西区江戸堀北通三丁目一三）、編輯所はシレエ子編輯所（東京市小石川区雑司ケ谷町八七）、発行所はシレエ子発行所（大阪市南区天王寺北河堀町二四四九）、東京一手販売所は文好堂書店（東京市牛込区通寺町）、大阪一手販売所は登美屋書肆（大阪市東区相合橋一丁東）である。表紙は宇野浩二、挿絵は青木精一郎、渡瀬淳子、裏絵は青木精一郎。宇野浩二が最初に出版した『清二郎夢見る子』に収録される五篇の小品を載せている。三上白夜（於菟吉）の「薤露歌」によって発禁となった。哲学者となった出隆がモーリス・メーテルリンクの「ペレアスとメリサンド」五幕のうち、第一幕四場を翻訳している。宇野浩二は『文学の三十年』で「井汲を知つた年の翌年の春、私と斎藤と三上が合議して『シレエネ』といふ雑誌を出した。シレエネといふのは、英語の Siren で、ギリシヤ神話のシレン（岩の多い島に住み船員たちをその音楽に依つて誘惑したと言ひ伝へられる女または半女半鳥の妖魔）である。ヌ、シレエネは英語のサイレンのギリシヤ語といふのは嘘か誠か。いづれにしても、慥これは三上が云つたので、この題も三上が附けたやうに思ふ。さうして、これは、いかにも三上好みの題であるから、間違ひではないと思ふ」と述べている。

13『女と男』

『女と男』は、大正六年七月一日に創刊された文化雑誌である。発行兼編輯人は石丸五平（大阪市北区梅田町三四九）、発行所は団欒社（大阪市北区梅田町三四九）である。「編輯後記」に「要するに今回の雑誌は紙数こそ少けれ量に於て従来の『団欒』以上であつて然るも十五銭であるから読者は寧ろ益して居られるのである」とある。石丸五平は大正四年五月に家庭雑誌『団欒』をも刊行しており、その後継雑誌である。第二号以後の刊行については未調査である。

14『赤　裸』

『赤裸』は、大正十年三月十五日に南海時報社（大阪府下西成郡今宮町萩の茶屋五一八番地）から創刊された。発行編輯兼印刷人は戸田月堂。縦三十一糎横二十三糎全十六頁のリーフレットである。主幹の戸田月堂は「『赤裸』のまゝ」で、「『赤裸』は世の中を素裸にするのが仕事である。社会の一切の仮面と云ふものをひき剝いて公平と云ふ衡量にかければ足りるのである、正邪善悪を見分けるのは読者であるのだ」と述べている。第一号だけで終わったのか、継続されて刊行されたのか、未詳である。

15『大阪之処女』

『大阪之処女』は、大正十一年六月一日に発行された女性雑誌である。編輯兼発行人は増田秀一、発行所は大阪之処女社（大阪市西区市岡町五五八）である。高橋重蔵は「発刊之辞」で、「抑も欧洲大戦が、世界文化の上に至大な影響を及ぼしたことは、万人承知のことゝて、今更論議する迄もないが、中にも婦人の解放といふ問題に就いては、確かに一新紀元を画したやうに思はれます。然し乍ら婦人が全く解放せられて、社会上に於て男子と同等の位地を占むるといふ迄には、幾多の難関を通過せねばならぬことゝ信じます。兎にも角にも婦人の活動舞台は、年一年と拡張せられて往くのであるから、今後の婦人は、少くともその処女時代に於て、諸般の藝能を修得すべきは勿論、大いに精神の修養に努めねばならぬことであります」「吾等は世界文化の大勢に鑑み、教育組織の欠陥を塡補し、やがて処女の修養を指導せんことを期して、今次の挙に出た次第であります」と述べている。第二号以後が刊行されたかどうかは、未詳である。

16『白　帆』

『白帆』は、大正十一年八月一日に創刊された児童文学雑誌。編輯兼発行人は福光美之（大阪市西区新町南通三丁目三五番地）、発行所は白帆社（大阪市西区新町南通三丁目三五番地）、大売捌所は盛文館雑誌部（大阪市北区角田町三三九番地）・参文社（大阪北区東梅田町三〇九番地）、大販売所は松文堂（大阪市西区京町堀五丁目三七番地ノ乙）、青柳堂（大阪市東区順慶町四丁目一七五番地）、文港堂（大阪市南区竹屋町一三六番地）である。『白帆』（表紙2）には、次のようにある。

「白帆」は教育者と教育を愛する人々が、次の地上へのつつましい、奉仕である。

「白帆」は、子供を愛する純情の結晶でありたい。

「白帆」は、限りなく伸びやうとする子供達への、純正な心の栄養でありたい。

「白帆」は、子供達に開放して彼等の楽園でありたい。

「白帆」は、児童学習の最もよい補習者でありたい。

「白帆」は、これを読む、子達の元気と希望とを鼓舞し、気品を高うするための材料と編輯に細心の注意を払ってゐる。

第二号以後が刊行されたかどうかは、未詳である。

17『龍　舫』

『龍舫』は、大阪高等学校の文科甲類（英語を第一外国語とするクラス。なお乙類はドイツ語を第一外国語とした）の生徒であった藤沢桓夫・神崎清・小野勇の三人が大正十二年十月一日に創刊した同人雑誌である。第一号の編輯・発行は小野勇（大阪府下泉北郡浜寺町字下八三七）、第三、四号は福井一（大阪府東成郡平野郷町田畑町二六）、第五、六号は佐山明（大阪市外住吉村一二七七）である。発行所は龍舫社（大阪高等学校前）。表紙は小出楢重。のち藤沢桓夫は「『辻馬車』の思い出」（『辻馬車』復刻版別冊、昭和四十五年六月十五日発行、日本近代文学館）で、「私たち青二才の薄っぺらな雑誌になぜ小出さんが描いてくれたかというと、私の母方の叔父の言語学者の石浜純太郎（わが国の西夏語研究の草分けとして知名）と小出さんとは市岡中学時代からの親友で、そのため私も子供の頃から小出さんの家へ遊びに行ったりして無理が頼めたからだ」と述べている。神崎清は「『龍舫』と『辻馬車』と」で、『龍舫』という誌名はベニスのゴンドラを漢語化したもので、水の都の大阪が、その背景にあったという。第二号に藤沢桓夫が短篇「化粧」を発表。さきの「『辻馬車』の思い出」で、藤沢桓夫は「『龍舫』の第三(ママ)号に、私は『化粧』という短い小説を書き、当時新進作家として私たち学生の尊敬と注目の的であった横光利一氏から手紙を頂いて、文字通り感激した」と語っている。藤沢桓夫は「六号雑記」（第六号）で、「序だからここで明言して置くが、わが『龍舫』はこちらから依頼したのでない原稿は、一切載せない方針なのである。たとへその作品がいかに巧くても、である。（皮肉(アイアロニカル)な表現(エクスプレション)ではない心意である。）」と記している。同人以外では、長沖一の詩「夜景」（第四号）、「たいようの抒情詩」（第六号）や崎山猷逸の小説「襟」（第五号）、金子光晴の小説「煤煙」（第五号）、竹中郁の処女小説「芝居行」（第六号）などが掲載された。

18『新劇』

『新劇』は、関東大震災後、大正十二年十一月一日に創刊された。編輯兼発行人は寺南清一（大阪市南区高津町四番町九三）、発行所は新劇社（大阪市南区高津町四番町九三）、編輯所は新劇編輯部（東京市麻布区新広尾町三ノ九一）、発売元は波屋書房（大阪市南区南海通り）である。同人は伊藤松雄、畑耕一、寺南清一、金杉恒弥。創刊号「編輯者の欄」に、「◇僕等が最初計画した雑誌は『劇評』と言つた。大々的に劇界革新の民衆的運動を起す考へであつた。劇界の進歩発達を阻害する芝居道の旧慣を打破し囚はれない清新な劇藝術の創造に努め、小劇場運動に尽す計画だつた。併し僕等の関係者間に於て可成り議論もあつた。で七月一日の編輯会議席上に於て『劇評』を『新劇』に改める事にした。『劇評』時代に御面倒をお懸けした文壇、劇壇の諸兄に深く御礼を申上げます。／◇『新劇』の十月創刊号の印刷が出来上り発行の日を一日千秋の思ひで待ち兼ねてゐたのに……。／あの恐ろしい呪ふべき強震に見舞はれた日は、僕が麻布の編輯所で恰度伊藤氏の『風流義政記』六十二頁の九行目『義政。うむ、あの爺の風流は仲々面白い。』とあるを校正中であつた…。もう僕はそれからの事を思ひ出すだけでも厭な気持がする。其やを思ふまいとしてもそれからそれへと、恐ろしい記憶の夢を辿りつゝ、唯、ぼんやりと暗夜を凝視してゐる様な気持で今は何をする気力もない。激震と猛火の包囲から危く身を以て遁れ、六日余の絶食と不眠不休の為め、身体は綿の如くに疲れてゐる、その上に家族の死を思ひ出しては到底仕事などに手が付かない。／◇木から落ちた猿の様に、劇界に何等縁故もない『新劇』に対して、演劇聯盟の樋口幽堂、山上夜雨の二氏及び坪井正直氏並びに松竹の三浦爾郎氏、岡崎茂一郎氏の諸君に対して厚く感謝せなければならない。大阪で今日『新劇』を発行出来たのも要するに此等の諸君の絶大なる御尽力の賜に外ならない」とある。「新劇」が大阪から出版されたのは関東大震災が影響していたようだ。

19『劇と其他』

『劇と其他』は、大正十三年一月一日に創刊された演劇雑誌。「著作兼発行者」は大淵善吉（大阪市南区東清水町廿九番地）、「発行所」は駸々堂内『劇と其他』社（大阪市心斎橋北詰）、「表紙及扉」は名越国三郎である。中心メンバーは入江来布、並山拝石、木谷蓬吟であった。西村博子は『日本近代文学大事典第五巻〈新聞・雑誌〉』（昭和五十二年十一月十八日発行、講談社）で、「大正一三・一～九。全九冊」と記しているが、大正十三年十月号が刊行されているので、全十冊の誤り。創刊号の巻頭に、入江来布、並山拝石、木谷蓬吟の三名の連名で〔発刊の辞〕を次のように記している。

　劇は、ある限られた人達のために、特に存在する藝術ではなく、あらゆる階級の人達によつて、普く共有さるべき藝術であることは、今更云ふまでもありません。この意味に於て、劇は、国民精神の反映であり、劇場は、その精神が舞台と観衆とを、渾然融合さして作成した一大協同藝術品と云へませう。現今の劇壇にはこの藝術品が欠如してをります。協同はおろか、両者、相関せざるが如く、甚だしきに至つては、相敵視して居る観があります。劇壇のために、これを慨する心は、私達をして、巷に出で、その渾融を叫ばしむるに至りました。既に生れ出つべくして、未だ着手だにされないこの藝術品の制作を思ひたつたのであります。その藝術品の完成を期する一歩として、茲にこれを発刊することになりました。これを旨として私達は、舞台を形作る劇の専門家と研究を共にし、観覧席を占める舞台藝術の愛好者と純正な鑑賞を共にして、協同藝術の殿堂へ、心一意、坦にして然かも岐多き路を進んで行きたいと思ひます。

長田秀雄「死」、岡本綺堂「朝飯前」、額田六福「戦塵」、邦枝完二「落花無情」、松居松葉「和泉式部」、豊岡佐一郎「選ばれたるもの」、藤井真澄「カツフエー全盛」、高安月郊「弁内侍」等の戯曲が掲載され、木谷蓬吟が「名優『坂田藤十郎』の研究」を連載した。一幕戯曲を募集し、新人の育成をはかろうとした。

20『苦　楽』

『苦楽』は、大正十三年一月一日に大阪市東区谷町六丁目のプラトン社から刊行された。「娯楽雑誌苦楽発刊御挨拶」に「講談はもう行詰つた。第一卑俗にすぎる。と云つて文壇小説では肩が凝るわりに面白く無い。さういふ方に『苦楽』をお奨めしたい」

「在来の通俗小説もあまりに愚劣である。もう少し文学的で、しかも興味の多い、面白くつて、何か感じる物があつて欲しい、といふやうな方へ『苦楽』を御奨めします」「高踏にも過ぎず、と云つて卑俗にも堕ちず。趣味が豊かで興味多く、そして家庭の中でも、電車の中でも読める娯楽雑誌が出たら、といふ要求を充すのが『苦楽』の持つ責任です」「『女性』で婦人雑誌の低級さを醒まさせたプラトン社は、右の如き要求に従つて此の新興娯楽雑誌『苦楽』を刊行致します」とある。編集人は河中作造、川口松太郎ら、発行人は松阪寅之助、中山豊三らである。第三巻第五号（大正十四年五月）より大阪市北区堂島ビルディング四階に移転し、第四巻第五号（大正十四年十一月）に大阪市浪速区馬淵町三二〇へ再移転した後、第六巻第一号（昭和二年一月）より、「編集部及び営業の全部を東京に移し、在来の本社は大阪支社と改称」したうえで、東京市丸の内ビルディング四階に移った。関東大震災後、川口松太郎、植村宗一（直木三十五）が大阪に移り、プラトン社に入社して、編集に従事した。

21『傾斜市街』

藤沢桓夫、神崎清、小野勇の『龍舫』と、崎山猷逸、小野十三郎、関謙治、田中健三らの『黒猫』とが合流し、それに上道直夫、福井肇、崎山正毅が加わり、大正十三年七月一日に創刊された同人雑誌。創刊号の編輯兼発行人は小野勇（大阪府泉郡浜寺町字下八三七ノ一）、発行所は波屋書房（大阪市南区南海通）である。表紙は小出楢重。B5判、二十頁、定価三十銭である。藤沢桓夫は「『辻馬車』の思い出」（『辻馬車』復刻版別冊、昭和四十五年六月十五日発行、日本近代文学館）で、「『竜舫』はたしか六号で終りとなり、次に小野・神崎・私の三人は、クラスの仲間たちに、崎山正毅の兄の崎山猷逸、その友人の田中健三、正毅の天中時代のクラスメートの詩人小野十三郎などを加えて、『傾斜市街』という同人雑誌を出した。これも印刷である。『傾斜市街』はたしか二号で解消」と記しており、第二号まで刊行されたと思われるが、第二号は未確認である。

22『関西文藝』

『関西文藝』は、畑山茂、和田隆、草西正夫、小谷二十三らが大正十四年三月七日に創刊した。創刊号の発行兼編輯人は畑山義茂（大阪府中河内郡孔舎衛村大字日下三階）、発行所は関西文藝協会（大阪市南区西賑町一番浪速印刷株式会社内）である。チラシ「『関西文藝』に就て」（大正十四年三月）に次のようにある。

関西文藝協会は従来毎月堂ビル中山文化研究所談話室で例会を開き、会員各自が藝術論に花を咲かせ、意見の交換を重ねて来た藝術家及び藝術愛好者の集りでありますが、真に関西文壇の気を吐くためには、如何しても機関雑誌を生み出す必要に迫られたのであります、かくてこの一月の例会に会員の中から九名の発刊幹事を撰び、いよいよ二月下旬から三月号を初号として月刊『関西文藝』を創刊する運びになつたのであります。関西文藝発刊に就て各方面より色々の問合せをうけますので、左に一括してお返事にかへることゝします。

（一）関西文藝は吾々会員の機関雑誌でありますので読者のすべてに開放することは出来ません。

（二）関西文藝は営利雑誌ではありません。従つて御希望の方には左記料金でお頒ち致します。（然し関西文藝は権威ある関西文藝の樹立を期するものでありますが故に、関西に於けるあらゆる文藝愛好家の力強い声援を必要とします。）

（三）関西文藝は創作・劇・詩歌・俳句其の他の文藝的作品を関西の文藝愛好家から集めて、その作品を同人の手によつて分類選択し、最も光れる作品を誌上に掲載して推賞することになつてゐます。（我々会員は斯界の大家をもつて任ずるものではありませんが、部門的に持つ一日の長を以つて隠れた真剣な作家天才を掘り起しこれを社会的に送り出すことの必要を痛感してゐるからであります。）

（四）投稿による作品の撰択は毎月会員から撰出した編輯員によつて厳密にこれを行ひ、更に例会の席上で発表、会員の批判を経た後、真に価値ありと認めたものだけを随時発表して行くことになつてゐます。

（五）兎に角関西文藝は一種の雑誌であると同時に、隠れた天才を見出すために意義ある活動体であらしめたいと思つてゐます、従つて諸君にして若し自信ある作品が完成され、発表を欲せられる場合は左記宛に作品を御送附になればよい。

原稿送附及紹介先

大阪府下中河内郡孔舎衛村大字日下三階

畑山義茂

一九二九年は、昭和四年五月二十二日に、次のように「宣言」し、関西新興文藝協会を結成する。

畑山茂らは、昭和四年五月二十二日に、次のように「宣言」し、関西新興文藝協会を結成する。

一九二九年は、関西の文藝運動にとつて、過去何れの年よりも最も隆盛を極めつゝあることは動かすことの出来ぬ事実である。この具体的現象は十数種の有力な団体雑誌の発生と、その他一般文藝家の社会的活動等である。

しかし、これ等の文藝活動は、個人若しくは小団体に拠る党派別的分散活動であり、運動の統一性を欠いてゐた。これが為めに関西の文藝運動は、過去十数年を通じ、その発展の可能性を把握し得なかつたのである。

かゝる状勢から必然に規定されて来るのは、文藝活動の統一と合同に依る集団的勢力の確立でなければならぬ。この意味に於て、我々が団結し、こゝに「関西新興文藝協会」を設立し、関西の文藝運動の中軸として果敢なる活動を開始すると共に、一面この運動に携はる協会員の友誼的共済を行はんとするものである。

我々は関西の文藝運動の戦野に我等が生死を誓ひ、組織を変革せる我が機関紙「関西文藝」を公器として、関西に新らしき文壇を確立し、堅実なる意志の下に一般大衆の感情意志と結合するところの新興文藝の創造を期し、我国の文化運動に聊か貢献せんとするものである。

幸に読者大衆の積極的支持と一般関係者諸氏の後援とを

得、我等の目的を達成せしめられんことを切望する次第です。

我等は協会設立の当初に、第一段階として、敢て右の宣言を期するのである。

昭和四年五月二十二日

関西新興文藝協会

『関西文藝』は、関西新興文藝協会の機関誌としての役割をもつようになる。この『関西文藝』には、意外な人が執筆している。豊島与志雄「生活について」（大正十四年八、十、十一月）、木下杢太郎「大阪語を以て大阪市民の心理を表現する文学はなきや」（大正十四年十月）、馬場孤蝶「もの丶起源を知ること」（大正十四年十月）、林房雄「戦争と鶏」（昭和二年七月）、堀辰雄「コクトオの言葉」（昭和四年三月）等々である。内藤辰雄が「藝術恐慌時代」（昭和三年十二月）、「労働藝術家の感想―最も解り易い文藝概論―」（昭和四年一月）、「或る人の手帖から」（昭和五年四月）、「藝術家と模倣家」（昭和五年八月）、「『都会の感情』を読みて」（昭和六年十一月）、「長篇「人生地図」を書き上げて」（昭和七年一月）を発表し、井東憲が「大阪の街と新興文藝」（昭和四年一月）、戯曲「一等船客の正体」（昭和五年三月）を載せている。内藤辰雄や井東憲らが「関西文藝」とどういう結びつきがあったのか、興味深い。松本克平が『私の古本大学』（昭和五十六年二月十八日発行、青英舎）で、谷崎潤一郎と長田幹彦の偽原稿を書いて稿料を詐取したのを訴えられて、文壇失墜したと記している倉田啓明が、この「関西文藝」に執筆している。

23『新大阪評論』

『新大阪評論』は、大正十四年三月一日に創刊された評論雑誌である。発行編輯印刷人は東村日出男、発行所は新大阪評論社（大阪市南区天王寺烏ヶ辻町七八番地）で、誌型は縦二十六糎五粍横十九糎である。第二号以後が刊行されたかどうかは未詳。

24『劇壇縦横』

『劇壇縦横』は、大正十四年十月一日に劇壇縦横社（大阪市南区久左衛門町八番地〈松竹合名社内〉）より刊行された。編輯者は鳥江鉄也（大阪市南区久左衛門町八番地）、印刷人発行人は成山柱三（大阪市南区久左衛門町八番地）である。第一号の「編輯後記」には、次のようにある。

◇たてよこと云へばまるで近頃流行のクロスワードパヅルの様だがあんな窮屈な約束ばかりに縛あげられたしろものにしたくない、たてよこといふ言葉の持つ自由とそして無尽にあばれ廻りたいといふのが『劇壇縦横』の生れた意義であります。

◇だがいくら縦横にと云つても私だけは地に足のつかない暴れ方はいやです。グツと地上に大きく立つてそして小さな事から着々と進んで行きたいと思ひます。そこで先づ本誌の創刊に際して最も手近い問題、大阪の郷土藝術、人形

浄瑠璃の道頓堀初出演といふ劇界そのものに取つてエポック上の記念すべき問題を捉へ来たつて、
◇私共はこゝに本誌を発刊するの運びに至りました、それに就いて御多忙中御寄稿下さいました諸先輩に深く〳〵感謝いたします。尚各方面の名士に対して文楽座に関する事項の回答をお求めした所、意外にも多数の御高説をお寄せ下すつた段、併せて誌上より御礼申しあげます。
◇尚本誌の創刊の企画並びに編輯に関し石割松太郎氏富田泰彦氏にも種々御尽力を仰ぎました。第二号よりは右両氏を始め、尚四五の先輩私等相寄り新面目をたゞよはせた大〔ママ〕阪の新雑誌『劇壇縦横』をつゞけて行きます。愛読者諸彦の御期待を得たいと思ひます。（鳥〔ママ〕江生）

×　×

◇東京には文藝春秋、不同調などいふ文藝雑誌があるが、劇壇縦横はその何れでもない。又それにら〔ママ〕に対する対抗でもなければ挑戦でも又他動でもない、劇壇縦横は劇壇縦横それ自身で生命を持つてゐる、前に鳥江さんが云つてられる様に約束を持たないのである。持たないと云ふより最初から造らないのである。活字は持つてゐるがどの字がどこで縦横に組み合ふかはわからない。軌道を持たない処に劇壇縦横の尊さがある。
◇予定に近い原稿がどうやら集まつたのは二十五日だつた。二十六日に印刷所へ廻し、活字を拾ひ初めたのが二十七日からで之を一日には、すつかり本に仕上げて店頭に並べやうといふのである。其間正味四日間、従つてかなりの無理もあつた、日数がないとか創刊号の事故と云ふ断り書きは月並だが、しかし矢張り本号だけは大目に見て頂きたいと一言お詫を申上げねばならない。その変り、次号からはうんと努力し、御期待に沿ふ覚悟である。いよ〳〵月並になつた。……が、これは偽りのない処である。
◇「桐竹紋十郎の言葉」にはわざ〳〵紋十郎の写真迄も御添下すつたのだが、製版が間に合はず為に乍遺憾共載し得なかつた事は、呉々も残念だつた。次号には掲載する心組みである。川尻清譚氏に深くお詫いたします。
◇編輯に就き、種々御指導、御注意を給つた石割松太郎氏、富田泰彦氏に、乍略儀誌上より厚く感謝いたします。
（佐々木生）

『劇壇縦横』が第二号以後刊行されたのか、それとも第三号で終わったのか、不案内である。

25　劇

『劇』は、大正十五年四月一日に創刊された演劇雑誌である。編輯兼発行人は豊岡佐一郎、『劇』発行所は大阪府下箕面村桜井・豊岡方、発売元は新進堂（大阪府南区長堀橋筋二丁目一）であり、責任編輯者は川口尚輝・豊岡佐一郎の二名である。創刊号の「編輯余録」に、責任編輯が川口尚輝・豊岡佐一郎の連名で、次のように記している。

□発刊の挨拶の言葉を再録して余録にかへる。
○劇といふ名称の下に演劇の理論及び創作を主とする処の専問〔ママ〕雑誌をこの度私共両名の責任編輯で発刊する事に致

しました。
○演劇の文学的方面に就きましては未だ関西の地は遺憾ながら関東に及びません近来多く刊行されます演劇雑誌が殆んど其の総てが箱根以東である事は中央集権の今日やむを得ぬ現象ではありますが箱根以西にも一つの権威ある演劇雑誌の存在を可能ならしめたいと思ふのが私共の念願であります。……
○「劇」は関西の若い演劇関与者の真摯な研究室であると同時に一方広く劇壇に働きかける処の一つの機関でありたいと思ひます決して所謂同人雑誌でもなければ私共両名の独占機関紙でもありませぬ。「劇」の誌面が大学専問（ママ）学校の劇研究会の若い学徒や演劇に愛着を持つ未知の多くの人々の何らかの刺戟ともなりそれらの人々の種を撒く耕地ともなりやがて其処から明日の演劇の愉快な創造者が出現する機縁ともなれば幸です。……

『劇』は第四号から発売元が大同書院（大阪市北区曾根崎上三丁目）に移った。「時代劇一幕物号」「翻訳名戯曲号」「喜劇脚本号」「人形芝居号」「舞台藝術号」「ラヂオ・プレー号」などの特集号を出した。豊岡佐一郎、大西利夫、坪井正直、山上貞一、森田信義、坪内士行、川口尚輝らが戯曲を載せた。

26『エトアル』

『エトアル』は、金沢暲、北川亀之輔、南田小坊、鎌尾武男、那須澄子らが、昭和二年十一月一日に創刊した文藝同人雑誌である。創刊号の編輯者は藤堂晴美（大阪市住吉区天王寺町三二九）、発行人は藤堂晴美、発行所はエトアル社（大阪市住吉区天王寺町三二九）。第二巻第一号より編輯者・発行人は大庭政次郎（大阪市西成区粉浜町六七七）に変更する。「編輯後記」（第二巻第五号）で、「わたし達はイズムに囚はれる事を避ける。何故ならイズムは真理を分派し、円を多角にするものだからである。わたし達は如何なるイズムの中にも多少の真理が含まれてゐる事を認める。併しわたし達の求める真理は、そして美は、もつと全部的なものであり、普辺（ママ）永遠的なものであり、総ての中に含まれて然も総てを絶対の境地に於て包摂するものである。わたし達は自然の中に自己内証のうちに美を求め真を求め神を求める。併し乍ら美を求めると雖も形に囚れず、真を求むると雖も論理に繋縛されず神を求むると雖も一切法に拘らない。全くの野人であり自由人である」という。第二巻第四号、第二巻第九号の二冊が管見に入らなかった。

27『ナップフ』

『ナップフ』は、全日本無産者藝術聯盟大阪支部の機関誌として昭和三年八月一日に創刊された。発行編輯兼印刷人は家成清美。発行所はナップフ出版部（大阪市浪速区南海通波屋書房内）。印刷所はナップフ印刷部（大阪市南区鰻谷仲ノ町）。発売所は波屋書房（大阪市浪速区南海通）である。「編輯後記」には、次のようにある。

大阪地方における独自の地方的意義をもつ雑誌の発行は、

当地方における無産階級藝術運動の進展と共に甚だしく要望され始めた。更らに又産業合理化の本拠たる大阪地方における一般無産大衆は、その合理化された支配階級イデオロギイ並びに政策に対して、あまりにも無感覚であり、無力である事を示してゐる。そしてそれの意識化すら主観的にまるでなされてないと云つてい丶。かうした状勢は無産大衆の明日への道を、その客観的状勢の備れるにも拘らず、どれだけ阻んでゐるか知れないのである。この『眠れる殻』を打ち破ること、これこそ我等に課せられた任務であり、我等の担当すべき仕事でなければならない。大阪特有の世俗哲学、その世俗哲学のための資本の侵略、それこそ我等のつかむべき目標でなければならない。

雑誌ナツプフはか丶る使命遂行のために実現された。それはまた大阪地方において反動的イデオロギイを平気でまきちらしてゐる幾多の同人雑誌の排撃をも、か丶る使命遂行の過程になしとげるであらう。雑誌ナツプフは、かくて、全日本無産者藝術聯盟（略称ナツプフ）の大阪地方における地方的任務を担当する一機関となる。雑誌ナツプフの存在意義並びに特殊意義はこ丶になければならない。

雑誌ナツプフを大阪の無産大衆自身の雑誌たらしめよ。そのために生れた雑誌ナツプフを、さらに諸君自身の手でがつしり腕に抱きこんで置け！　雑誌ナツプフを諸君の手から手へ、そして底から底へと流れこませろ！　「ナツプフ」の読者はどんな事があつても戦旗を読め！　「ナツプフ」が大阪の地底へもぐりこみ、そしてその底でナツプフと握り合はされる手は、ナツプフを越えて戦旗につなぎ合され、そして遂には全国のプロレタリアートとがつちり組まれるだらう。

原稿を雨と降らせてくれ！　俺たちの怒り、反抗をしまつて置かずにどん／＼書き綴つて雑誌におくつてくれ！　小説、劇、詩、感想、画、なんでもい丶、下手だなんかと気苦労するな。送り先きは南区南海通り波屋書房宛だ。

（一九二八、七）ナツプフ編輯局

全日本無産者藝術聯盟大阪支部は、戦旗座、群集劇場、明日への劇場の三劇団が合同協議会をもち、それを母体として、昭和三年六月十二日午後七時より大江ビルにて創立大会を開催した。組織部長は佐渡俊一、財政部長は高山文雄、書記は三木武夫・小板である。創立大会に先立ち、支部創立準備会主催で、昭和三年五月二十八日午後六時より天王寺公会堂で文藝講演会を開催している。天野孟の「文藝講演会」によると、佐渡俊一が開会の辞を、西木喬が「無産階級藝術運動の任務」、中野重治が「藝術と大衆」、片岡鉄兵が「戦ひか死か」、佐野碩が「演劇の進む道」、片岡貢が「大阪に於けるプロレタリア演劇運動」、壺井繁治が「戦争と藝術」を講演。

28『藝術派』

昭和四年三月一日に創刊された文藝同人雑誌である。藝術派の同人は、石川政二・星村銀一郎・小川嘉子・岡田正雄・岡本秀男・中西維三郎・川元鉄・草西正夫・山内彰義・山田初男・樋口直・炭田志朗の十二名である。編集兼発行人は山内彰義、発行所は隆文社（大阪市天王寺区勝山通五丁目）、表紙・カットは安部宗一良。創刊号の「編輯後記」には、次のようにある。

× 創刊号同人の顔触れはこれだ。この放射戦線に参加しなかつた、川元鉄、小川嘉子、中西維三郎の三淑女、紳士は締切の間に合はなかつたのは残念たが。

× 思想形態に於て、各人各説は、読者層の広汎を意味するものと思ふ。この自惚は、決して潜越でもなからうと思ふ。

× そして、次号の為めには、素晴しい計画がなされてゐるのだ。

× 表紙は素滴だ、厚くお礼申上ます。

× 編輯には山口君を煩はした、創刊号一千部

（草西正夫）

また創刊号の「藝術派」欄では「一九二九年三月。藝術派は、藝術派ナイズしたコスチユウムで、文藝界に、換言すれば雑誌文藝界に登場する。これは少くとも同人の慶祝事だ」「然らば、藝術派ナイズとは如何なることを云ふのか。不協和音である。違ひあるプロフイルである。ジヤナリステイツクな藝術派のレーゾン・デートルだ」「藝術派は有ゆる色彩を包含して生まれた。吾々は唯憚らない仲の良いグルツペであるから。いまとき、藝術派なんて名前を聞いたらフーンと鼻の先きで軽別憫笑する院外団もどきが必ずある。我々が文学を使命としてこれに精進せんとしている者なら藝術派に間違ないではないか。それとも、レビユ時代に、単にピエロの一役をしか演じ得なかったマルキシズム文学がどうかしたとでも云ふのか」と述べている。

29『断　言』

『断言』は、昭和四年七月三日に創刊されたアナーキスト系の雑誌。編輯兼発行人は多田文三（大阪市西淀川区浦江南一ノ九毛呂方）、発行所は断言社（大阪市西淀川区浦江南一ノ九）である。定価は十銭。十六頁の小冊子。高橋新吉の詩「失題」には「海の横ツ面を張り倒して／洗面した〃錨から／ボタボタ雫が落ちた。」とある。

30『劇場移動』

『劇場移動』は、昭和四年十一月一日に発行された演劇雑誌である。編輯兼発行者は森田岩夫、発行所は関西大学劇研究会事務所（大阪市東淀川区天神橋筋七丁目四二）、発売所は浅見書店（大阪市東淀川区長柄関大天六学舎西）である。「編輯後記」には、次のようにある。

○会員の積極的支持と社会的状勢と我々の微弱な力とが化合し劇場移動は体外的闘争武器として火花を挙げた、諸君よ　希望に燃えながらわれわれは新興演劇運動のために進まう。

○東都の学徒に比し比較的消極的行為にあまんじて居た関西の学徒は我々と共に正しき認識の下に学生的活動を開始しやうではないか。

○経済と組織と編輯部との不完全と他の種々な圧迫のため

われ〳〵のよき意図と努力にも拘はらず、われ〳〵の持つ能力をマキシマムに発揮することが出来なかつた。然しわれ〳〵は自己清算と漫然しなければならない燃焼力をもつて学の内外を問はず、関西新興演劇のために正しき批判と清算を叫びながら直接に間接に大衆の前に展開をし呼応するであらう。

○諸君から集まつた原稿は三十篇を突破した。然し雑誌の紙数限定と我々の宣言との障害のため全部の掲載が出来なかつた、決して我々の不忠実な結果ではない。我々は真摯な態度とハチキレル元気で会の向上発展へ関西新劇運動の指導批判へと叫びながら努力を重ねてゐるのだ。

○然し我々の意図と努力には限度があり、結果の良否は測断出来ない。諸君は我々の看視者となり、鞭韃者となり厳密な叱正と批判とを砲弾のやうに送つてほしい、我々は淋雨の中を正しき勝利へと進むであらう。

○坪内士行先生の原稿は次号に割愛の止むなきに到つた其他諸先輩の原稿は一まとめにして掲載する予定だ。

○陣痛の苦痛に悩んで生誕した我々の劇場移動もやがて闘士として活躍する日を期待してほしい主として学術的研究の結果をものにしたいと考へたかどんな結果かを看視を希ふ。

○作品の掲載順序　そんな形式的なことは我々は眼中に置かない、どこを向いてもハチキレル元気だ　編輯後記でも見たまへ。

○僕等は凡ての個人的感情問題は追放し真に元気ある運動をしたい。編輯の任に当つて特に感じた。（編輯部山田）

第二号以後、刊行されたかどうかは未詳である。

31『新興演劇』

『新興演劇』は、野淵昶、森田信義、田中總一郎、豊岡佐一郎、鳥江銕也、山上貞一の六名が昭和五年一月一日に創刊した演劇雑誌である。編輯兼発行印刷者は山上貞一（大阪市東区舟越町二丁目三〇）、発行所は新興演劇社（大阪市東区船越町二丁目三〇）、大売捌所は文雅堂書店（大阪市東区内淡路町松屋町通）。「編輯後記」（創刊号）に、次のようにある。

◇十一月からやり始めたいと思つてゐたが、とう〳〵十二月になつたので、昭和五年の新春に呼びかけること丶した。そのくせ九月からこの議を持ち出して十月十二日に第一回の同人会を催した。十一月二十一日に新興演劇社を創立して雑誌『新興演劇』を発行する事に決定した。

◇六人の共同責任編輯が今後いかやうに活動するか解らないが、とにかく名乗りを挙げたからは卑怯な事はしたくないがお互いだから、期待して頂いても間違ひはないと思ふ。

◇誌面も決して六人で所要しやうといふのではない。六人は六人の友人に延長し、熱心なる読者諸君をも合流して、誌名に恥かしくない効果をあげたいと思つてゐる。どうか読者諸君の深甚な御高誼を切望する。（山上）

同人以外に坪内士行「スピード・ドラマ」（第七号）が掲載

されている。

32『セレクト』

『セレクト』は、昭和五年一月一日に創刊された絵画雑誌である。編輯発行兼印刷人は矢野松太郎（大阪市東区南久宝寺町四丁目四八番地）、発行所はセレクト社（大阪市東区南久宝寺町四丁目四八番地）、発売所は文啓社書房（東京市神田区淡路町一ノ一）である。実質的に編集したのは鍋井克之である。鍋井克之は「「セレクト」発刊について」で、次のように記している。

大正十五年に『マロニエ』を廃刊してから、あんな絵画雑誌があればいゝのにと云ふ人が時にあつた。『マロニエ』は中川紀之、小出楢重、横井礼市の三名と私が編輯に名を出してゐた。経済的には勿論失敗で、飯島貫一氏、久世勇三氏その他二三の篤志家に御厄介になつたが、あゝした雑誌は丁度合本にして美しい程度に達したら、後は同一の編輯を繰り返すより一たん打切つた方がいゝし、それで『マロニエ』の使命も果たした事になつてゐると云ふ考へが初めからあつたのであつた。

近頃また前の『マロニエ』のやうな雑誌を出してもいゝと思つてゐたところへ『現代素描選集』を刊行された矢野松太郎氏がそれではやつてみてはどうかとすゝめられたので、愈々『セレクト』として発刊することになつた。併しこれも今同様に物質的に損をして関係者はたゞ働きと云ふ訳になるのであるが、それでもいゝ美しい雑誌が出来れば文句は云はないことにしてある。読者がふえれば益々内容はふやして行ける勘定であるから、どうか後援のつもりでなるべく年極め読者に加入して貰ひたい。編輯は私が引受けることになつてゐるが、いづれ前の『マロニエ』の時の如く私の知己の人々には編輯者と同様のやうな御迷惑をかけることになるので何分よろしくお願ひして置く。これも合本に出来るまでの量に達するのが楽しみな訳で、一通り予定の編輯が済めばあとはだらだらとせずに又打切るつもりであるが、それまでは幾ら損をしても中止するようなことはない。特別な美術雑誌の為め普通の書店には取次いでゐないからなるべく発行所か発売所へ直接申込んで貰ふ方が便利である。

また、鍋井克之は「本誌の休刊にあたりて」（第十二号）で、次のように書いている。

この十二月号を以て満一ヶ年第一巻を完結いたしましたので、一先づ休刊いたすことになりました。流派を問はず、洋画壇のあらゆる作家に一通り顔を見せて戴いたら、それで今日の時代を記念する意味になりますので、本誌の目的もそれで尽されたことになると予め考へてゐた次第であります。本誌に何か記念の御作品を頂戴出来なかつた作家で、洋画壇の大家はまだまだ沢山ありますが、それ等の諸賢は今回迄に既にお願ひをしてあつて、作品が間に合はなかつたり、又はさうした余暇がなかつたりされた作家でありますので、此上発行を続けてゐますと、自ら今迄にお願ひした作家を、再び繰返すことになりますのでかたがたこの辺で休刊いたすことになりました。もともとなるべく知友の方にのみへお願ひをして趣味的に編輯したものでありますから、洋画壇を大きく鳥瞰的に眺めたりすることは本誌にては不可能なことで、編輯の主義も一貫してはゐません。それにしても画壇大方の諸賢が皆喜んで御後援して下さいましたことはまつたく感謝に堪へません。休刊にあたりまして厚く御礼申上る次第であります。

『セレクト』は十二冊の合本版が出された。万鉄五郎の「裸婦」は絶筆となった。『セレクト』の誌型は縦三十二糎横二十六糎、定価五十銭である。

33『演劇新人』

『演劇新人』は、大阪演劇新人聯盟の機関紙として、昭和五年四月十日に創刊された。大阪演劇新人聯盟は、『舞台藝術』『劇場移動』『詩人劇場』の三社が合併して組織された。『演劇新人』の発行兼印刷人は炭田志郎（大阪市天王寺区生玉前町九六）、編輯人は北村栄太郎（大阪市東成区大今里六二〇）、印刷所は中央堂印刷所（大阪市東区船橋町二丁目三〇）、発売所は隆文社（大阪市天王寺区勝山通五丁目）、発行所は大阪演劇新人聯盟（大阪市天王寺区生玉前町九六）である。「編輯後記」に、「創刊号は責任聯盟員全部の顔振れだ。「国民座」の松本幸太郎、「詩人劇場」の北村栄太郎、「舞台藝術」の同人炭田志郎、山内章太郎、武田健三。中正男、山家一一は新進の映画研究者。森田岩夫、氏野武二、山田良十は「劇場移動」の同人」とある。大阪演劇新人聯盟主催の劇団詩人劇場試演が昭和五年五月二十五日午後六時に大江ビルディングで開演したことが同誌の広告に出ている。この時の出し物は、「自殺は悲劇か喜劇か？」（北村小松作、北村栄太郎演出、武田健三装置）、「第四中隊」（中川龍一訳）、「亜細亜」（土井逸雄訳、松本幸太郎演出、武田健三装置）である。大阪演劇新人聯盟の活動がいつまで続けられたのか、雑誌『演劇新人』が二号以後刊行されたのか、未詳である。

34『中央文藝』

『中央文藝』は、中央文藝協会文藝研究会機関誌として、昭和六年一月二十日に創刊された。編輯兼発行者は鳴戸要（大阪市住吉区住吉町七八九ノ二）、発行所は中央文藝協会（大阪市西区靫上通二丁目泰西学館内）である。〔巻頭言〕に、次のようにある。

中央文藝協会文藝研究会機関誌「中央文藝」は茲に創刊された。

それは新らしく颯爽として翻るところの我等の旗である。昨の所謂文壇は既に歴史的過去に属した。今や凡ゆる文藝は其の左右を問はず其の形式を論ぜずいづれも現今社会の希求する新生命ある藝術を目ざし錯雑紛淆の状勢に在る。而も未だ潑剌新鮮堂々たる風格圧倒的迫真力を以つて世の期待に応へたるものあるを知らぬ。一般大衆の待望は既に久しい。我が機関紙「中央文藝」は此時此際こゝに出現した。

「中央文藝」こそは新鋭純真白熱の藝術的精進に燃ゆる新進作家の陣営である。否、何人を問はず苟くも自己の作品を生み自己の作品を持つ人々の自由に加はるを得べき大陣営である。時代の要望する画期的新藝術は新進作家の手を俟たずして何のなるところがあらうか。

機関紙「中央文藝」は新人の大陣営である。

吾人は我等我同志の手よりやがて日本を、全世界を震撼すべき大藝術的創作が出現することを期待し確信するものである。新進作家出でよ我が「中央文藝」より大新進作家輩出せよ。

「中央文藝」創刊の無限の歓喜の裡に我等は我会員諸君と共に我等が所志を熱言する。

中央文藝協会文藝研究会の顧問には、薄田泣菫、斎藤弔花、馬場孤蝶、木谷蓬吟、青木月斗、池崎忠孝、水守亀之助、森繁夫、長田秀雄、高須梅渓、今中楓渓がなっている。

35『会館藝術』

『会館藝術』は、昭和六年五月一日に、朝日会館の宣伝機関誌として刊行された藝術文化雑誌である。編輯兼発行人は中村喜一郎（大阪市北区中之島三丁目三番地）、のち赤井清司である。発行所は朝日新聞社会事業団。「発刊の言葉」（創刊号）には次のようにある。

◇『会館藝術』は朝日新聞社会事業団の仕事の一翼である文化事業、殊に、朝日会館で催される藝術的催しを中心として編輯する方針であります。

◇渡辺橋畔にそゝり立つ黒色金線の大ホール、朝日会館は建設以来四年有半、今や大阪市民の新文化機関であり必要不可欠の存在として確認され、日夜極度にまで利用されてをりますことは欣びに堪へない次第であります。

◇展覧会に公演場に一ヶ年間呑吐する人数五十万を越え、大阪の新文化に所期以上の貢献を致しつゝありますのは、偏へに市民諸氏御指導御愛護の賜と日夜感謝に堪へざるところであります。

◇文化事業中舞台藝術に於ては、歌舞伎劇等の分野を除いて殆んど大阪唯一の機関である朝日会館の使命に顧み、今後随時此方面の解説批評其他の文献を蒐めて来観諸氏の一層深き御理解と御便宜に資し度いと存じて此刊行を企てたのであります。

◇『会館藝術』創刊に際し謹んで諸賢の御鞭撻御愛護を切にお願ひ申上ます。

終刊にあたっては、「謹告」（第十巻第十二号）で、次のように記している。

昭和六年五月創刊以来誌齢十一年を加へました「会館藝術」は創刊当初は朝日会館の藝術文化活動の宣伝誌でありました。

しかし時代の要求は朝日会館の活動を旺盛ならしめ、関西に於ける文化活動の重要なる地位を占むるに従ひ、昭和十三年八月号より有保証誌とし、単なる宣伝に終らず、広く藝術一般に渉り、文化史的な立場から編輯の方針をたて、内外の藝術運動の紹介、殊に近年日本精神の強調と共に伝統に培はれた各種藝術の検討と研究熱が勃興するや、率先之に参加いたし、日本文化のもつ輝しい成果の数々を発表し来たのであります。

然るに最近の情勢は臨戦体制に即応すべき必要を痛切に感ぜしむるものがあり、種々考慮しました結果、より時代の要請に合流することこそ臣民の正道であるとの結論に達し、断然進んで本誌の発行を休止（本号限り）することに致しました、即ち本誌の消費する紙をより以上に有効なる方面に使ふこと、これ現下に於ける雑誌報国の道であると信じたからであります。

尚、本誌と密接不離の関係にあり、過去十数年間継続して参りました「朝日会館友の会」もこの機に一応解消いたすことになりました。謹んで会員諸氏の久しきに亙る御好情を感謝する次第であります。

昭和十六年十一月五日

「会館藝術」編輯部

朝日会館は大正十五年十月九日に大阪・中之島に建設された。地下一階、地上六階、鉄筋コンクリートづくりのドイツ近世様式の建築で、三階が各種の展覧会場、四、五、六階が公演場である。この朝日会館は昭和三十七年朝日新聞社ビルの新築着工とともに消滅したが、著名な海外からの演奏家、バイオリンのシゲッティ、エルマン、メニューヒン、チェロのピアチゴルスキー、ピアノのモイセビッチ、ルビンシュタインらが演奏し大阪の文化センターとなつた。

なお、米田義一に「『会館藝術』要目（昭和八年七～十二月号）」（『あしかび』第二十五号、昭和五十八年十二月）、「『会館藝術』細目（第八巻・昭和十四年）―与謝野晶子「夏山抄」十首その他に関連して―」（『楓』第十六号、昭和六十二年三月）、「『会館藝術』細目（第九巻・昭和十五年）」（『楓』第十七号、昭和六十三年三月）がある。

36『文学公論』

『文学公論』は、昭和六年五月一日に文学公論社（大阪市此花区上福島北一丁目一三）から刊行された。編輯兼発行者は酒井義雄（大阪市此花区上福島北一丁目一三）、発売元は創元社（大阪市西区靭上通一丁目二二）、編輯責任者は高橋敏夫、和田有司、酒井義雄である。「発刊の言葉」に、次のようにある。

文学は窮屈なものであつてはならない。外からの拘束に縛られたものであつてはいけない。溌溂とした精神物から湧き出した生一本なところに文学の強さがある。此の言葉は、或る通俗な意味でのリベラリズムと混同される怖れがあるかも知れないが、文学は決して、そんな無気力な、無方針の、投げやり的なリベラルではあつてはならないのだ。真の意味でのリベラルこそ文学の生長する唯一の苗床なのだ。

所で現今の文学はどうか？　偏執狂のやうに理論、主張に噛りついて強いて狭い殻の中にもぐり込もうとしてゐるか、或は壊けた牡丹の花のやうにダラシなくリベラリズムの諦の中で夢を見てゐる。本統の文学の正体はどこへ行つた。
　文法に気を兼ね乍ら物を云ふ者には聴衆は集らない。言葉の発しられる所に文法は自然に附いて来る。現今の作家は、余りに文法に気を取られ過ぎてゐる。それはいけない。もつと自由な言葉ではつきりと自分の魂をつかんで投げ出すことだ。力が最後のものだ。よし右を左と云つても、自ら信じて力強く叫ばれた言葉は人を引きつける。雷同することが最もいけない。小さい声で云はでものことをぶつ〳〵言ふのは軽蔑されるばかりだ。大切なことは銘々が自分に立戻ることだ。それは個人主義ではなくて本統に大きく世界を生かす只一つの道なのだ。そこから文学は再びよい新芽を萌すだらう。――今や、さうした気運が動いて来た吾々は此の公器たる文学公論を、広く四方の新人に提供してその発展を見詰めやう。
　また、「編輯後記」では、「主として有力なる新人を世に送り出すことを目的としてゐるため、執筆者は自ら既成作家以外の新人に限定される筈である」と述べている。三十五頁に次号・六月号の予告広告が掲載されており、第二号以後も刊行されたと思われるが、確認することが出来なかった。

37『日本プロレタリア作家同盟大阪支部ニュース』

『日本プロレタリア作家同盟大阪支部ニュース』は、昭和六年十月一日に日本プロレタリア作家同盟大阪支部（大阪市北区中野町三丁目十二）から刊行された。編輯兼発行印刷人は阿部真二（大阪市北区中野町三丁目十二）である。タブロイド判謄写版印刷四頁である。「編輯後記」に「支部ニュースではかたすぎるから、このニュースに適当な題名を諸君から募集する」と「題名募集」が出ていて、第二号は「文学仲間」に改題された。「文学愛好家の会―「文学サークル」は、こうしてつくる」の全文を、次にあげておく。
　工場の昼休みに、
「ホウ、玉公、馬鹿に御熱心と来てるな。一体その読んでゐるのは何だい？」
「紅蝙蝠の単行本の一、今お滝てえ姐御が痩浪人に口説(くど)かれて『あたしのいろは戸並長八郎源兼氏さ』とチヨイと胸をすかせたところよ」
「へえ、そいつは豪気だね、お瀧長八郎、それにおちい様と随分やゝこしい三角関係だな、俺も朝日に出てゐた時分には、夕めしを忘れたことはあつてもこいつばかりは欠かさなかつたものよ」
「ところで玉公、同じく長谷川伸作の『沓掛時次郎』てえのを知らねえかい？」
「知らないね」
「そいつは話せねえ！　一宿一飯のやくざ稼業が仇となり、罪もない人を殺(あや)めたばつかりに、フツツリきめてその女房に注ぎはじめたまごゝろが、そも〳〵この悲恋物語の発端さ」
「よう、たまらないね、弥之さん、おめえそいつを持つてゐるなら、ちよいと俺に貸してくれねえかい？」

「あ、よいとも〳〵。さうだなあ、明日の晩俺ン所へやつて来い！　まだ〳〵ちがつたのがたくさんあるぜ！」
　翌日の晩、玉公が約束通り弥之さんの家へやつて来た。
「こいつが『沓掛時次郎』さ、その最後ン所を見てみろ！　殺した男の子供を産ませるために、駆け廻つた金の工面から帰つて見ると女は既にことされてゐた。そこで時次郎が、冷たくなつた女のからだに取りついて、初めて恋を打ちあけるのだ。『おとき、俺あ、おめえに惚れてゐたんだ』とな」
「弥之さん〳〵その位でこらへてくれ！　からだ中がぞく〳〵してくらあな！」
　それから玉公が部屋ン中をキヨトキヨトし始めた。
「噂にたがはず、弥之さん、おめえなか〳〵学者だな、随分の本だな！　これは何だい？　この『ゴー・ストップ』てえのは？　交通巡査の心得を書いてあるのかい？」
「ちがふ〳〵。俺達と同じ労働者のストライキのことを書いたものだ。しかもそういふ本の中で一番面白く、一番よく売れた本だ。なんならそいつも持つて帰つたらどうだい！」
「いや、そいつはありがたい。」
　こういふ風にして弥之さんは玉公の外にも大仏次郎のものなら片ツぱしから読んでゐるといふ源さん、「新青年」党のモダン・ボーイの山本、小さい時から物を書くことが好きで、原稿紙を身の丈ほど書きためてゐるといふ吉川、その外にも二三人引ツぱつてきた。好きな道のこと丶て、毎晩皆女の子のところへ通ふことも忘れて、弥之さんの家の二階へ集つてきた。
　そのうちにも弥之さんの感化を受けて、皆、
「やつぱりこの方がヂカに俺達の胸にこたへるなあ！」
「なんといふても俺達自身のことを書いてゐるんだからな！」
　と、競つて「戦旗」や「ナツプ」の作家のものを読み始めた。
　ある晩のこと弥之さんが云つた。
「どうだい皆な、毎晩俺達ばかりで話してゐると、タネが切れつちまんだが。ところで、丁度よいことに、この間皆に貸した『市街戦』の著者の橋本英吉が今大阪へ来てゐるんだ。俺はちよつと伝手で頼もうと思へば頼める人だが、一つこの次の日曜の晩でもこ丶へきて何か話をして貰らつたらどうだい？」
「え丶？　弥之さん、おめえほんとうかい？」
「そいつはありがてえ」
と皆にはかに活気づいた。
「吉川、おめえ近頃『電灯のない街』と云ふ長編小説を書いてゐるさうだが、一つ橋本氏に見せたらどうだい？　橋本英吉も前身は労働者だからな！」といふと吉川は恥ずかしがつて頭をかいてゐた。
それから皆、日曜の晩のことを楽しみながらワイ〳〵帰つて行つた。
　田木繁は「自筆年譜」（『田木繁全集第二巻』昭和五十八年十月二十日発行、青磁社）で、「日本プロレタリア作家同盟大阪支部ニユース」が刊行された「昭和六年（一九三一）二三歳」

の項で、「五月上阪。最初の内、沢上江町（現在の都島区都島中通）にあった戦旗支局中心に生活をする。作同大阪支部の阿部真二（後改めあべ・よしお）、児玉義二（後改め誠）らとはここではじめて相知る。そういえば、それ以前にあった夕凪橋近くの港区新池田町事務所へも、京都時代に二、三回訪ねたことがあり、詩人の原理充雄に米沢哲から紹介されたのはそこであった。／とにかく当分の間、見るもの聞くものすべて物珍しかった。昼間、できるだけ街歩きをし、又手蔓を頼んで町工場の見学をした。夜になると、研究会があって、京都におけるような学生中心とはちがって、生活のにおいをぷんぷんさせた人々が集まってきた。それらの中には印刷工の三谷秀治、ペンキ職人の大元清二郎、ガリ版印刷の大月桓志（後改め常靖）、製材工の城三樹などがいた」と記している。なお、田木繁の小説「大鉄の名刺」は『田木繁全集』には未収録のようだ。

38『文学仲間』

『文学仲間』は、昭和六年十一月十五日に日本プロレタリア作家同盟大阪支部（大阪市北区沢上江三丁目四〇）から刊行された。編輯兼発行印刷人は阿部真二（大阪市北区沢上江三丁目四〇）である。「日本プロレタリア作家同盟大阪支部ニユース」（昭和六年十月一日発行）を改題した。タブロイド判謄写版印刷四頁である。

39『藝術批判』

『藝術批判』は、関西学院文学部卒業生を構成メンバーとする藝術批判社の同人雑誌として昭和七年六月一日に発行された。編輯発行兼印刷人は山岸又一（大阪府中河内郡高井田村一五一七）、発行所は藝術批判社（大阪府中河内郡高井田村一五一七）である。同人は、大道安次郎、藤村青一、樋口寿、弘田競、池田正樹、岩崎悦治、上井榊、草野昌彦、小出六郎、小坂常男、小松一朗、南部省三、酒井義雄、阪本遼、高瀬嘉男、武田徳倫、富岡捷、和田有司、山岸又一の十九名である。「創刊の辞」には、次のようにある。

> 『藝術批判』を創刊するに際し、われわれはわれわれの仕事の方針を、一言以つて、次の如く規定する。
>
> 『藝術批判』の任務は、既にその存在媒体を喪失しつつある旧き藝術の没落を促進し、真実の健康性と独創性また弾力性に充てる新しき藝術の開花のための地盤を、徐々に或いは急激に建設して行くことである。
>
> 『藝術批判』は、従つて、右の方針に反する一切の理論的、実践的藝術行動に対しては、徹底的にその面被を剝ぎ、無慈悲に克服するであらう。と同時に、われわれとその方針を共にせんとするものに対しては、双手を差しのべて之を迎ふるであらう。
>
> 乞ふ！『藝術批判』への冷静なる批判と、絶大なる支持とを、惜しみなく賜はらんことを！
>
> 一九三二年五月

樋口寿の戯曲「ファツシヨへの途」が当局の忌諱にふれたらしく、架蔵雑誌は、表紙に「改訂版」と赤字があり、六十九頁から七十頁までが切り取られている。創刊号七十一頁に次号の予告広告が掲載されているが、刊行されたかどうかは未確認である。

40『大阪ノ旗』

『大阪ノ旗』は、日本プロレタリア作家同盟大阪支部の機関誌として、昭和七年八月二十五日に創刊された。昭和八年九月五日発行の第二巻第五号まで、全八冊刊行されたものと推定される。全八冊のうち、創刊号と第一巻第二号の二冊が確認出来なかった。創刊号は、大月常靖「阿部真二のいるプロ文学年表」（『煙』昭和五十六年十二月二十五日発行・第四十二号）によると、菊判四十五頁、謄写印刷、表紙は浅野孟府、編集兼印刷発行人は阿部真二、発行所は大阪市北区沢上江町五丁目三九の日本プロレタリア作家同盟出版部、定価七銭であるという。第一巻第二号の紙型はわからない。第一巻第三号はタブロイド判十二頁の活版印刷で、十銭である。第二巻第一号は、菊判で謄写印刷、巻末に「支部ニユース№4—革命競争特輯号—」が付載され、「印刷・編輯・発行人」は田木繁（大阪市北区中野町三ノ九三番地）、「印刷・発行所」は日本プロレタリア作家同盟大阪地方支部出版部（大阪市北区中野町三丁目九三番地戦旗社内）となっている。第二巻第二号以後は菊判の活版印刷となり、「印刷・編輯兼発行人」は阿部真二となる。阿部真二については『煙』（第四十二号）が「阿部真二追悼特集号」を出している。「大阪ノ旗」の誌名の表記が第二巻第四号から『大阪の旗』となる。

『大阪ノ旗』は、第一巻第二号の一冊を除き、全八冊のうち七冊がことごとく発売禁止となった。「出版警察報」（内務省警保局）の発売禁止の記録を見ておく。「出版警察報昭和七年十月第四十九号」に、『大阪ノ旗』創刊号、八月二十五日発行（「出版警察報」では「九月七日発行」と誤記）、九月四日禁止について、次のようにある。

本誌ハ謄写版刷四十五頁ノ雑誌ニシテ、「ゼネスト」ト題スル詩ハ反戦反軍、ソヴエート、ロシア支持ニ渉ルニ因リ禁止セラル。

中国×命を×殺するために
銃火の中へ×つ×てられて行く兵士達の輸送を銃や砲×
パポイントには憲×が起る
機関車には抜剣の×人が乗り込んで
「××管理」によつて強制されるし
×家大事の時だなぞとぬかして
どんな苦しい事を忍べと云ふのだ
お、どうして安んじて働けるか
おつと間もなく大阪駅だ
「信号オーライ」
全駅員の先頭に立つて×争×対を闘つて居た
大阪駅梅田駅分会の十人の同志は
検挙されて今もブタ箱に押込められてゐる
「新満州国の樹立によつて平和は訪れた」と

鉄道公報で×臣はデマつてゐるが
××帝国主義のねらふ砲口は
更にソヴエート同盟に向けられてゐるのだ
×渉戦争は迫つてゐる
再び国鉄従業員の頭上には
××輸送と×庁管理がおそいかゝるぞ
労働強化反対だ！
暴圧絶対反対だ！
×国主義××反対だ！

「出版警察報（昭和七年十二月第五十一号）」には、『大阪ノ旗』十月二十五日発行、十一月七日禁止について、次のようにある。

「十月のために」「流弾」ノ記事ハ共産主義宣伝、戦争反対ニ渉ルニ因リ禁止セラル。

（前略）上海から帰つた知らない兄ちやの『同志』が云つたつけ……

その夜、凍つた、硝煙くさい上海の街々へ兄ちやは中国の兵隊さんと『兵士委員会』のビラを撒いたんだつて……『君達も、俺達もみんな労働者や農民だ、お互いに搾取されてゐる貧しい仲間なのだ日本の兄弟、仲間同志で殺し合へ（ママ）する事を止めやう、

そして俺達は銃を後へ向け、

俺達に戦争を強へる奴等とても、戦争をしようではないか。

俺達を搾り、俺達に血を流させて肥る野郎へこそ、発砲しようでないか』

そう書いたビラだよ……と

兄ちやの『同志』はそう云つてたつけ、

「出版警察報（昭和八年四月第五十五号）」には、『大阪ノ旗』三月一日発行、三月三日禁止について、次のようにある。

「巻頭言」「吾住友製鋼所の歌」「読者諸君に訴ふ！……前進を以つて答へよ！……」等ノ記事ハ戦争反対、共産主義宣伝ニ渉ルニ因リ禁止セラル

これら二つのことを遂行つゝあるものは何者か？

又それを如何なる方法によつて遂行しつゝあるか？

彼等はこれを遂行するにあたり、否全く彼等はこの未曽有の破廉恥行為、惨虐行為をひたすら××の名に於て独自に強行してゐるのである。××は今やその赤裸々な本来の姿によつて立ち現れてゐる、内部の人民大衆に対する、外部の中国ソヴエートの大衆に対する、この強盗的野獣的性質こそこの断末魔に際し、恥も外聞も忘れ果てが（ママ）その正体を明かにしたところ日本に於ける絶対主義的××制の本質なのである。

「出版警察報（昭和八年五月第五十六号）」には、『大阪ノ旗』四月二十五日発行、四月二十八日禁止について、次のようにある。

「革命作家同志小林多喜二」「同志小林を弔ふ」「同志小林多喜二虐殺に抗議す」等ノ記事ハ共産党被告ヲ賞揚シ、共産主義ヲ煽動スルモノナルニ因リ禁止セラル。

（前略）絶対主義のかざせる血なまぐさき斧は、同志小林の肉体をこつぱみじんに打ちくだいた。けれども、真にポルシエヴイクとしてのかれの精神はいまもなほ、燦然として生きゐる。あとに残されたるわれわれの任務は、同志小林の歩いたプロレタリアートの××への途を、さ

らに、前進することに依つて、かれの死を意義あらしめ、階級的に生かすことでなければならない。

「出版警察報（昭和八年七月第五十八号）」には、『大阪ノ旗』六月十日発行（十三日納本）、六月十二日禁止について、次のようにある。

「創造的面の展開へ」ト題スル記事ハ八、一反戦闘争ヲ使嗾煽動スルモノナルニ因リ禁止セラル。

いまや、八・一反戦デーを目前にひかへて、わたくしたちは、あらゆる職場内に於いて、また、わたくしたち同盟員、サークル員のあひだに於いて「帝国××××（主義戦争）反対！」「ソヴエート・ロシアの××！」を、積極的なテーマとした壁小説が、ゆたかに創造されることを、切望する。そして、それが全職場内に潮のごとくに氾濫し、プロレタリアートの国際的カムパニアである、八月一日にむかつて集中的に昂揚され、文化反動とファシズム――、すでに開始されつゝある、中国への帝国主義××××の波のたかまりの真たゞ中に於いて、かつてなきまでに重要な意義を持つ、一九二三年の八・一デーへの力強づよき拍車となり、手榴弾になることを、期してやまない次第である。（後略）

「出版警察報（昭和八年九月第六十号）」には、『大阪の旗』八月五日納本、八月十日禁止について、次のようにある。

「反戦闘争に結集せよ！」「軍用列車は中国へ」「暴圧並に転向のデマに抗議す」等ノ記事ハソヴエツトロシアヲ擁護シ、反戦闘争ヲ使嗾煽動スルモノナルニ因リ禁止セラル。

反ソヴエート同盟干渉戦争の××帝国主義軍隊は北支に於て中国共産党の革命的抵抗に遭ひ侵略の一方の翼を中国革命圧殺に伸ばしてゐる。国内に於ては、××帝国主義者共は自己の利益を恐慌からの脱出に世界戦争の避け難きを知悉しての戦争準備は、壮丁の大衆的強制的徴集、工場動員、反動文化網の組織と着々進められながらそれら戦争準備と徹底的に対立衝突する（自由主義的なものまで含めて）者をあらゆる人民の自由の剥奪によつて弾圧し反戦戦線のヘゲモニーを握る先頭部隊――プロレタリア階級への弾圧はその前衛の虐殺にまで高められ、わが文化の領野に於ても同志小林多喜二の×殺等それは××の名による制度にまで高められ思想対策委員会に於ては思想を宣伝すること（つまりは文化団体の活動）をも維持法の適用によつて牢獄を設けやうとしてゐる。

「出版警察報（昭和八年十月第六十一号）」には、『大阪の旗』九月五日発行、九月九日禁止について、次のようにある。

「壁を隔て、」「安治川駅で」ト題スル記事ハ共産主義ヲ煽動スルモノナルニ因リ禁止セラル。

壁を隔てゝ

（前略）すでに八・一反戦デーを闘ひ
そのもり上げられた力をもつて
整へられた陣容をもつて
今、青年デーに向はうとする
コップ十団体、二百の成員
若き文化の戦士、俺たちは

壁を隔てゝ君に誓ふ

君と五人の同志らの
残した仕事を受け継いで
帝国主義戦争反対を
ソ同盟、中国革命の守りを
壁を破り鎖を断つ日
その日まで
おれたちは灼熱せる消すべからざる焔
であるであらうことを
——同志谷紫郎に——
一九三三、八、一五

安治川駅で
佐藤宏之

今日S製鋼からI工廠行のワムを三輛連結だ
俺はこの機関車を動かしてはならないのだ。
連結手はいや〳〵自聯の伸べ梃を握つてゐる
操車掛はいま〳〵しそうに旗を振つてゐる

信号手旗で汗を拭き拭きやつて来る仲間の赤銅色の顔、
光る目玉が叫ぶ
「軍需品の輸送をやつては
俺達国鉄労働者の腕がすたる名がすたる！」
俺はこの輝しい顔に演笛を鳴そう
百人　千人　万人のこの顔が
中国目指す　軍用列車の煙をとめ
奴等の屋台骨をくぢく日のために！

41 『プロレタリア文学関西地方版』

『プロレタリア文学関西地方版』は、昭和八年十二月十五日発行の第二号が日本近代文学館に所蔵されている。第二号はタブロイド判四頁謄写印刷である。発行所は、日本プロレタリア作家同盟（ナルプ）関西地方委員会準備会（大阪市北区中野町四滝沢方　竹内源三郎方〈仮事務所〉）。「中央機関紙関西地方版」とある。「ナルプを四分五裂にせんとする林房雄等の意見を粉砕せよ！」では、「林・徳永的見解は一部街頭的小ブルジヨア作家の意見にすぎぬ」「文化団体の合法性確保の問題はサークル活動の強化をおいて外にない」と主張する。「プロレタリア文学地方版ニユース」では、同志の消息を次のように伝えている。

●ナルプの同志児玉義夫は九月十四日以来、網島署に留置中、食事の出来ぬ程衰弱してゐる彼の為に援救の手をのべてやらう！

●ナルプの同志永田衛は九月十四日以来朝日橋署で約三十日を留置され、カツケの為に出され、現在に至るも保養中。

●ナルプの同志阿部真二は九月十四日以来、鶴橋署に留置されてゐたが、約四十日目に出され、衰弱のために一時帰国す。

●ヤツプの同志羽根田は九月下旬より朝日橋署に検挙されてゐたが、十二月上旬にキソさる。

●プロツトの同志九木は九月中旬より高津署に検挙されてゐたが、十二月上旬キソさる。

●プロットの同志米沢哲も九月上旬より市岡署に検挙されてゐたが、十二月上旬キソさる。

42『関西文学』

『関西文学』は、昭和九年五月一日に創刊され、昭和十一年九月一日発行の第三巻第五号まで、全十三冊刊行された。発行所は関西文学社（大阪市港区八幡屋元町一丁目二七九）、編輯兼発行人印刷人は前田房次（大阪市港区八幡屋元町一丁目二七九）、発行所はナニハ書房（大阪市此花区江成町一二八）である。昭和十一年九月一日発行の第三巻第五号のみは、発行所が関西文学社（大阪市旭区森小路町五一ノ一）、編輯兼発行印刷人が平岡俊雄（大阪市旭区森小路町五一ノ一）となっている。第三巻第二号に「編輯同人」として、田木繁、大月桓志、植田大二、三谷秀治の四名が連記されている。日本プロレタリア作家同盟大阪支部の機関紙であった「大阪ノ旗」の後継雑誌とみなしてよいであろう。創刊号の「編輯後記」には、次のようにある。

ひろい意味での関西文化機関誌は勿論、それを進歩的文学、演劇に極限して見ても、それの不足を心ある青年諸君の久しく感じてゐたことであり、その声がよつてもつて作り出したのが「関西文学」であります。

私たちの意図するところは「関西文学」を文字通り、関西的色彩で飾ることにあるのですが、これは一二ヶ月の短日を持つては容易になしとげることの出来ない仕事であります。それ故にか？　かつてそれを目指した雑誌もない関西に於て、処女地にスキを入れるが如き喜びと勇気を持つて出発したのです。

×

われわれの関西と云ふ所が、文学雑誌等をそだてるにふさはしくない土地柄であることを、身を持つて経験された方々から、色々ときかされもしたが、それとはまた反対に、その苦難を押し切つても、そうした雑誌を支持しようと云ふ声も私たちはきいてゐる。

私たちが現在必要なのは、若い向ふ見ずな力と、読者大衆の支持であると思つてます。その二ツが協力する時に、この栄養不良の関西にも立派に花を咲かす雑誌がそだつのだと信じてゐます。

×

一ツ位この関西にも、誰でもが自由にものの言へる雑誌がほしいと日頃からなげいてゐた無名作家、藝術家諸君！

諸君のために「関西文学」は必ずや何かの仕事をする。それを創刊にあたつて私たちは約束しませう！

力の不足で、しばらくは大阪中心の編輯になりますが、広く京、神は云ふまでもなく中国、四国、中京あたりまでの作家諸君をふくめた編輯をして行きたいと思つてゐます。

×

大阪から生れ、何処までも、関西的であらうとすれば、どうしてもジヤナリズム雑誌での顔なじみは、なか〳〵出て来ないでせうが、諸君が自分の土地に関心を持つなれば、どうしても関西文学を読まずにはゐられないでせう。と、これは決して我田引水ではありません。こゝろみに、福田定吉の小説を、詩人田木繁の時評を、詩人神保光太郎の得がたき時評を見ただけでも諸君は満足してくれるでせう。

福田定吉が小説「雌鶏」「人生のぬけ穴」「世の中へ」等を発表し、田木繁が評論「指導理論家諸君について」「作家の組織活動について」「自己否定について—自己発展に関する研究へのまへがき—」等を書いた。「二人の友人のこと」、詩「設計技師」など『田木繁全集』に未収録である。田木繁の「自筆年譜」(『田木繁全集第二巻』昭和五十八年十月二十日発行、青磁社)の昭和九年の項に「四月、大阪にては『大阪の旗』『プロレタリア文学・関西地方版』廃刊後のことを大月桓志と相談、『関西文学』を創刊することにする。これには大月の世話にてナニハ書房のバックアップとりつける」とある。

43『大阪詩人』

『大阪詩人』は、大阪詩人社の機関誌として、昭和十年五月一日に創刊された。大阪詩人社は大阪在住の詩人たちが同人であった。編輯兼発行人は西村睦美(大阪市西区新町通二丁目五十八番地幾村方)、編輯兼印刷人は藤原巧(大阪市北区堂山町十九番地)、発行所は大阪詩人社(大阪市北区堂山町十九番地)である。編輯委員は西村睦美、土山学、吉川芳朗、高橋貞雄、平手敏夫、岡本晴雄、藤原たくみの七名であった。土山学は、「創刊に際して」(「破風線」欄)で次のように述べている。

大慶の大阪詩人創刊に際し、不肖乍ら編輯委員である僕は、貴重なこの紙面を削いて誠に恐縮であるけれども我々大阪詩人同人としての目的に就て聊かの所感を誌したいと思ふ、我々大阪詩人同人は個性と技能と還境(ママ)とに就ては多くの差異と段階と自由とを認め、本質上の人間の階級性を認めないのである。我々は大阪詩人と言ふこの機関誌に依つて、詩の一派を組織することを理想とするのではない。いまや、詩は斯くあるべきものと断定すべき何等の結論にも達し得ない詩壇にあつては派、即ち階級性は、時代と共に改廃すること歴然である。藝術に於ける一切の主張は人間の意義に依つて為されねばならぬとは漸く今日に至つて叫ばれたものであらうか? それは過去、未来の時代を貫徹するところの真理である。能動的な精神の躍動と意欲によつて新たなる世界創造の希望に燃えつつある。我々大阪詩人同人は創造の激しい流れのなかで今日から、また明日も総てに疲れず総てに衰へず、各個人の人間的憧憬を以て自ら創る理想の世界を自らのうちに打ち建るべく、一切の制限を超越し常に時代の尖端を最も正確に突進することを目的としたい。

甚だ僭越な書きぶりであるが僕の熱情を少しでも理解して呉れれば最大の光栄と思ふ。

「西村睦美論」「藤原たくみ論」「吉川芳朗論」「土山学論」や「大阪詩人時評」など、昭和十年における大阪詩人の活躍や動静をうかがうことができる。

44『文藝往来』

『文藝往来』は、昭和十年九月一日に創刊された文藝同人雑誌である。同人は、林実、畠田真一、橋本皓市、橋本法俊、西元晃生、西川敏夫、細木繊太郎、富岡襄、高畑一晴、高井礼子、坪井文次郎、野竹孝夫、安木仁良、山田俊一、安富龍、松本二郎、福田道雄、小浜千代子、佐竹慶亮、油上英雄、水谷雅之、宮地重雄、三橋一温、森本泰輔、須田信蔵の二十五名である。編輯兼発行人は西川敏夫（大阪市天王寺区細工谷町五三）、発行所は文藝往来社（大阪市天王寺区細工谷町五三）である。第五号まで刊行され、そのあと「文砦」に改題されたものと思われる。二号から五号まで未詳である。

45『文　砦』

『文砦』は、昭和十一年二月十日に『文藝往来』を改題して発行された同人文藝雑誌である。編輯兼発行人は西川敏夫（大阪市天王寺区細工谷町五三）、発行所は文藝往来社（大阪市天王寺区細工谷町五三）である。第二巻第二号の「編輯後記」に、三橋一温は次のように記している。

　此度ごらんのごとく五号の間つゞけて来た「文藝往来」の看板をはずして、「文砦」と掛けかへた。理由を数へるといろいろあるが、要約すればよりよき発展に備へんがためと云へやう。「文砦」の「文」は文学藝術に通じ「砦」は城塞を意味する。年齢はしばらく問はず、技つたなしといへど、鬱勃たる野望を胸にいだく十四の自我、ここに聚りて砦を守る。われら確乎たる主義主張はもたざれど、不正不義不純なる一切の敵讐には敢然鋒をとるに躊躇しない。現今同人雑誌界の（就中関西の）あまりに無事泰平なるを、われらひそかに怪しむものである。われと思はんさむらひ、進み出て名乗りをあげよ。以上、井蛙の虚喝と思はれては近頃迷惑のいたり、加へて仲間褒めは見苦しいもの、能書の口上はこれでおしまひ。たゞ今後の仕事を期待していただきたい。

第二巻第五号の「文砦同人」によると、井上雄吉、生田晃、岡猛、大森勇夫、北沢喜代治、小寺正三、栄豪、島啄二、志村洋子、寺本哲夫、西川敏夫、比呂木頴、二川猛、水谷雅之の十四名が同人であった。なお、発行所は文砦社（大阪市東成区林寺町三一二）に変更される。『文砦』第二巻第三、四、六、七、八、九、十号、第三巻第一、二、四、八号の十一冊を探し出すことが出来なかつた。

46『大阪協同劇団パンフレット』

『大阪協同劇団パンフレット』は、大阪協同劇団の機関誌として昭和十二年三月一日に創刊された。編輯兼発行人は木村武（大阪市西区京町堀通五丁目三六大郎（ママ）協同劇団内）、発行所は大阪協同劇団（大阪市西区京町堀通五丁目三六）である。当時の大阪協同劇団のメンバーは、演出部（演出）豊岡佐一郎、大岡

欽治、大瀬瀧夫、佐野文彦。（美術）吉田太郎、柏木茂弥、星野一郎、小林孝一、伊藤貞一。（音楽）小代義雄。演技部・海老江寛、多田俊平、瀬良明、伊東亮英、挟山健一、谷晃、楠健、賀古栄、赤松弘義、榎木譲二、杉本英子、木下ゆづ子、高宮町子、草加マキ、吉川斗志、平田英子。文藝部・木村武、香村菊雄、沢田宣子、岩田直二。企画部・谷晃、大瀬瀧夫、木村武、楠健、杉本英子である。「協同劇団一年間の記録」は資料として貴重であろう。

47『新文藝』

『新文藝』は、昭和十二年五月一日に創刊された投書雑誌である。編輯兼発行印刷人は谷川泰平、発行所は文藝時報社（大阪市住吉区天神森二丁目三七）である。第一巻第一号の「後記」には、次のようにある。

★「文藝時報」関係全国に亘る投書家達の熱援並に選者各位の御支援によつて、本誌が茲に呱々の声を挙げ得たことを感謝致します。
★本誌の使命は「全誌あげて読者に提供」するところにあり即ち最初の一頁から最後の頁まで読者に開放し、投稿に俟つものである。
★だから本誌では或る種類の文藝を主にするといふ様な一定の「型」を作らない。投書に向く文藝ならば何でも採録する方針である。
★又投書家といつても有名無名があり、作家の塁を摩する人もあれば、これから何か投書を始めようといふ人もある。この有名な人には初心者に対する指導的な原稿をお願ひし、投書を始めたばかりの人はそれによつて勉強研究しながら自分の作品を発表して行く、といふ風になれば本誌は理想通り「投書家の楽園」となるものと思ふ。
★文藝に関すること、投書に関する事で諸君の肚にあることは、何でもかでも本誌へ投書して欲しい。面白いものは片つ端から誌上へ掲載する。その点で自分のやうなものがといふ御遠慮は決していらない。
★これがやがて謂ふ所の文藝の大衆化ではあるまいかと、私は思つてゐる。
★なほ本誌のために特に御骨折りを頂いた各選考先生方に諸君と共に厚く御礼を申述べたい。ことに庄亮先生には議会開会中更に解散といふ御多忙時に特に御選評を賜つたのであることを附記しておく。
★終りに、近く「新文藝」読者大会を大阪地方にて開催したい意向を持つてゐる。その節には予告をしますから、多数御参集をお願ひする。
（秀雄）

48『新文学』

『新文学』は、昭和十四年五月一日に創刊された文藝同人誌である。創刊号の編輯兼印刷発行人は山本栄一郎（大阪市浪速区鷗町四ノ八〇）、発行所は新文学社（大阪市浪速区鷗町四ノ八〇）である。名木晧平は「新文学運動の提唱―創刊の辞に代へて―」で、「今日の日本の文学は、戦争といふ一大現象から単に素材の新しさを拾ひ挙げたのみで、旧態依然たるものがある。われわれはこの旧態を脱し、変つた感覚をもつて、自然、人事、社会現象を文学の仕事に再出しようとするのである」「この新文学運動は、また文学と表現の運動でもある。人間の感覚が変れば、変つた感覚によつて把握された事象を再出する表現が変り、表現が変れば、表現の唯一の用具である文字が変るのは必然的である」という。創刊時の同人は、名木晧平、秀平光宏、氏田洋、田中正明である。だが、第二巻第二号の「同人」では、創刊当時の同人の名前はなく、笠原重義、室原研一郎、中根幸三、山口赤彦、岡猛、井元次夫、高橋康二、北沢幹夫、平岡俊雄、山須江喜郎の十名の名前が列記されている。昭和十六年十二月の雑誌の整理統合で終刊となったようだ。

49『裸　像』

『裸像』は、昭和十五年七月三十日に創刊された文藝同人雑誌である。同人は高岸常一、有田圭二、園村喜代司、唯波夫、新徹太郎、治見瓢三、赤木八郎、槇郁夫、蘆棲不文、竹島清、島海俊介、久木留三、若竹勝、誉田康夫の十四名である。編輯兼発行者は高岸常一（大阪市住吉区阿倍野筋一丁目四三）、発行所は書院ユーゴーで、定価は三十五銭である。創刊号の「編輯後記」には、次のようにある。

　卑俗を一路降つてゐる文藝の世界に於て新たな光に輝く希望さへ見ひ出す余裕がなくなつたと言はれる悲壮の時代となつた。

　しかし其処には又信じなければならぬ救ひの境界がある、開けられるに違ひないと思ふ。

　私はさう信ぢたいのである。混沌の中に生れた泡沫に等しい私達の雑誌〝裸像〟がさゝやかにスタアートするに当たつて暴言を吐く勇気はない。しかしやがてデカタンスとの争闘を打ち越えて行く私達の若い力を信じて欲しいのである。夢を失つた私達はいたづらに世の常の如く詠歎のみに終ることはないのを信じて欲しいのである。

　私は今の小説にあきたらぬものを感じて来たのである。しかも敢て卑俗への一路と言つたのである。私はこゝにその弁証を述べるのではない。私達の進路があきたらぬものへの追随ではない。異った新しさと厳しさの文学へ進むであらうことを述べておくのである。

×　×　×

　裸像を創刊するに際して茉莉花の同人北村千秋氏に多大の力を藉りた事に対し、氏に感謝致してゐます。

　又国展の同人山崎隆夫氏に表紙の挿画を描いて頂いた事に対しお礼を申し上げます。

（唯波夫、有田圭二）

50『関西文学』

『関西文学』は、三田昶、谷文雄、中本弥三郎、尾関岩二らが昭和十五年十一月一日に創刊した文藝同人雑誌である。編輯兼発行人は田中文雄（大阪府下守口町寺内一三八番地村上方）、のち三輪正夫（堺市長曾根町二〇五三番地）、発行所は関西文学社（大阪府下守口町寺内一三八番地村上方、のち堺市長曾根町二〇五三番地）である。三田昶は「我誌の態度」（第一巻第一号）で、次のように記している。

一つの雑誌が存立するには、そこに存立するだけの意義と使命が伴はなければならない。何等の使命をも持たない新聞、雑誌ならば、それは寧ろ存立そのものが有害な結果を招来するであらう。

我々は、それがたとひ同人雑誌であらうと、綜合雑誌であらうと、その使命とするところに、多少異なる点はあるとしても、各々の使命に対しては真面目でありたい。

「関西文学」は微力なりと雖も、何等の権勢にも支配されず、時流に阿ねることなく、常に新文学の進むべき大路に向つて、砕心貢献せんとの希望に燃えてゐるのである。

我々は、また一面批評の重要性を認める。批評に妥協あれば、万般のもの断じて進歩することとなし。それ故に本誌は所謂同志間の褒め合ひの如きを排斥し、また富者や権者の手先にしたり、ポスター代用に悪用したりすることを断じて避ける。これは「関西文学」が一つの公器として存在するが故である。

我々の「関西文学」は文学の革新のために全紙全面を捧げる。その間、よこしまな何等の野心的企図をも許さないのである。従つて真に文学のために意義を有つと思惟せば、何人の所論と雖も、尽さしめるに吝でないのである。

我々の探むる作品は、頭の中でのみ捏ね上げられたるものでなく、真に腹の底より送り出る真摯なものでなければならぬ。

かくて我々は、現文壇に大きな革新を遂げて行かうとするものである。

51　『文学人』

『文学人』は、磯田要、小野実、坂本和義、小夜光三、樋口敏雄、森野嘉津樹が昭和十六年四月十五日に創刊した文藝同人雑誌である。第二輯から磯田敏夫が同人に加わる。発行兼編輯者は磯田要（堺市宿屋町東三丁五五樋口方）、発行所は盛文堂書店（大阪市南区笠屋町四番地）、編輯処は文学人編輯処（堺市宿屋町東三丁五五樋口方）。第一輯の「あとがき」で、小野実は「私達のまづしいグループがこの時局に敢然として同人雑誌を出す意気に一人でも共感を持つて下さる人があれば私達同人のもつて冥するところであります。勿論、翼賛的な色彩をと思つたのであるが、今更左様な言葉でなく、既に私達の思想は日本人である以上深く無意識の内に浮び上つてゐるのであるから、故意にさういつた色彩を出さない事にしてゐます。健全な思想をよりよくするために私達の努力は休みなく続ける積りです」と述べている。

52『大阪文学』

『大阪文学』は、昭和十六年十二月の雑誌の整理統合により、文藝同人誌九十七誌が八誌に統合された時、関西の主要な同人雑誌が大同団結して創刊された。創刊号の発行兼編輯者は田島義男（大阪市東区横堀二ノ一六　輝文館内　大阪文学会）、発行所は輝文館（大阪市東区横堀二ノ一六）である。田島義男の「大阪文学覚え書」（第一巻第一号）には、次のようにある。

> むかし『辻馬車』が大阪に生まれて全国の同人雑誌界に覇をとなへた。その後の大阪には、絶えて久しく見るべきものがない。
>
> 大阪には文学は育たないと誰もがいふ。そんなことがあるべき筈はない。明治以前の大阪に、いかに多くの文学者が輩出したか、そんなことを引合ひに出すまでもなく、大阪こそは誠に文学の母体であらねばならないのである。旺盛な大阪の経済力の上に立たなくて、真の国民文学・庶民文学が一体どこに築かれるといふのだ。
>
> 時を得れば、全てを得る。澎湃と国土を挙げて没し去らんとする地方文化振興の新潮に、大阪のみ無関心であつてはならぬ。むしろ逆に、この大きな潮流の最も輝かしい部分をわれらの郷土の上に盛上げるべきである。時を得れば、全てを得る。今がその時だ。
>
> 雑誌『大阪文学』はかくて生れた。これに拠つて、大阪の主要同人雑誌の殆ど全部が、大同団結と新しい発足を誓ひ合つた。美しい態度である。これを更に美しくするものは、今後のめいめいの精進である。甘やかされてはならぬ。思ひ上つてはならぬ。嗤ふべき自慰こそは、奈落の底に通じる陥穽の口であることを、同人は烈しく認識してゐる。まことに『大阪文学』こそは、きびしい琢磨の道場であらねばならない。
>
> 輝文館主植田進午氏の篤志になる「大阪文学賞」の設定も、以上の趣旨から出たこと勿論である。百円の賞金は薄いが、その背後にある精神的意義の高さを評価すべきである。審査の労を引受けて頂いた武田麟太郎・藤沢桓夫の両氏は、ともに郷土の先輩、後進を想ふ至情の深さは感激にたへない。なお、本誌の発刊に当たつて敢然と支持を与へられた府当局・大政翼賛会府支部・日本出版文化協会の並々ならぬ厚情を思ふとき、つくづく『大阪文学』の同人は恵まれてゐると云はねばならない。もしこの殊遇に狎れて努力を怠るものがあらば、彼こそは実に文学の蠅とも等しきものであるだらう。
>
> かつて『辻馬車』は故小出楢重氏の美しい絵を表紙に飾つた。今、わが『大阪文学』は田村孝之助氏を煩はして見事な労作を頂くことが出来た。何よりも嬉しいことである。武田・藤沢両氏の文章が頂ける約束であつたが、終に締切迄に届かなかつた。何れ頂けることと信じてゐる。先進諸氏の暖かい愛情に護られて、『大阪文化』の人々は、何よ

りも先づ勉強に精進せねばならぬ。これは卿らの義務だ。

「大阪文学」の編集に実質的に従事したのは織田作之助である。その織田作之助は「編輯後記」（第一巻第一号）で、次のように記している。

われわれは徒に大言し、みだりに壮語したくはない。実際の仕事を伴はぬ空虚な宣言は、少なくとも文学者にあつては特に慎むべきことであると、痛感してゐる故である。

しかし、これだけははつきり言へると思ふ。即ち、「大阪文学」は現在大阪が示し得る最高水準の文学雑誌であり、かつ、地方文学雑誌として全国の代表的存在であらうといふことを。

○

「大阪文学」は大阪に於けるいくつかの同人雑誌が合同して生れたものであるが、この合同は流行の付和雷同的合同ではない。参加した同人はすべて大阪の文化の向上といふことに真剣に想ひをいたしてゐる筈ゆゑ誰一人として文学青年的自慰には陥つてをらぬと、言へるだらう。

○

伊達や道楽で雑誌を発行したり、作品の水準に対する反省なくして単なる思ひ上りや己惚れから、手当り次第に活字にしたりする趣味は、われわれには些かも無い。さういふ人達はまたさういふ人達で、お互いたのしむ機関があらう。われわれは、ともあれ先づ、作家としての眼が出来てゐない作品、技術的に水準の低い作品、自己満足的な安易な態度で書かれた作品を、「大阪文学」から排除した。われわれの仕事はそこから始まる。そこから出発する。そして、道は遠い。徒らなる議論で空しく日の暮れる愚は避けたい。

○

しかしながら、われわれは同人雑誌としての純粋性、といふよりもその本来の目的はあくまでこれを追究して行きたい。即ちわれわれの念願は新風の出現にある。徐々に吹き起して、微風突如として暴風に変じ本邦文壇を騒がすの日を想つてゐる。そのためには同人一同大いに意欲をさかんにして努めるは無論ながら、かくれたる優秀な人々の発見に力をつくしたい。「大阪文学」の誌面はつねに優秀なる原稿のために提供されてゐる筈である。

53 『大阪文化』

『大阪文化』は、朝日会館の機関紙として、昭和十八年六月二十日に創刊された。発行所は財団法人朝日新聞大阪厚生事業団（大阪市北区中之島三丁目三番地）である。「巻頭言「大阪文化」発刊」には、次のようにある。

東京では春の楽季の五月には四十数回にのぼるおびたゞしい音楽会が各所で催された。これは有料の音楽会ばかりで塾や個人の無料の会を加えるとさらに二、三十回はふえるだらう。音楽会は実に盛んだつたが肝腎の入場者はどこの会場も少なかつたさうだ。

それにひきかへ大阪では五月中の音楽会は僅かに四回にすぎなかつたが入場者は東京とは反対にいつも満員であつ

た。

　これこそ偽らない東京と大阪の文化部面の断面図であらう。作家も、画家も、詩人も、音楽家も、舞踊家も、それはあまりにも多く藝術家が中央に集まりすぎてゐるのである。東京と併び立つ都市として大阪がいまのまゝでゐていいのだらうか。

　皇軍の戦果はあがり、東亜共栄圏はひろびろと拡がつた。武威輝く皇軍の驥尾に附して文化もまた進まなくてはならぬ。このとき東京と同じ水準にまで大阪の文化を引き上げることは極めて大切なことである。

　これが実行は実に難しい仕事である。不均衡な文化の是正は必ずしも単なる「平均」を意味しない。大阪に根をおろし、繁茂してゆく樹木の撰定にはじまつて施肥剪定もまた行はねばならぬ。

　朝日会館は微力ながら十七年にわたつて損得を離れてこの運動をつゞけてきた。こんど朝日会館の機関紙として、側面的にこの運動を推進するために、〝大阪文化〟を発刊することになつた。

『大阪文化』の誌型は縦十八糎横十三糎であり、「会館藝術」の改題誌である。

54『学　海』

『学海』は、昭和十九年六月十日に、雑誌『学藝』を改題して刊行された。編輯人は千葉孝起、発行人は田中太右衛門、発行所は秋田屋本社（大阪市南区安堂寺橋通三丁目一五）である。第一巻第一号に次の「社告」が掲載されている。

　出版企業整備は敵前急速に完了し、今や出版会の決戦態勢は確立されました。茲に於て大和書院は他の数社と共に整備の実をいたし、伝統的主軸たる秋田屋に統合し、茲に新発足を致すこと、相成りました。

　御承知のごとく印刷・用紙その他の諸資材の事情は益々困難でありますが、それらを克服しつゝ一意「戦闘一本」の日本出版道の発揚に尽くすことを誓ひます。

　冀くば一段の御鞭撻と御支援あらんことを大方にお願ひいたして以て御挨拶に代へる次第でございます。

　昭和十九年六月　　秋田屋本社

　追白　因みに雑誌学藝は学海と改題し、新学術綜合雑誌として新しく出発すること、なり、六月号を期して一切を革め、新しき編輯企画を以て江湖に見えんとする次第であります。何卒大方の御高庇と御叱正により国家有用の大雑誌として育成せしめられんことを懇望いたします。

吉川幸次郎と大山定一の往復書簡形式の翻訳問題を中心にした論争や、内藤湖南自述の「湖南自伝幼少時の回顧」、国文学者中村幸彦の「水滸伝雑記」「春雨物語のこと」や、潁原退蔵らの戦時下の「芭蕉研究」などが注目される。

55　『新文学』

『新文学』は、昭和十九年十一月一日に大阪市南区西賑町十九番地の全国書房より刊行された。創刊号の「編輯後記」に、発行人の田中秀吉は「▽文学のない人生なんて考へられるであらうか。そは(ママ)婦人のない家庭が考へられない様に、生活の綾として最も必要なものの一つであらう。特に国家の要請とは云へペンをすてゝハンマーを持ち、或は一城の主だつた人々も旋盤を終日動かし疲れ果てゝの帰り路、一冊の文学書、一冊の文藝誌がどれだけその人々の慰めとなるか、又肉体は綿の様に疲れてゐてもその読書の態度は嘗ては学窓に或は書斎に在る姿と少しも変らないのではないかと思ふのである。かうした情勢下に産声をあげた「新文学」である事を先づお告げしたいのである。更に又かうした姿が独り内地のみのものでなく、大東亜戦を勝ち抜く為に、大東亜共栄圏内の何れの国にもあるであらう事を予想し、先づ文学を通じて心と心をしつくり結びたい為に是等国々の新進作家中の創作一篇を併せて掲げ大東亜民族の戦ふ姿を記録したいと思ふのである。」「▽次に『新文学』の母体となつた大阪文学又是に自主的統合されたる新生文学、医理学新報、如是、心境の各位が私心をすてゝいゝ雑誌を関西から出し、斯くして地方文化に聊か尽したいといふ私の微意を御くみ下さつて凡てを委されたこと、又情報局、大阪府、日本出版会の温かい御指導によつて、茲に本誌を世に贈るに至つた事に対しこの機会に厚く御礼申上げたい」と記している。全国書房は、大阪空襲で、のち京都へ移転した。

（増田周子）

56　『文学会』

『文学会』は、昭和二十一年四月五日に創刊された文藝同人雑誌である。編輯人は湯浅正明、発行所は藝文社（大阪市西成区西荻町四九）である。謄写印刷。湯浅正明は「文学会編輯後記」で、次のように記している。

○巻頭の「花園のころ」は昭和十七年の作、東京の某文藝誌に寄せたものだつたが、エロチックだといふ意味で編輯者の手に久しく保存されてゐたのが、やうやく陽光を浴びる機会を得た。内容を問はずして単に色つぽいといふだけで作品が発表されなかつた時代に、この作者がかうしたものを描き、それが現在の識者の眼にどう映るかといふ点に興味がある。勿論作者はもはやこの境地に安住はしてゐないのは当然である。「かつぱ酒(オーサカ)」は東京の龍之介(かつぱ)でもなければ九州の葦平(かつぱ)でもない、田中のかつぱである。作者が自負する独自の境地に陶酔せよ。「渦の中」は文字どほり混沌たる濁流にもまれながら、なほ生き抜かうとする人間を描いた力作。いづれの作品にしても敗戦によつて得た自由主義なればこそ世に出ることが出来たものであるといふ点に於てそれぞれ共通した点がある。吾々は今更めいて自由主義をふりまはすわけではないが、作品がすべてを語つてゐるところに興味がある。

○大きな口をたゝくやうだが、終戦後数多発表されたどの小説にも胸打たれたことがない。時代は吾々のものだと感じると同時に、いゝものを書きたいといふ謙虚な気持にもなる。如何なる聖人が現はるとも救ひ難いこの混濁の世相の中に、文学あることにのみ生甲斐を見出さうとする吾々である、軽薄な意味での「文学青年」は軍閥、財閥と共に退場しなければならない。

57『東　西』

『東西』は、昭和二十一年四月一日に創刊された文藝雑誌である。編輯人は牧野之、発行人は湯川松次郎、発行所は弘文社（大阪市住吉区上住吉一六八ノ二）である。実質的に『東西』を編集したのは貴司山治で、貴司山治は創刊号の「あとがき」で、次のように記している。

◇「東西」の創刊号を諸君におくる。今の世の灰色の生活にかはいた諸君の心に、この一冊の「東西」が少しでもやはらぎとうるほひをおくることになれば本望。
◇はじめは多少文学以外の原稿ものせようと思つたが、よく考へてみてやはり純文学雑誌とした。そして、編輯には私が責任をもつてあたつたが、全誌を装釘してくれたのは田村幸之助君である。外観も内容も、戦争後おそらくノルマルな姿をとり戻した最初の文学雑誌だらうと信ずる。
◇今日の日本人は胃の腑には飯を、心には美と平和を一番切望してゐると思ふ。そして、美といひ平和といふ、それは人間の知性の姿である。正しい情意の姿である。それが世に実現され、人々の生活の上に与へられなければ不幸はのぞかれない。近頃の叫喚や号令に、今の日本人が動かうとしないのはむしろいいことである。
◇「東西」は諸君の胃の腑に飯を与へる力はないが、その心によきやはらぎとうるほひを与へる器（うつは）として、諸君から愛されるやうな、さういふものにつくりたい。気をつけ、意をそそいでさうしたい。
◇創刊号だからと思つて本号は九十六頁三円五十銭としたが、次号以下は最初から予定の六十四頁とし、定価は三円としたい。発行所で紙の余裕ができ世の中がもつとよくなつたらゆくゆくは二三百頁のより有力な文学雑誌に仕立て値段も下げたいつもりである。
◇私の招請に応じて快く書いてくれた執筆家諸氏には深い感謝の心を抱かざるをえない。創刊の趣旨を何もいはず、ただ私の心持ちをうつたへただけでみんなすぐに書いて下さつた。私は何々を書いてくれ、とは一つもいはなかつた。作家には小説を、批評家には評論を、詩人には詩を、お寄せくださいませんかと誘つただけだ。その結果がごらんのやうな内容となつた。これこそ今の日本の文化の心を示すあたりまへの姿ではあるまいかと、うれしく思つてゐる。とりあへずこれだけ。

『東西』第一巻第六号の「あとがき」に、貴司山治は「従来の発行所である大阪の弘文社では今年かぎりで発行の辞退を申出られてゐる。創刊以来の同社の誠意ある助力に感謝してゐるし、私は湯川老社長のおもかげが永世忘れられない思ひ出となり、名残りをしいかぎりだけれど、あとは私の全責任でつづけて行くことにしたい。をりから、十一月二日は、東京において十五万人の日本開拓者聯盟は結成し、その大会の席上でこれを書いてゐる」と記し、第二巻第一号（昭和二十二年四月三十日発行）から編輯人は貴司山治、発行人は喜入巌、発行所は東西社（東京都下吉祥寺五三四　京都市百万遍交差点北角）に移った。

「東西」には、千家元麿の叙事詩「今や吾等の慎重に考へる時だ」「妻の死を悼んで」や獄死したプロレタリア詩人である槇村浩の詩「ダッタン海峡」、藤森成吉、藤沢桓夫、貴司山治、加賀耿二、間宮茂輔、長沖一、和田伝、岩倉政治、瀬川健一郎らの小説が掲載された。

58『批評と紹介』

『批評と紹介』は、昭和二十一年六月一日に創刊された書評雑誌である。編集者は古川静江（池田市上池田町一一四六）、発行者は松島重雄（池田市上池田町一一四六）、発行所は文藝復興社（池田市上池田町一一四六）。「創刊之辞」に、次のようにある。

嵐があつた。
日本文学と言ふ木は折れて立枯同然になつた、然しその立枯は未だ生きてゐる。
生きてゐる以上何かある。
其の何かある物を、あらはすバロメーターの役を買つて小誌が誕生した。
正に異形誌である。然し異形誌ではあるが、別にゆがんでゐる所は無い筈だ。只、自己の真実と生活とをこの中にあらはして行きたい。
皆様の御愛読と御叱正を御願ひする。

59『KOK　キョート・オーサカ・コーベ』

『KOK』は、昭和二十一年十月に創刊された文化雑誌である。編輯兼発行人は内山信愛、発行所は宝書房（大阪市北区角田町四十二阪急ビル内）である。創刊号は未確認。第一巻第二号の「落穂」に、「風が冷たくなつた。こころまで冷えこまないやう、いつも明るい瞳でものを見、考へていきたい。創刊号は駄目だつたと識り、さうありたいとのぞんだことを第2号では編輯の指針にした。が、どうも誠実だけでは解決しないものが青く冷たい光りをはなつてゐる」と、Yは記している。第三号以後が刊行されたかどうかは、不明。

60『ホームサイエンス』

『ホームサイエンス』は、昭和二十一年十一月一日に創刊された女性科学雑誌。編輯兼発行人は磯川繁男（大阪市北区堂島浜通二丁目一）、発行所は財団法人食品化学研究所（大阪市北区堂島浜通二丁目一）である。創刊号の「後記」に、次のようにある。

◇科学知識の欠如といふ事が如何に現実に悲惨な結果を生

んだか、我々に茲に思ひを至す時、日本の教育の根底から改善されなければならぬ事を痛感する。
◇本誌は家庭婦人に対する科学知識の普及を目標として刊行したものであり徒らに空論的な机上論を避け興味と愉快さの間に自然にその目的を達したいと考へてゐる。読者は勿論執筆者にも此の点を十二分に理解していただき以て新生日本の前進に一役を担ひたいと念願して居る次第である。雨後の筍の如く簇生した営利雑誌に非ず世の毀誉褒貶を意とせず一路目標に邁進する覚悟である。刮目して本誌の前途に御期待を乞ふと共に各位の熱誠なる最後援を願ふ次第である。

B5判で、五十二頁、定価は五円である。この『ホームサイエンス』は、早世した兄に代わって寿屋に入社した佐治敬三が財団法人食品化学研究所を設立し、刊行した雑誌である。編集者として金城初子（筆名、牧羊子）らがいた。『ホームサイエンス』は八号まで刊行されたが、創刊号のみが大阪府立中之島図書館と西宮市立図書館に所蔵されており、創刊号以外は所蔵しているところがない。占領軍の手で、アメリカのメリーランド大学の図書館に「連合国日本占領期の刊行物」として創刊号から廃刊までの号が保管され、その後国立国会図書館でデータベース化された。

61『顔』

『顔』は、昭和二十一年十二月五日に創刊された総合文化雑誌である。編輯人は松本進（大阪市大淀区中津本通二ノ八）、発行人は岡静彦（大阪市大淀区中津本通二ノ八）、発行所はローロール社（大阪市大淀区中津本通二ノ八）である。誌型はB5判、定価七円。岡静彦は「創刊に当りて」で、次のように記している。

生活の意欲を外面的なもののみに集中して内面的なもの、存在すべきことを忘れる。生産的な血肉をもつて、生活内容を盛り上げようとしないで、苦しみの少ない自己本位主義をもつて、生活様式、モラルを律する――卑俗な意味での生活理想の放棄――これが今日の大衆の動向であり現状である。一見明朗闊達かの如き外観も、内容のない、信念のない生活内容と外面とに横たはる空隙、その内容の空白の故に単なる虚構の態勢としかなり得ない。平和国家再建による祖国の更生と云ふ使命を遂げねばならぬ国民が、今もなほこの重心を失へる生活態度の継続は、国民自体の破滅を意味する。政治、経済、社会、各分野における客観的問題にその大きな原因を見出し得るとしても、それをもつて原因の凡てゞあるかの如く敢へて考へるのが今の大衆の実態ではないか。それは自己逃避も甚だしい。狭くとも楽しい我が家であり、貧しくとも明るい生活、さうすること、さう心構へること、その信念、それが今の日本人に最も大切なことでなければならぬ。明朗な生活は健実を前提とし、健実さは、内面的充実から生れる。これがためには、今日の社会条件を、生活環境を、明確に感得せねばならぬのであるがこれらを分析し明示してくれるものは、各自のアンテリジヤンス（ママ）に外ならない。この意味に於て今日ほど智的教養の涵養と向上を重要視されるときはない。雑誌簇生の今日、敢へて本誌を創刊するのも一にこの要望に応へんがためであり、国民生活態勢再建への拍車たらしめたい念願によるものである。

第二号以後が刊行されたかどうかは、未詳。

62『文学雑誌』

『文学雑誌』は、表紙題字上に「藤沢桓夫編輯」と印刷され、昭和二十一年十二月二十日に三島書房（大阪市南区松屋町四）より発行された。発行所の三島書房は、当時、藤沢桓夫『大阪五人娘』、織田作之助『青春の逆説』、阿部知二『朝霧』、瀧井孝作『故郷』、宇野浩二『枯木のある風景』、丹羽文雄『東京の女性』、外村繁『草筏』などを「三島文庫」として発行していた、文学書の出版社である。第一号の「編輯後記」には、藤沢桓夫と長沖一が、次のように記している。

△「文学雑誌」の第一号「新人創作特輯号」をここにお送りする。編輯者として、これだけ読みごたへのある新鮮な創作欄は近頃珍しいのではないか、と些か自慢したい気持である。時代は移り、これらの若い作家たちの登場し活躍すべき時が来てゐるのである。ともあれ「文学雑誌」の創刊が広く文壇ならび読書界に一陣の清風を吹きおくることを信じて疑はない。

△この雑誌は、長沖一君に援けてもらつて、僕が編輯の任に当たる。とは言へ、僕の役割は文字通り、優秀な新人の呼び出し役、世話人、雑役夫以外の何者でもない。即ち、この雑誌は、明日の作家たちの潑剌たる活躍の舞台として生れた。僕がこの編輯の仕事に大きな光栄と喜びとを感じる所以である。

△全く今日ほど多くの優秀な若い作家がこの関西にかたまつてゐることは珍しいのだ。見られる通り、どこへ出してもひけをとらぬ技倆力量充分の人たちばかりだ。これらの人たちは、文学上の主張傾向では各人各様だが古い文学を倒して新しい文学を打ち樹てようとする意欲に於て完全に一致する。本誌発刊の意義もそこにあるのだ。

△未知のすぐれた新人の作品もどしどし載せて行きたい。編輯部宛に送つて下されば喜んで拝見する。但し選択は一任されたい。文学は精神であると同様に技術であり、水準は常に最高のところに置かねばならない。

△最後に、営利雑誌でないこの雑誌の発行を進んで引き受けてくれた三島書房に感謝する。と同時に、本誌を支持してくださる方々に、雑誌の発行を安定せしめるため、部数の限られた雑誌を月づき正確に入手するためにも、なるべく、直接読者になつて下さることをお願いする。（藤沢桓夫）

△われわれの雑誌をもちたいと言ふ終戦以来の切実な願望が、いろいろの紆余曲折ののちここに実現できたのは、ひとへに藤沢桓夫氏の異常な尽力によるところであつた。そして昨年来、混沌と低迷をつづけてきたわが文学界も昨今やうやく前進をはじめた感がある今日この雑誌が誕生できたことに、われわれは更に大きな意義を見出す。この上は、

この雑誌をますます立派なものにするばかりだ。その自信は十分にある。東京のいろいろな純文学雑誌に決して負けないつもりだし、また負けてゐないと思ふ。われわれは広く関西いや全国の有能な新人に解放して、いよいよ絢爛多彩な布陣を企画してゐる。幸ひに大方の読者諸氏の末永き御愛読を希つてやまないしだいであります。（長沖一）

三島書房からの発行は、昭和二十三年六月十日発行の第二巻第三号までの九冊である。三島書房版には、さきに記したように表紙題字上に「藤沢桓夫編輯」と刷られている。しかし、奥付には創刊号だけが「編輯者　藤沢桓夫」とあり、第一巻第二号からは「編輯者　清水茂三」と記されている。そのあと発行所は昭和二十四年一月一日発行の第三巻第一号から同年八月一日発行の第三巻第七号までが大丸出版社（大阪市南区東清水町三七）から出版された。そして、一年余り休刊し、昭和二十五年十一月十日発行の復刊第一号が帝塚山短期大学出版部から出された。復刊第一号の奥付には、「編集責任者」として、藤沢桓夫、長沖一、杉山平一、吉井栄治、吉田定一、庄野英二の六名の名前がある。「編集兼発行人」は長沖一となっている。復刊第一号の表紙三頁に藤沢桓夫が「『文学雑誌』の再出発」を書いている。その全文を次にあげておく。

「文学雑誌」が再び出ることになつた。こんな嬉しいことはない。「文学雑誌」は、関西唯一の純文学雑誌、若い作家たちの作品発表の場として、戦後スタートした。経営は、最初、三島書房が引き受けてくれ、中途から大丸出版部に変つた。そして、第三巻七号まで出た。それが突然休刊を余儀なくされたのは、大丸出版部が経営を放り出したからである。このことについては、文句をつけたいことがいろいろあるが、今は言はない。「文学雑誌」を支持してくれてゐた読者は当時ずゐぶんがつかりされことと思ふが、われわれとしても、年余にわたる「文学雑誌」の休刊ほど、寂しく焦立たしい思ひをさせられたことはなかつた。それには正しい理由がある。将来を持つ若い作家たちには自由な発表の場が是非とも必要であり、発表の場を持つことによつて彼らは一作毎に驚くべき成長を示すものであることを「文学雑誌」の創刊によつてわれわれは切実に体験したし、そしてまた、これから急速に大成しようとする前夜的な若い作家が現在関西には空前と言つてもよいほど沢山ゐるからだ。――一人一人名前は挙げないが、わが「文学雑誌」から、すでに幾人の新人が中央の一流誌に迎へられたかを、読者は想起して頂きたい。彼らの或る者が、「芥川賞」の候補に推され、或る者が、「横光賞」の候補に推され、或る者が、「直木賞」の候補に推されたことはすでに読者の知られる通りである。

「文学雑誌」はどうしても出てゐなければならない。今休刊してはいけないのである。

それが、今日、見られるごとく、見事に再スタートしたのである。あとは、同人たちがどんな仕事ぶりを示すか、それだけである。暫く見てゐて頂きたい。

創刊以来の読者は「文学雑誌」の復刊をきつと双手を挙げて迎へて下さるに違ひない。事実また、出版界の不況がうたはれ、雑誌の廃刊相次ぐこの秋に、殊に文藝雑誌が育たないと言はれるこの地で本誌が華々しく復刊したことは愉快な現象とさへ言へるであらう。新しい読者も、どうか本誌が再び休刊の悲運に落ちたりすることのないやうに、切に御支持御鞭撻をお願ひしたい。

特に、この際、お願ひしたいのは、是非とも三箇月以上の直接購読者になつて頂きたいことだ。部数の関係上、どの書店の店頭にも並ぶと言ふわけには行かないし、全部売れても赤字になるのだ。義侠的に出版を引き受けてくれた帝塚山短期大学出版部の負担を少しでも寡くするためにも、かたがた予約購読者になつて下さるやう、お願ひする次第である。

（九月二十五日・夜）

だが、帝塚山短期大学出版部から出されたのは復刊第二号までで、それ以後は「文学雑誌発行所」からの発行となる。『文学雑誌』は藤沢桓夫、長沖一が財政的負担をしていたが、同人制に変更する。第三十号に昭和三十六年十月現在の「同人名簿（ABC順）」が次のように記されている。

秋田実　藤沢桓夫　五島鴨平　橋本都耶子　石浜恒夫　石塚茂子　磯田敏夫　鬼内仙次　松本克己　源高根　森永道夫　中石孝　長沖一　小野勇　大塚滋　瀬川保　庄野至　杉山平一　吉井栄治　吉田定一　吉田留三郎

最近号（第八十号）の同人は、大塚滋、杉山平一、瀬川保、竹谷正、中谷栄一、橋本都耶子、枡谷優の七名である。

庄野潤三、石浜恒夫、瀬川健一郎、長沖一、庄野英二、沢野久雄、杉山平一、橋本都耶子らの活躍のほか、織田作之助の評論「土足のままの文学」（第一号）や「故織田作之助追悼」（第一巻第三号）、井上靖の「荷風の日記」（第一号）や詩「漆胡樽」（第一巻第三号）、田辺聖子が芥川賞を受賞する以前に木下桃子の署名で「大阪無宿」（第二十五号）を寄稿しているのが注目される。「吉田定一追悼号」（第四十八号）、「長沖一追悼号」（第五十五号）、「秋田実、吉田留三郎、駒井五十二追悼号」（第五十六号）、「藤沢桓夫追悼号」（第六十一号）、「庄野英二追悼号」（第六十七号）、「東秀三追悼号」（第七十号）、「中石孝追悼号」（第七十六号）、「中西源吾追悼号」（第七十七号）、「磯田敏夫追悼号」（第八十一号）がある。

63『新演藝』

『新演藝』は、昭和二十二年十月一日に創刊された浪曲雑誌。発行人は真名子五郎（大阪市西成区山王町二ノ一二）、編輯は伊勢貞一、発行所は浪曲評論者（大阪市西成区山王町二丁目一二）である。富士月子「創刊の言葉」には、次のようにある。

今回突然、本誌の主催社より創刊の言葉を、書けと云はれ、浪曲発展の為、つたない乍らも喜んで拙文を掲げさせて頂いた次第です。

戦争のため文化面の発展が後れたことは誰も認めざるを得ないでせう。戦後、言論界の解放と云ふ好機に映画、演劇等いづれも、それ相当の機関紙をいち早く発行していく中にひとり浪曲界のみ立ち後れ誠に遺憾と存じて居りましたが、はからずも今回月刊誌「新演藝」を発行されることは浪曲界のため何んと祝福して良いかわかりません。

第二号以後刊行されたかどうかは、未詳である。

64『学生文藝』

『学生文藝』は、大阪学生文藝部連盟機関紙として昭和二十三年六月一日に創刊され、昭和二十四年二月一日発行まで全三冊刊行された。発行所は、第一号が大阪市南区綿屋町　大阪商科大学内　大阪学生文藝部連盟である。第二号、第三号は、大阪市阿倍野区昭和町中二丁目三十四番地　谷沢永一方　大阪学生文藝部連盟となっている。編集発行人は谷沢永一である。第一・二号がA５判の活版印刷、第三号がB５判の謄写版印刷である。定価は、第一号が二十二円、第二号が二十円である。第三号には定価の記載がない。大阪学生文藝部連盟は、大阪府下の大学、高専、新制旧制とりまぜて、各校の文藝部員約八十名が参加した。会員等の交流親睦を旨とする組織であった。創刊の辞などはないので、第一号の「編集後記」をあげておくと、次のようにある。

無限の希望と高らかな誇りを以て、「学生文藝」第一号をおくる。こゝに掲載された学生の手による未篇が、悉く巧妙にして価値高きものと自惚れる訳では決してない。それは粗雑であり、未熟であり、時に体をなさぬものでさへあり得るだらう。しかし我々の当面の目標は左様な「おとなぶる」事であつてはならぬと信ずるのだ。

「僕はうまい俳句を作るのがつく〴〵いやになつた」とは、西東三鬼の言葉である。単に一俳句の領域のみならず、文藝全般のすべてに亘つて、我々はこの態度を持つて臨みたいのである。乙にすました文士気取の、持つて廻つた巧妙さよりも、より高くより深くへと、茨にみちた急坂、波高き大海、自己を取り巻く現実の真只中へ、全身を投げ込むその勇気こそが、我々の持つ最大のものであり、チヤチな巧妙を一瞬にして吹飛ばす荒々しくしかしどつしりしたものを生み得るであらう。頬ずりする様なゆき届いた描写よりも、バリ〳〵と外を剝ぎ取るひたむきな追求心、小ぎれいにまとまつた小手先細工よりも、素朴な手による現実の摘剔、我々は野蛮な勇猛心を発揮せねばならぬ。

それは一つの冒険であり、荒々しく苦悩に満ちた自己変革の道である。しかしそれを除いて文学があり得るだらうか。「学生文藝」は文学職人の温床であつてはならぬのだ。

更にいましむべき今一つの傾向――それは学生といふ座布団にへたりこんだ、現実からの遊離である。「おとな」になりたいといふ健気な青年の欲望を、学生も、亦社会人であるといふ命題とを、無気力と盲目の上に歪曲した、自己の学生生活に対して侮蔑を標榜しながら目を閉ぢて、活字の組立てに熱を上げる愚劣さを、我々ははつきり知らねばならぬ。

喫茶店にいたづらなとぐろを巻き、ヒロポンと万年床を温床として、どこに自己の文学的出発点を設定しようとするのか。すべては笑ふべき無駄であり、単に文学のみならず、生活そのものについてさへの、必然的な敗北の道であることを僕は確信する。

只漫然と文学書を漁り、フラフラツとあり来たりのこしらへ話に観念的自尊心のみ咲かせる事があつてはならない。素直なさうして強靭な、勇気に充ちた冒険の過程に我々世代の文学的出発点を見出したい。我々の「学生文藝」が、それをなし得るもののみが持つ高らかな誇りと、その道の示す無限の希望の、強力な結集たり得る事を信じて疑はない。
（谷沢永一）

65 『大阪文学』

『大阪文学』は、昭和二十四年一月一日に創刊された、中村比呂志、羽沢馨三、湯浅正明、岡林玄也、福岡謙の同人雑誌。編輯兼発行人は鬼塚秀雄、発行人は大阪文学編輯所（大阪市西成区姫松通り二ノ七〈姫松書房〉）、発行は姫松書房である。「創刊のことば」には、次のようにある。

考へる人間の最も美しい幸福は、究め得るものを、究めつくし、究められないものを、静かに崇めることだ。

大阪文学は、大阪に住み、文学を究め文学に生くるもののみに依つて創られた一つの文学集団である。

しかしながらわれわれは、思想的にも、文学的にも、共通の主義、思潮のもとに集つたものではない。各自が自から信ずる文学精神により、切磋琢磨し、すぐれた藝術作品を創るために、大阪文学は創刊されたものである。

抱負や、さまざまな夢もある。けれどもさう云ふ事は書いてもはじまらないし、そんな興味もない。やうするに作家にとつて、ものを言ふのは作品だ。われわれは若いのだ、ひたぶるにまなび、大阪文学にその成果を発表することによつて、批判を乞ふつもりだ。

幸ひ同人のつながりも固く、経済的にも安定してゐるので、地道にコツコツと進みたいと思つてゐる。なにぶん早急に話が纏り発刊の運びとなつたので、志を同じくする人々の参加を願ふことも出来なかつたが、希望者には希ん（ママ）で迎へ、共通の目標に向つて手を握りたいと思つてゐるのだ。

われわれの新しい出発に際して、諸氏の厳正な批評と暖かい御支援を祈る。

第二号以後刊行されたかどうかは、未詳である。

66 『えんぴつ』

『えんぴつ』は、昭和二十五年一月一日に創刊された同人雑誌である。創刊号は、発行所が新日本文学会大阪支部、編輯兼発行人が東啓太郎、えんぴつ同人事務所が大阪市北区曾根崎町四丁目一　人民書店内、誌型が縦二十一糎横十七糎の孔版印刷、同人が東啓太郎、伊藤冨美子、今岡正三、いやま・よしひで、岩橋通夫、片岡寛、鎌倉信一、川辺なつ子、木村久夫、小坂大平、紺崎朝治、谷沢永一の十二人であった。第二号より、発行所は大阪市阿倍野区昭和町中二の三四　谷沢永一方　えんぴつ社に移る。同人も、第二号より近藤計三、つだ・まさお、中川隆永、第三号より開高健、須田和光、第四号より山下澄子、第六号より牧羊子、第八号より浜口国雄、第九号より藤井栄三郎、第十号より向井敏、第十三号より木場康治らが参加した。「同人清規」（第二号）には、次のようにある。

一、同人雑誌「えんぴつ」は民主々義文学の創造に志す者の勉強機関であり、新日本文学会大阪支部がこれを後援する。
一、同人雑誌「えんぴつ」は、同人加入の意志のある人のすべてを喜んで包含する。
一、「えんぴつ」の同人費は月額百円、入会費は百円とする。
一、「えんぴつ」購読希望者は、前金三ケ月（送料共）概算百五十円を小為替にて発行所まで送付されたい。

合評会のほかに、同人の勉強会として木曜会などで近代文学の研究会などを開く。谷沢永一の評論「斎藤茂吉『作歌の態度』解説」や開高健の初期作品「印象採集」「季節」、山下澄子の短歌「日々」、牧羊子の詩「夕映」、開高健・向井敏によるアラゴン詩の訳「抵抗」などが掲載された。終刊号を記念して、開高健の小説『あかでみあ　めらんこりあ』が別冊として刊行された。なお、『えんぴつ』は、平成十五年三月三十一日に『関西大学図書館影印叢書』として、関西大学出版部より全冊復刻出版された。

67『文学世界』

『文学世界』は、井野川潔、鬼生田貞雄、組坂松史、沙和宋一、竹森一男、中山義一、藤口透吉、堀田良作、真鍋元之、吉富利通らを同人とし、昭和二十五年五月一日に創刊された。編集者は井野川潔、発行者は川島静一、編集室は新作家協会（東京都目黒区下目黒四ノ一〇一五）、発行所は葛城書店（大阪市天王寺区勝山通一ノ三四）である。井野川潔は「後記」で、次のように記している。

おそらく、この雑誌ほどズブの新人を揃えた雑誌は他にあるまい。

まず、本間剛夫ブラジル在留十年の彼は、五百六十枚の「失われた祖国」を書き上げて来た。こゝに載せた「望郷」は、その第一部二百二百（ママ）二十八枚である。この作はブラジル在留三十万の同胞が期待をもって発表を待っているだけあって、いろいろ問題の多い作品である。私は、すべての戦後の日本人に、新しく日本と世界とについて考えるためにこの作品を読んでもらいたいと思う。日本の新しい出発は、また、忘れられたブラジル在留同胞の新しい出発という意味をも含まれなければならない。

さて、真に男性的な小説を読みたい人は、組坂松史の稜々たる気骨の作品「鉱脈」を見られたい。筑豊炭田を愛し、炭坑に生きる人々の生活を愛する彼の真骨頂が生き生きと現わされている。健康がゆるせば、次号に続編を書きたいと組坂はいっている。何らかの感銘を得られた方は、どうか彼を激励してくださるように。

鬼生田貞雄の「北満」は、平明のなかに時折きらめくものを蔵している。彼はこの作品をきっかけに精力的につぎつぎと書いていくという。私は、彼の四百枚の「シルカ河」に期待しているものだ。

厚木繁は二十才を少しばかりこえた学生であるが、数篇の佳作を提げて来た。「青春の倫理」はその中の一篇で、いかにも若わかしい青春の倫理と論理にみちあふれている。若さとは、過剰なものの氾濫であるといえる、そういう一面を、彼はみずみずしい筆致で描いてみせた。

松井英子の「十号室」は、日本の現代医学の盲点を、美事に抉った快心の作である。多元描写の困難さを、いささかも危う気なく押し切っている。

「百号の裸婦」の斎木寿夫は、ようやくスランプを脱出したようである。彼は、意図をむき出しに素材にもたれかかって叩き出そうとして、主題をたかめる努力に欠けていた。「百号の裸婦」は、そういう欠点がなく、適度の抑制によって成功している作だと思う。手法としての新しさは無いけれど。

沙和宋一、真鍋元之の二人はズブの新人ではない。しかし、彼等は新人として再出発する意気ごみで参加してきたのだ。近く力量いっぱいの作を寄せるはずであるが、ここに揚げたものによっても、彼等の真面目な態度はうかがわれるものと思う。真鍋の作は、彼が六号雑記として送ってきたものだが編集部はこれを創作として扱ったものである。

竹森一男は二千枚の長編を腹案中であり、早船ちよは五百枚の作を準備中である。その他の同人たちも、他の雑誌にはふつう発表できないと思われる性質の作品を、それがライフ・ワークの作品である限り、力いっぱい書いて、この雑誌に発表しようといっている。

この雑誌は、いわば、私たちのアンデンパンダンといったものであるのだ。そういうつもりで、私はち（ママ）はこの雑誌を育てていきたいと思う。

読者諸君の指示と声援を受けることができればしあわせである。つまり、どしどし手きびしい批評やら遠慮のない批難をいってきていただきたい。

詩人は少し不振のようだが、次号からもっと活発になるだろう。

画描きさんの快心の作を、毎号口絵にのせていきたい。

68 『あまカラ』

雑誌『あまカラ』は、「たべもの・のみもの・のたのしい雑誌」と銘打って、事務所を大阪市曾根崎中二の五　あまカラ社に置き、昭和二十六年八月五日に創刊した。三号からは大阪の菓子司鶴屋八幡にある甘辛社（大阪市東区今橋五の十）に移転し、昭和四十三年五月五日に続第二百号をもって終刊号とした、美食専門の月刊雑誌である。発行人・今中善治、編集人・水野多津子、顧問・大久保恒次で、十七年間変わらずに続けてきた。

Ｂ６判横開き（縦十三糎横十八糎）の、洒落た体裁のポケット用で持ち運びに便利なものであった。その後この型のタウン誌は「銀座百点」を筆頭に、各地で多くのＰＲ誌として発行された。

食は万人それぞれの好みやこだわりがあって、それぞれが妥協しない、自己主張の強い文章が毎号掲載され、多くの人に愛され、読まれ続けてきた。

鶴屋八幡の今中善治からの巨額の出資のもと、あらゆる分野の人々が執筆し、挿絵やカットを描き、この中から多くの単行本が出版された。「創刊当初より終始一貫そのままの姿で終らせたい、「あまカラ」を傷つけず、「あまカラ」を愛し、育ててくださった先生方がつぎつぎになくなられていくにしたがい、二百号で大団円にしたい」「出来得れば惜しまれて終止符を打ちたい」という編集者・水野田都子の念願をいれ、続二百号で終刊となったが、それを惜しむ声が紙面に掲載しきれない程寄せられた。

（増田周子）

69『VILLON』

『VILLON』は、昭和二十七年十一月一日に創刊された文藝同人雑誌。編集兼発行人は富士正晴、発行所はVILLON CLUB（大阪市東区法円坂町六　法円坂住宅十号館五号）中島方。創刊第一号の巻末に、無署名であるが、多分、富士正晴が執筆したのであろう、次のようにある。

VILLONとは、おだやかでない詩人フランソワ・ヴィヨンの姓を失敬したわけである。喫茶店かバーの名のようであると毒舌が既に出ているが、一向かまわない。数人のあわて者が英和辞典などペラペラめくったということだが、それもよろしい。ヴィオロンとは良い名だと感心した同人もいないことはないが、感傷純情で中々よかった。

VIKINGの姉妹雑誌であるから、その点から行けばVILLONでよろしかろう。VILLONの一党、どうせ、ろくでもないやつの寄せ集めだったのだろう。同人雑誌VILLONの一党はいかがなものか。

大体、大阪に住居、又は勤め口をもった、割とお互に顔を見ることが容易な連中が集まっている。とは言え、腰の軽い連中だから、中々摑えにくい。お互に相手がいつも不在であると悪口をいっておれば世話はない。金集め係中島のごときは、狩りをするようなスリルを味っているようだ。

同人にいろいろある。雑誌を作ろうなんて、怖らくその首領は俗物であろうとのっけに毒づいて入って来た怖るべき人間も居る。金は出してやるから、書かせてもらうは困るという人間も居る。書きたがって仕方のないのも居る。三年間、文学やってやろうという奇怪なものも居る。みんな変であるが、それもよろしいだろう。

選挙の投票ともなれば、自由党から共産党までありそうに思えるが、どいつがどっちを向いているのか、先ず、判り兼ねるお顔の人が多い。判り兼ねる。文学主張はそれぞれ違うに決っている。何を考えているのやらは追々に判ってくることだろう。

VILLONと前後して、小野十三郎の「詩と真実」という詩の同人誌が出る。この雑誌とも、まあ、お友達というわけだ。

商業雑誌だけが日本の文運を支え切れるものではなし、まあ、あれはちぎった果物や野菜を売る八百屋みたいなものだし、同人雑誌というのは一種の農事試験所・研究農場みたいなものだろう。しかし、研究農場だって立派な果物や野菜はとれるし、第一、土というものがある。というような例え話を今のところ、いとおだやかにしておくことにしよう。

勿論、東京の「近代文学」や「現在」ともお友達としてやって行こう。
では、そろそろ、かせぎにかかろうか。

70 『詩と真実』

『詩と真実』は、昭和二十七年十一月五日に創刊された詩と詩論の雑誌。編集兼発行人は山中二郎、発行所は関西詩人会（大阪市天王寺区上汐町六 大阪市立文化会館内）である。発起人は、飛鳥敬、安西冬衛、足立巻一、小野十三郎、柏岡浅治、斎田昭吉、杉山平一、田木繁、谷沢永一、長谷川龍生、浜田知章、富士正晴、藤村雅光、藤本浩一、港野喜代子、矢内原伊作、山中二野、山村順、吉川仁の十九名。創刊号の「編集後記」に、柏岡浅治は「この雑誌の目的の根因といえば、いままで小さく割拠し、またはばらばらの纏まらない状態で、詩文学運動を続けてきた詩人たちを、さらに大きく組織化し、その意慾を盛りあがらせて、新しいフロンティアの運動をまっこうから試みることにある。もちろん多くある流派の衝撃はあるだろうが、相互における共通の場をふかく認識しあって進んでいけば、これは相互のプラスだと想う。これから詩の勉強をはじめようと、志あらたな若い人たちの実験の場としても、発起人たちは心よくこの雑誌を開放している」と述べている。

71 『演劇評論』

演劇評論雑誌。昭和二十八年九月から昭和三十一年三月まで、二十七冊刊行された。発行人は、大阪市北区中之島五丁目四十五番地の演劇評論社。創刊当時の編集同人は、安藤鶴夫、北岸佑吉、沼艸雨、大鋸時生、尾崎宏次、菅泰男、武智鉄二、戸板康二、辻部政太郎の九名である。昭和二十九年八月号（第二巻八号）から池田弥三郎が同人に加わり、十名となる。編集兼発行者は本田敏雄。創刊号の「編集後記」に、武智鉄二は、次のように記している。

ほんとうに歯に衣を被せないで物のいえる演劇の雑誌というものは、なかなか成り立ち難いものである。幸い本誌はそのむつかしい条件を克服しうる立場にある。読者諸氏の声援のもとにその使命を果したいと思う。

菅君に巻頭論文を書いてもらったが、今演劇評論家共通の悩みであるところの、三十枚五十枚という長篇の原稿の発表の場として、本誌の頁を提供したいと思う。発表御希望のむきは、編集部宛その旨を申し込まれたい。早急に御希望に応ずるようにする。

劇評家論として第一回に大御所三宅周太郎氏を取り上げた。これは当分つづけて行きたいと思っている。それから演出家の立場から劇評家に物申すという企画も立てている。御期待を乞う次第である。

雑誌編集の常識を破った長大な同人の座談会を物して、全篇掲載した。演劇の世界の神秘のベールをはいで、封建的徒弟制度に近代の光をあてたいと思っている。これは同人一同の念願するところであろうと思う。

また、終刊号では、大鋸時生が「行動の終りではない」で、次のように記している。

「演劇評論」という場に、ぼくは絶大な執着を持ってきた。ほかの仲間も、きっとそうだろうと思う。それが僅かな経済の問題で休散するのだから、まことに淋しい限りだ。

ぼくたちの愛する日本の演劇が、独占資本や我執の強い派閥に『保護』されている状態に慊きたらなくなって、その解放を、それが出来ずば、せめて、そうした演劇を掌握する権力者の反省を求めようというのが、「演劇評論」の使命だ――と、ぼくは理解していた。健全野党でありたい――と、ぼくは考えていた。

面子や情実に遠慮したり、こだわったりせずに事実を真実のまま提示して、関係者に考えてもらおうというのが、狙いだった。そのために勉強もしたし、あやまりなきを期する慎重さを自戒していた。

だが当事者にとっては、こうした行動の実在は目ざわり、耳ざわりだったに違いない。「お蝶夫人」上演干渉問題を初め、数々の紛争が「演劇評論」を論拠として起ったのであるが、よく考えてみると、そうしたもの事は、いつも傷いところにさわられた側からの犬糞的な自衛手段だった。そして「演劇評論」を弥次馬的な群であると宣伝して、自らを扮色しようの努力が、その人たちの手で公然と、時には暗躍の形で続けられてきたのである。

この時に「演劇評論」が終焉するのだから、おそらく、ぼくたちがマークしつづけた色々な勢力がホッとすることだろう。ひょっとすると乾杯ぐらい交わされそうである。だが果して、枕を高くして安眠出来るだろうか。

ぼくはそうは思は（ママ）ない。自惚れかも知れないが、過去三年間に「演劇評論」が、うまずたゆまず打ち上げつづけた風船爆弾には、実は『演劇の世界の邪悪』を認識させるための自覚の種子が一杯につめてあったのだ。それが、今や各方面で芽生え初めている。日本の演劇が現在のような疲れた形で堕落している理由が、御時勢であり、演技者の努力不足であるなどとされた批判は著しく減少して来た。演劇によって利潤（必ずしも金銭のみでなく、名誉欲の満足という形ででも）を受けている群の怠慢が、逐次、鋭くとりあげられ始めて来ている。言い換れば『御用評論家』の失脚が、今日ほど著しいことはない。世論が真相を知ることによって、不健康な演劇の世界のあり方に不満を持ち初めたのだ。

この傾向の全てが「演劇評論」に出発していると主張するほど不遜ではないが、少くとも、今まで内的に感じながら口外しかねて来た有識者たちに、そうしたしこりを容赦なく指摘させるため、多少の勇気づけとなったに違いないとの自負はある。

この自負ゆえにこそ、今、「演劇評論」の終刊号を前にして尻尾を垂れたりはせず、仲間が全部（ママ）が、そうであるように、ぼくも浩然として、この一文が書けるのである。「演劇評論」の休刊は、ぼくたちの行動の終りではない。

（三十一年三月五日記）

同人たちの執筆以外に、熊沢復六が「モスクワ藝術座と社会主義リアリズム」「モスクワ藝術座とスタニスラフスキー・システム」を連載したり、ドナルド・キーンが「「夕鶴」「東は東」を見て」などを寄稿しているのが注目される。「三宅周太郎論」「戸板康二氏とかぶき」「演劇評論家としての折口信夫」「坪内逍遥」「岡鬼太郎ノート」「竹の屋・饗庭篁村論」等々の「劇評家論一～六」は、研究史においても重要な文献の一つであろう。

72 『文藝大阪』

『文藝大阪』は、新人文学者の育成を目的として、昭和三十一年二月十五日に大阪都市協会（大阪市北区曾根崎上一丁目三七）から刊行された。「発刊の言葉」には、次のようにある。

> 文学は育たない　といわれるこの土地から　若い芽　新しい種子をはぐくみ育てる試みの一つとして　文藝大阪が生れた　秀れた文学は　素地のない所から生れない　そして我々は　この　文藝大阪　が大阪の地から秀れた文学を芽生えさすための素地になるだろうと信ずる　明日の文学を創り出そうという希望に燃ゆる人は　この文藝大阪　を大いに利用してもらいたい　また我々の大阪が秀れた文化都市になることを望まれる市民は　この文藝大阪　を育てる為に温い理解と協力をお願いしたい　文藝大阪　が郷土の誇りの一つになることを我々は希っている。

『文藝大阪』第一集の編集委員は、鬼内仙次、阪田寛夫、瀬川健一郎、吉田定一、吉井栄治、小原敬史であり、第二集は鬼内仙次、瀬川健一郎、佃芳郎、吉田定一、吉井栄治、小原敬史である。誌型はＢ５判。大阪市民文化祭協賛の新人創作文藝入選作が掲載された。第二回新人創作文藝には、田辺聖子が木下桃子の筆名で応募した「虹」が入選し、掲載されている。富士正晴の小説「満月」や徳永真一の時代小説「隠密十郎兵衛」などが発表された。

73 『蒼　馬』

『蒼馬』は、中村泰の個人雑誌として昭和三十八年七月一日に創刊され、昭和五十三年十二月二十五日まで全四冊が出された。休刊の後、平成十八年五月一日に復刊第一号が刊行された。創刊号の発行所は『蒼馬』（大阪市都島区内代町三―五〇）。創刊号の「後記」には、次のようにある。

> ▽八年振りで、またぞろ同人雑誌を出すことになつた。いや、同人はまだ私一人だから、厳密には同人誌でなく、個人誌というべきかも知れない。しかし私は一人で孤塁を守るつもりはないから、一緒にやつてやろうと思う人があり、その人を私もまたやつて欲しいと思えば、共にやつていきたいと考えている。創刊の意図というものも別に取立てない。昨年の春から秋にかけて、私はここに収めた「傷ついた煙突」百枚を書き上げたが、適当な発表場所がなかつたので、それなら自分で作つてやろうと思つた迄である。だから次の号は、私の次の作品が出来てからということにな

るわけで、それがいつになるかは私にも判らない。また適当な発表場所が見つかれば、或いはこの雑誌は創刊号きりということにもなり兼ない。まことに頼りない話ではある。
▽誌名の「蒼馬」は「あおうま」と読んで頂いても、「そうば」と呼んで貰つても、どちらでも結構である。ロープシンの小説に「蒼ざめたる馬」というのがあるそうであり、林芙美子に「蒼馬を見たり」という詩集があるが、別になんの関係もない。どういうきつかけからであつたかは忘れてしまつたが、今度雑誌を出す時はこの名前にしようと、私は前から考えていたのである。
▽「傷ついた煙突」は、一口にいつて労働者の青春小説を書きたかつたのである。敗戦直後から三年程、私は肉体労働者として働いた。この工場生活での体験や、それを通じて形成された思考が、その後の私の生き方を決定付けたといつてよい。いわば私の原体験というべきこの一時期を、なんらかの形で定着しておきたいと私は思い続けてきた。これはその最初の試み、全くとば口の仕事に過ぎない。だが書き上げてみて、かつて私が詩を書いていた頃、いつもその作品が詩以前ではないかという疑問に悩まされ続けたように、この作品もまた、小説以前ではないかという疑問から逃れることは出来ない。しかしそれがどのように技術的にまずく、不器用なものであつたとしても、現在の私の力がこれだけのものである以上、私はなりふり構わずに、私をも含めた敗戦直後の青年労働者の原体験の意味を、これからも問い続けていかねばならないと考えている。
▽終りに、かつて私が文学運動から離れ、その儘疎遠となつてしまつた昔の仲間達に紙上より久潤を叙したい。そしてあなた達の友情が、この拙い作品に対する忌憚のない批判となつて寄せられるのを、私が心から待ち望んでいることをお伝えしておきたい。

（泰）

74『大阪文学（織田作之助研究）』

『大阪文学（織田作之助研究）』は、昭和四十一年十一月二十日、大阪文学の会から刊行された。復刊第一号の「編集後記」に「大阪文学は、同人誌でも商業誌でもないことを、先づ断っておきたい。／大阪が生んだ文学の異才、織田作之助の文学的再評価、そして私たちがしなければならない、新しい文学の創造に、いたづらに大言壮語するのでなく、今日に定着することなく、大阪文学を勉強の場としていきたい。／「辻馬車」時代「大阪文学」時代そして「新文学」（全国書房発行）が大阪にあった。復刊大阪文学も、今日の一つの新しい文学の母胎でありたいと願っている。／幸いに、先輩の、同時代の、そして全国の文学する多くの人たちの賛辞を頂き、織田作之助研究、大阪文学復刊の仕事が、小さな灯であっても、光あるものだとよろこんでいる。／残念ながら、予告通りに作品を掲載できず、小冊子になってしまったが、刊行を長く続けて行くためにはこれが最善の道だと、思っていただきたい」とある。編集委員は、河原義夫、辻淳、名木皓平、伴悦、吉田定一である。

75『大阪百景』

『大阪百景』は、昭和四十二年二月一日に創刊された随筆雑誌。編集人は天道正勝、発行所は京文社（大阪市浪速区西関谷町二の三常盤ビル）である。創刊号の「編集後記」で、「▽…大阪もずいぶんと変わった。それもそうだろう。なにしろ明治百年だもの。時の流れは人をも変える。明治—大正—昭和。それぞれに人の考え方に差があり、風俗も違っている。そこで、その移り変わりをながめ、古き大阪をしのぶ反面、新しき大阪を探ろうと、ここに『大阪百景』の発刊を思い立った」という。誌型は横長で、縦十三糎横十八糎である。第三号以後が刊行されたかどうかは未詳。

76『政治と文学の会　会報』

『政治と文学の会　会報』は、岩田馨、片岡寛、草津信男、近藤計三、佐瀬良幸、須藤和光、轟春夫、中川隆永、中村泰、宮西直輝、脇田憲一が結成した政治と文学の会の「会報」として、昭和五十三年五月二十日に創刊された。B５判、八頁のリーフレット。発行所は政治と文学の会（大阪市住之江区新北島三－九－四－六一二　中村泰方）である。「平野謙追悼」（第二号）、「追悼・中野重治」（第六号）、「３・15記念中野重治を偲ぶ集会記念特集」（第八号）がある。中村泰の「大阪プロレタリア文学史年表（素稿）」（第二、三、四、五号）などが注目される。

77『政治と文学』

『政治と文学』は、政治と文学の会の機関誌として、昭和五十四年九月十日に創刊された。編集兼発行人は中村泰、発行所は蒼馬社（大阪市住之江区新北島三－九－四－六一二）である。政治と文学の会は「わが国における戦前、戦中、戦後の反体制諸運動の歴史を、文学の自律性という視点から照射し、特定の党派的立場を排除しつつ、政治と文学のあるべき姿を、あらためて再検討、再批判しようとするものである」ことを目的に、昭和五十二年に結成された。会員は、岩田馨・奥本悟・草津信男・近藤計三・佐瀬良幸・須藤和光・田島静香・道家一己・中川隆永・中村泰・　宮西直輝・矢野笹雄・吉田永宏・吉野亨・脇田憲一である。創刊号の「編集後記」（泰）に、「本誌の性格を会員の研究論稿発表の場とする。したがってジャンルとしては評論及び記録を中心とし、作品（創作、詩歌など）の掲載は原則として行わない」とある。岩田馨「島木健作・作品原モデル論」（創刊号）は、島木健作の「再建」のモデルを明らかにしており、島木健作研究において貴重であろう。中村泰「紀伊市木村のこと—併せて崎久保誓一年譜素稿—」（創刊号）、佐瀬良幸「『むらぎも』モデル一覧表」（第二号、第三号）などが注目される。

78『鐘』

『鐘』は、大阪女性文藝賞の受賞作の掲載誌として、平成元年一月十五日に創刊された。創刊号の発行編集は大阪女性文藝研究会、発行所は大阪女性文藝研究会（大阪市東住吉区針中野一—一五—三八　刀禰喜美子方）である。河野多恵子は「発刊にあたって」で、次のように記している。

　第一回の選考からお手伝いさせていただいてきた大阪女性文学賞は、今度で早くも六回目を迎えた。
　この賞の存在は、実に多くの女性の書き手の励みになっているらしい。応募者の数のふえ方ばかりでなく、その氷山の一角たる候補諸作の活気からも、その手応えが強く伝わってくる。この賞が報道面で、そして経済面で次第に支援に恵まれるようになったのはひつ（ママ）の評価の顕われであり、且つ非常に幸運なことと二重に嬉しく思っている。
　これまで、受賞作の掲載には、関西経済振興のための雑誌から誌面の提供を受けてきた。ありがたいことだと思っていたのだが、このたび掲載用の雑誌を独自に出すことになったという。大阪女性文藝研究会の方たちの行動力に驚いている。受賞作あるいは優秀作が、これで一層世に知られやすくなるだろう。ますます楽しみな賞になった。

刀禰喜美子は「あとがき」で、「『鐘』の命名は河野多恵子先生である。晩鐘、警鐘、早鐘、銅鑼、諸行無常、煩悩。広い響きを喚起するこの一字の字姿から、この掲載誌のより広いより深い伸展を期待したい」と記している。

大阪文藝雑誌著者名索引

凡　例

1　著者名は、おおむね一般的と思われる読みを採用した。
但し、読みが不明・不確定の場合には、音読みを原則とした。

2　配列は五十音を原則とした。

3　枠中数字の[1][2]……[78]は本書収録文藝雑誌の一連番号を示し、続く算用数字は本文の頁数を示している。

4　本文中の（　）はそのまま表記した。

5　同一人物、或は同一人物と思われる別名・別号は〈　〉内に示し、検索の便をはかった。

あ

ア、べ、ツエ氏 [3]29
アーネスト・ポート [20]120
藍川陽子 [42]296 298〜300
愛狐園生 [32]224
阿井さえ子 [42]302 [45]309
相沢良樹 [50]325
相島明子 [20]137
相島勘次郎 [20]136
相島双翠 [8]59 60
相島敏夫 [35]231 233 245 273 276 285 289
会田泰 [20]149 150 153 156 157 159
会田安昌 [3]20
相原法則 [62]391
呵雲窟 [11]69
阿江佐知子 [74]568
青木和 [78]577
(青木)月兎〈青木月斗〉 [11]74〜76
青木月斗〈(青木)月兎、(青木)月兎生、月と、月ト、月兎、月兎生〉 [34]225 [35]287
(青木)月兎生〈青木月斗〉 [11]70
青木健三 [49]324
青木宏峰 [35]229
青木骨堂〈骨堂〉 [10]66 67
青木志津子 [64]398
青木周一 [68]511
青木真 [35]252
ＡＯＫＩ生 [15]82
青木正児 [54]341〜346 [68]434 439 440 447 450〜452 469 477 479 483 497
青木堯 [19]93
青木武一 [16]83
青木智子 [78]575
青木フミ子 [16]83
青木よし子 [15]82
青島シズ子 [16]83
青地晨 [68]508
青砥道雄 [35]280
青野季吉 [35]279 288 [55]349 350 354 355
青野治衛 [55]355
青野馬左奈 [22]201
青葉女史 [15]80
青旗粧十郎 [22]203
青柳有美 [20]160 [35]231
青山銀堂 [47]315 316
青山光二 [52]330 333〜335 [74]564
青山杉作 [35]253
青山唯一 [35]239 241 247 249 251 255 261 278
青山夢生 [20]123
青山唯一 [35]237
青山義雄 [35]281 284
青山圭男 [35]264 282
赤井〈赤井清司〉 [35]257
赤井清司〈赤井〉 [35]250 273 276 277
赤池新 [27]216
赤石茂 [42]297 298
赤井与三郎 [22]189
赤木茂 [22]181〜184 186 192
赤城泰舒 [32]224
赤木信実 [52]334
赤城蘭子 [35]258
アガサ・クリスチイ〈アガサ・クリステイ〉 [20]154 155
アガサ・クリステイ〈アガサ・クリスチイ〉 [20]164
赤沢稿二郎 [50]325
明石真一 [72]562
明石杉夫 [62]375 376
明石染人 [35]259
明石秀子 [34]226
赤田清治 [70]541
赤田ライ子 [16]84
赤司大介 [68]483
茜屋半七 [20]131
赤羽梅子 [68]440 442 444 450
赤羽洋子 [68]482
赤堀清太郎 [42]300
赤堀全子 [68]473
赤松善知鳥 [19]89
赤松智城 [54]344
赤松柳史 [61]368
阿川弘之 [68]439〜445 448 454 469 504 529
阿木 [26]212〜214
阿木翁助 [35]255 [68]521
秋沢修 [57]363
秋田握月 [19]90 91 [24]207
秋田雨雀 [35]248 251 258 279
明田川匡子 [47]320
秋田実 [35]245 259 [62]387 [68]407 495 529
亜騎保 [70]536〜539 542
秋田屋本社 [54]341
秋田屋本社雑誌部 [54]343
秋月誠 [22]187 188
秋月美千代 [34]226
明津麗子 [35]229
秋野源左衛門 [35]288
秋酒家 [3]13
秋庭俊彦 [15]81
秋葉麗子 [20]126
明本京静 [35]264 274
秋元柳風 [24]205
秋山晃範 [68]513
秋山楷 [50]326
秋山佳吉 [35]228
秋山駿 [78]574〜579
秋山庄太郎 [68]450 465
秋山節義 [68]443
秋山ちえ子 [68]503
秋山徳蔵 [68]437 439 443 448 450 452 466 467
秋山とし子 [6]39〜41
秋山秀夫 [47]318
秋山安三郎 [68]422 490 529 440 465
秋山六郎兵衛 [35]271 [36]289
秋吉元作 [35]263
昶〈野淵昶〉 [31]220 221
芥川比呂志 [68]472
芥川也寸志 [68]407
芥川龍之介 [20]143
阿久津洋子 [68]518 522〜524
あけのかね [20]97 103 114 116 140
朝井閑右エ門〈朝井閑右衛門〉 [68]444
朝井閑右衛門〈朝井閑右エ門〉 [68]433 436 490
浅井真男 [55]354
浅井無道軒 [20]99〜101 107
浅井弥七郎 [68]441 454
朝霧鏡子 [35]265
浅草町人 [20]120
朝倉響子 [68]495
朝倉斯道 [35]262
朝倉文夫 [35]265

浅沼君子 [22] 191 192
浅野晃 [35] 288
浅野一男 [35] 281
浅野源児 [22] 180
浅野照三郎 [52] 335
浅野四郎 [68] 461 464 515 523 524 528
浅野竹秋 [22] 175
麻野敏清 [68] 485
浅野歳郎 [20] 160
浅野信夫 [16] 84
浅原六朗 [20] 152 [35] 257 [57] 363
朝比奈隆 [35] 241 262 270 274 276 279 [53] 339 [68] 407 408 415 420 441 450 530
旭正秀 [32] 223
浅山秀朝 [20] 122
浅利鶴雄 [20] 97 [35] 231
あぢさい生 [20] 117
味沢貞次郎 [68] 435
芦田茂 [70] 537
蘆田安一 [19] 90
蘆波かもめ [20] 121
芦の葉 [26] 212 213
蘆原英了 [35] 238 240 246 249 250 251 254 263
蘆原千津子 [35] 267
蘆原敏信 [35] 231
蘆原友信 [35] 244
葭間恵文 [75] 568 569
蘆谷蘆村 [22] 169
飛鳥明子 [35] 230 233 246
飛鳥敬 [62] 370 373 375 [70] 534 〜 539 541
あづさ [10] 67
東〈東秀三〉 [62] 381 〜 384
吾妻潔 [16] 84
東重人 [62] 392
東秀三〈東、A〉 [62] 380 〜 383 386 389 〜 392
東青明 [20] 133
東亭扇升 [20] 96 98 〜 100
東信人 [62] 392
東日出子 [24] 205
東秀人 [62] 392
東屋主人 [6] 42 〜 44
アスマラ [55] 350
畔地里美 [78] 577
麻生路郎 [24] 205 〜 207
麻生久弥 [19] 90 91 93
麻生豊 [20] 141
阿蘇惟友 [68] 454
足立巻一 [62] 372 373 [70] 534 〜 540 542 [74] 565
足立源一郎 [35] 270 [68] 414 [68] 467
足立公平 [42] 297
足立民司 [64] 398
安達瞳子 [68] 440
足立利雄 [69] 531 532
足立共子 [70] 542
足立正治 [22] 193
安達美知夫 [52] 330 333
アダム [10] 66
アダム夫人 [10] 66
厚木繁 [67] 404
渥美順之助 [20] 151
渥美清太郎 [20] 126 128 130 [31] 220
アドリアン・ド・メーユス [53] 340
アナトール・フランス [20] 155
阿野春弥 [20] 120 121
安部和子 [78] 574
阿部一登 [22] 191
阿部幸兵衛 [35] 285 287 〜 289
安部公房 [68] 453
阿部金剛 [32] 223
阿部静枝 [35] 289 [68] 407 446 456 458 493
阿部真二 [37] 290 [40] 292 293 [41] 295
阿部真之助 [68] 407 412
安部隆宏 [74] 565 566
阿部恒郎 [20] 134
阿部艶子 [35] 252 261 281 [68] 434 441 445
阿部淑子 [20] 135
阿部知二 [35] 274 [55] 356 357 358 [57] 362 [60] 367 [68] 477 508 530
安部八重子 [22] 194 195
阿部優蔵 [71] 544
安倍能成 [68] 434 443 448 463 481 502
安部柳汀 [75] 568
信天翁 [3] 16
尼崎博 [68] 521
天川信 [68] 442 446 460
天津乙女 [68] 406 407
天沼俊一 [54] 344
天沼はるえ〈天沼治枝〉 [26] 213 214
天沼治枝〈天沼はるえ〉 [26] 213
天野為之 [13] 78
天野喜久江 [35] 269
天野孟 [27] 216
天野忠 [70] 534 [74] 567
天野貞祐 [68] 482 530
天野美津子 [70] 535 〜 537 [72] 562
雨宮毅 [48] 322 [52] 331
あまりりす [20] 107
網野菊 [20] 130 [35] 272 289 [55] 352 357 360 [68] 466 484 489 521 530
雨の宿 [3] 17
雨宮二郎 [20] 158
鮎川悟 [45] 309
鮎川哲也 [68] 516 530
鮎川信夫 [70] 540
新井三郎 [20] 94
新井清二郎 [68] 457
荒井龍男 [55] 352
荒井千恵子 [35] 263
荒垣秀雄 [68] 436 493 519 529
荒川確介 [68] 489
阿羅漢寂深 [8] 60
荒木和子 [35] 236 245
荒木繁 [71] 553
荒城季夫 [35] 268
（荒木）井蛙〈荒井蛙〉 [11] 76
荒木田破扇 [3] 27
荒木輝子 [68] 444 452 453 455 457 459 460 462 466 487 516 530
荒木利夫 [70] 534
荒城秀夫 [35] 279
荒木良雄 [71] 554
荒木よし子 [34] 226
荒木与志郎 [19] 91
アラゴン研究会 [66] 403 404
荒井蛙〈（荒木）井蛙、井蛙、井蛙生〉 [11] 72 73 77
荒谷是也 [35] 264 265 267 〜 271 275 〜 278 280
荒畑寒村 [68] 407 412 414 416 418 511 518 530
荒正人 [55] 355 [68] 443 448 487 〜 509 512 513 529

新屋英子 [62] 395
アラン・マンクハウス [25] 209
蟻川英夫 [35] 229
有坂愛彦 [35] 268 269 270 273 278 280 282～288
有島生馬 [35] 280 282 [55] 357
有田〈有田圭二〉 [49] 324
有田圭二〈有田〉 [49] 324
有竹修二 [68] 419 427 431 440 468 529
有馬潤 [50] 326
有馬大五郎 [35] 260 263 269 271 273 275 279 280 284 288
有馬典江 [68] 480
有馬頼義 [68] 451 472 497 522 528
有本邦太郎 [68] 432 468 469 479 514 531
有吉佐和子 [68] 448 475
有賀博 [68] 487
有賀文雄 [35] 232 237 240
アルツール・カハーネ [18] 88
アルバレス [68] 413
アルフレット・ドウ・ミユツセ [25] 209
アルベール・アツクルマン [20] 148
アルベエル・エンツイユ [20] 104
阿波渓道雄 [6] 55
粟田迪 [68] 448
阿波谷道雄 [6] 46～48 56
淡野浩洋 [16] 83
阿波野青畝 [22] 172～176 196 201 [55] 352
安々迂人 [9] 63
安穴道人 [3] 24
安西冬衛 [52] 331～335 [53] 338 [55] 349 [62] 370～374 376 [68] 458 [70] 542
安藤悦子 [43] 304 305
安藤更正 [54] 348
安藤鶴夫 [68] 422 437 442 447 467～514 529 [71] 545～548 550 553 557～559
（安藤）橡面坊〈橡面坊〉 [11] 77
安藤まき子 [10] 67
安藤利三郎 [22] 201
アンドリイ・ホロヴコ [57] 364
アンドレアス・ラツコ [27] 216
アンリ・バルビツス [39] 291

い

飯沢匡 [68] 427 429 435 438 446 462 484 496 520 529 [71] 544
飯島正 [22] 180 181 [35] 233 236 249 262 272 279 284
飯島曼史〈飯島幡司〉 [35] 233～256 261 282
飯島幡司〈飯島曼史〉 [35] 228 229 232 278 [53] 338 [68] 407 408 410 414 531
飯泉賢二 [20] 153
飯田転 [20] 119
飯田喜代子 [68] 484
飯田心美 [35] 234
飯田茂次 [68] 468 469
飯田寿作 [68] 485
飯田心美 [35] 271 272
飯田蛇笏 [53] 340
飯田博 [68] 481
飯田深雪 [68] 475 530
飯塚友一郎 [35] 265 279
飯能次夫 [68] 440 482
飯村満 [68] 482
伊井蓉峰 [68] 422
井垣久次 [68] 499
猪狩史山 [20] 138
井川定慶 [35] 241
生江沢速雄 [35] 235
生沢朗 [68] 457 461 471 529
生島潔 [47] 311
生島治郎 [68] 526 527
生島遼一 [35] 276 284 [53] 336 [55] 352～354 357 359 360
生瀬夢美 [47] 312
生田葵〈葵山人〉 [20] 104 141 152 161 [24] 204
生田春月 [20] 160 [22] 190
生田長恨 [47] 313
生田花世 [22] 181 187 190 196 199 [35] 233
井口海仙 [68] 409 411～414 418 419 437 445 529
井口政治 [20] 141
生水五郎 [22] 180
池内栄一 [35] 263
池内友次郎 [35] 282
池内文蔵 [74] 566
池沢茂 [62] 371 372
池沢武重 [62] 377
池沢直人 [62] 375
池島郁子 [68] 439
池島信平 [68] 422 433 435 443 444 458 459 464 486 530
池田英 [68] 505
池田和栄 [68] 484
池田克己 [22] 190 192～194 196 197 199～202
池田潔 [68] 423 429 430 438 440 443 450 455 513
池田小菊 [53] 339 351～355
池田さとる [47] 319
池田成功 [68] 499 500
池田誠治郎 [66] 400
池田大伍 [20] 105
池田忠雄 [35] 232
池田桃川 [20] 108 150 161
池谷信三郎 [20] 147
池田昌夫 [22] 183 193 [53] 337
池田正樹 [39] 291 292
池田弥三郎 [68] 451 458 461～463 465 479 493 506 520 529 [71] 545 547 548 550～553 555～559
池田豊 [35] 267
池田蘭子 [75] 569
池田林儀 [20] 130 132
池月めぐる [26] 212
池津勇太郎 [22] 172 174 175 [25] 210
池波正太郎 [68] 488 529
池部鈞 [20] 95 96 129 152 160
池部良 [68] 407
池松時和 [15] 80
伊坂梅雪 [24] 205
井崎一夫 [68] 492
井沢権 [26] 212
井沢義雄 [55] 360
石 [74] 567
石井晃 [15] 80 [19] 90 93
石井鶴三 [35] 277
伊志井寛 [68] 407 415 439 454
石井義卿 [3] 20
石井京 [53] 337
石井琴水 [19] 92

石井小浪　[35]230 232 277
石井淳子　[34]225
石井生〈石井露月〉　[6]46
石井富之助　[68]483
石井漠　[35]229 230 250 264 276 280 [68]474
石井柏亭　[32]222 [35]283 [68]407 415
石井満　[20]151 156
石井みどり　[35]276
石井桃子　[68]462 484 513 531
石井好子　[68]531
石井露月〈石井生〉　[11]70
石垣綾子　[68]420 439 444 454 467 493 530
石垣昂　[40]295
石垣純二　[68]495 530
石上玄一郎　[68]479 516 530
石川亜喜雄〈石川亜木雄〉　[22]189
石川亜木雄〈石川亜喜雄〉　[22]188 192 198〜201
石川えい　[68]481
石川景清　[47]317〜319
石川紀一郎　[22]190 192〜194
石川究一郎　[42]301
石川喬詞　[47]311
石川喬登　[47]314
石川欣一　[20]137 142 149 156 [22]166〜169 [68]420 428 438 447 459
石川禎一　[55]352
石川滋彦　[68]466 468
石川純一郎　[35]243
石川静水　[31]220
石川毅　[68]427
石川武美　[68]465
石川達三　[35]262 279 287 [57]363 [68]462〜468 492 495 509 520 525 529
石川悌二　[55]353〜355
石川俊彦　[35]242 248 257
石川弘　[23]203
石川政二　[22]183 186 [28]217
石川道雄　[55]354
石川芳次郎　[68]475
石川六樹園　[3]24
石黒敬七　[68]412 427 441 507
石黒忠悳　[68]421
石坂洋次郎　[68]468 529
石田錦花　[22]196
石田幸太郎　[22]168 177 198
石田貞子　[68]482
石田長平　[6]45
石田波郷　[68]500
石田美喜三　[6]51
石田美喜蔵　[6]46
石塚喜久三　[68]485
石塚茂子　[52]332〜335 [53]338 [61]368 [62]369 370 374 375 377〜388
石塚晴一郎　[47]311
石塚昌子　[35]259
石塚茂平　[55]350
石塚友二　[55]351
石津謙介　[68]471
石堂清倫　[68]514 [76]572
石中九重郎　[15]81
石橋和　[35]229
石橋勝一郎　[62]373
石橋米巒〈米巒、米巒居士、米巒笑史〉　[6]51 52
石橋孫一郎　[52]333〜335 [70]535〜539 542
石浜〈石浜恒夫〉　[62]381
石浜浩三　[70]535 536 538 539 541
石浜若草　[49]324
石浜純太郎　[57]362 364
石浜恒夫〈石浜〉　[62]369〜378 380 381 384 388 [68]529 [72]561
石原栄三郎　[22]171
石原純　[20]158 [35]281 283
石原深直　[22]169
石原〈石原美雄〉　[54]347
石原美雄〈石原〉　[54]348
石原令一　[20]133
井島勉　[54]345
伊嶋允一　[68]488
伊島理吉　[25]210 [35]229
石丸喜世子　[13]78
石丸梅外　[13]78
石山賢吉　[68]453
石山四郎　[68]459 529
石山巳之吉　[22]182 183 187〜189
葦城　[20]139
石割松太郎　[19]89 [20]128 [22]177 [24]204 205 [25]210 211
泉井久之助　[54]344〜346
泉鏡花　[20]99 102 112 114
泉啓一　[62]391
泉源助　[68]409
泉小枝子　[26]215
泉仁三郎　[23]203
泉清郎　[22]188
泉八束　[68]452 453 455 457 459 460 462 466
いづみろさう〈泉露草〉　[26]215
泉露草〈いづみろさう〉　[26]215
出水沢藍子　[78]579
出雲美樹子　[35]229
伊勢貞一　[63]397
伊勢登　[72]562
磯川　[60]367
磯田　[51]329
磯田要　[51]329
磯田敏夫　[51]329 [52]331〜333 [62]370〜372 374〜383 385〜395 [72]560 561
磯田正吉　[62]395
磯野岩男　[62]375 [72]562
磯野秋渚〈秋渚、秋渚居士、秋渚生、秋渚漫士〉　[1]6〜9 [3]29 [7]57 58 [10]68
磯八太郎　[20]115
磯部佑治　[35]262 264
磯村善夫　[20]133
板垣寛一郎　[22]196
板垣鷹穂　[35]242 247
板垣直子　[35]255 275 [55]356
井田一衛　[70]540
いたち小僧　[24]207
伊谷賢蔵　[32]224
井谷昂　[42]301
井谷周作　[42]298
板橋春秋　[20]151
伊丹萬作　[35]234
猪田義春　[50]326
市居義彬　[68]440
市岡帆之助　[68]471
市川荒太郎　[24]205
市川猿之助　[35]263 276 [68]437
市川男女蔵　[20]95 139 143 [68]408
市川紅梅　[35]267
市川小太夫　[20]95 [35]230 282
市川左団次　[20]102
市川しづ子　[16]83
市川松蔦　[20]134
市川翠扇　[35]230
市川中車　[20]100 [24]205 [68]481

市川俊彦 [52]330～333 335 [62]371 373 375
市川春代 [35]233 277
市河彦太郎 [35]274
市川文造 [71]544
市川三喜 [68]493
市川八百蔵 [35]267 276
一記者 [20]103 148
一二 [3]16 19
市島春城 [68]460
一樹 [3]17 20
一条実孝 [20]150
一条徹 [76]572
一瀬稔 [55]350
一唾 [3]19
一読者 [42]297
一ノ宮藤男 [16]83
市原豊太 [55]357 [68]494 509
市村羽左衛門 [20]100 [35]282 [68]407
市村拓郎 [72]562
市村房市 [20]128
市村善夫 [70]541
一文字 [10]68
一柳信二 [35]231 240 246 269
一葉 [3]13 19 20
一楽 [3]17 19
一閑人 [6]49 56 [9]62
一簣山樵 [8]59 60
一口 [3]17 19 20
一作生 [19]91
逸山生 [8]61
一枝 [3]16
一色健 [50]326～328
一笑 [3]22
一酔 [3]20
一水庵〈荷村、荷村一水庵〉 [3]16 17 19 20
一寸法師 [10]67
一泉 [3]22
逸砧 [11]75
逸見 [35]256
逸見広 [55]353
逸見真由 [78]581
逸夢 [11]76
井手訶六 [22]169
出翔 [42]299 300
井出浅亀 [35]284
出隆 [12]77
糸井しだれ [35]265
伊藤秋雄 [68]411
伊藤敦子 [35]237 240
伊藤尹久子 [68]442
伊藤逸平 [68]517 530
伊藤永之介 [35]262 282
伊藤鷗二 [20]104 [68]425 430 447
伊藤荷居 [3]16
伊藤一雄 [34]226
井東克己 [47]314 318
伊藤熹朔 [24]205 [35]248 252 [68]449
伊藤吉太郎 [34]226
伊藤九梨園〈九梨園〉 [3]12
伊藤金次郎 [20]158 163
伊藤啓一 [62]391
伊藤桂一 [68]489
伊藤慶之助 [35]249 250
井東憲 [22]181 187
伊藤晃一 [35]229
伊藤紅二 [35]284
伊藤佐喜雄 [55]349 [62]373
伊藤定子 [72]560
伊藤茂次 [74]567
伊東静雄 [35]277
伊藤七司 [35]245 256
伊藤純一郎 [35]259
伊東深水 [68]407
伊藤仁太郎 [20]105
伊藤祐命 [3]20
伊藤整 [35]270 272 [55]355 356 358 [68]444 529
伊藤正斎 [42]301 302
伊藤セツ [20]150
伊藤高勝 [68]484
伊藤武雄 [35]286
伊藤義 [35]257
伊藤痴遊 [20]96 98 103 104 106 125 132 133 136
伊藤忠兵衛 [68]412 414
伊藤テイコ [35]276
伊藤貞助 [35]257
伊藤敏昭 [68]473 479
伊藤昇 [35]245
伊藤能予留 [35]249
伊藤白雪 [47]317
伊藤春夫 [22]191
伊藤寿二 [71]543 546 551
伊藤広夫 [68]491
伊藤博邦 [20]150
伊藤博之 [47]312
伊藤松雄 [18]87 [19]90 93 [20]96 125 137 146 [24]206 [31]220
伊藤道郎 [35]276
伊東祐淳 [68]420
伊東由紀子 [69]533
伊藤良三 [68]407
伊東廉 [32]223
伊藤廉 [35]241 279 [55]354 355 [59]367
糸屋寿雄 [57]362
稲垣忠愛 [50]326
稲垣足穂〈足穂、タルホ・イナガキ〉 [20]108
稲垣浩 [35]234
衣奈多喜男 [35]282
稲津延一 [35]238 239 247 248
稲富敏彦 [68]445
稲酒家 [10]67
稲葉祥子 [78]581
稲畑太郎 [20]138 [72]561
稲葉文枝 [16]84
稲森道三郎 [68]439 445 448
戌井市郎 [53]338
乾顕彰 [22]192
乾武俊 [70]534 536 537 539 540
犬養道子 [68]521
犬田卯 [35]265
犬童尉介 [26]213
犬丸鉄太郎 [20]136
井上愛博 [10]66
井上円海 [22]202
井上覚造 [35]280 [53]336
井上勝子 [69]533
井上吉次郎 [54]347
井上きみ子 [16]84
井上雲治郎 [35]263
井上幸作 [68]515 517～524
井上庄司 [47]313
井上甚之助 [62]377 [68]407 408 411 412 530
井上宗一 [22]171
井上園子 [35]276
井上端 [68]407
井上淡星 [22]175 177
井上智勇 [54]343 347
井上鉄牛 [68]469
井上寿郎 [22]191
井上俊夫 [70]540 541
井上友一郎

[55] 354〜357 359 360 [68] 414 451 529
井上豊萌 [78] 579 580
井上弘範 [24] 205
井上正夫 [35] 280
井上正亮 [68] 483
井上靖 [62] 369 370 [68] 433 436 446 465 496 529 [70] 542
井上康文 [20] 145 148 152 153 156 160
井上笠園〈笠園主人〉 [4] 32〜34 [8] 60 61 [10] 68 69
稲生実 [6] 37
井野川潔 [67] 404 405
猪木正道 [68] 476
猪熊弦一郎 [35] 280 [68] 414
猪間驥二 [20] 148 150
伊庭孝 [35] 231 232 250
伊庭隆 [34] 226
イ・バーベリー [22] 195
イヴアン・ゴオル [22] 180
伊原宇三郎 [32] 221 [35] 263 282 [68] 407 412 414 465 468 495 499 500〜502 530
茨木小目〈小目〉 [10] 66〜68
井原九紫 [72] 560
葦原滋 [22] 192
伊原青々園 [20] 124 [24] 205 [31] 220 [35] 263
井原頼明 [20] 156
L・イヴン [45] 307
伊吹武彦 [35] 268 279 [54] 346 [55] 357 [57] 362 365 [59] 367 [68] 436 492 507 516 [74] 564
井伏鱒二 [55] 358
今井絵美子 [78] 578
今井和子 [69] 532
今井邦子 [35] 267
今井茂雄 [69] 531〜533
今井俊 [35] 262
今井溱 [54] 347
今泉寿美 [68] 497
今井達夫 [35] 267〜270 281
今井白楊 [12] 77
今井楓渓 [22] 173
今井文子 [68] 457
今井洧 [54] 342
今井利助 [35] 285
伊馬鵜平〈伊馬春部〉 [35] 258 267
今岡正三 [66] 399
今岡十一郎 [35] 263
今尾哲世 [71] 549
今尾哲也 [71] 550 554〜558
伊麻仁三郎 [20] 95
今田孝一郎 [50] 327
今中〈今中善治〉 [68] 406
今仲毅堂 [4] 35
今中富之助 [68] 408 420 516
今中豊三 [68] 408
今中楓渓 [22] 170 [34] 225 [35] 263 273 281 286
今中善治〈今中〉 [68] 410 419 424 428〜430 438 446 455 468 472 477 480 495 502 503 509 518 522 523 527 531
今西錦司 [54] 347
今西黄谷 [10] 68
今西良子 [55] 355
伊馬春部〈伊馬鵜平〉 [68] 456 462
今堀誠二 [54] 345 346
今村信生 [22] 172
今村浩輔 [20] 158
今村佐雄 [22] 171
今村太平 [35] 286
井村重帯 [68] 455
妹より [22] 201
井元次夫 [48] 321〜323
いやはる [20] 114
いやま・よしひで [66] 399〜402
入江新八 [20] 147
入江相政 [68] 446 467 468 478 482 493 502 509 513 520 524 529
入江たか子 [35] 233
入江来布〈来布〉 [19] 88〜94 [22] 172 174〜177
入山雄一 [35] 259
入矢義高 [54] 348
いろは [3] 16 17
岩井一昌 [62] 385 388 390
岩井盛次 [68] 469
岩井久子 [62] 385
岩井雄二郎 [53] 339 [68] 407 [68] 412
岩起子 [3] 15
岩男芳人 [22] 172
岩上順一 [55] 354 [64] 398
岩倉政治 [57] 363 364
岩子良一 [35] 276
岩崎愛二 [35] 229
岩崎昶 [35] 232 236 242 250 251 266 271
岩崎悦治 [39] 291 292
岩崎修 [63] 397
岩崎喜一 [75] 568
岩崎純孝 [35] 279
岩崎次男 [62] 377 379
岩佐東一郎 [35] 263
岩田馨 [76] 570 571 [77] 572
岩竹知子 [66] 400
岩田専太郎 [68] 440
岩田とし子 [20] 102
岩田豊雄 [35] 242 [53] 338 [68] 407
岩田鯉喜千 [24] 205
岩地桂三 [42] 299〜302
岩堂全智 [20] 144
岩永文房 [10] 68
岩浪薫葉 [47] 312
岩野勉 [42] 300
岩野俊夫 [68] 475
岩橋敏夫 [70] 538
岩村和雄 [35] 227 228
岩村鉱一郎 [68] 487
岩本敏男 [70] 535 536
巌谷大四 [55] 355 [68] 498 521
印東康吉 [60] 367

う

宇井無愁 [35] 273 [60] 367 368 [68] 407 443 452
植草甚一 [68] 477
植草魔琴 [47] 318
上杉一甫 [22] 173
上政治 [22] 199
上田 [60] 367
上田かほる [47] 317
植田寿蔵 [35] 278
植田大二 [42] 298〜301
上田敏夫 [70] 540 541
ウエタニ・ヒロシ [64] 398
上田尚 [20] 156
上田ひろし [43] 303
上田宏 [35] 285 288
上田宏範 [62] 391
上田敏 [26] 216
植田敏 [42] 296 297
上田穆 [35] 261
上田満子 [72] 562

上田稔 [22] 172
上田泰弘 [68] 486
上田儀雄 [62] 370
上野梅子 [68] 414 437
上野清 [22] 191
上野次郎男 [68] 477
うえのせいいち〈上野精一〉 [68] 411
うえの・せいいち〈上野精一〉 [68] 418
上野精一〈うえのせいいち、うえの・せいいち〉 [20] 136 [68] 412 529
上野照夫 [54] 347
上野虎雄 [20] 156
上野信好 [22] 188 192～194
上野山清貢 [35] 282
植原路郎 [68] 438
上原ゆづる [16] 83
上水哲次郎 [34] 226
上道直夫 [21] 165
植村栄詩朗 [47] 311 317
上村覚平 [35] 230
上村占魚 [68] 491 528 530
植村浩士 [46] 310
植村睦朗 [35] 264
魚海すみ夫 [47] 316
ウォールター・デ・メーア [22] 195
魚澄惣五郎 [35] 273 [53] 338 339
雨花禅侶 [7] 58
卯貴艸 [15] 81
浮世栄子 [16] 83
鵜崎博 [70] 535～541
氏家美樹 [43] 303～305
牛来広記 [6] 49
氏田〈氏田洋〉 [48] 321
氏田洋〈氏田〉 [48] 321
氏野武二 [30] 218 [33] 225
牛原虚彦 [20] 108
氏平智加志 [43] 303
牛山充 [35] 230～233 238 253 254 261 274 280 283
烏城 [3] 22
烏人 [11] 71～73 76
臼井喜之助 [57] 364
薄井恭一 [68] 444 447 477 478 513 514 520
臼井千秋 [26] 214 215
臼井吉見 [68] 445
臼田亜浪 [35] 287
臼田素娥 [68] 427 441 447
ウ大臣 [11] 73
歌上艶子 [35] 268
宇田川半痴〈宇田川文海〉 [4] 30～34
宇田川文海〈宇田川半痴〉 [4] 30～34 [5] 35 36 [6] 47 51 54 [8] 59 61
歌沢寅右衛門 [68] 407
内田巌 [53] 337 [54] 347 [68] 407 412
内田栄一 [35] 251 269 279
内田克己 [22] 186
内田岐三雄 [35] 234 236 242 249 251 256 275
内田豊清 [70] 542
内田弘 [64] 397 398
内田博 [42] [64] 297 298
打田万起子 [62] 373
内田実 [20] 97
内田誠 [68] 407 412 414
内橋潔 [53] 339
内村和 [78] 578 579
内村直也 [68] 458
内本実 [35] 242
内山義充朗 [20] 152 153
内山皎三 [42] 298
宇津秀男 [35] 230
内海昭 [35] 263
内海繁太郎 [71] 558
内海繁 [53] 340
内海信二 [35] 257
内海幽水 [22] 177 [24] 205 [35] 239 248 261～263
宇藤光子 [68] 527
宇野浩二 [20] 101 111 [35] 276 [55] 349～352 354 359 [68] 412 424 429 430 440 [74] 567
宇野千代 [35] 246
宇野暮江 [20] 134
鵜野次郎 [68] 485
右原尨 [70] 541
生形貴道 [68] 406
生方たつゑ [68] 492 504 516 530
生方敏郎 [20] 131 [24] 207
馬田江公年 [9] 64 65
馬屋原宗幸 [75] 569
宇女久佐 [20] 129
梅棹忠夫 [54] 347 [68] 475
梅崎春生 [68] 439 444
梅島昇 [24] 206
梅園龍子 [35] 244
梅津勝男 [20] 155 158
梅野花子〈菊池幽芳〉〈菊池幽芳〉 [4] 34
梅の家かほる [5] 35
梅原亀七 [6] 47
梅原末治 [54] 342～344
梅原忠蔵 [6] 47
梅原龍三郎 [24] 205 [68] 432 444 531
梅村栄 [68] 471
梅本重信 [35] 261
楳本捨三 [22] 198 201 202
楳茂都陸平 [35] 231 238 278 282
梅若猶義 [35] 263
有耶無耶 [35] 285～289
浦江利子 [15] 82
浦田藤次郎 [68] 440
浦西かつら [47] 318
浦野進 [71] 554
卜部和義 [61] 368
浦松佐美太郎 [68] 407 420 429 441 442 477 517
上井正三 [52] 334
ウント・ゾー・ワイター [31] 221

え

エ・クーゲリイ [27] 216
え・び・し [20] 125
英〈庄野英二〉 [62] 380
永機 [9] 62
瓔子 [64] 397 398
英二〈庄野英二〉 [62] 379
栄正 [3] 16 17 19
H・S [62] 373
H・T [75] 568
HM生 [47] 312
H生 [25] 208 209 [75] 568
永楽町人 [20] 149
永六輔 [68] 493 517 530
A [68] 522 526
A〈東秀三〉 [62] 383
A生 [19] 91
ATM生 [19] 91
ABC [20] 109 132 [62] 374
ABC生 [13] 78
江頭茂子 [68] 487

江上朝霞 [22]174〜176 178 184
江上霞海 [6]54 56
江川幸一 [35]230 238
江木雅己 [42]298 299
XYZ [62]374 375
江口青井泉 [22]171
江口章子 [22]168 169 171
江口静一 [22]170
江口隆哉 [35]238 244 246 250 251 253 260 262 268 276 [68]408
江口春雄 [35]257 265
江口博 [35]254 285 [71]546
江国滋 [68]477 489 526 530
江崎利一 [68]407
江崎政忠 [20]136
江沢春霞 [24]205 206
江尻晩果 [20]155
S [68]514 520 523 525 527〜530
S・S [22]194
S・T [35]264
S〈末永泉〉 [55]351〜353 357 360
S〈杉山平一〉 [62]377 386 388
S I T生 [19]89〜94
S記者 [53]337
S K Y [20]109
S生 [42]298
頴田島一二郎 [62]372
X [68]415 511
X・Y・Z [35]264 [72]561
X Y Z [20]95 112 160 163 [62]376 377
閲史 [14]79
悦田喜和雄 [22]168
悦坊 [14]79 80
エティエンヌ・ジルソン [54]346
江藤輝 [35]264
衛藤夏子 [78]576
江藤久夫 [72]560
江戸川乱歩 [20]118 121 124 127 128 131 133 135〜137 140 [68]441
エドマンド・ブランデン [55]358
江波清 [35]276〜278
榎並喜義 [22]175 178
N [62]371 372 376 378 [71]549 555 [75]569
N H生 [12]77
N T O [20]128
江沼鋭一 [20]157
N Y生 [6]50
榎木勝子 [15]82
榎倉省吾 [32]224
エノケン [63]397
榎本安吾 [47]315 316
榎本健一 [35]233
榎本滋民 [71]548 549 554
榎本義路 [6]44 45 47〜50 52 54
江原釣 [57]362〜366
江原森弥 [57]363
頴原退蔵 [54]341〜345 [55]355 [57]362
江原秀子 [16]84
海老江寛 [46]310
海老六郎 [68]447
F生 [42]298
江間輔 [68]453
江馬務 [68]521
江見盛平 [10]67
エミル・ゾラ [8]59 60
M [61]369 [62]371 [68]406〜408 413 418 436〜440 442 445 522 530
M・I生 [48]322
M・S [62]372
M・N [62]370 372
M・N・D [47]318
M記者 [13]78
M生 [20]131
エモリ・モリヤ [57]363
T・S・エリオット [55]351
江里口準 [43]303〜305
エリッヒ・グリイザル [22]193
L・N・M [20]134
える・えむ [20]131
エン・イー・ニューウエル [6]37
鳶魚〈三田村鳶魚〉 [20]108
演劇評論同人会一同 [71]559
莚月 [3]16
焉然居士〈太田焉然〉 [1]5 [4]34
円地文子 [35]240 252 [68]412 431 449 481 494
煙中男 [22]199
遠藤汪吉 [53]338
遠藤周作 [68]468
遠藤慎吾 [35]282 [71]548
遠藤清葉 [19]90
遠藤春彦 [68]511 514 516
遠藤宏 [35]281
遠藤又男 [68]482
遠藤嘉基 [54]342〜345
鳶都露兵衛 [3]14

お

小穴隆一 [57]362
及川甚喜 [55]352
笈田光吉 [35]232 265 272 276 277
翁 [62]384
鶯衣〈鶯衣生〉 [3]24 25
鶯衣生〈鶯衣〉 [3]23
桜雲閣主人 [20]162
桜雲山人 [3]11 12
鷗外〈森鷗外〉 [26]214
扇谷正造 [68]431 435 444 447 448 456〜461 463〜468 497〜505 521 530
扇谷たか子 [68]440
扇谷義男 [70]540
桜渓 [3]18〜20
逢坂昌 [22]174 176
逢坂せき子 [35]230
鶯宿軒 [3]13 19 20 25
鶯囀子 [3]19
桜桃 [3]26
鶯伯 [3]13
鶯泊 [3]16 17 19
近江砂人 [68]508
鶯夢〈中尾鶯夢〉 [10]67
欧陽予倩 [31]220
O [55]353 [68]436〜440 446 457 467〜471 473
O・S・T [51]329
O・O・O [68]408
O・P・Q [72]562
大石郁之助 [35]232 237 239
大石隆夫 [53]336
大泉黒石 [20]159 161
大井広介 [55]356 359
大上敬義 [52]334 [70]535
大内秀邦 [35]251
大浦孝秋 [22]176〜178 [68]439
大江賢次 [35]280 286〜288
大江清一 [26]216
大江素天 [24]205 [35]245 [53]337

大江竹雪 [24]205 206
大江満雄 [42]297 298
大江美乃瑠 [47]312
大江元子 [34]226
大江良太郎 [71]543
大岡欽治 [35]251 253 [42]299 [46]310 [71]545 550 552 556
大岡昇平 [55]360 [68]427 444 447
大岡龍男 [68]467 473 483 486 490 507
大鋸時生 [71]543〜559
大川北邨〈大川北埜、大川北野、北埜村夫、北野村夫、北野邨夫〉 [4]30
大川北埜(北邨)〈大川北邨〉 [4]32
大川北埜(北野)生〈大川北邨〉 [5]36
大川北野生〈大川北邨〉 [5]35 36
大木惇夫 [53]338 [68]476 485 493
大城公宏 [75]569
大城葭夫 [20]148
大木顕一郎 [35]259
大木三造 [34]225
大木静雄 [68]440
大木弥三郎 [55]350
大木雄三 [20]102
大木豊 [71]544 547 551 553 555 556 558
大串松次 [68]475
大国貞蔵 [24]205〜207 [35]282 289
大久保〈大久保恒次〉 [68]424 435
大久保作次郎 [35]281
大久保春水 [24]205
大久保恒次〈大久保、恒〉 [19]90 [57]361 362 [62]377 [68]406 408〜410 413〜419 423 425 428 430〜475 477〜494 496〜515 517 518 520〜529
大久保文子 [22]191 194 201
大久保夢遊 [4]30〜32
大久保康雄 [68]468
大隈重信 [13]78
大熊次郎 [35]275
大熊太三郎 [68]482
大蔵喜八郎 [20]139
大倉久美子 [68]425
大蔵宏之 [42]297 298
大河内一男 [68]512
大河内俊輝 [71]556 557
大河内信敬 [68]413 489 506
大河内浩 [27]216
大阪協同劇団 [46]310
大阪市電自助会築港車庫ろ組一会員 [40]294
大阪青年文学者会 [51]329
大阪町人 [20]97
大阪都市協会 [72]561
大阪文学の会 [74]568
大阪文化編輯部 [53]338
大迫倫子 [35]283
大沢吉五郎 [20]116 122
大沢寿人 [35]248 254 268 273 278 [53]336
大鹿堯 [35]237
大下宇陀児 [20]156 [35]239 [68]449 457 469 483 493
大芝孝 [71]552 558 559
大島伊和夫 [34]226
大島敬司 [35]240 255
大島茂 [47]311 318
大島十九郎 [20]96
大島得郎 [18]87 [19]90〜92
大島利一 [54]347
大島康正 [54]343 344
大住達雄 [68]477
大関柊郎 [24]205 [25]208 209
大瀬瀧夫 [46]310
太田いそ [60]367
太田焉然〈焉然居士〉 [4]32 33
太田延太郎 [22]176
大瀧英子 [68]493 525
大瀧光吉 [20]117〜119
大田喜二郎 [54]347
大田黒元雄 [35]231 235 247 269 271 272 280 [68]432 438 490 530
大竹憲太郎 [22]168 169
大武正人 [55]360
大嶽康子 [35]284
太田三郎 [24]205
太田正一郎 [35]263 265 266 268〜270
太田庄太郎 [35]257
太田清蔵 [20]138 [68]477
太田善二郎 [24]207
太田太郎 [35]269 278
大田聴雨 [35]284
太田利夫 [22]193
大田頴茂 [42]300
大田南畝 [19]94
大谷嘉兵衛 [20]136
大谷洌子 [68]464
大谷晃一 [62]389 391 392
大谷光照 [53]337
大谷光瑞 [20]146 147 149〜151 153 154
大谷従二 [42]300 302
大谷尊由 [20]147
大谷竹次郎 [24]205
大谷東平 [68]457 512
大谷藤子 [35]262 284
太田治雄 [53]336
太田普 [22]184
大田洋子 [35]235 259 266 [68]438 441 447 473 494
大田原勝 [22]191
大田原泰輔 [6]46 48 50 53
大塚〈大塚滋〉 [62]385 394〜396
大塚滋〈大塚〉 [62]378〜380 382〜387 389〜396 [72]561
大塚五朗 [53]338
大塚淳 [35]231 252 284
大塚雅彦 [50]326〜328
大月〈大月桓志〉 [42]298 299
大月桓志〈大月、大月生〉 [22]197 198 [40]294 295 [42]296〜301 [48]322
大月生〈大月桓志〉 [42]300
大槻鉄男 [70]535 537
大槻尚章 [9]65
大月万堤 [34]226
大津三郎 [35]261
大辻司郎 [20]159 [68]408
大辻宗生 [68]484
大坪昇 [22]182
大手勘次 [49]324
大伴茂 [60]367
大友礼太 [52]333
大西重孝 [71]556
大西利夫 [19]90 93 [22]175 177 [24]204 206 207 [25]208 209 211 [35]250 287
大西智子 [78]582
大西幸男 [68]441
大西芳雄 [54]345

大西亮太郎 [4]34
大野栄子 [20]130
大軒順二 [68]529
大野貞子 [68]482
大野隆徳 [35]282
大野由紀夫 [22]196 197
大庭さち子 [68]451
大橋月皎 [20]146
大橋砂子 [34]226
大橋房子 [20]109 111
大場白水郎 [68]424 448
おおば比呂司 [68]492
大林清 [68]476
大林道春〈ろくろく子、大林碌々、碌々大林道春〉 [10]67
大林碌々〈大林道春〉 [10]67 68
G・オーハラ [22]200
大原加津子 [78]578 579
大原祥 [66]400
大原武夫 [20]99
大原富枝 [55]350〜352
大平野虹 [20]152
大藤栄一 [16]83
大道弘雄 [35]230
大村一郎 [35]269
大村卯七 [35]240 242 246 248
大村嘉代子 [18]87 [24]206
大村得郎 [68]479
大村正夫 [68]436
大室啓悟 [68]487
大元清次郎〈大元清二郎〉 [38]291 [42]297
大元清二郎〈大元清次郎〉 [40]292 293 [42]298〜301 [62]371
大森〈大森勇夫〉 [45]307
大森勇夫〈大森〉 [45]307 308
大森義太郎 [35]247 249 253 276
大森春陽 [34]226
大森忠行 [70]536
大森痴雪 [24]206
大森信夫 [66]400
大森正男 [19]90 93 [22]166 169 [24]207 [35]229 230
大矢市次郎 [68]455
大宅壮一 [68]529
大柳説 [62]379
大山正一 [59]367
大山千代雄 [35]261 286
大山定一 [35]287 [54]341〜347 [55]358 360
大山康晴 [68]470 495
オーリエッタ・コーザイ [20]98
をか・たけし [20]119
岡石蕗子 [64]397
丘一草亭 [75]569
岡栄一郎 [20]105 109 118 [24]205
魚返善雄 [68]415 416 429 441 447 451 455〜458
岡鬼太郎〈鬼太郎〉 [20]158 161 [24]204
岡川正之 [60]367
岡倉士朗 [35]259
岡倉由三郎 [20]154
岡崎栄一郎 [62]385
岡崎勝彦 [35]230
岡崎忠 [68]478
岡崎龍夫 [29]218
岡沢秀虎 [57]362 365
小笠原三九郎 [68]479
小笠原宣伝係 [20]117
小笠原貴雄 [55]354
小笠原長生 [20]140 144 162
小笠原長正 [68]423
小笠原長幹 [68]429
小笠原秀昱 [55]351
小笠原良一 [55]350
岡静彦 [61]368
岡島誠太郎 [54]347
岡艸台 [3]24
岡田経三 [6]44
岡猛 [42]301 302 [45]308 [48]322 323
岡田三郎 [20]135 139 151
岡田三面子 [20]165
岡田指月 [35]289
岡田七蔵 [32]223
岡田真吉 [35]234
岡田政二郎 [17]86
岡田誠三 [62]377 387
緒方宗平 [42]302
岡田禎子 [35]236 265 289
岡田初代 [20]130
岡田播陽 [57]362
岡田正雄 [28]217
緒方真子 [68]442 445
岡田道一 [20]139
岡田至弘 [64]398
丘多藻都 [47]312
岡田八千代 [20]95 98 105 [35]281
小方又星 [22]169 171 174 176 177
岡田芳一 [72]561
岡田義博 [64]397
岡野清豪 [53]338 [55]350
岡野蒼 [22]182
岡野知十 [20]153
岡林玄也 [65]399
岡博 [34]226
岡副昭吾 [71]545
岡麓 [57]363
岡部朗 [74]568
岡部伊都子 [62]392 [68]438 442〜446 449 451〜460 463 507 529
岡部一彦 [68]486 488 492
岡部志朗 [20]154 156 159
岡部冬彦 [68]449 454〜479 494 519
岡村文子 [20]148
岡本一平 [20]97 99〜101 103 105 107 108 111 113 114 116 117 119 121 123 124 128 130 131 133〜137 139〜141 143 144 146〜148 153 158 161 164 [35]269 279
岡本かの子 [20]97 130 145 149
岡本綺堂 [19]88 89 [20]94 96〜105 111 113 115〜118 120〜122 124 132 139 154 [31]220
岡本圭岳 [53]337
岡本圭二 [64]398
岡本潤 [57]362 364
岡本真猿 [47]316
岡本太郎 [68]407 442
岡本鶴松 [22]187
岡本はいど [64]397 398
岡本晴雄 [43]303〜305
岡本秀男 [28]217
岡本寛雄 [20]146
岡本文弥 [35]280
岡本三那夫 [35]259
岡谷ふみ子 [22]167
丘洋一 [50]325
尾川〈尾川裕子〉 [78]579
小川朗 [19]92
小川栄二郎 [40]293
小川一雄 [64]398
小川克子 [68]527 531
小川喜美子 [64]398
小川近五郎 [35]285

小川茂樹 [54]343 344
小川千甕 [24]205 207
尾川多計 [35]271
小川環樹 [55]357
小川直三郎 [20]98 105
小川平三 [40]294
小川正巳 [69]532
小川未明 [20]132 [57]363
尾川裕子〈尾川〉 [78]576～582
小川隆太郎 [22]202 [42]298
沖甕春 [14]79 80
荻久保泰幸 [74]568
沖路啾吉 [49]324
荻須高徳 [35]286
沖野岩三郎 [57]361 363 365
荻野三治 [68]406 408
沖昌彦 [70]540 541
沖本常吉 [68]455
隠岐礼介 [22]183 186
荻原井泉水 [68]477 515 530
荻原広道 [1]8 9
奥井復太郎 [68]408
奥田達朗 [68]485
奥田涼雨 [47]318
奥田良三 [35]268
小口優 [55]354
小国比沙志 [19]90
奥野薫 [68]451
奥野信太郎 [68]412 415 430 433
奥むめお [20]130
奥村崋 [22]168 171～173 175 176 178
奥村秀男 [29]218
奥村柾兮 [4]30～34
奥村雄司 [64]397 398
奥村隆三 [35]257
奥本悟 [76]571
奥屋熊郎 [35]229 231 236 245 251 270
奥山正三 [68]440
奥山昇 [68]406
小倉英一 [68]511
小倉敬二 [22]172 175～179 185 [35]227 229 230 238
小倉武志 [35]240
小倉右一郎 [35]281
小栗健次 [20]98 100 102 109
小栗風葉 [10]68
小黒光祐 [68]483
桶谷繁雄 [68]418 420 425 429 434 449 461 494 512
尾崎一雄 [35]273 [68]437 441 444 450 454
尾崎弘次 [71]546
尾崎虹夢 [22]193 194
尾崎紅葉〈こうえふ・紅葉〉 [20]120
尾崎士郎 [20]131 [35]249 [55]356
尾崎敬義 [20]136
尾崎宏次 [35]283 286 288 [68]494 496 519 530 [71]543～545 547～554 556～559
小崎政房 [73]563
尾崎絹行 [64]398
小山内薫 [20]94 96 97 99 100 102 103 105 107 108 110 134 136 138 146 150
大仏次郎 [20]142 143 145 147～149 151 152 154 156 158 [35]268 [68]410 495
押川春浪 [20]163
押谷滋子 [70]540
尾関〈尾関岩二〉 [22]168
尾関岩二〈尾関〉 [22]167 168 170～175 178 180 184 192 193 195 [50]326
尾瀬敬止 [18]88
織田〈織田作之助〉 [52]332
尾高京子 [68]444
織田一磨 [24]205
尾高尚忠 [35]277 280 [53]338
小高吉三郎 [35]245
織田喜久子 [62]372 375 377 [70]536 538～541 [72]561 [74]566
小田切秀雄 [55]356 [57]365
小田切史 [16]83
小竹文夫 [68]442 452 479
織田作之助〈織田、作之助〉 [35]279 [52]330～335 [53]336 [55]349～351 [60]367 [62]369 370 374 [74]564～567
小田白菊 [47]312
小田清雄 [1]7～9 [7]58
小田嶽夫 [57]362 365 [68]505
織田武雄 [54]348
織田幹雄 [68]453
小田隆二 [26]215
落合直文 [6]55
落合浪雄 [24]207
越智一美 [70]535～542
落窪君子 [22]193 197
越智秀子 [68]491 499
落人屋茅渟郎 [50]326 328
小津安二郎 [68]440
音田安子 [16]84
音羽兼子 [24]205
鬼太郎〈岡鬼太郎〉 [20]104 106 107 109 111～113 119
鬼生田貞雄 [67]404
小野〈小野勇〉 [17]86
小野勇〈小野〉 [17]85 86 [21]165 [62]377 381 384 386 387
尾上卯三郎 [24]205
尾上栄三郎 [20]95
尾上菊五郎 [20]103 [35]267 268
尾上香詩 [22]188 189 191
尾上柴舟 [68]408
尾上松緑 [68]407 446
尾上梅幸 [20]100 [24]207
尾上松助 [68]427
小野金次郎 [22]184 186 189 190 195 198 [31]219
小野賢一郎 [68]421
小野孝二 [22]198～200
小野佐世男 [35]286
小野竹喬 [35]282
小野十三郎 [21]165 [35]283 288 [48]322 [52]330～335 [55]349 350 [57]362～364 [62]369 371 373～376 387 389 [64]397 [68]414 [70]534 536 537 539 540 542 [72]560 561
小野正人 [68]422 423
小野〈小野実〉 [51]329
小野実〈小野〉 [51]329
小野稔 [67]405
小畑アキ [15]82
小幡駿吉 [35]232
小畠貞一 [20]117 124
小幡篤次郎 [6]40
小幡杜詩一 [47]315
御花金吾 [35]260
小汀利得 [20]139 [68]407 452 492 525 529
尾早宇之助 [22]193 194
小原敬史 [72]562
尾原勝 [35]258
小原黎風 [47]312 313 318 319 321
帯谷瑛之介 [68]485 515 518～522 524 527

おほえ丸〈露石〉 [11] 73 74
おみつ [14] 80
沢瀉久孝 [24] 205 [35] 287 [68] 407 412 490 530
尾山篤二郎 [35] 287
〈折井〉愚哉〈愚哉〉 [11] 76
折井栄 [47] 312
折口信夫 [71] 547
折原草太郎 [49] 324
織部圭子 [78] 574 575
小和田梅郎 [15] 82
小和田うめの [15] 82
恩田智雄 [47] 311
温田穰 [52] 334
恩地かつ子 [35] 230
恩地孝四郎 [35] 281
遠地輝武 [42] 298

か

加〈加藤新五〉 [70] 542
カール・サンドバーク [22] 193
海音寺潮五郎 [68] 445 449
開高〈開高健〉 [69] 532
開高健〈開高〉 [66] 400〜402 [68] 467 473 520 [69] 532 [70] 539
貝島太市 [20] 138
芥田武夫 [35] 257 261 270
貝谷八百子 [35] 270 278
改田昌直 [68] 499
貝塚茂樹 [55] 357 360
海東セラ [78] 581
戒能通孝 [68] 458 494
貝原嘉文 [42] 301
甲斐美和子 [35] 256 270
絵露 [14] 80
ガエタノ・コメリイ [35] 239
花外〈小坂(阪)花外、花外吟史〉 [3] 21 24
花外吟史〈小坂(阪)花外〉 [3] 13 14 18 20 21
加賀耿二 [57] 362〜365
賀川大造 [72] 560
賀川俊雄 [40] 295
香川蓬洲 [4] 30 33 [8] 60
垣合見菜 [47] 314
柿添元 [55] 353 355
柿谷菊王子 [22] 170
かきのぞき [3] 24
書人不知 [25] 209
荷居 [3] 11 12 22
霞郷〈山本霞郷〉 [22] 179
角井義夫 [68] 461 464
角田羽仙 [24] 205
角田猛 [68] 440〜442 445 447 449 452 461 465 489 506 509
角田豊 [68] 485
賀来俊和 [68] 459
岳方 [3] 13
郭沫若 [54] 348
革命隠士 [20] 110 111
楽屋雀 [20] 96
神楽家金時 [20] 122
筧一彦 [62] 375 376
花渓山人 [6] 52
筧緑沚 [26] 215 216
掛下慶吉 [35] 239 246 253 256
夏月 [3] 12
花月亭九里丸 [35] 232 234
影山久雄 [20] 94
景山牧子 [35] 233 241
影山隆一 [35] 264
加古樹一 [62] 382 383
河西一男 [22] 195
笠井騎雷士 [6] 44 45
笠井信夫 [55] 349
葛西宗誠 [68] 406 411〜429 441
笠置山勝一 [35] 262
笠原順 [10] 67
笠部省三 [22] 170
風間完 [68] 470 475 530
風巻景次郎 [53] 336
風間耿 [42] 301
風間碌一 [47] 318
梶上志映 [26] 216
柏岡〈柏岡浅治〉 [70] 538 539
柏岡浅治〈柏岡〉 [70] 534〜542
嘉治真三 [68] 443
樫田十次郎 [68] 424 445
梶谷温子 [62] 391
梶谷弘美 [47] 320
鹿島信郎 [22] 194 196
加島裕 [22] 196〜200
加島祐一 [40] 292
荷重 [3] 11 12 19 22
嘉正 [3] 19
嘉治隆一 [35] 285 [68] 468
柏木むめ [15] 81
柏熊達生 [35] 274
梶原勝一 [40] 293
梶原亨一 [52] 332
梶原緋佐子 [20] 136 [24] 206
柏龍太郎 [20] 97
禾水 [11] 76
春日江逃太 [42] 296
春日とよ [68] 407
春日野篤 [12] 77
春日野八千代 [68] 407 438 530
春日弘 [68] 474
春日美穂子 [68] 474
かすみ [3] 19
数見喬郎 [50] 327
数見啼次郎 [50] 326
数見藤城 [50] 328
数見浩樹 [50] 328
夏雪〈夏雪小史〉 [3] 13 20
夏雪小史〈夏雪〉 [3] 15
荷雪 [3] 17
綛野和子 [71] 543 546
瓦全〈武富瓦全〉 [1] 5
荷村〈一水庵〉 [3] 12 13 16 18 20 22
荷村一水庵〈一水庵〉 [3] 11
片岡我十 [24] 205
片岡我童 [13] 78 [24] 205 [35] 229
片岡黄山 [9] 65
片岡周子 [64] 398
片岡千恵蔵 [35] 282
片岡哲 [9] 65
片岡鉄兵 [20] 99 118 135 143 148 149 162 [35] 236 244 249
片岡直方 [22] 202
片岡昇 [20] 107
片岡半山 [22] 171
片岡ひとし [35] 229
片岡寛 [66] 399 400
片岡貢 [22] 177 [27] 216
加太治 [64] 398
片桐英郎 [68] 473
片倉幸助 [34] 225
片田江全雄 [22] 190
交野繁野 [68] 506 518〜528 530
片原康 [52] 333
片山あき [15] 81
片山秋郎 [15] 81
片山アリス [35] 232
片山静里庵 [6] 46 47 49

片山忠次郎 [24]205
片山敏彦 [35]255 269
片山博通 [35]241
片山正史 [50]327
片山正美 [68]457 482
片山林左右 [75]568 569
花鳥亭 [68]408
河都子 [15]82
勝太郎 [68]407
勝承夫 [35]257
且原浩爾 [20]135
勝村泰三 [68]482
勝本忠兵衛 [20]136
勝安芳 [6]55
桂栄林 [10]66
かつら子 [10]66
桂小文枝 [4]30〜33
桂珠子 [35]232
桂近乎 [53]337
桂春団治 [68]407
桂文枝 [4]33
桂文団治 [13]78
桂文屋 [4]31 33
桂ユキ子 [68]493
我亭 [3]18
柯亭邦彦 [3]14〜16
霞亭主人〈(渡辺)霞亭〉 [1]3〜9 [2]10
加藤一郎 [35]288 [53]339
加藤銀次郎 [22]180 181
河東茂生 [22]184 185 188 189 203
加藤周一 [55]358
夏冬春秋 [47]318
加藤新五〈加、新五〉 [70]539〜542
加藤信也 [22]187 192 193
加藤澄子 [61]368
加藤静児 [35]280
加藤武雄 [20]154 158 160 162〜164
加藤直四郎 [35]259
加藤信也 [22]195
加藤衛 [71]544 552
加藤みね [68]451
加藤三之雄 [68]439 464
門倉ミミ [78]582
門田勲 [68]407 441 478 530
門田泰明 [74]566
かなめ [10]68
要一夫 [43]304 305
金井真一 [6]53 55
金沢〈金沢瞳〉 [26]212
金沢記代 [68]487
金沢孝次郎 [35]235 238 239 243〜245 247 250 252 254 260
金沢瞳〈金沢〉 [26]212〜216
金沢忠信 [68]511
金沢白羊 [14]80
金杉〈金杉恒弥〉 [18]87 88
金杉恒弥〈金杉〉 [18]87 88
金原長八 [6]54〜56
金原与吉 [20]138
金森愛子 [35]245
金森徳次郎 [68]452
金山たか [68]482
金川ちとせ [68]451 460
金子錦枝〈金子静枝〉 [4]33
金子秀三 [68]496
金子昭一 [22]190 191
金子静枝〈金子錦枝〉 [4]31 32
金子千鶴 [55]353
金子信雄 [68]456 494
金子光晴 [17]86 [20]151 155 [35]282 [68]494
金子幽花 [10]67
金子洋文 [20]114 127 129 131 138 145 163 [24]206 [35]281 [68]456 470 490 502
金田一子 [68]484
金親清 [42]298 299
兼常清佐 [35]231 235 266 [53]339
カネハラ・ショウヂ [66]401
兼松信夫 [22]202
金光常代 [68]485
加納悦三 [68]406
加納和夫 [35]229 243 245 250 273 280
嘉納毅六 [68]423 451 475
叶静子 [68]480
狩野近雄 [68]423 431 433 446 449 454 456 459 461 463〜496 502 529 530
鹿野忠雄 [54]343
加納房子 [35]229
加納諸平 [3]20
鹿子木孟郎 [35]282
かの字 [20]106
樺俊雄 [57]363
荷風散人〈永井荷風〉 [20]99 112 115
鏑木清方 [35]288 [68]412 415 457
鎌尾武男 [26]213〜215
鎌倉信一 [66]399 400
鎌田総子 [72]560
上泉秀信 [35]279
紙売甚七郎 [22]176
神尾明正 [54]348
神岡光助 [62]375
神垣緑 [38]291
上方贅六 [3]12 16
紙恭輔 [35]234 242
神沢きよ [26]212
上島ひさを [72]562
上嶋冬彦 [62]377
神近市子 [68]461 492
上司海雲 [55]352 [68]522 527
上司小剣 [20]131 132 [35]231
上出信子 [68]454
神西順造 [53]340
加宮貴一 [20]152 164 [22]180
神谷倭子 [45]309
神山潤 [68]407
上山草人 [20]118
神谷吉彦 [71]544 551 552 554
神谷義彦 [71]553
亀井勝一郎 [68]447
亀井太喜次 [68]482
亀一山〈七艸庵、七草庵主人、七艸庵主人〉 [4]32 34
亀井宏 [74]565 567
亀島日成 [22]202
亀田淳 [62]385
亀の家〈亀酒舎〉 [3]22
亀酒舎〈亀の家〉 [3]21
亀山一夫 [72]560
亀山勝 [52]335 [55]351
亀山太一 [62]387
亀山恒子 [67]405
亀山典之 [68]461 464
鴨下晁湖 [68]414 445
加茂真淵 [3]20
掃部磯郎 [47]321
家門桜谿 [24]205 206
嘉門安雄 [35]283
榧木亀生 [54]347
茅誠司 [68]460
萱野〈萱野純子〉 [26]212
萱野純子〈萱野〉 [26]214 216

粥川浩 [68] 457 484
かえふ〈荷葉〉 [3] 22
荷葉〈かえふ〉 [3] 27 28
可楽 [3] 16 17
涸沢純平 [62] 391 392 [73] 563
唐島基智三 [68] 491 502 523 530
雁三五 [53] 337〜339
花笠 [11] 70〜72
花柳軒春芳〈小山春芳〉 [4] 31
かれ川〈堺利彦〉 [2] 10 [7] 57 58 64
河〈河原義夫〉 [35] 260 [74] 565〜567
河合卯之助 [24] 205 [53] 337
川会主計 [62] 373
河合玉堂 [68] 431
河合幸七郎 [35] 230 [68] 412
河井酔茗〈酔茗軒〉 [22] 168
河合武雄 [20] 114
河相達夫 [68] 422
河合俊明 [64] 397
河井富太郎 [20] 134
河合みつえ [16] 83
河井良 [43] 303〜305
河内勝 [47] 315
河内半太 [72] 560
河内夢夢 [47] 314
河上謹一 [20] 136
川上三太郎 [47] 312 313 317 320 [68] 412 414 464
河上鈴子 [35] 230
河上澄生 [54] 348
川上貞一 [24] 205
河上徹太郎 [35] 279 [68] 422 429 438 448 458 530
河上智子 [68] 487
川上芳子 [22] 172〜175 177
川北霞峰 [24] 207
川喜多長政 [35] 240 246 248 251
川口軌外 [32] 221 [35] 279 284
川口狛夫 [47] 315
川口尚輝 [25] 208〜210
川口松太郎 [20] 97 106 108 117 123 126 130 134 135
河崎勇 [47] 314
川崎勝人 [68] 452 454 455 457 458 460 462 465 515 516 518 520 524 527
川崎勤二 [62] 385 [69] 531
川崎善弥 [35] 251
川崎太郎 [6] 37 38 42 44 45 47 49 52
川崎長太郎 [55] 350 352 354
川崎備寛 [20] 140 142 152 157 163
河島生 [40] 293
川島理一郎 [35] 268 279
川路港 [47] 313〜315 318
川尻清潭 [20] 138 140 144 145 [24] 204
川路柳虹 [20] 94 96 130 131 133 139 150 161 [35] 239 276
河瀬誠一 [70] 541
河竹繁俊 [19] 89 91 [35] 281 [57] 363 [68] 428 438 451 464 494 496
河竹登志夫 [71] 546 551
川田功 [20] 145 157
川田定吉 [22] 196
川田順 [35] 229 257 267 279 [55] 349 351 [57] 361 362
川田泰代 [68] 473
川田芳子 [20] 96
河内逸士 [6] 38
河内和野生 [6] 56
河内省古 [15] 81
川中美智子 [68] 473 489
川並秀雄 [35] 273
川の舎さきこ [6] 38
川端左可恵 [72] 560
川端千鶴子 [62] 387
川畑文子 [35] 234
川端康成 [20] 135 [35] 246 [55] 351
川端龍子 [35] 257 276
川端龍二 [22] 190
河原〈河原義夫〉 [74] 565 566
河原義夫〈河、河原〉 [55] 350 351 [74] 564〜568
川原よしひさ [73] 563
河東茂生 [22] 185
〈河東〉碧梧桐〈碧梧桐〉 [11] 74 76
川辺なつ子 [66] 399 402
河辺朗二 [42] 299
川村明弘 [68] 487
川村花菱 [24] 205 206 [31] 220
河村蜻山 [68] 412 415 498
川村玉郎 [20] 124
河村刀洲 [10] 68
河本敦夫 [53] 339
河本源治 [68] 447
川本和佳 [78] 580 581
河盛久夫 [20] 133 143
河盛勇造 [61] 368
河盛好蔵 [35] 271 [55] 356 360 [68] 407 414 446 524 530
河原崎長十郎 [35] 229 250 251 258 262 279
観劇四趣 [20] 99
啣月楼主人〈徳田秋声〉 [3] 27 28
関西小劇場 [22] 186 188 189
関西小劇場事務局 [22] 185 187
関西新興文藝協会書記局 [22] 183〜185
関西太郎 [42] 297
関西文藝協会 [22] 188〜190
関西文藝編輯部 [22] 185 190
勘左衛門 [3] 11 12 14〜16 19 21〜24 27〜30
神崎〈神崎清〉 [17] 86
神崎清〈神崎〉 [17] 85 86 [21] 165
神崎剛 [47] 312〜314 316 319
関史 [14] 79
眼耳鼻舌会 [68] 417
関遂軒 [9] 65
勘助 [3] 26
観世好剣 [68] 473
観世左近 [35] 242
観世武雄 [35] 276
神田喜一郎 [54] 348
神田胤長 [3] 14
神田伯山 [20] 125 154〜156 158 159 163
神田伯龍 [20] 156 160
勘太夫 [3] 26
勘太郎 [3] 13 25 26
関貞 [55] 350
上林暁 [55] 349 351 352 356 358 360 [57] 362 363
上林吾郎 [68] 529
勘瓢子 [3] 17
勘平 [3] 26
神戸挙一 [20] 136
冠松次郎 [35] 281 [68] 475 482 490 495 499 530
寒楼 [11] 77

き

喜庵 [3] 283

淇庵 [35] 24
季一 [3] 23
木内愛渓〈木内伊之介〉 [4] 34 [8] 59～61
木内伊之介〈木内愛渓〉 [4] 30 31
木内進 [22] 194 196
淇奄 [3] 30
鬼貫 [11] 73
木々高太郎 [68] 406 414 434 439 444 529
戯曲の会 [19] 93
キク・ヤマダ [55] 359 360
菊岡久利 [35] 281 [68] 407 412 414 417 443
菊花〈菊花園主人〉 [8] 59
菊花園主人〈菊花〉 [8] 60 61
きく女 [15] 82
菊酔山人 [1] 8
菊田一夫 [68] 407
菊池一夫 [72] 560
菊池寛 [20] 97～100 102 108 110 124 137 141 149
菊池契月 [24] 207
菊池三渓 [8] 59 60
菊池重三郎 [68] 438 439 444 446 461 530
木口彦太郎 [68] 480
菊地吹句美 [47] 315
菊池幽芳〈梅野花子(菊地幽方)、(菊池)幽芳生〉 [4] 32 [8] 59～61 [10] 68 69
(菊池)幽芳生〈菊池幽芳〉 [10] 68
菊原琴治 [35] 229
菊村到 [68] 454 475 494 530
菊盛英夫 [35] 254
机月 [3] 16
亀月 [6] 42
其月 [10] 67
木崎愛吉〈木崎好尚〉 [1] 9 [7] 57
木崎国嘉 [68] 514～529
木崎好尚〈木崎愛吉、好尚、好尚堂、好尚堂主人〉 [1] 5～7 [7] 57 [10] 68
喜三次郎 [20] 98
貴更木襄介 [47] 311 313 316 318 319
如月敏 [35] 249
木沢長太郎 [47] 321
葵山人〈生田葵〉 [10] 68
鬼史〈(松村)鬼史〉 [11] 73 74 77
岸川益一 [35] 243 248 252 254 258 259 283 286
喜志邦三 [35] 253 274 [53] 339
貴志康一 [35] 228 231 244 245 248 250
貴司生〈貴司山治〉 [57] 362 363 365 366
岸田至 [22] 194
岸田辰弥 [35] 227～230
岸宏子 [62] 376 377
岸本準二 [53] 336
岸本水府 [19] 90 [20] 120 [24] 204 [68] 439 442 451 461 493 496～501
記者 [20] 108 118
貴志康 [35] 228
岸保彦 [47] 311
貴司山治〈貴司生〉 [20] 161 [42] 296～299 [57] 362～365
岸山生 [20] 120
喜正 [3] 18 19
其松 [3] 16
淇松 [3] 13 16 18 19
義正 [3] 16～19
其翠 [3] 17
木蘇穀 [20] 146 154
きだ・みのる〈きだみのる〉 [68] 443
きだみのる〈きだ・みのる〉 [68] 436
北大路魯山人 [68] 407 412 413
北岡秀義 [68] 530
北岡万三郎 [68] 405
北尾亀男 [20] 112
北尾鐐之助 [68] 412
北川〈北川亀之輔〉 [26] 213
北川亀之輔〈北川〉 [26] 212～214
北川英一 [15] 81
北川太章 [47] 315
北川太造 [47] 312 321
北川たそを [47] 315
北川民次 [35] 261 267 [68] 508
北川千代 [20] 130
北川長三 [20] 97 99
北川奈緒子 [20] 155
北川冬彦 [22] 181 182 [55] 355 [57] 362～364
北川抔森 [47] 313
北川桃雄 [55] 353 [68] 497 530
北川由之介 [20] 159
北岸〈北岸佑吉〉 [71] 545
北岸佑吉〈北岸〉 [35] 270 [53] 336 337 [71] 543～559
北小路功光 [35] 238
北沢紀味子 [62] 395
北沢喜代治 [45] 308 [55] 352 353
北沢敬二郎 [68] 458
北沢秀一 [20] 113 117
北沢幹夫 [48] 321 322
北沢恵 [70] 540
北島定雄 [22] 188
kitasono katsue〈北園克衛〉 [22] 181
北園克衛〈kitasono katsue〉 [22] 202 [35] 260
北中富士子 [68] 486
機谷宏嶺 [19] 90
枳谷たけし [22] 187
木谷千種 [35] 277
木谷哲莉 [22] 203
木谷蓬吟〈蓬吟〉 [19] 88～94 [22] 173 177 198 [25] 210 [35] 276 285
北野栄三 [62] 391
北野桂子 [68] 446 450
北野照夫 [76] 572
北野迺 [47] 311
北埜邨夫(大川北邨)〈大川北邨〉 [4] 31
北野村夫(大川北邨)〈大川北邨〉 [4] 31
北野邨夫(大川北邨)〈大川北邨〉 [4] 34
北埜邨夫(大川北野)〈大川北邨〉 [4] 34
北野邨夫(大川北埜)〈大川北邨〉 [4] 34
北野明 [62] 375
北畠八穂 [68] 478 487 495 513 530
北原潤 [22] 188
北原白秋 [20] 105 141 142 144 [35] 287
木田文夫 [68] 481 482 531
喜多町子 [68] 451
北見志保子 [35] 258 286

北村栄太郎 [33]225
北村佳逸〈北村香骨〉 [10]68
北村和代 [68]487 498 516
喜多村加津代 [68]471
北村兼子 [22]172 174〜177 179 182 185 187 188 [31]220
北村喜八 [31]220 [35]257 267 279
北村九泉子 [19]91
北村潔 [27]216
北村景子 [22]175
北村謙次郎〈謙〉 [68]474 483 487 502 509
北村香骨〈香骨、北村香骨、香骨北村佳逸、木魚、木魚庵、木魚法師〉 [10]66〜68
北村小松 [35]246 264 [68]458 465 469 486 496
北村静江 [35]249
北村新三郎 [68]460
北村清生 [68]499
北村藤之助 [68]419
北村時代 [68]497
北村縫子 [10]67
北村ひろ子 [62]391
喜多村緑郎 [20]102 104 114 [68]407 414 432 445
北本実 [26]212〜214
北杜夫 [68]481 485

木田晏弘 [68]479
喜田玲二 [26]215 216
木津川計 [62]395
吉丁字 [20]128
毅堂 [3]17
軌道生 [42]298
木戸潺々 [26]214
鬼内仙次 [62]379 385 387 389 391〜394 [72]561 562
木梨みや [15]82
衣笠貞之助 [35]234
衣川敏 [40]294
砧伊之助 [68]530
杵間三郎 [35]265〜270
貴根麿 [20]104〜106
杵屋佐吉 [20]104 147 [35]229
紀伊国敬一 [68]457
城崎祐三郎 [20]128
木下栄次郎 [68]487
木下和子 [68]478
木下順二 [68]466 469 480 493 521 528 529
木下孝則 [35]281 284 [68]450 489
樹下太郎 [68]497 511 530
木下東作 [20]138
木下杢太郎 [22]169
木下桃子 [62]379 [72]561
偽白 [3]11 12 22
木場禎子 [68]481 495 498 501 504 509 516 519 524 527

木場康治 [66]403 [70]535〜537 539〜542
木原孝一 [70]540
木原茂 [47]311 316
木原常子 [68]486
木原均 [68]512
奇拍子 [3]17
君尾哲三 [45]308
紀美慶子 [15]82
きみ子 [15]81
君不去 [20]114
きみ女 [3]20
君塚守市 [20]103 106
君本昌久 [70]538
金時鐘 [70]537
木村伊兵衛 [68]434 466
木村治 [22]187
木村毅 [57]363
木村修 [22]200 202 203
木村きよし [35]267
木村定夫 [34]226
木村荘八 [24]205 [32]222 [35]273 282 [68]414 430 444
木村荘十 [68]506
木村武 [46]310
木村千代子 [15]82
木村俊夫 [71]545
木村俊郎 [3]18
木村一 [20]121
木村春海 [17]86

木村恒 [22]168 170 172〜177 179 180 182〜184 189 190 [35]230
木村宏 [47]312
木村浩 [22]189 [75]569
木村凡九郎 [35]234 235 239
木村素衛 [35]286 [53]337
木村幹 [20]155
木村泰雄 [20]108 109
木村義雄 [68]424 530
木村芳忠 [19]90
木村与之助 [68]516
木村鯉水 [6]41 42
きめんさん [20]112 128
木山捷平 [35]237
きやらばん [20]119
Q・K [55]360
邱永漢 [68]424〜446 448〜487 499 505 523〜529
QX [35]285 286 289
九花 [3]11
求求堂枕流 [10]67
躬行会 [6]44
球谷 [11]70
鳩洲 [3]19
九千部生 [19]92
玖琢素子 [26]213 214 216
九天子 [15]81
九能克彦 [35]251
牛伴 [11]71 74 75 77
九夫子 [15]82

牛魔王 [20]116
九梨園〈伊藤九梨園〉 [3]11 12
ギユスターヴ・メイリンク [20]145
ギユリオム・アポリネイル [22]178
教育部 [40]293
杏花楼 [20]120
澆月酒人 [9]64
京極利秋 [19]89 90
京極利行 [22]166 177 [24]205 206 [25]209
暁山 [3]17
橋児 [3]22
京志光 [34]225
杏霜沢田虎吉 [10]66
仰天子〈武田仰天子〉 [1]3〜8 [2]10 [7]57
京都帝国大学学生一同 [54]344
京都文学社 [42]299
京わらんべ [3]21
曲川 [9]63
旭堂主人 [3]16 18
玉尾考 [20]118
玉輿楼主人 [8]61
紀代子 [64]397
清沢洌 [20]153 156 159
虚子〈高浜虚子〉

[11]69～71
清島繁雄 [20]95
魚升 [3]16
魚舛 [3]16
清瀬英次郎 [35]237
清瀬保二 [35]243
清野彦吉 [22]181
清原新一 [22]180
清原ひとし [20]148
清久南泖 [7]58
御風 [3]23
清見陸郎 [19]89 93 [20]102 115 117 139 156 163
虚明 [11]74
清元梅吉 [20]106
清元梅之助 [20]124
清元弥生 [22]167
清山憲 [35]257
霧島健太郎 [22]192
桐島龍太郎 [68]513
桐田蕗村 [53]340
桐畑剛吉 [35]242 244 250
其流 [3]23
錦桂女 [25]211
銀座街人 [20]163
銀座酔客 [20]157
金舟 [3]11
錦城斎典山 [20]128 157 159
琴水〈琴水女子〉 [3]12
琴水女史〈琴水〉 [3]12 13
金田一京助 [68]444 482 518 520
金田一春彦 [68]472
銀蝶生〈堺銀蝶生〉 [47]312
金之助 [19]88
金波居士 [6]37～44
琴風〈琴風散人〉 [10]68
琴風散人〈琴風〉 [10]67
金真須美 [78]576 577
金嶺生 [8]61

く

空々堂不空 [20]109
久我宏 [69]532 533
九木一衛 [42]300～302
愚教師 [20]117 164
愚哉〈(折井)愚哉〉 [11]71 73～75
草壁知止子 [71]544 545 549 551 554
久坂葉子 [69]531 532
草刈義人 [68]488
久佐太郎 [47]312 313 316 319
草津信男 [70]542 [73]563 [76]570 571 [77]572 573
草西正夫 [22]183～186 201 [28]217
草野貞之 [68]480
草野心平 [68]425 430 441 448 454 476 495 503 530
草野昌彦 [39]291
草酒家〈草酒家主人〉 [3]13 14 23
草酒家主人〈草酒家、草のやのどか〉 [3]12～14 16 19
草のやのどか〈草酒家主人〉 [3]11
草笛美子 [35]229 231
草光信成 [32]224
串田孫一 [68]453 475 490
久滋徹三 [42]297 298
玖島正名 [43]303～305
孔雀船 [20]128
九条武子 [20]128
葛谷弘子 [15]82
楠野菊夫 [67]405
樟の舎主人〈樟廼舎主人〉 [1]3
樟廼舎主人〈樟の舎主人、樟の舎主人光秋〉 [1]5
樟の舎主人光秋〈樟廼舎主人〉 [1]4
葛野好弘 [52]330 332
葛葉女史 [3]29
楠本憲吉 [68]521
楠本定 [22]184
楠山正雄 [35]278
久津見蕨村〈蕨村居士〉 [4]30～34 [5]35 36 [6]46～56
工藤昭四郎 [68]477
工藤雄一 [68]511
くにえだ・くわんじ〈邦枝完二〉 [20]148
邦枝完二〈くにえだ・くわんじ〉 [18]87 [19]90 [20]104 105 132 139 145 146 152 [24]205～207 [35]258 [68]407 414
国枝金三 [35]223 228 229 236 250 260 263 277 284
国枝史郎 [20]100 101 105 107 109 111～115 117～120 122 124 125 127～129 131～133 135 138
国枝俊文 [19]89
国木田独歩 [20]114 132
邦崎政治 [50]327 328
国塩耕一郎 [35]279
国原中雄 [34]226
国宗名留坊〈国宗鳴芳〉 [47]317
国宗鳴芳〈国宗名留坊〉 [47]312
国吉真正 [22]202
クヌウトハムズン [20]99
久野梓 [35]254
九能克彦 [46]310
久能龍太郎 [31]220
くの字 [20]106
久野繁 [22]171
愚仏庵主人 [7]57
久保猪之吉 [15]81
久保一馬 [22]169
窪川稲子〈佐多稲子〉 [35]249 272
窪川鶴次郎 [35]273 288
久保栄 [35]242 248 [46]310
久保田有恒 [4]32 [9]65
窪田空穂 [35]288 [68]494
久保田金僊 [24]205 206
久保田久寿夫 [26]214
窪田啓作 [55]360
久保田小塊 [4]33 34 [5]35 36 [6]47 49 [9]62
久保田正中 [68]462 466
久保田米斎 [24]206
(久保田)蓬庵〈久保田蓬庵〉 [9]62
久保田蓬庵〈(久保田)蓬庵、蓬庵〉 [4]30～34 [5]36 [6]48 50 [9]65
久保田正文 [68]475 482 530
久保田万太郎 [20]94 105 110 112 115～117 119 149
久保山了 [26]216
熊岡美彦 [32]223
熊谷久虎 [35]258
熊谷達人 [72]561
熊倉真三 [20]156

熊沢復六 [71] 549〜551 553〜555 557
熊嶋武文 [19] 92
熊田葦城 [20] 135〜137 142
熊田ムメ [68] 451 452 454 455 457 458 460 462 465 516
久間本茂 [35] 240 245
組坂松史 [67] 404
組橋俊郎 [62] 379
久米仲 [35] 269
久米秀治 [20] 110
久米正雄〈三汀久米正雄〉 [20] 105 108 113 130 139 140
久米保夫 [68] 461 464
倉石六郎 [68] 508 513 526
倉掛マサコ [16] 83
倉上真琴 [6] 51 53 54 56
苦楽斎 [20] 149 150 153〜155 157
倉重瞬輔 [35] 233 242
倉重経明 [68] 482 523 526
倉島竹二郎 [68] 407 409 410 412 414〜417 429 439 449 453 456 465 475 485 496 501 522 530
倉島日露子 [68] 525
倉田潮 [22] 181 184
倉田敏子 [15] 82
倉田啓明 [20] 114 118 [22] 178 180 190
倉知緑郎 [68] 484 502 514
倉橋生〈倉橋巌二〉 [25] 209 210
倉橋巌二〈倉橋生〉 [25] 210
倉橋健 [71] 549 558
蔵原伸二郎 [68] 497
クラブンド [20] 157
倉光俊夫 [55] 349 356
栗島狭衣 [24] 205
栗島すみ子 [24] 205
栗栖継 [57] 363〜366
栗栖清二 [22] 185
九里谷保波留 [34] 226
栗林貞一 [35] 248 251 254 256 258 261
栗林冬園 [53] 339
栗原勝一 [68] 468
栗原信 [35] 280
厨川蝶子 [20] 130
栗山甚吉 [47] 312 320
久里洋二 [68] 496 521
グリンウッド [68] 423
来島雪夫 [35] 254 257 260 261
来部花寥 [35] 229
車谷弘 [68] 530
呉茂一 [68] 530 515
紅京子 [43] 305
紅青史 [35] 265
紅青瓷 [35] 258 259
紅青磁 [53] 337
紅千鶴 [35] 229
呉祐吉 [35] 261
黒井九郎 [22] 192
黒石尚文 [67] 404
黒井千次 [78] 580〜582
黒板駿策 [68] 493
黒井紋太 [20] 99
黒岩重吾 [68] 482
黒岩涙香 [20] 163 164
P・クローデル [20] 150
黒川光景 [68] 433
黒川武雄 [68] 412
黒川千八也 [22] 175
黒川ふみ [70] 541
黒川牧人 [68] 443
黒川行信 [64] 398
黒木憲三 [20] 144
黒木猛 [16] 83
黒木みち子 [70] 540
黒木義雄 [27] 216
黒崎正一郎 [6] 45
黒崎福鳳 [50] 326 327
黒沢一太 [72] 560
黒沢隆朝 [35] 284
黒島黒し [22] 203
黒頭巾 [14] 80
黒田栄三 [70] 535 536
黒田修 [75] 569
黒田憲治 [55] 359 360
黒田重太郎 [24] 205 206 [32] 221 223 [35] 229 279 280 285
黒田初子 [68] 407 445
黒田正利 [54] 341
黒田礼二 [35] 239 240
クロチルド・サカロフ [35] 240
桑江信吉 [42] 302
桑野葭 [20] 107
桑原武夫 [35] 276 279 283 [55] 359 360 [62] 376 [68] 529
桑原経重 [71] 551 557 558
桑原悌三 [47] 317
桑原正雄 [67] 405
桑原勇吉 [68] 459
群山 [3] 16〜19
郡司正勝 [71] 549 555 557
薫水 [11] 73
群島社 [42] 299

け

ケ・フラウン [20] 138
圭円〈長野圭円〉 [1] 5 8 9
圭円子〈長野圭円〉 [1] 3〜6
桂園処士 [3] 17
桂花 [3] 15 16
圭岳 [11] 71
奚疑 [3] 19
桂月 [3] 16
渓香〈渓香散史〉 [3] 14〜19 21〜30
渓香散史〈渓香〉 [3] 11〜13
けいし [14] 80
馨舟 [3] 20
蕙心社 [3] 29 30
奚水 [3] 13 14 18
K [62] 371 [68] 415 421 510 521 522 526 528
KI生 [15] 81
K・A・O・J [20] 128
KS [47] 315
KN [35] 266
KN生 [15] 81
K・F [65] 399
KM生 [20] 112
K・O [22] 198
KO生 [49] 324
K記者 [20] 154
K子 [15] 81 82
K・C・B生 [35] 241
K生 [20] 113 [34] 226
ゲーテ [26] 212 [54] 346 347
K・T生 [25] 211
月江 [3] 13
月嘯 [3] 24
月笑子 [6] 46〜49
欠伸〈欠伸居士〉 [1] 9 [7] 57 58
欠伸居士

蕨村居士〈久津見蕨村〉 [1] 3〜5 7 9 [7] 57 58 [6] 44 55
月と〈青木月斗〉 [11] 76
月ト〈青木月斗〉 [11] 76
月兎〈青木月斗〉 [11] 70〜74 76
月堂〈戸田月堂〉 [14] 79
月兎生〈青木月斗〉 [11] 69 71
食満南北 [24] 204 206 207 [35] 229
ゲルハルト・ハウプトマン [54] 343 344
謙〈北村謙次郎〉 [68] 421〜439 442 460
賢一郎 [20] 100
原稿整理係 [34] 226
源氏鶏太 [68] 413 418 429 442 448 451 462 470 490 529
原水 [3] 12
玄武楼人 [20] 128

こ

小秋元隆一 [35] 244
小生夢坊 [20] 138 142 [24] 206 207
小石原昭 [68] 467 483
恋修業者 [3] 15
小泉葵南 [20] 134 150 154〜156 159
小泉功 [35] 228 229
小泉紫郎 [35] 286
小泉信三 [68] 430 437 438 445 464 488
小泉苳三 [57] 361
小磯良平 [35] 271 [68] 441
小板常男 [22] 184 185 [36] 289
小出卓二 [35] 250
小出粲 [3] 20
小出楢重 [17] 85 86 [22] 167 177 [24] 205 [32] 222 [62] 374
小出泰弘 [62] 374 378 391
小出六郎 [22] 182 185 186 188 [35] 237 [36] 289 [39] 291
小糸源太郎 [68] 281 411 418 453
小岩井浄 [42] 297
梧蔭矢島直信 [10] 66
幸 [68] 519
香雨 [3] 12
甲賀三郎 [20] 133 138 141 142 149 154 163
好劇生 [10] 69
畊月 [3] 22
香骨〈北村香骨〉 [10] 66〜68
香骨北村佳逸〈北村香骨〉 [10] 67
香西織恵 [20] 97 99〜101
高坂正顕 [54] 343
光山 [3] 13
高山 [27] 216
紅山人 [3] 13
浩二 [12] 77
好尚〈木崎好尚〉 [1] 6 9 [2] 10 [3] 15 58
降照 [7] 17
港松庵糸竹 [3] 20
好尚堂〈木崎好尚〉 [1] 8 [3] 11 23 [6] 48〜52 [7] 58
好尚堂主人〈木崎好尚〉 [1] 3〜5 7〜9 [3] 24 [7] 57 58
浩水 [11] 70
紅石 [3] 13 16 17 19
浩雪 [14] 80
紅痩庵紫衰法師 [3] 14
香朶 [3] 13
幸田文 [55] 358 [68] 435〜440 442 444 446 480
合田東一郎 [22] 188〜191
郷田悳 [68] 492
甲谷石花 [10] 67
幸田露伴 [55] 357
河内山さつき〈河内山五月〉 [68] 412 531
河内山五月〈河内山さつき〉 [68] 409
交通産業××サークル [40] 294
高季彦 [35] 245 249
香月保 [35] 281
江津路楼 [14] 80
香堂 [10] 66 67
香洞〈香洞中道泰助〉 [10] 67
香洞中道泰助〈香洞〉 [10] 66
高堂茶々磨 [47] 318
港南××サークル××生 [42] 297
河野貞子 [68] 472
河野多恵子 [68] 524 [78] 574〜579
河野通勢 [35] 282
河野登美子 [35] 277
耕治人 [68] 496
香峰隠士 [3] 11 12
高勇吉 [35] 284
好遊生 [6] 52
こうえふ〈尾崎紅葉〉 [3] 11
紅葉〈尾崎紅葉〉 [3] 11
紅蘿〈松紅蘿〉 [3] 21〜23 26
紅蘿庵〈松紅蘿〉 [3] 18 21 25
香楽斎 [3] 12
黄龍山人 [47] 313
香朧軒主人 [3] 23
紅楼夢 [20] 105
黄盧居 [3] 23〜25
紅緑 [11] 75
珈琲庵 [20] 126
郡山薩男 [68] 484
郡良雄 [66] 401
古賀シゲヨ [68] 516
古賀忠道 [68] 496
古賀輝子 [68] 471
古賀斗始子 [68] 471 485
黄金万 [47] 311 312 314 316 319
古賀春江 [32] 222
小勘左 [3] 23〜28
小岸安昌 [23] 203
吾空 [11] 77
黒烟五平太 [3] 26
告天子 [3] 17 19 20
国分綾子 [68] 451 452 454 455 457 458 460〜515 517〜530
小久保善吉 [53] 339
小久保実 [69] 531〜533 [72] 560
木暮実千代 [68] 407 446
湖月〈湖月山人〉 [3] 21
湖月山人〈湖月〉 [3] 21 25
古今亭しん生 [20] 131
古佐修 [55] 359
小坂一雨 [3] 18
小酒井不木 [20] 111 118 120 123 125 127 130〜132 134〜137 146 155 159 162
小坂花外〈小阪花外〉

[3] 16 18～21
小阪花外〈小坂花外〉 [3] 17 22
小阪きみ女 [15] 81
小坂常男 [22] 183
古座谷邁 [19] 93
呉山 [11] 72
胡児 [25] 209 [31] 220
小鹿進 [20] 125 126 135
越沢茂外治 [68] 456
五十軒主人 [6] 53
越中郡黎 [47] 316
古志弁郎 [47] 319
小島温 [62] 379
小島清 [68] 483
小島孤舟 [24] 207
小島丈右エ門 [68] 416
児島善三郎 [35] 229 [68] 407
小島善太郎 [32] 222
小島哲治 [68] 408
小島輝正 [69] 531
小島直記 [55] 353
小島浩 [35] 240
小島政二郎 [20] 94 107 130 141 147 [35] 257 271 [68] 405～530
小島禄琅 [52] 332～334
湖洲 [3] 19 22
孤松庵 [3] 23
小杉未醒 [24] 205
小杉榲邨 [3] 20
小杉天外 [68] 412
小杉未醒 [19] 93
小杉幸男 [72] 560
後醍院正六 [24] 205
古関裕而 [68] 408 447 502 505 518 522
枯川〈堺利彦〉 [9] 57
枯川漁史〈堺利彦〉 [1] 7～9 [7] 57
古荘雄平 [52] 333 334
呉泰次郎 [35] 263 270 272
小平吉男 [60] 367
小竹無二雄 [60] 367
湖田澄子 [47] 314
小谷〈小谷二十三〉 [22] 184 186～190
小谷閑雲子 [6] 48 50 53 55
小谷清一 [68] 406 407 531
小谷剛 [55] 360
小谷二十三〈小谷〉 [22] 182～189 191 [36] 289
小谷白樹 [47] 320
児玉藤喜松 [68] 482
児玉正信 [68] 452
児玉義夫 [40] 292 294 295
五反田軌 [35] 265
蝴蝶 [10] 67
兀々生 [5] 35
骨堂〈青木骨堂〉 [10] 66 67 68
コッユビンスキイ [57] 365 366
小寺菊子 [20] 136
小寺健吉 [32] 224 [35] 282 [68] 414 415 443 449 496 502 530
小寺正三 [45] 307～309 [52] 331 334 [72] 562 [74] 564 565 568
小寺融吉 [19] 93 [24] 205 206 [25] 210 [35] 267 271 275
五島〈五島鴨平〉 [56] 361
五島鴨平〈五島〉 [56] 361 [62] 370 380 381 385 387
古藤嘉七 [68] 431
悟道軒円玉 [20] 97 99 100 102 104 106～108 115 117 119 120 121 123 124 134 135 137 141 145 153 158 [68] 445
孤島粛生 [70] 538
古洞生 [3] 29
五島鯛介 [75] 569
後藤常三 [68] 479
後藤敏夫 [52] 330 331 333～335
五島美代子 [35] 277
五嶋友漁 [3] 16
後藤林八 [53] 336
後藤六白星 [47] 315
琴木悌朗 [47] 317
小中村清矩 [3] 20
湖南博志 [62] 371
小西英夫 [57] 363
小西頼子 [69] 532
近衛秀麿 [35] 229 239 246 251 279
此木操 [16] 83
木花園主人 [6] 49 55
小場瀬卓三 [35] 252
吾八 [68] 411
小早川秋声 [24] 205 206 [35] 280
小林勇 [68] 431～436 439 440 443 446 449 458 459 463 466 480 495 500 510 530
小林一三 [19] 88 91 [20] 136 [24] 204 [35] 229 231 251 [68] 407 412 415 435
小林君次郎 [24] 205
小林欣一 [20] 136
小林慶子 [68] 487
小林健二 [74] 566
小林幸治 [68] 451 461 482
小林宗一 [68] 473
小林宗吉 [18] 87
小林宗作 [35] 230
小林園子 [16] 83
小林太市郎 [53] 339 [54] 347
小林正 [55] 354
小林忠治 [22] 183
小林達夫 [62] 376
小林千賀子 [16] 83
小林忠次郎 [31] 220
小林千代子 [35] 267
小林徳三郎 [32] 223
小林敏夫 [42] 296
小林延子 [24] 205
小林久男 [75] 569
小林秀夫 [20] 137
小林秀雄 [55] 359 [68] 410 436 473
小林英俊 [43] 304
小林行雄 [54] 348
小林陽吉 [70] 541
小林和作 [32] 222
小舟勝二 [20] 156 158
小船幸次郎 [35] 269
五平太 [3] 25
胡蜂〈胡蜂子〉 [3] 26 27
胡蜂子〈胡蜂〉 [3] 13 16 19 21 24 26 28
小堀杏奴 [68] 407 412 414
小堀憲 [54] 343 345 346
小堀誠 [20] 104
駒井和愛 [54] 347
駒井五十二 [62] 374 385
小牧近江 [68] 407
駒菊 [35] 230
小牧実繁 [54] 343
小牧健夫 [18] 88 [35] 287
駒越棋堂 [68] 443
小松一朗 [36] 289
小松清 [35] 275 280
小松謙次郎 [68] 428
小松香水 [47] 314 317 320
小松左京 [68] 526 528
小松沢ゑい子 [68] 490 516
小松平五郎 [35] 236

小松妙子 [68]524
小松貞二 [54]348
小松年雄 [30]218
小松原ゑい子 [68]471
小松平五郎 [35]275
小松まこと [22]197 198 200 201
駒村資正 [68]412
小宮豊隆 [24]204 [35]280
小宮山量平 [62]391
小宮三森 [42]299
小宮やす子 [68]462
五味雪緒 [22]200
小村明子 [68]441 531
小村かづ枝 [15]82
小村欣一 [20]158 160
小村順之助 [68]408 411 414
小村大雲 [24]205
小室翠雲 [35]284
米谷紅浪 [35]229
米谷利夫 [36]289
小目〈茨木小目〉 [10]67
小森宗太郎 [35]273 [53]336〜339
小森敏 [35]250
子守譲 [35]269
小山いと子 [68]407 410 437 441 445 450 463 474 495 507 512〜516 525 529
小山海治 [16]84
小山敬三 [32]222 [35]260 264 271 282 284
小山周次 [68]453
是谷光 [68]484
胡盧 [3]25
今官一 [68]516
権敬沢 [66]400〜403 [70]536 537 539 540
金剛巌 [35]234 241 254 262 275 282 287 [53]336
紺崎朝治 [66]399 400 402
今仁三郎 [35]274
近藤東 [35]230 [68]484
近藤飴ん坊 [20]160
近藤伊与吉 [22]177
近藤栄蔵 [20]149
近藤経一 [20]121
近藤桂月 [3]15
近藤計三 [66]399〜401 403 [73]563 [76]570 571 [77]573
近藤啓太郎 [68]514
今東光 [20]98 100 104〜106 111 113 115 116 121 123 125〜128 135 136 139 [68]440 441 444 446 451 457 464 475 479〜515 517〜529
近藤浩一路 [24]207 [35]280
近藤孝太郎 [35]248
近藤重吉 [45]308
近藤孝 [22]183 [36]289
近藤忠義 [71]552
近藤釣煙 [3]23 25 27
近藤南州 [8]59 60
近藤春雄 [35]279 [57]365
近藤東 [35]234 238 243 248
近藤日出造 [68]426 431〜444 447
近藤弘子 [78]575
近藤操 [68]485
近藤廉治 [68]482
近藤悠三 [55]351
権藤〈権藤芳一〉 [71]547〜550 552〜559
権藤芳一〈権藤〉 [71]543〜547 549〜552 554 557 559
近藤善勝 [68]437
コンナモノ生 [11]73
紺野もと [68]499
今日出海 [35]243 272 276〜281 285

さ

西院子 [20]95
西園寺公一 [68]529
西園寺八郎 [20]147
採花 [9]65
犀川天磊 [22]202
斎木寿夫 [67]404
西修豊 [47]315
崔承喜 [35]246 250 251
西条伝吉 [22]189
西条八十 [20]137 142 144 149 154 158 163 164 [68]407 414
西城豊 [47]312
斎真 [10]67
斎田愛子 [35]247 249 276
斎田昭吉 [62]369
斎藤 [55]356
斎藤栄治 [57]362
斎藤吉平 [43]303〜305
斎藤恭子 [68]453
斎藤景子 [20]131
斎藤渓舟 [11]70
斎藤幸治 [68]484 490
犀東襄 [35]272
斎藤伸一郎 [35]228
斎藤青羽 [12]77
斎藤隆夫 [20]161 162
斎藤孝 [68]478
斎藤太郎 [71]544
犀東篤太郎 [20]122
斎藤悳太郎 [20]100 101 103 106 110 117 123 125 131 135
斎藤俊夫 [20]151 154 157
斎藤寅郎 [68]444
斎藤晴巳 [68]407
斎藤秀雄 [35]248 273
斎藤史子 [78]574 575
斎藤真佐夫 [35]256
斎藤茂吉 [57]362 [68]407 414
斎藤義政 [68]426
斎藤与里 [19]88 90 [22]166 [32]224
斎藤隆吉 [22]172 173
斎藤龍太郎 [20]133
佐伯江南斎 [68]406
佐伯清十郎 [53]338
佐伯千仭 [54]344
佐伯真砂美 [47]319
佐伯義勝 [68]527 531
佐伯米子 [35]255
三枝佐枝子 [68]510 525 527 529
三枝博音 [35]287 [57]361 362 [68]416
早乙女武 [35]247〜249
佐保美代子 [35]230 277
堺かよ子 [15]81
堺銀蝶生〈銀蝶生〉 [47]321
嵯峨郁夫 [47]311 312
堺枯川〈堺利彦〉 [1]9 [7]57 58
坂井米夫 [35]247
堺袖月 [3]20
坂井真案 [20]97
堺千代子 [35]230
堺利彦〈堺枯川、枯川、枯川漁史、かれ川〉 [7]57
左海彦山人 [3]24
酒井真人 [20]132 144 153 163
酒井みよ子 [34]225
阪井康夫

[22]166 169 170 175 176 [25]211
酒井義雄 [22]184 186〜190 [36]289 [39]291
栄豪 [45]306 307 [47]311
坂上清 [73]563
榊田清兵衛 [68]423
榊莫山 [72]560
榊原紫峰 [35]279
榊山潤 [35]281 288
榊叔子 [68]474
坂口安吾 [74]567
坂口謹一郎 [68]432 438 445 450 459 506 525
阪口みどり [15]81
嵯峨茂路 [47]315 318 319
酒田幹太 [20]136
阪田寛夫 [62]378 379 391 [72]561 562
坂田芳夫 [40]295
阪中正夫 [35]285 [72]560〜562
坂西志保 [68]420 424 427 428 435 438 441 445 448 455 460 463 474 492 497 515 517〜519 521 523 528 530
阪根白巷 [34]226
酒巻美津子 [64]397
坂本一夫〈坂本生〉 [40]294
坂本〈坂本和義〉 [51]329
坂本和義〈坂本〉 [51]329
坂本賢三 [70]535〜539
阪本四方太〈四方太〉 [11]72
坂本真三 [69]532
坂本生〈坂本一夫〉 [40]295
坂本清八 [47]314
坂元雪鳥 [35]248
阪本勉 [35]229
坂本繁二郎 [32]222 [35]265 281 [68]408 412 414
坂本良隆 [35]273 277
坂本遼 [62]372 373 376 [68]414 416 446
相良禎二 [22]171
左川絹子 [22]203
左川ちか [22]203
寒川道夫 [68]518
鷺亭介 [69]533
向坂逸郎 [68]407 412
咲村皎二 [57]365
崎山正毅 [21]165 [17]85 [21]165 [36]289 [62]387 [68]407
崎山猷逸 [17]86 [21]165 [35]232 240 243 275 278
作之助〈織田作之助〉 [52]334
佐久間正治 [68]481
作間博史 [20]138
佐久間よしを [35]233
桜井悦 [35]275
桜井欽一 [68]456 531
桜井忠温 [35]279
(桜井)芳水〈桜井芳水〉 [11]70
桜井芳水〈(桜井)芳水、芳水〉 [11]61
桜井義臣 [35]274
桜井良之助 [22]200 201
桜木路紅 [20]119 121 123 125〜127 130〜132 134
さくら草 [26]214
桜子 [34]225 226
桜田ふさ子 [20]137
桜間金太郎 [35]241
桜間道雄 [35]252
桜本達郎 [72]560
作郎 [11]70
笹井尋 [52]333
笹井迷楼 [3]29
笹尾純正 [74]565〜567
佐々緒藤也 [22]193 195〜198 192
笹川臨風 [20]136
佐々木敦 [68]457
佐々木栄太郎 [22]202
佐々木英之助 [63]397
佐々木一夫 [42]296 298 300
佐々木和子 [68]454
佐々木基一 [55]359
佐々木喜久楼 [72]560
佐々木喜代子 [26]213 214
佐々木邦 [20]113 124 131 132 139 [68]478
佐々木三味 [68]412 414 418 444 446 491 498
佐々木指月 [20]157 160
佐々木茂策 [68]41
佐々木生 [24]205〜207
佐々木正治 [35]286
佐々木孝丸 [35]229 251
佐々木鉄心 [68]455
佐々木藤索 [68]408
佐佐木信綱 [20]144 [35]283 [57]361 [68]408 431 442
佐々木寛昌 [68]409〜415
佐々木味津三 [20]98 100 101 105 108 109 112 117 122 126 127 131 142 164
佐々木実 [70]539〜542
佐佐木茂索 [20]127 [68]414 433
佐々木義彦 [68]468 483
佐々木芳人 [68]527 531
佐々木善朗 [68]446
漣山人 [2]10 [10]68
雀部愛柳子 [6]41
笹部省三 [22]171
笹部新太郎 [68]497 530
笹部能子 [70]540
笹本寅 [35]286
笹本正男 [22]192 199
笹山吟葉 [24]206
佐治 [60]367
佐治敬三 [68]481 529
佐治守衛 [35]265
佐治祐吉 [22]167
佐瀬良幸 [76]570〜572 [77]573
定〈吉田定一〉 [62]380 382 383
佐多稲子〈窪川稲子〉 [55]355 [57]363 [68]461 470 496 513 517 523
佐竹慶亮 [44]306
佐竹守一郎 [24]205 206
属啓成 [35]273
錯覚亭 [20]128
佐々元十 [35]238 247 256
颯田琴次 [68]496 514 530
冊六 [3]26
佐藤井岐雄 [35]286
佐藤尹久子 [68]459 471
佐藤一英 [35]263
佐藤英一郎 [22]172
佐藤和彦 [68]483
佐藤義詮 [68]530
佐藤邦夫 [35]281
佐藤敬 [68]407
佐藤謙三 [35]248 252 268
佐藤劔之助 [35]229
佐藤紅緑 [19]89 [24]206
佐藤佐元 [20]149 159
佐藤周 [64]398
佐藤正一 [62]375
佐藤正二 [35]240
佐藤信一 [22]194

佐藤澄子 [22] 177〜179 184〜188 190
佐藤誠二 [43] 304
佐藤清三 [22] 186
佐藤清蔵 [35] 284
佐藤善一 [55] 350 352
佐藤惣之助 [20] 149 162 [35] 288
佐藤千夜子 [35] 255
佐藤俊子 [35] 257
佐藤寅雄 [20] 161 [35] 281
佐藤信衛 [55] 358
佐藤春夫 [20] 133 134 136 137 140 144 158 161 163 [35] 255 269 279 287 [53] 340 [55] 356 359 [68] 425 426 428 429 432 437 442 463 495
佐藤久 [68] 517〜519
佐藤博夫 [53] 337
佐藤弘人 [68] 458
佐藤宏之 [40] 292〜295 [42] 296
佐藤正巳 [68] 448
佐藤貢 [68] 470
佐藤稔 [47] 312
佐藤泰治 [68] 453
佐藤雪夫 [47] 313
佐藤美子 [35] 231〜233 268 274 [68] 407 412 463
佐藤良造 [68] 530
里次 [14] 80
佐渡俊一 [27] 216
里見勝蔵 [32] 222 [35] 260
里見弴 [20] 95 97〜100 102〜106 108 110〜114 116 117 119 120 122〜124 126 128 130 133〜135 137 138 140 141 144 146 [35] 284 [68] 410 420 428 438 439 447 448 450 530
里見陽文 [68] 490 492 505 519 531
里見義郎 [35] 229 236
佐波三津子 [64] 398
佐貫新造 [62] 391
実川栄 [72] 561
実木白太郎 [47] 312
実吉達郎 [68] 457〜459 462 474
佐野英一郎 [22] 170 174 176 177 191
佐野繁次郎 [68] 423 429 438 449 530
佐野周二 [35] 285
佐野次郎 [35] 284
佐原常弥 [20] 137
左馬之進 [3] 22
さみとり [15] 81
寒川光太郎 [68] 496 505 530
佐村久江 [62] 376 [70] 541
鮫島圭 [64] 398
鮫島麟太郎 [52] 332
小夜〈小夜光三〉 [51] 329
小夜光三〈小夜〉 [51] 329
小夜福子 [35] 232 277
更科源蔵 [68] 518
佐良科純 [35] 263 265 268〜274
更科千曲 [47] 321
沙羅双樹 [68] 497
沙良峰夫 [20] 152
更家紀の子 [47] 317
猿之宿 [3] 14
沢 [74] 567
沢井我来 [53] 338
沢井朝水 [47] 313
沢尾福三郎 [22] 177
沢頭修自 [62] 391
沢一夫 [47] 319
沢口謹一郎 [68] 530
沢剣酔 [34] 226
沢盛 [22] 191〜193 195〜202
沙和宋一 [67] 404
沢田正二郎 [20] 96
沢田東洲 [6] 55
沢野井信夫 [60] 368
沢野〈沢野久雄〉 [62] 377
沢野久雄〈沢野〉 [55] 360 [62] 370 371 374〜376 380 389 [68] 437 442 507 529
沢白府 [22] 176
沢美智枝 [68] 452 453 455 457 459 460 462 466
沢村貞子 [35] 279
沢村勉 [35] 249 254 286
沢村春子 [20] 113
佐和隆研 [54] 342
三允 [11] 77
山河翠明 [47] 316
三五郎 [11] 73
三子 [11] 71
三十三作 [20] 94
三笑 [3] 16 17 23
山椒亭 [20] 121
山蝉 [3] 24
三代伊庵 [10] 66
三瀦末松 [35] 273 279
三猪伴左 [35] 272〜278 280 281
三汀久米正雄〈久米正雄〉 [20] 128
珊篤尼根 [20] 116
三戸正孝 [43] 304 305
さんぱ〈西尾三巴〉 [3] 13 17
三巴〈西尾三巴〉 [3] 15〜18 21 27

し

G [71] 546 547 549〜551 553 554 556 558 559
C・S [62] 374
ジイ・ビイ・エス [20] 107
G・B・S [20] 109
CK生 [47] 312
椎名麟三 [55] 359 [68] 462 [70] 542
椎の実 [20] 118
G・P [22] 202
紫影〈藤井紫影〉 [11] 71 75 [14] 79
J・ドス・パソス [66] 404
JOAK [20] 124 126
J・O・T・K [20] 131 134
J・Y・Y・O [22] 193
士江石榴 [47] 317
塩入亀輔 [35] 231 234 238 242 247 249 250 252 254
塩田啓介 [64] 397
塩谷朝 [68] 443
塩谷賛 [55] 356
塩谷寿雄 [61] 368
潮田真弓 [78] 582
塩野谷恵彦 [71] 544 547 548 559
汐見弘 [16] 84
汐見洋 [35] 229 276
ヂオルヂ・ガポリイ [35] 241
志賀勝 [53] 336
志賀志那人 [35] 229
志方勢七 [68] 412
四方保 [74] 564
志賀直哉 [20] 140 [55] 357 [68] 431 444 529
志賀夏江 [35] 268
鹿野久市郎 [20] 111
志賀白鷹 [50] 328
志賀義雄 [57] 363
子規 [11] 69 71
四季亭十馬 [20] 98

式場隆三郎 [57] 362 [68] 414 434 448 471 485
執行正俊 [35] 266
糸琴 [3] 20
四倉汯 [68] 440
しぐれ [15] 81 82
時雨庵 [10] 68
重川允 [42] 297
梓月 [20] 111
指月軒 [3] 20
重信秀 [68] 499
重徳泗水 [35] 236 247
重徳来助 [35] 278
重松柾太郎 [22] 167
重光誠一 [55] 353 354 356
繁村耕一郎 [22] 182
茂山千之丞 [71] 558
茂〈畑山茂〉 [22] 166
思考子〈思考生〉 [3] 17
思考生〈思考子〉 [3] 26
宍戸貫一郎 [22] 197
宍戸左行 [20] 129 159 163
獅子文六 [35] 287 [68] 413 425 426 428 435 436 438 465 470 471 478 495 503 506 528 529
紫人 [11] 71 77
紫衰〈紫衰法師〉 [3] 17
紫衰法師〈紫衰〉 [3] 19
静二郎 [34] 225
静豊信 [20] 123
詩精神編輯部 [42] 299
志田耕一郎 [22] 187 192
下程勇吉 [54] 341 343 344 346
糸竹 [3] 12 13 17 20
七条睦雄 [20] 133
七艸庵〈亀一山〉 [4] 30
七草庵主人〈亀一山〉 [4] 31
七艸庵主人〈亀一山〉 [4] 31
七美〈七美山人〉 [3] 19
七美山人〈七美、七美子〉 [3] 15 18〜20 22
七美子〈七美山人〉 [3] 16 21
自吊 [3] 29
実川延若 [24] 205
失義鴉月逸人 [10] 67
日月園射節 [9] 64
日月園主人 [6] 49
十洲山人 [8] 59 60
志道軒 [20] 101
詩と真実編集所 [70] 538
志度藤雄 [68] 530
品川潤 [68] 405 406
篠崎昌美 [68] 440
篠崎礼子 [68] 451 452 454 457 458
篠沢省三郎 [22] 193
篠田統 [68] 420 421
篠原忍 [20] 151
しのぶ〈忍川三二郎〉 [9] 62
忍川三二郎〈しのぶ〉 [20] 120 122
しのぶ子 [9] 63
四宮恭二 [35] 260
しば〈芝酒園〉 [3] 12
芝〈芝酒園〉 [3] 15
芝阿弥〈芝酒園〉 [3] 11〜15 27
芝尾入真 [3] 26
芝木好子 [55] 354 [68] 412 437 442 448 458 467 485 494 498 521
芝憲太郎 [22] 199〜203 [42] 296
芝崎操 [47] 316
斯波四郎 [68] 476 529
斯波仙三 [22] 197
しばた・ゆうき〈シバタ・ユウキ〉 [70] 535
シバタ・ユウキ〈しばたゆうき〉 [70] 538
柴田早苗 [68] 412 414
柴田翔 [68] 511
柴田忠夫 [55] 353
柴田敏郎 [70] 540
柴田良保 [35] 257 260 282
柴田笠秋子 [47] 316 317
柴田錬三郎 [68] 503 529
芝酒園〈しば、芝、芝阿弥、芝酒園迂史、芝酒園主人、雀舌子〉 [3] 11〜24 26 28 29 [7] 58
芝酒園迂史〈芝酒園〉 [3] 11
芝酒園主人〈芝酒園〉 [1] 6
柴藤治兵衛 [68] 411
柴本皎 [50] 328
芝山伍 [22] 192
柴山宇一 [34] 226
柴山義雄 [62] 373
司馬遼太郎 [62] 389 [68] 529
渋沢栄一 [20] 143 144 163
渋沢秀雄 [68] 407 408 410 421 427 432 438 442 449 453 471 487 515 529
渋田進 [47] 311 316
支部配宣部 [40] 293
渋谷一雄 [62] 380
渋谷弘義 [68] 483
紫芳〈紫芳散人〉 [7] 58
二峰 [3] 16 17
紫芳山人〈紫芳散人〉 [9] 62
紫芳散人〈紫芳、紫芳山人〉 [1] 3〜7 9 [6] 46 47 [7] 57 58
四方太〈阪本四方太〉 [11] 71
紫峰浜田省吾 [10] 66
此木 [3] 22
島あふひ [32] 224
島綾野 [68] 481
島尾敏雄 [55] 359 [62] 376
島影盟 [22] 181 [36] 289
島華水 [24] 205
島木健作 [55] 351
島木島夫 [22] 173
島京子 [62] 392
島崎楠雄 [68] 518
嶋崎俊平 [47] 314
島崎唯一 [22] 192
島崎藤村 [35] 257
志摩俊介 [64] 397
島居清 [45] 307
志摩宋一郎 [55] 351
島田かほる [5] 36
島田謹介 [68] 499
島啄二 [45] 307 308
島田磐也 [47] 315 316 318 319
島田定雄 [22] 187
島田正吾 [68] 493 530
島田照夫 [40] 295
島田豊 [35] 229
島田龍之助 [35] 284
島津愛子 [52] 330 333 335 [62] 370 372 374 375 377
島津稜威雄 [68] 480
島津忠重 [68] 425 429 433 437 440
島津保次郎 [35] 262
島東吉 [20] 152 156 161

島の千歳 [8]60
（島道）素石〈島道素石〉 [11]76
島道素石〈（島道）素石、素石〉 [24]205 206
島本晴雄 [62]369 371
島夢二 [47]318
島芳夫 [54]341 345 346
清水綾夫 [35]253
清水幾太郎 [68]470 478 490 504 529
清水一郎 [68]487
清水源 [22]168
清水小杉子 [55]352 354
清水崑 [68]455
清水三郎 [72]562
清水小夜子 [55]352
清水正一 [72]560 561 [74]564～568
清水甚吉 [55]353
清水対岳坊 [20]96 130 141 143
清水多嘉示 [32]222 223
清水千代太 [35]235 263 273 274 287
清水董三 [68]438 447
清水刀根 [32]224
清水光 [35]238 243 244 255 257 259 264 276 287 [54]343 [57]363
清水雅江 [47]312
清水雅 [68]411 453
清水三重三 [24]206 [68]407 479 483
志水みのる [72]562
清水基吉 [55]354 355
清水麗水 [34]226
ジムメル [55]352 353
志村蕻次 [20]109 112 116
志村立美 [68]479
志村洋子 [45]307～309
四明〈中川四明〉 [11]71～75
四明（小自在庵）〈中川四明〉 [11]77
四明老生〈中川四明〉 [11]70
四明老生（小自在庵）〈中川四明〉 [11]75
下川凹天 [20]143
下坂実 [68]481
子母沢寛 [20]163 [68]414 421～439 443 446 450 454 463 470 495 512 527 530
下田うた [16]83
下高原龍己 [62]385
霜田史光 [20]145 155 157
下田将美 [20]147 157 158 [68]407
下田吉人 [35]262 [53]336 340 [60]367 [68]407 412
下戸億史 [43]305
下橋治助 [68]516
下畑専造 [20]129 131
下村海南 [20]136 144 150 153 154 158 161 163 164 [22]172 175 177 180 184 187 192 [35]227 228 236 251 262 [68]412 423
下村清治郎 [35]251
下村宏 [35]229 [68]407 414
下村文 [20]136
下村正夫 [71]545 546
下村葉子 [22]174
下八川圭祐 [35]262 269
下山 [35]257 280
下山英太郎 [35]266 270 278
下山三郎 [35]247
社幹 [3]15 19 21 22 25
雀舌子〈芝迺園〉 [3]18 22 24～29
釈瓢斎 [53]337
社大党の若い者 [42]297
ジヤック・コボオ [25]211
ジャック・プレヴエル [70]539
沙弥三 [11]74
射陽弓 [20]112
シヤルル・ヴィルドラック [18]87
シヤルル・ルイ・キリップ [62]369
ジヤン・ボノー [20]156
ジユアン・クルム [22]184 185
秀 [13]78
しうげつ〈秀月〉 [3]12
志うげつ〈秀月〉 [3]13
秀月〈しうげつ、志うげつ・秀月山人〉 [3]11 12 14 15 17 19 21 22
袖月〈ちぬの浦袖月〉 [3]25
秀月山人〈秀月〉 [3]11 12 14～17 19 21 22
しうこ〈白柳秀湖〉 [20]130
習骨立嶋藤七 [10]66
秀山居士 [6]43
秋渚〈磯野秋渚〉 [3]11 18 26 [7]58
秋渚居士〈磯野秋渚〉 [1]4
秋渚生〈磯野秋渚〉 [1]5 [3]23 24 [7]57 58
秋渚漫士〈磯野秋渚〉 [1]3
舟人 [3]25 26
十水 [3]11
秋星 [11]73
秋窓 [11]70 71 73 77
就三 [20]134
住宅二 [75]569
朱雨庭生 [20]123
十菱愛彦 [22]182 188 191 [24]207
秋風吟客〈秋風居士〉 [1]6 7
秋風居士〈秋風吟客〉 [6]38～42 44 46 52
秀峰 [9]65
什麼生 [11]71
寿岳文章 [35]275 [53]336 [68]407 412 415 424 446 463 508 518 529
寿正 [3]16 17 19
守拙 [9]65
出版部 [40]293
首藤嘉子 [22]191
E・H・シユナイダー [35]288
須弥人 [20]122 123
守黙道人 [6]45 46 49
じゆりえつと [20]113
俊 [20]117
春渓 [3]18 21
春軒 [10]67
春湖 [3]13 16 17 19 20
春江〈春江釣人〉 [3]18 22
春江釣人〈春江〉 [3]19
春耕生 [9]64
春山 [3]19
春女 [3]13
春正 [3]16 17 19
蹄堂 [10]66 67
春風庵 [3]20
春峰大滝種三郎 [10]66
春麗 [9]65

曙壱山人 [3]27
志葉 [3]18 19 26 28 29
章阿弥 [35]263
松衣〈露松衣〉 [3]12 16 17 21 23
上井榊 [22]182~186 188 191 192 [36]289 [39]291 292
小塊 [4]31 [9]65
笑顔 [3]17
松琴 [3]13
笙月 [3]19 20
松月善雄 [68]461 488
勝公 [20]123
松紅蘿〈紅蘿、紅蘿庵〉 [3]24
城さくら〈城さくら子〉 [22]189
城さくら子〈城さくら〉 [22]187
笑子 [3]20
小自在庵〈中川四明〉 [11]75
東海林武雄 [68]475
庄司光 [60]367
松翠閣主人 [20]101
松翠亭主人 [20]100
小成 [3]12
繞石 [11]71 74
城鼠 [3]16 20
正田雨情 [54]342
宵田幹吉 [50]325
城夏子 [35]258 262
庄野英二〈英、英二〉 [61]368 [62]370 373 375~382 384 385 388~391 [70]541 [72]562
庄野潤三 [55]360 [62]369 371 373~380 387 389 391 [68]456
城北隠士 [9]62
城昌幸 [20]141 [68]498 517 530
城三樹 [40]294
橡面坊〈(安藤)橡面坊〉 [11]71 74 76 77
逍遥舎鶯鳩 [9]64
昇龍斎貞丈 [20]163
松林伯知 [20]120 159
蜀山人 [3]22 23 25
渚三 [3]13
曙山人 [3]19 21~26 28 29
如水 [3]13
ジヨセフ・カーラー [39]291
シヨン・オケシイ [31]219
ジヨン・ゴールズワージイ [25]208
ジョン・バーネット [54]345
白井一郎 [35]277
白井喬二 [20]94 96 97 99 103~105 107 112 115 117 119 155 160~162 [35]231 [68]454 501
白井佐和子 [64]398
白石実三 [20]158 160 161 163 165
白石田鶴子 [68]486
白石凡 [35]228 246 251 259 262 278 287 [68]529 433
白石昌之介 [35]274 285
白石貢 [22]191
白石良 [22]167 170
白井鉄造 [35]228~230
白井松次郎 [24]205
白壁武弥 [68]467
白川渥 [52]330 331 333 [53]337 [55]349 350 [60]367 [62]371 372 [68]455 491
白川寿夫 [22]188
白菊居士 [9]63
時楽 [3]16 17
白崎順子 [68]447
白崎礼三 [52]330~332 335
白洲正子 [68]489
白鳥省吾 [20]131
白根松介 [20]150
白野弁十郎 [68]406
白藤誠翁 [19]92
白柳秀湖〈しうこ〉 [20]137 140 151 159 164
白山晴好 [72]560
四蘭軒雄夫 [25]208 209
しるべつと [20]105
泗郎 [22]174
史郎生 [20]115
城木晋 [50]327 328
城田猶次 [39]292
白ばら [34]226
城山三郎 [68]496 530
城山平 [22]183 184
仁〈二本木仁〉 [35]250~279 281~288
新協劇団 [35]244 248 [46]310
新宮博 [35]230
新宮譲 [64]397
新五〈加藤新五〉 [70]542
神西清 [55]357 358 360 [68]407
真志 [3]17
新宿老人 [20]140
新条時雄 [20]109
神泉昌夫 [45]306 307
新宅孝 [53]338
新谷悦己 [74]566
新谷誠水 [24]205 206
新谷忠雄 [22]188 189
進藤次郎 [68]439
進藤誠一 [35]288 [55]357
榛葉英治 [68]497
神保光太郎 [35]274 282 [42]296
神保道臣 [19]90
新村出 [22]171 [24]207 [54]342 344 [57]361 363 364 [68]407 434 440 485
新村猛 [57]363
新羅三郎 [63]397

す

水郭 [3]26
酔狂生 [6]37
翠渓京谷市次郎 [10]66
翠月 [10]66 67 [19]91
酔香骨 [10]68
吹田順助 [35]281
粋道長人 [20]119 128 130 132
酔夢〈西村酔夢〉 [10]67
酔夢西村真次〈西村酔夢〉 [10]66
酔茗軒〈河井酔茗〉 [3]13 20
綏猷 [9]65
雛鶴軒〈雛鶴軒主人〉 [3]11~14 17~19
雛鶴軒主人〈雛鶴軒〉 [3]17
末川博 [68]469
末田禎作 [22]167 172
末次摂子 [68]453 455 457 459 460 462 466 523
末永〈末永泉、S〉 [55]357~360
末永泉〈S、末永、末永生〉 [47]313 [55]356 357
末永生〈末永泉〉 [55]358
末広恭雄 [68]469 485 509 530

末村里枝 [72] 561
菅〈菅泰男〉 [71] 546
菅泰男〈菅〉 [71] 543～546 548～551 553～559
菅俉郎 [47] 313 316
菅忠雄 [20] 127 139 162
菅智子 [68] 531
菅野隆 [35] 278 281～283 286～289
菅野真子 [68] 461 486
菅谷北斗星 [20] 160 162 165
菅原明朗 [35] 271
菅原英 [25] 208 209
菅原卓 [35] 288 [71] 553
菅原武雄 [68] 461
菅原通済 [68] 407 412 414 422 439 517 530
杉浦伊作 [57] 366
杉浦エノスケ [35] 258
杉浦茂夫 [67] 405
杉浦翠子 [20] 128
杉浦民平 [68] 469
杉浦明平 [68] 497 505 519 530
杉浦幸雄 [68] 451
杉浦良策 [68] 531
杉浦六右衛門 [68] 475
杉田秋江 [34] 226
杉田龍二 [47] 311 316
杉並藤志 [26] 213
杉並よね [26] 212 213
椙野久男 [43] 304
杉原明〈杉原明丘子〉 [26] 214～216
杉原明丘子〈杉原明、明丘子〉 [26] 212 213 216
杉村正一郎 [35] 268
杉本〈杉本文彦〉 [26] 212
杉本英子 [42] 296
杉本健吉 [68] 451
杉本孝子 [72] 560
杉本文彦〈杉本〉 [26] 212
杉本某 [3] 27
椙元紋太 [20] 120
杉本行夫 [54] 342 347
杉本良吉 [35] 249 251 252
杉森愛二 [53] 340
杉森孝次郎 [57] 363
杉森久英 [68] 498
杉靖三郎 [68] 449 450 452 453 455 456
杉山〈杉山平一〉 [62] 388 392 396
杉山勇 [22] 191
杉山吉良 [68] 466
杉山金太郎 [68] 447
杉山静夫 [35] 234 237
杉山竹峰 [72] 562
（杉山）田庭〈田庭〉 [11] 74 75
杉山長谷夫 [35] 231
杉山平一〈S、杉山〉 [52] 330～335 [53] 336 339 [55] 349 350 [62] 369～375 377～386 388～396 [70] 535～537 539 [73] 563 [74] 567
杉山平助 [35] 250 266 280
杉葉子 [68] 410 468 510～517 519 520 522～526
朱雀亭〈朱雀亭大路〉 [20] 121 123
朱雀亭大路〈朱雀亭〉 [20] 129
素十 [55] 352
鈴江幸太郎 [53] 339
すずを [20] 118
鈴鹿野風呂 [35] 289
鈴木愛之助 [19] 91
鈴木寛六郎 [20] 95
鈴木倉之助 [6] 37
鈴木賢之進 [35] 275
鈴木小春浦 [35] 247
鈴木五郎 [68] 493 501 505 514～526 530
鈴木三郎助 [68] 432
鈴木小夜子 [16] 83
鈴木鎮一 [35] 231 232 248
鈴木重嶺 [3] 20
鈴木重吉 [35] 258
鈴木純子 [15] 81
鈴木鎮一 [35] 278
鈴木信太郎 [32] 222 [35] 267 [55] 357 [68] 420 438 446 448
鈴木真年 [4] 30～34 [5] 35 36
鈴木澄丸 [40] 292 293
鈴木生〈鈴木泉三郎〉 [20] 98
鈴木泉三郎〈鈴木生〉 [19] 92 [20] 94 95 97～105 124
鈴木善太郎 [24] 207 [25] 210 211
薄田泣菫 [20] 137 139 144 146 158 [22] 166 168 171 [68] 407
薄田きよ [22] 166 170
薄田清 [16] 83 [22] 167～173 175 176
薄田研二 [35] 229 249～251 255 257 260 278 [46] 310
スズキタ呂九平 [35] 234
鈴木千里 [22] 171
鈴木亜夫 [32] 222
鈴木東民 [35] 236
鈴木俊夫 [20] 112 145
鈴木利男 [72] 560
鈴木十良三 [43] 303～305
鈴木はま [20] 143
鈴木彦次郎 [20] 114 134 155 [35] 281 [68] 474 488 504 518
鈴木藤太郎 [53] 337
鈴木文治 [20] 158
鈴木美代 [43] 304
鈴木宗康 [68] 409 415
鈴木安蔵 [57] 362
鈴木保徳 [35] 280
鈴木泰治 [40] 294 [42] 296 298 300
鈴木有介 [22] 190
鈴木力衛 [68] 497 530
鈴木龍二 [35] 261
鈴木レーニン [20] 117
雀忠七 [3] 14
すゝらん [34] 225
須田育治郎 [49] 324
須田国太郎 [54] 341～347 [68] 412 415 418 442
スタニスラウスキイ [25] 210
スティヴン・リイコック [35] 235
捨鉢外道 [3] 13
ステファンヌ・マラルメ [26] 216
須藤〈須藤賢〉 [54] 347
須藤賢〈須藤〉 [54] 342 347 348
須藤和光 [70] 539 [76] 570 571 [77] 573
須藤五郎 [35] 245
須藤鐘一 [20] 140 142 151
須藤武一郎 [35] 255 258 265
H・ストロング [20] 139
須永克己 [35] 234
須磨明石 [35] 264 266 273
角浩一

[42]299〜302 [46]310 [48]323
鷲見三郎 [35]243 248
炭田志朗 [22]184 [28]217 [33]225
澄田芳夫 [22]196
角南元一 [35]283
住野さへ子 [35]229 230
須見のぼる [47]318
住のや [3]17
角野野人 [72]560
住谷悦治 [35]251 [57]362〜365
陶山務 [35]282
陶山密 [35]264
諏訪浣崖 [26]214
諏訪三郎 [20]160
諏訪根自子 [68]412

せ

せ〈瀬川保〉 [62]382 386
瀬〈瀬川保〉 [62]390
精 [12]77
静〈田島静香〉 [77]573
井蛙〈荒井蛙〉 [11]69〜71 73 74
井蛙生〈荒井蛙〉 [11]70
青羽生 [12]77
清雅 [3]19
清閑寺経雄 [26]213
成珠水郭 [3]26
成珠の水 [3]25
清浄（タンティン） [55]349
逝水〈逝水庵・逝水庵主人〉 [3]12
逝水庵〈逝水〉 [3]24
逝水庵主人〈逝水〉 [3]13 15 26 27
青々 [11]69〜72 [19]89 93
青兆 [3]12
清野暢一郎 [25]209 [35]282
青楓居士 [8]60 61
清明堂 [3]22
セイラ・テイーズディル [17]86
清流 [3]17 19 20
清涼卓明 [35]234
贅六庵主人 [1]6
瀬川〈瀬川保〉 [62]388 395 396
瀬川あき [26]215
瀬川閑々亭 [20]155
瀬川健一郎 [52]330 332〜334 [55]349 [57]365 [62]369〜376 378 384 387 389 [72]561 562 [74]564
瀬川草助 [35]259
瀬川保〈せ、瀬、瀬川〉 [62]380 382 383 386〜396 [69]531 533
瀬川隆三 [22]188
瀬川六紘子 [72]562
瀬川わたる [47]311 314 317
関逸山 [20]114
汐花 [3]23
石敢当 [68]427 449 451 507 517
関口英二 [20]108
関口俊吾 [61]368
関口次郎 [35]265 282
関口泰 [35]284
関謙治 [21]165
積翠居吟風 [10]66
昔々亭桃太郎 [68]408
石泉 [11]73
関種子 [35]264 268 269 272 274 280 284
関根勝太郎 [22]187
関根来 [47]312
関根秀三郎 [68]424 429 507 530
関根布衣子 [47]318
関日出雄 [50]326 327
関泰祐 [35]256 276
関屋敏子 [35]242 243 268
石梁子 [6]38〜41 43 44
席露香 [20]135
是空〈是空居士〉 [1]6
是空居士〈是空〉 [1]7
瀬古貞治 [22]203 [35]238 241
瀬田弥太郎 [48]322
摂江の狂子 [3]28
節斎 [9]64
Z [35]281 [68]507 514
瀬戸内晴美 [68]520 529
瀬戸英一 [20]108 110 [24]205
妹尾芳郎 [35]284
勢山索太郎 [22]202 203
芹沢光治良 [35]235 [55]349 350 355 356 358 359
J・ゼルヴェス [35]233
ゼルゲイ・マコーウスキー [18]88
セルマ・ラーゲルレーフ [54]346
セン・ジョン・アーヴィン [31]220
千家元麿 [20]136 [57]361〜363 365
千石華洲 [4]33 34 [5]36
全国書房 [55]354 357
仙石政敬 [20]144
千歳子〈田中千歳〉 [4]31 34 [8]59 61
前座小僧 [20]98 105
千山居熊洲〈千山人熊洲〉 [9]64
千山人熊洲〈千山居熊洲〉 [9]65
千寿栄 [47]318
扇城生 [8]60
潺々 [26]215
千宗室 [68]407 448
千宗守 [68]407
千田是也 [35]249 251 253 264 274 [68]407 460 499
千田久野 [20]142
泉田行夫 [68]530
千町久野 [20]143

そ

挿雲〈矢田挿雲〉 [11]72 73 76
掃花仙 [3]17
草重火 [20]105
宗主糸 [20]127
漱石 [11]69
宗素厳〈素厳先生〉 [20]118〜121 155
蒼鼠楼〈西田巴子〉 [11]75
艸台 [3]17 22 23
薔薇生 [3]29
宗不旱 [22]170
相馬御風 [35]282
相馬黄枝 [62]387
相馬大 [70]538
相馬正男 [35]241
宋来 [35]285
曾我実愛 [3]20
曾我廼家大磯 [24]205
曾我廼家五九郎 [24]206
曾我廼家五郎 [24]205 [35]229
曾我廼家蝶六 [24]206
曾我廼家弁天 [24]205
曾我部明 [31]221
則猛亀三郎 [35]284

素巌先生〈宗素巌〉 [20]119
十河巌 [35]261 [53]336 339 [68]410 [70]536 [71]553
組織部 [40]293
曽志崎誠二 [68]479
素譲 [3]13 16 17
素石〈島道素石〉 [6]42
袖岡光助 [62]372
袖裂伸二 [72]560
疎天生 [23]204
外岡松五郎 [68]412
外村完二 [54]341 346
外村史郎 [35]252
曽根崎篤二 [35]274
蘇禰真佐夫 [35]247 249 270 272 277
曽根基造 [16]84
曽野綾子 [68]531
園池公功 [31]220
園地公功 [35]288
園田次郎 [35]257
園部三郎 [35]285
園村喜代司 [49]324
園頼三 [22]167
曽宮一念 [32]224 [35]276 279 [68]407 412 414 504 515 525 530
ゾラ [8]59～61
素六 [3]18

た

田〈田島静香〉 [76]572
対花 [9]64
対花楼主人 [9]63
台水懶漁 [8]59 60
大道安次郎 [39]291
泰政治郎 [15]80
泰正堂 [15]80
乃冬 [26]215
大洞正典 [62]391
大本堂達道 [6]38～40 42～44
平時彦 [1]4 6 8
田岡典夫 [68]509 530
高井重徳 [59]367
高石二三子 [22]184 196
高磯銀濤 [47]317
高井礼子 [44]306
高尾亮雄 [35]227 228 230
高岡徳太郎 [32]224 [35]247 264
高尾高雄 [35]241
高折宮次 [35]273
たかぎ・ひろし [66]400 401 403
孝木逸叟 [22]176
高木喜久夫 [50]326
高木滋 [42]296
高木四郎 [68]451 452 454 456～460 462 465
高木扇城 [8]59～61
高木東六 [35]275
高木敏子 [35]256 268
高木徳子 [13]78
高木善治 [22]179 193
高倉輝造 [34]226
高桑義生 [35]258
高崎邦祐 [59]367
高崎省三 [35]240
高崎正風 [6]55
高沢圭一 [35]285
高沢初風 [24]206
高沢元夫 [35]269
高沢路亭 [20]159
高階潤 [22]201
高階哲夫 [35]281
高島健一 [70]542
高島春三 [34]226
高島洋 [70]541
多賀女 [3]11
高須一雄 [35]264
高須芳次郎 [19]90 [22]182 184 186 195 197
高田義一郎 [20]144 145
高田鉱造 [76]572
高田せい子 [35]276
高田種子 [16]83
高田保 [20]150
高田敏子 [74]566
高田浪吉 [35]260
高田博 [68]484
高田勝 [20]151
高田みさを [20]98
高田保馬 [54]344
高田義一 [47]311
高津 [27]216
高津ときを〈高津十期男〉 [43]305
高津十期男〈高津ときを〉 [43]303 304
高津秀男 [68]440
高妻秀夫 [16]83
高梨一男 [61]368
高梨菊二郎 [20]103 [22]167 173 174
高梨光司 [22]176
高梨直郎 [22]169
高野秋成 [20]97
高野三郎 [42]298
高野しげる [47]319
高野辰之 [35]271
鷹野つぎ [20]140
高野泰子 [64]398
高野雪 [68]455
高野瀏 [35]263
高橋〈高橋康二〉 [48]323
高橋康二〈高橋〉 [22]199～202 [48]321～323
高橋嘉一 [68]419
高橋鏡太郎 [52]331 333
高橋邦太郎 [20]104 [35]243 [68]406 407 410 412 418 420 429 435 442 443 450 456 479 529
高橋健二 [35]259 272 282
高橋是清 [20]147
高橋貞雄 [43]303
高橋茂 [68]516 518
高橋重蔵 [15]80
高橋順一郎 [35]264
高橋新吉 [29]218
高橋信三 [72]562
高橋季暉 [20]155
高橋忠弥 [68]475 500
高橋敏夫 [36]289
高橋豊子 [35]229
高橋泣黒子 [47]314 317
高橋正夫 [76]572
高橋増太郎 [35]245
高橋明場 [68]515 517～529
高橋雄豺 [68]477
高橋義孝 [55]356 [68]435 436 443 447 459 462 500 512 530
高橋義信 [19]92
高橋猟之介 [22]196 198
高橋玲子 [66]402
高畑新七 [20]119
高畑誠一 [68]477
高浜虚子〈虚子〉 [11]71 [35]257 283 [68]407 412 433 445
高原慶三 [19]

[24] 207 [25] 210 [31] 220 [68] 407 414（89より続く）
高原弦太郎 [75] 569
高原杓庵 [68] 420
高原操 [20] 136
高間惣七 [32] 224 [35] 266
高松勇 [16] 83
高松祭子 [35] 241
高松棟一郎 [68] 436
高松敏男 [74] 565 566 568
高嶺輝樹 [47] 316 319
高峰三枝子 [35] 275 [68] 407
高見裕之 [55] 354
高宮太平 [20] 136 144
田上湧蔵 [52] 332
高村光雲 [68] 439
高村光太郎 [35] 266
高村信吉 [66] 400
高谷重夫 [54] 347
高谷伸 [19] 90～93 [22] 169 172 173 175～177 179 190 195 198 [31] 220
高安克己 [25] 209
高安吸江 [24] 204 206 207 [31] 220 [35] 231 236 257
高安国世 [54] 341 342 344～346
高安月郊 [19] 89～91 [20] 105 [22] 166 [24] 204 206 207
高安やす子 [20] 130 [22] 166～168 171 172 178～180
高安六郎 [19] 88 90 92 [24] 206 [35] 229
高谷徹 [22] 179
高柳初風 [24] 205
高山岩男 [35] 287
高山秀陽 [47] 314
高山辰三 [35] 248
高山文雄 [27] 216
高山光亮 [47] 316
高谷八重 [68] 483～490 492 496～510 530
宝井真一 [35] 284
宝井馬琴 [20] 159
宝田正道 [68] 458
田川寛一 [22] 201
田川千代 [26] 214～216
田川白夢 [22] 199
田川弘 [50] 327 328
田川正雄 [22] 202
田川基三 [54] 343 344 346
田川流太郎 [22] 197
田木〈田木繁〉 [42] 299
滝井孝作 [55] 356 [68] 472
瀧井孝二 [35] 238～241 257 [68] 439
多岐川恭 [68] 475
滝川幸辰 [22] 176
瀧沢修 [35] 252 264
滝沢敬一 [68] 438～440 443 445 447 448 451 454 456 458 460 464 467 468 474 477 479 484 488 496 499
田木繁〈田木〉 [37] 290 [38] 291 [40] 292～295 [41] 295 [42] 296～302 [48] 322 323 [52] 330～335 [53] 336 [55] 349～351 [57] 362 364 [62] 369 370 372 374 375 [70] 534～538 541 542
瀧澄子 [35] 230 231
瀧田菊江 [35] 265 269 274 277
滝田麗陽 [3] 11～13
瀧久雄 [35] 227 231 264～267 269 270
瀧本武夫 [47] 321
宅孝二 [35] 232 241 247 254 268 278
鐸州 [3] 13
鐸洲 [3] 13
田口 [60] 368
田口桜村 [20] 132
武井武雄 [68] 469
竹内 [26] 214
竹内運平 [15] 81
竹内勝太郎 [22] 167 169 171 172 175 179 187 191 193 197～199
竹内薫兵 [20] 152 [68] 432
武内健 [72] 560
竹内剛 [19] 91
竹内貞雄 [26] 213 215
竹内四十四 [22] 189 192～194 196 197
竹内次郎 [42] 301
竹内逸 [22] 175 177 [35] 228 230 251
竹内誠一 [19] 90 92
武内武 [46] 310
竹内禎子 [35] 245 268
竹内俊之 [35] 237
竹内不可止 [35] 236 239 258～262 270
竹内平吉 [35] 268
竹内政二 [47] 313
竹内薫也 [70] 536 539 541
桓夫〈藤沢桓夫〉 [17] 85
武岡鶴代 [35] 260 280
竹尾ちよ [22] 166 168 171
武川重太郎 [20] 146 152
竹越和夫 [22] 182 [35] 283
竹越三叉 [68] 437
竹越潤 [68] 487
竹下葉鶏頭 [19] 91
竹柴諺蔵〈竹柴諺造〉 [4] 30 31 34
竹柴諺造〈諺蔵〉〈竹柴諺蔵〉 [4] 32 33
武島一義 [35] 282
武田桜桃 [3] 21
武田何有 [3] 14
竹田佳世 [75] 569
武田仰天子〈仰天子〉 [1] 4
武田健三 [33] 225
武田洒楽斎 [20] 149
武田泰淳 [68] 450 477
竹谷正 [62] 384～396
武田正憲 [24] 205
武田正治 [22] 173
竹田道太郎 [53] 337
武田祐吉 [57] 361～363 365
武田柳香 [4] 34
武田柳香〈桃香〉 [4] 34
武田麟太郎 [55] 349 351
武智〈武智鉄二〉 [71] 558
武智鉄二〈武智〉 [68] 493 [71] 543～559
武富瓦全〈瓦全〉 [1] 9
竹友藻風 [35] 266 277
竹中郁 [17] 86 [35] 284 [52] 332～335 [53] 338 339 [55] 349 350 [59] 367 [61] 368 [62] 370 372 374 [68] 414 419 428 436 440 448 450～454 456～515 517～529 [70] 537
竹中幾子 [68] 472
竹中英太郎 [20] 160 163
竹之内一夫 [70] 539
竹林賢七 [20] 98 100 104 106 107
竹林虎雄 [20] 121
竹林虎一 [20] 118
竹林よしも [22] 176
竹原光三 [35] 231
竹久四郎 [22] 168
竹久千恵子 [35] 264
竹久夢二 [20] 101
タケベ・トシオ [70] 542
竹部英郎 [47] 318～320
武坊 [20] 119

竹村彰介 [69]532
竹村寿夫 [55]358
武本謙吉 [22]201
竹本三蝶 [35]250
竹本綱大夫 [71]556
竹本土佐太夫 [35]264
竹本平一 [68]511
竹森一男 [67]404
武守豊吉 [47]318
竹山晋一郎 [22]177
竹山正雄 [42]296〜299
竹与志郎 [20]138
タゴール [20]137 141
多湖比左志 [72]561 562
太宰治 [57]362 [74]567
太宰施門 [35]274 282 286 288
太宰行道 [35]232 237
田崎勇三 [68]424
田沢千代子 [35]265
田島 [52]330 331
田島貞彦 [66]400
田島朱一 [72]562
田島淳 [20]112 126 [24]206
田島準子 [35]235 263
田島生 [6]37
田島誠一 [70]541
田島静香〈静、田〉 [76]571 572 [77]573
田尻宗夫 [42]296 298 [62]372 [70]538
田代茂樹 [68]483
田代秋雁 [47]311 316
田鯛坊 [20]120
多田俊平 [42]299 [46]310
多田垂蘿〈多田垂蘿(直勝)、多田垂蘿軒〉 [4]31 32 [5]35 36 [6]47 [8]60 61
多田垂蘿(直勝)〈多田垂蘿〉 [6]51
多田垂蘿軒〈多田垂蘿〉 [4]33 34
多田須磨 [15]82 [26]213
多田俊彦 [26]212
唯波夫 [49]324
多田文三 [22]181 [29]218
多田裕計 [55]356 [68]468 477 501 503 530
立川ふさ [16]84
橘幾代 [68]487
橘薫 [35]229
立花高四郎 [20]146 151 153 155 158 160 164
橘静雄 [35]259
橘正義 [68]489
橘高広 [20]113
橘文仁 [68]461 464
橘守部 [3]20
辰田いさほ [15]82
龍田長治 [68]484
辰野九紫 [35]234 [68]407
龍野里男 [20]128 148
辰野隆 [18]87 [55]354 357 358 [68]448 477
辰巳正直 [19]92
巽稔 [60]368
辰巳与一 [68]480
辰巳柳太郎 [35]266 275 276 279
辰村マサ子 [68]516
龍山章真 [54]346
伊達(安達)ちひろ [4]32
伊達三郎 [35]241 270
伊達俊光 [53]339
立野信之 [35]249 [68]461 474 494 530
立矢石二 [47]313
田中一郎 [68]479
田中岩吉 [35]233
田中栄三 [20]114 117 150 152 165
田中煙亭 [24]205
田中修 [68]488
田中薫 [53]338 339
田中柿里 [20]109
田中克己 [70]539 [72]561
田中絹代 [35]265 [63]397
田中京子 [68]446
田中謹左右 [32]223
田中啓介 [22]182 185 186
田中健三 [17]86 [21]165
田中貢太郎 [20]142 155 156 159 160 162 164
田中黒土 [72]560
田中定夫 [47]315 321
田中早苗 [20]145
田中重久 [54]348
田中静子 [68]486
田中守黙 [6]48 50 54
田中純 [68]419 426
田中順 [42]300〜302
田中純一郎 [35]236
田中次郎 [20]138
田中信玄 [22]187
田中澄江 [68]450 484 522 530
田中誠一 [62]375
田中節子 [68]480
田中善之助 [32]222
田中専黙(守黙) [6]51
田中聰一郎 [20]96 106 107 112 113 121 122 125 126 140 [31]219
田中宗次 [20]99
田中千禾夫 [35]281
田中智学 [20]162
田中千歳〈千歳子〉 [8]59
田中千代 [68]477
田中利一 [68]439 452
田中咄哉州 [35]282
田中友彦 [22]198
田中南都 [72]560
田中久子 [68]486
田中秀志 [68]513
田中〈田中秀吉〉 [55]349
田中秀吉〈田中〉 [55]350 351
田中博 [42]300
田中文雄 [50]325 [55]351 [56]361 [62]372
田中平三郎 [35]245
田中芳哉園 [22]173〜179 183 [24]205〜207
田中〈田中正明〉 [48]321
田中正明〈田中〉 [48]321
田中正男 [35]245 262
田中正文 [52]333
田中美水 [47]320
田中路子 [35]235
田中睦 [71]559
田中宗愛 [35]231
田中友水子 [3]25 26
田中葉舟 [47]312
田中良昭 [52]332
田中良 [24]205
多奈加生〈多奈加健二〉 [47]318 321
多奈加健二〈多奈加生〉 [47]312 314 317 319
田辺至 [32]222 [68]407 412
田辺栄寿 [22]183 186
田辺信太郎 [32]222
田辺聖子 [62]389
田辺南龍 [20]136
田辺尚雄 [35]271 287 288 [53]339
田那村郁太郎 [50]327

谷内六郎 [68]465～472 474 475～487 489～504 530
谷川眷一 [22]172
谷川新之輔 [55]353
谷川泰平 [47]311
谷川徹三 [68]444 445 450 472 473
谷口清 [68]448
谷口千吉 [68]408 464
谷口司 [22]187
谷崎浩一 [47]319
谷崎潤一郎 [20]106 107 130 141 144 146 147 150 [55]353～359 [68]410 420 434 463 464 469
谷崎精二 [20]100 157 [35]271 [55]353 356 [68]501
谷沢永一 [62]389 [64]397 398 [66]399～403 [70]535 536 540 [73]563
谷島正夫 [47]318
谿俊吉 [50]325
谷杉子 [40]293
谷生〈谷文雄〉 [50]325 327
谷田精吉 [22]202
谷辰次郎 [35]236
谷藤舟 [20]119
谷戸道彦 [68]444
谷友幸 [54]341 342 344～346
谷原ゆき [70]541
谷文雄〈谷生〉 [50]325 327 328
谷村定治郎 [72]560 [74]562 566
谷村博武 [57]363
谷村文雄 [68]430
谷本富 [22]167
谷本弘 [22]201
谷本梨庵 [13]78
谷桃子 [68]407
谷山康 [42]296 298
谷吉ゆき緒 [47]315
谷龍介 [47]316
種博康 [68]460
田能千世子 [78]575 576
田畑修一郎 [35]267 272 [55]349
田端平四郎 [68]503
田葉吉治 [35]270
田原正一 [22]194
田原瑞穂 [47]319
玉井敬之 [77]573
玉置昌一 [70]539 540
玉川一郎 [35]265 [68]421 426 429 441 442 449 464 473 492～496 523 528 529
玉木凜太郎 [47]311 315 319
玉子九蔵 [35]271～281
玉造梅子 [10]67
玉津真砂 [35]229 230
玉松一郎 [35]260 271
田丸佐一郎 [47]318 321
田宮虎彦 [68]430 443 448 530
田宮文子郎 [40]295
田村秋子 [68]489 [71]553
田村華陽 [12]77
田村喜恵子 [78]580 581
田村恭一 [35]259
田村啓三 [68]474
田村孝之介 [35]242 250 251 272 279 282 284 [68]441 444 530
田村駒次郎 [68]407
田村五郎 [68]483
田村佐一郎 [47]317
田村実造 [54]342
田村松平 [54]343
田村泰次郎 [55]354 [68]407
田村千代次 [47]313
田村西男 [20]95 103 131 157
田村久 [68]471 485
田村正男 [68]464
田村木国 [68]412
田安文吉 [47]314
田谷信男 [68]484
田山花袋 [20]105 117～119 124 126 162
足穂〈稲垣足穂〉 [20]103
タルホ・イナガキ〈稲垣足穂〉 [20]126
だるまや [19]90
団伊玖磨 [68]407 461 469
団伊能 [68]483
檀一雄 [55]359
檀木耽之助 [47]315 316
弾琴緒 [4]33
旦水 [19]90
丹民蔵 [68]511
清浄（タンティン） [55]349
丹野てい子 [20]130
丹波太路 [72]560
探癖生 [10]68
ダン道子 [35]233
談老人 [20]114 117 118
丹六 [3]22 23 27～29

ち

千秋 [26]215
チエーホフ〈チエエホフ〉 [20]157
チエエホフ〈チエーホフ〉 [19]88
千枝保夫 [20]100
チエロ独奏会 [35]253
千賀浩一 [61]368
近松秋江 [20]126 143 163
千神文吉 [19]91
竹園高屋亥之助 [10]66
竹亭 [10]67
千曲太郎 [20]95～97
痴竹斎 [5]36
遅塚麗水 [20]128 130 131 141
ちどり [3]18
ちぬの浦袖月〈袖月〉 [3]16
茅野蕭々 [18]87 [35]275
茅野雅子 [35]266
千葉亀雄 [20]158
千葉静子 [53]337
千葉益子 [20]151
茶交 [3]16 20
茶珍俊夫 [53]338
茶屋 [3]11
張赫宙 [35]258 279
中条百合子 [35]257
抽生 [13]79
中馬貞子 [24]206
鳥逸 [3]16
超花生 [16]84
てうくわ坊主 [21]165
蝶華楼馬楽 [20]131
鳥暁 [3]22
張慶亭 [20]95
張源祥 [35]250 253
[35]
長耳翁 [20]111 115 131
長新太 [68]501 519 528 530
長髯子 [7]58
蝶々三郎 [48]322
長流 [3]19 20
猪尾助 [3]25
雉六 [3]25
椿花道人 [3]20
陳舜臣 [55]350
鎮春螻主人 [3]25
珍々 [3]13 16

沈葉迂史 [3] 15

つ

司かず代 [47] 318
塚田公太 [68] 479
塚田文一郎 [72] 560
塚原健二郎 [35] 281
塚本篤夫 [22] 183 188〜190 192 194〜197
津川主一 [35] 270 274 275 280
月 [3] 17
月岡小五郎 [20] 110
月野芳夫 [20] 107
津久井龍雄 [22] 177 178
筑紫老人 [20] 136
佃家銀魚 [20] 135
佃芳郎 [72] 562
佃良二郎 [22] 191
辻あゆみ [22] 188
辻内周三 [63] 397
辻嘉一 [68] 409 410 418〜421 423 430〜435 447 448 470〜514 523 524 529 530
辻川信一 [16] 84
辻吉之助 [35] 229 231 270
辻清明 [68] 482
辻重彦 [68] 419
辻淳 [74] 564
辻澄子 [72] 560
辻荘一 [53] 336
津下恒春 [22] 174
辻司 [62] 391
辻野芙蓉 [47] 313
辻野良一 [24] 205
辻葉瑠恵 [50] 325
辻久一 [53] 338 339 [71] 547 551 552 559
辻久子 [35] 275 278 284
辻部敝雄 [71] 553〜559
辻部政太郎 [71] 543〜557
津島佑子 [78] 580〜582
辻村哲夫 [22] 200
辻村又男 [35] 227 233 235 238
辻村もと子 [35] 235
辻本美知子 [72] 562
都竹伸政 [68] 475 502
つだ・まさお [66] 399〜402 404
津田英介 [47] 319
津田玉南 [3] 16
津田光造 [20] 148
津田青楓 [20] 99 [32] 223 [35] 282 [68] 500 513
津田雅夫 [64] 398
津田正夫 [68] 431 439 444
津田柳眉 [9] 64
土川正浩 [35] 236
土田隆 [55] 353 355
土屋忠子 [68] 501
土屋達夫 [50] 326
土谷勉 [47] 315
土屋弘 [6] 39
土屋文明 [68] 493 527 530
土山学 [43] 303〜305
筒井種吉 [50] 326〜328
筒井満 [50] 328
都築文男 [24] 205
綴喜瑞穂 [47] 311
堤寒三 [20] 159 162
堤けい子 [68] 406
堤重久 [57] 364 365 [62] 370
堤譲二 [68] 440
堤清七 [68] 477
堤善二郎 [68] 484
鼓常良 [35] 278
堤秀子 [34] 226
恒〈大久保恒次〉 [68] 427 436 451 452 454 456 457 459 466 517 519
常岡喜代 [68] 408
恒川真 [35] 276〜278 280
雅川光信 [22] 193 197
恒藤恭 [68] 458 469
常森豁民 [47] 315
角田喜久雄 [20] 151 [68] 442 443 453 503 529
椿貞雄 [35] 281
椿原夢路 [22] 188〜190
壺井栄 [35] 278 [55] 356 [68] 435 444 446 453 464 495
壺井繁治 [35] 286 [57] 364
坪井譲治 [35] 262
坪井信 [15] 82
坪井正直 [24] 205 206 [25] 208 209
坪内士行 [19] 89 90 92 [20] 97 [22] 170 177 [24] 205 [25] 208〜211 [31] 220 [35] 229 239 266 280
坪内逍遥 [19] 88
坪田譲治 [68] 476
津村京村 [24] 205〜207 [31] 220 221
津村幸平 [53] 336
津村信夫 [53] 337
津村久子 [68] 442
津村秀夫 [35] 242 263 265 271 [53] 339 [68] 412 450 482 523 524 527〜530
露女 [8] 61
露松衣〈松衣〉 [3] 14 19 24
露の宿〈露の宿主人、露乃宿主人〉 [3] 15 16 18 19 21〜26
露の宿主人〈露の宿〉 [3] 12
露乃宿主人〈露の宿〉 [3] 11
鶴見和子 [68] 466
鶴見俊輔 [70] 542
鶴見祐輔 [20] 147 156〜158 [68] 458

て

T [55] 353 [68] 446 507 520
T・M [68] 443 444
TO生 [20] 109 [22] 202
T・O生 [42] 300
T生 [43] 304
TB生 [20] 110
定愛 [3] 13
泥水 [3] 11 12
出川愛子 [16] 84
荻舟〈本山荻舟〉 [19] 92
滴翠 [11] 76
出口愛子 [16] 83
手鹿道子 [68] 443 488
勅使河原和風 [68] 424 530
手塚茂 [26] 214〜216
鉄山人 [3] 18
悊水庵 [3] 28
鉄田文平 [42] 301
鉄如意 [10] 66 67
テホー・ナツシユ [22] 195
デボン・マーシャル [20] 100
出水清三 [74] 567
出村幸福 [50] 326 327
寺井龍男 [35] 240
寺内大吉 [68] 513
寺尾威夫 [68] 407
寺尾幸夫 [20]

97 99 102 116～118 129 133 140 159
寺門緑岡〈渡辺緑岡〉 [8] 60
寺川信 [19] 90 92 [24] 207
寺崎広載 [35] 236
寺崎浩 [35] 238 263～265 275 279
寺沢皓一 [72] 560
寺島政一郎 [68] 436
寺島珠雄 [68] 448
寺田栄一 [68] 423 447 455 457 459 460 462 466 487 515
寺田清四郎 [22] 201
寺田甚吉 [68] 412
寺田碩 [42] 296
寺田雅一 [13] 78
寺田保太郎 [42] 297
寺原秀雄 [55] 360
寺南 [18] 87 88
寺元貞句朗 [72] 562
寺本哲夫 [42] 297 298 [45] 307～309
照井栄三 [22] 168 169
輝郎〈輝郎生〉 [19] 91 92
輝郎生〈輝郎〉 [19] 89
暉峻康隆 [55] 353 354
てれめんてん [20] 132
出羽湊利吉 [35] 264
天為僧 [11] 73
天外居士 [6] 38 39
天眼道人 [6] 37 38 41～51 53～56
天現公利 [20] 126
澱江漁長 [1] 5 [2] 10 [7] 58
天郷先生〈天郷弥春〉 [20] 119
天郷弥春〈天郷先生〉 [20] 114～116 119
天囚〈天囚居士、天囚生〉 [1] 6
天囚居士〈天囚〉 [1] 3～8 [7] 57
天囚生〈天囚居士〉 [7] 57 58
天真子 [9] 63 64
田庭〈(杉山)田庭〉 [11] 71 74
天道正勝 [75] 568
天放道人 [1] 6～8 [7] 57
天魔翔空 [20] 160
天六ヤヨイ [78] 581

と

土井逸雄 [35] 251
土肥駒次郎 [22] 190
土肥脩策 [20] 138
土井晋吉 [10] 67 68 69
土井末吉 [23] 203
土井清明 [72] 562
戸井田道三 [71] 545
戸板康二 [68] 421 429 443 445 449 451 461～463 465 472 481 497～501 525 530 [71] 543～551 553 554 557
土井竹亭 [10] 67
土井虎賀寿 [54] 341～346 351 355 356
トイフェル [3] 16
東瀛樵夫 [6] 54
橙園 [1] 6
東花 [3] 16
東丘居士 [9] 62
桃蹊隠士 [1] 5
道家一己 [76] 570 571
冬月居士 [6] 39 43
東軒〈東軒主人〉 [3] 20 23
東軒主人〈東軒〉 [3] 20 21 25
東郷青児 [35] 276 [68] 502
東西坊 [3] 27
刀洲漁史 [6] 43
東城弘児 [50] 326
東儘 [3] 18
洞庭 [3] 17
東天隠士 [6] 37～41
藤堂〈藤堂晴美〉 [26] 212
藤堂晴美〈藤堂〉 [26] 212
東畑朝子 [68] 480 518 522～529
東畑精一 [68] 529
東美山人 [23] 204
陶品孫 [35] 285
東馬敏子 [68] 491
堂本印象 [35] 274
堂本清 [42] 297
堂谷憲勇 [54] 347
東籬隠士 [8] 61
桃李園子 [52] 331 334 335 [70] 538
遠山あい [26] 212～216
遠山静雄 [24] 205
遠山孝 [35] 278 281 284～289
遠山哲 [22] 200 201
融紅鸞 [68] 471 492 522 529
十返千鶴子 [68] 503
十返肇 [68] 434 447 [74] 567
戸川貞雄 [20] 131 146
十川泰行 [50] 326 327
戸川幸夫 [68] 440 442 450 458 473 477 489 520 529
とき女 [3] 16 17
土岐善麿 [20] 162 [35] 231 261 278 [57] 362
鴇田英太郎 [20] 141 164
時任直章 [6] 47
土岐雄三 [68] 505 525
常盤津文賀太夫 [24] 205
常盤津文字太夫 [68] 442
徳川家達 [20] 150
徳川夢声 [20] 116～118 146 148 151～153 155 [35] 229 232 260 [68] 407 411 414 435 438 443 451 452 460 465 476 486 502 507 519 525 529
徳斎 [20] 127
とくさう〈とくそう（ママ）〉 [22] 177～179
とくそう（ママ）〈とくさう〉 [22] 180
徳大寺実則 [6] 55
徳田一穂 [35] 273
徳田戯二 [22] 179 181
徳田秋声〈啣月楼主人〉 [20] 141 143 145 147～149 151
徳田純宏 [75] 569
ドクトル　ルーテル [3] 25
徳永清行 [54] 346
徳永真一 [72] 562
徳永直 [35] 287 [57] 363 365
徳光こう [68] 468
徳山璉 [35] 242 262 275
床次竹二郎 [20] 149
土佐芳華子 [6] 45
利倉久一郎 [68] 441
利倉幸一 [71] 544 548
とし子 [15] 81 82
敏子 [15] 81
としろ [3] 17
戸田月堂 [14] 79
戸田広悠斎 [14] 79
戸田潮穂 [20] 120
戸田まゆみ [72] 562
戸塚文子 [68] 409 412 414 425～

427 430〜435 437〜441 443 444 446〜448 452〜457 459〜463 465〜472 474〜478 481〜514 518〜530
戸塚恵三 [62] 391
訥斎主人 [7] 58
トテイ・ダル・モンテ [35] 228
菟道春千代 [6] 49 53 56
轟夕起子 [68] 407
戸奈美濃介 [26] 212 213
ドナルド・キーン [71] 553
兎耳男 [20] 131
兎耳兵衛 [20] 119
刀禰喜美子 [78] 574〜577
刀禰館正雄 [35] 284 287
殿岡辰雄 [55] 349
戸部銀作 [71] 543 544 546 548 550 553〜558
戸部良太郎 [26] 212
杜甫 [70] 542
富井実枝子 [68] 501
富井良太郎 [34] 226
富岡捷 [35] 237
富岡益太郎 [55] 359
富沢有為男 [35] 273 [68] 502 507
富田英三 [35] 286 [68] 502
富田源治 [47] 321
富田砕花 [22] 169 [35] 228 239 252 267 278 279
冨田慎一 [64] 398
富田政治 [16] 83
富田常雄 [68] 443 452
富田泰彦 [19] 89 [24] 205〜207 [31] 220
富永一朗 [68] 502
富ノ井政文 [68] 442 460 481 487
富安風生 [68] 503
友田純一郎 [35] 280
友野荘次郎 [4] 30〜33
友安鐘一 [47] 318
土門拳 [68] 529
外山〈外山軍治〉 [54] 347
外山卯三郎 [35] 275
外山国彦 [35] 274
外山軍治〈外山〉 [54] 343 346 348
富山耕作 [75] 569
外山楢夫 [18] 87
豊岡〈豊岡佐一郎〉 [25] 209 210 [31] 219〜221 [46] 310
豊岡佐一郎〈豊岡、豊岡生〉 [19] 90 92 93 [22] 169 175 [24] 204 207 [25] 208〜211 [30] 218 [31] 219 220 [35] 234 250 251 253 [46] 310
豊岡生〈豊岡佐一郎〉 [25] 208〜211 [31] 220 221
豊岡香葉 [72] 561
豊島公正 [22] 194
豊島与志雄 [20] 143 [22] 168〜170 [55] 359
豊田旭穣 [68] 429
豊田玉露 [34] 226
豊田三郎 [55] 349 [57] 363
豊田四郎 [35] 262
豊田善次 [64] 397
豊田正子 [35] 259
豊田三雄 [68] 416
豊田ゆり子 [35] 272
豊能茂子 [52] 331
虎岩良雄 [48] 322
寅野五黄 [20] 127
鳥居孝一 [35] 241
鳥居達也 [62] 384
鳥居能勝 [22] 197
鳥海一郎 [53] 337 [55] 352
鳥海文子 [78] 575
鳥江〈鳥江銕也〉 [31] 219 220
烏(ママ)江生〈鳥江銕也〉 [24] 205
鳥江生〈鳥江銕也〉 [24] 206 207 [31] 219 221
鳥江鉄也〈鳥江銕也〉 [24] 205 206
鳥江銕也〈鳥江、烏(ママ)江生、鳥江生、鳥江鉄也〉 [25] 211 [31] 219〜221 [35] 229
雞酒家 [3] 16
ドリンクウオタア [26] 215
泥九郎 [20] 124
十和田操 [35] 262 283
どん吉 [14] 80
どんQ [20] 126

な

な、つ、生 [6] 53
内藤濯 [53] 337
内藤耕次郎 [54] 341
内藤湖南 [54] 341
内藤辰雄 [22] 181 187 190 200 201
内藤鳴雪〈(内藤)鳴雪、鳴雪〉 [11] 70
(内藤)鳴雪〈内藤鳴雪〉 [11] 76
ナホキ [20] 110
直木三十五〈直木三十三〉 [20] 128 132 143 152 153 [22] 173 174 177
直木三十三〈直木三十五〉 [20] 95〜101 103 104 108 109 111 112 114 118 122 124 127
なほくに [16] 83
長井愛爾 [68] 505
永井威三郎 [68] 511
中井一郎 [40] 295
永井荷風〈荷風散人〉 [20] 98 107 111 117 133 148 149
永井貫一 [15] 80
中井浩水 [19] 89 [22] 167 171〜175 178 179 [24] 204 206 207 [25] 210 [31] 220 [68] 419〜423
中石孝 [62] 378〜382 384 392〜394
中井駿二 [25] 211 [31] 220 [35] 236〜238 240 244 248 251 254〜256 260 266
中井正一 [46] 310 [54] 344
中井宗太郎 [53] 339
中井隆 [22] 171
永井龍男 [62] 387 [68] 408 410 428 440〜443 467 479 496 530
永井保 [22] 183〜185
長井太郎 [20] 156
永井利彦 [68] 481
永井巴 [35] 275
(永井)破笛 [11] 74
中井真耶 [78] 577
永井美津 [68] 484
中井美也子 [34] 226
中浦輝夫 [47] 318 321
中江兆民 [4] 33
中江俊夫 [70] 542
長江道太郎 [55] 349
中江百合 [68] 467
長永義正 [20] 153
中江良介 [46] 310
中尾鶯夢〈鶯夢〉 [10] 67 68
長尾薫 [6] 39〜43
長尾和男 [70] 540
長生俊良 [62] 387
長岡正男 [68] 475
長沖〈長沖一〉 [62] 378
長沖一〈長沖〉 [17] 86 [52] 331

[55]350 [57]363 [60]367 [61]368 [62]369 ～378 380 ～382 384 ～386 392 [68]439 440 449 469 507 527 529 [72]560 561
長沖和子 [62]388
中尾女史 [15]81
永尾宋斤 [47]312 313 317 320
長尾藤馬 [50]325
中尾文雄 [35]270
長尾雅人 [54]346 347
永尾政之 [19]90
長尾豊 [20]98
中川一政 [32]221 [35]249 [55]352 [68]507 530
中川久恵子 [16]83
中川三吉郎 [68]461
中川四明〈(中川)霞城山人、四明、四明老生、小自在庵〉 [11]75 76
〈中川〉霞城山人〈中川四明〉 [10]69
〈中川〉四明〈中川四明〉 [11]70 74 ～76
中川章 [52]333 335 [55]351
中川新吾 [68]485
中川新歩 [72]562
中川善之助 [68]505 509 531
中川隆永 [73]563 [76]570 571 [77]573
中川正 [20]107
中川千鶴 [15]82
永川俊美 [35]260
中川仲之進 [6]50
中川紀元 [68]407
中川久恵 [16]84
中河幹子 [20]130
中川無声 [20]97
中河与一 [20]131 143 [68]505 508
中川龍一 [35]229 239 241 242 245 250 253 256 284
中川蘆月 [6]53
長岐佐武郎 [20]148
仲木貞一 [18]87 [19]92 [24]205 206 [31]220
中桐大有 [55]352 353
中熊ムメ [68]444
長坂元弘 [68]468
長崎謙二郎 [42]299
長崎草之介 [36]289
中里恒子 [35]275 281 [68]407 409 410 412 418 419 429 443 445 448 451 455 464 465 476 492 501 530
長沢規矩也 [68]453
中沢伸二 [72]560
中沢多美 [68]451 452 454 455 457 458 460 462 465 516
中沢不二雄 [68]502
中沢至夫 [35]283
中島 [69]533 534
中島健蔵 [35]272 287 [55]359 [68]449 458 502 512 530 [74]567
中島宵月 [22]199 200
中島信興 [50]327
永島直昭 [22]168
中島弥徳女 [35]268
中島ミユキ [68]471 479 491 504 516 531
中島陸郎 [70]537
中条岬 [47]311
永瀬清子 [62]371 373 376
長瀬宝 [68]438
長瀬実 [68]530
永瀬義郎 [35]252 [53]339
永田一脩 [68]430
仲田映児 [22]187 188
永田絃次郎 [35]267
永田建中 [6]38 40
永田衡吉 [19]92 [31]220
長田重男 [22]202
中田正造 [24]206
中田捨松 [24]205
永田龍雄 [25]211 [35]230 231 233
永田力 [68]505
永田町人 [20]138 140 157 159 162
長田恒雄 [35]260 262 271
中谷彰 [22]179
中谷栄一 [52]330 332 ～334 [62]371 375 386 ～389 393 395 396
中谷富美子 [68]482
中谷弘光 [68]439
中田馬数 [20]127
仲田久 [40]295
中田久 [22]193 197
長田秀雄 [19]88 [20]96 97 101 157 [35]256 274 280
永田寛定 [20]158
永田雅一 [68]443
中田真弓 [22]188
長田一脩 [68]501
長田幹彦 [20]98 105 106 110 113 115 117 ～119 121 123 125 ～127 130 132 134 141 143 145 146 148 150 ～152 154 155 157 160 161 [68]407 412 414 415 426 ～438 440 441 443 ～446 448 ～450 452 454 458 492
中田宗男 [42]297
永田靖 [35]251
中田勇次郎 [54]346
仲塚和公 [42]296
中司清 [68]471
中辻菊次 [26]213 214
永積安明 [71]554 557
長門美保 [35]268 269 [68]407 447 494
中西〈中西維三郎〉 [29]218
中西維三郎〈中西〉 [29]218
中西牛郎 [7]57 58
中西一夫 [35]229
中西源吉 [62]389
中西源吾 [62]381 382 388 390 ～393
中西三郎 [20]107
中西醇 [62]382 ～386
中西章二 [64]398
中西武夫 [35]278 [62]376
中西毅夫 [53]337
中西英雄 [38]291
中西立頃 [20]94
長沼弘毅 [68]516
中根〈中根幸三〉 [48]323
中根幸三〈中根〉 [48]322 323 [52]332 334
中根宏 [35]231 236 241 ～244 246 ～248 250 253 256 258 261 270 279 284 ～286
中野一郎 [42]298
中野かほる [35]233
長野圭円〈圭円、圭円子〉 [1]4
なかの・しげはる〈中野重治〉 [57]362
中野重治〈なかの・しげはる〉 [35]278 285 289 [55]350 [76]571
ながのしげはる [68]489
中野静夫 [68]471
永野つや [15]82
長野範子 [68]516 519 527 531
中野晴介 [22]198 201
中野実 [68]451
中野好夫 [55]356 359 360 [68]434
中野義見 [68]480

中橋武一 [68]412
長畑貞一 [22]188 189 194
中浜睦子 [74]567
仲林元夫 [20]108
中原綾子 [20]130
永治善造 [47]321
長広敏雄 [54]348 [55]353
中正男 [33]225
永松浅造 [20]148 151 156 161 165
中御門榊 [47]321
中道香洞 [10]66
永見徳太郎 [19]90 92 [20]155 159 160 162〜164 [22]167 168 171 179 193 196 200 201 [68]428
永見雄 [34]226
中村〈中村泰〉 [76]570 571
なかむら・やすし [70]541
中村魁車 [24]205
中村嘉一 [52]330 332
中村翫右ヱ門〈中村翫右衛門〉 [35]278
中村翫右衛門〈中村翫右ヱ門〉 [35]233 251 280 [71]556
中村鴈治郎 [20]100 [24]207
中村喜庵 [35]236
中村喜一 [35]232
中村喜一郎 [35]228〜231 233〜238 243 244 246 247 250 251
中村吉蔵 [19]89 [24]206
中村研一 [32]222 [68]414 466 468
中村憲吉 [22]171
中村芝鶴 [20]143 [24]206 [35]230
中村雀右衛門 [24]206
中村秋湖 [20]128 130
中村章景 [35]232
中村正吾 [35]241 252
中村真一郎 [55]358〜360
中村進治郎 [35]232
中村政治郎 [35]232
中村扇雀 [20]95
中村大三郎 [35]269
中村代三 [48]323
中村武志 [68]495
中村チエ子 [60]367
中村貞以 [35]278 [53]336
中村汀女 [68]408〜410 412 423 447
中村哲 [68]478
中村とみ子 [68]479
中村富美子 [68]457
中村富十郎 [68]468
中村直勝 [68]407 412 414 416 467 474 505 527 529
中村成太郎 [24]205
中村白葉 [35]252 [55]354
(中村)八生 [11]75
中村兵衛 [19]92 [22]173 174
中村比呂志 [65]399
仲村宏史 [70]538
中村フジ [35]251
中村真 [22]201
中村雅男 [35]261
中村昌生 [64]398
中村正常 [35]233 270 [60]367
中村路子 [78]574 575
中村光夫 [35]287 [55]350 351 [68]440 470 488 530
中村光行 [70]535 536 540 542
中村武羅夫 [20]131 151 153 158 160〜162 164 [35]280
中村ヤス子 [45]306 307
中村泰〈中村、泰〉 [73]563 [76]570〜572
中村融 [20]155
中村裕子 [62]392
中村幸彦 [54]343 346
中村義夫 [22]191
中村由雄 [68]441
中村淑子 [35]281
中村美子 [13]78 [22]173
中村芳子 [35]264
中村綾雨 [47]318
中村亮平 [20]111
中村良平 [47]320
中本たか子 [22]182
中本弥三郎 [22]181 186 [50]326 [55]349 [62]369 372 373
中本良作 [42]301
中谷宇吉郎 [60]367 [68]430 432 433 444 448 458 464 474
中屋健一 [68]449 459 465 469 477 494 504 529
中山鏡夫 [25]209 210
中山伊知郎 [68]458
中山岩太 [35]263 281
中山義秀 [35]263 272 [55]357 358
中山治一 [54]348
中山省三郎 [35]279 285 [55]354
中山晋平 [68]407
中山善三郎 [68]469
中山尊一 [10]67
中山巍 [32]222
中山隆永 [62]372
中山長治 [68]457
中山豊三 [20]137
中山正次 [10]67
中山雪子 [70]538
中屋義之 [22]182
長与善郎 [35]281 [55]358 [68]462
名木〈名木皓平〉 [48]321 322
名木皓平〈名木〉 [48]321〜323 [52]330 [74]564 565
なぎさ [3]14
名越仙左衛門 [24]205
名古卓次〈名古卓二〉 [22]191
名古卓二〈名古卓次〉 [22]194〜197
那須澄子 [26]213
那須良輔 [68]480 491 515
那智左知子 [22]170 173
那智太郎 [35]258
那智俊宣 [22]168
夏川静江 [35]231 232
なつ子 [15]82
ナップフ編輯局 [27]217
夏堀一雄 [68]439 446
夏目伸六 [68]477〜513 527
夏目漱石 [20]131 160
名取洋之助 [68]452 475
なにがし [3]29
浪華雀 [20]128
浪花狂夫〈浪速狂夫〉 [3]28
浪速狂夫〈浪花狂夫〉 [3]27
名畑千恵子 [16]83
鍋井〈鍋井克之〉 [32]222
鍋井克之〈鍋井、鍋井生〉 [32]221〜224 [35]229 234 247 248 250 251 253〜261 263 265 267 277 278 287 [53]337 [55]350 [68]407 412 439〜441 453〜469 482 496 504 509 522 529 [74]567
鍋井生 [32]221 223
鍋平朝臣 [35]245
浪川新一 [20]112
並木公雄 [67]404
並木繁 [68]415
並木果 [22]187 188

並木六造 [22] 183
なみの花子〈浪花子〉 [3] 14 17
浪花子〈なみの花子〉 [3] 13 19
浪房伸 [47] 311
並山拝石 [19] 88〜94 [22] 166 [25] 209 [31] 220
名村源 [68] 475
楢崎凌 [22] 198
奈良松嶂 [4] 34 35
成田嘉穂 [68] 485 497
成田小僧 [20] 117
成等春英 [22] 183 188 190 192 194 196
成島柳北 [20] 116
成瀬無極 [22] 168 [24] 205〜207 [35] 231 267
鳴田好夫 [22] 182
鳴戸要 [34] 225
名和一男 [62] 379
南井慶二 [35] 245 246
南江二郎 [19] 93 [35] 229
南木淑郎 [62] 378 [69] 532 [72] 562
南湖 [3] 14 18 19 22
南巷藤掛永治〈藤掛永治〉 [10] 66
南州外史 [8] 59 60
南条範夫 [68] 470
南水 [3] 12
南窓逸士 [6] 38
南天庵 [3] 27
何の某 [3] 23
南波啓介 [62] 379
難波咲女 [72] 560
難波次郎 [22] 196
南八俠史 [20] 148
南部僑一郎 [35] 252
南部圭之助 [35] 235 239
南部修太郎 [20] 139
南部タカネ [35] 269
南部吐夢 [61] 368
南方愛岬 [22] 192
南洲散史 [1] 6 8
南陽不二雄 [22] 183 188
南里 [3] 16 17 19 20
南齢 [9] 64

に

新居格 [35] 276 282 284 [57] 361 362 [68] 407
新島繁 [57] 362 363
新島只七 [34] 226
丹井信一 [16] 84
新関良三 [18] 87
新館繁 [35] 234 239
新見信子 [47] 314
新美信子 [47] 311
仁衛砂久子 [50] 327 328 [62] 372 [70] 536
二階堂行敏 [6] 52
苫村百合子 [22] 168
仁岸釧路 [51] 329
仁木独人 [35] 244 250 257
西井最円 [6] 42 43
西岡盈子 [70] 540
西尾佐一郎 [68] 487
西尾三巴〈さんぱ、三巴〉 [3] 15 18
西尾桐里 [20] 104
西尾華子 [74] 565
西尾福三郎 [22] 169 173 175 177
西尾牧夫 [70] 537
西川〈西川敏夫〉 [44] 306
西川喜代春 [35] 230
西川正夜詩 [22] 189 191 192 194〜199 202
西川辰美 [68] 451 465 530
西川維三郎 [48] 321
西川敏夫〈西川〉 [44] 306
西川治男 [74] 566
西川光 [35] 234 239 263〜270
西川百子 [20] 118
西川林之助 [22] 179〜184 187 189〜191 197〜199
西口藤助 [22] 190 193〜195 197〜200
西口典江 [78] 575
西崎春子 [15] 82
西崎緑 [35] 263 268 276 [68] 412
西沢恒夫 [68] 530
西沢笛畝 [24] 205 206
西杉夫 [73] 563
西田市一 [53] 336
西田克己 [67] 404
西田真三郎 [24] 205 206 [25] 210
西田真之介 [47] 314 318
西田政治 [20] 126
西田当百 [24] 205
西谷啓治 [54] 342〜345
西谷勢之介 [22] 176 179
西地区通信員 [40] 294
西地区通信員R [40] 295
西千鶴子 [68] 481
西戸登 [68] 487
仁科愛村 [22] 170
西野四緑 [24] 205
西野斗四翁 [47] 312 314 318 319
西浜勲 [68] 462
西原寛治 [62] 372〜376 382 384
西原猛夫 [35] 283
西原正春 [42] 298
西間木肇 [22] 181
西村孝次 [55] 355
西村酔夢〈酔夢、酔夢西村真次〉 [10] 66〜68
西村青柳 [3] 15
西村貞 [35] 286
西郁知一 [35] 279
西村真琴 [63] 397
西村睦美 [43] 303〜305
西村保彦 [69] 532 533
西元晃生〈西元晃朔〉 [44] 306
西本一美 [22] 183
西元晃朔〈西元晃生〉 [45] 306
西矢勝美 [68] 491
西山四郎 [75] 569
西山翠嶂 [35] 282 [68] 412
西山松之助 [71] 548 553 558
西山保治 [35] 276
西済 [68] 469
耳鳥斎 [20] 139 141 143 147 149
新田潤 [35] 260 265 276 282
新田次郎 [68] 472 475 488 529
仁田義男 [62] 370 385
二宮茂 [22] 189
二宮行雄 [31] 220
日本歌王子 [47] 315
二本木仁〈仁〉 [35] 280 289
日本の諷叢子 [1] 6
日本プロレタリア作家同盟大阪支部 [40] 293 294
日本プロレタリア作家同盟大阪支部執行委員会 [40] 294 295
日本プロレタリア作家同盟関西地方委員会

日本浪曼派 [41] 295
仁村美津夫 [42] 299
若王寺凡 [71] 546 555 558
丹羽完二 [50] 326 327
丹羽文雄 [22] 179
[35] 257 263 271 ～ 276 278 281 286 [55] 354 355 360 [68] 414 426

ぬ

額田六福 [19] 89 91
布上荘衛 93 94 [20] 106 113 133 [24] 205 [31] 220
布里謹之亮 [35] 235
布谷勝 [55] 352
沼尾精二 [55] 352 353
沼尻萍一 [22] 191
沼尻萍二 [20] 121
沼艸雨 [20] 114
沼田嘉一郎 [71] 543 ～ 559
[23] 203

ね

根岸耕一 [20] 113
根岸与七 [20] 154
根来静子 [16] 84
根本克夫 [48] 321
根本進 [68] 476

の

野明啓三 [22] 185
ノヴイコフ・プリボイ [42] 297 298
能倉邦三郎 [47] 314
納藤水天楼 [26] 214
ノーマシアラー [20] 148
ノーマン・マクレオド
野上彰 [39] 291
野上豊一郎 [68] 456
野上弥生子 [35] 273
野川香文 [35] 280
野口雨情 [35] 269 271 276 279 286
野口鶴吉 [20] 143 153 162
野口久光 [35] 240
野口善敏 [35] 277
野口米次郎 [50] 326 327
野坂〈野坂唐〉 [35] 227
野坂唐〈野坂〉 [27] 216
野崎誠一 [27] 216
野崎辿郎 [68] 477
野崎農三 [68] 487
野沢英一 [35] 245
野沢独樹 [24] 205
野沢富美子 [22] 189
野地深洲 [35] 283
能島武文 [47] 313
[20] 121
野尻志津恵 [42] 297
野尻抱影 [35] 268
野田宇太郎 [68] 494 499 530
野竹孝夫 [44] 306
野田高梧 [68] 421 441 457 475 499
野田孝之 [68] 440 451 461
能田忠亮 [54] 341
野田哲夫 [47] 318
野田別天楼〈別天楼〉 [11] 70 [35] 283 [53] 338
野田又夫 [55] 357 360 [62] 374
野田林 [47] 311
野津美登裡 [6] 53
のどか [3] 14
野長瀬正夫 [35] 237
野々村雅真 [10] 67
野原洋 [22] 194
野原光輝 [72] 560 562
野原洋 [22] 199 200 201
ノヴアリス〈ノバリス〉 [26] 214
ノバリス〈ノヴアリス〉
野淵旭 [26] 212
野淵昶〈昶〉 [57] 362
[19] 90 [25] 209 211 [31] 219 ～ 221
信定滝太郎 [22] 169
信時潔 [35] 282
延原謙 [20] 142 144 164
昇曙夢 [18] 87
野間三郎 [54] 342
野間宏 [55] 359 [69] 532 [72] 560
野宮生 [15] 81
野見山潔子 [78] 579 581
野村吉哉 [20] 121
野村光一
[35] 251 268 269 271 273 277 280 282
野村香明子 [22] 168
野村胡堂 [68] 407 414 437
野村治郎三郎 [24] 206
野村宣 [35] 241
野村徳七 [20] 136
野村初甫 [72] 562
野本正一 [23] 203
乗居寧楽橘 [22] 200
乗杉嘉寿 [35] 268
乗杉嘉道 [35] 242
則武茂 [68] 484
法村康二 [46] 310

は

パ・ワイルド [31] 220
バーバラ・ラ・マール [20] 108
苺花 [34] 226
梅賀 [3] 17
裴亀子 [35] 236
梅缶 [3] 13
廃姓外骨 [20] 147 149 150
俳達 [3] 17
梅中軒鶯童 [63] 397
梅兆 [9] 64
梅弟 [9] 64
排坡 [3] 23
梅野子 [15] 81
梅遊〈梅遊生〉 [3] 19 20
梅遊生〈梅遊〉 [3] 23
梅林 [3] 22
バウル・フエヒター [35] 286
はが・れいこ [68] 405 ～ 407
馬海松 [35] 270
博多貴美子 [16] 83
萩野綾子 [35] 268
萩村繁 [70] 540
はけふ〈巴峡仙〉 [9] 63 64
巴峡仙〈はけふ〉
[3] 28 62 63
破狂子 [9] 64
萩原朔太郎 [35] 276
萩原耐 [35] 258
萩原義夫 [70] 535
白雨楼 [20] 146 150
白眼居士 [20] 122
白梅楼 [20] 145
白鳳〈白鳳樵夫〉 [3] 16 17
白鳳樵夫〈白鳳〉 [3] 15 16
ぱくまりこ [78] 578
白鷺 [11] 76
硲伊之助 [32] 223 [68] 508
巴山人 [3] 21 ～ 24 26 ～ 28

巴子 [11] 70 71
橋口義男 [53] 338
波士慎弥 [50] 328
土師清二 [20] 113 122 127 132 134 138 143 157 [35] 286 [68] 437 443 472 478 499 530
橋田慶蔵 [25] 211
橋田東声 [20] 142
橋富光雄 [22] 182
橋野〈橋野昇〉 [22] 186
橋野昇〈橋野〉 [22] 184～186
橋本関雪 [24] 205 [35] 282
橋本きみ [34] 226
橋本凝胤 [68] 439
橋本国彦 [35] 268 270 276 279
橋本皓市 [44] 306
橋本繁 [68] 486
橋本多佳子 [53] 336
橋本武 [62] 391
橋本都耶子 [55] 351 [62] 379～396
橋本俊郎 [49] 324
橋本法俊 [44] 306 [45] 307
橋本みさを [75] 569
橋本みづ [22] 193 196 198 199
橋本美代子 [62] 391
橋本義弥 [19] 93
馬人 [14] 80
巴人亭 [3] 28
蓮見大作 [46] 310
筈見恒夫 [35] 236 243 287 289 [68] 421 434 442 448
長谷川かな女 [68] 421 429 437 442 452 466 481 504 520 526 530
長谷川絹子 [22] 191
長谷川清 [20] 141 152
長谷川幸延 [68] 407 412 414 425 458 [75] 569
長谷川時雨 [20] 106 128 [35] 266 286
長谷川修二 [35] 235
長谷川伸 [20] 103 105 124 127 137 142 156 157 159 161 [68] 407 412 414 415 428 438 443 446 449 451 463 470 480
長谷川素逝 [53] 339 [55] 350
長谷川伝次郎 [68] 465
長谷川如是閑 [35] 271 [68] 444 475
長谷川春子 [35] 255 259 284 [68] 424 430 440 450 504
長谷川町子 [68] 415
長谷川巳之吉 [35] 269
長谷川良夫 [35] 280
長谷川龍生 [62] 373
長谷川路可 [68] 474 478 480 505 ～375 [70] 534～538 540 541 [72] 562
波石 [3] 16 17
長谷部孝 [25] 210
長谷義正 [20] 150
巴仙 [3] 27
破窓 [11] 73
畑〈畑耕一〉 [18] 87 88
畑耕一〈畑〉 [18] 87 [20] 141 156 [24] 205～207 [31] 220 [35] 231
畑源太郎 [47] 321
畑良作 [22] 170
畑山〈畑山茂〉 [22] 170
畑山茂〈茂、畑山、畑山生〉 [22] 168～195 197～202
畑山生〈畑山茂〉 [22] 169
畑山義茂 [22] 166
畠山萍花 [47] 319～321
畠田真一 [44] 306
畑中繁 [20] 96
秦豊吉〈丸木砂土〉 [20] 156 157 280 [35] 281
秦正流 [53] 340
波多野勤子 [68] 453 458 489 530
波多野承五郎 [20] 147 149 153 156 [68] 442
波多村健 [50] 325
八面鋒 [20] 109
伐採生 [6] 44
初瀬浪子 [24] 205
初瀬みゆき [20] 104
八田元夫 [35] 272 273 275 276 278 [57] 361 362 365
服部英次郎 [54] 346
服部一民 [72] 562
服部寛輔 [70] 535 536 539
服部静夫 [35] 240
服部蒼外 [35] 260
服部泰三 [22] 170 171 174 176～178 191 201 202
服部正 [35] 268 273 277 280 286
服部実 [25] 208 211
服部矢須三 [22] 167
服部幸雄 [71] 553 557 559
服部嘉香 [22] 166 176 [24] 205 207
服部龍太郎 [35] 231 232 234 237 239 241
服部良一 [68] 407 496 530
服部亮英 [20] 152 154 159 163
初見一雄 [68] 485
巴洞 [3] 12
花岡俊〈花緒加俊、花緒加峻〉 [47] 317 318
花緒加俊〈花岡俊〉 [47] 312 313 315 316 319
花緒加峻〈花岡俊〉 [47] 311
花岡百樹 [24] 205 206
花岡芳夫 [35] 229
はな子 [3] 18 23
花崎利義 [68] 478
花島克己 [35] 238 241
花園歌子 [20] 163
花田卓也 [68] 491
花田博直 [19] 90
花谷和子 [74] 565
花登忠男 [68] 486
花野馨 [15] 82
花酒家つぼみ [6] 44 45
花菱アチヤコ [35] 234
英十三 [68] 425 491
英百合子 [20] 117
花本〈花本公男〉 [62] 385
花本公男〈花本〉 [62] 374～377 385 387 388 [72] 562
花もりの翁〈花守の翁がうまご〉 [8] 61
花守の翁がうまご〈花もりの翁〉 [8] 61
ハナヤ勘兵衛 [68] 453
花柳可寿雅 [35] 264
花柳一美 [35] 268
花柳三之輔 [35] 241
花柳寿輔 [35] 251 [68] 433
花柳章太郎 [19] 92 [20] 102 103 114 140 [35] 270 275 278 [68] 407 412 426～430
花柳寿美 [35] 230 231 242 249～251
花柳珠実 [35] 229 230 250 260 268 276
花柳芳次郎 [35] 266
ハナヤ生 [53] 336
花山菊三 [47] 315
花山文生 [20] 117 125 135
羽沢馨三 [65] 399
羽田明 [54] 347 348

羽田眠吉 [62] 378
羽出楚平 [50] 326
羽山菊酔〈羽山菊水〈菊酔〉〉 [4] 31 32
羽山菊水〈菊酔〉〈羽山菊酔〉 [4] 31
馬場〈馬場正〉 [26] 213〜215
馬場正〈馬場〉 [26] 212〜215
馬場孤蝶〈馬場、馬場正〉 [20] 125 126 135 140 142 [22] 169 [34] 225
馬場恒吾 [68] 407
馬場蹄二 [24] 206 207
馬場由三 [22] 167 169 170
浜岡あきら [34] 226
浜口国雄 [66] 401 402 [70] 541
浜口陽三 [68] 413 414
浜崎梅香 [22] 187
浜田敦 [54] 347
浜田義一郎 [68] 447
浜田藻光 [35] 267
浜田知章 [70] 534 540 541 [72] 562
浜谷朝 [68] 473
浜谷浩 [68] 443
浜田晴美 [22] 203
浜田光雄 [35] 281
浜田可昌 [50] 328
浜太郎 [8] 60
浜千代子 [16] 84
浜野英二 [68] 432
浜野まこと [47] 318
浜秀太郎 [68] 411
浜村米蔵 [24] 205 207 [71] 547 548 553 555 558
浜本清 [35] 234
浜本浩 [35] 239 250 269 [68] 429 442 450 454 455
早川右近 [20] 120
早川国彦 [32] 223
早川菅太郎 [68] 411
早川文造 [68] 439 480
早川弥左衛門 [35] 248 274
早坂二郎 [20] 152
早坂文雄 [35] 263
林 [44] 306
林栄子 [53] 338
林修美 [47] 319
林影 [70] 539
林和 [20] 103 107 109 124 147 151 [24] 206
林和夫 [61] 368
林きむ子 [35] 230
林孝一 [71] 545 548 551 555 556 558 559
林重義 [32] 223 [35] 264 [53] 336
林武 [32] 222 [35] 282
林龍夫 [34] 226
林龍男 [68] 418
林田豊三郎 [68] 519
林千歳 [20] 117
林千代子 [24] 206 207
林俊夫 [35] 275
林富美子 [70] 536
林寅正 [68] 483
林二九太 [20] 156 [35] 255 282〜285 289
林寿枝 [35] 265
林久男 [19] 90 92 [22] 168 [24] 206
林久仁 [72] 562
林英雄 [68] 453 455
林房雄 [22] 177 [68] 460
林不忘〈牧逸馬〉 [20] 133 135 137 138 144 145 148 155
林芙美子 [35] 268 279
林みさ子 [68] 442 443 446 448 450〜452 455 457〜462 464〜466 470〜472 474 478 480 488
林屋永吉 [54] 347
林家正蔵 [20] 117 156
林屋辰三郎 [71] 558
林幸光 [35] 259 270
林百合子 [53] 338
林龍作 [35] 231
林礼介 [20] 133
隼律子 [35] 230
早船ちよ [68] 518
早船万蔵 [22] 187 189
葉山きよし [22] 193
葉山由季 [78] 575〜577
速水千絵子 [43] 304 305
原阿佐緒 [20] 153
原逸子 [47] 313
原吉平 [68] 407 468 487
原清 [68] 455
原宏平 [3] 20
原随園 [35] 286 [54] 312〜345 [55] 349
原節子 [35] 265
原田子寛 [70] 535〜537
原田正二 [67] 404
原田譲二 [22] 186 [35] 231
原田隆 [15] 81
原田忠一 [20] 122
原田種夫 [68] 516 519
原田三夫 [20] 131
原田矢絵子 [71] 543 544 547 548
原田康子 [68] 450 467 470 487 514
原智恵子 [35] 232 277
原貞三 [72] 561 562
原信子 [35] 237 242 264 272 273
原浩 [22] 188
原真佐緒 [22] 196
原三佳 [74] 566 567
原三千秋 [47] 312
把栗〈福田把栗〉 [11] 69〜71
巴里塔 [20] 128
播磨紅風 [22] 195 198〜201
播磨国人 [50] 326 327
春田よし雄 [22] 193 196
春田嘉閲 [22] 191
春田能為 [20] 156 159
春名当味 [22] 172
春野幸子 [47] 311 312 321
春山武松 [22] 166 167 [35] 229 288 337
春山猛松 [35] 283
春山行夫 [35] 237 242 245 282
馬礼 [20] 123
はれるや [20] 128
ハロウエイ・ホオン [20] 137
ハロルド・ブリックハウス [31] 219
伴悦 [74] 564 568
阪急芝原朝之 [35] 274
半狂堂主人 [20] 148
晩秋庵香稲 [5] 36
半畳子投 [3] 17
ハンス・コルネリアス [22] 201 202
半痴居士 [5] 36
阪(ママ)東勝太郎 [20] 101
板東静 [26] 212 213
阪(ママ)東寿三郎 [20] 139
阪(ママ)東彦三郎 [20] 103
坂東寿子 [72] 562
坂東三津五郎 [24] 205
坂東簑助 [35] 264 [68] 439 458
伴俊彦 [68] 453
ハントリー・カーター [25] 210

番野清子 [68] 480
伴栄晴 [19] 90 93
半牧居士 [1] 3～8

ひ

B [68] 406 408～420
P [68] 508 511
B・E・M [68] 409
B・B・B・B [68] 406～408
L・J・ビーストン [20] 144
ピエエル・ルヴエルデイ [22] 181
日笠山健秋 [47] 315 318
東浦めい [68] 530
東大道俊英 [35] 235 247
東久世秀雄 [20] 149
東健而 [20] 100 101 104 105 107 108 110 111 113
東佐与子 [20] 141
東島百合子 [20] 130
東波宏光 [47] 313
東弘 [47] 315
東村日出男 [23] 203 204
東元柳峰 [47] 313
東山魁夷 [68] 468 504
東山生 [47] 312 315 318 321
東山千栄子 [35] 253 [68] 529
引田一郎 [35] 228 229 236 247
曳亭久留馬 [20] 133
火喰鳥 [20] 122
樋口〈樋口敏雄〉 [51] 329
樋口一葉 [20] 122
樋口孝吉 [63] 397
樋口進 [68] 442
樋口嵩 [22] 192
樋口武士 [51] 329 [52] 331
樋口直 [28] 217
樋口敏雄〈樋口〉 [51] 329
樋口富麻呂 [68] 408 446 468 530
樋口寿 [39] 292
樋口松雄 [16] 84
髯むしや孩子 [3] 15
久板栄二郎 [35] 254 266 271 272 274 276 277 [46] 310
久方喜庵 [35] 230
久木一郎 [22] 185 187
久木留三 [49] 324
久島菊馬 [19] 91
久富志子 [68] 483
久松潜一 [68] 491 522 531
久松澱江 [1] 3
久本十美二 [35] 246
土方与志 [57] 362
菱山修三 [35] 260 271
ビセンテ・プラスコ・イバニエス [22] 180
備前芳子 [74] 567
日高艶子 [68] 474
日高てる [62] 371
日高ゆりゑ [46] 310
檜田義棹 [47] 313
肥田晧三 [62] 389 395
ひだりやなぎ [8] 59
備仲玉太郎 [68] 454
暎 [15] 82
秀井先生〈秀井無腸〉 [20] 102 105 106 109
秀井無腸〈秀井先生〉 [20] 99 104
ひでうらりん [72] 562
秀雄 [47] 312 315 318 321
秀沼沢治 [40] 293
秀平〈秀平光宏〉 [48] 321
秀平光宏〈秀平〉 [48] 321
美頭瀧夫 [50] 326
尾藤忠旦 [68] 451
人見一貫 [10] 67
人見直善 [20] 155 157 160 163
日夏耿之介 [20] 151 [55] 353 354 356～358
雛の家主人 [3] 25
火野葦平 [55] 353 356 357 359
檜健次 [35] 261
日野秋骨 [10] 66
日野草城 [35] 280 [64] 397 [68] 407
日野忠夫 [62] 377 378
火花サークル員 [40] 294
日比繁治郎 [24] 207
日比野〈日比野丈夫〉 [54] 347
日比野愛次 [35] 285
日比野秋月 [47] 319
日比野丈夫〈日比野〉 [54] 348
日比野愛次 [35] 270
日比煤蓑 [19] 89 90
氷室綾芳 [15] 81
氷室岱三〈氷室袋三〉 [47] 319
氷室袋三〈氷室岱三〉 [47] 318
姫宮接子 [35] 267
白夜子 [12] 77
ひやしんす [20] 112
萍花 [47] 318
俵藤吏 [22] 187
兵頭平太郎 [22] 195
猫遊軒伯知 [20] 163
漂洋 [10] 66 67
評論社横着者 [10] 66
平井真次郎 [68] 489
平井敬美 [50] 327 328
平井千代 [72] 560 562
平井常次郎 [72] 562
平井楳仙 [24] 207
平井房人 [35] 260 [68] 407 409
平井美奈子 [35] 232
平岩弓枝 [68] 491 498
平岡権八郎 [20] 108
平岡武夫 [54] 342 348
平岡俊雄 [48] 322 323
平賀きよし [47] 321
平川碧 [11] 69
平木三碧 [72] 562
平櫛田中 [35] 284
平子甚之助 [72] 560
平瀬きよ [15] 82
平田次三郎 [55] 356 [57] 365 366
平田春江 [22] 172 173
平田真里遠 [68] 445
平塚断水 [20] 157
平手敏夫 [43] 303～305
平野謙 [55] 355 [74] 567
平野富雄 [60] 367
平野婦美子 [35] 283
平林耕 [22] 196
平林治穂 [60] 367
平林たい子 [68] 435 441 444 453 461 464 470 520 529
平林初之輔 [20] 141
平林治徳 [35] 279 [68] 407 445
平原寿恵子 [35] 274
平吹屋清三 [52] 331 333
平光善久 [57] 365
平山隆太郎 [68] 487
平山蘆江 [20] 95～98 100 104 116 156 159 [24] 205～207 [35] 258 [68] 414
ピリペンコ [57] 365

比留間尚 [71] 559
鰭井無性 [20] 104
広居学 [68] 453
広川仁四郎 [22] 203
広末保 [71] 546 549 550 553 555 558
広瀬一麦 [47] 321
広瀬秋濤 [34] 226
広瀬侍郎 [10] 67
弘世助太郎 [20] 136
広瀬チエコ [68] 457 459 460 462 466
広瀬豊作 [68] 482
広田治 [50] 327
弘田競 [22] 182 184 185 192
弘田喬太郎 [22] 188～192
広津和郎 [20] 113 [31] 221 [35] 275 [55] 357
広常睦子 [68] 443
広津はま [68] 443
広津柳浪 [20] 103
広戸忠吉 [68] 471
ひろふみ〈丸山博文〉 [22] 173 175
ぴん三 [3] 25
R・ビンデイング [35] 288

ふ

フイツシエ兄弟 [20] 139
フイリップス・スターリング [39] 292
風右衛門 [20] 134
楓岸 [3] 13 19
風狂子 [3] 30
楓月 [3] 16
楓光 [6] 42
風羅坊芭蕉 [26] 213
楓里子 [3] 20
楓笠 [3] 13
フエレンク・モルナア [25] 210
深井史郎 [35] 244 245 249 253 267
深井恒子 [20] 146
深江彦一 [22] 172 177
深尾須磨子 [35] 235 240 249 252 256 274 [68] 414
深川たつみ [47] 315
深沢一意 [68] 487
深沢豊子 [68] 461
深沢まり子 [68] 481
深瀬基寛 [70] 537
深田久弥 [35] 269
深田康算 [24] 205
深見和夫 [68] 488
深海穆如 [10] 67
深谷明子 [71] 552
深谷春栄 [68] 483
不希男 [3] 23 25
福井慶三 [60] 368
福井一 [17] 86
福井肇 [21] 165
福岡謙 [65] 399
福岡寿郎 [68] 454
福里元子 [69] 532 533
福沢一郎 [35] 271 [68] 474 504
福士末之助 [15] 80
福島慶子 [68] 406～410 413～417 419 421～427 432 434 437～443 445 446 449 463 530
福島繁太郎 [68] 428 453 456 464 466
福島正察 [10] 67
福島葉子 [68] 470 471 473
福田安保 [10] 68
福田清人 [22] 180 182 [35] 243 277 288
福田定吉 [22] 183 189 191～193 195 197～202 [42] 296～300 302 [48] 322
福田定良 [71] 544
福田武 [68] 484
福田辰男 [20] 157
福田恆存 [55] 354 358 [68] 424 425 427 428 431～434 437 438 472 520 [71] 556
福田利子 [16] 84
福田豊四郎 [68] 407 464 468 484 527 530
福田梅兆 [4] 33
（福田）把栗〈福田把栗〉 [11] 70
福田把栗〈（福田）把栗、把栗〉 [11] 72
福田平八郎 [35] 275 [68] 407 523 524 529
福田正夫 [20] 150
福田稔 [34] 226
福田蘭童 [68] 466 492
福永恭助 [35] 280
福永渙 [20] 165
福中都生子 [74] 566
福羽美静 [6] 46 50～53
福原清 [55] 350
福原信三 [68] 421
福原鱗太郎 [35] 529
福原麟太郎 [35] 285 [68] 415 427 447 456
福原怜子 [35] 232
福本泰子 [35] 264
福森乾夫 [50] 326
福山順一 [68] 471 480 516 521～524 526～529
袋一平 [35] 239 277
ふさ女 [3] 19
富士 [69] 532
藤井乙翁〈藤井紫影〉 [54] 343 344
藤井和子 [69] 532
藤井渓花 [47] 316 317
藤井好造 [34] 226
（藤井）紫影〈藤井紫影〉 [11] 70 76
藤井紫影〈（藤井）紫影、紫影、藤井乙翁〉 [54] 345
藤井重夫 [68] 515 519 521 523 [74] 564 565
不師井純 [47] 317
藤井二郎 [47] 315 318 321
藤井真 [47] 321
藤井田鶴子 [35] 256
藤井達三 [68] 454
藤井真澄 [18] 87 [19] 91 94 [24] 205 206
藤井康雄 [71] 545 548 556
藤井呂光 [19] 90
藤浦洸 [68] 438 444 449 456 528 529
藤枝晃 [54] 347
藤枝朗 [13] 78
藤枝静男 [68] 500 505
藤岡昇 [35] 243
藤岡由夫 [68] 514
藤掛永治〈藤懸永治、南巷、藤掛永治〉 [10] 66
藤懸永治〈藤掛永治〉 [10] 67
藤蔭静枝 [35] 276 [68] 407
藤川栄子 [32] 224 [35] 255 268
藤川静子 [16] 84
藤川健夫 [74] 567 568
富士川游 [20] 107

109 111 113 117 118 127 152 154 158 160
藤木九三 [22] 179 189 [35] 228 229 233 245 255 [53] 337
藤木繁 [47] 311 319
藤木保受 [10] 66
藤倉修一 [68] 450 494
藤子 [11] 71
不二鴻一 [47] 315 316 321
藤崎熊雄 [6] 37
藤沢蔵登一 [15] 80
藤沢敏 [68] 459
藤沢茂 [22] 177〜179 181 182 184
藤沢清造 [20] 112
藤沢桓夫〈桓夫〉 [17] 85 86 [21] 165 [35] 240 241 261 270 279 284 [55] 349 351 358 [57] 361 [60] 367 [62] 369〜377 380 382 384〜389 [68] 411 422 431 433 437 439 451 464 475 496 505 530 [72] 560 561 [74] 564 567
藤沢武 [22] 178
藤沢典子 [62] 387 389 391 [68] 441
藤俊三 [19] 94
藤田英一 [48] 322 323
藤孝之助 [47] 311
藤嶽彰英 [62] 392
藤田幸一 [62] 371 374
藤田孝作 [42] 300
藤田さえ [72] 560
藤田定一 [22] 181
藤田貞次 [22] 187 [35] 283
藤田繁 [35] 230
藤田章之助 [24] 205
藤田進一郎 [22] 185 187〜190 194 196〜198 200 202 [35] 227 228 231 237 238 243 244 262
藤田草之助 [18] 87 [19] 90 [24] 206 207
不二たつを [47] 316
藤田嗣治 [35] 277 282
藤田天放 [6] 45 46
藤田斗南 [35] 289
藤田とら子 [15] 82
不二田一三夫 [72] 562
藤田博保 [68] 471 492 516〜520 522 524 526 527 529 531
藤田文子 [53] 337
藤田元春 [54] 343 344
富士太郎 [42] 296 297
富士月子 [63] 397
富士浪美也 [22] 194
富士酒舎〈富士酒舎かすみ〉 [3] 21 22 29
富士酒舎かすみ〈富士酒舎〉 [3] 16 18 20
藤林敬三 [53] 340
藤間勘素娥 [35] 243 254
富士正晴 [55] 359 360 [62] 376 387 388 [68] 456 494 531 [69] 531 532 [70] 539 [72] 561 562
藤松一郎 [6] 38
藤間紫 [68] 452 490
藤村九朗 [6] 53 54
藤村作 [19] 93
藤村伸一 [46] 310
藤村青一 [22] 202 203 [39] 291
藤村忠 [22] 191
藤村白雨 [16] 83
藤村秀夫 [20] 104
藤村雅光 [62] 374 [70] 534 535 537 538 539
藤本一誠 [22] 176 179 183 196
藤本浩一 [70] 535
藤本暹 [22] 188
藤本辰夫 [20] 121 142 152 154 156〜158 160〜163
藤本均 [68] 484
藤本文夫 [68] 514 515 517
藤本義一 [70] 538
藤森朝雄 [68] 442
藤森栄吉 [68] 511
藤森淳三 [20] 155 163
藤森成吉 [35] 251 252 279 281 [57] 361〜365 [68] 407 409 530
藤森太吉 [34] 226
藤森天外 [6] 46〜48 50 51
藤分外喜男 [22] 196 201
藤原あき [35] 231 [68] 450
藤原甲丙 [47] 312 320
藤原信一 [6] 50 52 54 55
藤原審爾 [55] 357
藤原誠一 [22] 167
藤原たくみ [43] 303〜305
藤原游魚 [13] 78 [20] 110
藤原義江 [20] 138 [35] 236 237 240 243 246 258 260 266 268 273 277 278 284 [68] 483 511
藤原芳陽 [6] 45〜47
婦人記者 [15] 80
不粋〈不粋堂〉 [3] 11〜14 16 17 22 30
不粋堂〈不粋、不粋堂主人〉 [3] 15
不粋堂主人〈不粋堂〉 [3] 14
布施玄治 [53] 340
布施信良 [68] 408
二川猛 [45] 308 309
二葉薫 [35] 286
双葉十三郎 [35] 239 250 [68] 505
二葉亭四迷 [20] 130
淵田博胤 [48] 322
淵堀泰輔 [42] 302
仏性寺晃 [47] 316 320
仏性寺晁 [47] 313 315
船江行雄 [55] 351
舟岡省五 [54] 345
舟生芳美 [62] 392
舟木重信 [35] 271 [57] 364
船越かつ美 [68] 408
船越保 [64] 398
船越三枝子 [35] 259
鮒田トト [78] 580 581
舟橋聖一 [22] 181 188 [35] 232 [55] 357 359
船山馨 [55] 354
船山信一 [35] 287
不聞 [3] 11〜13 22
芙美夫 [20] 123 124
文月月刊編輯部 [42] 299
文月双星 [47] 311 312 315 316
不室直治 [68] 461
麓鴻雁 [47] 311 318 319
フヨドル・ソログープ [22] 180
無頼魔 [3] 14
プラトン社 [20] 141
フランクロイド [20] 94
古池生 [6] 45
古垣鉄郎 [68] 484 489 530
古川堇 [62] 392
古川堯道 [68] 438
古川清徳 [62] 385
古川利隆 [35] 230
古川龍城 [20] 154
古川緑波 [68] 414〜454
古木雄呂志 [52] 330
古沢安二郎 [35] 237
古荘国雄 [20] 156
古田耕雲 [10] 67
古田フサ子 [72] 561

古海卓二 [35]234
古家新 [35]250 [68]500 505 519
古谷綱武 [55]351〜353 [68]407 412 414 442 447 456 493
古屋登代 [15]80
古屋登代子 [20]143 [35]229
古屋白山 [47]316
古谷誉至孝 [22]170
J・S・フレッチア [20]142
フレデリック・A・カムマー [20]121
フレデリック・コオツ [20]96 142
フレデリック・デエヴィス [20]99
プロスペル・メリメ [20]152
文学雑誌編修（ママ）部 [62]370
文学評論記者 [10]66
文藝大阪編集委員 [72]561
文藝記者 [4]30
文木窓 [3]17
文林会 [6]41 44 47
文嶺楓果 [3]12

へ

米山小野田米次郎 [10]66
米甫 [3]13 17 19
米巒〈石橋米巒〉 [6]50〜54
米巒居士〈石橋米巒〉 [6]42 44 49 50 52 55
米巒笑史〈石橋米巒〉 [6]43 45〜51 53 54
米六 [3]13 16 17 19
碧梧桐〈（河東）碧梧桐〉 [11]69〜71 76
碧瑠璃園 [20]95
別井時子 [68]481
別所安次郎 [59]367
別天楼〈野田別天楼〉 [11]70 73〜75 77
ヘルデルリン [49]324
ベルトラメリ・能子 [35]227 244
ヘルマン・バング [17]86
ヘルマン・ヘッセ [64]398
弁 [68]408 414
編者 [7]58 [25]211
編輯幹事会 [22]184〜186
編輯子 [32]222〜224 [54]347
編輯室 [20]108
編輯部 [20]126 130 135 [22]180 182 183 189 191〜203 [35]289 [42]297
編集部 [42]298
編輯部委員 [22]192
編集部一同 [68]502
編輯部員 [42]297
瓣重郎 [35]241 245

ほ

蓬庵〈久保田蓬庵〉 [5]35 36 [6]51 [9]62〜65
芳華子 [6]46
抱琴 [11]77
蓬吟〈木谷蓬吟〉 [19]88
芳渓生 [6]54
宝山 [3]13
呆寿楼 [20]123
北条光 [50]325
北条秀司 [68]443 444 448 530
北条誠 [55]354 [68]407 409
北条玲子 [68]445 414 418 429 443 450 454 473 492 504 529
芳水〈桜井芳水〉 [8]61 [11]70
豊水 [3]16
放送子 [20]126
ぼうふら子 [20]109 110 116 118
ボエッチヘル [19]89
ボース [68]434
北枝堂似水 [9]64
北洲散史 [6]40
北渚 [11]70 71 73 76 77
北酔 [3]12 13
墨水 [11]69
牧水〈若山牧水〉 [20]138 143
朴徳坤 [47]314
北都倭人 [22]178
朴明琇 [70]541
墨也 [3]11
反古庵 [3]13
ほことん居士 [3]20
星新一 [68]512
星野辰男 [35]258
星野立子 [68]440 502 530
星野喃朗 [47]320
星野行則 [20]145 149
保篠龍緒 [20]125
星みどり [42]296
星村銀一郎 [22]183 186 188 [28]217
細川広野 [67]405
細川ちか子 [35]241 244 251
細川隆元 [68]472
細木和郎 [34]226
細木繊太郎 [44]306
細木原青起 [20]95 96 122 130〜132 135 138 139 [24]205
細田源吉 [20]131 143 160
細田民樹 [20]131 154 159
細矢安太郎 [20]105 113 122 123 125 126
穂高千里 [72]560
法橋和彦 [74]568
北港の千鳥子 [15]82
堀田珠子 [62]391
堀田正恒 [20]156
堀田善衛 [68]465 [70]542
堀田良作 [67]404
ほつてんとつと [20]121
堀池春峰 [68]419
堀井定次郎 [68]419
堀井露花 [34]226
堀内敬三 [35]231 232 245 250 271 273 274 277 282 283 289 [68]452 506
堀内健史 [72]562
堀内弘二 [68]469
堀内文次郎 [68]434
堀鋭之助 [73]563 [76]570〜572
堀江京子 [13]78
堀江朔 [12]77
堀江薫雄 [68]477
堀江末男 [50]326〜328
堀尾譲伊智 [47]311
堀川浩二 [68]452
堀川俊雄 [50]325
堀口九万一 [20]158 159
堀口佐兵衛 [68]483
堀口大学 [20]152 161 [35]240 246 250 [68]440 442 449 530
堀越義助 [68]518
堀実之 [47]312
堀重三 [22]201 202
堀正旗 [25]209〜211 [35]229 [61]368
掘誠二 [22]193
堀正頓 [19]90

堀瀬美紀 [66]403
堀辰雄 [22]182 [35]240
堀野真一 [35]237 243
堀文平 [68]407
堀正人 [55]353
堀めぐみ [22]189
本郷春台郎 [20]133
本地正輝 [20]97
本多顕彰 [57]365 [68]443 450 462 490 529
本田一杉 [53]339
本田緒生 [20]138
本多二朗 [68]451 452 454
本多宅盛 [22]203
本田緒生 [20]148 157
本田敏雄 [71]545
本多春枝 [16]83
本田弘敏 [68]493
本田平八郎 [61]368
本多正復 [20]144
本間剛夫 [67]404

ま

舞九郎演 [20]130
前尾房太郎 [22]191
前川佐美雄 [55]355 [68]470
前川千帆 [20]138 141 142 159 160 [68]464
前川ひろ子 [78]576
前川康男 [62]391
前島善次郎 [19]91
前島徳太郎 [15]80
前田宇三郎 [16]84
前田栄三 [35]229 232 [68]406〜421 423 431〜434 439 515 518 520 521
前田嘉水 [47]316
前田孤泉 [20]117 128
前田紫星 [15]81
前田雀郎 [20]120
前田純敬 [69]532 533
前田三男 [20]103 104
前野喜美恵 [68]484
前村紫星 [15]81
真岡彩一郎 [50]328
真柄生 [18]87
槇郁夫 [49]324
牧逸馬〈林不忘〉 [20]141 145 147〜149 152 158 161〜164
牧かほる [50]325
牧鶴城 [4]32
真木子 [64]397 398
槇島剛力 [22]181
真木順 [46]310
牧信介 [70]539
牧伸之介 [42]296
真木生 [46]310
（牧田）三青 [11]75 76
牧嗣人 [35]247 279 280 286
まきの半酔 [6]54 56
槙野半翠 [1]6
牧野弘之 [57]363
槙の屋主人 [6]47 48
牧野雄一 [68]487
真木美津子 [64]398
牧村史陽 [72]562
槇村浩 [57]363
牧羊子 [66]401〜403 [70]535 536 540〜542
マクス・オーレル [20]113
マクス・オレール [20]111
枕野流三 [75]568
まこと [6]54
まさえ [14]80
正岡蓉（ママ） [19]93 94 110 [20]117 119 120 122 123 125 128 147 152 176 177 182 [24]207
正岡いるる〈正岡容〉 [19]91
正岡いる丶〈正岡容〉 [20]95 98
正岡容〈正岡蓉（ママ）、正岡いるる、正岡いる丶〉 [20]115
正木瓜村 [54]345
正木真一 [68]516
正木ひろし [68]453 505
正木宏尚 [72]562
正木不如丘 [20]129 133 139 140 143 145 146 151〜154 160
正木葉子 [42]296
政子 [15]81
柾園栄枝 [9]62〜65
正宗乙未 [20]130
正宗得三郎 [24]205〜207 [35]288
正宗白鳥 [20]144 [24]205 [35]278 [55]354 357 359 [68]407 426 472
正本水客 [72]562
まさる [20]98
間司つねみ [22]167
間司恒美 [43]303
マシウ・アーノルド [55]353
真下五一 [52]335
真島正臣 [73]563
桝井寿郎 [62]386〜390 [74]566
増位安平 [66]401〜403
真杉静枝 [35]235 259 284〜289
魔介 [25]211
桝源次郎 [53]339
増子真佐緒 [22]187 190 193
増沢健美 [35]235 238 250 253 262 271 276 279 283 288
増田愛二 [35]251〜255
益田和利 [74]568
益田静夫 [22]168
増田正造 [71]556 557
益田隆 [35]263 282
増田忠雄 [54]344
益田忠義 [72]561
益田太郎冠者 [20]140
増田常次郎 [68]478
枡谷優 [62]392〜396
益田甫 [20]116 119 125 128
益田義信 [68]437 444 450 455 472 498 503 530
増野正衛 [68]512
桝本清 [19]89 90 [25]211
桝本文子 [16]83
増山仁 [22]189
マズレール [20]112
町春草 [68]473
松丘子 [53]338
松井英子 [67]404
松石正生 [68]515〜517
松居松翁 [19]93 [20]104 136
松井翠声 [35]233 236 239 250 267 279
松居翠声 [35]242
松井哲夫 [40]293 294
松井春子 [68]440 455 460 462 465 530
松井正道 [16]83
松居桃多郎 [19]93
松井佳一 [53]339
松内紀美子 [64]398
松浦京子 [72]562
松浦進三 [69]533
松浦直己 [74]566
松浦美寿一 [20]159
松浦猛 [35]265

松尾一化子 [20] 121
松岡譲 [57] 363
松岡洋子 [68] 450 471 478
松藤斎一 [19] 91
松方義三郎 [68] 414
松方三郎 [68] 464 487 505
松川二郎 [20] 142 145 150 156 157 159
マックス・ダウテンダイ [53] 339
松崎啓次 [35] 236
松崎天民 [20] 143
松下井知夫 [68] 498
松下喜一 [40] 294 295
松下幸之助 [68] 440 531
松下富士夫 [35] 242 248
松島詩子 [35] 274
松島栄一 [71] 558
松島雄一郎 [68] 412 466 529
松生 [20] 123 124
松平晃 [35] 268
松平康男 [53] 339
松田三郎 [35] 242
松田伸二 [72] 560
松田種次 [19] 90 93
松田解子 [42] 297
松谷広子 [78] 575
松谷富喜子 [68] 441
松田久 [40] 295
松田ふみ子 [68] 514 530
松田保為 [20] 99
松太郎 [20] 127
松太郎生 [20] 109 123
まつちやま [20] 98
松永和幸 [35] 234
松永久一郎 [20] 97
松永禎三 [68] 488
松長照夫 [20] 94 98 [24] 205 206
松永和風 [68] 407 412
松野奏風 [35] 248
松野忠一 [68] 406
松の太夫 [20] 105
松の緑生 [13] 78
松林桂月 [68] 407
松原華星 [72] 562
松原錦吾 [6] 51
松原金次郎 [22] 199
松原甲介 [6] 54
松原新一 [74] 567
松原伝吾 [6] 54
松原兵吾 [6] 54
松原ひろし [34] 226
松政治一 [68] 530
松丸東魚 [68] 426 428
松見幾雄 [68] 459 531
松村一造 [68] 485
松村英一 [35] 276
松村克己 [54] 341 342 345
(松村)鬼史〈鬼史〉 [11] 75
松村梢風 [20] 102 150
松本市造 [22] 192 193
松本敬子 [68] 488 497
松本憲 [22] 167 170
松本憲一郎 [35] 232 234 239
松本憲逸 [22] 176 177 201 [25] 211 [68] 420
松本広治 [76] 572
松本幸四郎 [24] 207
松本浩三 [68] 478
松本幸太郎 [33] 225
松本悟空 [47] 318
松本賛吉 [20] 142
松本繁 [68] 417
松本似水 [5] 35 36
松本淳三 [20] 135
松本穣葉子 [68] 524
松本二郎 [44] 306 [45] 306
松本生 [20] 123
松本清太郎 [22] 167 168 170
松本泰 [20] 137 148 154 155 160
松本武之 [16] 84
松本淡泉 [16] 83
松本長蔵 [20] 120 121
松本登代子 [64] 398
松本奈良雄 [20] 99〜101 111
松本文三郎 [54] 342
松本正雄 [57] 364
松本操子 [50] 326
松本睦 [78] 576
松本要次郎 [24] 206
松山悦三 [22] 168〜172
松山しげき [20] 128
松山敏 [22] 173
松山みどり [20] 156
松山基範 [54] 343
松山芳野里 [35] 230 238 244 246 250 270 282
真名子兵太 [35] 244
真夏出来男 [72] 560
真鍋勝見 [42] 301 302
真鍋呉夫 [55] 359 360
真鍋元之 [67] 404
まの字 [20] 106
真船豊 [35] 272 287 [53] 337 [55] 358 [68] 476 527
間宮茂輔 [20] 124 135 [55] 355 [57] 361 362
真山青果 [20] 99〜101 114 124 126 127 129 131 133〜136 138 140 142 144 145 147 150 158 160 162 163
眉村卓 [62] 392
真里谷純 [27] 216
丸岡明 [68] 492 494 530
丸岡九華 [1] 7 [3] 13〜16 [4] 30〜34
丸岡龍郎 [22] 166 170
丸尾長顕 [35] 229 233 [68] 406〜409 412 530
丸木砂土〈秦豊吉〉 [55] 354
マルセル・アルラン [55] 353
丸本明子 [70] 537 538 540 541
丸山定夫 [35] 229 250 258 277
丸山生〈丸山博文〉 [22] 173 174
丸山博文〈ひろふみ、丸山生〉 [22] 173 174
丸山政男 [35] 236 247 253
丸山義二 [35] 277
卍字楼主人 [8] 59

み

三浦逸雄 [35] 260 272
三浦一夫 [68] 452 455
三浦政太郎 [20] 152
三浦環 [35] 268 273 274
三浦哲郎 [68] 510
三浦時子 [35] 229
三浦昇 [72] 562
ミカエル・ゾスセンコ [22] 197
三上於菟吉 [20] 98 109 110 137 139 140 142 144〜147 149 150 152〜154 157 158 163 164
三上孝子 [35] 246 250 266 269 273 280
三上秀吉 [35] 250 282
三上白夜 [12] 77
美川きよ [35] 275 277 286
三樹閑人(水落露石)〈露

石〉 [11]70
三岸好太郎 [32]223
三岸節子 [35]241 276 286 [68]530
三木俊 [20]114 116 121 122 125 127 135
三木喬太郎 [47]318
三木武夫 [27]216
三木鉄夫 [53]338
三木文子 [42]302
御木本浩一 [47]319
三木雄 [47]313
三木露風 [20]163
御薬袋一 [22]188
三国一朗 [68]529
御厨大膳 [75]568
みさを [20]108 113
御崎光一 [50]326
三品金行 [22]176 185
美島章子 [26]214 215
三島海雲 [68]444 459
三島公子 [68]491
三島茂夫 [50]325
三島章道 [24]204 205
三嶋章道 [19]90
三島書房発兌 [62]370
三島仙太郎 [20]99
三島千里 [20]97
三島由紀夫 [55]357 [68]434 440 449
ミス・ユタカ [20]135 138 139 148
ミス・ワカナ [35]271
水内鬼灯 [55]350
（水落）露石生〈露石〉 [11]70
水上郁子 [42]301
水上規矩夫 [20]138 141 157
水上平五郎 [35]258～263 288
水木歌橋 [35]230
水木京太 [20]96 112
水沢静夫 [48]323
水沢哲 [22]179
水島京二 [19]89
水島生〈水島爾保布〉 [20]122
水島爾保布〈水島生〉 [20]109 111 115～117 119 121 123～126 131 138～140 143 152 153 [24]207
水島みどり [47]314 319
水田喜市 [20]98
水谷温 [20]158
水谷川忠磨 [32]224 [68]407 412 414 461
水谷幻花 [20]140 [24]205 206
水谷貞子 [16]84
水谷準 [35]234 250
水谷生〈水谷雅之〉 [45]309
水谷竹紫 [24]205 206
水谷栄郎 [14]80
水谷文治 [68]481
水谷雅之〈水谷生〉 [44]306 [45]306 307～309
水谷八重子 [20]96 128 137 142 154 [24]205 [68]439 457
水谷裕子 [64]398
水田衛 [40]292 294 295
水鳥川春帆 [20]107
水野明善 [55]354
水の江瀧子 [35]232 274
水野久美子 [68]405
水野源郎 [47]321
水野詩華湖 [47]312
水野秋扇子 [72]560
水野生 [3]24
みづの・せいいち〈水野清一〉 [54]347
みづのせい一〈水野清一〉 [54]348
水野清一〈みづの・せいいち、みづのせい一〉 [54]341～344 346 347 348
水野誠三 [50]325
水野田都子 [68]525 527 530
水野多津子 [68]408 419 420 424 426 428～430 435 438 446～451 455 457 460 463 466 472 474 477 519
水野鷗之助 [54]345
水野康孝 [35]275 280
水原秋桜子 [68]422 429 512
三隅治雄 [71]547～549 551 552 555
水本霞海 [6]45 46 52 53
水守亀之助 [20]140 156 161 [45]309
溝口健二 [35]279
溝口作太郎 [70]535 536 538 539
溝口楯雄 [22]200 201
溝口直亮 [68]426
溝口良雄 [42]296
溝口良也 [22]193
三田袒 [50]325 327 328
三谷〈三谷秀治〉 [42]300～302
三谷秀治〈三谷〉 [40]294 [42]297 299～302 [45]307 [48]323 [52]331 333
三谷暁星 [34]226
三谷尚子 [50]328
三谷信実 [64]398
三谷淼 [70]537
三田半吉 [20]133
三田村鳶魚〈鳶魚〉 [35]267
三田康 [53]338
三田米吉 [20]129 145
御手洗辰雄 [68]451 507 529
道重信教 [68]422
光岡孟水 [47]315
密告者 [42]297
三越佐治兵衛 [35]271
光田作治 [53]339
光辻寿子 [73]563
光本兼一 [22]200
三森孝 [22]187 188
光吉夏弥 [35]230 239 240 242 246 250 257
緑川静枝 [35]231
碧川道夫 [35]279
翠子 [64]398
皆川邦子 [68]483
皆川滉記 [35]271
水無川しづ [22]173
水川八重人 [47]311
水口鵠二 [19]91
美波子 [64]398
港野喜代子 [62]376 [70]534～542 [72]562
南〈南有子〉 [78]577
南川潤 [35]261 268 283
南次八郎 [66]402
南田〈南田孝三〉 [26]213
南田孝三〈南田、南田小坊〉 [26]214～216
南田小坊〈南田孝三〉 [26]212 213
南龍夫 [42]298
南谷宏 [50]327 328 [52]330 331 333
南出さく子 [70]535
南照夫 [22]185 186
南博 [68]438 443 445 449 529 [71]544
南淵信 [70]534 536 537 539～541
南有子〈南〉 [78]576

美波良行 [45] 307
皆村青史 [50] 326
源高根 [62] 379〜381
皆吉爽雨 [55] 350
ミネ・ヨシヲ [47] 318
峰岸義一 [20] 139 159
みね子 [20] 118
峰専治 [22] 180 181
峰酒家主人 [6] 55
三野綜峯 [19] 92
三野緑峰 [19] 91
蓑田行人 [22] 195〜197 199
蓑田寅彦 [47] 311〜314 316〜320
美濃部亮吉 [68] 489 507
箕輪冬子 [64] 398
ミハイル・ウエクスレル [18] 87
三橋〈三橋一温〉 [44] 306
三橋一温〈三橋、三橋生〉 [44] 306 [45] 306 307 [47] 319 320
三橋生〈三橋一温〉 [44] 306
三橋晃勢 [53] 339
三原謙 [42] 297
三原就道 [68] 451
壬生新介 [47] 312 313 321
みほず生 [64] 398
三益愛子 [68] 419 454 456
三村春吉 [19] 91
宮井春子 [42] 300
宮尾しげを [20] 95 96 138 142 [68] 444 488 513 524 530
宮飼陶羊 [22] 169 201
宮川きよ子 [69] 532 533
宮川見介 [22] 180
宮川松安 [35] 229
宮川生 [6] 37
宮川尚志 [54] 347
宮川曼魚 [20] 153 157 160 163 164 [68] 412 438
宮川光弘 [68] 455
宮川美子 [35] 228〜232
宮城音弥 [68] 407 412 414 438 443 451 507 529
宮岸昭良 [70] 542
宮城道雄 [35] 242 [53] 336
三宅吉之助 [19] 90
三宅孤軒 [20] 104 124
三宅周太郎 [20] 95 107 125 157 158 160〜162 165 [24] 205 [31] 220 [35] 252 [55] 356 [68] 455 487 505 509
三宅襄 [71] 544
三宅省三 [22] 188
三宅艶子 [68] 447 472 497 507 529
三宅春恵 [68] 504 531
三宅やす子 [20] 130 143
宮坂勝 [32] 222
宮崎市定 [54] 341 342 [68] 417
宮崎喜太郎 [35] 282
宮崎丈二 [35] 257 279
宮崎孝政 [35] 240
宮崎南陽 [6] 44
宮崎マサエ [68] 461
宮崎満子 [15] 82
宮崎吉男 [71] 543
宮地嘉六 [20] 155
宮下孫左衛門 [20] 133
宮地伝三郎 [68] 473 530
宮島綱男 [24] 204
宮柊二 [68] 530
宮武辰夫 [35] 249 256
宮田重雄 [20] 145 146 151〜154 [68] 407 408 413 414 419 420 436 439 448 450 482 530
宮田芙美夫 [22] 189
宮田正年 [55] 350
宮寺敏雄 [68] 476
宮永岳彦 [68] 507
宮西豊逸 [42] 299
宮野青風 [22] 169
宮原清 [68] 472
宮原禎次 [35] 258 261 268〜270 273 278 282 284
深山杲 [35] 281
宮操子 [35] 246 249 253 264 268
宮村隆子 [64] 398
宮本久六 [70] 539
宮本常一 [54] 345 346 348
宮本文枝 [68] 423
宮本義雄 [72] 560
宮脇敏夫 [22] 197
妙々 [3] 16 17
みよし [3] 13
三好十郎 [57] 363 [68] 451
三好達治 [35] 285 [55] 350 355〜360
三芳悌吉 [68] 472
三好久子 [35] 252
三好米吉 [19] 90 92
三輪善兵衛 [68] 430
三輪晁勢 [35] 278
三輪まさを [50] 326〜328
眠柳〈眠柳子〉 [9] 63
眠柳子〈眠柳〉 [2] 10 [6] 50 52 [7] 58 [9] 62〜64

む

向井梅次 [61] 368
向井悦子 [64] 397 398
向井寛三郎 [35] 284
向井敏 [66] 402 403 [70] 535〜538
向井潤吉 [32] 223
向井抱水庵 [10] 67 [35] 266 [68] 407 412 443 466 481 507 529
無冠太夫〈岡本君郎〉 [11] 75
麦村順 [50] 327 328
無曲 [3] 12
六車修 [35] 258
武庫河人 [20] 104
務古泫 [35] 235
武者小路実篤 [20] 139 [35] 269 [55] 352 [68] 422
夢十好麿 [22] 199
無双庵 [20] 96
無腸庵〈無腸居士、無腸先生、無腸痴人〉 [20] 108
無腸居士〈無腸庵〉 [20] 104 106 108
無腸先生〈無腸庵〉 [20] 99
無腸痴人〈無腸庵〉 [20] 115
六浦光雄 [68] 506
六岡周三 [68] 493
無適庵無莫 [3] 22
無燈 [26] 213〜216
武藤貞一 [35] 257
武藤直治 [19] 94
棟方志功 [68] 488
牟二無三太 [3] 24〜27
宗田克己 [22] 202
宗野誠 [13] 78
無名氏 [34] 226
村井淳 [75] 569
村井慎二 [70] 538 539
村井武生 [35] 229
村井勉 [78] 577 582
村井富男 [30] 218
村井平七 [70] 540〜542
村井義代 [16] 84

村井米子 [68]424～426 428 430 431 433 439 441 452 468 508 525 529
むらをか〈村岡ゆう〉 [26]212
村岡修吉 [34]226
村岡昭之輔 [68]451 452 454 455 457 458 460 462 465
村岡肇 [68]452
村岡花子 [68]492 523 529
むらをか、ゆう〈村岡ゆう〉 [26]213
村岡ゆう〈むらをか〉〈むらおか、ゆう〉 [26]216
村上華岳 [24]206
村上和男 [68]459
村上菊一郎 [68]507
村上清 [55]350
村上元三 [68]476 495 529
村上周 [27]216
村上忠久 [35]240 244 245 252 257 262 264～270 272～276 279 281 285 [53]340
村上浪六 [20]135 137 138 140～142 144 146 148 150
村上半眠 [10]66
村上久雄 [35]239
村上兵衛 [68]506
村上朴若坊 [47]315
村上真砂美 [22]202
村上芳雄 [22]173
村上亨 [50]325
むらさき [64]398
紫頭巾 [20]121
紫の男 [13]78
村島帰之 [13]78 [20]121
村田嘉久子
(村田)其桐 [20]96 [24]205 [35]230
村田貞 [11]76
村田修子 [15]82
村田治郎 [35]252 257
村田卓郎 [54]341 343 347
村田千秋 [68]457
村田としを [22]181 183 184 186 192
村田穂波 [16]83
村田希久 [47]313～315 320
村田実 [68]455
村田芳生 [20]106 [35]241 250
村田吉邦 [19]93
村田良策 [53]337
村野次郎 [68]419
村橋吉重 [35]260
村穂ユリ子 [64]398
村松梢風 [68]455
村松ちゑ子 [20]159 161 164 [35]278 [68]407～409 412 444 452
村山金夷 [22]183
村山しげる [47]320
村山修一 [60]367
村山新三 [54]341 343 345
村山忠治郎 [22]202
村山知義 [68]511
村山藤子 [20]144 [35]244 248 249 251 252 255 258 260 261 266 271 275 [46]310 [57]363 [59]367 [68]407 464 476 484 507
村山リウ〈村山りゅう〉 [35]257
村山りゅう〈村山リウ〉 [68]473 529
室生犀星 [68]441
室賀国威 [20]107 118 123 140 160 161 [35]266 [55]349 351 356
室町馨 [68]472
室本英春 [19]90 93
[47]312

め

明 [11]73
明宇陽 [34]225
迷奇生 [6]46～49 53 55
明丘子〈杉原明丘子〉
鳴雪〈内藤鳴雪〉 [26]214 215
恵味郁三 [11]69～71
飯盛〈六樹園飯盛〉 [22]191
めなし庵 [3]29
米良道博 [9]64
メレジユコフスキ [68]469
免取慶一郎 [55]351
[25]208
面屋葵 [50]325

も

毛髪燦 [20]101
毛利圭 [69]533
毛呂博明 [29]218
毛利労 [45]308
モオリス・デコブラ [35]245
最上三郎 [63]397
最上妥 [50]325
茂木兼雄 [70]534 537 538
茂木草介
毛木信也 [47]311 [68]456 466 470 521 529 530
黙蛙〈黙蛙坊〉 [9]63
黙蛙坊〈黙蛙〉 [2]10 [7]58 [9]62～64
木蔭 [3]13 22
木魚〈北村香骨〉 [10]66
木魚庵〈北村香骨〉〈北村香骨〉 [10]69
木魚法師〈北村香骨〉 [10]66
黙子 [3]14
黙亭主人〈黙亭未笑〉 [3]13
黙亭未笑〈黙亭主人〉 [1]7 [3]12 14
杢兵衛 [11]70
杢蓮 [20]129
望月寛一 [20]144
望月信成 [59]367 [68]458
望月衛 [68]506
望月満 [22]201
望月優子 [68]501
望月百合子 [20]147
N・H・Nモデイ [53]338
本野精吾 [15]81
本橋錦市 [22]180
本橋玉枝 [68]445 452 453 455
本山荻舟〈荻舟〉 [20]96 115 127 130 135 137 138 140 141 144 146 149 [24]205 206 [68]407 412 414 416 418 420 439 451
本山正明 [68]485
ものしり博士 [75]568
桃井忠一 [66]401 [70]535 538 541 [77]573
桃川若燕 [20]162
桃川如燕 [20]135 148
百瀬貫一 [68]511
桃園安々翁 [9]64
百田宗治 [22]168 [35]269
桃谷順天館 [35]287
桃谷樵隠 [1]8
桃の家〈桃の舎〉 [6]40
桃の舎〈桃の家、桃の屋主人、桃の舎主人〉 [1]6 [6]51 52 55

桃の屋主人〈桃の舎〉 [6] 42 43
桃の舎主人〈桃の舎〉 [6] 49 50 52～56
ももんがあ [20] 123
森阿佐子 [26] 213
森有正 [55] 360
森井夏汀 [19] 92
森泉龍之介 [19] 90
もりいち [20] 98
守井蘭 [19] 90 93
森岩雄 [20] 108 113 116 117 127 131 133 [35] 234 280
森内宏 [72] 562
森英治郎 [35] 229
森鷗外〈鷗外〉 [20] 135
森於菟 [68] 467 475 476 527
森赫子 [35] 277
森和義 [68] 511
森川舟三 [24] 205
森川みつる [22] 187 191 192 195 196 198 200
森恭子 [35] 267
森暁紅 [20] 95 96 98 101 104～106 109 111 112 114 115 118 119 122 123 125 127 129 134 137 139 142 153 155 156 159 162 164
森清志 [68] 484
森口武男 [70] 535 538 541
森崎操 [55] 350
森崎道之助 [62] 370
森崎緑 [55] 351
森紫影 [14] 80
森繁夫 [34] 225 [53] 340
森下与作 [20] 98 111 113
森檣山 [4] 35
森信三 [22] 168
森銑三 [20] 161 164 [68] 480 530
森園豊吉 [20] 152
もりた〈森田信義〉 [31] 220 221
森田〈森田岩夫〉 [30] 218
森田岩夫〈森田〉 [30] 218 [33] 225
森田〈森田信義〉 [31] 219
守田勘弥 [35] 230 [68] 408
森武臣 [68] 477
森田佐一郎 [22] 173
森田夕鴉 [47] 315 321
森田妙子 [68] 516
森田たま [34] 225 [35] 264～270 [68] 407～417 420 424 429 436 439 446 452 456 464 482 506 518 529
森田亜夫 [35] 264
森田信義〈もりた、森田〉 [20] 111 [25] 208～211 [31] 219～221
森田政義 [23] 203
森玉美雄 [52] 331 332 335
森田みね子 [20] 96 99 101 104 106 112～114 116 118 119 122 139 140 142 144 145 147 157 160 163 164
森太郎 [68] 511
森田露村 [10] 67
森鉄之助 [68] 439
森利夫 [53] 338 339
森富貴 [68] 474 490
森永道夫 [62] 380 381
守波徳太 [35] 245
森野〈森野嘉津樹〉 [51] 329
森野嘉津樹〈森野〉 [51] 329
森発也 [68] 452 453 455 457 459 460 462
森原朝子 [68] 453
森久雄 [35] 245
森真沙子 [34] 226
森三千代 [35] 266 288 [55] 349
森村寛二 [15] 81
森村俊雄 [27] 216
森本夷一郎 [72] 560
森本巌夫 [20] 150
森本覚丹 [35] 272
森本肇 [61] 368
森本泰輔 [44] 306 [45] 306
森本四十一 [68] 480
森安笑楽 [47] 320
守安正 [68] 530
森山啓 [35] 266 [68] 504 519
森山富衛 [22] 195
森吉正照 [68] 515 530
森律子 [20] 96
森脇義方 [68] 485
諸井三郎 [35] 245 [53] 337
諸口十九 [20] 145
門田誠一 [64] 397 398
門馬直衛 [35] 281

や

八馬兼介 [68] 407
八木さわ子 [22] 167～171
八木静子 [16] 83
八木重一郎 [68] 405
八木隆一郎 [35] 242 244 [57] 363 [68] 486 503
八木柳緑 [24] 205～207
矢口賢之介 [47] 311 312 314 315
薬畝生 [6] 46 47
矢倉助 [47] 319 320
矢沢孝子 [13] 78 [22] 166 171～173 175 179 [24] 204～206
矢島直信 [10] 66 67
矢島道弘 [74] 565～568
矢代秋雄 [68] 455
八代紋三 [47] 314
八代幸雄 [68] 451～453
矢代幸雄 [68] 430 530
安井源治 [55] 359
安居研太郎 [31] 220
安井曾太郎 [35] 278
安岡章太郎 [68] 482
安川敬一郎 [20] 138
安木仁良 [44] 306
泰〈中村泰〉 [73] 563 [77] 572
安田清 [47] 314
安田高麗太 [22] 184
保田てい [72] 562
やすだ・てつや [66] 401
保田与重郎 [35] 278 287
安永寿延 [71] 556
安成二郎 [20] 131 [75] 569
八住利雄 [22] 180 181 182 184 [35] 258
安見広之 [72] 561
泰森康屯 [72] 562
八十島元 [53] 339
矢田挿雲〈挿雲〉 [20] 142 156 159 162 [35] 268
矢田津世子 [35] 233 235 250 266 285
八谷泰造 [68] 478
矢田部勁吉 [35] 278
矢田良左馬之進 [3] 17
弥太郎生 [53] 337
八川佐一 [68] 460
ヤツシヤ・ハイフエッツ [35] 228
八橋一郎 [74] 567 568
柳井隆雄 [35] 237
矢内原伊作 [68] 499 [70] 534 [71] 546
柳川公子 [26] 212～214

柳河聖流 [34] 226
柳川忠夫 [35] 233
柳歓三 [20] 113
やなぎきよし [20] 124
柳沢亥一 [16] 84
柳沢保恵 [68] 424
柳沢保篤 [20] 120 122
柳田泉 [55] 356
柳田国男 [35] 274
柳田知怒夫 [68] 517 530
柳谷郁子 [78] 577
柳田幹郎 [47] 315
柳原燁子 [20] 149
柳原敏雄 [68] 438 456～464 530
柳原博 [43] 305
柳原義光 [20] 149
矢薙春太郎 [47] 316 317 319
柳家金語楼 [20] 138 [68] 501
柳家小さん [20] 125
柳家小せん [20] 131
柳家三語楼 [20] 130
やなせ・たかし〈やなせたかし〉 [68] 530
やなせたかし〈やなせ・たかし〉 [68] 495
柳瀬正夢 [20] 143
八波則吉 [16] 83
矢沼俊一 [35] 274
矢野朗 [55] 355
矢野一郎 [68] 478
矢野橋村 [35] 229 279
矢野きん坊 [24] 205
矢野仁一 [54] 341 343
矢野豊次郎 [68] 442 445
矢野目源一 [35] 233 [68] 408 412 438 447
野坡庵蔵書〈野坡庵露城〉 [9] 65
野坡庵露城〈野坡庵蔵書、露城〉 [9] 64 65
矢原礼三郎 [35] 243～245 248
藪内紹智 [68] 461
藪内清 [54] 346
藪田残水 [22] 176
藪中蚊庵 [22] 167
矢部喜平 [68] 511
矢部利茂 [35] 247
矢部文治 [62] 392
矢部洋之助 [68] 440
矢部良策 [68] 406 407 412 470 515 517 518 520 522 529
山 [35] 260
山井あさ子 [10] 68
山家一一 [33] 225
山内 [68] 410
山内彰義 [28] 217
山内英子 [35] 235
山内影太郎 [22] 184
山内金三郎 [68] 409～412 414 418 419 423～428 430 ～434 455～457 460 479～481 507
山内皎三 [42] 297
山内繁雄 [20] 134
山内章太郎 [33] 225
山内彰太郎 [36] 289
山内神斧 [68] 406
山内千章 [3] 11 12
山内痴猿 [6] 46
山内龍平 [35] 277
山岡荘八 [68] 524 529
山形きく江 [15] 81
山県正明 [54] 345
山懸茂太郎 [35] 258
山上〈山上貞一〉 [31] 219～221
山上貞一〈山上〉 [19] 90 92 [22] 175～179 [24] 205～207 [25] 208 209 [31] 219 220
山川〈山川澪子〉 [26] 214
山川菊栄 [20] 136 [68] 513 530
山川光二 [16] 83
山川二吉 [68] 416
山川澪子〈山川〉 [26] 212 213
山岸〈山岸又一〉 [39] 292
山岸又一〈山岸〉 [39] 291 292 [40] 292 293 294
山岸外史 [55] 353
山際伍一 [22] 198 200 201
山際貞子 [68] 440
山口赤彦 [48] 321 322
山口海旋風 [20] 158
山口広一 [68] 422 441 530
山口康蔵 [20] 109
山口しげる [47] 318
山口俊三 [55] 350
山口誓子 [35] 287 [53] 338 [55] 349 [68] 526 530 [72] 561
山口青邨 [35] 276 285 [53] 336
山口忠男 [68] 440
山口蓬春 [35] 275
山口倫子 [35] 277
山口良友 [34] 226
山口龍 [22] 185 186 201 202
山崎斌 [22] 168 170
山崎斎 [42] 301 302
山崎宇治彦 [20] 135
山崎亟二 [22] 192
山崎喜好 [54] 346
山崎紫紅 [24] 205 206
山崎俊介 [22] 169 177 178 187 189
山崎生士 [72] 562
山崎唯男 [35] 235
山崎都生子 [70] 535 540
山崎徳吉 [20] 97 109 112 113
山崎豊子 [68] 446 455 522
山崎整 [62] 392
山崎正樹 [62] 395
山路健 [20] 99 100
山下儀一郎 [68] 441 446
山下慶太郎 [20] 129
山下健蔵 [35] 273 276
山下繁雄 [35] 266
山下新太郎 [32] 221
山下澄子 [66] 400～403
山下肇 [68] 486
山下良三 [19] 93 [25] 208 209 210 [68] 487
山下良蔵 [19] 90
山路徹夫 [52] 335
山科鴨 [26] 212 213
矢真白 [47] 311 315 317
山須江喜郎 [48] 322
山添眉水 [72] 562
山田 [30] 218
山田晃 [22] 190 197
山田和男 [35] 273 [53] 336
山田月山 [6] 37～44 46 48 50
山田きく [35] 274
山田邦子 [20] 136 149 152
山田熊男 [68] 473
山田耕筰 [20] 158 161 [35] 229 232 236 240 251 257 267 268 271 273 274 282
山田五郎 [35] 230
山田淳子 [1] 3
山田正賢 [6] 37
山田穣二 [68] 519 520
山田伸 [24] 207
山田珠樹 [18] 87
山田登 [68] 485

山田一 [68]488
山田はつ [68]453
山田初男 [22]182 [28]217
山田春雄 [24]207
山田博光 [62]391
山田楓谷 [34]226
山田風太郎 [68]530
山田松太郎 [25]208～210 [31]220
山田みのる [20]96
山田やすら [6]51 55
山田吉男 [68]455 457 458 460 462 465
山田良十 [30]218 [33]225
山田わか [20]130
山手樹一郎 [68]446
やまと心 [26]214
山戸豊助 [26]212
大和勇三 [68]514 515 517 519 522 524 530
山鳥吉五郎 [35]284
山中重太郎 [6]47～56
山中二郎 [70]536
山中徳雄 [70]538 539
山名義市 [34]226
山名文夫 [20]148 152 154
やまなみ・きよし [70]541
山名美那夫 [22]191
山西邦博 [68]481 516
山西敏郎 [75]569
山根銀二 [35]250 263 268 271 275 278 284 287
山根謙一 [20]152 153 155
山根翠堂 [35]282 287 288
山根千世子 [35]229 230
山根春衛 [68]477
山野一郎 [35]233 236
山内房吉 [22]169
山内義雄 [20]148 152 155 156 [55]353 356 [68]514 530
山ノ内早苗 [78]574 575
山之口貘 [35]286
山野茂雄 [34]226
山宮 [17]86
山宮允 [68]485
山村耕花 [35]281
山村順 [70]534～537
山村魏 [19]91 [22]171 176 178
山村ツネ [35]230
山村酉之助 [35]249 250 252
山村南枝 [9]64
山村睦 [78]578 579
山村耕夫 [47]314
山室静 [68]517
山本昭和 [68]466
山本霞郷〈霞郷〉 [22]170～179
山本嘉次郎 [35]234 [68]407 412 414 444 451 461 471 485 504 513 520 531
山本一清 [35]229
山本久三郎 [35]229 231 250 252 273
山本亨介 [62]372 373
山本銀河 [22]191
山本瓊三 [20]157
山本健吉 [55]351 354 [68]444 449 457
山本権吾 [68]488 503
山本実彦 [35]246
山本山梔 [64]398
山本茂久 [68]405
山本周五郎 [68]462 472 495
山本修二 [19]91 93 [22]166～168 170 173 [24]204 206 207 [31]220 [35]250 255 276 [57]362 [71]545 548 551 554 556
山本末造 [22]193 195
山本鈴子 [35]276
山本純夫 [68]454 485
山本清造 [34]226
山本惣治 [68]483
山本武生 [67]405
山本為三郎 [35]229
山本千秋 [64]398
山本竹渓 [4]35
山本千里 [68]461
山本千代喜 [68]438
山本轍 [4]34
山本直忠 [35]243
山本直文 [68]447 450 453 459 525 530
山本二芙四 [22]198
山本乳虎生 [6]55
山本信雄 [52]332～335 [53]336
山本梅崖 [4]31～35 [5]36
山本華子 [35]238
山本久栄 [20]134
山本博三 [64]397 398
山本博之 [35]229
山本楓里子 [3]20
山本稔 [22]195
山本安英 [35]249 250 253 255 265 274 [68]492 [71]553
山本泰規 [66]401～403
山本柳葉 [20]95 [24]205 206
山本緑葉 [35]237
山本倫 [25]208
山森維一 [35]257
山脇亀雄 [71]553
矢本貞幹 [55]351 352 [58]366
矢守治太郎 [68]472
弥生 [14]79
八幡貞緒 [47]315 316 319 320
八幡生 [47]313～316
八幡佳子 [47]316
八幡理一 [52]331 333

ゆ

湯浅〈湯浅正明〉 [56]361
湯浅克衛 [35]263 272 279
湯浅初江 [35]269
湯浅正明〈湯浅〉 [56]361 [65]399
湯浅佑一 [53]340
湯浅芳子 [68]513 530
由比彰 [22]201
由比種夫 [22]203 [42]296
ユウ [26]214
U [68]520
友鷗散史 [3]14
有学居士 [5]35 36
柚木久太 [32]223
結城健三 [57]363
幽貴女 [34]226
結城司郎次 [68]420
結城真之輔 [35]229
結城素明 [35]282
柚木美沙子 [78]578 579
友漁子 [3]17 18
ユーゴー [1]9
有終 [3]17 19
ユージン・オニイル〈ユージン・オニール〉 [19]92
ユージン・オニール〈ユージン・オニイル〉 [25]209
幽水生 [22]182
祐田善雄 [54]347
柚秀吉 [24]207
悠眠亭 [68]409～414

友楽　[3] 12
有隣生　[5] 36
油上英雄　[44] 306
湯川梧窓　[10] 68
湯川スミ　[68] 412 447
湯川秀樹　[54] 342〜344 346 [55] 357 358
雪枝　[3] 16
雪女　[3] 13
ゆき子〈雪子〉　[3] 14
雪子〈ゆき子〉　[3] 11 13
由起しげ子　[68] 407 412 414 443 491 529
湯木貞一　[68] 409〜411 432
行友盛夫　[64] 398
雪のや〈雪の家〉　[3] 27
雪の家〈雪のや〉　[3] 20
湯口美茅　[22] 168 171 173
弓削昌三　[62] 371
弓削仁正　[22] 190 191
（湯室）月村　[11] 75
弓透子　[78] 575
夢嶋一葉　[47] 319
夢迺舎主人　[5] 35
由良楢一　[9] 62
由利あけみ　[35] 271 273

よ

宵島俊吉　[20] 145 159
要二郎　[20] 94 95 98 99
曜斉散人　[54] 348
葉明　[35] 285
横家繁一　[68] 484
横井礼市　[32] 222
横田輝子　[68] 492
横田文子　[22] 189
横堀義二　[68] 469
横溝正史　[20] 121 136 [68] 476
横道万里雄　[71] 544
横山エンタツ　[35] 234 258 260 270
横山元蔵　[16] 83
横山健堂　[20] 153
横山幸子　[68] 447
横山文平　[68] 517
横山美智子　[68] 450 490
横山芳夫　[42] 297
横山隆一　[35] 267 [68] 419
与作〈与作生〉　[20] 106 107
与作生〈与作〉　[20] 102
与謝野晶子　[20] 128 [35] 267
吉井〈吉井栄治〉　[62] 377 378 380
吉井勇　[20] 94 95 102〜108 110 111 114〜117 120 122〜124 126 131 144 147 153 163 [54] 341〜343 345〜347 [55] 352 353 [57] 361〜363 [68] 409〜414
吉井栄治〈吉井〉　[52] 330 331 333 [62] 370 371 375 377 378 380 384 387 389 [68] 413 [72] 561 [74] 564
吉植庄亮　[35] 288 [47] 312 314 316
吉江喬松　[35] 251 271
よしを　[20] 115
吉岡定美　[68] 476
吉岡志津子　[15] 82
吉岡重三郎　[13] 78 [31] 220 [35] 229
吉岡隆徳　[35] 264
吉岡千里　[13] 78
吉岡鳥平　[20] 96 100 125 126 129 [24] 205〜207
吉岡花子　[4] 34 35
吉岡弥生　[20] 143
吉岡芳兼　[52] 331 335 [74] 565
吉尾なつ子　[55] 352
よしかず　[20] 127
吉川英治　[55] 349 350 [68] 443 466
吉川栄蔵　[24] 205
吉川幸次郎　[54] 341〜345 [55] 357 360
吉川青壺　[34] 226
吉川彦二　[72] 561
吉川仁　[70] 534 535 539 540 542
吉川芳朗　[43] 303〜305
吉沢薫　[78] 580 581
吉沢久子　[68] 453
吉沢比呂志　[70] 535〜538
吉沢義則　[22] 167 [35] 283
吉住小三郎　[35] 266
吉住小次郎　[35] 241 243 250 260
よしだ・みなを〈吉田三七雄〉　[68] 408
吉田愛子　[34] 226
吉田欣一　[52] 330〜333 [62] 371〜373
吉田健一　[68] 407 412〜414 416 417 419 421 423〜425 429 431 432 436 438 439 446 447 453 455 464〜466 471 472 478 480 486〜489 501 502 524 529
吉田賢一　[68] 441
吉田紘二郎　[20] 136 152 [35] 267
吉田昂　[68] 516 517
吉田幸三郎　[71] 547
吉田小五郎　[68] 494
吉田〈吉田定一〉　[62] 379
吉田定一〈吉田、定〉　[62] 370 372 374 376 378〜384 [72] 561 562 [74] 564 568
吉田三郎　[47] 320
吉田茂　[68] 435
吉田静夫　[34] 226
吉田淳　[35] 262
吉田捨夫　[16] 84
吉田誠一郎　[53] 340
吉田たか子　[35] 245
吉田達三　[67] 405
吉田千里　[47] 318
吉田十一　[68] 430
吉田登喜雄　[71] 544 546 555
吉田留三郎　[62] 370 371 375 378 380〜384 387 388 [68] 496 512 520 526 529
吉田智子　[68] 429〜432 434 435 437〜445 452〜460
吉田永宏　[76] 571 [77] 572
吉谷覚寿　[6] 43
吉田花子　[15] 82
吉田晴夫　[47] 319
吉田博一　[35] 254
吉田蕗子　[68] 487
吉田文五郎　[72] 561
吉田凡鶏　[72] 562
吉田真里　[20] 148 149
吉田みなを〈吉田三七雄〉　[68] 406 407
吉田三七雄〈よしだ・みなを、吉田みなを〉　[68] 405 406 408〜515 517〜526 529 530
吉田律子　[62] 385 387
吉田露花　[34] 226
芳野狂花　[22] 191
善野敬介　[74] 568
吉野進　[45] 307
吉野静哉　[72] 562
吉野秀雄　[68] 422 423 429 438 446 449 475
吉野亨　[76] 572 [77] 573
吉原達子　[68] 485

吉原治良 [68] 415 529
吉松貞弥 [20] 133
吉村勇雄 [70] 540
芳村伊四郎 [24] 205
吉村一夫 [35] 270 287
芳村和夫 [35] 243 246
吉村公三郎 [35] 277 [68] 412 434 439 530
吉村九皐 [6] 47
吉村京之介 [50] 327
吉村未酔良 [22] 189
吉村香園 [6] 54
吉村正一郎 [55] 349 351 358 360 [62] 371～373 376 387 [68] 405 406 411 413 415 417 423 427 434～442 524
吉村たけし [72] 560
吉村俊男 [15] 81
吉村敏男 [15] 80
吉村奈央子 [78] 580
吉村英夫 [52] 333～335 [62] 372
吉村芳松 [32] 223
吉本寛汀 [19] 89 [24] 206 207
吉本秋亭〈吉本秋亭〈残菊〉〉 [4] 32～34 [5] 35
吉本秋亭〈残菊〉〈吉本秋亭〉 [4] 31
吉屋信子 [20] 128 [68] 410 413 429 438 443 463 480 495 520 530
吉原花宵 [20] 120
余辛祥 [74] 564
ヨセフ・シゲテイ [35] 228
ヨセフ・ラスカ [35] 229
与世山彦士 [35] 230
依田白鳥 [22] 173 174
誉田康夫 [49] 324
淀川長治 [35] 240 243 253 256 262 264
淀野隆三 [62] 374
米川丹佳子 [68] 480
米川正夫 [20] 157 [35] 282 [57] 362 [68] 445 463 485
米窪太刀雄 [20] 154
米沢章价 [68] 459
米沢敬二 [72] 562
米沢哲 [22] 184
米田俊 [47] 313
米田透 [70] 542
米谷みのゐ [15] 82
米津九里 [34] 225
米原桃代 [70] 541
米光翠紅 [3] 14
よねやま [6] 40
米山明一 [68] 475
E・F・ヨハンセン [35] 229
蓬の舎主人 [5] 35
四方田欽一 [24] 206
四方田柳子 [24] 207

ら

らい女 [3] 19
蕾女 [3] 20
ライツアー [22] 202
ライナー・マリア・リルケ [54] 341
来布〈入江来布〉〈リルケ〉 [19] 88 91
洛山 [75] 569
楽亭 [3] 16
楽野重美 [19] 91
羅津三郎 [53] 336
瀾水 [11] 77
嵐雪 [3] 26
爛熳子 [9] 63

り

李 [68] 517
リーグ係 [20] 124
梨園子 [3] 17
李漢 [15] 82
リズリー・ウツド [20] 141
李村 [11] 76
律森等九 [20] 139
柳葊主人 [6] 51～54
柳永二郎 [24] 205
笠園主人〈井上笠園〉 [8] 59～61
柳雅 [3] 16～20
劉寒吉 [68] 506 519
龍渓 [3] 13
隆好 [3] 19
柳江散史 [3] 20
龍山 [3] 13
柳治 [20] 98
笠信太郎 [68] 445 463 487 495 518
龍水 [3] 11～13 22
笠雪 [3] 17
竜川 [3] 16 19
龍川 [3] 13 17 19
龍膽寺朗 [22] 180
笠智衆 [68] 408
柳亭 [3] 18
柳亭一雨 [3] 15
柳亭左楽 [20] 149
柳亭主人 [3] 20
柳坡学人 [3] 18
龍久雄 [35] 286
M・リユービン [42] 296
龍峰居士 [6] 44～46 49
綾渓吉戒綾俊 [10] 66
良近 [3] 11～13 16 17
梁天昊 [50] 325
緑園 [3] 23～25
緑沚 [26] 215
リリー・ケルバー [42] 297
R・M・リルケ〈リルケ〉 [54] 346
リルケ〈R・M・リルケ、ライナー・マリア・リルケ〉 [54] 345 [55] 353
鱗太郎 [34] 225 226
臨池亭 [19] 92 93
林炳耀 [22] 190 193～195 197
轔々北村龍象 [10] 66 67

る

ルイス・ブッシュ [68] 506 513
ルイヂ・ピランデルロ [25] 209

れ

麗水生 [6] 46
レイモンド・チュミ [74] 566 567
麗陽小史 [3] 16～18 20
レオニード・アンドレーエフ [49] 324
連山 [3] 17 19 20

ろ

ローゼンシユトツク [35] 265
ローソン・葦子 [68] 446 460
ロオランド・クレツブス

[20] 150
六学田鳴男 [22] 176
六樹園飯盛〈飯盛〉 [3] 22
六条一馬 [20] 122
鹿堂 [3] 19
六人部禾典 [70] 539
六場許六 [68] 406
碌々大林道春〈大林道春〉 [10] 67
ろく／＼子〈大林道春〉 [10] 68
露月〈露月生〉 [11] 71 72 74
露月生〈露月〉 [11] 69
ロジエ・レヂス [22] 182
露城〈野坡庵露城〉 [9] 62～65
魯迅 [42] 298
蘆棲不文 [49] 324
露石〈(水落)露石生、おほえ丸、三木閑人〉 [11] 69～72 74
蘆中人 [1] 5
六甲山人 [35] 230
ろの字 [20] 106
露伴道人 [20] 162
ロビン・フッド [20] 108

わ

Y [59] 367 [68] 507
Y・S・D [35] 242 243
YM生 [13] 78
淮亭居士 [8] 59
Y・U生 [35] 242
若杉慧 [53] 337 [55] 349～351 354 355
若杉光夫 [62] 391
若月保治 [24] 205 206
若林つや [35] 258 265
若林芳洲 [10] 68
若柳吉蔵 [35] 229 244 251 259 282
若山喜志子 [35] 267
若山千代 [35] 230 233
若山牧水〈牧水〉 [20] 145 161
和木清三郎 [68] 514 530
脇田憲一 [76] 570 [77] 572 573
和気律次郎 [20] 96 99 101 102 104～106 108 109 111 113 114 116 125 126 131 137～139 142 150 [68] 413 416～418 420～422 425～427 529
鷲尾儁三 [68] 407
鷲尾丁未子 [68] 470
鷲尾宥三 [68] 483
鷲谷樗風 [75] 569
和島昭子 [74] 564
和田槐二 [25] 211
和田クニ坊 [20] 145 146 148 149 151 154～156
和田邦坊 [20] 159 162 163
和田茂生 [22] 167～173
渡瀬淳子 [20] 148
和田隆 [22] 182～186 191
和田伝 [35] 265 279 [57] 364 365
和田輝郎 [34] 225
和田登志子 [72] 560
渡辺斌衡 [68] 482
渡辺格司 [62] 376
渡辺一夫 [55] 357 [68] 513
(渡辺)霞亭〈霞亭主人〉 [10] 68 69
渡辺香根夫 [64] 397 398
渡辺喜恵子 [68] 469 472 480 487～489 504 506～513 528 529
渡辺許六 [68] 417
渡辺均 [20] 146 153 157 159 163 [22] 167 169 174 186 201 [50] 326
渡辺金之助 [22] 191
渡辺虹衣 [22] 170～172 174～176 179 [35] 282
渡辺幸一 [22] 202
渡辺三郎 [35] 229 259
渡辺順三 [42] 299 [57] 363
渡辺常庵 [68] 407 412 414
渡辺紳一郎 [68] 407 414 437 458 463 471 490
渡辺青二 [20] 160
渡辺隆 [20] 149
渡辺武 [68] 523
渡辺初代 [15] 80
渡辺はま子 [35] 269
渡辺桃代 [22] 170
渡辺雄吉 [68] 476
渡辺裕 [20] 109
渡辺亮 [19] 90
渡辺良一 [47] 316
渡辺緑岡〈寺門緑岡〉 [8] 61
和田奈良次 [68] 405 406
綿貫六助 [20] 146 155
和田信子 [68] 510 524～529
和田斉 [35] 241
和田浩明 [62] 392 [72] 562
和田実 [53] 339
和田有司 [36] 289 [39] 292
和田ゆりえ [78] 582
和田芳恵 [68] 523 530
和田義一 [42] 298～300
亘千枝 [52] 332 334 335
和田廉之助 [15] 80
和田六東 [68] 444 447
和辻桜舟 [26] 215
鰐淵賢舟 [35] 270
わの字 [20] 106

ヰ

ヰルヘルム・シユミットボン [18] 87

浦西和彦（うらにし かずひこ）
関西大学名誉教授
著書『浦西和彦著述と書誌』全四巻（平成二十年十月二十日～二十一年二月二十日発行、和泉書院）、他。

増田周子（ますだ ちかこ）
関西大学教授
著書『宇野浩二文学の書誌的研究』（平成十二年六月二十日発行、和泉書院）、編著『宇野浩二書簡集』（平成十二年六月二十日発行、和泉書院）、他。

荒井真理亜（あらい まりあ）
関西大学東西学術研究所非常勤研究員
著書『上司小剣文学研究』（平成十七年十月二十五日発行、和泉書院）、編著『上司小剣コラム集』（平成二十年十月三十日発行、亀鳴屋）。

大阪叢書 6

大阪文藝雑誌総覧

二〇一三年二月一八日 初版第一刷発行

著者 浦西和彦
増田周子
荒井真理亜

発行者 廣橋研三

発行所 和泉書院
〒543-0037 大阪市天王寺区上之宮町七-六
電話 〇六-六七七一-一四六七
振替 〇〇九七〇-八-一五〇四三

印刷／製本 亜細亜印刷

ISBN978-4-7576-0652-4 C3300